RECLAM BIBLIOTHEK

Johann Wolfgang Goethe
Faust-Dichtungen

Faust, erster Theil

Faust, zweyter Theil

Frühere Fassung (»Urfaust«)

Paralipomena

Herausgegeben und kommentiert
von Ulrich Gaier

Philipp Reclam jun. Stuttgart

Inhalt

FAUST.

Eine Tragödie.

Zueignung.

Ihr naht euch wieder, schwankende Gestalten!
Die früh sich einst dem trüben Blick gezeigt.
Versuch' ich wohl euch dießmal fest zu halten?
Fühl' ich mein Herz noch jenem Wahn geneigt?
Ihr drängt euch zu! nun gut, so mögt ihr walten,
Wie ihr aus Dunst und Nebel um mich steigt;
Mein Busen fühlt sich jugendlich erschüttert
Vom Zauberhauch, der euren Zug umwittert.

Ihr bringt mit euch die Bilder froher Tage,
Und manche liebe Schatten steigen auf;
Gleich einer alten halbverklungnen Sage,
Kommt erste Lieb' und Freundschaft mit herauf;
Der Schmerz wird neu, es wiederholt die Klage
Des Lebens labyrinthisch irren Lauf,
Und nennt die Guten, die, um schöne Stunden
Vom Glück getäuscht, vor mir hinweggeschwunden.

Sie hören nicht die folgenden Gesänge,
Die Seelen, denen ich die ersten sang;
Zerstoben ist das freundliche Gedränge,
Verklungen ach! der erste Wiederklang.
Mein Leid ertönt der unbekannten Menge,
Ihr Beifall selbst macht meinem Herzen bang,
Und was sich sonst an meinem Lied erfreuet,
Wenn es noch lebt, irrt in der Welt zerstreuet.

Und mich ergreift ein längst entwöhntes Sehnen
Nach jenem stillen ernsten Geisterreich,
Es schwebet nun in unbestimmten Tönen
Mein lispelnd Lied, der Aeolsharfe gleich,

Ein Schauer faßt mich, Thräne folgt den Thränen,
Das strenge Herz es fühlt sich mild und weich;
Was ich besitze seh' ich wie im weiten,
Und was verschwand wird mir zu Wirklichkeiten.

Vorspiel

auf dem Theater.

DIRECTOR, THEATERDICHTER,
LUSTIGE PERSON.

DIRECTOR.

Ihr beiden, die ihr mir so oft,
In Noth und Trübsal, beigestanden,
Sagt was ihr wohl in deutschen Landen
Von unsrer Unternehmung hofft?
Ich wünschte sehr der Menge zu behagen,
Besonders weil sie lebt und leben läßt.
Die Pfosten sind, die Breter aufgeschlagen,
Und jedermann erwartet sich ein Fest.
Sie sitzen schon, mit hohen Augenbraunen,
Gelassen da und möchten gern erstaunen.
Ich weiß wie man den Geist des Volks versöhnt;
Doch so verlegen bin ich nie gewesen;
Zwar sind sie an das Beste nicht gewöhnt,
Allein sie haben schrecklich viel gelesen.
Wie machen wir's, daß alles frisch und neu
Und mit Bedeutung auch gefällig sey?
Denn freilich mag ich gern die Menge sehen,
Wenn sich der Strom nach unsrer Bude drängt,
Und mit gewaltig wiederholten Wehen
Sich durch die enge Gnadenpforte zwängt,
Bei hellem Tage, schon vor Vieren,
Mit Stößen sich bis an die Kasse ficht
Und, wie in Hungersnoth um Brot an Beckerthüren,
Um ein Billet sich fast die Hälse bricht,
Dieß Wunder wirkt auf so verschiedne Leute
Der Dichter nur; mein Freund, o! thu' es heute!

DICHTER.

O sprich mir nicht von jener bunten Menge,
Bei deren Anblick uns der Geist entflieht.
Verhülle mir das wogende Gedränge,
Das wider Willen uns zum Strudel zieht.
Nein, führe mich zur stillen Himmelsenge,
Wo nur dem Dichter reine Freude blüht;
Wo Lieb' und Freundschaft unsres Herzens Segen
Mit Götterhand erschaffen und erpflegen.

Ach! was in tiefer Brust uns da entsprungen,
Was sich die Lippe schüchtern vorgelallt,
Mißrathen jetzt und jetzt vielleicht gelungen,
Verschlingt des wilden Augenblicks Gewalt.
Oft wenn es erst durch Jahre durchgedrungen
Erscheint es in vollendeter Gestalt.
Was glänzt ist für den Augenblick geboren;
Das Aechte bleibt der Nachwelt unverloren.

LUSTIGE PERSON.

Wenn ich nur nichts von Nachwelt hören sollte;
Gesetzt daß ich von Nachwelt reden wollte,
Wer machte denn der Mitwelt Spaß?
Den will sie doch und soll ihn haben.
Die Gegenwart von einem braven Knaben
Ist, dächt' ich, immer auch schon was.
Wer sich behaglich mitzutheilen weiß,
Den wird des Volkes Laune nicht erbittern;
Er wünscht sich einen großen Kreis,
Um ihn gewisser zu erschüttern.
Drum seyd nur brav und zeigt euch musterhaft,
Laßt Phantasie, mit allen ihren Chören,
Vernunft, Verstand, Empfindung Leidenschaft.
Doch, merkt euch wohl! nicht ohne Narrheit hören.

DIRECTOR.

Besonders aber laßt genug geschehn!
Man kommt zu schaun, man will am liebsten sehn.
Wird Vieles vor den Augen abgesponnen,
So daß die Menge staunend gaffen kann,
Da habt ihr in der Breite gleich gewonnen,
Ihr seyd ein vielgeliebter Mann.
Die Masse könnt ihr nur durch Masse zwingen,
Ein jeder sucht sich endlich selbst was aus.
Wer Vieles bringt, wird manchem etwas bringen;
Und jeder geht zufrieden aus dem Haus.
Gebt ihr ein Stück, so gebt es gleich in Stücken!
Solch ein Ragout es muß euch glücken;
Leicht ist es vorgelegt, so leicht als ausgedacht.
Was hilft's, wenn ihr ein Ganzes dargebracht,
Das Publikum wird es euch doch zerpflücken.

DICHTER.

Ihr fühlet nicht, wie schlecht ein solches Handwerk sey!
Wie wenig das dem ächten Künstler zieme!
Der saubern Herren Pfuscherey
Ist, merk' ich, schon bei euch Maxime.

DIRECTOR.

Ein solcher Vorwurf läßt mich ungekränkt;
Ein Mann, der recht zu wirken denkt,
Muß auf das beste Werkzeug halten.
Bedenkt, ihr habet weiches Holz zu spalten,
Und seht nur hin für wen ihr schreibt!
Wenn diesen Langeweile treibt,
Kommt jener satt vom übertischten Mahle,
Und, was das allerschlimmste bleibt,
Gar mancher kommt vom Lesen der Journale.

Man eilt zerstreut zu uns, wie zu den Maskenfesten,
Und Neugier nur beflügelt jeden Schritt;
Die Damen geben sich und ihren Putz zum besten
Und spielen ohne Gage mit.
Was träumet ihr auf eurer Dichter-Höhe?
Was macht ein volles Haus euch froh?
Beseht die Gönner in der Nähe!
Halb sind sie kalt, halb sind sie roh.
Der, nach dem Schauspiel, hofft ein Kartenspiel,
Der eine wilde Nacht an einer Dirne Busen.
Was plagt ihr armen Thoren viel,
Zu solchem Zweck, die holden Musen?
Ich sag' euch, gebt nur mehr, und immer immer mehr,
So könnt ihr euch vom Ziele nie verirren,
Sucht nur die Menschen zu verwirren,
Sie zu befriedigen ist schwer – –
Was fällt euch an? Entzückung oder Schmerzen?

DICHTER.

Geh hin und such dir einen andern Knecht!
Der Dichter sollte wohl das höchste Recht,
Das Menschenrecht, das ihm Natur vergönnt,
Um deinetwillen freventlich verscherzen!
Wodurch bewegt er alle Herzen?
Wodurch besiegt er jedes Element?
Ist es der Einklang nicht, der aus dem Busen dringt,
Und in sein Herz die Welt zurücke schlingt?
Wenn die Natur des Fadens ew'ge Länge,
Gleichgültig drehend, auf die Spindel zwingt,
Wenn aller Wesen unharmon'sche Menge
Verdrießlich durch einander klingt;
Wer theilt die fließend immer gleiche Reihe,
Belebend ab, daß sie sich rhythmisch regt?

Wer ruft das Einzelne zur allgemeinen Weihe,
Wo es in herrlichen Accorden schlägt?
Wer läßt den Sturm zu Leidenschaften wüthen?
Das Abendroth im ernsten Sinne glühn?
Wer schüttet alle schönen Frühlingsblüthen
Auf der Geliebten Pfade hin?
Wer flicht die unbedeutend grünen Blätter
Zum Ehrenkranz Verdiensten jeder Art?
Wer sichert den Olymp, vereinet Götter?
Des Menschen Kraft im Dichter offenbart.

LUSTIGE PERSON.

So braucht sie denn die schönen Kräfte
Und treibt die dicht'rischen Geschäfte,
Wie man ein Liebesabenteuer treibt.
Zufällig naht man sich, man fühlt, man bleibt
Und nach und nach wird man verflochten;
Es wächst das Glück, dann wird es angefochten,
Man ist entzückt, nun kommt der Schmerz heran,
Und eh man sich's versieht, ist's eben ein Roman.
Laßt uns auch so ein Schauspiel geben!
Greift nur hinein in's volle Menschenleben!
Ein jeder lebt's, nicht vielen ist's bekannt,
Und wo ihr's packt, da ist's interessant.
In bunten Bildern wenig Klarheit,
Viel Irrthum und ein Fünkchen Wahrheit,
So wird der beste Trank gebraut,
Der alle Welt erquickt und auferbaut.
Dann sammelt sich der Jugend schönste Blüthe
Vor eurem Spiel und lauscht der Offenbarung,
Dann sauget jedes zärtliche Gemüthe
Aus eurem Werk sich melanchol'sche Nahrung,

Dann wird bald dieß bald jenes aufgeregt,
Ein jeder sieht was er im Herzen trägt.
Noch sind sie gleich bereit zu weinen und zu lachen,
Sie ehren noch den Schwung, erfreuen sich am Schein;
Wer fertig ist, dem ist nichts recht zu machen;
Ein Werdender wird immer dankbar seyn.

DICHTER.

So gib mir auch die Zeiten wieder,
Da ich noch selbst im Werden war,
Da sich ein Quell gedrängter Lieder
Ununterbrochen neu gebar,
Da Nebel mir die Welt verhüllten,
Die Knospe Wunder noch versprach,
Da ich die tausend Blumen brach,
Die alle Thäler reichlich füllten.
Ich hatte nichts und doch genug,
Den Drang nach Wahrheit und die Lust am Trug.
Gib ungebändigt jene Triebe,
Das tiefe schmerzenvolle Glück,
Des Hasses Kraft, die Macht der Liebe,
Gib meine Jugend mir zurück!

LUSTIGE PERSON.

Der Jugend, guter Freund, bedarfst du allenfalls,
Wenn dich in Schlachten Feinde drängen,
Wenn mit Gewalt an deinen Hals
Sich allerliebste Mädchen hängen,
Wenn fern des schnellen Laufes Kranz
Vom schwer erreichten Ziele winket,
Wenn nach dem heft'gen Wirbeltanz
Die Nächte schmausend man vertrinket.
Doch in's bekannte Saitenspiel
Mit Muth und Anmuth einzugreifen,

Nach einem selbgesteckten Ziel
Mit holdem Irren hinzuschweifen,
Das, alte Herrn, ist eure Pflicht,
Und wir verehren euch darum nicht minder.
Das Alter macht nicht kindisch, wie man spricht,
Es findet uns nur noch als wahre Kinder.

DIRECTOR.

Der Worte sind genug gewechselt,
Laßt mich auch endlich Thaten sehn;
Indeß ihr Complimente drechselt,
Kann etwas nützliches geschehn.
Was hilft es viel von Stimmung reden?
Dem Zaudernden erscheint sie nie.
Gebt ihr euch einmal für Poeten,
So commandirt die Poesie.
Euch ist bekannt, was wir bedürfen,
Wir wollen stark Getränke schlürfen;
Nun braut mir unverzüglich dran!
Was heute nicht geschieht, ist morgen nicht gethan,
Und keinen Tag soll man verpassen,
Das Mögliche soll der Entschluß
Beherzt sogleich beim Schopfe fassen,
Er will es dann nicht fahren lassen,
Und wirket weiter, weil er muß.
Ihr wißt, auf unsern deutschen Bühnen
Probirt ein jeder was er mag;
Drum schonet mir an diesem Tag
Prospecte nicht und nicht Maschinen.
Gebraucht das groß' und kleine Himmelslicht,
Die Sterne dürfet ihr verschwenden;
An Wasser, Feuer, Felsenwänden,
An Thier und Vögeln fehlt es nicht.

So schreitet in dem engen Breterhaus
Den ganzen Kreis der Schöpfung aus,
Und wandelt mit bedächt'ger Schnelle
Vom Himmel durch die Welt zur Hölle.

Prolog

im Himmel.

DER HERR, DIE HIMMLISCHEN HEERSCHAAREN,
nachher MEPHISTOPHELES.

DIE DREY ERZENGEL *treten vor.*

RAPHAEL.

Die Sonne tönt nach alter Weise
In Brudersphären Wettgesang,
Und ihre vorgeschrieb'ne Reise
Vollendet sie mit Donnergang.
Ihr Anblick gibt den Engeln Stärke,
Wenn keiner sie ergründen mag;
Die unbegreiflich hohen Werke
Sind herrlich wie am ersten Tag.

GABRIEL.

Und schnell und unbegreiflich schnelle
Dreht sich umher der Erde Pracht;
Es wechselt Paradieses-Helle
Mit tiefer schauervoller Nacht;
Es schäumt das Meer in breiten Flüssen
Am tiefen Grund der Felsen auf,
Und Fels und Meer wird fortgerissen
In ewig schnellem Sphärenlauf.

MICHAEL.

Und Stürme brausen um die Wette,
Vom Meer auf's Land, vom Land auf's Meer,
Und bilden wüthend eine Kette
Der tiefsten Wirkung rings umher.
Da flammt ein blitzendes Verheeren
Dem Pfade vor des Donnerschlags;

Doch deine Boten, Herr, verehren
Das sanfte Wandeln deines Tags.

ZU DREY.

Der Anblick gibt den Engeln Stärke
Da keiner dich ergründen mag,
Und alle deine hohen Werke
Sind herrlich wie am ersten Tag.

MEPHISTOPHELES.

Da du, o Herr, dich einmal wieder nahst
Und fragst wie alles sich bei uns befinde,
Und du mich sonst gewöhnlich gerne sahst;
So siehst du mich auch unter dem Gesinde.
Verzeih, ich kann nicht hohe Worte machen,
Und wenn mich auch der ganze Kreis verhöhnt;
Mein Pathos brächte dich gewiß zum Lachen,
Hätt'st du dir nicht das Lachen abgewöhnt.
Von Sonn' und Welten weiß ich nichts zu sagen,
Ich sehe nur wie sich die Menschen plagen.
Der kleine Gott der Welt bleibt stets von gleichem Schlag,
Und ist so wunderlich als wie am ersten Tag.
Ein wenig besser würd' er leben,
Hätt'st du ihm nicht den Schein des Himmelslichts gegeben;
Er nennt's Vernunft und braucht's allein,
Nur thierischer als jedes Thier zu seyn.
Er scheint mir, mit Verlaub von Ew. Gnaden,
Wie eine der langbeinigen Cicaden,
Die immer fliegt und fliegend springt
Und gleich im Gras ihr altes Liedchen singt;
Und läg' er nur noch immer in dem Grase!
In jeden Quark begräbt er seine Nase.

DER HERR.

Hast du mir weiter nichts zu sagen?
Kommst du nur immer anzuklagen?
Ist auf der Erde ewig dir nichts recht?

MEPHISTOPHELES.

Nein Herr! ich find' es dort, wie immer, herzlich schlecht.
Die Menschen dauern mich in ihren Jammertagen,
Ich mag sogar die armen selbst nicht plagen.

DER HERR.

Kennst du den Faust?

MEPHISTOPHELES. Den Doctor?

DER HERR. Meinen Knecht!

MEPHISTOPHELES.

Fürwahr! er dient euch auf besondre Weise.
Nicht irdisch ist des Thoren Trank noch Speise.
Ihn treibt die Gährung in die Ferne,
Er ist sich seiner Tollheit halb bewußt;
Vom Himmel fordert er die schönsten Sterne,
Und von der Erde jede höchste Lust,
Und alle Näh' und alle Ferne
Befriedigt nicht die tiefbewegte Brust.

DER HERR.

Wenn er mir jetzt auch nur verworren dient;
So werd' ich ihn bald in die Klarheit führen.
Weiß doch der Gärtner, wenn das Bäumchen grünt,
Daß Blüth' und Frucht die künft'gen Jahre zieren.

MEPHISTOPHELES.

Was wettet ihr? den sollt ihr noch verlieren,
Wenn ihr mir die Erlaubniß gebt
Ihn meine Straße sacht zu führen!

DER HERR.
So lang' er auf der Erde lebt,
So lange sey dir's nicht verboten.
Es irrt der Mensch so lang' er strebt.
MEPHISTOPHELES.
Da dank' ich euch; denn mit den Todten
Hab' ich mich niemals gern befangen.
Am meisten lieb' ich mir die vollen frischen Wangen.
Für einen Leichnam bin ich nicht zu Haus;
Mir geht es wie der Katze mit der Maus.
DER HERR.
Nun gut, es sey dir überlassen!
Zieh diesen Geist von seinem Urquell ab,
Und führ' ihn, kannst du ihn erfassen,
Auf deinem Wege mit herab,
Und steh' beschämt, wenn du bekennen mußt:
Ein guter Mensch in seinem dunkeln Drange
Ist sich des rechten Weges wohl bewußt.
MEPHISTOPHELES.
Schon gut! nur dauert es nicht lange.
Mir ist für meine Wette gar nicht bange.
Wenn ich zu meinem Zweck gelange,
Erlaubt ihr mir Triumph aus voller Brust.
Staub soll er fressen, und mit Lust,
Wie meine Muhme, die berühmte Schlange.
DER HERR.
Du darfst auch da nur frei erscheinen;
Ich habe deines gleichen nie gehaßt.
Von allen Geistern die verneinen
Ist mir der Schalk am wenigsten zur Last.
Des Menschen Thätigkeit kann allzuleicht erschlaffen,
Er liebt sich bald die unbedingte Ruh;

Drum geb' ich gern ihm den Gesellen zu,
Der reizt und wirkt, und muß, als Teufel, schaffen.
Doch ihr, die ächten Göttersöhne,
Erfreut euch der lebendig reichen Schöne!
Das Werdende, das ewig wirkt und lebt,
Umfass' euch mit der Liebe holden Schranken,
Und was in schwankender Erscheinung schwebt,
Befestiget mit dauernden Gedanken.
Der Himmel schließt, die Erzengel vertheilen sich.

MEPHISTOPHELES *allein.*

Von Zeit zu Zeit seh' ich den Alten gern,
Und hüte mich mit ihm zu brechen.
Es ist gar hübsch von einem großen Herrn,
So menschlich mit dem Teufel selbst zu sprechen.

Der

Tragödie

Erster Theil.

Nacht.

In einem hochgewölbten, engen, gothischen Zimmer

FAUST *unruhig auf seinem Sessel am Pulte.*

FAUST.

Habe nun, ach! Philosophie,
Juristerey und Medicin,
Und leider auch Theologie!
Durchaus studirt, mit heißem Bemühn.
Da steh' ich nun, ich armer Thor!
Und bin so klug als wie zuvor;
Heiße Magister, heiße Doctor gar,
Und ziehe schon an die zehen Jahr,
Herauf, herab und quer und krumm,
Meine Schüler an der Nase herum –
Und sehe, daß wir nichts wissen können!
Das will mir schier das Herz verbrennen.
Zwar bin ich gescheidter als alle die Laffen,
Doctoren, Magister, Schreiber und Pfaffen;
Mich plagen keine Scrupel noch Zweifel,
Fürchte mich weder vor Hölle noch Teufel –
Dafür ist mir auch alle Freud' entrissen,
Bilde mir nicht ein was rechts zu wissen,
Bilde mir nicht ein ich könnte was lehren
Die Menschen zu bessern und zu bekehren.
Auch hab' ich weder Gut noch Geld,
Noch Ehr' und Herrlichkeit der Welt;

Es möchte kein Hund so länger leben!
Drum hab' ich mich der Magie ergeben,
Ob mir, durch Geistes Kraft und Mund,
Nicht manch Geheimniß würde kund;
Daß ich nicht mehr, mit sauerm Schweiß,
Zu sagen brauche was ich nicht weiß;
Daß ich erkenne was die Welt
Im Innersten zusammenhält,
Schau' alle Wirkenskraft und Samen,
Und thu' nicht mehr in Worten kramen.

O sähst du, voller Mondenschein,
Zum letztenmal auf meine Pein,
Den ich so manche Mitternacht
An diesem Pult herangewacht:
Dann, über Büchern und Papier,
Trübsel'ger Freund, erschienst du mir!
Ach! könnt' ich doch auf Berges-Höh'n,
In deinem lieben Lichte gehn,
Um Bergeshöhle mit Geistern schweben,
Auf Wiesen in deinem Dämmer weben,
Von allem Wissensqualm entladen
In deinem Thau gesund mich baden!

Weh! steck' ich in dem Kerker noch?
Verfluchtes dumpfes Mauerloch!
Wo selbst das liebe Himmelslicht
Trüb' durch gemahlte Scheiben bricht!
Beschränkt von diesem Bücherhauf,
Den Würme nagen, Staub bedeckt,
Den, bis an's hohe Gewölb' hinauf,
Ein angeraucht Papier umsteckt;

Mit Gläsern, Büchsen rings umstellt,
Mit Instrumenten vollgepfropft,
Urväter Hausrath drein gestopft –
Das ist deine Welt! das heißt eine Welt!

Und fragst du noch, warum dein Herz
Sich bang' in deinem Busen klemmt?
Warum ein unerklärter Schmerz
Dir alle Lebensregung hemmt?
Statt der lebendigen Natur,
Da Gott die Menschen schuf hinein,
Umgibt in Rauch und Moder nur
Dich Thiergeripp' und Todtenbein.

Flieh! Auf! Hinaus in's weite Land!
Und dieß geheimnißvolle Buch,
Von Nostradamus eigner Hand,
Ist dir es nicht Geleit genug?
Erkennest dann der Sterne Lauf,
Und wenn Natur dich unterweist,
Dann geht die Seelenkraft dir auf,
Wie spricht ein Geist zum andern Geist.
Umsonst, daß trocknes Sinnen hier
Die heil'gen Zeichen dir erklärt.
Ihr schwebt, ihr Geister, neben mir;
Antwortet mir, wenn ihr mich hört!
Er schlägt das Buch auf und erblickt das Zeichen des Makrokosmus.
Ha! welche Wonne fließt in diesem Blick
Auf einmal mir durch alle meine Sinnen!
Ich fühle junges heil'ges Lebensglück
Neuglühend mir durch Nerv' und Adern rinnen.

War es ein Gott, der diese Zeichen schrieb,
Die mir das inn're Toben stillen,
Das arme Herz mit Freude füllen,
Und mit geheimnißvollem Trieb,
Die Kräfte der Natur rings um mich her enthüllen?
Bin ich ein Gott? Mir wird so licht!
Ich schau' in diesen reinen Zügen
Die wirkende Natur vor meiner Seele liegen.
Jetzt erst erkenn' ich was der Weise spricht:
»Die Geisterwelt ist nicht verschlossen;
»Dein Sinn ist zu, dein Herz ist todt!
»Auf, bade, Schüler, unverdrossen
»Die ird'sche Brust im Morgenroth!«
Er beschaut das Zeichen.
Wie alles sich zum Ganzen webt,
Eins in dem andern wirkt und lebt!
Wie Himmelskräfte auf und nieder steigen
Und sich die goldnen Eimer reichen!
Mit segenduftenden Schwingen
Vom Himmel durch die Erde dringen,
Harmonisch all' das All durchklingen!

Welch Schauspiel! aber ach! ein Schauspiel nur!
Wo fass' ich dich, unendliche Natur?
Euch Brüste, wo? Ihr Quellen alles Lebens,
An denen Himmel und Erde hängt,
Dahin die welke Brust sich drängt –
Ihr quellt, ihr tränkt, und schmacht' ich so vergebens?
Er schlägt unwillig das Buch um, und erblickt das Zeichen des Erdgeistes.
Wie anders wirkt dieß Zeichen auf mich ein!
Du, Geist der Erde, bist mir näher;

Schon fühl' ich meine Kräfte höher,
Schon glüh' ich wie von neuem Wein,
Ich fühle Muth mich in die Welt zu wagen,
Der Erde Weh, der Erde Glück zu tragen,
Mit Stürmen mich herumzuschlagen,
Und in des Schiffbruchs Knirschen nicht zu zagen,
Es wölkt sich über mir –
Der Mond verbirgt sein Licht –
Die Lampe schwindet!
Es dampft! – Es zucken rothe Strahlen
Mir um das Haupt – Es weht
Ein Schauer vom Gewölb' herab
Und faßt mich an!
Ich fühl's, du schwebst um mich, erflehter Geist.
Enthülle dich!
Ha! wie's in meinem Herzen reißt!
Zu neuen Gefühlen
All' meine Sinnen sich erwühlen!
Ich fühle ganz mein Herz dir hingegeben!
Du mußt! du mußt! und kostet' es mein Leben!

Er faßt das Buch und spricht das Zeichen des Geistes geheimnißvoll aus. Es zuckt eine röthliche Flamme, DER GEIST *erscheint in der Flamme.*

GEIST.

Wer ruft mir?

FAUST *abgewendet.*

Schreckliches Gesicht!

GEIST.

Du hast mich mächtig angezogen,
An meiner Sphäre lang' gesogen,
Und nun –

FAUST. Weh! ich ertrag' dich nicht!

GEIST.

Du flehst erathmend mich zu schauen,
Meine Stimme zu hören, mein Antlitz zu sehn;
Mich neigt dein mächtig Seelenflehn,
Da bin ich! – Welch erbärmlich Grauen
Faßt Uebermenschen dich! Wo ist der Seele Ruf?
Wo ist die Brust, die eine Welt in sich erschuf,
Und trug und hegte, die mit Freudebeben
Erschwoll, sich uns, den Geistern, gleich zu heben?
Wo bist du, Faust, deß Stimme mir erklang,
Der sich an mich mit allen Kräften drang?
Bist Du es? der, von meinem Hauch umwittert,
In allen Lebenstiefen zittert,
Ein furchtsam weggekrümmter Wurm!

FAUST.

Soll ich dir, Flammenbildung, weichen?
Ich bin's, bin Faust, bin deines gleichen!

GEIST.

In Lebensfluthen, im Thatensturm
Wall' ich auf und ab,
Wehe hin und her!
Geburt und Grab,
Ein ewiges Meer,
Ein wechselnd Weben,
Ein glühend Leben,
So schaff' ich am sausenden Webstuhl der Zeit,
Und wirke der Gottheit lebendiges Kleid.

FAUST.

Der du die weite Welt umschweifst,
Geschäftiger Geist, wie nah fühl' ich mich dir!

GEIST.

Du gleichst dem Geist den du begreifst,
Nicht mir!
Verschwindet.

FAUST *zusammenstürzend.*
Nicht dir?
Wem denn?
Ich Ebenbild der Gottheit!
Und nicht einmal dir!
Es klopft.
O Tod! ich kenn's – das ist mein Famulus –
Es wird mein schönstes Glück zu nichte!
Daß diese Fülle der Gesichte
Der trockne Schleicher stören muß!

WAGNER *im Schlafrocke und der Nachtmütze, eine Lampe in der Hand. Faust wendet sich unwillig.*

WAGNER.
Verzeiht! ich hör' euch declamiren;
Ihr las't gewiß ein griechisch Trauerspiel?
In dieser Kunst möcht' ich 'was profitiren.
Denn heut zu Tage wirkt das viel.
Ich hab' es öfters rühmen hören,
Ein Komödiant könnt' einen Pfarrer lehren.

FAUST.
Ja, wenn der Pfarrer ein Komödiant ist;
Wie das denn wohl zu Zeiten kommen mag.

WAGNER.
Ach! wenn man so in sein Museum gebannt ist,
Und sieht die Welt kaum einen Feyertag,
Kaum durch ein Fernglas, nur von weiten,
Wie soll man sie durch Ueberredung leiten?

FAUST.
Wenn ihr's nicht fühlt, ihr werdet's nicht erjagen,
Wenn es nicht aus der Seele dringt,
Und mit urkräftigem Behagen
Die Herzen aller Hörer zwingt.

Sitzt ihr nur immer! Leimt zusammen,
Braut ein Ragout von andrer Schmaus,
Und blas't die kümmerlichen Flammen
Aus eurem Aschenhäufchen 'raus!
Bewund'rung von Kindern und Affen,
Wenn euch darnach der Gaumen steht;
Doch werdet ihr nie Herz zu Herzen schaffen,
Wenn es euch nicht von Herzen geht.

WAGNER.

Allein der Vortrag macht des Redners Glück;
Ich fühl' es wohl noch bin ich weit zurück.

FAUST.

Such' Er den redlichen Gewinn!
Sey Er kein schellenlauter Thor!
Es trägt Verstand und rechter Sinn
Mit wenig Kunst sich selber vor;
Und wenn's euch Ernst ist was zu sagen,
Ist's nöthig Worten nachzujagen?
Ja, eure Reden, die so blinkend sind,
In denen ihr der Menschheit Schnitzel kräuselt,
Sind unerquicklich wie der Nebelwind,
Der herbstlich durch die dürren Blätter säuselt!

WAGNER.

Ach Gott! die Kunst ist lang!
Und kurz ist unser Leben.
Mir wird, bei meinem kritischen Bestreben,
Doch oft um Kopf und Busen bang'.
Wie schwer sind nicht die Mittel zu erwerben,
Durch die man zu den Quellen steigt!
Und eh' man nur den halben Weg erreicht,
Muß wohl ein armer Teufel sterben.

FAUST.

Das Pergament ist das der heil'ge Bronnen,
Woraus ein Trunk den Durst auf ewig stillt?
Erquickung hast du nicht gewonnen,
Wenn sie dir nicht aus eigner Seele quillt.

WAGNER.

Verzeiht! es ist ein groß Ergetzen
Sich in den Geist der Zeiten zu versetzen,
Zu schauen wie vor uns ein weiser Mann gedacht,
Und wie wir's dann zuletzt so herrlich weit gebracht.

FAUST.

O ja, bis an die Sterne weit!
Mein Freund, die Zeiten der Vergangenheit
Sind uns ein Buch mit sieben Siegeln;
Was ihr den Geist der Zeiten heißt,
Das ist im Grund der Herren eigner Geist,
In dem die Zeiten sich bespiegeln.
Da ist's denn wahrlich oft ein Jammer!
Man läuft euch bei dem ersten Blick davon.
Ein Kehrichtfaß und eine Rumpelkammer,
Und höchstens eine Haupt- und Staatsaction,
Mit trefflichen pragmatischen Maximen,
Wie sie den Puppen wohl im Munde ziemen!

WAGNER.

Allein die Welt! des Menschen Herz und Geist!
Möcht' jeglicher doch was davon erkennen.

FAUST.

Ja was man so erkennen heißt!
Wer darf das Kind beim rechten Namen nennen?
Die wenigen, die was davon erkannt,
Die thöricht g'nug ihr volles Herz nicht wahrten,

Dem Pöbel ihr Gefühl, ihr Schauen offenbarten,
Hat man von je gekreutzigt und verbrannt.
Ich bitt' euch, Freund, es ist tief in der Nacht,
Wir müssen's dießmal unterbrechen.

WAGNER.

Ich hätte gern nur immer fortgewacht,
Um so gelehrt mit euch mich zu besprechen.
Doch morgen, als am ersten Ostertage,
Erlaubt mir ein' und andre Frage.
Mit Eifer hab' ich mich der Studien beflissen;
Zwar weiß ich viel, doch möcht' ich alles wissen.
Ab.

FAUST *allein.*

Wie nur dem Kopf nicht alle Hoffnung schwindet,
Der immerfort an schalem Zeuge klebt,
Mit gier'ger Hand nach Schätzen gräbt,
Und froh ist wenn er Regenwürmer findet!

Darf eine solche Menschenstimme hier,
Wo Geisterfülle mich umgab, ertönen?
Doch ach! für dießmal dank' ich dir,
Dem ärmlichsten von allen Erdensöhnen.
Du rissest mich von der Verzweiflung los,
Die mir die Sinne schon zerstören wollte.
Ach! die Erscheinung war so riesen-groß,
Daß ich mich recht als Zwerg empfinden sollte.

Ich, Ebenbild der Gottheit, das sich schon
Ganz nah gedünkt dem Spiegel ew'ger Wahrheit,
Sein selbst genoß in Himmelsglanz und Klarheit,
Und abgestreift den Erdensohn;

Ich, mehr als Cherub, dessen freie Kraft
Schon durch die Adern der Natur zu fließen
Und schaffend, Götterleben zu genießen
Sich ahnungsvoll vermaß, wie muß ich's büßen!
Ein Donnerwort hat mich hinweggerafft.

Nicht darf ich dir zu gleichen mich vermessen.
Hab' ich die Kraft dich anzuziehn besessen;
So hatt' ich dich zu halten keine Kraft.
In jenem sel'gen Augenblicke
Ich fühlte mich so klein, so groß;
Du stießest grausam mich zurücke,
In's ungewisse Menschenloos.
Wer lehret mich? was soll ich meiden?
Soll ich gehorchen jenem Drang?
Ach! unsre Thaten selbst, so gut als unsre Leiden,
Sie hemmen unsres Lebens Gang.

Dem Herrlichsten, was auch der Geist empfangen,
Drängt immer fremd und fremder Stoff sich an;
Wenn wir zum Guten dieser Welt gelangen,
Dann heißt das Bess're Trug und Wahn.
Die uns das Leben gaben, herrliche Gefühle
Erstarren in dem irdischen Gewühle.

Wenn Phantasie sich sonst, mit kühnem Flug,
Und hoffnungsvoll zum Ewigen erweitert,
So ist ein kleiner Raum ihr nun genug,
Wenn Glück auf Glück im Zeitenstrudel scheitert.
Die Sorge nistet gleich im tiefen Herzen,
Dort wirket sie geheime Schmerzen,

Unruhig wiegt sie sich und störet Lust und Ruh;
Sie deckt sich stets mit neuen Masken zu,
Sie mag als Haus und Hof, als Weib und Kind erscheinen,
Als Feuer, Wasser, Dolch und Gift;
Du bebst vor allem was nicht trifft,
Und was du nie verlierst das mußt du stets beweinen.

Den Göttern gleich' ich nicht! Zu tief ist es gefühlt;
Dem Wurme gleich' ich, der den Staub durchwühlt;
Den, wie er sich im Staube nährend lebt,
Des Wandrers Tritt vernichtet und begräbt.

Ist es nicht Staub was diese hohe Wand,
Aus hundert Fächern, mir verenget;
Der Trödel, der mit tausendfachem Tand,
In dieser Mottenwelt mich dränget?
Hier soll ich finden was mir fehlt?
Soll ich vielleicht in tausend Büchern lesen,
Daß überall die Menschen sich gequält,
Daß hie und da ein Glücklicher gewesen? –
Was grinsest du mir hohler Schädel her?
Als daß dein Hirn, wie meines, einst verwirret,
Den leichten Tag gesucht und in der Dämmrung schwer,
Mit Lust nach Wahrheit, jämmerlich geirret.
Ihr Instrumente freilich, spottet mein,
Mit Rad und Kämmen, Walz' und Bügel.
Ich stand am Thor, ihr solltet Schlüssel seyn;
Zwar euer Bart ist kraus, doch hebt ihr nicht die Riegel.
Geheimnißvoll am lichten Tag
Läßt sich Natur des Schleiers nicht berauben,
Und was sie deinem Geist nicht offenbaren mag,
Das zwingst du ihr nicht ab mit Hebeln und mit Schrauben.

Du alt Geräthe das ich nicht gebraucht,
Du stehst nur hier, weil dich mein Vater brauchte.
Du alte Rolle, du wirst angeraucht,
So lang an diesem Pult die trübe Lampe schmauchte.
Weit besser hätt' ich doch mein Weniges verpraßt,
Als mit dem Wenigen belastet hier zu schwitzen!
Was du ererbt von deinen Vättern hast
Erwirb es um es zu besitzen.
Was man nicht nützt ist eine schwere Last;
Nur was der Augenblick erschafft das kann er nützen.

Doch warum heftet sich mein Blick auf jene Stelle?
Ist jenes Fläschchen dort den Augen ein Magnet?
Warum wird mir auf einmal lieblich helle,
Als wenn im nächt'gen Wald uns Mondenglanz umweht?

Ich grüße dich, du einzige Phiole!
Die ich mit Andacht nun herunterhole,
In dir verehr' ich Menschenwitz und Kunst.
Du Inbegriff der holden Schlummersäfte,
Du Auszug aller tödlich feinen Kräfte,
Erweise deinem Meister deine Gunst!
Ich sehe dich, es wird der Schmerz gelindert,
Ich fasse dich, das Streben wird gemindert,
Des Geistes Fluthstrom ebbet nach und nach.
In's hohe Meer werd' ich hinausgewiesen,
Die Spiegelflut erglänzt zu meinen Füßen,
Zu neuen Ufern lockt ein neuer Tag,

Ein Feuerwagen schwebt, auf leichten Schwingen,
An mich heran! Ich fühle mich bereit
Auf neuer Bahn den Aether zu durchdringen,
Zu neuen Sphären reiner Thätigkeit.

Dieß hohe Leben, diese Götterwonne!
Du, erst noch Wurm, und die verdienest du?
Ja, kehre nur der holden Erdensonne
Entschlossen deinen Rücken zu!
Vermesse dich die Pforten aufzureißen,
Vor denen jeder gern vorüber schleicht.
Hier ist es Zeit durch Thaten zu beweisen,
Daß Manneswürde nicht der Götterhöhe weicht,
Vor jener dunkeln Höhle nicht zu beben,
In der sich Phantasie zu eigner Qual verdammt,
Nach jenem Durchgang hinzustreben,
Um dessen engen Mund die ganze Hölle flammt;
Zu diesem Schritt sich heiter zu entschließen
Und, wär' es mit Gefahr, in's Nichts dahin zu fließen.

Nun komm herab, krystallne reine Schale!
Hervor aus deinem alten Futterale,
An die ich viele Jahre nicht gedacht.
Du glänztest bei der Väter Freudenfeste,
Erheitertest die ernsten Gäste,
Wenn einer dich dem andern zugebracht.
Der vielen Bilder künstlich reiche Pracht,
Des Trinkers Pflicht, sie reimweis zu erklären,
Auf Einen Zug die Höhlung auszuleeren,
Erinnert mich an manche Jugend-Nacht;
Ich werde jetzt dich keinem Nachbar reichen,
Ich werde meinen Witz an deiner Kunst nicht zeigen;
Hier ist ein Saft, der eilig trunken macht.
Mit brauner Fluth erfüllt er deine Höhle.
Den ich bereitet, den ich wähle,
Der letzte Trunk sey nun, mit ganzer Seele,
Als festlich hoher Gruß, dem Morgen zugebracht!
Er setzt die Schale an den Mund.

Glockenklang und Chorgesang.

CHOR DER ENGEL.

Christ ist erstanden!
Freude dem Sterblichen,
Den die verderblichen,
Schleichenden, erblichen
Mängel umwanden.

FAUST.

Welch tiefes Summen, welch ein heller Ton,
Zieht mit Gewalt das Glas von meinem Munde?
Verkündiget ihr dumpfen Glocken schon
Des Osterfestes erste Feyerstunde?
Ihr Chöre singt ihr schon den tröstlichen Gesang
Der einst, um Grabes Nacht, von Engelslippen klang,
Gewißheit einem neuen Bunde?

CHOR DER WEIBER.

Mit Spezereyen
Hatten wir ihn gepflegt,
Wir seine Treuen
Hatten ihn hingelegt;
Tücher und Binden
Reinlich umwanden wir,
Ach! und wir finden
Christ nicht mehr hier.

CHOR DER ENGEL.

Christ ist erstanden!
Selig der Liebende,
Der die betrübende,
Heilsam' und übende
Prüfung bestanden.

FAUST.

Was sucht ihr, mächtig und gelind,
Ihr Himmelstöne, mich am Staube?
Klingt dort umher, wo weiche Menschen sind.
Die Botschaft hör' ich wohl, allein mir fehlt der Glaube;
Das Wunder ist des Glaubens liebstes Kind.
Zu jenen Sphären wag' ich nicht zu streben,
Woher die holde Nachricht tönt;
Und doch, an diesen Klang von Jugend auf gewöhnt,
Ruft er auch jetzt zurück mich in das Leben.
Sonst stürzte sich der Himmels-Liebe Kuß
Auf mich herab, in ernster Sabathstille;
Da klang so ahnungsvoll des Glockentones Fülle,
Und ein Gebet war brünstiger Genuß;
Ein unbegreiflich holdes Sehnen
Trieb mich durch Wald und Wiesen hinzugehn,
Und unter tausend heißen Thränen,
Fühlt' ich mir eine Welt entstehn.
Dieß Lied verkündete der Jugend muntre Spiele,
Der Frühlingsfeyer freies Glück;
Erinnrung hält mich nun, mit kindlichem Gefühle,
Vom letzten, ernsten Schritt zurück.
O tönet fort ihr süßen Himmelslieder!
Die Thräne quillt, die Erde hat mich wieder!

CHOR DER JÜNGER.

Hat der Begrabene
Schon sich nach oben,
Lebend Erhabene,
Herrlich erhoben;
Ist er in Werdelust
Schaffender Freude nah;
Ach! an der Erde Brust,
Sind wir zum Leide da.

Ließ er die Seinen
Schmachtend uns hier zurück;
Ach! wir beweinen
Meister dein Glück!

CHOR DER ENGEL.

Christ ist erstanden,
Aus der Verwesung Schoos.
Reißet von Banden
Freudig euch los!
Thätig ihn preisenden,
Liebe beweisenden,
Brüderlich speisenden,
Predigend reisenden,
Wonne verheißenden
Euch ist der Meister nah',
Euch ist er da!

Vor dem Thor.

SPAZIERGÄNGER *aller Art ziehen hinaus.*

EINIGE HANDWERKSBURSCHE.

Warum denn dort hinaus?

ANDRE.

Wir gehn hinaus auf's Jägerhaus.

DIE ERSTEN.

Wir aber wollen nach der Mühle wandern.

EIN HANDWERKSBURSCH.

Ich rath' euch nach dem Wasserhof zu gehn.

ZWEYTER.

Der Weg dahin ist gar nicht schön.

DIE ZWEYTEN.
Was thust denn du?
EIN DRITTER. Ich gehe mit den Andern.
VIERTER.
Nach Burgdorf kommt herauf, gewiß dort findet ihr
Die schönsten Mädchen und das beste Bier,
Und Händel von der ersten Sorte.
FÜNFTER.
Du überlustiger Gesell,
Juckt dich zum drittenmal das Fell?
Ich mag nicht hin, mir graut es vor dem Orte.
DIENSTMÄDCHEN.
Nein, nein! ich gehe nach der Stadt zurück.
ANDRE.
Wir finden ihn gewiß bei jenen Pappeln stehen.
ERSTE.
Das ist für mich kein großes Glück;
Er wird an deiner Seite gehen,
Mit dir nur tanzt er auf dem Plan.
Was gehn mich deine Freuden an!
ANDRE.
Heut ist er sicher nicht allein,
Der Krauskopf, sagt er, würde bei ihm seyn.
SCHÜLER.
Blitz, wie die wackern Dirnen schreiten!
Herr Bruder komm! wir müssen sie begleiten.
Ein starkes Bier, ein beizender Toback,
Und eine Magd im Putz das ist nun mein Geschmack.
BÜRGERMÄDCHEN.
Da sieh mir nur die schönen Knaben!
Es ist wahrhaftig eine Schmach;
Gesellschaft könnten sie die allerbeste haben,
Und laufen diesen Mägden nach!

ZWEYTER SCHÜLER *zum ersten.*
Nicht so geschwind! dort hinten kommen zwey,
Sie sind gar niedlich angezogen,
' s ist meine Nachbarin dabei;
Ich bin dem Mädchen sehr gewogen.
Sie gehen ihren stillen Schritt
Und nehmen uns doch auch am Ende mit.

ERSTER.
Herr Bruder nein! Ich bin nicht gern genirt.
Geschwind! daß wir das Wildpret nicht verlieren.
Die Hand, die Samstags ihren Besen führt,
Wird Sonntags dich am besten caressiren.

BÜRGER.
Nein, er gefällt mir nicht der neue Burgemeister!
Nun, da er's ist, wird er nur täglich dreister.
Und für die Stadt was thut denn er?
Wird es nicht alle Tage schlimmer?
Gehorchen soll man mehr als immer,
Und zahlen mehr als je vorher.

BETTLER *singt.*
Ihr guten Herrn, ihr schönen Frauen,
So wohlgeputzt und backenroth,
Belieb' es euch mich anzuschauen,
Und seht und mildert meine Noth!
Laßt hier mich nicht vergebens leyern!
Nur der ist froh, der geben mag.
Ein Tag den alle Menschen feyern,
Er sey für mich ein Erntetag.

ANDRER BÜRGER.
Nichts bessers weiß ich mir an Sonn- und Feyertagen,
Als ein Gespräch von Krieg und Kriegsgeschrey,
Wenn hinten, weit, in der Türkey,
Die Völker auf einander schlagen.

Man steht am Fenster, trinkt sein Gläschen aus
Und sieht den Fluß hinab die bunten Schiffe gleiten;
Dann kehrt man Abends froh nach Haus,
Und segnet Fried' und Friedenszeiten.

DRITTER BÜRGER.

Herr Nachbar, ja! so laß ich's auch geschehn,
Sie mögen sich die Köpfe spalten,
Mag alles durch einander gehn;
Doch nur zu Hause bleib's beim Alten.

ALTE *zu den Bürgermädchen.*

Ey! wie geputzt! das schöne junge Blut!
Wer soll sich nicht in euch vergaffen? –
Nur nicht so stolz! Es ist schon gut!
Und was ihr wünscht das wüßt' ich wohl zu schaffen.

BÜRGERMÄDCHEN.

Agathe fort! ich nehme mich in Acht
Mit solchen Hexen öffentlich zu gehen;
Sie ließ mich zwar, in Sanct Andreas Nacht,
Den künft'gen Liebsten leiblich sehen.

DIE ANDRE.

Mir zeigte sie ihn im Krystall,
Soldatenhaft, mit mehreren Verwegnen;
Ich seh' mich um, ich such' ihn überall,
Allein mir will er nicht begegnen.

SOLDATEN.

Burgen mit hohen
Mauern und Zinnen,
Mädchen mit stolzen
Höhnenden Sinnen
Möcht' ich gewinnen!
Kühn ist das Mühen,
Herrlich der Lohn!

Und die Trompete
Lassen wir werben,
Wie zu der Freude,
So zum Verderben.
Das ist ein Stürmen!
Das ist ein Leben!
Mädchen und Burgen
Müssen sich geben.
Kühn ist das Mühen,
Herrlich der Lohn!
Und die Soldaten
Ziehen davon.

FAUST *und* WAGNER.

FAUST.

Vom Eise befreit sind Strom und Bäche
Durch des Frühlings holden, belebenden Blick;
Im Thale grünet Hoffnungs-Glück;
Der alte Winter, in seiner Schwäche,
Zog sich in rauhe Berge zurück.
Von dorther sendet er, fliehend, nur
Ohnmächtige Schauer körnigen Eises
In Streifen über die grünende Flur;
Aber die Sonne duldet kein Weißes,
Ueberall regt sich Bildung und Streben,
Alles will sie mit Farben beleben;
Doch an Blumen fehlt's im Revier,
Sie nimmt geputzte Menschen dafür.
Kehre dich um, von diesen Höhen
Nach der Stadt zurück zu sehen.

Aus dem hohlen finstern Thor
Dringt ein buntes Gewimmel hervor.
Jeder sonnt sich heute so gern.
Sie feyern die Auferstehung des Herrn,
Denn sie sind selber auferstanden,
Aus niedriger Häuser dumpfen Gemächern,
Aus Handwerks- und Gewerbes-Banden,
Aus dem Druck von Giebeln und Dächern,
Aus der Straßen quetschender Enge,
Aus der Kirchen ehrwürdiger Nacht
Sind sie alle an's Licht gebracht.
Sieh nur sieh! wie behend sich die Menge
Durch die Gärten und Felder zerschlägt,
Wie der Fluß, in Breit' und Länge,
So manchen lustigen Nachen bewegt,
Und, bis zum Sinken überladen,
Entfernt sich dieser letzte Kahn.
Selbst von des Berges fernen Pfaden
Blinken uns farbige Kleider an.
Ich höre schon des Dorfs Getümmel,
Hier ist des Volkes wahrer Himmel,
Zufrieden jauchzet groß und klein:
Hier bin ich Mensch, hier darf ich's seyn.

WAGNER.

Mit euch, Herr Doctor, zu spazieren
Ist ehrenvoll und ist Gewinn;
Doch würd' ich nicht allein mich her verlieren,
Weil ich ein Feind von allem Rohen bin.
Das Fiedeln, Schreien, Kegelschieben,
Ist mir ein gar verhaßter Klang;
Sie toben wie vom bösen Geist getrieben
Und nennen's Freude, nennen's Gesang.

BAUERN *unter der Linde.*

Tanz und Gesang.

Der Schäfer putzte sich zum Tanz,
Mit bunter Jacke, Band und Kranz,
Schmuck war er angezogen.
Schon um die Linde war es voll.
Und alles tanzte schon wie toll.
Juchhe! Juchhe!
Juchheisa! Heisa! He!
So ging der Fiedelbogen.

Er drückte hastig sich heran,
Da stieß er an ein Mädchen an
Mit seinem Ellenbogen;
Die frische Dirne kehrt sich um
Und sagte: nun das find' ich dumm!
Juchhe! Juchhe!
Juchheisa! Heisa! He!
Seyd nicht so ungezogen.

Doch hurtig in dem Kreise ging's,
Sie tanzten rechts, sie tanzten links
Und alle Röcke flogen.
Sie wurden roth, sie wurden warm
Und ruhten athmend Arm in Arm,
Juchhe! Juchhe!
Juchheisa! Heisa! He!
Und Hüft' an Ellenbogen.

Und thu' mir doch nicht so vertraut!
Wie Mancher hat nicht seine Braut
Belogen und betrogen!

Er schmeichelte sie doch bei Seit'
Und von der Linde scholl es weit:
Juchhe! Juchhe!
Juchheisa! Heisa! He!
Geschrei und Fiedelbogen.

ALTER BAUER.

Herr Doctor, das ist schön von euch,
Daß ihr uns heute nicht verschmäht,
Und unter dieses Volksgedräng',
Als ein so Hochgelahrter, geht.
So nehmet auch den schönsten Krug,
Den wir mit frischem Trunk gefüllt,
Ich bring' ihn zu und wünsche laut,
Daß er nicht nur den Durst euch stillt;
Die Zahl der Tropfen, die er hegt,
Sey euren Tagen zugelegt.

FAUST.

Ich nehme den Erquickungs-Trank,
Erwiedr' euch allen Heil und Dank.

DAS VOLK *sammelt sich im Kreis umher.*

ALTER BAUER.

Fürwahr es ist sehr wohl gethan,
Daß ihr am frohen Tag erscheint;
Habt ihr es vormals doch mit uns
An bösen Tagen gut gemeint!
Gar mancher steht lebendig hier,
Den euer Vater noch zuletzt
Der heißen Fieberwuth entriß,
Als er der Seuche Ziel gesetzt.

Auch damals ihr, ein junger Mann,
Ihr gingt in jedes Krankenhaus,
Gar manche Leiche trug man fort,
Ihr aber kamt gesund heraus.
Bestandet manche harte Proben;
Dem Helfer half der Helfer droben.

ALLE.

Gesundheit dem bewährten Mann,
Daß er noch lange helfen kann!

FAUST.

Vor jenem droben steht gebückt,
Der helfen lehrt und Hülfe schickt.

Er geht mit Wagnern weiter.

WAGNER.

Welch ein Gefühl mußt du, o großer Mann!
Bei der Verehrung dieser Menge haben!
O! glücklich! wer von seinen Gaben
Solch einen Vortheil ziehen kann.
Der Vater zeigt dich seinem Knaben,
Ein jeder fragt und drängt und eilt,
Die Fiedel stockt, der Tänzer weilt.
Du gehst, in Reihen stehen sie,
Die Mützen fliegen in die Höh':
Und wenig fehlt, so beugten sich die Knie,
Als käm' das Venerabile.

FAUST.

Nur wenig Schritte noch hinauf zu jenem Stein,
Hier wollen wir von unsrer Wandrung rasten.
Hier saß ich oft gedankenvoll allein
Und quälte mich mit Beten und mit Fasten.
An Hoffnung reich, im Glauben fest,
Mit Thränen, Seufzen, Händeringen

Dacht' ich das Ende jener Pest
Vom Herrn des Himmels zu erzwingen.
Der Menge Beifall tönt mir nun wie Hohn.
O könntest du in meinem Innern lesen,
Wie wenig Vater und Sohn
Solch eines Ruhmes werth gewesen!
Mein Vater war ein dunkler Ehrenmann,
Der über die Natur und ihre heil'gen Kreise,
In Redlichkeit, jedoch auf seine Weise,
Mit grillenhafter Mühe sann.
Der, in Gesellschaft von Adepten,
Sich in die schwarze Küche schloß,
Und, nach unendlichen Recepten,
Das Widrige zusammengoß.
Da ward ein rother Leu, ein kühner Freyer,
Im lauen Bad, der Lilie vermählt
Und beide dann, mit offnem Flammenfeuer,
Aus einem Brautgemach ins andere gequält.
Erschien darauf mit bunten Farben
Die junge Königin im Glas,
Hier war die Arzeney, die Patienten starben,
Und niemand fragte: wer genas?
So haben wir, mit höllischen Latwergen,
In diesen Thälern, diesen Bergen,
Weit schlimmer als die Pest getobt.
Ich habe selbst den Gift an Tausende gegeben,
Sie welkten hin, ich muß erleben
Daß man die frechen Mörder lobt.

WAGNER.

Wie könnt ihr euch darum betrüben!
Thut nicht ein braver Mann genug,
Die Kunst, die man ihm übertrug,
Gewissenhaft und pünktlich auszuüben.

Wenn du, als Jüngling, deinen Vater ehrst,
So wirst du gern von ihm empfangen;
Wenn du, als Mann, die Wissenschaft vermehrst,
So kann dein Sohn zu höh'rem Ziel gelangen.

FAUST.

O glücklich! wer noch hoffen kann
Aus diesem Meer des Irrthums aufzutauchen.
Was man nicht weiß das eben brauchte man,
Und was man weiß kann man nicht brauchen.
Doch laß uns dieser Stunde schönes Gut
Durch solchen Trübsinn nicht verkümmern!
Betrachte wie in Abendsonne-Gluth
Die grünumgebnen Hütten schimmern.
Sie rückt und weicht, der Tag ist überlebt,
Dort eilt sie hin und fördert neues Leben.
O daß kein Flügel mich vom Boden hebt,
Ihr nach und immer nach zu streben!
Ich säh' im ewigen Abendstrahl
Die stille Welt zu meinen Füßen,
Entzündet alle Höhn, beruhigt jedes Thal,
Den Silberbach in goldne Ströme fließen.
Nicht hemmte dann den göttergleichen Lauf
Der wilde Berg mit allen seinen Schluchten;
Schon thut das Meer sich mit erwärmten Buchten
Vor den erstaunten Augen auf.
Doch scheint die Göttin endlich wegzusinken;
Allein der neue Trieb erwacht,
Ich eile fort ihr ew'ges Licht zu trinken,
Vor mir den Tag, und hinter mir die Nacht,
Den Himmel über mir und unter mir die Wellen.
Ein schöner Traum, indessen sie entweicht.
Ach! zu des Geistes Flügeln wird so leicht
Kein körperlicher Flügel sich gesellen.

Doch ist es jedem eingeboren,
Daß sein Gefühl hinauf und vorwärts dringt,
Wenn über uns, im blauen Raum verloren,
Ihr schmetternd Lied die Lerche singt;
Wenn über schroffen Fichtenhöhen
Der Adler ausgebreitet schwebt,
Und über Flächen, über Seen,
Der Kranich nach der Heimat strebt.

WAGNER.

Ich hatte selbst oft grillenhafte Stunden,
Doch solchen Trieb hab' ich noch nie empfunden.
Man sieht sich leicht an Wald und Feldern satt,
Des Vogels Fittig werd' ich nie beneiden.
Wie anders tragen uns die Geistesfreuden,
Von Buch zu Buch, von Blatt zu Blatt!
Da werden Winternächte hold und schön,
Ein selig Leben wärmet alle Glieder,
Und ach! entrollst du gar ein würdig Pergamen,
So steigt der ganze Himmel zu dir nieder.

FAUST.

Du bist dir nur des einen Triebs bewußt;
O lerne nie den andern kennen!
Zwey Seelen wohnen, ach! in meiner Brust,
Die eine will sich von der andern trennen;
Die eine hält, in derber Liebeslust,
Sich an die Welt, mit klammernden Organen;
Die andre hebt gewaltsam sich vom Dust
Zu den Gefilden hoher Ahnen.
O gibt es Geister in der Luft,
Die zwischen Erd' und Himmel herrschend weben,
So steiget nieder aus dem goldnen Duft
Und führt mich weg, zu neuem buntem Leben!

Ja, wäre nur ein Zaubermantel mein!
Und trüg' er mich in fremde Länder,
Mir sollt' er um die köstlichsten Gewänder,
Nicht feil um einen Königsmantel seyn.

WAGNER.

Berufe nicht die wohlbekannte Schaar,
Die strömend sich im Dunstkreis überbreitet,
Dem Menschen tausendfältige Gefahr,
Von allen Enden her, bereitet.
Von Norden dringt der scharfe Geisterzahn
Auf dich herbei, mit pfeilgespitzten Zungen;
Von Morgen ziehn, vertrocknend, sie heran,
Und nähren sich von deinen Lungen;
Wenn sie der Mittag aus der Wüste schickt,
Die Gluth auf Gluth um deinen Scheitel häufen,
So bringt der West den Schwarm, der erst erquickt,
Um dich und Feld und Aue zu ersäufen.
Sie hören gern, zum Schaden froh gewandt,
Gehorchen gern, weil sie uns gern betriegen,
Sie stellen wie vom Himmel sich gesandt,
Und lispeln englisch, wenn sie lügen.
Doch gehen wir! Ergraut ist schon die Welt,
Die Luft gekühlt, der Nebel fällt!
Am Abend schätzt man erst das Haus. –
Was stehst du so und blickst erstaunt hinaus?
Was kann dich in der Dämmrung so ergreifen?

FAUST.

Siehst du den schwarzen Hund durch Saat und Stoppel streifen?

WAGNER.

Ich sah ihn lange schon, nicht wichtig schien er mir.

FAUST.

Betracht' ihn recht! Für was hältst du das Thier?

WAGNER.

Für einen Pudel, der auf seine Weise
Sich auf der Spur des Herren plagt.

FAUST.

Bemerkst du, wie in weitem Schneckenkreise
Er um uns her und immer näher jagt?
Und irr' ich nicht, so zieht ein Feuerstrudel
Auf seinen Pfaden hinterdrein.

WAGNER.

Ich sehe nichts als einen schwarzen Pudel;
Es mag bei euch wohl Augentäuschung seyn.

FAUST.

Mir scheint es, daß er magisch leise Schlingen
Zu künft'gem Band um unsre Füße zieht.

WAGNER.

Ich seh' ihn ungewiß und furchtsam uns umspringen,
Weil er, statt seines Herrn, zwey Unbekannte sieht.

FAUST.

Der Kreis wird eng, schon ist er nah!

WAGNER.

Du siehst! ein Hund, und kein Gespenst ist da.
Er knurrt und zweifelt, legt sich auf den Bauch.
Er wedelt. Alles Hunde Brauch.

FAUST.

Geselle dich zu uns! Komm hier!

WAGNER.

Es ist ein pudelnärrisch Thier.
Du stehest still, er wartet auf;
Du sprichst ihn an, er strebt an dir hinauf;
Verliere was, er wird es bringen,
Nach deinem Stock ins Wasser springen.

FAUST.

Du hast wohl Recht; ich finde nicht die Spur
Von einem Geist, und alles ist Dressur.

WAGNER.

Dem Hunde, wenn er gut gezogen,
Wird selbst ein weiser Mann gewogen.
Ja deine Gunst verdient er ganz und gar,
Er der Studenten trefflicher Scolar.
Sie gehen in das Stadt-Thor.

Studirzimmer [I].

FAUST *mit dem* PUDEL *hereintretend.*

Verlassen hab' ich Feld und Auen,
Die eine tiefe Nacht bedeckt,
Mit ahnungsvollem heil'gem Grauen
In uns die bess're Seele weckt.
Entschlafen sind nun wilde Triebe,
Mit jedem ungestümen Thun;
Es reget sich die Menschenliebe,
Die Liebe Gottes regt sich nun.

Sey ruhig Pudel! renne nicht hin und wieder!
An der Schwelle was schnoberst du hier?
Lege dich hinter den Ofen nieder,
Mein bestes Kissen geb' ich dir.
Wie du draußen auf dem bergigen Wege
Durch Rennen und Springen ergetzt uns hast,

So nimm nun auch von mir die Pflege,
Als ein willkommner stiller Gast.

Ach wenn in unsrer engen Zelle
Die Lampe freundlich wieder brennt,
Dann wird's in unserm Busen helle,
Im Herzen, das sich selber kennt.
Vernunft fängt wieder an zu sprechen,
Und Hoffnung wieder an zu blühn;
Man sehnt sich nach des Lebens Bächen,
Ach! nach des Lebens Quelle hin.

Knurre nicht Pudel! Zu den heiligen Tönen,
Die jetzt meine ganze Seel' umfassen,
Will der thierische Laut nicht passen.
Wir sind gewohnt, daß die Menschen verhöhnen
Was sie nicht verstehn,
Daß sie vor dem Guten und Schönen,
Das ihnen oft beschwerlich ist, murren;
Will es der Hund, wie sie, beknurren?

Aber ach! schon fühl' ich, bei dem besten Willen,
Befriedigung nicht mehr aus dem Busen quillen.
Aber warum muß der Strom so bald versiegen,
Und wir wieder im Durste liegen?
Davon hab' ich so viel Erfahrung.
Doch dieser Mangel läßt sich ersetzen,
Wir lernen das Ueberirdische schätzen,
Wir sehnen uns nach Offenbarung,
Die nirgends würd'ger und schöner brennt,
Als in dem neuen Testament.
Mich drängt's den Grundtext aufzuschlagen,

Mit redlichem Gefühl einmal
Das heilige Original
In mein geliebtes Deutsch zu übertragen.
Er schlägt ein Volum auf und schickt sich an.
Geschrieben steht: »im Anfang war das Wort!«
Hier stock' ich schon! Wer hilft mir weiter fort?
Ich kann das Wort so hoch unmöglich schätzen,
Ich muß es anders übersetzen,
Wenn ich vom Geiste recht erleuchtet bin.
Geschrieben steht: im Anfang war der Sinn.
Bedenke wohl die erste Zeile,
Daß deine Feder sich nicht übereile!
Ist es der Sinn, der alles wirkt und schafft?
Es sollte stehn: im Anfang war die Kraft!
Doch, auch indem ich dieses niederschreibe,
Schon warnt mich was, daß ich dabei nicht bleibe.
Mir hilft der Geist! Auf einmal seh' ich Rath
Und schreibe getrost: im Anfang war die That!

Soll ich mit dir das Zimmer theilen,
Pudel, so laß das Heulen,
So laß das Bellen!
Solch einen störenden Gesellen
Mag ich nicht in der Nähe leiden.
Einer von uns beiden
Muß die Zelle meiden.
Ungern heb' ich das Gastrecht auf,
Die Thür' ist offen, hast freien Lauf.
Aber was muß ich sehen!
Kann das natürlich geschehen?
Ist es Schatten? ist's Wirklichkeit?
Wie wird mein Pudel lang und breit!

Er hebt sich mit Gewalt,
Das ist nicht eines Hundes Gestalt!
Welch ein Gespenst bracht' ich ins Haus!
Schon sieht er wie ein Nilpferd aus.
Mit feurigen Augen, schrecklichem Gebiß.
O! du bist mir gewiß!
Für solche halbe Höllenbrut
Ist Salomonis Schlüssel gut.

GEISTER *auf dem Gange.*

Drinnen gefangen ist einer!
Bleibet haußen, folg' ihm keiner
Wie im Eisen der Fuchs
Zagt ein alter Höllenluchs
Aber gebt Acht!
Schwebet hin, schwebet wieder,
Auf und nieder,
Und er hat sich losgemacht.
Könnt ihr ihm nützen,
Laßt ihn nicht sitzen!
Denn er that uns allen
Schon viel zu Gefallen.

FAUST.

Erst zu begegnen dem Thiere,
Brauch' ich den Spruch der Viere:
Salamander soll glühen,
Undene sich winden,
Sylphe verschwinden,
Kobold sich mühen.
Wer sie nicht kennte
Die Elemente,
Ihre Kraft
Und Eigenschaft,

Wäre kein Meister
Ueber die Geister.
    Verschwind' in Flammen
    Salamander!
    Rauschend fließe zusammen
    Undene!
    Leucht' in Meteoren-Schöne
    Sylphe!
    Bring' häusliche Hülfe
    Incubus! incubus!
    Tritt hervor und mache den Schluß.
Keines der Viere
Steckt in dem Thiere.
Es liegt ganz ruhig und grins't mich an;
Ich hab' ihm noch nicht weh gethan.
Du sollst mich hören
Stärker beschwören.
    Bist du Geselle
    Ein Flüchtling der Hölle?
    So sieh dieß Zeichen!
    Dem sie sich beugen
    Die schwarzen Schaaren.
Schon schwillt es auf mit borstigen Haaren.
    Verworfnes Wesen!
    Kannst du ihn lesen?
    Den nie entspross'nen,
    Unausgesprochnen,
    Durch alle Himmel gegoss'nen,
    Freventlich durchstochnen?
Hinter den Ofen gebannt
Schwillt es wie ein Elephant,

Den ganzen Raum füllt es an,
Es will zum Nebel zerfließen.
Steige nicht zur Decke hinan!
Lege dich zu des Meisters Füßen!
Du siehst daß ich nicht vergebens drohe.
Ich versenge dich mit heiliger Lohe!
Erwarte nicht
Das dreymal glühende Licht!
Erwarte nicht
Die stärkste von meinen Künsten!

MEPHISTOPHELES *tritt, indem der Nebel fällt, gekleidet wie ein fahrender Scholasticus, hinter dem Ofen hervor.*
Wozu der Lerm? was steht dem Herrn zu Diensten?

FAUST.
Das also war des Pudels Kern!
Ein fahrender Scolast? Der Casus macht mich lachen.

MEPHISTOPHELES.
Ich salutire den gelehrten Herrn!
Ihr habt mich weidlich schwitzen machen.

FAUST.
Wie nennst du dich?

MEPHISTOPHELES. Die Frage scheint mir klein
Für einen der das Wort so sehr verachtet,
Der, weit entfernt von allem Schein,
Nur in der Wesen Tiefe trachtet.

FAUST.
Bei euch, ihr Herrn, kann man das Wesen
Gewöhnlich aus dem Namen lesen,

Wo es sich allzudeutlich weis't,
Wenn man euch Fliegengott, Verderber, Lügner heißt.
Nun gut wer bist du denn?

MEPHISTOPHELES. Ein Theil von jener Kraft,
Die stets das Böse will und stets das Gute schafft.

FAUST.
Was ist mit diesem Räthselwort gemeint?

MEPHISTOPHELES.
Ich bin der Geist der stets verneint!
Und das mit Recht; denn alles was entsteht
Ist werth daß es zu Grunde geht;
Drum besser wär's daß nichts entstünde.
So ist denn alles was ihr Sünde,
Zerstörung, kurz das Böse nennt,
Mein eigentliches Element.

FAUST.
Du nennst dich einen Theil, und stehst doch ganz vor mir?

MEPHISTOPHELES.
Bescheidne Wahrheit sprech' ich dir.
Wenn sich der Mensch, die kleine Narrenwelt,
Gewöhnlich für ein Ganzes hält;
Ich bin ein Theil des Theils, der Anfangs alles war,
Ein Theil der Finsterniß, die sich das Licht gebar,
Das stolze Licht, das nun der Mutter Nacht
Den alten Rang, den Raum ihr streitig macht,
Und doch gelingt's ihm nicht, da es, so viel es strebt,
Verhaftet an den Körpern klebt.
Von Körpern strömt's, die Körper macht es schön,
Ein Körper hemmt's auf seinem Gange,
So, hoff' ich, dauert es nicht lange
Und mit den Körpern wird's zu Grunde gehn.

FAUST.
Nun kenn' ich deine würd'gen Pflichten!
Du kannst im Großen nichts vernichten
Und fängst es nun im Kleinen an.

MEPHISTOPHELES.
Und freilich ist nicht viel damit gethan.
Was sich dem Nichts entgegenstellt,
Das Etwas, diese plumpe Welt,
So viel als ich schon unternommen,
Ich wußte nicht ihr beizukommen,
Mit Wellen, Stürmen, Schütteln, Brand,
Geruhig bleibt am Ende Meer und Land!
Und dem verdammten Zeug, der Thier- und Menschenbrut,
Dem ist nun gar nichts anzuhaben.
Wie viele hab' ich schon begraben!
Und immer zirkulirt ein neues, frisches Blut.
So geht es fort, man möchte rasend werden!
Der Luft, dem Wasser, wie der Erden
Entwinden tausend Keime sich,
Im Trocknen, Feuchten, Warmen, Kalten!
Hätt' ich mir nicht die Flamme vorbehalten;
Ich hätte nichts Apart's für mich.

FAUST.
So setzest du der ewig regen,
Der heilsam schaffenden Gewalt
Die kalte Teufelsfaust entgegen,
Die sich vergebens tückisch ballt!
Was anders suche zu beginnen
Des Chaos wunderlicher Sohn!

MEPHISTOPHELES.
Wir wollen wirklich uns besinnen,
Die nächstenmale mehr davon!
Dürft' ich wohl dießmal mich entfernen?

FAUST.

Ich sehe nicht warum du fragst.
Ich habe jetzt dich kennen lernen,
Besuche nun mich wie du magst.
Hier ist das Fenster, hier die Thüre,
Ein Rauchfang ist dir auch gewiß.

MEPHISTOPHELES.

Gesteh' ich's nur! Daß ich hinausspaziere
Verbietet mir ein kleines Hinderniß,
Der Drudenfuß auf eurer Schwelle –

FAUST.

Das Pentagramma macht dir Pein?
Ey sage mir, du Sohn der Hölle,
Wenn das dich bannt, wie kamst du denn herein?
Wie ward ein solcher Geist betrogen?

MEPHISTOPHELES.

Beschaut es recht! es ist nicht gut gezogen;
Der eine Winkel, der nach außen zu,
Ist, wie du siehst, ein wenig offen.

FAUST.

Das hat der Zufall gut getroffen!
Und mein Gefangner wärst denn du?
Das ist von ohngefähr gelungen!

MEPHISTOPHELES.

Der Pudel merkte nichts als er hereingesprungen,
Die Sache sieht jetzt anders aus;
Der Teufel kann nicht aus dem Haus.

FAUST.

Doch warum gehst du nicht durch's Fenster?

MEPHISTOPHELES.

's ist ein Gesetz der Teufel und Gespenster:
Wo sie hereingeschlüpft, da müssen sie hinaus.
Das erste steht uns frei, bei'm zweyten sind wir Knechte.

FAUST.
Die Hölle selbst hat ihre Rechte?
Das find' ich gut, da ließe sich ein Packt,
Und sicher wohl, mit euch ihr Herren schließen?

MEPHISTOPHELES.
Was man verspricht, das sollst du rein genießen,
Dir wird davon nichts abgezwackt.
Doch das ist nicht so kurz zu fassen,
Und wir besprechen das zunächst;
Doch jetzo bitt' ich, hoch und höchst,
Für diesesmal mich zu entlassen.

FAUST.
So bleibe doch noch einen Augenblick,
Um mir erst gute Mähr zu sagen.

MEPHISTOPHELES.
Jetzt laß mich los! ich komme bald zurück;
Dann magst du nach Belieben fragen.

FAUST.
Ich habe dir nicht nachgestellt,
Bist du doch selbst in's Garn gegangen.
Den Teufel halte wer ihn hält!
Er wird ihn nicht so bald zum zweytenmale fangen.

MEPHISTOPHELES.
Wenn dir's beliebt, so bin ich auch bereit
Dir zur Gesellschaft hier zu bleiben;
Doch mit Bedingniß, dir die Zeit,
Durch meine Künste, würdig zu vertreiben.

FAUST.
Ich seh' es gern, das steht dir frei;
Nur daß die Kunst gefällig sey!

MEPHISTOPHELES.
Du wirst, mein Freund, für deine Sinnen,
In dieser Stunde mehr gewinnen,

Als in des Jahres Einerlei.
Was dir die zarten Geister singen,
Die schönen Bilder die sie bringen,
Sind nicht ein leeres Zauberspiel.
Auch dein Geruch wird sich ergetzen,
Dann wirst du deinen Gaumen letzen,
Und dann entzückt sich dein Gefühl.
Bereitung braucht es nicht voran,
Beisammen sind wir, fanget an!

GEISTER.

Schwindet, ihr dunkeln
Wölbungen droben!
Reizender schaue
Freundlich der blaue
Aether herein!
Wären die dunkeln
Wolken zerronnen!
Sternelein funkeln,
Mildere Sonnen
Scheinen darein.
Himmlischer Söhne
Geistige Schöne,
Schwankende Beugung
Schwebet vorüber.
Sehnende Neigung
Folget hinüber;
Und der Gewänder
Flatternde Bänder
Decken die Länder,
Decken die Laube,
Wo sich für's Leben,
Tief in Gedanken,
Liebende geben.

Laube bei Laube!
Sprossende Ranken!
Lastende Traube
Stürzt in's Behälter
Drängender Kelter,
Stürzen in Bächen
Schäumende Weine,
Rieseln durch reine,
Edle Gesteine,
Lassen die Höhen
Hinter sich liegen,
Breiten zu Seen
Sich um's Genügen
Grünender Hügel.
Und das Geflügel
Schlürfet sich Wonne,
Flieget der Sonne,
Flieget den hellen
Inseln entgegen,
Die sich auf Wellen
Gauklend bewegen;
Wo wir in Chören
Jauchzende hören,
Ueber den Auen
Tanzende schauen,
Die sich im Freien
Alle zerstreuen.
Einige klimmen
Ueber die Höhen,
Andere schwimmen
Ueber die Seen,
Andere schweben;
Alle zum Leben,

Alle zur Ferne
Liebender Sterne
Seliger Huld.

MEPHISTOPHELES.
Er schläft! So recht, ihr luft'gen zarten Jungen!
Ihr habt ihn treulich eingesungen!
Für dieß Concert bin ich in eurer Schuld.
Du bist noch nicht der Mann den Teufel fest zu halten!
Umgaukelt ihn mit süßen Traumgestalten,
Versenkt ihn in ein Meer des Wahns;
Doch dieser Schwelle Zauber zu zerspalten
Bedarf ich eines Rattenzahns.
Nicht lange brauch' ich zu beschwören,
Schon raschelt eine hier und wird sogleich mich hören.

Der Herr der Ratten und der Mäuse,
Der Fliegen, Frösche, Wanzen, Läuse,
Befiehlt dir dich hervor zu wagen
Und diese Schwelle zu benagen,
So wie er sie mit Oel betupft –
Da kommst du schon hervorgehupft!
Nur frisch an's Werk! Die Spitze, die mich bannte,
Sie sitzt ganz vornen an der Kante.
Noch einen Biß, so ist's geschehn. –
Nun, Fauste, träume fort, bis wir uns wiedersehn.

FAUST *erwachend.*
Bin ich denn abermals betrogen?
Verschwindet so der geisterreiche Drang,
Daß mir ein Traum den Teufel vorgelogen,
Und daß ein Pudel mir entsprang?

Studirzimmer [II].

FAUST. MEPHISTOPHELES.

FAUST.
Es klopft? Herein! Wer will mich wieder plagen?
MEPHISTOPHELES.
Ich bin's.
FAUST. Herein!
MEPHISTOPHELES.
Du mußt es dreymal sagen.
FAUST.
Herein denn!
MEPHISTOPHELES.
So gefällst du mir.
Wir werden, hoff' ich, uns vertragen!
Denn dir die Grillen zu verjagen
Bin ich, als edler Junker, hier,
In rothem goldverbrämtem Kleide,
Das Mäntelchen von starrer Seide,
Die Hahnenfeder auf dem Hut,
Mit einem langen, spitzen Degen,
Und rathe nun dir, kurz und gut,
Dergleichen gleichfalls anzulegen;
Damit du, losgebunden, frei,
Erfahrest was das Leben sey.
FAUST.
In jedem Kleide werd' ich wohl die Pein
Des engen Erdelebens fühlen.
Ich bin zu alt, um nur zu spielen,
Zu jung, um ohne Wunsch zu seyn.

Was kann die Welt mir wohl gewähren?
Entbehren sollst du! sollst entbehren!
Das ist der ewige Gesang,
Der jedem an die Ohren klingt,
Den, unser ganzes Leben lang,
Uns heiser jede Stunde singt.
Nur mit Entsetzen wach' ich Morgens auf,
Ich möchte bittre Thränen weinen,
Den Tag zu sehn, der mir in seinem Lauf
Nicht Einen Wunsch erfüllen wird, nicht Einen,
Der selbst die Ahnung jeder Lust
Mit eigensinnigem Krittel mindert,
Die Schöpfung meiner regen Brust
Mit tausend Lebensfratzen hindert.
Auch muß ich, wenn die Nacht sich niedersenkt,
Mich ängstlich auf das Lager strecken;
Auch da wird keine Rast geschenkt,
Mich werden wilde Träume schrecken.
Der Gott, der mir im Busen wohnt,
Kann tief mein Innerstes erregen;
Der über allen meinen Kräften thront,
Er kann nach außen nichts bewegen;
Und so ist mir das Daseyn eine Last,
Der Tod erwünscht, das Leben mir verhaßt.

MEPHISTOPHELES.
Und doch ist nie der Tod ein ganz willkommner Gast.

FAUST.
O selig der, dem er im Siegesglanze
Die blut'gen Lorbeer'n um die Schläfe windet,
Den er, nach rasch durchras'tem Tanze,
In eines Mädchens Armen findet.

O wär' ich vor des hohen Geistes Kraft
Entzückt, entseelt dahin gesunken!

MEPHISTOPHELES.

Und doch hat Jemand einen braunen Saft,
In jener Nacht, nicht ausgetrunken.

FAUST.

Das Spioniren, scheint's, ist deine Lust.

MEPHISTOPHELES.

Allwissend bin ich nicht; doch viel ist mir bewußt.

FAUST.

Wenn aus dem schrecklichen Gewühle
Ein süß bekannter Ton mich zog,
Den Rest von kindlichem Gefühle
Mit Anklang froher Zeit betrog;
So fluch' ich allem was die Seele
Mit Lock- und Gaukelwerk umspannt,
Und sie in diese Trauerhöhle
Mit Blend- und Schmeichelkräften bannt!
Verflucht voraus die hohe Meinung,
Womit der Geist sich selbst umfängt!
Verflucht das Blenden der Erscheinung,
Die sich an unsre Sinne drängt!
Verflucht was uns in Träumen heuchelt,
Des Ruhms, der Namensdauer Trug!
Verflucht was als Besitz uns schmeichelt,
Als Weib und Kind, als Knecht und Pflug!
Verflucht sey Mammon, wenn mit Schätzen
Er uns zu kühnen Thaten regt,
Wenn er zu müßigem Ergetzen
Die Polster uns zurechte legt!
Fluch sey dem Balsamsaft der Trauben!
Fluch jener höchsten Liebeshuld!

Fluch sey der Hoffnung! Fluch dem Glauben,
Und Fluch vor allen der Geduld!

GEISTER-CHOR *unsichtbar*.

Weh! weh!
Du hast sie zerstört,
Die schöne Welt,
Mit mächtiger Faust;
Sie stürzt, sie zerfällt!
Ein Halbgott hat sie zerschlagen!
Wir tragen
Die Trümmern in's Nichts hinüber,
Und klagen
Ueber die verlorne Schöne.
Mächtiger
Der Erdensöhne,
Prächtiger
Baue sie wieder,
In deinem Busen baue sie auf!
Neuen Lebenslauf
Beginne,
Mit hellem Sinne,
Und neue Lieder
Tönen darauf!

MEPHISTOPHELES.

Dieß sind die kleinen
Von den Meinen.
Höre, wie zu Lust und Thaten
Altklug sie rathen!
In die Welt weit,
Aus der Einsamkeit,
Wo Sinnen und Säfte stocken,
Wollen sie dich locken.

Hör' auf mit deinem Gram zu spielen,
Der, wie ein Geier, dir am Leben frißt;
Die schlechteste Gesellschaft läßt dich fühlen,
Daß du ein Mensch mit Menschen bist.
Doch so ist's nicht gemeint
Dich unter das Pack zu stoßen.
Ich bin keiner von den Großen;
Doch willst du, mit mir vereint,
Deine Schritte durch's Leben nehmen,
So will ich mich gern bequemen
Dein zu seyn, auf der Stelle.
Ich bin dein Geselle
Und, mach' ich dir's recht,
Bin ich dein Diener, bin dein Knecht!

FAUST.

Und was soll ich dagegen dir erfüllen?

MEPHISTOPHELES.

Dazu hast du noch eine lange Frist.

FAUST.

Nein, nein! der Teufel ist ein Egoist
Und thut nicht leicht um Gottes Willen
Was einem Andern nützlich ist.
Sprich die Bedingung deutlich aus;
Ein solcher Diener bringt Gefahr in's Haus.

MEPHISTOPHELES.

Ich will mich hier zu deinem Dienst verbinden,
Auf deinen Wink nicht rasten und nicht ruhn;
Wenn wir uns drüben wieder finden,
So sollst du mir das Gleiche thun.

FAUST.

Das Drüben kann mich wenig kümmern,
Schlägst du erst diese Welt zu Trümmern,

Die andre mag darnach entstehn.
Aus dieser Erde quillen meine Freuden,
Und diese Sonne scheinet meinen Leiden;
Kann ich mich erst von ihnen scheiden,
Dann mag was will und kann geschehn.
Davon will ich nichts weiter hören,
Ob man auch künftig haßt und liebt,
Und ob es auch in jenen Sphären
Ein Oben oder Unten gibt.

MEPHISTOPHELES.

In diesem Sinne kannst du's wagen.
Verbinde dich, du sollst, in diesen Tagen,
Mit Freuden meine Künste sehn,
Ich gebe dir was noch kein Mensch gesehn.

FAUST.

Was willst du armer Teufel geben?
Ward eines Menschen Geist, in seinem hohen Streben,
Von deines Gleichen je gefaßt?
Doch hast du Speise die nicht sättigt, hast
Du rothes Gold, das ohne Rast,
Quecksilber gleich, dir in der Hand zerrinnt,
Ein Spiel, bei dem man nie gewinnt,
Ein Mädchen, das an meiner Brust
Mit Aeugeln schon dem Nachbar sich verbindet,
Der Ehre schöne Götterlust,
Die, wie ein Meteor, verschwindet.
Zeig mir die Frucht die fault, eh' man sie bricht,
Und Bäume die sich täglich neu begrünen!

MEPHISTOPHELES.

Ein solcher Auftrag schreckt mich nicht,
Mit solchen Schätzen kann ich dienen.
Doch, guter Freund, die Zeit kommt auch heran
Wo wir was Gut's in Ruhe schmausen mögen.

FAUST.

Werd' ich beruhigt je mich auf ein Faulbett legen;
So sey es gleich um mich gethan!
Kannst du mich schmeichelnd je belügen
Daß ich mir selbst gefallen mag,
Kannst du mich mit Genuß betriegen;
Das sey für mich der letzte Tag!
Die Wette biet' ich!

MEPHISTOPHELES. Top!

FAUST. Und Schlag auf Schlag!

Werd' ich zum Augenblicke sagen:
Verweile doch! du bist so schön!
Dann magst du mich in Fesseln schlagen,
Dann will ich gern zu Grunde gehn!
Dann mag die Todtenglocke schallen,
Dann bist du deines Dienstes frei,
Die Uhr mag stehn, der Zeiger fallen,
Es sey die Zeit für mich vorbei!

MEPHISTOPHELES.

Bedenk' es wohl, wir werden's nicht vergessen.

FAUST.

Dazu hast du ein volles Recht,
Ich habe mich nicht freventlich vermessen.
Wie ich beharre bin ich Knecht,
Ob dein, was frag' ich, oder wessen.

MEPHISTOPHELES.

Ich werde heute gleich, bei'm Doctorschmaus,
Als Diener, meine Pflicht erfüllen.
Nur eins! – Um Lebens oder Sterbens willen,
Bitt' ich mir ein paar Zeilen aus.

FAUST.

Auch was geschriebnes forderst du Pedant?
Hast du noch keinen Mann, nicht Mannes-Wort gekannt?
Ist's nicht genug, daß mein gesprochnes Wort
Auf ewig soll mit meinen Tagen schalten?
Ras't nicht die Welt in allen Strömen fort,
Und mich soll ein Versprechen halten?
Doch dieser Wahn ist uns in's Herz gelegt,
Wer mag sich gern davon befreien?
Beglückt wer Treue rein im Busen trägt,
Kein Opfer wird ihn je gereuen!
Allein ein Pergament, beschrieben und beprägt,
Ist ein Gespenst vor dem sich Alle scheuen.
Das Wort erstirbt schon in der Feder,
Die Herrschaft führen Wachs und Leder.
Was willst du böser Geist von mir?
Erz, Marmor, Pergament, Papier?
Soll ich mit Griffel, Meißel, Feder schreiben?
Ich gebe jede Wahl dir frei.

MEPHISTOPHELES.

Wie magst du deine Rednerey
Nur gleich so hitzig übertreiben?
Ist doch ein jedes Blättchen gut.
Du unterzeichnest dich mit einem Tröpfchen Blut.

FAUST.

Wenn dieß dir völlig G'nüge thut,
So mag es bei der Fratze bleiben.

MEPHISTOPHELES.

Blut ist ein ganz besondrer Saft.

FAUST.

Nur keine Furcht, daß ich dieß Bündniß breche!
Das Streben meiner ganzen Kraft
Ist g'rade das was ich verspreche.

Ich habe mich zu hoch gebläht;
In deinen Rang gehör' ich nur.
Der große Geist hat mich verschmäht,
Vor mir verschließt sich die Natur.
Des Denkens Faden ist zerrissen,
Mir ekelt lange vor allem Wissen.
Laß in den Tiefen der Sinnlichkeit
Uns glühende Leidenschaften stillen!
In undurchdrungnen Zauberhüllen
Sey jedes Wunder gleich bereit!
Stürzen wir uns in das Rauschen der Zeit,
In's Rollen der Begebenheit!
Da mag denn Schmerz und Genuß,
Gelingen und Verdruß,
Mit einander wechseln wie es kann;
Nur rastlos bethätigt sich der Mann.

MEPHISTOPHELES.

Euch ist kein Maß und Ziel gesetzt.
Beliebt's euch überall zu naschen,
Im Fliehen etwas zu erhaschen,
Bekomm euch wohl was euch ergetzt.
Nur greift mir zu und seyd nicht blöde!

FAUST.

Du hörest ja, von Freud' ist nicht die Rede.
Dem Taumel weih' ich mich, dem schmerzlichsten Genuß,
Verliebtem Haß, erquickendem Verdruß.
Mein Busen, der vom Wissensdrang geheilt ist,
Soll keinen Schmerzen künftig sich verschließen,
Und was der ganzen Menschheit zugetheilt ist,
Will ich in meinem innern Selbst genießen,
Mit meinem Geist das Höchst' und Tiefste greifen,
Ihr Wohl und Weh auf meinen Busen häufen,

Und so mein eigen Selbst zu ihrem Selbst erweitern,
Und, wie sie selbst, am End' auch ich zerscheitern.

MEPHISTOPHELES.

O glaube mir, der manche tausend Jahre
An dieser harten Speise kaut,
Daß von der Wiege bis zur Bahre
Kein Mensch den alten Sauerteig verdaut!
Glaub' unser einem, dieses Ganze
Ist nur für einen Gott gemacht!
Er findet sich in einem ew'gen Glanze,
Uns hat er in die Finsterniß gebracht,
Und euch taugt einzig Tag und Nacht.

FAUST.

Allein ich will!

MEPHISTOPHELES.

Das läßt sich hören!
Doch nur vor Einem ist mir bang',
Die Zeit ist kurz, die Kunst ist lang.
Ich dächt', ihr ließet euch belehren.
Associirt euch mit einem Poeten.
Laßt den Herrn in Gedanken schweifen,
Und alle edlen Qualitäten
Auf euren Ehren-Scheitel häufen,
Des Löwen Muth,
Des Hirsches Schnelligkeit,
Des Italiäners feurig Blut,
Des Nordens Dau'rbarkeit.
Laßt ihn euch das Geheimniß finden,
Großmuth und Arglist zu verbinden,
Und euch, mit warmen Jugendtrieben,
Nach einem Plane, zu verlieben.
Möchte selbst solch einen Herren kennen,
Würd' ihn Herrn Mikrokosmus nennen.

FAUST.

Was bin ich denn, wenn es nicht möglich ist
Der Menschheit Krone zu erringen,
Nach der sich alle Sinne dringen?

MEPHISTOPHELES.

Du bist am Ende – was du bist.
Setz' dir Perrücken auf von Millionen Locken,
Setz' deinen Fuß auf ellenhohe Socken,
Du bleibst doch immer was du bist.

FAUST.

Ich fühl's, vergebens hab' ich alle Schätze
Des Menschengeist's auf mich herbeigerafft,
Und wenn ich mich am Ende niedersetze,
Quillt innerlich doch keine neue Kraft;
Ich bin nicht um ein Haar breit höher,
Bin dem Unendlichen nicht näher.

MEPHISTOPHELES.

Mein guter Herr, ihr seht die Sachen,
Wie man die Sachen eben sieht;
Wir müssen das gescheidter machen,
Eh' uns des Lebens Freude flieht.
Was Henker! freilich Händ' und Füße
Und Kopf und H – – die sind dein;
Doch alles, was ich frisch genieße,
Ist das drum weniger mein?
Wenn ich sechs Hengste zahlen kann,
Sind ihre Kräfte nicht die meine?
Ich renne zu und bin ein rechter Mann,
Als hätt' ich vier und zwanzig Beine.
Drum frisch! Laß alles Sinnen seyn,
Und g'rad' mit in die Welt hinein!

Ich sag' es dir: ein Kerl, der speculirt,
Ist wie ein Thier, auf dürrer Heide
Von einem bösen Geist im Kreis herum geführt,
Und rings umher liegt schöne grüne Weide.

FAUST.

Wie fangen wir das an?

MEPHISTOPHELES. Wir gehen eben fort.

Was ist das für ein Marterort?
Was heißt das für ein Leben führen,
Sich und die Jungens ennuyiren?
Laß du das dem Herrn Nachbar Wanst!
Was willst du dich das Stroh zu dreschen plagen?
Das Beste, was du wissen kannst,
Darfst du den Buben doch nicht sagen.
Gleich hör' ich einen auf dem Gange!

FAUST.

Mir ist's nicht möglich ihn zu sehn.

MEPHISTOPHELES.

Der arme Knabe wartet lange,
Der darf nicht ungetröstet gehn.
Komm, gib mir deinen Rock und Mütze;
Die Maske muß mir köstlich stehn.
Er kleidet sich um.
Nun überlaß es meinem Witze!
Ich brauche nur ein Viertelstündchen Zeit;
Indessen mache dich zur schönen Fahrt bereit!

FAUST *ab.*

MEPHISTOPHELES *in Faust's langem Kleide.*

Verachte nur Vernunft und Wissenschaft,
Des Menschen allerhöchste Kraft,
Laß nur in Blend- und Zauberwerken
Dich von dem Lügengeist bestärken,

So hab' ich dich schon unbedingt –
Ihm hat das Schicksal einen Geist gegeben,
Der ungebändigt immer vorwärts dringt,
Und dessen übereiltes Streben
Der Erde Freuden überspringt.
Den schlepp' ich durch das wilde Leben,
Durch flache Unbedeutenheit,
Er soll mir zappeln, starren, kleben,
Und seiner Unersättlichkeit
Soll Speis' und Trank vor gier'gen Lippen schweben;
Er wird Erquickung sich umsonst erflehn,
Und hätt' er sich auch nicht dem Teufel übergeben,
Er müßte doch zu Grunde gehn!

EIN SCHÜLER *tritt auf.*

SCHÜLER.
Ich bin allhier erst kurze Zeit,
Und komme voll Ergebenheit,
Einen Mann zu sprechen und zu kennen,
Den Alle mir mit Ehrfurcht nennen.

MEPHISTOPHELES.
Eure Höflichkeit erfreut mich sehr!
Ihr seht einen Mann wie andre mehr.
Habt ihr euch sonst schon umgethan?

SCHÜLER.
Ich bitt' euch, nehmt euch meiner an!
Ich komme mit allem guten Muth,
Leidlichem Geld und frischem Blut;
Meine Mutter wollte mich kaum entfernen;
Möchte gern' was rechts hieraußen lernen.

MEPHISTOPHELES.
Da seyd ihr eben recht am Ort.

SCHÜLER.
Aufrichtig, möchte schon wieder fort:
In diesen Mauern, diesen Hallen,
Will es mir keineswegs gefallen.
Es ist ein gar beschränkter Raum,
Man sieht nichts Grünes, keinen Baum,
Und in den Sälen, auf den Bänken,
Vergeht mir Hören, Seh'n und Denken.

MEPHISTOPHELES.
Das kommt nur auf Gewohnheit an.
So nimmt ein Kind der Mutter Brust
Nicht gleich im Anfang willig an,
Doch bald ernährt es sich mit Lust.
So wird's euch an der Weisheit Brüsten
Mit jedem Tage mehr gelüsten.

SCHÜLER.
An ihrem Hals will ich mit Freuden hangen;
Doch sagt mir nur, wie kann ich hingelangen?

MEPHISTOPHELES.
Erklärt euch, eh' ihr weiter geht,
Was wählt ihr für eine Facultät?

SCHÜLER.
Ich wünschte recht gelehrt zu werden,
Und möchte gern was auf der Erden
Und in dem Himmel ist erfassen,
Die Wissenschaft und die Natur.

MEPHISTOPHELES.
Da seyd ihr auf der rechten Spur;
Doch müßt ihr euch nicht zerstreuen lassen.

SCHÜLER.

Ich bin dabei mit Seel' und Leib;
Doch freilich würde mir behagen
Ein wenig Freiheit und Zeitvertreib
An schönen Sommerfeyertagen.

MEPHISTOPHELES.

Gebraucht der Zeit, sie geht so schnell von hinnen,
Doch Ordnung lehrt euch Zeit gewinnen.
Mein theurer Freund, ich rath' euch drum
Zuerst Collegium Logicum.
Da wird der Geist euch wohl dressirt,
In spanische Stiefeln eingeschnürt,
Daß er bedächtiger so fort an
Hinschleiche die Gedankenbahn,
Und nicht etwa, die Kreuz' und Quer,
Irrlichtelire hin und her.
Dann lehret man euch manchen Tag,
Daß, was ihr sonst auf einen Schlag
Getrieben, wie Essen und Trinken frei,
Eins! Zwey! Drey! dazu nöthig sey.
Zwar ist's mit der Gedanken-Fabrik
Wie mit einem Weber-Meisterstück,
Wo Ein Tritt tausend Fäden regt,
Die Schifflein herüber hinüber schießen,
Die Fäden ungesehen fließen,
Ein Schlag tausend Verbindungen schlägt:
Der Philosoph der tritt herein,
Und beweist euch, es müßt' so seyn:
Das Erst' wär' so, das Zweyte so,
Und drum das Dritt' und Vierte so;
Und wenn das Erst' und Zweyt' nicht wär',
Das Dritt' und Viert' wär' nimmermehr.

Das preisen die Schüler aller Orten,
Sind aber keine Weber geworden.
Wer will was lebendig's erkennen und beschreiben,
Sucht erst den Geist heraus zu treiben,
Dann hat er die Theile in seiner Hand,
Fehlt leider! nur das geistige Band.
Encheiresin naturae nennt's die Chemie,
Spottet ihrer selbst und weiß nicht wie.

SCHÜLER.

Kann euch nicht eben ganz verstehen.

MEPHISTOPHELES.

Das wird nächstens schon besser gehen,
Wenn ihr lernt alles reduciren
Und gehörig klassificiren.

SCHÜLER.

Mir wird von alle dem so dumm,
Als ging' mir ein Mühlrad im Kopf herum.

MEPHISTOPHELES.

Nachher, vor allen andern Sachen
Müßt ihr euch an die Metaphysik machen!
Da seht daß ihr tiefsinnig faßt,
Was in des Menschen Hirn nicht paßt;
Für was drein geht und nicht drein geht,
Ein prächtig Wort zu Diensten steht.
Doch vorerst dieses halbe Jahr
Nehmt ja der besten Ordnung wahr.
Fünf Stunden habt ihr jeden Tag;
Seyd drinnen mit dem Glockenschlag!
Habt euch vorher wohl präparirt,
Paragraphos wohl einstudirt,
Damit ihr nachher besser seht,
Daß er nichts sagt, als was im Buche steht;

Doch euch des Schreibens ja befleißt,
Als dictirt' euch der Heilig' Geist!

SCHÜLER.

Das sollt ihr mir nicht zweymal sagen!
Ich denke mir wie viel es nützt;
Denn, was man schwarz auf weiß besitzt,
Kann man getrost nach Hause tragen.

MEPHISTOPHELES.

Doch wählt mir eine Facultät!

SCHÜLER.

Zur Rechtsgelehrsamkeit kann ich mich nicht bequemen.

MEPHISTOPHELES.

Ich kann es euch so sehr nicht übel nehmen,
Ich weiß wie es um diese Lehre steht.
Es erben sich Gesetz' und Rechte
Wie eine ew'ge Krankheit fort;
Sie schleppen von Geschlecht sich zum Geschlechte,
Und rücken sacht von Ort zu Ort.
Vernunft wird Unsinn, Wohlthat Plage;
Weh dir, daß du ein Enkel bist!
Vom Rechte, das mit uns geboren ist,
Von dem ist leider! nie die Frage.

SCHÜLER.

Mein Abscheu wird durch euch vermehrt.
O glücklich der! den ihr belehrt.
Fast möcht' ich nun Theologie studiren.

MEPHISTOPHELES.

Ich wünschte nicht euch irre zu führen.
Was diese Wissenschaft betrifft,
Es ist so schwer den falschen Weg zu meiden,
Es liegt in ihr so viel verborgnes Gift,
Und von der Arzeney ist's kaum zu unterscheiden.

Am besten ist's auch hier, wenn ihr nur Einen hört,
Und auf des Meisters Worte schwört.
Im Ganzen – haltet euch an Worte!
Dann geht ihr durch die sichre Pforte
Zum Tempel der Gewißheit ein.

SCHÜLER.
Doch ein Begriff muß bei dem Worte seyn.

MEPHISTOPHELES.
Schon gut! Nur muß man sich nicht allzu ängstlich quälen;
Denn eben wo Begriffe fehlen,
Da stellt ein Wort zur rechten Zeit sich ein.
Mit Worten läßt sich trefflich streiten,
Mit Worten ein System bereiten,
An Worte läßt sich trefflich glauben,
Von einem Wort läßt sich kein Jota rauben.

SCHÜLER.
Verzeiht, ich halt' euch auf mit vielen Fragen,
Allein ich muß euch noch bemühn.
Wollt ihr mir von der Medicin
Nicht auch ein kräftig Wörtchen sagen?
Drey Jahr' ist eine kurze Zeit,
Und, Gott! das Feld ist gar zu weit.
Wenn man einen Fingerzeig nur hat,
Läßt sich's schon eher weiter fühlen.

MEPHISTOPHELES *für sich.*
Ich bin des trocknen Tons nun satt,
Muß wieder recht den Teufel spielen.
Laut.
Der Geist der Medicin ist leicht zu fassen;
Ihr durchstudirt die groß' und kleine Welt
Um es am Ende gehn zu lassen,
Wie's Gott gefällt.

Vergebens daß ihr ringsum wissenschaftlich schweift,
Ein jeder lernt nur was er lernen kann;
Doch der den Augenblick ergreift,
Das ist der rechte Mann.
Ihr seyd noch ziemlich wohlgebaut,
An Kühnheit wird's euch auch nicht fehlen,
Und wenn ihr euch nur selbst vertraut,
Vertrauen euch die andern Seelen.
Besonders lernt die Weiber führen;
Es ist ihr ewig Weh und Ach
So tausendfach
Aus Einem Punkte zu kuriren,
Und wenn ihr halbweg ehrbar thut,
Dann habt ihr sie all' unter'm Hut.
Ein Titel muß sie erst vertraulich machen,
Daß eure Kunst viel Künste übersteigt;
Zum Willkomm' tappt ihr dann nach allen Siebensachen,
Um die ein andrer viele Jahre streicht,
Versteht das Pülslein wohl zu drücken,
Und fasset sie, mit feurig schlauen Blicken,
Wohl um die schlanke Hüfte frei,
Zu seh'n, wie fest geschnürt sie sey.

SCHÜLER.

Das sieht schon besser aus! Man sieht doch wo und wie?

MEPHISTOPHELES.

Grau, theurer Freund, ist alle Theorie,
Und grün des Lebens goldner Baum.

SCHÜLER.

Ich schwör' euch zu, mir ist's als wie ein Traum.
Dürft' ich euch wohl ein andermal beschweren,
Von eurer Weisheit auf den Grund zu hören?

MEPHISTOPHELES.

Was ich vermag, soll gern geschehn.

SCHÜLER.

Ich kann unmöglich wieder gehn,
Ich muß euch noch mein Stammbuch überreichen.
Gönn' eure Gunst mir dieses Zeichen!

MEPHISTOPHELES.

Sehr wohl.

Er schreibt und giebt's.

SCHÜLER *liest.*

Eritis sicut Deus, scientes bonum et malum.

Macht's ehrerbietig zu und empfiehlt sich.

MEPHISTOPHELES.

Folg' nur dem alten Spruch und meiner Muhme der Schlange,
Dir wird gewiß einmal bei deiner Gottähnlichkeit bange!

FAUST *tritt auf.*

FAUST.

Wohin soll es nun gehn?

MEPHISTOPHELES. Wohin es dir gefällt.

Wir sehn die kleine, dann die große Welt.
Mit welcher Freude, welchem Nutzen,
Wirst du den Cursum durchschmarutzen!

FAUST.

Allein bei meinem langen Bart
Fehlt mir die leichte Lebensart.
Es wird mir der Versuch nicht glücken;
Ich wußte nie mich in die Welt zu schicken,
Vor andern fühl' ich mich so klein;
Ich werde stets verlegen seyn.

MEPHISTOPHELES.
Mein guter Freund, das wird sich alles geben;
Sobald du dir vertraust, sobald weißt du zu leben.

FAUST.
Wie kommen wir denn aus dem Haus?
Wo hast du Pferde, Knecht und Wagen?

MEPHISTOPHELES.
Wir breiten nur den Mantel aus,
Der soll uns durch die Lüfte tragen.
Du nimmst bei diesem kühnen Schritt
Nur keinen großen Bündel mit.
Ein Bißchen Feuerluft, die ich bereiten werde,
Hebt uns behend von dieser Erde.
Und sind wir leicht, so geht es schnell hinauf;
Ich gratulire dir zum neuen Lebenslauf.

Auerbachs Keller in Leipzig.

Zeche lustiger Gesellen.

FROSCH.
Will keiner trinken? keiner lachen?
Ich will euch lehren Gesichter machen!
Ihr seyd ja heut wie nasses Stroh,
Und brennt sonst immer lichterloh.

BRANDER.
Das liegt an dir; du bringst ja nichts herbei,
Nicht eine Dummheit, keine Sauerey.

FROSCH *gießt ihm ein Glas Wein über den Kopf.*
Da hast du beides!

BRANDER. Doppelt Schwein!

FROSCH.

Ihr wollt' es ja, man soll es seyn!

SIEBEL.

Zur Thür hinaus wer sich entzweyt!
Mit offner Brust singt Runda, sauft und schreit
Auf! Holla! Ho!

ALTMAYER. Weh mir, ich bin verloren!
Baumwolle her! der Kerl sprengt mir die Ohren.

SIEBEL.

Wenn das Gewölbe wiederschallt,
Fühlt man erst recht des Basses Grundgewalt.

FROSCH.

So recht, hinaus mit dem der etwas übel nimmt!
A! tara lara da!

ALTMAYER.

A! tara lara da!

FROSCH. Die Kehlen sind gestimmt.

Singt. Das liebe, heil'ge Röm'sche Reich,
Wie hält's nur noch zusammen?

BRANDER.

Ein garstig Lied! Pfuy! ein politisch Lied!
Ein leidig Lied! Dankt Gott mit jedem Morgen
Daß ihr nicht braucht für's Röm'sche Reich zu sorgen!
Ich halt' es wenigstens für reichlichen Gewinn,
Daß ich nicht Kaiser oder Kanzler bin.
Doch muß auch uns ein Oberhaupt nicht fehlen;
Wir wollen einen Papst erwählen.
Ihr wißt, welch eine Qualität
Den Ausschlag gibt, den Mann erhöht.

FROSCH *singt.*

Schwing' dich auf, Frau Nachtigall,
Grüß' mir mein Liebchen zehentausendmal.

SIEBEL.

Dem Liebchen keinen Gruß! Ich will davon nichts hören!

FROSCH.

Dem Liebchen Gruß und Kuß! du wirst mir's nicht verwehren!
Singt. Riegel auf! in stiller Nacht.
Riegel auf! der Liebste wacht.
Riegel zu! des Morgens früh.

SIEBEL.

Ja, singe, singe nur, und lob' und rühme sie!
Ich will zu meiner Zeit schon lachen.
Sie hat mich angeführt, dir wird sie's auch so machen.
Zum Liebsten sey ein Kobold ihr beschert!
Der mag mit ihr auf einem Kreuzweg schäkern;
Ein alter Bock, wenn er vom Blocksberg kehrt,
Mag im Galopp noch gute Nacht ihr meckern!
Ein braver Kerl von echtem Fleisch und Blut
Ist für die Dirne viel zu gut.
Ich will von keinem Gruße wissen,
Als ihr die Fenster eingeschmissen!

BRANDER *auf den Tisch schlagend.*

Paßt auf! paßt auf! Gehorchet mir!
Ihr Herrn gesteht, ich weiß zu leben;
Verliebte Leute sitzen hier,
Und diesen muß, nach Standsgebühr,
Zur guten Nacht ich was zum Besten geben.
Gebt Acht! Ein Lied vom neusten Schnitt!
Und singt den Rundreim kräftig mit!
Er singt. Es war eine Ratt' im Kellernest.
Lebte nur von Fett und Butter,
Hatte sich ein Ränzlein angemäst't,
Als wie der Doctor Luther.

Die Köchin hatt' ihr Gift gestellt;
Da ward's so eng' ihr in der Welt,
Als hätte sie Lieb' im Leibe.

CHORUS *jauchzend.*

Als hätte sie Lieb' im Leibe.

BRANDER.

Sie fuhr herum, sie fuhr heraus,
Und soff aus allen Pfützen,
Zernagt', zerkratzt' das ganze Haus,
Wollte nichts ihr Wüthen nützen;
Sie thät gar manchen Aengstesprung,
Bald hatte das arme Thier genung,
Als hätt' es Lieb' im Leibe.

CHORUS.

Als hätt' es Lieb' im Leibe.

BRANDER.

Sie kam vor Angst am hellen Tag
Der Küche zugelaufen,
Fiel an den Herd und zuckt' und lag,
Und thät erbärmlich schnaufen.
Da lachte die Vergifterin noch;
Ha! sie pfeift auf dem letzten Loch,
Als hätte sie Lieb' im Leibe.

CHORUS.

Als hätte sie Lieb' im Leibe.

SIEBEL.

Wie sich die platten Bursche freuen!
Es ist mir eine rechte Kunst,
Den armen Ratten Gift zu streuen!

BRANDER.

Sie stehn wohl sehr in deiner Gunst?

ALTMAYER.

Der Schmerbauch mit der kahlen Platte!
Das Unglück macht ihn zahm und mild;
Er sieht in der geschwollnen Ratte
Sein ganz natürlich Ebenbild.

FAUST *und* MEPHISTOPHELES.

MEPHISTOPHELES.

Ich muß dich nun vor allen Dingen
In lustige Gesellschaft bringen,
Damit du siehst wie leicht sich's leben läßt.
Dem Volke hier wird jeder Tag ein Fest.
Mit wenig Witz und viel Behagen
Dreht jeder sich im engen Zirkeltanz,
Wie junge Katzen mit dem Schwanz.
Wenn sie nicht über Kopfweh klagen,
So lang' der Wirth nur weiter borgt,
Sind sie vergnügt und unbesorgt.

BRANDER.

Die kommen eben von der Reise,
Man sieht's an ihrer wunderlichen Weise;
Sie sind nicht eine Stunde hier.

FROSCH.

Wahrhaftig du hast Recht! Mein Leipzig lob' ich mir!
Es ist ein klein Paris, und bildet seine Leute.

SIEBEL.

Für was siehst du die Fremden an?

FROSCH.

Laßt mich nur gehn! Bei einem vollen Glase,
Zieh' ich, wie einen Kinderzahn,
Den Burschen leicht die Würmer aus der Nase.

Sie scheinen mir aus einem edlen Haus,
Sie sehen stolz und unzufrieden aus.

BRANDER.
Marktschreier sind's gewiß, ich wette!

ALTMAYER.
Vielleicht.

FROSCH. Gib Acht, ich schraube sie!

MEPHISTOPHELES *zu Faust.*
Den Teufel spürt das Völkchen nie,
Und wenn er sie bei'm Kragen hätte.

FAUST.
Seyd uns gegrüßt, ihr Herrn!

SIEBEL. Viel Dank zum Gegengruß.
Leise, Mephistopheles von der Seite ansehend.
Was hinkt der Kerl auf Einem Fuß?

MEPHISTOPHELES.
Ist es erlaubt, uns auch zu euch zu setzen?
Statt eines guten Trunks, den man nicht haben kann,
Soll die Gesellschaft uns ergetzen.

ALTMAYER.
Ihr scheint ein sehr verwöhnter Mann.

FROSCH.
Ihr seyd wohl spät von Rippach aufgebrochen?
Habt ihr mit Herren Hans noch erst zu Nacht gespeis't?

MEPHISTOPHELES.
Heut sind wir ihn vorbei gereist!
Wir haben ihn das letztemal gesprochen.
Von seinen Vettern wußt' er viel zu sagen,
Viel Grüße hat er uns an jeden aufgetragen.
Er neigt sich gegen Frosch.

ALTMAYER *leise.*
Da hast du's! der versteht's!

SIEBEL. Ein pfiffiger Patron!

FROSCH.
Nun, warte nur, ich krieg' ihn schon!
MEPHISTOPHELES.
Wenn ich nicht irrte, hörten wir
Geübte Stimmen Chorus singen?
Gewiß, Gesang muß trefflich hier
Von dieser Wölbung wiederklingen!
FROSCH.
Seyd ihr wohl gar ein Virtuos?
MEPHISTOPHELES.
O nein! die Kraft ist schwach, allein die Lust ist groß.
ALTMAYER.
Gebt uns ein Lied!
MEPHISTOPHELES. Wenn ihr begehrt, die Menge.
SIEBEL.
Nur auch ein nagelneues Stück!
MEPHISTOPHELES.
Wir kommen erst aus Spanien zurück,
Dem schönen Land des Weins und der Gesänge.
Singt: Es war einmal ein König,
Der hatt' einen großen Floh –
FROSCH.
Horcht! Einen Floh! Habt ihr das wohl gefaßt?
Ein Floh ist mir ein saub'rer Gast.
MEPHISTOPHELES *singt:*
Es war einmal ein König,
Der hatt' einen großen Floh,
Den liebt' er gar nicht wenig,
Als wie seinen eignen Sohn.
Da rief er seinen Schneider,
Der Schneider kam heran:
Da, miß dem Junker Kleider,
Und miß ihm Hosen an!

BRANDER.

Vergeßt nur nicht dem Schneider einzuschärfen,
Daß er mir auf's genauste mißt,
Und daß, so lieb sein Kopf ihm ist,
Die Hosen keine Falten werfen!

MEPHISTOPHELES.

In Sammet und in Seide
War er nun angethan,
Hatte Bänder auf dem Kleide,
Hatt' auch ein Kreuz daran,
Und war sogleich Minister,
Und hatt' einen großen Stern.
Da wurden seine Geschwister
Bei Hof' auch große Herrn.

Und Herrn und Frau'n am Hofe,
Die waren sehr geplagt,
Die Königin und die Zofe
Gestochen und genagt,
Und durften sie nicht knicken,
Und weg sie jucken nicht.
Wir knicken und ersticken
Doch gleich wenn einer sticht.

CHORUS *jauchzend.*

Wir knicken und ersticken
Doch gleich wenn einer sticht.

FROSCH.

Bravo! Bravo! Das war schön!

SIEBEL.

So soll es jedem Floh ergehn!

BRANDER.

Spitzt die Finger und packt sie fein!

ALTMAYER.

Es lebe die Freiheit! Es lebe der Wein!

MEPHISTOPHELES.
Ich tränke gern ein Glas, die Freiheit hoch zu ehren,
Wenn eure Weine nur ein bißchen besser wären.

SIEBEL.
Wir mögen das nicht wieder hören!

MEPHISTOPHELES.
Ich fürchte nur der Wirth beschweret sich;
Sonst gäb' ich diesen werthen Gästen
Aus unserm Keller was zum Besten.

SIEBEL.
Nur immer her! ich nehm's auf mich.

FROSCH.
Schafft ihr ein gutes Glas, so wollen wir euch loben.
Nur gebt nicht gar zu kleine Proben;
Denn wenn ich judiciren soll,
Verlang' ich auch das Maul recht voll.

ALTMAYER *leise*.
Sie sind vom Rheine, wie ich spüre.

MEPHISTOPHELES.
Schafft einen Bohrer an!

BRANDER. Was soll mit dem geschehn?
Ihr habt doch nicht die Fässer vor der Thüre?

ALTMAYER.
Dahinten hat der Wirth ein Körbchen Werkzeug stehn.

MEPHISTOPHELES *nimmt den Bohrer. Zu Frosch*
Nun sagt, was wünschet ihr zu schmecken?

FROSCH.
Wie meint ihr das? Habt ihr so mancherlei?

MEPHISTOPHELES.
Ich stell' es einem jeden frei.

ALTMAYER *zu Frosch*.
Aha, du fängst schon an die Lippen abzulecken.

FROSCH.
Gut! wenn ich wählen soll, so will ich Rheinwein haben.
Das Vaterland verleiht die allerbesten Gaben.

MEPHISTOPHELES, *indem er an dem Platz, wo Frosch sitzt, ein Loch in den Tischrand bohrt.*
Verschafft ein wenig Wachs, die Pfropfen gleich zu machen!

ALTMAYER.
Ach das sind Taschenspielersachen.

MEPHISTOPHELES *zu Brander.*
Und ihr?

BRANDER.
Ich will Champagner Wein,
Und recht mussirend soll er seyn!

MEPHISTOPHELES *bohrt, einer hat indessen die Wachspfropfen gemacht und verstopft.*

BRANDER.
Man kann nicht stets das Fremde meiden,
Das Gute liegt uns oft so fern.
Ein echter deutscher Mann mag keinen Franzen leiden,
Doch ihre Weine trinkt er gern.

SIEBEL, *indem sich Mephistopheles seinem Platze nähert.*
Ich muß gestehn, den sauren mag ich nicht,
Gebt mir ein Glas vom echten süßen!

MEPHISTOPHELES *bohrt.*
Euch soll sogleich Tokayer fließen.

ALTMAYER.
Nein, Herren, seht mir in's Gesicht!
Ich seh' es ein, ihr habt uns nur zum Besten.

MEPHISTOPHELES.
Ey! Ey! Mit solchen edlen Gästen
Wär' es ein bißchen viel gewagt.
Geschwind! Nur grad' heraus gesagt!
Mit welchem Weine kann ich dienen?

ALTMAYER.
Mit jedem! Nur nicht lang gefragt.
Nachdem die Löcher alle gebohrt und verstopft sind,

MEPHISTOPHELES *mit seltsamen Geberden.*
Trauben trägt der Weinstock!
Hörner der Ziegenbock;
Der Wein ist saftig, Holz die Reben,
Der hölzerne Tisch kann Wein auch geben.
Ein tiefer Blick in die Natur!
Hier ist ein Wunder, glaubet nur!
Nun zieht die Pfropfen und genießt!

ALLE *indem sie die Pfropfen ziehen, und jedem der verlangte Wein in's Glas läuft.*
O schöner Brunnen, der uns fließt!

MEPHISTOPHELES.
Nur hütet euch, daß ihr mir nichts vergießt!
Sie trinken wiederholt.

ALLE *singen.*
Uns ist ganz kannibalisch wohl,
Als wie fünfhundert Säuen!

MEPHISTOPHELES.
Das Volk ist frei, seht an, wie wohl's ihm geht!

FAUST.
Ich hätte Lust nun abzufahren.

MEPHISTOPHELES.
Gib nur erst Acht, die Bestialität
Wird sich gar herrlich offenbaren.

SIEBEL *trinkt unvorsichtig, der Wein fließt auf die Erde, und wird zur Flamme.*
Helft! Feuer! Helft! Die Hölle brennt!

MEPHISTOPHELES *die Flamme besprechend.*
Sey ruhig, freundlich Element!

Zu dem Gesellen
Für dießmal war es nur ein Tropfen Fegefeuer.

SIEBEL.
Was soll das seyn? Wart! Ihr bezahlt es theuer!
Es scheinet, daß ihr uns nicht kennt!

FROSCH.
Laß er uns das zum zweytenmale bleiben!

ALTMAYER.
Ich dächt', wir hießen ihn ganz sachte seitwärts gehn.

SIEBEL.
Was Herr? Er will sich unterstehn,
Und hier sein Hokuspokus treiben?

MEPHISTOPHELES.
Still, altes Weinfaß!

SIEBEL. Besenstiel!
Du willst uns gar noch grob begegnen?

BRANDER.
Wart nur! Es sollen Schläge regnen!

ALTMAYER *zieht einen Pfropf aus dem Tisch, es springt ihm Feuer entgegen.*
Ich brenne! ich brenne!

SIEBEL. Zauberey!
Stoßt zu! der Kerl ist vogelfrei!
Sie ziehen die Messer und gehn auf Mephistopheles los.

MEPHISTOPHELES *mit ernsthafter Geberde.*
Falsch Gebild und Wort
Verändern Sinn und Ort!
Seyd hier und dort!
Sie stehn erstaunt und sehn einander an.

ALTMAYER.
Wo bin ich? Welches schöne Land?

FROSCH.

Weinberge! Seh' ich recht?

SIEBEL. Und Trauben gleich zur Hand!

BRANDER.

Hier unter diesem grünen Laube,
Seht, welch ein Stock! Seht, welche Traube!

Er faßt Siebeln bei der Nase. Die andern thun es wechselseitig und heben die Messer.

MEPHISTOPHELES *wie oben.*

Irrthum, laß los der Augen Band!
Und merkt euch wie der Teufel spaße.

Er verschwindet mit Faust, die Gesellen fahren aus einander.

SIEBEL.

Was gibt's?

ALTMAYER. Wie?

FROSCH. War das deine Nase?

BRANDER *(zu Siebel).*

Und deine hab' ich in der Hand!

ALTMAYER.

Es war ein Schlag, der ging durch alle Glieder!
Schafft einen Stuhl, ich sinke nieder!

FROSCH.

Nein, sagt mir nur, was ist geschehn?

SIEBEL.

Wo ist der Kerl? Wenn ich ihn spüre,
Er soll mir nicht lebendig gehn!

ALTMAYER.

Ich hab' ihn selbst hinaus zur Kellerthüre –
Auf einem Fasse reiten sehn – –
Es liegt mir bleyschwer in den Füßen.

Sich nach dem Tische wendend.

Mein! Sollte wohl der Wein noch fließen?

SIEBEL.

Betrug war alles, Lug und Schein.

FROSCH.

Mir däuchte doch als tränk' ich Wein.

BRANDER.

Aber wie war es mit den Trauben?

ALTMAYER.

Nun sag' mir eins, man soll kein Wunder glauben!

Hexenküche.

Auf einem niedrigen Herde steht ein großer Kessel über dem Feuer. In dem Dampfe, der davon in die Höhe steigt, zeigen sich verschiedene Gestalten. EINE MEERKATZE *sitzt bei dem Kessel und schäumt ihn, und sorgt daß er nicht überläuft.* DER MEERKATER *mit den Jungen sitzt darneben und wärmt sich, Wände und Decke sind mit dem seltsamsten Hexenhausrath ausgeschmückt.*

FAUST. MEPHISTOPHELES.

FAUST.

Mir widersteht das tolle Zauberwesen;
Versprichst du mir, ich soll genesen,
In diesem Wust von Raserey?
Verlang' ich Rath von einem alten Weibe?
Und schafft die Sudelköcherey
Wohl dreyßig Jahre mir vom Leibe?
Weh mir, wenn du nichts bessers weißt!
Schon ist die Hoffnung mir verschwunden.

Hat die Natur und hat ein edler Geist
Nicht irgend einen Balsam ausgefunden?

MEPHISTOPHELES.
Mein Freund, nun sprichst du wieder klug!
Doch zu verjüngen gibt's auch ein natürlich Mittel;
Allein es steht in einem andern Buch,
Und ist ein wunderlich Capitel.

FAUST.
Ich will es wissen.

MEPHISTOPHELES. Gut! Ein Mittel, ohne Geld
Und Arzt und Zauberey, zu haben:
Begib dich gleich hinaus auf's Feld,
Fang' an zu hacken und zu graben,
Erhalte dich und deinen Sinn
In einem ganz beschränkten Kreise,
Ernähre dich mit ungemischter Speise,
Leb' mit dem Vieh als Vieh, und acht' es nicht für Raub,
Den Acker, den du erntest, selbst zu düngen;
Das ist das beste Mittel, glaub',
Auf achtzig Jahr dich zu verjüngen!

FAUST.
Das bin ich nicht gewöhnt, ich kann mich nicht bequemen,
Den Spaten in die Hand zu nehmen.
Das enge Leben steht mir gar nicht an.

MEPHISTOPHELES.
So muß denn doch die Hexe dran.

FAUST.
Warum denn just das alte Weib!
Kannst du den Trank nicht selber brauen?

MEPHISTOPHELES.
Das wär' ein schöner Zeitvertreib!
Ich wollt' indeß wohl tausend Brücken bauen.

Nicht Kunst und Wissenschaft allein,
Geduld will bei dem Werke seyn.
Ein stiller Geist ist Jahre lang geschäftig;
Die Zeit nur macht die feine Gährung kräftig.
Und alles was dazu gehört
Es sind gar wunderbare Sachen!
Der Teufel hat sie's zwar gelehrt;
Allein der Teufel kann's nicht machen.
Die Thiere erblickend.
Sieh, welch ein zierliches Geschlecht!
Das ist die Magd! das ist der Knecht!
Zu den Thieren
Es scheint, die Frau ist nicht zu Hause?

DIE THIERE.
Bei'm Schmause,
Aus dem Haus
Zum Schornstein hinaus!

MEPHISTOPHELES.
Wie lange pflegt sie wohl zu schwärmen?

DIE THIERE.
So lange wir uns die Pfoten wärmen.

MEPHISTOPHELES *zu* FAUST.
Wie findest du die zarten Thiere?

FAUST.
So abgeschmackt als ich nur jemand sah!

MEPHISTOPHELES.
Nein, ein Discours wie dieser da,
Ist g'rade der den ich am liebsten führe!
Zu den Thieren
So sagt mir doch, verfluchte Puppen!
Was quirlt ihr in dem Brey herum?

DIE THIERE.
Wir kochen breite Bettelsuppen.

MEPHISTOPHELES.
Da habt ihr ein groß Publicum.

DER KATER *macht sich herbei und schmeichelt dem Mephistopheles.*
O würfle nur gleich
Und mache mich reich,
Und laß mich gewinnen!
Gar schlecht ist's bestellt,
Und wär' ich bei Geld,
So wär' ich bei Sinnen.

MEPHISTOPHELES.
Wie glücklich würde sich der Affe schätzen,
Könnt' er nur auch in's Lotto setzen!

Indessen haben die jungen Meerkätzchen mit einer großen Kugel gespielt und rollen sie hervor.

DER KATER.
Das ist die Welt;
Sie steigt und fällt
Und rollt beständig;
Sie klingt wie Glas:
Wie bald bricht das?
Ist hohl inwendig.
Hier glänzt sie sehr,
Und hier noch mehr,
Ich bin lebendig!
Mein lieber Sohn,
Halt dich davon!
Du mußt sterben!
Sie ist von Thon,
Es gibt Scherben.

MEPHISTOPHELES.
Was soll das Sieb?
DER KATER *holt es herunter.*
Wärst du ein Dieb,
Wollt' ich dich gleich erkennen.
Er läuft zur Kätzin und läßt sie durchsehen.
Sieh durch das Sieb!
Erkennst du den Dieb,
Und darfst ihn nicht nennen?
MEPHISTOPHELES *sich dem Feuer nähernd.*
Und dieser Topf?
KATER *und* KÄTZIN.
Der alberne Tropf!
Er kennt nicht den Topf,
Er kennt nicht den Kessel!
MEPHISTOPHELES.
Unhöfliches Thier
DER KATER.
Den Wedel nimm hier,
Und setz' dich in Sessel!
Er nöthigt den Mephistopheles zu sitzen.
FAUST *welcher diese Zeit über vor einem Spiegel gestanden, sich ihm bald genähert, bald sich von ihm entfernt hat.*
Was seh' ich? Welch ein himmlisch Bild
Zeigt sich in diesem Zauberspiegel!
O Liebe, leihe mir den schnellsten deiner Flügel,
Und führe mich in ihr Gefild!
Ach wenn ich nicht auf dieser Stelle bleibe,
Wenn ich es wage nah' zu gehn,
Kann ich sie nur als wie im Nebel sehn! –
Das schönste Bild von einem Weibe!
Ist's möglich, ist das Weib so schön?

Muß ich an diesem hingestreckten Leibe
Den Inbegriff von allen Himmeln sehn?
So etwas findet sich auf Erden?

MEPHISTOPHELES.
Natürlich, wenn ein Gott sich erst sechs Tage plagt,
Und selbst am Ende Bravo sagt,
Da muß es was gescheidtes werden.
Für dießmal sieh dich immer satt;
Ich weiß dir so ein Schätzchen auszuspüren,
Und selig wer das gute Schicksal hat,
Als Bräutigam sie heim zu führen!

FAUST *sieht immerfort in den Spiegel. Mephistopheles, sich in dem Sessel dehnend und mit dem Wedel spielend, fährt fort zu sprechen.*
Hier sitz' ich wie der König auf dem Throne,
Den Zepter halt' ich hier, es fehlt nur noch die Krone.

DIE THIERE *welche bisher allerlei wunderliche Bewegungen durch einander gemacht haben, bringen dem Mephistopheles eine Krone mit großem Geschrei.*
O sey doch so gut,
Mit Schweiß und mit Blut
Die Krone zu leimen!
Sie gehn ungeschickt mit der Krone um und zerbrechen sie in zwey Stücke, mit welchen sie herumspringen.
Nun ist es geschehn!
Wir reden und sehn,
Wir hören und reimen;

FAUST *gegen den Spiegel.*
Weh mir! ich werde schier verrückt.

MEPHISTOPHELES *auf die Thiere deutend.*
Nun fängt mir an fast selbst der Kopf zu schwanken.

DIE THIERE.

Und wenn es uns glückt,
Und wenn es sich schickt,
So sind es Gedanken!

FAUST *wie oben.*

Mein Busen fängt mir an zu brennen!
Entfernen wir uns nur geschwind!

MEPHISTOPHELES *in obiger Stellung.*

Nun, wenigstens muß man bekennen,
Daß es aufrichtige Poeten sind.

Der Kessel, welchen die Kätzin bisher außer Acht gelassen, fängt an überzulaufen; es entsteht eine große Flamme, welche zum Schornstein hinaus schlägt. DIE HEXE *kommt durch die Flamme mit entsetzlichem Geschrei herunter gefahren.*

DIE HEXE.

Au! Au! Au! Au!
Verdammtes Thier! verfluchte Sau!
Versäumst den Kessel, versengst die Frau!
Verfluchtes Thier!
Faust und Mephistopheles erblickend.
Was ist das hier?
Wer seyd ihr hier?
Was wollt ihr da?
Wer schlich sich ein?
Die Feuerpein
Euch in's Gebein!

Sie fährt mit dem Schaumlöffel in den Kessel und spritzt Flammen nach Faust, Mephistopheles und den Thieren. Die Thiere winseln.

MEPHISTOPHELES, *welcher den Wedel, den er in der Hand hält, umkehrt, und unter die Gläser und Töpfe schlägt.*
Entzwey! entzwey!
Da liegt der Brey!
Da liegt das Glas!
Es ist nur Spaß,
Der Tact, du Aas,
Zu deiner Melodey.
Indem die Hexe voll Grimm und Entsetzen zurücktritt.
Erkennst du mich? Gerippe! Scheusal du!
Erkennst du deinen Herrn und Meister?
Was hält mich ab, so schlag' ich zu,
Zerschmettre dich und deine Katzen-Geister!
Hast du vor'm rothen Wamms nicht mehr Respect?
Kannst du die Hahnenfeder nicht erkennen?
Hab' ich dieß Angesicht versteckt?
Soll ich mich etwa selber nennen?

DIE HEXE.
O Herr, verzeiht den rohen Gruß!
Seh' ich doch keinen Pferdefuß.
Wo sind denn eure beiden Raben?

MEPHISTOPHELES.
Für dießmal kommst du so davon;
Denn freilich ist es eine Weile schon,
Daß wir uns nicht gesehen haben.
Auch die Cultur, die alle Welt beleckt,
Hat auf den Teufel sich erstreckt;
Das nordische Phantom ist nun nicht mehr zu schauen;
Wo siehst du Hörner, Schweif und Klauen?
Und was den Fuß betrifft, den ich nicht missen kann,
Der würde mir bei Leuten schaden;
Darum bedien' ich mich, wie mancher junge Mann,
Seit vielen Jahren falscher Waden.

DIE HEXE *tanzend.*
Sinn und Verstand verlier' ich schier,
Seh' ich den Junker Satan wieder hier!
MEPHISTOPHELES.
Den Namen, Weib, verbitt' ich mir!
DIE HEXE.
Warum? Was hat er euch gethan?
MEPHISTOPHELES.
Er ist schon lang' in's Fabelbuch geschrieben;
Allein die Menschen sind nichts besser dran,
Den Bösen sind sie los, die Bösen sind geblieben.
Du nennst mich Herr Baron, so ist die Sache gut;
Ich bin ein Cavalier, wie andre Cavaliere.
Du zweifelst nicht an meinem edlen Blut;
Sieh her, das ist das Wapen, das ich führe!
Er macht eine unanständige Geberde.
DIE HEXE *lacht unmäßig.*
Ha! Ha! Das ist in eurer Art!
Ihr seyd ein Schelm, wie ihr nur immer war't!
MEPHISTOPHELES *zu* FAUST.
Mein Freund, das lerne wohl verstehn!
Dieß ist die Art mit Hexen umzugehn.
DIE HEXE.
Nun sagt, ihr Herren, was ihr schafft.
MEPHISTOPHELES.
Ein gutes Glas von dem bekannten Saft,
Doch muß ich euch um's ält'ste bitten;
Die Jahre doppeln seine Kraft.
DIE HEXE.
Gar gern! Hier hab' ich eine Flasche,
Aus der ich selbst zuweilen nasche,
Die auch nicht mehr im mind'sten stinkt;
Ich will euch gern ein Gläschen geben.

Leise

Doch wenn es dieser Mann unvorbereitet trinkt,
So kann er, wißt ihr wohl, nicht eine Stunde leben.

MEPHISTOPHELES.

Es ist ein guter Freund, dem es gedeihen soll;
Ich gönn' ihm gern das Beste deiner Küche.
Zieh deinen Kreis, sprich deine Sprüche,
Und gib ihm eine Tasse voll!

DIE HEXE *mit seltsamen Geberden, zieht einen Kreis und stellt wunderbare Sachen hinein; indessen fangen die Gläser an zu klingen, die Kessel zu tönen, und machen Musik. Zuletzt bringt sie ein großes Buch, stellt die Meerkatzen in den Kreis, die ihr zum Pult dienen und die Fackel halten müssen. Sie winkt Fausten, zu ihr zu treten.*

FAUST *zu* MEPHISTOPHELES.

Nein, sage mir, was soll das werden?
Das tolle Zeug, die rasenden Geberden,
Der abgeschmackteste Betrug,
Sind mir bekannt, verhaßt genug.

MEPHISTOPHELES.

Ey, Possen! Das ist nur zum Lachen;
Sey nur nicht ein so strenger Mann!
Sie muß als Arzt ein Hokuspokus machen,
Damit der Saft dir wohl gedeihen kann.

Er nöthigt Fausten in den Kreis zu treten.

DIE HEXE *mit großer Emphase fängt an aus dem Buche zu declamiren.*

Du mußt verstehn!
Aus Eins mach' Zehn,
Und Zwey laß gehn,
Und Drey mach' gleich,
So bist du reich.

Verlier' die Vier!
Aus Fünf und Sechs,
So sagt die Hex',
Mach' Sieben und Acht,
So ist's vollbracht:
Und Neun ist Eins,
Und Zehn ist keins.
Das ist das Hexen-Einmal-Eins!

FAUST.

Mich dünkt, die Alte spricht im Fieber.

MEPHISTOPHELES.

Das ist noch lange nicht vorüber,
Ich kenn' es wohl, so klingt das ganze Buch;
Ich habe manche Zeit damit verloren,
Denn ein vollkommner Widerspruch
Bleibt gleich geheimnißvoll für Kluge wie für Thoren.
Mein Freund, die Kunst ist alt und neu.
Es war die Art zu allen Zeiten,
Durch Drey und Eins, und Eins und Drey
Irrthum statt Wahrheit zu verbreiten.
So schwätzt und lehrt man ungestört;
Wer will sich mit den Narr'n befassen?
Gewöhnlich glaubt der Mensch, wenn er nur Worte hört,
Es müsse sich dabei doch auch was denken lassen.

DIE HEXE *fährt fort.*

Die hohe Kraft
Der Wissenschaft,
Der ganzen Welt verborgen!
Und wer nicht denkt,
Dem wird sie geschenkt,
Er hat sie ohne Sorgen.

FAUST.

Was sagt sie uns für Unsinn vor?
Es wird mir gleich der Kopf zerbrechen.

Mich dünkt, ich hör' ein ganzes Chor
Von hundert tausend Narren sprechen.

MEPHISTOPHELES.

Genug, genug, o treffliche Sibylle!
Gib deinen Trank herbei, und fülle
Die Schale rasch bis an den Rand hinan;
Denn meinem Freund wird dieser Trunk nicht schaden:
Er ist ein Mann von vielen Graden,
Der manchen guten Schluck gethan.

DIE HEXE *mit vielen Ceremonien, schenkt den Trank in eine Schale; wie sie Faust an den Mund bringt, entsteht eine leichte Flamme.*

MEPHISTOPHELES.

Nur frisch hinunter! Immer zu!
Es wird dir gleich das Herz erfreuen.
Bist mit dem Teufel du und du,
Und willst dich vor der Flamme scheuen?

DIE HEXE *lös't den Kreis.*

FAUST *tritt heraus.*

MEPHISTOPHELES.

Nun frisch hinaus! Du darfst nicht ruhn.

DIE HEXE.

Mög' euch das Schlückchen wohl behagen!

MEPHISTOPHELES *zur Hexe.*

Und kann ich dir was zu Gefallen thun;
So darfst du mir's nur auf Walpurgis sagen.

DIE HEXE.

Hier ist ein Lied! wenn ihr's zuweilen singt,
So werdet ihr besondre Wirkung spüren.

MEPHISTOPHELES *zu Faust.*

Komm nur geschwind und laß dich führen;
Du mußt nothwendig transpiriren,

Damit die Kraft durch Inn- und Aeußres dringt.
Den edlen Müßiggang lehr' ich hernach dich schätzen,
Und bald empfindest du mit innigem Ergetzen,
Wie sich Cupido regt und hin und wieder springt.

FAUST.

Laß mich nur schnell noch in den Spiegel schauen!
Das Frauenbild war gar zu schön!

MEPHISTOPHELES.

Nein! Nein! Du sollst das Muster aller Frauen
Nun bald leibhaftig vor dir seh'n.
Leise
Du siehst, mit diesem Trank im Leibe,
Bald Helenen in jedem Weibe.

Straße [I].

FAUST MARGARETE *vorüber gehend.*

FAUST.

Mein schönes Fräulein, darf ich wagen,
Meinen Arm und Geleit Ihr anzutragen?

MARGARETE.

Bin weder Fräulein, weder schön,
Kann ungeleitet nach Hause gehn.
Sie macht sich los und ab.

FAUST.

Beim Himmel, dieses Kind ist schön!
So etwas hab ich nie gesehn.
Sie ist so sitt- und tugendreich,
Und etwas schnippisch doch zugleich.

Der Lippe Roth, der Wange Licht,
Die Tage der Welt vergess' ich's nicht!
Wie sie die Augen niederschlägt,
Hat tief sich in mein Herz geprägt;
Wie sie kurz angebunden war,
Das ist nun zum Entzücken gar!

MEPHISTOPHELES *tritt auf.*

FAUST.
Hör, du mußt mir die Dirne schaffen!
MEPHISTOPHELES.
Nun, welche?
FAUST. Sie ging just vorbei.
MEPHISTOPHELES.
Da die? Sie kam von ihrem Pfaffen,
Der sprach sie aller Sünden frei;
Ich schlich mich hart am Stuhl vorbei,
Es ist ein gar unschuldig Ding,
Das eben für nichts zur Beichte ging;
Ueber die hab' ich keine Gewalt!
FAUST.
Ist über vierzehn Jahr doch alt.
MEPHISTOPHELES.
Du sprichst ja wie Hans Liederlich,
Der begehrt jede liebe Blum' für sich,
Und dünkelt ihm es wär' kein Ehr'
Und Gunst die nicht zu pflücken wär';
Geht aber doch nicht immer an.
FAUST.
Mein Herr Magister Lobesan,
Laß er mich mit dem Gesetz in Frieden!

Und das sag' ich ihm kurz und gut,
Wenn nicht das süße junge Blut
Heut' Nacht in meinen Armen ruht;
So sind wir um Mitternacht geschieden.

MEPHISTOPHELES.

Bedenk was gehn und stehen mag!
Ich brauche wenigstens vierzehn Tag',
Nur die Gelegenheit auszuspüren.

FAUST.

Hätt' ich nur sieben Stunden Ruh,
Brauchte den Teufel nicht dazu,
So ein Geschöpfchen zu verführen.

MEPHISTOPHELES.

Ihr sprecht schon fast wie ein Franzos;
Doch bitt' ich, laßt's euch nicht verdrießen:
Was hilft's nur g'rade zu genießen?
Die Freud' ist lange nicht so groß,
Als wenn ihr erst herauf, herum,
Durch allerlei Brimborium,
Das Püppchen geknetet und zugericht't,
Wie's lehret manche welsche Geschicht'.

FAUST.

Hab' Appetit auch ohne das.

MEPHISTOPHELES.

Jetzt ohne Schimpf und ohne Spaß.
Ich sag' euch, mit dem schönen Kind
Geht's ein- für allemal nicht geschwind.
Mit Sturm ist da nichts einzunehmen;
Wir müssen uns zur List bequemen.

FAUST.

Schaff' mir etwas vom Engelsschatz!
Führ' mich an ihren Ruheplatz!

Schaff' mir ein Halstuch von ihrer Brust,
Ein Strumpfband meiner Liebeslust!

MEPHISTOPHELES.

Damit ihr seht, daß ich eurer Pein
Will förderlich und dienstlich seyn;
Wollen wir keinen Augenblick verlieren,
Will euch noch heut' in ihr Zimmer führen.

FAUST.

Und soll sie sehn? sie haben?

MEPHISTOPHELES. Nein!

Sie wird bei einer Nachbarin seyn.
Indessen könnt ihr ganz allein
An aller Hoffnung künft'ger Freuden
In ihrem Dunstkreis satt euch weiden.

FAUST.

Können wir hin?

MEPHISTOPHELES.

Es ist noch zu früh.

FAUST.

Sorg' du mir für ein Geschenk für sie.
ab.

MEPHISTOPHELES.

Gleich schenken? Das ist brav! Da wird er reüssiren!
Ich kenne manchen schönen Platz
Und manchen alt vergrabnen Schatz;
Ich muß ein bißchen revidiren.
ab.

Abend.

Ein kleines reinliches Zimmer.

MARGARETE *ihre Zöpfe flechtend und aufbindend.*

Ich gäb' was drum, wenn ich nur wüßt'
Wer heut der Herr gewesen ist!
Er sah gewiß recht wacker aus,
Und ist aus einem edlen Haus;
Das konnt' ich ihm an der Stirne lesen –
Er wär'auch sonst nicht so keck gewesen.
ab.

MEPHISTOPHELES. FAUST.

MEPHISTOPHELES.
Herein, ganz leise, nur herein!
FAUST *nach einigem Stillschweigen.*
Ich bitte dich, laß mich allein!
MEPHISTOPHELES *herumspürend.*
Nicht jedes Mädchen hält so rein.
ab.
FAUST *rings aufschauend.*
Willkommen süßer Dämmerschein!
Der du dieß Heiligthum durchwebst.
Ergreif mein Herz, du süße Liebespein!
Die du vom Thau der Hoffnung schmachtend lebst.
Wie athmet rings Gefühl der Stille,
Der Ordnung, der Zufriedenheit!
In dieser Armuth welche Fülle!
In diesem Kerker welche Seligkeit!
Er wirft sich auf den ledernen Sessel am Bette.

O nimm mich auf! der du die Vorwelt schon
Bei Freud' und Schmerz im offnen Arm empfangen!
Wie oft, ach! hat an diesem Väter-Thron
Schon eine Schaar von Kindern rings gehangen!
Vielleicht hat, dankbar für den heil'gen Christ,
Mein Liebchen hier, mit vollen Kinderwangen,
Dem Ahnherrn fromm die welke Hand geküßt.
Ich fühl', o Mädchen, deinen Geist
Der Füll' und Ordnung um mich säuseln,
Der mütterlich dich täglich unterweis't,
Den Teppich auf den Tisch dich reinlich breiten heißt,
Sogar den Sand zu deinen Füßen kräuseln.
O liebe Hand! so göttergleich!
Die Hütte wird durch dich ein Himmelreich.
Und hier!
Er hebt einen Bettvorhang auf.
Was faßt mich für ein Wonnegraus!
Hier möcht' ich volle Stunden säumen.
Natur! Hier bildetest in leichten Träumen
Den eingebornen Engel aus;
Hier lag das Kind! mit warmem Leben
Den zarten Busen angefüllt,
Und hier mit heilig reinem Weben
Entwirkte sich das Götterbild!

Und du! Was hat dich hergeführt?
Wie innig fühl' ich mich gerührt!
Was willst du hier? Was wird das Herz dir schwer?
Armsel'ger Faust! ich kenne dich nicht mehr.

Umgibt mich hier ein Zauberduft?
Mich drang's so g'rade zu genießen,

Und fühle mich in Liebestraum zerfließen!
Sind wir ein Spiel von jedem Druck der Luft?

Und träte sie den Augenblick herein,
Wie würdest du für deinen Frevel büßen!
Der große Hans, ach wie so klein!
Läg', hingeschmolzen, ihr zu Füßen.

MEPHISTOPHELES [*kommt*].
Geschwind! ich seh' sie unten kommen.

FAUST.
Fort! Fort! Ich kehre nimmermehr!

MEPHISTOPHELES.
Hier ist ein Kästchen leidlich schwer,
Ich hab's wo anders hergenommen.
Stellt's hier nur immer in den Schrein,
Ich schwör' euch, ihr vergehn die Sinnen;
Ich that euch Sächelchen hinein,
Um eine andre zu gewinnen.
Zwar Kind ist Kind und Spiel ist Spiel.

FAUST.
Ich weiß nicht soll ich?

MEPHISTOPHELES. Fragt ihr viel?
Meint ihr vielleicht den Schatz zu wahren?
Dann rath' ich eurer Lüsternheit,
Die liebe schöne Tageszeit
Und mir die weitre Müh' zu sparen.
Ich hoff' nicht daß ihr geizig seyd!
Ich kratz' den Kopf, reib' an den Händen –
Er stellt das Kästchen in den Schrein und drückt das Schloß wieder zu.
Nur fort! geschwind! –
Um euch das süße junge Kind
Nach Herzens Wunsch und Will' zu wenden;

Und ihr seht drein,
Als solltet ihr in den Hörsaal hinein,
Als stünden grau leibhaftig vor euch da
Physik und Metaphysika!
Nur fort! –
ab.

MARGARETE *mit einer Lampe.*

Es ist so schwül, so dumpfig hie
Sie macht das Fenster auf.
Und ist doch eben so warm nicht drauß'.
Es wird mir so, ich weiß nicht wie –
Ich wollt', die Mutter käm' nach Haus.
Mir läuft ein Schauer über'n ganzen Leib –
Bin doch ein thöricht furchtsam Weib!
Sie fängt an zu singen, indem sie sich auszieht.

Es war ein König in Thule
Gar treu bis an das Grab,
Dem sterbend seine Buhle
Einen goldnen Becher gab.

Es ging ihm nichts darüber,
Er leert ihn jeden Schmaus;
Die Augen gingen ihm über,
So oft er trank daraus.

Und als er kam zu sterben,
Zählt' er seine Städt' im Reich,
Gönnt' alles seinem Erben,
Den Becher nicht zugleich.

Er saß bei'm Königsmahle,
Die Ritter um ihn her,
Auf hohem Väter-Saale,
Dort auf dem Schloß am Meer.

Dort stand der alte Zecher,
Trank letzte Lebensgluth,
Und warf den heiligen Becher
Hinunter in die Fluth.

Er sah ihn stürzen, trinken
Und sinken tief in's Meer,
Die Augen thäten ihm sinken,
Trank nie einen Tropfen mehr.

Sie eröffnet den Schrein, ihre Kleider einzuräumen, und erblickt das Schmuckkästchen.

Wie kommt das schöne Kästchen hier herein?
Ich schloß doch ganz gewiß den Schrein.
Es ist doch wunderbar! Was mag wohl drinne seyn?
Vielleicht bracht's jemand als ein Pfand,
Und meine Mutter lieh darauf.
Da hängt ein Schlüsselchen am Band,
Ich denke wohl ich mach' es auf!
Was ist das? Gott im Himmel! Schau,
So was hab' ich mein' Tage nicht gesehn!
Ein Schmuck! Mit dem könnt' eine Edelfrau
Am höchsten Feyertage gehn.
Wie sollte mir die Kette stehn?
Wem mag die Herrlichkeit gehören?
Sie putzt sich damit auf und tritt vor den Spiegel.
Wenn nur die Ohrring' meine wären!

Man sieht doch gleich ganz anders drein.
Was hilft euch Schönheit, junges Blut?
Das ist wohl alles schön und gut,
Allein man läßt's auch alles seyn;
Man lobt euch halb mit Erbarmen.
Nach Golde drängt,
Am Golde hängt
Doch Alles. Ach wir Armen!

Spaziergang.

FAUST *in Gedanken auf und ab gehend.*
Zu ihm MEPHISTOPHELES.

MEPHISTOPHELES.
Bei aller verschmähten Liebe! Bei'm höllischen Elemente!
Ich wollt' ich wüßte was ärgers, daß ich's fluchen könnte!

FAUST.
Was hast? was kneipt dich denn so sehr?
So kein Gesicht sah' ich in meinem Leben!

MEPHISTOPHELES.
Ich möcht' mich gleich dem Teufel übergeben,
Wenn ich nur selbst kein Teufel wär'!

FAUST.
Hat sich dir was im Kopf verschoben?
Dich kleidet's, wie ein Rasender zu toben!

MEPHISTOPHELES.
Denkt nur, den Schmuck für Gretchen angeschafft,
Den hat ein Pfaff hinweggerafft! –

Die Mutter kriegt das Ding zu schauen,
Gleich fängt's ihr heimlich an zu grauen:
Die Frau hat gar einen feinen Geruch,
Schnuffelt immer im Gebetbuch,
Und riecht's einem jeden Möbel an,
Ob das Ding heilig ist oder profan;
Und an dem Schmuck da spürt sie's klar,
Daß dabei nicht viel Segen war.
Mein Kind, rief sie, ungerechtes Gut
Befängt die Seele, zehrt auf das Blut.
Wollen's der Mutter Gottes weihen,
Wird uns mit Himmels-Manna erfreuen!
Margretlein zog ein schiefes Maul,
Ist halt, dacht' sie, ein geschenkter Gaul,
Und wahrlich! gottlos ist nicht der,
Der ihn so fein gebracht hierher.
Die Mutter ließ einen Pfaffen kommen;
Der hatte kaum den Spaß vernommen,
Ließ sich den Anblick wohl behagen.
Er sprach: So ist man recht gesinnt!
Wer überwindet der gewinnt.
Die Kirche hat einen guten Magen,
Hat ganze Länder aufgefressen,
Und doch noch nie sich übergessen;
Die Kirch' allein, meine lieben Frauen,
Kann ungerechtes Gut verdauen.

FAUST.

Das ist ein allgemeiner Brauch,
Ein Jud' und König kann es auch.

MEPHISTOPHELES.

Strich drauf ein Spange, Kett' und Ring',
Als wären's eben Pfifferling',

Dankt' nicht weniger und nicht mehr,
Als ob's ein Korb voll Nüsse wär',
Versprach ihnen allen himmlischen Lohn –
Und sie waren sehr erbaut davon.

FAUST.

Und Gretchen?

MEPHISTOPHELES.

Sitzt nun unruhvoll,
Weiß weder was sie will noch soll,
Denkt an's Geschmeide Tag und Nacht,
Noch mehr an den der's ihr gebracht.

FAUST.

Des Liebchens Kummer thut mir leid.
Schaff' du ihr gleich ein neu Geschmeid'!
Am ersten war ja so nicht viel.

MEPHISTOPHELES.

O ja, dem Herrn ist Alles Kinderspiel!

FAUST.

Und mach', und richt's nach meinem Sinn
Häng' dich an ihre Nachbarin.
Sey Teufel doch nur nicht wie Brey.
Und schaff' einen neuen Schmuck herbei!

MEPHISTOPHELES.

Ja, gnäd'ger Herr, von Herzen gerne.
Faust ab.

MEPHISTOPHELES.

So ein verliebter Thor verpufft
Euch Sonne, Mond und alle Sterne
Zum Zeitvertreib dem Liebchen in die Luft.
ab.

Der Nachbarin Haus.

MARTHE *allein.*

Gott verzeih's meinem lieben Mann,
Er hat an mir nicht wohl gethan!
Geht da stracks in die Welt hinein,
Und läßt mich auf dem Stroh allein.
Thät' ihn doch wahrlich nicht betrüben,
Thät' ihn, weiß Gott, recht herzlich lieben.
Sie weint.
Vielleicht ist er gar todt! – O Pein! – –
Hätt' ich nur einen Todtenschein!

MARGARETE *kommt.*

MARGARETE.
Frau Marthe!
MARTHE. Gretelchen, was soll's?
MARGARETE.
Fast sinken mir die Kniee nieder!
Da find' ich so ein Kästchen wieder
In meinem Schrein, von Ebenholz,
Und Sachen herrlich ganz und gar,
Weit reicher als das erste war.
MARTHE.
Das muß sie nicht der Mutter sagen;
Thät's wieder gleich zur Beichte tragen.
MARGARETE.
Ach seh' sie nur! ach schau' sie nur!
MARTHE *putzt sie auf.*
O du glücksel'ge Creatur!

MARGARETE.

Darf mich, leider, nicht auf der Gassen,
Noch in der Kirche mit sehen lassen.

MARTHE.

Komm du nur oft zu mir herüber,
Und leg' den Schmuck hier heimlich an;
Spazier' ein Stündchen lang dem Spiegelglas vorüber,
Wir haben unsre Freude dran;
Und dann gibt's einen Anlaß, gibt's ein Fest,
Wo man's so nach und nach den Leuten sehen läßt.
Ein Kettchen erst, die Perle dann in's Ohr;
Die Mutter sieht's wohl nicht, man macht ihr auch was vor.

MARGARETE.

Wer konnte nur die beiden Kästchen bringen?
Es geht nicht zu mit rechten Dingen!
Es klopft.

MARGARETE.

Ach Gott! mag das meine Mutter seyn?

MARTHE *durch's Vorhängel guckend.*

Es ist ein fremder Herr – Herein!

MEPHISTOPHELES *tritt auf.*

MEPHISTOPHELES.

Bin so frei g'rad' herein zu treten,
Muß bei den Frauen Verzeihn erbeten.
Tritt ehrerbietig vor Margareten zurück.
Wollte nach Frau Marthe Schwerdtlein fragen!

MARTHE.

Ich bin's, was hat der Herr zu sagen?

MEPHISTOPHELES *leise zu ihr.*

Ich kenne Sie jetzt, mir ist das genug;
Sie hat da gar vornehmen Besuch.

Verzeiht die Freiheit die ich genommen,
Will Nachmittage wieder kommen.

MARTHE *laut.*

Denk', Kind, um alles in der Welt!
Der Herr dich für ein Fräulein hält.

MARGARETE.

Ich bin ein armes junges Blut;
Ach Gott! der Herr ist gar zu gut:
Schmuck und Geschmeide sind nicht mein.

MEPHISTOPHELES.

Ach, es ist nicht der Schmuck allein;
Sie hat ein Wesen, einen Blick so scharf!
Wie freut mich's daß ich bleiben darf.

MARTHE.

Was bringt er denn? Verlange sehr –

MEPHISTOPHELES.

Ich wollt' ich hätt' eine frohere Mähr'!
Ich hoffe sie läßt mich's drum nicht büßen:
Ihr Mann ist todt und läßt sie grüßen.

MARTHE.

Ist todt? das treue Herz! O weh!
Mein Mann ist todt! Ach ich vergeh'!

MARGARETE.

Ach! liebe Frau, verzweifelt nicht!

MEPHISTOPHELES.

So hört die traurige Geschicht'!

MARGARETE.

Ich würde drum mein' Tag' nicht lieben,
Würde mich Verlust zu Tode betrüben.

MEPHISTOPHELES.

Freud' muß Leid, Leid muß Freude haben.

MARTHE.

Erzählt mir seines Lebens Schluß!

MEPHISTOPHELES.
Er liegt in Padua begraben
Bei'm heiligen Antonius,
An einer wohlgeweihten Stätte
Zum ewig kühlen Ruhebette.

MARTHE.
Habt ihr sonst nichts an mich zu bringen?

MEPHISTOPHELES.
Ja, eine Bitte, groß und schwer;
Laß sie doch ja für ihn dreyhundert Messen singen!
Im übrigen sind meine Taschen leer.

MARTHE.
Was! Nicht ein Schaustück? Kein Geschmeid'?
Was jeder Handwerksbursch im Grund des Säckels spart,
Zum Angedenken aufbewahrt,
Und lieber hungert, lieber bettelt!

MEPHISTOPHELES.
Madam, es thut mir herzlich leid;
Allein er hat sein Geld wahrhaftig nicht verzettelt.
Auch er bereute seine Fehler sehr,
Ja, und bejammerte sein Unglück noch viel mehr.

MARGARETE.
Ach! daß die Menschen so unglücklich sind!
Gewiß ich will für ihn manch Requiem noch beten.

MEPHISTOPHELES.
Ihr wäret werth, gleich in die Eh' zu treten:
Ihr seyd ein liebenswürdig Kind.

MARGARETE.
Ach nein, das geht jetzt noch nicht an.

MEPHISTOPHELES.
Ist's nicht ein Mann, sey's derweil' ein Galan.
's ist eine der größten Himmelsgaben,
So ein lieb Ding im Arm zu haben.

MARGARETE.
Das ist des Landes nicht der Brauch.
MEPHISTOPHELES.
Brauch oder nicht! Es gibt sich auch.
MARTHE.
Erzählt mir doch!
MEPHISTOPHELES.
Ich stand an seinem Sterbebette,
Es war was besser als von Mist,
Von halbgefaultem Stroh; allein er starb als Christ,
Und fand daß er weit mehr noch auf der Zeche hätte.
Wie, rief er, muß ich mich von Grund aus hassen,
So mein Gewerb, mein Weib so zu verlassen!
Ach! die Erinnrung tödtet mich.
Vergäb' sie mir nur noch in diesem Leben! –
MARTHE *weinend.*
Der gute Mann! ich hab' ihm längst vergeben.
MEPHISTOPHELES.
Allein, weiß Gott! sie war mehr Schuld als ich.
MARTHE.
Das lügt er! Was! am Rand des Grab's zu lügen!
MEPHISTOPHELES.
Er fabelte gewiß in letzten Zügen,
Wenn ich nur halb ein Kenner bin.
Ich hatte, sprach er, nicht zum Zeitvertreib zu gaffen,
Erst Kinder, und dann Brot für sie zu schaffen,
Und Brot im allerweit'sten Sinn,
Und konnte nicht einmal mein Theil in Frieden essen.
MARTHE.
Hat er so aller Treu', so aller Lieb' vergessen,
Der Plackerey bei Tag und Nacht!
MEPHISTOPHELES.
Nicht doch, er hat euch herzlich dran gedacht.

Er sprach: Als ich nun weg von Malta ging,
Da betet' ich für Frau und Kinder brünstig;
Uns war denn auch der Himmel günstig,
Daß unser Schiff ein Türkisch Fahrzeug fing,
Das einen Schatz des großen Sultans führte.
Da ward der Tapferkeit ihr Lohn,
Und ich empfing denn auch, wie sich's gebührte,
Mein wohlgemess'nes Theil davon.

MARTHE.
Ey wie? Ey wo? Hat er's vielleicht vergraben?

MEPHISTOPHELES.
Wer weiß, wo nun es die vier Winde haben.
Ein schönes Fräulein nahm sich seiner an,
Als er in Napel fremd umher spazierte;
Sie hat an ihm viel Lieb's und Treu's gethan,
Daß er's bis an sein selig Ende spürte.

MARTHE.
Der Schelm! der Dieb an seinen Kindern!
Auch alles Elend, alle Noth
Konnt' nicht sein schändlich Leben hindern!

MEPHISTOPHELES.
Ja seht! dafür ist er nun todt.
Wär' ich nun jetzt an eurem Platze,
Betraurt' ich ihn ein züchtig Jahr.
Visirte dann unterweil' nach einem neuen Schatze.

MARTHE.
Ach Gott! wie doch mein erster war,
Find' ich nicht leicht auf dieser Welt den andern!
Es konnte kaum ein herziger Närrchen seyn.
Er liebte nur das allzuviele Wandern;
Und fremde Weiber, und fremden Wein,
Und das verfluchte Würfelspiel.

MEPHISTOPHELES.

Nun, nun, so konnt' es gehn und stehen,
Wenn er euch ungefähr so viel
Von seiner Seite nachgesehen.
Ich schwör' euch zu, mit dem Beding
Wechselt' ich selbst mit euch den Ring!

MARTHE.

O es beliebt dem Herrn zu scherzen!

MEPHISTOPHELES *für sich.*

Nun mach' ich mich bei Zeiten fort!
Die hielte wohl den Teufel selbst bei'm Wort.
zu Gretchen
Wie steht es denn mit Ihrem Herzen?

MARGARETE.

Was meint der Herr damit?

MEPHISTOPHELES *für sich.* Du gut's, unschuldig's Kind!
Laut
Lebt wohl ihr Fraun!

MARGARETE. Lebt wohl!

MARTHE. O sagt mir doch geschwind!
Ich möchte gern ein Zeugniß haben,
Wo, wie und wann mein Schatz gestorben und begraben.
Ich bin von je der Ordnung Freund gewesen,
Möcht' ihn auch todt im Wochenblättchen lesen.

MEPHISTOPHELES.

Ja, gute Frau, durch zweyer Zeugen Mund
Wird allerwegs die Wahrheit kund;
Habe noch gar einen feinen Gesellen,
Den will ich euch vor den Richter stellen.
Ich bring' ihn her.

MARTHE. O thut das ja!

MEPHISTOPHELES.
Und hier die Jungfrau ist auch da? –
Ein braver Knab'! ist viel gereis't,
Fräuleins alle Höflichkeit erweis't.

MARGARETE.
Müßte vor dem Herren schamroth werden.

MEPHISTOPHELES.
Vor keinem Könige der Erden.

MARTHE.
Da hinter'm Haus in meinem Garten
Wollen wir der Herrn heut' Abend warten.

Straße [II].

FAUST. MEPHISTOPHELES.

FAUST.
Wie ist's? Will's fördern? Will's bald gehn?

MEPHISTOPHELES.
Ah bravo! Find' ich euch in Feuer?
In kurzer Zeit ist Gretchen euer.
Heut' Abend sollt ihr sie bei Nachbar' Marthen sehn:
Das ist ein Weib wie auserlesen
Zum Kuppler- und Zigeunerwesen!

FAUST.
So recht!

MEPHISTOPHELES.
Doch wird auch was von uns begehrt.

FAUST.
Ein Dienst ist wohl des andern werth.

MEPHISTOPHELES.
Wir legen nur ein gültig Zeugniß nieder,
Daß ihres Ehherrn ausgereckte Glieder
In Padua an heil'ger Stätte ruhn.
FAUST.
Sehr klug! Wir werden erst die Reise machen müssen!
MEPHISTOPHELES.
Sancta Simplicitas! darum ist's nicht zu thun;
Bezeugt nur ohne viel zu wissen.
FAUST.
Wenn Er nichts bessers hat, so ist der Plan zerrissen.
MEPHISTOPHELES.
O heil'ger Mann! Da wär't ihr's nun!
Ist es das erstemal in eurem Leben,
Daß ihr falsch Zeugniß abgelegt?
Habt ihr von Gott, der Welt und was sich d'rin bewegt,
Vom Menschen, was sich ihm in Kopf und Herzen regt,
Definitionen nicht mit großer Kraft gegeben?
Mit frecher Stirne, kühner Brust?
Und wollt ihr recht in's Innre gehen,
Habt ihr davon, ihr müßt es g'rad' gestehen,
So viel als von Herrn Schwerdtleins Tod gewußt!
FAUST.
Du bist und bleibst ein Lügner, ein Sophiste.
MEPHISTOPHELES.
Ja, wenn mann's nicht ein bißchen tiefer wüßte.
Denn morgen wirst, in allen Ehren,
Das arme Gretchen nicht bethören,
Und alle Seelenlieb' ihr schwören?
FAUST.
Und zwar von Herzen.
MEPHISTOPHELES. Gut und schön!
Dann wird von ewiger Treu' und Liebe,

Von einzig überallmächt'gem Triebe –
Wird das auch so von Herzen gehn?

FAUST.

Laß das! Es wird! – Wenn ich empfinde,
Für das Gefühl, für das Gewühl,
Nach Namen suche, keinen finde,
Dann durch die Welt mit allen Sinnen schweife,
Nach allen höchsten Worten greife,
Und diese Gluth, von der ich brenne,
Unendlich, ewig, ewig nenne,
Ist das ein teuflisch Lügenspiel?

MEPHISTOPHELES.

Ich hab' doch Recht!

FAUST. Hör'! merk' dir dieß –
Ich bitte dich, und schone meine Lunge –
Wer Recht behalten will und hat nur eine Zunge,
Behält's gewiß.
Und komm', ich hab' des Schwätzens Ueberdruß.
Denn du hast Recht, vorzüglich weil ich muß.

Garten.

MARGARETE *an* FAUSTENS *Arm,* MARTHE *mit* MEPHISTOPHELES *auf und ab spazierend.*

MARGARETE.

Ich fühl' es wohl, daß mich der Herr nur schont,
Herab sich läßt, mich zu beschämen.
Ein Reisender ist so gewohnt
Aus Gütigkeit fürlieb zu nehmen;
Ich weiß zu gut, daß solch' erfahrnen Mann
Mein arm Gespräch nicht unterhalten kann.

FAUST.

Ein Blick von dir, Ein Wort mehr unterhält,
Als alle Weisheit dieser Welt.
Er küßt ihre Hand.

MARGARETE.

Incommodirt euch nicht! Wie könnt ihr sie nur küssen?
Sie ist so garstig, ist so rauh!
Was hab' ich nicht schon alles schaffen müssen!
Die Mutter ist gar zu genau.
Gehn vorüber.

MARTHE.

Und ihr, mein Herr, ihr reis't so immer fort?

MEPHISTOPHELES.

Ach, daß Gewerb' und Pflicht uns dazu treiben!
Mit wie viel Schmerz verläßt man manchen Ort,
Und darf doch nun einmal nicht bleiben!

MARTHE.

In raschen Jahren geht's wohl an,
So um und um frei durch die Welt zu streifen;
Doch kömmt die böse Zeit heran,
Und sich als Hagestolz allein zum Grab' zu schleifen,
Das hat noch Keinem wohl gethan.

MEPHISTOPHELES.

Mit Grausen seh' ich das von weiten.

MARTHE.

Drum, werther Herr, berathet euch in Zeiten.
Gehn vorüber.

MARGARETE.

Ja, aus den Augen aus dem Sinn!
Die Höflichkeit ist euch geläufig;
Allein ihr habt der Freunde häufig,
Sie sind verständiger als ich bin.

FAUST.

O Beste! glaube, was man so verständig nennt,
Ist oft mehr Eitelkeit und Kurzsinn.

MARGARETE. Wie?

FAUST.

Ach, daß die Einfalt, daß die Unschuld nie
Sich selbst und ihren heil'gen Werth erkennt!
Daß Demuth, Niedrigkeit, die höchsten Gaben
Der liebevoll austheilenden Natur –

MARGARETE.

Denkt ihr an mich ein Augenblickchen nur,
Ich werde Zeit genug an euch zu denken haben.

FAUST.

Ihr seyd wohl viel allein?

MARGARETE.

Ja, unsre Wirthschaft ist nur klein,
Und doch will sie versehen seyn.
Wir haben keine Magd; muß kochen, fegen, stricken
Und nähn, und laufen früh und spat;
Und meine Mutter ist in allen Stücken
So accurat!
Nicht daß sie just so sehr sich einzuschränken hat;
Wir könnten uns weit eh'r als andre regen:
Mein Vater hinterließ ein hübsch Vermögen,
Ein Häuschen und ein Gärtchen vor der Stadt.
Doch hab' ich jetzt so ziemlich stille Tage;
Mein Bruder ist Soldat,
Mein Schwesterchen ist todt.
Ich hatte mit dem Kind wohl meine liebe Noth;
Doch übernähm' ich gern noch einmal alle Plage,
So lieb war mir das Kind.

FAUST. Ein Engel, wenn dir's glich.

MARGARETE.

Ich zog es auf, und herzlich liebt' es mich.
Es war nach meines Vaters Tod geboren,
Die Mutter gaben wir verloren,
So elend wie sie damals lag,
Und sie erholte sich sehr langsam, nach und nach.
Da konnte sie nun nicht d'ran denken
Das arme Würmchen selbst zu tränken,
Und so erzog ich's ganz allein,
Mit Milch und Wasser; so ward's mein.
Auf meinem Arm, in meinem Schoos
War's freundlich, zappelte, ward groß.

FAUST.

Du hast gewiß das reinste Glück empfunden.

MARGARETE.

Doch auch gewiß gar manche schwere Stunden.
Des Kleinen Wiege stand zu Nacht
An meinem Bett', es durfte kaum sich regen,
War ich erwacht;
Bald mußt' ich's tränken, bald es zu mir legen,
Bald, wenn's nicht schwieg, vom Bett' aufstehn,
Und tänzelnd in der Kammer auf und nieder gehn,
Und früh am Tage schon am Waschtrog stehn;
Dann auf dem Markt und an dem Herde sorgen,
Und immer fort wie heut so morgen.
Da geht's, mein Herr, nicht immer muthig zu;
Doch schmeckt dafür das Essen, schmeckt die Ruh.

Gehn vorüber.

MARTHE.

Die armen Weiber sind doch übel dran:
Ein Hagestolz ist schwerlich zu bekehren.

MEPHISTOPHELES.

Es käme nur auf eures gleichen an,
Mich eines bessern zu belehren.

MARTHE.

Sagt g'rad', mein Herr, habt ihr noch nichts gefunden?
Hat sich das Herz nicht irgendwo gebunden?

MEPHISTOPHELES.

Das Sprichwort sagt: Ein eigner Herd,
Ein braves Weib, sind Gold und Perlen werth.

MARTHE.

Ich meine, ob ihr niemals Lust bekommen?

MEPHISTOPHELES.

Man hat mich überall recht höflich aufgenommen.

MARTHE.

Ich wollte sagen: ward's nie Ernst in eurem Herzen?

MEPHISTOPHELES.

Mit Frauen soll man sich nie unterstehn zu scherzen.

MARTHE.

Ach, ihr versteht mich nicht!

MEPHISTOPHELES. Das thut mir herzlich leid!

Doch ich versteh' – daß ihr sehr gütig seyd.

Gehn vorüber.

FAUST.

Du kanntest mich, o kleiner Engel, wieder,
Gleich als ich in den Garten kam?

MARGARETE.

Saht ihr es nicht? ich schlug die Augen nieder.

FAUST.

Und du verzeihst die Freiheit, die ich nahm,
Was sich die Frechheit unterfangen,
Als du jüngst aus dem Dom gegangen?

MARGARETE.
Ich war bestürzt, mir war das nie geschehn;
Es konnte niemand von mir übels sagen.
Ach, dacht' ich, hat er in deinem Betragen
Was freches, unanständiges gesehn?
Es schien ihn gleich nur anzuwandeln,
Mit dieser Dirne g'rade hin zu handeln.
Gesteh' ich's doch! Ich wußte nicht was sich
Zu eurem Vortheil hier zu regen gleich begonnte;
Allein gewiß, ich war recht bös' auf mich,
Daß ich auf euch nicht böser werden konnte.

FAUST.
Süß Liebchen!

MARGARETE. Laßt einmal!
Sie pflückt eine Sternblume und zupft die Blätter ab, eins nach dem andern.

FAUST. Was soll das? Einen Strauß?

MARGARETE.
Nein, es soll nur ein Spiel.

FAUST. Wie?

MARGARETE. Geht! ihr lacht mich aus.
Sie rupft und murmelt.

FAUST.
Was murmelst du?

MARGARETE *halb laut.*
Er liebt mich – liebt mich nicht.

FAUST.
Du holdes Himmels-Angesicht!

MARGARETE *fährt fort.*
Liebt mich – Nicht – Liebt mich – Nicht –
Das letzte Blatt ausrupfend, mit holder Freude
Er liebt mich!

FAUST. Ja, mein Kind! Laß dieses Blumenwort

Dir Götter-Ausspruch seyn. Er liebt dich!
Verstehst du, was das heißt? Er liebt dich!
Er faßt ihre beiden Hände.

MARGARETE.
Mich überläuft's!

FAUST.
O schaudre nicht! Laß diesen Blick,
Laß diesen Händedruck dir sagen,
Was unaussprechlich ist:
Sich hinzugeben ganz und eine Wonne
Zu fühlen, die ewig seyn muß!
Ewig! – Ihr Ende würde Verzweiflung seyn.
Nein, kein Ende! Kein Ende!

MARGARETE *drückt ihm die Hände, macht sich los und läuft weg. Er steht einen Augenblick in Gedanken, dann folgt er ihr.*

MARTHE *kommend.*
Die Nacht bricht an.

MEPHISTOPHELES. Ja, und wir wollen fort.

MARTHE.
Ich bät' euch länger hier zu bleiben,
Allein es ist ein gar zu böser Ort.
Es ist als hätte niemand nichts zu treiben
Und nichts zu schaffen,
Als auf des Nachbarn Schritt und Tritt zu gaffen,
Und man kommt in's Gered', wie man sich immer stellt.
Und unser Pärchen?

MEPHISTOPHELES. Ist den Gang dort aufgeflogen.
Muthwill'ge Sommervögel!

MARTHE. Er scheint ihr gewogen.

MEPHISTOPHELES.
Und sie ihm auch. Das ist der Lauf der Welt.

Ein Gartenhäuschen.

MARGARETE *springt herein, steckt sich hinter die Thür, hält die Fingerspitze an die Lippen, und guckt durch die Ritze.*

MARGARETE.
Er kommt!
FAUST *kommt.*
Ach Schelm, so neckst du mich!
Treff' ich dich!
Er küßt sie.
MARGARETE *ihn fassend und den Kuß zurückgebend.*
Bester Mann! von Herzen lieb' ich dich!

MEPHISTOPHELES *klopft an.*

FAUST *stampfend.*
Wer da?
MEPHISTOPHELES.
Gut Freund!
FAUST. Ein Thier!
MEPHISTOPHELES. Es ist wohl Zeit zu scheiden.
MARTHE *kommt.*
Ja, es ist spät, mein Herr.
FAUST. Darf ich euch nicht geleiten?
MARGARETE.
Die Mutter würde mich – Lebt wohl!
FAUST. Muß ich denn gehn?
Lebt wohl!
MARTHE. Ade!
MARGARETE. Auf baldig Wiedersehn!
Faust und Mephistopheles ab.

MARGARETE.

Du lieber Gott! was so ein Mann
Nicht alles alles denken kann!
Beschämt nur steh' ich vor ihm da,
Und sag' zu allen Sachen ja.
Bin doch ein arm unwissend Kind,
Begreife nicht was er an mir find't.
ab.

Wald und Höhle.

FAUST *allein.*

Erhabner Geist, du gabst mir, gabst mir alles,
Warum ich bat. Du hast mir nicht umsonst
Dein Angesicht im Feuer zugewendet.
Gabst mir die herrliche Natur zum Königreich,
Kraft, sie zu fühlen, zu genießen. Nicht
Kalt staunenden Besuch erlaubst du nur,
Vergönnest mir in ihre tiefe Brust
Wie in den Busen eines Freund's zu schauen.
Du führst die Reihe der Lebendigen
Vor mir vorbei, und lehrst mich meine Brüder
Im stillen Busch, in Luft und Wasser kennen.
Und wenn der Sturm im Walde braus't und knarrt,
Die Riesenfichte stürzend Nachbaräste
Und Nachbarstämme quetschend nieder streift,
Und ihrem Fall dumpf hohl der Hügel donnert;
Dann führst du mich zur sichern Höhle, zeigst
Mich dann mir selbst, und meiner eignen Brust

Geheime tiefe Wunder öffnen sich.
Und steigt vor meinem Blick der reine Mond
Besänftigend herüber; schweben mir
Von Felsenwänden, aus dem feuchten Busch,
Der Vorwelt silberne Gestalten auf,
Und lindern der Betrachtung strenge Lust.

O daß dem Menschen nichts Vollkomm'nes wird,
Empfind' ich nun. Du gabst zu dieser Wonne,
Die mich den Göttern nah' und näher bringt,
Mir den Gefährten, den ich schon nicht mehr
Entbehren kann, wenn er gleich, kalt und frech,
Mich vor mir selbst erniedrigt, und zu Nichts,
Mit einem Worthauch, deine Gaben wandelt.
Er facht in meiner Brust ein wildes Feuer
Nach jenem schönen Bild geschäftig an.
So tauml' ich von Begierde zu Genuß,
Und im Genuß verschmacht' ich nach Begierde.

MEPHISTOPHELES *tritt auf.*

MEPHISTOPHELES.
Habt ihr nun bald das Leben g'nug geführt?
Wie kann's euch in die Länge freuen?
Es ist wohl gut, daß man's einmal probirt;
Dann aber wieder zu was Neuen!

FAUST.
Ich wollt', du hättest mehr zu thun,
Als mich am guten Tag zu plagen.

MEPHISTOPHELES.
Nun nun! ich lass' dich gerne ruhn,
Du darfst mir's nicht im Ernste sagen.

An dir Gesellen unhold, barsch und toll,
Ist wahrlich wenig zu verlieren.
Den ganzen Tag hat man die Hände voll!
Was ihm gefällt und was man lassen soll,
Kann man dem Herrn nie an der Nase spüren.

FAUST.

Das ist so just der rechte Ton!
Er will noch Dank, daß er mich ennüyirt.

MEPHISTOPHELES.

Wie hätt'st du, armer Erdensohn,
Dein Leben ohne mich geführt?
Vom Kribskrabs der Imagination
Hab' ich dich doch auf Zeiten lang curirt;
Und wär' ich nicht, so wär'st du schon
Von diesem Erdball abspazirt.
Was hast du da in Höhlen, Felsenritzen
Dich wie ein Schuhu zu versitzen?
Was schlurfst aus dumpfem Moos und triefendem Gestein,
Wie eine Kröte, Nahrung ein?
Ein schöner, süßer Zeitvertreib!
Dir steckt der Doctor noch im Leib.

FAUST.

Verstehst du, was für neue Lebenskraft
Mir dieser Wandel in der Oede schafft?
Ja, würdest du es ahnen können,
Du wärest Teufel g'nug mein Glück mir nicht zu gönnen.

MEPHISTOPHELES.

Ein überirdisches Vergnügen!
In Nacht und Thau auf den Gebirgen liegen,
Und Erd und Himmel wonniglich umfassen,
Zu einer Gottheit sich aufschwellen lassen,
Der Erde Mark mit Ahnungsdrang durchwühlen,
Alle sechs Tagewerk' im Busen fühlen,

In stolzer Kraft ich weiß nicht was genießen,
Bald liebewonniglich in alles überfließen,
Verschwunden ganz der Erdensohn,
Und dann die hohe Intuition –
Mit einer Geberde.
Ich darf nicht sagen wie – zu schließen.

FAUST.
Pfuy über dich!

MEPHISTOPHELES.
Das will euch nicht behagen;
Ihr habt das Recht gesittet pfuy zu sagen.
Man darf das nicht vor keuschen Ohren nennen,
Was keusche Herzen nicht entbehren können.
Und kurz und gut, ich gönn' Ihm das Vergnügen,
Gelegentlich sich etwas vorzulügen;
Doch lange hält Er das nicht aus.
Du bist schon wieder abgetrieben,
Und, währt es länger, aufgerieben
In Tollheit oder Angst und Graus.
Genug damit! Dein Liebchen sitzt dadrinne,
Und alles wird ihr eng' und trüb'.
Du kommst ihr gar nicht aus dem Sinne,
Sie hat dich übermächtig lieb.
Erst kam deine Liebeswuth übergeflossen,
Wie vom geschmolznen Schnee ein Bächlein übersteigt;
Du hast sie ihr in's Herz gegossen;
Nun ist dein Bächlein wieder seicht.
Mich dünkt, anstatt in Wäldern zu thronen,
Ließ es dem großen Herren gut,
Das arme affenjunge Blut
Für seine Liebe zu belohnen.
Die Zeit wird ihr erbärmlich lang;

Sie steht am Fenster, sieht die Wolken ziehn
Ueber die alte Stadtmauer hin.
Wenn ich ein Vöglein wär'! so geht ihr Gesang
Tagelang, halbe Nächte lang.
Einmal ist sie munter, meist betrübt,
Einmal recht ausgeweint,
Dann wieder ruhig, wie's scheint,
Und immer verliebt.

FAUST.
Schlange! Schlange!

MEPHISTOPHELES *für sich.*
Gelt! daß ich dich fange!

FAUST.
Verruchter! hebe dich von hinnen,
Und nenne nicht das schöne Weib!
Bring' die Begier zu ihrem süßen Leib
Nicht wieder vor die halb verrückten Sinnen!

MEPHISTOPHELES.
Was soll es denn? Sie meint, du seyst entfloh'n,
Und halb und halb bist du es schon.

FAUST.
Ich bin ihr nah', und wär' ich noch so fern,
Ich kann sie nie vergessen, nie verlieren;
Ja, ich beneide schon den Leib des Herrn,
Wenn ihre Lippen ihn indeß berühren.

MEPHISTOPHELES.
Gar wohl, mein Freund! Ich hab' euch oft beneidet
Um's Zwillingspaar, das unter Rosen weidet.

FAUST.
Entfliehe, Kuppler!

MEPHISTOPHELES. Schön! Ihr schimpft und ich muß lachen.
Der Gott, der Bub' und Mädchen schuf,

Erkannte gleich den edelsten Beruf,
Auch selbst Gelegenheit zu machen.
Nur fort, es ist ein großer Jammer!
Ihr sollt in eures Liebchens Kammer,
Nicht etwa in den Tod.

FAUST.

Was ist die Himmelsfreud' in ihren Armen?
Laß mich an ihrer Brust erwarmen!
Fühl' ich nicht immer ihre Noth?
Bin ich der Flüchtling nicht? der Unbehaus'te?
Der Unmensch ohne Zweck und Ruh?
Der wie ein Wassersturz von Fels zu Felsen braus'te
Begierig wüthend nach dem Abgrund zu.
Und seitwärts sie, mit kindlich dumpfen Sinnen,
Im Hüttchen auf dem kleinen Alpenfeld,
Und all ihr häusliches Beginnen
Umfangen in der kleinen Welt.
Und ich, der Gottverhaßte,
Hatte nicht genug,
Daß ich die Felsen faßte
Und sie zu Trümmern schlug!
Sie, ihren Frieden mußt' ich untergraben!
Du, Hölle, mußtest dieses Opfer haben!
Hilf, Teufel, mir die Zeit der Angst verkürzen!
Was muß geschehn, mag's gleich geschehn!
Mag ihr Geschick auf mich zusammenstürzen
Und sie mit mir zu Grunde gehn.

MEPHISTOPHELES.

Wie's wieder siedet, wieder glüht!
Geh' ein und tröste sie, du Thor!
Wo so ein Köpfchen keinen Ausgang sieht,
Stellt er sich gleich das Ende vor.

Es lebe wer sich tapfer hält!
Du bist doch sonst so ziemlich eingeteufelt.
Nichts Abgeschmackters find' ich auf der Welt,
Als einen Teufel der verzweifelt.

Gretchens Stube.

GRETCHEN
am Spinnrade allein.

Meine Ruh' ist hin,
Mein Herz ist schwer;
Ich finde sie nimmer
Und nimmermehr.

Wo ich ihn nicht hab'
Ist mir das Grab,
Die ganze Welt
Ist mir vergällt.

Mein armer Kopf
Ist mir verrückt,
Mein armer Sinn
Ist mir zerstückt.

Meine Ruh' ist hin,
Mein Herz ist schwer;
Ich finde sie nimmer
Und nimmermehr.

Nach ihm nur schau' ich
Zum Fenster hinaus,
Nach ihm nur geh' ich
Aus dem Haus.

Sein hoher Gang,
Sein' edle Gestalt,
Seines Mundes Lächeln,
Seiner Augen Gewalt,

Und seiner Rede
Zauberfluß,
Sein Händedruck,
Und ach sein Kuß!

Meine Ruh' ist hin.
Mein Herz ist schwer,
Ich finde sie nimmer
Und nimmermehr.

Mein Busen drängt
Sich nach ihm hin.
Ach dürft' ich fassen
Und halten ihn!

Und küssen ihn
So wie ich wollt',
An seinen Küssen
Vergehen sollt'!

Marthens Garten.

MARGARETE. FAUST.

MARGARETE.
Versprich mir, Heinrich!
FAUST. Was ich kann!
MARGARETE.
Nun sag', wie hast du's mit der Religion?
Du bist ein herzlich guter Mann,
Allein ich glaub', du hält'st nicht viel davon.
FAUST.
Laß das, mein Kind! Du fühlst, ich bin dir gut;
Für meine Lieben ließ ich Leib und Blut,
Will niemand sein Gefühl und seine Kirche rauben.
MARGARETE.
Das ist nicht recht, man muß d'ran glauben!
FAUST.
Muß man?
MARGARETE.
Ach! wenn ich etwas auf dich könnte!
Du ehrst auch nicht die heil'gen Sakramente.
FAUST.
Ich ehre sie.
MARGARETE. Doch ohne Verlangen.
Zur Messe, zur Beichte bist du lange nicht gegangen.
Glaubst du an Gott?
FAUST. Mein Liebchen, wer darf sagen,
Ich glaub' an Gott?
Magst Priester oder Weise fragen,
Und ihre Antwort scheint nur Spott
Ueber den Frager zu seyn.
MARGARETE. So glaubst du nicht?

FAUST.

Mißhör' mich nicht, du holdes Angesicht!
Wer darf ihn nennen?
Und wer bekennen:
Ich glaub' ihn.
Wer empfinden
Und sich unterwinden
Zu sagen: ich glaub' ihn nicht?
Der Allumfasser,
Der Allerhalter,
Faßt und erhält er nicht
Dich, mich, sich selbst?
Wölbt sich der Himmel nicht dadroben?
Liegt die Erde nicht hierunten fest?
Und steigen freundlich blickend
Ewige Sterne nicht herauf?
Schau' ich nicht Aug' in Auge dir,
Und drängt nicht alles
Nach Haupt und Herzen dir,
Und webt in ewigem Geheimniß
Unsichtbar sichtbar neben dir?
Erfüll' davon dein Herz, so groß es ist,
Und wenn du ganz in dem Gefühle selig bist,
Nenn' es dann wie du willst,
Nenn's Glück! Herz! Liebe! Gott!
Ich habe keinen Namen
Dafür! Gefühl ist alles;
Name ist Schall und Rauch,
Umnebelnd Himmelsgluth.

MARGARETE.

Das ist alles recht schön und gut;
Ungefähr sagt das der Pfarrer auch,
Nur mit ein bißchen andern Worten.

FAUST.

Es sagen's aller Orten
Alle Herzen unter dem himmlischen Tage,
Jedes in seiner Sprache;
Warum nicht ich in der meinen?

MARGARETE.

Wenn man's so hört, möcht's leidlich scheinen,
Steht aber doch immer schief darum;
Denn du hast kein Christenthum.

FAUST.

Lieb's Kind!

MARGARETE.

Es thut mir lang' schon weh,
Daß ich dich in der Gesellschaft seh'.

FAUST.

Wie so?

MARGARETE.

Der Mensch, den du da bei dir hast,
Ist mir in tiefer inn'rer Seele verhaßt;
Es hat mir in meinem Leben
So nichts einen Stich in's Herz gegeben,
Als des Menschen widrig Gesicht.

FAUST.

Liebe Puppe, fürcht' ihn nicht!

MARGARETE.

Seine Gegenwart bewegt mir das Blut.
Ich bin sonst allen Menschen gut;
Aber, wie ich mich sehne dich zu schauen,
Hab' ich vor dem Menschen ein heimlich Grauen,
Und halt' ihn für einen Schelm dazu!
Gott verzeih' mir's, wenn ich ihm Unrecht thu'!

FAUST.

Es muß auch solche Käuze geben.

MARGARETE.

Wollte nicht mit seines Gleichen leben!
Kommt er einmal zur Thür herein,
Sieht er immer so spöttisch drein,
Und halb ergrimmt;
Man sieht, daß er an nichts keinen Antheil nimmt;
Es steht ihm an der Stirn' geschrieben,
Daß er nicht mag eine Seele lieben.
Mir wird's so wohl in deinem Arm,
So frei, so hingegeben warm,
Und seine Gegenwart schnürt mir das Inn're zu.

FAUST.

Du ahnungsvoller Engel du!

MARGARETE.

Das übermannt mich so sehr,
Daß, wo er nur mag zu uns treten,
Mein' ich sogar, ich liebte dich nicht mehr.
Auch wenn er da ist, könnt' ich nimmer beten,
Und das frißt mir in's Herz hinein;
Dir, Heinrich, muß es auch so seyn.

FAUST.

Du hast nun die Antipathie!

MARGARETE.

Ich muß nun fort.

FAUST. Ach kann ich nie
Ein Stündchen ruhig dir am Busen hängen,
Und Brust an Brust und Seel' in Seele drängen?

MARGARETE.

Ach wenn ich nur alleine schlief'!
Ich ließ dir gern heut Nacht den Riegel offen;

Doch meine Mutter schläft nicht tief:
Und würden wir von ihr betroffen,
Ich wär gleich auf der Stelle todt!

FAUST.

Du Engel, das hat keine Noth.
Hier ist ein Fläschchen! Drey Tropfen nur
In ihren Trank umhüllen
Mit tiefem Schlaf gefällig die Natur.

MARGARETE.

Was thu' ich nicht um deinetwillen?
Es wird ihr hoffentlich nicht schaden!

FAUST.

Würd' ich sonst, Liebchen, dir es rathen?

MARGARETE.

Seh' ich dich, bester Mann, nur an,
Weiß nicht was mich nach deinem Willen treibt;
Ich habe schon so viel für dich gethan,
Daß mir zu thun fast nichts mehr übrig bleibt.
ab.

MEPHISTOPHELES *tritt auf.*

MEPHISTOPHELES.

Der Grasaff'! ist er weg?

FAUST. Hast wieder spionirt?

MEPHISTOPHELES.

Ich hab's ausführlich wohl vernommen,
Herr Doctor wurden da katechisirt;
Hoff' es soll Ihnen wohl bekommen.
Die Mädels sind doch sehr interessirt,
Ob einer fromm und schlicht nach altem Brauch.
Sie denken, duckt er da, folgt er uns eben auch.

FAUST.

Du Ungeheuer siehst nicht ein,
Wie diese treue liebe Seele
Von ihrem Glauben voll,
Der ganz allein
Ihr selig machend ist, sich heilig quäle,
Daß sie den liebsten Mann verloren halten soll.

MEPHISTOPHELES.

Du übersinnlicher, sinnlicher Freyer,
Ein Mägdelein nasführet dich.

FAUST.

Du Spottgeburt von Dreck und Feuer!

MEPHISTOPHELES.

Und die Physiognomie versteht sie meisterlich.
In meiner Gegenwart wird's ihr sie weiß nicht wie,
Mein Mäskchen da weissagt verborgnen Sinn;
Sie fühlt, daß ich ganz sicher ein Genie,
Vielleicht wohl gar der Teufel bin.
Nun heute Nacht –?

FAUST. Was geht dich's an?

MEPHISTOPHELES.

Hab' ich doch meine Freude d'ran!

Am Brunnen.

GRETCHEN *und* LIESCHEN *mit Krügen.*

LIESCHEN.

Hast nichts von Bärbelchen gehört?

GRETCHEN.

Kein Wort. Ich komm' gar wenig unter Leute.

LIESCHEN.

Gewiß, Sibylle sagt' mir's heute!
Die hat sich endlich auch bethört.
Das ist das Vornehmthun!

GRETCHEN. Wie so?

LIESCHEN. Es stinkt!

Sie füttert zwey, wenn sie nun ißt und trinkt.

GRETCHEN.

Ach!

LIESCHEN.

So ist's ihr endlich recht ergangen.
Wie lange hat sie an dem Kerl gehangen!
Das war ein Spazieren,
Auf Dorf und Tanzplatz Führen,
Mußt' überall die erste seyn,
Curtesirt' ihr immer mit Pastetchen und Wein;
Bild't sich was auf ihre Schönheit ein,
War doch so ehrlos sich nicht zu schämen
Geschenke von ihm anzunehmen.
War ein Gekos' und ein Geschleck';
Da ist denn auch das Blümchen weg!

GRETCHEN.

Das arme Ding!

LIESCHEN. Bedauerst sie noch gar!

Wenn unser eins am Spinnen war,
Uns Nachts die Mutter nicht hinunterließ;
Stand sie bei ihrem Buhlen süß,
Auf der Thürbank und im dunkeln Gang
Ward ihnen keine Stunde zu lang.
Da mag sie denn sich ducken nun,
Im Sünderhemdchen Kirchbuß' thun!

GRETCHEN.

Er nimmt sie gewiß zu seiner Frau.

LIESCHEN.
Er wär' ein Narr! Ein flinker Jung'
Hat anderwärts noch Luft genung,
Er ist auch fort.
GRETCHEN. Das ist nicht schön!
LIESCHEN.
Kriegt sie ihn, soll's ihr übel gehn.
Das Kränzel reißen die Buben ihr,
Und Häckerling streuen wir vor die Thür!
ab.
GRETCHEN *nach Hause gehend.*
Wie konnt' ich sonst so tapfer schmählen,
Wenn thät ein armes Mägdlein fehlen!
Wie konnt' ich über andrer Sünden
Nicht Worte g'nug der Zunge finden!
Wie schien mir's schwarz, und schwärzt's noch gar,
Mir's immer doch nicht schwarz g'nug war,
Und segnet' mich und that so groß,
Und bin nun selbst der Sünde bloß!
Doch – alles was dazu mich trieb,
Gott! war so gut! ach war so lieb!

Zwinger.

In der Mauerhöhle ein Andachtsbild der Mater dolorosa, Blumenkrüge davor.

GRETCHEN *steckt frische Blumen in die Krüge.*

Ach neige,
Du Schmerzenreiche,
Dein Antlitz gnädig meiner Noth!

Das Schwert im Herzen,
Mit tausend Schmerzen
Blickst auf zu deines Sohnes Tod.

Zum Vater blickst du,
Und Seufzer schickst du
Hinauf um sein' und deine Noth.

Wer fühlet,
Wie wühlet
Der Schmerz mir im Gebein?
Was mein armes Herz hier banget,
Was es zittert, was verlanget,
Weißt nur du, nur du allein!

Wohin ich immer gehe,
Wie weh, wie weh, wie wehe
Wird mir im Busen hier!
Ich bin ach kaum alleine,
Ich wein', ich wein', ich weine,
Das Herz zerbricht in mir.

Die Scherben vor meinem Fenster
Bethaut' ich mit Thränen, ach!
Als ich am frühen Morgen
Dir diese Blumen brach.

Schien hell in meine Kammer
Die Sonne früh herauf,
Saß ich in allem Jammer
In meinem Bett schon auf.

Hilf! rette mich von Schmach und Tod!
Ach neige,
Du Schmerzenreiche,
Dein Antlitz gnädig meiner Noth!

Nacht.

Straße vor Gretchens Thüre.

VALENTIN *Soldat, Gretchens Bruder.*

Wenn ich so saß bei einem Gelag,
Wo mancher sich berühmen mag,
Und die Gesellen mir den Flor
Der Mägdlein laut gepriesen vor,
Mit vollem Glas das Lob verschwemmt,
Den Ellenbogen aufgestemmt
Saß ich in meiner sichern Ruh,
Hört' all' dem Schwadroniren zu,
Und streiche lächelnd meinen Bart,
Und kriege das volle Glas zur Hand

Und sage: Alles nach seiner Art!
Aber ist eine im ganzen Land,
Die meiner trauten Gretel gleicht,
Die meiner Schwester das Wasser reicht?
Top! Top! Kling! Klang! das ging herum!
Die einen schrieen: er hat Recht,
Sie ist die Zier vom ganzen Geschlecht!
Da saßen alle die Lober stumm.
Und nun! – um's Haar sich auszuraufen
Und an den Wänden hinauf zu laufen! –
Mit Stichelreden, Naserümpfen
Soll jeder Schurke mich beschimpfen!
Soll wie ein böser Schuldner sitzen,
Bei jedem Zufallswörtchen schwitzen!
Und möcht' ich sie zusammenschmeißen;
Könnt' ich sie doch nicht Lügner heißen.

Was kommt heran? Was schleicht herbei?
Irr' ich nicht, es sind ihrer zwey.
Ist er's, gleich pack' ich ihn beim Felle,
Soll nicht lebendig von der Stelle!

FAUST. MEPHISTOPHELES.

FAUST.

Wie von dem Fenster dort der Sakristey
Aufwärts der Schein des ew'gen Lämpchens flämmert
Und schwach und schwächer seitwärts dämmert,
Und Finsterniß drängt ringsum bei!
So sieht's in meinem Busen nächtig.

MEPHISTOPHELES.

Und mir ist's wie dem Kätzlein schmächtig,

Das an den Feuerleitern schleicht,
Sich leis' dann um die Mauern streicht;
Mir ist's ganz tugendlich dabei,
Ein bißchen Diebsgelüst, ein bißchen Rammeley.
So spukt mir schon durch alle Glieder
Die herrliche Walpurgisnacht.
Die kommt uns übermorgen wieder,
Da weiß man doch warum man wacht.

FAUST.
Rückt wohl der Schatz indessen in die Höh',
Den ich dorthinten flimmern seh'?

MEPHISTOPHELES.
Du kannst die Freude bald erleben,
Das Kesselchen herauszuheben.
Ich schielte neulich so hinein,
Sind herrliche Löwenthaler drein.

FAUST.
Nicht ein Geschmeide? Nicht ein Ring?
Meine liebe Buhle damit zu zieren.

MEPHISTOPHELES.
Ich sah dabei wohl so ein Ding,
Als wie eine Art von Perlenschnüren.

FAUST.
So ist es recht! Mir thut es weh,
Wenn ich ohne Geschenke zu ihr geh'.

MEPHISTOPHELES.
Es sollt' euch eben nicht verdrießen
Umsonst auch etwas zu genießen.
Jetzt da der Himmel voller Sterne glüht,
Sollt ihr ein wahres Kunststück hören:
Ich sing' ihr ein moralisch Lied,
Um sie gewisser zu bethören.
Singt zur Zither.

Was machst du mir
Vor Liebchens Thür
Kathrinchen hier
Bei frühem Tagesblicke?
Laß, laß es seyn!
Er läßt dich ein
Als Mädchen ein,
Als Mädchen nicht zurücke.

Nehmt euch in Acht!
Ist es vollbracht,
Dann gute Nacht
Ihr armen, armen Dinger!
Habt ihr euch lieb,
Thut keinem Dieb
Nur nichts zu Lieb',
Als mit dem Ring am Finger.

VALENTIN *tritt vor.*
Wen lockst du hier'? bei'm Element!
Vermaledeyter Rattenfänger!
Zum Teufel erst das Instrument!
Zum Teufel hinter drein den Sänger!

MEPHISTOPHELES.
Die Zither ist entzwey! an der ist nichts zu halten.

VALENTIN.
Nun soll es an ein Schedelspalten!

MEPHISTOPHELES *zu* FAUST.
Herr Doctor nicht gewichen! Frisch!
Hart an mich an, wie ich euch führe.
Heraus mit eurem Flederwisch!
Nur zugestoßen! Ich parire.

VALENTIN.

Parire den!

MEPHISTOPHELES.

Warum denn nicht?

VALENTIN.

Auch den!

MEPHISTOPHELES.

Gewiß!

VALENTIN. Ich glaub' der Teufel ficht!

Was ist denn das? Schon wird die Hand mir lahm.

MEPHISTOPHELES *zu Faust.*

Stoß zu!

VALENTIN *fällt.*

O weh!

MEPHISTOPHELES.

Nun ist der Lümmel zahm!

Nun aber fort! Wir müssen gleich verschwinden:
Denn schon entsteht ein mörderlich Geschrei.
Ich weiß mich trefflich mit der Polizey,
Doch mit dem Blutbann schlecht mich abzufinden.

MARTHE *am Fenster.*

Heraus! Heraus!

GRETCHEN *am Fenster.*

Herbei ein Licht!

MARTHE *wie oben.*

Man schilt und rauft, man schreit und ficht.

VOLK.

Da liegt schon einer todt!

MARTHE *heraustretend.*

Die Mörder sind sie denn entflohn?

GRETCHEN *heraustretend.*

Wer liegt hier?

VOLK. Deiner Mutter Sohn.

GRETCHEN.
Allmächtiger! welche Noth!
VALENTIN.
Ich sterbe! das ist bald gesagt
Und bälder noch gethan.
Was steht ihr Weiber heult und klagt?
Kommt her und hört mich an!
Alle treten um ihn.
Mein Gretchen sieh! du bist noch jung,
Bist gar noch nicht gescheidt genung,
Machst deine Sachen schlecht.
Ich sag' dir's im Vertrauen nur:
Du bist doch nun einmal eine Hur';
So sey's auch eben recht.
GRETCHEN.
Mein Bruder! Gott! Was soll mir das?
VALENTIN.
Lass' unsern Herr Gott aus dem Spaß.
Geschehn ist leider nun geschehn,
Und wie es gehn kann, so wird's gehn.
Du fingst mit Einem heimlich an,
Bald kommen ihrer mehre dran,
Und wenn dich erst ein Dutzend hat,
So hat dich auch die ganze Stadt.

Wenn erst die Schande wird geboren,
Wird sie heimlich zur Welt gebracht,
Und man zieht den Schleier der Nacht
Ihr über Kopf und Ohren;
Ja, man möchte sie gern ermorden.
Wächst sie aber und macht sich groß,
Dann geht sie auch bei Tage bloß,
Und ist doch nicht schöner geworden.

Je häßlicher wird ihr Gesicht,
Je mehr sucht sie des Tages Licht.

Ich seh' wahrhaftig schon die Zeit,
Daß alle brave Bürgersleut',
Wie von einer angesteckten Leichen,
Von dir, du Metze! seitab weichen.
Dir soll das Herz im Leib verzagen,
Wenn sie dir in die Augen sehn!
Sollst keine goldne Kette mehr tragen!
In der Kirche nicht mehr am Altar stehn!
In einem schönen Spitzenkragen
Dich nicht bei'm Tanze wohlbehagen!
In eine finstre Jammerecken
Unter Bettler und Krüppel dich verstecken,
Und wenn dir denn auch Gott verzeiht,
Auf Erden seyn vermaledeyt!

MARTHE.

Befehlt eure Seele Gott zu Gnaden!
Wollt ihr noch Lästrung auf euch laden?

VALENTIN.

Könnt' ich dir nur an den dürren Leib,
Du schändlich kupplerisches Weib!
Da hofft' ich aller meiner Sünden
Vergebung reiche Maß zu finden.

GRETCHEN.

Mein Bruder! Welche Höllenpein!

VALENTIN.

Ich sage, laß die Thränen seyn!
Da du dich sprachst der Ehre los,
Gabst mir den schwersten Herzensstoß.
Ich gehe durch den Todesschlaf
Zu Gott ein als Soldat und brav.
(stirbt.)

Dom.

Amt, Orgel und Gesang.

GRETCHEN *unter vielem Volke.* BÖSER GEIST *hinter Gretchen.*

BÖSER GEIST.

Wie anders, Gretchen, war dir's,
Als du noch voll Unschuld
Hier zum Altar trat'st,
Aus dem vergriffnen Büchelchen
Gebete lalltest,
Halb Kinderspiele,
Halb Gott im Herzen!
Gretchen!
Wo steht dein Kopf?
In deinem Herzen,
Welche Missethat?
Bet'st du für deiner Mutter Seele, die
Durch dich zur langen, langen Pein hinüberschlief?
Auf deiner Schwelle wessen Blut?
– Und unter deinem Herzen
Regt sich's nicht quillend schon,
Und ängstet dich und sich
Mit ahnungsvoller Gegenwart?

GRETCHEN.

Weh! Weh!
Wär' ich der Gedanken los,
Die mir herüber und hinüber gehen
Wider mich!

CHOR.

Dies irae, dies illa
Solvet saeclum in favilla.
Orgelton.

BÖSER GEIST.

Grimm faßt dich!
Die Posaune tönt!
Die Gräber beben!
Und dein Herz,
Aus Aschenruh'
Zu Flammenqualen
Wieder aufgeschaffen,
Bebt auf!

GRETCHEN.

Wär' ich hier weg!
Mir ist als ob die Orgel mir
Den Athem versetzte,
Gesang mein Herz
Im Tiefsten lös'te.

CHOR.

Judex ergo cum sedebit,
Quidquid latet adparebit,
Nil inultum remanebit.

GRETCHEN.

Mir wird so eng'!
Die Mauern-Pfeiler
Befangen mich!
Das Gewölbe
Drängt mich! – Luft!

BÖSER GEIST.

Verbirg' dich! Sünd' und Schande
Bleibt nicht verborgen.

Luft? Licht?
Weh dir!

CHOR.

Quid sum miser tunc dicturus?
Quem patronum rogaturus?
Cum vix justus sit securus.

BÖSER GEIST.

Ihr Antlitz wenden
Verklärte von dir ab.
Die Hände dir zu reichen,
Schauert's den Reinen.
Weh!

CHOR.

Quid sum miser tunc dicturus?

GRETCHEN.

Nachbarin! Euer Fläschchen! –
Sie fällt in Ohnmacht.

Walpurgisnacht.

Harzgebirg. Gegend von Schierke und Elend.

FAUST. MEPHISTOPHELES.

MEPHISTOPHELES.

Verlangst du nicht nach einem Besenstiele?
Ich wünschte mir den allerderbsten Bock.
Auf diesem Weg sind wir noch weit vom Ziele.

FAUST.

So lang' ich mich noch frisch auf meinen Beinen fühle,
Genügt mir dieser Knotenstock.

Was hilft's daß man den Weg verkürzt! –
Im Labyrinth der Thäler hinzuschleichen,
Dann diesen Felsen zu ersteigen,
Von dem der Quell sich ewig sprudelnd stürzt,
Das ist die Lust, die solche Pfade würzt!
Der Frühling webt schon in den Birken
Und selbst die Fichte fühlt ihn schon;
Sollt' er nicht auch auf unsre Glieder wirken?

MEPHISTOPHELES.

Fürwahr ich spüre nichts davon!
Mir ist es winterlich im Leibe;
Ich wünschte Schnee und Frost auf meiner Bahn.
Wie traurig steigt die unvollkommne Scheibe
Des rothen Monds mit später Gluth heran,
Und leuchtet schlecht, daß man bei jedem Schritte,
Vor einen Baum, vor einen Felsen rennt!
Erlaub' daß ich ein Irrlicht bitte!
Dort seh' ich eins, das eben lustig brennt.
He da! mein Freund! Darf ich dich zu uns fodern?
Was willst du so vergebens lodern?
Sey doch so gut und leucht' uns da hinauf!

IRRLICHT.

Aus Ehrfurcht, hoff' ich, soll es mir gelingen,
Mein leichtes Naturell zu zwingen;
Nur Zickzack geht gewöhnlich unser Lauf.

MEPHISTOPHELES.

Ei! Ei! er denkt's den Menschen nachzuahmen.
Geh er nur g'rad', ins Teufels Namen!
Sonst blas' ich ihm sein Flacker-Leben aus.

IRRLICHT.

Ich merke wohl, ihr seyd der Herr vom Haus,

Und will mich gern nach euch bequemen.
Allein bedenkt! der Berg ist heute zaubertoll,
Und wenn ein Irrlicht euch die Wege weisen soll,
So müßt ihr's so genau nicht nehmen.

FAUST, MEPHISTOPHELES, IRRLICHT *im Wechselgesang.*

In die Traum- und Zaubersphäre
Sind wir, scheint es, eingegangen.
Führ' uns gut und mach' dir Ehre!
Daß wir vorwärts bald gelangen,
In den weiten öden Räumen.

Seh' die Bäume hinter Bäumen,
Wie sie schnell vorüber rücken,
Und die Klippen, die sich bücken,
Und die langen Felsennasen,
Wie sie schnarchen, wie sie blasen!

Durch die Steine, durch den Rasen
Eilet Bach und Bächlein nieder.
Hör' ich Rauschen? hör' ich Lieder?
Hör' ich holde Liebesklage,
Stimmen jener Himmelstage?
Was wir hoffen, was wir lieben!
Und das Echo, wie die Sage
Alter Zeiten, hallet wieder.

Uhu! Schuhu! tönt es näher,
Kauz und Kibitz und der Häher,
Sind sie alle wach geblieben?
Sind das Molche durch's Gesträuche?
Lange Beine, dicke Bäuche!

Und die Wurzeln, wie die Schlangen,
Winden sich aus Fels und Sande,
Strecken wunderliche Bande,
Uns zu schrecken, uns zu fangen;
Aus belebten derben Masern
Strecken sie Polypenfasern
Nach dem Wandrer. Und die Mäuse
Tausendfärbig, schaarenweise,
Durch das Moos und durch die Heide!
Und die Funkenwürmer fliegen,
Mit gedrängten Schwärme-Zügen,
Zum verwirrenden Geleite.

Aber sag' mir ob wir stehen,
Oder ob wir weiter gehen?
Alles, alles scheint zu drehen,
Fels und Bäume, die Gesichter
Schneiden, und die irren Lichter,
Die sich mehren, die sich blähen.

MEPHISTOPHELES.

Fasse wacker meinen Zipfel!
Hier ist so ein Mittelgipfel,
Wo man mit Erstaunen sieht,
Wie im Berg der Mammon glüht.

FAUST.

Wie seltsam glimmert durch die Gründe
Ein morgenröthlich trüber Schein!
Und selbst bis in die tiefen Schlünde
Des Abgrunds wittert er hinein.
Da steigt ein Dampf, dort ziehen Schwaden,
Hier leuchtet Gluth aus Dunst und Flor,

Dann schleicht sie wie ein zarter Faden,
Dann bricht sie wie ein Quell hervor.
Hier schlingt sie eine ganze Strecke,
Mit hundert Adern, sich durch's Thal,
Und hier in der gedrängten Ecke
Vereinzelt sie sich auf einmal.
Da sprühen Funken in der Nähe,
Wie ausgestreuter goldner Sand.
Doch schau! in ihrer ganzen Höhe
Entzündet sich die Felsenwand.

MEPHISTOPHELES.

Erleuchtet nicht zu diesem Feste
Herr Mammon prächtig den Pallast?
Ein Glück daß du's gesehen hast;
Ich spüre schon die ungestümen Gäste.

FAUST.

Wie ras't die Windsbraut durch die Luft!
Mit welchen Schlägen trifft sie meinen Nacken!

MEPHISTOPHELES.

Du mußt des Felsens alte Rippen packen;
Sonst stürzt sie dich hinab in dieser Schlünde Gruft.
Ein Nebel verdichtet die Nacht.
Höre wie's durch die Wälder kracht!
Aufgescheucht fliegen die Eulen.
Hör' es splittern die Säulen
Ewig grüner Palläste.
Girren und Brechen der Aeste
Der Stämme mächtiges Dröhnen!
Der Wurzeln Knarren und Gähnen!
Im fürchterlich verworrenen Falle
Ueber einander krachen sie alle,

Und durch die übertrümmerten Klüfte
Zischen und heulen die Lüfte.
Hörst du Stimmen in der Höhe?
In der Ferne, in der Nähe?
Ja, den ganzen Berg entlang
Strömt ein wüthender Zaubergesang!

HEXEN *im Chor.*

Die Hexen zu dem Brocken ziehn,
Die Stoppel ist gelb, die Saat ist grün.
Dort sammelt sich der große Hauf,
Herr Urian sitzt oben auf.
So geht es über Stein und Stock
Es f–t die Hexe, es st–t der Bock.

STIMME.

Die alte Baubo kommt allein;
Sie reitet auf einem Mutterschwein.

CHOR.

So Ehre dem, wem Ehre gebührt!
Frau Baubo vor! und angeführt!
Ein tüchtig Schwein und Mutter drauf,
Da folgt der ganze Hexenhauf.

STIMME.

Welchen Weg kommst du her?

STIMME. Ueber'n Ilsenstein!

Da guckt' ich der Eule in's Nest hinein.
Die macht ein Paar Augen!

STIMME. O fahre zur Hölle!

Was reit'st du so schnelle!

STIMME

Mich hat sie geschunden,
Da sieh nur die Wunden!

HEXEN. CHOR.

Der Weg ist breit, der Weg ist lang,
Was ist das für ein toller Drang?
Die Gabel sticht, der Besen kratzt,
Das Kind erstickt, die Mutter platzt.

HEXENMEISTER. *Halbes* CHOR.

Wir schleichen wie die Schneck' im Haus,
Die Weiber alle sind voraus.
Denn, geht es zu des Bösen Haus,
Das Weib hat tausend Schritt voraus.

ANDRE HÄLFTE.

Wir nehmen das nicht so genau,
Mit tausend Schritten macht's die Frau;
Doch, wie sie auch sich eilen kann,
Mit einem Sprunge macht's der Mann.

STIMME *oben*.

Kommt mit, kommt mit, vom Felsensee!

STIMMEN *von unten*.

Wir möchten gerne mit in die Höh'.
Wir waschen und blank sind wir ganz und gar;
Aber auch ewig unfruchtbar.

BEIDE CHÖRE.

Es schweigt der Wind, es flieht der Stern,
Der trübe Mond verbirgt sich gern.
Im Sausen sprüht das Zauber-Chor
Viel tausend Feuerfunken hervor.

STIMME *von unten*.

Halte! Halte!

STIMME *von oben*.

Wer ruft da aus der Felsenspalte?

STIMME *unten*.

Nehmt mich mit! Nehmt mich mit!
Ich steige schon dreyhundert Jahr,

Und kann den Gipfel nicht erreichen.
Ich wäre gern bei Meinesgleichen.

BEIDE CHÖRE.

Es trägt der Besen, trägt der Stock,
Die Gabel trägt, es trägt der Bock;
Wer heute sich nicht heben kann,
Ist ewig ein verlorner Mann.

HALBHEXE *unten.*

Ich tripple nach, so lange Zeit;
Wie sind die Andern schon so weit!
Ich hab' zu Hause keine Ruh,
Und komme hier doch nicht dazu.

CHOR DER HEXEN.

Die Salbe gibt den Hexen Muth,
Ein Lumpen ist zum Segel gut,
Ein gutes Schiff ist jeder Trog;
Der flieget nie, der heut nicht flog.

BEIDE CHÖRE.

Und wenn wir um den Gipfel ziehn,
So streichet an dem Boden hin.
Und deckt die Heide weit und breit
Mit eurem Schwarm der Hexenheit.
Sie lassen sich nieder.

MEPHISTOPHELES.

Das drängt und stößt, das ruscht und klappert!
Das zischt und quirlt, das zieht und plappert!
Das leuchtet, sprüht und stinkt und brennt!
Ein wahres Hexenelement!
Nur fest an mir! sonst sind wir gleich getrennt.
Wo bist du?

FAUST *in der Ferne.*

Hier!

MEPHISTOPHELES. Was! dort schon hingerissen?
Da werd' ich Hausrecht brauchen müssen.

Platz! Junker Voland kommt. Platz! süßer Pöbel, Platz!
Hier, Doctor, fasse mich! und nun, in Einem Satz,
Laß uns aus dem Gedräng' entweichen;
Es ist zu toll, sogar für Meinesgleichen.
Dort neben leuchtet was mit ganz besond'rem Schein,
Es zieht mich was nach jenen Sträuchen.
Komm, komm! wir schlupfen da hinein.

FAUST.

Du Geist des Widerspruchs! Nur zu! du magst mich führen.
Ich denke doch, das war recht klug gemacht;
Zum Brocken wandeln wir in der Walpurgisnacht,
Um uns beliebig nun hieselbst zu isoliren.

MEPHISTOPHELES.

Da sieh nur welche bunten Flammen!
Es ist ein muntrer Klub beisammen.
Im Kleinen ist man nicht allein.

FAUST.

Doch droben möcht' ich lieber seyn!
Schon seh' ich Gluth und Wirbelrauch.
Dort strömt die Menge zu dem Bösen;
Da muß sich manches Räthsel lösen.

MEPHISTOPHELES.

Doch manches Räthsel knüpft sich auch.
Laß du die große Welt nur sausen,
Wir wollen hier im Stillen hausen.
Es ist doch lange hergebracht,
Daß in der großen Welt man kleine Welten macht.
Da seh' ich junge Hexchen nackt und bloß,
Und alte die sich klug verhüllen.
Seyd freundlich, nur um meinetwillen;
Die Müh' ist klein, der Spaß ist groß.

Ich höre was von Instrumenten tönen!
Verflucht Geschnarr! Man muß sich dran gewöhnen.
Komm mit! Komm mit! Es kann nicht anders seyn,
Ich tret' heran und führe dich herein,
Und ich verbinde dich auf's neue.
Was sagst du, Freund? das ist kein kleiner Raum.
Da sieh nur hin! du siehst das Ende kaum.
Ein Hundert Feuer brennen in der Reihe;
Man tanzt, man schwatzt, man kocht, man trinkt, man liebt;
Nun sage mir, wo es was bessers giebt?

FAUST.

Willst du dich nun, um uns hier einzuführen
Als Zaub'rer oder Teufel produziren?

MEPHISTOPHELES.

Zwar bin ich sehr gewohnt incognito zu gehn;
Doch läßt am Galatag man seinen Orden sehn.
Ein Knieband zeichnet mich nicht aus,
Doch ist der Pferdefuß hier ehrenvoll zu Haus.
Siehst du die Schnecke da? Sie kommt herangekrochen;
Mit ihrem tastenden Gesicht
Hat sie mir schon was abgerochen.
Wenn ich auch will, verläugn' ich hier mich nicht.
Komm nur! von Feuer gehen wir zu Feuer,
Ich bin der Werber und du bist der Freyer.
Zu einigen, die um verglimmende Kohlen sitzen.
Ihr alten Herrn, was macht ihr hier am Ende?
Ich lobt' euch, wenn ich euch hübsch in der Mitte fände,
Von Saus umzirkt und Jugendbraus;
Genug allein ist jeder ja zu Haus,

GENERAL.

Wer mag auf Nationen trauen!
Man habe noch so viel für sie gethan;

Denn bei dem Volk, wie bei den Frauen,
Steht immerfort die Jugend oben an.

MINISTER.

Jetzt ist man von dem Rechten allzuweit,
Ich lobe mir die guten Alten;
Denn freilich, da wir alles galten,
Da war die rechte goldne Zeit.

PARVENÜ.

Wir waren wahrlich auch nicht dumm,
Und thaten oft was wir nicht sollten;
Doch jetzo kehrt sich alles um und um,
Und eben da wir's fest erhalten wollten.

AUTOR.

Wer mag wohl überhaupt jetzt eine Schrift
Von mäßig klugem Inhalt lesen!
Und was das liebe junge Volk betrifft,
Das ist noch nie so naseweis gewesen.

MEPHISTOPHELES, *der auf einmal sehr alt erscheint.*

Zum jüngsten Tag fühl' ich das Volk gereift,
Da ich zum letztenmal den Hexenberg ersteige,
Und, weil mein Fäßchen trübe läuft,
So ist die Welt auch auf der Neige.

TRÖDELHEXE.

Ihr Herren geht nicht so vorbei!
Laßt die Gelegenheit nicht fahren!
Aufmerksam blickt nach meinen Waaren;
Es steht dahier gar mancherlei.
Und doch ist nichts in meinem Laden,
Dem keiner auf der Erde gleicht,
Das nicht einmal zum tücht'gen Schaden
Der Menschen und der Welt gereicht.

Kein Dolch ist hier, von dem nicht Blut geflossen,
Kein Kelch, aus dem sich nicht, in ganz gesunden Leib,
Verzehrend heißes Gift ergossen,
Kein Schmuck, der nicht ein liebenswürdig Weib
Verführt, kein Schwert das nicht den Bund gebrochen,
Nicht etwa hinterrücks den Gegenmann durchstochen.

MEPHISTOPHELES.
Frau Muhme! Sie versteht mir schlecht die Zeiten,
Gethan geschehn! Geschehn gethan!
Verleg' sie sich auf Neuigkeiten!
Nur Neuigkeiten ziehn uns an.

FAUST.
Daß ich mich nur nicht selbst vergesse!
Heiß' ich mir das doch eine Messe!

MEPHISTOPHELES.
Der ganze Strudel strebt nach oben;
Du glaubst zu schieben und du wirst geschoben.

FAUST.
Wer ist denn das?

MEPHISTOPHELES. Betrachte sie genau!
Lilith ist das.

FAUST. Wer?

MEPHISTOPHELES. Adams erste Frau.
Nimm dich in Acht vor ihren schönen Haaren
Vor diesem Schmuck, mit dem sie einzig prangt.
Wenn sie damit den jungen Mann erlangt,
So läßt sie ihn so bald nicht wieder fahren.

FAUST.
Da sitzen zwey, die alte mit der jungen;
Die haben schon was rechts gesprungen!

MEPHISTOPHELES.
Das hat nun heute keine Ruh.
Es geht zum neuen Tanz; nun komm! wir greifen zu.

FAUST *mit der jungen tanzend.*

Einst hatt' ich einen schönen Traum;
Da sah ich einen Apfelbaum,
Zwey schöne Aepfel glänzten dran,
Sie reizten mich, ich stieg hinan.

DIE SCHÖNE.

Der Aepfelchen begehrt ihr sehr
Und schon vom Paradiese her.
Von Freuden fühl' ich mich bewegt,
Daß auch mein Garten solche trägt.

MEPHISTOPHELES *mit der Alten.*

Einst hatt' ich einen wüsten Traum;
Da sah' ich einen gespaltnen Baum,
Der hatt' ein – – –;
So – es war, gefiel mir's doch.

DIE ALTE.

Ich biete meinen besten Gruß
Dem Ritter mit dem Pferdefuß
Halt' er einen – – bereit,
Wenn er – – – nicht scheut.

PROKTOPHANTASMIST.

Verfluchtes Volk! was untersteht ihr euch?
Hat man euch lange nicht bewiesen,
Ein Geist steht nie auf ordentlichen Füßen?
Nun tanzt ihr gar, uns andern Menschen gleich!

DIE SCHÖNE *tanzend.*

Was will denn der auf unserm Ball?

FAUST *tanzend.*

Ey! der ist eben überall.
Was Andre tanzen muß er schätzen.
Kann er nicht jeden Schritt beschwätzen,
So ist der Schritt so gut als nicht geschehn.
Am meisten ärgert ihn, sobald wir vorwärts gehn.

Wenn ihr euch so im Kreise drehen wolltet,
Wie er's in seiner alten Mühle thut,
Das hieß er allenfalls noch gut;
Besonders wenn ihr ihn darum begrüßen solltet.

PROKTOPHANTASMIST.

Ihr seyd noch immer da! Nein das ist unerhört.
Verschwindet doch! Wir haben ja aufgeklärt!
Das Teufelspack es fragt nach keiner Regel.
Wir sind so klug und dennoch spukt's in Tegel.
Wie lange hab' ich nicht am Wahn hinausgekehrt
Und nie wird's rein, das ist doch unerhört!

DIE SCHÖNE.

So hört doch auf uns hier zu ennuyiren!

PROKTOPHANTASMIST.

Ich sag's euch Geistern in's Gesicht,
Den Geistesdespotismus leid' ich nicht;
Mein Geist kann ihn nicht exerciren.

Es wird fortgetanzt.

Heut, seh' ich, will mir nichts gelingen;
Doch eine Reise nehm' ich immer mit
Und hoffe noch, vor meinem letzten Schritt,
Die Teufel und die Dichter zu bezwingen.

MEPHISTOPHELES.

Er wird sich gleich in eine Pfütze setzen,
Das ist die Art wie er sich soulagirt,
Und wenn Blutegel sich an seinem Steiß ergetzen,
Ist er von Geistern und von Geist curirt.

Zu Faust, der aus dem Tanz getreten ist

Was lässest du das schöne Mädchen fahren?
Das dir zum Tanz so lieblich sang.

FAUST.

Ach! mitten im Gesange sprang
Ein rothes Mäuschen ihr aus dem Munde.

MEPHISTOPHELES.
Das ist was rechts! Das nimmt man nicht genau;
Genug die Maus war doch nicht grau.
Wer fragt darnach in einer Schäferstunde?

FAUST.
Dann sah' ich –

MEPHISTOPHELES.
Was?

FAUST.
Mephisto, siehst du dort
Ein blasses, schönes Kind allein und ferne stehen?
Sie schiebt sich langsam nur vom Ort,
Sie scheint mit geschloss'nen Füßen zu gehen.
Ich muß bekennen, daß mir däucht,
Daß sie dem guten Gretchen gleicht.

MEPHISTOPHELES.
Laß das nur stehn! Dabei wird's niemand wohl.
Es ist ein Zauberbild, ist leblos, ein Idol.
Ihm zu begegnen ist nicht gut;
Vom starren Blick erstarrt des Menschen Blut,
Und er wird fast in Stein verkehrt,
Von der Meduse hast du ja gehört.

FAUST.
Fürwahr es sind die Augen einer Todten,
Die eine liebende Hand nicht schloß.
Das ist die Brust, die Gretchen mir geboten,
Das ist der süße Leib, den ich genoß.

MEPHISTOPHELES.
Das ist die Zauberey, du leicht verführter Thor!
Denn jedem kommt sie wie sein Liebchen vor.

FAUST.
Welch eine Wonne! welch ein Leiden!
Ich kann von diesem Blick nicht scheiden.

Wie sonderbar muß diesen schönen Hals
Ein einzig rothes Schnürchen schmücken,
Nicht breiter als ein Messerrücken!

MEPHISTOPHELES.

Ganz recht! ich seh' es ebenfalls.
Sie kann das Haupt auch unterm Arme tragen;
Denn Perseus hat's ihr abgeschlagen. –
Nur immer diese Lust zum Wahn!
Komm doch das Hügelchen heran,
Hier ist's so lustig wie im Prater;
Und hat man mir's nicht angethan,
So seh' ich wahrlich ein Theater.
Was gibt's denn da?

SERVIBILIS. Gleich fängt man wieder an.
Ein neues Stück, das letzte Stück von sieben;
Soviel zu geben ist allhier der Brauch.
Ein Dilettant hat es geschrieben,
Und Dilettanten spielen's auch.
Verzeiht ihr Herrn, wenn ich verschwinde;
Mich dilettirt's den Vorhang aufzuziehn.

MEPHISTOPHELES.

Wenn ich euch auf dem Blocksberg finde,
Das find' ich gut; denn da gehört ihr hin.

Walpurgisnachtstraum

oder

Oberons und Titanias goldne Hochzeit.

Intermezzo.

THEATERMEISTER.

Heute ruhen wir einmal
Miedings wackre Söhne.
Alter Berg und feuchtes Thal,
Das ist die ganze Scene!

HEROLD.

Daß die Hochzeit golden sey
Soll'n funfzig Jahr seyn vorüber;
Aber ist der Streit vorbei,
Das golden ist mir lieber.

OBERON.

Seyd ihr Geister wo ich bin,
So zeigt's in diesen Stunden;
König und die Königin,
Sie sind auf's neu verbunden.

PUCK.

Kommt der Puck und dreht sich quer
Und schleift den Fuß im Reihen;
Hundert kommen hinterher
Sich auch mit ihm zu freuen.

ARIEL.

Ariel bewegt den Sang
In himmlisch reinen Tönen;
Viele Fratzen lockt sein Klang,
Doch lockt er auch die Schönen.

OBERON.

Gatten die sich vertragen wollen,
Lernen's von uns beiden!
Wenn sich zweye lieben sollen,
Braucht man sie nur zu scheiden.

TITANIA.

Schmollt der Mann und grillt die Frau,
So faßt sie nur behende,
Führt mir nach dem Mittag Sie
Und Ihn an Nordens Ende.

ORCHESTER TUTTI. *Fortissimo*.

Fliegenschnauz' und Mückennas'
Mit ihren Anverwandten,
Frosch im Laub' und Grill' im Gras'
Das sind die Musikanten!

SOLO.

Seht da kommt der Dudelsack!
Es ist die Seifenblase.
Hört den Schneckeschnickeschnack
Durch seine stumpfe Nase.

GEIST DER SICH ERST BILDET.

Spinnenfuß und Krötenbauch
Und Flügelchen dem Wichtchen!
Zwar ein Thierchen gibt es nicht,
Doch gibt es ein Gedichtchen.

EIN PÄRCHEN.

Kleiner Schritt und hoher Sprung
Durch Honigthau und Düfte;
Zwar du trippelst mir genung,
Doch geht's nicht in die Lüfte.

NEUGIERIGER REISENDER.

Ist das nicht Maskeraden-Spott?
Soll ich den Augen trauen?
Oberon den schönen Gott
Auch heute hier zu schauen!

ORTHODOX.

Keine Klauen, keinen Schwanz!
Doch bleibt es außer Zweifel,

So wie die Götter Griechenlands,
So ist auch er ein Teufel.

NORDISCHER KÜNSTLER.

Was ich ergreife das ist heut
Fürwahr nur skizzenweise;
Doch ich bereite mich bei Zeit
Zur italiän'schen Reise.

PURIST.

Ach! mein Unglück führt mich her:
Wie wird nicht hier geludert!
Und von dem ganzen Hexenheer
Sind zweye nur gepudert.

JUNGE HEXE.

Der Puder ist so wie der Rock
Für alt' und graue Weibchen;
Drum sitz' ich nackt auf meinem Bock
Und zeig' ein derbes Leibchen.

MATRONE.

Wir haben zu viel Lebensart
Um hier mit euch zu maulen;
Doch hoff' ich, sollt ihr jung und zart,
So wie ihr seyd, verfaulen.

CAPELLMEISTER.

Fliegenschnauz' und Mückennas'
Umschwärmt mir nicht die Nackte!
Frosch im Laub' und Grill' im Gras'
So bleibt doch auch im Tacte!

WINDFAHNE *nach der einen Seite*.

Gesellschaft wie man wünschen kann.
Wahrhaftig lauter Bräute!
Und Junggesellen, Mann für Mann,
Die hoffnungsvollsten Leute.

WINDFAHNE *nach der andern Seite.*

Und thut sich nicht der Boden auf
Sie alle zu verschlingen,
So will ich mit behendem Lauf
Gleich in die Hölle springen.

XENIEN.

Als Insecten sind wir da,
Mit kleinen scharfen Scheren,
Satan, unsern Herrn Papa,
Nach Würden zu verehren.

HENNINGS.

Seht! wie sie in gedrängter Schaar
Naiv zusammen scherzen.
Am Ende sagen sie noch gar,
Sie hätten gute Herzen.

MUSAGET.

Ich mag in diesem Hexenheer
Mich gar zu gern verlieren;
Denn freilich diese wüßt' ich eh'r,
Als Musen anzuführen.

CI-DEVANT GENIUS DER ZEIT.

Mit rechten Leuten wird man was.
Komm, fasse meinen Zipfel!
Der Blocksberg, wie der deutsche Parnaß,
Hat gar einen breiten Gipfel.

NEUGIERIGER REISENDER.

Sagt wie heißt der steife Mann?
Er geht mit stolzen Schritten.
Er schnopert was er schnopern kann.
»Er spürt nach Jesuiten.«

KRANICH.

In dem Klaren mag ich gern
Und auch im Trüben fischen;

Darum seht ihr den frommen Herrn
Sich auch mit Teufeln mischen.

WELTKIND.

Ja für die Frommen, glaubet mir,
Ist alles ein Vehikel;
Sie bilden auf dem Blocksberg hier
Gar manches Conventikel.

TÄNZER.

Da kommt ja wohl ein neues Chor?
Ich höre ferne Trommeln.
Nur ungestört! es sind im Rohr
Die unisonen Dommeln.

TANZMEISTER.

Wie jeder doch die Beine lupft!
Sich wie er kann herauszieht!
Der Krumme springt, der Plumpe hupft
Und fragt nicht wie es aussieht.

FIDELER.

Das haßt sich schwer das Lumpenpack
Und gäb' sich gern das Restchen;
Es eint sie hier der Dudelsack
Wie Orpheus Leyer die Bestjen.

DOGMATIKER.

Ich lasse mich nicht irre schrein,
Nicht durch Kritik noch Zweifel.
Der Teufel muß doch etwas seyn;
Wie gäb's denn sonst auch Teufel?

IDEALIST.

Die Phantasie in meinem Sinn
Ist dießmal gar zu herrisch.
Fürwahr, wenn ich das alles bin,
So bin ich heute närrisch.

REALIST.

Das Wesen ist mir recht zur Qual
Und muß mich baß verdrießen;
Ich stehe hier zum erstenmal
Nicht fest auf meinen Füßen.

SUPERNATURALIST.

Mit viel Vergnügen bin ich da
Und freue mich mit diesen;
Denn von den Teufeln kann ich ja
Auf gute Geister schließen.

SKEPTIKER.

Sie gehn den Flämmchen auf der Spur,
Und glaub'n sich nah dem Schatze.
Auf Teufel reimt der Zweifel nur;
Da bin ich recht am Platze.

CAPELLMEISTER.

Frosch im Laub' und Grill' im Gras'
Verfluchte Dilettanten!
Fliegenschnauz' und Mückennas'
Ihr seyd doch Musikanten!

DIE GEWANDTEN.

Sanssouci so heißt das Heer
Von lustigen Geschöpfen,
Auf den Füßen geht's nicht mehr,
Drum gehn wir auf den Köpfen.

DIE UNBEHÜLFLICHEN.

Sonst haben wir manchen Bissen erschranzt,
Nun aber Gott befohlen!
Unsere Schuhe sind durchgetanzt,
Wir laufen auf nackten Sohlen.

IRRLICHTER.

Von dem Sumpfe kommen wir,
Woraus wir erst entstanden;

Doch sind wir gleich im Reihen hier
Die glänzenden Galanten.

STERNSCHNUPPE.

Aus der Höhe schoß ich her
Im Stern- und Feuerscheine,
Liege nun im Grase quer,
Wer hilft mir auf die Beine?

DIE MASSIVEN.

Platz und Platz! und ringsherum!
So gehn die Gräschen nieder,
Geister kommen, Geister auch
Sie haben plumpe Glieder.

PUCK.

Tretet nicht so mastig auf
Wie Elephantenkälber,
Und der plumpst' an diesem Tag,
Sey Puck der derbe selber.

ARIEL.

Gab die liebende Natur
Gab der Geist euch Flügel,
Folget meiner leichten Spur,
Auf zum Rosenhügel!

ORCHESTER. *Pianissimo.*

Wolkenzug und Nebelflor
Erhellen sich von oben.
Luft im Laub und Wind im Rohr,
Und alles ist zerstoben.

Trüber Tag. Feld.

FAUST. MEPHISTOPHELES.

FAUST.

Im Elend! Verzweifelnd! Erbärmlich auf der Erde lange verirrt und nun gefangen! Als Missethäterin im Kerker zu entsetzlichen Qualen eingesperrt das holde unselige Geschöpf! Bis dahin! dahin! – Verrätherischer, nichtswürdiger Geist, und das hast du mir verheimlicht! – Steh nur, steh! Wälze die teuflischen Augen ingrimmend im Kopf herum! Steh und trutze mir durch deine unerträgliche Gegenwart! Gefangen! Im unwiederbringlichen Elend! Bösen Geistern übergeben und der richtenden gefühllosen Menschheit! Und mich wiegst du indeß in abgeschmackten Zerstreuungen, verbirgst mir ihren wachsenden Jammer und lässest sie hülflos verderben!

MEPHISTOPHELES.

Sie ist die erste nicht.

FAUST.

Hund! abscheuliches Unthier! – Wandle ihn, du unendlicher Geist! wandle den Wurm wieder in seine Hundsgestalt, wie er sich oft nächtlicher Weise gefiel vor mir herzutrotten, dem harmlosen Wandrer vor die Füße zu kollern und sich dem niederstürzenden auf die Schultern zu hängen. Wandl' ihn wieder in seine Lieblingsbildung, daß er vor mir im Sand auf dem Bauch krieche, ich ihn mit Füßen trete, den Verworfnen! – Die erste nicht! – Jammer! Jammer! von keiner Menschenseele zu fassen, daß mehr als ein Geschöpf in die Tiefe dieses Elendes versank, daß nicht das erste genugthat für die Schuld aller übrigen in seiner windenden Todesnoth vor den Augen des ewig Verzeihenden! Mir wühlt es Mark und Leben durch, das Elend dieser einzigen; du grinsest gelassen über das Schicksal von Tausenden hin!

MEPHISTOPHELES.

Nun sind wir schon wieder an der Gränze unsres Witzes, da wo euch Menschen der Sinn überschnappt. Warum machst du Gemeinschaft mit uns, wenn du sie nicht durchführen kannst? Willst fliegen und bist vor'm Schwindel nicht sicher? Drangen wir uns dir auf, oder du dich uns?

FAUST.

Fletsche deine gefräßigen Zähne mir nicht so entgegen! Mir ekelts! – Großer herrlicher Geist, der du mir zu erscheinen würdigtest, der du mein Herz kennest und meine Seele, warum an den Schandgesellen mich schmieden, der sich am Schaden weidet und an Verderben sich letzt?

MEPHISTOPHELES.

Endigst du?

FAUST.

Rette sie! oder weh dir! Den gräßlichsten Fluch über dich auf Jahrtausende!

MEPHISTOPHELES.

Ich kann die Bande des Rächers nicht lösen, seine Riegel nicht öffnen. – Rette sie! – Wer war's, der sie in's Verderben stürzte? Ich oder du?

FAUST *blickt wild umher.*

MEPHISTOPHELES.

Greifst du nach dem Donner? Wohl, daß er euch elenden Sterblichen nicht gegeben ward! Den unschuldig entgegnenden zu zerschmettern, das ist so Tyrannen-Art sich in Verlegenheiten Luft zu machen.

FAUST.

Bringe mich hin! Sie soll frei seyn!

MEPHISTOPHELES.

Und die Gefahr der du dich aussetzest? Wisse, noch liegt auf der Stadt Blutschuld von deiner Hand. Ueber des Erschlagenen Stätte schweben rächende Geister und lauern auf den wiederkehrenden Mörder.

FAUST.

Noch das von dir? Mord und Tod einer Welt über dich Ungeheuer! Führe mich hin, sag' ich, und befrei' sie!

MEPHISTOPHELES.

Ich führe dich und was ich thun kann, höre! Habe ich alle Macht im Himmel und auf Erden? Des Thürners Sinne will ich umnebeln, bemächtige dich der Schlüssel und führe sie heraus mit Menschenhand. Ich wache! die Zauberpferde sind bereit, ich entführe euch. Das vermag ich.

FAUST.

Auf und davon!

Nacht, offen Feld.

FAUST, MEPHISTOPHELES,
auf schwarzen Pferden daher brausend.

FAUST.

Was weben die dort um den Rabenstein?

MEPHISTOPHELES.

Weiß nicht was sie kochen und schaffen.

FAUST.

Schweben auf, schweben ab, neigen sich, beugen sich.

MEPHISTOPHELES.

Eine Hexenzunft.

FAUST.

Sie streuen und weihen.

MEPHISTOPHELES.

Vorbei! Vorbei!

Kerker.

FAUST, *mit einem Bund Schlüssel und einer Lampe, vor einem eisernen Thürchen.*

Mich faßt ein längst entwohnter Schauer,
Der Menschheit ganzer Jammer faßt mich an.
Hier wohnt sie hinter dieser feuchten Mauer,
Und ihr Verbrechen war ein guter Wahn!
Du zauderst zu ihr zu gehen!
Du fürchtest sie wieder zu sehen!
Fort! Dein Zagen zögert den Tod heran.
Er ergreift das Schloß. Es singt inwendig.

Meine Mutter, die Hur,
Die mich umgebracht hat!
Mein Vater, der Schelm,
Der mich gessen hat!
Mein Schwesterlein klein
Hub auf die Bein,
An einem kühlen Ort;
Da ward ich ein schönes Waldvögelein;
Fliege fort, fliege fort!

FAUST *aufschließend.*
Sie ahnet nicht, daß der Geliebte lauscht,
Die Ketten klirren hört, das Stroh das rauscht.
Er tritt ein.

MARGARETE *sich auf dem Lager verbergend.*
Weh! Weh! Sie kommen. Bittrer Tod!

FAUST *leise.*
Still! Still! ich komme dich zu befreien.

MARGARETE *sich vor ihn hinwälzend.*
Bist du ein Mensch, so fühle meine Noth.

FAUST.
Du wirst die Wächter aus dem Schlafe schreien!
Er faßt die Ketten, sie aufzuschließen.

MARGARETE *auf den Knieen.*
Wer hat dir Henker diese Macht
Ueber mich gegeben!
Du holst mich schon um Mitternacht.
Erbarme dich und laß mich leben!
Ist's morgen früh nicht zeitig genung?
Sie steht auf.
Bin ich doch noch so jung, so jung!
Und soll schon sterben!
Schön war ich auch, und das war mein Verderben.
Nah war der Freund, nun ist er weit;
Zerrissen liegt der Kranz, die Blumen zerstreut.
Fasse mich nicht so gewaltsam an!
Schone mich! Was hab' ich dir gethan?
Laß mich nicht vergebens flehen,
Hab' ich dich doch mein Tage nicht gesehen!

FAUST.
Werd' ich den Jammer überstehen!

MARGARETE.

Ich bin nun ganz in deiner Macht.
Laß mich nur erst das Kind noch tränken.
Ich herzt' es diese ganze Nacht;
Sie nahmen mir's um mich zu kränken
Und sagen nun, ich hätt' es umgebracht.
Und niemals werd' ich wieder froh.
Sie singen Lieder auf mich! Es ist bös von den Leuten!
Ein altes Mährchen endigt so,
Wer heißt sie's deuten?

FAUST *wirft sich nieder.*

Ein Liebender liegt dir zu Füßen
Die Jammerknechtschaft aufzuschließen.

MARGARETE *wirft sich zu ihm.*

O laß uns knien die Heil'gen anzurufen!
Sieh! unter diesen Stufen,
Unter der Schwelle
Siedet die Hölle!
Der Böse,
Mit furchtbarem Grimme,
Macht ein Getöse!

FAUST *laut.*

Gretchen! Gretchen!

MARGARETE *aufmerksam.*

Das war des Freundes Stimme!
Sie springt auf. Die Ketten fallen ab.
Wo ist er? Ich hab' ihn rufen hören.
Ich bin frei! Mir soll niemand wehren.
An seinen Hals will ich fliegen,
An seinem Busen liegen!
Er rief Gretchen! Er stand auf der Schwelle.
Mitten durch's Heulen und Klappen der Hölle,

Durch den grimmigen, teuflischen Hohn,
Erkannt' ich den süßen, den liebenden Ton.

FAUST.

Ich bin's!

MARGARETE.

Du bist's! O sag' es noch einmal!

Ihn fassend.

Er ist's! Er ist's! Wohin ist alle Qual?
Wohin die Angst des Kerkers? der Ketten?
Du bist's! Kommst mich zu retten!
Ich bin gerettet! –
Schon ist die Straße wieder da,
Auf der ich dich zum erstenmale sah.
Und der heitere Garten,
Wo ich und Marthe deiner warten.

FAUST *fortstrebend.*

Komm mit! Komm mit!

MARGARETE. O weile!

Weil' ich doch so gern wo du weilest.

Liebkosend.

FAUST.

Eile!
Wenn du nicht eilest,
Werden wir's theuer büßen müssen.

MARGARETE.

Wie? du kannst nicht mehr küssen?
Mein Freund, so kurz von mir entfernt,
Und hast's Küssen verlernt?
Warum wird mir an deinem Halse so bang?
Wenn sonst von deinen Worten, deinen Blicken
Ein ganzer Himmel mich überdrang,
Und du mich küßtest als wolltest du mich ersticken.

Küsse mich!
Sonst küss' ich dich!
Sie umfaßt ihn.
O weh! deine Lippen sind kalt,
Sind stumm.
Wo ist dein Lieben
Geblieben?
Wer brachte mich drum?
Sie wendet sich von ihm.

FAUST.
Komm! Folge mir! Liebchen, fasse Muth!
Ich herze dich mit tausendfacher Gluth;
Nur folge mir! Ich bitte dich nur dieß!

MARGARETE *zu ihm gewendet.*
Und bist du's denn? Und bist du's auch gewiß?

FAUST.
Ich bin's! Komm mit!

MARGARETE. Du machst die Fesseln los,
Nimmst wieder mich in deinen Schoos.
Wie kommt es, daß du dich vor mir nicht scheust? –
Und weißt du denn, mein Freund, wen du befreist?

FAUST.
Komm! komm! Schon weicht die tiefe Nacht.

MARGARETE.
Meine Mutter hab' ich umgebracht,
Mein Kind hab' ich ertränkt.
War es nicht dir und mir geschenkt?
Dir auch – Du bist's! ich glaub' es kaum.
Gib deine Hand! Es ist kein Traum!
Deine liebe Hand! – Ach aber sie ist feucht!
Wische sie ab! Wie mich däucht

Ist Blut dran.
Ach Gott! Was hast du gethan!
Stecke den Degen ein;
Ich bitte dich drum!

FAUST.

Laß das Vergang'ne vergangen seyn,
Du bringst mich um.

MARGARETE.

Nein, du mußt übrig bleiben!
Ich will dir die Gräber beschreiben.
Für die mußt du sorgen
Gleich morgen;
Der Mutter den besten Platz geben,
Meinen Bruder sogleich darneben,
Mich ein wenig bei Seit',
Nur nicht gar zu weit!
Und das Kleine mir an die rechte Brust.
Niemand wird sonst bei mir liegen! –
Mich an deine Seite zu schmiegen
Das war ein süßes, ein holdes Glück!
Aber es will mir nicht mehr gelingen;
Mir ist's als müßt' ich mich zu dir zwingen,
Als stießest du mich von dir zurück;
Und doch bist du's und blickst so gut, so fromm.

FAUST.

Fühlst du daß ich es bin, so komm!

MARGARETE.

Dahinaus?

FAUST.

In's Freie.

MARGARETE.

Ist das Grab drauß',
Lauert der Tod, so komm!

Von hier in's ewige Ruhebett
Und weiter keinen Schritt –
Du gehst nun fort? O Heinrich, könnt' ich mit!

FAUST.

Du kannst! So wolle nur! Die Thür steht offen.

MARGARETE.

Ich darf nicht fort; für mich ist nichts zu hoffen.
Was hilft es fliehn? Sie lauern doch mir auf.
Es ist so elend betteln zu müssen,
Und noch dazu mit bösem Gewissen!
Es ist so elend in der Fremde schweifen,
Und sie werden mich doch ergreifen!

FAUST.

Ich bleibe bei dir.

MARGARETE.

Geschwind! Geschwind!
Rette dein armes Kind.
Fort! Immer den Weg
Am Bach hinauf,
Ueber den Steg
In den Wald hinein,
Links wo die Planke steht,
Im Teich.
Faß es nur gleich!
Es will sich heben,
Es zappelt noch!
Rette! rette!

FAUST.

Besinne dich doch!
Nur Einen Schritt, so bist du frei!

MARGARETE.

Wären wir nur den Berg vorbei!

Da sitzt meine Mutter auf einem Stein,
Es faßt mich kalt bei'm Schopfe!
Da sitzt meine Mutter auf einem Stein
Und wackelt mit dem Kopfe;
Sie winkt nicht, sie nickt nicht, der Kopf ist ihr schwer,
Sie schlief so lange, sie wacht nicht mehr.
Sie schlief damit wir uns freuten.
Es waren glückliche Zeiten!

FAUST.

Hilft hier kein Flehen, hilft kein Sagen;
So wag' ich's dich hinweg zu tragen.

MARGARETE.

Laß mich! Nein, ich leide keine Gewalt!
Fasse mich nicht so mörderisch an!
Sonst hab' ich dir ja alles zu lieb gethan.

FAUST.

Der Tag graut! Liebchen! Liebchen!

MARGARETE.

Tag! Ja es wird Tag! der letzte Tag dringt herein;
Mein Hochzeittag sollt' es seyn!
Sag niemand daß du schon bei Gretchen warst.
Weh meinem Kranze!
Es ist eben geschehn!
Wir werden uns wiedersehn;
Aber nicht beim Tanze.
Die Menge drängt sich, man hört sie nicht.
Der Platz, die Gassen
Können sie nicht fassen.
Die Glocke ruft, das Stäbchen bricht.
Wie sie mich binden und packen!
Zum Blutstuhl bin ich schon entrückt.
Schon zuckt nach jedem Nacken
Die Schärfe die nach meinem zückt.
Stumm liegt die Welt wie das Grab!

FAUST.
O wär' ich nie geboren!

MEPHISTOPHELES *erscheint draußen.*

Auf! oder ihr seyd verloren.
Unnützes Zagen! Zaudern und Plaudern!
Meine Pferde schaudern,
Der Morgen dämmert auf.

MARGARETE.
Was steigt aus dem Boden herauf?
Der! der! Schick' ihn fort!
Was will der an dem heiligen Ort?
Er will mich!

FAUST. Du sollst leben!

MARGARETE.
Gericht Gottes! Dir hab' ich mich übergeben!

MEPHISTOPHELES *zu* FAUST.
Komm! komm! Ich lasse dich mit ihr im Stich.

MARGARETE.
Dein bin ich, Vater! Rette mich!
Ihr Engel! Ihr heiligen Schaaren,
Lagert euch umher, mich zu bewahren!
Heinrich! Mir graut's vor dir.

MEPHISTOPHELES.
Sie ist gerichtet!

STIMME *von oben.*
Ist gerettet!

MEPHISTOPHELES *zu* FAUST.
Her zu mir!

Verschwindet mit Faust.

STIMME *von innen, verhallend.*
Heinrich! Heinrich!

FAUST.

Zweyter Theil.

ERSTER ACT.

Anmuthige Gegend.

FAUST *auf blumigen Rasen gebettet, ermüdet, unruhig, schlafsuchend.*

Dämmerung.

GEISTER-KREIS *schwebend bewegt, anmuthige kleine Gestalten.*

ARIEL *Gesang von Aeolsharfen begleitet.*

Wenn der Blüten Frühlings-Regen
Ueber alle schwebend sinkt,
Wenn der Felder grüner Segen
Allen Erdgebornen blinkt,
Kleiner Elfen Geistergröße
Eilet wo sie helfen kann,
Ob er heilig? ob er böse?
Jammert sie der Unglücksmann.

Die ihr dies Haupt umschwebt im luft'gen Kreise,
Erzeigt euch hier nach edler Elfen Weise,
Besänftiget des Herzens grimmen Strauß,
Entfernt des Vorwurfs glühend bittre Pfeile,
Sein Innres reinigt von erlebtem Graus.
Vier sind die Pausen nächtiger Weile,
Nun ohne Säumen füllt sie freundlich aus.
Erst senkt sein Haupt aufs kühle Polster nieder,
Dann badet ihn im Thau aus Lethe's Fluth;

Gelenk sind bald die krampferstarrten Glieder,
Wenn er gestärkt dem Tag entgegen ruht;
Vollbringt der Elfen schönste Pflicht,
Gebt ihn zurück dem heiligen Licht.

CHOR *Einzeln, zu zweyen und vielen, abwechselnd und gesammelt.*

Wenn sich lau die Lüfte füllen
Um den grünumschränkten Plan,
Süße Düfte, Nebelhüllen
Senkt die Dämmerung heran.
Lispelt leise süßen Frieden,
Wiegt das Herz in Kindesruh;
Und den Augen dieses Müden
Schließt des Tages Pforte zu.

Nacht ist schon hereingesunken
Schließt sich heilig Stern an Stern,
Große Lichter, kleine Funken,
Glitzern nah und glänzen fern;
Glitzern hier im See sich spiegelnd
Glänzen droben klarer Nacht,
Tiefsten Ruhens Glück besiegelnd
Herrscht des Mondes volle Pracht.

Schon verloschen sind die Stunden,
Hingeschwunden Schmerz und Glück;
Fühl' es vor! Du wirst gesunden;
Traue neuem Tagesblick.
Thäler grünen, Hügel schwellen,
Buschen sich zu Schatten-Ruh;
Und in schwanken Silberwellen
Wogt die Saat der Erndte zu.

Wunsch um Wünsche zu erlangen
Schaue nach dem Glanze dort!
Leise bist du nur umfangen,
Schlaf ist Schaale, wirf sie fort!
Säume nicht dich zu erdreisten
Wenn die Menge zaudernd schweift;
Alles kann der Edle leisten,
Der versteht und rasch ergreift.

Ungeheures Getöse verkündet das Herannahen der Sonne.

ARIEL.

Horchet! horcht! dem Sturm der Horen,
Tönend wird für Geistes-Ohren
Schon der neue Tag geboren.
Felsenthore knarren rasselnd,
Phöbus' Räder rollen prasselnd,
Welch Getöse bringt das Licht!
Es trommetet, es posaunet,
Auge blinzt und Ohr erstaunet,
Unerhörtes hört sich nicht.
Schlüpfet zu den Blumenkronen,
Tiefer tiefer, still zu wohnen,
In die Felsen unter's Laub;
Trifft es euch so seyd ihr taub.

FAUST.

Des Lebens Pulse schlagen frisch lebendig,
Aetherische Dämmerung milde zu begrüßen;
Du Erde warst auch diese Nacht beständig
Und athmest neu erquickt zu meinen Füßen,

Beginnest schon mit Lust mich zu umgeben,
Du regst und rührst ein kräftiges Beschließen,
Zum höchsten Daseyn immerfort zu streben. –
In Dämmerschein liegt schon die Welt erschlossen,
Der Wald ertönt von tausendstimmigen Leben
Thal aus, Thal ein ist Nebelstreif ergossen,
Doch senkt sich Himmelsklarheit in die Tiefen,
Und Zweig und Aeste, frisch erquickt, entsprossen
Dem duft'gen Abgrund wo versenkt sie schliefen;
Auch Farb' an Farbe klärt sich los vom Grunde,
Wo Blum' und Blatt von Zitterperle triefen,
Ein Paradies wird um mich her die Runde.

Hinaufgeschaut! – Der Berge Gipfelriesen
Verkünden schon die feyerlichste Stunde,
Sie dürfen früh des ewigen Lichts genießen
Das später sich zu uns hernieder wendet.
Jetzt zu der Alpe grüngesenkten Wiesen
Wird neuer Glanz und Deutlichkeit gespendet,
Und stufenweis herab ist es gelungen; –
Sie tritt hervor! – und, leider schon geblendet,
Kehr' ich mich weg, vom Augenschmerz durchdrungen.

So ist es also, wenn ein sehnend Hoffen
Dem höchsten Wunsch sich traulich zugerungen,
Erfüllungspforten findet flügeloffen,
Nun aber bricht aus jenen ewigen Gründen
Ein Flammen-Uebermaas, wir stehn betroffen;
Des Lebens Fackel wollten wir entzünden,
Ein Feuermeer umschlingt uns, welch' ein Feuer!
Ist's Lieb? Ist's Haß? die glühend uns umwinden,
Mit Schmerz und Freuden wechselnd ungeheuer,

So daß wir wieder nach der Erde blicken,
Zu bergen uns in jugendlichstem Schleyer.

So bleibe denn die Sonne mir im Rücken!
Der Wassersturz, das Felsenriff durchbrausend,
Ihn schau' ich an mit wachsendem Entzücken.
Von Sturz zu Sturzen wälzt er jetzt in tausend
Dann aber tausend Strömen sich ergießend,
Hoch in die Lüfte Schaum an Schäume sausend.
Allein wie herrlich diesem Sturm ersprießend,
Wölbt sich des bunten Bogens Wechsel-Dauer,
Bald rein gezeichnet, bald in Luft zerfließend,
Umher verbreitend duftig kühle Schauer.
Der spiegelt ab das menschliche Bestreben.
Ihm sinne nach und du begreifst genauer:
Am farbigen Abglanz haben wir das Leben.

Kaiserliche Pfalz.

Saal des Thrones.

STAATSRATH *in Erwartung des Kaisers.*

TROMPETEN.
HOFGESINDE *aller Art prächtig gekleidet tritt vor.*
DER KAISER *gelangt auf den Thron, zu seiner Rechten*
DER ASTROLOG.

KAISER.
Ich grüße die Getreuen, Lieben,
Versammelt aus der Näh' und Weite; –

Den Weisen seh ich mir zur Seite,
Allein wo ist der Narr geblieben?

JUNKER.

Gleich hinter deiner Mantel-Schleppe
Stürzt' er zusammen auf der Treppe,
Man trug hinweg das Fett-Gewicht,
Todt oder trunken? weiß man nicht.

ZWEYTER JUNKER.

Sogleich mit wunderbarer Schnelle
Drängt sich ein andrer an die Stelle.
Gar köstlich ist er aufgeputzt,
Doch frazzenhaft daß jeder stutzt;
Die Wache hält ihm an der Schwelle
Kreuzweis die Hellebarden vor –
Da ist er doch der kühne Thor!

MEPHISTOPHELES *am Throne knieend.*

Was ist verwünscht und stets willkommen?
Was ist ersehnt und stets verjagt?
Was immerfort in Schutz genommen?
Was hart gescholten und verklagt?
Wen darfst du nicht herbey berufen?
Wen höret jeder gern genannt?
Was naht sich deines Thrones Stufen?
Was hat sich selbst hinweggebannt?

KAISER.

Für diesmal spare deine Worte!
Hier sind die Räthsel nicht am Orte,
Das ist die Sache dieser Herrn. –
Da löse du! das hört ich gern:
Mein alter Narr ging, fürcht' ich, weit in's Weite;
Nimm seinen Platz und komm an meine Seite.

MEPHISTOPHELES *steigt hinauf und stellt sich zur Linken.*

GEMURMEL DER MENGE.

Ein neuer Narr – Zu neuer Pein –
Wo kommt er her – Wie kam er ein –
Der Alte fiel – der hat verthan –
Es war ein Faß – Nun ists ein Span –

KAISER.

Und also ihr Getreuen, Lieben,
Willkommen aus der Näh' und Ferne
Ihr sammelt Euch mit günstigem Sterne,
Da droben ist uns Glück und Heil geschrieben.
Doch sagt warum in diesen Tagen,
Wo wir der Sorgen uns entschlagen,
Schönbärte mummenschänzlich tragen
Und heitres nur genießen wollten,
Warum wir uns rathschlagend quälen sollten?
Doch weil ihr meynt es ging nicht anders an,
Geschehen ist's, so sey's gethan.

CANZLER.

Die höchste Tugend, wie ein Heiligen-Schein,
Umgiebt des Kaisers Haupt, nur er allein
Vermag sie gültig auszuüben:
Gerechtigkeit! – Was alle Menschen lieben,
Was alle fordern, wünschen, schwer entbehren,
Es liegt an ihm dem Volk es zu gewähren.
Doch ach! Was hilft dem Menschengeist Verstand,
Dem Herzen Güte, Willigkeit der Hand,
Wenns fieberhaft durchaus im Staate wüthet,
Und Uebel sich in Uebeln überbrütet.
Wer schaut hinab von diesem hohen Raum
Ins weite Reich, ihm scheint's ein schwerer Traum;
Wo Mißgestalt in Mißgestalten schaltet,
Das Ungesetz gesetzlich überwaltet,
Und eine Welt des Irrthums sich entfaltet.

Der raubt sich Heerden, der ein Weib,
Kelch, Kreuz und Leuchter vom Altare,
Berühmt sich dessen manche Jahre
Mit heiler Haut, mit unverletztem Leib.
Jetzt drängen Kläger sich zur Halle,
Der Richter prunkt auf hohem Pfühl,
Indessen wogt, in grimmigem Schwalle,
Des Aufruhrs wachsendes Gewühl.
Der darf auf Schand und Frevel pochen
Der auf Mitschuldigste sich stützt,
Und: Schuldig! hörst du ausgesprochen
Wo Unschuld nur sich selber schützt.
So will sich alle Welt zerstückeln,
Vernichtigen was sich gebührt;
Wie soll sich da der Sinn entwickeln
Der einzig uns zum Rechten führt?
Zuletzt ein wohlgesinnter Mann
Neigt sich dem Schmeichler, dem Bestecher,
Ein Richter der nicht strafen kann
Gesellt sich endlich zum Verbrecher.
Ich malte schwarz, doch dichtern Flor
Zög' ich dem Bilde lieber vor.
Pause.
Entschlüsse sind nicht zu vermeiden,
Wenn alle schädigen, alle leiden
Geht selbst die Majestät zu Raub.

HEERMEISTER.
Wie tobt's in diesen wilden Tagen
Ein jeder schlägt und wird erschlagen
Und für's Commando bleibt man taub.
Der Bürger hinter seinen Mauern
Der Ritter auf dem Felsennest

Verschwuren sich uns auszudauern
Und halten ihre Kräfte fest.
Der Miethsoldat wird ungeduldig,
Mit Ungestüm verlangt er seinen Lohn,
Und wären wir ihm nichts mehr schuldig
Er liefe ganz und gar davon.
Verbiete wer was alle wollten,
Der hat in's Wespennest gestört;
Das Reich das sie beschützen sollten,
Es liegt geplündert und verheert.
Man lässt ihr Toben wüthend hausen,
Schon ist die halbe Welt verthan;
Es sind noch Könige da draußen
Doch keiner denkt es ging ihn irgend an.

SCHATZMEISTER.

Wer wird auf Bundsgenossen pochen!
Subsidien die man uns versprochen,
Wie Röhrenwasser, bleiben aus.
Auch Herr, in deinen weiten Staaten
An wen ist der Besitz gerathen?
Wohin man kommt da hält ein Neuer Haus
Und unabhängig will er leben,
Zusehen muß man wie er's treibt;
Wir haben so viel Rechte hingegeben,
Daß uns auf nichts ein Recht mehr übrig bleibt.
Auch auf Partheyen, wie sie heißen,
Ist heut zu Tage kein Verlaß;
Sie mögen schelten oder preisen,
Gleichgültig wurden Lieb und Haß,
Die Ghibellinen wie die Guelfen
Verbergen sich um auszuruhn;

Wer jetzt will seinem Nachbar helfen?
Ein jeder hat für sich zu thun.
Die Goldespforten sind verrammelt,
Ein jeder krazt und scharrt und sammelt
Und unsre Cassen bleiben leer.

MARSCHALK.

Welch Unheil muß auch ich erfahren;
Wir wollen alle Tage sparen
Und brauchen alle Tage mehr.
Und täglich wächst mir neue Pein.
Den Köchen thut kein Mangel wehe;
Wildschweine, Hirsche, Hasen, Rehe,
Welschhühner, Hühner, Gäns' und Enten
Die Deputate, sichre Renten,
Sie gehen noch so ziemlich ein.
Jedoch am Ende fehlt's an Wein.
Wenn sonst im Keller Faß an Faß sich häufte,
Der besten Berg- und Jahresläufte,
So schlürft unendliches Gesäufte
Der edlen Herrn den letzten Tropfen aus.
Der Stadtrath muß sein Lager auch verzapfen,
Man greift zu Humpen, greift zu Napfen,
Und unterm Tische liegt der Schmaus.
Nun soll ich zahlen, alle lohnen;
Der Jude wird mich nicht verschonen
Der schafft Anticipationen,
Die speisen Jahr um Jahr voraus.
Die Schweine kommen nicht zu Fette,
Verpfändet ist der Pfühl im Bette,
Und auf den Tisch kommt vorgegessen Brot.

KAISER *nach einigem Nachdenken zu Mephistopheles.*

Sag, weist du Narr nicht auch noch eine Noth?

MEPHISTOPHELES.

Ich keineswegs. Den Glanz umher zu schauen,
Dich und die Deinen! – Mangelte Vertrauen,
Wo Majestät unweigerlich gebeut?
Bereite Macht Feindseliges zerstreut,
Wo guter Wille, kräftig durch Verstand
Und Thätigkeit, vielfältige, zur Hand?
Was könnte da zum Unheil sich vereinen,
Zur Finsterniß wo solche Sterne scheinen?

GEMURMEL.

Das ist ein Schalk – ders wohl versteht –
Er lügt sich ein – So lang es geht –
Ich weis schon – Was dahinter steckt –
Und was denn weiter? – Ein Project –

MEPHISTOPHELES.

Wo fehlts nicht irgendwo auf dieser Welt?
Dem dies, dem das, hier aber fehlt das Geld.
Vom Estrich zwar ist es nicht aufzuraffen;
Doch Weisheit weis das Tiefste herzuschaffen.
In Bergesadern, Mauergründen
Ist Gold gemünzt und ungemünzt zu finden,
Und fragt ihr mich wer es zu Tage schafft:
Begabten Mann's Natur- und Geisteskraft.

CANZLER.

Natur und Geist – so spricht man nicht zu Christen.
Deshalb verbrennt man Atheisten
Weil solche Reden höchst gefährlich sind.
Natur ist Sünde, Geist ist Teufel,
Sie hegen zwischen sich den Zweifel,
Ihr mißgestaltet Zwitterkind.
Uns nicht so! – Kaysers alten Landen
Sind zwey Geschlechter nur entstanden,

Sie stützen würdig seinen Thron:
Die Heiligen sind es und die Ritter;
Sie stehen jedem Ungewitter
Und nehmen Kirch' und Staat zum Lohn.
Dem Pöbelsinn verworrener Geister
Entwickelt sich ein Widerstand,
Die Ketzer sind's! die Hexenmeister!
Und sie verderben Stadt und Land.
Die willst du nun mit frechen Scherzen
In diese hohen Kreise schwärzen,
Ihr hegt euch an verderbtem Herzen,
Dem Narren sind sie nah verwandt.

MEPHISTOPHELES.

Daran erkenn ich den gelehrten Herrn!
Was ihr nicht tastet steht euch meilenfern,
Was ihr nicht faßt das fehlt euch ganz und gar,
Was ihr nicht rechnet, glaubt ihr sey nicht wahr,
Was ihr nicht wägt hat für euch kein Gewicht,
Was ihr nicht münzt das meynt ihr gelte nicht.

KAISER.

Dadurch sind unsre Mängel nicht erledigt,
Was willst du jetzt mit deiner Fastenpredigt?
Ich habe satt das ewige Wie und Wenn;
Es fehlt an Geld, nun gut so schaff' es denn.

MEPHISTOPHELES.

Ich schaffe was ihr wollt und schaffe mehr;
Zwar ist es leicht, doch ist das Leichte schwer;
Es liegt schon da, doch um es zu erlangen
Das ist die Kunst, wer weis es anzufangen?
Bedenkt doch nur: in jenen Schreckensläuften
Wo Menschenfluthen Land und Volk ersäuften,
Wie der und der, so sehr es ihn erschreckte,
Sein Liebstes da- und dort wohin versteckte.

So war's von je in mächtiger Römer Zeit,
Und so fortan, bis gestern, ja bis heut.
Das alles liegt im Boden still begraben,
Der Boden ist des Kaisers, der soll's haben.

SCHATZMEISTER.
Für einen Narren spricht er gar nicht schlecht,
Das ist fürwahr des alten Kaisers Recht.

CANZLER.
Der Satan legt euch goldgewirkte Schlingen:
Es geht nicht zu mit frommen rechten Dingen.

MARSCHALK.
Schafft' er uns nur zu Hof willkommne Gaben,
Ich wollte gern ein Bischen Unrecht haben.

HEERMEISTER.
Der Narr ist klug, verspricht was jedem frommt;
Fragt der Soldat doch nicht woher es kommt.

MEPHISTOPHELES.
Und glaubt ihr euch vielleicht durch mich betrogen;
Hier steht ein Mann! da! fragt den Astrologen,
In Kreis' um Kreise kennt er Stund und Haus,
So sage denn wie siehts am Himmel aus.

GEMURMEL.
Zwey Schelme sind's – Verstehn sich schon –
Narr und Phantast – So nah dem Thron –
Ein mattgesungen – alt Gedicht –
Der Thor bläst ein – der Weise spricht –

ASTROLOG *spricht, Mephistopheles bläst ein.*
Die Sonne selbst sie ist ein lautres Gold,
Merkur der Bote dient um Gunst und Sold,
Frau Venus hat's euch allen angethan,
So früh als spat blickt sie euch lieblich an;
Die keusche Luna launet grillenhaft,
Mars trifft er nicht, so dräut euch seine Kraft.

Und Jupiter bleibt doch der schönste Schein,
Saturn ist groß, dem Auge fern und klein.
Ihn als Metall verehren wir nicht sehr,
An Werth gering, doch im Gewichte schwer.
Ja! wenn zu Sol sich Luna fein gesellt,
Zum Silber Gold, dann ist es heitre Welt,
Das Uebrige ist alles zu erlangen,
Palläste, Gärten, Brüstlein, rothe Wangen,
Das alles schafft der hochgelahrte Mann
Der das vermag was unser keiner kann.

KAISER.

Ich höre doppelt was er spricht
Und dennoch überzeugt's mich nicht.

GEMURMEL.

Was soll uns das – Gedroschner Spaß –
Calenderey – Chymisterey –
Das hört ich oft – Und falsch gehofft –
Und kommt er auch – So ists ein Gauch –

MEPHISTOPHELES.

Da stehen sie umher und staunen,
Vertrauen nicht dem hohen Fund,
Der eine faselt von Alraunen
Der andre von dem schwarzen Hund.
Was soll es daß der eine witzelt,
Ein andrer Zauberey verklagt,
Wenn ihm doch auch einmal die Sohle kitzelt
Wenn ihm der sichre Schritt versagt.

Ihr alle fühlt geheimes Wirken
Der ewig waltenden Natur,
Und aus den untersten Bezirken
Schmiegt sich herauf lebendge Spur.

Wenn es in allen Gliedern zwackt,
Wenn es unheimlich wird am Platz,
Nur gleich entschlossen grabt und hackt,
Da liegt der Spielmann, liegt der Schatz!

GEMURMEL.

Mir liegts im Fuß wie Bleygewicht –
Mir krampfts im Arme – das ist Gicht –
Mir krabbelts an der großen Zeh' –
Mir thut der ganze Rücken weh –
Nach solchen Zeichen wäre hier
Das allerreichste Schatzrevier.

KAISER.

Nur eilig! du entschlüpfst nicht wieder,
Erprobe deine Lügenschäume,
Und zeig' uns gleich die edlen Räume.
Ich lege Schwerdt und Scepter nieder,
Und will mit eignen hohen Händen,
Wenn du nicht lügst, das Werk vollenden,
Dich, wenn du lügst, zur Hölle senden!

MEPHISTOPHELES.

Den Weg dahin wüßt' allenfalls zu finden. –
Doch kann ich nicht genug verkünden
Was überall besitzlos harrend liegt.
Der Bauer der die Furche pflügt
Hebt einen Goldtopf mit der Scholle,
Salpeter hofft er von der Leimenwand
Und findet golden-goldne Rolle,
Erschreckt, erfreut in kümmerlicher Hand.
Was für Gewölbe sind zu sprengen,
In welchen Klüften, welchen Gängen
Muß sich der Schatzbewußte drängen,

Zur Nachbarschaft der Unterwelt!
In weiten, allverwahrten Kellern,
Von goldnen Humpen, Schüsseln, Tellern,
Sieht er sich Reihen aufgestellt.
Pokale stehen aus Rubinen
Und will er deren sich bedienen
Daneben liegt uraltes Naß.
Doch – werdet ihr dem Kundigen glauben –
Verfault ist längst das Holz der Dauben,
Der Weinstein schuf dem Wein ein Faß.
Essenzen solcher edlen Weine,
Gold und Juwelen nicht alleine
Umhüllen sich mit Nacht und Graus.
Der Weise forscht hier unverdrossen;
Am Tag' erkennen das sind Possen,
Im Finstern sind Mysterien zu Haus.

KAISER.

Die laß ich dir! Was will das Düstre frommen?
Hat etwas Werth, es muß zu Tage kommen.
Wer kennt den Schelm in tiefer Nacht genau?
Schwarz sind die Kühe, so die Katzen grau.
Die Töpfe drunten, voll von Goldgewicht;
Zieh' deinen Pflug, und ackre sie an's Licht.

MEPHISTOPHELES.

Nimm Hack' und Spaten grabe selber,
Die Bauernarbeit macht dich groß,
Und eine Heerde goldner Kälber
Sie reißen sich vom Boden los.
Dann ohne Zaudern, mit Entzücken,
Kannst du dich selbst, wirst die Geliebte schmücken;
Ein leuchtend Farb- und Glanzgestein erhöht
Die Schönheit wie die Majestät.

KAISER.

Nur gleich, nur gleich! Wie lange soll es währen!

ASTROLOG *(wie oben)*.

Herr mäßige solch dringendes Begehren,
Laß erst vorbey das bunte Freudenspiel;
Zerstreutes Wesen führt uns nicht zum Ziel.
Erst müssen wir in Fassung uns versühnen,
Das Untre durch das Obere verdienen.
Wer Gutes will der sey erst gut;
Wer Freude will besänftige sein Blut;
Wer Wein verlangt der keltre reife Trauben,
Wer Wunder hofft der stärke seinen Glauben.

KAISER.

So sey die Zeit in Fröhlichkeit verthan!
Und ganz erwünscht kommt Aschermittwoch an.
Indessen feyern wir, auf jeden Fall,
Nur lustiger das wilde Carneval.

Trompeten, Exeunt.

MEPHISTOPHELES.

Wie sich Verdienst und Glück verketten
Das fällt den Thoren niemals ein;
Wenn sie den Stein der Weisen hätten
Der Weise mangelte dem Stein.

Weitläufiger Saal, mit Nebengemächern, verziert und aufgeputzt zur Mummenschanz.

HEROLD.

Denkt nicht ihr seyd in deutschen Gränzen
Von Teufels-, Narren- und Todtentänzen,
Ein heitres Fest erwartet euch.

Der Herr, auf seinen Römerzügen
Hat, sich zu Nutz, euch zum Vergnügen,
Die hohen Alpen überstiegen,
Gewonnen sich ein heitres Reich.
Der Kaiser, er, an heiligen Solen,
Erbat sich erst das Recht zur Macht,
Und als er ging die Krone sich zu holen,
Hat er uns auch die Kappe mitgebracht.
Nun sind wir alle neugeboren;
Ein jeder weltgewandte Mann
Zieht sie behaglich über Kopf und Ohren;
Sie ähnlet ihn verrückten Thoren,
Er ist darunter weise wie er kann.
Ich sehe schon wie sie sich schaaren,
Sich schwankend sondern, traulich paaren;
Zudringlich schließt sich Chor an Chor.
Herein, hinaus, nur unverdrossen;
Es bleibt doch endlich nach wie vor,
Mit ihren hunderttausend Possen,
Die Welt ein einziger großer Thor.

GÄRTNERINNEN. *Gesang begleitet von Mandolinen.*

Euren Beyfall zu gewinnen
Schmückten wir uns diese Nacht,
Junge Florentinerinnen
Folgten deutschen Hofes Pracht;

Tragen wir in braunen Locken
Mancher heiteren Blume Zier;
Seidenfäden, Seidenflocken
Spielen ihre Rolle hier.

Denn wir halten es verdienstlich,
Lobenswürdig ganz und gar,
Unsere Blumen, glänzend künstlich,
Blühen fort das ganze Jahr.

Allerlei gefärbten Schnitzeln
Ward symmetrisch Recht gethan;
Mögt ihr Stück für Stück bewitzeln,
Doch das Ganze zieht euch an.

Niedlich sind wir anzuschauen,
Gärtnerinnen und galant;
Denn das Naturell der Frauen
Ist so nah mit Kunst verwandt.

HEROLD.

Laßt die reichen Körbe sehen
Die ihr auf den Häupten traget,
Die sich bunt am Arme blähen,
Jeder wähle was behaget.
Eilig daß in Laub und Gängen
Sich ein Garten offenbare,
Würdig sind sie zu umdrängen
Krämerinnen wie die Waare.

GÄRTNERINNEN.

Feilschet nun am heitern Orte,
Doch kein Markten findet statt!
Und mit sinnig kurzem Worte
Wisse jeder was er hat.

OLIVENZWEIG MIT FRÜCHTEN.

Keinen Blumenflor beneid' ich,
Allen Widerstreit vermeid' ich;

Mir ists gegen die Natur:
Bin ich doch das Mark der Lande,
Und, zum sichern Unterpfande,
Friedenszeichen jeder Flur,
Heute, hoff' ich, soll mirs glücken
Würdig schönes Haupt zu schmücken.

AEHRENKRANZ *golden*.

Ceres' Gaben, euch zu putzen,
Werden hold und lieblich stehn:
Das Erwünschteste dem Nutzen
Sey als eure Zierde schön.

PHANTASIEKRANZ.

Bunte Blumen Malven ähnlich
Aus dem Moos ein Wunderflor!
Der Natur ist's nicht gewöhnlich
Doch die Mode bringts hervor.

PHANTASIE-STRAUS.

Meinen Namen euch zu sagen
Würde Theophrast nicht wagen,
Und doch hoff' ich wo nicht allen,
Aber mancher zu gefallen,
Der ich mich wohl eignen möchte,
Wenn sie mich in's Haar verflöchte,
Wenn sie sich entschließen könnte
Mir am Herzen Platz vergönnte.

Ausforderung.

Mögen bunte Phantasien
Für des Tages Mode blühen,
Wunder seltsam seyn gestaltet
Wie Natur sich nie entfaltet;
Grüne Stiele, goldne Glocken
Blickt hervor aus reichen Locken! –

ROSENKNOSPEN.

Doch wir halten uns versteckt,
Glücklich wer uns frisch entdeckt.
Wenn der Sommer sich verkündet
Rosenknospe sich entzündet,
Wer mag solches Glück entbehren?
Das Versprechen, das Gewähren.
Das beherrscht, in Florens Reich,
Blick und Sinn und Herz zugleich.

Unter grünen Laubgängen putzen die Gärtnerinnen zierlich ihren Kram auf.

GÄRTNER. *Gesang begleitet von Theorben.*

Blumen sehet ruhig sprießen,
Reizend euer Haupt umzieren,
Früchte wollen nicht verführen,
Kostend mag man sie genießen.

Bieten bräunliche Gesichter
Kirschen, Pfirschen, Königspflaumen,
Kauft! denn gegen Zung' und Gaumen
Hält sich Auge schlecht als Richter.

Kommt von allerreifsten Früchten
Mit Geschmack und Lust zu speisen
Ueber Rosen läßt sich dichten,
In die Aepfel muß man beißen.

Seys erlaubt uns anzupaaren
Eurem reichen Jugendflor,
Und wir putzen reifer Waaren
Fülle nachbarlich empor.

Unter lustigen Gewinden
In geschmückter Lauben Bucht,
Alles ist zugleich zu finden:
Knospe, Blätter, Blume, Frucht.

Unter Wechselgesang, begleitet von Guitarren und Theorben, fahren beyde Chöre fort ihre Waaren stufenweis in die Höhe zu schmücken und auszubieten.

MUTTER *und* TOCHTER.

MUTTER.

Mädchen als du kamst ans Licht
Schmückt ich dich im Häubchen,
Warst so lieblich von Gesicht,
Und so zart am Leibchen.
Dachte sie sogleich als Braut,
Gleich dem Reichsten angetraut,
Dachte dich als Weibchen.

Ach! Nun ist schon manches Jahr
Ungenützt verflogen,
Der Sponsirer bunte Schaar
Schnell vorbey gezogen;
Tanztest mit dem einen flink,
Gabst dem andern stillen Wink
Mit dem Ellenbogen.

Welches Fest man auch ersann,
Ward umsonst begangen,
Pfänderspiel und dritter Mann
Wollten nicht verfangen;

Heute sind die Narren los,
Liebchen öffne deinen Schoos,
Bleibt wohl einer hangen.

GESPIELINNEN *jung und schön gesellen sich hinzu, ein vertrauliches Geplauder wird laut.*

FISCHER *und* VOGELSTELLER. *Mit Netzen, Angel und Leimruthen, auch sonstigem Geräthe treten auf, mischen sich unter die schönen Kinder. Wechselseitige Versuche zu gewinnen, zu fangen, zu entgehen und fest zu halten geben zu den angenehmsten Dialogen Gelegenheit.*

HOLZHAUER *treten ein ungestüm und ungeschlacht.*

Nur Platz! nur Blöße!
Wir brauchen Räume,
Wir fällen Bäume
Die krachen, schlagen;
Und wenn wir tragen
Da gibt es Stöße.
Zu unserm Lobe
Bringt dies in's Reine;
Denn wirkten Grobe
Nicht auch im Lande,
Wie kämen Feine
Für sich zu Stande,
So sehr sie witzten?
Des seyd belehret;
Denn ihr erfröret
Wenn wir nicht schwitzten.

PULCINELLE *täppisch, fast läppisch.*

Ihr seyd die Thoren
Gebückt geboren.

Wir sind die Klugen
Die nie was trugen;
Denn unsre Kappen
Jacken und Lappen
Sind leicht zu tragen.
Und mit Behagen
Wir immer müßig
Pantoffelfüßig,
Durch Markt und Haufen
Einher zu laufen.
Gaffend zu stehen,
Uns anzukrähen;
Auf solche Klänge
Durch Drang und Menge
Aalgleich zu schlüpfen,
Gesammt zu hüpfen,
Vereint zu toben.
Ihr mögt uns loben,
Ihr mögt uns schelten
Wir lassens gelten.

PARASITEN *schmeichelnd-lüstern.*

Ihr wackern Träger
Und eure Schwäger,
Die Kohlenbrenner,
Sind unsre Männer.
Denn alles Bücken,
Bejah'ndes Nicken,
Gewundne Phrasen,
Das Doppelblasen,
Das wärmt und kühlet
Wie's einer fühlet,
Was könnt es frommen?

Es möchte Feuer
Selbst ungeheuer
Vom Himmel kommen,
Gäb' es nicht Scheite
Und Kohlentrachten
Die Heerdesbreite
Zur Gluth entfachten.
Da brät's und prudelt's,
Da kocht's und strudelt's.
Der wahre Schmecker,
Der Tellerlecker,
Er riecht den Braten,
Er ahnet Fische;
Das regt zu Thaten
An Gönners Tische.

TRUNKNER *unbewußt.*

Sey mir heute nichts zuwider!
Fühle mich so frank und frey;
Frische Lust und heitre Lieder
Holt' ich selbst sie doch herbey.
Und so trink' ich! trinke, trinke.
Stoßet an ihr! Tinke, Tinke!
Du dorthinten komm heran!
Stoßet an, so ists gethan.

Schrie mein Weibchen doch entrüstet,
Rümpfte diesem bunten Rock,
Und, wie sehr ich mich gebrüstet,
Schalt mich einen Maskenstock.
Doch ich trinke! Trinke, Trinke!
Angeklungen! Tinke, Tinke!
Maskenstöcke stoßet an!
Wenn es klingt so ists gethan.

Saget nicht dass ich verirrt bin,
Bin ich doch wo mir's behagt.
Borgt der Wirth nicht, borgt die Wirthin,
Und am Ende borgt die Magd.
Immer trink' ich! Trinke, Trinke!
Auf ihr Andern! Tinke, Tinke!
Jeder jedem! so fortan!
Dünkt mich's doch es sey gethan.

Wie und wo ich mich vergnüge
Mag es immerhin geschehn;
Laßt mich liegen wo ich liege,
Denn ich mag nicht länger stehn.

CHOR. Jeder Bruder trinke, trinke!
Toastet frisch ein Tinke, Tinke!
Sitzet fest auf Bank und Span,
Unterm Tisch Dem ist's gethan.

DER HEROLD. *Kündigt verschiedene Poeten an, Naturdichter, Hof- und Rittersänger, zärtliche so wie Enthusiasten. Im Gedräng von Mitwerbern aller Art, läßt keiner den Andern zum Vortrag kommen. Einer schleicht mit wenigen Worten vorüber.*

SATYRIKER.
Wißt ihr was mich Poeten
Erst recht erfreuen sollte?
Dürft' ich singen und reden
Was niemand hören wollte.

Die Nacht- und Grabdichter lassen sich entschuldigen, weil sie so eben im interessantesten Gespräch mit einem frischerstandenen Vampyren begriffen seyen; woraus eine neue Dichtart sich vielleicht entwickeln könnte; der

Herold muß es gelten lassen und ruft indessen die griechische Mythologie hervor, die, selbst in moderner Maske, weder Charakter noch Gefälliges verliert.

DIE GRAZIEN.

AGLAIA.

Anmuth bringen wir in's Leben;
Leget Anmuth in das Geben.

HEGEMONE.

Leget Anmuth in's Empfangen,
Lieblich ist's den Wunsch erlangen.

EUPHROSYNE.

Und in stiller Tage Schranken
Höchst anmuthig sey das Danken.

DIE PARZEN.

ATROPOS.

Mich die älteste zum Spinnen
Hat man diesmal eingeladen;
Viel zu denken, viel zu sinnen
Giebts beim zarten Lebensfaden.

Daß er euch gelenk und weich sey
Wußt' ich feinsten Flachs zu sichten;
Daß er glatt und schlank und gleich sey
Wird der kluge Finger schlichten.

Wolltet ihr bei Lust und Tänzen
Allzuüppig euch erweisen;
Denkt an dieses Fadens Gränzen,
Hütet euch! Er möchte reißen!

KLOTHO.

Wißt in diesen letzten Tagen
Ward die Scheere mir vertraut;
Denn man war von dem Betragen
Unsrer Alten nicht erbaut.

Zerrt unnützeste Gespinnste
Lange sie an Licht und Luft,
Hoffnung herrlichster Gewinnste
Schleppt sie schneidend zu der Gruft.

Doch auch ich im Jugend-Walten
Irrte mich schon hundertmal;
Heute mich im Zaum zu halten,
Scheere steckt im Futteral.

Und so bin ich gern gebunden,
Blicke freundlich diesem Ort;
Ihr in diesen freyen Stunden
Schwärmt nur immer fort und fort.

LACHESIS.

Mir, die ich allein verständig,
Blieb das Ordnen zugetheilt;
Meine Weife, stets lebendig,
Hat noch nie sich übereilt.

Fäden kommen, Fäden weifen,
Jeden lenk' ich seine Bahn,
Keinen laß ich überschweifen,
Füg' er sich im Kreis heran.

Könnt' ich einmal mich vergessen
Wär' es um die Welt mir bang,
Stunden zählen, Jahre messen
Und der Weber nimmt den Strang.

HEROLD.

Die jetzo kommen werdet ihr nicht kennen,
Wärt ihr noch so gelehrt in alten Schriften;
Sie anzusehn die so viel Uebel stiften
Ihr würdet sie willkommne Gäste nennen.

Die Furien sind es, niemand wird uns glauben,
Hübsch, wohlgestaltet, freundlich, jung von Jahren;
Laßt euch mit ihnen ein, ihr sollt erfahren
Wie schlangenhaft verletzen solche Tauben.

Zwar sind sie tückisch, doch am heutigen Tage
Wo jeder Narr sich rühmet seiner Mängel,
Auch sie verlangen nicht den Ruhm als Engel,
Bekennen sich als Stadt- und Landesplage.

ALECTO.

Was hilft es euch, ihr werdet uns vertrauen,
Denn wir sind hübsch und jung und Schmeichelkätzchen,
Hat einer unter euch ein Liebe-Schätzchen;
Wir werden ihm so lange die Ohren krauen,

Bis wir ihm sagen dürfen, Aug in Auge:
Daß sie zugleich auch dem und jenem winke,
Im Kopfe dumm, im Rücken krumm, und hinke,
Und, wenn sie seine Braut ist, gar nichts tauge.

So wissen wir die Braut auch zu bedrängen:
Es hat sogar der Freund, vor wenig Wochen,
Verächtliches von ihr zu der gesprochen! –
Versöhnt man sich so bleibt doch etwas hängen.

MEGÄRE.

Das ist nur Spaß! denn, sind sie erst verbunden,
Ich nehm' es auf, und weis, in allen Fällen,
Das schönste Glück durch Grille zu vergällen;
Der Mensch ist ungleich, ungleich sind die Stunden.

Und niemand hat Erwünschtes fest in Armen,
Der sich nicht nach Erwünschterem thörig sehnte,
Vom höchsten Glück, woran er sich gewöhnte;
Die Sonne flieht er, will den Frost erwarmen.

Mit diesem allen weis ich zu gebahren,
Und führe her Asmodi den Getreuen,
Zu rechter Zeit Unseliges auszustreuen,
Verderbe so das Menschenvolk in Paaren.

TISIPHONE.

Gift und Dolch statt böser Zungen
Misch' ich, schärf ich dem Verräther;
Liebst du andre, früher, später
Hat Verderben dich durchdrungen.

Muß der Augenblicke Süßtes
Sich zu Gischt und Galle wandeln!
Hier kein Markten, hier kein Handeln
Wie er es beging', er büßt es.

Singe keiner vom Vergeben!
Felsen klag' ich meine Sache,
Echo! Horch! Erwiedert Rache;
Und wer wechselt soll nicht leben.

HEROLD.

Belieb' es euch zur Seite wegzuweichen,
Denn was jetzt kommt ist nicht von eures Gleichen.
Ihr seht wie sich ein Berg herangedrängt,
Mit bunten Teppichen die Weichen stolz behängt,
Ein Haupt mit langen Zähnen, Schlangenrüssel,
Geheimnißvoll, doch zeig' ich euch den Schlüssel.
Im Nacken sitzt ihm zierlich-zarte Frau,
Mit feinem Stäbchen lenkt sie ihn genau,
Die andre droben stehend herrlich-hehr
Umgiebt ein Glanz der blendet mich zu sehr.
Zur Seite gehn gekettet edle Frauen,
Die eine bang, die andre froh zu schauen,
Die eine wünscht, die andre fühlt sich frey,
Verkünde jede wer sie sey.

FURCHT.

Dunstige Fackeln, Lampen, Lichter,
Dämmern durchs verworrne Fest,
Zwischen diese Truggesichter
Bannt mich ach die Kette fest.

Fort, ihr lächerlichen Lacher!
Euer Grinsen gibt Verdacht;
Alle meine Widersacher
Drängen mich in dieser Nacht.

Hier! ein Freund ist Feind geworden,
Seine Maske kenn' ich schon;
Jener wollte mich ermorden,
Nun entdeckt schleicht er davon.

Ach wie gern in jeder Richtung,
Flöh' ich zu der Welt hinaus;
Doch von drüben droht Vernichtung,
Hält mich zwischen Dunst und Graus.

HOFFNUNG.

Seyd gegrüßt ihr lieben Schwestern.
Habt ihr euch schon heut und gestern
In Vermummungen gefallen,
Weis ich doch gewiß von allen
Morgen wollt ihr euch enthüllen.
Und wenn wir bey Fackelscheine
Uns nicht sonderlich behagen,
Werden wir in heitern Tagen,
Ganz nach unserm eignen Willen,
Bald gesellig, bald alleine
Frey durch schöne Fluren wandeln,
Nach Belieben ruhn und handeln
Und in sorgenfreyem Leben,
Nie entbehren, stets erstreben;
Ueberall willkommne Gäste
Treten wir getrost hinein:
Sicherlich es muß das Beste
Irgendwo zu finden seyn.

KLUGHEIT.

Zwey der größten Menschenfeinde
Furcht und Hoffnung angekettet,

Halt' ich ab von der Gemeinde;
Platz gemacht! ihr seyd gerettet.

Den lebendigen Colossen
Führ' ich, seht ihr, thurmbeladen
Und er wandelt unverdrossen
Schritt vor Schritt auf steilen Pfaden.

Droben aber auf der Zinne
Jene Göttin mit behenden
Breiten Flügeln, zum Gewinne
Allerseits sich hinzuwenden.

Rings umgiebt sie Glanz und Glorie
Leuchtend fern nach allen Seiten;
Und sie nennet sich Viktorie,
Göttin aller Thätigkeiten.

ZOILO-THERSITES.

Hu! Hu! da komm' ich eben recht,
Ich schelt' euch allzusammen schlecht!
Doch was ich mir zum Ziel ersah
Ist oben Frau Victoria,
Mit ihrem weißen Flügelpaar,
Sie dünkt sich wohl sie sey ein Aar,
Und wo sie sich nur hingewandt
Gehör' ihr alles Volk und Land;
Doch, wo was Rühmliches gelingt
Es mich sogleich in Harnisch bringt.
Das Tiefe hoch, das Hohe tief,
Das Schiefe grad, das Grade schief,
Das ganz allein macht mich gesund,
So will ich's auf dem Erdenrund.

HEROLD.

So treffe dich, du Lumpenhund,
Des frommen Stabes Meisterstreich,
Da krümm' und winde dich sogleich! –
Wie sich die Doppelzwerggestalt
So schnell zum eklen Klumpen ballt! –
– Doch Wunder! – Klumpen wird zum Ey,
Das bläht sich auf und platzt entzwey.
Nun fällt ein Zwillingspaar heraus,
Die Otter und die Fledermaus;
Die eine fort im Staube kriecht,
Die andre schwarz zur Decke fliegt.
Sie eilen draußen zum Verein;
Da möcht' ich nicht der Dritte seyn.

GEMURMEL.

Frisch! dahinten tanzt man schon –
Nein! Ich wollt' ich wär davon –
Fühlst du? wie uns das umflicht,
Das gespenstische Gezücht? –
Saust es mir doch über's Haar –
Ward ich's doch am Fuß gewahr –
Keiner ist von uns verletzt –
Alle doch in Furcht gesetzt –
Ganz verdorben ist der Spas –
Und die Bestien wollten das.

HEROLD.

Seit mir sind bei Maskeraden
Heroldspflichten aufgeladen,
Wach' ich ernstlich an der Pforte,
Daß euch hier am lustigen Orte
Nichts Verderbliches erschleiche,
Weder wanke, weder weiche.

Doch ich fürchte durch die Fenster
Ziehen luftige Gespenster,
Und von Spuk und Zaubereyen
Wüßt' ich euch nicht zu befreien.
Machte sich der Zwerg verdächtig,
Nun! dort hinten strömt es mächtig.
Die Bedeutung der Gestalten
Möcht' ich amtsgemäß entfalten.
Aber was nicht zu begreifen
Wüßt' ich auch nicht zu erklären,
Helfet alle mich belehren! –
Seht ihr's durch die Menge schweifen? –
Vierbespannt ein prächtiger Wagen
Wird durch alles durchgetragen;
Doch er theilet nicht die Menge,
Nirgend seh' ich ein Gedränge.
Farbig glitzert's in der Ferne,
Irrend leuchten bunte Sterne,
Wie von magischer Laterne,
Schnaubt heran mit Sturmgewalt.
Platz gemacht! Mich schaudert's!

KNABE *Wagenlenker.* Halt!

Rosse hemmet eure Flügel,
Fühlet den gewohnten Zügel,
Meistert euch wie ich euch meistre,
Rauschet hin wenn ich begeistre –
Diese Räume laßt uns ehren!
Schaut umher wie sie sich mehren
Die Bewundrer, Kreis um Kreise.
Herold auf! nach deiner Weise,
Ehe wir von euch entfliehen,
Uns zu schildern uns zu nennen;

Denn wir sind Allegorien
Und so solltest du uns kennen.

HEROLD.
Wüßte nicht dich zu benennen,
Eher könnt' ich dich beschreiben.

KNABE LENKER.
So probir's!

HEROLD. Man muß gestehn:
Erstlich bist du jung und schön.
Halbwüchsiger Knabe bist du; doch die Frauen
Sie möchten dich ganz ausgewachsen schauen.
Du scheinest mir ein künftiger Sponsirer,
Recht so von Haus aus ein Verführer.

KNABE LENKER.
Das läßt sich hören! fahre fort,
Erfinde dir des Räthsels heitres Wort.

HEROLD.
Der Augen schwarzer Blitz, die Nacht der Locken
Erheitert von juwelnem Band!
Und welch ein zierliches Gewand
Fließt dir von Schultern zu den Socken,
Mit Purpursaum und Glitzertand!
Man könnte dich ein Mädchen schelten,
Doch würdest du, zu Wohl und Weh,
Auch jetzo schon bey Mädchen gelten,
Sie lehrten dich das A.B.C.

KNABE LENKER.
Und dieser der als Prachtgebilde
Hier auf dem Wagenthrone prangt?

HEROLD.
Er scheint ein König reich und milde,
Wohl dem der seine Gunst erlangt!

Er hat nichts weiter zu erstreben,
Wo's irgend fehlte späht sein Blick,
Und seine reine Lust zu geben
Ist größer als Besitz und Glück.

KNABE LENKER.

Hiebey darfst du nicht stehen bleiben,
Du mußt ihn recht genau beschreiben.

HEROLD.

Das Würdige beschreibt sich nicht.
Doch das gesunde Mondgesicht,
Ein voller Mund, erblühte Wangen,
Die unterm Schmuck des Turbans prangen.
Im Faltenkleid ein reich Behagen!
Was soll ich von dem Anstand sagen?
Als Herrscher scheint er mir bekannt.

KNABE LENKER.

Plutus, des Reichthums Gott genannt,
Derselbe kommt in Prunk daher
Der hohe Kaiser wünscht ihn sehr.

HEROLD.

Sag' von dir selber auch das Was und Wie?

KNABE LENKER.

Bin die Verschwendung, bin die Poesie;
Bin der Poet, der sich vollendet
Wenn er sein eigenst Gut verschwendet.
Auch ich bin unermeßlich reich
Und schätze mich dem Plutus gleich,
Beleb' und schmück' ihm Tanz und Schmaus,
Das was ihm fehlt das theil' ich aus.

HEROLD.

Das Prahlen steht dir gar zu schön,
Doch laß uns deine Künste sehn.

KNABE LENKER.

Hier seht mich nur ein Schnippchen schlagen,
Schon glänzt's und glitzert's um den Wagen.
Da springt eine Perlenschnur hervor,
immerfort umherschnippend
Nehmt goldne Spange für Hals und Ohr;
Auch Kamm und Krönchen ohne Fehl,
In Ringen köstlichstes Juwel;
Auch Flämmchen spend' ich dann und wann,
Erwartend wo es zünden kann.

HEROLD.

Wie greift und hascht die liebe Menge!
Fast kommt der Geber ins Gedränge.
Kleinode schnippt er wie ein Traum
Und alles hascht im weiten Raum.
Doch da erleb' ich neue Pfiffe,
Was einer noch so emsig griffe
Deß hat er wirklich schlechten Lohn,
Die Gabe flattert ihm davon.
Es löst sich auf das Perlenband,
Ihm krabbeln Käfer in der Hand,
Er wirft sie weg der arme Tropf,
Und sie umsummen ihm den Kopf.
Die andern statt solider Dinge
Erhaschen frevle Schmetterlinge.
Wie doch der Schelm so viel verheißt,
Und nur verleiht was golden gleißt!

KNABE LENKER.

Zwar Masken, merk' ich, weißt du zu verkünden,
Allein der Schaale Wesen zu ergründen
Sind Herolds Hofgeschäfte nicht;
Das fordert schärferes Gesicht.

Doch hüt' ich mich vor jeder Fehde;
An dich, Gebieter, wend ich Frag und Rede.
Zu Plutus gewendet
Hast du mir nicht die Windesbraut
Des Viergespannes anvertraut?
Lenk' ich nicht glücklich wie du leitest?
Bin ich nicht da wohin du deutest?
Und wußt' ich nicht auf kühnen Schwingen
Für dich die Palme zu erringen?
Wie oft ich auch für dich gefochten,
Mir ist es jederzeit geglückt:
Wenn Lorbeer deine Stirne schmückt,
Hab' ich ihn nicht mit Sinn und Hand geflochten?

PLUTUS.
Wenn's nöthig ist daß ich dir Zeugniß leiste,
So sag' ich gern: Bist Geist von meinem Geiste.
Du handelst stets nach meinem Sinn,
Bist reicher als ich selber bin.
Ich schätze, deinen Dienst zu lohnen,
Den grünen Zweig vor allen meinen Kronen.
Ein wahres Wort verkünd' ich allen:
Mein lieber Sohn an dir hab' ich Gefallen.

KNABE LENKER *zur Menge.*
Die größten Gaben meiner Hand
Seht! hab' ich rings umher gesandt.
Auf dem und jenem Kopfe glüht
Ein Flämmchen das ich angesprüht,
Von einem zu dem andern hüpft's,
An diesem hält sich's, dem entschlüpft's,
Gar selten aber flammt's empor,
Und leuchtet rasch in kurzem Flor;
Doch vielen, eh man's noch erkannt,
Verlischt es, traurig ausgebrannt.

WEIBER GEKLATSCH.

Da droben auf dem Viergespann
Das ist gewiß ein Charlatan;
Gekauzt da hintendrauf Hanswurst,
Doch abgezehrt von Hunger und Durst,
Wie man ihn niemals noch erblickt;
Er fühlt wohl nicht wenn man ihn zwickt.

DER ABGEMAGERTE.

Vom Leibe mir ekles Weibsgeschlecht!
Ich weis dir komm ich niemals recht. –
Wie noch die Frau den Heerd versah,
Da hies ich Avaritia;
Da stand es gut um unser Haus:
Nur viel herein, und nichts hinaus!
Ich eiferte für Kist und Schrein;
Das sollte wohl gar ein Laster seyn.
Doch als in allerneusten Jahren
Das Weib nicht mehr gewohnt zu sparen,
Und, wie ein jeder böser Zahler,
Weit mehr Begierden hat als Thaler,
Da bleibt dem Manne viel zu dulden,
Wo er nur hinsieht da sind Schulden.
Sie wendet's, kann sie was erspulen,
An ihren Leib, an ihren Buhlen;
Auch speist sie besser, trinkt noch mehr
Mit der Sponsirer leidigem Heer;
Das steigert mir des Goldes Reiz:
Bin männlichen Geschlechts, der Geiz!

HAUPTWEIB.

Mit Drachen mag der Drache geitzen,
Ist's doch am Ende Lug und Trug!
Er kommt die Männer aufzureizen,
Sie sind schon unbequem genug.

WEIBER IN MASSE.

Der Strohmann! Reich ihm eine Schlappe!
Was will das Marterholz uns dräun?
Wir sollen seine Fratze scheun!
Die Drachen sind von Holz und Pappe,
Frisch an und dringt auf ihn hinein!

HEROLD.

Bei meinem Stabe! Ruh gehalten! –
Doch braucht es meiner Hülfe kaum,
Seht wie die grimmen Ungestalten
Bewegt im rasch gewonnenen Raum
Das Doppel-Flügelpaar entfalten.
Entrüstet schütteln sich der Drachen
Umschuppte, feuerspeiende Rachen;
Die Menge flieht, rein ist der Platz.

PLUTUS *steigt vom Wagen.*

HEROLD.

Er tritt herab, wie königlich!
Er winkt, die Drachen rühren sich,
Die Kiste haben sie vom Wagen
Mit Gold und Geitz herangetragen,
Sie steht zu seinen Füßen da:
Ein Wunder ist es wie's geschah.

PLUTUS *zum Lenker.*

Nun bist du los der allzulästigen Schwere,
Bist frey und frank, nun frisch zu deiner Sphäre!
Hier ist sie nicht! Verworren, schäckig, wild
Umdrängt uns hier ein frazzenhaft Gebild.
Nur wo du klar ins holde Klare schaust,
Dir angehörst und dir allein vertraust,
Dorthin wo Schönes, Gutes nur gefällt,
Zur Einsamkeit! – Da schaffe deine Welt.

KNABE LENKER.

So acht ich mich als werthen Abgesandten,
So lieb' ich dich als nächsten Anverwandten.
Wo du verweilst ist Fülle, wo ich bin
Fühlt jeder sich im herrlichsten Gewinn;
Auch schwankt er oft im widersinnigen Leben:
Soll er sich dir? soll er sich mir ergeben?
Die Deinen freylich können müssig ruhn,
Doch wer mir folgt hat immer was zu thun.
Nicht ins Geheim vollführ' ich meine Thaten
Ich athme nur und schon bin ich verrathen.
So lebe wohl! Du gönnst mir ja mein Glück,
Doch lisple leis' und gleich bin ich zurück.
Ab wie er kam.

PLUTUS.

Nun ist es Zeit die Schätze zu entfesseln!
Die Schlösser treff' ich mit des Herolds Ruthe.
Es thut sich auf! schaut her! in ehrnen Kesseln
Entwickelt sichs und wallt von goldnem Blute,
Zunächst der Schmuck von Kronen, Ketten, Ringen;
Es schwillt und droht ihn schmelzend zu verschlingen.

WECHSELGESCHREI DER MENGE.

Seht hier, o hin! wie's reichlich quillt,
Die Kiste bis zum Rande füllt. –
Gefäße goldne schmelzen sich,
Gemünzte Rollen wälzen sich. –
Dukaten hüpfen wie geprägt,
O wie mir das den Busen regt –
Wie schau ich alle mein Begehr!
Da kollern sie am Boden her. –
Man bietet's euch, benutzts nur gleich
Und bückt euch nur und werdet reich. –

Wir andern, rüstig wie der Blitz,
Wir nehmen den Koffer in Besitz.

HEROLD.

Was soll's, ihr Thoren? soll mir das?
Es ist ja nur ein Maskenspas.
Heut Abend wird nicht mehr begehrt;
Glaubt ihr man geb euch Gold und Werth?
Sind doch für euch in diesem Spiel
Selbst Rechenpfennige zu viel.
Ihr Täppischen! ein artiger Schein
Soll gleich die plumpe Wahrheit seyn.
Was soll euch Wahrheit? – Dumpfen Wahn
Packt ihr an allen Zipfeln an. –
Vermummter Plutus, Maskenheld,
Schlag dieses Volk mir aus dem Feld.

PLUTUS.

Dein Stab ist wohl dazu bereit,
Verleih' ihn mir auf kurze Zeit. –
Ich tauch' ihn rasch in Sud und Gluth. –
Nun! Masken seyd auf eurer Hut.
Wie's blitzt und platzt, in Funken sprüht!
Der Stab schon ist er angeglüht.
Wer sich zu nah herangedrängt
Ist unbarmherzig gleich versengt –
Jetzt fang' ich meinen Umgang an.

GESCHREI und GEDRÄNG.

O weh! Es ist um uns gethan. –
Entfliehe wer entfliehen kann! –
Zurück zurück du Hindermann! –
Mir sprüht es heiß in's Angesicht. –
Mich drückt des glühenden Stabs Gewicht –
Verloren sind wir all und all. –
Zurück zurück du Maskenschwall!

Zurück zurück, unsinniger Hauf –
O hätt' ich Flügel flög' ich auf. –

PLUTUS.

Schon ist der Kreis zurückgedrängt
Und niemand glaub' ich ist versengt,
Die Menge weicht;
Sie ist verscheucht. –
Doch solcher Ordnung Unterpfand
Zieh' ich ein unsichtbares Band.

HEROLD.

Du hast ein herrlich Werk vollbracht,
Wie dank' ich deiner klugen Macht!

PLUTUS.

Noch braucht es, edler Freund, Geduld:
Es droht noch mancherley Tumult.

GEIZ.

So kann man doch, wenn es beliebt,
Vergnüglich diesen Kreis beschauen;
Denn immerfort sind vornen an die Frauen
Wo's was zu gaffen was zu naschen giebt.
Noch bin ich nicht so völlig eingerostet!
Ein schönes Weib ist immer schön;
Und heute weil es mich nichts kostet,
So wollen wir getrost sponsiren gehn.
Doch weil am überfüllten Orte
Nicht jedem Ohr vernehmlich alle Worte,
Versuch' ich klug und hoff' es soll mir glücken,
Mich pantomimisch deutlich auszudrücken.
Hand, Fuß, Geberde reicht mir da nicht hin,
Da muß ich mich um einen Schwank bemühn.
Wie feuchten Thon will ich das Gold behandeln,
Denn dies Metall läßt sich in alles wandeln.

HEROLD.

Was fängt der an der magre Thor!
Hat so ein Hungermann Humor?
Er knetet alles Gold zu Teig,
Ihm wird es untern Händen weich,
Wie er es drückt und wie es ballt
Bleibt's immer doch nur ungestalt.
Er wendet sich zu den Weibern dort,
Sie schreien alle, möchten fort,
Geberden sich gar widerwärtig;
Der Schalk erweist sich übelfertig.
Ich fürchte daß er sich ergetzt
Wenn er die Sittlichkeit verletzt.
Dazu darf ich nicht schweigsam bleiben,
Gieb meinen Stab, ihn zu vertreiben.

PLUTUS.

Er ahnet nicht was uns von außen droht;
Laß ihn die Narrentheidung treiben,
Ihm wird kein Raum für seine Possen bleiben;
Gesetz ist mächtig, mächtiger ist die Noth.

GETÜMMEL und GESANG.

Das wilde Heer es kommt zumal
Von Bergeshöh' und Waldes Thal,
Unwiderstehlich schreitet's an:
Sie feyern ihren großen Pan.
Sie wissen doch was keiner weiß
Und drängen in den leeren Kreis.

PLUTUS.

Ich kenn' euch wohl und euren großen Pan!
Zusammen habt ihr kühnen Schritt gethan.
Ich weis recht gut was nicht ein jeder weis,
Und öffne schuldig diesen engen Kreis.

Mag sie ein gut Geschick begleiten!
Das Wunderlichste kann geschehn;
Sie wissen nicht wohin sie schreiten,
Sie haben sich nicht vorgesehn.

WILDGESANG.

Geputztes Volk du, Flitterschau!
Sie kommen roh, sie kommen rauh,
In hohem Sprung in raschem Lauf,
Sie treten derb und tüchtig auf.

FAUNEN.

Die Faunenschaar
Im lustigen Tanz,
Den Eichenkranz
Im krausen Haar,
Ein feines zugespitztes Ohr
Dringt an dem Lockenkopf hervor,
Ein stumpfes Näschen, ein breit Gesicht
Das schadet alles bey Frauen nicht.
Dem Faun wenn er die Patsche reicht
Versagt die Schönste den Tanz nicht leicht.

SATYR.

Der Satyr hüpft nun hinterdrein
Mit Ziegenfuß und dürrem Bein,
Ihm sollen sie mager und sehnig sein,
Und gemsenartig auf Bergeshöhn
Belustigt er sich umherzusehn.
In Freyheitsluft erquickt alsdann
Verhöhnt er Kind und Weib und Mann,
Die tief in Thales Dampf und Rauch
Behaglich meinen sie lebten auch,
Da ihm doch rein und ungestört
Die Welt dort oben allein gehört.

GNOMEN.

Da trippelt ein die kleine Schaar,
Sie hält nicht gern sich Paar und Paar;
Im moosigen Kleid mit Lämplein hell
Bewegt sichs durcheinander schnell,
Wo jedes für sich selber schafft,
Wie Leuchtameisen wimmelhaft;
Und wuselt emsig hin und her,
Beschäftigt in die Kreuz und Quer.

Den frommen Gütchen nah verwandt,
Als Felschirurgen wohl bekannt;
Die hohen Berge schröpfen wir,
Aus vollen Adern schöpfen wir;
Metalle stürzen wir zu Hauf,
Mit Gruß getrost: Glück auf! Glück auf!
Das ist von Grund aus wohlgemeynt:
Wir sind der guten Menschen Freund.
Doch bringen wir das Gold zu Tag
Damit man stehlen und kuppeln mag,
Nicht Eisen fehle dem stolzen Mann,
Der allgemeinen Mord ersann.
Und wer die drey Gebot veracht
Sich auch nichts aus den andern macht.
Das alles ist nicht unsre Schuld,
Drum habt so fort wie wir Geduld.

RIESEN.

Die wilden Männer sind s' genannt,
Am Harzgebirge wohl bekannt,
Natürlich nackt in aller Kraft,
Sie kommen sämtlich riesenhaft.
Den Fichtenstamm in rechter Hand
Und um den Leib ein wulstig Band,

Den derbsten Schurz von Zweig und Blatt,
Leibwache wie der Papst nicht hat.

NYMPHEN IM CHOR. *Sie umschließen den großen Pan.*

Auch kommt er an! –
Das All der Welt
Wird vorgestellt
Im großen Pan.
Ihr heitersten umgebet ihn,
Im Gaukeltanz umschwebet ihn,
Denn weil er ernst und gut dabey,
So will er daß man fröhlich sey.
Auch unterm blauen Wölbedach
Verhielt er sich beständig wach,
Doch rieseln ihm die Bäche zu,
Und Lüftlein wiegen ihn mild in Ruh.
Und wenn er zu Mittage schläft
Sich nicht das Blatt am Zweige regt;
Gesunder Pflanzen Balsamduft
Erfüllt die schweigsam stille Luft;
Die Nymphe darf nicht munter seyn
Und wo sie stand da schläft sie ein.
Wenn unerwartet mit Gewalt
Dann aber seine Stimm erschallt,
Wie Blitzes Knattern, Meergebraus,
Dann niemand weis wo ein noch aus,
Zerstreut sich tapfres Heer im Feld
Und im Getümmel bebt der Held.
So Ehre dem, dem Ehre gebührt
Und Heil ihm der uns hergeführt!

DEPUTATION DER GNOMEN. *An den großen Pan.*

Wenn das glänzend reiche Gute
Fadenweis durch Klüfte streicht,

Nur der klugen Wünschelruthe
Seine Labyrinthe zeigt,

Wölben wir in dunklen Grüften
Troglodytisch unser Haus,
Und an reinen Tageslüften,
Theilst du Schätze gnädig aus.

Nun entdecken wir hieneben
Eine Quelle wunderbar,
Die bequem verspricht zu geben
Was kaum zu erreichen war.

Dieß vermagst du zu vollenden,
Nimm es Herr in deine Hut:
Jeder Schatz in deinen Händen
Kommt der ganzen Welt zu gut.

PLUTUS *zum Herold.*
Wir müssen uns im hohen Sinne fassen
Und was geschieht getrost geschehen lassen,
Du bist ja sonst des stärksten Muthes voll.
Nun wird sich gleich ein Gräulichstes eräugnen,
Hartnäckig wird es Welt und Nachwelt läugnen:
Du schreib' es treulich in dein Protokoll.

HEROLD *den Stab anfassend, welchen Plutus in der Hand behält.*
Die Zwerge führen den großen Pan
Zur Feuerquelle sacht heran,
Sie siedet auf vom tiefsten Schlund,
Dann sinkt sie wieder hinab zum Grund,
Und finster steht der offne Mund;
Wallt wieder auf in Glut und Sud,
Der große Pan steht wohlgemuth

Freut sich des wundersamen Dings.
Und Perlenschaum sprüht rechts und links,
Wie mag er solchen Wesen traun?
Er bückt sich tief hinein zu schaun. –
Nun aber fällt sein Bart hinein! –
Wer mag das glatte Kinn wohl seyn?
Die Hand verbirgt es unserm Blick. –
Nun folgt ein großes Ungeschick
Der Bart entflammt und fliegt zurück,
Entzündet Kranz und Haupt und Brust,
Zu Leiden wandelt sich die Lust. –
Zu löschen läuft die Schaar herbey,
Doch keiner bleibt von Flammen frey,
Und wie es patscht und wie es schlägt
Wird neues Flammen aufgeregt;
Verflochten in das Element
Ein ganzer Maskenklump verbrennt.

Was aber hör' ich wird uns kund
Von Ohr zu Ohr, von Mund zu Mund!
O ewig unglücksel'ge Nacht
Was hast du uns für Leid gebracht!
Verkünden wird der nächste Tag
Was niemand willig hören mag;
Doch hör' ich aller Orten schrein
»Der Kaiser,« leidet solche Pein.
O wäre doch ein andres wahr!
Der Kaiser brennt und seine Schaar.
Sie sey verflucht die ihn verführt,
In harzig Reis sich eingeschnürt.
Zu toben her mit Brüll-Gesang
Zu allerseitigem Untergang.

O Jugend Jugend wirst du nie
Der Freude reines Maas bezirken?
O Hoheit Hoheit wirst du nie
Vernünftig wie allmächtig wirken?

Schon geht der Wald in Flammen auf,
Sie züngeln leckend spitz hinauf,
Zum Holzverschränkten Deckenband,
Uns droht ein allgemeiner Brand.
Des Jammers Maaß ist übervoll,
Ich weis nicht wer uns retten soll.
Ein Aschenhaufen einer Nacht
Liegt morgen reiche Kaiserpracht.

PLUTUS.

Schrecken ist genug verbreitet,
Hülfe sey nun eingeleitet! –
Schlage heil'gen Stabs Gewalt,
Daß der Boden bebt und schallt!
Du geräumig weite Luft
Fülle dich mit kühlem Duft;
Zieht heran, umherzuschweifen,
Nebeldünste, schwangre Streifen,
Deckt ein flammendes Gewühl;
Rieselt, säuselt, Wölkchen kräuselt,
Schlüpfet wallend, leise dämpfet,
Löschend überall bekämpfet,
Ihr, die lindernden, die feuchten,
Wandelt in ein Wetterleuchten
Solcher eitlen Flamme Spiel. –
Drohen Geister uns zu schädigen
Soll sich die Magie bethätigen.

Lustgarten.
Morgensonne.

DER KAISER, HOFLEUTE. FAUST, MEPHISTOPHELES, *anständig, nicht auffallend, nach Sitte gekleidet; beyde knieen.*

FAUST.
Verzeihst du, Herr, das Flammengaukelspiel?
KAISER *zum Aufstehn winkend.*
Ich wünsche mir dergleichen Scherze viel. –
Auf einmal sah ich mich in glüh'nder Sphäre,
Es schien mir fast als ob ich Pluto wäre.
Aus Nacht und Kohlen lag ein Felsengrund,
Von Flämmchen glühend. Dem und jenem Schlund
Aufwirbelten viel tausend wilde Flammen
Und flackerten in Ein Gewölb zusammen.
Zum höchsten Dome züngelt es empor,
Der immer ward und immer sich verlor.
Durch fernen Raum gewundner Feuersäulen
Sah ich bewegt der Völker lange Zeilen,
Sie drängten sich im weiten Kreis heran,
Und huldigten, wie sie es stets gethan.
Von meinem Hof' erkannt ich ein und andern,
Ich schien ein Fürst von tausend Salamandern.
MEPHISTOPHELES.
Das bist du, Herr! weil jedes Element
Die Majestät als unbedingt erkennt.
Gehorsam Feuer hast du nun erprobt;
Wirf dich in's Meer wo es am wildsten tobt,
Und kaum betrittst du perlenreichen Grund,
So bildet wallend sich ein herrlich Rund;

Siehst auf und ab lichtgrüne schwanke Wellen,
Mit Purpursaum, zur schönsten Wohnung schwellen,
Um dich, den Mittelpunct. Bei jedem Schritt,
Wohin du gehst, gehn die Palläste mit.
Die Wände selbst erfreuen sich des Lebens,
Pfeilschnellen Wimmlens, Hin- und Widerstrebens.
Meerwunder drängen sich zum neuen milden Schein,
Sie schießen an, und keines darf herein.
Da spielen farbig goldbeschuppte Drachen,
Der Hayfisch klafft, du lachst ihm in den Rachen.
Wie sich auch jetzt der Hof um dich entzückt,
Hast du doch nie ein solch Gedräng erblickt.
Doch bleibst du nicht vom Lieblichsten geschieden:
Es nahen sich neugierige Nereiden
Der prächtigen Wohnung in der ew'gen Frische,
Die jüngsten scheu und lüstern wie die Fische,
Die spätern klug. Schon wird es Thetis kund,
Dem zweyten Peleus reicht sie Hand und Mund. –
Den Sitz alsdann auf des Olymps Revier …

KAISER.

Die luft'gen Räume die erlaß ich dir:
Noch früh genug besteigt man jenen Thron.

MEPHISTOPHELES.

Und, höchster Herr! Die Erde hast du schon.

KAISER.

Welch gut Geschick hat dich hieher gebracht?
Unmittelbar aus Tausend Einer Nacht.
Gleichst du an Fruchtbarkeit Scheherazaden,
Versichre ich dich der höchsten aller Gnaden.
Sey stets bereit, wenn eure Tageswelt,
Wie's oft geschieht, mir widerlichst mißfällt.

MARSCHALK *tritt eilig auf.*
Durchlauchtigster, ich dacht' in meinem Leben
Vom schönsten Glück Verkündung nicht zu geben
Als diese, die mich hoch beglückt,
In deiner Gegenwart entzückt.
Rechnung für Rechnung ist berichtigt,
Die Wucherklauen sind beschwichtigt,
Los bin ich solcher Höllenpein;
Im Himmel kanns nicht heitrer seyn.

HEERMEISTER *folgt eilig.*
Abschläglich ist der Sold entrichtet,
Das ganze Heer aufs neu verpflichtet,
Der Lanzknecht fühlt sich frisches Blut,
Und Wirth und Dirnen habens gut.

KAISER.
Wie athmet eure Brust erweitert!
Das faltige Gesicht erheitert!
Wie eilig tretet ihr heran!

SCHATZMEISTER *der sich einfindet.*
Befrage diese die das Werk gethan.

FAUST.
Dem Canzler ziemts die Sache vorzutragen.

CANZLER *der langsam herankommt.*
Beglückt genug in meinen alten Tagen. –
So hört und schaut das schicksalschwere Blatt,
Das alles Weh in Wohl verwandelt hat.
Er liest.
»Zu wissen sey es jedem ders begehrt:
Der Zettel hier ist tausend Kronen werth.
Ihm liegt gesichert als gewisses Pfand
Unzahl vergrabnen Guts im Kaiserland.
Nun ist gesorgt damit der reiche Schatz,
Sogleich gehoben, diene zum Ersatz.«

KAISER.
Ich ahne Frevel, ungeheuren Trug!
Wer fälschte hier des Kaisers Namenszug?
Ist solch Verbrechen ungestraft geblieben?
SCHATZMEISTER.
Erinnere dich! hast selbst es unterschrieben;
Erst heute Nacht. Du standst als großer Pan,
Der Kanzler sprach mit uns zu dir heran:
»Gewähre dir das hohe Festvergnügen,
Des Volkes Heil, mit wenig Federzügen.«
Du zogst sie rein, dann wards in dieser Nacht
Durch Tausendkünstler schnell vertausendfacht.
Damit die Wohlthat allen gleich gedeihe
So stempelten wir gleich die ganze Reihe,
Zehn, Dreyßig, Funfzig, Hundert sind parat.
Ihr denkt euch nicht wie wohl's dem Volke that.
Seht eure Stadt, sonst halb im Tod verschimmelt,
Wie alles lebt und lustgenießend wimmelt!
Obschon dein Name längst die Welt beglückt,
Man hat ihn nie so freundlich angeblickt.
Das Alphabet ist nun erst überzählig
In diesem Zeichen wird nun jeder selig.
KAISER.
Und meinen Leuten gilts für gutes Gold?
Dem Heer, dem Hofe gnügts zu vollem Sold?
So sehr michs wundert muß ichs gelten lassen.
MARSCHALK.
Unmöglich wär's die Flüchtigen einzufassen;
Mit Blitzeswink zerstreute sichs im Lauf.
Die Wechsler-Bänke stehen sperrig auf,
Man honorirt daselbst ein jedes Blatt
Durch Gold und Silber, freylich mit Rabat.

Nun gehts von da zum Fleischer, Bäcker, Schenken;
Die halbe Welt scheint nur an Schmaus zu denken,
Wenn sich die andre neu in Kleidern bläht.
Der Krämer schneidet aus, der Schneider näht.
Bey: »hoch dem Kaiser!« sprudelts in den Kellern,
Dort kochts und bräts und klappert mit den Tellern.

MEPHISTOPHELES.

Wer die Terrassen einsam abspaziert
Gewahrt die Schönste, herrlich aufgeziert.
Ein Aug' verdeckt vom stolzen Pfauenwedel,
Sie schmunzelt uns und blickt nach solcher Schedel;
Und hurt'ger als durch Witz und Redekunst
Vermittelt sich die reichste Liebesgunst.
Man wird sich nicht mit Börs' und Beutel plagen,
Ein Blättchen ist im Busen leicht zu tragen,
Mit Liebesbrieflein paarts bequem sich hier. –
Der Priester trägts andächtig im Brevier,
Und der Soldat, um rascher sich zu wenden,
Erleichtert schnell den Gürtel seiner Lenden.
Die Majestät verzeihe wenn ins Kleine
Das hohe Werk ich zu erniedern scheine.

FAUST.

Das Uebermaas der Schätze, das, erstarrt,
In deinen Landen tief im Boden harrt,
Liegt ungenutzt. Der weiteste Gedanke
Ist solches Reichthums kümmerlichste Schranke,
Die Phantasie, in ihrem höchsten Flug,
Sie strengt sich an und thut sich nie genug.
Doch fassen Geister, würdig tief zu schauen,
Zum Gränzenlosen gränzenlos Vertrauen.

MEPHISTOPHELES.

Ein solch Papier, an Gold und Perlen statt,
Ist so bequem, man weis doch was man hat,

Man braucht nicht erst zu markten noch zu tauschen,
Kann sich nach Lust in Lieb und Wein berauschen,
Will man Metall, ein Wechsler ist bereit,
Und fehlt es da, so gräbt man eine Zeit.
Pokal und Kette wird verauctionirt,
Und das Papier, sogleich amortisirt,
Beschämt den Zweifler der uns frech verhöhnt.
Man will nichts anders, ist daran gewöhnt.
So bleibt von nun an allen Kaiser Landen
An Kleinod, Gold, Papier genug vorhanden.

KAISER.
Das hohe Wohl verdankt euch unser Reich,
Wo möglich sey der Lohn dem Dienste gleich.
Vertraut sey euch des Reiches innrer Boden,
Ihr seyd der Schätze würdigste Custoden.
Ihr kennt den weiten wohlverwahrten Hort,
Und wenn man gräbt so sey's auf euer Wort.
Vereint euch nun ihr Meister unsres Schatzes,
Erfüllt mit Lust die Würden eures Platzes,
Wo mit der obern sich die Unterwelt,
In Einigkeit beglückt, zusammenstellt.

SCHATZMEISTER.
Soll zwischen uns kein fernster Zwist sich regen,
Ich liebe mir den Zaubrer zum Collegen.
Ab mit Faust.

KAISER.
Beschenk ich nun bey Hofe Mann für Mann,
Gesteh er mir wozu er's brauchen kann.

PAGE *empfangend.*
Ich lebe lustig, heiter, guter Dinge.

EIN ANDRER *gleichfalls.*
Ich schaffe gleich dem Liebchen Kett und Ringe.

CÄMMERER *annehmend.*

Von nun an trink ich doppelt bessre Flasche.

EIN ANDRER *gleichfalls.*

Die Würfel jucken mich schon in der Tasche.

BANNERHERR *mit Bedacht.*

Mein Schloß und Feld ich mach' es schuldenfrey.

EIN ANDRER *gleichfalls.*

Es ist ein Schatz, den leg ich Schätzen bey.

KAISER.

Ich hoffte Lust und Muth zu neuen Thaten;
Doch wer euch kennt, der wird euch leicht errathen.
Ich merk' es wohl, bey aller Schätze Flor
Wie ihr gewesen bleibt ihr nach wie vor.

NARR.

Ihr spendet Gnaden, gönnt auch mir da von.

KAISER.

Und lebst du wieder, du vertrinkst sie schon.

NARR.

Die Zauber-Blätter! ich verstehs nicht recht.

KAISER.

Das glaub ich wohl, denn du gebrauchst sie schlecht.

NARR.

Da fallen andere, weiß nicht was ich thu.

KAISER.

Nimm sie nur hin, sie fielen dir ja zu. *Ab.*

NARR.

Fünf tausend Kronen wären mir zu Handen!

MEPHISTOPHELES.

Zweibeiniger Schlauch bist wieder auferstanden?

NARR.

Geschieht mir oft, doch nicht so gut als jetzt.

MEPHISTOPHELES.

Du freust dich so daß dichs in Schweiß versetzt.

NARR.
Da seht nur her ist das wohl Geldes werth?

MEPHISTOPHELES.
Du hast dafür was Schlund und Bauch begehrt.

NARR.
Und kaufen kann ich Acker, Haus und Vieh?

MEPHISTOPHELES.
Versteht sich! biete nur, das fehlt dir nie.

NARR.
Und Schloß, mit Wald und Jagd und Fischbach?

MEPHISTOPHELES. Traun!
Ich möchte dich gestrengen Herrn wohl schaun!

NARR.
Heut Abend wieg ich mich im Grundbesitz! – *Ab.*

MEPHISTOPHELES *solus.*
Wer zweifelt noch an unsres Narren Witz.

Finstere Gallerie

FAUST. MEPHISTOPHELES.

MEPHISTOPHELES.
Was ziehst du mich in diese düstern Gänge?
Ist nicht da drinnen Lust genug,
Im dichten, bunten Hofgedränge
Gelegenheit zu Spas und Trug?

FAUST.
Sag mir das nicht, du hast's in alten Tagen
Längst an den Solen abgetragen;
Doch jetzt, dein Hin- und Wiedergehn
Ist nur um mir nicht Wort zu stehn.

Ich aber bin gequält zu thun,
Der Marschalk und der Kämmrer treibt mich nun.
Der Kaiser will, es muß sogleich geschehn,
Will Helena und Paris vor sich sehn;
Das Musterbild der Männer, so der Frauen,
In deutlichen Gestalten will er schauen.
Geschwind ans Werk ich darf mein Wort nicht brechen.

MEPHISTOPHELES.

Unsinnig war's leichtsinnig zu versprechen.

FAUST.

Du hast, Geselle, nicht bedacht
Wohin uns deine Künste führen;
Erst haben wir ihn reich gemacht,
Nun sollen wir ihn amüsiren.

MEPHISTOPHELES.

Du wähnst es füge sich sogleich;
Hier stehen wir vor steilern Stufen,
Greifst in ein fremdestes Bereich,
Machst frevelhaft am Ende neue Schulden,
Denkst Helenen so leicht hervor zu rufen
Wie das Papiergespenst der Gulden. –
Mit Hexen-Fexen, mit Gespenst-Gespinnsten,
Kielkröpfigen Zwergen steh ich gleich zu Diensten;
Doch Teufels-Liebchen, wenn auch nicht zu schelten,
Sie können nicht für Heroinen gelten.

FAUST.

Da haben wir den alten Leyerton!
Bey dir geräth man stets ins Ungewisse.
Der Vater bist du aller Hindernisse,
Für jedes Mittel willst du neuen Lohn.

Mit wenig Murmeln, weiß ich, ist's gethan,
Wie man sich umschaut bringst du sie zur Stelle.

MEPHISTOPHELES.
Das Haidenvolk geht mich nicht an,
Es haust in seiner eignen Hölle;
Doch giebts ein Mittel.

FAUST. Sprich, und ohne Säumniß,

MEPHISTOPHELES.
Ungern entdeck' ich höheres Geheimniß. –
Göttinnen thronen hehr in Einsamkeit,
Um sie kein Ort noch weniger eine Zeit,
Von ihnen sprechen ist Verlegenheit.
Die Mütter sind es!

FAUST *aufgeschreckt*. Mütter!

MEPHISTOPHELES. Schauderts dich?

FAUST.
Die Mütter! – Mütter! – 's klingt so wunderlich.

MEPHISTOPHELES.
Das ist es auch. Göttinnen, ungekannt
Euch Sterblichen, von uns nicht gern genannt.
Nach ihrer Wohnung magst ins Tiefste schürfen;
Du selbst bist Schuld daß ihrer wir bedürfen.

FAUST.
Wohin der Weg?

MEPHISTOPHELES.
Kein Weg! Ins Unbetretene,
Nicht zu Betretende; ein Weg ans Unerbetene
Nicht zu Erbittende. Bist du bereit? –
Nicht Schlösser sind, nicht Riegel wegzuschieben,
Von Einsamkeiten wirst umhergetrieben.
Hast du Begriff von Oed' und Einsamkeit?

FAUST.

Du spartest dächt' ich solche Sprüche,
Hier wittert's nach der Hexenküche,
Nach einer längst vergangnen Zeit.
Mußt' ich nicht mit der Welt verkehren,
Das Leere lernen, Leeres lehren? –
Sprach ich vernünftig wie ichs angeschaut,
Erklang der Widerspruch gedoppelt laut;
Mußt ich sogar vor widerwärtigen Streichen
Zur Einsamkeit, zur Wilderniß entweichen,
Und um nicht ganz versäumt, allein zu leben
Mich doch zuletzt dem Teufel übergeben.

MEPHISTOPHELES.

Und hättest du den Ocean durchschwommen
Das Gränzenlose dort geschaut,
So sähst du dort doch Well auf Welle kommen,
Selbst wenn es dir vorm Untergange graut.
Du sähst doch etwas. Sähst wohl in der Grüne
Gestillter Meere streichende Delphine,
Sähst Wolken ziehen, Sonne, Mond und Sterne;
Nichts wirst du sehn in ewig leerer Ferne,
Den Schritt nicht hören den du thust,
Nichts Festes finden wo du ruhst.

FAUST.

Du sprichst als erster aller Mystagogen,
Die treue Neophyten je betrogen;
Nur umgekehrt. Du sendest mich ins Leere,
Damit ich dort so Kunst als Kraft vermehre.
Behandelst mich, daß ich, wie jene Katze,
Dir die Kastanien aus den Gluten kratze.
Nur immer zu! wir wollen es ergründen,
In deinem Nichts hoff ich das All zu finden.

MEPHISTOPHELES.
Ich rühme dich eh du dich von mir trennst,
Und sehe wohl daß du den Teufel kennst;
Hier diesen Schlüssel nimm.

FAUST. Das kleine Ding!

MEPHISTOPHELES.
Erst faß ihn an und schätz' ihn nicht gering.

FAUST.
Er wächst in meiner Hand! er leuchtet, blitzt!

MEPHISTOPHELES.
Merkst du nun bald was man an ihm besitzt?
Der Schlüssel wird die rechte Stelle wittern,
Folg ihm hinab, er führt dich zu den Müttern.

FAUST *schaudernd.*
Den Müttern! Trifft's mich immer wie ein Schlag!
Was ist das Wort das ich nicht hören mag?

MEPHISTOPHELES.
Bist du beschränkt daß neues Wort dich stört?
Willst du nur hören was du schon gehört?
Dich störe nichts wie es auch weiter klinge,
Schon längst gewohnt der wunderbarsten Dinge.

FAUST.
Doch im Erstarren such ich nicht mein Heil,
Das Schaudern ist der Menschheit bestes Theil;
Wie auch die Welt ihm das Gefühl vertheure,
Ergriffen, fühlt er tief das Ungeheure.

MEPHISTOPHELES.
Versinke denn! Ich könnt auch sagen: steige!
's ist einerley. Entfliehe dem Entstandnen,
In der Gebilde losgebundne Räume,
Ergötze dich am längst nicht mehr Vorhandnen,
Wie Wolkenzüge schlingt sich das Getreibe,
Den Schlüssel schwinge, halte sie vom Leibe.

FAUST *begeistert.*

Wohl! fest ihn fassend fühl' ich neue Stärke,
Die Brust erweitert hin zum großen Werke.

MEPHISTOPHELES.

Ein glühnder Dreyfuß thut dir endlich kund
Du seyst im tiefsten, allertiefsten Grund.
Bey seinem Schein wirst du die Mütter sehn,
Die einen sitzen, andre stehn und gehn,
Wie's eben kommt. Gestaltung, Umgestaltung,
Des ewigen Sinnes ewige Unterhaltung,
Umschwebt von Bildern aller Creatur.
Sie sehn dich nicht, denn Schemen sehn sie nur.
Da faß ein Herz, denn die Gefahr ist groß,
Und gehe grad auf jenen Dreyfuß los,
Berühr ihn mit dem Schlüssel!

FAUST *macht eine entschieden gebietende Attitüde mit dem Schlüssel.*

MEPHISTOPHELES *ihn betrachtend.*

So ists recht!
Er schließt sich an, er folgt als treuer Knecht,
Gelassen steigst du, dich erhebt das Glück,
Und eh sie's merken bist mit ihm zurück.
Und hast du ihn einmal hierher gebracht,
So rufst du Held und Heldin aus der Nacht,
Der erste der sich jener That erdreistet;
Sie ist gethan und du hast es geleistet,
Dann muß fortan, nach magischem Behandeln,
Der Weyrauchsnebel sich in Götter wandeln.

FAUST.

Und nun was jetzt?

MEPHISTOPHELES. Dein Wesen strebe nieder,
Versinke stampfend, stampfend steigst du wieder.

Faust stampft und versinkt.

Wenn ihm der Schlüssel nur zum besten frommt!
Neugierig bin ich ob er wieder kommt?

Hell erleuchtete Sääle

KAISER *und* FÜRSTEN, HOF *in Bewegung.*

KÄMMERER *zu Mephistopheles.*
Ihr seyd uns noch die Geisterscene schuldig;
Macht euch daran! der Herr ist ungeduldig.

MARSCHALL.
So eben fragt der Gnädigste darnach;
Ihr! zaudert nicht der Majestät zur Schmach.

MEPHISTOPHELES.
Ist mein Cumpan doch deshalb weggegangen,
Er weiß schon wie es anzufangen,
Und laborirt verschlossen still,
Muß ganz besonders sich befleißen;
Denn wer den Schatz, das Schöne, heben will
Bedarf der höchsten Kunst, Magie der Weisen.

MARSCHALL.
Was ihr für Künste braucht ist einerley,
Der Kaiser will daß alles fertig sey.

BLONDINE *zu Mephistopheles.*
Ein Wort, mein Herr! Ihr seht ein klar Gesicht,
Jedoch so ist's im leidigen Sommer nicht!
Da sprossen hundert bräunlich rothe Flecken,
Die zum Verdruß die weiße Haut bedecken.
Ein Mittel!

MEPHISTOPHELES.
Schade! So ein leuchtend Schätzchen,
Im May getupft wie euere Pantherkätzchen.

Nehmt Froschleich, Krötenzungen, kohobirt,
Im vollsten Mondlicht sorglich distillirt;
Und, wenn er abnimmt, reinlich aufgestrichen,
Der Frühling kommt, die Tupfen sind entwichen.

BRAUNE.

Die Menge drängt heran euch zu umschranzen.
Ich bitt' um Mittel! Ein erfrorner Fuß
Verhindert mich am Wandeln wie am Tanzen,
Selbst ungeschickt beweg ich mich zum Gruß.

MEPHISTOPHELES.

Erlaubet einen Tritt von meinem Fuß.

BRAUNE.

Nun das geschieht wohl unter Liebesleuten.

MEPHISTOPHELES.

Mein Fußtritt, Kind! hat Größres zu bedeuten.
Zu Gleichem Gleiches; was auch einer litt;
Fuß heilet Fuß, so ists mit allen Gliedern.
Heran! Gebt acht! Ihr sollt es nicht erwiedern.

BRAUNE *schreiend.*

Weh! Weh! das brennt! das war ein harter Tritt,
Wie Pferdehuf!

MEPHISTOPHELES.

Die Heilung nehmt ihr mit.
Du kannst nunmehr den Tanz nach Lust verüben,
Bey Tafel schwelgend füßle mit dem Lieben.

DAME *herandringend.*

Laßt mich hindurch! zu groß sind meine Schmerzen,
Sie wühlen siedend mir im tiefsten Herzen.
Bis gestern sucht Er Heil in meinen Blicken,
Er schwatzt mit ihr und wendet mir den Rücken.

MEPHISTOPHELES.

Bedenklich ist es, aber höre mich.

An ihn heran mußt du dich leise drücken,
Nimm diese Kohle, streich ihm einen Strich
Auf Ermel, Mantel, Schulter wie sichs macht;
Er fühlt im Herzen holden Reuestich.
Die Kohle doch mußt du sogleich verschlingen,
Nicht Wein, nicht Wasser an die Lippen bringen;
Er seufzt vor deiner Thür noch heute Nacht.

DAME.

Ist doch kein Gift?

MEPHISTOPHELES *entrüstet.*

Respect wo sichs gebührt!
Weit müßtet Ihr nach solcher Kohle laufen;
Sie kommt von einem Scheiterhaufen
Den wir sonst emsiger angeschürt.

PAGE.

Ich bin verliebt, man hält mich nicht für voll.

MEPHISTOPHELES *bey Seite.*

Ich weiß nicht mehr wohin ich hören soll.
Zum Pagen.
Müßt euer Glück nicht auf die jüngste setzen.
Die Angejahrten wissen euch zu schätzen. –
Andere drängen sich herzu.
Schon wieder Neue! Welch ein harter Strauß!
Ich helfe mir zuletzt mit Wahrheit aus;
Der schlechteste Behelf! die Noth ist groß. –
O Mütter, Mütter! Laßt nur Fausten los!
Umherschauend.
Die Lichter brennen trübe schon im Saal,
Der ganze Hof bewegt sich auf einmal.
Anständig seh' ich sie in Folge ziehn,
Durch lange Gänge, ferne Galerien.

Nun! sie versammeln sich im weiten Raum
Des alten Rittersaals, er faßt sie kaum.
Auf breite Wände Teppiche spendirt,
Mit Rüstung Eck und Nischen ausgeziert.
Hier braucht es, dächt' ich, keine Zauberworte;
Die Geister finden sich von selbst zum Orte.

Rittersaal

Dämmernde Beleuchtung, KAISER *und* HOF*, sind eingezogen.*

HEROLD.

Mein alt Geschäft, das Schauspiel anzukünden,
Verkümmert mir der Geister heimlich Walten;
Vergebens wagt man aus verständigen Gründen,
Sich zu erklären das verworrene Schalten.
Die Sessel sind, die Stühle schon zur Hand;
Den Kaiser setzt man grade vor die Wand,
Auf den Tapeten mag er da die Schlachten
Der großen Zeit bequemlichstens betrachten.
Hier sitzt nun alles, Herr und Hof im Runde,
Die Bäncke drängen sich im Hintergrunde;
Auch Liebchen hat, in düstern Geisterstunden,
Zur Seite Liebchens lieblich Raum gefunden.
Und so, da alle schicklich Platz genommen,
Sind wir bereit, die Geister mögen kommen!
Posaunen.

ASTROLOG.

Beginne gleich das Drama seinen Lauf,
Der Herr befiehlts, ihr Wände thut euch auf!

Nichts hindert mehr, hier ist Magie zur Hand,
Die Tepp'che schwinden, wie gerollt vom Brand;
Die Mauer spaltet sich, sie kehrt sich um,
Ein tief Theater scheint sich aufzustellen,
Geheimnißvoll ein Schein uns zu erhellen,
Und ich besteige das Proscenium.

MEPHISTOPHELES *aus dem Souffleurloche auftauchend.*
Von hier aus hoff' ich allgemeine Gunst,
Einbläsereyen sind des Teufels Redekunst.
Zum Astrologen.
Du kennst den Tackt in dem die Sterne gehn,
Und wirst mein Flüstern meisterlich verstehn.

ASTROLOG.
Durch Wunderkraft erscheint alhier zur Schau,
Massiv genug, ein alter Tempelbau.
Dem Atlas gleich der einst den Himmel trug,
Steh'n, reihenweis, der Säulen hier genug;
Sie mögen wohl der Felsenlast genügen,
Da zweye schon ein groß Gebäude trügen.

ARCHITEKT.
Das wär antik! ich wüßt' es nicht zu preisen,
Es sollte plump und überlästig heißen.
Roh nennt man edel, unbehülflich groß.
Schmal-Pfeiler lieb' ich, strebend, gränzenlos;
Spitzbögiger Zenith erhebt den Geist;
Solch ein Gebäu erbaut uns allermeist.

ASTROLOG.
Empfangt mit Ehrfurcht sterngegönnte Stunden;
Durch magisch Wort sey die Vernunft gebunden;
Dagegen weit heran bewege frey
Sich herrliche verwegne Phantasey.

Mit Augen schaut nun was ihr kühn begehrt,
Unmöglich ist's, drum eben glaubenswerth.

FAUST *steigt auf der andern Seite des Proosceniums herauf.*

ASTROLOG.

Im Priesterkleid, bekränzt, ein Wundermann,
Der nun vollbringt was er getrost begann.
Ein Dreyfuß steigt mit ihm aus hohler Gruft,
Schon ahn' ich aus der Schaale Weihrauchduft.
Er rüstet sich das hohe Werk zu segnen,
Es kann fortan nur glückliches begegnen.

FAUST *großartig.*

In eurem Namen, Mütter, die ihr thront
Im Gränzenlosen, ewig einsam wohnt,
Und doch gesellig. Euer Haupt umschweben
Des Lebens Bilder, regsam, ohne Leben.
Was einmal war, in allem Glanz und Schein,
Es regt sich dort; denn es will ewig seyn.
Und ihr vertheilt es, allgewaltige Mächte,
Zum Zelt des Tages, zum Gewölb der Nächte.
Die einen faßt des Lebens holder Lauf,
Die andern sucht der kühne Magier auf;
In reicher Spende läßt er, voll Vertrauen,
Was jeder wünscht, das Wunderwürdige schauen.

ASTROLOG.

Der glühnde Schlüssel rührt die Schaale kaum,
Ein dunstiger Nebel deckt sogleich den Raum.
Er schleicht sich ein, er wogt nach Wolkenart,
Gedehnt, geballt, verschränkt, getheilt, gepaart.
Und nun erkennt ein Geister-Meister-Stück!
So wie sie wandeln machen sie Musick.

Aus luftgen Tönen quillt ein Weisnichtwie,
Indem sie ziehn wird alles Melodie.
Der Säulenschaft, auch die Triglyphe klingt,
Ich glaube gar der ganze Tempel singt.
Das Dunstige senkt sich; aus dem leichten Flor
Ein schöner Jüngling tritt im Tackt hervor.
Hier schweigt mein Amt, ich brauch ihn nicht zu nennen,
Wer sollte nicht den holden Paris kennen!

PARIS *hervortretend.*

DAME.
O! welch ein Glanz aufblühender Jugendkraft!
ZWEYTE.
Wie eine Pfirsche frisch und voller Saft!
DRITTE.
Die fein gezogenen, süß geschwollnen Lippen!
VIERTE.
Du möchtest wohl an solchem Becher nippen?
FÜNFTE.
Er ist gar hübsch, wenn auch nicht eben fein.
SECHSTE.
Ein bischen könnt' er doch gewandter seyn.
RITTER.
Den Schäferknecht glaub ich alhier zu spüren,
Vom Prinzen nichts und nichts von Hofmanieren.
ANDRER.
Eh nun! halb nackt ist wohl der Junge schön,
Doch müßten wir ihn erst im Harnisch sehn!
DAME.
Er setzt sich nieder, weichlich, angenehm.
RITTER.
Auf seinem Schoose wär' euch wohl bequem?

ANDRE.

Er lehnt den Arm so zierlich übers Haupt.

KÄMMRER.

Die Flegeley! Das find' ich unerlaubt!

DAME.

Ihr Herren wißt an allem was zu mäkeln.

DERSELBE.

In Kaisers Gegenwart sich hinzuräckeln!

DAME.

Er stellt's nur vor! Er glaubt sich ganz allein.

DERSELBE.

Das Schauspiel selbst, hier sollt es höflich sein.

DAME.

Sanft hat der Schlaf den Holden übernommen.

DERSELBE.

Er schnarcht nun gleich, natürlich ist's, vollkommen!

JUNGE DAME *entzückt*.

Zum Weyrauchsdampf was duftet so gemischt?
Das mir das Herz zum Innigsten erfrischt.

AELTERE.

Fürwahr! Es dringt ein Hauch tief ins Gemüthe,
Er kommt von ihm!

ÄLTESTE. Es ist des Wachsthums Blüte.
Im Jüngling als Ambrosia bereitet,
Und atmosphärisch rings umher verbreitet.

HELENA *hervortretend*.

MEPHISTOPHELES.

Das wär' sie denn! Vor dieser hätt' ich Ruh;
Hübsch ist sie wohl, doch sagt sie mir nicht zu.

ASTROLOG.

Für mich ist diesmal weiter nichts zu thun,
Als Ehrenmann gesteh, bekenn ich's nun.
Die Schöne kommt, und hätt' ich Feuerzungen!
Von Schönheit ward von jeher viel gesungen;
Wem sie erscheint wird aus sich selbst entrückt,
Wem sie gehörte ward zu hoch beglückt.

FAUST.

Hab ich noch Augen? Zeigt sich tief im Sinn
Der Schönheit Quelle reichlichstens ergossen?
Mein Schreckensgang bringt seligsten Gewinn,
Wie war die Welt mir nichtig, unerschlossen!
Was ist sie nun seit meiner Priesterschaft?
Erst wünschenswerth, gegründet, dauerhaft!
Verschwinde mir des Lebens Athemkraft,
Wenn ich mich je von Dir zurück gewöhne! –
Die Wohlgestalt die mich voreinst entzückte,
In Zauberspiegelung beglückte,
War nur ein Schaumbild solcher Schöne! –
Du bist's der ich die Regung aller Kraft,
Den Inbegriff der Leidenschaft,
Dir Neigung, Lieb, Anbetung, Wahnsinn zolle.

MEPHISTOPHELES *aus dem Kasten.*

So faßt euch doch, und fallt nicht aus der Rolle!

ÄLTERE DAME.

Groß, wohlgestaltet, nur der Kopf zu klein.

JÜNGERE.

Seht nur den Fuß! Wie könnt' er plumper seyn!

DIPLOMAT.

Fürstinnen hab ich dieser Art gesehn,
Mich deucht sie ist vom Kopf zum Fuße schön.

HOFMANN.

Sie nähert sich dem Schläfer listig mild.

DAME.

Wie häßlich neben jugendreinem Bild!

POET.

Von ihrer Schönheit ist er angestrahlt.

DAME.

Endymion und Luna! wie gemahlt!

DERSELBE.

Ganz recht! die Göttin scheint herabzusinken,
Sie neigt sich über, seinen Hauch zu trinken;
Beneidenswerth! – Ein Kuß! – Das Maas ist voll.

DUENNA.

Vor allen Leuten! Das ist doch zu toll!

FAUST.

Furchtbare Gunst dem Knaben! –

MEPHISTOPHELES. Ruhig! still!
Laß das Gespenst doch machen was es will.

HOFMANN.

Sie schleicht sich weg, leichtfüßig; er erwacht.

DAME.

Sie sieht sich um! Das hab' ich wohl gedacht.

HOFMANN.

Er staunt! Ein Wunder ist's was ihm geschieht.

DAME.

Ihr ist kein Wunder was sie vor sich sieht.

HOFMANN.

Mit Anstand kehrt sie sich zu ihm herum.

DAME.

Ich merke schon sie nimmt ihn in die Lehre;
In solchem Fall sind alle Männer dumm,
Er glaubt wohl auch daß er der erste wäre.

RITTER.
Laßt mir sie gelten! Majestätisch fein! –
DAME.
Die Buhlerin! Das nenn' ich doch gemein!
PAGE.
Ich möchte wohl an seiner Stelle seyn!
HOFMANN.
Wer würde nicht in solchem Netz gefangen?
DAME.
Das Kleinod ist durch manche Hand gegangen,
Auch die Verguldung ziemlich abgebraucht.
ANDRE.
Vom zehnten Jahr an hat sie nichts getaugt.
RITTER.
Gelegentlich nimmt jeder sich das Beste;
Ich hielte mich an diese schönen Reste.
GELAHRTER.
Ich seh sie deutlich, doch gesteh' ich frey,
Zu zweiflen ist, ob sie die Rechte sey.
Die Gegenwart verführt ins Uebertriebne,
Ich halte mich vor allem ans Geschriebne.
Da les' ich denn: sie habe wirklich allen
Graubärten Trojas sonderlich gefallen;
Und, wie mich dünkt, vollkommen paßt das hier,
Ich bin nicht jung und doch gefällt sie mir.
ASTROLOG.
Nicht Knabe mehr! Ein kühner Heldenmann
Umfaßt er sie, die kaum sich wehren kann.
Gestärkten Arms hebt er sie hoch empor,
Entführt er sie wohl gar?
FAUST. Verwegner Thor!
Du wagst! Du hörst nicht! halt! das ist zu viel!

MEPHISTOPHELES.

Machst du's doch selbst das Frazzengeisterspiel!

ASTROLOG.

Nur noch ein Wort! Nach allem was geschah
Nenn ich das Stück: den Raub der Helena.

FAUST.

Was Raub! Bin ich für nichts an dieser Stelle!
Ist dieser Schlüssel nicht in meiner Hand!
Er führte mich, durch Graus und Wog' und Welle
Der Einsamkeiten, her zum festen Stand.
Hier faß ich Fuß! Hier sind es Wirklichkeiten,
Von hier aus darf der Geist mit Geistern streiten,
Das Doppelreich, das große, sich bereiten.
So fern sie war, wie kann sie näher seyn.
Ich rette sie und sie ist doppelt mein.
Gewagt! Ihr Mütter! Mütter müßt's gewähren.
Wer sie erkannt der darf sie nicht entbehren.

ASTROLOG.

Was thust du Fauste! Fauste! – Mit Gewalt
Faßt er sie an, schon trübt sich die Gestalt.
Den Schlüssel kehrt er nach dem Jüngling zu,
Berührt ihn! – Weh uns, Wehe! Nu! im Nu!

Explosion, Faust liegt am Boden. Die Geister gehen in Dunst auf.

MEPHISTOPHELES *der Fausten auf die Schulter nimmt.*

Da habt ihr's nun! Mit Narren sich beladen,
Das kommt zuletzt dem Teufel selbst zu Schaden.

Finsterniß, Tummult.

ZWEYTER ACT.

Hochgewölbtes, enges, gothisches Zimmer, ehemals Faustens, unverändert.

MEPHISTOPHELES *hinter einem Vorhang hervortretend. Indem er ihn aufhebt und zurücksieht erblickt man* FAUSTEN *hingestreckt auf einem altväterischen Bette.*

Hier lieg' Unseliger! verführt
Zu schwergelöstem Liebesbande!
Wen Helena paralysirt
Der kommt so leicht nicht zu Verstande.
Sich umschauend.
Blick' ich hinauf, hierher, hinüber,
Allunverändert ist es, unversehrt;
Die bunten Scheiben sind, so dünkt mich, trüber,
Die Spinneweben haben sich vermehrt;
Die Dinte starrt, vergilbt ist das Papier;
Doch alles ist am Platz geblieben;
Sogar die Feder liegt noch hier,
Mit welcher Faust dem Teufel sich verschrieben.
Ja! tiefer in dem Rohre stockt
Ein Tröpflein Blut, wie ich's ihm abgelockt.
Zu einem solchen einzigen Stück
Wünscht' ich dem größten Sammler Glück.
Auch hängt der alte Pelz am alten Hacken,
Erinnert mich an jene Schnacken
Wie ich den Knaben einst belehrt,
Woran er noch vielleicht als Jüngling zehrt.
Es kommt mir wahrlich das Gelüsten,
Rauchwarme Hülle, dir vereint,

Mich als Docent noch einmal zu erbrüsten,
Wie man so völlig recht zu haben meynt.
Gelehrte wissens zu erlangen;
Dem Teufel ist es längst vergangen.
Er schüttelt den herabgenommenen Pelz; Cicaden, Käfer und Farfarellen fahren heraus.

CHOR DER INSECTEN.

Willkommen! willkommen
Du alter Patron,
Wir schweben und summen
Und kennen dich schon.
Nur einzeln im Stillen
Du hast uns gepflanzt,
Zu Tausenden kommen wir
Vater getanzt.
Der Schalk in dem Busen
Verbirgt sich so sehr,
Vom Pelze die Läuschen
Enthüllen sich eh'r.

MEPHISTOPHELES.

Wie überraschend mich die junge Schöpfung freut!
Man säe nur, man erndtet mit der Zeit.
Ich schüttle noch einmal den alten Flaus,
Noch eines flattert hier und dort hinaus. –
Hinauf! umher! in hunderttausend Ecken
Eilt euch ihr Liebchen zu verstecken.
Dort wo die alten Schachteln stehn,
Hier im bebräunten Pergamen,
In staubigen Scherben alter Töpfe,
Dem Hohlaug' jener Todtenköpfe.

In solchem Wust und Moderleben
Muß es für ewig Grillen geben.
Schlüpft in den Pelz.
Komm decke mir die Schultern noch einmal,
Heut bin ich wieder Prinzipal.
Doch hilft es nichts mich so zu nennen,
Wo sind die Leute die mich anerkennen!
Er zieht die Glocke die einen gellenden, durchdringenden Ton erschallen läßt; wovon die Hallen erbeben und die Thüren aufspringen.

FAMULUS *den langen finstern Gang herwankend.*
Welch ein Tönen! welch ein Schauer!
Treppe schwankt, es bebt die Mauer;
Durch der Fenster buntes Zittern,
Seh ich wetterleuchtend Wittern.
Springt das Estrich, und von Oben
Rieselt Kalk und Schutt verschoben.
Und die Thüre, fest verriegelt,
Ist durch Wunderkraft entsiegelt. –
Dort! Wie fürchterlich! Ein Riese
Steht in Faustens altem Vließe.
Seinen Blicken, seinem Winken,
Möcht' ich in die Kniee sinken.
Soll ich fliehen? Soll ich stehn?
Ach! wie wird es mir ergehn!

MEPHISTOPHELES *winkend.*
Heran mein Freund! – Ihr heißet Nicodemus.

FAMULUS.
Hochwürdiger Herr! so ist mein Nahm' – *Oremus.*

MEPHISTOPHELES.
Das lassen wir!

FAMULUS. Wie froh! daß ihr mich kennt.

MEPHISTOPHELES.

Ich weiß es wohl, bejahrt und noch Student,
Bemooster Herr! Auch ein gelehrter Mann
Studirt so fort, weil er nicht anders kann.
So baut man sich ein mäßig Kartenhaus,
Der größte Geist bauts doch nicht völlig aus.
Doch euer Meister das ist ein Beschlagner:
Wer kennt ihn nicht den edlen Doctor Wagner,
Den ersten jetzt in der gelehrten Welt!
Er ist's allein der sie zusammenhält,
Der Weisheit täglicher Vermehrer.
Allwissbegierige Horcher, Hörer
Versammeln sich um ihn zu Hauf.
Er leuchtet einzig vom Catheder;
Die Schlüssel übt er wie Sankt Peter,
Das Untre so das Obre schließt er auf.
Wie er vor Allen glüht und funkelt,
Kein Ruf, kein Ruhm hält weiter stand;
Selbst Faustus Name wird verdunkelt,
Er ist es, der allein erfand.

FAMULUS.

Verzeiht! Hochwürdiger Herr! wenn ich euch sage,
Wenn ich zu widersprechen wage:
Von allem dem ist nicht die Frage,
Bescheidenheit ist sein beschieden Theil.
Ins unbegreifliche Verschwinden
Des hohen Manns weiß er sich nicht zu finden,
Von dessen Wiederkunft erfleht er Trost und Heil.
Das Zimmer, wie zu Doctor Faustus Tagen,
Noch unberührt seitdem er fern,
Erwartet seinen alten Herrn.
Kaum wag' ich's mich herein zu wagen.

Was muß die Sternenstunde seyn? –
Gemäuer scheint mir zu erbangen;
Thürpfosten bebten, Riegel sprangen,
Sonst kamt ihr selber nicht herein.

MEPHISTOPHELES.

Wo hat der Mann sich hingethan?
Führt mich zu ihm, bringt ihn heran.

FAMULUS.

Ach! sein Verbot ist gar zu scharf,
Ich weiß nicht ob ichs wagen darf.
Monate lang, des großen Werkes willen,
Lebt' er im aller stillsten Stillen.
Der zarteste gelehrter Männer
Er sieht aus wie ein Kohlenbrenner,
Geschwärzt vom Ohre bis zur Nasen,
Die Augen roth vom Feuer blasen,
So lechzt er jedem Augenblick;
Geklirr der Zange giebt Musick.

MEPHISTOPHELES.

Sollt' er den Zutritt mir verneinen,
Ich bin der Mann das Glück ihm zu beschleunen.
Der Famulus geht ab, Mephistopheles setzt sich gravitätisch nieder.
Kaum hab' ich Posto hier gefaßt
Regt sich dort hinten, mir bekannt, ein Gast.
Doch dies mal ist er von den Neusten,
Er wird sich gränzenlos erdreusten.

BACCALAUREUS *den Gang herstürmend.*

Thor und Thüre find ich offen!
Nun da läßt sich endlich hoffen
Daß nicht, wie bisher, im Moder,
Der Lebendige wie ein Todter,

Sich verkümmere, sich verderbe
Und am Leben selber sterbe.

Diese Mauern, diese Wände
Neigen, senken sich zum Ende
Und, wenn wir nicht bald entweichen
Wird uns Fall und Sturz erreichen.
Bin verwegen, wie nicht einer,
Aber weiter bringt mich keiner.

Doch was soll ich heut erfahren!
War's nicht hier, vor so viel Jahren,
Wo ich, ängstlich und beklommen,
War als guter Fuchs gekommen?
Wo ich diesen Bärtigen traute,
Mich an ihrem Schnack erbaute.

Aus den alten Bücherkrusten
Logen sie mir was sie wußten,
Was sie wußten, selbst nicht glaubten,
Sich und mir das Leben raubten.
Wie? – Dort hinten in der Zelle
Sitzt noch Einer dunkel-helle!

Nahend seh' ichs mit Erstaunen,
Sitzt er noch im Pelz, dem braunen;
Wahrlich wie ich ihn verließ,
Noch gehüllt im rauhen Vließ!
Damals schien er zwar gewandt,
Als ich ihn noch nicht verstand.
Heute wird es nicht verfangen,
Frisch an ihn herangegangen!

Wenn, alter Herr, nicht Lethes trübe Fluthen
Das schiefgesenkte, kahle Haupt durchschwommen,
Seht anerkennend hier den Schüler kommen,
Entwachsen akademischen Ruthen.
Ich find' euch noch wie ich euch sah;
Ein Anderer bin ich wieder da.

MEPHISTOPHELES.

Mich freut daß ich euch hergeläutet.
Ich schätzt' euch damals nicht gering;
Die Raupe schon, die Chrysalide deutet
Den künftigen bunten Schmetterling.
Am Lockenkopf und Spitzenkragen,
Empfandet ihr ein kindliches Behagen. –
Ihr trugt wohl niemals einen Zopf? –
Heut schau ich Euch im Schwedenkopf.
Ganz resolut und wacker seht Ihr aus,
Kommt nur nicht absolut nach Haus.

BACCALAUREUS.

Mein alter Herr! Wir sind am alten Orte,
Bedenkt jedoch erneuter Zeiten Lauf,
Und sparet doppelsinnige Worte;
Wir passen nun ganz anders auf.
Ihr hänseltet den guten treuen Jungen,
Das ist euch ohne Kunst gelungen;
Was heut zu Tage niemand wagt.

MEPHISTOPHELES.

Wenn man der Jugend reine Wahrheit sagt
Die gelben Schnäbeln keineswegs behagt,
Sie aber hinterdrein nach Jahren
Das alles derb an eigner Haut erfahren,
Dann dünkeln sie es käm' aus eignem Schopf;
Da heißt es denn: der Meister war ein Tropf.

BACCALAUREUS.
Ein Schelm vielleicht! – denn welcher Lehrer spricht
Die Wahrheit uns direct ins Angesicht?
Ein jeder weiß zu mehren wie zu mindern,
Bald ernst, bald heiter klug, zu frommen Kindern.

MEPHISTOPHELES.
Zum lernen giebt es freylich eine Zeit,
Zum lehren seyd ihr, merk' ich, selbst bereit.
Seit manchen Monden, einigen Sonnen,
Erfahrungsfülle habt ihr wohl gewonnen.

BACCALAUREUS.
Erfahrungswesen! Schaum und Dust!
Und mit dem Geist nicht ebenbürtig!
Gesteht! was man von je gewußt
Es ist durchaus nicht wissenswürdig.

MEPHISTOPHELES *nach einer Pause.*
Mich däucht es längst. Ich war ein Thor,
Nun komm ich mir recht schaal und albern vor.

BACCALAUREUS.
Das freut mich sehr! Da hör' ich doch Verstand,
Der erste Greis, den ich vernünftig fand!

MEPHISTOPHELES.
Ich suchte nach verborgen-goldnem Schatze,
Und schauerliche Kohlen trug ich fort.

BACCALAUREUS.
Gesteht nur, euer Schädel, eure Glatze
Ist nicht mehr werth als jene hohlen dort?

MEPHISTOPHELES *gemüthlich.*
Du weißt wohl nicht, mein Freund, wie grob du bist?

BACCALAUREUS.
Im Deutschen lügt man, wenn man höflich ist.

MEPHISTOPHELES *der mit seinem Rollstuhle immer näher ins Proscenium rückt, zum Parterre.*

Hier oben wird mir Licht und Luft benommen,
Ich finde wohl bey euch ein Unterkommen?

BACCALAUREUS.

Anmaßlich find' ich daß zur schlechtsten Frist
Man etwas seyn will, wo man nichts mehr ist.
Des Menschen Leben lebt im Blut, und wo
Bewegt das Blut sich wie im Jüngling so?
Das ist lebendig Blut in frischer Kraft,
Das neues Leben sich aus Leben schaft.
Da regt sich alles, da wird was gethan,
Das Schwache fällt, das Tüchtige tritt heran.
Indessen wir die halbe Welt gewonnen
Was habt Ihr denn gethan? genickt, gesonnen,
Geträumt, erwogen, Plan und immer Plan.
Gewiß das Alter ist ein kaltes Fieber
Im Frost von grillenhafter Noth.
Hat einer dreyßig Jahr' vorüber,
So ist er schon so gut wie todt.
Am besten wär's euch zeitig todtzuschlagen.

MEPHISTOPHELES.

Der Teufel hat hier weiter nichts zu sagen.

BACCALAUREUS.

Wenn ich nicht will, so darf kein Teufel seyn.

MEPHISTOPHELES *abseits*.

Der Teufel stellt dir nächstens doch ein Bein.

BACCALAUREUS.

Dies ist der Jugend edelster Beruf!
Die Welt sie war nicht eh ich sie erschuf;
Die Sonne führt' ich aus dem Meer herauf;
Mit mir begann der Mond des Wechsels Lauf;
Da schmückte sich der Tag auf meinen Wegen,
Die Erde grünte, blühte mir entgegen.

Auf meinen Wink, in jener ersten Nacht,
Entfaltete sich aller Sterne Pracht.
Wer, außer mir, entband euch aller Schranken
Philisterhaft einklemmender Gedanken?
Ich aber frey, wie mir's im Geiste spricht,
Verfolge froh mein innerliches Licht,
Und wandle rasch, im eigensten Entzücken,
Das Helle vor mir, Finsterniß im Rücken. *Ab.*

MEPHISTOPHELES.
Original fahr hin in deiner Pracht! –
Wie würde dich die Einsicht kränken:
Wer kann was Dummes, wer was Kluges denken
Das nicht die Vorwelt schon gedacht?
Doch sind wir auch mit diesem nicht gefährdet,
In wenig Jahren wird es anders seyn.
Wenn sich der Most auch ganz absurd gebärdet,
Es giebt zuletzt doch noch e' Wein.
Zu dem jüngern Parterre das nicht applaudirt.
Ihr bleibt bey meinem Worte kalt,
Euch guten Kindern laß ich's gehen;
Bedenkt: der Teufel der ist alt,
So werdet alt, ihn zu verstehen!

Laboratorium

im Sinne des Mittelalters, weitläufige, unbehülfliche Apparate, zu phantastischen Zwecken

WAGNER *am Herde.*
Die Glocke tönt, die fürchterliche,
Durchschauert die berußten Mauern.

Nicht länger kann das Ungewisse
Der ernstesten Erwartung dauern.
Schon hellen sich die Finsternisse;
Schon in der innersten Phiole
Erglüht es wie lebendige Kohle;
Ja wie der herrlichste Karfunkel,
Verstrahlend Blitze durch das Dunkel;
Ein helles weißes Licht erscheint!
O daß ich's diesmal nicht verliere! –
Ach Gott! was rasselt an der Thüre?

MEPHISTOPHELES *eintretend.*
Willkommen! es ist gut gemeint.

WAGNER *ängstlich.*
Willkommen! zu dem Stern der Stunde.
Leise. Doch haltet Wort und Athem fest im Munde,
Ein herrlich Werk ist gleich zu Stand gebracht.

MEPHISTOPHELES *leiser.*
Was giebt es denn?

WAGNER *leiser.* Es wird ein Mensch gemacht.

MEPHISTOPHELES.
Ein Mensch? Und welch verliebtes Paar
Habt ihr in's Rauchloch eingeschloßen?

WAGNER.
Behüte Gott! wie sonst das Zeugen Mode war
Erklären wir für eitel Possen.
Der zarte Punct aus dem das Leben sprang,
Die holde Kraft die aus dem Innern drang
Und nahm und gab, bestimmt sich selbst zu zeichnen,
Erst Nächstes, dann sich Fremdes anzueignen,
Die ist von ihrer Würde nun entsetzt;
Wenn sich das Thier noch weiter dran ergötzt,
So muß der Mensch mit seinen großen Gaben
Doch künftig höhern, höhern Ursprung haben.

Zum Herd gewendet.

Es leuchtet! seht! – Nun läßt sich wirklich hoffen
Daß, wenn wir aus viel hundert Stoffen,
Durch Mischung, denn auf Mischung kommt es an,
Den Menschenstoff gemächlich componiren,
In einen Kolben verlutiren
Und ihn gehörig kohobiren,
So ist das Werk im Stillen abgethan.

Zum Herd gewendet.

Es wird! die Masse regt sich klarer,
Die Ueberzeugung wahrer, wahrer:
Was man an der Natur geheimnißvolles prieß,
Das wagen wir verständig zu probiren,
Und was sie sonst organisiren ließ,
Das lassen wir krystallisiren.

MEPHISTOPHELES.

Wer lange lebt hat viel erfahren,
Nichts Neues kann für ihn auf dieser Welt geschehn,
Ich habe schon, in meinen Wanderjahren,
Krystallisirtes Menschenvolk gesehn.

WAGNER *bisher immer aufmerksam auf die Phiole.*

Es steigt, es blitzt, es häuft sich an,
Im Augenblick ist es gethan.
Ein großer Vorsatz scheint im Anfang toll,
Doch wollen wir des Zufalls künftig lachen,
Und so ein Hirn, das trefflich denken soll,
Wird künftig auch ein Denker machen.

Entzückt die Phiole betrachtend.

Das Glas erklingt von lieblicher Gewalt,
Es trübt, es klärt sich; also muß es werden!
Ich seh' in zierlicher Gestalt
Ein artig Männlein sich gebärden.

Was wollen wir, was will die Welt nun mehr?
Denn das Geheimniß liegt am Tage.
Gebt diesem Laute nur Gehör,
Er wird zur Stimme, wird zur Sprache.

HOMUNKULUS *in der Phiole zu Wagner.*

Nun Väterchen! wie stehts? es war kein Scherz.
Komm, drücke mich recht zärtlich an dein Herz,
Doch nicht zu fest, damit das Glas nicht springe.
Das ist die Eigenschaft der Dinge:
Natürlichem genügt das Weltall kaum,
Was künstlich ist, verlangt geschloßnen Raum.
Zu Mephistopheles.
Du aber Schalk, Herr Vetter, bist du hier?
Im rechten Augenblick, ich danke dir.
Ein gut Geschick führt dich zu uns herein,
Dieweil ich bin, muß ich auch thätig seyn.
Ich möchte mich sogleich zur Arbeit schürzen,
Du bist gewandt, die Wege mir zu kürzen.

WAGNER.

Nur noch ein Wort; bisher mußt' ich mich schämen,
Denn Alt und Jung bestürmt mich mit Problemen.
Zum Beyspiel nur: noch niemand konnt' es fassen
Wie Seel' und Leib so schön zusammenpassen,
So fest sich halten als um nie zu scheiden,
Und doch den Tag sich immerfort verleiden.
Sodann –

MEPHISTOPHELES.

Halt ein! ich wollte lieber fragen:
Warum sich Mann und Frau so schlecht vertragen?
Du kommst, mein Freund, hierüber nie ins Reine.
Hier giebts zu thun, das eben will der Kleine.

HOMUNKULUS.
Was giebt's zu thun?

MEPHISTOPHELES *auf eine Seitenthüre deutend.*
Hier zeige deine Gabe!

WAGNER *immer in die Phiole schauend.*
Fürwahr, du bist ein allerliebster Knabe.

Die Seitenthür öffnet sich, man sieht Faust auf dem Lager hingestreckt.

HOMUNKULUS *erstaunt.*
Bedeutend! –

Die Phiole entschlüpft aus Wagners Händen, schwebt über Faust und beleuchtet ihn.

Schön umgeben! – Klar Gewässer
Im dichten Haine, Frau'n die sich entkleiden;
Die allerliebsten! – Das wird immer besser.
Doch eine läßt sich glänzend unterscheiden,
Aus höchstem Helden-, wohl aus Götterstamme;
Sie setzt den Fuß in das durchsichtige Helle;
Des edlen Körpers holde Lebensflamme
Kühlt sich im schmiegsamen Krystall der Welle. –
Doch welch Getöse rasch bewegter Flügel,
Welch Sausen, Plätschern wühlt im glatten Spiegel?
Die Mädchen fliehn verschüchtert; doch allein
Die Königin sie blickt gelassen drein,
Und sieht, mit stolzem, weiblichem Vergnügen,
Der Schwäne Fürsten ihrem Knie sich schmiegen,
Zudringlichzahm. Er scheint sich zu gewöhnen. –
Auf einmal aber steigt ein Dunst empor,
Und deckt mit dichtgewebtem Flor
Die lieblichste von allen Scenen.

MEPHISTOPHELES.
Was du nicht alles zu erzählen hast!
So klein du bist, so groß bist du Phantast.
Ich sehe nichts –
HOMUNKULUS. Das glaub ich. Du aus Norden,
Im Nebelalter jung geworden,
Im Wust von Ritterthum und Pfäfferey,
Wo wäre da dein Auge frey!
Im Düstern bist du nur zu Hause.
Umherschauend.
Verbräunt Gestein, bemodert, widrig,
Spitzbögig, schnörckelhaftest, niedrig! –
Erwacht uns dieser, giebt es neue Noth,
Er bleibt gleich auf der Stelle todt.
Waldquellen, Schwäne, nackte Schönen,
Das war sein ahnungsvoller Traum;
Wie wollt' er sich hierher gewöhnen!
Ich, der bequemste, duld' es kaum.
Nun fort mit ihm!
MEPHISTOPHELES. Der Ausweg soll mich freuen.
HOMUNKULUS.
Befiehl den Krieger in die Schlacht,
Das Mädchen führe du zum Reihen,
So ist gleich alles abgemacht.
Jetzt eben, wie ich schnell bedacht,
Ist classische Walpurgisnacht;
Das Beste was begegnen könnte
Bringt ihn zu seinem Elemente.
MEPHISTOPHELES.
Dergleichen hab ich nie vernommen.
HOMUNKULUS.
Wie wollt' es auch zu euren Ohren kommen?

Romantische Gespenster kennt ihr nur allein,
Ein echt Gespenst auch classisch hat's zu seyn.

MEPHISTOPHELES.

Wohin denn aber soll die Fahrt sich regen?
Mich widern schon antikische Collegen.

HOMUNKULUS.

Nordwestlich, Satan, ist dein Lustrevier;
Südöstlich diesmal aber segeln wir –
An großer Fläche fließt Peneios frey,
Umbuscht, umbaumt, in still' und feuchten Buchten,
Die Ebne dehnt sich zu der Berge Schluchten,
Und oben liegt Pharsalus alt und neu.

MEPHISTOPHELES.

O weh! hinweg! und laßt mir jene Streite
Von Tyranney und Sklaverey bei Seite.
Mich langeweilt's, denn kaum ist's abgethan,
So fangen sie von vorne wieder an;
Und keiner merkt: er ist doch nur geneckt
Vom Asmodeus der dahinter steckt.
Sie streiten sich, so heißt's, um Freyheitsrechte,
Genau besehn sind's Knechte gegen Knechte.

HOMUNKULUS.

Den Menschen laß ihr widerspenstig Wesen,
Ein jeder muß sich wehren wie er kann,
Vom Knaben auf, so wird's zuletzt ein Mann.
Hier fragt sich's nur wie dieser kann genesen?
Hast du ein Mittel so erprob' es hier,
Vermagst du's nicht so überlaß es mir.

MEPHISTOPHELES.

Manch Brockenstückchen wäre durchzuproben,
Doch Heidenriegel find' ich vorgeschoben.
Das Griechenvolk es taugte nie recht viel!
Doch blendet's euch mit freyem Sinnen-Spiel,

Verlockt des Menschen Brust zu heitern Sünden;
Die unsern wird man immer düster finden.
Und nun was soll's?

HOMUNKULUS. Du bist ja sonst nicht blöde;
Und wenn ich von Thessalischen Hexen rede,
So denk' ich hab' ich was gesagt.

MEPHISTOPHELES *lüstern*.
Thessalische Hexen! Wohl! das sind Personen
Nach denen hab' ich lang' gefragt.
Mit ihnen Nacht für Nacht zu wohnen
Ich glaube nicht daß es behagt;
Doch zum Besuch! Versuch!

HOMUNKULUS. Den Mantel her,
Und um den Ritter umgeschlagen!
Der Lappen wird euch, wie bisher,
Den einen mit dem andern tragen,
Ich leuchte vor.

WAGNER *ängstlich*.
Und ich?

HOMUNKULUS. Eh nun
Du bleibst zu Hause Wichtigstes zu thun.
Entfalte du die alten Pergamente,
Nach Vorschrift sammle Lebens-Elemente
Und füge sie mit Vorsicht eins ans andre.
Das Was bedenke, mehr bedenke Wie?
Indessen ich ein Stückchen Welt durchwandre
Entdeck' ich wohl das Tüpfchen auf das i.
Dann ist der große Zweck erreicht,
Solch einen Lohn verdient ein solches Streben:
Gold, Ehre, Ruhm, gesundes langes Leben
Und Wissenschaft und Tugend – auch vielleicht.
Leb wohl!

WAGNER *betrübt.*

Leb wohl! Das drückt das Herz mir nieder.
Ich fürchte schon ich seh dich niemals wieder.

MEPHISTOPHELES.

Nun zum Peneios frisch hinab,
Herr Vetter ist nicht zu verachten.
Ad Spectatores. Am Ende hängen wir doch ab
Von Creaturen die wir machten.

Classische Walpurgisnacht.

Pharsalische Felder,
Finsterniß.

ERICHTHO.

Zum Schauderfeste dieser Nacht, wie öfter schon,
Tret ich einher, Erichtho, ich die düstere;
Nicht so abscheulich wie die leidigen Dichter mich
Im Uebermaaß verlästern ... Endigen sie doch nie,
In Lob und Tadel ... Ueberbleicht erscheint mir schon
Von grauer Zelten Woge weit das Tal dahin,
Als Nachgesicht der sorg- und grauenvollsten Nacht.
Wie oft schon wiederholt sich's! Wird sich immerfort
In's Ewige wiederholen ... Keiner gönnt das Reich
Dem Andern, dem gönnt's keiner der's mit Kraft erwarb
Und kräftig herrscht. Denn jeder, der sein innres Selbst
Nicht zu regieren weiß, regierte gar zu gern
Des Nachbars Willen, eignem stolzen Sinn gemäß ...
Hier aber ward ein großes Beyspiel durchgekämpft,
Wie sich Gewalt Gewaltigerem entgegenstellt;
Der Freyheit holder, tausendblumiger Kranz zerreißt,

Der starre Lorbeer sich ums Haupt des Herrschers biegt.
Hier träumte Magnus früher Größe Blütentag,
Dem schwanken Zünglein lauschend wachte Cäsar dort!
Das wird sich messen. Weiß die Welt doch wem's gelang.

Wachfeuer glühen, rothe Flammen spendende,
Der Boden haucht vergoßnen Blutes Wiederschein,
Und angelockt von seltnem Wunderglanz der Nacht,
Versammelt sich hellenischer Sage Legion.
Um alle Feuer schwankt unsicher, oder sitzt
Behaglich, alter Tage fabelhaft Gebild …
Der Mond, zwar unvollkommen, aber leuchtend hell,
Erhebt sich, milden Glanz verbreitend überall;
Der Zelten Trug verschwindet, Feuer brennen blau.

Doch! über mir! welch unerwartet Meteor?
Es leuchtet und beleuchtet körperlichen Ball.
Ich wittre Leben. Da geziemen will mirs nicht
Lebendigem zu nahen, dem ich schädlich bin;
Das bringt mir bösen Ruf und frommt mir nicht.
Schon sinkt es nieder. Weich' ich aus mit Wohlbedacht!
Entfernt sich.

DIE LUFTFAHRER *oben.*

HOMUNKULUS.

Schwebe noch einmal die Runde
Ueber Flamm- und Schaudergrauen;
Ist es doch in Thal und Grunde,
Gar gespenstisch anzuschauen.

MEPHISTOPHELES.

Seh' ich, wie durchs alte Fenster,
In des Nordens Wust und Graus,

Ganz abscheuliche Gespenster;
Bin ich hier wie dort zu Haus.

HOMUNKULUS.

Sieh! da schreitet eine Lange,
Weiten Schrittes von uns hin.

MEPHISTOPHELES.

Ist es doch als wär' ihr bange;
Sah uns durch die Lüfte ziehn.

HOMUNKULUS.

Laß sie schreiten! setz' ihn nieder
Deinen Ritter, und sogleich
Kehret ihm das Leben wieder;
Denn er sucht's im Fabelreich.

FAUST *den Boden berührend.*

Wo ist sie?

HOMUNKULUS.

Wüßten's nicht zu sagen,
Doch hier wahrscheinlich zu erfragen.
In Eile magst du, eh' es tagt,
Von Flamm zu Flamme spürend gehen:
Wer zu den Müttern sich gewagt
Hat weiter nichts zu überstehen.

MEPHISTOPHELES.

Auch ich bin hier an meinem Theil,
Doch wüßt' ich Bessers nicht zu unserm Heil,
Als: jeder möge durch die Feuer
Versuchen sich sein eigen Abenteuer.
Dann, um uns wieder zu vereinen,
Laß deine Leuchte, Kleiner, tönend scheinen.

HOMUNKULUS.

So soll es blitzen, soll es klingen.
Das Glas dröhnt und leuchtet gewaltig.
Nun frisch zu neuen Wunderdingen!

FAUST *allein.*

Wo ist sie? – Frage jetzt nicht weiter nach …
Wär's nicht die Scholle die sie trug,
Die Welle nicht die ihr entgegen schlug;
So ist's die Luft die ihre Sprache sprach.
Hier! durch ein Wunder, hier in Griechenland!
Ich fühlte gleich den Boden wo ich stand;
Wie mich, den Schläfer, frisch ein Geist durchglühte,
So steh' ich, ein Antäus an Gemüthe.
Und find' ich hier das Seltsamste beysammen,
Durchforsch ich ernst dies Labyrinth der Flammen.
Entfernt sich.

MEPHISTOPHELES *umherspürend.*

Und wie ich diese Feuerchen durchschweife,
So find' ich mich doch ganz und gar entfremdet,
Fast alles nackt, nur hie und da behemdet:
Die Sphinxe schamlos, unverschämt die Greife,
Und was nicht alles, lockig und beflügelt,
Von vorn und hinten sich im Auge spiegelt …
Zwar sind auch wir von Herzen unanständig,
Doch das Antike find' ich zu lebendig;
Das müßte man mit neustem Sinn bemeistern
Und mannigfaltig modisch überkleistern …
Ein widrig Volk! Doch darf michs nicht verdrießen
Als neuer Gast anständig sie zu grüßen …
Glückzu! den schönen Frau'n, den klugen Greisen.

GREIF *schnarrend.*

Nicht Greisen! Greifen! – Niemand hört es gern
Daß man ihn Greis nennt. Jedem Worte klingt
Der Ursprung nach wo es sich her bedingt:
Grau, grämlich, griesgram, gräulich, Gräber, grimmig,
Etymologisch gleicherweise stimmig,
Verstimmen uns.

MEPHISTOPHELES. Und doch, nicht abzuschweifen,
Gefällt das Grei im Ehrentitel Greifen.

GREIF *wie oben und immer so fort.*
Natürlich! Die Verwandtschaft ist erprobt,
Zwar oft gescholten, mehr jedoch gelobt;
Man greife nun nach Mädchen, Kronen, Gold,
Dem Greifenden ist meist Fortuna hold.

AMEISEN *von der colossalen Art.*
Ihr sprecht von Gold, wir hatten viel gesammelt,
In Fels und Höhlen heimlich eingerammelt;
Das Arimaspen-Volk hat's ausgespürt,
Sie lachen dort, wie weit sie's weggeführt.

GREIFE.
Wir wollen sie schon zum Geständniß bringen.

ARIMASPEN.
Nur nicht zur freyen Jubelnacht.
Bis morgen ists alles durchgebracht,
Es wird uns diesmal wohl gelingen.

MEPHISTOPHELES *hat sich zwischen die Sphinxe gesetzt.*
Wie leicht und gern ich mich hierher gewöhne,
Denn ich verstehe Mann für Mann.

SPHINX.
Wir hauchen unsre Geistertöne
Und ihr verkörpert sie alsdann.
Jetzt nenne dich bis wir dich weiter kennen.

MEPHISTOPHELES.
Mit vielen Namen glaubt man mich zu nennen –
Sind Britten hier? Sie reisen sonst so viel,
Schlachtfeldern nachzuspüren, Wasserfällen,
Gestürzten Mauern, klassisch dumpfen Stellen;
Das wäre hier für sie ein würdig Ziel.
Sie zeugten auch: Im alten Bühnen-Spiel
Sah man mich dort als *old Iniquity.*

SPHINX.

Wie kam man drauf?

MEPHISTOPHELES. Ich weiß es selbst nicht wie.

SPHINX.

Mag seyn! Hast du von Sternen einige Kunde?
Was sagst du zu der gegenwärt'gen Stunde?

MEPHISTOPHELES *aufschauend*.

Stern schießt nach Stern, beschnittner Mond scheint helle
Und mir ist wohl an dieser trauten Stelle,
Ich wärme mich an deinem Löwenfelle.
Hinauf sich zu versteigen wär' zum Schaden,
Gieb Räthsel auf, gieb allenfalls Charaden.

SPHINX.

Sprich nur dich selbst aus, wird schon Räthsel seyn.
Versuch einmal dich innigst aufzulösen:
»Dem frommen Manne nöthig wie dem bösen,
Dem ein Plastron, ascetisch zu rapiren,
Cumpan dem andern, Tolles zu vollführen,
Und beydes nur, um Zeus zu amüsiren.«

ERSTER GREIF *schnarrend*.

Den mag ich nicht!

ZWEITER GREIF *stärker schnarrend*.

Was will uns der?

BEYDE.

Der Garstige gehöret nicht hierher!

MEPHISTOPHELES *brutal*.

Du glaubst vielleicht des Gastes Nägel krauen
Nicht auch so gut wie deine scharfen Klauen?
Versuch's einmal!

SPHINX *milde*. Du magst nur immer bleiben,
Wird dich's doch selbst aus unsrer Mitte treiben;
In deinem Lande thust dir was zu Gute,
Doch, irr' ich nicht, hier ist dir schlecht zu Muthe.

MEPHISTOPHELES.
Du bist recht appetitlich oben anzuschauen,
Doch unten hin, die Bestie macht mir Grauen.

SPHINX.
Du Falscher kommst zu deiner bittern Buße,
Denn unsre Tatzen sind gesund;
Dir mit verschrumpftem Pferdefuße
Behagt es nicht in unserem Bund.

SIRENEN *präludiren oben.*

MEPHISTOPHELES.
Wer sind die Vögel in den Ästen
Des Pappelstromes hingewiegt?

SPHINX.
Gewahrt euch nur, die Allerbesten
Hat solch ein Sing-Sang schon besiegt.

SIRENEN.
Ach was wollt ihr euch verwöhnen
In dem Häßlich-Wunderbaren!
Horcht, wir kommen hier zu Schaaren
Und in wohlgestimmten Tönen,
So geziemet es Sirenen.

SPHINXE *sie verspottend in derselben Melodie.*
Nöthigt sie herabzusteigen!
Sie verbergen in den Zweigen
Ihre garstigen Habichtskrallen,
Euch verderblich anzufallen,
Wenn ihr euer Ohr verleiht.

SIRENEN.
Weg! das Hassen, weg! das Neiden;
Sammeln wir die klarsten Freuden,

Unterm Himmel ausgestreut!
Auf dem Wasser, auf der Erde,
Sey's die heiterste Gebärde
Die man dem Willkommnen beut.

MEPHISTOPHELES.

Das sind die saubern Neuigkeiten
Wo aus der Kehle, von den Saiten,
Ein Ton sich um den andern flicht.
Das Trallern ist bey mir verloren,
Es krabbelt wohl mir um die Ohren
Allein zum Herzen dringt es nicht.

SPHINXE.

Sprich nicht vom Herzen! das ist eitel;
Ein lederner verschrumpfter Beutel
Das paßt dir eher zu Gesicht.

FAUST *herantretend.*

Wie wunderbar! das Anschaun thut mir Gnüge,
Im Widerwärtigen große tüchtige Züge.
Ich ahne schon ein günstiges Geschick;
Wohin versetzt mich dieser ernste Blick?
Auf Sphinxe bezüglich.
Vor solchen hat einst Oedipus gestanden;
Auf Sirenen bezüglich.
Vor solchen krümmte sich Ulyss in hänfnen Banden;
Auf Ameisen bezüglich.
Von solchen ward der höchste Schatz gespart;
Auf Greife bezüglich.
Von diesen treu und ohne Fehl bewahrt.
Vom frischen Geiste fühl' ich mich durchdrungen,
Gestalten groß, groß die Erinnerungen.

MEPHISTOPHELES.

Sonst hättest du dergleichen weggeflucht,
Doch jetzo scheint es dir zu frommen;

Denn wo man die Geliebte sucht,
Sind Ungeheuer selbst willkommen.

FAUST *zu den Sphinxen.*

Ihr Frauenbilder müßt mir Rede stehn:
Hat eins der Euren Helena gesehn?

SPHINXE.

Wir reichen nicht hinauf zu ihren Tagen,
Die letztesten hat Herkules erschlagen.
Von Chiron könntest dus erfragen;
Der sprengt herum in dieser Geisternacht,
Wenn er dir steht so hast du's weit gebracht.

SIRENEN.

Sollte dir's doch auch nicht fehlen! …
Wie Ulyss bey uns verweilte,
Schmähend nicht vorüber eilte,
Wußt' er vieles zu erzählen;
Würden alles dir vertrauen,
Wolltest du zu unsern Gauen
Dich ans grüne Meer verfügen.

SPHINX.

Laß dich Edler nicht betrügen!
Statt daß Ulyss sich binden ließ,
Laß unsern guten Rath dich binden;
Kannst du den hohen Chiron finden,
Erfährst du was ich dir verhieß.

FAUST *entfernt sich.*

MEPHISTOPHELES *verdrießlich.*

Was krächzt vorbey mit Flügelschlag?
So schnell dass man's nicht sehen mag,
Und immer eins dem andern nach,
Den Jäger würden sie ermüden.

SPHINX.

Dem Sturm des Winterwinds vergleichbar,
Alcides' Pfeilen kaum erreichbar;
Es sind die raschen Stymphaliden
Und wohlgemeint ihr Krächzegruß,
Mit Geyerschnabel und Gänsefuß.
Sie möchten gern in unsern Kreisen
Als Stammverwandte sich erweisen.

MEPHISTOPHELES *wie verschüchtert.*

Noch andres Zeug zischt zwischen drein.

SPHINX.

Vor diesen sei euch ja nicht bange,
Es sind die Köpfe der Lernäischen Schlange,
Vom Rumpf getrennt, und glauben was zu seyn.
Doch sagt, was soll nur aus euch werden?
Was für unruhige Gebärden?
Wo wollt ihr hin? Begebt euch fort! ...
Ich sehe, jener Chorus dort
Macht euch zum Wendehals. Bezwingt euch nicht,
Geht hin! begrüßt manch reizendes Gesicht.
Die Lamien sinds, lustfeine Dirnen,
Mit Lächelmund und frechen Stirnen,
Wie sie dem Satyrvolk behagen;
Ein Bocksfuß darf dort alles wagen.

MEPHISTOPHELES.

Ihr bleibt doch hier? daß ich euch wiederfinde.

SPHINX.

Ja! Mische dich zum luftigen Gesinde.
Wir, von Egypten her, sind längst gewohnt
Dass unsereins in tausend Jahre thront.
Und respectirt nur unsre Lage,
So regeln wir die Mond- und Sonnentage.

Sitzen vor den Pyramiden,
Zu der Völker Hochgericht;
Überschwemmung, Krieg und Frieden –
Und verziehen kein Gesicht.

PENEIUS umgeben von Gewässern und NYMPHEN

PENEIUS.

Rege dich du Schilfgeflüster!
Hauche leise Rohrgeschwister,
Säuselt leichte Weidensträuche,
Lispelt Pappelzitterzweige
Unterbrochnen Träumen zu! …
Weckt mich doch ein grauslich Wittern,
Heimlich allbewegend Zittern,
Aus dem Wallestrom und Ruh.

FAUST *an den Fluß tretend.*

Hör' ich recht, so muß ich glauben:
Hinter den verschränkten Lauben
Dieser Zweige, dieser Stauden
Tönt ein menschlich ähnlichs Lauten:
Scheint die Welle doch ein Schwätzen,
Lüftlein wie – ein Scherzergötzen.

NYMPHEN *zu Faust.*

Am besten geschäh dir
Du legtest dich nieder,
Erholtest im Kühlen
Ermüdete Glieder,
Genössest der immer
Dich meidenden Ruh;
Wir säuseln, wir rieseln,
Wir flüstern dir zu.

FAUST.

Ich wache ja! O laßt sie walten
Die unvergleichlichen Gestalten
Wie sie dorthin mein Auge schickt.
So wunderbar bin ich durchdrungen
Sind's Träume? Sind's Erinnerungen?
Schon einmal warst du so beglückt.
Gewässer schleichen durch die Frische
Der dichten, sanft bewegten Büsche,
Nicht rauschen sie, sie rieseln kaum;
Von allen Seiten hundert Quellen
Vereinen sich, im reinlich hellen,
Zum Bade flach vertieften Raum.
Gesunde junge Frauenglieder,
Vom feuchten Spiegel doppelt wieder
Ergötztem Auge zugebracht!
Gesellig dann und fröhlich badend,
Erdreistet schwimmend, furchtsam wadend;
Geschrey zuletzt und Wasserschlacht.
Begnügen sollt' ich mich an diesen,
Mein Auge sollte hier genießen,
Doch immer weiter strebt mein Sinn.
Der Blick dringt scharf nach jener Hülle,
Das reiche Laub der grünen Fülle
Verbirgt die hohe Königin.

Wundersam! auch Schwäne kommen
Aus den Buchten hergeschwommen,
Majestätisch rein bewegt.
Ruhig schwebend, zart gesellig,
Aber stolz und selbstgefällig
Wie sich Haupt und Schnabel regt …

Einer aber scheint vor allen
Brüstend kühn sich zu gefallen,
Segelnd rasch durch alle fort;
Sein Gefieder bläht sich schwellend,
Welle selbst, auf Wogen wellend,
Dringt er zu dem heiligen Ort …
Die andern schwimmen hin und wider
Mit ruhig glänzendem Gefieder,
Bald auch in regem prächtigen Streit;
Die scheuen Mädchen abzulenken,
Daß sie an ihren Dienst nicht denken,
Nur an die eigne Sicherheit.

NYMPHEN.

Leget Schwestern euer Ohr
An des Ufers grüne Stufe;
Hör' ich recht, so kommt mir vor
Als der Schall von Pferdes Hufe.
Wüßt' ich nur wer dieser Nacht
Schnelle Botschaft zugebracht.

FAUST.

Ist mir doch als dröhnt' die Erde
Schallend unter eiligem Pferde.
Dorthin mein Blick!
Ein günstiges Geschick,
Soll es mich schon erreichen?
O Wunder ohne Gleichen!
Ein Reuter kommt herangetrabt,
Er scheint von Geist und Muth begabt,
Von blendend-weißem Pferd getragen …
Ich irre nicht, ich kenn' ihn schon,
Der Philyra berühmter Sohn!
Halt Chiron! halt! Ich habe dir zu sagen …

CHIRON.
Was giebt's? Was ist's?

FAUST.
Bezähme deinen Schritt!

CHIRON.
Ich raste nicht!

FAUST.
So bitte! Nimm mich mit!

CHIRON.
Sitz auf! so kann ich nach Belieben fragen:
Wohin des Wegs? Du stehst am Ufer hier,
Ich bin bereit dich durch den Fluß zu tragen.

FAUST *aufsitzend*.
Wohin du willst. Für ewig dank' ichs dir ...
Der große Mann der edle Pädagog,
Der, sich zum Ruhm, ein Heldenvolk erzog,
Den schönen Kreis der edlen Argonauten
Und alle die des Dichters Welt erbauten.

CHIRON.
Das lassen wir an seinem Ort!
Selbst Pallas kommt als Mentor nicht zu Ehren;
Am Ende treiben sie's nach ihrer Weise fort
Als wenn sie nicht erzogen wären.

FAUST.
Den Arzt der jede Pflanze nennt,
Die Wurzeln bis ins Tiefste kennt,
Dem Kranken Heil, dem Wunden Lindrung schafft,
Umarm' ich hier in Geist und Körperkraft!

CHIRON.
Ward neben mir ein Held verletzt,
Da wußt' ich Hülf' und Rath zu schaffen;
Doch ließ ich meine Kunst zuletzt
Den Wurzelweibern und den Pfaffen.

FAUST.

Du bist der wahre große Mann
Der Lobeswort nicht hören kann;
Er sucht bescheiden auszuweichen
Und thut als gäb' es Seinesgleichen.

CHIRON.

Du scheinest mir geschickt zu heucheln,
Dem Fürsten wie dem Volk zu schmeicheln.

FAUST.

So wirst du mir denn doch gestehn
Du hast die Größten deiner Zeit gesehn;
Dem Edelsten in Thaten nachgestrebt,
Halbgöttlich ernst die Tage durchgelebt.
Doch unter den heroischen Gestalten
Wen hast du für den Tüchtigsten gehalten?

CHIRON.

Im hehren Argonautenkreise
War jeder brav nach seiner eignen Weise,
Und, nach der Kraft die ihn beseelte,
Konnt' er genügen, wo's den andern fehlte.
Die Dioskuren haben stets gesiegt,
Wo Jugendfüll' und Schönheit überwiegt.
Entschluß und schnelle That zu andrer Heil
Den Boreaden ward's zum schönen Theil;
Nachsinnend, kräftig, klug, im Rath bequem,
So herrschte Jason, Frauen angenehm.
Dann Orpheus, zart und immer still bedächtig,
Schlug er die Leyer allen übermächtig.
Scharfsichtig Lynceus, der, bey Tag und Nacht,
Das heilge Schiff durch Klipp' und Strand gebracht …
Gesellig nur läßt sich Gefahr erproben:
Wenn einer wirkt, die andern alle loben.

FAUST.

Von Herkules willst nichts erwähnen?

CHIRON.

O weh! errege nicht mein Sehnen …
Ich hatte Phöbus nie gesehn,
Noch Ares, Hermes, wie sie heißen,
Da sah ich mir vor Augen stehn
Was alle Menschen göttlich preisen.
So war er ein geborner König,
Als Jüngling herrlichst anzuschaun;
Dem ältern Bruder unterthänig
Und auch den allerliebsten Fraun.
Den zweyten zeugt nicht Gäa wieder,
Nicht führt ihn Hebe himmelein;
Vergebens mühen sich die Lieder,
Vergebens quälen sie den Stein.

FAUST.

So sehr auch Bildner auf ihn pochen,
So herrlich kam er nie zur Schau.
Vom schönsten Mann hast du gesprochen,
Nun sprich auch von der schönsten Frau!

CHIRON.

Was! … Frauen-Schönheit will nichts heißen,
Ist gar zu oft ein starres Bild;
Nur solch ein Wesen kann ich preisen
Das froh und lebenslustig quillt.
Die Schöne bleibt sich selber selig;
Die Anmuth macht unwiderstehlich,
Wie Helena, da ich sie trug.

FAUST.

Du trugst sie?

CHIRON. Ja, auf diesem Rücken.

FAUST.
Bin ich nicht schon verwirrt genug,
Und solch ein Sitz muß mich beglücken!
CHIRON.
Sie faßte so mich in das Haar
Wie du es thust.
FAUST. O! ganz und gar
Verlier' ich mich! Erzähle wie?
Sie ist mein einziges Begehren!
Woher? wohin? ach, trugst du sie?
CHIRON.
Die Frage läßt sich leicht gewähren.
Die Dioskuren hatten, jener Zeit,
Das Schwesterchen aus Räuberfaust befreyt.
Doch diese, nicht gewohnt besiegt zu seyn,
Ermannten sich und stürmten hinterdrein.
Da hielten der Geschwister eiligen Lauf,
Die Sümpfe bey Eleusis auf;
Die Brüder wateten, ich patschte, schwamm hinüber;
Da sprang sie ab und streichelte
Die feuchte Mähne, schmeichelte
Und dankte lieblich-klug und selbstbewußt.
Wie war sie reizend! jung, des Alten Lust!
FAUST.
Erst sieben Jahr! …
CHIRON. Ich seh, die Philologen
Sie haben dich so wie sich selbst betrogen.
Ganz eigen ist's mit mythologischer Frau;
Der Dichter bringt sie, wie er's braucht zur Schau:
Nie wird sie mündig, wird nicht alt,
Stets appetitlicher Gestalt,
Wird jung entführt, im Alter noch umfreyt;
G'nug, den Poeten bindet keine Zeit.

FAUST.

So sey auch sie durch keine Zeit gebunden!
Hat doch Achill auf Pherä sie gefunden,
Selbst außer aller Zeit. Welch seltnes Glück:
Errungene Liebe gegen das Geschick!
Und sollt' ich nicht, sehnsüchtigster Gewalt,
Ins Leben ziehn die einzigste Gestalt?
Das ewige Wesen, Göttern ebenbürtig,
So groß als zart, so hehr als liebenswürdig?
Du sahst sie einst, heut hab ich sie gesehn,
So schön wie reizend, wie ersehnt so schön.
Nun ist mein Sinn, mein Wesen streng umfangen,
Ich lebe nicht, kann ich sie nicht erlangen.

CHIRON.

Mein fremder Mann! als Mensch bist du entzückt,
Doch unter Geistern scheinst du wohl verrückt.
Nun trifft sich's hier zu deinem Glücke;
Denn alle Jahr, nur wenig Augenblicke,
Pfleg' ich bey Manto vorzutreten,
Der Tochter Aesculaps; im stillen Beten
Fleht sie zum Vater: daß, zu seiner Ehre,
Er endlich doch der Aerzte Sinn verkläre,
Und vom verwegnen Todtschlag sie bekehre …
Die Liebste mir aus der Sibyllengilde,
Nicht fratzenhaft bewegt, wohlthätig milde;
Ihr glückt es wohl, bey einigem Verweilen,
Mit Wurzelkräften dich von Grund zu heilen.

FAUST.

Geheilt will ich nicht seyn, mein Sinn ist mächtig;
Da wär' ich ja wie andre niederträchtig.

CHIRON.

Versäume nicht das Heil der edlen Quelle!
Geschwind herab! Wir sind zur Stelle.

FAUST.

Sag an! Wohin hast du, in grauser Nacht,
Durch Kiesgewässer, mich an's Land gebracht?

CHIRON.

Hier trotzten Rom und Griechenland im Streite,
Peneios rechts, links den Olymp zur Seite.
Das größte Reich das sich im Sand verliert;
Der König flieht, der Bürger triumphirt.
Blick auf! hier steht, bedeutend nah,
Im Mondenschein der ewige Tempel da.

MANTO *inwendig träumend.*

Von Pferdes Hufe
Erklingt die heilige Stufe,
Halbgötter treten heran.

CHIRON.

Ganz recht!
Nur die Augen aufgethan!

MANTO *erwachend.*

Willkommen! ich seh' du bleibst nicht aus.

CHIRON.

Steht dir doch auch dein Tempelhaus!

MANTO.

Streifst du noch immer unermüdet?

CHIRON.

Wohnst du doch immer still umfriedet,
Indeß zu kreisen mich erfreut.

MANTO.

Ich harre, mich umkreist die Zeit.
Und dieser?

CHIRON. Die verrufene Nacht
Hat strudelnd ihn hier hergebracht.
Helenen, mit verrückten Sinnen,

Helenen will er sich gewinnen,
Und weiß nicht wie und wo beginnen;
Asklepischer Kur vor andern werth.

MANTO.

Den lieb' ich der Unmögliches begehrt.

CHIRON *ist schon weit weg.*

MANTO.

Tritt ein, Verwegner, sollst dich freuen;
Der dunkle Gang führt zu Persephoneien.
In des Olympus hohlem Fuß
Lauscht sie geheim verbotnem Gruß.
Hier hab' ich einst den Orpheus eingeschwärzt,
Benutz' es besser, frisch! beherzt!
Sie steigen hinab.

Am obern Peneios wie zuvor

SIRENEN.

Stürzt euch in Peneios' Flut!
Plätschernd ziemt es da zu schwimmen,
Lied um Lieder anzustimmen,
Dem unseligen Volk zu gut.
Ohne Wasser ist kein Heil!
Führen wir mit hellem Heere
Eilig zum ägäischen Meere,
Würd' uns jede Lust zu Theil.

Erdbeben.

Schäumend kehrt die Welle wieder,
Fließt nicht mehr im Bett darnieder;

Grund erbebt, das Wasser staucht,
Kies und Ufer berstend raucht.
Flüchten wir! Kommt alle, kommt!
Niemand dem das Wunder frommt.

Fort! ihr edlen frohen Gäste
Zu dem seeisch heitern Feste,
Blinkend wo die Zitterwellen,
Ufernetzend, leise schwellen,
Da wo Luna doppelt leuchtet,
Uns mit heilgem Thau befeuchtet.
Dort ein freybewegtes Leben,
Hier ein ängstlich Erde-Beben;
Eile jeder Kluge fort!
Schauderhaft ist's um den Ort.

SEISMOS *in der Tiefe brummend und polternd.*

Einmal noch mit Kraft geschoben,
Mit den Schultern brav gehoben!
So gelangen wir nach oben,
Wo uns alles weichen muß.

SPHINXE.

Welch ein widerwärtig Zittern
Häßlich grausenhaftes Wittern!
Welch ein Schwanken, welches Beben,
Schaukelnd Hin- und Widerstreben!
Welch unleidlicher Verdruß!
Doch wir ändern nicht die Stelle,
Bräche los die ganze Hölle.

Nun erhebt sich ein Gewölbe
Wundersam. Es ist derselbe,

Jener Alte, längst Ergraute,
Der die Insel Delos baute,
Einer Kreißenden zu Lieb
Aus der Wog' empor sie trieb.
Er, mit Streben, Drängen, Drücken,
Arme straff, gekrümmt den Rücken,
Wie ein Atlas an Gebärde,
Hebt er Boden, Rasen, Erde,
Kies und Gries und Sand und Letten,
Unsres Ufers stille Betten.
So zerreißt er eine Strecke
Queer des Thales ruhige Decke.
Angestrengtest, nimmer müde,
Colossale Caryatide;
Trägt ein furchtbar Steingerüste,
Noch im Boden bis zur Büste;
Weiter aber soll's nicht kommen,
Sphinxe haben Platz genommen.

SEISMOS.

Das hab' ich ganz allein vermittelt,
Man wird mir's endlich zugestehn;
Und hätt' ich nicht geschüttelt und gerüttelt,
Wie wäre diese Welt so schön?
Wie ständen eure Berge droben
In prächtig-reinem Aetherblau,
Hätt' ich sie nicht hervorgeschoben,
Zu malerisch-entzückter Schau!
Als, Angesichts der höchsten Ahnen,
Der Nacht, des Chaos, ich mich stark betrug
Und, in Gesellschaft von Titanen,
Mit Pelion und Ossa als mit Ballen schlug.

Wir tollten fort in jugendlicher Hitze,
Bis überdrüssig, noch zuletzt,
Wir dem Parnaß, als eine Doppelmütze,
Die beiden Berge frevelnd aufgesetzt …
Apollen hält ein froh Verweilen
Dort nun mit seliger Musen Chor.
Selbst Jupitern und seinen Donnerkeilen
Hob ich den Sessel hoch empor.
Jetzt so, mit ungeheurem Streben,
Drang aus dem Abgrund ich herauf
Und fordere laut, zu neuem Leben,
Mir fröhliche Bewohner auf.

SPHINXE.

Uralt müßte man gestehen
Sey das hier Emporgebürgte,
Hätten wir nicht selbst gesehen
Wie sich's aus dem Boden würgte.
Bebuschter Wald verbreitet sich hinan,
Noch drängt sich Fels auf Fels bewegt heran;
Ein Sphinx wird sich daran nicht kehren:
Wir lassen uns im heiligen Sitz nicht stören.

GREIFE.

Gold in Blättchen, Gold in Flittern
Durch die Ritze seh' ich zittern;
Laßt euch solchen Schatz nicht rauben;
Imsen auf! es auszuklauben.

CHOR DER AMEISEN.

Wie ihn die Riesigen
Empor geschoben,
Ihr Zappelfüßigen
Geschwind nach oben!

Behendest aus und ein!
In solchen Ritzen
Ist jedes Bröselein
Werth zu besitzen.
Das Allermindeste
Müßt ihr entdecken,
Auf das geschwindeste
In allen Ecken.
Allemsig müßt ihr seyn,
Ihr Wimmelschaaren;
Nur mit dem Gold herein!
Den Berg laßt fahren.

GREIFE.

Herein! Herein! Nur Gold zu Hauf;
Wir legen unsre Klauen drauf;
Sind Riegel von der besten Art,
Der größte Schatz ist wohl verwahrt.

PYGMÄEN.

Haben wirklich Platz genommen,
Wissen nicht wie es geschah;
Fraget nicht woher wir kommen:
Denn wir sind nun einmal da!
Zu des Lebens lustigem Sitze
Eignet sich ein jedes Land;
Zeigt sich eine Felsenritze,
Ist auch schon der Zwerg zur Hand.
Zwerg und Zwergin rasch zum Fleiße,
Musterhaft ein jedes Paar;
Weiß nicht ob es gleicher Weise
Schon im Paradiese war.
Doch wir findens hier zum besten,
Segnen dankbar unsern Stern;

Denn, im Osten wie im Westen,
Zeugt die Mutter Erde gern.

DAKTYLE.

Hat sie in einer Nacht
Die Kleinen hervorgebracht;
Sie wird die Kleinsten erzeugen,
Finden auch ihresgleichen.

PYGMÄEN-ÄLTESTE.

Eilet bequemen
Sitz einzunehmen!
Eilig zum Werke;
Schnelle für Stärke!
Noch ist es Friede;
Baut euch die Schmiede,
Harnisch und Waffen
Dem Heer zu schaffen.

Ihr Imsen alle,
Rührig im Schwalle,
Schafft uns Metalle!
Und ihr Daktyle,
Kleinste, so viele,
Euch sey befohlen
Hölzer zu holen!
Schichtet zusammen
Heimliche Flammen,
Schaffet uns Kohlen!

GENERALISSIMUS.

Mit Pfeil und Bogen
Frisch ausgezogen!
An jenem Weiher
Schießt mir die Reiher,

Unzählig nistende,
Hochmüthig brüstende
Auf einen Ruck!
Alle wie Einen;
Daß wir erscheinen
Mit Helm und Schmuck.

IMSEN und DAKTYLE.

Wer wird uns retten!
Wir schaffen 's Eisen,
Sie schmieden Ketten.
Uns loszureißen
Ist noch nicht zeitig,
Drum seyd geschmeidig.

DIE KRANICHE DES IBYKUS.

Mordgeschrey und Sterbeklagen,
Ängstlich Flügelflatterschlagen,
Welch ein Ächzen, welch Gestöhn
Dringt herauf zu unsern Höhn!
Alle sind sie schon ertödtet,
See von ihrem Blut geröthet;
Mißgestaltete Begierde
Raubt des Reihers edle Zierde.
Weht sie doch schon auf dem Helme
Dieser Fettbauch-Krummbein-Schelme.
Ihr Genossen unsres Heeres,
Reihenwanderer des Meeres,
Euch berufen wir zur Rache
In so nah verwandter Sache;
Keiner spare Kraft und Blut,
Ewige Feindschaft dieser Brut!
Zerstreuen sich krächzend in den Lüften.

MEPHISTOPHELES *in der Ebne.*

Die nordischen Hexen wußt' ich wohl zu meistern,
Mir wirds nicht just mit diesen fremden Geistern.
Der Blocksberg bleibt ein gar bequem Local,
Wo man auch sey, man findet sich zumal.
Frau Ilse wacht für uns auf ihrem Stein,
Auf seiner Höh wird Heinrich munter seyn,
Die Schnarcher schnauzen zwar das Elend an,
Doch alles ist für tausend Jahr gethan.
Wer weiß denn hier nur, wo er geht und steht,
Ob unter ihm sich nicht der Boden bläht? …
Ich wandle lustig durch ein glattes Thal
Und hinter mir erhebt sich auf einmal
Ein Berg, zwar kaum ein Berg zu nennen,
Von meinen Sphinxen mich jedoch zu trennen
Schon hoch genug – Hier zuckt noch manches Feuer
Das Thal hinab, und flammt ums Abenteuer …
Noch tanzt und schwebt mir lockend, weichend vor,
Spitzbübisch gaukelnd, der galante Chor.
Nur sachte drauf! Allzu gewohnt ans Naschen,
Wo es auch sey man sucht was zu erhaschen.

LAMIEN *Mephisto nach sich ziehend.*

Geschwind, geschwinder!
Und immer weiter!
Dann wieder zaudernd,
Geschwätzig plaudernd.
Es ist so heiter
Den alten Sünder
Uns nach zu ziehen,
Zu schwerer Buße.
Mit starrem Fuße

Kommt er geholpert
Einher gestolpert;
Er schleppt das Bein,
Wie wir ihn fliehen,
Uns hinterdrein.

MEPHISTOPHELES *stillstehend.*

Verflucht Geschick! Betrogne Mannsen!
Von Adam her verführte Hansen!
Alt wird man wohl, wer aber klug?
Warst du nicht schon vernarrt genug!
Man weiß das Volk taugt aus dem Grunde nichts,
Geschnürten Leibs, geschminkten Angesichts.
Nichts haben sie gesundes zu erwiedern,
Wo man sie anfaßt, morsch in allen Gliedern.
Man weiß, man sieht's, man kann es greifen,
Und dennoch tanzt man wenn die Luder pfeifen!

LAMIEN *innehaltend.*

Halt! er besinnt sich, zaudert, steht;
Entgegnet ihm daß er euch nicht entgeht!

MEPHISTOPHELES *fortschreitend.*

Nur zu! und laß dich ins Gewebe
Der Zweifeley nicht thörig ein;
Denn wenn es keine Hexen gäbe,
Wer Teufel möchte Teufel seyn!

LAMIEN *anmuthigst.*

Kreisen wir um diesen Helden;
Liebe wird in seinem Herzen
Sich gewiß für Eine melden.

MEPHISTOPHELES.

Zwar mit ungewissem Schimmer
Scheint ihr hübsche Frauenzimmer,
Und so möcht' ich euch nicht schelten.

EMPUSE *eindringend.*

Auch nicht mich! als eine solche
Laßt mich ein in eure Folge.

LAMIEN.

Die ist in unserm Kreis zu viel,
Verdirbt doch immer unser Spiel.

EMPUSE *zu Mephistopheles.*

Begrüßt von Mühmichen Empuse,
Der Trauten mit dem Eselsfuße;
Du hast nur einen Pferdefuß
Und doch, Herr Vetter, schönsten Gruß!

MEPHISTOPHELES.

Hier dacht' ich lauter Unbekannte,
Und finde leider Nahverwandte;
Es ist ein altes Buch zu blättern:
Vom Harz bis Hellas immer Vettern!

EMPUSE.

Entschieden weiß ich gleich zu handeln,
In vieles könnt' ich mich verwandeln;
Doch euch zu Ehren hab' ich jetzt
Das Eselsköpfchen aufgesetzt.

MEPHISTOPHELES.

Ich merk' es hat bey diesen Leuten
Verwandtschaft Großes zu bedeuten,
Doch mag sich was auch will eräugnen,
Den Eselskopf möcht' ich verläugnen.

LAMIEN.

Laß diese Garstige, sie verscheucht,
Was irgend schön und lieblich däucht;
Was irgend schön und lieblich wär,
Sie kommt heran, es ist nicht mehr!

MEPHISTOPHELES.

Auch diese Mühmchen, zart und schmächtig,
Sie sind mir allesamt verdächtig;
Und hinter solcher Wänglein Rosen
Fürcht' ich doch auch Metamorphosen.

LAMIEN.

Versuch' es doch! sind unsrer Viele.
Greif zu! Und hast du Glück im Spiele,
Erhasche dir das beste Loos.
Was soll das lüsterne Geleyer?
Du bist ein miserabler Freyer,
Stolzirst einher und thust so groß! –
Nun mischt er sich in unsre Schaaren;
Laßt nach und nach die Masken fahren,
Und gebt ihm euer Wesen blos.

MEPHISTOPHELES.

Die schönste hab' ich mir erlesen …
Sie umfassend.
O weh mir! welch ein dürrer Besen!
Eine andere ergreifend.
Und diese? … Schmähliches Gesicht!

LAMIEN.

Verdienst du's besser? dünk' es nicht.

MEPHISTOPHELES.

Die Kleine möcht' ich mir verpfänden …
Lacerte schlüpft mir aus den Händen!
Und schlangenhaft der glatte Zopf.
Dagegen faß' ich mir die Lange …
Da pack ich eine Thyrsusstange!
Den Pinienapfel als den Kopf.

Wo will's hinaus? … Noch eine Dicke,
An der ich mich vielleicht erquicke;
Zum letzten mal gewagt! Es sey!
Recht quammig, quappig, das bezahlen
Mit hohem Preis Orientalen …
Doch ach! der Bovist platzt entzwey!

LAMIEN.

Fahrt auseinander, schwankt und schwebet
Blitzartig, schwarzen Flugs umgebet
Den eingedrungenen Hexensohn!
Unsichre schauderhafte Kreise!
Schweigsamen Fittigs, Fledermäuse!
Zu wohlfeil kommt er doch davon.

MEPHISTOPHELES *sich schüttlend.*

Viel klüger, scheint es, bin ich nicht geworden;
Absurd ist's hier, absurd im Norden,
Gespenster hier wie dort vertrackt,
Volk und Poeten abgeschmackt.
Ist eben hier eine Mummenschanz
Wie überall ein Sinnentanz.
Ich griff nach holden Maskenzügen
Und faßte Wesen daß mich's schauerte …
Ich möchte gerne mich betrügen,
Wenn es nur länger dauerte.
Sich zwischen dem Gestein verirrend.
Wo bin ich denn? Wo will's hinaus?
Das war ein Pfad, nun ist's ein Graus.
Ich kam daher auf glatten Wegen,
Und jetzt steht mir Geröll entgegen.
Vergebens klettr' ich auf und nieder,
Wo find' ich meine Sphinxe wieder?

So toll hätt ich mirs nicht gedacht
Ein solch Gebirg in Einer Nacht.
Das heiß ich frischen Hexenritt
Die bringen ihren Blocksberg mit.

OREAS *vom Naturfels.*

Herauf hier! Mein Gebirg ist alt,
Steht in ursprünglicher Gestalt.
Verehre schroffe Felsensteige,
Des Pindus letztgedehnte Zweige.
Schon stand ich unerschüttert so,
Als über mich Pompejus floh.
Daneben, das Gebild des Wahns,
Verschwindet schon beym Krähn des Hahns.
Dergleichen Mährchen seh' ich oft entstehn
Und plötzlich wieder untergehn.

MEPHISTOPHELES.

Sey Ehre dir, ehrwürdiges Haupt!
Von hoher Eichenkraft umlaubt;
Der allerklarste Mondenschein
Dringt nicht zur Finsterniß herein. –
Doch neben am Gebüsche zieht
Ein Licht das gar bescheiden glüht.
Wie sich das alles fügen muß!
Fürwahr! es ist Homunkulus.
Woher des Wegs, du Kleingeselle?

HOMUNKULUS.

Ich schwebe so von Stell' zu Stelle
Und möchte gern im besten Sinn entstehn,
Voll Ungeduld mein Glas entzwey zu schlagen;
Allein was ich bisher gesehn,
Hinein da möcht' ich mich nicht wagen.
Nur, um dirs im Vertraun zu sagen:

Zwey Philosophen bin ich auf der Spur,
Ich horchte zu, es hieß: Natur! Natur!
Von diesen will ich mich nicht trennen,
Sie müssen doch das irdische Wesen kennen;
Und ich erfahre wohl am Ende
Wohin ich mich am allerklügsten wende.

MEPHISTOPHELES.

Das thu auf deine eigne Hand:
Denn, wo Gespenster Platz genommen,
Ist auch der Philosoph willkommen.
Damit man seiner Kunst und Gunst sich freue,
Erschafft er gleich ein Dutzend neue.
Wenn du nicht irrst, kommst du nicht zu Verstand!
Willst du entstehn, entsteh' auf eigne Hand!

HOMUNKULUS.

Ein guter Rath ist auch nicht zu verschmähn.

MEPHISTOPHELES.

So fahre hin! Wir wollen's weiter sehn.

Trennen sich.

ANAXAGORAS *zu Thales.*

Dein starrer Sinn will sich nicht beugen,
Bedarf es weit'res dich zu überzeugen?

THALES.

Die Welle beugt sich jedem Winde gern,
Doch hält sie sich vom schroffen Felsen fern.

ANAXAGORAS.

Durch Feuerdunst ist dieser Fels zu Handen.

THALES.

Im Feuchten ist Lebendiges erstanden.

HOMUNKULUS *zwischen beiden.*

Laßt mich an eurer Seite gehn,
Mir selbst gelüstet's zu entstehn!

ANAXAGORAS.
Hast du, o Thales, je, in Einer Nacht,
Solch einen Berg aus Schlamm hervorgebracht?

THALES.
Nie war Natur und ihr lebendiges Fließen
Auf Tag und Nacht und Stunden angewiesen;
Sie bildet regelnd jegliche Gestalt,
Und selbst im Großen ist es nicht Gewalt.

ANAXAGORAS.
Hier aber war's! Plutonisch grimmig Feuer,
Aeolischer Dünste Knallkraft ungeheuer,
Durchbrach des flachen Bodens alte Kruste
Dass neu ein Berg sogleich entstehen mußte.

THALES.
Was wird dadurch nun weiter fortgesetzt.
Er ist auch da, und das ist gut zuletzt.
Mit solchem Streit verliert man Zeit und Weile
Und führt doch nur geduldig Volk am Seile.

ANAXAGORAS.
Schnell quillt der Berg von Myrmidonen,
Die Felsenspalten zu bewohnen,
Pygmäen, Imsen, Däumerlinge,
Und andre thätig kleine Dinge.
Zum Homunkulus.
Nie hast du Großem nachgestrebt,
Einsiedlerisch-beschränkt gelebt;
Kannst du zur Herrschaft dich gewöhnen,
So laß ich dich als König krönen.

HOMUNKULUS.
Was sagt mein Thales? –

THALES. Will's nicht rathen;
Mit Kleinen thut man kleine Thaten,

Mit Großen wird der Kleine groß.
Sieh hin! die schwarze Kranich-Wolke!
Sie droht dem aufgeregten Volke
Und würde so dem König drohn.
Mit scharfen Schnäbeln, krallen Beinen,
Sie stechen nieder auf die Kleinen;
Verhängniß wetterleuchtet schon.
Ein Frevel tödtete die Reiher,
Umstellend ruhigen Friedensweiher.
Doch jener Mordgeschosse Regen,
Schafft grausam-blut'gen Rache-Segen,
Erregt der Nahverwandten Wuth,
Nach der Pygmäen frevlem Blut.
Was nützt nun Schild und Helm und Speer?
Was hilft der Reiherstrahl den Zwergen?
Wie sich Daktyl und Imse bergen,
Schon wankt, es flieht, es stürzt das Heer.

ANAXAGORAS *nach einer Pause feyerlich.*

Konnt' ich bisher die Unterirdischen loben,
So wend' ich mich in diesem Fall nach oben …
Du! droben ewig unveraltete,
Dreynamig-Dreygestaltete,
Dich ruf' ich an bey meines Volkes Weh,
Diana, Luna, Hekate!
Du Brust-erweiternde, im Tiefsten-sinnige,
Du ruhig-scheinende, gewaltsam-innige,
Eröffne deiner Schatten grausen Schlund,
Die alte Macht sey ohne Zauber kund! *Pause.*
Bin ich zu schnell erhört!
Hat mein Flehn
Nach jenen Höhn
Die Ordnung der Natur gestört?

Und größer, immer größer nahet schon
Der Göttin rundumschriebner Thron,
Dem Auge furchtbar, ungeheuer.
Ins Düstre röthet sich sein Feuer …
Nicht näher! drohend-mächtige Runde,
Du richtest uns und Land und Meer zu Grunde!

So wär' es wahr daß dich Thessalische Frauen,
In frevlend magischem Vertrauen,
Von deinem Pfad herabgesungen?
Verderblichstes dir abgerungen? …
Das lichte Schild hat sich umdunkelt,
Auf einmal reißt's und blitzt und funkelt,
Welch ein Geprassel! Welch ein Zischen!
Ein Donnern, Windgethüm dazwischen! –
Demüthig zu des Thrones Stufen! –
Verzeiht! Ich hab' es hergerufen.
Wirft sich aufs Angesicht.

THALES.

Was dieser Mann nicht alles hört' und sah!
Ich weiß nicht recht wie uns geschah;
Auch hab ich's nicht mit ihm empfunden.
Gestehen wir, es sind verrückte Stunden,
Und Luna wiegt sich ganz bequem
An ihrem Platz so wie vordem.

HOMUNKULUS.

Schaut hin nach der Pygmäen Sitz,
Der Berg war rund, jetzt ist er spitz.
Ich spürt' ein ungeheures Prallen,
Der Fels war aus dem Mond gefallen,
Gleich hat er, ohne nachzufragen,
So Freund als Feind gequetscht, erschlagen.

Doch muß ich solche Künste loben,
Die schöpferisch, in einer Nacht,
Zugleich von unten und von oben,
Dies Berggebäu zu Stand gebracht.

THALES.

Sey ruhig! Es war nur gedacht.
Sie fahre hin die garstige Brut!
Daß du nicht König warst ist gut.
Nun fort zum heitern Meeresfeste,
Dort hofft und ehrt man Wundergäste.
Entfernen sich.

MEPHISTOPHELES *an der Gegenseite kletternd.*

Da muß ich mich durch steile Felsentreppen,
Durch alter Eichen starre Wurzeln schleppen!
Auf meinem Harz der harzige Dunst
Hat was vom Pech und das hat meine Gunst;
Zu nächst der Schwefel … Hier, bey diesen Griechen
Ist von dergleichen kaum die Spur zu riechen;
Neugierig aber wär' ich, nachzuspüren
Womit sie Höllenqual und Flamme schüren.

DRYAS.

In deinem Lande sey einheimisch klug,
Im fremden bist du nicht gewandt genug.
Du solltest nicht den Sinn zur Heimath kehren,
Der heiligen Eichen Würde hier verehren.

MEPHISTOPHELES.

Man denkt an das was man verließ,
Was man gewohnt war bleibt ein Paradies.
Doch sagt: was in der Höhle dort,
Bei schwachem Licht, sich dreyfach hingekauert?

DRYAS.

Die Phorkyaden! Wage dich zum Ort,
Und sprich sie an, wenn dich nicht schauert.

MEPHISTOPHELES.

Warum denn nicht! – Ich sehe was, und staune.
So stolz ich bin, muss ich mir selbst gestehn:
Dergleichen hab' ich nie gesehn,
Die sind ja schlimmer als Alraune …
Wird man die urverworfnen Sünden
Im mindesten noch häßlich finden,
Wenn man dies Dreygethüm erblickt?
Wir litten sie nicht auf den Schwellen
Der grauenvollsten unsrer Höllen.
Hier wurzelt's in der Schönheit Land,
Das wird mit Ruhm antik genannt …
Sie regen sich, sie scheinen mich zu spüren,
Sie zwitschern pfeifend, Fledermaus-Vampyren.

PHORKYAS.

Gebt mir das Auge, Schwestern, daß es frage,
Wer sich so nah an unsre Tempel wage.

MEPHISTOPHELES.

Verehrteste! Erlaubt mir euch zu nahen
Und euren Seegen dreyfach zu empfahen.
Ich trete vor, zwar noch als Unbekannter
Doch, irr' ich nicht, weitläufiger Verwandter.
Altwürdige Götter hab' ich schon erblickt,
Vor Ops und Rhea tiefstens mich gebückt,
Die Parzen selbst, des Chaos, eure Schwestern,
Ich sah sie gestern – oder ehegestern;
Doch eures Gleichen hab' ich nie erblickt,
Ich schweige nun und fühle mich entzückt.

PHORKYADEN.

Er scheint Verstand zu haben dieser Geist.

MEPHISTOPHELES.

Nur wundert's mich daß euch kein Dichter preist.
Und sagt! wie kam's, wie konnte das geschehn?
Im Bilde hab' ich nie euch Würdigste gesehn;
Versuch's der Meißel doch euch zu erreichen,
Nicht Juno, Pallas, Venus und dergleichen.

PHORKYADEN.

Versenkt in Einsamkeit und stillste Nacht
Hat unser Drey noch nie daran gedacht!

MEPHISTOPHELES.

Wie sollt' es auch? da ihr der Welt entrückt,
Hier niemand seht und niemand euch erblickt.
Da müßtet ihr an solchen Orten wohnen
Wo Pracht und Kunst auf gleichem Sitze thronen,
Wo jeden Tag, behend, im Doppelschritt,
Ein Marmorblock als Held ins Leben tritt.
Wo –

PHORKYADEN.

Schweige still und gieb uns kein Gelüsten!
Was hülf' es uns und wenn wir's besser wüßten?
In Nacht geboren, Nächtlichem verwandt,
Beynah uns selbst, ganz allen unbekannt.

MEPHISTOPHELES.

In solchem Fall hat es nicht viel zu sagen,
Man kann sich selbst auch andern übertragen.
Euch Dreyen g'nügt Ein Auge, g'nügt Ein Zahn,
Da ging' es wohl auch mythologisch an
In zwey die Wesenheit der drey zu fassen,
Der dritten Bildniß mir zu überlassen,
Auf kurze Zeit.

EINE. Wie dünkt's euch ging' es an?

DIE ANDERN.
Versuchen wir's! – doch ohne Aug' und Zahn.

MEPHISTOPHELES.
Nun habt ihr grad das Beste weggenommen;
Wie würde da das strengste Bild vollkommen!

EINE.
Drück du ein Auge zu, 's ist leicht geschehn,
Laß alsofort den Einen Raffzahn sehn,
Und, im Profil, wirst du sogleich erreichen
Geschwisterlich vollkommen uns zu gleichen.

MEPHISTOPHELES.
Viel Ehr'! Es sey!

PHORKYADEN. Es sey!

MEPHISTOPHELES *als Phorkyas im Profil.*
Da steh' ich schon,
Des Chaos vielgeliebter Sohn!

PHORKYADEN.
Des Chaos Töchter sind wir unbestritten.

MEPHISTOPHELES.
Man schilt mich nun, o Schmach! Hermaphroditen.

PHORKYADEN.
Im neuen Drey der Schwestern welche Schöne!
Wir haben zwey der Augen, zwey der Zähne.

MEPHISTOPHELES.
Vor aller Augen muß ich mich verstecken,
Im Höllenpfuhl die Teufel zu erschrecken. *Ab.*

Felsbuchten des Aegäischen Meers

Mond im Zenith verharrend

SIRENEN *auf den Klippen umher gelagert, flötend und singend.*

Haben sonst bey nächtigem Grauen
Dich thessalische Zauberfrauen
Frevelhaft herabgezogen,
Blicke ruhig von dem Bogen
Deiner Nacht auf Zitterwogen
Mildeblitzend Glanzgewimmel,
Und erleuchte das Getümmel
Das sich aus den Wogen hebt.
Dir zu jedem Dienst erbötig,
Schöne Luna, sey uns gnädig!

NEREIDEN und TRITONEN *als Meerwunder.*

Tönet laut in schärfern Tönen,
Die das breite Meer durchdröhnen,
Volk der Tiefe ruft fortan!
Vor des Sturmes grausen Schlünden
Wichen wir zu stillsten Gründen,
Holder Sang zieht uns heran.

Seht! Wie wir im Hochentzücken
Uns mit goldenen Ketten schmücken,
Auch zu Kron' und Edelsteinen
Spang- und Gürtelschmuck vereinen.
Alles das ist eure Frucht.
Schätze, scheiternd hier verschlungen,
Habt ihr uns herangesungen,
Ihr Dämonen unsrer Bucht.

SIRENEN.

Wissen's wohl, in Meeresfrische
Glatt behagen sich die Fische,

Schwanken Lebens ohne Leid;
Doch! Ihr festlich regen Schaaren,
Heute möchten wir erfahren
Daß ihr mehr als Fische seyd.

NEREIDEN und TRITONEN.

Ehe wir hieher gekommen
Haben wir's zu Sinn genommen,
Schwestern, Brüder, jetzt geschwind!
Heut bedarf's der kleinsten Reise,
Zum vollgültigsten Beweise:
Dass wir mehr als Fische sind.
Entfernen sich.

SIRENEN.

Fort sind sie im Nu!
Nach Samothrace grade zu,
Verschwunden mit günstigem Wind.
Was denken sie zu vollführen
Im Reiche der hohen Kabiren?
Sind Götter! Wundersam eigen,
Die sich immerfort selbst erzeugen,
Und niemals wissen was sie sind.

Bleibe auf deinen Höhn,
Holde Luna, gnädig stehn;
Daß es nächtig verbleibe,
Uns der Tag nicht vertreibe.

THALES *am Ufer zu Homunkulus.*

Ich führte dich zum alten Nereus gern;
Zwar sind wir nicht von seiner Höhle fern,
Doch hat er einen harten Kopf,
Der widerwärtige Sauertopf.

Das ganze menschliche Geschlecht
Macht's ihm, dem Griesgram, nimmer recht.
Doch ist die Zukunft ihm entdeckt,
Dafür hat jedermann Respect,
Und ehret ihn auf seinem Posten;
Auch hat er manchem wohlgethan.

HOMUNKULUS.

Probiren wir's und klopfen an!
Nicht gleich wird's Glas und Flamme kosten.

NEREUS.

Sind's Menschenstimmen die mein Ohr vernimmt?
Wie es mir gleich im tiefsten Herzen grimmt!
Gebilde, strebsam Götter zu erreichen,
Und doch verdammt sich immer selbst zu gleichen.
Seit alten Jahren konnt' ich göttlich ruhn,
Doch trieb mich's an den Besten wohlzuthun;
Und schaut' ich dann zuletzt vollbrachte Thaten,
So war es ganz als hätt' ich nicht gerathen.

THALES.

Und doch, o Greis des Meers, vertraut man dir,
Du bist der Weise, treib' uns nicht von hier!
Schau diese Flamme, menschenähnlich zwar,
Sie deinem Rath ergiebt sich ganz und gar.

NEREUS.

Was Rath! Hat Rath bey Menschen je gegolten?
Ein kluges Wort erstarrt im harten Ohr.
So oft auch That sich grimmig selbst gescholten,
Bleibt doch das Volk selbstwillig wie zuvor.
Wie hab' ich Paris väterlich gewarnt,
Eh' sein Gelüst ein fremdes Weib umgarnt.
Am griechischen Ufer stand er kühnlich da,
Ihm kündet' ich was ich im Geiste sah:

Die Lüfte qualmend, überströmend Roth,
Gebälke glühend, unten Mord und Tod:
Troja's Gerichtstag, rhythmisch festgebannt,
Jahrtausenden so schrecklich als gekannt.
Des Alten Wort dem Frechen schien's ein Spiel,
Er folgte seiner Lust und Ilion fiel –
Ein Riesenleichnam, starr nach langer Quaal,
Des Pindus Adlern gar willkommnes Mahl.
Ulyssen auch! sagt' ich ihm nicht voraus
Der Circe Listen, des Cyclopen Graus?
Das Zaudern sein, der Seinen leichten Sinn,
Und was nicht alles! bracht ihm das Gewinn?
Bis vielgeschaukelt ihn, doch spät genug,
Der Woge Gunst an gastlich Ufer trug.

THALES.

Dem weisen Mann giebt solch Betragen Quaal,
Der gute doch versucht es noch einmal.
Ein Quentchen Danks wird, hoch ihn zu vergnügen,
Die Centner Undanks völlig überwiegen.
Denn nichts Geringes haben wir zu flehn:
Der Knabe da wünscht weislich zu entstehn.

NEREUS.

Verderbt mir nicht den seltensten Humor!
Ganz andres steht mir heute noch bevor.
Die Töchter hab' ich alle herbeschieden,
Die Grazien des Meeres, die Doriden.
Nicht der Olymp, nicht euer Boden trägt
Ein schön Gebild das sich so zierlich regt.
Sie werfen sich, anmuthigster Gebärde,
Vom Wasserdrachen auf Neptunus' Pferde,
Dem Element aufs zarteste vereint,
Daß selbst der Schaum sie noch zu heben scheint.

Im Farbenspiel von Venus' Muschelwagen
Kommt Galatee, die schönste nun, getragen,
Die, seit sich Kypris von uns abgekehrt,
In Paphos wird als Göttin selbst verehrt.
Und so besitzt die Holde, lange schon,
Als Erbin, Tempelstadt und Wagenthron.

Hinweg! Es ziemt, in Vaterfreudenstunde,
Nicht Haß dem Herzen, Scheltwort nicht dem Munde.
Hinweg zu Proteus! Fragt den Wundermann:
Wie man entstehn und sich verwandlen kann.
Entfernt sich gegen das Meer.

THALES.
Wir haben nichts durch diesen Schritt gewonnen,
Trifft man auch Proteus, gleich ist er zerronnen;
Und steht er euch, so sagt er nur zuletzt
Was Staunen macht und in Verwirrung setzt.
Du bist einmal bedürftig solchen Raths,
Versuchen wirs und wandlen unsres Pfads!
Entfernen sich.

SIRENEN *oben auf den Felsen.*
Was sehen wir von Weiten
Das Wellenreich durchgleiten?
Als wie nach Windes Regel
Anzögen weiße Segel,
So hell sind sie zu schauen,
Verklärte Meeresfrauen …
Laßt uns herunterklimmen,
Vernehmt ihr doch die Stimmen.

NEREIDEN und TRITONEN.
Was wir auf Händen tragen
Soll allen euch behagen.

Chelonen's Riesen-Schilde
Entglänzt ein streng Gebilde,
Sind Götter die wir bringen;
Müßt hohe Lieder singen.

SIRENEN.

Klein von Gestalt
Groß von Gewalt,
Der Scheiternden Retter,
Uralt verehrte Götter.

NEREIDEN und TRITONEN.

Wir bringen die Kabiren,
Ein friedlich Fest zu führen;
Denn wo sie heilig walten,
Neptun wird freundlich schalten.

SIRENEN.

Wir stehen euch nach,
Wenn ein Schiff zerbrach,
Unwiderstehbar an Kraft
Schützt ihr die Mannschaft.

NEREIDEN und TRITONEN.

Drey haben wir mitgenommen,
Der Vierte wollte nicht kommen,
Er sagte, er sey der Rechte
Der für sie alle dächte.

SIRENEN.

Ein Gott den andern Gott
Macht wohl zu Spott.
Ehrt ihr alle Gnaden,
Fürchtet jeden Schaden.

NEREIDEN und TRITONEN.

Sind eigentlich ihrer Sieben.

SIRENEN.

Wo sind die drey geblieben?

NEREIDEN und TRITONEN.
Wir wüßtens nicht zu sagen,
Sind im Olymp zu erfragen;
Dort wes't auch wohl der Achte,
An den noch niemand dachte.
In Gnaden uns gewärtig,
Doch alle noch nicht fertig.

Diese Unvergleichlichen
Wollen immer weiter,
Sehnsuchtsvolle Hungerleider
Nach dem Unerreichlichen.

SIRENEN.
Wir sind gewohnt,
Wo es auch thront,
In Sonn' und Mond
Hinzubeten, es lohnt.

NEREIDEN und TRITONEN.
Wie unser Ruhm zum höchsten prangt
Dieses Fest anzuführen!

SIRENEN.
Die Helden des Alterthums
Ermangeln des Ruhms,
Wo und wie er auch prangt;
Wenn sie das goldne Vließ erlangt,
Ihr die Kabiren.
Wiederholt als Allgesang.
Wenn sie das goldene Vließ erlangt,
Wir! } die Kabiren.
Ihr! }

NEREIDEN *und* TRITONEN *ziehen vorüber.*

HOMUNKULUS.

Die Ungestalten seh ich an
Als irden-schlechte Töpfe,
Nun stoßen sich die Weisen dran
Und brechen harte Köpfe.

THALES.

Das ist es ja was man begehrt,
Der Rost macht erst die Münze werth.

PROTEUS *unbemerkt.*

So etwas freut mich alten Fabler!
Je wunderlicher desto respectabler.

THALES.

Wo bist du Proteus?

PROTEUS *bauchrednerisch, bald nah, bald fern.*

Hier! und hier!

THALES.

Den alten Scherz verzeih' ich dir;
Doch, einem Freund nicht eitle Worte!
Ich weiß du sprichst vom falschen Orte.

PROTEUS *als aus der Ferne.*

Leb wohl!

THALES *leise zu Homunkulus.*

Er ist ganz nah. Nun leuchte frisch,
Er ist neugierig wie ein Fisch;
Und wo er auch gestaltet stockt,
Durch Flammen wird er hergelockt.

HOMUNKULUS.

Ergieß' ich gleich des Lichtes Menge,
Bescheiden doch, daß ich das Glas nicht sprenge.

PROTEUS *in Gestalt einer Riesen-Schildkröte.*
Was leuchtet so anmuthig schön?

THALES *den Homunkulus verhüllend.*
Gut! Wenn du Lust hast kannst dus näher sehn.
Die kleine Mühe laß dich nicht verdrießen,
Und zeige dich auf menschlich beiden Füßen.
Mit unsern Gunsten seys, mit unserm Willen,
Wer schauen will was wir verhüllen.

PROTEUS *edel gestaltet.*
Weltweise Kniffe sind dir noch bewußt.

THALES.
Gestalt zu wechseln bleibt noch deine Lust.
Hat den Homunkulus enthüllt.

PROTEUS *erstaunt.*
Ein leuchtend Zwerglein! Niemals noch gesehn!

THALES.
Es fragt um Rath, und möchte gern entstehn.
Er ist, wie ich von ihm vernommen,
Gar wundersam nur halb zur Welt gekommen.
Ihm fehlt es nicht an geistigen Eigenschaften,
Doch gar zu sehr am greiflich Tüchtighaften.
Bis jetzt giebt ihm das Glas allein Gewicht,
Doch wär' er gern zunächst verkörperlicht.

PROTEUS.
Du bist ein wahrer Jungfern-Sohn,
Eh du seyn solltest bist du schon!

THALES *leise.*
Auch scheint es mir von andrer Seite kritisch,
Er ist, mich dünkt, hermaphroditisch.

PROTEUS.
Da muß es desto eher glücken,
So wie er anlangt wird sichs schicken.

Doch gilt es hier nicht viel Besinnen,
Im weiten Meere mußt du anbeginnen!
Da fängt man erst im Kleinen an
Und freut sich Kleinste zu verschlingen,
Man wächst so nach und nach heran,
Und bildet sich zu höherem Vollbringen.

HOMUNKULUS.

Hier weht gar eine weiche Luft,
Es grunelt so und mir behagt der Duft!

PROTEUS.

Das glaub ich, allerliebster Junge!
Und weiter hin wirds viel behäglicher,
Auf dieser schmalen Strandeszunge
Der Dunstkreis noch unsäglicher;
Da vorne sehen wir den Zug,
Der eben herschwebt, nah genug.
Kommt mit dahin!

THALES. Ich gehe mit.

HOMUNKULUS.

Dreyfach merkwürdiger Geisterschritt!

TELCHINEN von RHODUS
auf Hippokampen und Meerdrachen,
Neptunens Dreyzack handhabend.

CHOR.

Wir haben den Dreyzack Neptunen geschmiedet
Womit er die regesten Wellen begütet.
Entfaltet der Donnrer die Wolken die vollen,
Entgegnet Neptunus dem gräulichen Rollen;
Und wie auch von oben es zackig erblitzt,
Wird Woge nach Woge von unten gespritzt;

Und was auch dazwischen in Ängsten gerungen
Wird, lange geschleudert, vom Tiefsten verschlungen,
Weshalb er uns heute den Scepter gereicht,
Nun schweben wir festlich, beruhigt und leicht.

SIRENEN.

Euch dem Helios Geweihten,
Heiteren Tags Gebenedeyten,
Gruß zur Stunde, die bewegt
Lunas Hochverehrung regt!

TELCHINEN.

Alllieblichste Göttin am Bogen da droben
Du hörst mit Entzücken den Bruder beloben.
Der seligen Rhodus verleihst du ein Ohr,
Dort steigt ihm ein ewiger Päan hervor.
Beginnt er den Tagslauf und ist es gethan,
Er blickt uns mit feurigem Strahlenblick an.
Die Berge, die Städte, die Ufer, die Welle,
Gefallen dem Gotte, sind lieblich und helle.
Kein Nebel umschwebt uns, und schleicht er sich ein,
Ein Strahl und ein Lüftchen und die Insel ist rein!
Da schaut sich der Hohe in hundert Gebilden,
Als Jüngling, als Riesen, den großen, den milden.
Wir ersten wir waren's, die Göttergewalt
Aufstellten in würdiger Menschengestalt.

PROTEUS.

Laß du sie singen, laß sie prahlen!
Der Sonne heiligen Lebestrahlen
Sind todte Werke nur ein Spaß.
Das bildet, schmelzend, unverdrossen;
Und haben sie's in Erz gegossen
Dann denken sie es wäre was.

Was ist's zu letzt mit diesen Stolzen?
Die Götterbilder standen groß, –
Zerstörte sie ein Erdestoß;
Längst sind sie wieder eingeschmolzen.

Das Erdetreiben, wie's auch sey,
Ist immer doch nur Plackerey;
Dem Leben frommt die Welle besser;
Dich trägt ins ewige Gewässer
Proteus-Delphin. *Er verwandelt sich.*
Schon ists gethan!
Da soll es dir zum schönsten glücken,
Ich nehme dich auf meinen Rücken
Vermähle dich dem Ocean.

THALES.

Gieb nach dem löblichen Verlangen,
Von vorn die Schöpfung anzufangen,
Zu raschem Wirken sey bereit!
Da regst du dich nach ewigen Normen,
Durch tausend abertausend Formen,
Und bis zum Menschen hast du Zeit.

HOMUNKULUS *besteigt den Proteus-Delphin.*

PROTEUS.

Komm geistig mit in feuchte Weite,
Da lebst du gleich in Läng' und Breite,
Beliebig regest du dich hier;
Nur strebe nicht nach höheren Orden,
Denn bist du erst ein Mensch geworden,
Dann ist es völlig aus mit dir.

THALES.

Nachdem es kommt; 's ist auch wohl fein
Ein wackrer Mann zu seiner Zeit zu seyn.

PROTEUS *zu Thales.*

So einer wohl von deinem Schlag!
Das hält noch eine Weile nach;
Denn unter bleichen Geisterschaaren
Seh ich dich schon seit vielen hundert Jahren.

SIRENEN *auf den Felsen.*

Welch ein Ring von Wölkchen ründet
Um den Mond so reichen Kreis?
Tauben sind es, liebentzündet,
Fittige wie Licht so weiß.
Paphos hat sie hergesendet,
Ihre brünstige Vogelschaar;
Unser Fest, es ist vollendet,
Heitre Wonne voll und klar!

NEREUS *zu Thales tretend.*

Nennte wohl ein nächtiger Wanderer
Diesen Mondhof Lufterscheinung;
Doch wir Geister sind ganz anderer
Und der einzig richtigen Meynung.
Tauben sind es, die begleiten
Meiner Tochter Muschelfahrt,
Wunderflugs besondrer Art,
Angelernt vor alten Zeiten.

THALES.

Auch ich halte das fürs Beste
Was dem wackern Mann gefällt,
Wenn im stillen warmen Neste
Sich ein Heiliges lebend hält.

PSYLLEN und MARSEN *auf Meerstieren, Meerkälbern und Widdern.*

In Cyperns rauhen Höhle-Grüften,
Vom Meergott nicht verschüttet,

Vom Seismos nicht zerrüttet,
Umweht von ewigen Lüften,
Und, wie in den ältesten Tagen,
In still-bewußtem Behagen,
Bewahren wir Cypriens Wagen,
Und führen, beym Säuseln der Nächte,
Durch liebliches Wellengeflechte,
Unsichtbar dem neuen Geschlechte,
Die lieblichste Tochter heran.
Wir leise Geschäftigen scheuen
Weder Adler noch geflügelten Leuen,
Weder Kreuz noch Mond,
Wie es oben wohnt und thront,
Sich wechselnd wägt und regt,
Sich vertreibt und todtschlägt,
Saaten und Städte niederlegt.
Wir, so fortan,
Bringen die lieblichste Herrin heran.

SIRENEN.

Leicht bewegt, in mäßiger Eile,
Um den Wagen, Kreis um Kreis,
Bald verschlungen Zeil' an Zeile
Schlangenartig reihenweis,
Naht euch rüstige Nereiden,
Derbe Frau'n, gefällig wild,
Bringet, zärtliche Doriden,
Galatee der Mutter Bild:
Ernst, den Göttern gleich zu schauen,
Würdiger Unsterblichkeit,
Doch wie holde Menschenfrauen
Lockender Anmuthigkeit.

DORIDEN *im Chor am Nereus vorbeyziehend sämmtlich auf Delphinen.*

Leih uns Luna Licht und Schatten,
Klarheit diesem Jugendflor;
Denn wir zeigen liebe Gatten
Unserm Vater bittend vor.
Zu Nereus. Knaben sinds die wir gerettet,
Aus der Brandung grimmem Zahn,
Sie, auf Schilf und Moos gebettet,
Aufgewärmt zum Licht heran,
Die es nun mit heißen Küssen
Treulich uns verdanken müssen;
Schau die Holden günstig an!

NEREUS.

Hoch ist der Doppelgewinn zu schätzen:
Barmherzig seyn, und sich zugleich ergötzen.

DORIDEN.

Lobst du Vater unser Walten,
Gönnst uns wohl erworbene Lust,
Laß uns fest, unsterblich halten
Sie an ewiger Jugendbrust.

NEREUS.

Mög't euch des schönen Fanges freuen,
Den Jüngling bildet euch als Mann;
Allein ich könnte nicht verleihen
Was Zeus allein gewähren kann.
Die Welle, die euch wogt und schaukelt,
Läßt auch der Liebe nicht Bestand,
Und hat die Neigung ausgegaukelt
So setzt gemächlich sie ans Land.

DORIDEN.

Ihr holde Knaben seyd uns werth,
Doch müssen wir traurig scheiden;

Wir haben ewige Treue begehrt,
Die Götter wollens nicht leiden.

DIE JÜNGLINGE.

Wenn ihr uns nur so ferner labt,
Uns wackre Schiffer-Knaben;
Wir haben's nie so gut gehabt
Und wollen's nicht besser haben.

GALATEE *auf dem Muschelwagen nähert sich.*

NEREUS.

Du bist es mein Liebchen!

GALATEE. O Vater! das Glück!

Delphine verweilet! mich fesselt der Blick.

NEREUS.

Vorüber schon, sie ziehen vorüber
In kreisenden Schwunges Bewegung;
Was kümmert sie die innre herzliche Regung!
Ach! nähmen sie mich mit hinüber!
Doch ein einziger Blick ergötzt
Daß er das ganze Jahr ersetzt.

THALES.

Heil! Heil! aufs neue!
Wie ich mich blühend freue,
Vom Schönen, Wahren durchdrungen ...
Alles ist aus dem Wasser entsprungen!!
Alles wird durch das Wasser erhalten!
Ocean gönn' uns dein ewiges Walten.
Wenn du nicht Wolken sendetest,
Nicht reiche Bäche spendetest,
Hin und her nicht Flüsse wendetest,
Die Ströme nicht vollendetest;

Was wären Gebirge, was Ebnen und Welt?
Du bist's der das frischeste Leben erhält.

ECHO *Chorus der sämmtlichen Kreise.*

Du bists dem das frischeste Leben entquellt.

NEREUS.

Sie kehren schwankend fern zurück,
Bringen nicht mehr Blick zu Blick;
In gedehnten Kettenkreisen
Sich festgemäß zu erweisen,
Windet sich die unzählige Schaar.
Aber Galateas Muschelthron
Seh' ich schon und aber schon.
Er glänzt wie ein Stern
Durch die Menge;
Geliebtes leuchtet durchs Gedränge,
Auch noch so fern
Schimmert's hell und klar,
Immer nah und wahr.

HOMUNKULUS.

In dieser holden Feuchte
Was ich auch hier beleuchte,
Ist alles reizend schön.

PROTEUS.

In dieser Lebensfeuchte
Erglänzt erst deine Leuchte
Mit herrlichem Getön.

NEREUS.

Welch neues Geheimniß in Mitte der Schaaren
Will unseren Augen sich offengebahren?
Was flammt um die Muschel um Galatees Füße?
Bald lodert es mächtig, bald lieblich bald süße,
Als wär' es von Pulsen der Liebe gerührt?

THALES.

Homunkulus ist es, von Proteus verführt …
Es sind die Symptome des herrischen Sehnens,
Mir ahnet das Ächzen beängsteten Dröhnens;
Er wird sich zerschellen am glänzenden Thron;
Jetzt flammt es, nun blitzt es, ergießet sich schon.

SIRENEN.

Welch feuriges Wunder verklärt uns die Wellen,
Die gegeneinander sich funkelnd zerschellen?
So leuchtet's und schwanket und hellet hinan:
Die Körper sie glühen auf nächtlicher Bahn,
Und rings ist alles vom Feuer umronnen;
So herrsche denn Eros der alles begonnen!
Heil dem Meere! Heil den Wogen!
Von dem heiligen Feuer umzogen;
Heil dem Wasser! Heil dem Feuer!
Heil dem seltnen Abenteuer!

ALL ALLE!

Heil den mildgewogenen Lüften!
Heil geheimnißreichen Grüften!
Hochgefeyert seyd alhier
Element' ihr alle vier!

DRITTER ACT.

Helena
klassisch-romantische
Phantasmagorie.

Zwischenspiel zu Faust.

Vor dem Pallaste des Menelas zu Sparta.

HELENA *tritt auf und* CHOR *gefangener Trojanerinnen.*
PANTHALIS *Chorführerin.*

HELENA.
Bewundert viel und viel gescholten Helena
Vom Strande komm' ich wo wir erst gelandet sind,
Noch immer trunken von des Gewoges regsamem
Geschaukel, das vom phrygischen Blachgefild uns her
Auf sträubig-hohem Rücken, durch Poseidons Gunst
Und Euros' Kraft in vaterländische Buchten trug.
Dort unten freuet nun der König Menelas
Der Rückkehr sammt den tapfersten seiner Krieger sich.
Du aber heiße mich willkommen, hohes Haus,
Das Tyndareos, mein Vater, nah dem Hange sich
Von Pallas' Hügel wiederkehrend aufgebaut,
Und als ich hier mit Klytämnestren schwesterlich,
Mit Castor auch und Pollux fröhlich spielend wuchs,
Vor allen Häusern Spartas, herrlich ausgeschmückt.
Gegrüßet seyd mir der eh'rnen Pforte Flügel ihr,
Durch euer gastlich ladendes Weiteröffnen einst

Geschah's daß mir, erwählt aus vielen, Menelas
In Bräutigams-Gestalt entgegen leuchtete.
Eröffnet mir sie wieder, daß ich ein Eilgebot
Des Königs treu erfülle, wie der Gattin ziemt.
Laßt mich hinein! und alles bleibe hinter mir,
Was mich umstürmte bis hieher, verhängnißvoll.
Denn seit ich diese Stelle sorgenlos verließ,
Cytherens Tempel besuchend, heiliger Pflicht gemäß,
Mich aber dort ein Räuber griff, der phrygische,
Ist viel geschehen, was die Menschen weit und breit
So gern erzählen, aber der nicht gerne hört
Von dem die Sage wachsend sich zum Mährchen spann.

CHOR.

Verschmähe nicht, o herrliche Frau,
Des höchsten Gutes Ehrenbesitz!
Denn das größte Glück ist dir einzig beschert,
Der Schönheit Ruhm der vor allen sich hebt.
Dem Helden tönt sein Name voran,
Drum schreitet er stolz,
Doch beugt sogleich hartnäckigster Mann
Vor der allbezwingenden Schöne den Sinn.

HELENA.

Genug! mit meinem Gatten bin ich hergeschifft
Und nun von ihm zu seiner Stadt vorausgesandt;
Doch welchen Sinn er hegen mag errath' ich nicht.
Komm' ich als Gattin? komm' ich eine Königin?
Komm' ich ein Opfer für des Fürsten bittern Schmerz
Und für der Griechen lang'erduldetes Mißgeschick?
Erobert bin ich, ob gefangen weiß ich nicht!
Denn Ruf und Schicksal bestimmten fürwahr die Unsterblichen
Zweydeutig mir, der Schöngestalt bedenkliche
Begleiter, die an dieser Schwelle mir sogar

Mit düster drohender Gegenwart zur Seite stehn.
Denn schon im hohlen Schiffe blickte mich der Gemahl
Nur selten an, auch sprach er kein erquicklich Wort.
Als wenn er Unheil sänne saß er gegen mir.
Nun aber, als des Eurotas tiefem Buchtgestad
Hinangefahren der vordern Schiffe Schnäbel kaum
Das Land begrüßten, sprach er, wie vom Gott bewegt:
Hier steigen meine Krieger, nach der Ordnung, aus,
Ich mustre sie am Strand des Meeres hingereiht,
Du aber ziehe weiter, ziehe des heiligen
Eurotas fruchtbegabtem Ufer immer auf,
Die Rosse lenkend auf der feuchten Wiese Schmuck,
Bis daß zur schönen Ebene du gelangen magst,
Wo Lakedämon einst ein fruchtbar weites Feld,
Von ernsten Bergen nah umgeben, angebaut.
Betrete dann das hochgethürmte Fürstenhaus
Und mustere mir die Mägde, die ich dort zurück
Gelassen, sammt der klugen alten Schaffnerin.
Die zeige dir der Schätze reiche Sammlung vor,
Wie sie dein Vater hinterließ und die ich selbst
In Krieg und Frieden, stets vermehrend, aufgehäuft.
Du findest alles nach der Ordnung stehen: denn
Das ist des Fürsten Vorrecht daß er alles treu
In seinem Hause, wiederkehrend, finde, noch
An seinem Platze jedes wie er's dort verließ.
Denn nichts zu ändern hat für sich der Knecht Gewalt.

CHOR.

Erquicke nun am herrlichen Schatz,
Dem stets vermehrten, Augen und Brust;
Denn der Kette Zier, der Krone Geschmuck
Da ruhn sie stolz und sie dünken sich was;
Doch tritt nur ein und fordre sie auf,
Sie rüsten sich schnell.

Mich freuet zu sehn Schönheit in dem Kampf
Gegen Gold und Perlen und Edelgestein.

HELENA.

Sodann erfolgte des Herren ferneres Herrscherwort:
Wenn du nun alles nach der Ordnung durchgesehn,
Dann nimm so manchen Dreyfuß als du nöthig glaubst
Und mancherlei Gefäße die der Opfrer sich
Zur Hand verlangt, vollziehend heiligen Festgebrauch.
Die Kessel, auch die Schalen, wie das flache Rund,
Das reinste Wasser aus der heiligen Quelle sey
In hohen Krügen, ferner auch das trockne Holz,
Der Flammen schnell empfänglich, halte da bereit,
Ein wohlgeschliffnes Messer fehle nicht zuletzt;
Doch alles andre geb' ich deiner Sorge hin.
So sprach er, mich zum Scheiden drängend; aber nichts
Lebendigen Athems zeichnet mir der Ordnende
Das er, die Olympier zu verehren, schlachten will.
Bedenklich ist es, doch ich sorge weiter nicht
Und alles bleibe hohen Göttern heimgestellt,
Die das vollenden, was in ihrem Sinn sie däucht,
Es möge gut von Menschen, oder möge bös
Geachtet seyn, die Sterblichen wir ertragen das.
Schon manchmal hob das schwere Beil der Opfernde
Zu des erdgebeugten Thieres Nacken weihend auf,
Und konnt' es nicht vollbringen, denn ihn hinderte
Des nahen Feindes oder Gottes Zwischenkunft.

CHOR.

Was geschehen werde sinnst du nicht aus,
Königin schreite dahin
Guten Muths.
Gutes und Böses kommt
Unerwartet dem Menschen;

Auch verkündet glauben wir's nicht.
Brannte doch Troja, sahen wir doch
Tod vor Augen, schmählichen Tod;
Und sind wir nicht hier
Dir gesellt, dienstbar freudig,
Schauen des Himmels blendende Sonne
Und das schönste der Erde
Huldvoll, dich, uns Glücklichen.

HELENA.

Sey's wie es sey! Was auch bevorsteht, mir geziemt
Hinaufzusteigen ungesäumt in das Königshaus,
Das lang entbehrt, und viel ersehnt, und fast verscherzt,
Mir abermals vor Augen steht, ich weiß nicht wie.
Die Füße tragen mich so muthig nicht empor
Die hohen Stufen die ich kindisch übersprang. *Ab.*

CHOR.

Werfet o Schwestern, ihr
Traurig gefangenen,
Alle Schmerzen ins Weite;
Theilet der Herrin Glück,
Theilet Helenens Glück,
Welche zu Vaterhauses Herd,
Zwar mit spätzurückkehrendem
Aber mit desto festerem
Fuße freudig herannaht.

Preiset die heiligen,
Glücklich herstellenden
Und heimführenden Götter!
Schwebt der Entbundene
Doch wie auf Fittigen

Ueber das Rauhste, wenn umsonst
Der Gefangene sehnsuchtsvoll
Ueber die Zinne des Kerkers hin
Armausbreitend sich abhärmt.

Aber sie ergriff ein Gott
Die Entfernte;
Und aus Ilios' Schutt
Trug er hierher sie zurück,
In das alte das neugeschmückte
Vaterhaus,
Nach unsäglichen
Freuden und Qualen,
Früher Jugendzeit
Angefrischt zu gedenken.

PANTHALIS *als Chorführerin.*
Verlasset nun des Gesanges freudumgebnen Pfad
Und wendet nach der Thüre Flügeln euren Blick.
Was seh' ich, Schwestern? Kehret nicht die Königin,
Mit heftigen Schrittes Regung, wieder zu uns her?
Was ist es, große Königin, was konnte dir
In deines Hauses Hallen, statt der Deinen Gruß,
Erschütterendes begegnen? Du verbirgst es nicht;
Denn Widerwillen seh ich an der Stirne dir
Ein edles Zürnen das mit Ueberraschung kämpft.

HELENA *welche die Thürflügel offen gelassen hat, bewegt.*
Der Tochter Zeus' geziemet nicht gemeine Furcht
Und flüchtig-leise Schreckenshand berührt sie nicht;
Doch das Entsetzen, das dem Schoos der alten Nacht,
Vom Urbeginn entsteigend, vielgestaltet noch
Wie glühende Wolken, aus des Berges Feuerschlund,

Herauf sich wälzt erschüttert auch des Helden Brust.
So haben heute grauenvoll die Stygischen
In's Haus den Eintritt mir bezeichnet, daß ich gern
Von oft betretner, langersehnter Schwelle mich,
Entlaßnem Gaste gleich, entfernend scheiden mag.
Doch nein! gewichen bin ich her an's Licht, und sollt
Ihr weiter nicht mich treiben, Mächte, wer ihr seyd.
Auf Weihe will ich sinnen, dann gereinigt mag
Des Herdes Gluth die Frau begrüßen wie den Herrn.

CHORFÜHRERIN.

Entdecke deinen Dienerinnen, edle Frau,
Die dir verehrend beistehn, was begegnet ist.

HELENA.

Was ich gesehen sollt ihr selbst mit Augen sehn,
Wenn ihr Gebilde nicht die alte Nacht sogleich
Zurück geschlungen in ihrer Tiefe Wunderschoos.
Doch daß ihr's wisset, sag' ich's euch mit Worten an:
Als ich des Königs-Hauses ernsten Binnenraum,
Der nächsten Pflicht gedenkend, feyerlich betrat,
Erstaunt' ich ob der öden Gänge Schweigsamkeit.
Nicht Schall der emsig wandelnden begegnete
Dem Ohr, nicht raschgeschäftiges Eiligthun dem Blick,
Und keine Magd erschien mir, keine Schaffnerin
Die jeden Fremden freundlich sonst begrüßenden.
Als aber ich dem Schooße des Herdes mich genaht,
Da sah' ich, bei verglommner Asche lauem Rest,
Am Boden sitzen welch verhülltes großes Weib,
Der Schlafenden nicht vergleichbar, wohl der Sinnenden.
Mit Herrscherworten ruf' ich sie zur Arbeit auf,
Die Schaffnerin mir vermuthend, die indeß vielleicht
Des Gatten Vorsicht hinterlassend angestellt;
Doch eingefaltet sitzt die unbewegliche;

Nur endlich rührt sie, auf mein Dräun, den rechten Arm,
Als wiese sie von Herd und Halle mich hinweg.
Ich wende zürnend mich ab von ihr und eile gleich
Den Stufen zu, worauf empor der Thalamos
Geschmückt sich hebt und nah daran das Schatzgemach;
Allein das Wunder reißt sich schnell vom Boden auf,
Gebietrisch mir den Weg vertretend, zeigt es sich
In hagrer Größe, hohlen, blutig-trüben Blicks,
Seltsamer Bildung, wie sie Aug und Geist verwirrt.
Doch red' ich in die Lüfte; denn das Wort bemüht
Sich nur umsonst Gestalten schöpferisch aufzubaun.
Da seht sie selbst! sie wagt sogar sich an's Licht hervor!
Hier sind wir Meister, bis der Herr und König kommt.
Die grausen Nachtgeburten drängt der Schönheitsfreund,
Phöbus hinweg in Höhlen, oder bändigt sie.

PHORKYAS *auf der Schwelle zwischen den Thürpfosten auftretend.*

CHOR.

Vieles erlebt' ich, obgleich die Locke
Jugendlich wallet mir um die Schläfe!
Schreckliches hab' ich vieles gesehen,
Kriegrischen Jammer, Ilios' Nacht,
Als es fiel.

Durch das umwölkte, staubende Tosen,
Drängender Krieger hört' ich die Götter
Fürchterlich rufen, hört' ich der Zwietracht
Eherne Stimme schallen durch's Feld,
Mauerwärts.

Ach, sie standen noch, Ilios'
Mauern, aber die Flammengluth
Zog vom Nachbar zum Nachbar schon
Sich verbreitend von hier und dort
Mit des eignen Sturmes Wehn
Ueber die nächtliche Stadt hin.

Flüchtend sah ich, durch Rauch und Gluth
Und der züngelnden Flamme Lohe
Gräßlich zürnender Götter Nahn,
Schreitend Wundergestalten
Riesengroß durch düsteren
Feuerumleuchteten Qualm hin.

Sah' ich's, oder bildete
Mir der angstumschlungene Geist
Solches Verworrene? sagen kann
Nimmer ich's, doch daß ich dieß
Gräßliche hier mit Augen schau
Solches gewiß ja weiß ich;
Könnt' es mit Händen fassen gar
Hielte von dem Gefährlichen
Nicht zurücke die Furcht mich.

Welche von Phorkys'
Töchtern nur bist du?
Denn ich vergleiche dich
Diesem Geschlechte.
Bist du vielleicht der graugebornen,
Eines Auges und Eines Zahns
Wechselsweis theilhaftigen,
Graien eine gekommen?

Wagest du Scheusal
Neben der Schönheit
Dich vor dem Kennerblick
Phöbus' zu zeigen?
Tritt du dennoch hervor nur immer
Denn das Häßliche schaut Er nicht,
Wie sein heilig Auge noch
Nie erblickte den Schatten.

Doch uns Sterbliche nöthigt, ach,
Leider trauriges Mißgeschick
Zu dem unsäglichen Augenschmerz,
Den das Verwerfliche ewig-unselige
Schönheitliebenden rege macht.

Ja so höre denn, wenn du frech
Uns entgegenest, höre Fluch,
Höre jeglicher Schelte Drohn,
Aus dem verwünschenden Munde der Glücklichen
Die von Göttern gebildet sind.

PHORKYAS.

Alt ist das Wort, doch bleibet hoch und wahr der Sinn,
Daß Scham und Schönheit nie zusammen, Hand in Hand,
Den Weg verfolgen über der Erde grünen Pfad.
Tief eingewurzelt wohnt in beiden alter Haß,
Daß wo sie immer irgend auch des Weges sich
Begegnen, jede der Gegnerin den Rücken kehrt.
Dann eilet jede wieder heftiger, weiter fort,
Die Scham betrübt, die Schönheit aber frech gesinnt,
Bis sie zuletzt des Orkus hohle Nacht umfängt,
Wenn nicht das Alter sie vorher gebändigt hat.

Euch find' ich nun, ihr frechen, aus der Fremde her
Mit Uebermuth ergossen, gleich der Kraniche
Laut-heiser klingendem Zug, der über unser Haupt,
In langer Wolke, krächzend sein Getön herab
Schickt, das den stillen Wandrer über sich hinauf
Zu blicken lockt; doch ziehn sie ihren Weg dahin,
Er geht den seinen, also wird's mit uns geschehn.

Wer seyd denn ihr? daß ihr des Königes Hochpallast
Mänadisch wild, Betrunknen gleich umtoben dürft?
Wer seyd ihr denn, daß ihr des Hauses Schaffnerin
Entgegen heulet, wie dem Mond der Hunde Schaar?
Wähnt ihr, verborgen sey mir welch Geschlecht ihr seyd,
Du kriegerzeugte, schlachterzogne, junge Brut?
Mannlustige du, so wie verführt verführende,
Entnervend beide, Kriegers auch und Bürgers Kraft.
Zu Hauf euch sehend scheint mir ein Cicaden-Schwarm
Herabzustürzen, deckend grüne Feldersaat.
Verzehrerinnen fremden Fleißes! Naschende
Vernichterinnen aufgekeimten Wohlstands ihr,
Erobert, marktverkauft, vertauschte Waare du!

HELENA.

Wer gegenwarts der Frau die Dienerinnen schilt,
Der Gebiet'rin Hausrecht tastet er vermessen an;
Denn ihr gebührt allein das Lobenswürdige
Zu rühmen, wie zu strafen was verwerflich ist.
Auch bin des Dienstes ich wohl zufrieden, den sie mir
Geleistet als die hohe Kraft von Ilios
Umlagert stand und fiel und lag; nicht weniger
Als wir der Irrfahrt kummervolle Wechselnoth
Ertrugen, wo sonst jeder sich der nächste bleibt.
Auch hier erwart' ich gleiches von der muntern Schaar;

Nicht was der Knecht sey, fragt der Herr, nur wie er dient,
Drum schweige du und grinse sie nicht länger an.
Hast du das Haus des Königs wohl verwahrt bisher,
Anstatt der Hausfrau, solches dient zum Ruhme dir;
Doch jetzo kommt sie selber, tritt nun du zurück,
Damit nicht Strafe werde statt verdienten Lohns.

PHORKYAS.

Den Hausgenossen drohen bleibt ein großes Recht,
Das gottbeglückten Herrschers hohe Gattin sich
Durch langer Jahre weise Leitung wohl verdient.
Da du, nun Anerkannte! nun den alten Platz
Der Königin und Hausfrau wiederum betrittst,
So fasse längst erschlaffte Zügel, herrsche nun,
Nimm in Besitz den Schatz und sämmtlich uns dazu.
Vor allem aber schütze mich die ältere
Vor dieser Schaar, die, neben deiner Schönheit Schwan,
Nur schlecht befittigt schnatterhafte Gänse sind.

CHORFÜHRERIN.

Wie häßlich neben Schönheit zeigt sich Häßlichkeit.

PHORKYAS.

Wie unverständig neben Klugheit Unverstand.
Von hier an erwiedern die Choretiden, einzeln aus dem Chor heraustretend.

CHORETIDE 1.

Von Vater Erebus melde, melde von Mutter Nacht.

PHORKYAS.

So sprich von Scylla, leiblich dir Geschwisterkind.

CHORETIDE 2.

An deinem Stammbaum steigt manch Ungeheu'r empor.

PHORKYAS.

Zum Orkus hin! da suche deine Sippschaft auf.

CHORETIDE 3.

Die dorten wohnen sind dir alle viel zu jung.

PHORKYAS.

Tiresias den Alten gehe buhlend an.

CHORETIDE 4.

Orions Amme war dir Ur-Urenkelin.

PHORKYAS.

Harpyen wähn' ich fütterten dich im Unflat auf.

CHORETIDE 5.

Mit was ernährst du so gepflegte Magerkeit?

PHORKYAS.

Mit Blute nicht, wonach du allzulüstern bist.

CHORETIDE 6.

Begierig du auf Leichen, ekle Leiche selbst!

PHORKYAS.

Vampyren-Zähne glänzen dir im frechen Maul.

CHORFÜHRERIN.

Das deine stopf' ich wenn ich sage wer du seyst.

PHORKYAS.

So nenne dich zuerst, das Räthsel hebt sich auf.

HELENA.

Nicht zürnend, aber traurend schreit' ich zwischen euch,
Verbietend solches Wechselstreites Ungestüm!
Denn schädlicheres begegnet nichts dem Herrscherherrn
Als treuer Diener heimlich unterschworner Zwist.
Das Echo seiner Befehle kehrt alsdann nicht mehr
In schnell vollbrachter That, wohlstimmig ihm zurück,
Nein, eigenwillig brausend tos't es um ihn her,
Den selbstverirrten, in's Vergeb'ne scheltenden.
Dieß nicht allein. Ihr habt in sittelosem Zorn,
Unsel'ger Bilder Schreckgestalten hergebannt,
Die mich umdrängen, daß ich selbst zum Orkus mich
Gerissen fühle, vaterländ'scher Flur zum Trutz.
Ist's wohl Gedächtniß? war es Wahn, der mich ergreift?

War ich das alles? Bin ich's? Werd ich's künftig seyn,
Das Traum- und Schreckbild jener Städteverwüstenden?
Die Mädchen schaudern, aber du die älteste
Du stehst gelassen, rede mir verständig Wort.

PHORKYAS.

Wer langer Jahre mannigfaltigen Glücks gedenkt,
Ihm scheint zuletzt die höchste Göttergunst ein Traum.
Du aber hochbegünstigt, sonder Maaß und Ziel,
In Lebensreihe sahst nur Liebesbrünstige,
Entzündet rasch zum kühnsten Wagstück jeder Art.
Schon Theseus haschte früh dich, gierig aufgeregt,
Wie Herakles stark, ein herrlich schön geformter Mann.

HELENA.

Entführte mich, ein siebenjährig schlankes Reh,
Und mich umschloß Aphidnus' Burg in Attika.

PHORKYAS.

Durch Castor und durch Pollux aber bald befreit,
Umworben standst du ausgesuchter Helden-Schaar.

HELENA.

Doch stille Gunst vor allen, wie ich gern gesteh',
Gewann Patroklus, er des Peliden Ebenbild.

PHORKYAS.

Doch Vaterwille traute dich an Menelas,
Den kühnen Seedurchstreicher, Hausbewahrer auch.

HELENA.

Die Tochter gab er, gab des Reichs Bestellung ihm.
Aus ehlichem Beiseyn sproßte dann Hermione.

PHORKYAS.

Doch als er fern sich Creta's Erbe kühn erstritt,
Dir Einsamen da erschien ein allzuschöner Gast.

HELENA.

Warum gedenkst du jener halben Witwenschaft?
Und welch Verderben gräßlich mir daraus erwuchs?

PHORKYAS.
Auch jene Fahrt mir freigebornen Creterin
Gefangenschaft erschuf sie, lange Sclaverey.

HELENA.
Als Schaffnerin bestellt' er dich sogleich hieher
Vertrauend vieles, Burg und kühn erworbnen Schatz.

PHORKYAS.
Die du verließest, Ilios' umthürmter Stadt
Und unerschöpften Liebesfreuden zugewandt.

HELENA.
Gedenke nicht der Freuden! allzuherben Leid's
Unendlichkeit ergoß sich über Brust und Haupt.

PHORKYAS.
Doch sagt man, du erschienst ein doppelhaft Gebild,
In Ilios gesehen und in Aegypten auch.

HELENA.
Verwirre wüsten Sinnes Aberwitz nicht gar.
Selbst jetzo, welche denn ich sey, ich weiß es nicht.

PHORKYAS.
Dann sagen sie: aus hohlem Schattenreich herauf
Gesellte sich inbrünstig noch Achill zu dir!
Dich früher liebend gegen allen Geschicks Beschluß.

HELENA.
Ich als Idol, ihm dem Idol verband ich mich.
Es war ein Traum, so sagen ja die Worte selbst.
Ich schwinde hin und werde selbst mir ein Idol.
Sinkt dem Halbchor in die Arme.

CHOR.
Schweige, schweige!
Mißblickende, mißredende du!

Aus so gräßlichen einzahnigen
Lippen was enthaucht wohl
Solchem furchtbaren Greuelschlund.

Denn der bösartige wohlthätig erscheinend,
Wolfesgrimm unter schafwolligem Vließ,
Mir ist er weit schrecklicher als des drey-
köpfigen Hundes Rachen.
Aengstlich lauschend stehn wir da,
Wann? wie? wo nur bricht's hervor
Solcher Tücke
Tiefauflauerndes Ungethüm?

Nun denn, statt freundlich mit Trost reich begabten
Letheschenkenden holdmildesten Worts,
Regest du auf aller Vergangenheit
Bösestes mehr denn Gutes,
Und verdüsterst allzugleich
Mit dem Glanz der Gegenwart
Auch der Zukunft
Mild aufschimmerndes Hoffnungslicht.

Schweige, schweige!
Daß der Königin Seele,
Schon zu entfliehen bereit,
Sich noch halte, festhalte
Die Gestalt aller Gestalten,
Welche die Sonne jemals beschien.

Helena hat sich erholt und steht wieder in der Mitte.

PHORKYAS.

Tritt hervor aus flüchtigen Wolken hohe Sonne dieses Tags
Die verschleiert schon entzückte, blendend nun im Glanze herrscht.
Wie die Welt sich dir entfaltet schaust du selbst mit holdem Blick.
Schelten sie mich auch für häßlich kenn' ich doch das Schöne wohl.

HELENA.

Tret' ich schwankend aus der Oede die im Schwindel mich umgab,
Pflegt' ich gern der Ruhe wieder, denn so müd' ist mein Gebein:
Doch es ziemet Königinnen, allen Menschen ziemt es wohl
Sich zu fassen, zu ermannen was auch drohend überrascht.

PHORKYAS.

Stehst du nun in deiner Großheit, deiner Schöne vor uns da,
Sagt dein Blick, daß du befiehlest, was befiehlst du? sprich es aus.

HELENA.

Eures Haders frech Versäumniß auszugleichen seyd bereit,
Eilt ein Opfer zu bestellen wie der König mir gebot.

PHORKYAS.

Alles ist bereit im Hause, Schale, Dreyfuß, scharfes Beil,
Zum Besprengen, zum Beräuchern; das zu Opfernde zeig' an.

HELENA.

Nicht bezeichnet' es der König.

PHORKYAS. Sprach's nicht aus? O Jammerwort!

HELENA.

Welch ein Jammer überfällt dich?

PHORKYAS. Königin, du bist gemeint!

HELENA.

Ich?

PHORKYAS.

Und diese.

CHOR. Weh und Jammer!

PHORKYAS. Fallen wirst du durch das Beil.

HELENA.

Gräßlich! doch geahnt, ich Arme!

PHORKYAS. Unvermeidlich scheint es mir.

CHOR.

Ach! Und uns? was wird begegnen?

PHORKYAS. Sie stirbt einen edlen Tod;
Doch am hohen Balken drinnen, der des Daches Giebel trägt,
Wie im Vogelfang die Drosseln, zappelt ihr der Reihe nach.

HELENA *und* CHOR *stehen erstaunt und erschreckt, in bedeutender, wohl vorbereiteter Gruppe.*

Gespenster! – – – Gleich erstarrten Bildern steht ihr da,
Geschreckt vom Tag zu scheiden der euch nicht gehört.
Die Menschen, die Gespenster sämmtlich gleich wie ihr,
Entsagen auch nicht willig hehrem Sonnenschein;
Doch bittet, oder rettet niemand sie vom Schluß;
Sie wissen's alle, wenigen doch gefällt es nur.
Genug ihr seyd verloren! Also frisch an's Werk.

Klatscht in die Hände, darauf erscheinen an der Pforte vermummte Zwerggestalten, welche die ausgesprochenen Befehle alsobald mit Behendigkeit ausführen.

Herbei du düstres, kugelrundes Ungethüm,
Wälzt euch hieher, zu schaden gibt es hier nach Lust.
Dem Tragaltar, dem goldgehörnten, gebet Platz,
Das Beil, es liege blinkend über dem Silberrand,

Die Wasserkrüge füllet, abzuwaschen gibt's
Des schwarzen Blutes greuelvolle Besudelung.
Den Teppich breitet köstlich hier am Staube hin,
Damit das Opfer niederkniee königlich,
Und eingewickelt, zwar getrennten Haupts, sogleich
Anständig würdig, aber doch bestattet sey.

CHORFÜHRERIN.

Die Königin stehet sinnend an der Seite hier,
Die Mädchen welken gleich gemähtem Wiesengras;
Mir aber däucht, der Aeltesten, heiliger Pflicht gemäß
Mit dir das Wort zu wechseln, Ur-Urälteste.
Du bist erfahren, weise, scheinst uns gut gesinnt,
Ob schon verkennend hirnlos diese Schaar dich traf.
Drum sage, was du möglich noch von Rettung weißt.

PHORKYAS.

Ist leicht gesagt: Von der Königin hängt allein es ab
Sich selbst zu erhalten, euch Zugaben auch mit ihr.
Entschlossenheit ist nöthig und die behendeste.

CHOR.

Ehrenwürdigste der Parzen, weiseste Sibylle du,
Halte gesperrt die goldne Schere, dann verkünd' uns Tag und Heil;
Denn wir fühlen schon im Schweben, Schwanken, Bammeln unergetzlich
Unsere Gliederchen, die lieber erst im Tanze sich ergetzten,
Ruh'ten drauf an Liebchens Brust.

HELENA.

Laß diese bangen! Schmerz empfind' ich, keine Furcht;
Doch kennst du Rettung, dankbar sey sie anerkannt.
Dem Klugen, Weitumsichtigen zeigt fürwahr sich oft
Unmögliches noch als möglich. Sprich und sag es an.

CHOR.

Sprich und sage, sag uns eilig: wie entrinnen wir den grausen,
Garstigen Schlingen? die bedrohlich, als die schlechtesten Geschmeide,
Sich um unsre Hälse ziehen. Vorempfinden wir's, die Armen,
Zum entathmen, zum ersticken, wenn du, Rhea, aller Götter
Hohe Mutter, dich nicht erbarmst.

PHORKYAS.

Habt ihr Geduld des Vortrags langgedehnten Zug
Still anzuhören? Mancherlei Geschichten sind's.

CHOR.

Geduld genug! Zuhörend leben wir indeß.

PHORKYAS.

Dem der zu Hause verharrend edlen Schatz bewahrt,
Und hoher Wohnung Mauern auszukitten weiß,
Wie auch das Dach zu sichern vor des Regens Drang,
Dem wird es wohlgehn lange Lebenstage durch:
Wer aber seiner Schwelle heilige Richte leicht
Mit flüchtigen Sohlen überschreitet freventlich,
Der findet wiederkehrend wohl den alten Platz,
Doch umgeändert alles, wo nicht gar zerstört.

HELENA.

Wozu dergleichen wohlbekannte Sprüche hier.
Du willst erzählen, rege nicht an Verdrießliches.

PHORKYAS.

Geschichtlich ist es, ist ein Vorwurf keineswegs.
Raubschiffend ruderte Menelas von Bucht zu Bucht,
Gestad' und Inseln, alles streift er feindlich an,
Mit Beute wiederkehrend, wie sie drinnen starrt.
Vor Ilios verbracht' er langer Jahre zehn,
Zur Heimfahrt aber weiß ich nicht wie viel es war.

Allein wie steht es hier am Platz um Tyndareos'
Erhabnes Haus? wie stehet es mit dem Reich umher?

HELENA.
Ist dir denn so das Schelten gänzlich einverleibt,
Daß ohne Tadeln du keine Lippe regen kannst?

PHORKYAS.
So viele Jahre stand verlassen das Thal-Gebirg,
Das hinter Sparta nordwärts in die Höhe steigt,
Taygetos im Rücken, wo als muntrer Bach
Herab Eurotas rollt und dann durch unser Thal
An Rohren breit hinfließend eure Schwäne nährt.
Dort hinten still im Gebirgthal hat ein kühn Geschlecht,
Sich angesiedelt, dringend aus cimmerischer Nacht,
Und unersteiglich feste Burg sich aufgethürmt,
Von da sie Land und Leute placken wie's behagt.

HELENA.
Das konnten sie vollführen? Ganz unmöglich scheint's.

PHORKYAS.
Sie hatten Zeit, vielleicht an zwanzig Jahre sind's.

HELENA.
Ist Einer Herr? sind's Räuber viel, Verbündete?

PHORKYAS.
Nicht Räuber sind es, Einer aber ist der Herr.
Ich schelt' ihn nicht und wenn er schon mich heimgesucht.
Wohl konnt' er alles nehmen, doch begnügt er sich
Mit wenigen Freigeschenken, nannt er's, nicht Tribut.

HELENA.
Wie sieht er aus?

PHORKYAS. Nicht übel! mir gefällt er schon.
Es ist ein munterer, kecker, wohlgebildeter,
Wie unter Griechen wenig ein verständger Mann,
Man schilt das Volk Barbaren, doch ich dächte nicht

Daß grausam einer wäre, wie vor Ilios
Gar mancher Held sich menschenfresserisch erwies.
Ich acht' auf seine Großheit, ihm vertraut' ich mich.
Und seine Burg! die solltet ihr mit Augen sehn,
Das ist was anderes gegen plumpes Mauerwerk
Das eure Väter, mir nichts dir nichts, aufgewälzt,
Cyklopisch wie Cyklopen, rohen Stein sogleich
Auf rohe Steine stürzend; dort hingegen, dort
Ist alles senk- und wagerecht und regelhaft.
Von außen schaut sie! himmelan sie strebt empor,
So starr, so wohl in Fugen, spiegelglatt wie Stahl.
Zu klettern hier – ja selbst der Gedanke gleitet ab.
Und innen großer Höfe Raumgelasse, rings
Mit Baulichkeit umgeben, aller Art und Zweck.
Da seht ihr Säulen, Säulchen, Bogen, Bögelchen,
Altane, Galerie'n zu schauen aus und ein,
Und Wappen.

CHOR. Was sind Wappen?

PHORKYAS. Ajax führte ja
Geschlungne Schlang' im Schilde, wie ihr selbst gesehn.
Die Sieben dort vor Theben trugen Bildnerey'n
Ein jeder auf seinem Schilde, reich bedeutungsvoll.
Da sah man Mond und Stern' am nächtigen Himmelsraum,
Auch Göttin, Held und Leiter, Schwerter, Fackeln auch,
Und was bedrängliches guten Städten grimmig droht.
Ein solch Gebilde führt auch unsre Heldenschaar
Von seinen Ur-Urahnen her in Farbenglanz.
Da seht ihr Löwen, Adler, Klau' und Schnabel auch,
Dann Büffelhörner, Flügel, Rosen, Pfauenschweif,
Auch Streifen, gold und schwarz und silbern, blau und roth.
Dergleichen hängt in Sälen Reih an Reihe fort,

In Sälen, gränzenlosen, wie die Welt so weit;
Da könnt ihr tanzen!

CHOR. Sage, gibt's auch Tänzer da?

PHORKYAS.
Die besten! goldgelockte, frische Bubenschaar.
Die duften Jugend, Paris duftete einzig so,
Als er der Königin zu nahe kam.

HELENA. Du fällst
Ganz aus der Rolle, sage mir das letzte Wort!

PHORKYAS.
Du sprichst das letzte, sagst mit Ernst vernehmlich ja?
Sogleich umgeb' ich dich mit jener Burg.

CHOR. O sprich
Das kurze Wort! und rette dich und uns zugleich.

HELENA.
Wie? sollt' ich fürchten, daß der König Menelas
So grausam sich verginge mich zu schädigen?

PHORKYAS.
Hast du vergessen, wie er deinen Deiphobus,
Des todtgekämpften Paris Bruder, unerhört
Verstümmelte, der starrsinnig Witwe dich erstritt
Und glücklich kebste; Nas' und Ohren schnitt er ab
Und stümmelte mehr so; Greuel war es anzuschaun.

HELENA.
Das that er jenem, meinetwegen that er das.

PHORKYAS.
Um jeneswillen wird er dir das Gleiche thun.
Untheilbar ist deine Schönheit; der sie ganz besaß
Zerstört sie lieber, fluchend jedem Theilbesitz.
Trompeten in der Ferne; der Chor fährt zusammen.
Wie scharf der Trompete Schmettern Ohr und Eingeweid
Zerreißend anfaßt, also krallt sich Eifersucht
Im Busen fest des Mannes, der das nie vergißt
Was einst er besaß und nun verlor, nicht mehr besitzt.

CHOR.

Hörst du nicht die Hörner schallen? siehst der Waffen
Blitze nicht?

PHORKYAS.

Sey willkommen Herr und König, gerne geb' ich Rechenschaft.

CHOR.

Aber wir?

PHORKYAS.

Ihr wißt es deutlich, seht vor Augen ihren Tod,
Merkt den eurigen da drinne; nein zu helfen ist euch nicht.

Pause.

HELENA.

Ich sann mir aus das Nächste was ich wagen darf.
Ein Widerdämon bist du, das empfind' ich wohl,
Und fürchte, Gutes wendest du zum Bösen um.
Vor allem aber folgen will ich dir zur Burg;
Das andre weiß ich; was die Königin dabei
In tiefem Busen geheimnißvoll verbergen mag,
Sey jedem unzugänglich. Alte! geh voran.

CHOR.

O wie gern gehen wir hin,
Eilenden Fußes;
Hinter uns Tod,
Vor uns abermals
Ragender Veste
Unzugängliche Mauer.
Schütze sie eben so gut
Eben wie Ilios' Burg,
Die doch endlich nur
Niederträchtiger List erlag.

Nebel verbreiten sich, umhüllen den Hintergrund, auch die Nähe, nach Belieben.

Wie? aber wie?
Schwestern schaut euch um!
War es nicht heiterer Tag?
Nebel schwanken streifig empor
Aus Eurotas' heil'ger Fluth;
Schon entschwand das liebliche
Schilfumkränzte Gestade dem Blick,
Auch die frei, zierlich-stolz
Sanfthingleitenden Schwäne
In gesell'ger Schwimmlust
Seh' ich, ach, nicht mehr!

Doch, aber doch
Tönen hör' ich sie,
Tönen fern heiseren Ton!
Tod verkündenden sagen sie;
Ach daß uns er nur nicht auch,
Statt verheissener Rettung Heil,
Untergang verkünde zuletzt;
Uns den schwangleichen, lang-
schön weißhalsigen; und ach!
Uns'rer Schwanerzeugten.
Weh uns, weh, weh!

Alles deckte sich schon
Rings mit Nebel umher.
Sehen wir doch einander nicht!
Was geschieht? gehen wir?
Schweben wir nur

Trippelnden Schrittes am Boden hin?
Siehst du nichts? schwebt nicht etwa gar
Hermes voran? Blinkt nicht der goldne Stab
Heischend, gebietend uns wieder zurück
Zu dem unerfreulichen, grautagenden,
Ungreifbarer Gebilde vollen,
Ueberfüllten, ewig leeren Hades.

Ja auf einmal wird es düster, ohne Glanz entschwebt der Nebel
Dunkelgräulich, mauerbräunlich. Mauern stellen sich dem Blicke
Freiem Blicke starr entgegen. Ist's ein Hof? ist's tiefe Grube?
Schauerlich in jedem Falle! Schwestern ach! wir sind gefangen,
So gefangen wie nur je.

Innerer Burghof,
umgeben von reichen phantastischen Gebäuden des
Mittelalters.

CHORFÜHRERIN.
Vorschnell und thöricht, ächt wahrhaftes Weibsgebild!
Vom Augenblick abhängig, Spiel der Witterung
Des Glücks und Unglücks, keins von beiden wißt ihr je
Zu bestehn mit Gleichmuth. Eine widerspricht ja stets
Der andern heftig, überquer die andern ihr;
In Freud' und Schmerz nur heult und lacht ihr gleichen Ton's.
Nun schweigt! und wartet horchend was die Herrscherin
Hochsinnig hier beschließen mag für sich und uns.

HELENA.
Wo bist du Pythonissa? heiße wie du magst,
Aus diesen Gewölben tritt hervor der düstern Burg.
Gingst etwa du, dem wunderbaren Heldenherrn

Mich anzukündigen, Wohlempfang bereitend mir,
So habe Dank und führe schnell mich ein zu ihm;
Beschluß der Irrfahrt wünsch' ich. Ruhe wünsch' ich nur.

CHORFÜHRERIN.

Vergebens blickst du, Königin, allseits um dich her;
Verschwunden ist das leidige Bild, verblieb vielleicht
Im Nebel dort, aus dessen Busen wir hieher,
Ich weiß nicht wie, gekommen, schnell und sonder Schritt.
Vielleicht auch irrt sie zweifelhaft im Labyrinth
Der wundersam aus vielen einsgewordnen Burg,
Den Herrn erfragend fürstlicher Hochbegrüßung halb.
Doch sieh, dort oben regt in Menge sich allbereits
In Galerien, am Fenster, in Portalen rasch
Sich hin und her bewegend viele Dienerschaft;
Vornehm-willkommnen Gastempfang verkündet es.

CHOR.

Aufgeht mir das Herz! o, seht nur dahin
Wie so sittig herab mit verweilendem Tritt
Jungholdeste Schaar anständig bewegt
Den geregelten Zug. Wie? auf wessen Befehl
Nur erscheinen gereiht und gebildet so früh,
Von Jünglingsknaben das herrliche Volk?
Was bewundr' ich zumeist! Ist es zierlicher Gang,
Etwa des Haupts Lockhaar um die blendende Stirn,
Etwa der Wänglein Paar, wie die Pfirsiche roth
Und eben auch so weichwollig beflaumt?
Gern biß ich hinein, doch ich schaudre davor,
Denn in ähnlichem Fall, da erfüllte der Mund
Sich, gräßlich zu sagen! mit Asche.
Aber die schönsten
Sie kommen daher;
Was tragen sie nur?

Stufen zum Thron,
Teppich und Sitz,
Umhang und zelt-
artigen Schmuck,
Ueber überwallt er,
Wolkenkränze bildend,
Unsrer Königin Haupt,
Denn schon bestieg sie
Eingeladen herrlichen Pfühl.
Tretet heran
Stufe für Stufe
Reihet euch ernst.
Würdig, o würdig, dreyfach würdig
Sey gesegnet ein solcher Empfang!

Alles vom Chor Ausgesprochene geschieht nach und nach.

FAUST. *Nachdem Knaben und Knappen in langem Zug herabgestiegen, erscheint er oben an der Treppe in ritterlicher Hofkleidung des Mittelalters und kommt langsam würdig herunter.*

CHORFÜHRERIN *ihn aufmerksam beschauend.*
Wenn diesem nicht die Götter, wie sie öfter thun,
Für wenige Zeit nur wundernswürdige Gestalt,
Erhabnen Anstand, liebenswerthe Gegenwart
Vorübergänglich liehen; wird ihm jedesmal
Was er beginnt gelingen, sey's in Männerschlacht,
So auch im kleinen Kriege mit den schönsten Frau'n.
Er ist fürwahr gar vielen andern vorzuziehn,
Die ich doch auch als hochgeschätzt mit Augen sah.

Mit langsam-ernstem, ehrfurchtsvoll gehaltnem Schritt
Seh ich den Fürsten; wende dich o Königin!

FAUST *herantretend, einen Gefesselten zur Seite.*

Statt feyerlichsten Grußes, wie sich ziemte,
Statt ehrfurchtsvollem Willkomm bring ich dir
In Ketten hartgeschlossen solchen Knecht,
Der Pflicht verfehlend mir die Pflicht entwand.
Hier kniee nieder! dieser höchsten Frau
Bekenntniß abzulegen deiner Schuld.
Dieß ist, erhabne Herrscherin, der Mann
Mit seltnem Augenblitz vom hohen Thurm
Umherzuschaun bestellt, dort Himmelsraum
Und Erdenbreite scharf zu überspähn,
Was etwa da und dort sich melden mag,
Vom Hügelkreis in's Thal zur festen Burg
Sich regen mag, der Heerden Woge sey's,
Ein Heereszug vielleicht; wir schützen jene,
Begegnen diesem. Heute, welch' Versäumniß!
Du kommst heran, er meldet's nicht, verfehlt
Ist ehrenvoller schuldigster Empfang
So hohen Gastes. Freventlich verwirkt
Das Leben hat er, läge schon im Blut
Verdienten Todes; doch nur du allein
Bestrafst, begnadigst, wie dir's wohl gefällt.

HELENA.

So hohe Würde wie du sie vergönnst,
Als Richterin, als Herrscherin, und wär's
Versuchend nur, wie ich vermuthen darf;
So üb' ich nun des Richters erste Pflicht
Beschuldigte zu hören. Rede denn.

THURMWÄRTER, LYNCEUS.

Laß mich knieen, laß mich schauen,
Laß mich sterben, laß mich leben,
Denn schon bin ich hingegeben
Dieser gottgegebnen Frauen.

Harrend auf des Morgens Wonne,
Oestlich spähend ihren Lauf,
Ging auf einmal mir die Sonne
Wunderbar im Süden auf.

Zog den Blick nach jener Seite,
Statt der Schluchten, statt der Höh'n
Statt der Erd- und Himmelsweite,
Sie die Einzige zu spähn.

Augenstrahl ist mir verliehen
Wie dem Luchs auf höchstem Baum,
Doch nun mußt' ich mich bemühen
Wie aus tiefem düsterm Traum.

Wüßt' ich irgend mich zu finden?
Zinne? Thurm? geschloßnes Thor?
Nebel schwanken, Nebel schwinden
Solche Göttin tritt hervor!

Aug' und Brust ihr zugewendet
Sog ich an den milden Glanz,
Diese Schönheit wie sie blendet
Blendete mich Armen ganz.

Ich vergaß des Wächters Pflichten,
Völlig das beschworne Horn,
Drohe nur mich zu vernichten,
Schönheit bändigt allen Zorn.

HELENA.

Das Uebel das ich brachte darf ich nicht
Bestrafen. Wehe mir! Welch' streng Geschick
Verfolgt mich, überall der Männer Busen
So zu bethören, daß sie weder sich
Noch sonst ein Würdiges verschonten. Raubend jetzt,
Verführend, fechtend, hin und her entrückend;
Halbgötter, Helden, Götter, ja Dämonen,
Sie führten mich im Irren her und hin.
Einfach die Welt verwirrt' ich, doppelt mehr,
Nun dreyfach, vierfach bring' ich Noth auf Noth.
Entferne diesen Guten, laß ihn frei;
Den Gottbethörten treffe keine Schmach.

FAUST.

Erstaunt o Königin, seh' ich zugleich
Die sicher Treffende, hier den Getroffnen;
Ich seh' den Bogen, der den Pfeil entsandt,
Verwundet jenen. Pfeile folgen Pfeilen
Mich treffend. Allwärts ahn' ich überquer
Gefiedert schwirrend sie in Burg und Raum.
Was bin ich nun? Auf einmal machst du mir
Rebellisch die Getreusten, meine Mauern
Unsicher. Also fürcht' ich schon, mein Heer
Gehorcht der siegend unbesiegten Frau.
Was bleibt mir übrig? als mich selbst und alles,
Im Wahn das Meine, dir anheim zu geben.

Zu deinen Füßen laß mich, frei und treu,
Dich Herrin anerkennen, die sogleich
Auftretend sich Besitz und Thron erwarb.

LYNCEUS *mit einer Kiste und Männer die ihm andere nachtragen.*

Du siehst mich, Königin, zurück!
Der Reiche bettelt einen Blick,
Er sieht dich an und fühlt sogleich
Sich bettelarm und fürstenreich.

Was war ich erst? was bin ich nun?
Was ist zu wollen? was zu thun?
Was hilft der Augen schärfster Blitz!
Er prallt zurück an deinem Sitz.

Von Osten kamen wir heran
Und um den Westen war's gethan;
Ein lang und breites Volksgewicht,
Der erste wußte vom letzten nicht.

Der erste fiel, der zweyte stand,
Des dritten Lanze war zur Hand;
Ein jeder hundertfach gestärkt,
Erschlagne Tausend unbemerkt.

Wir drängten fort, wir stürmten fort,
Wir waren Herrn von Ort zu Ort;
Und wo ich herrisch heut befahl
Ein andrer morgen raubt' und stahl.

Wir schauten, – eilig war die Schau;
Der griff die allerschönste Frau,
Der griff den Stier von festem Tritt,
Die Pferde mußten alle mit.

Ich aber liebte zu erspähn
Das Seltenste was man gesehn,
Und was ein andrer auch besaß,
Das war für mich gedörrtes Gras.

Den Schätzen war ich auf der Spur,
Den scharfen Blicken folgt' ich nur,
In alle Taschen blickt' ich ein,
Durchsichtig war mir jeder Schrein.

Und Haufen Goldes waren mein,
Am herrlichsten der Edelstein:
Nun der Smaragd allein verdient
Daß er an deinem Herzen grünt.

Nun schwanke zwischen Ohr und Mund
Das Tropfeney aus Meeresgrund;
Rubinen werden gar verscheucht,
Das Wangenroth sie niederbleicht.

Und so den allergrößten Schatz
Versetz' ich hier auf deinen Platz,
Zu deinen Füßen sey gebracht
Die Erndte mancher blut'gen Schlacht.

So viele Kisten schlepp' ich her,
Der Eisenkisten hab' ich mehr;

Erlaube mich auf deiner Bahn
Und Schatzgewölbe füll' ich an.

Denn du bestiegest kaum den Thron,
So neigen schon, so beugen schon
Verstand und Reichthum und Gewalt
Sich vor der einzigen Gestalt.

Das alles hielt ich fest und mein,
Nun aber lose, wird es dein,
Ich glaubt' es würdig, hoch und baar,
Nun seh' ich, daß es nichtig war.

Verschwunden ist was ich besaß,
Ein abgemähtes welkes Gras:
O gib mit einem heitern Blick
Ihm seinen ganzen Werth zurück!

FAUST.

Entferne schnell die kühn erworbne Last,
Zwar nicht getadelt aber unbelohnt.
Schon ist Ihr alles eigen was die Burg
Im Schoos verbirgt, Besondres Ihr zu bieten
Ist unnütz. Geh und häufe Schatz auf Schatz
Geordnet an. Der ungeseh'nen Pracht
Erhabnes Bild stell' auf! Laß die Gewölbe
Wie frische Himmel blinken, Paradiese
Von lebelosem Leben richte zu.
Voreilend ihren Tritten laß beblümt
An Teppich Teppiche sich wälzen, ihrem Tritt
Begegne sanfter Boden, ihrem Blick,
Nur göttliche nicht blendend, höchster Glanz.

LYNCEUS.

Schwach ist was der Herr befiehlt,
Thut's der Diener, es ist gespielt:
Herrscht doch über Gut und Blut
Dieser Schönheit Uebermuth.
Schon das ganze Heer ist zahm
Alle Schwerter stumpf und lahm,
Vor der herrlichen Gestalt
Selbst die Sonne matt und kalt,
Vor dem Reichthum des Gesichts
Alles leer und alles nichts. *Ab.*

HELENA *zu Faust.*

Ich wünsche dich zu sprechen, doch herauf
An meine Seite komm! der leere Platz
Beruft den Herrn und sichert mir den meinen.

FAUST.

Erst knieend laß die treue Widmung dir
Gefallen, hohe Frau; die Hand die mich
An deine Seite hebt laß mich sie küssen.
Bestärke mich als Mitregenten deines
Gränzunbewußten Reichs, gewinne dir
Verehrer, Diener, Wächter all' in Einem.

HELENA.

Vielfache Wunder seh' ich, hör' ich an,
Erstaunen trifft mich, fragen möcht' ich viel.
Doch wünscht' ich Unterricht, warum die Rede
Des Mann's mir seltsam klang, seltsam und freundlich.
Ein Ton scheint sich dem andern zu bequemen,
Und hat ein Wort zum Ohre sich gesellt,
Ein andres kommt, dem ersten liebzukosen.

FAUST.

Gefällt dir schon die Sprechart unsrer Völker
O so gewiß entzückt euch der Gesang,

Befriedigt Ohr und Sinn im tiefsten Grunde.
Doch ist am sichersten wir üben's gleich,
Die Wechselrede lockt es, ruft's hervor.

HELENA.

So sage denn, wie sprech' ich auch so schön?

FAUST.

Das ist gar leicht, es muß vom Herzen gehn.
Und wenn die Brust von Sehnsucht überfließt,
Man sieht sich um und fragt –

HELENA. Wer mit genießt.

FAUST.

Nun schaut der Geist nicht vorwärts nicht zurück,
Die Gegenwart allein –

HELENA. Ist unser Glück.

FAUST.

Schatz ist sie, Hochgewinn, Besitz und Pfand;
Bestätigung wer gibt sie?

HELENA. Meine Hand.

CHOR.

Wer verdächt' es unsrer Fürstin
Gönnet sie dem Herrn der Burg
Freundliches Erzeigen,
Denn gesteht, sämmtliche sind wir
Ja Gefangene, wie schon öfter,
Seit dem schmählichen Untergang
Ilios' und der ängstlich-
Labyrinthischen Kummerfahrt.

Fraun, gewöhnt an Männerliebe,
Wählerinnen sind sie nicht,
Aber Kennerinnen.
Und wie goldlockigen Hirten,

Vielleicht schwarzborstigen Faunen,
Wie es bringt die Gelegenheit,
Ueber die schwellenden Glieder
Vollertheilen sie gleiches Recht.

Nah und näher sitzen sie schon
An einander gelehnet,
Schulter an Schulter, Knie an Knie,
Hand in Hand wiegen sie sich
Ueber des Throns
Aufgepolsterter Herrlichkeit.
Nicht versagt sich die Majestät
Heimlicher Freuden
Vor den Augen des Volkes
Uebermüthiges Offenbarseyn.

HELENA.
Ich fühle mich so fern und doch so nah
Und sage nur zu gern: da bin ich! da!

FAUST.
Ich athme kaum, mir zittert, stockt das Wort,
Es ist ein Traum, verschwunden Tag und Ort.

HELENA.
Ich scheine mir verlebt und doch so neu,
In dich verwebt, dem Unbekannten treu.

FAUST.
Durchgrüble nicht das einzigste Geschick
Daseyn ist Pflicht und wär's ein Augenblick.

PHORKYAS *heftig eintretend.*
Buchstabirt in Liebes-Fibeln,
Tändelnd grübelt nur am Liebeln,

Müßig liebelt fort im Grübeln,
Doch dazu ist keine Zeit.
Fühlt ihr nicht ein dumpfes Wettern?
Hört nur die Trompete schmettern,
Das Verderben ist nicht weit.
Menelas mit Volkes-Wogen
Kommt auf euch herangezogen;
Rüstet euch zu herbem Streit!
Von der Sieger-Schaar umwimmelt,
Wie Deiphobus verstümmelt
Büßest du das Fraun-Geleit.
Bammelt erst die leichte Waare,
Dieser gleich ist am Altare
Neugeschliffnes Beil bereit.

FAUST.

Verwegne Störung! widerwärtig dringt sie ein,
Auch nicht in Gefahren mag ich sinnlos Ungestüm.
Den schönsten Boten Unglücksbotschaft häßlicht ihn;
Du Häßlichste gar nur schlimme Botschaft bringst du gern.
Doch dießmal soll dir's nicht gerathen, leeres Hauchs
Erschüttere du die Lüfte. Hier ist nicht Gefahr,
Und selbst Gefahr erschiene nur als eitles Dräun.

Signale, Explosionen von den Thürmen, Trompeten und Zinken, kriegerische Musik, Durchmarsch gewaltiger Heereskraft.

FAUST.

Nein gleich sollst du versammelt schauen
Der Helden ungetrennten Kreis:
Nur der verdient die Gunst der Frauen,
Der kräftigst sie zu schützen weiß.

Zu den Heerführern, die sich von den Colonnen absondern und herantreten:

Mit angehaltnem stillen Wüthen,
Das euch gewiß den Sieg verschafft,
Ihr Nordens jugendliche Blüthen,
Ihr Ostens blumenreiche Kraft.

In Stahl gehüllt, vom Strahl umwittert,
Die Schaar die Reich um Reich zerbrach,
Sie treten auf, die Erde schüttert,
Sie schreiten fort, es donnert nach.

An Pylos traten wir zu Lande,
Der alte Nestor ist nicht mehr,
Und alle kleine Königsbande
Zersprengt das ungebundne Heer.

Drängt ungesäumt von diesen Mauern
Jetzt Menelas dem Meer zurück;
Dort irren mag er, rauben, lauern,
Ihm war es Neigung und Geschick.

Herzoge soll ich euch begrüßen
Gebietet Sparta's Königin,
Nun legt ihr Berg und Thal zu Füßen,
Und euer sey des Reichs Gewinn.

Germane du! Corinthus' Buchten
Vertheidige mit Wall und Schutz,
Achaia dann mit hundert Schluchten,
Empfehl' ich Gothe deinem Trutz.

Nach Elis ziehn der Franken Heere,
Messene sey der Sachsen Loos,
Normanne reinige die Meere
Und Argolis erschaff er groß.

Dann wird ein jeder häuslich wohnen,
Nach außen richten Kraft und Blitz;
Doch Sparta soll euch überthronen
Der Königin verjährter Sitz.

All-Einzeln sieht sie euch genießen
Des Landes dem kein Wohl gebricht;
Ihr sucht getrost zu ihren Füßen
Bestätigung und Recht und Licht.

Faust steigt herab, die Fürsten schließen einen Kreis um ihn, Befehl und Anordnung näher zu vernehmen.

CHOR.

Wer die Schönste für sich begehrt,
Tüchtig vor allen Dingen
Seh er nach Waffen weise sich um;
Schmeichelnd wohl gewann er sich
Was auf Erden das Höchste;
Aber ruhig besitzt er's nicht:
Schleicher listig entschmeicheln sie ihm,
Räuber kühnlich entreißen sie ihm,
Dieses zu hinderen sey er bedacht.

Unsern Fürsten lob' ich drum,
Schätz' ihn höher vor andern,
Wie er so tapfer klug sich verband

Daß die Starken gehorchend stehn
Jedes Winkes gewärtig.
Seinen Befehl vollziehn sie treu,
Jeder sich selbst zu eignem Nutz
Wie dem Herrscher zu lohnendem Dank,
Beiden zu höchlichem Ruhmes-Gewinn.

Denn wer entreißet sie jetzt
Dem gewalt'gen Besitzer?
Ihm gehört sie, ihm sey sie gegönnt,
Doppelt von uns gegönnt, die er
Sammt ihr zugleich innen mit sicherster Mauer
Außen mit mächtigstem Heer umgab.

FAUST.

Die Gaben, diesen hier verliehen –
An jeglichen ein reiches Land –
Sind groß und herrlich, laß sie ziehen!
Wir halten in der Mitte Stand.

Und sie beschützen um die Wette
Rings um von Wellen angehüpft,
Nichtinsel dich, mit leichter Hügelkette
Europens letztem Bergast angeknüpft.

Das Land, vor aller Länder Sonnen
Sey ewig jedem Stamm beglückt,
Nun meiner Königin gewonnen,
Das früh an ihr hinauf geblickt.

Als, mit Eurotas' Schilfgeflüster,
Sie leuchtend aus der Schale brach,

Der hohen Mutter, dem Geschwister
Das Licht der Augen überstach.

Dieß Land allein zu dir gekehret,
Entbietet seinen höchsten Flor;
Dem Erdkreis, der dir angehöret,
Dein Vaterland o! zieh es vor.

Und duldet auch auf seiner Berge Rücken
Das Zackenhaupt der Sonne kalten Pfeil,
Läßt nun der Fels sich angegrünt erblicken,
Die Ziege nimmt genäschig kargen Theil.

Die Quelle springt, vereinigt stürzen Bäche,
Und schon sind Schluchten, Hänge, Matten grün.
Auf hundert Hügeln unterbrochner Fläche
Siehst Wollenheerden ausgebreitet ziehn.

Vertheilt, vorsichtig abgemessen schreitet
Gehörntes Rind hinan zum jähen Rand,
Doch Obdach ist den sämmtlichen bereitet,
Zu hundert Höhlen wölbt sich Felsenwand.

Pan schützt sie dort und Lebensnymphen wohnen
In buschiger Klüfte feucht erfrischtem Raum,
Und, sehnsuchtsvoll nach höhern Regionen,
Erhebt sich zweighaft Baum gedrängt an Baum.

Alt-Wälder sind's! Die Eiche starret mächtig
Und eigensinnig zackt sich Ast an Ast;
Der Ahorn mild, von süßem Safte trächtig,
Steigt rein empor und spielt mit seiner Last.

Und mütterlich im stillen Schattenkreise
Quillt laue Milch bereit für Kind und Lamm;
Obst ist nicht weit, der Ebnen reife Speise,
Und Honig trieft vom ausgehöhlten Stamm.

Hier ist das Wohlbehagen erblich,
Die Wange heitert wie der Mund,
Ein jeder ist an seinem Platz unsterblich:
Sie sind zufrieden und gesund.

Und so entwickelt sich am reinen Tage
Zu Vaterkraft das holde Kind.
Wir staunen drob; noch immer bleibt die Frage:
Ob's Götter, ob es Menschen sind?

So war Apoll den Hirten zugestaltet
Daß ihm der schönsten einer glich;
Denn wo Natur im reinen Kreise waltet
Ergreifen alle Welten sich.

Neben ihr sitzend.

So ist es mir, so ist es dir gelungen,
Vergangenheit sey hinter uns gethan;
O fühle dich vom höchsten Gott entsprungen,
Der ersten Welt gehörst du einzig an.

Nicht feste Burg soll dich umschreiben!
Noch zirkt, in ewiger Jugendkraft
Für uns, zu wonnevollem Bleiben,
Arkadien in Sparta's Nachbarschaft.

Gelockt auf sel'gem Grund zu wohnen,
Du flüchtetest in's heiterste Geschick!
Zur Laube wandeln sich die Thronen,
Arkadisch frei sey unser Glück!

Der Schauplatz verwandelt sich durchaus. An eine Reihe von Felsenhöhlen lehnen sich geschloßne Lauben. Schattiger Hain *bis an die rings umgebende Felsensteile hinan. Faust und Helena werden nicht gesehen. Der Chor liegt schlafend vertheilt umher.*

PHORKYAS.
Wie lange Zeit die Mädchen schlafen weiß ich nicht,
Ob sie sich träumen ließen was ich hell und klar
Vor Augen sah, ist ebenfalls mir unbekannt.
Drum weck' ich sie. Erstaunen soll das junge Volk;
Ihr Bärtigen auch, die ihr da drunten sitzend harrt,
Glaubhafter Wunder Lösung endlich anzuschaun.
Hervor! hervor! Und schüttelt eure Locken rasch;
Schlaf aus den Augen! Blinzt nicht so, und hört mich an!

CHOR.
Rede nur, erzähl' erzähle was sich Wunderlichs begeben,
Hören möchten wir am liebsten was wir gar nicht glauben können,
Denn wir haben lange Weile diese Felsen anzusehn.

PHORKYAS.
Kaum die Augen ausgerieben Kinder langeweilt ihr schon?
So vernehmt: in diesen Höhlen, diesen Grotten, diesen Lauben
Schutz und Schirmung war verliehen, wie idyllischem Liebespaare,
Unserm Herrn und unsrer Frauen.

CHOR. Wie, da drinnen?

PHORKYAS. Abgesondert

Von der Welt, nur mich die Eine riefen sie zu stillem Dienste.
Hochgeehrt stand ich zur Seite, doch, wie es Vertrauten ziemet,
Schaut' ich um nach etwas andrem. Wendete mich hier-
und dorthin,
Suchte Wurzeln, Moos und Rinden, kundig aller Wirksamkeiten,
Und so blieben sie allein.

CHOR.

Thust du doch als ob da drinnen ganze Weltenräume wären,
Wald und Wiese, Bäche, Seen, welche Mährchen spinnst du ab!

PHORKYAS.

Allerdings, ihr Unerfahrnen! das sind unerforschte Tiefen:
Saal an Sälen, Hof an Höfen, diese spürt' ich sinnend aus.
Doch auf einmal ein Gelächter echo't in den Höhlen-Räumen;
Schau' ich hin, da springt ein Knabe von der Frauen Schoos
zum Manne,
Von dem Vater zu der Mutter; das Gekose, das Getändel,
Thöriger Liebe Neckereyen, Scherzgeschrey und Lustgejauchze
Wechselnd übertäuben mich.

Nackt ein Genius ohne Flügel, faunenartig ohne Thierheit
Springt er auf den festen Boden, doch der Boden gegenwirkend
Schnellt ihn zu der luft'gen Höhe, und im zweyten dritten
Sprunge
Rührt er an das Hochgewölb.

Aengstlich ruft die Mutter: springe wiederholt und
nach Belieben,
Aber hüte dich zu fliegen, freier Flug ist dir versagt.
Und so mahnt der treue Vater: in der Erde liegt die Schnellkraft,
Die dich aufwärts treibt, berühre mit der Zehe nur den Boden
Wie der Erdensohn Antäus bist du alsobald gestärkt.
Und so hüpft er auf die Masse dieses Felsens, von der Kante
Zu dem andern und umher so wie ein Ball geschlagen springt.

Doch auf einmal in der Spalte rauher Schlucht ist er verschwunden,
Und nun scheint er uns verloren. Mutter jammert, Vater tröstet,
Achselzuckend steh' ich ängstlich. Doch nun wieder welch Erscheinen!
Liegen Schätze dort verborgen? Blumenstreifige Gewande
Hat er würdig angethan.

Quasten schwanken von den Armen, Binden flattern um den Busen,
In der Hand die goldne Leyer, völlig wie ein kleiner Phöbus
Tritt er wohlgemuth zur Kante, zu dem Ueberhang; wir staunen.
Und die Eltern vor Entzücken werfen wechselnd sich an's Herz.
Denn wie leuchtet's ihm zu Haupten? Was erglänzt ist schwer zu sagen,
Ist es Goldschmuck, ist es Flamme übermächtiger Geisteskraft.
Und so regt er sich gebärdend, sich als Knabe schon verkündend
Künftigen Meister alles Schönen, dem die ewigen Melodieen
Durch die Glieder sich bewegen; und so werdet ihr ihn hören,
Und so werdet ihr ihn sehn zu einzigster Bewunderung.

CHOR.

Nennst du ein Wunder dieß,
Creta's Erzeugte?
Dichtend belehrendem Wort
Hast du gelauscht wohl nimmer?
Niemals noch gehört Ioniens,
Nie vernommen auch Hellas'
Urväterlicher Sagen
Göttlich-heldenhaften Reichthum?

Alles was je geschieht
Heutiges Tages
Trauriger Nachklang ist's
Herrlicher Ahnherrn-Tage;
Nicht vergleicht sich dein Erzählen
Dem was liebliche Lüge
Glaubhaftiger als Wahrheit
Von dem Sohne sang der Maja.

Diesen zierlich und kräftig doch
Kaum geborenen Säugling
Faltet in reinster Windeln Flaum
Strenget in köstlicher Wickeln Schmuck
Klatschender Wärterinnen Schaar
Unvernünftigen Wähnens.
Kräftig und zierlich aber zieht
Schon der Schalk die geschmeidigen
Doch elastischen Glieder
Listig heraus, die purpurne
Aengstlich drückende Schale
Lassend ruhig an seiner Statt.
Gleich dem fertigen Schmetterling
Der aus starrem Puppenzwang
Flügel entfaltend behendig schlüpft
Sonne-durchstrahlten Aether kühn
Und muthwillig durchflatternd.

So auch er der behendeste,
Daß er Dieben und Schälken,
Vortheil suchenden allen auch
Ewig günstiger Dämon sey.

Dieß bethätigt er alsobald
Durch gewandteste Künste.
Schnell des Meeres Beherrscher stiehlt
Er den Trident, ja dem Ares selbst
Schlau das Schwert aus der Scheide:
Bogen und Pfeil dem Phöbus auch,
Wie dem Hephästos die Zange;
Selber Zeus', des Vaters, Blitz
Nähm' er, schreckt' ihn das Feuer nicht;
Doch dem Eros siegt er ob
In beinstellendem Ringerspiel.
Raubt auch Cyprien, wie sie ihm kos't,
Noch vom Busen den Gürtel.

Ein reizendes, reinmelodisches Saitenspiel erklingt aus der Höhle. Alle merken auf und scheinen bald innig gerührt. Von hier an bis zur bemerkten Pause durchaus mit vollstimmiger Musik.

PHORKYAS.

Höret allerliebste Klänge,
Macht euch schnell von Fabeln frei,
Eurer Götter alt Gemenge
Laßt es hin, es ist vorbei.

Niemand will euch mehr verstehen,
Fordern wir doch höhern Zoll:
Denn es muß von Herzen gehen,
Was auf Herzen wirken soll.
Sie zieht sich nach dem Felsen zurück.

CHOR.

Bist du fürchterliches Wesen
Diesem Schmeichelton geneigt,
Fühlen wir, als frisch genesen,
Uns zur Thränenlust erweicht.

Laß der Sonne Glanz verschwinden,
Wenn es in der Seele tagt,
Wir im eignen Herzen finden
Was die ganze Welt versagt.

HELENA, FAUST, EUPHORION *in dem oben beschriebenen Costüm.*

EUPHORION.

Hört ihr Kindeslieder singen,
Gleich ist's euer eigner Scherz;
Seht ihr mich im Tacte springen,
Hüpft euch elterlich das Herz.

HELENA.

Liebe, menschlich zu beglücken
Nähert sie ein edles Zwey,
Doch zu göttlichem Entzücken
Bildet sie ein köstlich Drey.

FAUST.

Alles ist sodann gefunden:
Ich bin dein und du bist mein;
Und so stehen wir verbunden,
Dürft' es doch nicht anders seyn!

CHOR.

Wohlgefallen vieler Jahre
In des Knaben mildem Schein
Sammelt sich auf diesem Paare.
O! wie rührt mich der Verein.

EUPHORION.

Nun laßt mich hüpfen,
Nun laßt mich springen,
Zu allen Lüften
Hinauf zu dringen
Ist mir Begierde,
Sie faßt mich schon.

FAUST.

Nur mäßig! mäßig!
Nicht ins Verwegne,
Daß Sturz und Unfall
Dir nicht begegne,
Zu Grund uns richte
Der theure Sohn.

EUPHORION.

Ich will nicht länger
Am Boden stocken;
Laßt meine Hände,
Laßt meine Locken,
Laßt meine Kleider,
Sie sind ja mein.

HELENA.

O denk'! o denke
Wem du gehörest!
Wie es uns kränke,
Wie du zerstörest
Das schön errungene
Mein, Dein und Sein.

CHOR.

Bald lös't, ich fürchte,
Sich der Verein!

HELENA und FAUST.

Bändige! bändige!
Eltern zu Liebe

Ueberlebendige
Heftige Triebe!
Ländlich im Stillen
Ziere den Plan.

EUPHORION.

Nur euch zu Willen
Halt' ich mich an.

Durch den Chor sich schlingend und ihn zum Tanze fortziehend.

Leichter umschweb' ich hie,
Muntres Geschlecht.
Ist nun die Melodie,
Ist die Bewegung recht?

HELENA.

Ja, das ist wohlgethan,
Führe die Schönen an
Künstlichem Reihn.

FAUST.

Wäre das doch vorbei!
Mich kann die Gaukeley
Gar nicht erfreun.

EUPHORION *und* CHOR *tanzend und singend bewegen sich in verschlungenen Reihen.*

CHOR.

Wenn du der Arme Paar
Lieblich bewegest;
Im Glanz dein lockig Haar
Schüttelnd erregest,

Wenn dir der Fuß so leicht
Ueber die Erde schleicht,
Dort und da wieder hin
Glieder um Glied sich ziehn,
Hast du dein Ziel erreicht
Liebliches Kind;
All' unsre Herzen sind
All' dir geneigt.

Pause.

EUPHORION.

Ihr seyd so viele
Leichtfüßige Rehe,
Zu neuem Spiele
Frisch aus der Nähe,
Ich bin der Jäger
Ihr seyd das Wild.

CHOR.

Willst du uns fangen
Sey nicht behende,
Denn wir verlangen
Doch nur am Ende
Dich zu umarmen
Du schönes Bild.

EUPHORION.

Nur durch die Haine!
Zu Stock und Steine!
Das leicht Errungene
Das widert mir,
Nur das Erzwungene
Ergetzt mich schier.

HELENA und FAUST.

Welch ein Muthwill! welch ein Rasen!
Keine Mäßigung ist zu hoffen.
Klingt es doch wie Hörnerblasen
Ueber Thal und Wälder dröhnend,
Welch ein Unfug! welch Geschrey!

CHOR *einzeln schnell eintretend.*

Uns ist er vorbei gelaufen,
Mit Verachtung uns verhöhnend,
Schleppt' er von dem ganzen Haufen
Nun die wildeste herbei.

EUPHORION *ein junges Mädchen hereintragend.*

Schlepp' ich her die derbe Kleine
Zu erzwungenem Genusse.
Mir zur Wonne, mir zur Lust
Drück' ich widerspenstige Brust,
Küss' ich widerwärtigen Mund,
Thue Kraft und Willen kund.

MÄDCHEN.

Laß mich los! In dieser Hülle
Ist auch Geistes Muth und Kraft,
Deinem gleich ist unser Wille
Nicht so leicht hinweggerafft.
Glaubst du wohl mich im Gedränge?
Deinem Arm vertraust du viel!
Halte fest, und ich versenge
Dich den Thoren mir zum Spiel.
Sie flammt auf und lodert in die Höhe.
Folge mir in leichte Lüfte,
Folge mir in starre Grüfte,
Hasche das verschwundne Ziel.

EUPHORION *die letzten Flammen abschüttelnd.*

Felsengedränge hier
Zwischen dem Waldgebüsch,
Was soll die Enge mir,
Bin ich doch jung und frisch.
Winde sie sausen ja,
Wellen sie brausen da
Hör' ich doch beides fern,
Nah wär' ich gern.
Er springt immer höher Fels auf.

HELENA, FAUST und CHOR.

Wolltest du den Gemsen gleichen?
Vor dem Falle muß uns graun.

EUPHORION.

Immer höher muß ich steigen,
Immer weiter muß ich schaun.
Weiß ich nun wo ich bin!
Mitten der Insel drin,
Mitten in Pelops' Land,
Erde- wie seeverwandt.

CHOR.

Magst du nicht in Berg und Wald
Friedlich verweilen,
Suchen wir alsobald
Reben in Zeilen,
Reben am Hügelrand;
Feigen und Apfelgold.
Ach in dem holden Land
Bleibe du hold.

EUPHORION.

Träumt ihr den Friedenstag?
Träume wer träumen mag.

Krieg ist das Losungswort
Sieg! und so klingt es fort.

CHOR.

Wer im Frieden
Wünschet sich Krieg zurück
Der ist geschieden
Vom Hoffnungsglück.

EUPHORION.

Welche dieß Land gebar
Aus Gefahr in Gefahr,
Frei, unbegrenzten Muth's
Verschwendrisch eignen Bluts.
Den nicht zu dämpfenden
Heiligen Sinn
Alle den Kämpfenden
Bring' es Gewinn!

CHOR.

Seht hinauf wie hoch gestiegen!
Und erscheint uns doch nicht klein.
Wie im Harnisch, wie zum Siegen,
Wie von Erz und Stahl der Schein.

EUPHORION.

Keine Wälle, keine Mauern,
Jeder nur sich selbst bewußt;
Feste Burg, um auszudauern
Ist des Mannes eh'rne Brust.
Wollt ihr unerobert wohnen,
Leicht bewaffnet rasch ins Feld;
Frauen werden Amazonen
Und ein jedes Kind ein Held.

CHOR.

Heilige Poesie,
Himmelan steige sie,

Glänze, der schönste Stern,
Fern und so weiter fern,
Und sie erreicht uns doch
Immer, man hört sie noch,
Vernimmt sie gern.

EUPHORION.

Nein, nicht ein Kind bin ich erschienen,
In Waffen kommt der Jüngling an;
Gesellt zu Starken, Freien, Kühnen,
Hat er im Geiste schon gethan.
Nun fort!
Nun dort
Eröffnet sich zum Ruhm die Bahn.

HELENA und FAUST.

Kaum in's Leben eingerufen,
Heitrem Tag gegeben kaum,
Sehnest du von Schwindelstufen
Dich zu schmerzenvollem Raum.
Sind denn wir
Gar nichts dir?
Ist der holde Bund ein Traum?

EUPHORION.

Und hört ihr donnern auf dem Meere?
Dort wiederdonnern Thal um Thal,
In Staub und Wellen Heer dem Heere,
In Drang um Drang zu Schmerz und Qual.
Und der Tod
Ist Gebot,
Das versteht sich nun einmal.

HELENA, FAUST und CHOR.

Welch Entsetzen! welches Grauen!
Ist der Tod denn dir Gebot?

EUPHORION.

Sollt' ich aus der Ferne schauen,
Nein! ich theile Sorg' und Noth.

DIE VORIGEN.

Uebermuth und Gefahr,
Tödtliches Loos.

EUPHORION.

Doch! – und ein Flügelpaar
Faltet sich los!
Dorthin! Ich muß! ich muß!
Gönn't mir den Flug!

Er wirft sich in die Lüfte, die Gewande tragen ihn einen Augenblick, sein Haupt strahlt, ein Lichtschweif zieht nach.

CHOR.

Ikarus! Ikarus!
Jammer genug.

Ein schöner Jüngling stürzt zu der Eltern Füßen, man glaubt in dem Todten eine bekannte Gestalt zu erblicken; doch das Körperliche verschwindet sogleich, die Aureole steigt wie ein Komet zum Himmel auf, Kleid, Mantel und Lyra bleiben liegen.

HELENA und FAUST.

Der Freude folgt sogleich
Grimmige Pein.

EUPHORIONS *Stimme aus der Tiefe.*

Laß mich im düstern Reich
Mutter mich nicht allein!

Pause.

CHOR *Trauergesang.*

Nicht allein! – wo du auch weilest,
Denn wir glauben dich zu kennen,
Ach! wenn du dem Tag enteilest
Wird kein Herz von dir sich trennen.
Wüßten wir doch kaum zu klagen,
Neidend singen wir dein Loos:
Dir in klar' und trüben Tagen
Lied und Muth war schön und groß.

Ach! zum Erdenglück geboren,
Hoher Ahnen, großer Kraft,
Leider! früh dir selbst verloren,
Jugendblüthe weggerafft.
Scharfer Blick die Welt zu schauen,
Mitsinn jedem Herzensdrang,
Liebesgluth der besten Frauen
Und ein eigenster Gesang.

Doch du ranntest unaufhaltsam
Frei in's willenlose Netz,
So entzweytest du gewaltsam
Dich mit Sitte, mit Gesetz;
Doch zuletzt das höchste Sinnen
Gab dem reinen Muth Gewicht,
Wolltest Herrliches gewinnen,
Aber es gelang dir nicht.

Wem gelingt es? – Trübe Frage,
Der das Schicksal sich vermummt,
Wenn am unglückseligsten Tage
Blutend alles Volk verstummt.

Doch erfrischet neue Lieder,
Steht nicht länger tief gebeugt;
Denn der Boden zeugt sie wieder,
Wie von je er sie gezeugt.

Völlige Pause. Die Musik hört auf.

HELENA *zu Faust.*
Ein altes Wort bewährt sich leider auch an mir:
Daß Glück und Schönheit dauerhaft sich nicht vereint.
Zerrissen ist des Lebens wie der Liebe Band,
Bejammernd beide, sag' ich schmerzlich Lebewohl!
Und werfe mich noch einmal in die Arme dir.
Persephoneia nimm den Knaben auf und mich.
Sie umarmt Faust, das Körperliche verschwindet, Kleid und Schleier bleiben ihm in den Armen.

PHORKYAS *zu Faust.*
Halte fest was dir von allem übrig blieb.
Das Kleid laß es nicht los. Da zupfen schon
Dämonen an den Zipfeln, möchten gern
Zur Unterwelt es reißen. Halte fest!
Die Göttin ist's nicht mehr die du verlorst,
Doch göttlich ist's. Bediene dich der hohen
Unschätzbar'n Gunst und hebe dich empor,
Es trägt dich über alles Gemeine rasch
Am Aether hin, so lange du dauern kannst.
Wir sehn uns wieder, weit gar weit von hier.

Helenens Gewande lösen sich in Wolken auf, umgeben Faust, heben ihn in die Höhe und ziehen mit ihm vorüber.

PHORKYAS *nimmt Euphorions Kleid, Mantel und Lyra von der Erde, tritt ins Proscenium, hebt die Exuvien in die Höhe und spricht:*

Noch immer glücklich aufgefunden!
Die Flamme freilich ist verschwunden
Doch ist mir um die Welt nicht leid.
Hier bleibt genug Poeten einzuweihen,
Zu stiften Gild- und Handwerksneid;
Und kann ich die Talente nicht verleihen,
Verborg' ich wenigstens das Kleid.
Sie setzt sich im Proscenium an eine Säule nieder.

PANTHALIS.

Nun eilig Mädchen! Sind wir doch den Zauber los,
Der alt-thessalischen Vettel wüsten Geisteszwang;
So des Geklimpers viel verworrner Töne Rausch,
Das Ohr verwirrend, schlimmer noch den innern Sinn.
Hinab zum Hades! Eilte doch die Königin
Mit ernstem Gang hinunter. Ihrer Sohle sey
Unmittelbar getreuer Mägde Schritt gefügt.
Wir finden sie am Throne der Unerforschlichen.

CHOR.

Königinnen freilich überall sind sie gern;
Auch im Hades stehen sie oben an,
Stolz zu ihres Gleichen gesellt,
Mit Persephonen innigst vertraut;
Aber wir im Hintergrunde
Tiefer Asphodelos-Wiesen,
Langgestreckten Pappeln,
Unfruchtbaren Weiden zugesellt,
Welchen Zeitvertreib haben wir?
Fledermaus gleich zu piepsen,
Geflüster, unerfreulich, gespenstig.

CHORFÜHRERIN.

Wer keinen Namen sich erwarb, noch Edles will,
Gehört den Elementen an, so fahret hin!
Mit meiner Königin zu seyn verlangt mich heiß;
Nicht nur Verdienst, auch Treue wahrt uns die Person. *Ab.*

ALLE.

Zurückgegeben sind wir dem Tageslicht,
Zwar Personen nicht mehr,
Das fühlen, das wissen wir,
Aber zum Hades kehren wir nimmer.
Ewig lebendige Natur
Macht auf uns Geister,
Wir auf sie vollgültigen Anspruch.

EIN THEIL DES CHORS.

Wir in dieser tausend Aeste Flüsterzittern, Säuselschweben,
Reizen tändlend, locken leise, wurzelauf des Lebens Quellen
Nach den Zweigen; bald mit Blättern, bald mit Blüthen überschwenglich
Zieren wir die Flatterhaare frei zu luftigem Gedeihn.
Fällt die Frucht, sogleich versammeln, lebenslustig Volk und Heerden
Sich zum Greifen, sich zum Naschen, eilig kommend, emsig drängend;
Und, wie vor den ersten Göttern, bückt sich alles um uns her.

EIN ANDRER THEIL.

Wir an dieser Felsenwände weithinleuchtend glattem Spiegel
Schmiegen wir, in sanften Wellen uns bewegend, schmeichelnd an;
Horchen, lauschen jedem Laute, Vogelsingen, Röhrigflöten,
Sey es Pans furchtbarer Stimme, Antwort ist sogleich bereit;
Säuselt's, säuseln wir erwiedernd, donnert's, rollen unsre Donner
In erschütterndem Verdoppeln, dreyfach, zehnfach hinten nach.

EIN DRITTER THEIL.

Schwestern! Wir bewegtern Sinnes, eilen mit den Bächen weiter;
Denn es reizen jener Ferne reichgeschmückte Hügelzüge,
Immer abwärts, immer tiefer, wässern wir, mäandrisch wallend,
Jetzt die Wiese, dann die Matten, gleich den Garten um das Haus.
Dort bezeichnen's der Cypressen schlanke Wipfel, über Landschaft,
Uferzug und Wellenspiegel, nach dem Aether steigende.

EIN VIERTER THEIL.

Wallt ihr andern wo's beliebet, wir umzingeln, wir umrauschen
Den durchaus bepflanzten Hügel, wo am Stab die Rebe grünt;
Dort zu aller Tage Stunden läßt die Leidenschaft des Winzers
Uns des liebevollsten Fleißes zweifelhaft Gelingen sehn.
Bald mit Hacke, bald mit Spaten, bald mit Häufeln, Schneiden, Binden,
Betet er zu allen Göttern, fördersamst zum Sonnengott.
Bacchus kümmert sich, der Weichling, wenig um den treuen Diener,
Ruht in Lauben, lehnt in Höhlen, faselnd mit dem jüngsten Faun.
Was zu seiner Träumereyen halbem Rausch er je bedurfte,
Immer bleibt es ihm in Schläuchen, ihm in Krügen und Gefäßen,
Rechts und links der kühlen Grüfte ewige Zeiten aufbewahrt.
Haben aber alle Götter, hat nun Helios vor allen,
Lüftend, feuchtend, wärmend, gluthend Beeren-Füllhorn aufgehäuft,
Wo der stille Winzer wirkte, dort auf einmal wird's lebendig,
Und es rauscht in jedem Laube, raschelt um von Stock zu Stock.
Körbe knarren, Eimer klappern, Tragebutten ächzen hin,
Alles nach der großen Kufe zu der Keltrer kräft'gem Tanz;

Und so wird die heilige Fülle reingeborner saftiger Beeren
Frech zertreten, schäumend, sprühend mischt sich's widerlich zerquetscht.
Und nun gellt ins Ohr der Cymbeln mit der Becken Erzgetöne,
Denn es hat sich Dionysos aus Mysterien enthüllt;
Kommt hervor mit Ziegenfüßlern, schwenkend Ziegenfüßlerinnen,
Und dazwischen schreit unbändig grell Silenus' öhrig Thier.
Nichts geschont! Gespaltne Klauen treten alle Sitte nieder,
Alle Sinne wirbeln taumlich, gräßlich übertäubt das Ohr.
Nach der Schale tappen Trunkne, überfüllt sind Kopf und Wänste,
Sorglich ist noch ein und andrer, doch vermehrt er die Tumulte,
Denn um neuen Most zu bergen, leert man rasch den alten Schlauch!

Der Vorhang fällt.

PHORKYAS *im Proscenium richtet sich riesenhaft auf, tritt aber von den Cothurnen herunter, lehnt Maske und Schleier zurück und zeigt sich als Mephistopheles, um, in sofern es nöthig wäre, im Epilog das Stück zu commentiren.*

VIERTER ACT.

Hochgebirg,

starke zackige Felsen-Gipfel,
eine Wolke zieht herbey, lehnt sich an, senkt sich auf eine vorstehende Platte herab. Sie theilt sich.

FAUST *tritt hervor.*
Der Einsamkeiten tiefste schauend unter meinem Fuß,
Betret' ich wohlbedächtig dieser Gipfel Saum,
Entlassend meiner Wolke Tragewerk, die mich sanft
An klaren Tagen über Land und Meer geführt.
Sie löst sich langsam, nicht zerstiebend, von mir ab.
Nach Osten strebt die Masse mit geballtem Zug,
Ihr strebt das Auge staunend in Bewundrung nach.
Sie theilt sich wandelnd, wogenhaft, veränderlich.
Doch will sich's modeln. Ja! das Auge trügt mich nicht! –
Auf sonnbeglänzten Pfühlen herrlich hingestreckt,
Zwar riesenhaft, ein göttergleiches Fraungebild,
Ich seh's! Junonen ähnlich, Leda'n, Helenen,
Wie majestätisch lieblich mir's im Auge schwankt.
Ach! schon verrückt sich's! formlos breit und aufgethürmt,
Ruht es in Osten, fernen Eisgebirgen gleich,
Und spiegelt blendend flüchtger Tage großen Sinn.

Doch mir umschwebt ein zarter lichter Nebelstreif
Noch Brust und Stirn, erheiternd, kühl und schmeichelhaft.
Nun steigt es leicht und zaudernd hoch und höher auf,
Fügt sich zusammen. – Täuscht mich ein entzückend Bild,

Als jugenderstes, längstentbehrtes höchstes Gut?
Des tiefsten Herzens frühste Schätze quellen auf,
Aurorens Liebe, leichten Schwung, bezeichnet's mir,
Den schnellempfundnen, ersten, kaum verstandnen Blick,
Der, festgehalten, überglänzte jeden Schatz.
Wie Seelenschönheit steigert sich die holde Form,
Löst sich nicht auf, erhebt sich in den Aether hin,
Und zieht das Beste meines Innern mit sich fort.

EIN SIEBEN-MEILENSTIEFEL *(tappt auf) ein* ANDERER *folgt alsbald.* MEPHISTOPHELES *(steigt ab). Die* STIEFEL *schreiten eilig weiter.*

MEPHISTOPHELES.

Das heiß ich endlich vorgeschritten!
Nun aber sag, was fällt dir ein?
Steigst ab in solcher Gräuel Mitten,
Im gräßlich gähnenden Gestein?
Ich kenn es wohl, doch nicht an dieser Stelle,
Denn eigentlich war das der Grund der Hölle.

FAUST.

Es fehlt dir nie an närrischen Legenden,
Fängst wieder an dergleichen auszuspenden.

MEPHISTOPHELES *ernsthaft.*

Als Gott der Herr – Ich weiß auch wohl warum –
Uns, aus der Luft, in tiefste Tiefen bannte,
Da, wo centralisch glühend, um und um,
Ein ewig Feuer flammend sich durchbrannte,
Wir fanden uns bey allzugroßer Hellung,
In sehr gedrängter unbequemer Stellung.
Die Teufel fingen sämtlich an zu husten,
Von oben und von unten aus zu pusten;

Die Hölle schwoll von Schwefel-Stank und Säure,
Das gab ein Gas! Das ging ins Ungeheure,
So daß gar bald der Länder flache Kruste,
So dick sie war, zerkrachend bersten mußte.
Nun haben wir's an einem andern Zipfel,
Was ehmals Grund war ist nun Gipfel.
Sie gründen auch hierauf die rechten Lehren
Das Unterste ins Oberste zu kehren.
Denn wir entrannen knechtisch-heißer Gruft,
Ins Uebermaß der Herrschaft freyer Luft.
Ein offenbar Geheimniß wohlverwahrt
Und wird nur spät den Völkern offenbart. *(Ephes. 6,12)*

FAUST.

Gebirgesmasse bleibt mir edel-stumm,
Ich frage nicht woher und nicht warum?
Als die Natur sich in sich selbst gegründet,
Da hat sie rein den Erdball abgeründet.
Der Gipfel sich, der Schluchten sich erfreut,
Und Fels an Fels und Berg an Berg gereiht;
Die Hügel dann bequem hinabgebildet,
Mit sanftem Zug sie in das Thal gemildet.
Da grünt's und wächst's, und um sich zu erfreuen
Bedarf sie nicht der tollen Strudeleyen.

MEPHISTOPHELES.

Das sprecht ihr so! Das scheint euch sonnenklar.
Doch weiß es anders der zugegen war.
Ich war dabey, als noch da drunten, siedend,
Der Abgrund schwoll und strömend Flammen trug,
Als Molochs Hammer, Fels an Felsen schmiedend,
Gebirges-Trümmer in die Ferne schlug.
Noch starrt das Land von fremden Zentnermassen;
Wer giebt Erklärung solcher Schleudermacht?

Der Philosoph er weiß es nicht zu fassen,
Da liegt der Fels, man muß ihn liegen lassen,
Zu Schanden haben wir uns schon gedacht. –
Das treu-gemeine Volk allein begreift
Und läßt sich im Begriff nicht stören;
Ihm ist die Weisheit längst gereift:
Ein Wunder ist's, der Satan kommt zu Ehren.
Mein Wandrer hinkt, an seiner Glaubenskrücke,
Zum Teufelsstein, zur Teufelsbrücke.

FAUST.

Es ist doch auch bemerkenswerth zu achten,
Zu sehn wie Teufel die Natur betrachten.

MEPHISTOPHELES.

Was geht michs an! Natur sey wie sie sey!
's ist Ehrenpunct! – Der Teufel war dabey.
Wir sind die Leute Großes zu erreichen;
Tummult, Gewalt und Unsinn! sieh das Zeichen! –
Doch, daß ich endlich ganz verständlich spreche,
Gefiel dir nichts an unsrer Oberfläche?
Du übersahst, in ungemeßnen Weiten,
Die Reiche der Welt und ihre Herrlichkeiten; *(Matth. 4)*
Doch, ungenügsam wie du bist,
Empfandest du wohl kein Gelüst?

FAUST.

Und doch! ein Großes zog mich an.
Errathe!

MEPHISTOPHELES.

Das ist bald gethan.
Ich suchte mir so eine Hauptstadt aus,
Im Kerne Bürger-Nahrungs-Graus,
Krummenge Gäßchen, spitze Giebeln,
Beschränkten Markt, Kohl, Rüben, Zwiebeln;

Fleischbänke wo die Schmeißen hausen
Die fetten Braten anzuschmaußen;
Da findest du zu jeder Zeit
Gewiß Gestank und Thätigkeit.
Dann weite Plätze, breite Straßen,
Vornehmen Schein sich anzumaßen;
Und endlich, wo kein Thor beschränkt,
Vorstädte gränzenlos verlängt.
Da freut ich mich an Rollekutschen,
Am lärmigen Hin- und Wiederrutschen,
Am ewigen Hin- und Wiederlaufen,
Zerstreuter Ameis-Wimmelhaufen.
Und, wenn ich führe, wenn ich ritte,
Erschien ich immer ihre Mitte
Von Hunderttausenden verehrt.

FAUST.

Das kann mich nicht zufrieden stellen!
Man freut sich daß das Volk sich mehrt,
Nach seiner Art behäglich nährt,
Sogar sich bildet sich belehrt,
Und man erzieht sich nur Rebellen.

MEPHISTOPHELES.

Dann baut ich, grandios, mir selbst bewußt,
Am lustigen Ort ein Schloß zur Lust.
Wald, Hügel, Flächen, Wiesen, Feld
Zum Garten prächtig umbestellt.
Vor grünen Wänden Sammet-Matten,
Schnurwege, kunstgerechte Schatten,
Cascadensturz, durch Fels zu Fels gepaart,
Und Wasserstrahlen aller Art;
Ehrwürdig steigt es dort, doch an den Seiten,
Da zischt's und pißt's, in tausend Kleinigkeiten.

Dann aber ließ ich allerschönsten Frauen,
Vertraut-bequeme Häuslein bauen;
Verbrächte da gränzenlose Zeit
In allerliebst-geselliger Einsamkeit.
Ich sage Fraun; denn, ein für allemal,
Denk ich die Schönen im Plural.

FAUST.

Schlecht und modern! Sardanapal!

MEPHISTOPHELES.

Erräth man wohl wornach du strebtest?
Es war gewiß erhaben kühn.
Der du dem Mond um so viel näher schwebtest,
Dich zog wohl deine Sucht dahin?

FAUST.

Mit nichten! Dieser Erdenkreis
Gewährt noch Raum zu großen Thaten.
Erstaunenswürdiges soll gerathen,
Ich fühle Kraft zu kühnem Fleiß.

MEPHISTOPHELES.

Und also willst du Ruhm verdienen?
Man merkt's du kommst von Heroinen.

FAUST.

Herrschaft gewinn ich, Eigenthum!
Die That ist alles, nichts der Ruhm.

MEPHISTOPHELES.

Doch werden sich Poeten finden,
Der Nachwelt deinen Glanz zu künden,
Durch Thorheit Thorheit zu entzünden.

FAUST.

Von allem ist dir nichts gewährt.
Was weißt du was der Mensch begehrt?

Dein widrig Wesen, bitter, scharf,
Was weiß es was der Mensch bedarf.

MEPHISTOPHELES.

Geschehe denn nach deinem Willen!
Vertraue mir den Umfang deiner Grillen.

FAUST.

Mein Auge war aufs hohe Meer gezogen;
Es schwoll empor, sich in sich selbst zu thürmen.
Dann ließ es nach und schüttete die Wogen,
Des flachen Ufers Breite zu bestürmen.
Und das verdroß mich; Wie der Uebermuth
Den freyen Geist, der alle Rechte schätzt,
Durch leidenschaftlich aufgeregtes Blut,
Ins Mißbehagen des Gefühls versetzt.
Ich hielt's für Zufall, schärfte meinen Blick,
Die Woge stand und rollte dann zurück,
Entfernte sich vom stolz erreichten Ziel;
Die Stunde kommt, sie wiederholt das Spiel.

MEPHISTOPHELES *ad Spectatores*.

Da ist für mich nichts Neues zu erfahren,
Das kenn ich schon seit hunderttausend Jahren.

FAUST *leidenschaftlich fortfahrend*.

Sie schleicht heran, an abertausend Enden
Unfruchtbar selbst Unfruchtbarkeit zu spenden,
Nun schwillt's und wächst und rollt und überzieht
Der wüsten Strecke widerlich Gebiet.
Da herrschet Well auf Welle kraftbegeistet,
Zieht sich zurück und es ist nichts geleistet.
Was zur Verzweiflung mich beängstigen könnte,
Zwecklose Kraft, unbändiger Elemente!
Da wagt mein Geist sich selbst zu überfliegen,
Hier möcht' ich kämpfen, dieß möcht ich besiegen.

Und es ist möglich, fluthend wie sie sey,
An jedem Hügel schmiegt sie sich vorbey;
Sie mag sich noch so übermüthig regen,
Geringe Höhe ragt ihr stolz entgegen,
Geringe Tiefe zieht sie mächtig an.
Da faßt ich schnell im Geiste Plan auf Plan:
Erlange dir das köstliche Genießen
Das herrische Meer vom Ufer auszuschließen,
Der feuchten Breite Gränzen zu verengen
Und, weit hinein, sie in sich selbst zu drängen.
Schon Schritt für Schritt wußt ich mirs zu erörtern;
Das ist mein Wunsch, den wage zu befördern.
Trommeln und kriegerische Musick im Rücken der Zuschauer, aus der Ferne, von der rechten Seite her.

MEPHISTOPHELES.
Wie leicht ist das! Hörst du die Trommeln fern?

FAUST.
Schon wieder Krieg! der Kluge hörts nicht gern.

MEPHISTOPHELES.
Krieg oder Frieden. Klug ist das Bemühen
Zu seinem Vortheil etwas auszuziehen.
Man paßt, man merkt auf jedes günstige Nu.
Gelegenheit ist da, nun, Fauste greife zu.

FAUST.
Mit solchem Räthselkram verschone mich!
Und kurz und gut, was solls? Erkläre dich.

MEPHISTOPHELES.
Auf meinem Zuge blieb mir nicht verborgen
Der gute Kaiser schwebt in großen Sorgen,
Du kennst ihn ja. Als wir ihn unterhielten,
Ihm falschen Reichthum in die Hände spielten,
Da war die ganze Welt ihm feil.
Denn jung ward ihm der Thron zu Theil,

Und ihm beliebt' es falsch zu schließen:
Es könne wohl zusammengehn,
Und sey recht wünschenswerth und schön,
Regieren und zugleich genießen.

FAUST.

Ein großer Irrthum. Wer befehlen soll,
Muss im Befehlen Seligkeit empfinden.
Ihm ist die Brust von hohem Willen voll,
Doch was er will, es darfs kein Mensch ergründen.
Was er den Treusten in das Ohr geraunt,
Es ist gethan und alle Welt erstaunt.
So wird er stets der Allerhöchste seyn,
Der Würdigste –, Genießen macht gemein.

MEPHISTOPHELES.

So ist er nicht! Er selbst genoß und wie?
Indeß zerfiel das Reich in Anarchie,
Wo Groß und Klein sich kreuz und queer befehdeten,
Und Brüder sich vertrieben, tödteten.
Burg gegen Burg, Stadt gegen Stadt,
Zunft gegen Adel – Fehde hat,
Der Bischoff mit Capitel und Gemeinde;
Was sich nur ansah waren Feinde.
In Kirchen Mord und Todtschlag, vor den Thoren
Ist jeder Kauf- und Wandersmann verloren.
Und allen wuchs die Kühnheit nicht gering;
Denn leben hieß sich wehren – Nun das ging.

FAUST.

Es ging, es hinkte, fiel, stand wieder auf;
Dann überschlug sich's, rollte plump zu Hauf.

MEPHISTOPHELES.

Und solchen Zustand durfte niemand schelten,
Ein jeder konnte, jeder wollte gelten.

Der Kleinste selbst er galt für voll.
Doch war's zuletzt den Besten allzutoll.
Die Tüchtigen sie standen auf mit Kraft
Und sagten: Herr ist der uns Ruhe schafft.
Der Kaiser kanns nicht, wills nicht – laßt uns wählen,
Den neuen Kaiser neu das Reich beseelen,
Indem er jeden sicher stellt,
In einer frisch geschaffnen Welt
Fried' und Gerechtigkeit vermählen.

FAUST.
Das klingt sehr pfäffisch.

MEPHISTOPHELES. Pfaffen warens auch,
Sie sicherten den wohlgenährten Bauch.
Sie waren mehr als andere betheiligt.
Der Aufruhr schwoll, der Aufruhr ward geheiligt;
Und unser Kaiser, den wir froh gemacht,
Zieht sich hieher, vielleicht zur letzten Schlacht.

FAUST.
Er jammert mich, er war so gut und offen.

MEPHISTOPHELES.
Komm, sehn wir zu, der Lebende soll hoffen.
Befreyn wir ihn aus diesem engen Thale!
Einmal gerettet ist's für tausendmale.
Wer weiß wie noch die Würfel fallen?
Und hat er Glück so hat er auch Vasallen.
Sie steigen über das Mittelgebirg herüber und beschauen die Anordnung des Heeres im Thal. Trommeln und Kriegsmusick schallt von unten auf.

MEPHISTOPHELES.
Die Stellung, seh ich, gut ist sie genommen,
Wir treten zu, dann ist der Sieg vollkommen.

FAUST.
Was kann da zu erwarten seyn?
Trug! Zauberblendwerk! Hohler Schein.
MEPHISTOPHELES.
Kriegslist um Schlachten zu gewinnen!
Befestige dich bey großen Sinnen,
Indem du deinen Zweck bedenkst.
Erhalten wir dem Kaiser Thron und Lande,
So kniest du nieder und empfängst
Die Leh'n von gränzenlosem Strande.
FAUST.
Schon manches hast du durchgemacht,
Nun, so gewinn' auch eine Schlacht.
MEPHISTOPHELES.
Nein, du gewinnst sie! Diesesmal
Bist du der Obergeneral.
FAUST.
Das wäre mir die rechte Höhe
Da zu befehlen wo ich nichts verstehe.
MEPHISTOPHELES.
Laß du den Generalstab sorgen
Und der Feldmarschall ist geborgen.
Kriegsunrath hab ich längst verspürt,
Den Kriegsrath gleich voraus formirt,
Aus Urgebirgs Urmenschenkraft;
Wohl dem der sie zusammenrafft.
FAUST.
Was seh ich dort was Waffen trägt?
Hast du das Bergvolk aufgeregt?
MEPHISTOPHELES.
Nein! aber, gleich Herrn Peter Squenz,
Vom ganzen Prass die Quintessenz.

DIE DREY GEWALTIGEN *treten auf.* *(Sam. II,23,8.)*

MEPHISTOPHELES.
Da kommen meine Bursche ja!
Du siehst, von sehr verschiedenen Jahren,
Verschiednem Kleid und Rüstung sind sie da,
Du wirst nicht schlecht mit ihnen fahren.
Ad Spectatores. Es liebt sich jetzt ein jedes Kind
Den Harnisch und den Ritterkragen;
Und, allegorisch wie die Lumpe sind,
Sie werden nur um desto mehr behagen.

RAUFEBOLD *jung, leicht bewaffnet, bunt gekleidet.*
Wenn einer mir ins Auge sieht
Werd ich ihm mit der Faust gleich in die Fresse fahren,
Und eine Memme wenn sie flieht
Fass ich bey ihren letzten Haaren.

HABEBALD *männlich, wohlbewaffnet, reich gekleidet.*
So leere Händel das sind Possen,
Damit verdirbt man seinen Tag;
Im Nehmen sey nur unverdrossen,
Nach allem andern frag hernach.

HALTEFEST *bejahrt, stark bewaffnet, ohne Gewand.*
Damit ist auch nicht viel gewonnen,
Bald ist ein großes Gut zerronnen,
Es rauscht im Lebensstrom hinab.
Zwar nehmen ist recht gut doch besser ists behalten;
Laß du den grauen Kerl nur walten
Und niemand nimmt dir etwas ab.
Sie steigen allzusammen tiefer.

Auf dem Vorgebirg

Trommeln und kriegerische Musick von unten.
Des Kaisers Zelt wird aufgeschlagen.

KAISER. OBERGENERAL. TRABANTEN.

OBERGENERAL.
Noch immer scheint der Vorsatz wohl erwogen
Daß wir, in dieß gelegene Thal,
Das ganze Heer gedrängt zurückgezogen,
Ich hoffe fest uns glückt die Wahl.

KAISER.
Wie es nun geht, es muß sich zeigen;
Doch mich verdrießt die halbe Flucht, das Weichen.

OBERGENERAL.
Schau hier, mein Fürst, auf unsre rechte Flanke.
Solch ein Terrain wünscht sich der Kriegsgedanke;
Nicht steil die Hügel, doch nicht allzu gänglich,
Den Unsern vortheilhaft, dem Feind verfänglich.
Wir, halb versteckt, auf wellenförmigem Plan;
Die Reiterey sie wagt sich nicht heran.

KAISER.
Mir bleibt nichts übrig als zu loben;
Hier kann sich Arm und Brust erproben.

OBERGENERAL.
Hier, auf der Mittelwiese flachen Räumlichkeiten,
Siehst du den Phalanx, wohlgemuth zu streiten.
Die Piken blinken flimmernd in der Luft,
Im Sonnenglanz, durch Morgennebelduft.
Wie dunkel wogt das mächtige Quadrat!
Zu Tausenden glühts hier auf große That.

Du kannst daran der Masse Kraft erkennen,
Ich trau ihr zu der Feinde Kraft zu trennen.

KAISER.

Den schönen Blick hab' ich zum ersten Mal.
Ein solches Heer gilt für die Doppelzahl.

OBERGENERAL.

Von unsrer Linken hab ich nichts zu melden,
Den starren Fels besetzen wackere Helden.
Das Steingeklipp, das jetzt von Waffen blitzt,
Den wichtigen Pass der engen Klause schützt.
Ich ahne schon hier scheitern Feindeskräfte
Unvorgesehn im blutigen Geschäfte.

KAISER.

Dort ziehn sie her die falschen Anverwandten,
Wie sie mich Oheim, Vetter, Bruder nannten,
Sich immer mehr und wieder mehr erlaubten,
Dem Scepter Kraft, dem Thron Verehrung raubten;
Dann, unter sich entzweyt, das Reich verheerten,
Und nun gesammt sich gegen mich empörten.
Die Menge schwankt im ungewissen Geist,
Dann strömt sie nach wohin der Strom sie reißt.

OBERGENERAL.

Ein treuer Mann, auf Kundschaft ausgeschickt,
Kommt eilig Felsenab; seys ihm geglückt!

ERSTER KUNDSCHAFTER.

Glücklich ist sie uns gelungen,
Listig, muthig unsre Kunst,
Daß wir hin und her gedrungen;
Doch wir bringen wenig Gunst.
Viele schwören reine Huldigung
Dir, wie manche treue Schaar,
Doch Unthätigkeits-Entschuldigung:
Innere Gährung, Volksgefahr.

KAISER.

Sich selbst erhalten bleibt der Selbstsucht Lehre,
Nicht Dankbarkeit und Neigung, Pflicht und Ehre.
Bedenkt ihr nicht, wenn eure Rechnung voll,
Dass Nachbars Hausbrand Euch verzehren soll.

OBERGENERAL.

Der Zweyte kommt, nur langsam steigt er nieder,
Dem müden Manne zittern alle Glieder.

ZWEYTER KUNDSCHAFTER.

Erst gewahrten wir vergnüglich
Wilden Wesens irren Lauf;
Unerwartet, unverzüglich
Trat ein neuer Kaiser auf.
Und auf vorgeschriebnen Bahnen
Zieht die Menge durch die Flur;
Den entrollten Lügenfahnen
Folgen alle. – Schafsnatur!

KAISER.

Ein Gegenkaiser kommt mir zum Gewinn,
Nun fühl ich erst daß Ich der Kaiser bin.
Nur als Soldat legt ich den Harnisch an,
Zu höherem Zweck ist er nun umgethan.
Bey jedem Fest, wenns noch so glänzend war,
Nichts ward vermißt, mir fehlte die Gefahr.
Wie ihr auch seyd zum Ringspiel riethet ihr,
Mir schlug das Herz ich athmete Turnier.
Und hättet ihr mir nicht vom Kriegen abgerathen,
Jetzt glänzt' ich schon in lichten Heldenthaten.
Selbstständig fühlt ich meine Brust besiegelt,
Als ich mich dort im Feuerreich bespiegelt,
Das Element drang gräßlich auf mich los,
Es war nur Schein, allein der Schein war groß.

Von Sieg und Ruhm hab ich verwirrt geträumt,
Ich bringe nach was frevelhaft versäumt.
Die Herolde werden abgefertigt zu Herausforderung des Gegenkaisers.

FAUST, *geharnischt mit halbgeschloßnem Helme*,
DIE DREY GEWALTIGEN, *gerüstet und gekleidet wie oben*.

FAUST.

Wir treten auf, und hoffen ungescholten;
Auch ohne Noth hat Vorsicht wohl gegolten.
Du weist das Bergvolk denkt und simulirt,
Ist in Natur- und Felsenschrift studirt.
Die Geister, längst dem flachen Land entzogen,
Sind mehr als sonst dem Felsgebirg gewogen.
Sie wirken still durch labyrinthische Klüfte,
Im edlen Gas, metallisch reicher Düfte;
In stetem Sondern, Prüfen und Verbinden,
Ihr einziger Trieb ist Neues zu erfinden.
Mit leisem Finger geistiger Gewalten,
Erbauen sie durchsichtige Gestalten;
Dann im Krystall und seiner ewigen Schweigniß
Erblicken sie der Oberwelt Ereigniß.

KAISER.

Vernommen hab ich's und ich glaube dir;
Doch, wackrer Mann, sag an: was soll das hier?

FAUST.

Der Negromant von Norcia, der Sabiner,
Ist dein getreuer ehrenhafter Diener.
Welch gräulich Schicksal droht' ihm ungeheuer,
Das Reißig prasselte, schon züngelte das Feuer;

Die trocknen Scheite, rings umher verschränkt,
Mit Pech und Schwefelruthen untermengt;
Nicht Mensch, noch Gott, noch Teufel konnte retten,
Die Majestät zersprengte glühende Ketten.
Dort war's in Rom. Er bleibt dir hoch verpflichtet,
Auf deinen Gang in Sorge stets gerichtet.
Von jener Stund' an ganz vergaß er sich,
Er fragt den Stern, die Tiefe nur für dich.
Er trug uns auf, als eiligstes Geschäfte,
Bey dir zu stehn. Groß sind des Berges Kräfte;
Da wirkt Natur so übermächtig frey,
Der Pfaffen Stumpfsinn schilt es Zauberey.

KAISER.

Am Freudentag wenn wir die Gäste grüßen,
Die heiter kommen heiter zu genießen,
Da freut uns jeder wie er schiebt und drängt,
Und, Mann für Mann, der Säle Raum verengt.
Doch höchst willkommen muß der Biedre seyn,
Tritt er als Beystand kräftig zu uns ein,
Zur Morgenstunde, die bedenklich waltet,
Weil über ihr des Schicksals Wage schaltet.
Doch lenket hier, im hohen Augenblick,
Die starke Hand vom willigen Schwerdt zurück:
Ehrt den Moment, wo manche tausend schreiten,
Für oder wider mich, zu streiten.
Selbst ist der Mann! Wer Thron und Kron begehrt
Persönlich sey er solcher Ehren werth.
Sey das Gespenst, das gegen uns erstanden
Sich Kaiser nennt und Herr von unsern Landen,
Des Heeres Herzog, Lehnsherr unsrer Großen,
Mit eigner Faust in's Todtenreich gestoßen.

FAUST.

Wie es auch sey das Große zu vollenden,
Du thust nicht wohl dein Haupt so zu verpfänden.
Ist nicht der Helm mit Kamm und Busch geschmückt,
Er schützt das Haupt das unsern Muth entzückt.
Was, ohne Haupt, was förderten die Glieder?
Denn schläfert jenes, alle sinken nieder;
Wird es verletzt, gleich alle sind verwundet,
Erstehen frisch, wenn jenes rasch gesundet.
Schnell weiß der Arm sein starkes Recht zu nützen,
Er hebt den Schild den Schädel zu beschützen,
Das Schwerdt gewahret seiner Pflicht sogleich,
Lenkt kräftig ab und wiederholt den Streich;
Der tüchtige Fuß nimmt Theil an ihrem Glück,
Setzt dem Erschlagenen frisch sich ins Genick.

KAISER.

Das ist mein Zorn, so möcht ich ihn behandeln,
Das stolze Haupt in Schemeltritt verwandeln.

HEROLDE *kommen zurück.*

Wenig Ehre wenig Geltung
Haben wir daselbst genossen,
Unsrer kräftig edlen Meldung
Lachten sie als schaaler Possen:
»Euer Kaiser ist verschollen,
Echo dort im engen Thal;
Wenn wir sein gedenken sollen,
Mährchen sagt: – Es war einmal.«

FAUST.

Dem Wunsch gemäß der Besten ists geschehn,
Die, fest und treu, an deiner Seite stehn.
Dort naht der Feind, die Deinen harren brünstig,
Befiehl den Angriff, der Moment ist günstig.

KAISER.
Auf das Commando leist ich hier Verzicht.
Zum Oberfeldherrn.
In deinen Händen, Fürst, sey deine Pflicht.
OBERGENERAL.
So trete denn der rechte Flügel an!
Des Feindes Linke, eben jetzt im Steigen,
Soll, eh sie noch den letzten Schritt gethan,
Der Jugendkraft geprüfter Treue weichen.
FAUST.
Erlaube denn dass dieser muntre Held
Sich ungesäumt in deine Reihen stellt,
Sich deinen Reihen innigst einverleibt,
Und, so gesellt, sein kräftig Wesen treibt.
Er deutet zur Rechten.
RAUFEBOLD *tritt vor.*
Wer das Gesicht mir zeigt der kehrts nicht ab
Als mit zerschlagnen Unter- und Oberbacken,
Wer mir den Rücken kehrt, gleich liegt ihm schlapp
Hals, Kopf und Schopf hinschlotternd graß im Nacken.
Und schlagen deine Männer dann
Mit Schwerd und Kolben wie ich wüthe,
So stürzt der Feind, Mann über Mann,
Ersäuft im eigenen Geblüte. *Ab.*
OBERGENERAL.
Der Phalanx unsrer Mitte folge sacht,
Dem Feind begegn' er, klug mit aller Macht,
Ein wenig rechts, dort hat bereits, erbittert,
Der unseren Streitkraft ihren Plan erschüttert.
FAUST *auf den Mittelsten deutend.*
So folge denn auch dieser deinem Wort.
[Er ist behend, reißt alles mit sich fort.]

HABEBALD *tritt hervor.*

Dem Heldenmuth der Kaiserschaaren
Soll sich der Durst nach Beute paaren;
Und allen sey das Ziel gestellt:
Des Gegenkaisers reiches Zelt.
Er prahlt nicht lang auf seinem Sitze,
Ich ordne mich dem Phalanx an die Spitze.

EILEBEUTE *Marketenderin, sich an ihn anschmiegend.*

Bin ich auch ihm nicht angeweibt,
Er mir der liebste Buhle bleibt.
Für uns ist solch ein Herbst gereift!
Die Frau ist grimmig wenn sie greift,
Ist ohne Schonung wenn sie raubt;
Im Sieg voran! und alles ist erlaubt.
Beyde ab.

OBERGENERAL.

Auf unsre Linke, wie vorauszusehn,
Stürzt ihre Rechte, kräftig. Widerstehn
Wird, Mann für Mann, dem wüthenden Beginnen
Den engen Pass des Felswegs zu gewinnen.

FAUST *winkt nach der Linken.*

So bitte Herr auch diesen zu bemerken,
Es schadet nichts wenn Starke sich verstärken.

HALTEFEST *tritt vor.*

Dem linken Flügel keine Sorgen!
Da wo ich bin ist der Besitz geborgen,
In ihm bewähret sich der Alte,
Kein Strahlblitz spaltet was ich halte. *Ab.*

MEPHISTOPHELES *von oben herunter kommend.*

Nun schauet wie im Hintergrunde,
Aus jedem zackigen Felsenschlunde,
Bewaffnete hervor sich drängen,
Die schmalen Pfade zu verengen.

Mit Helm und Harnisch, Schwerdern, Schilden,
In unserm Rücken eine Mauer bilden,
Den Wink erwartend zuzuschlagen.
Leise zu den Wissenden.
Woher das kommt müßt ihr nicht fragen.
Ich habe freylich nicht gesäumt
Die Waffensäle ringsum ausgeräumt;
Da standen sie zu Fuß zu Pferde,
Als wären sie noch Herrn der Erde,
Sonst waren's Ritter, König, Kaiser,
Jetzt sind es nichts als leere Schneckenhäuser.
Gar manch Gespenst hat sich darein geputzt,
Das Mittelalter lebhaft aufgestutzt.
Welch Teufelchen auch drinne steckt,
Für diesmal macht es doch Effect.
Laut. Hört wie sie sich voraus erbosen,
Blechklappernd aneinander stoßen!
Auch flattern Fahnenfetzen bey Standarten,
Die frischer Lüftchen ungeduldig harrten.
Bedenkt, hier ist ein altes Volk bereit
Und mischte gern sich auch zum neuen Streit.

Furchtbarer Posaunenschall von oben, im feindlichen Heere merkliche Schwankung.

FAUST.

Der Horizont hat sich verdunkelt,
Nur hie und da bedeutend funkelt
Ein rother ahnungsvoller Schein;
Schon blutig blinken die Gewehre,
Der Fels, der Wald, die Atmosphäre,
Der ganze Himmel mischt sich ein.

MEPHISTOPHELES.

Die rechte Flanke hält sich kräftig;
Doch seh ich, ragend unter diesen,
Hans Raufbold, den behenden Riesen,
Auf seine Weise rasch geschäftig.

KAISER.

Erst sah ich Einen Arm erhoben,
Jetzt seh ich schon ein Dutzend toben,
Naturgemäß geschieht es nicht.

FAUST.

Vernahmst du nichts von Nebelstreifen
Die auf Siciliens Küsten schweifen?
Dort, schwankend klar, im Tageslicht,
Erhoben zu den Mittellüften,
Gespiegelt in besondern Düften,
Erscheint ein seltsames Gesicht.
Da schwanken Städte hin und wider,
Da steigen Gärten auf und nieder,
Wie Bild um Bild den Äther bricht.

KAISER.

Doch wie bedenklich! Alle Spitzen
Der hohen Speere seh ich blitzen;
Auf unsrer Phalanx blanken Lanzen
Seh ich behende Flämmchen tanzen.
Das scheint mir gar zu geisterhaft.

FAUST.

Verzeih, o Herr, das sind die Spuren
Verschollner geistiger Naturen,
Ein Widerschein der Dioskuren,
Bey denen alle Schiffer schwuren,
Sie sammeln hier die letzte Kraft.

KAISER.

Doch sage wem sind wir verpflichtet
Daß die Natur, auf uns gerichtet,
Das Seltenste zusammenrafft?

MEPHISTOPHELES.

Wem als dem Meister, jenem hohen,
Der dein Geschick im Busen trägt?
Durch deiner Feinde starkes Drohen
Ist er im Tiefsten aufgeregt.
Sein Dank will dich gerettet sehen,
Und sollt er selbst daran vergehen.

KAISER.

Sie jubelten mich pomphaft umzuführen,
Ich war nun was, das wollt ich auch probiren,
Und fands gelegen, ohne viel zu denken,
Dem weißen Barte kühle Luft zu schenken.
Dem Klerus hab ich eine Lust verdorben,
Und ihre Gunst mir freylich nicht erworben.
Nun sollt ich seit so manchen Jahren
Die Wirkung frohen Thuns erfahren?

FAUST.

Freyherzige Wohlthat wuchert reich;
Laß deinen Blick sich aufwärts wenden!
Mich däucht Er will ein Zeichen senden,
Gieb acht, es deutet sich sogleich.

KAISER.

Ein Adler schwebt im Himmelhohen,
Ein Greif ihm nach mit wildem Drohen.

FAUST.

Gieb acht: gar günstig scheint es mir.
Greif ist ein fabelhaftes Thier;

Wie kann er sich so weit vergessen,
Mit ächtem Adler sich zu messen?

KAISER.

Nunmehr, in weitgedehnten Kreisen,
Umziehn sie sich; – in gleichem Nu,
Sie fahren aufeinander zu
Sich Brust und Hälse zu zerreißen.

FAUST.

Nun merke wie der leidige Greif,
Zerzerrt, zerzaust nur Schaden findet,
Und, mit gesenktem Löwenschweif,
Zum Gipfelwald gestürzt, verschwindet.

KAISER.

Seys, wie gedeutet, so gethan!
Ich nehm es mit Verwundrung an.

MEPHISTOPHELES *gegen die Rechte.*

Dringend wiederholten Streichen
Müssen unsre Feinde weichen,
Und, mit ungewissem Fechten,
Drängen sie nach ihrer Rechten
Und verwirren so im Streite
Ihrer Hauptmacht linke Seite.
Unsers Phalanx feste Spitze
Zieht sich rechts, und gleich dem Blitze
Fährt sie in die schwache Stelle. –
Nun, wie sturmbewegte Welle,
Sprühend, wüthen gleiche Mächte,
Wild in doppeltem Gefechte,
Herrlichers ist nichts ersonnen
Uns ist diese Schlacht gewonnen.

KAISER *an der linken Seite zu Faust.*

Schau! Mir scheint es dort bedenklich,
Unser Posten steht verfänglich.

Keine Steine seh ich fliegen,
Niedre Felsen sind erstiegen,
Obre stehen schon verlassen.
Jetzt! – Der Feind, zu ganzen Massen
Immer näher angedrungen,
Hat vielleicht den Paß errungen.
Schlußerfolg unheiligen Strebens!
Eure Künste sind vergebens.

Pause.

MEPHISTOPHELES.
Da kommen meine beiden Raben,
Was mögen die für Botschaft haben?
Ich fürchte gar es geht uns schlecht.

KAISER.
Was sollen diese leidigen Vögel?
Sie richten ihre schwarzen Segel
Hierher vom heißen Felsgefecht.

MEPHISTOPHELES *zu den Raben.*
Setzt euch ganz nah zu meinen Ohren.
Wen ihr beschützt ist nicht verloren,
Denn euer Rath ist folgerecht.

FAUST *zum Kaiser.*
Von Tauben hast du ja vernommen,
Die aus den fernsten Landen kommen,
Zu ihres Nestes Brut und Kost.
Hier ist's, mit wichtigen Unterschieden;
Die Taubenpost bedient den Frieden,
Der Krieg befiehlt die Rabenpost.

MEPHISTOPHELES.
Es meldet sich ein schwer Verhängniß,
Seht hin! gewahret die Bedrängniß

Um unsrer Helden Felsenrand.
Die nächsten Höhen sind erstiegen,
Und würden sie den Paß besiegen,
Wir hätten einen schweren Stand.

KAISER.

So bin ich endlich doch betrogen!
Ihr habt mich in das Netz gezogen,
Mir graut seitdem es mich umstrickt.

MEPHISTOPHELES.

Nur Muth! Noch ist es nicht mißglückt.
Geduld und Pfiff zum letzten Knoten;
Gewöhnlich gehts am Ende scharf.
Ich habe meine sichern Boten,
Befehlt daß ich befehlen darf.

OBERGENERAL *der indeßen herangekommen.*

Mit diesen hast du dich vereinigt,
Mich hat's die ganze Zeit gepeinigt,
Das Gaukeln schafft kein festes Glück.
Ich weiß nichts an der Schlacht zu wenden,
Begannen sie's, sie mögen's enden,
Ich gebe meinen Stab zurück.

KAISER.

Behalt ihn bis zu bessern Stunden,
Die uns vielleicht das Glück verleiht.
Mir schaudert vor dem garstigen Kunden,
Und seiner Rabentraulichkeit.
Zu Mephistopheles.
Den Stab kann ich dir nicht verleihen,
Du scheinst mir nicht der rechte Mann,
Befiehl, und such uns zu befreyen;
Geschehe, was geschehen kann.
Ab ins Zelt mit dem Obergeneral.

MEPHISTOPHELES.

Mag ihn der stumpfe Stab beschützen!
Uns andern könnt er wenig nützen,
Es war so was vom Kreuz daran.

FAUST.

Was ist zu thun.

MEPHISTOPHELES.

Es ist gethan! –
Nun schwarze Vettern, rasch im Dienen,
Zum großen Bergsee! grüßt mir die Undinen,
Und bittet sie um ihrer Fluthen Schein.
Durch Weiberkünste, schwer zu kennen,
Verstehen sie vom Seyn den Schein zu trennen,
Und jeder schwört das sey das Seyn.

Pause.

FAUST.

Den Wasserfräulein müssen unsre Raben
Recht aus dem Grund geschmeichelt haben,
Dort fängt es schon zu rieseln an.
An mancher trocknen, kahlen Felsenstelle
Entwickelt sich die volle, rasche Quelle,
Um jener Sieg ist es gethan.

MEPHISTOPHELES.

Das ist ein wunderbarer Gruß,
Die kühnsten Kletterer sind confuß.

FAUST.

Schon rauscht Ein Bach zu Bächen mächtig nieder,
Aus Schluchten kehren sie gedoppelt wieder,
Ein Strom nun wirft den Bogenstrahl,

Auf einmal legt er sich in flache Felsenbreite
Und rauscht und schäumt, nach der und jener Seite,
Und stufenweise wirft er sich ins Thal.
Was hilft ein tapfres heldenmäßiges Stemmen?
Die mächtige Woge strömt sie wegzuschwemmen.
Mir schaudert selbst vor solchem wilden Schwall.

MEPHISTOPHELES.

Ich sehe nichts von diesen Wasserlügen,
Nur Menschen Augen lassen sich betrügen
Und mich ergötzt der wunderliche Fall.
Sie stürzen fort zu ganzen hellen Haufen,
Die Narren wähnen zu ersaufen,
Indem sie frey auf festem Lande schnaufen,
Und lächerlich mit Schwimmgebärden laufen.
Nun ist Verwirrung überall.

Die Raben sind wiedergekommen.

Ich werd euch bey dem hohen Meister loben;
Wollt ihr euch nun als Meister selbst erproben,
So eilet zu der glühenden Schmiede,
Wo das Gezwerg-Volk, nimmer müde,
Metall und Stein zu Funken schlägt.
Verlangt, weitläufig sie beschwatzend,
Ein Feuer, leuchtend, blinkend, platzend,
Wie man's im hohen Sinne hegt.
Zwar Wetterleuchten in der weiten Ferne,
Blickschnelles Fallen allerhöchster Sterne,
Mag jede Sommernacht geschehn;
Doch Wetterleuchten in verworrnen Büschen,
Und Sterne die am feuchten Boden zischen,
Das hat man nicht so leicht gesehn.
So müßt ihr, ohn' Euch viel zu quälen,
Zuvörderst bitten, dann befehlen.

Raben ab. Es geschieht wie vorgeschrieben.

MEPHISTOPHELES.

Den Feinden dichte Finsternisse!
Und Tritt und Schritt in's Ungewisse!
Irrfunken-Blick an allen Enden,
Ein Leuchten plötzlich zu verblenden.
Das alles wäre wunderschön,
Nun aber brauchts noch Schreckgetön.

FAUST.

Die hohlen Waffen aus der Säle Grüften,
Empfinden sich erstarkt in freyen Lüften;
Da droben klappert's, rasselt's lange schon,
Ein wunderbarer falscher Ton.

MEPHISTOPHELES.

Ganz recht! sie sind nicht mehr zu zügeln,
Schon schallts von ritterlichen Prügeln,
Wie in der holden alten Zeit.
Armschienen, wie der Beine Schienen,
Als Guelfen und als Ghibellinen,
Erneuen rasch den ewigen Streit.
Fest, im ererbten Sinne wöhnlich,
Erweisen sie sich unversöhnlich,
Schon klingt das Tosen weit und breit.
Zuletzt, bei allen Teufelsfesten,
Wirkt der Partheyhaß doch zum Besten,
Bis in den allerletzten Grauß.
Schallt wider-widerwärtig panisch,
Mitunter grell und scharf-satanisch,
Erschreckend in das Tal hinaus.

Kriegstummult im Orchester, zuletzt übergehend
in militärisch heitre Weisen.

Des Gegenkaisers Zelt,

Thron, reiche Umgebung

HABEBALD, EILEBEUTE.

EILEBEUTE.
So sind wir doch die ersten hier!
HABEBALD.
Kein Rabe fliegt so schnell als wir.
EILEBEUTE.
O! welch ein Schatz liegt hier zu Hauf!
Wo fang ich an! Wo hör' ich auf?
HABEBALD.
Steht doch der ganze Raum so voll!
Weiß nicht wozu ich greifen soll.
EILEBEUTE.
Der Teppich wär mir eben recht,
Mein Lager ist oft gar zu schlecht.
HABEBALD.
Hier, hängt von Stahl ein Morgenstern,
Dergleichen hätt' ich lange gern.
EILEBEUTE.
Den rothen Mantel goldgesäumt,
So etwas hatt' ich mir geträumt.
HABEBALD *die Waffe nehmend.*
Damit ist es gar bald gethan,
Man schlägt ihn todt und geht voran.
Du hast so viel schon aufgepackt,
Und doch nichts rechtes eingesackt.
Den Plunder laß an seinem Ort,
Nehm' eines dieser Kistchen fort!

Dies ist des Heers beschiedner Sold,
In seinem Bauche lauter Gold.

EILEBEUTE.

Dieß hat ein mörderisch Gewicht,
Ich heb es nicht, ich trag es nicht.

HABEBALD.

Geschwinde duck dich! Mußt dich bücken!
Ich hucke dir's auf den starken Rücken.

EILEBEUTE.

O Weh! O Weh nun ist's vorbey!
Die Last bricht mir das Kreuz entzwey.
Das Kistchen stürzt und springt auf.

HABEBALD.

Da liegt das rothe Gold zu Hauf,
Geschwinde zu und raff es auf.

EILEBEUTE *kauert nieder.*

Geschwinde nur zum Schooß hinein!
Noch immer wirds zur Gnüge seyn.

HABEBALD.

Und so genug! und eile doch!
Sie steht auf.
O weh die Schürze hat ein Loch!
Wohin du gehst und wo du stehst
Verschwenderisch die Schätze säst.

TRABANTEN *unsres Kaisers.*

Was schafft ihr hier am heiligen Platz?
Was kramt ihr in den Kaiserschatz.

HABEBALD.

Wir trugen unsre Glieder feil,
Und holen unser Beutetheil.
In Feindes-Zelten ists der Brauch
Und wir, Soldaten sind wir auch.

TRABANTEN.

Das passet nicht in unsern Kreis
Zugleich Soldat und Diebsgeschmeiß,
Und wer sich unserm Kaiser naht,
Der sey ein redlicher Soldat.

HABEBALD.

Die Redlichkeit die kennt man schon.
Sie heißet: Contribution.
Ihr alle seyd auf gleichem Fuß:
Gieb her! das ist der Handwerksgruß.
Zu Eilebeute. Mach fort und schleppe was du hast,
Hier sind wir nicht willkommner Gast. *Ab.*

ERSTER TRABANT.

Sag warum gabst du nicht sogleich
Dem frechen Kerl einen Backenstreich?

ZWEYTER.

Ich weiß nicht, mir verging die Kraft,
Sie waren so gespensterhaft.

DRITTER.

Mir ward es vor den Augen schlecht,
Da flimmert es, ich sah nicht recht.

VIERTER.

Wie ich es nicht zu sagen weiß:
Es war den ganzen Tag so heiß,
So bänglich, so beklommen schwül,
Der eine stand der andere fiel,
Man tappte hin und schlug zugleich,
Der Gegner fiel vor jedem Streich,
Vor Augen schwebt es wie ein Flor,
Dann summts und saußts und zischt im Ohr.
Das ging so fort, nun sind wir da
Und wissen selbst nicht wie's geschah.

KAISER *mit* VIER FÜRSTEN *treten auf.*
DIE TRABANTEN *entfernen sich.*

KAISER.
Es sey nun wie ihm sey! uns ist die Schlacht gewonnen,
Des Feinds zerstreute Flucht im flachen Feld zerronnen.
Hier steht der leere Thron, verrätherischer Schatz,
Von Teppichen umhüllt, verengt umher den Platz.
Wir, ehrenvoll, geschützt von eigenen Trabanten,
Erwarten Kayserlich der Völker Abgesandten;
Von allen Seiten her kommt frohe Botschaft an:
Beruhigt sey das Reich, uns freudig zugethan.
Hat sich in unsern Kampf auch Gaukeley geflochten,
Am Ende haben wir uns nur allein gefochten.
Zufälle kommen ja dem Streitenden zu gut,
Vom Himmel fällt ein Stein, dem Feinde regnets Blut,
Aus Felsenhöhlen tönt's von mächtigen Wunderklängen,
Die unsre Brust erhöhn, des Feindes Brust verengen.
Der Ueberwundne fiel, zu stets erneutem Spott,
Der Sieger, wie er prangt, preist den gewognen Gott.
Und alles stimmt mit ein, er braucht nicht zu befehlen,
Herr Gott dich loben wir! aus Millionen Kehlen.
Jedoch zum höchsten Preis wend ich den frommen Blick,
Das selten sonst geschah, zur eignen Brust zurück.
Ein junger muntrer Fürst mag seinen Tag vergeuden,
Die Jahre lehren ihn des Augenblicks Bedeuten.
Deshalb denn ungesäumt, verbind' ich mich sogleich
Mit euch Vier Würdigen, für Haus und Hof und Reich.
Zum ersten.
Dein war o Fürst! des Heers geordnet kluge Schichtung,
Sodann, im Hauptmoment, heroisch kühne Richtung;

Im Frieden wirke nun wie es die Zeit begehrt,
Erbmarschall nenn ich dich, verleihe dir das Schwerdt.

ERBMARSCHALL.

Dein treues Heer, bis jetzt im Inneren beschäftigt,
Wenn's an der Gränze dich und deinen Thron bekräftigt,
Dann sey es uns vergönnt, bey Festesdrang im Saal
Geräumiger Vaterburg, zu rüsten dir das Maal.
Blank trag ichs dir dann vor, blank halt ich dirs zur Seite,
Der höchsten Majestät zu ewigem Geleite.

DER KAISER *zum Zweyten.*

Der sich, als tapfrer Mann, auch zart gefällig zeigt,
Du! Sey Erzkämmerer, der Auftrag ist nicht leicht.
Du bist der Oberste von allem Hausgesinde,
Bey deren innerm Streit ich schlechte Diener finde;
Dein Beyspiel sey fortan in Ehren aufgestellt,
Wie Man dem Herrn, dem Hof und Allen wohlgefällt.

ERZKÄMMERER.

Des Herren großen Sinn zu fördern bringt zu Gnaden,
Den Besten hülfreich seyn, den Schlechten selbst nicht schaden,
Dann klar seyn ohne List, und ruhig ohne Trug!
Wenn du mich, Herr, durchschaust, geschieht mir schon genug.
Darf sich die Phantasie auf jenes Fest erstrecken?
Wenn du zur Tafel gehst reich ich das goldne Becken,
Die Ringe halt ich dir, damit zur Wonnezeit
Sich deine Hand erfrischt, wie mich dein Blick erfreut.

KAISER.

Zwar fühl ich mich zu ernst auf Festlichkeit zu sinnen,
Doch seys! Es fördert auch frohmüthiges Beginnen.
Zum Dritten.
Dich wähl' ich zum Erztruchseß! Also sey fortan
Dir Jagd, Geflügel-Hof und Vorwerk unterthan;
Der Lieblingsspeise Wahl laß mir zu allen Zeiten
Wie sie der Monat bringt, und sorgsam zubereiten.

ERZTRUCHSESS.
Streng Fasten sey für mich die angenehmste Pflicht,
Bis, vor dich hingestellt, dich freut ein Wohlgericht.
Der Küche Dienerschaft soll sich mit mir vereinigen,
Das Ferne beyzuziehn, die Jahrszeit zu beschleunigen.
Dich reizt nicht Fern und Früh womit die Tafel prangt,
Einfach und kräftig ist's wornach dein Sinn verlangt.

KAISER *zum Vierten.*
Weil unausweichlich hier sichs nur von Festen handelt,
So sey mir, junger Held, zum Schenken umgewandelt.
Erzschenke sorge nun daß unsre Kellerey
Aufs reichlichste versorgt mit gutem Weine sey.
Du selbst sey mäßig, laß nicht über Heiterkeiten,
Durch der Gelegenheit Verlocken, dich verleiten.

ERZSCHENK.
Mein Fürst die Jugend selbst, wenn man ihr nur vertraut,
Steht, eh man sichs versieht, zu Männern auferbaut.
Auch ich versetze mich zu jenem großen Feste;
Ein Kaiserlich Büffet schmück ich aufs allerbeste
Mit Prachtgefäßen, gülden, silbern allzumal,
Doch wähl' ich dir voraus den lieblichsten Pokal:
Ein blank venedisch Glas, worin Behagen lauschet,
Des Weins Geschmack sich stärkt und nimmermehr berauschet.
Auf solchen Wunderschatz vertraut man oft zu sehr,
Doch deine Mäßigkeit, du Höchster, schützt noch mehr.

KAISER.
Was ich euch zugedacht in dieser ernsten Stunde,
Vernahmt ihr mit Vertraun aus zuverlässigem Munde.
Des Kaisers Wort ist groß und sichert jede Gift,
Doch zur Bekräftigung bedarfs der edlen Schrift,
Bedarfs der Signatur. Die förmlich zu bereiten,
Seh ich den rechten Mann zu rechter Stunde schreiten.

DER ERZBISCHOFF [= ERZKANZLER] *tritt auf.*

KAISER.
Wenn ein Gewölbe sich dem Schlußstein anvertraut,
Dann ist's mit Sicherheit für ewige Zeit erbaut.
Du siehst vier Fürsten da! Wir haben erst erörtert,
Was den Bestand zunächst von Haus und Hof befördert.
Nun aber, was das Reich in seinem Ganzen hegt,
Sey, mit Gewicht und Kraft, der Fünfzahl auferlegt.
An Ländern sollen sie vor allen andern glänzen,
Deshalb erweitr' ich gleich jetzt des Besitzthums Gränzen,
Vom Erbtheil jener die sich von uns abgewandt.
Euch Treuen sprech ich zu so manches schöne Land,
Zugleich das hohe Recht euch, nach Gelegenheiten,
Durch Anfall, Kauf und Tausch ins weitere zu verbreiten,
Dann sey bestimmt vergönnt zu üben ungestört
Was von Gerechtsamen Euch Landesherrn gehört.
Als Richter werdet ihr die Endurtheile fällen,
Berufung gelte nicht von Euern höchsten Stellen.
Dann Steuer, Zins und Bet, Lehn und Geleit und Zoll,
Berg- Salz- und Münzregal Euch angehören soll.
Denn meine Dankbarkeit vollgültig zu erproben,
Hab ich Euch ganz zunächst der Majestät erhoben.

ERZBISCHOFF.
Im Namen aller sey dir tiefster Dank gebracht,
Du machst uns stark und fest und stärkest deine Macht.

KAISER.
Euch fünfen will ich noch erhöhtere Würde geben.
Noch leb' ich meinem Reich und habe Lust zu leben;
Doch hoher Ahnen Kette zieht bedächtigen Blick
Aus rascher Strebsamkeit ins Drohende zurück.
Auch werd ich, seiner Zeit, mich von den Theuren trennen,
Dann sey es Eure Pflicht den Folger zu ernennen.

Gekrönt erhebt ihn hoch auf heiligen Altar,
Und friedlich ende dann was jetzt so stürmisch war.

ERZKANZLER [= ERZBISCHOFF].

Mit Stolz in tiefster Brust, mit Demuth an Gebärde,
Stehn Fürsten dir gebeugt, die ersten auf der Erde.
So lang das treue Blut die vollen Adern regt,
Sind wir der Körper den dein Wille leicht bewegt.

KAISER.

Und also sey, zum Schluß, was wir bisher bethätigt,
Für alle Folgezeit durch Schrift und Zug bestätigt.
Zwar habt ihr den Besitz, als Herren völlig frey,
Mit dem Beding jedoch daß er untheilbar sey.
Und wie ihr auch vermehrt was ihr von uns empfangen,
Es soll's der ältste Sohn in gleichem Maas erlangen.

ERZKANZLER.

Dem Pergament alsbald vertrau ich wohlgemuth,
Zum Glück dem Reich und uns, das wichtigste Statut;
Reinschrift und Sieglung soll die Canzeley beschäftigen,
Mit heiliger Signatur wirst dus, der Herr, bekräftigen.

KAISER.

Und so entlaß ich euch, damit den großen Tag,
Gesammelt, jedermann sich überlegen mag.

DIE WELTLICHEN FÜRSTEN *entfernen sich.*

DER GEISTLICHE [= ERZBISCHOFF] *bleibt und spricht pathetisch.*

Der Canzler ging hinweg der Bischoff ist geblieben,
Vom ernsten Warnegeist zu deinem Ohr getrieben!
Sein väterliches Herz von Sorge bangt um dich.

KAISER.

Was hast du Bängliches zur frohen Stunde? sprich!

ERZBISCHOFF.

Mit welchem bittern Schmerz find ich, in dieser Stunde,
Dein hochgeheiligt Haupt mit Satanas im Bunde.
Zwar, wie es scheinen will, gesichert auf dem Thron,
Doch leider! Gott dem Herrn, dem Vater Pabst zum Hohn.
Wenn dieser es erfährt schnell wird er sträflich richten,
Mit heiligem Strahl dein Reich das sündige zu vernichten.
Denn noch vergaß er nicht wie du, zur höchsten Zeit,
An deinem Krönungstag den Zauberer befreyt.
Von deinem Diadem, der Christenheit zum Schaden,
Traf das verfluchte Haupt der erste Strahl der Gnaden.
Doch schlag an deine Brust und gieb, vom frevlen Glück,
Ein mäßig Schärflein, gleich dem Heiligthum zurück.
Den breiten Hügelraum, da wo dein Zelt gestanden,
Wo böse Geister sich zu deinem Schutz verbanden,
Dem Lügenfürsten du ein horchsam Ohr geliehn,
Den stifte, fromm belehrt, zu heiligem Bemühn;
Mit Berg und dichtem Wald, so weit sie sich erstrecken,
Mit Höhen die sich grün zu steter Weide decken,
Fischreichen klaren Seen, dann Bächlein ohne Zahl,
Wie sie sich, eilig schlängelnd, stürzen ab zu Thal;
Das breite Thal dann selbst, mit Wiesen, Gauen, Gründen:
Die Reue spricht sich aus, und du wirst Gnade finden.

KAISER.

Durch meinen schweren Fehl bin ich so tief erschreckt,
Die Gränze sey von dir nach eignem Maas gesteckt.

ERZBISCHOFF.

Erst! der entweihte Raum wo man sich so versündigt,
Sey alsobald zum Dienst des Höchsten angekündigt.
Behende steigt im Geist Gemäuer stark empor,
Der Morgensonne Blick erleuchtet schon das Chor,
Zum Kreuz erweitert sich das wachsende Gebäude,
Das Schiff erlängt, erhöht sich zu der Gläubigen Freude,

Sie strömen brünstig schon, durchs würdige Portal,
Der erste Glockenruf erscholl durch Berg und Thal,
Von hohen Thürmen tönt's, wie sie zum Himmel streben,
Der Büßer kommt heran, zu neugeschaffnem Leben.
Dem hohen Weihetag, er trete bald herein!
Wird deine Gegenwart die höchste Zierde seyn.

KAISER.

Mag ein so großes Werk den frommen Sinn verkündigen,
Zu preisen Gott den Herrn, so wie mich zu entsündigen.
Genug! Ich fühle schon wie sich mein Sinn erhöht.

ERZBISCHOFF.

Als Canzler fördr' ich nun Schluß und Formalität.

KAISER.

Ein förmlich Document der Kirche das zu eignen
Du legst es vor, ich wills mit Freuden unterzeichnen.

ERZBISCHOFF *hat sich beurlaubt, kehrt aber beim Ausgang um.*

Dann widmest du zugleich dem Werke, wie's entsteht,
Gesammte Landsgefälle: Zehnten, Zinsen, Bet,
Für ewig. Viel bedarfs zu würdiger Unterhaltung,
Und schwere Kosten macht die sorgliche Verwaltung.
Zum schnellen Aufbau selbst auf solchem wüsten Platz
Reichst du uns einiges Gold, aus deinem Beuteschatz.
Daneben braucht man auch, ich kann es nicht verschweigen,
Entferntes Holz und Kalk und Schiefer und dergleichen.
Die Fuhren thut das Volk, vom Predigtstuhl belehrt,
Die Kirche segnet den der ihr zu Diensten fährt. *Ab.*

KAISER.

Die Sünd ist groß und schwer womit ich mich beladen,
Das leidige Zaubervolk bringt mich in harten Schaden.

ERZBISCHOFF *abermals zurückkehrend mit tiefster Verbeugung.*

Verzeih o Herr! Es ward dem sehr verrufnen Mann
Des Reiches Strand verliehn; doch diesen trifft der Bann,

Verleihst du reuig nicht der hohen Kirchenstelle,
Auch dort, den Zehnten, Zins und Gaben und Gefälle.

KAISER *verdrießlich.*

Das Land ist noch nicht da, im Meere liegt es breit.

ERZBISCHOFF.

Wer 's Recht hat und Geduld für den kommt auch die Zeit.
Für uns mög Euer Wort in seinen Kräften bleiben! *Ab.*

KAISER *allein.*

So könnt' ich wohl zunächst das ganze Reich verschreiben.

FÜNFTER ACT.

Offene Gegend.

WANDERER.

Ja! sie sinds die dunkeln Linden,
Dort, in ihres Alters Kraft.
Und ich soll sie wieder finden,
Nach so langer Wanderschaft!
Ist es doch die alte Stelle,
Jene Hütte, die mich barg,
Als die sturmerregte Welle
Mich an jene Dünen warf!
Meine Wirthe möcht' ich segnen,
Hülfsbereit, ein wackres Paar,
Das, um heut mir zu begegnen
Alt schon jener Tage war.
Ach! das waren fromme Leute!
Poch ich? ruf ich? – Seyd gegrüßt!
Wenn, gastfreundlich, auch noch heute
Ihr des Wohlthuns Glück genießt.

BAUCIS *(Mütterchen, sehr alt).*

Lieber Kömmling! Leise! Leise!
Ruhe! laß den Gatten ruhn!
Langer Schlaf verleiht dem Greise
Kurzen Wachens rasches Thun.

WANDERER.

Sage Mutter bist du's eben,
Meinen Dank noch zu empfahn,

Was du für des Jünglings Leben
Mit dem Gatten einst gethan?
Bist du Baucis, die, geschäftig,
Halberstorbnen Mund erquickt?
Der GATTE *tritt auf.*
Du Philemon, der, so kräftig,
Meinen Schatz der Fluth entrückt?
Eure Flammen raschen Feuers,
Eures Glöckchens Silberlaut,
Jenes grausen Abentheuers
Lösung war Euch anvertraut.

Und nun laßt hervor mich treten,
Schaun das gränzenlose Meer;
Laßt mich knieen, laßt mich beten,
Mich bedrängt die Brust so sehr.
Er schreitet vorwärts auf der Düne.

PHILEMON *zu Baucis.*
Eile nur den Tisch zu decken,
Wo's im Gärtchen munter blüht.
Lass ihn rennen, ihn erschrecken,
Denn er glaubt nicht was er sieht.
Neben dem Wandrer stehend.
Das Euch grimmig mißgehandelt,
Wog' auf Woge, schäumend wild,
Seht als Garten ihr behandelt,
Seht ein paradiesisch Bild.
Aelter, war ich nicht zu Handen,
Hülfreich nicht wie sonst bereit,
Und, wie meine Kräfte schwanden,
War auch schon die Woge weit.

Kluger Herren kühne Knechte
Gruben Gräben, dämmten ein,
Schmälerten des Meeres Rechte
Herrn an seiner Statt zu seyn.
Schaue grünend Wies' an Wiese
Anger, Garten, Dorf und Wald. –
Komm nun aber und genieße
Denn die Sonne scheidet bald. –
Dort im Fernsten ziehen Seegel!
Suchen nächtlich sichern Port.
Kennen doch ihr Nest die Vögel,
Denn jetzt ist der Hafen dort.
So erblickst du in der Weite
Erst des Meeres blauen Saum,
Rechts und links, in aller Breite,
Dichtgedrängt bewohnten Raum.
Am Tische zu drey, im Gärtchen.

BAUCIS.
Bleibst du stumm? und keinen Bissen
Bringst du zum verlechzten Mund?

PHILEMON.
Möcht er doch vom Wunder wissen,
Sprichst so gerne, thu's ihm kund.

BAUCIS.
Wohl! ein Wunder ists gewesen!
Läßt mich heute nicht in Ruh;
Denn es ging das ganze Wesen
Nicht mit rechten Dingen zu.

PHILEMON.
Kann der Kaiser sich versündgen
Der das Ufer ihm verliehn?
Thät's ein Herold nicht verkündgen
Schmetternd im Vorüberziehn?

Nicht entfernt von unsern Dünen
War der erste Fuß gefaßt,
Zelte! Hütten! – Doch, im Grünen,
Richtet bald sich ein Palast.

BAUCIS.

Tags umsonst die Knechte lärmten,
Hack und Schaufel, Schlag um Schlag,
Wo die Flämmchen nächtig schwärmten
Stand ein Damm den andern Tag.
Menschenopfer mußten bluten,
Nachts erscholl des Jammers Quaal,
Meerab floßen Feuergluten;
Morgens war es ein Canal.
Gottlos ist er, ihn gelüstet
Unsre Hütte, unser Hayn;
Wie er sich als Nachbar brüstet
Soll man unterthänig seyn.

PHILEMON.

Hat er uns doch angeboten
Schönes Gut im neuen Land!

BAUCIS.

Traue nicht den Wasserboten,
Halt auf deiner Höhe Stand.

PHILEMON.

Laßt uns zur Capelle treten!
Letzten Sonnenblick zu schaun.
Laßt uns läuten, knieen, beten!
Und dem alten Gott vertraun.

Pallast.

Weiter Ziergarten, großer gradgeführter Canal

FAUST *im höchsten Alter wandelnd, nachdenkend.*

LYNCEUS DER THÜRMER *durchs Sprachrohr.*

Die Sonne sinkt, die letzten Schiffe
Sie ziehen munter hafenein.
Ein großer Kahn ist im Begriffe
Auf dem Kanale hier zu seyn.
Die bunten Wimpel wehen fröhlich,
Die starren Masten stehn bereit,
In dir preist sich der Bootsmann selig,
Dich grüßt das Glück zur höchsten Zeit.
Das Glöckchen läutet auf der Düne.

FAUST *auffahrend.*

Verdammtes Läuten! Allzu schändlich
Verwundets, wie ein tückischer Schuß,
Vor Augen ist mein Reich unendlich,
Im Rücken neckt mich der Verdruß,
Erinnert mich durch neidische Laute:
Mein Hochbesitz er ist nicht rein,
Der Lindenraum, die braune Baute,
Das morsche Kirchlein ist nicht mein.
Und wünscht' ich dort mich zu erholen,
Vor fremden Schatten schaudert mir,
Ist Dorn den Augen, Dorn den Solen,
O! wär ich weit hinweg von hier!

THÜRMER *wie oben.*

Wie segelt froh der bunte Kahn,
Mit frischem Abendwind heran!

Wie thürmt sich sein behender Lauf
In Kisten, Kasten, Säcken auf!
Prächtiger Kahn, reich und bunt beladen mit Erzeugnissen fremder Weltgegenden.

MEPHISTOPHELES.
DIE DREY GEWALTIGEN GESELLEN.

CHORUS.
Da landen wir,
Da sind wir schon.
Glückan! dem Herren,
Dem Patron.
Sie steigen aus, die Güter werden an's Land geschafft.

MEPHISTOPHELES.
So haben wir uns wohl erprobt,
Vergnügt wenn der Patron es lobt.
Nur mit zwey Schiffen ging es fort,
Mit zwanzig sind wir nun im Port.
Was große Dinge wir gethan
Das sieht man unsrer Ladung an.
Das freye Meer befreyt den Geist,
Wer weis da was Besinnen heißt!
Da fördert nur ein rascher Griff,
Man fängt den Fisch, man fängt ein Schiff,
Und ist man erst der Herr zu drey
Dann hackelt man das vierte bey.
Da geht es denn dem fünften schlecht,
Man hat Gewalt, so hat man recht.
Man fragt ums Was? und nicht ums Wie?
Ich müßte keine Schiffahrt kennen.
Krieg, Handel und Piraterie,
Dreyeinig sind sie, nicht zu trennen.

DIE DREY GEWALTIGEN GESELLEN.

Nicht Dank und Gruß!
Nicht Gruß und Dank!
Als brächten wir
Dem Herrn Gestank.
Er macht ein
Widerlich Gesicht;
Das Königsgut
Gefällt ihm nicht.

MEPHISTOPHELES.

Erwartet weiter
Keinen Lohn,
Nahmt ihr doch
Euren Theil davon.

DIE GESELLEN.

Das ist nur für
Die Langeweil,
Wir alle fordern
Gleichen Theil.

MEPHISTOPHELES.

Erst ordnet oben
Saal an Saal
Die Kostbarkeiten
Allzumal.
Und tritt er zu
Der reichen Schau,
Berechnet er alles
Mehr genau,
Er sich gewiß
Nicht lumpen läßt
Und giebt der Flotte
Fest nach Fest.

Die bunten Vögel kommen morgen,
Für die werd' ich zum besten sorgen.

Die Ladung wird weggeschafft.

MEPHISTOPHELES *zu Faust.*

Mit ernster Stirn, mit düstrem Blick,
Vernimmst du dein erhaben Glück.
Die hohe Weisheit wird gekrönt,
Das Ufer ist dem Meer versöhnt,
Vom Ufer nimmt, zu rascher Bahn,
Das Meer die Schiffe willig an;
So sprich dass hier, hier vom Pallast
Dein Arm die ganze Welt umfaßt.
Von dieser Stelle ging es aus,
Hier stand das erste Breterhaus;
Ein Gräbchen ward hinabgeritzt
Wo jetzt das Ruder emsig spritzt.
Dein hoher Sinn, der Deinen Fleiß
Erwarb des Meers, der Erde Preiß.
Von hier aus –

FAUST. Das verfluchte hier!

Das eben leidig lastets mir.
Dir Vielgewandten muß ichs sagen,
Mir giebts im Herzen Stich um Stich,
Mir ists unmöglich zu ertragen!
Und wie ichs sage schäm' ich mich.
Die Alten droben sollten weichen,
Die Linden wünscht ich mir zum Sitz,
Die wenig Bäume, nicht mein eigen,
Verderben mir den Welt-Besitz.
Dort wollt ich, weit umher zu schauen,
Von Ast zu Ast Gerüste bauen,
Dem Blick eröffnen weite Bahn,
Zu sehn was alles ich gethan,

Zu überschaun mit einem Blick
Des Menschengeistes Meisterstück,
Bethätigend, mit klugem Sinn,
Der Völker breiten Wohngewinn.

So sind am härtsten wir gequält
Im Reichthum fühlend was uns fehlt.
Das Glöckchens Klang, der Linden Duft
Umfängt mich wie in Kirch und Gruft.
Des allgewaltigen Willens Kühr
Bricht sich an diesem Sande hier.
Wie schaff ich mir es vom Gemüthe!
Das Glöcklein läutet und ich wüthe.

MEPHISTOPHELES.

Natürlich! daß ein Hauptverdruß
Das Leben dir vergällen muß.
Wer läugnets! Jedem edlen Ohr
Kommt das Geklingel widrig vor.
Und das verfluchte Bim-Baum-Bimmel
Umnebelnd heitern Abend-Himmel,
Mischt sich in jegliches Begebniß,
Vom ersten Bad bis zum Begräbniß,
Als wäre, zwischen Bimm und Baum,
Das Leben ein verschollner Traum.

FAUST.

Das Widerstehn, der Eigensinn
Verkümmern herrlichsten Gewinn,
Daß man, zu tiefer grimmiger Pein,
Ermüden muß gerecht zu seyn.

MEPHISTOPHELES.

Was willst du dich denn hier geniren,
Mußt du nicht längst kolonisiren.

FAUST.

So geht und schafft sie mir zur Seite! –
Das schöne Gütchen kennst du ja,
Das ich den Alten ausersah.

MEPHISTOPHELES.

Man trägt sie fort und setzt sie nieder,
Eh man sich umsieht stehn sie wieder;
Nach überstandener Gewalt
Versöhnt ein schöner Aufenthalt.
Er pfeift gellend.

DIE DREY *treten auf.*

MEPHISTOPHELES.

Kommt! Wie der Herr gebieten läßt,
Und Morgen giebt ein Flottenfest.

DIE DREY.

Der alte Herr empfing uns schlecht
Ein flottes Fest ist uns zu Recht. *Ab.*

MEPHISTOPHELES *ad Spectatores.*

Auch hier geschieht was längst geschah,
Denn Naboths Weinberg war schon da. *(Regum I.21.)*

Tiefe Nacht

LYNCEUS, DER THÜRMER *auf der Schloßwarte, singend.*

Zum Sehen geboren,
Zum Schauen bestellt,
Dem Thurme geschworen
Gefällt mir die Welt.
Ich blick in die Ferne,
Ich seh in der Näh,

Den Mond und die Sterne,
Den Wald und das Reh.
So seh ich in allen
Die ewige Zier
Und wie mir's gefallen
Gefall ich auch mir.
Ihr glücklichen Augen,
Was je ihr gesehn,
Es sey wie es wolle,
Es war doch so schön!

Pause.

Nicht allein mich zu ergötzen
Bin ich hier so hoch gestellt;
Welch ein gräuliches Entsetzen
Droht mir aus der finstern Welt!
Funkenblicke seh ich sprühen
Durch der Linden Doppelnacht,
Immer stärker wühlt ein Glühen
Von der Zugluft angefacht.
Ach! die innre Hütte lodert,
Die bemoost und feucht gestanden,
Schnelle Hülfe wird gefodert,
Keine Rettung ist vorhanden.
Ach! die guten alten Leute,
Sonst so sorglich um das Feuer,
Werden sie dem Qualm zur Beute!
Welch ein schrecklich Abentheuer!
Flamme flammet, roth in Gluten
Steht das schwarze Moosgestelle;
Retteten sich nur die Guten
Aus der wildentbrandten Hölle.

Züngelnd lichte Blitze steigen
Zwischen Blättern, zwischen Zweigen;
Aeste dürr, die flackernd brennen,
Glühen schnell und stürzen ein.
Sollt ihr Augen dieß erkennen!
Muß ich so weitsichtig seyn!
Das Kapellchen bricht zusammen
Von der Aeste Sturz und Last.
Schlängelnd sind, mit spitzen Flammen,
Schon die Gipfel angefaßt.
Bis zur Wurzel glühn die hohlen
Stämme, Purpurroth im Glühn. –

Lange Pause, Gesang.

Was sich sonst dem Blick empfohlen,
Mit Jahrhunderten ist hin.

FAUST *auf dem Balkon, gegen die Dünen.*
Von oben welch ein singend Wimmern?
Das Wort ist hier, der Ton zu spat;
Mein Thürmer jammert; mich, im Innern,
Verdrießt die ungeduldge That.
Doch sey der Lindenwuchs vernichtet
Zu halbverkohlter Stämme Graun,
Ein Luginsland ist bald errichtet,
Um ins Unendliche zu schaun.
Da seh ich auch die neue Wohnung,
Die jenes alte Paar umschließt,
Das, im Gefühl großmüthiger Schonung,
Der späten Tage froh genießt.

MEPHISTOPHELES *und* DIE DREYE *unten.*

Da kommen wir mit vollem Trab,
Verzeiht! es ging nicht gütlich ab.
Wir klopften an, wir pochten an,
Und immer ward nicht aufgethan;
Wir rüttelten, wir pochten fort,
Da lag die morsche Thüre dort;
Wir riefen laut und drohten schwer,
Allein wir fanden kein Gehör.
Und wie's in solchem Fall geschicht,
Sie hörten nicht, sie wollten nicht;
Wir aber haben nicht gesäumt
Behende dir sie weggeräumt.
Das Paar hat sich nicht viel gequält
Vor Schrecken fielen sie entseelt.
Ein Fremder, der sich dort versteckt,
Und fechten wollte, ward gestreckt.
In wilden Kampfes kurzer Zeit,
Von Kohlen, rings umher gestreut,
Entflammte Stroh. Nun loderts frey,
Als Scheiterhaufen dieser drey.

FAUST.

Wart ihr für meine Worte taub!
Tausch wollt ich, wollte keinen Raub.
Dem unbesonnenen wilden Streich
Ihm fluch ich, theilt es unter euch!

CHORUS.

Das alte Wort, das Wort erschallt:
Gehorche willig der Gewalt!
Und bist du kühn, und hältst du Stich,
So wage Haus und Hof und – Dich. *Ab.*

FAUST *auf dem Balkon.*

Die Sterne bergen Blick und Schein,
Das Feuer sinkt und lodert klein;
Ein Schauerwindchen fächelts an,
Bringt Rauch und Dunst zu mir heran.
Geboten schnell, zu schnell gethan! –
Was schwebet schattenhaft heran?

Mitternacht

VIER GRAUE WEIBER *treten auf.*

ERSTE.
Ich heiße der Mangel.
ZWEYTE. Ich heiße die Schuld.
DRITTE.
Ich heiße die Sorge.
VIERTE. Ich heiße die Noth.
ZU DREY.
Die Thür ist verschloßen wir können nicht ein,
Drinn wohnet ein Reicher wir mögen nicht 'nein.
MANGEL.
Da werd ich zum Schatten.
SCHULD. Da werd ich zu nicht.
NOTH.
Man wendet von mir das verwöhnte Gesicht.
SORGE.
Ihr Schwestern ihr könnt nicht und dürft nicht hinein.
Die Sorge sie schleicht sich durchs Schlüsselloch ein.
Sorge verschwindet.

MANGEL.

Ihr graue Geschwister entfernt euch von hier.

SCHULD.

Ganz nah an der Seite verbind ich mich dir.

NOTH.

Ganz nah an der Ferse begleitet die Noth.

ZU DREY.

Es ziehen die Wolken, es schwinden die Sterne!
Dahinten, dahinten! von ferne von ferne,
Da kommt er der Bruder, da kommt er der – – – – – Tod. *Ab.*

FAUST *im Pallast.*

Vier sah ich kommen, drey nur gehn,
Den Sinn der Rede konnt ich nicht verstehn.
Es klang so nach als hieß es – Noth
Ein düstres Reimwort folgte – Tod.
Es tönte hohl, gespensterhaft gedämpft.
Noch hab ich mich ins Freye nicht gekämpft.
Könnt ich Magie von meinem Pfad entfernen
Die Zaubersprüche ganz und gar verlernen;
Stünd ich, Natur! vor dir ein Mann allein
Da wär's der Mühe werth ein Mensch zu seyn.
Das war ich sonst, eh ich's im Düstern suchte,
Mit Frevelwort mich und die Welt verfluchte.
Nun ist die Luft von solchem Spuk so voll
Daß niemand weiß wie er ihn meiden soll.
Wenn auch Ein Tag uns klar vernünftig lacht
In Traumgespinnst verwickelt uns die Nacht;
Wir kehren froh von junger Flur zurück,
Ein Vogel krächzt; was krächzt er? Mißgeschick.
Von Aberglauben früh und spat umgarnt:
Es eignet sich, es zeigt sich an, es warnt.

Und so verschüchtert stehen wir allein.
Die Pforte knarrt und niemand kommt herein.
Erschüttert.
Ist jemand hier?

SORGE. Die Frage fordert ja!

FAUST.
Und du wer bist denn du?

SORGE. Bin einmal da.

FAUST.
Entferne dich!

SORGE. Ich bin am rechten Ort.

FAUST *erst ergrimmt, dann besänftigt für sich.*
Nimm dich in Acht und sprich kein Zauberwort.

SORGE.
Würde mich kein Ohr vernehmen
Müßt es doch im Herzen dröhnen;
In verwandelter Gestalt
Ueb' ich grimmige Gewalt.
Auf den Pfaden, auf der Welle,
Ewig ängstlicher Geselle,
Stets gefunden nie gesucht,
So geschmeichelt wie verflucht.
Hast du die Sorge nie gekannt?

FAUST.
Ich bin nur durch die Welt gerannt.
Ein jed' Gelüst ergriff ich bey den Haaren,
Was nicht genügte ließ ich fahren,
Was mir entwischte lies ich ziehn.
Ich habe nur begehrt und nur vollbracht,
Und abermals gewünscht, und so mit Macht
Mein Leben durchgestürmt; erst groß und mächtig,
Nun aber geht es weise, geht bedächtig.

Der Erdenkreis ist mir genug bekannt.
Nach drüben ist die Aussicht uns verrannt,
Thor! wer dorthin die Augen blinzelnd richtet,
Sich über Wolken seines gleichen dichtet;
Er stehe fest und sehe hier sich um;
Dem Tüchtigen ist diese Welt nicht stumm;
Was braucht er in die Ewigkeit zu schweifen;
Was er erkennt läßt sich ergreifen;
Er wandle so den Erdentag entlang;
Wenn Geister spuken geh er seinen Gang,
Im Weiterschreiten find er Quaal und Glück,
Er! unbefriedigt jeden Augenblick.

SORGE.

Wen ich einmal mir besitze
Dem ist alle Welt nichts nütze,
Ewiges Düstre steigt herunter,
Sonne geht nicht auf noch unter,
Bey vollkomnen äußern Sinnen
Wohnen Finsternisse drinnen.
Und er weiß von allen Schätzen
Sich nicht in Besitz zu setzen.
Glück und Unglück wird zur Grille,
Er verhungert in der Fülle,
Sey es Wonne sey es Plage
Schiebt ers zu dem andern Tage,
Ist der Zukunft nur gewärtig
Und so wird er niemals fertig.

FAUST.

Hör auf! so kommst du mir nicht bey!
Ich mag nicht solchen Unsinn hören.
Fahr hin! die schlechte Litaney
Sie könnte selbst den klügsten Mann bethören.

SORGE.

Soll er gehen, soll er kommen,
Der Entschluß ist ihm genommen;
Auf gebahnten Weges-Mitte,
Wankt er tastend halbe Schritte.
Er verliert sich immer tiefer,
Siehet alle Dinge schiefer,
Sich und andre lästig drückend,
Athem holend und erstickend;
Nicht erstickt und ohne Leben,
Nicht verzweiflend, nicht ergeben.
So ein unaufhaltsam Rollen
Schmerzlich Lassen, widrig Sollen,
Bald befreyen, bald erdrücken,
Halber Schlaf und schlecht Erquicken
Heftet ihn an seine Stelle
Und bereitet ihn zur Hölle.

FAUST.

Unselige Gespenster so behandelt ihr
Das menschliche Geschlecht zu tausendmalen;
Gleichgültige Tage selbst verwandelt ihr
In garstigen Wirrwarr netzumstrickter Quaalen.
Dämonen, weiß ich, wird man schwerlich los,
Das geistig-strenge Band ist nicht zu trennen;
Doch deine Macht, o Sorge, schleichend groß,
Ich werde sie nicht anerkennen.

SORGE.

Erfahre sie, wie ich geschwind
Mich mit Verwünschung von dir wende!
Die Menschen sind im ganzen Leben blind,
Nun Fauste! werde dus am Ende.
Sie haucht ihn an. Ab.

FAUST *erblindet.*

Die Nacht scheint tiefer tief hereinzudringen
Allein im Innern leuchtet helles Licht;
Was ich gedacht ich eil es zu vollbringen;
Des Herren Wort es giebt allein Gewicht.
Vom Lager auf ihr Knechte! Mann für Mann!
Laßt glücklich schauen was ich kühn ersann.
Ergreift das Werkzeug, Schaufel rührt und Spaten!
Das Abgesteckte muss sogleich gerathen.
Auf strenges Ordnen, raschen Fleiß,
Erfolgt der allerschönste Preis;
Daß sich das größte Werk vollende
Genügt Ein Geist für tausend Hände.

Großer Vorhof des Pallasts

Fackeln

MEPHISTOPHELES *(als Aufseher, voran).*

Herbey herbey! herein herein!
Ihr schlotternden Lemuren,
Aus Ligamenten und Gebein
Geflickte Halbnaturen.

LEMUREN *im Chor.*

Wir treten dir sogleich zur Hand,
Und, wie wir halb vernommen,
Es gilt wohl gar ein weites Land
Das sollen wir bekommen.

Gespitzte Pfähle die sind da,
Die Kette lang fürs Messen;
Warum an uns der Ruf geschah
Das haben wir vergessen.

MEPHISTOPHELES.
Hier gilt kein künstlerisch Bemühn;
Verfahret nur nach eignen Maaßen;
Der Längste lege längelang sich hin,
Ihr andern lüftet rings umher den Rasen;
Wie mans für unsre Väter that,
Vertieft ein längliches Quadrat!
Aus dem Pallast ins enge Haus,
So dumm läuft es am Ende doch hinaus.

LEMUREN *mit neckischen Gebärden grabend.*
Wie jung ich war und lebt und liebt,
Mich däucht das war wohl süße,
Wo's fröhlich klang und lustig ging
Da rührten sich meine Füße.

Nun hat das tückische Alter mich
Mit seiner Krücke getroffen;
Ich stolpert' über Grabes Thür,
Warum stand sie just offen!

FAUST *aus dem Pallaste tretend, tastet an den Thürpfosten.*
Wie das Geklirr der Spaten mich ergötzt!
Es ist die Menge, die mir fröhnet,
Die Erde mit sich selbst versöhnet,
Den Wellen ihre Gränze setzt,
Das Meer mit strengen Band umzieht.
MEPHISTOPHELES *bey Seite.*
Du bist doch nur für uns bemüht
Mit deinen Dämmen deinen Buhnen;
Denn du bereitest schon Neptunen,

Dem Wasserteufel, großen Schmaus.
In jeder Art seyd ihr verloren,
Die Elemente sind mit uns verschworen,
Und auf Vernichtung läufts hinaus.

FAUST.
Aufseher!

MEPHISTOPHELES.
Hier!

FAUST. Wie es auch möglich sey
Arbeiter schaffe Meng' auf Menge,
Ermuntere durch Genuß und Strenge,
Bezahle, locke, presse bey!
Mit jedem Tage will ich Nachricht haben
Wie sich verlängt der unternommene Graben.

MEPHISTOPHELES *halblaut*.
Man spricht, wie man mir Nachricht gab,
Von keinem Graben doch vom Grab.

FAUST.
Ein Sumpf zieht am Gebirge hin,
Verpestet alles schon Errungene;
Den faulen Pfuhl auch abzuziehn
Das Letzte wär das Höchsterrungene.
Eröffn' ich Räume vielen Millionen,
Nicht sicher zwar, doch thätig-frey zu wohnen.
Grün das Gefilde, fruchtbar; Mensch und Heerde
Sogleich behaglich auf der neusten Erde,
Gleich angesiedelt an des Hügels Kraft,
Den aufgewälzt kühn-emsige Völkerschaft.
Im Innern hier ein paradiesisch Land,
Da rase draußen Fluth bis auf zum Rand,
Und wie sie nascht gewaltsam einzuschießen,
Gemeindrang eilt die Lücke zu verschließen.

Ja diesem Sinne bin ich ganz ergeben,
Das ist der Weisheit letzter Schluß:
Nur der verdient sich Freyheit wie das Leben,
Der täglich sie erobern muß.
Und so verbringt, umrungen von Gefahr,
Hier Kindheit, Mann und Greis sein tüchtig Jahr.
Solch ein Gewimmel möcht ich sehn,
Auf freyem Grund mit freyem Volke stehn.
Zum Augenblicke dürft' ich sagen:
Verweile doch, du bist so schön!
Es kann die Spur von meinen Erdetagen
Nicht in Aeonen untergehn. –
Im Vorgefühl von solchem hohen Glück
Genieß ich jetzt den höchsten Augenblick.

FAUST *sinkt zurück, die* LEMUREN *fassen ihn auf und legen ihn auf den Boden.*

MEPHISTOPHELES.
Ihn sättigt keine Lust, ihm gnügt kein Glück,
So buhlt er fort nach wechselnden Gestalten;
Den letzten, schlechten, leeren Augenblick
Der Arme wünscht ihn fest zu halten.
Der mir so kräftig widerstand,
Die Zeit wird Herr, der Greis hier liegt im Sand.
Die Uhr steht still –

CHOR. Steht still! Sie schweigt wie Mitternacht.
Der Zeiger fällt.

MEPHISTOPHELES.
Er fällt, es ist vollbracht.

CHOR.
Es ist vorbey.

MEPHISTOPHELES.
Vorbey! ein dummes Wort.
Warum vorbey?

Vorbey und reines Nicht, vollkommnes Einerley.
Was soll uns denn das ewge Schaffen,
Geschaffenes zu nichts hinwegzuraffen?
Da ists vorbey! Was ist daran zu lesen?
Es ist so gut als wär es nicht gewesen,
Und treibt sich doch im Kreis als wenn es wäre.
Ich liebte mir dafür das Ewig-Leere.

Grablegung

LEMUR *Solo.*
Wer hat das Haus so schlecht gebaut,
Mit Schaufeln und mit Spaten?

LEMUREN *Chor.*
Dir dumpfer Gast im hänfnen Gewand
Ists viel zu gut gerathen.

LEMUR *Solo.*
Wer hat den Saal so schlecht versorgt?
Wo blieben Tisch und Stühle?

LEMUREN *Chor.*
Es war auf kurze Zeit geborgt;
Der Gläubiger sind so viele.

MEPHISTOPHELES.
Der Körper liegt und will der Geist entfliehn,
Ich zeig ihm rasch den blutgeschriebnen Titel; –
Doch leider hat man jetzt so viele Mittel
Dem Teufel Seelen zu entziehn.
Auf altem Wege stößt man an,
Auf neuem sind wir nicht empfohlen;
Sonst hätt ich es allein gethan,
Jetzt muß ich Helfershelfer holen.

Uns gehts in allen Dingen schlecht.
Herkömmliche Gewohnheit, altes Recht,
Man kann auf gar nichts mehr vertrauen.
Sonst mit dem letzten Athem fuhr sie aus,
Ich paßt ihr auf und, wie die schnellste Maus,
Schnapps! hielt ich sie in fest verschloßnen Klauen.
Nun zaudert sie und will den düstern Ort,
Des schlechten Leichnams eckles Haus nicht lassen;
Die Elemente die sich hassen,
Die treiben sie am Ende schmählich fort.
Und wenn ich Tag und Stunden mich zerplage
Wann? wie? und wo? das ist die leidige Frage,
Der alte Tod verlor die rasche Kraft,
Das Ob? sogar ist lange zweifelhaft;
Oft sah ich lüstern auf die starren Glieder;
Es war nur Schein, das rührte das regte sich wieder.

Phantastisch-flügelmännische Beschwörungs-Gebärden.

Nur frisch heran verdoppelt euren Schritt,
Ihr Herrn vom graden, Herrn vom krummen Horne,
Von altem Teufelsschrot und Korne
Bringt ihr zugleich den Höllenrachen mit.
Zwar hat die Hölle Rachen viele! viele!
Nach Standsgebühr und Würden schlingt sie ein;
Doch wird man auch bey diesem letzten Spiele
Ins künftige nicht so bedenklich seyn.

Der gräuliche Höllenrachen thut sich links auf.

Eckzähne klaffen; dem Gewölb des Schlundes
Entquillt der Feuerstrom in Wuth,

Und in dem Siedequalm des Hintergrundes
Seh ich die Flammenstadt in ewiger Glut.
Die rothe Brandung schlägt hervor bis an die Zähne,
Verdammte, Rettung hoffend, schwimmen an;
Doch colossal zerknirscht sie die Hyäne
Und sie erneuen ängstlich heiße Bahn.
In Winkeln bleibt noch vieles zu entdecken,
So viel Erschrecklichstes im engsten Raum!
Ihr thut sehr wohl die Sünder zu erschrecken
Sie haltens doch für Lug und Trug und Traum.

Zu den DICKTEUFELN *vom kurzen, graden Horne.*
Nun wanstige Schuften mit den Feuerbacken!
Ihr glüht so recht vom Höllenschwefel feist;
Klotzartige, kurze, nie bewegte Nacken
Hier unten lauert ob's wie Phosphor gleißt:
Das ist das Seelchen, Psyche mit den Flügeln,
Die rupft ihr aus so ists ein garstiger Wurm;
Mit meinem Stempel will ich sie besiegeln
Dann fort mit ihr im Feuer-Wirbel-Sturm.

Paßt auf die niedern Regionen,
Ihr Schläuche, das ist eure Pflicht;
Ob's ihr beliebte da zu wohnen,
So accurat weiß man das nicht.
Im Nabel ist sie gern zu Haus,
Nehmt es in Acht sie wischt euch dort heraus.

Zu den DÜRRTEUFELN *vom langen, krummen Horne.*
Ihr Firlefanze, flügelmännische Riesen,
Greift in die Luft, versucht euch ohne Rast;

Die Arme strack, die Klauen scharf gewiesen,
Daß ihr die flatternde, die Flüchtige faßt.
Es ist ihr sicher schlecht im alten Haus
Und das Genie es will gleich obenaus.

Glorie von oben, rechts.

HIMMLISCHE HEERSCHAAR.

Folget Gesandte,
Himmelsverwandte,
Gemächlichen Flugs;
Sündern vergeben,
Staub zu beleben,
Allen Naturen
Freundliche Spuren
Wirket im Schweben
Des weilenden Zugs.

MEPHISTOPHELES.

Mißtöne hör ich, garstiges Geklimper,
Von oben kommts mit unwillkommnem Tag;
Es ist das bübisch-mädchenhafte Gestümper,
Wie frömmelnder Geschmack sichs lieben mag.
Ihr wißt wie wir, in tiefverruchten Stunden,
Vernichtung sannen menschlichem Geschlecht;
Das Schändlichste was wir erfunden
Ist ihrer Andacht eben recht.

Sie kommen gleisnerisch die Laffen!
So haben sie uns manchen weggeschnappt,
Bekriegen uns mit unsern eignen Waffen;
Es sind auch Teufel, doch verkappt.

Hier zu verlieren wär euch ewge Schande;
Ans Grab heran und haltet fest am Rande!

CHOR DER ENGEL *Rosen streuend.*

Rosen, ihr blendenden,
Balsam versendenden!
Flatternde, schwebende,
Heimlich belebende,
Zweiglein beflügelte,
Knospen entsiegelte,
Eilet zu blühn.

Frühling entsprieße,
Purpur und Grün;
Tragt Paradiese
Dem Ruhenden hin.

MEPHISTOPHELES *zu den Satanen.*

Was duckt und zuckt ihr? ist das Höllenbrauch?
So haltet Stand und laßt sie streuen.
An seinen Platz ein jeder Gauch!
Sie denken wohl mit solchen Blümeleyen
Die heißen Teufel einzuschneyen;
Das schmilzt und schrumpft vor eurem Hauch.
Nun pustet Püstriche! – Genug genug!
Vor eurem Broden bleicht der ganze Flug. –
Nicht so gewaltsam! schließet Maul und Nasen.
Fürwahr ihr habt zu stark geblasen;
Daß ihr doch nie die rechten Maaße kennt.
Das schrumpft nicht nur, es bräunt sich, dorrt, es brennt!
Schon schwebts heran mit giftig klaren Flammen,
Stemmt euch dagegen, drängt euch fest zusammen!

Die Kraft erlischt, dahin ist aller Muth!
Die Teufel wittern fremde Schmeichelglut.

ENGEL.

Blüten die seligen,
Flammen die fröhlichen,
Liebe verbreiten sie,
Wonne bereiten sie,
Herz wie es mag.
Worte die wahren,
Aether im Klaren,
Ewigen Schaaren
Ueberal Tag.

MEPHISTOPHELES.

O Fluch! o Schande solchen Tröpfen!
Satane stehen auf den Köpfen,
Die Plumpen schlagen Rad auf Rad
Und stürzen ärschlings in die Hölle.
Gesegn' euch das verdiente heiße Bad!
Ich aber bleib auf meiner Stelle. –
Sich mit den schwebenden Rosen herumschlagend.
Irrlichter fort! Du! leuchte noch so stark,
Du bleibst gehascht ein eckler Gallert-Quarck.
Was flatterst du? Willst du dich packen! –
Es klemmt wie Pech und Schwefel mir im Nacken.

ENGEL *Chor.*

Was euch nicht angehört
Müsset ihr meiden,
Was euch das Innre stört
Dürft ihr nicht leiden.

Dringt es gewaltig ein
Müssen wir tüchtig seyn.
Liebe nur Liebende
Führet herein.

MEPHISTOPHELES.
Mir brennt der Kopf, das Herz, die Leber brennt,
Ein überteuflisch Element!
Weit spitziger als Höllenfeuer. –
Drum jammert ihr so ungeheuer
Unglückliche Verliebte! die, verschmäht,
Verdrehten Halses nach der Liebsten späht.

Auch mir! Was zieht den Kopf auf jene Seite?
Bin ich mit ihr doch in geschwornem Streite?
Der Anblick war mir sonst so feindlich scharf.
Hat mich ein Fremdes durch und durch gedrungen,
Ich mag sie gerne sehn die allerliebsten Jungen;
Was hält mich ab daß ich nicht fluchen darf? –
Und wenn ich mich bethören lasse
Wer heißt denn künftighin der Thor?
Die Wetterbuben die ich hasse
Sie kommen mir doch gar zu lieblich vor. –

Ihr schönen Kinder laßt mich wissen:
Seyd ihr nicht auch von Lucifers Geschlecht?
Ihr seyd so hübsch, fürwahr ich möcht euch küssen;
Mir ists als kommt ihr eben recht.
Es ist mir so behaglich, so natürlich
Als hätt ich euch schon tausendmal gesehn,
So heimlich-kätzchenhaft begierlich;
Mit jedem Blick aufs neue schöner schön.
O nähert euch, o gönnt mir Einen Blick!

ENGEL.

Wir kommen schon, warum weichst du zurück?
Wir nähern uns und wenn du kannst so bleib.
Die Engel nehmen, umherziehend, den ganzen Raum ein.

MEPHISTOPHELES *der ins Proscenium gedrängt wird.*

Ihr scheltet uns verdammte Geister
Und seyd die wahren Hexenmeister;
Denn ihr verführet Mann und Weib. –
Welch ein verfluchtes Abenteuer!
Ist dies das Liebeselement?
Der ganze Körper steht in Feuer,
Ich fühle kaum daß es im Nacken brennnt. –
Ihr schwanket hin und her, so senkt euch nieder,
Ein bißchen weltlicher bewegt die holden Glieder;
Fürwahr der Ernst steht euch recht schön.
Doch möcht' ich euch nur einmal lächeln sehn;
Das wäre mir ein ewiges Entzücken.
Ich meyne so wie wenn Verliebte blicken,
Ein kleiner Zug am Mund so ist's gethan.
Dich langer Bursche dich mag ich am liebsten leiden,
Die Pfaffenmiene will dich gar nicht kleiden,
So sieh mich doch ein wenig lüstern an!
Auch könntet ihr anständig-nackter gehen,
Das lange Faltenhemd ist übersittlich –
Sie wenden sich – Von hinten anzusehen! –
Die Racker sind doch gar zu appetitlich.

CHOR DER ENGEL.

Wendet zur Klarheit
Euch liebende Flammen!
Die sich verdammen
Heile die Wahrheit;

Daß sie vom Bösen
Froh sich erlösen,
Um in dem Allverein
Selig zu seyn.

MEPHISTOPHELES *sich faßend.*

Wie wird mir! – hiobsartig, Beul an Beule
Der ganze Kerl, dem's vor sich selber graut,
Und triumphirt zugleich wenn er sich ganz durchschaut,
Wenn er auf sich und seinen Stamm vertraut;
Gerettet sind die edlen Teufelstheile,
Der Liebespuck er wirft sich auf die Haut;
Schon ausgebrannt sind die verruchten Flammen,
Und, wie es sich gehört, fluch ich euch allzusammen.

CHOR DER ENGEL.

Heilige Gluten!
Wen sie umschweben
Fühlt sich im Leben
Selig mit Guten.
Alle vereinigt
Hebt euch und preißt,
Luft ist gereinigt
Athme der Geist.

Sie erheben sich, Faustens Unsterbliches entführend.

MEPHISTOPHELES *sich umsehend.*

Doch wie? – wo sind sie hingezogen?
Unmündiges Volk du hast mich überrascht,
Sind mit der Beute himmelwärts entflogen;
Drum haben sie an dieser Gruft genascht!

Mir ist ein großer einziger Schatz entwendet,
Die hohe Seele die sich mir verpfändet
Die haben sie mir pfiffig weggepascht.

[ENGEL.

Liebe, die gnädige,
Hegende, thätige,
Gnade die liebende
Schonung verübende
Schweben uns vor.
Fielen der Bande
Irdischer Flor,
Wolkengewande
Tragt ihn empor.

MEPHISTOPHELES.]

Bey wem soll ich mich nun beklagen?
Wer schafft mir mein erworbenes Recht?
Du bist getäuscht in deinen alten Tagen,
Du hasts verdient, es geht dir grimmig schlecht.
Ich habe schimpflich mißgehandelt,
Ein großer Aufwand, schmählich! ist verthan,
Gemein Gelüst, absurde Liebschaft wandelt
Den ausgepichten Teufel an.
Und hat mit diesem kindisch-tollen Ding
Der Klugerfahrne sich beschäftigt,
So ist fürwahr die Thorheit nicht gering
Die seiner sich am Schluß bemächtigt.

Bergschluchten,

Wald, Fels, Einöde

HEILIGE ANACHORETEN *Gebirg auf vertheilt, gelagert zwischen Klüften.*

CHOR und ECHO.

Waldung, sie schwanckt heran,
Felsen, sie lasten dran,
Wurzeln, sie klammern an,
Stamm dicht am Stamm hinan.
Woge nach Woge spritzt,
Höhle die tiefste schützt.
Löwen sie schleichen stumm-
Freundlich um uns herum,
Ehren geweihten Ort
Heiligen Liebeshort.

PATER EXTATICUS *auf und abschweifend.*

Ewiger Wonnebrand,
Glühendes Liebeband,
Siedender Schmerz der Brust,
Schäumende Gottes-Lust.
Pfeile durchdringet mich,
Lanzen bezwinget mich,
Keulen zerschmettert mich,
Blitze durchwettert mich;
Daß ja das Nichtige
Alles verflüchtige,
Glänze der Dauerstern,
Ewiger Liebe Kern.

PATER PROFUNDUS *Tiefe Region.*

Wie Felsenabgrund mir zu Füßen
Auf tieferm Abgrund lastend ruht,
Wie tausend Bäche strahlend fließen
Zum grausen Sturz des Schaums der Flut,
Wie strack, mit eignem kräftigen Triebe,
Der Stamm sich in die Lüfte trägt,
So ist es die allmächtige Liebe
Die alles bildet alles hegt.

Ist um mich her ein wildes Brausen,
Als wogte Wald und Felsengrund,
Und doch stürzt, liebevoll im Sausen,
Die Wasserfülle sich zum Schlund,
Berufen gleich das Thal zu wässern;
Der Blitz der flammend niederschlug
Die Atmosphäre zu verbessern
Die Gift und Dunst im Busen trug;
Sind Liebesboten, sie verkünden,
Was ewig schaffend uns umwallt.
Mein Innres mög' es auch entzünden
Wo sich der Geist, verworren kalt,
Verquält in stumpfer Sinne Schranken
Scharfangeschloßnem Kettenschmerz.
O Gott! beschwichtige die Gedanken
Erleuchte mein bedürftig Herz.

PATER SERAPHICUS *Mittlere Region.*

Welch ein Morgenwölkchen schwebet
Durch der Tannen schwankend Haar;
Ahn ich was im Innern lebet?
Es ist junge Geisterschaar.

CHOR SELIGER KNABEN.

Sag uns Vater wo wir wallen,
Sag uns Guter wer wir sind?
Glücklich sind wir, allen allen
Ist das Daseyn so gelind.

PATER SERAPHICUS.

Knaben! Mitternachts Geborne,
Halb erschlossen Geist und Sinn,
Für die Eltern gleich Verlorne,
Für die Engel zum Gewinn.
Daß ein Liebender zugegen
Fühlt ihr wohl, so naht euch nur;
Doch von schroffen Erdewegen
Glückliche! habt ihr keine Spur.
Steigt herab in meiner Augen
Welt- und erdgemäß Organ,
Könn't sie als die euern brauchen,
Schaut euch diese Gegend an.
Er nimmt sie in sich.
Das sind Bäume, das sind Felsen,
Wasserstrom, der abestürzt
Und mit ungeheurem Wälzen
Sich den steilen Weg verkürzt.

SELIGE KNABEN *von innen.*

Das ist mächtig anzuschauen
Doch zu düster ist der Ort,
Schüttelt uns mit Schreck und Grauen,
Edler, Guter laß uns fort.

PATER SERAPHICUS.

Steigt hinan zu höhrem Kreise
Wachset immer unvermerkt,
Wie, nach ewig reiner Weise,
Gottes Gegenwart verstärkt.
Denn das ist der Geister Nahrung
Die im freysten Aether waltet,
Ewigen Liebens Offenbarung
Die zur Seligkeit entfaltet.

CHOR SELIGER KNABEN *um die höchsten Gipfel kreisend.*

Hände verschlinget
Freudig zum Ringverein,
Regt euch und singet
Heilge Gefühle drein;
Göttlich belehret
Dürft ihr vertrauen,
Den ihr verehret
Werdet ihr schauen.

ENGEL *schwebend in der höhern Atmosphäre,* FAUSTENS *Unsterbliches tragend.*

Gerettet ist das edle Glied
Der Geisterwelt vom Bösen,
»Wer immer strebend sich bemüht
Den können wir erlösen.«
Und hat an ihm die Liebe gar
Von oben Theil genommen,
Begegnet ihm die selige Schaar
Mit herzlichem Willkommen.

DIE JÜNGEREN ENGEL.

Jene Rosen, aus den Händen
Liebend-heiliger Büsserinnen,
Halfen uns den Sieg gewinnen,
Uns das hohe Werk vollenden,
Diesen Seelenschatz erbeuten.
Böse wichen als wir streuten,
Teufel flohen als wir trafen.
Statt gewohnter Höllenstrafen,
Fühlten Liebesqual die Geister;
Selbst der alte Satans-Meister
War von spitzer Pein durchdrungen.
Jauchzet auf! es ist gelungen.

DIE VOLLENDETEREN ENGEL.

Uns bleibt ein Erdenrest
Zu tragen peinlich,
Und wär' er von Asbest
Er ist nicht reinlich.
Wenn starke Geisteskraft
Die Elemente
An sich herangerafft,
Kein Engel trennte
Geeinte Zwienatur
Der innigen Beyden,
Die ewige Liebe nur
Vermags zu scheiden.

DIE JÜNGEREN ENGEL.

Nebelnd um Felsenhöh
Spür ich so eben,

Regend sich in der Näh,
Ein Geister-Leben.
Die Wölkchen werden klar,
Ich seh bewegte Schaar
Seliger Knaben,
Los von der Erde Druck,
Im Kreis gesellt,
Die sich erlaben
Am neuen Lenz und Schmuck
Der obern Welt.
Sey er zum Anbeginn,
Steigendem Vollgewinn,
Diesen gesellt!

DIE SELIGEN KNABEN.
Freudig empfangen wir
Diesen im Puppenstand;
Also erlangen wir
Englisches Unterpfand.
Löset die Flocken los
Die ihn umgeben,
Schon ist er schön und groß
Von heiligem Leben.

DOCTOR MARIANUS *in der höchsten, reinlichsten Zelle.*
Hier ist die Aussicht frey,
Der Geist erhoben.
Dort ziehen Fraun vorbey,
Schwebend nach oben.
Die Herrliche, mitteninn,
Im Sternenkranze,

Die Himmelskönigin,
Ich seh's am Glanze.

Entzückt.

Höchste Herrscherin der Welt
Lasse mich, im blauen,
Ausgespannten Himmelszelt,
Dein Geheimniß schauen.
Billige was des Mannes Brust
Ernst und zart beweget
Und mit heiliger Liebeslust
Dir entgegen träget.

Unbezwinglich unser Muth
Wenn du hehr gebietest,
Plötzlich mildert sich die Glut,
Wie du uns befriedest.
Jungfrau, rein im schönsten Sinn,
Mutter, Ehren würdig,
Uns erwählte Königinn,
Göttern ebenbürtig.
Um sie verschlingen
Sich leichte Wölkchen,
Sind Büserinnen,
Ein zartes Völkchen;
Um Ihre Knie
Den Aether schlürfend,
Gnade bedürfend.
Dir, der Unberührbaren,
Ist es nicht benommen
Dass die leicht Verführbaren
Traulich zu dir kommen.

In die Schwachheit hingerafft
Sind sie schwer zu retten;
Wer zerreißt aus eigner Kraft
Der Gelüste Ketten?
Wie entgleitet schnell der Fuß
Schiefem glattem Boden?
Wen bethört nicht Blick und Gruß,
Schmeichelhafter Othem?

MATER GLORIOSA *schwebt einher.*

CHOR DER BÜSSERINNEN.
Du schwebst zu Höhen
Der ewigen Reiche,
Vernimm das Flehen
Du Ohnegleiche,
Du Gnadenreiche!

MAGNA PECCATRIX *(St. Lucae VII.36).*
Bey der Liebe, die den Füßen
Deines gottverklärten Sohnes
Thränen lies zum Balsam fließen,
Trotz des Pharisäer-Hohnes;
Beym Gefäße das so reichlich
Tropfte Wohlgeruch hernieder,
Bey den Locken die so weichlich
Trockneten die heilgen Glieder –

MULIER SAMARITANA *(St. Joh. IV).*
Bey dem Bronn, zu dem schon Weyland
Abram lies die Heerde führen,
Bey dem Eymer der dem Heyland
Kühl die Lippe durft berühren;

Bey der reinen reichen Quelle
Die nun dorther sich ergießet,
Ueberflüssig, ewig helle,
Rings durch alle Welten fließet –

MARIA EGYPTIACA *(Acta Sanctorum)*.
Bey dem hochgeweihten Orte
Wo den Herrn man niederließ,
Bey dem Arm der von der Pforte
Warnend mich zurücke stieß;
Bey der vierzigjährigen Busse
Der ich treu in Wüsten blieb,
Bey dem seligen Scheidegrusse
Den im Sand ich niederschrieb –

ZU DREY.
Die du großen Sünderinnen
Deine Nähe nicht verweigerst
Und ein büssendes Gewinnen
In die Ewigkeiten steigerst,
Gönn' auch dieser guten Seele
Die sich einmal nur vergessen,
Die nicht ahnte daß sie fehle,
Dein Verzeihen angemessen.

UNA POENITENTUM, sonst GRETCHEN genannt
sich anschmiegend.
Neige neige
Du Ohnegleiche,
Du Strahlenreiche,
Dein Antlitz gnädig meinem Glück.
Der früh Geliebte
Nicht mehr Getrübte
Er kommt zurück.

SELIGE KNABEN *in Kreisbewegung sich nähernd.*
Er überwächst uns schon
An mächtigen Gliedern;
Wird treuer Pflege Lohn
Reichlich erwiedern.
Wir wurden früh entfernt
Von Lebechören,
Doch dieser hat gelernt
Er wird uns lehren.

DIE EINE BÜSSERIN, sonst GRETCHEN genannt.
Vom edlen Geisterchor umgeben
Wird sich der Neue kaum gewahr,
Er ahnet kaum das frische Leben
So gleicht er schon der heiligen Schaar.
Sieh! wie er jedem Erdenbande
Der alten Hülle sich entrafft,
Und aus ätherischem Gewande
Hervortritt erste Jugendkraft.
Vergönne mir ihn zu belehren,
Noch blendet ihn der neue Tag.

MATER GLORIOSA.
Komm! hebe dich zu höhern Sphären,
Wenn er dich ahnet folgt er nach.

DOCTOR MARIANUS *auf dem Angesicht anbetend.*
Blicket auf zum Retterblick
Alle reuig zarten,
Euch zu seligem Geschick
Dankend umzuarten.

Werde jeder bessre Sinn
Dir zum Dienst erbötig;
Jungfrau, Mutter, Königinn,
Göttin bleibe gnädig.

CHORUS MYSTICUS.

Alles Vergängliche
Ist nur ein Gleichniß;
Das Unzulängliche
Hier wird's Ereigniß;
Das Unbeschreibliche
Hier ist es gethan;
Das Ewig-Weibliche
Zieht uns hinan.

FINIS.

Frühere Fassung
(»Urfaust«)

Nacht.

In einem hochgewölbten engen gothischen Zimmer

FAUST *unruhig auf seinem Sessel am Pulten*

Hab nun ach die Philosophey
Medizin und Juristerey,
Und leider auch die Theologie
Durchaus studirt mit heisser Müh.
Da steh ich nun ich armer Tohr
Und bin so klug als wie zuvor.
Heisse Docktor und Professor gar
Und ziehe schon an die zehen Jahr
Herauf herab und queer und krum
Meine Schüler an der Nas herum
Und seh daß wir nichts wissen können,
Das will mir schier das Herz verbrennen.
Zwar bin ich gescheuter als alle die Laffen
Docktors, Professors, Schreiber und Pfaffen
Mich blagen keine Skrupel noch Zweifel
Fürcht mich weder vor Höll noch Teufel.
Dafür ist mir auch all Freud entrissen
Bild mir nicht ein was rechts zu wissen
Bild mir nicht ein ich könnt was lehren
Die Menschen zu bessern und zu bekehren,
Auch hab ich weder Gut noch Geld
Noch Ehr und Herrlichkeit der Welt.
Es mögt kein Hund so länger leben
Drum hab ich mich der Magie ergeben
Ob mir durch Geistes Krafft und Mund
Nicht manch Geheimniß werde kund.

Daß ich nicht mehr mit sauren Schweis
Rede von dem was ich nicht weis.
Daß ich erkenne was die Welt
Im innersten zusammenhält
Schau alle Würkungskrafft und Saamen
Und thu nicht mehr in Worten kramen.

O sähst du voller Mondenschein
Zum lezten mal auf meine Pein
Den ich so manche Mitternacht
An diesen Pult heran gewacht.
Dann über Bücher und Papier
Trübseelger Freund erschienst du mir.
Ach könnt ich doch auf Berges Höhn
In deinem lieben Lichte gehn
Um Bergeshöhl mit Geistern schweben
Auf Wiesen in deinem Dämmer weben
Von all dem Wissensqualm entladen
In deinem Thau gesund mich baden.

Weh! steck ich in den Kerker noch
Verfluchtes dumpfes Mauerloch
Wo selbst das liebe Himmels Licht
Trüb durch gemahlte Scheiben bricht.
Beschränkt von all dem Bücherhauff
Den Würme nagen, Staub bedekt
Und bis ans hohe Gewölb hinauf
Mit angeraucht Papier besteckt
Mit Gläsern Büchsen rings bestellt
Mit Instrumenten vollgepropft
Uhrväter Hausrath drein gestopft,
Das ist deine Welt, das heisst eine Welt!

Und fragst du noch warum dein Herz
Sich inn in deinem Busen klemmt?
Warum ein unerklärter Schmerz
Dir alle Lebensregung hemmt.
Statt all der lebenden Natur
Da Gott die Menschen schuf hinein
Umgiebt in Rauch und Moder nur
Dich Tiergeripp und Todtenbein.

Flieh! Auf hinaus in's weite Land!
Und dies geheimnissvolle Buch
Von Nostradamus eigner Hand
Ist dir das nicht Geleit genung?
Erkennest dann der Sterne Lauf
Und wenn Natur dich unterweist
Dann geht die Seelenkrafft dir auf
Wie spricht ein Geist zum andern Geist.
Umsonst daß trocknes Sinnen hier
Die heilgen Zeichen dir erklärt
Ihr schwebt ihr Geister neben mir
Antwortet mir wenn ihr mich hört.
|: *er schlägt das Buch auf und erblickt das Zeichen des Makrokosmus* :|
Ha welche Wonne fließt in diesem Blick
Auf einmal mir durch alle meine Sinnen.
Ich fühle iunges heilges Lebensglück,
Fühl neue Glut durch Nerv und Adern rinnen.
War es ein Gott der diese Zeichen schrieb?
Die all das innre Toben stillen
Das arme Herz mit Freude füllen
Und mit geheimnissvollen Trieb
Die Kräffte der Natur enthüllen

Bin ich ein Gott? mir wird so licht!
Ich schau in diesen reinen Zügen
Die winkende Natur vor meiner Seele liegen.
Jetzt erst erkenn' ich was der Weise spricht:
»Die Geister Welt ist nicht verschlossen
»Dein Sinn ist zu, dein Herz ist todt
»Auf bade Schüler unverdrossen
»Die irrdsche Brust im Morgenroth.«
|: *er beschaut das Zeichen* :|
Wie alles sich zum Ganzen webt
Eins in dem andern würkt und lebt
Wie Himmels kräffte auf und nieder steigen
Und sich die goldnen Eimer reichen!
Mit Seegenduftenden Schwingen
Vom Himmel durch die Erde dringen
Harmonisch all das all durchklingen.

Welch Schauspiel! aber ach ein Schauspiel nur
Wo fass ich dich unendliche Natur!
Euch Brüste wo! Ihr Quellen alles Lebens
An denen Himmel und Erde hängt
Dahin die welke Brust sich drängt.
Ihr quellt, ihr tränkt, und schmacht ich so vergebens!
|: *er schlägt unwillig das Buch um und erblickt das Zeichen des Erdgeistes* :|
Wie anders würckt dies Zeichen auf mich ein!
Du Geist der Erde bist mir näher
Schon fühl ich meine Kräffte höher
Schon glüh ich wie vom neuen Wein
Ich fühle Muth mich in die Welt zu wagen
All Erden weh und all ihr Glück zu tragen
Mit Stürmen mich herum zu schlagen
Und in des Schiffbruchs Knirschen nicht zu zagen.

Es wölckt sich über mir.
Der Mond verbirgt sein Licht!
Die Lampe schwindet!
Es dampft! Es zucken rothe Stralen
Mir um das Haupt. Es weht
Ein Schauer vom Gewölb herab
Und faßt mich an.
Ich fühls du schwebst um mich
Erflehter Geist!
Enthülle dich.
Ha! wie's in meinem Herzen reisst!
Zu neuen Gefühlen
All meine Sinne sich erwühlen
Ich fühle ganz mein Herz dir hingegeben!
Du musst! du musst! Und kostet es mein Leben.
|: *er fasst das Buch und spricht das Zeichen des Geists geheimnisvoll aus. Es zuckt eine röthliche Flamme,* DER GEIST *erscheint in der Flamme, in wiederlicher Gestallt* :|

GEIST.
Wer ruft mir!

FAUST, *abwendent*
Schröckliches Gesicht!

GEIST
Du hast mich mächtig angezogen
An meiner Sphäre lang gesogen,
Und nun –

FAUST Weh ich ertrag dich nicht.

GEIST
Du flehst erathmend mich zu schauen
Meine Stimme zu hören mein Antliz zu sehn,
Mich neigt dein mächtig Seelen Flehn.
Da bin ich! Welch erbärmlich Grauen

Fasst Uebermenschen dich! Wo ist der Seele Ruf?
Wo ist die Brust die eine Welt in sich erschuf,
Und trug, und heegte, und mit Freude Beben
Erschwoll sich uns den Geistern gleich zu heben
Wo bist du Faust des Stimme mir erklang?
Der sich an mich mit allen Kräfften drang?
Du! der, den kaum mein Hauch umwittert
In allen Lebenstiefen zittert,
Ein furchtsam weggekrümmter Wurm.

FAUST.

Soll ich dir Flammenbildung weichen!
Ich bin's, bin Faust, bin deines gleichen.

GEIST

In Lebensfluthen im Thatensturm
Wall ich auf und ab
Webe hin und her
Geburt und Grab,
Ein ewges Meer
Ein wechselnd Leben!
So schaff ich am sausenden Webstul der Zeit
Und würke der Gottheit lebendiges Kleid

FAUST.

Der du die weite Welt umschweiffst
Geschäfftger Geist wie nah fühl ich mich dir

GEIST.

Du gleichst dem Geist den du begreiffst,
Nicht mir! |: *verschwindet* :|

FAUST *zusammenstürzend* :|

Nicht dir!
Wem denn?
Ich Ebenbild der Gottheit!
Und nicht ein mal dir!
|: *es klopft* :|

O Todt! ich kenns das ist mein Famulus.
Nun werd ich tiefer tief zu nichte,
Daß diese Fülle der Gesichte
Der trokne Schwärmer stören muß.

WAGNER *im Schlafrock und der Nachtmütze, eine Lampe in der Hand. Faust wendet sich unwillig.*

WAGNER.
Verzeiht! ich hört euch deklamiren!
Ihr last gewiß ein griechisch Trauerspiel
In dieser Kunst mögt ich was profitiren
Denn heutzutage würkt das viel.
Ich hab es öffters rühmen hören
Ein Kommödiant könnt einen Pfarrer lehren.

FAUST
Ja wenn der Pfarrer ein Commödiant ist.
Wie das denn wohl zu Zeiten kommen mag.

WAGNER
Ach wenn man in sein Museum gebannt ist,
Und sieht die Welt kaum einen Feyertag.
Man weis nicht eigentlich wie sie zu guten Dingen
Durch Ueberredung hinzubringen.

FAUST.
Wenn ihrs nicht fühlt ihr werdets nicht erjagen.
Wenns euch nicht aus der Seele dringt
Und mit urkräftigen Behagen
Die Herzen aller Hörer zwingt.
Sizzt ihr einweil und leimt zusammen,
Braut ein Ragout von andrer Schmaus,
Und blast die kümmerlichen Flammen
Aus eurem Aschenhäufgen aus

Bewundrung von Kindern und Affen
Wenn euch darnach der Gaumen steht!
Doch werdet ihr nie Herz zu Herzen schaffen,
Wenn es euch nicht von Herzen geht.

WAGNER.

Allein der Vortrag nüzt dem Redner viel.

FAUST.

Was Vortrag! der ist gut im Puppenspiel
Mein Herr Magister hab er Krafft!
Sey er kein Schellenlauter Thor!
Und Freundschafft, Liebe, Brüderschafft,
Trägt die sich nicht von selber vor.
Und wenns euch Ernst ist was zu sagen
Ists nöthig Worten nachzujagen.
Und all die Reden die so blinkend sind
In denen ihr der Menschheit Schnizzel kräuselt,
Sind unerquicklich wie der Nebelwind
Der herbstlich durch die dürren Blätter säuselt.

WAGNER

Ach Gott die Kunst ist lang
Und kurz ist unser Leben!
Mir wird bey meinem kritischen Bestreben
Doch offt um Kopf und Busen bang
Wie schwer sind nicht die Mittel zu erwerben,
Durch die man zu den Quellen steigt,
Und eh man nur den halben Weeg erreicht,
Muß wohl ein armer Teufel sterben.

FAUST.

Das Pergament ist daß der heilge Bronnen,
Woraus ein Trunk den Durst auf ewig stillt.
Erquikung hast du nicht gewonnen
Wenn sie dir nicht aus eigner Seele quillt.

WAGNER

Verzeiht es ist ein gros Ergözzen
Sich in den Geist der Zeiten zu versezzen.
Zu schauen wie vor uns ein weiser Mann gedacht,
Und wie wirs dann zulezt so herrlich weit gebracht.

FAUST

O ia bis an die Sterne weit.
Mein Freund die Zeiten der Vergangenheit,
Sind uns ein Buch mit sieben Siegeln.
Was ihr den Geist der Zeiten heisst
Das ist im Grund der Herren eigner Geist,
In dem die Zeiten sich bespiegeln.
Da ists denn warrlich offt ein Jammer
Man läufft euch bey dem ersten Blick davon.
Ein Kehrichtfass und eine Rumpelkammer,
Und höchstens eine Haupt und Staats aktion.
Mit trefflichen pragmatischen Maximen,
Wie sie den Puppen wohl im Munde ziemen.

WAGNER.

Allein die Welt! des Menschen Herz und Geist!
Mögt ieglicher doch was davon erkennen.

FAUST.

Ja was man so erkennen heisst.
Wer darf das Kind beym rechten Nahmen nennen?
Die wenigen die was davon erkannt
Die Thörig gnug ihr volles Herz nicht wahrten.
Den Pöbel ihr Gefühl ihr Schauen offenbaarten
Hat man von ie gekreuzigt und verbrannt.
Ich bitt euch Freund es ist tief in der Nacht
Wir müßen diesmal unterbrechen.

WAGNER.

Ich hätte gern bis morgen früh gewacht,
Um so gelehrt mit euch mich zu besprechen. |: *ab* :|

FAUST:

Wie nur dem Kopf nicht alle Hoffnung schwindet,
Der immer fort an schaalen Zeuge klebt,
Mit gierger Hand nach Schätzen gräbt,
Und froh ist wenn er Regenwürmer findet.

MEPHISTOPHELES *im Schlafrock eine grose Perrücke auf.*
STUDENT.

STUDENT.

Ich bin alhier erst kurze Zeit,
Und komme voll Ergebenheit
Einen Mann zu sprechen und zu kennen
Den alle wir mit Ehrfurcht nennen.

MEPHISTOPHELES

Eure Höflichkeit erfreut mich sehr,
Ihr seht einen Mann wie andre mehr.
Habt ihr euch hier schon umgethan.

STUDENT

Ich bitt euch nehmt euch meiner an.
Ich komm mit allem gutem Muth,
Ein leidlich Geld und frischem Blut.
Meine Mutter wollt mich kaum entfernen,
Mögte gern was rechts hier aussen lernen.

MEPH:

Da seyd ihr eben recht am Ort.

STUDENT

Aufrichtig! Mögt schon wieder fort!
Sieht all so trocken ringsum aus
Als säs Heishunger in iedem Haus.

MEPH:

Bitt euch! dran euch nicht weiter kehrt,
Hier alles sich vom Studenten nährt.

Doch erst, wo werdet ihr logiren?
Das ist ein Hauptstück!

STUDENT Wolltet mich führen
Bin warrlich ganz ein irres Lamm.
Mögt gern das gute so allzusamm,
Mögt gern das böse mir all vom Leib,
Und Freyheit, auch wohl Zeitvertreib,
Mögt auch dabey studiren tief,
Dass mirs über Kopf und Ohren lief!
O Herr helft dass meiner Seel
Am guten Wesen nimmer fehl.

MEPHIS: *krazt sich.*
Kein Logie habt ihr? wie ihr sagt.

STUDENT.
Hab noch nicht 'mal darnach gefragt.
Mein Wirthshaus nährt mich leidlich gut,
Feines Mägdlein drinn aufwarten thut.

MEPH:
Behüte Gott das führt euch weit!
Caffee und Billard! Weh dem Spiel!
Die Mägdlein ach sie geilen viel!
Vertripplistreichelt eure Zeit.
Dagegen sehn wirs leidlich gern,
Dass alle Studiosi nah und fern
Uns wenigstens einmal die Wochen
Kommen untern Absaz gekrochen.
Will einer an unserm Speichel sich lezzen
Den thun wir zu unsrer Rechten sezzen.

STUDENT.
Mir wird ganz greulich vorm Gesicht!

MEPH:
Das schadt der guten Sache nicht.

Dann fordersamst mit dem Logie
Wüßt ich euch wohl nichts bessers hie,
Als geht zu Frau Sprizbierlein morgen
Weis Studiosos zu versorgen.
Hats Haus von oben bis unten voll,
Und versteht weidlich was sie soll.
Zwar Noes Arche war saubrer gefacht,
Doch ists einmal so hergebracht.
Ihr zahlt was andre vor euch zahlten
Die ihren Nahm aufs [Scheis] Haus mahlten.

STUDENT.

Wird mir fast so eng um's Herz herum
Als zu Haus im Colegium.

MEPH:

Euer Logie wär nun bestellt.
Nun euren Tisch für leidlich Geld!

STUDENT.

Mich dünkt das gäb sich alle nach,
Wer erst von Geists Erweitrung sprach!

MEPH:

Mein Schatz! das wird euch wohl verziehn,
Kennt nicht den Geist der Akademien.
Der Mutter Tisch müßt ihr vergessen,
Klar Wasser geschiedne Butter fressen.
Statt Hopfen Keim und iung Gemüs,
Geniessen mit Dank Brennesseln süs,
Sie thun einen Gänse stuhlgang treiben,
Aber eben drum nicht bass bekleiben,
Hammel und Kalb kühren ohne End,
Als wie unsers Herr Gotts Firmament.
Doch zahlend wird von euch ergänzt
Was Schwärmerian vor euch geschwänzt.

Müsst euren Beutel wohl versorgen,
Besonders keinem Freunde borgen
Aber redlich zu allen Maalen
Wirth, Schneider und Professor zahlen.

STUDENT.

Hochwürdger Herr das findet sich.
Aber nun bitt ich leitet mich!
Mir steht das Feld der Weisheit offen,
Wäre gern so grade zu geloffen,
Aber sieht drinn so bunt und kraus
Auch seitwärts wüst und trocken aus
Fern thät sich's mir vor die Sinnen stellen,
Als wie ein Tempe voll frischer Quellen.

MEPH:

Sagt mir erst eh ihr weiter geht,
Was wählt ihr für eine Fakultät?

STUDENT

Soll zwar ein Mediziner werden,
Doch wünscht ich rings von aller Erden,
Von allem Himmel und all Natur,
So viel mein Geist vermögt zu fassen.

ME[P]H:

Ihr seyd da auf der rechten Spur,
Doch müßt ihr euch nicht zerstreuen lassen
Mein theurer Freund ich rath euch drum,
Zuerst Collegium Logikum.
Da wird der Geist euch wohl dressirt,
In Spansche Stiefeln eingeschnürt,
Dass er bedächtger so fort an
Hinschleiche die Gedanken Bahn.
Und nicht etwa die Kreuz und Queer
Irrlichtelire den Weeg daher.

Dann lehret man euch manchen Tag,
Daß was ihr sonst auf Einen Schlag
Getrieben wie Essen und trinken frey,
Eins! Zwey! Drey! dazu nöthig sey.
Zwar ists mit der Gedanken Fabrick
Wie mit einem Weber Meisterstück,
Wo ein Tritt tausend Fäden regt
Die Schifflein rüber hinüber schiessen
Die Fäden ungesehen fliessen.
Ein Schlag tausend Verbindungen schlägt.
Der Philosoph der tritt herein
Und beweist euch es müßt so seyn.
Das erst wär so, das zweyte so
Und drum das dritt und virte so.
Und wenn das erst und zweyt nicht wär
Das dritt und viert wär nimmermehr.
Das preisen die Schüler aller Orten
Sind aber keine Weber worden.
Wer will was lebigs erkennen und beschreiben,
Muß erst den Geist herauser treiben,
Dann hat er die Theil in seiner Hand,
Fehlt leider nur das geistlich Band.
Encheiresin naturae nennts die Chimie!
Bohrt sich selbst einen Esel und weis nicht wie.

STUDENT

Kann euch nicht eben ganz verstehen.

MEPH:

Das wird nächstens schon besser gehen.
Wenn ihr lernt alles reduziren,
Und gehörig klassifiziren.

STUDENT.

Mir wird von allem dem so dumm
Als ging mir ein Mühlrad im Kopf herum.

MEPH:
Nachher vor allen andern Sachen
Müßt ihr euch an die Metaphisick machen,
Da seht daß ihr tiefsinnig fasst,
Was in des Menschen Hirn nicht passt,
Für was drein geht und nicht drein geht,
Ein prächtig Wort zu Diensten steht.
Doch vorerst dieses halbe Jahr
Nehmt euch der besten Ordnung wahr.
Fünf Stunden nehmt ihr ieden Tag,
Seyd drinne mit dem Glockenschlag.
Habt euch zu Hause wohl preparirt,
Paragraphos wohl einstudirt.
Damit ihr nachher besser seht
Dass er nichts sagt als was im Buche steht.
Doch euch des Schreibens ja befleisst,
Als dicktirt euch der heilig Geist.

STUDENT.
Verzeiht ich halt euch auf mit vielen Fragen
Allein ich muß euch noch bemühn.
Wollt ihr mir von der Medizin,
Nicht auch ein kräfftig Wörtgen sagen!
Drey Jahr ist eine kurze Zeit,
Und Gott das Feld ist gar zu weit.
Wenn man ein' Fingerzeig nur hat
Lässt sichs schon ehe weiter fühlen.

ME[P]H: |: *vor sich* :|
Bin des Professor Tons nun satt,
Will wieder einmal den Teufel spielen.
|: *laut* :|
Der Geist der Medizin ist leicht zu fassen,
Ihr durchstudirt die gros und kleine Welt,

Um es am Ende gehn zu lassen
Wie's Gott gefällt.
Vergebens daß ihr ringsum wissenschafftlich schweift,
Ein ieder lernt nur was er lernen kann.
Doch der den Augenblick ergreift,
Das ist der rechte Mann.
Ihr seyd noch ziemlich wohl gebaut,
An Kühnheit wirds euch auch nicht fehlen,
Und wenn ihr euch nur selbst vertraut
Vertrauen euch die andern Seelen.
Besonders lernt die Weiber führen
Es ist ihr ewig Weh und Ach
So tausendfach,
Aus Einem Punckte zu kuriren.
Und wenn ihr halbweeg ehrbaar thut,
Dann habt ihr sie all unterm Hut.
Ein Titel muß sie erst vertraulich machen,
Dass eure Kunst viel Künste übersteigt
Zum Willkomm tappt ihr dann nach allen Siebensachen,
Um die ein andrer viele Jahre streicht.
Versteht das Pülslein wohl zu drücken,
Und fasset sie mit feurig schlauen Blicken,
Wohl um die schlanke Hüfte frey
Zu sehn wie fest geschnürt sie sey.

STUDENT.

Das sieht schon besser aus als die Philosophie.

ME[P]H:

Grau, theurer Freund, ist alle Theorie
Und grün des Lebens goldner Baum.

STUDENT.

Ich schwör euch zu mir ists als wie ein Traum.

Dürft ich euch wohl ein andermal beschweeren,
Von eurer Weisheit auf den Grund zu hören.

MEPH:

Was ich vermag soll gern geschen.

STUDENT.

Ich kann ohnmöglich wieder gehn,
Ich muß euch noch mein Stammbuch überreichen,
Gönn eure Gunst mir dieses Zeichen.

MEPH:

Sehr wohl. |: *er schreibt und giebts* :|

STUDENT |: *liest* :|

Eritis sicut Deus scientis bonum et malum.
|: *machts ehrbietig zu und empfielt sich* :|

MEPH:

Folg nur dem alten Spruch von meiner Muhme der Schlange,
Dir wird gewiss einmal bey deiner Gottähnlichkeit bange.

Auerbachs Keller in Leipzig.

Zeche lustiger Gesellen

FROSCH

Will keiner sauffen keiner lachen!
Ich werd euch lehren Gesichter machen!
Ihr seyd ia heut wie nasses Stroh
Und brennt sonst immer lichterloh.

BRANDER

Das liegt an dir, du bringst ia nichts herbey,
Nicht eine Dummheit, keine Sauerey.

FROSCH |: *gießt ihm ein Glas Wein übern Kopf* :|

Da hast du beides!

BRANDER Esel! Schwein!

FROSCH

Muß man mit euch nicht beydes seyn.

SIEBEL.

Drey Teufel! ruht! und singt runda! und drein gesoffen drein gekrischen. Holla he! Auf! He da!

ALTEN.

Baumwolle her! der sprengt uns die Ohren.

SIEBEL

Kann ich davor dass das verflucht niedrige Gewölbe so widerschallt. Sing.

FROSCH.

A! Tara! Tara! lara! di! – Gestimmt ist! Und was nun

Das liebe heilge römsche Reich
Wie hälts nur noch zusammen.

BRANDER.

Pfuy ein garstig Lied! Ein politisch Lied, ein leidig Lied[.] Dankt Gott dass euch das heilige römische Reich nichts angeht. Wir wollen einen Papst wählen.

FROSCH

Schwing dich auf Frau Nachtigall
Grüs mein Liebgen zehntausendmal.

SIEBEL.

Wetter und Todt. Grüs mein Liebgen! – Eine Hammelmauspastete mit gestopften dürren Eichenblättern vom Blocksberg, durch einen geschundnen Haasen mit dem Hahnenkopf überschickt, und keinen Grus von der Nachtigall. Hatt sie mich nicht – Meinen Stuz bart und alle Appartinenzien hinter die Thüre geworfen wie einen stumpfen Besen, und das um – Drey Teufel! Keinen Grus sag ich als die Fenster eingeschmissen!

FROSCH |: *den Krug auf den Tisch stossend* :|
Ruh iezt! – Ein neu Lied Kammeraden, ein alt Lied wenn ihr wollt! – Aufgemerkt und den Rundreim mit gesungen. Frisch und hoch auf! –

Es war ein Ratt im Keller Nest,
Lebt nur von Fett und Butter,
Hätt sich ein Ränzlein angemäst
Als wie der [Doctor Luther]
Die Köchin hätt ihr Gift gestellt
Da wards so eng ihr in der Welt,
Als hett sie Lieb im Leibe!

CHORUS *iauchzend*

Als hett sie Lieb im Leibe.

FROSCH

Sie fuhr herum sie fuhr heraus
Und soff aus allen Pfüzzen,
Zernagt zerkrazt das ganze Haus,
Wollt nichts ihr Wüten nützen.
Sie thät so manchen Aengstesprung
Bald hätt das arme Tier genung,
Als hett es Lieb im Leibe.

CHORUS

Als hett es Lieb im Leibe

FROSCH

Sie kam vor Angst am hellen Tag
Der Küche zu gelaufen,
Fiel an den Heerd und zuckt und lag
Und thät erbärmlich schnauffen.
Da lachte die Vergifftrinn noch:
Ha sie pfeift auf dem lezten Loch
Als hett sie Lieb im Leibe.

CHORUS

Als hett sie Lieb im Leibe.

SIEBEL.

Und eine hinlängliche Portion Rattenpulver der Köchin in die Suppe. Ich bin nit mitleidig, aber so eine Ratte könnte einen Stein erbarmen.

BRANDER

Selbst Ratte! Ich mögte den Schmeerbauch so am Heerde sein Seelgen ausblasen sehn!

FAUST, MEPHISTOPHELES.

MEPH:

Nun schau wie sie's hier treiben! Wenn dirs gefällt, dergleichen Sozietät schaff ich dir Nacht nächtlich.

FAUST

Guten Abend ihr Herren.

ALLE

Grosen Dank!

SIEBEL

Wer ist der Storcher da!

BRANDER.

Still! das ist was vornehmes inkognito, sie haben so was unzufriednes böses im Gesicht.

SIEBEL

Pah! Commödianten wenns hoch kommt.

MEPH: |: *leise* :|

Merks! den Teufel vermuthen die Kerls nie so nah er ihnen immer ist.

FROSCH.

Ich will 'en die Würme schon aus der Nase ziehn, wo sie herkommen! – Ist der Weeg von Rippach herüber so schlimm, dass ihr so tief in die Nacht habt reisen müssen.

FAUST.

Wir kommen den Weeg nit

FROSCH.

Ich meinte etwa ihr hättet bey den berühmten Hans drüben zu Mittag gespeißt.

FAUST.

Ich kenn ihn nicht.

|: *die andern lachen* :|

FROSCH.

O er ist von altem Geschlecht. Hat eine weitläufige Familie.

MEPH:

Ihr seyd wohl seiner Vettern einer.

BRANDER |: *leise zu Frosch* :|

Stecks ein! der versteht den Rummel.

FROSCH.

Bey Wurzen ists fatal, da muß man so lang auf die Fähre manchmal warthen.

FAUST.

So!

SIEBEL |: *leise* :|

Sie kommen aus dem Reiche man siehts 'en an. Lasst sie nur erst fidel werden. – Seyd ihr Freunde von einen herzhaften Schluck! Herbey mit euch.

MEPH:

Immer zu. |: *sie stoßen an und trinken* :|

FROSCH.

Nun Herrn ein Liedgen. Für einen Krug ein Liedgen, das ist billig.

FAUST

Ich habe keine Stimme.

MEPH:

Ich sing eins für mich, zwey für meinen Cammeraden, hundert wenn ihr wollt, wir kommen aus Spanien wo Nach[t]s so viel Lieder gesungen werden als Sterne am Himmel stehn.

BRANDER

Das verbät ich mir, ich hasse das Geklimpere, ausser wenn ich einen Rausch habe, und schlafe daß die Welt untergehen dürfte. – Für kleine Mädgen ists so was die nit schlafen können, und am Fenster stehen Monden Kühlung einzusuckeln.

MEPH:

Es war einmal ein König
Der hett einen grosen Floh!

SIEBEL

Stille! Horch! Schöne Rarität! schöne Liebhaberey!

FROSCH.

Noch ein mahl.

MEPH:

Es war einmal ein König
Der hett einen grosen Floh
Den liebt er gar nit wenig
Als wie sein eignen Sohn,
Da rief er seinen Schneider,
Der Schneider kam heran:
Da mess den Junker Kleider
Und meß ihm Hosen an.

SIEBEL

Wohl gemeßen! Wohl! |: *sie schlagen in ein Gelächter aus* :|
Daß sie nur keine Falten werfen!

MEPH:

In Sammet und in Seide
War er nun angethan
Hätte Bänder auf dem Kleide
Hätt auch ein Kreutz daran.

Und war so gleich Minister
Und hätt einen grosen Stern,
Da wurden sein Geschwister
Bey Hof auch grose Herrn.

Und Herrn und Fraun am Hofe
Die waren sehr geplagt,
[Die Königinn und die Zofe
Gestochen und genagt]
Und durften sie nicht knicken,
Und weg sie jagen nicht
Wir knicken und ersticken
Doch gleich wenn einer sticht.

CHORUS, *iauchzend* :|
Wir kniken und ersticken
Doch gleich wenn einer sticht.

ALLE *durch einander.*

Bravo! Schön und trefflich! Noch eins! Noch ein paar Krüge! Noch ein paar Lieder.

FAUST.

Meine Herren! der Wein geht an! Geht an wie in Leipzig die Weine alle angehn müssen. Doch dünckt mich ihr würdet erlauben daß man euch aus einem andern Fasse zapfte.

SIEBEL

Habt ihr einen eignen Keller? Handelt ihr mit Weinen? Seid ihr vielleicht von denen Schelmen aus ’m Reich? –

ALTEN.

Wart ein bissgen! |: *er steht auf* :| Ich hab so eine Probe, ob ich weiter trinken darf. |: *Er macht die Augen zu und steht eine Weile* :| Nun! nun! das Köpfgen schwanckt schon!

SIEBEL

Pah! eine Flasche! Ich wills vor Gott verantworten und vor deiner Frauen. Euren Wein!

FAUST.

Schafft mir einen Bohrer.

FROSCH

Der Wirth hat so ein Körbel mit Werckzeug in der Ecke stehn.

FAUST. *nimmt den Bohrer*

Gut! Was verlangt ihr für Wein?

FROSCH

He!

FAUST

Was für ein Gläsgen mögtet ihr trinken? Ich schaffs euch!

FROSCH.

He! He! So ein Glas Reinwein ächten Nierensteiner

FAUST Gut!

|: *er bohrt in den Tisch an Froschens Seite* :|

Nun schafft Wachs!

ALTEN

Da ein Kerzen stümpfgen.

FAUST

So! |: *er stopft das Loch* :| Halt iezzo! – und ihr?

SIEBEL

Muskaten Wein! Spanischen Wein sonst keinen Tropfen. Ich will nur sehn wo das hinaus läufft.

FAUST |: *bohrt und verstopft* :|

Was beliebt euch?

ALTEN

Rothen Wein! Einen Französchen! – Die Franzosen kann ich nicht leiden, so grosen Respeckt ich vor ihren Wein hab.

FAUST |: *wie oben* :|

Nun was schafft ihr?

BRANDER

Hält er uns für'n Narren?

FAUST

Schnell Herr nennt einen Wein!

BRANDER

Tockayer denn! – Soll er doch nicht aus dem Tische laufen!

FAUST.

Stille iunger Herr! – Nun aufgeschaut! Die Gläser untergehalten. Jeder ziehe den Wachspfropfen heraus! Daß aber kein Tropfen an die Erde fällt, sonst giebts ein Unglük!

ALTEN

Mir wirds unheimlich. Der hat den Teufel.

FAUST

Ausgezogen!

|: *Sie ziehn die Pfropfen, iedem läuft der verlangte Wein in's Glas* :|

FAUST

Zugestopft! Und nun versucht!

SIEBEL

Wohl! trefflich wohl!

ALLE

Wohl! Majestatisch wohl! – Willkommner Gast.

|: *sie trinken wiederhohlt* :|

MEPH:

Sie sind nun eingeschifft.

FAUST

Gehn wir!

MEPH:

Noch ein Moment.

ALLE *singen.*

Uns ist gar kannibalisch wohl
Als wie fünfhundert Säuen!

|: *Sie trinken wiederholt, Siebel lässt den Pfropf fallen, es fliest auf die Steine und wird zur Flamme die an Siebeln hinauf lodert* :|

SIEBEL.

Hölle und Teufel!

BRANDER

Zauberey! Zauberey!

FAUST

Sagt ichs euch nicht.

|: *er verstopft die Oeffnung und spricht einge Worte, die Flamme flieht* :|

SIEBEL.

Herr und Satan! – Meynt er, er dürft in ehrliche Gesellschafft sich machen und sein Höllisches Hokuspokus treiben.

FAUST

Stille Mastschwein!

SIEBEL.

Mir Schwein! Du Besenstil! Brüder! Schlagt ihn zusammen! Stost ihn nieder! |: *sie ziehn die Messer* :| Ein Zauberer ist Vogelfrey! Nach den Reichsgesetzen Vogelfrey.

|: *Sie wollen über Fausten her, er winckt, sie stehn in frohem Erstaunen auf einmal und sehn einander an* :|

SIEBEL

Was seh ich! Weinberge!

BRANDER

Trauben um diese Jahrs zeit.

ALTEN

Wie reif! Wie schön!

FROSCH

Halt das ist die schönste!

|: *sie greifen zu, kriegen einander bey den Nasen, und heben die Messer* :|

FAUST.

Halt! – Geht und schlaft euern Rausch aus!

FAUST *und* MEPH*: ab. Es gehen ihnen die Augen auf, sie fahren mit Geschrey aus eina[n]der* :|

SIEBEL

Meine Nase! War das deine Nase? Waren das die Trauben? Wo ist er?

BRANDER

Fort! Es war der Teufel selbst.

FROSCH

Ich hab ihn auf einem Fasse hinaus reiten sehn.

ALTEN

Hast du! Da ist gewiß auf den Marckt nit sicher – Wie kommen wir nach Hause.

BRANDER

Siebel geh zu erst!

SIEBEL

Kein Narr!

FROSCH

Kommt wir wecken die Häscher unterm Rathaus, für ein Trinckgeld thun die wohl ihre Schuldigkeit. Fort!

SIEBEL

Sollte wohl der Wein noch laufen. |*: er visitirt die Pfropfen* :|

ALTEN

Bildt dirs nicht ein! Trocken wie Holz!

FROSCH

Fort ihr Bursche! Fort!

|: *alle ab* :|

Land Strase.

Ein Kreuz am Weege, rechts auf dem Hügel ein altes Schloß, in der Ferne ein Bauerhüttgen.

FAUST

Was giebts Mephisto hast du Eil?
Was schlägst vorm Kreuz die Augen nieder?

MEPH:

Ich weis es wohl es ist ein Vorurtheil,
Allein genung mir ists einmal zuwieder.

Strase.

FAUST, MARGARETHE *vorübergehend.*

FAUST.

Mein schönes Fräulein darf ichs wagen
Mein Arm und Geleit ihr anzutragen.

MARGARETHE.

Bin weder Fräulein weder schön
Kann ohngeleit nach Hause gehn.
|: *sie macht sich los und ab* :|

FAUST

Das ist ein herrlich schönes Kind
Die hat was in mir angezündt
Sie ist so sitt und tugendreich
Und etwas schnippisch doch zugleich
Der Lippen Roth der Wange Licht
Die Tage der Welt vergess ich's nicht

Wie sie die Augen niederschlägt
Hat tief sich in mein Herz geprägt
Wie sie kurz angebunden war
Das ist nun zum Entzücken gar.

MEPHISTOPHELES *tritt auf.*

FAUST
Hör du must mir die Dirne schaffen.
MEPH:
Nun welche?
FAUST Sie ging iust vorbey.
MEPH:
Da die! Sie kam von ihren Pfaffen
Der sprach sie aller Sünden frey.
Ich schlich mich hart am Stul herbey.
Es ist ein gar unschuldig Ding
Das eben für nichts zur Beichte ging.
Ueber die hab ich keine Gewalt.
FAUST.
Ist über vierzehn Jahr doch alt.
MEPH:
Sprichst ey wie der Hans Lüderlich
Der begehrt iede liebe Blum für sich
Und dünkelt ihm es wär kein Ehr
Und Gunst die nicht zu pflücken wär.
Geht aber doch nicht immer an.
FAUST
Mein Herr Magister Lobesan
Lass er mich mit dem Gesez in Frieden.
Und das sag ich ihm kurz und gut
Wenn nicht das süse iunge Blut
Heut Nacht in meinen Armen ruht,
So sind wir um Mitternacht geschieden.

MEPH:

Bedenkt was gehn und stehen mag
Gebt mir zum wenigst vierzen Tag
Nur die Gelegenheit zu spüren.

FAUST

Hätt ich nur sieben Tage Ruh
Braucht keinen Teufel nicht dazu
So ein Geschöpfgen zu verführen.

MEPH:

Ihr sprecht schon fast wie ein Franzos.
Drum bitt ich lassts euch nicht verdriessen
Was hilft so grade zu geniessen.
Die Freud ist lange nicht so gros
Als wenn ihr erst herauf herum
Durch allerley Brimborium
Das Püppgen geknät und zugericht
Wies lehret manche Wel[s]ch Geschicht.

FAUST

Hab Apetit auch ohne das.

MEPH:

Jetzt ohne Schimpf und ohne Spas
Ich sag euch mit dem schönen Kind
Geht einvor allmal nicht geschwind
Mit Sturm ist da nichts einzunehmen
Wir müssen uns zur List bequemen.

FAUST

Schaff mir etwas vom Engelsschatz
Führ mich an ihren Ruheplatz
Schaff mir ein Halstuch von ihrer Brust
Ein Strumpfband meiner Liebes Lust.

MEPH:

Damit ihr seht dass ich eurer Pein
Will förderlich und dienstlich seyn,

Wollen wir keinen Augenblick verliehren
Will euch noch heut in ihr Zimmer führen.

FAUST
Und soll sie sehn! Sie haben?

MEPH: Nein
Sie wird bey einer Nachbrinn seyn.
Indessen könnt ihr ganz allein
An aller Hoffnung künftger Freuden
In ihren Dunst kreis satt euch weiden.

FAUST
Können wir hin.

MEPH: Es ist noch zu früh.

FAUST
Sorg du mir für ein Geschenk für sie. |: *ab* :|

MEPH:
Er thut als wär er ein Fürsten Sohn
Hätt Luzifer so ein Duzzend Prinzen
Die sollten ihm schon was vermünzen
Am Ende kriegt' er eine Comission. |: *ab* :|

Abend.

Ein kleines reinliches Zimmer

MARGRETHE *ihre Zöpfe flechtend und aufbindend.*

Ich gäb was drum wenn ich nur wüsst
Wer heut der Herr gewesen ist.
Er sah gewiss recht wacker aus
Und ist aus einem edlen Haus

Das konnt ich ihn an der Stirne lesen.
Er wär auch sonst nicht so keck gewesen. |: *ab* :|

MEPH:, FAUST.

MEPH:
Herein, ganz leise nur herein.
FAUST *nach einigem Stillschweigen.*
Ich bitte dich lass mich allein.
MEPH: *herum spürend* :|
Nicht iedes Mädgen hält so rein. |: *ab* :|
FAUST *rings aufschauend.*
Willkommen süsser Dämmerschein
Der du dies Heiligthum durchwebst
Ergreif mein Herz du süse Liebespein
Die du vom Tau der Hoffnung schmachtend lebst.
Wie athmet rings Gefühl der Stille,
Der Ordnung, der Zufriedenheit,
In dieser Armuth welche Fülle!
In diesen Kerker welche Seeligkeit!
|: *Er wirft sich auf den ledernen Sessel am Bett* :|
O nimm mich auf der du die Vorwelt schon
In Freud und Schmerz in offnen Arm empfangen!
Wie offt ach hat an diesem Väter Trohn
Schon eine Schaar von Kindern rings gehangen
Vielleicht hat dankbar für den heilgen Christ
Mein Liebgen hier mit vollen Kinderwangen
Dem Ahnherrn fromm die welke Hand geküsst.
Ich fühl o Mädgen deinen Geist
Der Füll und Ordnung um mich säußeln,
Der Mütterlich dich täglich unterweisst!
Den Teppich auf den Tisch dich reinlich breiten heisst
Sogar den Sand zu deinen Füssen kräuseln.

O liebe Hand so Göttergleich
Die Hütte wird durch dich ein Himmelreich.
Und hier!
|: *er hebt einen Bettvorhang auf* :|
Was faßt mich für ein Wonnegraus!
Hier mögt ich volle Stunden säumen
Natur! Hier bildetest in leichten Träumen
Den eingebohrnen Engel aus.
Hier lag das Kind, mit warmem Leben
Den zarten Busen angefüllt
Und hier mit heilig reinem Weben
Entwürckte sich das Götterbild.

Und du! Was hat dich hergeführt?
Wie innig fühl ich mich gerührt!
Was willst du hie? Was wird das Herz dir schweer?
Armseelger Faust ich kenne dich nicht mehr.

Umgiebt mich hier ein Zauberdufft?
Mich drangs so grade zu geniessen.
Und fühle mich in Liebestraum zerfliessen!
Sind wir ein Spiel von iedem Druck der Lufft.

Und träte sie den Augenblick herein
Wie würdest du für deinen Frevel büssen
Der grose Hans, ach wie so klein
Läg weggeschmolzen ihr zu Füssen.

MEPH:
Geschwind ich seh sie dortunten kommen.
FAUST
Komm komm ich kehre nimmermehr!
MEPH: Hier ist ein Kästgen leidlich schweer
Ich habs wo anderswo genommen.

Stellts hier nur immer in den Schrein,
Ich schwör euch ihr vergehn die Sinnen.
Ich sag euch es sind Sachen drein
Um eine Fürstin zu gewinnen.
Zwar Kind ist Kind und Spiel ist Spiel.

FAUST

Ich weis nicht soll ich?

MEPH: Fragt ihr viel!

Meynt ihr vielleicht den Schaz zu wahren
Dann rath ich eurer Lüsternheit
Die liebe schöne Tages Zeit
Und mir die weitre Müh zu spaaren.
Ich hoff nicht daß ihr geizig seyd.
Ich kraz den Kopf reib an den Händen.
|: *er stellt das Kästgen in Schrein und drückt das Schloß wieder zu* :|
Nur fort geschwind –
Um euch das süsse iunge Kind
Nach eurem Herzens Will zu wenden
Und ihr seht drein
Als solltet ihr in Hörsaal 'nein.
Als stünden grau leibhafftig vor euch da
Phisick und Metaphisika.
Nur fort – |: *ab* :|

MARGARETHE *mit einer Lampe.*

Es ist so schwül und dumpfig hie
|: *sie macht das Fenster auf* :|
Und macht doch eben so warm nicht draus
Es wird mir so! Ich weis nicht wie.
Ich wollt die Mutter käm nach Haus,

Mir läufft ein Schauer am ganzen Leib
Bin doch ein törig furchtsam Weib.
|: *sie fängt an zu singen indem sie sich auszieht* :|

Es war ein König in Tule
Einen goldnen Bächer er hett
Empfangen von seiner Bule
Auf ihrem Todtesbett.

Der Becher war ihm lieber
Trank draus bey iedem Schmaus.
Die Augen gingen ihm über
So offt er trank daraus.

Und als es kam zu sterben
Zählt' er seine Städt und Reich
Gönnt alles seinen Erben
Den Becher nicht zugleich.

Er sas beym Königs Mahle
Die Ritter um ihn her
Auf hohem Väter Saale
Dort auf dem Schloss am Meer.

Dort stand der alte Zecher
Trank lezte Lebens glut
Und warf den heilgen Becher
Hinunter in die Flut.

Er sah ihn stürzen, trincken,
Und sinken tief ins Meer
Die Augen thähten ihn sinken
Trank nie einen Tropfen mehr.

|: *sie eröffnet den Schrein ihre Kleider einzuräumen, und erblickt das Schmuckkästgen* :|

Wie kommt das schöne Kästgen hier herein?
Ich schloß doch ganz gewiß den Schrein.
Was Guckguck mag dadrinne seyn?
Vielleicht brachts iemand als ein Pfand
Und meine Mutter lieh darauf?
Da hängt ein Schlüsselgen am Band
Ich denke wohl ich mach es auf!
Was ist das? Gott im Himmel schau
So was hab ich mein Tage nicht gesehn!
Ein Schmuck! drinn könnt eine Edelfrau
Am höchsten Feyertag gehn.
Wie sollte mir die Kette stehn?
Wem mag die Herrlichkeit gehören?
|: *sie putzt sich damit auf und tritt vor den Spiegel* :|
Wenn nur die Ohrring meine wären!
Man sieht doch gleich ganz anders drein.
Was hilft euch Schönheit, iunges Blut
Das ist wohl alles schön und gut,
Allein man läßt auch alles seyn.
Man lobt euch halb mit Erbarmen.
Nach Golde drängt
Am Golde hängt
Doch alles! Ach wir Armen!

Allee.

FAUST *in Gedanken auf und abgehend zu ihm*
MEPHISTOPHELES

MEPH:
Bey aller verschmähten Lieb! Beym höllischen Element!
Ich wollt ich wüsst was ärgers, daß ichs fluchen könnt
FAUST
Was hast? was petzt dich dann so sehr?
So kein Gesicht sah ich in meinem Leben.
MEPH:
Ich mögt mich gleich dem Teufel übergeben,
Wenn ich nur selbst kein Teufel wär.
FAUST.
Hat sich dir was im Kopf verschoben?
Es kleidt dich gut das Rasen und das Toben.
MEPH:
Denckt nur den Schmuck den ich Margreten schafft,
Den hat ein Pfaff hinweggerafft.
Hätt einer auch Engels blut im Leibe,
Er würde da zum Heerings Weibe.
Die Mutter kriegt das Ding zu schauen,
Es fängt ihr heimlich an zu grauen.
Die Frau hat gar einen feinen Geruch
Schnüffelt immer im Gebet buch,
Und riechts einem ieden Meubel an
Ist das Ding heilig oder profan.
Und an den Schmuck da spürt sie's klar
Daß dabey nit viel Seegen war.
Mein Kind rief sie ungerechtes Gut
Befängt die Seel, zehrt auf das Blut.

Wollens der Mutter Gottes weihen
Wird uns mit Himmels Mann' erfreun.
Margretlein zog ein schiefes Maul,
Ist halt dacht sie ein geschenkter Gaul
Und warrlich gottlos ist nicht der
Der ihn so fein gebracht hier her.
Die Mutter lies einen Pfaffen kommen;
Der hatte kaum den Spas vernommen,
Lies sich den Anblick wohl behagen,
Er sprach: ach kristlich so gesinnt!
Wer überwindet der gewint.
Die Kirche hat einen guten Magen.
Hatt ganze Länder aufgefressen
Und doch noch nie sich übergessen.
Die Kirch allein meine Lieben Frauen
Kann ungerechtes Gut verdauen.

FAUST.

Das ist ein allgemeiner Brauch
Ein Jud und König kann es auch.

MEPH:

Strich drauf ein Spange Kett und Ring
Als wärens eben Pfifferling
Dankt nicht weniger und nicht mehr
Als wenns ein Korb voll Nüsse wär,
Versprach ihnen allen himmlischen Lohn,
Sie wahren sehr erbaut davon.

FAUST

Und Gretgen?

MEPH: Sitzt nun unruhvoll

Weis weder was sie will noch soll
Denkt ans Geschmeide Tag und Nacht,
Noch mehr an den ders ihr gebracht.

FAUST.

Des Liebgens Kummer thut mir leid
Schaff du ihr gleich ein neu Geschmeid.
Am ersten war ia so nicht viel

MEPH:

O ia, dem Herrn ist alles Kinderspiel.

FAUST.

Und mach, und richts nach meinem Sinn
Häng dich an ihre Nachbarinn.
Sey Teufel doch nur nicht wie Brey
Und schaff einen neuen Schmuck herbey.

MEPH:

Ja gnädger Herr von Herzen gerne.
|: *Faust ab* :|

MEPH:

So ein verliebter Tohr verpufft
Euch Sonne Mond und alle Sterne
Zum Zeitvertreib dem Liebgen in die Lufft. |: *ab* :|

Nachbarinn Haus

MARTHE.

Gott verzeihs meinem lieben Mann
Er hat an mir nicht wohl gethan
Geht da stracks in die Welt hinein
Und läßt mich auf dem Stroh allein.
Thät ihn doch warrlich nicht betrüben
Thät ihn weis Gott recht herzlich lieben.
|: *sie weint* :|

Vielleicht ist er gar todt! – O Pein!
– – – – – – –
– – – – – – –
Hätt ich nur einen Todtenschein!

MARGRETHE *kommt.*

Frau Marthe!
MARTHE. Gretgen was solls?
MARGRETHE.
Fast sinken mir die Knie nieder
Da find ich so ein Kästgen wieder
In meinem Schrein von Ebenholz,
Und Sachen herrlich ganz und gar
Weit reicher als das erste war.
MARTHE.
Das muß sie nit der Mutter sagen
Thäts wieder gleich zur Beichte tragen
MARGARETH.
Ach seh sie nur! ach schau sie nur!
MARTHE *putzt sie auf.*
O du glückseelige Creatur!
MARGARETHE
Darf mich ach leider auf der Gassen
Nicht in der Kirch mit sehen lassen.
MARTHE
Komm du nur offt zu mir herüber,
Und leg den Schmuck hier heimlich an;
Spazier ein Stündgen lang dem Spiegelglas vorüber,
Wir haben unsre Freude dran.
Und dann giebts einen Anlas giebts ein Fest
Wo mans so nach und nach den Leuten sehen lässt.

Ein Kettgen erst, die Perle dann in's Ohr,
Die Mutter siehts wohl nicht man macht ihr auch was vor.
|: *Es klopft* :|

MARGRETE.
Ach Gott! mag das mein' Mutter seyn?

MARTHE |: *durchs Vorhängel gukend* :|
Es ist ein fremder Herr – Herein!

MEPHISTOPHELES *tritt auf* :|

Bin so frey grad herein zu treten
Muss bey den Fraun Verzeihn erbeten.
|: *tritt ehrbietig vor Margreten zurück* :|
Wollt nach Frau Marthe Schwerdlein fragen!

MARTHE
Ich bin's, was hat der Herr zu sagen.

MEPH: *leise zu ihr* :|
Ich kenn sie iezt mir ist das gnug
Sie hat da gar vornehmen Besuch.
Verzeiht die Freyheit die ich genommen
Will nach Mittage wiederkommen.

MARTHE *laut* :|
Denk Kind um alles in der Welt!
Der Herr dich für ein Freulein hält.

MARGARETHE
Ich bin ein armes iunges Blut,
Ach Gott, der Herr ist gar zu gut.
Der Schmuck und Schmeid Herr ist nicht mein!

MEPH:
Ach es ist nicht der Schmuck allein
Sie hat ein Wesen, einen Blick so scharf.
Wie freut michs daß ich bleiben darf.

MARTHE

Was bringt er dann? Neugirde sehr.

MEPH:

Ach wollt hätt eine frohre Mähr!
Ich hoff sie lässt michs drum nicht büsen!
Ihr Mann ist todt und läßt sie g[r]üsen.

MARTHE

Ist todt! Das treue Herz! O weh!
Mein Mann ist todt ach ich vergeh!

MARGRETHE

Ach liebe Frau verzweifelt nicht!

MEPH:

So hört die traurige Geschicht.

MARGRETHE.

Ich mögte drum mein tag nicht lieben
Würd mich Verlust zu todt betrüben

MEPH:

Freud muss Leid, Leid muss Freude haben.

MARTHE

Erzählt mir seines Lebens Schluss.

MEPH:

Er liegt in Padua begraben
Beym heiligen Antonius
An einer wohl geweihten Stäte
Zum ewig kühlen Ruhe bette.

MARTHE

Habt ihr sonst nichts an mich zu bringen?

MEPH:

Ja eine Bitte gros und schweer:
Lass sie doch ia für ihn drey hundert Messen singen!
Im übrigen sind meine Taschen leer.

MARTHE

Was? nicht ein Schaustück? kein Geschmeid?
Was ieder Handwerckspursch im Grund des Sekels spaart
Zum Angedenken aufbewahrt
Und lieber hungert lieber bettelt!

MEPH:

Madam, es thut mir herzlich leid
Allein er hat sein Geld wahrhafftig nicht verzettelt.
Und er bereute seine Fehler sehr,
Ach und bejammerte sein Unglück noch vielmehr.

MARGARETH

Ach daß die Menschen so unglücklich sind
Gewiss ich will für ihn manch Requiem noch beten.

MEPH:

Ihr wäret werth gleich in die Eh zu treten
Ihr seyd ein liebenswürdig Kind.

MARGR:

Ach nein, das geht jezt noch nicht an.

MEPH:

Ists nicht ein Mann seys derweil ein Galan.
Ist eine der grösten Himmelsgaben
So ein lieb Ding im Arm zu haben.

MARGR:

Das ist des Landes nicht der Brauch.

MEPH:

Brauch oder nicht! es giebt sich auch.

MARTHE

Erzählt mir doch!

MEPH: Ich stand an seinem Sterbe[be]tte.
Es war 'was besser als von Mist
Von halb gefaulten Stroh; allein er starb als Christ
Und fand, dass er weit mehr noch auf der Zeche hätte.

Wie, rief er, muss ich mich von Grund aus hassen,
So mein Gewerb, mein Weib so zu verlassen.
Ach die Erinnrung tödtet mich.
Vergab sie mir nur noch in diesem Leben!

MARTHE *weinend* :|
Der gute Mann ich hab ihm längst vergeben.

MEPH:
Allein, weis Gott sie war mehr schuld als ich.

MARTHE
Das lügt er! Was am Rand des Todts zu lügen

MEPH:
Er fabelte gewiss in lezten Zügen.
Wenn ich nur halb ein Kenner bin.
Ich hatte, sprach er, nicht zum Zeitvertreib zu gaffen,
Erst Kinder, und dann Brodt für sie zu schaffen,
Und Brod im aller weitsten Sinn.
Ich konnte nicht einmal mein Theil in Frieden essen.

MARTHE
Hat er so aller Treu, so aller Lieb vergessen.
Der Plakerey bey Tag und Nacht.

MEPH:
Nicht doch er hat recht herzlich dran gedacht.
Er sprach, als ich nun weg von Malda ging,
Da, betet ich für Frau und Kinder brünstig.
Uns war denn auch der Himmel günstig
Dass unser Schiff ein Türkisch Fahrzeuch fing,
Das einen Schatz des grosen Sultans führte.
Da ward der Tapferkeit ihr Lohn,
Und ich empfing dann auch wie sichs gebührte
Mein wohlgemessen Theil davon.

MARTHE
Ey wie? Ey wo? hat er's vielleicht vergraben?

MEPHIST:
Wer weis, wo nun es die vier Winde haben.

Ein schönes Fräulein nahm sich seiner an,
Als er in Napel fremd umher spazierte,
Sie hat an ihm, viel Liebs und Treu gethan,
Dass er's bis an sein seelig Ende spürte.

MARTHE

Der Schelm! der Dieb an seinen Kindern!
Auch alles Elend alle Noth
Konnt nicht sein schändlich Leben hindern.

MEPH:

Ja seht! dafür ist er nun Todt.
Wär ich nun iezt an eurem Platze
Betrauert ihn ein züchtig Jahr,
Visirt dann unterweil nach einem neuen Schatze.

MARTHE

Ach Gott! Wie doch mein erster war,
Find ich nicht leicht auf dieser Welt den andern.
Es konnte kaum ein herzger Närgen seyn
Ihm fehlte nichts als allzugern zu wandern,
Und fremde Weiber und der Wein,
Und das verfluchte Würfel Spiel.

MEPH:

Nun, nun das konnte gehn und stehen,
Wenn er euch ohngefähr so viel,
Von seiner Seite nach gesehen.
Ich schwör euch zu um das Geding,
Wechselt ich selbst mit euch den Ring.

MARTHE

O es beliebt den Herrn zu scherzen

MEPH: |: *vor sich* :|

Nun mach ich mich bey Zeiten fort
Die hielte wohl den Teufel selbst beym Wort.
|: *zu Gretgen* :|
Wie steht es denn mit ihrem Herzen?

MARGR:

Was meint der Herr damit?

MEPH: |: *vor sich* :| Du guts unschuldigs Kind!

|: *laut* :|

Lebt wohl ihr Fraun!

MARTHE. O sagt mir doch geschwind!

Ich mögte gern ein Zeugniss haben,
Wo, wie und wenn mein Schatz gestorben und begraben:
Ich bin von ie der Ordnung Freund gewesen.
Mögt ihn auch todt im Wochenblättgen lesen.

MEPH:

Ja gute Frau durch zweyer Zeugen Mund
Wird alleweegs die Wahrheit kund
Habe noch gar einen feinen Gesellen,
Den will ich euch vor den Richter stellen.
Ich bring ihn her.

MARTHE O thut das ia.

MEPH:

Und hier die Jungfer ist auch da.
Ein braver Knab, ist viel gereist
Fräuleins alle Höflichkeit erweist.

MARGR:

Müst vor solch Herren schamroth werden

MEPH:

Vor keinem König der Erden.

MARTHE

Da hintern Haus in meinem Garten,
Wollen wir der Herrn heut Abend warten.
(alle ab)

FAUST MEPHISTOPHELES.

FAUST

Wie ist's? Wills fördern wills bald gehn?

MEPH:

Ach Bravo! find ich euch im Feuer!
In kurzer Zeit ist Gretgen euer,
Heut Abend sollt ihr sie bey Nachbaar Marthen sehn.
Das ist ein Weib wie auserlesen,
Zum Kuppler und Zigeunerwesen.

FAUST

Sie ist mir lieb.

MEPH: Doch gehts nicht ganz umsunst,
Eine Gunst ist werth der andern Gunst.
Wir legen nur ein gültig Zeuchniß nieder,
Dass ihres Ehherrn ausgereckte Glieder
In Padua, an heilger Stätte ruhn.

FAUST

Sehr klug! wir werden erst die Reise machen müssen.

MEPH:

Sancta Simplicitas! Darum ist's nicht zu thun.
Bezeugt nur, ohne viel zu wissen.

FAUST.

Wenn er nichts bessers hat, so ist der Plan zerrissen.

MEPH:

O heilger Mann da wärt ihr's nun!
Es ist gewiss das erst in eurem Leben,
Daß ihr falsch Zeugniss abgelegt.
Habt ihr von Gott, der Welt, und was sich drinne regt,
Vom Menschen, und was ihm in Kopf und Herzen schlägt,
Definitionen nicht mit groser Kraft gegeben?

Und habt davon in Geist und Brust,
So viel als von Herrn Schwerdleins Todt gewusst.

FAUST.

Du bist u. bleibst ein Lügner, ein Sophiste.

MEPH:

Ja wenn man's nicht einbissgen tiefer wüste.
Denn morgen wirst in allen Ehren
Das arme Gretgen nicht bethören?
Und alle Seelenlieb ihr schwören?

FAUST

Und zwar von Herzen.

MEPH: Gut und schön.

Dann wird von ewger Treu und Liebe!
Von einzig überallmächtgen Triebe –
Wird das auch so von Herzen gehn.

FAUST

Lass das, es wird. Wenn ich empfinde
Und dem Gefühl und dem Gewühl
Vergebens Nahmen such und keine Nahmen finde.
Und in der Welt mit allen Sinnen schweife
Und alle höchsten Worte greife,
Und diese Glut von der ich brenne
Unendlich, ewig, ewig nenne
Ist das ein teuflisch Lügenspiel.

MEPH:

Ich hab doch recht.

FAUST Hör merk dir dies

Ich bitte dich und schone meine Lunge.
Wer Recht behalten will und hat nur eine Zunge
Der hälts gewiss.
Und komm ich hab des Schwäzens Uberdruss
Denn du hast Recht, vorzüglich weil ich muss.

Garten.

MARGRETE *an* FAUSTENS *Arm.* MARTHE *mit* MEPHISTOPHELES *auf und ab spazierend.*

[MARGRETE]
Ich fühl es wohl daß mich der Herr nur schont,
Herab sich lässt, bis zum Beschämen.
Ein Reisender ist so gewohnt
Aus Gütigkeit vorlieb zu nehmen,
Ich weis zu gut dass solch erfahrnen Mann
Mein arm Gespräch nicht unterhalten kann.

FAUST
Ein Blick von dir, ein Wort mehr unterhält
Als alle Weisheit dieser Welt.
|: *er küsst ihre Hand* :|

MARGR:
Inkomodirt euch nicht! Wie könnt ihr sie nur küssen,
Sie ist so garstig, ist so rauh
Was hab ich nicht schon alles schaffen müssen,
Die Mutter ist gar zu genau
|: *gehn vorüber* :|

MARTHE
Und ihr mein Herr, ihr reist so immer fort?

MEPH:
Ach daß Gewerb und Pflicht uns dazu treiben!
Mit wie viel Schmerz verlässt man manchen Ort,
Und darf doch nun einmal nicht bleiben.

MARTHE
In raschen Jahren gehts wohl an
So um und um frey durch die Welt zu streifen.
Doch kommt die böse Zeit heran,

Und sich als Hagestolz allein zum Grab zu schleifen,
Das hat noch keinen wohlgethan.

MEPH:

Mit Grausen seh ich das von weiten.

MARTHE

Drum werther Herr berathet euch in Zeiten.
|: *gehn vorüber* :|

MARGR:

Ja aus den Augen aus dem Sinn
Die Höflichkeit ist euch geläufig.
Allein ihr habt der Freunde häufig,
Und weit verständger als ich bin.

FAUST.

O Beste! Glaube dass was man verständig nennt,
Mehr Kurzsinn, Eigensinn und Eitelkeit ist.

MARGR: Wie?

FAUST

Ach dass die Einfalt daß die Unschuld nie
Sich selbst und ihren heilgen Werth erkennt!
Daß Demuth, Niedrigkeit die höchsten Gaben
Der Liebaustheilenden Natur –

MARGR:

Denkt ihr an mich ein Augenblickgen nur
Ich werde Zeit genug an euch zu denken haben.

FAUST

Ihr seyd wohl viel allein.

MARGR:

Ja unsre Wirthschafft ist nur klein
Und doch will sie versehen seyn.
Wir haben keine Magt; muß kochen, fegen, stricken,
Und nehn, und lauffen früh und spat.
Und meine Mutter ist in allen Stücken,
So accurat.

Nicht dass sie iust so sehr sich einzuschränken hat,
Wir könten uns weit eh als andre regen
Mein Vater hinterlies ein hübsch Vermögen
Ein Häusgen und ein Gärtgen vor der Stadt.
Doch hab ich iezt so ziemlich stille Tage
Mein Bruder ist Soldat
Mein Schwestergen ist todt
Ich hatte mit dem Kind wohl meine liebe Noth
Doch übernähm ich gern noch ein mal alle Plage,
So lieb war mir das Kind.

FAUST Ein Engel wenn dir's glich.

MARGR:

Ich zog es auf und herzlich liebt es mich.
Es war nach meines Vaters Todt gebohren,
Die Mutter gaben wir verlohren
So elend wie sie damals lag
Und sie erholte sich sehr langsam nach und nach.
Da konnte sie nun nicht dran denken
Das arme Würmgen selbst zu tränken
Und so erzog ichs ganz allein
Mit Wasser und mit Milch, und so wards mein
Auf meinem Arm, in meinem Schoos
Wars freundlich zappelich und gros.

FAUST.

Du hast gewiss das reinste Glück empfunden!

MARGR:

Doch auch gewiss gar manche schweere Stunden.
Des Kleinen Wiege stund zu Nacht,
An meinem Bett es durfte kaum sich regen
War ich erwacht.
Bald must ich's tränken bald es zu mir legen,
Bald wenns nicht schweigen wollt vom Bett aufstehn
Und tänzelnd in der Kammer auf und nieder gehn.
Und früh am Tag schon an den Waschtrog stehn,

Dann auf dem Markt und an dem Heerde sorgen,
Und immer so fort heut und morgen.
Da gehts mein Herr nicht immer mutig zu,
Doch schmeckt dafür das Essen und die Ruh.
|: *gehn vorüber* :|

MARTHE
Sagt grad mein Herr, habt ihr noch nichts gefunden,
Hat sich das Herz nicht irgendwo gebunden?

MEPH:
Das Sprüchwort sagt ein eigner Heerd
Ein braves Weib sind Gold und Perlen werth.

MARTHE
Ich meyne: ob ihr niemals Lust bekommen.

MEPH:
Man hat mich überall recht höflich aufgenommen.

MARTHE
Ich wollte sagen: ward's nie Ernst in eurem Herzen?

MEPH:
Mit Frauens soll man sich nie unterstehn zu scherzen.

MARTHE
Ach ihr versteht mich nicht.

MEPH: Das thut mir herzlich leid,
Doch ich versteh – dass ihr sehr gütig seyd.
|: *gehn vorüber* :|

FAUST.
Du kanntest mich o kleiner Engel wieder
Gleich als ich in den Garten kam?

MARGR:
Saht ihr es nicht, ich schlug die Augen nieder.

FAUST.
Und du verzeihst die Freyheit die ich nahm?
Was sich die Frechheit unterfangen
Als du lezt aus dem Dom gegangen?

MARGR:

Ich war bestürzt, mir war das nie geschehn
Es konnte niemand von dir übels sagen
Ach dacht ich hat er in deinem Betragen
Was freches, unanständiges gesehn.
Dass ihm sogleich die Lust mogt wandeln
Mit dieser Dirne gradehin zu handeln.
Gesteh ich's doch! Ich wuste nicht was sich
Zu euerm Vortheil hier zu regen gleich begonnte.
Allein gewiss ich war recht bös auf mich
Daß ich auf euch nicht böser werden konte.

FAUST.

Süs Liebgen!

MARGR: Lasst einmal.

|: *sie pflückt eine Stern Blume und zupft die Blätter ab*
eins nach dem andern :|

FAUST. Was soll das? Keinen Straus?

MARGR:

Nein es soll nur ein Spiel.

FAUST. Wie?

MARGR: Geht ihr lacht mich aus.

|: *sie rupft und murmeld* :|

FAUST.

Was murmelst du?

MARGR: *halb laut* :|

Er liebt mich – Liebt mich nicht.

FAUST

Du holdes Himmels Angesicht!

MARGR: *färt fort* :|

Liebt mich – Nicht – Liebt mich – Nicht –
|: *das lezte Blat ausrupfend mit holder Freude* :|
Er liebt mich!

FAUST

Ja mein Kind! Lass dieses Blumenwort
Dir Götter Auspruch seyn: Er liebt dich!
Verstehst du, was das heist: Er liebt dich!
|: *er fasst ihr beyde Hände* :|

MARGR:

Mich überläufts!

FAUST

O schaudre nicht! Lass diesen Blick
Lass diesen Hände druk dir sagen
Was unaussprechlich ist.
Sich hinzugeben ganz und eine Wonne
Zu fühlen die ewig seyn muss!
Ewig! – Ihr Ende würde Verzweiflung seyn.
Nein kein Ende! Kein Ende!

MARGR: *drückt ihm die Hände. macht sich los und läufft weg.*
Er steht einen Augenblick in Gedanken, dann folgt er ihr.

MARTHE.

Die Nacht bricht an.

MEPH: Ja und wir wollen fort.

MARTHE

Ich bät euch länger hier zu bleiben
Allein es ist ein gar zu böser Ort.
Es ist als hätte niemand nichts zu treiben
Und nichts zu schaffen,
Als auf des Nachbaarn Schritt und Tritt zu gaffen.
Und man kommt in's Gespräch wie man sich immer stellt
Und unser Päärgen?

MEPH: Ist den Gang dort aufgeflogen
Muthwillge Sommervögel

MARTHE Er scheint ihr gewogen.

MEPH:

Und sie ihm auch. Das ist der Lauf der Welt.

Ein Gartenhäusgen.

MARGRETE *mit Herz klopfen herrein steckt sich hinter die Thüre, hällt die Fingerspizze an die Lippen und guckt durch die Ritze.*

Er kommt!

FAUST. Ach Schelm so neckst du mich!

Treff ich dich! |: *er küsst sie* :|

MARGR. *ihn fassend und den Kuss zurückgebend* :|

Bester Mann schon lange lieb ich dich.

MEPH: *klopft an* :|

FAUST *stampfend* :|

Wer da!

MEPH: Gut Freund.

FAUST. Ein Tier!

MEPH: Es ist wohl Zeit zu scheiden.

MARTHE.

Ja es ist spät mein Herr.

FAUST. Darf ich euch nicht geleiten?

MARGR:

Die Mutter würde mich! Lebt wohl!

FAUST. Muss ich dann gehn.

Lebt wohl!

MARTHE Ade.

MARG: Auf baldig Wiedersehn.

|: FAUST, MEPH: *ab* :|

MARGRETE.

Du lieber Gott was so ein Mann
Nit alles alles denken kann.
Beschämt nur steh ich vor ihm da
Und sag zu allen Sachen ia
Bin doch ein arm unwissend Kind
Begreif nicht was er an mir findt. |: *ab* :|

Gretgens Stube.

GRETGEN *am Spinn rocken allein.*

Meine Ruh ist hin
Mein Herz ist schweer
Ich finde sie nimmer
Und nimmer mehr.

Wo ich ihn nicht hab
Ist mir das Grab,
Die ganze Welt
Ist mir vergällt.

Mein armer Kopf
Ist mir verrückt,
Mein armer Sinn
Ist mir zerstückt.

Meine Ruh ist hin
Mein Herz ist schweer
Ich finde sie nimmer
Und nimmermehr.

Nach ihm nur schau ich
Zum Fenster hinaus
Nach ihm nur geh ich
Aus dem Haus.

Sein hoher Gang
Sein edle Gestalt
Seines Mundes Lächlen
Seiner Augen Gewalt

Und seiner Rede
Zauberfluss
Sein Händed[r]uck
Und ach sein Kuss.

Meine Ruh ist hin
Mein Herz ist schweer
Ich finde sie nimmer
Und nimmer mehr.

Mein Schoos! Gott! drängt
Sich nach ihm hin
Ach dürft ich fassen
Und halten ihn

Und küssen ihn
So wie ich wollt
An seinen Küssen
Vergehen sollt.

Marthens Garten.

MARGRETE, FAUST.

GRETGEN.
Sag mir doch Heinrich!

FAUST Was ist dann

GRETGEN
Wie hast du's mit der Religion?
Du bist ein herzlich guter Mann
Allein ich glaub du hältst nich[t] viel davon.

FAUST

Lass das mein Kind, du fühlst ich bin dir gut.
Für die ich liebe lies ich Leib und Blut,
Will niemand sein Gefühl und seine Kirche rauben.

MARGR:

Das ist nicht recht, man muss dran glauben!

FAUST

Muss man?

GRETGEN Ach wenn ich etwas auf dich könnte,
Du ehrst auch nicht die heilgen Sakramente.

FAUST.

Ich ehre sie.

GRETGEN. Doch ohne Verlangen.
Wie lang bist du zur Kirch zum Nachtmal nicht gegangen?
Glaubst du an Gott?

FAUST Mein Kind wer darf das sagen,
Ich glaub einen Gott!
Magst Priester, Weise fragen
Und ihre Antwort scheint nur Spott
Über den Frager zu seyn.

GRETGEN So glaubst du nicht.

FAUST.

Mishör mich nicht du holdes Angesicht.
Wer darf ihn nennen?
Und wer bekennen?
Ich glaub ihn!
Wer empfinden?
Und sich unterwinden
Zu sagen ich glaub ihn nicht!
Der Allumfasser
Der Allerhalter
Fasst und erhält er nicht

Dich, mich, sich selbst!
Wölbt sich der Himmel nicht dadroben
Liegt die Erde nicht hierunten fest
Und steigen hüben und drüben
Ewige Sterne nicht herauf!
Schau ich nicht Aug in Auge dir!
Und drängt nicht alles
Nach Haupt und Herzen dir
Und webt in ewigem Geheimniß
Unsichtbaar Sichtbaar neben dir,
Erfüll davon dein Herz so gros es ist
Und wenn du ganz in dem Gefühle seelig bist,
Nenn das dann wie du willst,
Nenns Glük! Herz! Liebe! Gott!
Ich habe keinen Nahmen
Dafür. Gefühl ist alles
Nahme Schall und Rauch
Umnebelnd Himmels Glut.

GRETGEN

Das ist alles recht schön und gut
Ohngefähr sagt das der Cathechismus auch
Nur mit ein bisgen andern Worten.

FAUST

Es sagens aller Orten
Alle Herzen unter dem Himmlischen Tage,
Jedes in seiner Sprache
Warum nicht ich in der meinen.

GRETGEN

Wenn man's so hört, mögts leidlich scheinen
Steht aber doch immer schief darum,
Denn du hast kein Christenthum.

FAUST
Liebes Kind!
GRETGEN Es thut mir lang schon weh!
Dass ich dich in der Gesellschafft seh.
FAUST
Wie so?
GRETGEN Der Mensch den du da bey dir hast
Ist mir in tiefer innrer Seel verhasst
Es hat mir in meinem Leben
So nichts einen Stich in's Herz gegeben,
Als des Menschen sein Gesicht.
FAUST
Liebe Puppe fürcht ihn nicht.
GRETGEN.
Seine Gegenwart bewegt mir das Blut
Ich bin sonst allen Menschen gut
Aber wie ich mich sehne dich zu schauen
Hab ich vor den Menschen ein heimlich Grauen.
Und halt ihn für einen Schelm dazu.
Gott verzeih mir's wenn ich ihm Unrecht thu.
FAUST.
Es ist ein Kautz wie's mehr noch geben.
GRETGEN.
Mögt nicht mit seines Gleichen leben.
Kommt er einmal zur Thür herein
Er sieht immer so spöttisch drein
Und halb ergrimmt
Man sieht daß er an nichts keinen Antheil nimmt.
Es steht ihn an der Stirn geschrieben
Dass er nicht mag eine Seele lieben.

Mir wirds so wohl in deinem Arm
So frey, so hingegeben warm,
Und seine Gegenwart sch[n]ürt mir das Innre zu.

FAUST.

Du ahndungsvoller Engel du.

GRETGEN

Das übermannt mich so sehr
Dass wo er mag zu uns treten,
Meyn ich so gar ich liebte dich nicht mehr.
Auch wenn er da ist könnt ich nimmer beten.
Und das frisst mir ins Herz hinein
Dir Heinrich muß es auch so seyn.

FAUST

Du hast nun die Antipathie!

GRETGEN.

Ich muß nun fort.

FAUST Ach kann ich nie,

Ein Stündgen ruhig dir am Busen hängen
Und Brust an Brust und Seel an Seele drängen.

GRETGEN.

Ach wenn ich nur alleine schlief
Ich lies dir gern heut Nacht den Riegel offen.
Doch meine Mutter schläfft nicht tief.
Und würden wir von ihr betroffen
Ich wär gleich auf der Stelle todt.

FAUST.

Du Engel das hat keine Noth.
Hier ist ein Fläschgen und drey Tropfen nur
In ihren Tranck umhüllen
In tiefen Schlaf gefällig die Natur.

GRETGEN.
Was thu ich nicht um deinet willen.
Es wird ihr hoffentlich nicht schaden!

FAUST
Würd ich sonst Liebgen dir es rathen.

GRETGEN.
Seh ich dich bester Mann nur an
Weis nicht was mich nach deinem Willen treibt,
Ich habe schon für dich so viel gethan,
Dass mir zu thun fast nichts mehr überbleibt. |: *ab* :|

MEPHISTOPHELES *tritt auf* :|

Der Grasaff ist er weg!

FAUST
Hast wieder spionirt.

MEPH:
Ich habs ausführlich wohl vernommen.
Herr Docktor wurden da kathechisirt.
Hoff es soll ihnen wohl bekommen.
Die Mädels sind doch sehr interessirt,
Ob einer fromm und schlicht nach altem Brauch,
Sie denken duckt er da, folgt er uns eben auch!

FAUST
Du Ungeheuer siehst nicht ein
Wie diese Engels liebe Seele
Von ihren Glauben voll
Der ganz allein
Ihr seelig machend ist sich heilig quäle
Daß der nun den sie liebt verlohren werden soll.

MEPH:
Du übersinnlicher, sinnlicher Freyer
Ein Mägdelein nasführet dich.

FAUST

Du Spott geburt von Dreck und Feuer!

MEPH:

Und die Phisiognomie versteht sie meisterlich.
In meiner Gegenwart wirds ihr sie weis nicht wie!
Mein Mäskgen da weissagt ihr borgnen Sinn,
Sie fühlt daß ich ganz sicher ein Genie
Vielleicht wohl gar ein Teufel bin.
Nun heute Nacht –?

FAUST. Was geht dich's an.

MEPH:

Hab ich doch meine Freude dran.

Am Brunnen

GRETGEN *und* LIESGEN *mit Krügen.*

LIESGEN.

Hast nichts von Bärbelgen gehört?

GRETGEN.

Kein Wort ich komm gar wenig unter Leute.

LIESGEN.

Gewis Sibille sagt mirs heute!
Die hat sich endlich auch bethört.
Da ist das vornehm thun.

GRETGEN Wie so?

LIESGEN Es stinckt!

Sie füttert zwey iezt wenn sie isst und trinckt.

GRETGEN.

Ach

LIESGEN

Ja so ist's ihr endlich gangen
Wie lang hat's an den Kerl gehangen!
Das war ein gespazieren
Auf Dorf und Tanzplatz führen
Must überall die erste seyn.
Curtesirt ihr immer mit Pastetgen und Wein.
Bildt sich was auf ihre Schönheit ein.
War doch so ehrlos sich nicht zu schämen
Ges[ch]enke von ihn anzunehmen.
War ein Gekos und ein Geschleck,
Ja da ist dann das Blümgen weg.

GRETGEN

Das arme Ding.

LIESGEN Bedauer sie kein Haar
Wenn unser ein's am Spinnen war
Uns Nachts die Mutter nicht n'abe lies
Stand sie bey ihren Bulen süs
Auf der Thürbanck und dem dunkeln Gang
Ward ihnen keine Stund zu lang.
Da mag sie denn sich ducken nun
Im Sünderhemdgen Kirchbus thun!

GRETGEN

Er nimmt sie gewiss zu seiner Frau.

LIESGEN

Er wär ein Narr. Ein flinker Jung
Hat anderwärts noch Lufft ge[n]ung.
Er ist auch durch.

GRETGEN Das ist nicht schön.

LIESGEN

Kriegt sie ihn solls ihr übel gehn.
Das Kränzel reissen die Buben ihr
Und Hexel streuen wir vor die Thür! |: *ab* :|

GRETGEN *heime gehend* :|
Wie konnt ich sonst so tapfer schmälen
Wen[n] thät ein armes Mägdlein fehlen
Wie konnt ich über andrer Sünden
Nicht Worte gnug der Zunge finden.
Wie schien mirs schwartz und schwärtzts noch gar.
Mir nimmer doch nit schwarz gnug war.
Und seegnet mich und that so gros
Und bin nun selbst der Sünde blos
Doch – alles was mich dazu trieb
Gott! war so gut! ach war so lieb!

Zwinger

In der Mauerhöhle ein Andachts Bild der Mater dolorosa, Blumenkrüge davor.

GRETGEN *gebeugt schwenckt die Krüge im nächsten Brunn' füllt sie mit frischen Blumen die sie mitbrachte.*

Ach neige
Du schmerzenreiche
Dein Antliz ab zu meiner Noth

Das Schwert im Herzen
Mit tauben Schmerzen
Blickst auf zu deines Sohnes Tod!
Zum Vater Blickst du
Und Seufzer schickst du
Hinauf um sein und deine Noth!

Wer fühlet
Wie wühlet
Der Schmerz mir im Gebein?
Was mein armes Herz hier banget,
Was es zittert, was verlanget
Weißt nur du, nur du allein.

Wohin ich immer gehe,
Wie Weh wie Weh wie wehe
Wird mir im Busen hier.
Ich bin ach kaum alleine
Ich wein ich wein ich weine
Das Herz zerbricht in mir.

Die Scherben vor meinem Fenster
Bethaut ich mit Trähnen ach!
Als ich am frühen Morgen
Dir diese Blumen brach

Schien hell in meine Kammer
Die Sonne früh herauf
Sass ich in allem Jammer
In meinem Bett schon auf.

Hilf retten mich von Schmach und Todt!
Ach neige
Du schmerzenreiche
Dein Antliz ab zu meiner Noth!

Dom.

Exequien der Mutter Gretgens.

GRETGEN *alle Verwandte. Amt, Orgel und Gesang*

BÖSER GEIST *hinter Gretgen.*

Wie anders Gretgen war dirs
Als du noch voll Unschuld
Hier zum Altar tratst.
Und im verblätterten Büchelgen
Deinen Gebeten nachlalltest,
Halb Kinderspiel
Halb Gott im Herzen.
Gretgen!
Wo steht dein Kopf?
In deinem Herzen
Welche Missethat?
Betest du für deiner Mutter Seel
Die durch dich sich in die Pein hinüberschlief.
– Und unter deinem Herzen,
Schlägt da nicht quillend schon,
Brandschande Maalgeburt!
Und ängstet dich und sich
Mit ahnde voller Gegenwart.

GRETGEN.

Weh! Weh!
Wär ich der Gedanken los
Die mir rüber und nüber gehn,
Wieder mich.

CHOR
Dies irae dies illa
Solvet Saeclum in favilla.
|: *Orgelton* :|

BÖSER GEIST
Grimm fasst dich!
Der Posaunen Klang!
Die Gräber beben
Und dein Herz
Aus Aschenruh
Zu Flammenquaalen
Wieder aufgeschaffen
Bebt auf.

GRETGEN.
Wär ich hier weg.
Mir ist als ob die Orgel mir
Den Athem versezzte
Gesang mein Herz
Im tiefsten löste

CHOR.
Iudex ergo cum sedebit
Quid quid latet adparebit
Nil inultum remanebit.

GRETGEN.
Mir wird so eng
Die Mauern Pfeiler
Befangen mich
Das Gewölbe
Drängt mich! – Lufft!

BÖSER GEIST
Verbirgst du dich!
Blieben verborgen

Dein Sünd und Schand!
Lufft! Licht!
Weh dir!

CHOR

Quid sum miser tunc dicturus
Quem patronum rogaturus
Cum vix iustus sit securus.

BÖSER GEIST

Ihr Antliz wenden
Verklärte von dir ab.
Die Hände [dir zu] reichen
Schauerts ihnen
Den Reinen!
Weh!

CHOR

Quid sum miser tunc dicturus

GRETGEN.

Nachbarin! Euer Fläschgen! –
|: *sie fällt in Ohnmacht* :|

Nacht.

Vor Gretgens Haus.

VALENTIN *Soldat Gretgens Bruder.*

Wenn ich so sas bey 'em Gelag
Wo mancher sich berühmen mag
Und all und all mir all den Flor
Der Mägdlein mir gespriesen vor

Mit vollem Glas das Lob verschwemmt
– Den Ellebogen aufgestemmt
Sass ich in meiner sichern Ruh.
Hört all dem Schwadroniren zu.
Und striche lachend meinen Bart
Und kriege das volle Glas zur Hand,
Und sage: alles nach seiner Art
Aber ist eine im ganzen Land
Die meiner trauten Gretel gleicht
Die meiner Schwester das Wasser reicht
Top! Top! Kling! Klang! das ging herum
Die einen schrien er hat Recht
Sie ist die Zier vom ganzen Geschlecht!
Da sassen alle die Lober stumm.
Und iezt! – das Haar sich auszurauffen
Um an den Wänden 'nauf zu lauffen!
Mit Stichel reden Nasenrümpfen
Soll ieder Schurke mich beschimpfen,
Soll wie ein böser Schuldner sitzen
Bey iedem Zufalls Wörtgen schwizzen.
Und sollt ich sie zusammen schmeissen
Könnt ich sie doch nicht Lügner heissen.

FAUST. MEPHISTOPHELES.

FAUST

Wie von dem Fenster dort der Sakristey
Der Schein der ewgen Lampe aufwärts flämmert,
Und schwach, und schwächer seitwärts dämmert,
Und Finsterniss drängt rings um bey;
So siehts in diesen Busen nächtig.

MEPH:

Und mir ists wie den Käzlein schmächtig

Das an den Feuerleitern schleicht,
Sich leis so an die Mauern streicht.
Wär mir ganz tugendlich dabey,
Ein bissgen Diebsgelüst ein bissgen Rammeley.
Nun frisch dann zu! das ist ein Jammer
Ihr geht nach eures Liebgens Kammer
Als gingt ihr in den Todt.

FAUST

Was ist die Himmels Freud in ihren Armen
Das durch erschüttern durcherwarmen?
Verdrängt es diese Seelen Noth.
Ha bin ich nicht der Flüchtling, Unbehauste
Der Unmensch ohne Zweck und Ruh
Der wie ein Wassersturz von Fels zu Felsen brauste
Begierig wüthend nach dem Abgrund zu
Und seitwärts sie mit kindlich dumpfen Sinnen,
Im Hüttgen auf dem kleinen Alpenfeld
Und all ihr häusliches Beginnen
Umfangen in der kleinen Welt.
Und ich der Gott verhasste
Hatte nicht genug
Daß ich die Felsen fasste
Und sie zu Trümmern schlug!
Sie! Ihren Frieden musst ich untergraben,
Du Hölle wolltest dieses Opfer haben!
Hilf Teufel mir die Zeit der Angst verkürzen,
Mags schnell geschehn was muss geschehn.
Mag ihr Geschick auf mich zusammen stürzen.
Und sie mit mir zu Grunde gehn.

MEPH:

Wies wieder brozzelt! wieder glüht!
Geh ein und tröste sie du Thor

Wo so ein Köpfgen keinen Ausgang sieht,
Stellt es sich gleich das Ende vor.

FAUST, MEPHISTOPHELES.

FAUST

Im Elend! Verzweifelnd! Erbärmlich auf der Erde lang verirrt! Als Missetäterinn im Kerker zu entsetzlichen Quaalen eingesperrt, das holde unseelige Geschöpf! Biss dahin! – Verrätrischer nichtswürdiger Geist, und das hast du mir verheimlicht! Steh nur, steh, wälze die Teuflischen Augen inngrimmend im Kopf herum, steh und truzze mir durch deine unerträgliche Gegenwart. Gefangen! Im unwiederbringlichen Elend bösen Geistern übergeben, und der richtenden gefühllosen Menschheit. Und du wiegst mich indess in abgeschmackten Freuden ein, verbirgst mir ihren wachsenden Jammer, und lässest sie hülflos verderben.

MEPH:

Sie ist die erste nicht!

FAUST

Hund! Abscheuliches Untier! – Wandle ihn du unendlicher Geist wandle den Wurm wieder in die Hundsgestalt in der er sich nächtlicher Weile offt gefiel vor mir herzutrotten, dem harmlosen Wandrer vor die Füsse zu kollern und dem Umstürzenden sich auf die Schultern zu hängen, Wandl' ihn wieder in seine Lieblings bildung, dass er vor mir im Sand auf dem Bauch krieche ich ihn mit Füssen trete den Verworfnen – Die erste nicht! – Jammer! Jammer! von keiner Menschenseele zu fassen dass mehr als ein Geschöpf in die Tiefe dieses Elends sank, dass nicht das erste in seiner windenden Todtes noth genug that für die Schuld aller übrigen vor den Augen des Ewigen. Mir wühlt es Marck und Leben durch das Elend dieser einzigen und du grinsest gelassen über das Schicksaal von Tausenden hin.

MEPH:

Gros Hans! nun bist du wieder am Ende deines Witzes, an dem Fleckgen wo euch Herrn das Köpfgen überschnappt. Warum machst du Gemeinschafft mit uns [wenn du nicht mit uns] auswirthschafften kannst. Willst fliegen und der Kopf wird dir schwindlich. Eh! drangen wir uns dir auf oder du uns?

FAUST

Bläcke deine gefräsigen Zähne mir nicht so entgegen, mir eckelts – Groser herrlicher Geist der du mir zu erscheinen würdigtest, der du mein Herz kennst und meine Seele warum mustest du mich an den Schandgesellen schmieden, der sich am Schaden weidet und am Verderben sich lezt!

MEPH:

Endigst du?

FAUST

Rette sie oder weh dir! den entsezlichsten Fluch über dich auf Jahrtausende. Rette sie!

MEPH:

Ich kann die Bande des Rächers nicht lösen, seine Riegel nicht öffnen. – Rette sie –? Wer wars der sie in's Verderben stürzte? Ich oder du?

FAUST *blickt wild umher.*

MEPH:

Greiffst du nach dem Donner? Wohl daß er euch elenden Sterblichen nicht gegeben ward. Ist's doch das einzige Kunststück euch in euern Verworrenheiten Lufft zu machen, dass ihr den entgegnenden Unschuldigen zerschmettert.

FAUST.

Bring mich hin! sie soll frey seyn!

MEPH:

Und die Gefahr der du dich aus sezzest! Wisse daß auf der Stadt noch die Blutschuld liegt die du auf sie gebracht hast. Daß über der Stäte des Erschlagenen rächende Geister schweben, die auf den rückkehrenden Mörder lauern.

FAUST

Noch das von dir! Mord und Todt einer Welt über dich Ungeheuer. Führe mich hin sag ich dir, und befrey sie

MEPH:

Ich führe dich und was ich thun kann höre! Hab ich alle Macht im Himmel und auf Erden? Des Türners Sinne will ich umneblen, bemächtige dich der Schlüssel und führe sie heraus mit Menschenhand. Ich wach' und halte dir die Zauber Pferde bereit. Das vermag ich.

FAUST

Auf und davon.

Nacht.

Offen Feld.

FAUST, MEPHISTOPHELES *auf schwarzen Pferden daher brausend.*

FAUST.

Was weben die dort um den Rabenstein? 1436

MEPH:

Weis nicht was sie kochen und schaffen.

FAUST

Schweben auf und ab. Neigen sich beugen sich.

MEPH:
Eine Hexenzunft!

FAUST.
Sie streuen und weihen!

MEPH:
Vorbey! Vorbey!

Kerker.

FAUST *mit einem Bund Schlüssel und einer Lampe an einem eisernen Türgen.*

Es fasst mich längst verwohnter Schauer. Inneres Grauen der Menscheit. Hier! Hier! – Auf! – Dein Zagen zögert den Todt heran!
|: *er fasst das Schloss es singt innwendig* :|

Meine Mutter die Hur
Die mich umgebracht hat
Mein Vater der Schelm
Der mich gessen hat
Mein Schwesterlein klein
Hub auf die Bein
An einen kühlen Ort,
Da ward ich ein schönes Waldvögelein
Fliege fort! Fliege fort!

FAUST |: *zittert wankt ermannt sich und schließt auf, er hört die Ketten klirren und das Stroh rauschen* :|

MARGARETHE |: *sich verbergend auf ihrem Lager* :|
Weh! Weh! sie kommen. Bittrer Todt!

FAUST |: *leise* :|

Still! Ich komme dich zu befreyn. |: *erfasst ihre Ketten sie aufzuschliessen* :|

MARG: |: *wehrend* :|

Weg! Um Mitternacht! Hencker ist dir's morgen frühe nicht zeitig gnug.

FAUST

Lass!

MARG: |: *walzt sich vor ihn hin* :|

Erbarme dich mein und laß mich leben! Ich bin so iung, so iung, und war schön und bin ein armes iunges Mädgen. Sieh nur einmal die Blumen an, sieh nur einmal die Kron. Erbarme dich mein! Was hab ich dir gethan? Hab dich mein Tage nicht gesehn.

FAUST.

Sie verirrt und ich vermags nicht.

MARG:

Sieh das Kind! Muss ich's doch tränken. Da hatt ich's eben! Da! Ich habs getränckt! Sie nahmen mirs, und sagen ich hab es umgebracht, und singen Liedger auf mich! – Es ist nicht wahr – es ist ein Märgen das sich so endigt, es ist nicht auf mich daß Sie's singen.

FAUST |: *der sich zu ihr hinwirft* :|

Gretgen!

MARG: |: *die sich aufreist* :|

Wo ist er! Ich hab ihn rufen hören! er rief Gretgen! Er rief mir! Wo ist er! Ach durch all das Heulen und Zähneklappern erkenn ich ihn, er ruft mir: Gretgen! |: *Sich vor ihm niederwerfend* :| Mann! Mann! Gieb mir ihn schaff mir ihn! Wo ist er!

FAUST |: *erfasst sie wütend um den Hals* :|

Meine Liebe! Meine Liebe!

MARGR: |: *sinckt ihr Haupt in seinen Schoos verbergend* :|

FAUST

Auf meine Liebe! Dein Mörder wird dein Befreyer. Auf! – |: *Er schliesst über ihrer Betäubung die Arm Kette auf* :| Komm, wir entgehen den schröcklichen Schicksaal.

MARGR |: *angelehnt* :|

Küsse mich! Küsse mich!

FAUST

Tausendmal! Nur eile Gretgen eile!

MARGR:

Küsse mich! Kannst du nicht mehr küssen? Wie! Was! Bist mein Heinrich und hast's Küssen verlernt! Wie sonst ein ganzer Himmel mit deiner Umarmung gewaltig über mich eindrang. Wie du küsstest als wolltest du mich in wollüstigem Todt ersticken. Heinrich küsse mich, sonst küss ich dich |: *sie fällt ihn an* :| Weh! deine Lippen sind kalt! Todt! Antworten nicht!

FAUST

Folge mir, ich herze dich mit tausendfacher Glut. Nur folge mir.

MARGR: |: *sie setzt sich und bleibt eine Zeitlang stille* :|

Heinrich bist du's?

FAUST

Ich bin's. komm mit.

MARGR:

Ich begreiffs nicht! Du? Die Fesseln los! Befreyst mich. Wen befreyst du? Weist du's?

FAUST.

Komm! Komm!

MARGR:

Meine Mutter hab ich umgebracht! Mein Kind hab ich ertränckt. Dein Kind! Heinrich! – Groser Gott im Himmel soll das kein Traum seyn! Deine Hand Heinrich! – Sie ist feucht –

Wische sie ab ich bitte dich! Es ist Blut dran – Stecke den Degen ein! Mein Kopf ist verrückt.

FAUST.

Du bringst mich um.

MARGR:

Nein du sollst überbleiben, überbleiben von allen. Wer sorgte für die Gräber! So in eine Reihe ich bitte dich, neben die Mutter den Bruder da! Mich dahin und mein Kleines an die rechte Brust. Gieb mir die Hand drauf du bist mein Heinrich.

FAUST |: *will sie weg ziehen* :|

Fühlst du mich! Hörst du mich! komm ich bins ich befreye dich.

MARGR:

Da hinaus.

FAUST

Freyheit!

MARGR:

Da hinaus! Nicht um die Welt. Ist das Grab draus, komm! Lauert der Todt! komm. Von hier in's ewige Ruhe Bett weiter nicht einen Schritt. Ach Heinrich könnt ich mit dir in alle Welt.

FAUST.

Der Kerker ist offen säume nicht.

MARGR:

Sie lauren auf mich an der Strase am Wald.

FAUST.

Hinaus! Hinaus!

MARGR:

Ums Leben nicht – Siehst du's zappeln! Rette den armen Wurm er zappelt noch! – Fort! geschwind! Nur übern Steg, gerad in Wald hinein links am Teich wo die Planke steht. Fort! rette! rette!

FAUST

Rette! Rette dich!

MARGR:

Wären wir nur den Berg vorbey, da sizzt meine Mutter auf einem Stein und wackelt mit dem Kopf! Sie winckt nicht sie nickt nicht, ihr Kopf ist ihr schweer. Sie sollt schlafen daß wir könnten wachen und uns freuen beysammen.

FAUST. |: *ergreifft sie und will sie wegtragen* :|

MARGR:

Ich schreye laut, laut dass alles erwacht.

FAUST

Der Tag graut. O Liebgen! Liebgen!

MARGR:

Tag! Es wird Tag! Der lezte Tag! der Hochzeit Tag! – Sags niemand dass du die Nacht vorher bey Gretgen warst. – Mein Kränzgen! – Wir sehn uns wieder! – Hörst du die Bürger schlürpfen nur über die Gassen! Hörst du! Kein lautes Wort. Die Glocke ruft! – Krack das Stäbgen bricht! – Es zuckt in iedem Nacken die Schärfe die nach meinem zuckt! – Die Glocke hör.

MEPH: *erscheint.*

Auf oder ihr seyd verlohren, meine Pferde schaudern, der Morgen dämmert auf.

MARG:

Der! der! Lass ihn schick ihn fort! der will mich! Nein! Nein! Gericht Gottes komm über mich, dein bin ich! rette mich! Nimmer nimmermehr! Auf ewig lebe wohl. Leb wohl Heinrich.

FAUST. *sie umfassend.*

Ich lasse dich nicht!

MARGR:

Ihr heiligen Engel bewahret meine Seele – mir grauts vor dir Heinrich.

MEPH:

Sie ist gerichtet!

|: *er verschwindet mit Faust, die Thüre rasselt zu man hört verhallend* :|

Heinrich! Heinrich

Paralipomena

1 Schlussgedichte [um 1797]

In goldnen Frühlings Sonnen Stund[en]
Lag ich gebunden
An dies Gesicht
In holder Dunkelheit der Sinn[en]
Konnt ich wohl diesen Traum begin[nen]
Vollenden nicht. ⟨WA 14,20; B 196⟩

Abkündigung.

Den besten Köpfen sey das Stück empfohlen
Der Deutsche sitzt verständig zu Gericht
Wir möchtens gerne wiederholen,
Allein der Beyfall giebt allein Gewicht.
Vielleicht daß sich was bessres freylich fände. –
Des Menschenleben ist ein ähnliches Gedicht
Es hat Anfang hat ein Ende.
Allein ein Ganzes ist es nicht.
Ihr Herren seyd so gut und klatscht nun in die Hände.
⟨WA 15,1, S. 344; B 783⟩

Abschied.

Am Ende bin ich nun des Trauerspieles
Das ich zuletzt mit Bangigkeit vollführt,
Nicht mehr vom Drange Menschlichen Gewühles
Nicht von der Macht der Dunkelheit gerührt.
Wer schildert gern den Wirrwarr des Gefühles
Wenn ihn der Weg zur Klarheit aufgeführt

Und so geschlossen sey der Barbareyen
Beschränckter Kreis mit seinen Zaubereyen.

Und hinterwärts mit allen guten Schatten
Sey auch hinfort der böse Geist gebannt
Mit dem so gern sich Jugendträume gatten
Den ich so früh als Freund und Feind gekannt.
Leb alles wohl was wir hiemit bestatten
Nach Osten sey der sichre Blick gewandt
Begünstige die Muse jedes Streben
Und Lieb und Freundschaft würdige das Leben.

Denn immer halt ich mich an Eurer Seite
Ihr Freunde die das Leben mir gesellt
Ihr fühlt mit mir was Einigkeit bedeute
Sie schafft aus kleinen Kreisen Welt in Welt.
Wir fragen nicht in eigensinngem Streite
Was dieser schilt was jenem nur gefällt,
Wir ehren froh mit immer gleichem Muthe
Das Alterthum und jedes neue Gute.

O glücklich! wen die holde Gunst in Frieden
Mit jedem Frühling lockt auf neue Flur
Vergnügt mit dem was ihm ein Gott beschieden
Zeigt ihm die Welt des eignen Geistes Spur
Kein Hinderniß vermag ihn zu ermüden
Er schreite fort so will es die Natur.
Und wie des wilden Jägers braust von oben
Des Zeiten Geists gewaltig freches Toben.

⟨WA 15,1, S. 344 f.; B 784 f.⟩

II Die Helena-Dichtung des Jahres 1800

Helena im Mittelalter

Satyr-Drama,
Episode zu Faust

HELENA.
Vom Strande komm ich, wo wir erst gelandet sind,
Noch immer trunken von der Woge schaukelndem
Bewegen, die vom phrygischen Gefild' uns her,
Auf ihrem hohen Rücken, mit Poseidons Gunst
Und Euros Krafft, an heimisches Gestade trug.
Dort unten freut sich nun der König Menelas
Der Rückkehr, mit den tapfersten der Krieger sich.
Du aber heiße mich willkommen, hohes Haus,
Das Tyndareus, mein Vater, an dem Hange sich
Von Pallas Hügel, wiederkehrend, aufgebaut,
Und als ich hier, mit Clytemnestren, schwesterlich,
Mit Castor und mit Pollux, fröhlich spielend, wuchs,
Vor allen Häusern Spartas, herrlich ausgeschmückt.
Seyd mir gegrüßt der ehrnen Pforte Flügel ihr,
Durch deren weit einladendes Eröffnen einst
Der mir aus vielen Auserwählte Menelas,
In Bräutigams Gestalt entgegen leuchtete.
Eröffnet mir sie wieder, daß ich das Gebot
Des Königes erfülle, wie der Gattin ziemt.
Laßt mich hinein! und alles bleibe hinter mir,
Was mich bisher und andere verworren hat.
Denn seit ich diese Schwelle sorgenlos verließ,
Zu Cypris Tempel wandelnd, heilger Pflicht gemäß,

Mich aber dort ein Räuber griff, der phrygische,
Ist viel geschehen, was die Menschen weit und breit
So gern erzählen, aber der nicht gerne hört
Von dem die seltne Fabel ihren ersten Ursprung nahm.
Genug! mit meinem Gatten bin ich hergeschifft
Und bin von ihm zu seiner Stadt vorausgesandt;
Doch welchen Sinn er hegen mag errath' ich nicht.
Komm ich als Gattin? komm ich eine Königin?
Komm ich ein Opfer für des Fürsten bittern Schmerz
Und für der Griechen lang erduldetes Mißgeschick?
Erobert bin ich, ob gefangen weiß ich nicht!
Denn Ruf und Schicksal gaben die Unsterblichen
Zweydeutig mir, der Schönheit zu bedenklichen
Begleitern, die mir an der Schwelle des Pallasts,
Mit ihrer düstern Gegenwart, zur Seite stehn.
Denn schon im hohlen Schiffe blickte der Gemahl
Mich selten an und redete kein freundlich Wort.
Als wenn er Unheil sänne saß er gegen mir.
Nun aber als wir des Eurotas tiefe Bucht
Hineingefahren und die ersten Schiffe kaum
Das Land berührten, sprach er, wie vom Gott bewegt:
Hier steigen meine Krieger, nach der Ordnung, aus,
Ich mustre sie, am Strand des Meeres hingereiht;
Du aber ziehe weiter, an des heiligen,
Befruchtenden Eurotas Ufer immer fort
Die Pferde lenkend auf der feuchten Wiese Schmuck,
Biß du zur schönen Ebene gelangen magst,
Wo Lakedämon einst ein fruchtbar weites Feld,
Von ernsten Bergen nah umgeben, angebaut.
Betrete dann das hochgebaute Fürstenhaus
Und mustere die Mägde, die ich dort zurück
Gelassen, mit der klugen alten Schaffnerinn.

Die zeige dir der Schätze reiche Sammlung vor,
Wie sie dein Vater hinterlies und die ich selbst,
In Krieg und Frieden, stets vermehrend, aufgehäuft.
Du findest alles nach der Ordnung stehen. Denn
Das ist des Fürsten Vorrecht daß er alles treu
In seinem Hause, wiederkehrend, finde, noch
An seinem Platze jedes wie er es verlies.
Denn nichts zu ändern hat für sich der Knecht Gewalt.
Wenn du nun alles nach der Ordnung durchgesehn,
Dann nimm so manchen Dreyfuß als du nöthig glaubst
Und mancherley Gefäße, die der Opfrer sich
Zur Hand verlangt, um die Gebräuche zu vollziehn.
Die Kessel und die Schaalen, wie das flache Rund.
Das reinste Wasser aus der heilgen Quelle sey
In hohen Krügen, ferner sey das trockne Holz
Das Flammen schnell empfangende bereit,
Ein wohlgeschliffnes Messer fehle nicht zuletzt;
Doch alles andre geb ich deiner Sorge heim.
So sprach er, mich zum Scheiden drängend; aber nichts
Lebendiges bezeichnet mir der Ordnende,
Das er, die Götter zu verehren, schlachten will.
Bedenklich ist es, doch ich sorge weiter nicht
Und alles bleibe hohen Göttern heimgestellt,
Die das vollenden, was in ihrem Sinn sie däucht,
Es werde gut von Menschen, oder werde bös
Geachtet und wir Sterblichen ertragen das.
[Schon manchmal hob das schwere Beil der Opfernde,
Nach des gebeugten Thieres Nacken weihend auf,
Und konnt' es nicht vollbringen, denn ihn hinderte,
Des nahen Feindes oder Gottes Zwischenkunft.]

CHORFÜHRERIN.

Verlasset des Gesanges freudumgebnen Pfad

Und wendet zu der Türe Flügeln euren Blick.
Was seh ich, Schwestern! schreitet nicht die Königin,
Mit heftiger Bewegung, wieder zu uns her?
Was ist es, große Königin? was konnte dir
In deines Hauses Hallen, statt der Deinen Gruß,
Erschütterndes begegnen? Du verbirgst es nicht;
Denn Widerwillen seh ich an der Stirne dir,
Ein edles Zürnen das mit Ueberraschung kämpft.

HELENA.

Der Tochter Zeus geziemet nicht gemeine Furcht
Und flüchtig, leise Schreckenshand berührt sie nicht;
Doch das Entsetzen, das dem Schoos der alten Nacht,
Vom Urbeginn entsteigend, vielgestaltet noch
Wie glühende Wolken, aus des Berges Feuerschlund,
Herauf sich wälzt, erschüttert auch des Helden Brust.
So haben mir die Götter heute grauenvoll
Den Eintritt in mein Haus bezeichnet, daß ich gern
Von oft betretner, lang ersehnter Schwelle mich,
Gleich einem Fremden, scheidenden entfernen mag.
Doch nein! gewichen bin ich her, ans Licht, und weiter sollt
Ihr mich nicht treiben, Mächte, wer ihr immer seyd.
Auf Weihe will ich sinnen und, gereinigt, soll
Des Heerdes Gluth die Frau begrüßen und den Herrn.

CHOR.

Entdecke deinen Dienerinnen, edle Frau,
Die dir verehrend beystehen, was begegnet ist.

HELENA.

Was ich gesehen, sollt ihr selbst mit Augen sehn,
Wenn ihr Gebilde nicht die alte Nacht sogleich
Zurückgeschlungen, in den Tiefen Wunderschoos.
Doch daß ihrs wisset, sag ichs euch mit Worten an:
Als ich des königlichen Hauses Tiefe nun,

Der nächsten Pflicht gedenkend, feyerlich betrat,
Erstaunt' ich ob dem öden, weiten Hallenraum.
Kein Schall der emsig wandelnden begegnete
Dem Ohr, kein Eilen des Geschäftigen dem Blick;
Und keine Magd und keine Schaffnerinn erschien,
Die jeden Fremden freundlich sonst begrüßenden.
Als aber ich des Heerdes Busen mich genaht,
Da sah ich, bey verglommner Asche lauem Rest,
Am Boden sitzen ein verhülltes, großes Weib,
Der Sinnenden vergleichbar, nicht der Schlafenden.
Mit Herrscherworten ruf ich sie zur Arbeit auf,
Die Schaffnerinn vermuthend, die, mir unbekannt,
Des scheidenden Gemahles Vorsicht angestellt;
Doch eingefaltet sitzt die Unbewegliche;
Nur endlich rührt sie, auf mein Dräun, den rechten Arm,
Als wiese sie von Heerd und Halle mich hinweg.
Ich wende zürnend mich von ihr und eile gleich
Den Stufen zu, auf denen sich der Thalamos
Und nah daran der königliche Schatz erhebt.
Allein das Wunder reißt sich schnell vom Boden auf,
Gebietrisch mir den Weg vertretend, zeigt es sich
In hagrer Größe, hohlen, blutigtrüben Blicks,
Seltsamer Bildung, wie sie Aug und Geist verwirrt.
Doch red ich in die Lüfte; denn das Wort bemüht
Sich nur umsonst Gestalten schöpfrisch aufzubaun.
Da seht sie selbst! sie waget sich ans Licht heraus.
Hier sind wir Meister, bis der Herr und König kommt.
Die grausen Nachtgeburten drängt der Schönheitsfreund,
Phöbus hinweg in Höhlen, oder bändigt sie.

CHOR.

Vieles erlebt ich, obgleich die Locke,
Jugendlich, wallet mir um die Schläfe!

Schreckliches hab ich vieles gesehen,
Kriegrischen Jammer, Ilions Nacht,
Als es fiel!

Durch das umwölkte, staubende, Tosen
Drängender Krieger hört ich die Götter
Fürchterlich rufen, hört ich der Zwietracht
Ehrene Stimme schallen durchs Feld,
Mauerwärts!

Ach! sie standen noch
Ilions Mauern;
Aber die Glut zog
Schon, vom Nachbar
Zum Nachbar sich
Verbreitend,
Hier und dort her,
Ueber die Stadt.

Flüchtend sah ich,
Durch Rauch und Gluth,
Zürnender Götter
Gräßliches Nahen;
Wundergestalten,
In dem Düstern
Feuerumleuchteten Qualm.

Sah ichs? oder bildete
Mir der angstumschlungene
Geist solches Verworrene?
Sagen kann ichs nicht;
Aber daß ich dieses

Gräßliche hier
Mit Augen sehe
Weiß ich.

Könnt' es mit Händen fassen,
Hielte die Furcht
Vor dem Gefährlichen
Mich nicht zurück.

Welche von Phorkos'
Töchtern bist du?
Denn ich vergleiche Dich
Diesem Geschlecht.
Bist du der Gorgonen
Eine? bist du
Eine der fürchterlich sie,
Schwesterlich hütenden?
Bist du der graugebohrnen,
Einäugigen, einzähnigen,
Graien eine gekommen.

Wagest du Gräßliche
Neben der Schönheit,
Vor dem Kenner
Phöbos dich zu zeigen?
Doch tritt immer hervor;
Denn das Häßliche
Sieht er nicht,
Wie sein heiliges Aug
Niemals den Schatten sieht.

Aber uns nöthigt
Ein trauriges Geschick
Zu dem Augenschmerz;
Den das Verwerfliche
Schönheitsliebenden rege macht.

Ja! so höre denn,
Wenn du frech
Uns entgegenstehst,
Höre Fluch und Schelten,
Aus dem Munde der glücklich
Von den Göttern gebildeten.

Stehe länger, länger!
Und grins' uns an.
Starre länger, länger!
Häßlicher wirst du nur.
Ausgeburt du des Zufalls,
Du, verworrener,
Du erschöpfter Krafft
Leidige hohle Brut.

PHORKYAS.
Alt ist das Wort, doch bleibet wahr und hoch der Sinn:
Daß Schaam und Schönheit, nie zusammen, Hand in Hand,
Den Weg verfolgen, auf des Menschen Lebenspfad.
Tief eingewurzelt wohnet in beyden alter Haß,
Und wenn sie auf dem Wege sich auch irgendwo
Begegnen, jede sogleich der Gegnerin den Rücken kehrt.
Dann eilet jede wieder heftiger, weiter fort,
Die Schaam betrübt, die Schönheit aber frech gesinnt,
Bis sie zuletzt des Orkus hohle Nacht umfängt,

Wenn nicht das Alter sie vorher vernichtet hat.
Euch find ich nun ihr frechen, aus der Fremde her,
Mit Uebermuth ergossen, gleich der Kraniche
Laut, heißer klingendem Zug, der über unser Haupt,
Wie eine Wolke ziehend, krächzendes Getön
Herabschickt, das den stillen Wandrer über sich
Zu blicken lockt; doch ziehn sie ihren Weg dahin,
Er geht den seinen, also wirds mit uns geschehn.
Wer seyd denn ihr? daß ihr des Königs hohes Haus
Mit der Mänaden wildem Getümmel umtönen dürft?
Wer seyd ihr? daß ihr seiner ernsten Schaffnerinn
Entgegenheulet, wie dem Mond der Hunde Schaar.
Wähnt ihr daß ich nicht wisse welch Geschlecht ihr seyd,
Du kriegerzeugte, schlachterzogne, junge Brut.
Du männerlustige, verführt verführende
Entnervende des Kriegers und des Bürgers Kraft.
Seh ich zu Hauf euch scheint mir ein Cicaden Schwarm
Herabzustürzen auf des Feldes grüne Saat.
Verzehrerinnen fremden Fleißes! Naschende
Vernichterinnen aufgekeimten Wohlstands ihr.
Eroberte, verkauft, vertauschte Waare du.

HELENA.

Wer in der Frauen Gegenwart die Mägde schilt,
Beleidiget die Hoheit der Gebieterinn.
Denn ihr gebührt allein das Lobenswürdige
Zu rühmen und zu strafen das Verwerfliche.
Auch bin ich wohl zufrieden mit dem Dienste den
Sie mir geleistet als die Kraft von Ilion
Die Hohe stand, und fiel und lag. Nicht weniger
Als wir der Irrfahrt kummervolle Wechselnoth
Ertrugen, wo sonst jeder sich der nächste bleibt.
Auch hier erwart ich gleiches von der muntren Schaar.

Nicht was der Knecht sey fragt der Herr, nur wie er dient.
Drum schweige du und grinse sie nicht länger an.
Hast du das Haus des Königs wohl verwahrt bisher,
Anstat der Hausfrau, dienet es zum Ruhme dir;
Doch jetzo kommt sie selber, tritt nun du zurück,
Damit nicht Strafe werde statt des Lohnes dir.

PHORKYAS.

Den Hausgenossen drohen ist ein grosses Recht,
Das eines gottbeglückten Herrschers Gattinn sich
Durch langer Jahre weise Leitung wohl verdient.

⟨WA 15,2, S. 72–81; B 554–567⟩

III Zusammenfassende Inhaltsangaben

1
[Die Handlung des 1. bis 4. Akts nach älterem Plan]
[Entwurf für das 18. Buch von *Dichtung und Wahrheit*, 1816]

Zu Beginn des zweiten Theiles findet man Faust schlafend. Er ist umgeben von Geister Chören die ihm in sichtlichen Symbolen und anmuthigen Gesängen die Freuden der Ehre, des Ruhms, der Macht und Herrschaft vorspiegeln. Sie verhüllen in schmeichelnde Worte und Melodien ihre eigentlich ironischen Anträge. Er wacht auf, fühlt sich gestärkt, verschwunden alle vorhergehende Abhängigkeit von Sinnlichkeit und Leidenschaft. Der Geist, gereinigt und frisch, nach dem Höchsten strebend.

Mephistophles tritt zu ihm ein und macht ihm eine lustige aufregende Beschreibung von dem Reichstage zu Augsburg, welchen Kaiser Maximilian dahin zusammen berufen hat, indem er annimmt, daß alles vor dem Fenster, drunten auf dem Platze, vorgeht, wo Faust jedoch nichts sehen kann. Endlich will Mephistophles an einem Fenster des Stadthauses den Kaiser sehen, mit einem Fürsten sprechend, und versichert Fausten, daß nach ihm gefragt worden, wo er sich befinde und ob man ihn nicht einmal an Hof schaffen könne. Faust läßt sich bereden und sein Mantel beschleunigt die Reise. In Augsburg landen sie an einer einsamen Halle, Mephistophles geht aus zu spionieren. Faust verfällt indeß in seine früheren abstrusen Speculationen und Forderungen an sich selbst und als jener zurückkehrt, macht Faust die wunderbare Bedingung, Mephistophles dürfe nicht in den Saal, sondern müsse auf der Schwelle bleiben, ferner daß in des Kaisers Gegenwart nichts von Gaukeley und Verblendung vorkommen solle. Mephistophles giebt nach. Wir werden in einen großen Saal versetzt, wo der Kaiser, eben von Tafel aufstehend, mit einem Fürsten ins Fenster tritt und gesteht, daß er sich Faustens Mantel wünsche um in Tyrol zu jagen und morgen zur Sitzung wieder zurück zu seyn. Faust wird angemeldet und gnädig aufgenommen. Die Fragen des Kaisers beziehen sich alle auf irdische Hindernisse, wie sie durch Zauberey zu beseitigen. Fausts Antworten deuten auf höhere Forderungen und höhere Mittel. Der Kaiser versteht ihn nicht, der Hofmann noch weniger. Das Gespräch verwirrt sich, stockt und Faust, verlegen, sieht sich nach Mephistophles um, welcher sogleich hinter ihn tritt und in seinem Namen antwortet. Nun belebt sich das Gespräch, mehrere Personen treten näher und jedermann ist zufrieden mit dem wundervollen Gast. Der Kaiser verlangt Erscheinungen, sie werden zugesagt. Faust entfernt sich der Vorbereitungen wegen. In dem Augenblick nimmt Mephistophles Fausts Gestalt an, Frauen und Fräuleins zu unterhalten und wird zuletzt für einen ganz unschätzbaren Mann gehalten, da er durch leichte Berührung eine Handwarze, durch einen etwas derbern Tritt seines vermummten Pferdefußes ein HühnerAuge curirt, und ein blondes Fräulein verschmäht nicht ihr Gesichtchen durch seine hagern und spitzen Finger betupfen zu lassen, indem der Taschenspiegel ihr sogleich, daß eine Sommersprosse nach der andern verschwinde, tröstlich zusagt. Der Abend kommt heran, ein magisches Theater erbaut sich von selbst. Es erscheint die Gestalt der Helena. Die Bemerkungen der Damen über diese Schönheit der Schönheiten beleben die übrigens fürchterliche Scene: Paris tritt hervor und diesem ergehts von Seiten der Männer, wie es jener von Seiten der Frauen ergangen. Der verkappte Faust giebt beiden Theilen recht und es entwickelt sich eine sehr heitere Scene.

Über die Wahl der dritten Erscheinung wird man nicht einig, die herangezogenen Geister werden unruhig; es erscheinen mehrere bedeutende zusammen. Es entstehen sonderbare Verhältnisse, bis endlich Theater und Phantome zugleich verschwinden. Der wirkliche Faust, von drei Lampen beleuchtet, liegt im Hintergrunde ohnmächtig, Mephistophles macht sich aus dem Staube, man ahndet etwas von dem Doppeltseyn, niemanden ist wohl bey der Sache zu Muthe.

Mephistophles als er wieder auf Fausten trifft, findet diesen in dem leidenschaftlichsten Zustande. Er hat sich in Helena verliebt und verlangt nun daß der Tausendkünstler sie herbey schaffen und ihm in die Arme liefern solle. Es finden sich Schwierigkeiten. Helena gehört dem Orkus und kann durch Zauberkünste wohl herausgelockt aber nicht festgehalten werden. Faust steht nicht ab, Mephistophles unternimmts. Unendliche Sehnsucht Faust's nach der einmal erkannten höchsten Schönheit. Ein altes Schloß, dessen Besitzer in Palestina Krieg führt, der Castellan aber ein Zauberer ist, soll der Wohnsitz des neuen Paris werden. Helena erscheint: durch einen magischen Ring ist ihr die Körperlichkeit wieder gegeben. Sie glaubt so eben von Troja zu kommen und in Sparta einzutreffen. Sie findet alles einsam, sehnt sich nach Gesellschaft, besonders nach männlicher, die sie ihr lebelang nicht entbehren können. Faust tritt auf und steht als deutscher Ritter sehr wunderbar gegen die antike Heldengestalt. Sie findet ihn abscheulich, allein da er zu schmeicheln weiß, so findet sie sich nach und nach in ihn, und er wird der Nachfolger so mancher Heroen und Halbgötter. Ein Sohn entspringt aus dieser Verbindung, der, sobald er auf die Welt kommt, tanzt, singt und mit Fechterstreichen die Luft theilt. Nun muß man wissen daß das Schloß mit einer Zaubergränze umzogen ist, innerhalb welcher allein diese Halbwirklichkeiten gedeihen können. Der immer zunehmende Knabe macht der Mutter viel Freude. Es ist ihm alles erlaubt, nur verboten über einen gewissen Bach zu gehen. Eines Festtags aber hört er drüben Musik und sieht die

Landleute und Soldaten tanzen. Er überschreitet die Linie, mischt sich unter sie und kriegt Händel, verwundet viele wird aber zuletzt durch ein geweihtes Schwerd erschlagen. Der Zauberer Castellan rettet den Leichnam. Die Mutter ist untröstlich und indem Helena in Verzweiflung die Hände ringt, streift sie den Ring ab und fällt Faust in die Arme der aber nur ihr leeres Kleid umfaßt. Mutter und Sohn sind verschwunden. Mephistophles der bisher unter der Gestalt einer alten Schaffnerin von allem Zeuge gewesen, sucht seinen Freund zu trösten und ihm Lust zum Besitz einzuflösen. Der Schloßherr ist in Palestina umgekommen, Mönche wollen sich der Güter bemächtigen, ihre Seegensprüche heben den Zauberkreis auf. Mephistophles räth zur physischen Gewalt und stellt Fausten drei Helfershelfer, mit Namen: Raufebold, Habebald, Haltefest. Faust glaubt sich nun genug ausgestattet und entläßt den Mephistophles und Castellan, führt Krieg mit den Mönchen, rächt den Tod seines Sohnes und gewinnt große Güter. Indessen altert er, und wie es weiter ergangen wird sich zeigen, wenn wir künftig die Fragmente, oder vielmehr die zerstreut gearbeiteten Stellen dieses zweiten Theils zusammen räumen und dadurch einiges retten was den Lesern interessant seyn wird. ⟨WA 15,2, S. 63; B 266–274⟩

2
[Die Handlung des 1. Akts nach älterem Plan]
[Ein Bericht des Johannes Daniel Falk]

Es wird nämlich dem Faust, weil er die ganze Welt kennen lernen will, vom Mephistopheles unter Anderm auch der Antrag gemacht, beim Kaiser um eine Audienz nachzusuchen. Es ist gerade Krönungszeit. Faust und Mephistopheles kommen glücklich nach Frankfurt. Nun sollen sie gemeldet werden. Faust will nicht daran, weil er nicht weiß, was er dem Kaiser sagen, oder wovon er sich mit ihm unterhalten soll. Mephistopheles aber heißt ihn gutes Muthes seyn; er wolle ihm schon zu gehöriger Zeit an die Hand gehn, ihn, wo die Unterhaltung stocke, unterstützen und, im Fall es gar nicht fort wolle, mit dem Gespräche zugleich auch seine Person übernehmen, sodaß der Kaiser gar nicht inne zu werden brauche, mit wem er eigentlich gesprochen oder nicht gesprochen habe. So läßt sich denn Faust zuletzt den Vorschlag gefallen. Beide gehen ins Audienzzimmer und werden auch wirklich vorgelassen. Faust seinerseits, um sich dieser Gnade werth zu machen, nimmt Alles, was irgend von Geist und Kenntniß in seinem Kopfe ist, zusammen und spricht von den erhabensten Gegenständen. Sein Feuer indessen wärmt nur ihn; den Kaiser selbst läßt es kalt. Er gähnt einmal über das andere und steht sogar auf dem Punkte, die ganze Unterhaltung abzubrechen. Dies wird Mephistophiles noch zur rechten Zeit gewahr und kommt dem armen Faust versprochnermaßen zu Hülfe. Er nimmt zu dem Ende dessen Gestalt an und steht mit Mantel, Koller und Kragen, den Degen an seiner Seite, leibhaftig wie Faust vor dem Kaiser da. Nun setzt er das Gespräch genau da fort, wo Faust geendigt hatte; nur mit einem ganz andern und weit glänzendern Erfolge. Er raisonnirt nämlich, schwadronirt und radotirt so links und rechts, so kreuz und quer, so in die Welt hinein und aus der Welt heraus, daß der Kaiser vor Erstaunen ganz außer sich geräth und die umstehenden Herren von seinem Hofe versichert, das sei ein grundgelehrter Mann, dem möchte er wol tage- und wochenlang zuhören, ohne jemals müde zu werden. Anfangs sei es ihm freilich nicht recht von Statten gegangen, aber nach diesem, und wie er gehörig in Fluß gekommen, da lasse sich kaum etwas Prächtigeres denken, als die Art, wie er Alles so kurz, und doch zugleich so zierlich und gründlich vortrage. Er als Kaiser müsse bekennen, einen solchen Schatz von Gedanken, Menschenkenntniß und tiefen Erfahrungen nie in einer Person, selbst nicht bei den weisesten von seinen Räthen, vereinigt gefunden zu haben. Ob der Kaiser mit diesem Lobe zugleich den Vorschlag verbindet, daß Faust-Mephistopheles in seine Dienste treten, oder die Stelle eines dirigirenden Ministers annehmen soll, ist mir [Falk] unbekannt. Wahrscheinlich aber hat Faust einen solchen Antrag aus guten Gründen abgelehnt.

⟨Falk, *Goethe dargestellt*, S. 94 ff.; B 276 f.⟩

3
[Ankündigung der Veröffentlichung des 3. Akts]
[Erster Entwurf]

Helena,
klassisch-romantische Phantasmagorie,
Zwischenspiel zu Faust.

Dem alten, auf die ältere von Faust umgehende Fabel gegründeten Puppenspiel gemäß, sollte im zweiten Theil meiner Tragödie gleichfalls die Verwegenheit Faust's dargestellt werden, womit er die schönste Frau, von der uns die Ueberlieferung meldet, die schöne Helena aus Griechenland in die Arme begehrt. Dieses war nun nicht durch Blocksbergs Genossen ebensowenig durch die häßliche, nordischen Hexen und Vampyren nahverwandte Ennyo zu erreichen, sondern, wie in dem zweiten Theile alles auf einer höhern und edlern Stufe gefunden wird, in den Bergklüften Thessaliens unmittelbar bey dämonischen Sibyllen zu suchen, welche durch merkwürdige Verhandlungen es zuletzt dahin vermittelten, daß Persephone der Hellena erlaubte, wieder in die Wirklichkeit zu treten, mit dem Beding, daß sie sich nirgends als auf dem eigentlichen Boden von Sparta des Lebens wieder erfreuen solle; nicht weniger, mit fernerer Bedingung, daß alles Uebrige, so wie das Gewinnen ihrer Liebe, auf menschlichen Wege zugehen müsse; Mit phantastischen Einleitungen solle es so streng nicht genommen werden.

Das Stück beginnt also vor dem Pallaste des Menelaus zu Sparta, wo Helena, begleitet von einem Chor trojanischer Frauen als eben gelandet auftritt, wie sie in den ersten Worten sogleich zu verstehen giebt:

Vom Strande komm' ich, wo wir erst gelandet sind,
Noch immer trunken von des Gewoges regsamen
Geschaukel, das vom Phrygischen Blachgefild uns her
Auf sträubig-hohem Rücken, durch Poseidons Gunst
Und Euros Kraft in vaterländische Buchten trug.
Dort unten freuet nun der König Menelas
Der Rückkehr, sammt der tapfersten seiner Krieger sich,
Du aber heiße mich willkommen Hohes Haus, u. s. w.

Mehr aber dürfen wir von dem Gang und Inhalt des Stücks nicht verrathen.

Dieses Zwischenspiel war gleich bey der ersten Conception des Ganzen ohne Weiteres bestimmt; und von Zeit zu Zeit an die Entwickelung und Ausführung gedacht, worüber ich jedoch kaum Rechenschaft geben könnte. Nur bemerke ich, daß in der Schillerschen Correspondenz vom Jahr 1800 dieser Arbeit als einer ernstlich vorgenommenen Erwähnung geschieht; wobey ich mich denn gar wohl erinner, daß von Zeit zu Zeit, auf des Freundes Betrieb, wieder Hand angelegt wurde, auch die lange Zeit her, wie gar manches Andere, was ich früher unternommen, wieder ins Gedächtniß gerufen ward.

Bey der Unternehmung der vollständigen Ausgabe meiner Werke ward auch dieses wohlverwahrte Manuscript wieder vorgenommen und mit neu belebtem Muthe dieses Zwischenspiel zu Ende geführt, und um so mehr mit anhaltender Sorgfalt behandelt, als es auch einzeln für sich bestehen kann und in dem 4en Bande der neuen Ausgabe, unter der Rubrick: Dramatisches, mitgetheilt werden soll.

Weimar den 10ten Juny 1826.

⟨WA 15,2, 123 (2); B 412–415⟩

3a

[Zweiter Entwurf]

Helena,

Zwischenspiel zu Faust.

Ankündigung.

Fausts Charakter, auf der Höhe wohin die neue Ausbildung aus dem alten rohen Volksmährchen denselben hervorgehoben hat stellt einen Mann dar, welcher, in den allgemeinen Erdeschranken sich ungeduldig und unbehaglich fühlend, den Besitz des höchsten Wissens, den Genuß der schönsten Güter für unzulänglich achtet seine Sehnsucht auch nur im mindesten zu befriedigen, einen Geist welcher deshalb nach allen Seiten hin sich wendend immer unglücklicher zurückkehrt.

Diese Gesinnung ist der modernen so analog daß mehrere gute Köpfe die Lösung einer solchen Aufgabe zu unternehmen sich gedrängt fanden. Die Art wie ich mich dabey benommen hat sich Beyfall erworben; vorzügliche Männer haben darüber gedacht und meinen Text comentirt, welches ich dankbar anerkannte. Darüber aber mußte ich mich wundern daß diejenigen, welche eine Fortsetzung und Ergänzung meines Fragmentes unternahmen nicht auf den so nahe liegenden Gedancken gekommen sind, man müsse bey Bearbeitung eines zweyten Theils sich nothwendig aus der bisherigen kummervollen Sphäre durchaus erheben und einen solchen Mann, in höheren Regionen, durch würdigere Verhältnisse durchführen.

Wie ich nun von meiner Seite dieses begonnen lag im Stillen vor mir, von Zeit zu Zeit mich zu einiger Bearbeitung aufrufend, wobey ich mein Geheimniß vor allen und jeden sorgfältig verwahrte, immer in Hoffnung das Werck einem gewünschten Abschluß entgegen zu führen. Jetzo aber darf ich nicht mehr zurückhalten und bey Herausgabe meiner sämmtlichen Bestrebungen kein Geheimniß mehr vor dem Publicum verbergen, vielmehr fühle ich mich verpflichtet alles mein Bemühen auch fragmentarisch nach und nach vorzulegen.

Deshalb entschließ ich mich zuerst oben benanntes, in den zweyten Theil des Faustes einzupassendes, in sich abgeschlossenes kleineres Drama bey der nächst ersten Sendung [der Ausgabe letzter Hand] sogleich mitzutheilen.

Damit aber die große Kluft zwischen dem bekannten jammervollen Abschluß des ersten Theiles und dem Eintritt einer griechischen Heldenfrau einigermaßen überbrückt werde, so nehme man vorerst eine Schilderung des Vorausgegangenen freundlich auf und finde solche einsweilen hinreichend.

Die alte Legende sagt nämlich, und das Puppenspiel verfehlt nicht die Scene vorzuführen: daß Faust in seinem herrischen Uebermuth durch Mephistopheles den Besitz der schönen Helena von Griechenland verlangt, und ihm dieser nach einigem Widerstreben willfahrt habe. Ein solches bedeutendes Motiv in unserer Ausführung nicht zu versäumen war uns Pflicht und wie wir uns derselben zu entledigen gesucht, welche Einleitung dazu wir schicklich gefunden möge Nachstehendes einsweilen aufklären.

Bey einem großen Feste an des deutschen Kaisers Hof werden Faust und Mephistopheles aufgefordert eine Geistererscheinung zu bewirken; ungern zwar, aber gedrängt rufen Sie die verlangten Idole von Helena und Paris hervor. Paris tritt auf, die Frauen entzücken sich gränzenlos; die Herren suchen durch einzelnen Tadel den Enthusiasmus abzukühlen, aber vergebens. Helena tritt auf, die Männer sind ausser sich, die Frauen betrachten sie aufmerksam und wissen spöttisch den plumpen heroischen Fuß, eine höchst wahrscheinlich angemahlte elfenbeinartige Gesichtsfarbe hervorzuheben, besonders aber durch bedenkliche, freylich in der wahrhaften Geschichte nur allzusehr gegründete Nachreden, auf die herrliche Persönlichkeit einen verächtlichen Schein zu werfen. Faust, von dem Erhaben-Schönen hingerissen, wagt es den zu ihrer Umarmung sich neigenden Paris wegdrängen zu wollen; ein Donnerschlag streckt ihn nieder, die Erscheinungen verschwinden, das Fest endet tumultuarisch.

Faust aus einer schweren, langen Schlafsucht, während welcher seine Träume sich vor den Augen des Zuschauers sichtbar umständlich begeben, ins Leben zurückgerufen, tritt exaltirt hervor und fordert von dem höchsten Anschauen ganz durchdrungen den Besitz [Helenas] heftig von Mephistopheles. Dieser, der nicht bekennen mag, daß er im klassischen Hades nichts zu sagen habe, auch dort nicht einmal gern gesehen sey, bedient sich seines früheren probaten Mittels seinen Gebieter nach allen Seiten hin und her zu sprengen. Hier gelangen wir zu gar vielen Aufmerksamkeit fordernden Mannigfaltigkeiten und zuletzt noch die wachsende Ungeduld des Herrn zu beschwichtigen beredet er ihn, gleichsam im Vorbeygehen auf dem Weg zum Ziele den academisch-angestellten Doctor und Professor Wagner zu besuchen den sie in seinem Laboratorium finden hoch gloriirend daß eben ein chemisch Menschlein zustande gekommen sey.

Dieses zersprengt Augenblicks den leuchtenden Glaskolben und tritt als bewegliches wohlgebildetes Zwerglein auf. Das Recept zu seinem Entstehen wird mystisch angedeutet, von seinen Eigenschaften legt es Proben ab, besonders zeigt sich daß in ihm ein allgemeiner historischer Weltkalender enthalten sey, er wisse nämlich in jedem Augenblick anzugeben was seit Adams Bildung bey gleicher Sonn- Mond- Erd- und Planetenstellung unter Menschen vorgegangen sey. Wie er denn auch zur Probe sogleich verkündet daß die gegenwärtige Nacht gerade mit der Stunde zusammentreffe wo die pharsalische Schlacht vorbereitet worden und welche sowohl Caesar als Pompejus schlaflos zugebracht. Hierüber kommt er mit Mephistopheles in Streit, welcher, nach Angabe der Benedictiner, den Eintritt jener großen Weltbegebenheit zu dieser Stunde nicht will gelten lassen, sondern denselben einige Tage weiter hinausschiebt. Man macht ihm die Einwendung: der Teufel dürfe sich nicht auf Mönche berufen. Da er aber hartnäckig auf diesem Rechte besteht, so würde sich der Streit in eine unentscheidbare chronologische Controvers verlieren, wenn das chemische Männlein nicht eine andere Probe seines tiefen historisch-mythischen Naturells ablegte und zu bemerken gäbe: daß zu gleicher Zeit das Fest der klassischen Walpurgisnacht herein trete das seit Anbeginn der mythischen Welt immer in Thessalien gehalten worden und, nach dem gründlichen durch Epochen bestimmten Zusammenhang der Weltgeschichte, eigentlich Ursach an jenem Unglück gewesen. Alle vier entschließen sich dorthin zu wandern und Wagner bey aller Eilfertigkeit vergißt nicht eine reine Phiole mitzunehmen um, wenn es glückte, hie und da die zu einem chemischen Weiblein nöthigen Elemente zusammenzufinden. Er steckt das Glas in die linke Brusttasche, das chemische Männlein in die rechte, und so vertrauen sie sich dem Eilmantel. Ein gränzenloses Geschwirre geographisch historischer Notizen auf die Gegenden worüber sie hinstreifen bezüglich, aus dem Munde des eingesackten Männleins läßt sie bey der Pfeilschnelle des Flugwercks unterwegs nicht zu sich selbst kommen, bis sie endlich beim Lichte des klaren obschon abnehmenden Mondes zur Fläche Thessaliens gelangen. Hier auf der Haide treffen sie zuerst mit Erichto zusammen, welche den untilgbaren Modergeruch dieser Felder begierig einzieht. Zu ihr hat sich Erichtonius gesellt und nun wird beyder nahe Verwandtschaft, von der das Alterthum nichts weiß, ethymologisch bewiesen; leider muß sie ihn da er nicht gut zu Fuße ist, öfters auf dem Arme tragen und sogar, als das Wunderkind eine seltsame Leidenschaft zu dem chemischen Männlein darthut diesen auch auf den andern Arm nehmen, wobey Mephistopheles seine bösartigen Glossen keineswegs zurückhält.

Faust hat sich ins Gespräch mit einer, auf den Hinterfüßen ruhenden Sphynx eingelassen, wo die abstrußesten Fragen durch gleich räthselhafte Antworten ins Unendliche gespielt werden. Ein daneben, in gleicher Stellung aufpassender Greif, der goldhütenden einer spricht dazwischen ohne das Mindeste deshalb aufzuklären. Eine kolossale, gleichfalls goldscharrende Ameise welche sich hinzugesellt, macht die Unterhaltung noch verwirrter.

Nun aber da der Verstand im Zwiespalt verzweifelt sollen auch die Sinne sich nicht mehr trauen. Empusa tritt hervor die dem heutigen Fest zu ehren einen Eselskopf aufgesetzt hat, und, sich immer umgestaltend, zwar die übrigen entschiedenen Gebilde nicht zur Verwandlung aber doch zu unsteter Ungeduld aufregt.

Nun erscheinen unzählbar vermehrt Sphynxe, Greife und Ameisen, sich gleichsam aus sich selbst entwickelnd. Hin und her schwärmen übrigens und rennen die sämmtlichen Ungethüme des Alterthums, Chimären, Tragelaphe, Gryllen, dazwischen vielköpfige Schlangen in Unzahl. Harpyen flattern und schwanken fledermausartig in unsichern Kreisen; der Drache Python selbst erscheint im Plural und die stymphalischen Raubvögel, scharf geschnabelt mit Schwimmfüßen schnurren einzeln pfeilschnell hintereinander vorbey. Auf einmal jedoch über allen schwebt wolkenartig ein singender und klingender Zug von Sirenen, sie stürzen in den Peneus und baden rauschend und pfeifend, dann baumen sie auf im Gehölze zunächst des Flusses, singen die lieblichsten Lieder. allererst nun Entschuldigung der Nereiden und Tritonen, welche durch ihre Conformation, ohngeachtet der Nähe des Meeres, diesem Feste beyzuwohnen gehindert werden. Dann aber laden sie die ganze Gesellschaft aufs dringendste sich in den mannigfaltigen Meeren und Golfen, auch Inseln und Küsten der Nachbarschaft insgesammt zu ergötzen; ein Theil der Menge folgt der lockenden Einladung und stürzt meerwärts.

Unsere Reisenden aber, an solchen Geisterspuk mehr oder weniger gewöhnt, lassen das alles fast unbemerkt um sich her summen. Das chemische Menschlein, an der Erde hinschleichend, klaubt aus dem Humus eine Menge phosphorescirender Atome auf, deren einige blaues, andere purpurnes Feuer von sich strahlen. Er vertraut sie gewissenhaft Wagnern in die Phiole, zweifelnd jedoch ob daraus künftig ein chemisch Weiblein zu bilden sey. Als aber Wagner um sie näher zu betrachten sie stark schüttelt erscheinen, zu Kohorten gedrängt, Pompejaner und Cäsareaner, um zu legitimer Auferstehung, sich die Bestandtheile ihrer Individualitäten stürmisch vielleicht wieder zuzueignen. Beynahe gelänge es ihnen sich dieser ausgegeisteten Körperlichkeiten zu bemächtigen, doch nehmen die vier Winde, welche diese Nacht unablässig gegen einander wehen, den gegenwärtigen Besitzer in Schutz und die Gespenster müssen sich gefallen lassen von allen Seiten her zu vernehmen: daß die Bestandtheile ihres römischen Großthums längst durch alle Lüfte zerstoben, durch Millionen Bildungsfolgen aufgenommen und verarbeitet worden.

Der Tummult wird dadurch nicht geringer, allein gewissermassen auf einen Augenblick beschwichtigt, indem die Aufmerksamkeit zu der Mitte der breit und weiten Ebene gerichtet wird. Dort bebt die Erde zuerst, bläht sich auf und ein Gebirgsreihen bildet sich aufwärts bis Scotusa, abwärts bis an den Peneus bedrohlich sogar den Fluß zu hemmen. Haupt und Schultern des Enceladus wühlen sich hervor, der nicht ermangelte, unter Meer und Land heranschleichend, die wichtige Stunde zu verherrlichen. Aus mehreren Klüften lecken flüchtige Flammen; Naturphilosophen die bey dieser Gelegenheit auch nicht ausbleiben konnten, Thales und Anaxagoras gerathen über das Phänomen heftig in Streit, jener dem Wasser wie dem Feuchten alles zuschreibend, dieser überall geschmolzene, schmelzende Massen erblickend, peroriren ihre Solos zu dem übrigen Chorgesause, beide führen den Homer an und jeder ruft Vergangenheit und Gegenwart zu Zeugen. Thales beruft sich vergebens auf Spring- und Sündfluthen mit didaktisch wogendem Selbstbehagen; Anaxagoras, wild wie das Element das ihn beherrscht, führt eine leidenschaftlichere Sprache, er weissagt einen Steinregen, der denn auch alsobald aus dem Monde herunter fällt. Die Menge preist ihn als einen Halbgott, und sein Gegner muß sich nach dem Meeresufer zurückziehen.

Noch aber haben sich Gebirgsschluchten und Gipfel nicht befestigt und bestätigt, so bemächtigen sich schon aus weit umherklaffenden Schlünden hervorwimmelnde Pygmäen der Oberarme und Schultern des noch gebeugt aufgestemmten Riesen und bedienen sich deren als Tanz- und Tummelplatz, inzwischen unzählbare Heere von Kranichen, Gipfelhaupt und Haare, als wären es undurchdringliche Wälder, kreischend umziehen und, vor Schluß des allgemeinen Festes, ein ergötzliches Kampfspiel ankündigen.

So vieles und noch mehr denke sich wem es gelingt als gleichzeitig wie es sich ergiebt. Mephistopheles hat indessen mit Enyo Bekanntschaft gemacht, deren grandiose Häßlichkeit ihn beynahe aus der Fassung gebracht und zu unhöflichen beleidigenden Interjectionen aufgeschreckt hätte. Doch nimmt er sich zusammen und in Betracht ihrer hohen Ahnen und bedeutenden Einflusses sucht er ihre Gunst zu erwerben. Er versteht sich mit ihr und schließt ein Bündniß ab, dessen offenkundige Bedingungen nicht viel heißen wollen, die geheimen aber desto merkwürdiger und folgereicher sind. Faust an seinem Theile ist an den Chiron getreten, der als benachbarter Gebirgsbewohner seine gewöhnliche Runde macht. Ein ernst pädagogisches Gespräch mit diesem Urhofmeister wird, wo nicht unterbrochen doch gestört durch einen Kreis von Lamien, die sich zwischen Chiron und Faust unablässig durchbewegen; Reizendes aller Art, blond, braun, groß, klein, zierlich und stark von Gliedern, jedes spricht oder singt, schreitet oder tanzt, eilt oder gestikulirt, so daß wenn Faust nicht das höchste Gebild der Schönheit in sich selbst aufgenommen hätte er nothwendig verführt werden müßte. Auch Chiron indessen, der Alte unerschütterliche, will dem neuen sinnigen Bekannten die Maximen klar machen wornach er seine schätzbaren Helden gebildet, da denn die Argonauten hererzählt werden und Achill den Schluß macht. Wenn aber der Pädagog auf das Resultat seiner Bemühungen gelangen will; so ergiebt sich wenig Erfreuliches; denn sie leben und handeln gerade fort als wenn sie nicht erzogen wären.

Als nun Chiron das Begehren und die Absicht von Faust erfährt, erfreut er sich doch auch wieder einmal einen Mann zu sehen der das Unmögliche verlange, wie er denn immer an seinen Zöglingen dergleichen gebilligt. Zugleich bietet er dem modernen Helden Förderung und Leitung an, trägt ihn auf breitem Rücken kreuzweis hinüber herüber durch alle Furthen und Kiese des Peneus, läßt Larissa zur rechten und zeigt seinem Reuter nur hie und da die Stelle wo der unglückliche König von Macedonien Perseus auf der bänglichsten Flucht wenige Minuten verschnaufte. So gelangen sie abwärts bis an den Fuß des Olympus; hier stoßen sie auf eine lange Prozession von Sibyllen, an Zahl weit mehr als zwölfe. Chiron schildert die ersten Vorüberziehenden als alte Bekannte und empfiehlt seinen Schützling der sinnigen, wohldenkenden Tochter des Tiresias, Manto.

Diese eröffnet ihm daß der Weg zum Orkus sich soeben aufthuen werde, gegen die Stunde wo ehmals, um so viele große Seelen hinabzulassen, der Berg klaffen müssen. Es ereignet sich wirklich und, von dem horoskopischen Augenblick begünstigt steigen sie sämmtlich schweigend hinunter. Auf einmal deckt Manto ihren Beschützten mit dem Schleyer und drängt ihn vom Wege ab gegen die Felsenwände, so daß er zu ersticken und zu vergehen fürchtet. Dem bald darauf wieder enthüllten erklärt sie diese Vorsicht, das Gorgonenhaupt nämlich sey ihnen die Schlucht herauf entgegen gezogen, seit Jahrhunderten immer größer und breiter werdend; Proserpina halte es gern von der Festebene zurück weil die versammelten Gespenster und Ungethüme durch sein Erscheinen aus aller Fassung gebracht sich alsobald zerstreuten. Sie Manto selbst als hochbegabte wage nicht es anzuschauen, hätte Faust darauf geblickt so wär er gleich vernichtet worden, so daß weder von Leib noch Geist im Universum jemals wieder etwas von ihm wäre zu finden gewesen. Sie gelangen endlich zu dem unabsehbaren, von Gestalt um Gestalt überdrängten Hoflager der Proserpina; hier giebt es zu gränzenlosen Incidenzien Gelegenheit, bis der präsentirte Faust als zweyter Orpheus gut aufgenommen, seine Bitte aber doch einigermassen seltsam gefunden wird. Die Rede der Manto als Vertreterin, muß bedeutend seyn, sie beruft sich zuerst auf die Kraft der Beyspiele, führt die Begünstigung des Protesilaus, der Alceste und Eurydice umständlich vor. Hat doch Helena schon einmal die Erlaubniß gehabt ins Leben zurückzukehren, um sich mit dem frühgeliebten Achill zu verbinden! Von dem übrigen Gang und Fluß der Rede dürfen wir nichts verrathen, am wenigsten von der Peroration, durch welche die bis zu Thränen gerührte, Königin ihr Jawort ertheilt und die Bittenden an die drey Richter verweist, in deren ehrenes Gedächtniß sich alles einsenckt was in dem Lethestrome zu ihren Füßen vorüberrollend zu verschwinden scheint.

Hier findet sich nun, daß Helenen das vorigemal die Rückkehr ins Leben vergönnt worden, unter der Bedingung eingeschränkten Wohnens und Bleibens auf der Insel Leuce. Nun soll sie ebenmäßig auf den Boden von Sparta zurückkehren, um, als wahrhaft lebendig, dort in einem vorgebildeten Hause des Menelas aufzutreten, wo denn dem neuen Werber überlassen bleibe inwiefern er auf ihren beweglichen Geist und empfänglichen Sinn einwirken und sich ihre Gunst erwerben könne.

Hier tritt nun das angekündigte Zwischenspiel ein, zwar mit dem Gange der Haupthandlung genugsam verbunden, aus Ursachen aber, die sich in der Folge entwickeln werden, als isolirt für diesmal mitgetheilt.

Dieses kurze Schema sollte freylich mit allen Vortheilen der Dicht- und Redekunst ausgeführt und ausgeschmückt dem Publicum übergeben werden, wie es aber da liegt, diene es einsweilen die Antecedenzien bekannt zu machen welche der angekündigten Helena, einem klassisch-romantisch-phantasmagorischen Zwischenspiel zu Faust als vorausgehend genau gekannt und gründlich überdacht werden sollte[n].

W[eimar], d[en] 17. Decbr. 1826.

⟨123 (1); B 433–451⟩

4
[Endgültige Fassung]
[Gedruckt: *Über Kunst und Altertum*, Bd. 6, H. 1, 1827]

Helena.
Zwischenspiel zu Faust.

Fausts Charakter, auf der Höhe, wohin die neue Ausbildung aus dem alten rohen Volksmährchen denselben hervorgehoben hat, stellt einen Mann dar, welcher, in den allgemeinen Erdeschranken sich ungeduldig und unbehaglich fühlend, den Besitz des höchsten Wissens, den Genuß der schönsten Güter für unzulänglich achtet, seine Sehnsucht auch nur im mindesten zu befriedigen, einen Geist, welcher deßhalb, nach allen Seiten hin sich wendend, immer unglücklicher zurückkehrt.

Diese Gesinnung ist dem modernen Wesen so analog, daß mehrere gute Köpfe die Lösung einer solchen Aufgabe zu unternehmen sich gedrungen fühlten. Die Art, wie ich mich dabei benommen, hat sich Beifall erworben; vorzügliche Männer haben darüber gedacht und meinen Text commentirt, welches ich dankbar anerkannte. Darüber aber mußte ich mich wundern, daß diejenigen, welche eine Fortsetzung und Ergänzung meines Fragments unternahmen, nicht auf den so nahe liegenden Gedanken gekommen sind, es müsse die Bearbeitung eines zweiten Theils sich nothwendig aus der bisherigen kümmerlichen Sphäre ganz erheben und einen solchen Mann in höheren Regionen durch würdigere Verhältnisse durchführen.

Wie ich nun von meiner Seite dieses angegriffen, lag im Stillen vor mir, von Zeit zu Zeit mich zu einiger Fortarbeit anregend; wobei ich mein Geheimniß vor allen und jeden sorgfältig verwahrte, immer in Hoffnung, das Werk einem gewünschten Abschluß entgegenzuführen. Jetzt aber darf ich nicht zurückhalten und bei Herausgabe meiner sämmtlichen Bestrebungen kein Geheimniß mehr vor dem Publicum verbergen, vielmehr fühle ich mich verpflichtet, alles mein Bemühen, wenn auch fragmentarisch, nach und nach vorzulegen.

Deßhalb entschließ' ich mich zuvörderst, oben benanntes, in den zweiten Theil des Faust einzupassendes, in sich abgeschlossenes kleineres Drama sogleich bei der ersten Sendung [der Ausgabe letzter Hand] mitzutheilen.

Noch ist die große Kluft zwischen dem bekannten jammervollen Abschluß des ersten Theils und dem Eintritt einer griechischen Heldenfrau nicht überbrückt; man genehmige jedoch vorläufig Nachstehendes mit Freundlichkeit.

Die alte Legende sagt nämlich, und das Puppenspiel verfehlt nicht, die Scene vorzuführen, daß Faust in seinem herrischen Übermuth durch Mephistopheles den Besitz der schönen Helena von Griechenland verlangt und dieser ihm nach einigem Widerstreben willfahrt habe. Ein solches bedeutendes Motiv in unserer Ausführung nicht zu versäumen, war uns Pflicht, und wie wir uns derselben zu entledigen gesucht, wird aus dem Zwischenspiel hervorgehen. Was aber zu einer solchen Behandlung die nähere Veranlassung gegeben, und wie nach mannichfaltigen Hindernissen den bekannten magischen Gesellen geglückt, die eigentliche Helena persönlich aus dem Orcus in's Leben heraufzuführen, bleibe vor der Hand noch unausgesprochen. Gegenwärtig ist genug, wenn man zugibt, daß die wahre Helena auf antiktragischem Kothurn vor ihrer Urwohnung zu Sparta auftreten könne. Sodann aber bittet man, die Art und Weise zu beobachten, wie Faust es unternehmen dürfe, sich um die Gunst der weltberühmten königlichen Schönheit zu bewerben.

⟨WA 41,2, S. 290–292; B 455 f.⟩

IV Entwürfe

5
Überblick über die ganze Dichtung
[um 1800]

Ideales streben nach Einwircken u Einfühlen in die ganze Natur.
Erscheinung des Geists als Welt u Thaten Genius.
Streit zwischen Form u Formlosen.
Vorzug dem formlosen Gehalt
Vor der leeren Form.
Gehalt bringt die Form mit
Form ist nie ohne Gehalt.
Diese Widersprüche statt sie zu vereinigen disparater zu machen.
Helles kaltes Wissensch[aftliches] Streben Wagner
Dumpfes warmes – – Schüler.
Lebens Genuß der Person von außen ges[ucht] I. Theil
in der Dumpfheit Leidensch[aft].
Thaten Genuß nach aussen zweyter –
und Genuß mit Bewußtsey[n]. Schönheit.
Schöpfungs Genuß von innen. Epilog im Chaos
auf dem Weg zur Hölle. ⟨WA 14, 1; B 221⟩

Zum »Vorspiel auf dem Theater«

6

[LUSTIGE PERSON.]
Seht mir nur ab wie man vor Leute tritt
Ich komme lustig angezogen
So ist mir jedes Herz gewogen
Ich lache jeder lacht mir mit

Ihr müßt wie ich erst nur euch selbst vertrauen
Und dencken dass hir was zu wagen ist
Denn es verzeihen selbst gelegentlich die Frauen
Wenn man mit Anstand den Respeckt vergisst.

D[IREKTOR].

Nicht Wünschelruthen nicht Alraune
Die beste Zauberey liegt in der guten Laune
Bin ich mit allen gleich gestimmt
So seh ich nicht daß man was übelnimmt
Drum frisch an[s] Werk und zaudert mir nicht lange
Das Vorbereiten macht mir bange 〈WA 14, 10; B 122〉

7

[LUSTIGE PERSON.]

Und wenn der Narr durch alle Scenen läuft,
So ist das Stück genug verbunden. 〈3; B 215〉

8

[LUSTIGE PERSON.]

Und wenn ihr scheltet wenn ihr klagt
Dass ich zu grob mit euch verfahre,
Und wer euch heut recht derb die Wahrheit sagt
Der sagt sie euch auf tausend Jahre. 〈4; B 217〉

9

[LUSTIGE PERSON.]

Nur heute schränckt den weiten Blick mir ein
Nur heute laßt die Strenge mir nicht walten
Laßt unser Stück nur reich an Fülle seyn
Dann mag der Zufall selbst als Geist der Einheit schalten
Wenn Poesie nicht reicht mag Laune sie verbinden 〈5; B 218〉

10

[DICHTER.]
Wenn sichs in meinem Busen regt
Wenn sich mein Auge feuchtet
Auch noch ein Herz das mir entgegen schlägt
Noch ein Geist der mir entgegen leuchtet.

Das wenige Talent das ich besitze rauben
Denn etwas guts zu machen und zu thun
Muß man erst an die Guten glauben ⟨WA 14, S. 255; B 219⟩

ERSTER TEIL

[Nacht]

11

Treten des Elements des Glückes Insufficienz ⟨WA 14, 2; B 115⟩

12

[FAUST.]
O wo ist der Genuß der der Begierde gleich
Und wo ist ein Genuß der die Begier erreicht. ⟨51; B 115⟩

13

[FAUST.]
Fleisch dorrt wie Heu und Bein zerbricht wie Glas
Und alle Schönheit ist ein wahrer Mottenfras. ⟨53; B 121⟩

14

[Auditorium]
Disputation.

Halbchor andre Hälfte Tutti.	Das Gedräng die Wache das ein und aus strömen der Studenten den Zustand ausdrückend.

Wagner als Opponent letzter
Macht ein Compl[iment].
Einzelne Stimmen.
Recktor zum Pedell
Die Pedellen die Ruhe gebieten
Fahrender Scholasticus tritt auf.
Schilt die Versammlung
Chor der Studenten halb. Ganz
Schilt den Respondenten
Bescheiden dieser lehnts ab.
Faust nimmts auf
Schilt sein Schwadroniren
Verlangt daß er artikulire
Mephistopheles thuts fällt aber gleich ins Lob des Vagirens und der daraus entstehenden Erfahrung
Chor. halb
Faust. Ungünstige Schilderung des Vaganten
Chor halb.
Mephistopheles. Kenntnisse die dem Schulweisen fehlen
Faust. γνοϑι σεαυτον. im schönen Sinne.
Fordert den Gegner auf Fragen aus der Erfahrung vorzulegen. Die Faust alle beantworten wolle.
Mephistopheles. Gletscher Bolognesisches Feuer Charibdis Fata Morgana Thier Mensch
F[aust]. Gegenfrage wo der schaffende Spiegel sey

Mepistopheles. Compliment die Antwort einandermal
Faust. Schluß Abdanckung
Majorität
Minorität der Zuhörer als Chor.

Wagners Sorge die Geister mögten sprechen was der Mensch zu sich zu sagen glaubte ⟨11; B 226–228⟩

15

Auditorium.
Disputation.

SCHÜLER *von innen.*
Lasst uns hinaus! wir haben nicht gegessen.
Wer sprechen darf wird Speis und Tranck vergessen,
Wer hören soll wird endlich matt.
SCHÜLER *von außen.*
Lasst uns hinein wir kommen schon vom Kauen;
Denn uns hat das Convickt gespeist.
Lasst uns hinein wir wollen hier verdauen,
Uns fehlt der Wein, und hier ist Geist.
FAHRENDER SCHOLASTICUS.
Hinaus! Hinein! Und keiner von der Stelle!
Was drängt ihr euch auf dieser Schwelle!
Hier aussen Platz und lasst die innern fort,
Besetzt dann den verlassnen Ort.
SCHÜLER.
Der ist vom fahrenden Geschlecht.
Er renomirt, doch er hat recht. ⟨12; B 236⟩

16

[FAUST.]
Zu suchen wo auf Erden dieß geworden
Das steht dem Herrn Vaganten frey
Ob es in Süden oder Norden
Mir ist es alles einerley. ⟨14; B 238⟩

17

[MEPHISTOPHELES.]
Was uns zerspaltet ist die Wirklichkeit
Doch was uns einigt das sind Worte. ⟨15; B 239⟩

18

MEPHISTOPHELES.
Wer spricht von Zweifeln laßt [michs] hören
Wer zweifeln will der muß nicht lehren
Wer lehren will der gebe [was] ⟨17; B 239⟩

19

[MEPHISTOPHELES.]
Mit pathetischem Dünkel
Quadrirt der Zirkel
Bissecirt den Winckel
Und wo die Klügsten selbst sich wunderlich gebärden
Das kann hier Schüler Arbeit werden ⟨18; B 114 f.⟩

20

[MEPHISTOPHELES.]
Die Wahrheit zu ergründen
Spannt ihr vergebens euer blöd Gesicht
Das Wahre wäre leicht zu finden
Doch eben das genügt euch nicht. ⟨19; B 121⟩

[Studierzimmer II]
[Paktszene]

21

[FAUST.]
Als Pudel als Gespenst und als Scholasticus
Ich habe dich als Pudel doch am liebsten ⟨16; B 239⟩

22

MEPHISTOPHELES.
Mich darf niemand auf's Gewissen fragen
Ich schäme mich offt meines Geschlechts
Sie meynen wenn sie Teufel sagen;
So sagen sie was rechts. ⟨6; B 103⟩

23

[MEPHISTOPHELES.]
Mein Freund wenn je der Teufel dein begehrt
Begehrt er dein auf eine Andre Weise
Dein Fleisch und Blut ist wohl schon etwas werth
Allein die Seel ist unsre rechte Speise. ⟨7; B 103⟩

24

[MEPHISTOPHELES.]
Ey was ich weis das brauch ich nicht zu glauben,
Der Mensch ist gar erbärmlich dran
Und es steht nur dem Teufel an
Ihm noch das Bischen Sicherheit zu rauben. ⟨54; B 107⟩

25

[MEPHISTOPHELES.]
Wenn du nur von den Bissen leben solltest
Die dieser oder jener dir gegönnt. ⟨57; B 107⟩

26

[MEPHISTOPHELES.]
Der ganze Fehler ist daher entstanden
Das was ihr wißt, das könnt ihr nicht genießen

Was man genießt, das braucht man nicht zu wissen ⟨58; B 108⟩

27

[MEPHISTOPHELES.]
Denn zum erkennen ist der größte viel zu klein
Und zum genießen ist der kleinste groß genug ⟨59; B 108⟩

28

Denn dein Gespräch gefällt mir nicht ⟨60; B 108⟩

29

[MEPHISTOPHELES.]
Gibts ein Gespräch wenn wir uns nicht betrügen
Mehr oder weniger versteckt
So ein Ragout von Wahrheit und von Lügen,
Das ist die Köcherey die mir am besten schmeckt. ⟨60; B 108⟩

30

[MEPHISTOPHELES.]
Die bloße Wahrheit ist ein simpel Ding
Die jeder leicht begreifen kann
Allein sie scheint euch zu gering
Und sie befriedigt nicht den Wundermann
Drum wollt ihr daß man euch betrüge
Und [kündet] daß [man] es halb verstanden ⟨61; B 108⟩

[Selbstgespräch des Mephistopheles vor der Schüler-Szene]

31

Und der zuerst sich wie ein Gott erging
Befindet sich noch wohl am Schweinekoben. ⟨55; B 107⟩

32

Auf diesem Wege rollt es eben
Recht hurrliburli durch das Leben
Er nagt nicht lang' an Einem Knochen
Ich muß es ihm gepfeffert kochen. ⟨56; B 107⟩

[Gespräch nach der Schüler-Szene]

33

[FAUST.]
Und schleppe noch bey diesem Sclaven Schritt
Das lange Kleid die weiten Ermel mit. ⟨8; B 132⟩

34

[MEPHISTOPHELES.]
Wenn du von aussen ausgestattet bist
So wird sich alles zu dir drängen
Ein Kerl der nicht ein wenig eitel ist
Der mag sich auf der Stelle hängen. ⟨9; B 128⟩

[Hexenküche]

35

FAUST. MEPHISTOPHELES.
Faust. Umgekehrte Richtung der Jugend
Mephistopheles. Gegen Roheit.
Faust. Widerspricht. Jugend Elasticität, der Theilnahme fehlend.
Vortheile der Roheit. und Abgeschmacktheit.
Mephistopheles. Vorschlag. Geschichte des Trancks. ⟨22; B 174⟩

36

[MEPHISTOPHELES.]
Und merck dir ein für allemal
Den wichtigsten von allen Sprüchen
Es liegt dir kein Geheimniß in der Zahl
Allein ein grosses in den Brüchen ⟨20; B 196⟩

[Einleitung der Gretchen-Szenen]

37

Doppel-Scene.
Andreas Nacht.
Mondschein

Feld und Wiesen.	Vorstadt oeder Platz.
Faust.	Gretchen.

⟨25; B 241⟩

38

Kleine Reichsstadt
Das anmuthige beschränckte des bürgerlichen Zustands.
Kirchgang
Neugetauftes Kind
Hochzeit. ⟨24; B 174⟩

[Vor der Szene: Nacht. Straße vor Gretchens Türe]

39

MEPHISTOPHELES.
Der junge Herr ist freylich schwer zu führen
Doch als erfahrner Gouverneur
Weiß ich den Wildfang zu regieren
Und afficirt mich auch nichts mehr
Ich laß ihn so in seinen Lüsten wandeln
Mag ich doch auch nach meinen Lüsten handeln

Ich rede viel und laß ihn immer gehn
Ist ja ein allzudummer Streich geschehn
Dann muß ich meine Weisheit zeigen
Dann wird er bey den Haarn herausgeführt
Doch giebt man gleich, indem manns reparirt,
Gelegenheit zu neuen dummen Streichen ⟨26; B 133⟩

[Walpurgisnacht]

40

Aufmunterung zu Walpurgis Nacht

Daselbst.
Frauen über die Stücke. Männer über das L'hombre.
Rattenfänger von Hameln.
Hexe aus der Küche. ⟨31; B 175⟩

41

[FAUST.]
welch hohe Pracht
In den Bergen waldes Nacht ⟨32; B 180⟩

42

[MEPHISTOPHELES.]
Wie man nach Norden weiter kommt
Da nehmen Rus und Hexen zu. ⟨33; B 120⟩

43

[MEPHISTOPHELES.]
Bestünde nur die Weisheit mit der Jugend
Und Republicken ohne Tugend
So wär die Welt dem höchsten Ziele nah. ⟨38; B 121, 161⟩

44

[MEPHISTOPHELES.]
Die Welt geht auseinander wie ein fauler Fisch
Wir wollen sie nicht balsamiren ⟨62; B 128⟩

[Erscheinung Gretchens]

45

[FAUST.]
Was für ein hölzern Bild sie an dem Halse hat
Ein heiligs oder ein lebendigs. ⟨45; B 115⟩

46

[FAUST.]
Fiel vor mir hin und küßte mir die Hand
Es brennt mich noch. ⟨46; B 115⟩

[Intermezzo]

47

Blocksbergs-Candidaten

STILLING.
Das Geisterreich hier kommts zur Schau,
Den Gläubigen ersprieslich;
Doch find ich nicht die weisse Frau,
So bin ich doch verdrieslich.
GRÄFIN.
Der weisen Frauen giebts genung
Für ächte Weiberkenner;
Doch sage mir mein lieber Jung
Wo sind die weisen Männer
PTOLOMAEER.
Da tritt die Sonne doch hervor
Am alten Himmelsfenster
COPERNIKUS.
Nicht doch! es ist ein Meteor
Ihr Narren und Gespenster
EUTINER.
Mit Fleiß und Tücke webt ich mir
Ein eignes Ruhmgespinste
Doch ist mirs unerträglich hier
Auch hier find ich Verdienste
WUNDERHORN.
Hinweg von unserm frohen Tanz
Du alter neidscher Igel.
Gönnst nicht dem Teufel seinen Schwanz
Dem Engel nicht die Flügel ⟨47; B 243⟩

[Blocksberg-Kandidaten]

48

[KLOPSTOCK.]
Ich wäre nicht so arm an Witz
Wär ich nur nicht so arm an Reimen. ⟨39; B 161, vgl. 120⟩

49

[MEPHISTOPHELES?]
Ein Mensch der von sich spricht und schreibt
Wie einst ein Biograph von ihm geschr[ieben] hätte ⟨41; B 196⟩

50

[MEPHISTOPHELES?]
er heißt sogar der große
und doch ist ein Gedicht nur unvernünftigre Prose. ⟨62; B 128⟩

51

[MEPHISTOPHELES.]
Der liebe Sänger
Von Hameln auch mein alter Freund
Der Vielbeliebte Rattenfänger.
Wie geht
RATTENFÄNGER VON HAMELN.
Recht wohl mein Herr! zu dienen
Ich bin ein wohl genährter Mann
Patron von zwölf Philanthropinen
Daneben
[Schreibe eine Kinder-Bibliothek]

[MEPHISTOPHELES?]
Wegen Papierner Flügel bekant
Sieht euch auch hier ein jeder an
Ein paar Löcher sind hinein gebrant
Daß haben die verfluchten XENIEN gethan.
MUSAGET.
Ich folge
Als Musen anzuführen. ⟨40; B 161⟩

52

Ihr Leben ist ein bloser Zeitvertreib
Zwey lange Beine keinen Leib
Sie kiken

den Unfug, den sie jüngst in Deutsch[land] angestiftet ⟨35; B 120⟩

53

Vier Beine lieb ich mir zu sichrem Stand und Lauf
Er klettert stets und kommt doch nicht hinauf ⟨36; B 113⟩

54

Und selbst die allerkürzten Flügel
Sind doch ein herrliches Organ. ⟨37; B 113⟩

55

Nur Hunger schärft den Geist der subalternen Wesen
Ein sattes Thier ist gräßlich dumm.

Und mein Verdienst worauf ich stolz bin
Ich schlepp es nicht am Hintern hinten nach. ⟨42; B 130⟩

56

Musick nur her und wärs ein Dudelsack
Wir haben wie manche edle Gesellen
Viel apetit und wenig Geschmack. ⟨44; B 120⟩

57

[MEPHISTOPHELES.]
Was an dem Lumpenpack mich noch am meisten freut
Ist daß es wechselsweis von Herzen sich verachtet. ⟨43; B 128⟩

[Satansszenen. Nach dem »Intermezzo«]

58

Nach dem Intermezz
Einsamkeit, Oede
Trompeten Stöße
Blitze, Donner von oben.
Feuersäulen, Rauch Qualm.
Fels der daraus hervorragt.
Ist der Satan.
Großes Volck umher.
Versäumniß
Mittel durchzudringen.
Schaden.
Geschrey
Lied.

Sie stehen im nächsten Kreise.
Man kanns für Hitze kaum aushalten.
Wer zunächst im Kreise steht.
Satans Rede pp
Präsentationen.
Beleihungen.

Mitternacht.
Versincken der Erscheinung
Volckan.
Unordentliches Auseinanderströmen. Brechen und Stürmen.
⟨48; B 175 f.⟩

59

Leuchtende Finger des Mephistopheles. ⟨34; B 120⟩

60

Siehst du er kommt den Berg hinauf
Von Weitem steht des Volckes Hauf.
Es segnen staunend sich die Frommen
Gewiss er wird als Sieger kommen. ⟨49; B 114⟩

61

Gipfel Nacht.
Feuer Koloss. nächste Umgebung
Massen, Gruppen. Rede. ⟨50; B 139⟩

62

SATAN.

Die Böcke zur rechten,
Die Ziegen zur lincken
Die Ziegen sie riechen [*dazu am Rande:* wincken]
Die Böcke sie stincken [*dazu am Rande:* fechten]
Und wenn auch die Böcke
Noch stinckiger wären
So kann doch die Ziege
Des Bocks nicht entbehren.

CHOR.

Aufs Angesicht nieder
Verehret den Herrn
Er lehret die Völcker
Und lehret sie gern
Vernehmet die Worte
Er zeigt euch die Spur
Des ewigen Lebens
Der tiefsten Natur.

SATAN *rechts gewendet.*

Euch giebt es zwey Dinge
So herrlich und groß
Das glänzende Gold
Und der weibliche Schoos.
Das eine verschaffet
Das andre verschlingt
Drum glücklich wer beyde
Zusammen erringt.

EINE STIMME.

Was sagte der Herr denn? –
Entfernt von dem Orte
Vernahm ich nicht deutlich
Die köstlichen Worte

Mir bleibet noch dunckel
Die herrliche Spur
Nicht seh ich das Leben
Der tiefen Natur.

SATAN *lincks gewendet.*

Für euch sind zwey Dinge
Von köstlichem Glanz
Das leuchtende Gold
Und ein glänzender Schwanz
Drum wißt euch ihr Weiber
Am Gold zu ergötzen
Und mehr als das Gold
Noch die Schwänze zu schätzen.

CHOR.

Aufs Angesicht nieder
Am heiligen Ort.
O glücklich wer nah steht
Und höret das Wort.

EINE STIMME.

Ich stehe von ferne
Und stutze die Ohren
Doch hab ich schon manches
Der Worte verlohren
Wer sagt mir es deutlich,
Wer zeigt mir die Spur
Des ewigen Lebens
Der tiefsten Natur.

MEPHISTOPHELES *zu einem jungen Mädchen.*

Was weinst du? artger kleiner Schatz
Die Thränen sind hier nicht am Plaz
Du wirst in dem Gedräng wohl gar zu arg gestoßen?

MÄDCHEN.

Ach nein! der Herr dort spricht so gar kurios,
Von Gold und Schwanz von Gold und Schoos,

Und alles freut sich wie es scheint!
Doch das verstehn wohl nur die Großen?

MEPHISTOPHELES.

Nein liebes Kind nur nicht geweint.
Denn willst du wissen was der Teufel meynt,
So greife nur dem Nachbar in die Hosen.

SATAN *grad aus.*

Ihr Mägdlein ihr stehet
Hier grad in der Mitten
Ich seh ihr kommt alle
Auf Besmen geritten
Seyd reinlich bey Tage
Und säuisch bey Nacht
So habt ihrs auf Erden
Am weitsten gebracht. ⟨50; B 140–143⟩

[Präsentationen]

63

Einzelne Audienzen
CEREMONIEN MEISTER.

X.

und kann ich wie ich bat
Mich unumschränckt in diesem Reiche schauen
So küß ich, bin ich gleich von Haus aus Demokrat
Dir doch Tyrann voll Danckbarkeit die Klauen.

CEREMONIENMEISTER.

Die Klauen! das ist für einmal
Du wirst dich weiter noch entschließen müssen.

X.

Was fordert denn das Ritual.

CEREMONIENMEISTER.

Beliebt dem Herrn den hintern Theil zu küssen.

X.

Darüber bin ich unverworrn
Ich küsse hinten oder vorn.

Scheint oben deine Nase doch
Durch alle Welten vorzudringen,
So seh ich unten hier ein Loch
Das Universum zu verschlingen
Was duftet aus dem kolossalen Mund!
So wohl kanns nicht im Paradiese riechen
Und dieser wohlgebaute Schlund
Erregt den Wunsch hinein zu kriechen.
Was soll ich mehr!

SATAN. Vasall du bist erprobt

Hierdurch beleih ich dich mit Millionen Seelen.
Und wer des Teufels Arsch so gut wie du gelobt
Dem soll es nie an Schmeichelphrasen fehlen. ⟨50; B 144 f.⟩

64

Ein Tritt von seinem Fusse
Aufs Haupt ist meine Krone. ⟨B 158⟩

[Abstieg vom Brocken]

65

[HEXENCHOR.]

Und wie wir nun nach Hause ziehn
Die Saat ist gelb die Stoppel grün,
Zum Schlusse nimmts kein Mensch genau
Es speyt die Hexe es scheißt die Sau. ⟨50; B 145⟩

66

FAUST.

Schöpfung des Menschen durch die ewige Weisheit
– der Hexen zufällig wie Python ⟨50; B 146⟩

67

MEPHISTOPHELES.

Dem Ruß den Hexen zu entgehen
Muß unser Wimpel südwärts wehen;
Doch dort bequeme dich zu wohnen
Bey Pfaffen und bey Scorpionen. ⟨50; B 146⟩

68

FAUST.

Verändrung ist schon alles
Kranckheit das Mittel ein CHOC damit die Natur
nicht unter liege

MEPHISTOPHELES.

Will einige Nacht Mahre zaumen und Fausten eine
Falle legen. Gelingts so hohlt er ihn

Faust *allein*
Schmeichel Gesänge

FAUST.
Wer ist in der Nähe dem das gelten kann

Fortgesetzte Schmeichelgesänge

MEPHISTOPHELES.
Deutet sie auf Faust
FAUSTS Unwille
MEPHISTOPHELES.
Keck verräth sich
FAUST.
Er solls wo anders anwenden.
MEPHISTOPHELES.
Pferde
Sie reiten
Schnelligkeit
Falsche Richtung
Zug nach Osten ⟨50; 146 f.⟩

69

Hochgerichts Erscheinung.
[CHOR.]
Wo fließet heißes Menschen Blut
Der Dunst ist allem Zauber gut
Die grau und schwarze Brüderschafft
Sie schöpft zu neuen Wercken Krafft
Was deutet auf Blut ist uns genehm,
Was Blut vergießt ist uns bequem.
Um Glut und Blut umkreißt den Reihn
In Glut soll Blut vergossen seyn.

Die Dirne winckt es ist schon gut
Der Säufer trinckt es deutet auf Blut
Der Blick der Tranck er feuert an
Der Dolch ist blanck es ist gethan.
Ein BlutQuell rieselt nie allein
Es laufen andre Bächlein drein
Sie wälzen sich von Ort zu Ort
Es reisst der Strom die Ströme fort.

Gedräng.

Sie ersteigen einen Baum

G[esang?].
Reden des Volckes.
Auf glühndem Boden
Nackt das Idol
Die Hände auf dem Rücken
Bedeckt nicht das Gesicht und nicht die Scham
Gesang
Der Kopf fällt ab
Das Blut springt und löscht das Feuer
Nacht.
Rauschen

Geschwäz von Kielkröpfen.
Dadurch Faust erfährt

Faust, Mephistopheles. ⟨50; B 147–149⟩

ZWEITER TEIL
ERSTER AKT

117

MEPHISTOPHELES.
Pfui schäme dich daß du nach Ruhm verlangst
Ein Charlatan bedarf nur Ruhm zu haben.
Gebrauche besser deine Gaben
Statt daß du eitel vor den Menschen prangst.
Nach kurzem Lärm legt Fama sich zur Ruh,
Vergessen wird der Held so wie der Lotterbube,
Der größte König schließt die Augen zu
Und jeder Hund bepißt gleich seine Grube.
Semiramis! hielt sie nicht das Geschick
Der halben Welt in Kriegs und Friedens Wage?
Und war sie nicht so groß im letzten Augenblick
Als wie am ersten ihrer Herschertage?
Doch kaum erliegt sie ohngefähr
Des Todes unversehenem Streiche,
So fliegen gleich, von allen Enden her,
Skarteken tausendfach und decken ihre Leiche.
Wer wohl versteht was so sich schickt und ziemt
Versteht auch seiner Zeit ein Kränzchen abzujagen;
Doch bist du nur erst hundert Jahr berühmt;
So weiß kein Mensch mehr was von dir zu sagen.
⟨WA 15,2, 67; B 181⟩

118

MEPHISTOPHELES.

Geh' hin versuche nur dein Glück!
Und hast du dich recht durchgeheuchelt,
So komme matt und lahm zurück.
Der Mensch vernimmt nur was ihm schmeichelt.
Sprich mit dem Frommen von der Tugend Lohn,
Mit Ixion sprich von der Wolke,
Mit Königen vom Ansehn der Person,
Von Freyheit und von Gleichheit mit dem Volke!

FAUST.

Auch diesmal imponirt mir nicht
Die tiefe Wuth mit der du gern zerstöhrtest,
Dein Tigerblick, dein mächtiges Gesicht.
So höre denn wenn du es niemals hörtest:
Die Menschheit hat ein fein Gehör,
Ein reines Wort erreget schöne Thaten.
Der Mensch fühlt sein Bedürfniß nur zu sehr
Und läßt sich gern im Ernste rathen.
Mit dieser Aussicht trenn ich mich von dir,
Bin bald und triumphirend wieder hier

MEPHISTOPHELES.

So gehe denn mit deinen schönen Gaben!
Mich freuts wenn sich ein Thor um andre Thoren quält.
Denn Rath denkt jeglicher genug bey sich zu haben,
Geld fühlt er eher wenns ihm fehlt. ⟨68; B 183f.⟩

119

[GÄRTNER, GÄRTNERIN.]
Grüßet mich in meiner Laube
Denn ich bin nicht gern allein
Oben drängt die reife Traube
Bricht ein Sonnen Blick herein ⟨108; B 317⟩

120

[PHANTASIESTRAUSS.]
Denn das Falsche wie das Wahre
Ueben oft geheimen Reiz ⟨108a; B 319⟩

121

[FISCHER.]
Und in stets bewegten Fluten
Haschen wir lebendige Schätze,
Lieben Angeln, Leine, Ruthen
Und verehren unsre Netze. ⟨108b; B 304⟩

122

[FISCHER.]
Nicht so eilig eure Straß
Gute Frauen schöne Kinder
Denn es lernet sich im Spaß
nicht minder
Fische fangen Vogelstellen ⟨108c; B 305⟩

123

[PULCINELLE.]
Irrst du nicht hier so irrst du andrer Orten.
Narren giebt es heut zu Haufen
Doch so viele da und dort
Auf dem Markt sich stoßend laufen
Größre giebt es wahrlich nicht
Als die sich mit Lasten schleppen ⟨110; B 323⟩

124

Poeten

I Natur und Liebe.

Wüßt ich irgend'

Als was mir vor Augen steht,
Als was mir zur Seite geht

Leben heist's und leben lassen
Und so sey es auch fortan.

II Ruhm und Leidenschaft

Nein! was meine Brust beschäftigt
Sprech ich aus in holdem Drang
Denn so wie die That bekräftigt,
So erkräftigt der Gesang.
Aus umdämmernden Gedancken
Aus des Haynes Zitterlicht
Rief der Hof mich in die Schrancken
Und ich übte Ritterpflicht.

Da ein Reiten, streiten, stoßen
Lanze da und Rippe brach,
So die Mittlern wie die Großen
Strebten Allerhöchstem nach
Einen Beyfall zu gewinnen
Barg ich mich in stillen (treuen) Fleis
Denn der darf das Höchste sinnen
Der sich zu bescheiden weis.

III [SATIRIKER]

Wißt ihr was mich Poeten
Erst recht erfreuen sollte?
Dürft ich singen und reden
Was niemand hören wollte.

IV HANS LIEDERLICH.

Nennt ihr mich auf meinen Wegen
Scheltend Bruder Liederlich
Doch entgegen
Überall auf Pfad' und Stegen
Grüßet man mich brüderlich

Fehlt es mir nicht an Gesellen,
Ey so fehlt es mir an nichts.

Heisa Wirth und Wirthin heisa
Hier den Krug

Denn man danket brüderlich ⟨WA 53, S. 368 f.; B 306–308⟩

124a

[ATROPOS.]
Wenn ich nicht weifte
Wo gäb es Stränge
Wenn ich nicht mäße
Wenn ich nicht zählte
Wer wollte weben ⟨B 311⟩

125

EUPHORION.
Das hast du Herold gut getroffen
Beschreibt ihn die Gestalt ist offen
HEROLD.
Das ist nicht nöthig allein [fang]
Er

Dich Poesie, den Reichthum, jenen Geiz ⟨WA 15,2, 109; B 323⟩

126

Irrthum du bist [gar zu] sch[ön]
Könnt ich dich nur wider finden ⟨112; B 338⟩

127

[HEROLD.]
Er mag sich wie er will gebärden,
Er muß zuletzt ein Zaubrer werden

PLUTUS.
Bist's, unbewußt
Der Herold ist ein heilig Mann
Das hilft ihm daß er hexen kann.
[HEROLD.]
Ein Faunen Tanz
Es sieht so wild
[PLUTUS.]
Gieb deinen Stab hier muß ich enden
Die Menge weicht
Und wie verscheucht
Tritt alles an die Seit
DICHTER.
Und nur der Dichter kann es leisten.
GEIZ.
Nur alle hundert Jahr einmal
Doch heute bin ich liberal
CHOR.
Ach in den Zauberkreis gebannt
Bis auf die Knochen ausgebrannt. ⟨113; B 339 f.⟩

128

[KNABE LENKER.]
Forschet wollt ihr mich entdecken
Kann ich nie doch mich verstecken
Leises Lispeln lauter Schall
Und so bin ich zu entdecken
Nirgends oder über all
Lebe wohl, du voller [*unleserlich*]
Eilig mach ich mich davon ⟨114; B 340⟩

129

[FAUNE.]
Seht ihr die Quelle da
Lustig sie sprudelt ja
Wie ich noch keine sah
Kostete gern. ⟨115; B 348⟩

130

[HEROLD.]
Soll immerfort das Übermaas
Das Allerherrlichste zerstören ⟨116; B 354⟩

131

[DICHTER.]
Wer schildert solchen Übermuth
Wenns nicht der Dichter selber thut

Nun tret ich nothgedrungen vor
Der Dichter ⟨117; B 371⟩

[Finstere Galerie]

132

[FAUST.]
Und wenn du rufst sie folgen Mann für Mann.
Und Fraun für Fraun die Großen wie die Schönen
Die bringen her so Paris wie Helenen. ⟨118; B 372⟩

133

[MEPHISTOPHELES.]
Nicht Nacht nicht Tag in ewger Dämmerung
Es war und es will ewig seyn ⟨119; B 380⟩

134

[MEPHISTOPHELES.]
Mußt mit Bedacht des Schlüssels Kräfte führen
Sie anzuziehen, nicht sie zu berühren.
Worauf du trittst es bleib dir unbewußt
Es dehnt sich nicht es klemt sich nicht die Brust
Wohin sich auch dein Blick begierig wende
Nicht Finsterniß doch keine Gegenstände ⟨121; B 384⟩

135

[MEPHISTOPHELES.]
Am glühnden Schlüssel führst du ihn gefangen
Durch Wunder nur sind Wunder zu erlangen ⟨120; B 383⟩

[Hell erleuchtete Säle]

136

[MEPHISTOPHELES.]
Ein Leibarzt muß zu allem taugen
Wir fingen bey den Sternen an
Und endigen mit Hühneraugen.

Als Phisicus des Hofs auf Taschenspiel Künste. ⟨66; B 189⟩

137

Mephistopheles als Phisicien de la cour ⟨70; B 114⟩

138

MEPHISTOPHELES.
Wie man bey Hof sich zwischen Fensterpfeiler
Mit einer schönen Dame stellt ⟨121a; B 199⟩

139

[MEPHISTOPHELES.]
Und wenn du ganz was falsches perorirt
Dann glauben sie was rechts zu hören. ⟨71; B 114⟩

140

[MEPHISTOPHELES.]
Mit diesen Menschen umzugehen
Ist warlich keine große Last
Sie werden dich recht gut verstehen
Wenn du sie nur zum besten hast. ⟨72; B 115⟩

141

[MEPHISTOPHELES.]
Wenn du sie nicht zum besten hast
So werden sie dich nie für gut und redlich halten. ⟨73; B 115⟩

142

[MEPHISTOPHELES.]
Und was sie gerne wissen wollen
Ist grade das was ich nicht weis. ⟨74; B 115⟩

143

[MEPHISTOPHELES.]
Wenn du was recht verborgen halten willst
So mußt du's nur vernünftig sagen ⟨75; B 193⟩

144

[HOFLEUTE.]
Er gefällt mir so besonders nicht
Ob er wohl auch französisch spricht
Er führt sich selbst ein wie er glaubt
Einem Zaubrer ist alles erlaubt ⟨76; B 193⟩

145

[MEPHISTOPHELES.]
Er will nur deine Künste sehn
Und dir die seinen Produciren. ⟨77; B 193⟩

146

[MEPHISTOPHELES.]
Ist völlig eins bey Hof und in der Stadt ⟨78; B 131⟩

147

Wer den geringsten Vorzug hat
Wird sich des Vorzugs überheben. ⟨79; B 131⟩

148

Das Wissen wächst die Unruh wächst mit ihm. ⟨80; B 131⟩

148a

[MEPHISTOPHELES.]
Bravo alter Fortinbras, alter Kauz, dir ist übel zu Muthe ich bedaur dich von Herzen. Nimm dich zusammen ⟨.⟩ Noch ein paar Worte wir hören sobald keinen König wieder reden.

CANZLER.
Dafür haben wir das Glück die Weisen Sprüche Ihrer Majestät deß Kaysers desto öfter zu vernehmen

MEPHISTOPHELES.
Das ist was ganz anders. Ew. Ex[zellenz] brauchen nicht zu protestiren⟨;⟩ was wir andre Hexenmeister sagen ist ganz unpraejudicirlich

FAUST.
Stille stille er regt sich wieder.
Fahr hin du alter Schwan! Fahr hin⟨!⟩ Gesegnet seyst du vor deinem letzten gesang und alles was du uns zuvor gesagt hast. Das Übel was du thun mußtest ist klein dagegen

MARSCHALK.
Redet nicht so laut der Kaiser schläft⟨!⟩ Ihre Majestät scheinen nicht wohl

MEPHISTOPHELES.
Ihro Majestät haben zu befehlen ob wir aufhören sollen. Die Geister haben ohne dies nichts weiter zu sagen

FAUST.

Was siehst du dich um

MEPHISTOPHELES.

Wo nur die Meerkatzen stecken mögen ich höre sie [immer reden]

Es ist wie ich schon sagte ein [ketzerischer] König.

BISCHOF.

Es sind heidnische Gesinnungen⟨;⟩ ich habe dergleichen im Mark Aurel gefunden. Es sind die heidnischen Tugenden

MEPHISTOPHELES.

Glänzende Laster! Und billig daß die G[esinnungen] deshalb sämtlich verdammt werden

KAISER.

Ich finde es hart⟨,⟩ was sagt Ihr⟨,⟩ Bischof

BISCHOF.

Ohne dem Ausspruch unsrer allweisen Kirche zu entgegnen sollte ich glauben daß gleich –

MEPHISTOPHELES.

Vergeben! – heidnische Tugenden ich hätte sie gern gestraft gehabt⟨;⟩ wenns aber nicht anders ist so wollen wir sie vergeben – du bist vors erste absolvirt – weiter im Text

[KAISER.]

Sie verschwinden – Ohne Gestanck⟨.⟩ Riecht ihr was⟨?⟩ Ich nicht

[MEPHISTOPHELES.]

Diese Art Geister stincken nicht⟨,⟩ meine Herren

⟨65; B 186–189⟩

148b

MEPHISTOPHELES.
Herr Kanzler protestirt nur nicht
Das was ein Geist in seinem Taumel spricht
Das ist politisch unverfänglich ⟨69; B 192⟩

ZWEITER AKT

Klassische Walpurgisnacht
[Pharsalische Felder]

150
[MEPHISTOPHELES.]
Das Auge fordert seinen Zoll.
Was hat man an den nackten Heiden?
Ich liebe mir was auszukleiden,
Wenn man doch einmal lieben soll. ⟨150; B 522⟩

151
SPHINX.
Du bist ein [Gast] das kann ich leiden
[Die unsern eil ich meist zu meiden] ⟨B 512⟩

152
FAUST.
Wie wunderbar der Anblick thut mir Gnüg[e]
doch große tüchtige Züg[e] ⟨147; B 474⟩

153

Hascht nach dem nächtgen Wetterleuchten. ⟨144; B 409⟩

154

Reden mag man noch so griechisch
Hörts ein Deutscher der verstehts ⟨138; B 484⟩

155

SEISMOS.
Von Scotusa bis an den Peneus ⟨153; B 518⟩

156

[SEISMOS.]
Ohne gräßliches Gepolter
Durfte keine Welt entstehn ⟨133; B 480, vgl. 483⟩

157

[SEISMOS.]
Als ich einstmal stark gehustet
Wußt ich gar nicht was geschah
Hab ich sie heraus gepustet
Und sie stehn wie Götter da ⟨134; B 483⟩

158

[SEISMOS.]
Und [nun] sagt [man] die Tittanen
Hatten alles das erstürmt
Und zu unerstiegnen Bahnen
Das Gebirgs werck aufgethürmt ⟨135; B 484⟩

159

[SEISMOS.]
Diese schöne glate Flur
Und es ist das Gas sylvestren
Daß mir einst im Schlaf entfuhr ⟨136; B 484⟩

160

[SEISMOS.]
So bin ich der Gott der Winde
All das alte dumme Zeug
Nord und [Süd und] West gesinde
Fahren [über] Meer und Reich
Steigt durch [losgelaßne Kräfte]
[Himmelan]
[Weil sich gibt Geschrey]
[Plutus hat es nie vermocht] ⟨137; B 484⟩

162

Wenn er mit seinem Weibe keift
Dann sprüht der Erdkreis von Vulkanen.
Und Alpen steigen spizzig auf ⟨142; B 408⟩

163

quidquid non creditur ars est.
tonat coelum ignaro Iove

Das sind Gewitter
Von denen Jupiter nichts weis ⟨145; B 409⟩

164

[MEPHISTOPHELES.]
Wer's mit der Welt nicht lustig nehmen will
Der mag nur seinen Bündel schnüren ⟨139; B 484⟩

[Nach dem Lamien-Abenteuer]

165

[MEPHISTOPHELES.]
An deinem Gürtelkreis Natur
Auf Urberühmter Felsen Spur ⟨141; B 408⟩

166

MEPHISTOPHELES.
Ihr seyd noch hier?
SPHINXE.
Das ist nun unsre Lage,
So gleichen wir die Mond und Sonnentage
Sitzen vor den Pyramiden,
Zu der Völcker Hochgericht,

Überschwemmung Krieg und Frieden,
Und verziehen kein Gesicht.
Sehr eilig hast du dich benommen,
Und bist wohl übel angekommen.

MEPHISTOPHELES.

Ich ging – Ihr laßt euch nicht belügen –
Mich ein Momentchen zu Vergnügen,
Doch, hinter holder Masken Zügen
Sah ich Gesichter daß mich's schauerte,
Gar gerne ließ ich mich betrügen
Wenn es nur länger dauerte. ⟨S. 47 f., 55; B 506⟩

167

[SPHINXE.]

Das hätt er dencken sollen
Das Böse kommt [so wenig] vor. ⟨130; B 466⟩

168

[MEPHISTOPHELES.]

Das Böse das Gute
Ich weis es nicht doch ist [mir] schlecht zu Muthe. ⟨131; B 487⟩

169

[DRYAS.]

Du! schärfe deiner Augen Licht
In diesen Gauen scheints zu blöde
Von Teufeln ist die Frage nicht
Von Göttern ist alhier die Rede. ⟨140; B 408⟩

169a

[MEPHISTOPHELES]
Mir grillts im Kopf
kann ichs erreichen
Der listigste von meinen Streichen ⟨204; B 515⟩

171

[MEPHISTOPHELES.]
Und wenns der Teufel ernstlich meynt
So sind es warlich keine Späße ⟨129; B 467⟩

172

[MEPHISTOPHELES.]
Das muß dich nicht verdrießen
Wer kuppelt nicht einmal um selber zu genießen ⟨127; B 468⟩

174

[MEPHISTOPHELES.]
Indessen wir in's Fäustchen lachen
So brüsten sie sich ohne Scheu,
Sie dencken, weil sie's anders machen:
Es wäre neu! ⟨132; B 487⟩

174a

[MEPHISTOPHELES.]
Ich eile nun und such im vollem Lauf
Der neusten Tage kühnsten Meisel auf

Mit Gott und Göttin laßt euchs dann gefallen
Gesellt zu stehn in heiligen Tempelhallen.
zum Parterre
Vor aller Augen muß ich mich verstecken,
Im Höllenpfuhl die Teufel zu erschrecken. ⟨150a; B 523⟩

[Felsbuchten des Ägaischen Meers]

174b

SIRENEN.
Halte still am Mittel Himmel
Scheine milder das Gewimmel
Diese Wasser Blitze leuchten
Diese Wellen feuchten
Denen die daraus entstehen
Schwebend auf und niedergehen
Telchinen von Rhodus, Kabiren von Samothrace
Corybanten von Creta ⟨B 502⟩

175
[NEREUS.]
Im Eigensinn bedächtig
Stets Rath bedürfend keinen Rath im Ohr

Und in Verzweiflung doch zuletzt
Wenn Übermas sich selbst ein Ziel gesezt, ⟨154; B 513⟩

176

[PROTEUS.]
Kennte der Jüngling die Welt genau
Er würde im ersten Jahre grau. ⟨155; B 512⟩

177

[THALES.]
Wenn du entstehn willst thust du immer besser
Du wirfst dich ins ursprüngliche Gewässer.
Es ist zu klar ⟨149; B 472⟩

178

[SIRENEN.]
D[ir] wirds vor unserm Zauber bang
Der [D]ich so gar hernieder zwang
Jetzt in mitten stille stehn
Zu [ihren heiligen] Festen sehn. ⟨151; B 500⟩

179

Nicht so direkt doch wohl im Kreise
Führ ich sie deinem Thron heran
Verführen will ich dir sie duzzendweise
Doch sie zu schlachten geht nicht an. ⟨146; B 409⟩

[Fausts Abstieg zum Hades]

180

FAUST.
Das wohlgedachte glaub ich spricht sich ebenso
In solchen ernsten langgeschwänzten Zeilen aus
Und ist es die Bedingung jene göttliche
Zu sehn, zu sprechen, ihr zu nahn von Hauch zu Hauch
So wage sonst noch andres babylonische
Mir zuzumuthen, schülerhaft gehorch ich dir.
Mich reizt es schon von Dingen sonst mit kurzem Wort
Leicht abgethan mich zu ergehen redehafft

MANTO.
Verspare dies bis du zur aller ältesten kommst
Die Lust giebt lange [Weile] die man genießt
Die Frauen liebens allermeist die Tragischen
Da spricht ein jeder sinnig mit verblümtem Wort
Weitläufig aus was ohngefähr ein jeder weis.
Doch still hievon gesammelt steh zur Seite sch[eu]
Man spaße nicht wenn sich der Orkus öffnen will ⟨158; B 400 f.⟩

181

[MANTO.]
Nur wandle den Weg [hier] ungestört
Ein jeder stutzt der Unbegreiflichs hört. ⟨159; B 529⟩

182

[FAUST.]
Sieh hier die Tiefe dieses Ganges
Es deckt sie uns ein dumpfer Flor

Mich däucht was Riesenhaftes langes
Tritt aus der Finsterniß hervor ⟨160; B 530⟩

183

FAUST.
Was hüllst du mich in deinen Mantel ein?
Was drängst du mich gewaltsam an die Seite

MANTO.
Ich wahre dich vor größrer Pein,
Verehre weisliches Geleite. ⟨161; B 531⟩

DRITTER AKT

[Vor dem Palast des Menelas zu Sparta]

184

ÄGYPTERIN.
Und das heilige Menschenrecht
Gilt dem Herren wie dem Knecht
Brauch nichts mehr nach euch zu fragen
Darf der Frau ein schnippchen schlagen
Bin dir längst nicht mehr verkauft
Ich bin Christin bin getauft ⟨84; B 538⟩

185

[HELENA.]
Die spindelförmigen Gestalten!
Und sind für mich die edlen Helden todt
So muß ich mich doch wohl zu diesen Schluckern halten
⟨WA 14, 52; B 121⟩

186

[HELENA.]

Die schönen Weiber jung und alt
Sind nicht gemacht sich abzuhärmen.
Und sind einmal die edlen Helden kalt,
So kann man sich an Schluckern wärmen. ⟨52; B 544, vgl. 570⟩

187

[PHORKYAS.]

Doch die es einmal verscherzte nie vermögte sie
Sichs wieder zuzueignen denn sie steht beschämt.
Ohnmächtig steht sie vor den eignen Mägden da.
Zerbrochen ist der goldne Scepter den sie trug
Dem Jeder sonst sich beugte in des Königs Haus
Zerrissen ist die Schlinge die die holde Scham
Auf ihre Stirne drückt

Im Innern herrschet sie über das erworbene
Das erst durch Ordnung zur erwünschten Habe wächst
Von dem vorhandnen theilet sie jedermann
Nach seinem Dienste aus und hält den Schatz
⟨WA 15,2, 85; B 549⟩

188

[PHORKYAS.]

O das ist unter allem verwünschten das verwünschteste

CHOR. sag es an du Häßliche

PHORKYAS.

Ihr Schönen! denn so belobt man wechselsweise sich
Gesang bloß giebt so

Der Herr verpflichtet sich dem Diener wie dem Herrn
Der Diener sich.
Der Herr verpflichtet wie dem Herrn der Diener sich ⟨171; B 552⟩

189

[HELENA.]
So wird die Schönheit köstlicher als alles Gold
Geachtet von den Menschen, bringt sie doch

Denn sie erreget wüthender Begier Gewalt
Das Alter und die Jugend regt sie auf

O daß die Götter Sterblichen zu heißer Quaal! ⟨172; B 570⟩

190

[PHORKYAS.]
Wer langer Jahre mannigfaltiges Glück genoß,
Ihm scheint zulezt die höchste Göttergunst ein Traum.
Du freylich, ohne Maas und Ziel Begünstigte
Du schön geborne, schöner noch gewachsene,
Ganz früh begehrter bald entführter Blütenzweig
Umworben dann von Helden ungezählt
Dem Gatten bald Vertraute, Männerwechselnde,
Du schädlicher als schädlich, allen doch begehrt
HELENA.
Mir scheinen deine Worte nicht beruhigend,
Du regest schlimmer Übel als das Schelten auf.
PHORKYAS.
Wer Schaden heilen möchte muß erst schädigen
Siehst du zurück du siehst nur unbegreifliches

Undenkbar, unvereinbar, wechselnd Freud und Schmertz
Erinnerst dich des einzelnen

Umschauend Äuglen, männerwechselnde ⟨173; B 581⟩

191

Wer langer Jahre mannigfaltges Glück genoß
Ihm scheint zuletzt die höchste Göttergunst ein Traum
Du freylich ohne Maas und Ziel begünstigte
Du schön gebohren, schöner noch erwachsene drauf.
So früh begehrter bald entführter Blütenzweig
Umworben dann von Helden-Jugend ohne Zahl,
Dem Gatten durch des Vaters Wählen angetraut,
Halb wittwe dann, umsichtig männerwechslend oft,
Du, schädlicher als schädlich, allen doch begehrt.

HELENA.
Mir scheinen deine Worte nicht beruhigend
Du regest schlimmer Uebel als im Schelten auf.

PHORKYAS.
Wer Schaden heilen möchte, schädige vorher
Und unerwartet fällt sodann der Heilung Loos.
Siehst du zurück, und unbegreiflichs tritt hervor
Undenckbar, unvereinbar, alles räthselhafft,
So Schmerz als Freude, Fliehen oder Wiederkehr. ⟨173; B 582⟩

192

[HELENA.]
Ich ein Idol ihm dem Idol verband ich mich,
Es war ein Traum, so sagens ja die Worte selbst

PHORKYAS.

Wenn Wahres Traum ist kann der Traum das Wahre seyn
Du träumest hier

HELENA.

Ich kehre wieder ich erkenn [mich] alzuwohl
An dieser Pforte, diesen Angeln mächtiglich
An dieser Säulen riesenhaften festen Bau
W[o] Tyndareus mein Vater
ich war ein Kind

[PHORKYAS.]

Und schon als Kind verwirrtest du der Männer Sinn

[HELENA.]

Nicht meine Schuld ists Cypris hat allein die Schuld ⟨174; B 583⟩

192a

[CHOR.]

Denn was wäre das Künftige,
Löschte sich nicht der Vergangenheit
Kreisend in Schuld und Unglück
Rollende Tagesbewegung,
Leise glücklich auf eben wieder
Durch den bewegten unschuldigen Tag. ⟨B 587⟩

192b

PHORKYAS.

Es ist geschichtlich, keineswegs vorwürflich ists.

Zog Menelas hinweg, du auch und er sodann
Zog weiter und das Haus und Erbe stand verwaist

Wie sichs Laomedon nicht hoffte dich mit ihm
Und ihn mit dir am Hochzeit Tag verband

HELENA.
Was soll das Alles ungeduldig machst du mich
Nicht guten Willen zeigen deine Reden an.

PHORKYAS.
Du hörst sogleich was eigentlich die Rede sey ⟨B 591⟩

193

[HELENA.]
Alte geh voran

[CHOR.]
Bewegen wir den Fuß oder nicht zu dem
Erwünschten Ziel
Nebel hüllet die Gibel
Hüllet die Säulen schon ⟨165; B 594⟩

[Innerer Burghof]

194

[FAUST.]
Peloponnes den ganzen unterwerf ich dir

[HELENA.]
Was nennst du mir ein völlig unbekanntes Land

[FAUST.]
Du wirst es kennen wenn es dein gehört

[HELENA.]
So sage liegt es fern von hier

[FAUST.]
Mit nichten du gebietst ⟨175; B 606⟩

[Phorkyas als Zwischenredner]

195
Erst gings nach Sparta willig fandet ihr Euch ein
Doch war's nicht Sparta euch und uns gefiels nur so
Jetzt sind wir in der Ritterlichen Burg. ⟨WA 53, S. 371; B 615⟩

196

Denn Liebespaaren zeigtet ihr euch stets geneigt
Euch selbst ertappend gleichfalls in dem Labyrinth
Doch werdet ihr dieselben alsbald wieder sehen
Durch eines Knaben Schönheit elterlich vereint
Sie nennen ihn Euphorion so hieß einmal
Sein Stief-Stiefbruder, fraget hier nicht weiter nach
Genug ihr seht ihn, ob es gleich viel schlimmer ist
Als auf der brittischen Bühne, wo ein kleines Kind
Sich nach und nach herauf zum Helden wächst
Hier ists noch toller kaum ist er gezeugt so ist er auch geboren
Er springt, und tanzt und ficht schon, tadeln viele das,
So denken andere dies sey nicht so grad
Und gröblich zu verstehen, dahinter stecke was
Man wittere wohl Mysterien vielleicht auch gar
Mistificationen indisches und auch
Aegyptisches und wer das recht zusammenkneipt
Zusammenbraut ethymologisch hin und her
Sich zu bewegen Lust hat ist der rechte Mann.

Wir sagens auch und unseres tiefen Sinnes wird
Der neueren Symbolik treuer Schüler seyn.
Ich aber bin nichts nütze mehr an diesem Platz
Gespenstisch spinnt der Dichtung faden sich immerfort

Und reißt am Ende tragisch! alle seyd gegrüßt,
Wo ihr mich wieder findet werd es euch zur Lust.

⟨WA 15,2, 176; B 624 f.⟩

196a

[*Varianten zu V. 9940*]
Daß hoher Schönheit holdes Glück sich nicht gesellt
Daß daurend Glück die Schönheit nicht begleiten mag
Daß nie vom Glück begleitet sey die schönste Frau
Erfreuen darf sich nie die Schönheit
[Die schönste Frau] entbehrt gewiß des süßen Glücks
Nie war ein daurend Glück der Schönsten zugetheilt
Ein daurend Glück entbehrte stets die schönste Frau ⟨B 653⟩

196b

[CHOR.]
Laßt uns eilen laßt uns schweben
Ohne Ziel und ohne Richtung
Doch verlasset nicht den leichten
Grün beblumten Boden
Hellas soll die unsre bleiben
Wir erbauens, hier stellens
Wie es immer wird und sey

Um zu [zirpen] und zu flüstern
Nichtiger als nichtig dort
Nicht wer einmal sich des Lichtes
Zarter Kräfte sich erfreut
Der verläßt sie nicht mit Willen
Augenlos empfand er sich

[Teilen] [schmiegen] wir uns an den
Felsenwänden schmeichelnd an
Horchen lauschen, jedem Laute
Antwort sey von uns bereit
Donnerts, donn
Verdoppeln wetteifernd

Wir in dieser tausend Zweige
Flüsterungen plauderhaften
Reizen tändelnd und locken leise
Wenn die Stimme des Lebens Quelle
In den Zweigen und mit Blüten
Zieren wir das Locken Haar
Fällt die Frucht sogleich versammeln
Lebens lustig Volck Thier

Schwestern wir bewegtern Lebens
Eilen mit dem Bache fort
Immer nieder eilig nieder
Zu des Weinbergs
Laß uns dort der Trauben pflegen
Laß sie keltern laßt sie
Winzer dann und Winzerinnen
Theilen jauchzend wir die Lust ⟨B 644 f.⟩

197

ALLE.

So vertheilen wir uns Schwestern nicht zum scheiden zum Begegnen
Ewig auf und Nieder steigend, suchend dieses Landes Raum.
⟨177; B 647⟩

VIERTER AKT

[Hochgebirg]

198

[FAUST.]
Jeder Trost ist niederträchtig
Und Verzweiflung nur ist Pflicht. ⟨83; B 201⟩

199

[FAUST.]
So hab' ich denn auf immerdar verlohren
Was mir das Herz zum letztenmal erquickt. ⟨86; B 203⟩

200

[FAUST.]
Ein irdischer Verlust ist zu bejammern
Ein geistiger treibt zu Verzweiflung hin. ⟨87; B 203⟩

201

[FAUST.]
Der leichte hohe Geist riß mich aus dieser Enge
Die Schönheit aus der Barbarey ⟨89; B 203⟩

202

[MEPHISTOPHELES.]
Und wenn das Leben allen Reiz verlohren
Ist der Besiz noch immer etwas werth. ⟨90; B 203⟩

203

[FAUST.]
Ich lernte diese Welt verachten
Nun bin ich erst sie zu erobern werth ⟨88; B 203⟩

204

[FAUST.]
Von ferne schwillt der Kamm. Es klafft
Mit tausend Rachen, schon hinweg geraft
Vom mächtigen Drängen, sachten Schieben
Dann wie vom Sturm unsinnig angetrieben
Rollts, bäumt sich wogt
Mit diesem Ungeheuer möcht ich kämpfen,
Mit Menschengeist die Elemente dämpfen ⟨188; B 701⟩

205

[FAUST.]
Unfruchtbar kams, unfruchtbar weichts zurück
Und daß es ja unfruchtbar bleibe

Ein H[…], ein ErdStreiff hält es auf
Ich glaub man hemte seinen Lauf
Mit einer Reihe Maulwurfshaufen ⟨189; B 693⟩

206

Ein altes Wrack die längst entblösten Rippen

Grünliebend, Luft bedürfend, Früchte spendend

Unfruchtbar ists Unfruchtbarkeit sein Kommen

Von Stürmen rege, Sturm erregend wüthet. ⟨190a; B 702⟩

207

Doppelt schreckliches der Brandung
Flaches Ufer, Todt und Landung
In der Weite fern von Klippen
Alter Wracks entblöste Rippen
Wie nur auch das Auge [schweife]
Nirgens Wachsthum nirgens [Reife] ⟨190; B 703⟩

208

[MEPHISTOPHELES.]
Und wenn die Fluth dich noch so vorwärts führt
Die Ebbe gleich wird dich zurücke reissen. ⟨WA 5,2, S. 420; B 699⟩

209

[MEPHISTOPHELES.]
Das haben die Propheten schon gewußt
Es ist gar eine schlechte Lust
Wenn Ohim, sagt die Schrift, und Zihim sich begegnen.
⟨WA 15,2, 82; B 201⟩

210

MEPHISTOPHELES.
Worum man sich doch ängstlich müht und plackt.
Das ist gewöhnlich abgeschmackt.
Zum Beyspiel unser täglich Brot
Das ist nun eben nicht das feinste

Auch ist nichts abgeschmackter als der Tod
Und grade der ist der gemeinste ⟨81; B 194⟩

211

[MEPHISTOPHELES.]
Das Menschengeschlecht es quält sich eben
Im Besondern und Allgemeinen. ⟨185; B 689⟩

212

[MEPHISTOPHELES.]
Der Herr ist jung man merckts ihm an ⟨192; B 719⟩

213

[FAUST.]
das dauert mir zu lange
Ich nehme lieber als empfange ⟨187; B 693⟩

213a

Wir fahren zu wie Flammen Gluth
Die Habsucht giebt den Wahren Muth ⟨B 713⟩

214

[KAISER.]
Bin ich denn nicht der Kayser mehr
[ ]
Der Gegen Kayser rückt heran
O Herr das ist geschwind gethan ⟨186; B 689⟩

[Auf dem Vorgebirg]

215

[Herausforderung des Gegenkaisers]

KAISER *nach einigem Nachdenken.*
Die Menge steht dem Kaiser nie entgegen
Will sie von ihm sich trennen ists Verrath,
Rebellion; stets blieb sie unter ihm
Hub er sie nicht durch Neigung zu sich auf,
Drückt an die Brust sie, liebend väterlich.
Nun flucht er ihr, als einem ungerathnen,
Verwilderten Geschlecht. – Tritt aber tüchtig
Ein Mann hervor und ruft: ich bin der Kaiser
Das klingt schon anders, klingt persönlich groß
Ein Gegenkaiser, gut! er stelle sich
So seys denn Kaiser gegen Kaiser frisch gewagt.
Die Herolde gehen ab. ⟨191; B 717⟩

215a

[KAISER.]
Sey uns gegrüßt, denn zu der besten Zeit
Kommt jeder neu Verbündete zu Ehren
Wie anders muß bey zweifelhaftem Streit
Ein neuer Tapfrer uns behaglich mehren. ⟨B 721⟩

216

Die Masken sind von Stahl und Eisen
Ihr Thyrsus blinkt das schärfste Schwerd ⟨179.3; B 674⟩

217

[OBER GENERAL.]
Und ganz natürlich finden wir bewährt
Wie es die Kriegskunst nur begehrt. ⟨181; B 709⟩

218

Das Größte was man ausgedacht
Durch anderer Kraft vollführt zu sehen ⟨181; B 709⟩

[Des Gegenkaisers Zelt]

219

[Belehnung]

DER KANZLER *liest.*
Sodann ist auch vor unserm Thron erschienen
Faustus, mit Recht der Glückliche genannt,
Denn ihm gelingt wozu er sich ermannt,
Schon längst bestrebsam uns zu dienen,
Schon längst als klug und tüchtig uns bekannt.

Auch heut am Tage glückts ihm hohe Kräffte
Wie sie der Berg verschließt hervorzurufen,
Erleichternd uns die blutigen Geschäfte.
Er trete näher den geweihten Stufen,
Den Ehrenschlag empfang er!
Faust kniet.
KAISER. Nimm ihn hin!
Duld ihn von keinem andern! ⟨193; B 735⟩

219a

[ERZBISCHOF.]

Die Fläche wo dein Kriegszelt aufgeschlagen
Verehrst du zugunsten deiner [Taten]
Damit er sich als Gottesgrund erneue
Der bösen Geister Athem sich zerstreue
Da wird ein hohes Chor zugleich entstehn
Wo das Gebet sich durch Gesang erhöht
Das [Schiff] wird sich zum Schiffe gleich verlängen
Die Neben gänge
Da steig ein Thurm auf gleichem Z
Von dort her werden volle Glocken
Die Gegend zum Gebete locken
So weit man diese Glocken hört
So weit verehrest du das Land dem Stift

KAISER.

Gescheh es alles wie du sprichst ⟨B 723⟩

220

[Kaiser und Erzbischof]

[KAISER.]

Das weite Land noch unbesessen liegt ⟨WA 53, S. 372; B 704⟩

FÜNFTER AKT

[Palast]

221

FAUST.

Sie flieht, da liegt ein weites Land vor mir,
Sie kehrt zurück und insultirt mich hier.

HALTEFEST.

Mit jedem Tag wird man gescheidter!
Du bist nun hundert Jahr, ich bin schon etwas weiter,
Wir haben Lust und guten Blick.
Gedacht, gethan das Meer es muß zurück.
Die längsten Graben sollen niedergehn,
Die höchsten Dämme stolz entgegen stehn.
Wir halten fest recht weit in's Meer hinaus.
Wie braust Neptun! Tyrannen lacht man aus.

FAUST.

Nur frisch ans Werk ⟨WA 15,2, 197; B 804⟩

222

[MEPHISTOPHELES.]

Er hat die Händel angefangen
Laß mich davon den Vorteil ziehn. ⟨198; B 762⟩

[Mitternacht]

223

[FAUST.]
Ihr seyd mir fremd ich mag euch nicht beschwören
⟨WA 53, S. 372; B 762⟩

224

[FAUST.]
Muß befehlen
SORGE.
Das hilft dir nichts du wirst uns doch nicht los
Grad im Befehlen wird die Sorge gros. ⟨WA 15,2, 201; B 758⟩

224a

FAUST.
Die armen Menschen! gar zu gern
Verstricket ihr sie solchen Schlingen ⟨B 768⟩

225

[SORGE.]
Wüsstest du dich drin zu finden
Müsstest glauben wie verblinden ⟨WA 5,2, S. 421; B 761⟩

226

[FAUST.]
Und so im Wandlen eigentlichst belehrt
Unschätzbar ist was niemals wiederkehrt

Und hätt er's auch gesehn der höchste Blick
Kehrt nur ins Herz zur Herrlichkeit zurück

Und wie der Mensch dem Menschen Weg' bereitet
Dem Menschen ists der Mensch der sie bestreitet.
⟨WA 5,2, S. 401; B 761⟩

[Großer Vorhof des Palasts]

227

[*Am Rande:*] Notabene Taubheit

MEPHISTOPHELES.
Und Mitternacht bezeichnet dieser Schlag

FAUST.
Was fabelst du es ist ja hoch Mittag
Wie herrlich muß die Sonne scheinen
Sie thut so wohl den alten Beinen.
Komm mit

MEPHISTOPHELES.
Du willst

FAUST.
ich fordr es selbst von dir.
⟨WA 15,2, 91; B 205⟩

228

[MEPHISTOPHELES.]
Wir sind noch keineswegs geschieden
Der Narr wird noch zuletzt zufrieden
Da läuft er willig mir in's Garn ⟨200; B 758⟩

[Grablegung]

229

[MEPHISTOPHELES.]
Das Leben wie es eilig flieht
Nehmt ihr genau und stets genauer
Und wenn man es beym Licht besieht
G'nügt euch am Ende schon die Dauer. ⟨93; B 750⟩

230

[MEPHISTOPHELES.]
So ruhe denn an deiner Stätte
Sie weihen das Paradebette
Und eh das Seelchen sich entraft
Sich einen neuen Körper schafft
Verkünd ich oben die gewonnene Wette
Nun freu ich mich aufs grosse Fest
Wie sich der Herr vernehmen lässt. ⟨94; B 750⟩

230a

[MEPHISTOPHELES.]
Ich paß ihr auf wie einer Grillenmaus
Man kann auf gar nichts mehr vertrauen
Sonst mit dem letzten Athem fuhr sie aus
Schon hatt' ich sie in festgeschloßnen Klauen
Nun hat sie das besonderste Gelust
Erst die Verwesung abzuwarten
Und promenirt sich durch verstockten Mist
Als wär es hold und glatt ein Rosengarten

Sonst war sie gern aus diesem Kerker los
Und sehnte sich nach andren Tagen
Jetzt läßt sie sich vom Element verjagen
der Streit der Elemente ⟨B 770⟩

231

[MEPHISTOPHELES.]
Es war genau in unserm Packt bestimmt
Ich will doch sehn wer mir den nimmt. ⟨206; B 759⟩

232

[MEPHISTOPHELES.]
Nein diesmal gilt kein Weilen und kein Bleiben
Der Reichsverweser herrscht vom Thron
Ihn und die Seinen kenn' ich schon
Sie wissen mich, wie ich die Ratten zu vertreiben ⟨95; B 750⟩

233

[MEPHISTOPHELES.]
Du [kommst] mir eben recht
Lang[weilig]
weich Geschlecht ⟨205; B 764⟩

234

[MEPHISTOPHELES.]
Zart schwebend aufnehmend
Das oberste zu unterst kehrend. ⟨207; B 759⟩

235

[MEPHISTOPHELES.]
Das zierlich höfische Geschlecht
Ist uns nur zum Verdruß gebohren
Und hat ein armer Teufel einmal Recht,
So kommts gewiß dem König nicht zu Ohren. ⟨96; B 208⟩

237

[MEPHISTOPHELES.]
Willst du zu deinem Zweck gelangen
Mußt dir nicht selbst im Wege stehn,
Die Griechen wußten wir zu fangen
Wir machten uns auf eine Weile schön. ⟨199; B 758⟩

238

[MEPHISTOPHELES.]
Gethan geschehn sogleich
Verdumpft verschrumpft und wie die Leiche bleich ⟨202; B 758⟩

238a

[ENGEL.]
Nichts unbezwinglich
Alles durchdringlich
Dem Wahren, dem Licht. ⟨B 779⟩

239a

[ENGEL.]
Die hohe Geisteskraft
Sie ist gerettet ⟨B 792⟩

239b

[ENGEL.]
Er wandelt mit der Seelgen Schar
Und bildet sich vollkommen ⟨B 799⟩

[Bergschluchten]

240

[DOCTOR MARIANUS.]
In heiliger Liebes Lust
Was männlich in der Brust
Zu dir zu wenden ⟨208; B 801⟩

241

In der allerreinsten Quelle
Badet der bestaubte ja

Badet in der reinsten Quelle
Der bestaubte Wandrer sich ⟨209; B 789⟩

241a

[UNA POENITENTUM.]
Verweile, weile!
Den Erdball zu Füßen
Im Arme den Süßen
Den göttlichsten Knaben
Von Sternen umkränzet
Zum SternAll entsteigst du ⟨B 796⟩

Anhang

Zur Textgestalt

1. Faust. Eine Tragödie · Erster und Zweyter Theil

Nach den Forschungen von Ernst Grumach (»Prolegomena zu einer Goethe-Ausgabe«, in: *Goethe-Jahrbuch* N.F. 12, 1950, S. 60–88) hat Goethe keinem Druck des *Faust*-Textes so viel Aufmerksamkeit gewidmet wie der bei Cotta erschienenen Ausgabe:

> Goethe's Werke. Vollständige Ausgabe letzter Hand. […] Stuttgart und Tübingen, in der J. G. Cotta'schen Buchhandlung. 1827/28.

Sie wird in der Goethe-Philologie als C^1 bezeichnet; ihr 12. Band (C^1 12) enthält »Faust, erster Theil. Faust, zweyter Theil«, d. h. den *Ersten Theil* vollständig, den *Zweyten Theil* nur bis in die Mitte des 1. Akts; nach V. 6036 steht »(Ist fortzusetzen.)«. Von diesem Teilstück des 1. Akts existiert im Cotta-Archiv (Deutsches Literaturarchiv Marbach a. N.) die handschriftliche Druckvorlage mit Goethes eigenhändigen Verbesserungen; im Vergleich wird deutlich, wie freizügig die Setzer mit der Vorlage umgegangen sind. Die Abweichungen dieser Vorlage (*M*) von dem in C^1 gedruckten Text wurden in den Text der vorliegenden Ausgabe aufgenommen; sie sind in der folgenden Liste registriert. Im 4. Band der Ausgabe letzter Hand wurde der 3. Akt des *Zweyten Theils* veröffentlicht; den Rest des 1. Akts, den 2., 4., 5. Akt hinterließ Goethe nur in einer vom Schreiber ins Reine geschriebenen, von Goethe selbst mehrfach durchgesehenen und korrigierten Handschrift (*H*). Diese wurde nach seinem Tod von Eckermann und Riemer herausgegeben, leider sogleich in einer vor allem hinsichtlich Orthographie und Interpunktion revidierten Form. Auch die noch heute in vielem maßgebliche Weimarer Ausgabe (WA) greift in den Text auf vielfache Weise ein. Grund der Veränderungen sind die gewandelten Gewohnheiten und Regeln der Rechtschreibung und Zeichensetzung sowie die Absicht der Editoren, den Willen des Autors unverfälscht wiederzugeben.

Den Autorwillen festzustellen erfordert Interpretation, die zudem gewöhnlich von der Prämisse der Eindeutigkeit ausgeht und vom Autor möglicherweise intendierte oder zugelassene Mehrfach-Lesbarkeit ausschließt. Die Editoren vereindeutigen meist durch Einfügung oder Änderung von Satzzeichen. V. 1086 lautet in C^1: »Ich eile fort ihr ew'ges Licht zu trinken«; die späteren Ausgaben haben: »Ich eile fort, ihr ew'ges Licht zu trinken«. Damit wird die (m. E. plausible) Lesung ausgeschaltet, die durch Verschiebung des Kommas erzeugt wird: »Ich eile, fort ihr ew'ges Licht zu trinken«, d. h. ›fortwährend, ununterbrochen‹.

Der Verlag hat sich deshalb entschlossen, den Text in originaler Schreibung zu bringen, bei den in C^1 gedruckten Teilen nach den Bänden 12 (mit den Abweichungen in *M*) und 4 der Ausgabe, bei den zu Goethes Lebzeiten nicht gedruckten Teilen nach der Handschrift *H*. Maßgeblich für Schreibung, Interpunktion und Layout (z. B. Einrückungen) sind diese beiden Textzeugen. Die Ausgabe präsentiert damit nach Möglichkeit den Text »letzter Hand«.

Eingegriffen wurde in den Text bei den wenigen offenkundigen Druckfehlern, bei eindeutig, meist wegen der Zeilenlänge, fehlenden Satzzeichen; diese Eingriffe werden im Folgenden aufgelistet.

Nicht aufgelistet werden folgende Fallgruppen: Die Umlaute mit überschriebenem *e* wurden in *ä*, *ö*, *ü* übertragen. Die in *H* vom Schreiber oft abgekürzten Sprecher-Namen (»Meph.«, »Ob. Gen.«) wurden jeweils voll ausgeschrieben. Apostrophe wurden bei den Genitiven griechischer Namen auf *-s* eingesetzt, um Missverständnisse zu vermeiden; also statt »Euros Kraft«: »Euros' Kraft« (V. 8493). Die in Druck und Handschrift zentrisch gesetzten Akt-, Szenen- und Sprecherangaben wurden linksbündig gesetzt. Vereinheitlicht wurden die Bühnenanweisungen (BA), die in C^1 in kleinerer Type gesetzt sind, in *H* jedoch zwischen »|:« und »:|«. In der vorliegenden Ausgabe werden die BA ohne Klammern kursiv gesetzt. C^1 und zum Teil *H* kennzeichnen Liedstrophen-Anfänge durch Leerzeile und zusätzlich Einzug der ersten Strophenzeile; dieser Einzug wird nicht übernommen, sondern in allen Fällen die Strophenfuge durch Leerzeile gekennzeichnet, Einzug jedoch bei unregelmäßig langen Strophen, wenn Strophen- und Seitenbeginn zusammenfallen.

In der folgenden Liste der Eingriffe und Abweichungen steht nach der Verszahl die im vorliegenden Text gewählte Fassung, nach der eckigen Klammer:

– für *Faust. Erster Theil* die Fassung aus C^1 12,

– für V. 4613–6036 die Fassung aus C^1 12 (dabei gehen nur BA vor 4613, 4666–78, 5150, 5265 auf Eingriffe des Herausgebers zurück; alle anderen Abweichungen von C^1 12 stammen aus *M*),

– für den Rest des 1. Akts: *H*.

– für den 2. Akt: *H*.

– für den 3. Akt: C^1 4.

– für den 4. und 5. Akt: *H*.

BA vor 33 LUSTIGE] lustige
BA vor 243 DIE DREY ERZENGEL] Die drey Erzengel
671 Riegel.] Riegel
759 betrübende] Betrübende
852–859 ⟨eingerückt⟩] ⟨nicht eingerückt⟩
949–980 ⟨eingerückt⟩] ⟨nicht eingerückt⟩
1164 Bauch.] Bauch ⟨unentscheidbar ob Punkt oder Komma⟩
1275 Sylphe] Silphe
1288 Sylphe] Silphe
1429 so bald] sobald
1497 klimmen] glimmen
1715 ein paar Zeilen] ein Paar Zeilen
2313–15 ⟨eingerückt⟩] ⟨nicht eingerückt⟩
2540–52 ⟨eingerückt⟩] ⟨nicht eingerückt⟩
BA vor 2583 HEXE] HEX
2709 ⟨Zeile durch BA gebrochen⟩] Was faßt … ⟨wieder linksbündig⟩
BA vor 2729 [*kommt*]] ⟨BA fehlt⟩
2892 vor.] vor
3184 ⟨Zeile gebrochen⟩] Ja, mein Kind ⟨wieder linksbündig⟩
3356/57 ⟨in zwei Zeilen gedruckt⟩] ⟨wohl versehentlich in 1 Zeile gedruckt⟩
3587–3619 ⟨eingerückt⟩] ⟨nicht eingerückt⟩
BA vor 3835 Schierke] Schirke
3847 wirken?] wirken
3968 ⟨nicht eingerückt⟩] ⟨noch eingerückt⟩
3974–77 ⟨eingerückt⟩] ⟨nicht eingerückt⟩
3994–99 ⟨nicht eingerückt⟩] ⟨eingerückt⟩
4004–07 ⟨nicht eingerückt⟩] ⟨eingerückt⟩
4123 so bald] sobald
4128–43 ⟨eingerückt⟩] ⟨nicht eingerückt⟩
4411 heran.] heran,
4570 schwer,] schwer
BA vor 4613 ⟨Aktangabe nach *H*⟩] ⟨keine Aktangabe⟩
4657 Erndte] Ernte
4666–78 ⟨eingerückt⟩] ⟨nicht eingerückt⟩
4669 rasselnd,] rasselnd
4708 Flammen-Uebermaas] Flammen-Uebermaß
BA vor 4728 DER ASTROLOG] der Astrolog
4739 frazzenhaft] fratzenhaft

4747 herbey berufen] herbeiberufen
4751 diesmal] dießmal
4760 ists] ist's
4762 Ferne] Ferne,
4773 umgiebt] umgibt
4774 auszuüben:] auszuüben;
4783 Ins] In's
Traum;] Traum,
4807 malte] mahlte
4841 Partheyen] Parteyen
4850 krazt] kratzt
4876 weist] weißt
4885 ders] der's
4887 weis] weiß
4889 fehlts] fehlt's
4890 dies] dieß
4892 weis] weiß
4894 Gold] Geld
4898 Deshalb] Deßhalb
4917 erkenn] erkenn'
4930 weis] weiß
4934 dort wohin] dortwohin
4944 Bischen] bischen
4950 siehts] sieht's
4976 ists] ist's
4988 lebendge] lebend'ge
4993 liegts] liegt's
4994 krampfts] krampft's
4995 krabbelts] krabbelt's
5006 finden. –] finden –
5122 ists] ist's
5135 bringts] bringt's
BA zu 5136 PHANTASIE-STRAUS] Phantasiestraus
5150 ROSENKNOSPEN. Doch wir halten] Doch wir / ROSENKNOSPEN. / halten
5170 Seys] sei's
5178 MUTTER.] MUTTER
ans] an's

5188 vorbey] vorbei
5202 schlagen;] schlagen:
5206 dies] dieß
5236 lassens] lassen's
5265 Lust] Luft
5266 herbey] herbei
5270 ists] ist's
5272 diesem] diesen
5278 ists] ist's
5282 borgt] kneipt
5297 Dürft'] dürft
5306 diesmal] dießmal
5308 Giebts] gibt's
5335 Weife] Weise
BA vor 5357 ⟨Gruppenname fehlt⟩] DIE FURIEN ⟨in *H* nachgetragen⟩
5360 lange] lang'
5369 MEGÄRE] MEGÄRA
5370 weis] weiß
5382 schärf] schärf'
5402 umgiebt] umgibt
5408 durchs] durch's
5426 Weis] weiß
5433 Frey] Frei
5435 sorgenfreyem] sorgenfreiem
5453 umgiebt] umgibt
5455 Viktorie] Victorie
5486 Fühlst du?] Fühlst du,
5488 Saust] Saus't
5560 Hiebey] Hiebei
5591 ins] in's
5598 löst] lös't
5611 wend] wend'
BA zu 5640 WEIBER GEKLATSCH] Weiber-Geklatsch
5647 weis] weiß
5649 hies] hieß
5662 speist] speis't
5666 geitzen] geizen
5671 dräun] dräu'n

5690 frey] frei
5692 frazzenhaft] fratzenhaft
5693 ins] in's
5697 acht] acht'
5703 freylich] freilich
5712 sichs] sich's
5723 benutzts] benutzt's
5750 Hindermann] Hintermann
5766 mancherley] mancherlei
5770 gaffen] gaffen,
giebt] gibt
5782 dies] dieß
5783 magre] mag're
5792 erweist] erweis't
5796 Gieb] Gib
5798 Laß] Lass'
5809 weis] weiß
5812 Wunderlichste] wunderlichste
5834 Freyheitsluft] Freiheitsluft
nach 5847 ⟨Leerzeile⟩] ⟨Absatz nur durch Einrückung markiert⟩
5854 wohlgemeynt] wohl gemeint
5863 so fort] sofort
5864 sind s'] sind's
5867 sämtlich] sämmtlich
5878 dabey] dabei
5893 weis] weiß
5896 Ehre dem] ehre dem
5925 Glut] Gluth
5928 rechts] recht
5938 herbey] herbei
5939 frey] frei
5942 Verflochten] verflechten
vor 5944 ⟨Leerzeile⟩] ⟨keine Leerzeile⟩
5958 Jugend] Jugend,
5959 Maas] Maß
5960 Hoheit] Hoheit,
5966 Maaß] Maß
5967 weis] weiß

5975 Duft;] Duft.
BA vor 5987 beyde] beide
6001 erkannt] erkannt'
6023 prächtigen] prächt'gen
6034 Versichre] Versichr'
6035 Sey] sei
6036 ⟨Ende des in C^1 12 abgedruckten Textes. Danach: »(Ist fortzusetzen.)«⟩
6086 MARSCHALK] SCHATZMEISTER [darüber MARSCHALK *H*]
6126 Und das] Undas
6133 innrer] inrer
6149 schuldenfrey.] schuldenfrey,
6199 Gespenst] Gespinst [i senkrecht durchstrichen]
6223 Nicht] Nich
6282 Werke.] Werke
6292 los] loß
6443 Geister-Meister-Stück] Geister-Meister Stück
BA nach 6452] ⟨fehlt *H*⟩
6478 atmosphärisch] athmosphärisch ⟨erstes h senkrecht durchstrichen⟩
6603 eh'r] ehr
nach 6712 ⟨Leerzeile⟩] ⟨keine Leerzeile⟩
6848 Es leuchtet! seht!] Es leuchtet| seht ⟨Senkrechtstrich trennt leuchtet und seht⟩
BA zu 7005, 7006 ERICHTHO] Erichto
7151 es] ⟨es über ungestrichenem Dir's⟩
7209–13 ⟨nicht eingerückt⟩] ⟨eingerückt⟩
BA nach 7248 PENEIUS] PENEUS [mit übergeschriebenem EI]
BA vor 7495 Am obern Peneios wie zuvor / SIRENEN] SIRENEN *Am obern Peneios …*
7544 Angestrengtest] Angestregtest
7710 Mannsen] Mansen
7729 ungewissem] ungewissen
7810 mit.] mit
8218 ⟨Druck mit geschweifter Klammer⟩] Wir! ihr! Die Kabiren.
8352 Muschelfahrt] Muschelpfad
BA nach 8358 PSYLLEN] PSELLEN
BA vor 8488 DRITTER ACT. ⟨wie *H*⟩] ⟨fehlt C^1 4⟩
8609 *Ab.*] ⟨BA fehlt⟩
BA vor 8930 ⟨keine Sprecherangabe, da sie aufgrund des linksbündigen Satzes nicht wieder aufgenommen zu werden braucht⟩] PHORKYAS.

8969 wenn du, Rhea,] wenn du Rhea,
9107 schön] Schön
nach 9392 ⟨Leerzeile⟩] ⟨keine Leerzeile⟩
nach 9400 ⟨Leerzeile⟩] ⟨Stropheneinzug in Handschrift⟩
nach 9602 ⟨Leerzeile⟩] ⟨keine Leerzeile⟩
nach 9618 ⟨Leerzeile eingefügt aufgrund der Strophengestalt⟩] ⟨keine Leerzeile⟩
9654 Listig] Lustig
BA zu 9755 CHOR] ⟨BA fehlt⟩
9855 Wälle] Welle ⟨gegen Druck nach Handschrift korrigiert⟩
10103 grünt's] grünts
10169 pißt's] pißts
10212 abertausend] aber tausend
10399–406 ⟨eingerückt⟩] ⟨nicht eingerückt⟩
BA vor 10519 und 10537 OBERGENERAL] OB. FELDH.
10524 ⟨Zeile fehlt *H*, ergänzt aus H18 mit WA⟩
10580 geschäftig] beschäftigt
10636 gesenktem] gesenkten
10790 schlecht.] schlecht
10885 allem] allen
10886 innerm] inneren
10890 Besten] besten
10901 Wahl] wahl
10907 Fern und Früh] fern und früh
BA nach 10930 ERZBISCHOFF [= ERZKANZLER]] ERZBISCHOFF
10947 Bet] Beet
11024 Bet] Beet
11041 *Ab.*] ⟨fehlt *H*⟩
11206 an Saal] an Saal.
11285 *Ab.*] ⟨fehlt *H*⟩
11387 'nein.] 'nein
11388 Schatten.] Schatten
11397 *Ab.*] ⟨fehlt *H*⟩
11422 dich!] dich
BA vor 11499 *Ab.*] ⟨fehlt *H*⟩
11513 aus Ligamenten] ⟨auf in den Text geklebtem Papierstreifen. Am Rand, ebenfalls aufgeklebt, Papierstreifen mit »Aus Bändern, Sehnen«⟩
11531 ⟨eingerückt⟩] ⟨nicht eingerückt⟩

11561 Pfuhl] Pfuel
11760 in] im
11831a–i ⟨aus H^2 übernommen⟩] ⟨fehlt *H*, wohl versehentlich⟩
11901 Gewinn.] Gewinn
11933 schauen.] schauen

2. Zum Text der Früheren Fassung

Die in Orthographie und Interpunktion der Göchhausenschen Abschrift folgende Wiedergabe wurde am Faksimiledruck in:

> Werke Goethes. Hrsg. von der Deutschen Akademie der Wissenschaften zu Berlin. [Bd. 5:] Faust. Bd. 1: Urfaust / Faust. Ein Fragment. Bearb. von Ernst Grumach. Berlin: Akademie-Verlag, 1954,

überprüft sowie mit der Ausgabe von Fischer-Lamberg in *Der junge Goethe*, Bd. 5, und dem Paralleldruck von Keller 1985 verglichen. Belassen wurden die statt der runden Klammern gebräuchlichen »|: … :|«. Als Versehen wurden korrigiert:

203 unerquicklich] neu erquicklich
1122 Über] Uber
1402 nächtig] mächtig

Möglicherweise ein Versehen ist V. 88 »winkende«, für das gemäß *Fragment* und den späteren Ausgaben »wirkende« eingesetzt wird; andererseits ist auch eine »winkende«, d. h. Winke gebende Natur sinnvoll. Nicht eingesetzt wurden die in V. 154 wohl nur versehentlich zusammengezogenen Zeilen »Ein wechselnd Weben / Ein glühend Leben«, wie sie vom *Fragment* an erscheinen.

3. Zu Anordnung und Text der Paralipomena

Die Anordnung legt die Ordnung der Ausgabe von Max Hecker zugrunde:

> Goethes Werke. Im Auftrage des Goethe- und Schiller-Archivs hrsg. von Anton Kippenberg, Julius Petersen und Hans Wahl. Bd. 12. 13. [Bearb. von] Max Hecker. Leipzig: Insel, 1937.

Diese Ausgabe bietet die Paralipomena so, dass sie nach einigen umfangreicheren Stücken in der Folge der Szenen des Textes und so als alternative Entwürfe bestimmter Stellen gelesen werden können, unabhängig davon, wann (in vielen Fällen nur vermutbar) diese Alternativen bedacht und formuliert wurden. Aus Gründen der Benutzbarkeit der Paralipomena folgen wir diesem Anordnungsprinzip; in die »Vorweg-Abteilungen« setzen wir mit Hecker die Abschlussgedichte und die »Helena«-Dichtung von 1800; die umfassenden Berichte über die Fortsetzung des *Faust I* nehmen wir in die dritte Abteilung, zumal wir die Schemata zu Akten und Szenen des *Zweyten Theils*, die Hecker mit den zusammenfassenden Inhaltsangaben als Nummern 70–116 zwischen die Paralipomena zum *Ersten* und zum *Zweyten Theil* gestellt hatte, aus Raumgründen nicht abdrucken können. Ebenso müssen der Weimarer Inszenierungsversuch und die Neudichtungen für Aufführung und musikalische Komposition ausgelassen werden. In der vierten Abteilung sind wir von der Nummerierung und Positionierung Heckers in wenigen Fällen abgewichen, wo neuere Forschung die Umstellung oder gar Weglassung eines Fragments plausibel macht; so fehlt z. B. die Nummer 236, weil das zugehörige Fragment als 169a an früherer Stelle gesetzt wurde. 17 Paralipomena wurden neu aufgenommen. 1994 erschien die hervorragende Arbeit von Anne Bohnenkamp:

> »... das Hauptgeschäft nicht außer Augen lassend«. Die Paralipomena zu Goethes *Faust*. Von Anne Bohnenkamp. Frankfurt a. M.: Insel, 1994.

Sie ordnet den *Faust*-relevanten Nachlass nach Handschriften und ordnet diese chronologisch, was in den meisten Fällen möglich ist. Hier erscheinen die Fragmente sehr häufig im Zusammenhang der Entwürfe des endgültigen *Faust*-Textes, so dass der verwendete Text und die ausgeschiedenen Paralipomena-Zeilen einander in oft sehr erhellender Weise kommentieren. Bohnenkamps Band ist (mit Apparat) 937 Seiten stark; auch hier musste also mit wenigen Ausnahmen von allem abgesehen werden, was nicht im Prinzip Text ist, dessen Aufnahme in den *Faust-Text* zu irgendeinem Zeitpunkt geplant war. Die oft unsicheren Lesungen der Entwürfe, die Zeichensetzung und in manchen Fällen die Zeilenanordnung wurden nach Bohnenkamp korrigiert (die Abweichungen sind im Folgenden aufgelistet, Verlag und Herausgeber danken für die Erlaubnis dazu).

Die Nummern über den Paralipomena der vierten Abteilung sind die Nummern Heckers, mit Ausnahme der durch (a) und (b) angezeigten neu aufgenommenen oder in ihrer Position gegenüber Hecker verschobenen Fragmente. In spitzen Klammern nach jedem Fragment ist die Nummer des Paralipomenons in der WA und die Fundstelle bei Bohnenkamp (B mit Seitenzahl) angegeben.

Die Schreibung der Paralipomena ist original. Flüchtigkeiten in Groß- und Kleinschreibung, in der Bezeichnung von Umlauten wurden überall da, wo keine Auswirkungen auf den Sinn zu befürchten waren, stillschweigend korrigiert; die von den Herausgebern eingefügten Satzzeichen wurden bis auf die nachfolgend angegebenen Fälle wieder in den Zustand des Originals zurückgeführt; Abkürzungen wurden aufgelöst, Sprecherangaben normiert und, wo nach Vergleich mit dem Haupttext klar, in [...] ergänzt.

S. 601–610 *Die Helena-Dichtung des Jahres 1800*: nach der Handschrift des Schreibers Geist, ohne die Korrekturen Goethes von 1825/26

S. 603, V. 82–85 in [ ], da umstritten, ob der eigenhändige Zusatz Goethes 1800 oder 1825 eingetragen wurde (vgl. B 568)

S. 624, Z. 3 Scotusa, abwärts] Scotusa abwärts

S. 633, Z. 4–6 den Angaben Goethes gemäß geordnet

Kommentar, Wort- und Sacherläuterungen

Der vorliegende Text der *Faust*-Dichtungen Goethes in originaler Schreibung greift in seinen Erläuterungen ausführlich auf die Kommentare in den beiden Bänden der *Erläuterungen und Dokumente* und des einbändigen *Kommentars zu Goethes Faust* (s. Literaturhinweise) zurück. Die Kommentarbände der dreibändigen *Faust-Dichtungen* (1999) konnten wegen ihres Umfangs nicht verwendet werden; von dem *Kommentar II* (= *Faust-Dichtungen* Bd. 3) wird eine erweiterte Ausgabe unter dem Titel *Lesarten von Goethes Faust* in der Edition Isele erscheinen; auf diese Ausgabe wird hier mit der Sigle LGF und der Angabe des Kapitels verwiesen. Zu weiteren Siglen und Abkürzungen s. Literaturhinweise. Für den *Faust I* sei auf den Paralleldruck von »Urfaust«, Fragment 1790 und Ausgabe letzter Hand in der Studienausgabe *Faust. Erster Teil* (2005) verwiesen. Für den *Faust in früherer Fassung* wird hier der Kürze wegen der Titel *Frühere Fassung* verwendet. »Paralipomena« bezeichnet die ausgewählten Entwurfstexte (S. 597–699); BA steht für »Bühnenanweisung«. Übersetzung fremdsprachiger Zitate stammen, wo nicht anders angegeben, von Ulrich Gaier.

Faust. Eine Tragödie

Zueignung

Tagebuchvermerk 24. Juni 1797: »Zueignung an Faust« (WA II,2, S. 75); vielleicht ist das Gedicht zugleich mit seiner geplanten Entsprechung *Abschied* (Paralipomena, S. 599 f.) entstanden. Jedenfalls besteht zeitliche Nähe zur Ballade *Der Zauberlehrling*, die als komische Version des *Faust* gelesen werden kann (eine frühere komische Version: *Hanswursts Hochzeit*, vgl. Goethe, *Satiren, Farcen und Hanswurstiaden*, S. 103–117). Die verwendete Strophe ist die Stanze (acht fünfhebige Jamben, davon sechs bei Goethe im Wechsel weiblich/männlich mit Reimen a/b, Paarreimen c/c am Schluss), die Strophe großer ›romantischer Versepen‹ der Renaissance, die Goethe hier auch lyrisch und dramatisch-dialogisch verwendet, um in einer Synthese der drei »Naturformen der Dichtung« zu schreiben.

BA vor 1 *Zueignung:* Widmung des Werks an Auftraggeber oder Publikum (V. 17–24); neben dieser üblichen Bedeutung: Zueignung Goethes an den Faust-Stoff (V. 5), Zueignung des Faust-Stoffs an Goethe (V. 3), Zueignung des »strengen« schreibenden Goethe an einen »milden«, »jugendlich erschütterten« Goethe, den gealterten Verfasser früherer Faust-Texte (*Urfaust*, *Faust. Ein Fragment*); Zueignung Goethes an Natur (V. 27 f.) und Geisterreich (V. 25 f., 32).

1 *schwankende Gestalten:* Gestalten, die in ständiger Umgestaltung begriffen sind, vgl. V. 6287 f.

2 *früh:* Beschäftigung mit dem Faust-Stoff seit etwa 1769, vgl. den *Urfaust*. *trüben Blick:* In Goethes Farbenlehre erscheint das reine Licht durch trübende Medien farbig, vgl. V. 401, 4727. Der durch Tränen getrübte Blick der Jugend – stellvertretend für Leidenschaftlichkeit, Erschütterbarkeit – muss sich erst wieder herstellen (V. 29), bevor Dichtung wieder möglich ist.

4 *Wahn:* Illusion. Das Gelingen dieser Dichtung wird von vornherein infrage gestellt.

5 *walten:* die Herrschaft, das Kommando übernehmen. Vgl. V. 7271–76.

8 *umwittert:* wie eine Atmosphäre oder Witterungserscheinung umgibt.

10 *Schatten:* Bilder von Toten und von Bekannten aus früherer Zeit.

16 *Vom Glück getäuscht:* vom Schicksal eines frühen Todes betrogen.

17 *Gesänge:* Bezeichnung für Abschnitte großer, meist epischer Gedichte, wie Homers *Ilias*.

19 *das freundliche Gedränge:* das Gedränge der Freunde.
20 *Wiederklang:* anerkennendes Echo.
21 *Leid:* In der Ausgabe letzter Hand, deren Text wir folgen, lässt Goethe entgegen »Lied« in früheren Ausgaben die Lesung »Leid« stehen.
23 *sonst:* einst, früher.
26 *Geisterreich:* die Gestalten der Faust-Sage, der Freunde, Toten, des früheren Ich. Die Sehnsucht richtet sich also auf eine ideale Einheit von Stoff, Publikum, Dichter, der sich dieser durch Verjüngung, Erinnerung, Sehnsucht nähert und damit die Voraussetzungen seiner Dichtung, Wahn (V. 4), Bezauberung (V. 8) und Erschütterung (V. 7, 29 f.) schafft.
28 *lispelnd:* flüsterndes.
Aeolsharfe: Wind- oder Gespensterharfe. Über einen Schallkörper gespannte, auf einen einzigen Ton gestimmte Saiten verschiedener Stärke, Länge (und damit Spannung) werden vom Wind zum Schwingen gebracht; außer dem Grundton werden wegen der Verschiedenheit der Saiten verschiedene Obertöne erzeugt. Symbol der Naturpoesie; wenn deren »unbestimmte Töne« in die bestimmte Form der Stanze gefasst sind, erscheint hier die klassisch-romantische Synthese, die dynamische Wechselbeziehung von Formlosigkeit und Form, Nordisch-Barbarischem und Mediterran-Gestaltetem, zum ersten Mal.

Vorspiel auf dem Theater

Nicht genau datierbar; in der Forschung herrscht Einigkeit darüber, dass das *Vorspiel* zwischen 1795 und 1800 entstand, nicht jedoch darüber, ob es zur geplanten Fortsetzung der Mozartschen *Zauberflöte* oder zur Neu-Eröffnung des Weimarer Theaters 1798 geschrieben wurde. Durch die Veröffentlichung mit dem *Faust I* 1808 anerkennt Goethe jedenfalls die Gültigkeit des *Vorspiels* auch für *Faust* und lässt es durch viele Anspielungen auf die voranstehende *Zueignung* Bezug nehmen. In der Premierensituation, in der üblicherweise noch nichts ganz fertig ist und stimmt, tragen die für das Theater Verantwortlichen vor wartendem Publikum grotesk übertreibend drei produktions-, werk- und rezeptionsästhetisch verschiedene Poetiken für das erst noch zu erarbeitende Stück vor: Aufgabenstellung durch den Direktor (V. 33–58), drei Gesprächsrunden. Während manche Forscher der Ansicht sind, die drei Ansichten liefen im Grunde auf dasselbe hinaus, bleiben näher betrachtet die Differenzen bestehen; die drei Poetiken werden sämtlich durch den *Faust*-Text eingelöst (vgl. LGF 10):

nach den »Naturformen der Dichtung« (vgl. Einleitung zu *Zueignung*, S. 715) soll der *Faust* eine Totalität der Poetik entfalten, wie er eine Totalität der Inhalte zur Erscheinung bringt (V. 239–242). Die Spaltung des Ich der *Zueignung* in die drei Funktionen wird im Helena-Akt im *Zweyten Theil* geistreich zurückgenommen: Dort sind Helena, Mephistopheles und Faust jeweils Dramaturg, Dichter und Schauspieler.

Vorspiele gab es in jeder Theatertradition; besonderen Bezug nimmt Goethe offenbar auf das Vorspiel von *Sakuntala oder der entscheidende Ring* des indischen Dichters Kālidāsa (4./5. Jh. n. Chr., übersetzt von Johann Georg Forster 1791), wo ebenfalls über das aufzuführende Stück diskutiert wird. Weitere Beziehung auf dieses Stück: Aus übermächtiger Liebe zu König Duṣjanta versäumt Śakuntalā, einen heiligen Mann zu ehren. Der bewirkt erzürnt, dass Duṣjanta Śakuntalā vergisst und sich erst beim Vorzeigen eines Rings an sie erinnert. Goethes Modernisierung ersetzt die Verfluchung und den magischen Ring Śakuntalās im Geschehen zwischen Faust und Margarete am Ende von *Faust I* und am Anfang des 4. Akts von *Faust II*.

Metrisch versucht der Dichter nochmals die Stanze, der Direktor umspielt sie zunächst (V. 41–58), lässt sich aber dann von den Madrigalversen der Lustigen Person mitziehen. Der Gebrauch fünfhebiger Verse kennzeichnet den Dichter, Vierheber den Schauspieler, doch finden bedeutsame Übernahmen statt.

BA vor 33 *Vorspiel* … PERSON: Die drei am Zustandekommen der Aufführung Beteiligten kommen »auf«, nicht hinter der Bühne zusammen, zeigen gelegentlich auf das schon wartende Publikum und diskutieren zugleich, als wäre es nicht da: romantische Selbstreflexion des Textes, der absurderweise noch gar nicht geschrieben ist. Der Direktor des als Wanderbühne (V. 39, 50, 239) auf Messen und Märkten herumziehenden Unternehmens beschäftigt einen Lohnschreiber, der im Gegensatz zur hohen Selbsteinschätzung gemäß der Praxis der Wanderbühnen des 17. und 18. Jh.s meist vorhandene Stücke übersetzt, kürzt, kombiniert, für die Truppe einrichtet. Die Lustige Person (nach Grimm, *Deutsches Wörterbuch*, Bd. 6, Sp. 1344 Name »für den Pickelhäring in der comödie, wol seit beginnendem 18 jahrh.«) ist als Hanswurst, Pickelhäring usw. der lange Zeit wichtigste Darsteller, meist ohne Rolle im Stück, stets präsent, improvisierend, als Clown die ernsthafteste Handlung unterbrechend und Illusion störend.

38 *lebt und leben läßt:* europaweit verbreitete Redensart, die darauf ausgeht, jedem Gerechtigkeit und Freiraum zur Entfaltung vor allem auch in unter-

nehmerischen Belangen zu gewähren. »Sein Spruch war: leben und leben lassen« (Schiller, *Wallensteins Lager*, V. 278).

39 *Pfosten … Breter:* temporäre, leicht auf- und abbaubare Holzkonstruktion, die die Bühne über den Marktverkehr hinaushob, vgl. V. 50.

41 *mit hohen Augenbraunen:* kritisch, skeptisch, verstandesmäßig beurteilend. »Braune« noch in Goethes Zeit gebräuchliche Form neben »Braue«. Bemerkenswert in V. 40–42 die verschiedenen und widersprüchlichen Haltungen des Publikums, denen man gerecht werden, die man zufriedenstellen, »versöhnen« muss (V. 43).

51 f. *Wehen … enge Gnadenpforte:* Geburt eines neuen Menschen (vgl. Mt. 7,13 f.; Lk. 13,24–30) an der Theaterkasse – Ironie und tiefere Bedeutung.

53 *Vieren:* vier Uhr nachmittags.

63–66 *stillen Himmelsenge … erpflegen:* Liebe und Freundschaft eines kleinen Kreises bilden einen himmlischen Mutterleib, der das Dichterwerk als Kind des Herzens (vgl. »gesegneten Leibes« für »schwanger«) erschafft und pflegt. Antwort auf das gröbere Geburtsbild des Direktors.

79 *einem braven Knaben:* einem netten jungen Mann.

81 *Wer sich behaglich mitzutheilen weiß:* Wer seine Stimmung und Wesensart zwanglos auf andere übertragen kann. – *behaglich* (vgl. V. 37): sich gut, harmonisch gestimmt fühlend.

82 *des Volkes Laune:* die Launenhaftigkeit der normalen, natürlichen Menschen, die dem Dichter als wogendes Gedränge einer Menge erschien.

84 *gewisser zu erschüttern:* Er rechnet mit massenpsychologischen Wirkungen; »erschüttern« meint hier ›lockern, anrühren, verhärtete Seelen- und Geisteshaltung auflösen‹.

85 *zeigt euch musterhaft:* stellt euch als Muster zur Nachahmung auf.

95 *durch Masse zwingen:* quantitativ überschwemmend, qualitativ durch starke Eindrücke.

99 *in Stücken:* in selbstständigen, oft auch fragmentarischen Einheiten, wie Goethe anlässlich der Teile des *Faust* immer wieder betont (vgl. Einleitung zum *Zweyten Theil*, S. 839 f.). Diese hängen jedoch durch viele Beziehungen untergründig zusammen und bestätigen die Poetik der Lustigen Person; sie sind auch gedanklich und strukturell exakt zueinander komponiert (vgl. die Antithese *Zueignung/Vorspiel*) und bestätigen die Poetik des Dichters.

100 *Ragout:* kleingeschnittene Essensreste, mit würziger Soße zu einem neuen Gericht komponiert.

104 *Handwerk:* vgl. das heutige »Kunsthandwerk«, anspruchsvoller Kunst entgegengesetzt.

105 *dem ächten Künstler zieme:* ihm ansteht, sich für ihn schickt, gehört.

106 *saubern Herren:* ironisch gemeint, verächtlich gegen die um Geld schreibenden Theaterschriftsteller und Übersetzer gerichtet.

107 *Maxime:* Grundsatz des Handelns.

110 *das beste Werkzeug:* das sich für das zu bearbeitende Material am besten eignet.

114 *übertischten Mahle:* überreichlich aufgetragene Mahlzeit.

117 *Maskenfesten:* Tanzbelustigung (z. B. Maskenball) oder Fastnachtsbrauch (vgl. die *Mummenschanz* im 1. Akt des *Zweyten Theils*); am Weimarer Hof hatte Goethe oft Maskenaufzüge zu erfinden und zu leiten.

119 *Putz:* schöne Kleidung und Schmuck.

123 *Gönner:* eigentlich Mäzene, Sponsoren, ironisch übertrieben für das zahlende Theaterpublikum.

133 *Was fällt euch an?:* Antwort auf entsprechende Gesten des Dichters (angeredet V. 121) und des Schauspielers (angeredet V. 122).

134 *Knecht:* der Dichter ist ökonomisch abhängig (vgl. Anm. zu BA vor V. 33). Vgl. auch V. 299.

135–137 *Der Dichter … verscherzen!:* Aristoteles hatte aus dem natürlichen Gesellschaftstrieb des Menschen Naturrechte und Grundlagen für die Gesetzgebung abgeleitet. Der Dichter leitet aus »des Menschen Kraft«, Ordnung, Zusammenhang, Sinn und Bedeutung zu schaffen, das »höchste Recht« ab, das den Menschen mit Gott und Natur in eine Reihe stellt und der Dichtung ihre besondere Würde verleiht, weil diese Kraft im Dichter zum Bewusstsein und zur auffälligen Wirkung kommt.

139 *besiegt er jedes Element:* Gemeint sind die vier Elemente, aber auch moderner im Sinne von Bausteinen der Materie (vgl. V. 6990) und im Sinne von angemessener Lebens- und Existenzform (vgl. V. 6943).

143 *Spindel:* Am Spinnrad wird der gedrehte Faden auf eine Spindel gewickelt. Auch eine der Schicksalsgöttinnen (Parzen) hat eine Spindel für den Lebensfaden.

148 f. *Wer ruft … schlägt?:* Die im Dichter offenbarte menschliche Fähigkeit stellt Einzelnes so zusammen, dass es dem Ganzen dient und durch es geheiligt wird, wo es Zusammenklang erzeugt und im Zusammenklang herrlich wird, d. h. Göttliches zur Erscheinung bringt (vgl. Anm. zu V. 250). Abwandlungen von Einklang (V. 140) und Zusammenklang im folgenden bis V. 156.

154 *die unbedeutend grünen Blätter:* meist Lorbeer im Mittelmeerraum, oft Eichenblätter im nördlichen Kulturraum zur Ehrung von Dichtern, Siegern, öffentlichen Personen.

158 *braucht:* gebraucht.

165 *Roman:* im Wortgebrauch der Goethezeit auch Liebesgeschichte und ihre epische und dramatische Aufbereitung.

173 *auferbaut:* seelisch stärkt.

176 f. *zärtliche Gemüthe … melanchol'sche Nahrung:* »zärtlich« im Sinne von: empfindsam, sensibel; Nahrung melancholischen Charakters und zugleich für melancholisch gestimmte Gemüter. Melancholie, Trübsinn, Seelenfinsternis, Freudlosigkeit, brütendes Nachsinnen über das Elend des Menschseins charakterisieren Faust (vgl. V. 364 f., 1544–71), sind aber auch historisch Zeitkrankheiten insbesondere der Renaissance und wieder der Goethezeit.

178 *aufgeregt:* angeregt, in Bewegung gebracht.

202 *Kranz:* Ehrenzeichen des Siegers.

204 *Wirbeltanz:* Der Walzer wurde Ende des 18. Jh.s Modetanz.

213 *Es findet … Kinder:* wahres Kindsein als Versöhnung der Gegensätze von V. 207–209.

218 *Stimmung:* Der Wunsch des Dichters nach Verjüngung (vgl. V. 25–32) wird vom Direktor als Wunsch nach Inspiration und innerer Gestimmtheit interpretiert. Eine äußere Verjüngung wie später bei Faust würde nur Schaden anrichten.

220 f. *Gebt ihr euch … Poesie:* Wenn ihr schon behauptet, Dichter zu sein, dann befehlt euch jetzt, inspiriert zu sein und zu dichten. Dieses Paradox formuliert wieder eine Synthese der Gegensätze von V. 207–209 (vgl. Anm. zu V. 213).

228 *beim Schopfe:* Die römische Glücksgöttin wurde mit Glatze und kleinem Haarschopf vorne abgebildet, den man zu fassen kriegen musste, wollte man Glück haben.

230 *wirket weiter, weil er muß:* Eine einmal in Gang gekommene Unternehmung entwickelt eine Eigendynamik, die die erlahmende Entschlusskraft unter Druck setzt, weiterzumachen.

234 *Prospecte … Maschinen:* Bühnenbilder und bühnentechnische Hilfsmittel.

235 *das groß' und kleine Himmelslicht:* Sonne und Mond, nach 1. Mose 1,16.

240 *Kreis der Schöpfung:* alles am 1.–6. Schöpfungstag Geschaffene, einschließlich des Menschen, der mithin eine der »Maschinen« ist.

242 *Vom Himmel durch die Welt zur Hölle:* Programm für den Ablauf des *Faust*. Zur Hölle, die man bisher vermisste, vgl. Kommentar zum 4. Akt des *Zweyten Theils*, S. 942 f.

Abb. 1 Goethe: Entwurf eines Bühnenbildes zum *Prolog im Himmel*

Prolog im Himmel

Gegenüber dem Textbestand von *Faust. Ein Fragment* (1790) wird seit 1797 insbesondere die Lücke zwischen dem Wagner-Gespräch in *Nacht* und V. 1770 in *Studirzimmer [II]* geschlossen und Mephistopheles in Fausts Leben eingeführt; plausibel muss noch gemacht werden, warum sich nicht bloß ein von einem Magier zitierter Unterteufel, sondern hochrangige Mächte der unteren Hierarchie um Faust bemühen. Die *Hiob*-Intertextualbeziehung weist auf den Satan als Gegner in dieser Parallelgeschichte; der moderne Partner heißt mit Regienamen »Mephistopheles«, bezeichnet sich am Ende des *Prologs im Himmel* als »Teufel selbst«, wird auch in V. 2504 als »Junker Satan«, in V. 4023 als »Junker Voland« sichtbar, der auf dem Blocksberg »Hausrecht« anwenden kann (V. 4022, vgl. V. 3865). Mit dem Regienamen »Mephistopheles« an der Stelle des Satan wird zugleich auf die Geschichtlichkeit der unteren Macht abgehoben, die ihrerseits die Geschichtlichkeit der oberen Macht betont (V. 271, 278), wie auch mit Faust als »Doktor« die Modernität dieses Menschen an der Stelle des alttestamentlichen Herdenbesitzers betont wird. Dazu s. LGF 3, 9, 10.

Der *Prolog im Himmel* entstand nicht lange nach der Zeit, als Goethe mit Schiller über *Wallensteins Lager* (das beide anfangs als »Prolog« bezeichneten) brieflich und mündlich diskutierte; die Selbstständigkeit, der musikalische Klangreichtum, die komisierende und ironisierende Bevorwortung des folgenden tragischen Geschehens gehen bei beiden Stücken auf diese Diskussion zurück. Metrum: nach den Engelstrophen (Vorbild »Die Himmel rühmen ...« von Christian Fürchtegott Gellert, 1715–1769) Madrigalverse. Zu Goethes Vorstellung vom Szenenbild vgl. Abb. 1.

BA vor 243 *Prolog* ... HEERSCHAAREN: »Prolog« ist ›Vorwort‹ (Gegensatz: Epilog), vor Opern auch eine vor der großen gespielte glanzvolle Kleinoper (Goethe verstand zeitweise den *Faust* als Opernlibretto). Prologe hatten je nach Theatergewohnheit und Aufführungssituation verschiedene Funktionen der Erweckung von Aufmerksamkeit, der Kommentierung und Rechtfertigung des Stoffs und seiner Behandlung durch den Dichter. Einen Prolog im Himmel, ebenfalls mit Anzettelung des Hauptgeschehens auf anderer Wirklichkeitsebene, hatte Molières *Amphitryon* (1668). – Der »Herr« ist geschichtlich (V. 271, 278), deshalb als gegenwärtiger Machthaber im Himmel zu verstehen; er ist nicht der neutestamentliche Gott, sondern ein Konstrukt der Erzengel (Anm. zu V. 265, 266) mit Negativkonstrukt (Anm. zu V. 271). – Die »himmlischen Heerschaaren« sind der nach Rangstufen gegliederte himmlische Hofstaat; Goethe verwendet die zwei untersten Ränge, Erzengel und Engel, als »Boten« (V. 265, 267), später die zwei obersten Ränge Cherub und den nicht genannten Seraph, der »mehr als Cherub« ist (V. 618).

243 RAPHAEL: wörtl.: Heil Gottes; erscheint als Wegbegleiter im Buch Tobit, kann »die Wahrheit offenbaren« (Tob. 12,11).

243–246 *Die Sonne tönt ... Donnergang:* pythagoräisches Weltbild, nach dem die Sonne sich mit den anderen Planeten auf Kugelschalen (»Brudersphären«), die im Abstand musikalischer Intervalle zueinander stehen, harmonisch konzertierend (»Wettgesang«) um die unbewegt feststehende Erde dreht. Pythagoras soll die Sphärenharmonie gehört haben, minder Begabte hören allenfalls ein Donnern (vgl. V. 4666–72).

247 f. *Ihr Anblick ... mag:* Wenn die Engel unter Verzicht auf Erkenntnis Stärke gewinnen, nehmen sie an der Allmacht teil. – *Wenn:* ist mehrdeutig: dann, wenn; auch wenn; indem.

250 *herrlich:* Sie zeigen durch Schönheit und Erhabenheit auf einen »Herrn« als ihren Schöpfer. Herrlichkeit hat zwei Aspekte: schöne Ordnung und machtvolle Fülle.

251 GABRIEL: wörtl.: Held Gottes; Erklärer von Visionen.

252 *Dreht sich umher:* Erddrehung um sich selbst und die Sonne (»umher«) wohl nach dem kopernikanischen Weltbild.

255 *breiten Flüssen:* Brandungswogen.

258 *Sphärenlauf:* »Sphäre« bedeutet hier ›Umlaufbahn‹.

259 MICHAEL: wörtl.: der wie Gott ist; kämpfender Schutzengel Israels.

261 f. *Kette ... Wirkung:* Reihe von Ursachen und Wirkungen.

263 f. *Da flammt ... Donnerschlags:* Ein zerstörender Blitz flammt, bevor der Donner den Pfad (zum Ohr) zurückgelegt hat. Erde und Meer, auch in Zerstörung (bei Gabriel), ebenso Feuer und Luft (bei Michael) gehören bis V. 264 zur Herrlichkeit, die Licht/Finsternis, Ordnung/Zerstörung enthält.

265 *deine Boten, Herr:* griech. *ángelos*, Engel, heißt ›Bote‹; *archángelos*, Erzengel, heißt ›Führer der Boten, Oberbote‹. Die Engel bestimmen sich hier nach ihrer Funktion, benennen erstmals den Herrn, reden ihn an, eignen sich ihm zu: Damit entscheidet sich Michael für einen eingeschränkten Aspekt in dem widersprüchlichen Weltganzen, nämlich die Ordnung, um »die unbegreiflich hohen Werke« durch Reduktion zu begreifen.

266 *Das sanfte Wandeln deines Tags:* Anspielung auf 1. Kön. 19,11–13, wo der Herr nicht in Wind, Erdbeben, Feuer zerstörerisch erscheint, sondern im »stillen, sanften Sausen«. Michael nimmt hier weiter auswählend Bezug auf die von Raphael und Gabriel benannten Erscheinungen. Der Bote macht also das Bild des Herrn selbst, eine verfälschende Reduktion auf Menschenfreundlichkeit und Verträglichkeit. V. 344 wird er dafür gelobt.

271 MEPHISTOPHELES: Teufelname, der nur in der Faust-Tradition verwendet wird. Bedeutung unklar; Faust schlägt V. 1331–34 ein paar Teufelnamen vor, von denen »Lügner« (hebr. *tophel*) sogar in die Nähe des Namens führt, den Faust nur im Traum unvollständig kennt (V. 4183) und auf dessen Kenntnis er verzichtet. Bei der Verwendung des gleichbleibenden Regienamens wird der Leser in die Täuschung geführt, Mephistopheles habe einen bestimmbaren Charakter, eine Wesensidentität, die ihn berechenbar mache (das ist auch Fausts Täuschung). Wenn die Selbstdefinition »Geist der stets verneint« (V. 1338, vgl. V. 338) richtig ist (auch ein Verneiner kann richtige Aussagen machen!), wird sein Verhalten und seine Rede immer vom jeweiligen Partner bestimmt, auf dessen Vorgabe er Verneinendes, Vernichtendes etc. sagt und tut. So erscheint er, materialisiert er sich erst (vgl. BA vor V. 243

»*nachher* MEPHISTOPHELES«), als die Erzengel die Totalität des Herrn ›positiv‹ vereinseitigen: die Positivierung treibt das Negierende erst hervor. So ist auch Mephistopheles ein Konstrukt der interpretierenden Boten.

274 *unter dem Gesinde:* Hausdienerschaft; es bleibt offen, ob Mephistopheles zu dieser gehört oder sich nur unter sie mischt.

277 *mein Pathos:* leidenschaftliche, ›pathetische‹, feierliche Rede im hohen Stil, beim Schalk undenkbar. Betonung auf »mein«: Spitze gegen die Engel.

278 *das Lachen abgewöhnt:* Griechische Götter lachen »homerisches Gelächter«, der Herr des Alten Testaments lacht gehässig über seine Feinde, Jesus lacht nie. Der Herr ohne Lachen braucht einen Schalk und Teufel.

281 *Der kleine Gott der Welt:* der Mensch, den Gott nach Meinung des Philosophen Leibniz »Gott der Welt« spielen lässt.

284 *Schein des Himmelslichts:* provokativ zweideutig.

291 f. *Und läg' er … Nase:* Starkbetonung auf »Grase« und »Quark«. Dem Menschen genügt es nicht, im Gras zu landen, er muss seine Nase auch noch in jeden Dreck stecken.

295 *ewig dir nichts recht?:* Der Herr lässt sich provozieren.

299 *Kennst du den Faust? … Meinen Knecht!:* Im Buch Hiob des Alten Testaments heißt es im analogen Gespräch zwischen Jehovah und Satan: »Der Herr sprach zu Satan: Hast du nicht achtgehabt auf meinen Knecht Hiob? Denn es ist seinesgleichen nicht im Lande, schlecht und recht, gottfürchtig und meidet das Böse« (Hiob 1,8). Als Knechte, d. h. für besondere Aufgaben von Gott bestimmte Menschen, werden in der Bibel Moses, Jakob, Hiob, David und Jesus genannt. »Doctor«, moderner, theologisch gebildeter und zudem glaubensloser (V. 765) Gelehrter, war keiner von ihnen: Mephistopheles reagiert verblüfft und höhnisch – der Wettkampf um Faust hat schon begonnen.

302 *Gährung:* Der chemische Prozess der Vergärung von (Frucht-)Zucker in Alkohol, bei dem (geschlossene Behälter sprengende) Gase entstehen, diente im 18. Jh. häufig als Analogon für innere Unruhe und Getriebenwerden durch den »Geist«.

308 f. *verworren dient; / So …:* Das Semikolon der Drucke 1808 und 1828 bewahrt die temporale (Wenn jetzt, dann …), die konzessive (Wenn auch, so …) und die konzessiv-modale Lesung (Wenn auch: auf diese Weise). – *verworren:* ohne deutliches Bewusstsein und klare Zielsetzung; wann »bald« und was »Klarheit« ist, bleibt unbestimmt.

312 *Was wettet ihr?:* Luthers Übersetzung von Hiob 1,11: »Was gilt's, er wird dir ins Angesicht absagen?«, regte den Gedanken einer Wette an.

317 *Es irrt der Mensch so lang' er strebt:* »irren« ist mehrdeutig: im Irrtum sein (falsche Erkenntnis), sich verirren (Weg verloren), herumirren (falscher Weg). »so lang'« ist zweideutig: Solange er (auch immer) strebt, irrt er, geht er in die falsche Richtung etc. (Betonung auf »lang'«); Streben überhaupt ist ein Irrtum, falsches Verhalten (Betonung auf »strebt«). Streben (im Gegensatz zum dunklen Drang V. 328 f.) ist der Vorsatz, durch Bemühungen ein bewusst gewähltes Ziel zu erreichen. Die Zeile ist mit V. 328 f. und V. 11936 f. zusammen zu lesen.

319 *befangen:* befasst, abgegeben.

327 *steh' beschämt:* Der Herr geht auf das Wettangebot V. 312 ein; gegenseitige Beschämung (vgl. V. 333) und damit öffentlicher Nachweis der zu Unrecht behaupteten unbeschränkten Herrschaft ist der Einsatz. Denn mit dem Wettangebot hat Mephistopheles seine Gleichrangigkeit mit dem Herrn behauptet, und dieser, mit seinem »Nun gut« (V. 323) und dem Wetteinsatz der Beschämung, anerkennt implizit wenigstens die Unabhängigkeit des Mephistopheles, die Voraussetzung für eine Wette ist.

328 f. *guter Mensch … bewußt:* Da Faust nie gut im christlichen Sinne ist, muss »gut« als ›wohlgelungen‹ und »recht« als ›dem Drang entsprechend‹ aufgefasst werden; damit lässt sich auch der Beurteilungsmaßstab V. 11936 f. vereinbaren. »dunkel« ist der unbedingte Drang, weil er dem Menschen als Leben und Liebe (Zentralbegriffe im *Faust*) unvordenklich gegeben ist und weil er zum Licht (vgl. Anm. zu V. 2) drängt; »bewußt« bezeichnet das instinktive Mit-Wissen der dem Kosmos eingegebenen Richtung zurück zu Gott, von der nur das von der beschränkten Erkenntnisfähigkeit angeleitete Streben abweicht.

334 f. *Staub … Schlange:* Die Schlange im Paradies verflucht der Herr: »Auf deinem Bauche sollst du gehen und Erde essen dein Leben lang. Und ich will Feindschaft setzen zwischen dir und dem Weibe und zwischen deinem Samen und ihrem Samen. Derselbe soll dir den Kopf zertreten, und du wirst ihn in die Ferse stechen« (1. Mose 3,14 f.). »Muhme« bezeichnet allgemein eine weibliche Verwandte.

336 *frei erscheinen:* doppeldeutig: ›auch nach deinem Sieg ungeniert kommen‹ und ›frei scheinen und wie jetzt von mir abhängig sein‹.

339 *Schalk:* mittelhochdeutsche Bedeutung: Knecht; bei Goethe oft: einer, der auch gegen seine Freunde tückisch und böswillig handelt.

341 *die unbedingte Ruh:* Ruhe nicht als bedingt durch geleistete oder bevorstehende Tätigkeit (ausruhen von, Kraft sammeln für), sondern um ihrer selbst willen, wie sie auch der Mensch »sich« liebt, d. h. nur auf sich selbst bezogen und Rücksicht nehmend bevorzugt.

345 *lebendig reichen Schöne:* Schöne Ordnung und machtvolle Fülle sind Aspekte der Herrlichkeit des Herrn (vgl. Anm. zu V. 250).

349 *Befestiget mit dauernden Gedanken:* Die Gedanken der »Boten« sollen gegenüber der Ewigkeit des »Werdenden« dauern, zeitlich begrenzt gültig sein und das Unergründliche, das als etwas und dann wieder als sein Gegenteil schwankend erscheint, im Rahmen einer liebevollen Beziehung festsetzen (vgl. Anm. zu V. 266). Parallel: V. 1–3.

BA nach 349 *Der Himmel schließt:* z. B. durch einen Vorhang als Bühne auf der Bühne. Vgl. V. 239–242.

351 *brechen:* Schluss mit ihm machen, das (Vertrags-)Verhältnis mit ihm aufkündigen.

Der Tragödie Erster Theil.

Der *Faust* in früherer Fassung (der sogenannte *Urfaust*, veröffentlicht 1887) entstand, nachdem Goethe den Plan unter mehreren anderen Projekten seit 1769 verfolgte, wohl in den Jahren 1772–75; weitgehend ausgearbeitet war am Ende dieser Arbeitsphase das sogenannte Gretchendrama, lesbar als modernes Bürgerliches Trauerspiel, zugleich als Legendenstück über Margarete als Märtyrerin. Mit großer Lücke zwischen Wagnerszene (*Nacht*) und Schülerszene (*Studirzimmer [II]*) wegen der schwierigen Einführung des Mephistopheles, die erst im Zusammenhang mit dem *Prolog im Himmel* und der religiösen Gesamtkonzeption gelang, blieb das sogenannte Gelehrtendrama stehen, lesbar als Warndrama im Stil des 16. Jh.s und der Puppenspiele, aber zugleich als »ernsthafte Komödie« (Denis Diderot, 1713–1784) über den Zustand des Gelehrtenberufs um 1770. Wie das Gretchendrama zu dem schon geplanten Helena-Komplex stehen sollte, ist nicht erkennbar. – 1788–90 wurden in der zweiten Arbeitsphase neu ausgeführt die Verse 1770–1867, 2051–72, die Szenen *Hexenküche* und *Wald und Höhle* (ergänzt aus *Früherer Fassung* V. 1408–35 und platziert nach *Am Brunnen*), umgearbeitet wurden die Schülerszene und *Auerbachs Keller* (Verse statt Prosa, politische Anspielungen). Der bis dahin vorliegende Bestand (ohne *Land Strase* und nur bis einschließlich *Dom*) wurde als *Faust. Ein Fragment* 1790 in Band 7 von *Goethe's Schriften* bei Georg Joachim Göschen in Leipzig veröffentlicht. – 1797–1803 entstand der Rest des *Faust I*: drei Prologe, *Nacht* V. 598–601, 606–807, *Vor dem Thor*, *Studirzimmer [I]*, *Studirzimmer [II]* bis V. 1769, *Nacht* (Valentin, V. 3660–75), *Walpurgisnacht*, *Walpurgisnachtstraum*, *Kerker* (Umarbeitung in Verse). *Wald und Höhle* wurde vor *Gretchens Stube* gestellt und bildet nun den Prolog zu ihrer eigentlichen Verführung. Eine geplante Disputationsszene zwischen *Studirzimmer [I]* und *[II]* wurde nicht ausgeführt (vgl. Paralipomena 14–20, S. 633–636). Nochmals durchgesehen, wurde *Faust I* als *Faust. Eine Tragödie* als Band 8 der *Werke* bei J. G. Cotta in Tübingen wegen der Kriegswirren erst 1808 veröffentlicht. Vgl. auch Kap. »Goethes Faust-Dichtungen: Arbeitsphasen«, S. 1052.

Mit jeder der Arbeitsphasen war eine Konzeptionserweiterung verbunden. Die Wahl einer Figur aus der Renaissance als der Wende zur Neuzeit bedeutete wie bei Goethes *Götz von Berlichingen*, *Egmont*, *Tasso* die Absicht einer Bilanzierung dessen, was in der Renaissance begonnen und erhofft, inzwischen aber nicht erreicht oder verspielt worden war – Goethe sah die Entwicklung der Neuzeit als einen tragischen Verlustprozess, in dem das versteinernde »Gorgonenhaupt [...] seit Jahrhunderten immer größer und breiter« werde (Paralipomena, S. 626). Auf die bei dieser Bilanzierung verglichenen Epochen weisen Renaissance- und Sturm-und-Drang-Züge bei Faust und den anderen Figuren; Faust kann betrachtet werden als Renaissance-Gelehrter, der seiner Zeit genialisch voraus ist, oder als Wissenschaftler von 1770, der an den alten Methoden und Zeichen hängt, oder als Repräsentant der Neuzeit überhaupt, die Goethe gekennzeichnet sieht durch »Menschen, die sich auf ihre eigenen Kräfte verlassen« und die den Fortschritt zugleich behindern oder durch Zeitgenossen gebremst werden. Ihr Geist »strebt nach Erfahrung und in ihr nach einer erweiterten reinern Tätigkeit, und dann bebt er wieder davor zurück, und zwar nicht mit Unrecht. Wie er vorschreitet, fühlt er immer mehr, wie er bedingt sei, daß er verlieren müsse, indem er gewinnt« (AG 16, S. 394; *Geschichte der Farbenlehre*). Ähnlich Margarete, aus ihrer Welt herausstrebend und doch in ihrer strengen Kirchlichkeit und Sittenzensur gefangen.

Die Darstellung dieses Widerspruchs von Progress und Retardation, Fortschritt und Rückschritt, durch die Überlagerung jeweils einer modernen und einer Renaissance-Gattung haben wir erwähnt; im Gelehrtendrama steht das alte Warnstück, im Gretchendrama das moderne Bürgerliche Trauerspiel im Vordergrund, so dass schon in der *Früheren Fassung* eine Zeitverschiebung von der Renaissance bis ins Ende des 18. Jh.s spürbar wird. Die widersprüchliche Doppelung von Alt und Neu begegnet auf allen Ebenen, besonders folgenreich behindert Faust seinen eigenen Erfolg in der Magie durch Einblendung moderner Elemente in die alte Praxis.

Goethes neuer Anlauf 1788 während der Italienischen Reise zeigt nach jahrelanger Zusammenarbeit mit Herder, der die Anthropologie seiner *Ideen zur Philosophie der Geschichte der Menschheit* auf die Philosophie der Renaissance

(Ficino, Pico della Mirandola) gegründet hatte, Ansätze zur Gesamtkonzeption des *Faust*. Marsilio Ficino (1433–1499) hatte im 14. Buch seiner *Platonica Theologia de immortalitate animarum* (1482) dargelegt, dass »die Seele strebt, Gott zu werden«, und dies einem inneren Drang (Eros) zufolge auf sieben Wegen tut, die den Eigenschaften Gottes entsprechen. Sie will 1. »die höchste Wahrheit und das höchste Gut«, 2. »alle Dinge werden«, 3. »alles leisten und alles beherrschen«, 4. »überall und immer sein«, 5. »die vier Herrschertugenden der Voraussicht, Gerechtigkeit, Stärke und Mäßigung«, 6. »den höchsten Grad von Reichtum und Lust«, 7. »sich verehren wie Gott«. Es zeigt sich, dass diesem siebenfachen Drang entsprechend, dem der Mensch naturgemäß folgt wie der Vogel dem Drang zum Fliegen, ein religiöser, naturphilosophischer, magischer, historischer, soziologischer, ökonomischer und anthropologischer Diskurs durch den *Faust* durchgängig geführt wird und ebenso viele Lesarten des Ganzen und oft einzelner Stellen ermöglicht (vgl. LGF). Indem nun Ficino am Beginn der Neuzeit den Menschen auf diesen in ihm wirkenden »dunkeln Drang« aufmerksam macht, ändert sich die Stellung des Menschen von einer bis dahin zentrischen, dem Drang naturhaft nach allen Seiten folgenden, zu einer »exzentrischen Positionalität« (so Helmuth Plessner), die sich der einzelnen Richtungen bewusst werden und sie zum Gegenstand konzentrierten Strebens machen kann (vgl. Anm. zu V. 317), wodurch der Mensch zwar weit in der eingeschlagenen Richtung kommt, aber wegen der Vernachlässigung aller anderen in das beschriebene Ungleichgewicht von Progress und Retardation gerät und jedes Mal scheitert. In seinen sieben Partien (zwei im *Ersten Theil*, fünf Akte im *Zweyten Theil*) probiert Faust in der durch Ficino angegebenen Reihenfolge jeweils eine Strebung aus und scheitert aus dem angegebenen Grund. Der Anfang ließ sich für die erste Strebung verwerten. Die neuen Teile V. 1770 ff., *Hexenküche*, *Wald und Höhle*, die in Rom eingefügt wurden, dienen dazu, nach dem Scheitern der ersten Strebung die zweite, nämlich »alle Dinge zu sein«, vorzubereiten und dem weitgehend fertigen Gretchendrama einzuschreiben. Dass in Italien auch schon des *Zweyten Theils* gedacht wurde, zeigen die Schlussverse von *Hexenküche*, durch die Margarete zur Proto-Helena funktionalisiert wird. Die konsequente Gestaltungsidee, den Menschen bei seinen höchsten Bestrebungen sich selbst stets durch seine eigenen Beschränkungen zu Fall bringen zu lassen, macht aus *Faust* eine Tragödie aus sieben tragisch verlaufenden Versuchen, dem »unbedingten«, zum Streben denaturierten Drang folgend die Grenzen des »beschränkten« Menschseins zu durchstoßen (zur Geschöpflichkeit des Unbedingten und Beschränkten vgl. *Dichtung und Wahrheit*, 8. Buch, Ende):

> Fausts Charakter, auf der Höhe, wohin die neue Ausbildung aus dem alten rohen Volksmährchen denselben hervorgehoben hat, stellt einen Mann dar, welcher, in den allgemeinen Erdeschranken sich ungeduldig und unbehaglich fühlend, den Besitz des höchsten Wissens, den Genuß der schönsten Güter für unzulänglich achtet, seine Sehnsucht auch nur im mindesten zu befriedigen, einen Geist, welcher deßhalb, nach allen Seiten hin sich wendend, immer unglücklicher zurückkehrt. Diese Gesinnung ist dem modernen Wesen […] analog […]. (Paralipomena, S. 628)

Scheitert Faust regelmäßig in dem, was er bewusst erstrebt, so gewinnt er regelmäßig in ganz anderer, im Moment jeweils unbeachteter Hinsicht das, was ihm letztlich hilft, z. B. im Gretchendrama einen Augenblick ewiger Wonne, die Liebe der Margarete und die Liebe zu ihr, die am Ende des Stücks (vgl. V. 11938 f.) wichtiger sind als die Spur von seinen Erdetagen (vgl. V. 11583). (Zu dieser Ironie vgl. den Schluss von Goethes *Wilhelm Meisters Lehrjahre*.)

Die dritte Arbeitsphase 1797–1803 – Schiller drängte seit 1794, das *Fragment*, diesen »Torso des Herkules«, zu vollenden – stand im Zeichen der übergreifenden Gesamtkonzeption. Ein Überblick über die ganze Dichtung (etwa 1800) ist erhalten (Paralipomena, S. 630), ein Fragment *Helena im Mittelalter* (Paralipomena, S. 601–610) dokumentiert als »Satyr-Drama« bereits die Konzeption, dass Faust und Mephistopheles auf der Suche nach ihr die mythische Heroine »verbarbarisieren« (Schiller an Goethe, 13. September 1800; SGB 1, S. 936), d. h. zur blutleeren modernen Abstraktion machen werden. In dieser Phase wird vor allem die anthropozentrisch ausgerichtete Römische Konzeption ergänzt um eine theologische Sinnschicht, die mit *Prolog im Himmel*, *Walpurgisnacht* im *Ersten*, den Müttern und Hadesgöttinnen sowie der Szene *Bergschluchten* im *Zweyten Theil* ein System männlicher bzw. weiblicher Himmels- und Unterweltsgottheiten entfaltet und die Einführung der Mephistopheles-Figur mit Schließung der Lücke zwischen Wagner-Gespräch und V. 1769 ermöglicht. Die anthropozentrische Römische Konzeption wird dadurch nicht aufgehoben, sondern sogar bestärkt, da Faust durch Wette und Pakt mit Mephistopheles das ganze System der männlichen Gottheiten in sich aufnimmt, Herr, Satan, Hiob für sich selber ist und damit einen bis zum Ende unentschiedenen ›Wettkampf‹ zwischen Theologie und Anthropologie, Göttern und Mensch einleitet.

Wichtige poetische Charakteristika des *Ersten Theils*: Im Gattungsbereich ist neben der besprochenen Doppelung alter und neuer Gattungen (Warndrama / *comédie sérieuse* bzw. Legendenstück / Bürgerliches Trauerspiel) besonders die »Tragödie« zu nennen, die man dem vermeintlich untragischen Goethe nicht glauben mag. Nimmt man als Voraussetzung des Tragischen die gleichstarke Wirkung zweier einander ausschließender Verbindlichkeiten auf einen Menschen, so ist diese Voraussetzung mit der »unbedingten aber beschränkten« Geschöpflichkeit beim Menschen überhaupt gegeben. Wenn nun die geschichtliche Entwicklung mit dem Sich-Verlassen auf die eigenen Kräfte, dem Selbsthelfertum der Renaissance den dunklen unbedingten Drang, Gott zu werden, zum bewusst erstrebten und ungeduldig gewollten Programm macht, verschärft sich die tragische Voraussetzung zum tragischen Konflikt zwischen Streben und »den allgemeinen Erdeschranken«, insbesondere den »Grenzen der Menschheit«. »Und sehe, daß wir nichts wissen können!« (V. 364): z. B. der Drang, wie Gott zu wissen, erhoben zum Studium »mit heißem Bemühn«, stößt an die Unfähigkeit des Menschen, mit seiner begrenzten Fähigkeit überhaupt etwas vollständig und mit voller Deutlichkeit zu erkennen. Goethe hat schon in der Rede *Zum Shakespeares-Tag* von 1771 behauptet, Shakespeares Stücke »drehen sich alle um den geheimen Punckt, […] in dem das Eigenthümliche unsres Ich's, die prätendirte Freyheit unsres Wollens, mit dem nothwendigen Gang des Ganzen zusammenstösst« (AG 4, S. 114) und diese Behauptung in *Shakespeare und kein Ende* 1813 bekräftigt und erweitert: »Vorherrschend in den alten Dichtungen ist das Unverhältnis zwischen Sollen und Vollbringen, in den neuern zwischen Wollen und Vollbringen« (AG 14, S. 760), wobei nun Shakespeare »das Alte und Neue auf eine überschwengliche Weise verbindet«. Im *Faust* eifert Goethe Shakespeare nach, schon im *Urfaust* mit Erkennenwollen und Grenzen des Erkennenkönnens bzw. mit Margaretes Emanzipationswillen und den gesellschaftlichen Schranken, dann im *Faust* mit der in Rom gefassten neuen Anthropologie, dass dem Erkennenwollen als Streben ein unbedingter Drang, also ein Sollen, zugrunde liegt: »Wollen und Sollen suchen sich durchaus in seinen Stücken ins Gleichgewicht zu setzen; beide bekämpfen sich mit Gewalt, doch immer so, daß das Wollen im Nachteile bleibt« (AG 14, S. 762). *Faust* ist als Tragödie über die Bedingungen des Menschseins eine absolute Tragödie, als Tragödie über das spezifisch neuzeitliche Streben eine historische Tragödie, und verbindet in dem Kampf zwischen Sollen und Wollen, zwischen unbedingtem Drang, in allen Richtungen gleichzeitig Gott zu werden, und dem jeweils auf eine Richtung konzentrierten Streben, »das Alte und Neue auf eine überschwengliche Weise«.

Die Nähe zu Shakespeare wird im *Ersten Theil* durch eine Reihe intertextueller Beziehungen im Bewusstsein gehalten: *Macbeth*, *Othello*, insbesondere *Hamlet* und *Ein Sommernachtstraum* können z. T. über weite Strecken als Subtexte gelesen werden. Aber auch andere Stücke, z. B. Molières *Dom Juan* oder, unter Gattungsaspekten, Lessings *Minna von Barnhelm*, werden im *Faust* ins intertextuelle Gespräch gezogen. Eine Reihe von literarischen Einlagen, meist Liedern, verweisen auf Stileigentümlichkeiten bestimmter literaturgeschichtlicher Epochen (chronotextuelle Beziehungen) und geben, zusammen mit chronologischen Markierungen durch technische Erfindungen wie Fernglas oder Montgolfière, in ihrer Folge genommen eine Art chronologischer Leiste, die vom spätmittelalterlichen Osterspiel bis zu dem von Philipp Otto Runge (1777–1810) aufgezeichneten (und später in die *Kinder- und Hausmärchen* der Brüder Grimm aufgenommenen) *Märchen vom Machandelboom* führt.

Poetische Mittel sind die Prologe – drei Prologe zu Beginn, *Hexenküche* als ›Prolog‹ des Gretchendramas; *Walpurgisnacht*, *Walpurgisnachtstraum* als höllische ›Epiloge‹ zu *Faust I* –, die Goethe im *Ersten Theil* aufgrund der langen Entstehungszeit mit ihren Konzeptionsänderungen einführte, um fertigen Teilen weitere Sinnschichten ›vorzuschreiben‹. So wird die Margareten-Handlung durch die Präparation Fausts in der erst in Rom gedichteten *Hexenküche* entscheidend umgedeutet, ohne dass sich am Textbestand allzu viel ändert. Poetisches Mittel par excellence ist die variable Behandlung des Metrums von der Prosa bis zum Liedvers, von den bestimmte Epochenstile markierenden Versarten bis zum flexibel dem jeweiligen Inhalt angepassten Rhythmus, zu dem sich besonders der Madrigalvers eignet. – Nicht zu vergessen: *Faust* ist durchzogen von gesungenen Partien und sollte später einmal einem Singspiel als Libretto zugrunde gelegt werden; *Faust* verwendet Kupferstiche und Gemälde als szenische Vorlagen und hat eine bedeutungsgeladene Licht- und Raum-Regie in der Szenenfolge.

Gelehrtendrama

Mit dem Faust-Stoff hat Goethe einen bis ins 18. Jh. mit Faszination und Schauder rezipierten Gegenstand vieler Puppenspiele und Prosabearbeitungen der *Historia von D. Johann Fausten* (1587) gewählt, den Lessing im 17. Literaturbrief (1759) mit Hinweis auf die allgemeine Beliebtheit als shakespearischen Stoff für einen deutschen Dramatiker bezeichnet hatte; als Anreiz hatte er sogar ein Fragment aus eigener Bearbeitung nach einem Puppenspiel beigefügt. Für den Schauder sorgten die unter Fausts und seines Famulus Wagner Namen kursierenden Zauberbücher und sogenannten Höllenzwänge, mit deren Hilfe man gute und schädliche Geister beschwören, sich dienstbar machen, fliegen, Schätze auffinden zu können glaubte. Noch im 18. Jh. verbot manche Stadt die Aufführung des Faust-Puppenspiels. Für die Faszination sorgten die Wundertaten, die man dem historischen Magister Georg Sabellicus, »Faustus junior« (so die früheste Erwähnung durch Johannes Trithemius, 20. August 1507), aus antiken, mittelalterlichen und neueren Magiersagen andichtete und für die der Scharlatan zu seinen Lebzeiten (um 1485 – 1540) kräftig Reklame machte. Man konnte ihn und seinen Umgang mit Geheimlehren und einem schwarzen Hund, der der Teufel war, vor allem aber sein sagenhaft schlimmes Ende sehr gut mit all dem anreichern, was heimlich gewünscht, aber verboten war und wogegen sich vor allem die Kirchen wehrten angesichts des wachsenden Selbstbewusstseins der Wissenschaftler und ihrer Skepsis gegenüber dem Wahrheitsanspruch von Theologen, die sich über Textauslegungen stritten. Magie war eine Universalwissenschaft über die Wirkung kosmischer Kräfte in der Welt und im Menschen, über die Möglichkeit der Beschleunigung und Bremsung natürlicher Vorgänge zur Erreichung bestimmter Zwecke, über die Selbststeigerung des Magiers z. B. durch Bildmeditation (Faust und das Makrokosmoszeichen), über die Herbeirufung und Dienstbarmachung von Geistern aus der Hierarchie der Naturdämonen (Faust und der Erdgeist) oder aus der entsprechenden Hierarchie der höllischen Dämonen (Faust und Mephistopheles). Diese Wissenschaft unterschied sich von der fast ausschließlich auf Buchtradition konzentrierten Wissenschaft des Mittelalters durch einen starken Anwendungsbezug und durch Experimente, die die Wirkung bestimmter Mittel und Prozeduren z. B. unter den Bedingungen einer anderen Weltregion und ihrer spezifischen Kräftekonstellation erweisen mussten. Erforschung von Wirkungen aufgrund von Erfahrung und Experiment, Praxisorientierung, »Besiegen der Natur, indem man ihr gehorcht« (so der Philosoph Francis Bacon, 1561–1626), das sind die Prinzipien neuzeitlicher Naturwissenschaft, deren Wurzeln in der Magie liegen. Faust wird von Goethe als schlechter Magier gezeichnet, der sich nicht richtig vorbereitet (Verwechslung des Erdgeists) und sich selbst aus der Bahn einer spirituellen Steigerung wirft (Makrokosmos-Meditation), um sich danach zu beklagen, dass das Ziel nicht erreicht ist, usw.; die von Goethe studierten ›richtigen‹ Magier im Sinne dieser Proto-Naturwissenschaft waren Marsilio Ficino (1433–1499), Heinrich Cornelius Agrippa von Nettesheim (1486–1535) mit seinen Werken *De occulta philosophia sive de magia* (»Von der verborgenen Philosophie oder von der Magie«, 1531) und *De incertitudine et vanitate scientiarum atque artium* (»Von der Unsicherheit und Nichtigkeit der Wissenschaften und Künste«, 1530) und Paracelsus (Theophrastus Bombastus von Hohenheim, 1493?–1541) mit einer ganzen Anzahl von Werken. Von Agrippa hat Faust bei

Goethe wahrscheinlich den Vornamen Heinrich erhalten; auch Agrippa soll einen schwarzen Hund besessen haben, der der Teufel war und der sich bei Agrippas Tod ins Wasser stürzte.

Faust als Wunsch- (und deshalb Warn-)Figur der Spätrenaissance ist durch zwei Charakteristika faszinierend und verdammungswürdig: erstens theoretische Neugier und Sinnlichkeit in der Zuwendung zur Welt, zweitens Selbstbestimmung, Missachtung der kirchlichen Strafandrohung wenigstens für 24 Jahre fesselloser Lebenszeit. Faust »name an sich Adlers Flügel / wollte alle Gründ am Himmel vnd Erden erforschen / dann sein Fürwitz / Freyheit vnd Leichtfertigkeit stache vnnd reitzte jhn also« (*Historia*, Kap. 2). Die freche Selbstständigkeit (»Freyheit«), die sich in der eigenen Beobachtung und eifrigen Ausspähung der Naturzusammenhänge (»die Elementa zu speculieren«) »am Himmel vnd Erden« in theoretischer Neugier (»Fürwitz«) der Welt zuwendet, ist eigentlich des Teufels, der ja schon im Paradies unerlaubtes Wissen versprochen hat. Die Zuwendung zur Welt bringt nicht nur Erfahrung als Wissensquelle, sondern auch Sinnenlust, die die *Historia* entsprechend als Epikureertum verteufelt. Besonders ungeheuerlich ist Fausts Anspruch, im Bereich der Erkenntnis, der Lebenspraxis und der Religion selbst darüber zu entscheiden, was ihm genügt oder nicht. Er stellt fest, dass er für sein Vorhaben, »die Elementa zu speculieren / [...] auß den Gaaben / so mir von oben herab bescheret / vnd gnedig mitgetheilt worden / solche Geschickligkeit in meinem Kopff nicht befinde / vnnd solches von den Menschen nicht erlehrnen mag« (*Historia*, Kap. 6). Die Gaben Gottes und das Wissen der Menschen genügen ihm nicht, also entscheidet er sich für den Teufel. Faust ist mithin in seinen Grundtendenzen das Paradigma des neuzeitlichen Menschen, in dem sich in der Tat noch das Zeitalter der Aufklärung gespiegelt finden konnte. Die dramatische Version, insbesondere das Selbstbewusstsein des *magician* als *a mighty god* noch weiter pointierend, lieferte Christopher Marlowe (1564–1593) mit *The Tragicall History of D. Faustus* (1592), einem der vielen protestantischen und vor allem jesuitischen Warndramen für Gelehrte; die englischen Komödianten brachten den Stoff in einer bald zum Puppenspiel transformierten Version von Marlowes Stück zurück aufs Festland. (Vgl. LGF 1.)

Faust kann bei Goethe als genialischer Gelehrter des 16. und als an seinen alten Büchern und Methoden hängen bleibender Gelehrter des 18. Jh.s betrachtet werden – Goethe studierte z. B. mit Georg von Wellings (1652–1727) *Opus Mago-cabbalisticum et Theosophicum* (»Magisch-kabbalistisches und theosophisches Werk«, 1735) ein zeitgenössisches Buch, das die alte magische Universalwissenschaft transportierte –; die Geschichtlichkeit des ersten Gesichtspunkts bestätigt die Teufelfigur des Mephistopheles, die in ein Original-Stück des 18. Jh.s nicht mehr passen würde; damit bleibt der Charakter des alten Warndramas erhalten. Aber mit dem Teufel wird kein Honorarvertrag auf Zeit (24 Jahre) mehr geschlossen, vielmehr eine Wette wie zwischen dem Herrn und dem Satan bei Hiob, ob es dem Teufel überhaupt gelingt, Faust von einer bestimmten selbstgewählten Lebenshaltung abzubringen. Durch diese die Zeitgenossen irritierende Umstellung auf ein selbstständiges gottähnliches menschliches Subjekt ist das Warndrama entschieden modernisiert.

Fausts zeitgenössische Ansicht – der Wissenschaftler, der nicht vom Hergebrachten loskommt – manifestiert sich gleich in *Nacht* in der Verfluchung der beengenden Hilfsmittel seiner Wissenschaft und dem empfindsamen Wunsch »Flieh! Auf! Hinaus in's weite Land!« (V. 418) einerseits und dem Hängenbleiben an dem Nostradamus-Buch andererseits. Dieser zeitgenössischen Sicht entspricht eine zeitgenössische Dramengattung, die ernsthafte Komödie (*comédie sérieuse*), die Denis Diderot (1713–1784) theoretisch begründet und mit zwei Musterstücken vorgestellt hatte (*Le Père de famille*, *Le Fils naturel*); sie sollte nicht Handlungen oder Typen ins Zentrum stellen, sondern die gesellschaftlichen Bedingungen oder Probleme bestimmter Berufsstände oder sozialer Lagen. Lessing hatte beide Stücke in *Das Theater des Herrn Diderot* übersetzt und mit *Minna von Barnhelm oder Das Soldatenglück* (1767; Goethe wirkt sogleich in einer Liebhaber-Aufführung mit, vgl. HA 9, S. 699, Kommentar) die verzweifelte Lage der in Preußen nach dem Siebenjährigen Krieg entlassenen Soldaten dargestellt. Goethe übertrug nun das Soldatenquartett Tellheim, Werner, Just, Riccaut in sein Gelehrtenquartett Faust, Wagner, Schüler, Mephistopheles (als Studienberater), um wie Lessing eine »aus dem bedeutenden Leben gegriffene Theaterproduktion, von spezifisch temporärem Gehalt« (DW, S. 301) zu liefern. Denn alle vier Figuren, die ja im 2. Akt des *Faust II* wiederkehren und in *Auerbachs Keller* in den vier Saufbrüdern travestiert sind, stellen zeitgenössisch eingeschränkte Wissenschaftshaltungen dar (im Gegensatz zum Universalismus der Renaissance): Faust »Ideales Streben nach Einwirken und Einfühlen in die ganze Natur«, Wagner »Helles kaltes Wissenschaftliches Streben«, der Schüler »Dumpfes warmes Wissenschaftliches Streben« (Paralipomena, S. 630), Mephistopheles zynischen Materialismus, der die Wissenschaft nur als Vorwand nimmt, um Geld zu machen. In den »spezifisch temporären Gehalt« dieser Gelehrten-Figuren, die die Erkenntnis-Krise der Spätaufklärung spiegeln, ragt Mephistopheles der Teufel als Märchen aus uralten Zeiten hinein und dokumentiert wie Fausts alte Geräte und Bücher die Unfähigkeit, sich von der Vergangenheit, den alten Methoden und Glaubensvorstellungen zu trennen. Wie in das alte Warndrama ein modernes Element, so ist in die moderne ernsthafte Komödie ein antiquiertes Element eingeschoben. Die doppelte Verschränkung des Alten und des Neuen erzeugt dann die synkretistisch gemischte Gattungsgestalt, unter der das Gelehrtendrama dem Rezipienten entgegentritt. Dieselbe Wechselwirkung zwischen Alt und Neu begegnet auch in den Magie-Formen und den Formen der Religiosität.

Die erste Strebung, auf die Faust sich konzentriert, ist, »die höchste Wahrheit und das höchste Gut« zu erlangen (vgl. Kommentar zu *Der Tragödie Erster Theil*, S. 728), d. h. die Erkenntnis und die Schaffenskraft Gottes, die ihn zum »Uebermenschen« (V. 490) machen würde, und tatsächlich fühlte er sich in der Erdgeist-Begegnung »nah […] dem Spiegel ew'ger Wahrheit« und vermaß sich, »schaffend, Götterleben zu genießen« (V. 615, 620). Sein Weg führt, nach der misslungenen Anmessung an die Ordnungs- und die Schaffenskräfte der Welt (Makrokosmos, Erdgeist), in den Kompromiss des unvollständigen Wissens (V. 1582) und der technischen Naturbeherrschung (vgl. V. 1091 mit V. 2069), die neben seiner religiösen und anthropologischen Bedeutung Mephistopheles verkörpert. Schon zu Ende des Gelehrtendramas ist Faust durch die Auskünfte Mephistos hinsichtlich seiner ersten Übermenschen-Strebung so demoralisiert (wie auch der Schüler nach der Studienberatung), dass er »vom Wissensdrang geheilt ist« (V. 1768) und sich von Mephistopheles in und durch die Welt führen lässt, mit *Auerbachs Keller* und den paar Illusionistentricks als erster Station – ein wahrer Absturz von der großen Magie der Szene *Nacht*. Die Abhängigkeit Fausts von Mephistopheles nimmt kontinuierlich zu: Am Ende von *Faust I* haben Herr und Hund die Rollen gewechselt (vgl. V. 1166 mit V. 4611).

Im Gelehrtendrama wird, anhand der chronologischen Markierungen, die Neuzeit von ca. 1500 bis zu den Anspielungen auf die vorrevolutionäre Zeit ca. 1785 geführt. Historische Daten und Entdeckungen: Faust (1485–1540), Nostradamus (1503–1566) V. 420, Fernglas (1608) V. 530–532, Elektrisiermaschine (seit 1663) V. 669, Tabak (seit 1620) und Türken (bis 1683) V. 830, 862 f., Blutzirkulation (1628) angewandt auf Allgemeinphänomene seit Mitte 18. Jh. V. 1372, mechanischer Webstuhl ab Mitte 18. Jh., *Encyclopédie* (1751–72) V. 1922–33, »Encheiresis naturae« um 1770 V. 1940, Heißluftballon (1783) V. 2065–71, endlich die bei der Versifizierung in der Römischen Umarbeitung der Szene *Auerbachs Keller* eingefügten politischen Anspielungen auf die vorrevolutionäre Stimmung. – Die Epochen werden auch poetisch gekennzeichnet: Der Knittelvers Fausts im ersten Monolog und das spätmittelalterlich-frühneuzeitliche Osterspiel am Ende von *Nacht* weisen ins 16. Jh.; Gesellschaftsrevue/Maskenzug am Beginn von *Vor dem Thor* stammen aus der Renaissance, das Soldatenlied ist einem

Muster aus dem 16./17. Jh. nachgebildet, das Schäferlied weist auf die Schäferdichtung des 17. Jh.s und ihre Travestie im 18. Jh.; die gesungenen Einlagen von *Studirzimmer [I]* verweisen auf Gellert und Anakreontik, also die Mitte des 18. Jh.s; *Studirzimmer [II]* spielt auf Goethes Frankfurter Oden und Jean-Jacques Rousseaus *Rêveries* (1772) an; die Volksliedtravestien in *Auerbachs Keller* erinnern an Johann Gottfried Herders (1744–1803) *Volkslieder*-Projekt (1774, 1778/79) und die Parodien Friedrich Nicolais (1733–1811). – Beide chronologischen Linien sind also offensichtlich sorgsam eingezeichnet, führen vom Spätmittelalter bis ungefähr 1780 und werfen Licht auf die Wissenschaftsgeschichte, die von Magie über alchimistische und paracelsische Medizin, Flugwunsch als Beispiel für Zuwendung zur technischen Naturbeherrschung, Textkritik bei der Bibelübersetzung, anthropomorphe Naturbetrachtung in Physikotheologie und medizinische Kreislauf-Vorstellungen in Staats- und Ökonomie-Theorie der Physiokratie, kopernikanische Wendung der Erkenntnistheorie mit melancholischer Selbstergreifung des Subjekts und Wissenschaftsskepsis bis hin zur Scharlatanerie läuft. Goethe sah also die Entwicklung der Gelehrsamkeit von der Renaissance bis zu seiner Zeit (die der verspottete Wagner mit seinen Fragen und Interessen in *Nacht* schon methodisch vorwegnimmt!) ambivalent als Geschichte zunehmender Naturbeherrschung, abnehmender Einsicht in das, »was die Welt im Innersten zusammenhält«, und zunehmend unglücklichen Bewusstseins.

Die Dramaturgie der szenischen Räume ist wichtig: Nach der transzendenten Himmelsweite des *Prolog im Himmel*, die jedoch bühnenhaft schließt, folgt die Enge des gotischen Studierzimmers, das jedoch durch die Erdgeistererscheinung und die Glocken/Chöre am Ende transzendent geöffnet wird. *Vor dem Thor* zeigt die weite Landschaft und endet mit der Rückkehr durch das Tor; *Studirzimmer [I]* bringt wieder das enge Zimmer, das durch Mephistos Künste (Rattenzahn) den unteren Mächten geöffnet wird. Muss Faust dreimal »Herein!« sagen, gibt er willentlich dieser unteren Transzendenz freien Zutritt zu seinem Zimmer, das am Schluss für die lange Zeit der Weltfahrt verlassen wird. In die Enge von *Auerbachs Keller* kommen Faust und Mephistopheles nach einer Ballonfahrt herunter und reiten auf einem Fass wieder hinaus.

Ebenso signifikant ist die Dramaturgie von Licht und Finsternis: Nach der strahlenden Helle des *Prologs*, die am Ende durch einen Vorhang ausgeblendet wird, beginnt *Nacht* in Finsternis mit Mondschein und Fausts einsamer Studierlampe, die unter der (Licht-)Erscheinung des Erdgeistes verlischt und nach dessen Verschwinden Faust in Dunkelheit zurücklässt, bis Wagner mit seiner Lampe kommt und danach der Morgen anbricht. *Vor dem Thor* geht umgekehrt vom Tageslicht in die Abenddämmerung und durchs finstere Tor (V. 918). *Studirzimmer [I]* verbindet die in der engen Zelle freundlich brennende Lampe mit dem inneren Licht (V. 1194–97) und ruft den Urmythos von Licht und Finsternis auf (V. 1350–58); innere Verfinsterung bringt das bei Tageslicht spielende *Studirzimmer [II]* für Faust und Schüler. *Auerbachs Keller* ist ein Gewölbe, wohl mit Lampen an den Wänden, das plötzlich vom Höllenfeuer des verschütteten Weins blendend erleuchtet wird, womit auch die untere Transzendenz ihr Licht zeigt, das dann die Walpurgisnacht erhellt.

An all diesen durchgehenden Linien erkennt man, dass Goethe bei den drei Arbeitsphasen des *Faust I* die besonders im Gelehrtendrama offenen Lücken mit Sorgfalt und Umsicht geschlossen hat. Durchaus denkbar in diesen Linien wäre allerdings noch die geplante Disputationsszene zwischen *Studirzimmer [I]* und *[II]* gewesen, von der einige Paralipomena zeugen (Nr. 14–20; S. 633–636).

Nacht

Entstehung: V. 354–605 in der ersten Schaffensphase, wohl 1772/73. V. 598–601 als Vorbereitung auf das Osterspiel am Ende von *Nacht* und auf den Osterspaziergang, ferner: V. 606–807 wurden 1797–1801, vermutlich 1798 geschrieben. Bei der Überarbeitung des *Urfaust* wurden wenige Verse in der Aussage und der Formulierung geändert.

Die Szene besteht aus mehreren dramatisch voneinander unterscheidbaren Teilszenen: (1) V. 354–385 Selbsteinführung der Figur »ad spectatores« nach dem Muster der Dramen aus dem 16. Jh.; Faust geht in seiner Verzweiflung als Wissenschaftler durch die Unterwerfung unter die Magie ein Experiment mit sich ein, dessen Scheitern jeder Magiekenner voraussieht. (2) V. 386–429 Monolog mit Selbstanrede nach dem Muster des von Rousseau in *Pygmalion. Scène lyrique* (LGF 10) neu geschaffenen Monodramas; Gespaltenheit zwischen ersehnter lebendig-unmittelbarer und zeichenvermittelter Erkenntnis wird zugunsten der Zeichen entschieden, aber ohne dass die notwendige geduldige Lektüre und Entzifferung (»trocknes Sinnen«) erfolgt. (3) V. 430–459 Steigerungsversuch in spiritueller Magie mittels des Makrokosmos-Zeichens, monologisch reflektiert; gerade die reflektierenden Meldungen über den inneren Zustand und der Wunsch nach Belebung vereiteln die Endstufen der ekstatischen Magie. (4) V. 460–521 Versuch der Annäherung an den Erdgeist durch Belebung zur Sichtbarkeit und zum Dialog; der verfehlte Wunsch, durch Schau und Erkenntnis zu »begreifen«, und die Fehleinschätzung dieses Weltschöpfers als Erddämon vereiteln den Versuch. (5) V. 522–605 Wagners Versuche, sich durch

Benennung von Forschungsgebieten vom wirkenden Wort der Renaissance bis zur Subjektproblematik des 18. Jh.s weiterzufragen, werden hämisch von Faust kritisiert. (6) V. 606–685 Melancholische Bilanz über das mehr und mehr von Sorge und nutzloser Habe belastete, keine Hoffnung befriedigende Menschenleben und speziell über die eigene Unfähigkeit, den Augenblick der Erleuchtung und Schaffenskraft festzuhalten und ungehemmt »Übermensch« zu sein. (7) V. 686–807 Dialog mit dem Gift und den Tönen des Osterspiels; der Versuch, sich vom hemmenden Körper und der geschöpflichen Individualität zu befreien und in reine Tätigkeit oder ins Nichts hinüberzufließen, scheitert wiederum am Gedanken an das Beispiel Jesu als eines Sterblichen, der »Schaffender Freude nah« ist (V. 790) und damit erreicht hat, was Faust vergeblich versuchte, und an der Erinnerung an die Kindheit, in welcher Hoffnung, Liebe und Glaube noch in ihm waren und von außen beantwortet wurden.

Es ist in diesen sieben Versuchen, den Göttern zu gleichen (V. 652), immer die Grundopposition von »Wirkenskraft und Samen« (V. 384), von Schaffensfähigkeit und Ordnung, Energie und Erkenntnis/Gestaltung, die durch verschiedene Verbindungen und Reflexionsstufen hindurchgeführt wird. Den ersten, objektiven Stufen genügt Faust nicht – er ergibt sich der Magie, statt sie zu beherrschen; er meint, bei Benützung von Zeichen durch die Natur belehrt zu werden; er verlangt Leben vom Ordnungszeichen; er verlangt Sichtbarkeit und Erkenntnis vom Schaffenszeichen. Die Erdgeist-Stufe ist zugleich ein subjektives Desaster: Faust vermag ihn zu rufen, erträgt und begreift ihn aber nicht. Auch andere menschliche Realisationen der Grundopposition genügen ihm nicht – weder Wagners systematische Wissenschaft noch die momenthaft aufblitzende innere Erleuchtung und schaffende Freude, der sich das irdische Leben mit seiner Zeitlichkeit und notwendigen Instrumentalität bleischwer anhängt. Objektive und zugleich menschliche Realisation ist Jesu Christi Leben und Tod sowie das Erinnertwerden durch die Magie der Töne und der subjektiven Kindheitsgefühle: hier schmilzt die Entschlossenheit des Übermenschen ironischerweise zum Genuss des kindlichen Gefühls, der Träne der körperlichen Erschütterung herunter. Sofern Faust sich »vom letzten, ernsten Schritt« nur zurückhalten (V. 781 f.) lässt, ist die Szene offen für weitere Entwicklung; in gewissem Sinn aber vollzieht sich in ihr schon die ganze anthropologische Tragödie Fausts, wie sie ja auch mit den Motiven der Sorge, der Grablegung und Auferstehung, der Selbsttötung, der Gottebenbildlichkeit, der Ironie wesentliche Elemente des Schlusses von *Faust II* vorwegnimmt.

Die Siebenzahl der Szenenteile wie der Stropheneinteilung einiger davon (sieben Reden Wagners, Strophen in Teil 6 und in Teil 7) ist nicht zufällig; Goethe folgt damit der sogenannten Schöpfungshieroglyphe Herders, dem dreifach triadischen Bauprinzip der Gedankenentwicklung und Selbstaufstufung (vgl. LGF 10) in metrischer Unterscheidung: (1) freier Knittelvers, Anklang an alte Fastnachts- und Faust-Puppenspiele; (2) jambische Vierheber mit wenigen affektbetonten Daktylen; (3) Madrigalvers; (4) Madrigalvers, reimloser freimetrischer Vers, Gesangsstrophe (denkbar für V. 501–509); (5) Madrigalvers; (6) Madrigalvers; (7) Madrigalvers und Gesangsstrophen, die auf das Ende von *Faust II* vorausweisen. Die chronotextuelle Epochenkennzeichnung wird durch das spätmittelalterliche Osterspiel eröffnet.

BA vor 354 *gothischen Zimmer:* spätmittelalterlich auf die Lebenszeit des historischen Faust weisend, zugleich ist »gothisch« im Sinne der Klassizisten des 18. Jh.s ein Schimpfwort für ›barbarisch, verschnörkelt, unübersichtlich‹. Vgl. V. 6928 f., 9028 f.

FAUST *unruhig:* Johann, auch Georg Faust (vielleicht etwa 1485–1540), ein Illusionskünstler und Astrologe, der nur durch wenige Lebenszeugnisse belegt ist und nach einer Lokalsage in Staufen (Breisgau) vom Teufel geholt, wahrscheinlich bei einem alchimistischen Experiment getötet wurde. Um seine Person rankten sich bald eine Menge von Sagen und Wundergeschichten, die zunächst in mehreren kleinen Sammlungen, 1587 dann in der *Historia von D. Johann Fausten* von einem unbekannten Autor zusammengestellt wurden. Der hier dargestellte Gelehrte ist ein ›unruhiger‹ Revolutionär in seiner Zeit: mit dem in Büchern überlieferten Wissen und den menschlichen Fähigkeiten nicht mehr zufrieden, holt er sich Wissen, die Fähigkeit, Wunder zu tun, und alle gewünschten Genüsse vermittels der ›schwarzen Magie‹ beim Teufel, der ihm 24 Jahre lang dient und dann seine Seele holt. Zu den Zauber-Leistungen gehört, dass Faust für den Kaiser Karl V. Alexander den Großen und seine Frau herbeibeschwört und für sich selbst die mythische Gestalt der Helena, mit der er jahrelang zusammenlebt und einen Sohn hat, die beide bei seinem Tod verschwinden. Die Episode mit Margarete spielt jedoch weder in der *Historia* noch in der Faust-Literatur der folgenden Jahrhunderte eine Rolle. Goethes Kenntnis der Faust-Sage stammt aus Puppenspielen, die zur Zeit seiner Kindheit auf Märkten gespielt wurden (deren Quelle: Christopher Marlowe, *The Tragicall History of D. Faustus*, 1589, von englischen Schauspielertruppen im 17. Jh. auf den Kontinent gebracht), und aus einer primitiven Nacherzählung, die er als Kind von seinem Taschengeld gekauft hatte.

354–356 *Philosophie … Theologie:* Im Mittelalter die sogenannten höheren Fakultäten, die auf den sieben Artes liberales (freien Künsten) Dialektik, Grammatik, Rhetorik (= Trivium, Grundstudium), Arithmetik, Geometrie, Astronomie, Musik (= Quadrivium, Hauptstudium) aufbauten. Von den höheren Fakultäten (= Fachstudium) wurde normalerweise nur eine gewählt (vgl. V. 1968); Faust hat also alle überhaupt möglichen Fächer studiert.

357 *Durchaus:* vollständig, bis zum Ende (›durch- und ausstudiert‹).

360 *Magister ... Doctor:* Nach dem Baccalaureus ist Magister der zweite Universitätsgrad nach Absolvierung des Hauptstudiums. Der Doktorgrad wird nach Abschlussarbeit und Prüfung in einer der höheren Fakultäten verliehen; Faust hat den Doktor der Theologie (»D.«) erworben. Schon die Magister wurden, oft erst 20jährig, zum Universitätsunterricht herangezogen; Fausts Lebensalter lässt sich wegen der vier Fakultätsstudien nicht bestimmen.

364 *daß wir nichts wissen können:* Die Menschen sind durch die Beschränkung und Subjektivität ihrer Erkenntnis unfähig, objektive Wahrheit in irgendeiner Sache zu erlangen. Faust will damit über die Grenzen des Menschen hinaus und leidet darunter, dass er es nicht kann und dass er seinen Studenten objektiv unrichtige oder unvollständige Dinge beibringt. Auch Adam und Eva wurde übermenschliches Wissen versprochen (vgl. V. 2048).

366 *Laffen:* Trottel.

367 *Schreiber und Pfaffen:* Juristen im öffentlichen Dienst und Geistliche.

375 *Herrlichkeit der Welt:* Nach der Erinnerung an die Versuchung Adams V. 364 nun die Anspielung auf die Versuchung Jesu Mt. 4,8 f.: »Wiederum führte ihn der Teufel mit sich auf einen sehr hohen Berg und zeigte ihm alle Reiche der Welt und ihre Herrlichkeit und sprach zu ihm: Das alles will ich dir geben, so du niederfällst und mich anbetest.« Vgl. V. 10130 f.; schon hier zeigt sich Faust bereit, sich mit dem Teufel einzulassen.

377 *mich der Magie ergeben:* Universalwissenschaft der Renaissance, in der antike und mittelalterliche Geheimlehren zusammengefasst waren und die sich von den mittelalterlichen Bücherwissenschaften durch ihre empirisch-experimentelle Methodik und ihren Anwendungsbezug unterschied; nach Schwächung ihrer Grundannahmen entwickelten sich die neuzeitlichen Naturwissenschaften und die Technik daraus; gewisse Teil-Künste wie die Astrologie haben sich bis heute erhalten. Man kann spirituelle Magie, Dämonenmagie und Substanzmagie unterscheiden. Die spirituelle Magie betrifft die Fähigkeit, etwa durch Bildmeditation (z. B. anhand des Makrokosmoszeichens) Bewusstseinserweiterung zu erreichen und kosmische Ord-

nungsformen und Energien in sich hereinzuholen oder sich zu ihnen zu erheben (vgl. V. 614–617), um damit Wirkungen auf Dinge und Menschen zu erzielen. Die Dämonenmagie vermag mit Hilfe geheimer Zeichen, Namen oder Zeremonien Dämonen und Geister höheren und niederen Rangs zu rufen, zu beschwören oder zu bannen, um sie sich dienstbar zu machen (Erdgeist, Mephistopheles) oder von sich fernzuhalten (Drudenfuß, V. 1395). An Substanzmagie ist etwa beim Hexentrank (V. 2519 ff.) zu denken. Auch technische Erfindungen wie Heißluftballon oder Laterna magica (V. 6301) zählten lange dazu. Zu unterscheiden sind ferner weiße und schwarze Magie: Die weiße Magie arbeitet im Einklang mit der Natur und ihren Gesetzen, sucht nur ihre Prozesse zu beschleunigen, ihre Wirkstoffe zu konzentrieren, ihre Abläufe und Substanzen für menschliche, z. B. medizinische, Zwecke einzusetzen. Die schwarze Magie bedient sich widernatürlicher Mittel, um die Kräfte und Dämonen der Hölle für sich arbeiten zu lassen. Beide Magien verlangen exakte Wissensvorbereitung – Goethe studierte z. B. Heinrich Cornelius Agrippa von Nettesheims dreibändiges Werk *De occulta philosophia sive de magia* (1531) und viele andere Renaissance-Texte, aber auch magische Werke seiner Gegenwart, die ein weitverzweigtes Geheimwissen anboten; er macht sich einen Spaß daraus, Faust als uninformierten Magier hinzustellen, der diese Wissenschaft nicht etwa beherrscht und sich ihrer in aller gebotenen Vorsicht bedient, vielmehr sich ihr »ergeben« hat, sich von dem beherrschen lässt, was ihm zufällig damit passiert (nicht einmal der Drudenfuß auf seiner Schwelle ist korrekt gezeichnet: Der Teufel kann ins Haus). Faust ist nicht nur uninformiert, sondern auch seelisch unvorbereitet. Agrippa etwa betont ständig, magische Experimente müssten nach geistlicher Glaubensrüstung in Ruhe und voller Konzentration durchgeführt werden: Faust dagegen ist verzweifelt, bereit, sich vom Teufel verführen zu lassen, den er nicht fürchtet, und lässt sich in seiner Meditation ablenken (V. 442). Magie als die Fähigkeit, mit unbekannten Mitteln Wirkungen und Veränderungen in Personen und Sachzusammenhängen zu erzielen, spielt durch den ganzen *Faust* hindurch eine entscheidende Rolle (vgl. V. 11404–07).

378 *Geistes Kraft und Mund:* Kraft des eigenen Geistes und Mund eines Dämons: spirituelle und dämonische Magie.

384 *alle Wirkenskraft und Samen:* Der Magie liegt die Vorstellung zugrunde, dass Gott ein Urelement *terra* geschaffen hat, in dem die Schaffens- und Zerstörungsenergien (alle Wirkenskraft) und alle Form- und Ordnungsprinzipien (alle Samen) der späteren Schöpfung enthalten sind; aus diesem

Element ist der Mensch gemacht, der mithin etwas von allem enthält, »Mikrokosmus« ist (vgl. V. 1802). Der dem Urelement *terra* zugeordnete Dämon (Erdgeist) schafft dann erst die einzelnen Elemente Wasser, Luft, Feuer und Erde, denen wiederum kleinere Dämonen zugeordnet sind (vgl. V. 1273–76); Faust verwechselt dann den Erdgeist mit dem Elementardämon, den Weltschöpfer mit einem für Pflanzenwachstum etc. zuständigen Geist. Wenn er hier »alle Wirkenskraft und Samen« schauen will, will er die Totalerkenntnis des Urelements *terra* und damit die intellektuelle Kapazität und das Wissen des Weltschöpfers Erdgeist gewinnen.

385 *in Worten kramen:* nicht mit Worten Handel treiben (vgl. heute noch »Krämer«, »Kramladen«), sondern (so ist zu ergänzen) wie der Weltschöpfer schaffen und zerstören können.

388 f. *Den ich … herangewacht:* Er hat ihn durch sein Wachen zum Erscheinen gebracht.

394 *Bergeshöhle mit Geistern:* Höhlen wurden im Volksaberglauben als von Naturdämonen und Geistern von Toten bewohnt geglaubt.

395 *weben:* hin- und herfliegen.

401 *gemahlte Scheiben:* Scheiben mit farbigen Bildern wie etwa in gotischen Kirchen.

402 *Beschränkt:* eingeengt. Von hier an wird »deine Welt« beschrieben.

403 *Würme:* zu Goethes Zeit korrekter Plural von ›Wurm‹.

405 *Ein angeraucht Papier umsteckt:* Goethe pflegte angefangene schriftliche Arbeiten mit Nadeln an die Wand zu heften; was lange nicht fertig wurde, war bald vom Kerzenqualm gebräunt.

409 *deine Welt … eine Welt:* Das erste Mal sind beide Wörter gleichmäßig, das zweite Mal ist »Welt« zu betonen: Lebensraum, beengend und verhasst; trotzdem kommt er nicht von seinem Pult los.

419 *Und:* muss als ›aber‹, ›doch‹ gelesen werden, denn entgegen dem Selbstbefehl, aus seinem Bücherkerker zu fliehen und nach V. 392–397 geistige, seelische, körperliche Gesundheit in der Natur zu finden, bleibt er an dem geheimnisvollen Buch hängen.

420 *Von Nostradamus eigner Hand:* Michel de Nôtredame (1503–1566), französischer Astrologe und Leibarzt Heinrichs II. und Karls IX. Erhalten sind von ihm visionäre Weissagungen (*Centuries*, 1558), jedoch kein magisches Werk mit Zeichen, wie Goethe sie Faust betrachten lässt. Faust soll ja auch, zu dieser Zeit schon ungewöhnlich und besonders geheimnisvoll, ein handgeschriebenes, durch den Druck nicht veröffentlichtes Werk des Gelehrten besitzen. Aber auch dieses Buch kann nicht Natur, nicht »Geleit«, nur Ersatz

sein. Die Erwartung astronomischer Erkenntnisse (V. 422) ist bei einem Magie-Buch verfehlt.

423–425 *Und wenn Natur … Geist:* Geister reden zueinander, nach der Vorstellung der Magie, durch Gedanken- und Bildübertragung. Damit der Magier sich an diesem Gespräch beteiligen kann, braucht es langer Kunstübung, damit ihm »Geister durch alle Sinnen und Glieder sprechen«, wie Goethe 1772 von Emanuel Swedenborg (1688–1772), einem schwedischen Geisterseher seiner Zeit, sagte (DjG 3, S. 91). Fausts Erwartung, dass Natur ihn belehrt, und dies noch durch das Buch, ist also doppelt falsch.

426–429 *Umsonst … mich hört!:* Dass gute und böse Geister ständig um den Menschen schweben, ist Überzeugung der Magie. Ungeduldig will Faust sich nicht einmal vorher informieren, mit welchen Geistern ihn die Zeichen in Beziehung bringen, was sie leisten und was er leisten muss, um Erfolg zu haben.

426 *Sinnen:* Nachsinnen.

BA vor 430 *Zeichen des Makrokosmus:* vgl. Abb. 2. »Makrokosmos« (griech., ›große Ordnung‹) ist der Begriff für das geordnete Ganze der Schöpfung, das geozentrisch (bis zur Annahme der kopernikanischen Lehre) aus Kugelschalen (Sphären) aufgebaut gedacht war: Um die Erde als Naturbereich legten sich die Sphären der Planeten und des Fixstern-Himmels, darüber die Sphären der Engel bis hinauf zu den Seraphim, die um den Thron Gottes stehend gedacht wurden. Abb. 2 informiert eher über diesen Aufbau, als dass sie für magische Zwecke geeignet gewesen wäre; magische Meditationsbilder sollen Konzentration, dann Staunen, religiöse Verehrung und ekstatische Andacht ermöglichen, »wo wir mit wunderwirkendem Glauben, untrüglicher Hoffnung und lebendig machender Liebe die Engelgeister des Bildes im Geist und in der Wahrheit bei ihren wahren Namen und Charakteren anrufen und die verlangte Kraft von ihnen erhalten«, wie Agrippa von Nettesheim, ein Magier des 16. Jh.s, schreibt (vgl. Anm. zu V. 377). Wir wissen deshalb nicht, wie Goethe sich das Makrokosmos-Zeichen vorstellte. Wichtig ist einerseits, dass das Zeichen einseitig den Ordnungs-Aspekt erschließt, der in dem Urelement *terra* mit dem Fülle- oder Energie-Aspekt zusammenwirkt (vgl. Anm. zu V. 384), und damit Faust nicht befriedigen kann, der beides will. Wichtig ist andererseits, dass Faust sich dem Zeichen gegenüber falsch verhält: Statt auf dem beschriebenen Weg stumm in »ekstatische Andacht« zu geraten, reflektiert und redet er dauernd darüber, was mit ihm passiert, und schließlich wird er sogar vom Bild abgelenkt (V. 442–446). Das Experiment mit dem alten Zeichen muss misslingen,

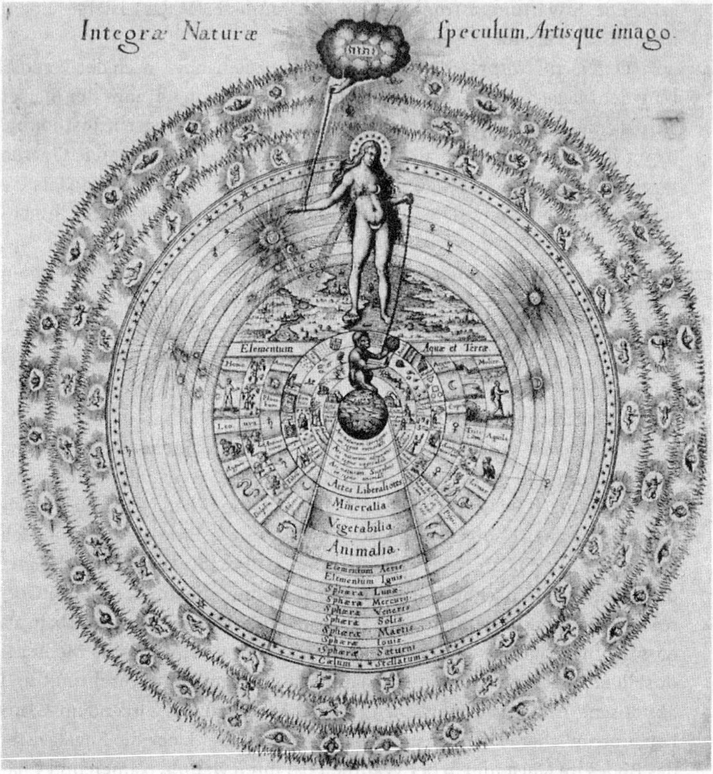

Abb. 2 Beispiel einer Makrokosmos-Darstellung, 1619

weil ein reflektierender Moderner sich damit befasst, oder der Moderne kann bei seinem unmittelbaren Umgang mit der Natur keinen Erfolg haben, weil er veraltete Zeichen und Wissenschaftsvorstellungen verwenden muss (jedes Zeichen ist mehr oder weniger alt).

430–454 *Ha! welche Wonne … ein Schauspiel nur!:* Der Blick auf das Zeichen erzeugt sofort Wirkungen, die einem bestimmten Schema (sog. »musische Begeisterung« mit 9 Stufen nach den 9 Musen) folgen: sinnliche Befriedigung und körperliche Belebung (V. 430–433) auf Stufe 1–3; seelische

Beruhigung (V. 434 f.): Stufe 4; heftige Phantasiebilder, starke Gefühle (V. 436 f.): Stufe 5; höhere, göttlich inspirierte Einsichten (V. 438 f.): Stufe 6; bewundernde geistige Betrachtung der »Schauspiele der Weisheit« (V. 440 f.): Stufe 7. Der Vorschrift gemäß müssten sich hier eine Stufe 8, wo sich der Magier der Kräftekonstellationen der Gestirne bedient, und eine Stufe 9, wo der Magier die Formkräfte der Schöpfung und die über Elemente und Gestirne gesetzten Dämonen anlocken und sich in das Leben des als großer Organismus gedachten Universums einschwingen kann, anschließen. Faust wird jedoch durch sein ständiges Reden über den Zustand, in dem er sich befindet, immer im eigenen Bewusstsein festgehalten, wo er doch »außer sich« geraten und der Weltordnung mit ihren Formkräften nicht mehr gegenüberstehen, sondern in ihr mitwirken sollte. Deshalb entgleist er, wird durch die Erinnerung an die Erkenntnis eines anderen Menschen abgelenkt (V. 442–446), versucht durch Studium des Zeichens vergeblich wieder in Stimmung zu kommen (V. 447–453) und schiebt enttäuscht die Unvollkommenheit seiner Erfahrung auf das magische Zeichen, das ihn der Vorschrift nach zu den »Quellen alles Lebens« hätte führen können. Goethe zeichnet Faust als ›Zauberlehrling‹.

433 *Nerv':* im damaligen Wortgebrauch: Sehne.

437 *mit geheimnißvollem Trieb:* Faust hat nicht nur eine Vision der Kräfte der Natur in seiner Umgebung, sondern wird auch von ihnen erfüllt (was er offenbar nicht erwartet). Nach den Naturkräften schaut er die wirkende Natur selbst (V. 441), dann die »Geisterwelt« (V. 443), die ihn an das Zitat erinnert, dann die »Himmelskräfte« (V. 449). Hätte er sich nicht ablenken lassen, wäre er auf diesem Weg »nach oben« tatsächlich zu dem hinter allem stehenden Leben gekommen.

440 *reinen Zügen:* die Linienführung der Zeichnung.

442 *der Weise:* Wahrscheinlich ist Johann Gottfried Herder, Goethes Lehrer in Straßburg, gemeint, der in *Älteste Urkunde des Menschengeschlechts* (1774–76) schrieb: »komm' hinaus, Jüngling, aufs freie Feld […] dies unnennbare Morgengefühl […]. Es ist das Bild jenes Naturweisen […] Morgenröte« (*Werke in zehn Bänden* 5, S. 239–241). Der Naturweise Herders ist der Verfasser des 1. Buchs Mose, der sein Bild der Schöpfung mit dem Urlicht, der »Morgenröte«, beginnen lässt; Herder selbst ruft zur unmittelbaren Erfahrung dieses Urlichts in der Natur auf. Der Gedanke an den Weisen während des magischen Experiments unterbricht dieses somit auch wegen der Modernität des Gedankens.

449 f. *Wie Himmelskräfte … reichen!:* Vorstellung der Magie, dass die Erde

durch die Kräfte des Himmels (vgl. die Astrologie) beeinflusst wird (ähnlich die Jakobsleiter 1. Mose 28,12f.); das Bild der Eimerkette geht auf das Weiterreichen etwa von Wasser beim Feuerlöschen entlang einer Kette von Personen zurück.

455f. *unendliche Natur ... Brüste ... Quellen alles Lebens:* Vorstellung der ›Mutter Natur‹ als des vielbrüstigen Kultbilds der Diana/Artemis in Ephesos. Aber auch die »Himmelskräfte« heißen in der magischen Tradition »Mütter« (vgl. auch V. 6216).

459 *schmacht' ich:* habe ich Durst.

BA vor 460 *unwillig ... Zeichen des Erdgeistes:* Nach dem durch eigene Schuld fehlgeschlagenen Makrokosmos-Experiment ist der Ärger Fausts (»unwillig«) eine ähnlich schlechte Voraussetzung für das Gelingen des Erdgeist-Experiments wie beim Makrokosmos die Klage und die Ungeduld. Wie dort ist Faust nicht über die Bedeutung des Zeichens informiert, das er jetzt aufschlägt, und tappt in die Falle, dass die Magie ein Urelement *terra*, Erde, und ein mit allem anderen erst daraus geschaffenes Element Erde annahm. »Erdgeist« kann also den Dämon bezeichnen, der aus dem Urelement alles hervorbringt, schafft, gestaltet und zerstört, wie auch den kleineren Dämon, der für die Vegetation auf der Erde zuständig ist. Goethe hat seinem Faust die Falle aufgestellt, denn die Magie vermeidet das Missverständnis, spricht von *spiritus mundi*, Weltgeist, oder verwendet die griechischen Götternamen Jupiter für den Lebens- und Todesaspekt, Apollon für den Gestaltungsaspekt (Goethe hat deshalb für Aufführungen einen Apollon-, Abb. 3 und 4, oder einen Jupiterkopf, Abb. 5, vorgeschlagen, und in einer eigenen Notiz von »Welt u Taten Genius« gesprochen; Paralipomena, S. 630). Aber Faust soll als schlecht vorbereiteter Zauberlehrling gezeichnet werden, der den kleinen Elementargeist vor sich zu haben meint (V. 510f.) und sich gegenüber dem Weltgeist völlig falsch verhält. Zunächst aber beginnt er wie beim Makrokosmos-Zeichen mit Steigerung und Bewusstseins-Erweiterung (vgl. Anm. zu BA vor V. 430), jetzt nach drei anderen Schemata: Das Zeichen wirkt anders auf ihn ein; seinen Fehler, beständig über seinen Zustand zu reden und damit nicht außer sich geraten zu können, behält er bei: Es ist nicht Fausts privater Fehler, sondern die Grundbedingung des Menschen der Neuzeit, stets bei sich zu sein, das Bewusstsein seiner selbst zu bewahren. Darauf schließt Faust später seine Wette ab (vgl. V. 1718–25); er ist der exemplarische Mensch der europäischen Neuzeit.

460–480 *Wie anders ... mein Herz dir hingegeben!:* Faust durchläuft hier in rascher Folge drei Steigerungs- und Begeisterungswege, die ihn nach den

Abb. 3 Goethe: Szenenentwurf zur Erscheinung des Erdgeistes in Apollons-Gestalt

Abb. 4 Vorstufe zu 3, getuschte Federzeichnung Goethes
(von Witkowski fälschlich als Beschwörung des Pudels bezeichnet)

Abb. 5 Jupiter (Zeus) von Otricoli (Rom, Vatikanische Museen), von Goethe für die Darstellung des Erdgeists erwogen

Schemata der Magier noch höher führen könnten als die Musen-Begeisterung: V. 461–463 Begeisterung des Dionysos (Stichwort »Wein«), die die Seele in den freien Umgang mit göttlichen Geistern steigert; V. 464–476 Begeisterung des Apollon (Stichwort »Muth«), die die Seele mit himmlischen Dämonen vereinigt, prophetisch begabt und mit dem Mut ausstattet, die vorhergesehenen Gefahren zu bestehen. Faust verhält sich wieder falsch, redet und nimmt die mit der Apollon-Begeisterung auftretenden Veränderungen des irdischen Lichts in außerreale Lichterscheinungen (V. 471 f.) als Anlass für den Wunsch, den Erdgeist mit seinen irdischen Augen zu sehen. V. 477–480 Begeisterung der Venus (Stichwort »hingegeben«), die den Menschen ganz umwandeln und zu einer seelisch-geistigen Vereinigung mit der Gottheit führen kann. Faust, weiter über sich redend und bei sich bleibend, wird nicht vollständig verwandelt. Er hat nur Hingabe und nicht die (nach Agrippa von Nettesheim) »glühende Liebe«, die ihn befähigen würde, sich innerlich mit der Gottheit zu vereinigen, »den Jupiter mit ganzem Gemüt zu begreifen« und dann als Teil der Gottheit zu erkennen und zu handeln. Stattdessen will er gegenüber bleiben, will ein Schauspiel, das er doch V. 454 verachtet hat, und versucht, Zwang auf den Weltgeist auszuüben (V. 481). So schraubt er, wie vorher den Makrokosmos auf ein Schauspiel, den Weltgeist auf das Maß eines erscheinenden Dämons zurück, der ihm aber immer noch zu mächtig ist.

470 *Die Lampe schwindet!:* geht aus, oder ihr Licht ist nicht mehr zu sehen.

473 *Ein Schauer:* eine kühle Luftströmung, die ihn zum Schaudern bringt.

478 f. *Zu neuen Gefühlen … erwühlen!:* Die radikale Veränderung der Sinneswahrnehmungen durch die Venus-Begeisterung wird mit dem Hindurchwühlen der Sinnesorgane durch die hiesige in eine neue Realität verbildlicht.

BA vor 482 *spricht das Zeichen … röthliche Flamme …* DER GEIST *erscheint:* Übergang von der Magie, mit der der Magier sich steigert, zur Dämonenmagie, in der hilfreiche und schädliche Geister gerufen werden; zu diesen gehören der Erdgeist als Erscheinung, später Mephistopheles. Die Magie lehrte, dass Geister nach bestimmten Vorbereitungen bei ihrem geheimen oder geheimnisvoll ausgesprochenen Namen gerufen werden können (vgl. auch das Märchen vom Rumpelstilzchen). Die rötliche Flamme deutet an, dass der Betrachter des Dämons einen bösen und verkehrten Geist hat (deshalb erscheint im *Urfaust* der Erdgeist »in wiederlicher Gestallt«). Fausts Fehler und tragisches Unvermögen beginnen sich auszuwirken.

482 *schreckliches Gesicht!:* »Gesicht«, Pl. »Gesichte« (V. 520) ist ›Vision‹. »schrecklich« ist sie nur für Faust; bei Aufführungen wollte Goethe dem

Zuschauer erhaben schöne Darstellungen von Apollon oder Jupiter zeigen (Abb. 3 und 4, vgl. Anm. zu BA vor V. 460).

484 *An meiner Sphäre lang' gesogen:* Nach dem Geisterseher Emanuel Swedenborg (s. Anm. zu 423–425) haben Menschen und Geister Wirkungskreise, Aktivitätssphären, mit denen sie sich anziehen, abstoßen, beeinflussen können; heute spricht man von Ausstrahlung. Besonders Mephistopheles übt so seine Wirkungen aus (vgl. z. B. V. 3493). Während Faust den Erdgeist angezogen hat, dass dieser freiwillig sich herbeilässt (V. 488), wird Faust von der Ausstrahlung des Erdgeists abgestoßen, niedergedrückt, weil er die glühende vereinigende Liebe nicht hat.

486 *erathmend:* neuen Atem (vgl. V. 478 f.) schöpfend, denn Faust hat sich dem *spiritus mundi*, Weltatem, Weltgeist innerlich genähert und kann versuchen, seine Brust »den Göttern gleich zu heben« (V. 493). Um so kindischer ist es, sehen zu wollen, was ihn jetzt schon innerlich erfüllt.

490 f. *Faßt Uebermenschen dich! … erschuf:* ›fasst dich als einen Übermenschen‹ – der Erdgeist anerkennt die geistig-seelische Steigerung Fausts über das normale Menschenmaß hinaus. Sie hatte ihm schon ermöglicht, den Makrokosmos als komplexes Kraft- und Wirkungsgebilde zu rekonstruieren (V. 447–453). Deshalb spottet er jetzt über den Wunsch und die Unfähigkeit Fausts, mit seiner irdischen Menschenexistenz die Ausstrahlung des Weltgeistes auszuhalten.

494 *deß Stimme:* dessen Stimme.

496 *von meinem Hauch umwittert:* umweht (vgl. heute noch ›Witterung‹).

498 *Wurm:* vgl. V. 605, 654–656.

503 *Wehe:* in manchen Ausgaben wie in der *Früheren Fassung* »Webe«, von »weben«: hin- und herfahrend sich bewegen, ebenso V. 506; vgl. V. 395.

508 f. *Webstuhl der Zeit … lebendiges Kleid:* Die hin- und herfahrende Bewegung ergibt wie beim Weberschiffchen ein Gewebe, »Kleid«, nämlich die sichtbare Welt, die in der Zeit entsteht und sich gleich wieder aufzulösen beginnt. Der Weltgeist als Jupiter der Lebens- und Zerstörungsenergie und als Apollon der Gestaltung/Umgestaltung (vgl. V. 6287 f.) hat nach antiker und von der Magie tradierter Vorstellung diese Aufgabe.

511 *Geschäftiger Geist:* Damit bezeichnet Faust den Erdgeist im Wortgebrauch des 18. Jh.s als unselbstständig und unbesonnen aktiv, setzt ihn also auf den kleineren Wachstumsdämon des Elements Erde herunter und ist deshalb besonders enttäuscht, »nicht einmal« dem zu gleichen (V. 516).

512 *begreifst:* vgl. Anm. zu V. 460–480, wo die Venus-Begeisterung ein Begreifen »mit ganzem Gemüt« ermöglicht, was Faust aber nicht schafft.

516 *Ebenbild der Gottheit:* Bezug zu 1. Mose 1,27: »Und Gott schuf den Menschen ihm zum Bilde«; es wurde viel diskutiert, ob dieses Bild nur ähnlich oder inwieweit es gleich wie Gott sei. Die Magie kommt zur Lösung, dass die Gottheit alle Dinge aus sich hervorbringt (mit Hilfe des Weltgeists) und der Mensch ein Extrakt aus allen Dingen ist (aus dem Urelement Erde geschaffen). Den Unterschied könnte das Begreifen V. 512 überwinden, dann wäre der Mensch ein Teil der erkennenden und schaffenden Gottheit wie der Erdgeist.

518 *mein Famulus:* mein Assistent, meist ein älterer Student.

520 *Gesichte:* vgl. Anm. zu V. 482.

521 *trockne Schleicher:* Faust beginnt seinen Ärger und seine Enttäuschung über die fehlgeschlagenen Experimente schon hier an seinem Assistenten auszulassen; der treibt allerdings eine Wissenschaft, die streng von Frage zu Ergebnis zu neuer Frage weiterschreitet (»Schleicher«) und sich keine magischen Genialitäten leistet (also »trocken« ist).

BA vor 522 WAGNER: schon in der Faust-Sage Assistent des Doktor Faust; auch er soll einen bösen Dämon als Helfer gehabt haben, worüber in verschiedenen »Wagner-Büchern« warnend berichtet wird. Bei Goethe stellt er neben dem genialischen ungeduldigen Faust einen Schritt für Schritt vorsichtig, aber auch sicher vorangehenden Wissenschaftler-Typ dar.

522 *declamiren:* mit der Sprechkunst eines Redners oder Schauspielers vortragen.

530 *Museum:* Studierstube, Arbeitszimmer des Gelehrten, den Musen geweiht.

533 *sie durch Ueberredung leiten:* die Welt, d. h. die Leute, rhetorisch manipulieren.

536 *Behagen:* vgl. Anm. zu V. 81.

539 *Ragout:* vgl. Anm. zu V. 100. Faust kritisiert hier die nach Wagners Wissenschaftsverständnis notwendige Bindung an die Gedanken, Ergebnisse und Formulierungen früherer Gelehrter, die wie ein Haufen Asche auf den wenigen originalen Gedanken (»Flammen«, V. 540) liegen.

543 *euch … der Gaumen steht:* ihr darauf Appetit habt.

545 *Herz zu Herzen schaffen:* Ergebnis der V. 535–537 beschriebenen idealen Redeweise. – *schaffen:* hinführen, in unmittelbare Berührung bringen.

546 *Allein der Vortrag … Glück:* Aber die Vortragskunst bringt dem Redner Geld und Ansehen.

549 *schellenlauter Thor:* Narr mit Schellenkappe.

555 *der Menschheit Schnitzel kräuselt:* die Abfälle des Schnitzers (Bildhauers) vom Bild des Menschen aufschmücken (wie glattes Haar kräuseln).

558 f. *die Kunst ist lang! / Und kurz ist unser Leben:* Aphorismus des Hippokrates, Allgemeingut geworden durch Seneca in dessen *De brevitate vitae* (»Von der Kürze des Lebens«) I,1: »vitam brevem esse, longam artem«.

560 *kritischen Bestreben:* Die sog. Textkritik, vor allem bei Texten aus der Antike mit langer handschriftlicher Überlieferung, sucht durch verschiedene Verfahrensschritte den ursprünglichen Wortlaut (»Quellen«, V. 563) zu »ermitteln« (V. 562).

566 *Pergament:* lederne Schreibfläche vor allem der antiken Handschriften; vgl. Anm. zu V. 1108.

570 *Ergetzen:* Ergötzen, Freude.

576 *ein Buch mit sieben Siegeln:* geheimnisvolles Buch der Zukunft, von dem Offb. 5,1 gesprochen wird und dessen Siegel-Verschlüsse einer nach dem andern geöffnet werden. Hier auf die Vergangenheit bezogen.

578 *der Herren:* derer, die behaupten, sich in den Geist der vergangenen Zeiten (V. 571) versetzen und sie verstehen zu können. Dieses ›Verstehen‹ bezieht sich auf Abfälle und Veraltetes (V. 582).

583–585 *Haupt- und Staatsaction ... ziemen:* historisches Schauspiel (Ende 17. / Anfang 18. Jh.) als dritte Form scheinbaren Verstehens, weil man meinte, aus der Geschichte Handlungsorientierungen (›pragmatische Maximen‹) ableiten zu können. Diese Stücke (›Haupt-Aktionen‹, weil sie ein Vorspiel hatten) wurden oft von Marionettentheatern aufgeführt.

591 *ihr volles Herz nicht wahrten:* nicht schwiegen, wo Reden gefährlich war.

593 *gekreutzigt und verbrannt:* von Jesus und Petrus bis zu den vielen, die in ihrem Namen die kirchliche Inquisition verbrannt hat.

597 *mit euch mich zu besprechen:* drei Bedeutungen: (1) diskutieren, eine Besprechung abhalten; (2) über mich sprechen, ›Ich‹ als Thema; (3) dieses Ich magisch »besprechen«, festbannen, zu fassen bekommen. Wagners Fragen seit V. 523 steuerten auf die um 1770 neueste Problematik, die des Menschen (V. 586) und des Subjekts, zu. Dass er mit Lampe erschienen ist (BA vor V. 522), erinnert deshalb an den griechischen Philosophen Diogenes, der auf dem Markt mit einer Lampe herumging und sagte: »Ich suche einen Menschen.«

603 *schalem Zeuge:* uninteressanten Forschungsgegenständen.

615 *Spiegel ew'ger Wahrheit:* Gottes Weisheit, der er sich mit dem Makrokosmos-Zeichen genähert zu haben meint.

618 *mehr als Cherub:* vgl. Anm. zu BA vor V. 243 und zu V. 437. Anhand des Erdgeist-Zeichens meinte Faust, selbst eine der schaffenden Himmelskräfte zu sein.

621 *Sich ahnungsvoll vermaß:* Er nahm die Einbildung, selbst schaffende Gottheit zu sein, vermessen als Tatsache an.
629 *Menschenloos:* Menschenschicksal und Grenzen des Menschseins.
631 *jenem Drang:* vgl. Anm. zu V. 328 f.
634 *was ... empfangen:* was auch immer ... empfangen haben mag.
635 *fremd und fremder:* fremder und fremder.
637 *heißt:* gilt uns als ...; wir sind mit immer weniger zufrieden.
638 *Die ... Gefühle:* die herrlichen Gefühle, die uns das Leben gaben.
640 *sonst:* früher.
644 *Sorge:* wichtiges Motiv im *Faust*, die Wette mit Mephistopheles ist eine Wette auch auf ununterbrochene Sorge (vgl. V. 1718–21, 4114), aber Faust leugnet das am Ende seines Lebens (V. 11432–98).
658 *Tand:* wertloses Zeug.
669 *Rad ... Bügel:* Teile einer Influenz-Elektrisiermaschine zur Produktion von Reibungselektrizität (seit Guericke 1663).
671 *Bart ist kraus:* der den Fall-Riegel anhebende Teil des Schlüssels ist kompliziert.
678 *Rolle:* Papierrolle.
683 *Erwirb es um es zu besitzen:* Die Sorge lässt nicht zu, dass man wirklich besitzt, was man hat (V. 11459 f.). Besitz, Erbe, Tat in jedem Moment voll zu konzentrieren und neu zu erschaffen wäre gottebenbildlich.
690 *Phiole:* bauchiges Glasgefäß der Chemiker und Apotheker.
692 *Menschenwitz:* menschliche Intelligenz.
693 *Inbegriff der holden Schlummersäfte:* also hochkonzentriertes Opium; Faust nimmt schon beim bloßen Anblick die Wirkungen der Schmerzlinderung (V. 696), Schläfrigkeit (V. 697 f.) und Halluzinationen (V. 699–703) vorweg.
702 *Feuerwagen:* Anspielung auf die Himmelfahrt des Propheten Elia (2. Kön. 2,11) und auf eine Parodie (Ariost, *Rasender Roland*, 1516), wo der Feuerwagen auf dem Mond unter Darstellungen des Wahns, der Vergeblichkeit und Sinnlosigkeit landet – Ambivalenz von Fausts Hoffnungen.
704 *Auf neuer Bahn den Aether zu durchdringen:* Der hier beabsichtigte Suizid könnte den »Erdensohn« abstreifen (V. 617) und der von »Stoff« unbelasteten (V. 635) reinen Energie in dem als Lebens- und Lichtraum (»Aether«) gedachten Weltall die beim Erdgeist vergeblich gesuchte göttliche Wirksamkeit als »freie Kraft« verschaffen – oder ins Nichts führen (V. 719).
710 *die Pforten:* des Todes; der Weg wird fortgesetzt: Höhle, Durchgang, enger Mund, Hölle (möglicherweise Nichts).

715 *In der sich Phantasie … verdammt:* Vorstellung, dass der Mensch sich seine Höllenstrafen durch eigene Phantasie schafft.

719 *Und, wär' es … fließen:* Durch das Komma nach »Und« doppelt lesbar: (1) und wenn ich dabei auch ins Nichts gehe statt in die erhoffte Tätigkeit; (2) und auf jeden Fall ins Nichts zu gehen, wenn auch auf gefahrvolle Weise. Jedenfalls deutet das Komma eine Sprechpause an, einen Moment der Besinnung darauf, dass Faust gar nicht weiß, wohin ihn der Tod führt, ins Nichts oder in die reine Tätigkeit.

720 *krystallne reine Schale:* ein mit eingeschliffenen Bildern geschmücktes altes Trinkglas.

725 *zugebracht:* mit einem Trinkspruch dem Nachbarn weitergereicht (V. 730).

731 *Witz:* geistreichen Scharfsinn.

737 *Christ ist erstanden!:* erste Zeile des Kirchenlieds aus dem 12. Jh., das in den Osterspielen des Spätmittelalters immer als Gemeindelied (nicht Engelsgesang wie hier) verwendet wurde. Mit dem Besuch der drei Marien am Grab, der Bestätigung der herbeigeholten Jünger, dass Christus auferstanden ist, und dem Engelsgesang wählt Goethe die Kernszenen dieser Osterspiele. Der Text bietet allerdings eine christliche Lehre, wie Faust sie sich in seinem Unglauben ›zurechthört‹. Die Verse der Gesangsstrophen kehren in *Grablegung* (5. Akt) wieder.

740 f. *erblichen / Mängel:* statt der von den Kirchen gelehrten Erbsünde. Der Mensch braucht dann keinen Erlöser (vgl. V. 11805 f.), sondern einen Führer zur Selbsterlösung.

745 *erste Feyerstunde:* Matutin, Nachtgebet in der dritten Morgenstunde.

748 *neuen Bunde:* Jer. 31–33 wird ein neuer Bund Gottes mit den Menschen und das Kommen des Messias prophezeit.

749 *Spezereyen:* Nach Joh. 19,38–42 wurde der Leichnam Jesu von Joseph von Arimathia und Nikodemus einbalsamiert (»Spezereyen«); nach Lk. 23,55 f.; 24,1 f. kommen die Frauen mit den Salben erst am folgenden Tag.

759–761 *betrübende … Prüfung:* zu ›Leben als Trübung‹ vgl. V. 12074 und Anm. zu V. 2; entsprechend V. 740 f. (vgl. Anm.) wird der Tod Jesu nicht als Erlösungstat, sondern als musterhaftes Bestehen und Erleiden der »Übung«, d. h. Steigerung und Kräftigung durch das Leiden, verstanden.

768 *holde Nachricht:* wie »Botschaft« (V. 765) Übersetzung von »Evangelium« (griech. *euangélion*). Faust, ohne Glauben, wie er sagt, umspielt hier christliche Begriffe, z. B. Glaube (V. 765), Liebe (V. 771), Hoffnung (»ahnungsvoll«, »Sehnen« V. 773, 775).

772 *Sabathstille:* Gemeint ist vermutlich die Stille des Sonntags (in der jüdischen Religion ist der Sabbat der Samstag).

774 *brünstiger Genuß:* Die brennende (vgl. das Wort ›Feuersbrunst‹) Andacht des Gebets verschaffte zugleich Befriedigung.

779 *Dieß Lied:* nämlich »Christ ist erstanden« als Osterlied.

785–792 *Hat der Begrabene ... Leide da:* Satzkonstruktion: Während der Begrabene ... sich erhoben hat und während er ... nah ist, sind wir ... zum Leide da. – Der »lebend Erhabene« ist Jesus, schon zu Lebzeiten ein erhabener, bewundernswerter Mensch, der als Auferstandener noch weiter zur Herrlichkeit erhoben wird; diese besteht aus dem Makrokosmos-Aspekt »Freude« (V. 436) und dem Erdgeist-Aspekt des Schaffens.

794 *Schmachtend:* sehnsüchtig, dürstend.

801–807 *Thätig ... ist er da!:* Satzkonstruktion: Euch, den tätig ihn Preisenden ... ist der Meister nah, ist er da. Hier wird die Jüngerschaft und die Aufgabe der Apostel begründet. Brüderlich gespeist wurde beim Abendmahl. Auch die Engel vermeiden den Begriff des Erlösers und verwenden »Meister«, die deutsche Übersetzung für hebr. *rabbi* und übliche Anrede Jesu während seines Lebens.

Vor dem Thor

Entstehung zwischen 1798 und 1801 wohl im Zusammenhang der Diskussion um *Wallensteins Lager* mit Schiller, das ein »Character- und Sittengemählde« werden sollte, »um auch wirklich eine gewiße Existenz zu versinnlichen, und [...] über der Menge der Figuren und einzelner Schilderungen dem Zuschauer unmöglich [zu machen], einen Faden zu verfolgen und sich einen Begriff von der Handlung zu bilden, die darinn vorkommt« (Schiller an Goethe, 18. September 1798; SGB 1, S. 712). Wie es dort dem Zuschauer erst hinterher klar wird, dass die Stimmung im Lager Wallenstein in seiner Handlungsfreiheit entscheidend einengt, so soll es auch bei Goethe dem Zuschauer erst in *Studirzimmer [I]* klar werden, dass das Volk mit seiner ›Auferstehung‹ zum »Mensch«-Sein in der vom Eise befreiten Natur sich tatsächlich das »ins Haus« holt (V. 1655), was bisher als der Teufel gefürchtet und gemieden war. Faust, der sich zu diesem Mensch-Sein ebenfalls bekennt, nimmt dann als Repräsentant des Volks den Pudel, die dressierte Natur und das darin lauernde Böse, mit sich in die Stadt. Die Szene ist damit auch skeptische Parodie von Schillers kulturphilosophischem Optimismus in dem Epigramm *Das Tor* (»Schmeichelnd locke das Tor den Wilden herein zum Gesetze, / Froh in die freie Natur führ' es den Bürger heraus«), das im *Musen-Almanach für das Jahr 1798* veröffentlicht worden war. Goethes »Character- und Sittengemählde« zeigt zunächst die Bürgerwelt in ihrer sozialen Schichtung von den gutsituierten Bürgern bis zu den Mägden, der Hexe, dem Bettler; mit den Soldaten ist das diese Ordnung durchkreuzende und potentiell zerstörende Element einbezogen. Mit dem Besuch im Dorf ›regrediert‹ Faust kulturhistorisch in das, was ihm »des Volkes wahrer Himmel« zu sein scheint, wo aber das Schäferlied der Bauern von einem »wahren Himmel« sexueller Freizügigkeit auf einer noch »natürlicheren« Kulturstufe träumt.

Die Szene ist aus mehreren Teilszenen aufgebaut: (1) Die hinausstrebenden Bürger; (2) Faust und Wagner; (3) Bauern unter der Linde, Faust und Wagner dazu, Verehrung; (4) Rast auf dem Stein; (5) Heimweg, unterwegs der Hund. Die Umkehrung der Raum- und Lichtregie gegenüber *Nacht* ist deutlich. Der ›Auferstehung‹ der Bürger aus mittelalterlicher Enge entsprechend wird die literarische Zitatenreihe chronotextuell fortgesetzt: Gesellschaftsrevue (Gattungszitat des Maskenzugs der italienischen Renaissance), Soldatenlied nach einem Muster des 16./17. Jh.s, Schäferlied nach der Schäferdichtung des 16./17. Jh.s.

Außer in den drei Liedern wird Madrigalvers gesprochen; nur die Bauern sprechen Knittel, auf die Faust gleichermaßen antwortet (V. 981–1010).

809 *Jägerhaus:* mit der (Gerber-)»Mühle«, dem »Wasserhof«, dem Dorf Bergen (»Burgdorf«) und den später genannten Bergen, Höhen und Fluss Anspielung auf die Umgebung von Frankfurt am Main, das damals auch wegen der mittelalterlichen Enge seiner Gassen berüchtigt war.

824 *Plan:* geebneter (Tanz-)Platz.

828 SCHÜLER: Student. Seine Redeweise – z. B. »wacker« für allgemeines Lob – ordnet ihn dem angeberischen Studentenbenehmen des früheren 18. Jh.s zu, sein Freund ist ›gesitteter‹. Zu »Dirnen« s. Anm. zu V. 2619.

831 *im Putz:* im Sonntagskleid.

839 *Ich bin ... sehr gewogen:* ich mag sie (etwas hochgestochener Ausdruck).

842 *genirt:* nach frz. *gêné*, ›gehindert durch gesellschaftliche Rücksichten‹.

843 *Wildpret:* Jagdbeute.

845 *caressiren:* nach frz. *caresser* ›liebkosen‹.

846 *Burgemeister:* Vorstand der Stadt (mhd. *burc*), nicht der Bürger; bei Goethe vorwiegend gebrauchte Form.

856 *leyern:* mit einer Dreh- oder Bettlerleier, die erst um 1800 von der Drehorgel verdrängt wurde.

862 *hinten, weit, in der Türkey:* Gemeint sind die heutigen Balkanländer; das Osmanische Reich hatte seit dem 15. Jh. sich in westlicher Richtung ausge-

dehnt, war zwar 1683 durch die Schlacht am Kahlenberg bei Wien geschwächt worden, blieb aber bis ins 19. Jh. z. B. in Griechenland präsent.

872 *das schöne junge Blut!:* vgl. V. 2798; im Wortgebrauch der Hexe und des Mephistopheles bezeichnet dieses oberflächlich Kraft und Jugendfrische andeutende Wort den dynamischen Aspekt (sozusagen den Erdgeist) des Satansreichs.

880 *im Krystall:* In der Andreasnacht (vom 29. auf den 30. November) konnte die Hexe im Zauberspiegel oder in einer Kristallkugel Künftiges »leiblich sehen« lassen.

895 *ein Stürmen:* eine befestigte Stellung des Feindes im ›Sturm‹ nehmen.

898 *sich geben:* sich ergeben.

905 *grünet Hoffnungs-Glück:* Das frische Grün des Vorfrühlings, Vorbote des vollen Laubs und der Blüte, wird mit Grün als Farbe der Hoffnung in sehr künstlichem Sprachbild verbunden. Fausts Rede hier ist gespickt mit gesuchten Sprachkunststücken, wie sie im manieristischen Stil des 16./17. Jh.s üblich waren.

914 *im Revier:* im Gebiet.

930 *zerschlägt:* Die als Strom aus dem Tor quellende Menge zerstreut sich.

939 f. *Zufrieden ... darf ich's seyn:* Manche Ausgaben setzen V. 940 in Anführungszeichen, manche am Ende von V. 939 nur Punkt. Die Textvorlage hat nur Doppelpunkt und lässt damit die Lesung von V. 940 als Zitat und als persönliches Bekenntnis zu.

984 *Hochgelahrter:* mitteldeutsche Nebenform zu »Gelehrter«, schon zu Goethes Zeit veraltet.

987 *Ich bring' ihn zu:* vgl. Anm. zu V. 725.

989 *hegt:* in sich hat.

1000 *der Seuche Ziel gesetzt:* die epidemische Krankheit beendet, besiegt hat.

1002 *Krankenhaus:* Haus, in dem jemand krank lag.

1021 *das Venerabile:* die in der katholischen Prozession mitgeführte Monstranz mit geweihter Hostie, der alle Verehrung zeigen.

1032 *Vater und Sohn:* Goethes Hausarzt Christoph Wilhelm Hufeland (1762–1836) und sein Vater haben »als Seuchenärzte, insbesondere bei Pockenepidemien im Weimarer Land, großes, ja wahrhaft Heroisches geleistet« (Friedrich/Scheithauer zu V. 998).

1034 *dunkler Ehrenmann:* ambivalent wie überhaupt das Folgende. »dunkel« kann ›unberühmt‹, aber auch ›verdächtig‹ heißen; »Ehrenmann« kann ironisch sein, aber auch auf ernsthaftes Bemühen deuten.

1035 *die Natur und ihre heil'gen Kreise:* vgl. Abb. 2.

1037 *grillenhafter Mühe:* Bemühung, die von abstrusen, falschen Voraussetzungen ausgeht.

1038–47 *Gesellschaft von Adepten … im Glas:* Der Vater war also Alchimist, der mit anderen Eingeweihten (»Adepten«) im rußigen Laboratorium (»schwarze Küche«) neben Gold vor allem Heilmittel herzustellen suchte. Ohne genaue Kenntnis der chemischen Reaktionen und Verbindungen stellte man sie sich analog zu menschlichen Verhaltensweisen vor und verwendete Geheimbezeichnungen für die Stoffe. Hier wird der rote Löwe (»Leu«) Quecksilberoxyd mit der »Lilie« weiße Salzsäure in einem in laues Wasser getauchten Gefäß zusammengebracht und von da in unterschiedlichen Gefäßen über verschieden starkem Feuer zur ›Hochzeit‹ angereizt, aus der dann mit bunt schillerndem Niederschlag an der Wand des Glaskolbens ein neuer Stoff mit Heilwirkung hervorgehen soll. Vgl. V. 6823–60.

1050 *Latwergen:* dick eingekochte Flüssigkeit (z. B. Lakritze).

1053 *den Gift:* Noch im 18. Jh. ist »Gift« in Verbindung mit allen drei Artikeln möglich.

1071 *Die grünumgebnen Hütten:* In seiner *Farbenlehre* hat Goethe sog. Komplementärfarben beschrieben: Das Auge ergänzt angesichts einer besonders intensiven Farbe diejenige selbsttätig, mit der zusammen die Totalität des Farbkreises hergestellt wird, der nach Goethe durch Trübung (vgl. Anm. zu V. 2, 759–761) des Lichtes mit Finsternis entsteht. So »fordert Gelb das Violette, Orange das Blaue, Purpur das Grüne und umgekehrt« (AG 16, S. 39); das Nachbild einer roten Blume ist grün (ebd., S. 40). »In einem Hofe, der mit grauen Kalksteinen gepflastert und mit Gras durchwachsen war, erschien das Gras von einer unendlich schönen Grüne, als Abendwolken einen rötlichen, kaum bemerklichen Schein auf das Pflaster warfen« (ebd., S. 43). Dies ist der Fall bei den rötlich angestrahlten Hütten, die entweder einen grünen Rand oder Schatten zu haben scheinen oder deren grüne Umgebung »unendlich schön« erscheint. Deshalb verwendet Faust erstmals das Wort »schön« (V. 1068), weil sein Auge die Einheit des ursprünglichen Lichts als Harmonie der Farben darstellt (vgl. V. 4721–27).

1084 *die Göttin:* die Sonne, deren Licht als Ursprung der Farben zur Gottheit einer irdischen Religion des Schönen wird, für die von V. 2604 an »Helena« steht. Mit dieser irdischen Religion entsteht das Problem der raumzeitlichen Begrenzung des Menschen und ihrer technischen Überwindung (V. 1074) wie auch die Spaltung des Menschen in einen raumzeitlichen Körper und einen sich darüber hinwegsetzenden Geist (vgl. V. 1089 f., 1110–17).

1100 *grillenhafte Stunden:* vgl. Anm. zu V. 1037.

1108 *Pergamen:* lat. *charta Pergamena*, angeblich in Pergamon erfundene lederne Schreibfläche, ursprünglich nicht in Büchern gebunden, sondern auf Stäbe gerollt. Während Faust sich auch wissenschaftlich der Erfahrung der Welt (Empirie) zuwendet, bleibt Wagner Bücherwissenschaftler, eine Trennung, die Anfang des 17. Jh.s einsetzte (Galileo Galilei, Francis Bacon); das Problem erscheint schon V. 418–421 und 656–663.

1116 *Dust:* Staub, vgl. engl. *dust*.

1119 *weben:* vgl. Anm. zu V. 503.

1120 *goldnen Duft:* dem von der Abendsonne golden durchleuchteten Dunstschleier.

1122 *Zaubermantel:* Das Fliegen auf dem Mantel kommt wohl aus orientalischen Märchen (fliegender Teppich) und gehört zur Faust-Sage. Mephistopheles, der den technisch-magischen Wunsch jetzt schon mithört, erfüllt ihn später mittels eines Heißluftballons.

1127 *im Dunstkreis überbreitet:* in der Atmosphäre über allem ausbreitet.

1130–37 *Von Norden … ersäufen:* Gute und böse Elementargeister, die die Luft beherrschen und nach den Himmelsrichtungen (»Morgen« für Osten, »Mittag« für Süden) verschieden operieren; bei Paracelsus heißen sie Sylphen. Vor diesen warnt Wagner. Bei seinem latent schwarzmagischen Ruf nach »Geistern in der Luft« kennt der Theologe Faust auch die Rede Paulus' von »dem Mächtigen, der in der Luft herrscht, nämlich […] dem Geist, der zu dieser Zeit sein Werk hat in den Kindern des Unglaubens«, d. h. dem »Teufel«: »Denn wir haben nicht mit Fleisch und Blut zu kämpfen, sondern mit Mächtigen und Gewaltigen, nämlich mit den Herrn der Welt, die in dieser Finsternis herrschen, mit den bösen Geistern unter dem Himmel« (Eph. 2,2; 6,12, vgl. V. 10091–94). Der Teufel benutzt dann die wandelbare Gestalt des Sylphen, vgl. Anm. zu V. 1257.

1141 *lispeln englisch:* flüstern wie Engel. Das gilt z. B. für die Geisterchöre des Mephistopheles.

1150 *Pudel:* nicht der heutige Luxus-Haushund, sondern ein großer zottiger Hütehund (Schäferpudel), der seinen Namen von der Vorliebe für Wasser hat (vgl. das Wort ›pudelnass‹). Seiner Intelligenz, Dressierbarkeit und Gefährlichkeit wegen wurde er von den angeberischen Studenten (vgl. Anm. zu V. 828) gern als Begleiter gewählt (V. 1177).

1152 *in weitem Schneckenkreise:* in weiter Spirale.

1154 f. *Feuerstrudel … hinterdrein:* In seinen Nachträgen zur *Farbenlehre* (1822) zitiert Goethe diese Stelle aus dem *Faust*, er habe sie »aus dichterischer Ahnung und nur im halben Bewusstsein geschrieben, als, bei gemäßigtem

Licht, vor meinem Fenster auf der Straße, ein schwarzer Pudel vorbeilief, der einen hellen Lichtschein nach sich zog: das undeutliche, im Auge gebliebene Bild seiner vorübereilenden Gestalt« (FA I 25, S. 742 f.); vgl. analog Anm. zu V. 1071. Beide Beobachtungen zu den physiologisch bedingten Nachbildern bzw. Komplementärbildungen wurden 1798 allerdings nicht nur »im halben Bewusstsein« in den Text gesetzt, studierte Goethe doch seit 1795 (HA 13, S. 607) gerade die physiologischen Farben systematisch.

1157 *bei euch wohl Augentäuschung:* Da Wagner den »hellen Lichtschein« hinter dem rennenden Pudel nicht sieht, bleibt die dämonologische Lesemöglichkeit des »Feuerstrudels« erhalten; Wagners Verdacht der »Augentäuschung« weist Fausts besonders dauerhaften oder intensiven Eindruck sogar in den Bereich der ›Pathologischen Farben‹.

1168 *er wartet auf:* macht ›Männchen‹.

1177 *Scolar:* mittelalterlicher Ausdruck für einen Studenten (lat. *scolaris*, zur Schule gehörig, vgl. engl. *scholar*, Gelehrter).

Studirzimmer [I]

Möglicherweise bezeichnet Goethes Nachricht an Schiller: »Der Teufel, den ich beschwöre gebärdet sich sehr wunderlich« vom 16. April 1800 (SGB 1, S. 917) den Zeitpunkt der Entstehung der Szene. Vorbereitet durch Fausts Wendung zum Irdischen und zum Menschsein mit ihren Trübungen durch das Prinzip der Finsternis, vorbereitet durch das Problem der begrenzten Lebenszeit und des unbewältigten Raums, entstehen Wünsche nach Naturbeherrschung und Technik, die Mephistopheles mit seinem Dienstangebot V. 1322 sogleich zu erfüllen verspricht, oder: Goethe löst das durch die Faustsage aufgegebene Problem, den Teufel einem Zuschauer um 1800 plausibel zu machen und damit endlich die »große Lücke« (vgl. Brief an Schiller, 3. oder 4. April 1801; SGB 1, S. 986) der *Früheren Fassung* zu schließen, indem er die alte Teufelsvorstellung zu modernisieren beginnt und die Äquivalente der Funktionen des christlichen Teufels von der Technik bis zum Kapital aufsucht, Mephistopheles aber ironischerweise größten Wert darauf legen lässt, dass er der Teufel ist, und es am Festtag auch zeigt (V. 4060–65). Mit den alten magischen Mitteln, über die er wegen dieser ambivalenten Modernität/Rückständigkeit noch verfügt, gelingt es Mephistopheles deshalb auch, sich aus der Falle zu retten, in die er bei Faust wegen dessen altertümlichen, aber schon schlampig gezeichneten Pentagramms gerät. Modern gesehen wird die dressierte Natur (Pudel) mit den ihr innewohnenden positiven und negativen (früher verteufelten) Kräften wegen ihrer menschenzugewandten Erscheinung in den engsten Bereich des Menschen geholt und dort durch die aufgeklärte Frömmigkeit, systematische Anthropomorphisierung und furchtlose rationale Behandlung (z. B. V. 1379–84) gefesselt, bis die Natur im Menschen selbst sich der Vernunftkontrolle entzieht und die asketische Aufklärung durch die sinnlichen Wunschträume der Anakreontik (Hirtendichtung) einschläfert. Dann kann die ungezähmte Natur (Rattenzahn) die Fessel zerstören.

Die Szene ist folgendermaßen aufgebaut: (1) Fausts aufgeklärte Frömmigkeit, gestört vom Pudel; (2) Übertragungsversuch; (3) Beschwörung des Pudels mit alter Magie; (4) Mephistopheles in Menschengestalt, vom Magischen her fahrlässige Behandlung des negativen Prinzips; (5) Mephistopheles ist offenbar doch durch veraltete Magie zu binden, die damit wieder aufgewertet wird; (6) der Geisterchor erweckt die unterdrückte Natur in Faust; (7) Neudefinition Mephistos, Wirkung des Traums auf Faust. – Metrisch ist die Szene außerordentlich reichhaltig: (1) Engelstrophen aus dem *Prolog im Himmel*, unterbrochen durch in Madrigalvers gesprochene Zurechtweisungen des Pudels, der eine dritte Strophe verhindert; (2) Madrigalvers; (3) unruhiges Madrigal-Metrum, durch Kurzzeilen den Beschwörungs-Versen angenähert; (4) und (5) Madrigalvers, der nun in Mephistopheles gewissermaßen den authentischen Sprecher gefunden hat; (6) zweihebige schwingende Kurzzeilen anakreontischer Dichtung, die mit dem Geistergesang auch zitiert wird; (7) Madrigalvers. – Raum und Licht: die Zelle mit der freundlichen Lampe (V. 1195) als Schutzraum vor dem äußeren Grauen, in den das Grauenhafte eingedrungen ist, in täuschend anthropomorpher Gestalt darin festgehalten wird und sich durch Aktivierung unkontrollierter Natur den fesselnden Raum real und imaginär öffnet. – Literaturzitate aus dem 18. Jh.: Fausts Lied knüpft an Christian Fürchtegott Gellerts (1715–1769) Lied *Die Ehre Gottes aus der Natur* an und kann auf seine Melodie gesungen werden, die Geister singen anakreontisch.

1181 *die bess're Seele:* vgl. die Lehre von den zwei Seelen V. 1112–17.

1184 f. *Menschenliebe … Liebe Gottes:* jeweils doppelwertig: Liebe des Menschen, Liebe zu Menschen, Liebe Gottes, Liebe zu Gott. Die eingerückten Strophen haben das Versmaß und den Bau der Engelstrophen V. 243–266 und sollten auch bei Faust drei Strophen werden, mit denen Liebe, Hoffnung (V. 1199) und Glaube (V. 1217), die Grundbeziehungen der Religion nach 1. Kor. 13,13, gefunden werden sollten. Beim Glauben, der Faust »fehlt« (V. 765), stört der Pudel endgültig.

1187 *schnoberst:* schnupperst; er versucht, die Magie des Pentagramms zu überwinden.

1216 *das Ueberirdische schätzen:* Faust meint den Text der Bibel, der noch bis in Goethes Zeit von vielen Gläubigen als wörtlich durch Gott diktiert verstanden wurde. Deshalb kann eine Befassung mit diesem geoffenbarten Text überirdischer Herkunft den fehlenden Glauben »ersetzen« (V. 1215).

1220 *den Grundtext:* hier den griechisch verfassten »Original«-Text des Johannesevangeliums, und zwar Joh. 1,1.

BA vor 1224 *Volum … schickt sich an:* einen großen Band; bereitet sich zum Schreiben vor.

1224 *das Wort:* so Luthers Übersetzung für griech. *lógos*, für das auch die anderen Übersetzungen »Sinn«, »Kraft«, »That« möglich sind.

1257 *halbe Höllenbrut:* richtige Vermutung, da der Teufel sich einer sonst von Elementardämonen benutzten Tiergestalt bedient. Zur Beschwörung ist dann aber der für »Elemente« (V. 1278) brauchbare Spruch ungeeignet: Faust zeigt sich trotz seiner Angeberei (V. 1281 f.) wieder als schlechter Magier.

1258 *Salomonis Schlüssel:* die *Clavicula Salomonis*, ein weit verbreitetes Zauberbuch, das bis in die Antike zurückreicht. Der von Faust benutzte Spruch kommt darin nicht vor, ist auch eigentlich widersinnig (vgl. Anm. zu V. 1273–91). Dagegen finden sich im Original Anweisungen zu starker, stärkerer und stärkster Teufelsaustreibung (Exorzismus; V. 1297, 1321).

1261 f. *Wie im Eisen der Fuchs / Zagt:* wie ein Fuchs in der Falle (Fangeisen) den Mut verliert …; die Aufregung der Geister, die nicht helfen können, zeigt, dass Mephistopheles tatsächlich gefangen ist und Faust das nutzen könnte.

1266 *Und er hat sich losgemacht:* finale Konstruktion: Schwebet … und (ihr werdet sehen:) er hat sich losgemacht.

1271 *dem Thiere:* Um die »halbe Höllenbrut« zu spalten, sucht Faust zunächst den elementaren Anteil durch seinen »Spruch der Viere«, d. h. der vier Elementardämonen, zu beschwören. Dass das nicht funktioniert, liegt offensichtlich nicht daran, dass das Tier mit den Elementen nichts zu tun hätte (V. 1292 f.), sondern am unsinnig gebrauchten Spruch oder an Fausts selbstgefälliger Unterbrechung seiner Beschwörung (V. 1277–82, vgl. analog V. 442–446) oder an seiner mangelhaften Vorbereitung.

1273–91 *Salamander … Schluß:* Salamander sind Dämonen des Feuers, Undinen des Wassers, Sylphen der Luft, Kobolde der Erde; nach dem ersten Spruch sollen sie sich gemäß ihren Eigenschaften an dem Tier bemerkbar machen. Der zweite Spruch nach der Zwischenbemerkung befiehlt ihnen dagegen, die Eigenschaften der anderen Dämonen anzunehmen, was sie der Dämonenlehre nach nicht können; ganz verkehrt ist V. 1290 die Anrede an den Sexteufel Incubus, der mit den Erd- und Bergmännlein (Kobolde) nichts zu tun haben kann. Faust zeigt sich nicht als Meister, sondern als Zauberlehrling.

1300 *sieh dieß Zeichen!:* Faust zeigt offensichtlich das Kruzifix.

1305–09 *Kannst du ... durchstochnen?:* Fausts Interpretation des Gekreuzigten: Er wurde nicht geboren, war kein durch das Wort hervorgebrachtes Geschöpf, war Himmelskraft (vgl. V. 619 f., 790), deren Verkörperung durch Nägel und Lanze bei der Kreuzigung frevelhaft beschädigt wurde. Dies alles ist aus dem Bild zu »lesen«.

1317 *Lohe:* lodernde Flamme, vielleicht mit dem »dreimal glühenden Licht« wird damit einem Symbol der Dreieinigkeit verbunden – alles nur angedroht.

BA vor 1322 MEPHISTOPHELES ... *hervor:* zu Mephistopheles vgl. Anm. zu V. 271. Ein fahrender Scholast ist ein Wandergelehrter, wie sie vor allem im Mittelalter von Kloster zu Kloster und Universität zu Universität lernend und lehrend reisten. Mephistopheles trägt also eine altertümliche Maske, während Faust sich sozusagen im 18. Jh. befindet.

1324 *Der Casus macht mich lachen:* lat. für ›Fall‹, um dem Kollegen auf der gelehrten Sprachebene zu begegnen. Die Menschengestalt, bis zu der er den Pudel beschworen hat, erscheint ihm trotz des Bewusstseins, einen Teufel vor sich zu haben, als die richtige (»Kern«). Über den vermeintlichen Zauberwettkampf mit dem vermeintlichen Kollegen kann er dann lachen und wird folglich nachlässig und unvorsichtig.

1326 *weidlich:* gehörig, tüchtig.

1328 *das Wort so sehr verachtet:* Anspielung auf V. 1226, mit der Mephistopheles der Frage nach dem Namen ausweicht, dessen Kenntnis Faust magische Kraft über ihn verliehen hätte (vgl. Rumpelstilzchen); auch Faust hat das schon vergessen und will den Namen nur als Wesenskennzeichnung (V. 1331 f.), verzichtet endlich sogar darauf. Nur einmal, im Traum, weiß Faust ein Stück des Namens (V. 4183).

1334 *Fliegengott ... Lügner:* »Fliegengott« ist die ursprüngliche Bedeutung von »Beelzebub« (vgl. V. 1516 f.); »Verderber« nach 2. Mose 12,23, oder Diabolus, der ›Durcheinanderwerfer, Zerstörer‹ (vgl. V. 1343); auch »Lügner« (hebr. *tophel*, vgl. Joh. 8,44) nimmt Mephistopheles für sich in Anspruch. Mit seinen Vermutungen liegt Faust also nicht falsch.

1342 f. *was ihr ... nennt:* Damit macht Mephistopheles klar, dass Böse und Gut für ihn hier Zitate aus menschlicher Perspektive sind. Ob das auch für V. 1335 f. gilt oder dort aus anderer Perspektive gewertet wird, bleibt offen. Auch eine Aussage wie V. 1338 ist inhaltlich logisch unsinnig, stimmt allerdings insofern wieder, weil sie als Aussage die Logik verneint. Keinesfalls darf man bei Mephistopheles lauter Sätze mit »Nein« oder »Nicht« erwarten, höchstens Handlungen und Reden, deren letztes Ziel Verneinung und Vernichtung ist.

1367 *Schütteln:* Erdbeben.

1368 *Geruhig:* ruhig.

1378 *nichts Apart's:* nichts, was mir allein gehört. Im gleichen Sinne »eigentlich« V. 1344.

1384 *Des Chaos wunderlicher Sohn:* Faust setzt ihn (inkorrekt) in die griechische Mythologie und in dieser mit Eros Phanes gleich, dem orphischen Schöpfergott; Anspielung auf den mit der Schöpfung beauftragten Engel Luzifer. Mit dieser Beziehung spielt Mephistopheles wieder V. 8027.

1395 *Drudenfuß:* ›Hexenfußabdruck‹, auch »Pentagramm« wegen der fünfstrahligen, in einem Zug gezeichneten Form (s. Abb. 6). Auf eine Schwelle gezeichnet, hindert es Dämonen am Überschreiten.

1401 *nach außen zu:* der zum Gang hin zeigende Winkel.

1405 *von ohngefähr gelungen:* bedeutende Abweichung von der Faust-Sage, wo Faust direkt den Höllengeist ruft und sich von vornherein dessen Bedingungen unterwirft. Goethes Faust kann sich darauf berufen, Luftgeister gerufen zu haben, nicht jedoch den »Junker Satan« höchstpersönlich, der seit dem *Prolog im Himmel* die Angelegenheit Faust zur ›Chefsache‹ erklärt hat. In *Studirzimmer [I]* kommt Mephistopheles ›zufällig, ohne [böse] Absicht‹ in Fausts Hand.

1414 f. *ein Packt … mit euch ihr Herren:* Da Faust Mephistos Zwangslage erkennt, möchte er sie nutzen, um mit der ganzen Hölle einen Vertrag abzuschließen, der »sicher« für ihn ist, also ihm nur Vorteile und keine Nachteile bringt. Das will Mephistopheles auf jeden Fall vermeiden.

1417 *abgezwackt:* weggenommen.

1419 *zunächst:* nächstens, später.

1423 *gute Mähr:* Neuigkeit, Wissenswertes. Spott auf Luthers Weihnachtslied »Vom Himmel hoch«, wo »gute Mär« ›Evangelium, frohe Botschaft‹ bedeutet.

1427 *in's Garn:* in die Falle (das Netz des Vogelfängers).

1432 *mit Bedingniß:* unter der Bedingung.

1439–44 *singen … Gefühl:* alle fünf Sinne. Was gesungen wird, ist kein »leeres Zauberspiel«, weil alle erweckten Bilder, Wunschträume etc. aus Fausts früher schon geäußerten Träumen und Sehnsüchten genommen sind; er wird also mit sich selbst befriedigt. – »letzen« ist ›Genuss verschaffen‹.

1445 *Bereitung … voran:* Es bedarf keiner Vorbereitung.

Abb. 6 Magisches Zeichen, im Zentrum Drudenfüße
Aus einem Faust zugeschriebenen »Höllenzwang«, um 1650

1509 *noch nicht der Mann den Teufel fest zu halten!:* Faust hat den Teufel für eine Weile, aber nicht sehr fest halten, keineswegs festhalten können (Doppeldeutigkeit durch die Schreibung). Mit »noch« bereitet Mephistopheles sich darauf vor, dass Faust dies versuchen wird. Durch ihren »englisch« lügenden Gesang haben ihn die Geister mit Genuss betrogen, ihn auf das »Faulbett« gelegt, ihm seine eigenen Wünsche und Träume »gefällig« gemacht (V. 1435) und die Kontinuität des Beisichseins geraubt. Gegen genau diese Wirkungen richtet sich Fausts Wette (vgl. V. 1692–98).

1512 *dieser Schwelle Zauber:* vgl. Anm. zu V. 1395.
1525 *Fauste:* Anredekasus (›Du, Faust‹), lat. Vokativ.
1526 *abermals betrogen:* wieder, noch einmal; was ihn wohl seiner Meinung nach betrogen hat, sind die zwei magischen Zeichen in *Nacht*, vor allem aber die Erinnerung frommer Kindheit, die die Osterchöre ihm vermittelten – ihr gilt jedenfalls der »Fluch« V. 1583–86.

Studirzimmer [II]

Entstanden in den drei ersten Entstehungsphasen: Die Schülerszene schloss in der *Früheren Fassung* direkt an das Wagner-Gespräch an, wird seit dem *Fragment* um manche Details aus dem Studentenalltag gekürzt und um satirische Bemerkungen über Jura und Theologie ergänzt, so dass wieder die vier höheren Fakultäten besprochen sind. Die Verse 1770–1850 entstanden neben *Hexenküche* in Rom, ebenso die Schlusspartie der Szene V. 2051–72. Der Beginn der Szene ist wohl Anfang 1801 geschrieben, denn am 3. oder 4. April 1801 meldete Goethe an Schiller: »An Faust ist in der Zeit auch etwas geschehen. Ich hoffe daß bald in der großen Lücke nur der Disputationsactus fehlen soll, welcher denn freylich als ein eignes Werk anzusehen ist und aus dem Stegreife nicht entstehen wird« (SGB 1, S. 986). Der Plan, in einer Disputationsszene vor der Universitätsöffentlichkeit Faust und Mephistopheles in der gelehrten Auseinandersetzung sich produzieren zu lassen, ist bis auf einige Fragmente nicht durchgeführt (Paralipomena, S. 633–636). Dass die zwei *Studirzimmer*-Szenen nun zusammenstoßen, ist besonders instruktiv, zeigen sie doch eine genaue Umkehrung in der Haltung der Figuren: Faust hellwach, durch den Misserfolg im Festhalten Mephistos kämpferisch und listenreich; Mephistopheles, durch das dreifache »Herein!« nachträglich von Faust ›gerufen‹, ist nachlässig und meint auch unter Fausts trickreichen Bedingungen einen guten Vertrag abgeschlossen zu haben, dessen Folgen er gar nicht durchschaut.

Die Szene hat mehrere Teile: (1) Melancholie Fausts mit Todeswunsch (bis V. 1578); (2) bedingte Verfluchung der Werte und Tugenden, mit Interpretation durch den Geisterchor (bis V. 1626); (3) Dienstangebot mit Bedingung (bis V. 1671); (4) Wette und Pakt (bis V. 1740); (5) »Promission«, Erläuterung und Ziele Fausts (bis V. 1867); (6) Mephistopheles als Faust, Schülerszene (bis V. 2050); (7) Reiseplan und Transportmittel. – Verfluchung, Pakt und Promission (Versprechen) sind die rituell notwendigen Schritte beim Abschluss eines Teufelsbündnisses; Faust parodiert und unterläuft alle drei, so dass Mephistopheles die Form, aber nicht den Inhalt des Rituals erhält. Durch seine Wette, mit der er die Hiob-Wette (Anm. zu V. 299, 312, 327) in eigener Regie nachvollzieht und Mephistopheles dabei nur die Rolle eines Sparring-Partners zumisst, wird Faust sein eigener Herr, Satan und Hiob, verschafft sich Kontrolle über die eigene Lebenszeit und technische wie kulinarische Wunscherfüllung vom Feinsten, zum Preis ständiger Rastlosigkeit, des Verlusts jeglicher Spontaneität, eines stets unglücklichen Bewusstseins und wachsender Abhängigkeit von der technisch ausgebeuteten Natur und den Makrokosmos/Erdgeist-Gestalten der Finsternis: Gold und Blut oder Geld und Triebhaftigkeit. Für alle diese Entwicklungen, die Goethe durch historische Markierungen mit seiner eigenen Jugendzeit korreliert (Anspielung auf Jugenddichtungen, s. u.), ist diese Szene der Ausgangspunkt. – Metrisch sind größere Teile der Schülerszene durch den Knittelvers gekennzeichnet, sonst Madrigalvers außer dem Geisterchor und Mephistos anschließender Rede, die nicht nur durch Anspielungen auf Goethes Jugendwerke die Reihe der Literaturzitate chronologisch fortsetzen, sondern mit den pindarischen Kurzzeilen (die allerdings aufdringlich gereimt sind) an die Frankfurter Oden erinnern.

1534 *die Grillen:* die trübsinnigen Gedanken.

1535 *als edler Junker:* in adliger Maske und Kleidung (sog. spanische Tracht), von der nur die billige Hahnenfeder als Teufelszeichen absticht.

1542 *losgebunden, frei:* Der funktionslos werdende Adel des 18. Jh.s hatte vielfach den Absolutismus (wörtl. ›Los-Gebundenheit‹) der Monarchie auf die eigene Lebensweise übertragen (sog. Libertinismus). Mephistos Einladung ist trügerisch, denn ihn als Knecht zu haben ist für Faust bereits Bindung genug.

1559 *Krittel:* kleinliche Kritik, Nörgelei.

1561 *Mit tausend Lebensfratzen hindert:* Was sich Faust bei der Verwirklichung seiner egozentrischen Wünsche hinderlich entgegenstellt, erscheint ihm deshalb als Fratze. Erst Mephistopheles stellt die Mittel bereit, die Wirklichkeit nach Fausts Wünschen wenigstens scheinbar zu verändern (Verjüngung, Margaretes Verführung, im *Zweyten Theil* Papiergeld).

1566 *Der Gott, der mir im Busen wohnt:* Die Vorstellung vom Gott in uns ist in der Antike verbreitet und wird im Geniekult des 18. Jh.s wiederbelebt. Fausts Klage, der Gott könne nach außen nichts bewegen, ist eine versteckte Einladung an Mephistopheles, für ihn diese Rolle des technischen Bewegers zu übernehmen.

1577 *des hohen Geistes Kraft:* des Erdgeists, von dem Faust mittlerweile eingesehen hat, dass er ihn zu niedrig eingestuft hat.

1583–87 *Wenn … So fluch' ich:* zweifach lesbare Konstruktion, mit der Faust die beim Teufelspakt notwendige Verfluchung der christlichen Tugenden (V. 1604–06) aussprechen kann, ohne sich tatsächlich voll damit zu binden: ›Da ja … betrog, so fluch' ich‹ und ›Wenn … betrog, dann fluch' ich‹; auch adversative und temporal-kausale Lesungen wurden vorgeschlagen, nicht jedoch die offenbar beabsichtigte Doppellesbarkeit, mit der Faust dem Mephistopheles eine schöne Verfluchung vorspricht, sich selbst aber das Hintertürchen offen lässt: ›Wenn der Glockenton des Ostermorgens mit seinem Anklang an frohe Zeit den Rest meiner kindlichen Religiosität nicht betrogen hat, gilt die Verfluchung nicht, weil ich sie ja nur unter der Bedingung des Betrogenseins ausgesprochen habe.‹ Ähnlich listig unterläuft Faust die zwei weiteren Elemente der Teufelsverschreibung, nämlich den Pakt durch die Wette; und das Versprechen (Promission, V. 1743 f.), mit dem Faust eigentlich seine Seele verpfänden und allem Christentum Feindschaft schwören sollte, ist ein Versprechen, alles zu tun, dass Mephistopheles die Wette nicht gewinnt.

1596 *der Namensdauer Trug:* die täuschende Einbildung, man werde nach dem Tode noch berühmt sein, oder das sei erstrebenswert. Was Faust verflucht – Welt, Selbstverehrung, Sinnenreiz, Ruhm, Besitz, Taten, Genuss –, werden seine ausdrücklichen Ziele im 4. und 5. Akt des *Zweyten Theils*.

1599 *Mammon:* aramäisches Wort für ›Besitz, Reichtum‹; Mt. 6,24 und Lk. 16,13 wird Mammon personifiziert und als »Herr« Gott gegenübergestellt. Die Personifikation ist in *Walpurgisnacht* wichtig. Faust als Plutus im 1. Akt des *Zweyten Theils* verkörpert die griechisch-römische Version des Mammon.

1603 *Balsamsaft der Trauben:* die berauschende, einschläfernde Wirkung des Weins (V. 463, 1472–83), die Faust zweimal durch Selbstvergessenheit geschadet hat. Von jetzt an will er unablässig bei sich sein.

1604–06 *höchsten Liebeshuld … Geduld:* Anspielung wohl auf »der Himmels-Liebe Kuß« (V. 771), die mit Hoffnung und Glauben auch die Liebe des Menschen als dritte christliche Tugend weckt und daraus die Geduld als Haltung zur Welt entstehen lässt, wie sie auch für Goethe (im Gegensatz zu seiner rastlosen Experimentalfigur Faust) entscheidend war.

1612 *Ein Halbgott:* schmeichelhaft für Faust; die lügenden Geister suggerieren, dass Faust mit seiner (bedingten) Verfluchung tatsächlich etwas bewirkt hat, was allenfalls für seine Wahrnehmung der Außenwelt gelten kann. Sie treiben ihn aber weiter zu bloß innerer Tätigkeit und kommen damit Fausts Wunsch nach Mephistopheles als Verwirklicher und Wunscherfüller (vgl. Anm. zu V. 1566) entgegen.

1633 *Säfte stocken:* In der auf vier Körpersäften aufbauenden galenischen Medizin war das Stocken, d. h. Nichtabfließen, der Säfte eine Ursache der Krankheit.

1636 *wie ein Geier, dir am Leben frißt:* Anspielung auf den Mythos von Prometheus, den Zeus an den Kaukasus fesselte und dem täglich ein Adler oder Geier die Leber (nach antiker Meinung Sitz des Lebens) fraß (die nachts wieder nachwuchs), weil er den Menschen das Feuer gebracht hatte. Zugleich Anspielung auf Goethes Ode und Dramenfragment *Prometheus*, wie zuvor auf *Faust* (V. 1610), auf die Ode *Ganymed* (V. 1615 f.) und durch die unregelmäßigen Kurzzeilen (die allerdings fälschlich gereimt sind) auf Goethes Frankfurter Oden.

1637 *schlechteste:* schlichteste, einfachste.

1640 *das Pack:* die schlechteste Gesellschaft (V. 1637).

1650 *lange Frist:* Mephistopheles ist also an einem von vornherein befristeten Verhältnis interessiert und muss dann zu schlechteren Bedingungen abschließen.

1656 *verbinden:* verpflichten, Vertrag abschließen.

1675 *armer Teufel:* Nach Paracelsus ist der Teufel die ärmste Kreatur und bedient sich deshalb, wie Mephistopheles, anderer Dämonen, die z. B. vergrabene Schätze aufspüren können. Faust meint aber eine ganz andere Armut, nämlich den Mangel an Vorstellungskraft hinsichtlich der Bestrebungen des menschlichen Geistes. Wenn er im folgenden lauter Genüsse aufzählt, die im Entstehen zerfallen und ihn unbefriedigt lassen müssen, programmiert er sich bereits auf Unzufriedenheit und Rastlosigkeit. Mephistopheles muss daraufhin sein Programm, Faust mit sinnlichen Genüssen »Staub fressen« zu lassen (V. 334), umstellen; zunächst versucht er ihn zu bremsen (V. 1690 f.), dann zu jagen (V. 1856–67).

1696 *betriegen:* betrügen. Alles, was Mephistopheles am Ende von *Studirzimmer [I]* hat entwischen lassen, soll Faust nicht mehr passieren (vgl. Anm. zu V. 1509).

1698 *Die Wette ... Schlag!:* Wettritual, bei »Schlag auf Schlag!« schlagen die Partner die rechten, dann die linken Hände gegeneinander. Mit der Wette hat Faust, von Mephistopheles unbemerkt oder unbeobachtet, seine Lebensdauer (»der letzte Tag«) davon abhängig gemacht, ob Mephistopheles die Bedingung erfüllt. Faust kann damit über seine Lebenszeit selber bestimmen, wenn er bei seinem Vorsatz bleibt.

1699 f. *Werd ich ... so schön!:* Die Wette ist schon abgeschlossen, aber Faust führt nun erst eine ganz konkrete, nachprüfbare Bedingung ein: die Äußerung des Satzes »Verweile doch! du bist so schön!« In der Tat hätten die vorausgehenden Bedingungen V. 1692–96 zu endlosen Diskussionen führen müssen; es ist zu vermuten, dass Mephistopheles diesen Satz in der Blutverschreibung festhält. Dies ist Fausts schärfster Trick: Er braucht den Satz nicht auszusprechen, auch wenn er gelten würde, und er kann ihn aussprechen, auch wenn er nicht gilt. Damit gibt er sich am Ende den Tod und rettet zugleich seine Seele.

1710 *Wie ich beharre:* sobald ich stillstehe.

1712 *bei'm Doctorschmaus:* nicht ausgeführte Szene.

1719 *mit meinen Tagen schalten:* über meine Tage herrschen, sie bestimmen.

1724 *Treue:* in diesem Fall Treue zum eigenen Versprechen, zu sich selbst.

1726 *beprägt:* mit Prägungen im Stil offizieller Urkunden.

1729 *Wachs und Leder:* Siegellack und das aus Leder gefertigte Pergament.

1739 *Fratze:* altertümlicher Unsinn.

1759 *bethätigt:* Faust will also zur »That« (V. 1237) übergehen; nachdem er erkannt hat, dass sein Wunsch nach wirksamem Wissen über das, was die Welt im Innersten zusammenhält, nicht erfüllt wird, will er zur Erfahrung übergehen, Sinnlichkeit, Wunder, Begebenheit, Selbsterleben erfahren. Mit diesem empirischen Wirkungs- und Tat-Aspekt bleibt er immer noch innerhalb des »Logos«, was Mephistopheles wieder einmal nicht begreift (V. 1760–63).

1764 *blöde:* schüchtern.

1770 *der ganzen Menschheit:* nicht der ›Summe aller Menschen‹, sondern nach dem damaligen Begriffsgebrauch der ›menschlichen Gattung‹. Diese ist nach alten Vorstellungen »Mikrokosmus« (V. 1802), weil der erste Mensch aus dem Urelement *terra* geformt wurde (vgl. Anm. zu V. 384). Diese Anlage ist gegeben, Faust will sie aber erfahren, auskosten, sich zum Bewusstsein bringen. Da Faust nicht zufrieden ist, sich das bloß vorsagen zu lassen (V. 1788–1800), bedarf er mindestens eines anderen Mikrokosmos: Margarete.

1778 *von der Wiege bis zur Bahre:* vgl. Anm. zu 558 f.

1779 *den alten Sauerteig:* Nach dem Gleichnis Jesu vom Himmelreich, das wie eine kleine Menge Sauerteig (Gärungs- und Triebmittel beim Brotbacken) eine große Menge Mehl durchsäuert (Mt. 13,33; Lk. 13,21), ist der Kosmos als ein solcher Gärungsprozess zu verstehen, der die finstere Materie (die »harte Speise«) in ein helles Reich Gottes verwandelt; der Mensch lebt mitten im Gärungsprozess (vgl. V. 302), im Wechsel von Tag und Nacht. Ein teilhabendes Genießen des »Ganzen«, also der Lichtwelt, Mittelerde, Finsternis, ist genauso unmöglich wie Fausts erste Strebung nach Gottes Erkenntnis und Schaffenskraft.

1785 *Allein:* wie V. 546 adversativ: ›aber‹.

1792 *Auf euren Ehren-Scheitel häufen:* Bis ins 18. Jh. war Fürstenlob eine Hauptaufgabe der Dichter, die den hohen Herrn auch für vieles Erfundene priesen und die Ehrungen wie eine Krone auf seinem Haupt (Scheitel) sammelten.

1796 *Dau'rbarkeit:* Ausdauer, Zuverlässigkeit.

1800 *Nach einem Plane, zu verlieben:* Mephistopheles macht auf die Folgen aufmerksam, die Fausts Programm V. 1770 f. und 1784 haben muss: Spontanes Sich-Verlieben z. B. ist nicht mehr möglich, weil »Liebe« als einer der Programmpunkte neben »Der Menschheit ganzer Jammer« (V. 4406) im Erlebnisprogramm eingeplant ist. Mit seinem Erfahren-Wollen hat Faust sich nicht nur jede Freude (V. 1765), sondern auch die Vollständigkeit verbaut, die er ja anstrebt.

1807 f. *Perrücken … Socken:* Die Allonge-Perücke gehört ins 17. und 18. Jh., der *soccus* ist der (im Gegensatz zum Kothurn, dem stelzenartig erhöhten Schuh des griechischen Tragödienspielers, vgl. BA nach V. 10038) flache Schuh des Komödienspielers, den Mephistopheles ironisch erhöht.

1821 *Kopf und H – –:* Lücke in den Drucken: *Hintern* oder *Hoden*. Auf der Bühne pflegten solche Stellen durch Hüsteln überspielt zu werden.

1826 *ein rechter Mann:* Das Geld, von Mephistopheles nach Faust (V. 374) erstmals in seiner gesellschaftlichen Funktion als Universal-Tauschmittel genannt, spielt im Folgenden eine wachsende Rolle. Hier bezahlt es nicht nur die sechs Hengste mit ihrer Geschwindigkeit, Potenz und Bedeutung als Gespann für eine fürstliche Karosse, sondern auch das öffentliche Ansehen als »rechter Mann«.

1830 *der speculirt:* der aus Ideen oder Hypothesen ohne empirische Prüfung zu gültigen Erkenntnissen zu kommen sucht.

1835 *Marterort:* Ort der Quälerei und Folter.

1837 *ennuyiren:* langweilen, nach frz. *ennuyer*.

1839 *das Stroh zu dreschen:* Im Stroh sind keine Getreidekörner mehr.

1848 *meinem Witze:* meiner Intelligenz, die für die Studienberatung noch ausreichen wird.

1855 *unbedingt:* Mephistopheles meint: sogar ohne Vertrag.

1864 *Speis' und Trank vor gier'gen Lippen schweben:* Anspielung auf die Qualen des Tantalus, den die Götter bestraften, indem sie ihm Speisen und Getränke vorsetzten, die immer zurückwichen, wenn er zuschnappen wollte.

1866 *hätt' er sich auch nicht … übergeben:* zweifach lesbar: (1) auch wenn nicht (wie doch tatsächlich geschehen) …; (2) auch wenn vielleicht nicht …; beide Einschätzungen sind aus dem begrenzten Gesichtspunkt Mephistos heraus formuliert, denn Faust hat mit seiner Wette sich dem Teufel noch keineswegs übergeben.

BA vor 1868 SCHÜLER: in der *Früheren Fassung* noch »Student«; Goethe weist hier darauf hin, dass es sich um einen eben von der Schule kommenden Studienanfänger handelt, der von Mephistopheles Studienberatung erhält. Das Schwergewicht der Satire betrifft im *Faust I* die Wissenschaften, während sie in der *Früheren Fassung* sich stärker auf die Studiensituation insgesamt bezieht.

1874 *sonst schon umgethan:* schon bei Kollegen gefragt.

1878 *entfernen:* von sich lassen.

1896 *Erklärt euch:* sagt, gebt bekannt.

1897 *Facultät:* vgl. Anm. zu V. 354–356.

1898–1901 *Ich wünschte … Natur:* Was Faust in *Nacht* trennt, Wissenschaft (V. 364) und Natur (V. 418, 423), ist beim Schüler noch verbunden.

1908 *Gebraucht der Zeit … von hinnen:* nutzt die Zeit, sie geht so schnell vorbei.

1911 *Collegium Logicum:* Vorlesung in Logik.

1913 *spanische Stiefeln:* Folterinstrument zum Zusammenpressen der Füße und Unterschenkel.

1917 *Irrlichtelire:* sich wie ein Irrlicht sprunghaft bewege.

1922–27 *Gedanken-Fabrik:* Bild einer Weberei (18. Jh.); mit dem »Tritt« werden am Webstuhl die Kettfäden bewegt, das »Schiffchen« wird quer dazu durchgeschossen (Schussfäden) und baut das Gewebe auf. Goethe verwendet das Bild wohl auch hier im Gedanken an die große *Encyclopédie*, das Universallexikon der französischen Aufklärung (vgl. DW, S. 523; 11. Buch).

1939 *das geistige Band:* Vorstellung vom Leben als geistigem Band, das die materiellen Elemente des Organismus zusammenhält.

1940 *Encheiresin naturae:* ›Handgriff der Natur‹; Begriff von Goethes Straßburger Chemieprofessor Jacob Reinhold Spielmann (1722–1783) für »Leben«.

1944 f. *reduciren … klassificiren*: zum Allgemeinen ein Besonderes finden, Besonderes unter einen allgemeinen Begriff bringen. Fachtermini aus der Schulphilosophie des 18. Jh.s.

1949 *Metaphysik:* Lehre von über-natürlichen Dingen.

1959 *Paragraphos wohl einstudirt:* Das zugrundegelegte Lehrbuch wurde Abschnitt für Abschnitt durchgenommen und erläutert; kritische Kommentierung war noch in Goethes Studienzeit unüblich.

1977 *Enkel:* nachgeboren gegenüber der Zeit, als das Gesetz neu und aktuell war.

1978 *Rechte, das mit uns geboren ist:* das sog. Naturrecht, das auf die grundlegende gesellschaftliche Situation und auf vermutete Wesenseigenschaften des Menschen aufgebaut wurde; wird seit der Antike diskutiert und steht dem sog. positiven Recht, das von Herrschern »gesetzt« und damit geschichtlich bedingt ist, gegenüber.

2000 *kein Jota:* nach Mt. 5,18; Lk. 16,17. Der Kirchenstreit zwischen Arianern und Athanasianern (Konzil von Nizäa, 325 n. Chr.) um die Frage, ob Jesus Gott ähnlich (griech. *homoiúsios*) bzw. wesensgleich (*homoúsios*) gewesen sei, ließ sich als Streit um ein Jota sehen. Vgl. V. 2050.

2005 *Drey Jahr':* Bis zum Ende des 18. Jh.s war das die Regelstudienzeit.

2008 *weiter fühlen:* vorantasten wie ein Blinder.

2010 *den Teufel spielen:* Auch das, was Menschen für »den Teufel« halten, ist Rolle für Mephistopheles.

2036 *wie fest geschnürt:* zur Erzeugung einer möglichst schlanken Taille.

2041 *beschweren:* belästigen.

2045 *Stammbuch:* bei Studenten und Reisenden üblich.

2048 *Eritis … malum:* Ihr »werdet sein wie Gott und wissen, was gut und böse ist« (1. Mose 3,5). Der Schüler als neuer Adam (vgl. Anm. zu V. 364) und junges Spiegelbild Fausts wird nicht durch Weib und Apfelgenuss zum Wissen, sondern durch Pseudowissen zu Weib, Genuss, Ansehen, Geld geführt: »Staub« wie das, was Faust fressen soll (V. 334).

2051–54 *Wohin … Cursum durchschmarutzen!:* Der Handlungsplan ist, dass Faust zunächst s i e h t, und zwar die kleine Welt (vgl. V. 2172) in Leipzig, dann die große Welt (vgl. z. B. V. 2402) wohl in Paris, und dass dann das »Durchschmarutzen«, parasitäres Genießen desselben Lehrgangs in der kleinen Welt (V. 3355) der Margarete, dann der großen Welt des Kaiserhofs etc. (*Zweyter Theil*) geschickt.

2065 *den Mantel:* Fausts traditionelles Transportmittel (V. 1122) wird von Mephistopheles nach der neuesten Technik der Brüder Montgolfier (1783) zum Heißluftballon (V. 2069) modernisiert. Damit sind die beiden folgenden Szenen in die Nähe der Französischen Revolution ›datiert‹.

Auerbachs Keller in Leipzig

Die Szene gehört schon dem Bestand der *Früheren Fassung* an und ist wegen einer brieflichen Bezugnahme auf das Rattenlied (an Auguste Stolberg, 17. 9. 1775) wahrscheinlich 1775 geschrieben: Für die Veröffentlichung im *Fragment* 1790 wurde die (außer den Anfangsversen) in Prosa geschriebene Szene versifiziert, wobei eine starke Schicht nationalistischer und die Freiheitsparolen der vorrevolutionären Zeit aufnehmender Reden eingezogen wurde – interessant, weil Goethe damit sehr früh die antimonarchistischen Stimmen und Umtriebe als gesamteuropäisches Phänomen und Teufelswerk diagnostiziert. War die Szene in der *Früheren Fassung* noch eine Satire auf Herders Volks- und Volksliedbegeisterung und auf deren Gegner durch die Liedtravestien des Floh- und Rattenliedes, so wird jetzt der dreimal benutzte Volksbegriff einerseits mit dem revolutionären Freiheitsbegriff, andererseits mit Bestialität (V. 2293–98) eng verknüpft, und der erhoffte Traubengenuss im illusionären gelobten Land erweist sich als Kannibalismus (V. 2313–23). – Die Szene ist folgendermaßen gegliedert: (1) Die Gesellen unter sich, Ablehnung zweier echter Volkslieder, Rattenlied anstelle des Liebeslieds; (2) Faust und Mephistopheles werden vergeblich ausgeforscht; (3) (hochpolitisches) Flohlied als Travestie des verworfenen politischen Volkslieds; (4) Wein, Vaterland, Freiheit, Weinwunder; (5) Höllenfeuer und Streit; (6) Traubenwunder, Abgang Mephistopheles und Faust; (7) die Gesellen unter sich. Das Quartett der Gesellen travestiert das Gelehrtenquartett; Faust, Wagner, Schüler, Mephisto entsprechen Altmayer, Brander, Frosch, Siebel; überhaupt zeigt die Szene als Schluss des Gelehrtendramas, wie weit die große Magie des Anfangs heruntergekommen ist, was am Stammtisch aus großen Ideen von Volk, Naturpoesie, Vaterland, Freiheit und der Utopie des guten Lebens wird, d. h. wie weit Fausts große Ziele göttlicher Erkenntnis und Neuschöpfung travestiert werden können. Mephistopheles, der schon hier die Regie übernimmt, macht nicht nur die Wunder Jesu und den Zug ins gelobte Land Kanaan rückgängig, sondern lässt mit ein paar Tropfen Höllenfeuer sich »herrlich offenbaren«, was nach seiner Meinung »die Welt / Im Innersten zusammenhält«, nämlich »Bestialität« (V. 2297 f.). Wohl weil Goethe beim Wiederlesen in Rom die Prosa der Szene »durch ihre Natürlichkeit und Stärke, in Verhältnis gegen das andere, ganz unerträglich« erschien, wie später die Prosa der Kerkerszene (an Schiller, 5. Mai 1798; SGB 1, S. 650), setzte er sie in Verse, Madrigalverse mit starken Knittelvers-Einschlägen, abgesehen von den Liedern. Die Volkslieder und Volkslied-Travestien setzen die literarische Reihe bis 1778/80 fort.

BA vor 2073 *Auerbachs … Gesellen:* »Auerbachs Keller« ist ein Weinlokal in Leipzig seit 1530; Goethes Studien-Freund Ernst Wolfgang Behrisch (1738–1809) wohnte im Haus. Von zwei etwa 1625 gemalten (1930 entfernten) Wandbildern im Lokal zeigte das eine den Doktor Faust in fröhlicher Trinkerrunde mit Musikanten, das andere seinen Ritt auf einem Fass die Kellertreppe hinauf (Abb. 7). »Zeche« bezeichnet die Trinkgesellschaft wie

Abb. 7 Faust in Auerbachs Keller mit Studenten zechend (oberes Bild) und auf dem Fass reitend (unteres Bild). Mephistopheles ist auf beiden Bildern in Gestalt eines Hündchens zu sehen; sie sind ursprünglich wohl 1625 entstanden

das Lokal. Von den Namen weisen »Frosch« und »Brander« wohl ins studentische, »Altmayer« und »Siebel« wohl ins kleinbürgerliche Milieu: »Volk«.

2082 *singt Runda:* Ein Becher Wein geht herum, jeder, der ihn bekommt, muss ein Lied anstimmen, trinken und dem Nachbarn den Becher weitergeben.

2084 *Baumwolle:* Watte, um sie in die Ohren zu stopfen.

2090 *Das liebe, heil'ge Röm'sche Reich:* Liedanfang im Ton alter historisch-politischer Volkslieder. Seit dem Ende des Mittelalters war der Zustand des Reichs ein Gegenstand öffentlichen Spotts; verspottet wurde, wer sich darüber Gedanken machte.

2092 *garstig:* widerwärtig.

2099 f. *welch eine Qualität … den Mann erhöht:* Nachahmung eines mittelalterlichen Rituals, wonach ein neugewählter Papst sich auf einen »Leibstuhl« mit Loch zu setzen hatte, zum Nachweis, dass man nicht eine Frau gewählt hatte.

2101 *Schwing' dich auf:* Beginn eines Gesellschaftslieds aus dem 17. Jh.

2105 *Riegel auf!:* Frosch hat offenbar bei Siebels Liebchen Erfolg gehabt und singt, um ihn zu ärgern, das Lied unbekannter Herkunft vom heimlich eingelassenen Liebhaber.

2111 f. *Kobold … schäkern:* vgl. Anm. zu V. 1273–91. Wegkreuzungen galten schon in der Antike als unheimliche, von Dämonen heimgesuchte Orte. Siebel rückt das gemeinsame Liebchen in die Nähe von Hexen, deshalb die Anspielungen V. 2113.

2120 *ich weiß zu leben:* von frz. *savoir-vivre:* wissen, was sich gehört.

2125 *Rundreim:* der im Chor gesungene Schlussvers, der sich refrainartig wiederholt. Goethe bezieht das Bild von der vergifteten Ratte in einem Brief 1775 auf sich selbst; es ist wohl in dieser Zeit von ihm geschrieben zum Spott auf die von ihm selbst und Herder gesammelten Volkslieder.

2130 *Gift gestellt:* Rattengift ausgelegt.

2154 *Schmerbauch mit der kahlen Platte:* Siebel ist fettleibig mit Glatze.

2162 *wenig Witz:* geringer Intelligenz und geistiger Anstrengung.

2171 f. *Leipzig … ein klein Paris:* Berlin und Leipzig konkurrierten im 18. Jh. um die Anerkennung als Städte bester deutscher Nachahmung der Pariser Lebensart.

2176 *die Würmer aus der Nase:* redensartlich für ›Geheimnisse entlocken‹. Marktschreier gaben vor, Gemütskrankheiten auf diese Weise zu heilen.

2180 *ich schraube sie:* jemanden mit Reden, die dem Gefoppten unverständlich sind, vor den anderen lächerlich machen. Oder: mit Folterwerkzeugen (Daumenschrauben, hier metaphorisch) Geheimnisse abpressen.

2189 *Rippach:* letzte Station zum Pferdewechsel auf der Poststraße Frankfurt–Leipzig; Frosch will wissen, ob sie aus dem »Reich« kommen.

2190 *mit Herren Hans … gespeis't:* Ein Hans Ars (Arsch) war zu Goethes Studienzeit Wirt in Rippach und Anlass unflätiger Späße.

2191 *ihn vorbei gereist:* an ihm vorbei (zu Goethes Zeit noch korrekte Konstruktion).

2254 *judiciren:* den Wein beurteilen, verkosten (was man korrekterweise nicht mit großen Schlücken tut).

2268 *mussirend:* schäumend.

2272 *Franzen:* Franzosen; im nationalistischen Sinne abwertend.

2276 *Tokayer:* sehr süßer, ungarischer Wein.

2293 f. *kannibalisch … Säuen:* Der Kannibalismus, die Menschenfresserei, wird sich beim Traubenwunder zeigen. Mit den fünfhundert Säuen macht Mephistopheles Jesu Wunder der Austreibung der Teufel in eine Herde Schweine (Mt. 8,28 ff.) rückgängig; die Teufel wohnen wieder in den Menschen, was Mephistopheles sogleich mit »Freiheit« und Wohlsein assoziiert.

2312 *vogelfrei:* rechtlos, geächtet, den Vögeln zum Fraß freigegeben wie ein Gehenkter. Die Gesellen übertreiben: nur Schadenzauber war strafbar.

2332 *Mein!:* kurz für ›Mein Gott!‹

2336 *Nun sag' mir eins:* Nun soll noch einmal jemand kommen und sagen …

Gretchendrama

Bereits die *Frühere Fassung* enthält die vollständige Handlung um Margarete, die mit geringfügigen textlichen Änderungen – abgesehen von der Versifizierung der *Kerker*-Szene – bis in die Endfassung bestehen bleibt. Hinzu kommt in Rom 1788 *Hexenküche* als Ersatz der vierzeiligen Szene *Land Strase* der *Früheren Fassung* und als ›Prolog‹, der das Gretchendrama in die großen Spannungsbögen des *Faust* – Strebungen, Gott zu werden, Suche nach Helena, kulturgeschichtliche Entwicklungen der Neuzeit – einbezieht. Hinzu kommt *Wald und Höhle*, aus einigen Passagen der Valentin-Szene entwickelt und im *Fragment* hinter *Am Brunnen*, in der endgültigen Fassung hinter *Ein Gartenhäuschen* gestellt. Das *Fragment* 1790 brach mit *Dom* ab; erweitert um den Walpurgis-Komplex und mit neugestalteter *Kerker*-Szene erschien das Ganze 1808.

Gegenüber dem Faust-Stoff der Tradition ist das Gretchendrama neu und sollte schon in der *Früheren Fassung* nach dem Problem der Erkenntnis das Problem des Gefühls und der Sinnlichkeit unter Bedingungen alter Gesellschaftsstrukturen und moderner Reflexivität behandeln (starke *Dom Juan*- und *Nouvelle Héloïse*-Bezüge; s. LGF 10). Die schon im Gelehrtendrama beobachtete Doppelung der Epochen – frühe Neuzeit, Ende 18. Jh. – bleibt erhalten, jedoch tritt nun bei allem Lieblich-Altdeutschen in der Figur Margaretes und ihrer Umgebung die Emanzipation des Bürgertums in den Vordergrund. Das zeigt sich auch hier im Gegeneinander der Gattungen; waren es dort Warndrama und *comédie sérieuse*, so ist es hier im Vordergrund das Bürgerliche Trauerspiel um den Aufstiegstraum der Bürger und seinen Preis, fokussiert wie oft seit den Romanen Samuel Richardsons (1689–1761) in der verführten jungen Frau; im Hintergrund spielt sich zwischen einer neuen Heiligen Margarete und dem Teufel ein Legendendrama ab, in dem Margarete eine Seele und Leib, Eros und Sexus heiligende Religiosität entwickelt, aufgrund deren die Versucher im *Kerker* abgewehrt werden und die Rettung durch die »Stimme von oben« verheißen wird.

Faust war in diesem auf Margarete konzentrierten Stück die für das Bürgerliche Trauerspiel typische Rolle des unentschlossenen Verführers zugekommen (»Ich weiß nicht soll ich?« V. 2738), der eines teuflischen ›Freundes‹ bedarf (vgl. die Theaterstücke *Emilia Galotti*, *Die Kindermörderin*, *Die Soldaten*), um seine Skrupel zu überwinden und die sich anbietende Gelegenheit zu ergreifen. Durch die in Rom entwickelte Konzeption der Strebungen, Gott zu werden, wächst Faust im ›zweiten Akt‹ des *Faust I* jedoch eine neue aktive Rolle zu. Nach Marsilio Ficino heißt die zweite Strebung: »Die Seele will alle Dinge werden« (vgl. hier S. 728). Dieses Programm hat Faust sich schon V. 1770 ff. gegeben, hat in Leipzig die »kleine Welt« gesehen, sieht in *Hexenküche* mit Paris die »Hauptstadt der Welt« (Steiger, Bd. 4, S. 227), um nun in Margaretes Stadt (Straßburg?) den »Cursum« in der kleinen Welt durchzuschmarotzen. Mit Margarete tritt ihm ein menschlicher Mikrokosmos (vgl. V. 1802) zum Spiegel und zum Genuss gegenüber; *Hexenküche*, *Wald und Höhle*, *Walpurgisnacht* ergänzen (vgl. FD 3, S. 115) die Erfahrungen des ›Allmenschen‹ über Spiritualität und Sinnlichkeit, Wonne und Jammer, Faszination und Gleichgültigkeit, Fesselung und Flucht im Verhältnis zu Margarete hinaus; über die beiden Dramen der Margarete legt sich eine neue Tragödie Fausts. Denn dieser schaut mit dem »Weib« im Zauberspiegel der Hexe die Frau Welt und erhält mit dem Hexentrank aus Höllenfeuer, trinkbarem Gold und Aphrodisiakum ein Verjüngungsmittel mit höllischer Kraft; beides treibt ihn also, analog zu Makrokosmos und Erdgeist, gleich anfangs wieder weit über das Menschenmaß hinaus. Eine Helena (V. 2604) wäre diesem Doppelanspruch vielleicht gewachsen, nicht aber die kindliche Margarete, die nicht mehr als ein Kompromiss, eine Proto-Helena sein kann und über die Faust allein wegen seines Versprechens der Rastlosigkeit hinwegschreiten muss. Hinzu kommt, dass er nach Mephistos ironischer Vorhersage »mit warmen Jugendtrieben, / Nach einem Plane, zu verlieben« sich gezwungen sieht (V. 1799 f.): Er kann sich nicht spontan verlieben und seiner Liebe hingeben wie etwa Margarete (V. 3492), sonst hätte ihn Mephistopheles mit Genuss betrogen; der Wunsch nach Ewigkeit des glückhaften Augenblicks rückt auch in gefährliche Nähe (V. 3191–94). Das heißt aber, dass der Genuss dessen, was der Menschheit zugeteilt ist (V. 1770 f.), wegen der Bedingung der Reflexivität, des Genießenwollens, Sich-dabei-Beobachtens, Sich-nicht-wirklich-darauf-Einlassens von vornherein ausgeschlossen ist und genauso tragisch im Keller des *Kerkers* landen muss wie das Gelehrtendrama in *Auerbachs Keller*. Wie der sinnliche Genuss durch Reflexivität, so wird der geistige Genuss durch Sinnlichkeit vereitelt (*Wald und Höhle*). Margarete, ganz ohne Fausts »Wollen«, kommt einer geistigen Sinnlichkeit / sinnlichen Geistigkeit, die als Ganzes »nur für einen Gott gemacht« ist (V. 1780 f.), näher als Faust, der mit seinem Streben und Wollen sich immer selbst behindert. Die Struktur von Fausts Tragik, einem eingeborenen, zum Streben verschärften Drang zu folgen und an den Grenzen des Menschseins zu scheitern, ist also dieselbe wie im Gelehrtendrama, nur dass nicht mehr die Einheit des im Innersten Zusammenhaltenden, sondern die Allheit des Kosmos zur Teilhabe erstrebt wird.

Die historischen Markierungen werden im Gretchendrama weitergeführt: *Hexenküche* spielt unübersehbar auf die Vorgeschichte und den Ausbruch der Französischen Revolution an, *Walpurgisnacht* ist durch den Proktophantasmisten und sein Heilmittel gegen die Geister (V. 4172 f.) auf 1799, der *Walpurgisnachtstraum* durch den Namen einer Zeitschrift auf 1801 datiert; die alten Hexer auf dem Blocksberg sind die vergangenen Größen des Ancien Régime; der kussfreudige Demokrat in den Satansszenen (Paralipomena, S. 650 f.) gehört schon der nachrevolutionären Regierungsmannschaft an, die wie die alte dem Satan huldigt. Angesichts des welthistorischen Geschehens, das Faust durch zwei alte Kupferstiche hindurch erlebt, also mit einem die Modernität der Verhältnisse und Ereignisse nicht voll erfassenden Blick sieht, ist sein Rückzug in die Privatheit der »kleinen Welt« (V. 3355) der Margarete eine Flucht in die ideale ›heile Welt‹ der frühen Neuzeit, wie die Romantiker sie gegen Ende des Jahrhunderts antraten. Entsprechend sind auch die literarischen Markierungen (LGF 10) gespalten, zeugen einerseits von den fortschreitenden Tätigkeiten der Antiquare und alte Formen aufgreifenden Dichter, andererseits weisen sie immer tiefer in den Schacht der Tradition zurück: Margaretes Kunstballade vom König in Thule, Marthes Hans-Sachs-Reminiszenz (V. 2865–72), Gretchens Arie als modernes Ausdruckslied am Spinnrad, ihre *Stabat mater*-Adaption als Dacapo-Arie in *Zwinger*, Mephistos Lied nach Shakespeare (V. 3682–97), die mittelalterliche Totensequenz in *Dom*, das Lied nach dem *Märchen vom Machandelboom* in *Kerker* als Urpoesie, aufgezeichnet von Philipp Otto Runge: alte und immer ältere Formen, vom Stilpluralismus um 1800 begierig aufgenommen und modernisiert. – In der Raumregie zeigt sich ein fast regelmäßiger Wechsel von offenen und geschlossenen, halb offenen (z. B. Garten), halb geschlossenen (Zwinger) Räumen. Auch die Licht- und Tageszeitenregie lässt bedeutende Bezüge erkennen.

Hexenküche

Als ›Prolog‹ des Gretchendramas 1788 in Rom geschrieben, ersetzt *Hexenküche* die vierzeilige Szene *Land Strase* der *Früheren Fassung*, die dort den Übergang zwischen den zwei ›Akten‹ markierte, indem sie mit dem Szenenbild (vgl. die

Abb. 8 Pieter Bruegel d. Ä.: Versuchung des heiligen Jakobus (Stich von H. Cock). Wahrscheinlich Szenenvorlage zu *Hexenküche*

BA) »altes Schloß« und »Bauerhüttgen« auf die sozialen Spannungen hinwies, die im Gretchendrama ausgetragen werden (vgl. S. 544). Auch *Hexenküche* bedient sich eines Szenenbildes, aber nicht einer vom Theatermaler nach Goethes Angaben gemalten Kulisse, sondern eines Kupferstichs nach Pieter Bruegel dem Älteren von Hieronymus Cock (um 1510 – 1570) von 1565 (Abb. 8), in den Faust mit Mephistopheles eintritt: das bekannte Bild eines anderen Künstlers also (Goethe besaß die Radierung), das einen noch weiter zurückliegenden Vorgang (der heilige Jakobus wird von einem Magier festgehalten) mit den Vorstellungen des 16. Jh.s darstellte. Auf die Veraltung dieser Vorstellungen und der dazugehörigen Magie und des Bösen – im Keller des Bildes ist die Hölle zu sehen – kommt es Goethe offenbar an: Beide Gäste beschweren sich darüber, Faust weil er durch einen Trank aus dieser »Sudelköcherei«, dieser »Raserei« und diesem »tollen Zauberwesen« verjüngt werden soll (V. 2337–42), Mephistopheles weil er in seiner modernen Kleidung von der Hexe nicht erkannt und nach seiner brutalen Selbstidentifikation wieder mit veraltetem Namen angeredet wird.

Faust aber braucht die alte Droge, braucht die Hexe, weil er sich »nicht bequemen« kann, eine Verjüngungskur nach modernen Erkenntnissen auf sich zu nehmen (V. 2362–65). Durch dieses veraltete, aber hochwirksame Mittel wird Faust zum Monstrum, äußerlich jung, scharf auf Frauen und Genuss, innerlich der alte Melancholiker. In einem Zauberspiegel sieht er die zweite Droge, die Welt als Frau – wiederum ein veraltetes Bild –, deren »himmlische« Schönheit ihn fasziniert, bis er Helenas Schönheit gesehen hat (V. 6487–6500). Der Eintritt ins alte Bild und seine Magie ist also nötig, weil Faust sich zur Anerkennung der zeitgenössischen Realität und ihrer tatsächlichen Forderungen »nicht bequemen« kann, weil das Arbeit, Veränderung und Zugreifen erfordert hätte.

Die zeitgenössische Realität scheint aber durch den alten Stich hindurch. Es sind die Vorgänge, die seit der Halsbandaffäre 1785 (die Goethe wegen ihrer »greulichsten Folgen« fast »wahnsinnig« machte) auf den *grand monde* und seine ›Hauptstadt‹ Paris zukommen und in der Revolution gipfeln: Korruption (V. 2419–21), Zerrüttung der Staatsfinanzen bei unglaublicher Verschwendung des Hofs und äußerster Armut des Volks (V. 2392 f.), so dass bei untätiger Abwesenheit der Herrschaft ein Fremder als Finanzminister mit dem Zepter auf den Thron gesetzt wird (V. 2427 f., 2448 f.) und die zerbrochene Krone mit Schweiß und Blut leimen soll (V. 2451 f.); dies geschah durch den Schweizer Bankier Jacques Necker (1732–1804) und den Amtsadligen Charles-Alexandre de Calonne (1734–1802), der den Adelsstand zu besteuern und zur Arbeit zu bringen suchte, während Necker mit Anleihen eine ›Sanierung‹, d. h. wie bei Fausts Verjüngung eine äußere Scheingesundheit bei gleichbleibender innerer Desolatheit, bewerkstelligte. Das merkantilistische Verfahren, mit vorhandenen Geldmengen Löcher zu stopfen, war praktiziert worden, bis 1758 Quesnay sein *Tableau économique* mit dem Beginn der physiokratischen Ökonomietheorie herausbrachte, die Mephistopheles so unattraktiv für Faust als Alternative zu einer Verjüngung mit »Geld« darstellt (V. 2351–61). Faust wird also um 30 Jahre in das Verfahren des Merkantilismus zurückverjüngt wie der Staat; er erhält *aurum potabile* als Lebenselixier und hat dann auch für Margarete Schätze anzubieten; allerdings sind das gestohlene Schatzkästlein (V. 2732), wie auch die Sanierung des Staates nicht durch vorhandenes, sondern geliehenes Geld geschieht – Lotterie, strenge Polizeivorschriften zur Niederhaltung des überschäumenden Hexenkessels (Bildmitte, von der Äffin bewacht). Einberufung der Notabeln-Versammlung und deren Gefangensetzung 1787, als die gewünschte Steuer nicht beschlossen wird, ist die erste Regierungshandlung durch den König seit langer Zeit, ungeheure Empörung: Versengen der durch den Schornstein herunterfahrenden Hexe (Kessel rechts, an dem sich die Äffchen die Pfoten wärmen, V. 2385). Weitere Bezüge im Stellenkommentar; Radierung, Paris 1785–89 und Faust-Handlung sind also aufeinander abbildbar und kommentieren einander satirisch (vgl. LGF 4).

Die Szene hat mehrere Teilszenen: (1) Eingangsgespräch Faust – Mephistopheles; (2) Mephistopheles und die Tiere; (3) Faust vor dem Zauberspiegel; (4) Mephistopheles als »König auf dem Throne«; (5) Rückkehr der Hexe; (6) Verjüngungs-Zauber; (7) Schlussgespräch. – Abgesehen von den magischen Kurzversen der Hexe und ihrer Tiere wird Madrigalvers verwendet; besonders viele Alexandriner geben einen ›französischen‹ Anstrich.

BA vor 2337 *Auf einem niedrigen Herde ... ausgeschmückt:* Goethe hat die drei Kessel der Radierung von Bruegel/Cock in einen zusammengezogen und die Figuren des Heiligen und des Magiers durch Faust und Mephistopheles ersetzt; der mittlere Kessel wird von der Äffin bewacht und der Schaum, der sich immer wieder bildet, abgeschöpft, am rechten wärmen sich die Äffchen, dort kommt die Hexe durch den Qualm herunter. Sieb, Zauberkreise, anderer Hausrat sind vorhanden, Goethe verlegt nur das Ganze in einen Innenraum.

2341 *Sudelköcherey:* Kochen mit schmutzigen Geräten und aus unsauberen Zutaten.

2346 *Balsam:* heilende, vor allem schmerzlindernde Substanz.

2351 *ohne Geld:* Das Verjüngungsmittel der Hexe funktioniert also mit Geld. Da sie keine Bezahlung erhält, besteht offenbar das Mittel selbst aus Geld.

2357 *mit ungemischter Speise:* Ernährungskonzept damaliger ›Naturärzte‹, die Nahrungsstoffe in Reinform aufzunehmen.

2361 *Auf achtzig Jahr ... verjüngen:* ironisch – man wird alt statt jung bei der Kur. Allerdings gab auch einer der Naturärzte, Alvise Cornaro (1484–1566), sein Alter mit 95 an, obwohl er erst 80 war, um durch seine Jugendlichkeit die Wirkung seiner Rezepte zu beweisen.

2369 *Brücken bauen:* Von seinen Schweizreisen kannte Goethe die »Teufelsbrücke« zwischen Andermatt und Göschenen.

2387 *abgeschmackt:* nicht mehr dem Zeitgeschmack, der Mode entsprechend. Faust protestiert vom Anfang der Szene an gegen die veraltete Magie der Hexe, hat aber soeben ein modernes ›ganzheitliches‹ Verjüngungsmittel abgelehnt. »So muss denn doch die Hexe dran« (V. 2365).

2388 *Discours:* Gespräch. Die französische Schreibung (erst im *Faust I*) legt französische Aussprache nahe.

2392 f. *breite Bettelsuppen ... groß Publicum:* Mildtätige Institutionen gaben an

Abb. 9 David Teniers: Affen mit Weltkugel (Kupferstich von C. Boel)
Wohl Bildvorstellung zu V. 2402–15

die verarmte Bevölkerung Suppen aus, die »breit«, mit viel Wasser, gekocht waren. Im Rahmen der Paris-Allegorie (s. den Szenenkommentar) trifft »groß Publicum« zu: äußerste Armut der nicht-privilegierten Bevölkerung bedingte die Sprengkraft der Revolution.

2401 *Lotto:* Glücksrad mit Ziffern, auf deren eine der Spieler eine Geldsumme setzt. Bleibt nach dem Drehen das Rad auf der gewählten Zahl stehen, erhält der Spieler ein Mehrfaches des Einsatzes, wenn nicht, verliert er alles.

2402–15 *Das ist … Scherben:* Weltvision Mephistos als ›Fürst dieser Welt‹: eine Reihe einander ausschließender Widersprüche von Bestand und Zerstörung. V. 2410 war im *Fragment* in Anführungszeichen gesetzt und führte die hohle, gläserne oder tönerne Welt auch noch als redend und lebendig ein (Abb. 9).

2416 *Sieb:* Das sog. ›Siebdrehen‹ war eine Methode, einen Dieb zu erkennen (vgl. Dieter Harmening, *Wörterbuch des Aberglaubens*, Stuttgart 2005, S. 386).

Abb. 10 Giorgione: Ruhende Venus. Vielleicht Bildvorstellung zu V. 2429–40

2427 *Den Wedel:* Der Herr der Fliegen (V. 1516 f.) wird mit dem Fliegenwedel ausgestattet, er bezeichnet ihn V. 2449 als Zepter (unter den Reichsinsignien das Symbol des Kämmerers/Finanzministers).

2430 *Zauberspiegel:* vgl. V. 878–881.

2441 f. *sechs Tage plagt … Bravo sagt:* Im siebentägigen Schöpfungsbericht 1. Mose 1 f. ist die Schaffung des Menschen nur eine Episode; was da geschaffen wird, ist die Welt. Also sind V. 2429–40 Fausts Weltvision, gewissermaßen die *Hexenküchen*-Version des Makrokosmos, während Mephistopheles V. 2402–15 die Erdgeist-Version gesehen hat. Die Frau-Welt-Vorstellung des Mittelalters (z. B. im Straßburger Münster) ist die einer schönen Frau, deren Rücken von widerlichem Gewürm zerfressen wird. Faust sieht zunächst nur den »Inbegriff von allen Himmeln«; dagegen vgl. schon V. 2456, 2461 f. (Abb. 10) .

2464 *aufrichtige Poeten:* ironisch über die Dichter, denen die Gedanken erst kommen (V. 2459 f.), wenn sie für ein gefundenes Reimwort eine Zeile füllen müssen.

2467 *die Frau:* die Herrin, so auch V. 2380.

2491 *Raben:* eigentlich keine Begleiter des Teufels, sondern des nordischen Gottes Odin, vgl. auch V. 10664–757.

2497 *Das nordische Phantom:* Phantasiegestalt des Teufels, wie sie V. 2485–99 beschrieben wird und nur noch teilweise verwirklicht ist: auch diese mit Kennzeichen germanischer Gottheiten (Odin, Loki) ausgestattete »nordische« Gestalt ist nur Maske des Bösen (vgl. V. 2509).

2502 *falscher Waden:* Genötigt durch die herrschende Mode der Kniebundhosen, ließ man zu dünn geratene Waden durch Einlagen muskulöser wirken.

2504 *Junker:* ›junger Herr‹, veraltete, in vorabsolutistische Zeit verweisende Anrede. Nicht nur Faust, auch Mephistopheles wird von der zurückgebliebenen Hexe weit in die Vergangenheit zurückgezogen.

2510 f. *Herr Baron … Cavalier:* »Baron« war der einzige käufliche Adelstitel (vgl. die Ausdrücke ›Finanz-‹, ›Geld-‹, ›Schlotbaron‹); »Cavalier« ist Angehöriger des Adels.

2518 *schafft:* verlangt, fordert.

2524 *nicht mehr im mind'sten stinkt:* vielleicht Anspielung auf ›Geld stinkt nicht‹ (vgl. Anm. zu V. 2351), den Satz des Kaisers Vespasian, der die kommerzielle Nutzung von Urin (Pharmazie, Färberei) mit einer Steuer belegt hatte. – Faust erhält wahrscheinlich *aurum potabile*, Trinkgold, zur Stärkung, Verjüngung, Heilung und Potenzsteigerung.

2528 *gedeihen:* wohltun, nützen, zugutekommen.

BA vor 2540 *mit großer Emphase … declamiren:* Sie trägt mit großer rhetorischer Betonung und Gestik aus dem Buch das Hexen-Einmaleins vor. Da dieses so nur in Goethes *Faust* steht, muss ihr Buch der *Faust* sein, deshalb ist auch Mephistos Kommentar (V. 2555–58) witzig und zugleich ein wichtiger Kommentar über den *Faust*. Das Hexen-Einmaleins ist vielfach deutbar und vielfach gedeutet worden; am einfachsten ist: Wenn 1 = 10 und 10 = 0, dann 1 = 0 und »Etwas« = »Nichts« (V. 1363 f.), also »ein vollkommner Widerspruch« (V. 2557), und alle andern Zahlen sind Vielfache von 1 = 0.

2561 f. *Durch Drey … verbreiten:* Spott des Teufels auf die Lehre von der dreieinigen Gottheit des Christentums.

2575 *ein ganzes Chor:* Neutrum üblich in der Zeit Goethes.

2577 *Sibylle:* weise Frau, in der Antike mit prophetischer Gabe ausgestattet.

2581 *Graden:* Stufen der Einweihung und Rangfolge in den Geheimkulten des 18. Jh.s, z. B. der Freimaurerei.

2585 *mit dem Teufel du und du:* Der Saft ist also Höllenfeuer wie der Wein in *Auerbachs Keller* (vgl. hier S. 107); bald wird sich auch bei Faust die Bestialität herrlich offenbaren.

2590 *auf Walpurgis:* Vorbereitung der *Walpurgisnacht*.

2594 *transpiriren:* schwitzen.

2598 *Cupido:* römischer Liebesgott, hier eher sein Werkzeug.

2604 *Helenen:* Helena, deren Suche Faust vom 1. bis 3. Akt des *Zweyten Theils* bestimmt. Hier wird die Prolog-Wirkung von *Hexenküche* greifbar: Margarete, in der *Früheren Fassung* ohne Vorbereitung angesprochen, wird für den Zuschauer (Mephistopheles spricht »beiseite«) schon zur bloßen Vorstufe der Helena herabgestuft, und Faust ist durch das Zauberbild auf einen »Engel« (V. 2659), durch den Trank auf eine »Dirne« (V. 2619) programmiert und wirft beide Projektionen zugleich auf das Mädchen, das daran zugrunde geht.

Straße [I]

Entstanden im Kontext der *Früheren Fassung* wahrscheinlich 1773/74 als unvermittelter Beginn des Gretchendramas – die vier Zeilen der Szene *Land Strase*, 1788 durch *Hexenküche* ersetzt, geben keinen Hinweis auf diese auch im Faust-Stoff nicht angelegte Episode. Von Margarete her gesehen, ist die Handlung in sich abgeschlossen; Goethe sprach 1826 auch vom ›zweiten Akt‹ des *Faust I* (Gräf II,2, S. 325, Anm. 2). Wie schon im Kommentar dazu (S. 780) angedeutet, führt Goethe wieder zwei Dramentypen parallel, ein modernes Bürgerliches Trauerspiel und ein Legendenstück aus der Tradition des 16. Jh.s; während im Gelehrtendrama Warndrama und *comédie sérieuse* einander ergänzten und kommentierten, stört im Bürgerlichen Trauerspiel der Teufel des Legendenstücks und in diesem die moderne Religiosität Margaretes; nimmt man noch die durch *Hexenküche* eingeführten Funktionalisierungen der Margarete für die Helena-Handlung und die Faustsche Strebung nach Allheit (nach V. 1770 f.) hinzu, so entsteht ein außerordentlich komplexes Handlungsbild, das jede Figur und jede Szene mehrfachen Lesungen öffnet, entsprechend dem Diversitätscharakter, der dem Streben folgt, »alle Dinge zu werden«.

Die Szene ist, bis auf einen Alexandriner (V. 2674), der bei den leichten Änderungen im *Fragment* hinzukam (V. 2609 f., 2640, 2643, 2647, 2674–77), im Knittelvers geschrieben, der nach den starken französischen Anklängen von *Hexenküche* eine Rückkehr in den ›altdeutschen‹ Sprachraum andeutet. Das heißt jedoch nicht Rückkehr in die heile putzig-kleinstädtische frühbürgerliche Welt der Illustrationen des 19. Jh.s – die Stadt hat einen Dom, Margarete weiß französierend zu parlieren und zitiert Molière (1622–1673), sie ist fast enttäuscht, dass Faust ihre Augensignale nicht wahrnimmt (V. 3163–65) und geht mit ihrem Blumenorakel (V. 3179–84) weit forscher vor als Molières Charlotte im *Dom Juan*. Im Gegenteil, diese Welt ist die in *Vor dem Thor* beschriebene beengende spätmittelalterliche Welt (V. 923–927), die in den Lebensräumen und in den Köpfen bis weit ins 18. Jh. hinein herrschte und auch hier die finstere Magie des Veralteten ausübt. – Die Szene hat mehrere Teile: (1) Faust spricht Margarete an; (2) Faust über Margarete; (3) Faust und Mephistopheles über ihre Verführbarkeit, Umstände, Hindernisse, Versprechen der Einführung in ihr Zimmer; (4) Mephistopheles über seinen Auftrag, ein Geschenk zu besorgen. – Mit der werbenden Ansprache des Höhergestellten in der Öffentlichkeit beginnt eine bedeutungsvolle intertextuelle Beziehung zu Lessings *Emilia Galotti* (s. LGF 10), deren Konstellation Emilia – Prinz – Marinelli sich in Margarete – Faust – Mephistopheles spiegelt.

2605 *Fräulein:* Bezeichnung für eine unverheiratete Adlige; wegen ihrer vorgeschriebenen bürgerlichen Kleidung ist Fausts ›Irrtum‹ für Margarete sofort durchschaubar.

2619 *Dirne:* Mädchen niederen Standes (nicht: Hure), galt bei Angehörigen höherer Stände für leichter zugänglich (vgl. V. 828–835).

2623 *Stuhl:* Beichtstuhl.

2627 *über vierzehn Jahr:* Das heißt damals ›heiratsfähig‹.

2629 *jede liebe Blum':* Spiel mit dem Namen »Margarete« (eigentlich ›Perle‹) – Margerite, aber auch mit dem »Blümchen« der Unschuld (V. 3561).

2630 *dünkelt:* Wortschöpfung aus »Dünkel«, ›Arroganz‹, und »es dünkt ihn«, ›er bildet sich ein‹.

2633 *Herr Magister Lobesan:* im 18. Jh. Spottname für umständliche, schulmeisterliche Herren.

2641 *Gelegenheit:* die Möglichkeit ungestörten Zusammentreffens. Die Verzögerungstaktik lässt Faust immer verächtlicher von Margarete sprechen.

2645 *wie ein Franzos:* Freizügigkeit in sexuellen Beziehungen galt auch bei deutschen Adligen als französische Lebensart.

2650–52 *Brimborium … welsche Geschicht':* Viele der italienischen und französischen erotischen Novellen legen auf Personencharakterisierung keinen Wert, sondern beschreiben die langwierigen Bemühungen, eine schwer zugängliche Dame endlich zu gewinnen und wieder zu verlassen.

2653 *Appetit:* Triebdruck (Fachausdruck des 18. Jh.s).

2654 *Schimpf:* Scherz.

2671 *Dunstkreis:* Übersetzung des 18. Jh.s für ›Atmosphäre‹.

2674 *reüssiren:* Erfolg haben.

2677 *revidiren:* nachsehen, genau überprüfen.

Abend

Entstanden im Kontext von *Straße [I]*, Textbestand seit dem *Fragment* durch glättende Eingriffe und wenige leichte Sinnveränderungen gegenüber der *Früheren Fassung* modifiziert. Die Ballade vom König in Thule ist in der 1. Strophe deutlich verändert; sie entstand wohl etwas später als die Szene, nämlich im Sommer 1774 (vgl. DW, S. 671; 14. Buch). Gliederung der Szene: (1) Margaretes Monolog; (2) Faust, Mephistopheles, dieser »herumspürend«; (3) Fausts Monolog; (4) Mephistopheles diskutiert mit Faust über das Kästchen und stellt es angesichts Fausts Unschlüssigkeit und Untätigkeit selbst in den Schrank; (5) Margarete, (erotischer) Schauer und Furcht; (6) Thule-Ballade; (7) Kästchen-Fund und Anlegen des Schmucks. Die Szene ist bestimmt durch magische Wirkungen der »Sphären« oder Wirkungskreise (s. Anm. zu V. 484): Fausts erotischer und sexueller Triebdruck wird durch den »Zauberduft« zunächst auf das Zimmer (»Himmelreich«, »Wonnegraus« angesichts des Bettes) fetischartig abgelenkt und so weit gedämpft, dass Faust das Unternehmen abbrechen möchte; Margarete gerät durch die Schwüle und Dumpfigkeit, die Mephistopheles durch sein Herumspüren als ›Duftmarken‹ hinterlassen hat, in den Wirkungskreis Mephistos; den über den ganzen Leib laufenden Schauer identifiziert sie erst später als erotische Wirkung des »Blutes« (V. 3185–88). Dazu gesellt sich die Magie des Goldes, an dem alles hängt und zu dem alles drängt, in diesem Bürgerlichen Trauerspiel noch verstärkt durch die soziale Magie möglichen Aufstiegs zur »Edelfrau« an der Seite des Herrn aus »edlem Haus«. Mit Gold und Blut hat Mephistopheles den Ordnungs- und den Fülle-Aspekt, Makrokosmos und Erdgeist der unteren satanischen »Herrlichkeit« (V. 2795, vgl. Anm. zu V. 250) aufgerichtet; die obere Herrlichkeit himmlischer Ordnung und Fülle, versöhnt durch den »Geist« Margaretes, erfährt Faust erstmals als Einheit, und zwar von Makrokosmos und Erdgeist (*Nacht*), den zwei Seelen (*Vor dem Thor*), den drei christlichen Tugenden (*Studirzimmer [I]* und *[II]*), der Vorstellung Margaretes als Botin der Natur (V. 2711 f.) und »Götterbild«. – Bedeutende Intertextualität mit Rousseaus *Nouvelle Héloïse* und *Pygmalion* (s. LGF 10). Die Kunstballade vom König in Thule markiert den Beginn der modernen Verwendung der Volksballade Anfang der 1770er Jahre. – Margaretes Knittel werden daktylisch munter, wo sie sich an Fausts Keckheit erinnert, sie gehen in Madrigalverse mit zwei *vers communs* und einem Alexandriner über, wo sie auf das Kästchen stößt. Faust und Mephistopheles benutzen Madrigalvers. Margaretes sogar monologische Verwendung des Madrigalverses da, wo sozial-emanzipative Vorstellungen sie bewegen, zeigt wie die bildungsbürgerliche Kunstballade, dass nur Faust, nicht aber Goethe sie als das naive Naturkind projiziert, als das auch Illustratoren, Regisseure und Kommentatoren sie zweihundert Jahre lang gezeichnet haben.

BA vor 2678 *Zöpfe flechtend und aufbindend:* Sie legt die geflochtenen Zöpfe auch noch kunstvoll um den Kopf. Die »Reinlichkeit« des Zimmers, die der Strenge der Mutter zu verdanken ist (V. 3111–13), spiegelt sich in der doppelten Bändigung des Haars.

2680 *wacker:* tüchtig, ansehnlich.

2681 *edlen Haus:* adliger, zumindest gesellschaftlich hochstehender Abstammung.

2699 *den heil'gen Christ:* das Weihnachtsgeschenk.

2705 *Den Teppich:* die Tischdecke.

2706 *Sand … kräuseln:* Um der Sauberkeit willen wurden die Holzfußböden mit feinem Sand bestreut, Margarete verziert ihn sogar mit Mustern.

2712 *Den eingebornen Engel:* »eingebornen«: einzigen, einzigartigen; Anspielung auf das *Credo* des christlichen Glaubensbekenntnisses, wo Christus als *unigenitus*, ›einziggeboren‹, bezeichnet wird.

2715 f. *mit heilig reinem Weben / Entwirkte sich:* Das Bild wurde gleichsam wie ein Gewebemuster sichtbar (»wirken«: weben, stricken).

2721 *Zauberduft:* Wirkungskreis der Margarete, vgl. Anm. zu V. 484. Den Wirkungskreis des Mephistopheles spürt Margarete V. 2753–57.

2726 *Frevel:* Kühnheit, Vergehen.

2727 *Der große Hans:* lesbar als »Großhans«, Prahler; lesbar auch als Nennung des dem Publikum bekannten Vornamens von Faust: Johannes.

2732 *wo anders hergenommen:* für: gestohlen.

2733 *Schrein:* kostbare Truhe oder Schrank. Trotz der Aufforderung in dieser Zeile stellt Faust das Kästchen nicht selbst hinein.

2734 *ihr vergehn die Sinnen:* sie gerät außer sich; eigentlich: sie wird ohnmächtig.

2739 *wahren:* behalten, nicht verschenken.

2740 *eurer Lüsternheit:* ironische Anrede, vgl. den Ausdruck ›Eure Heiligkeit‹.

2744 *Ich kratz' … Händen:* Gesten angestrengten Nachdenkens; der Satz wird V. 2746 fortgesetzt.

2751 *Physik und Metaphysika:* die zwei großen Lehrgegenstände des Aristoteles.

2759 *Thule:* sagenhafte Insel im äußersten Norden. Bildungselement, das gleich in der ersten Zeile Margaretes ›Volks-‹ zur ›Kunstballade‹ modernisiert.

2761 *Buhle:* im Sinne von: Geliebte, im Gegensatz zu »Ehefrau«, vgl. V. 3671.

2764 *jeden Schmaus:* jedes Mal beim Essen.

2765 *Die Augen gingen ihm über:* ihm kamen die Tränen.
2779 *trinken:* sich mit Wasser füllen.
2787 *lieh darauf:* verlieh Geld für das Pfand.
2800 *Allein man läßt's auch alles seyn:* aber man kümmert sich nicht weiter darum, interessiert sich nicht dafür (wegen Armut und niederem Stand).

Spaziergang

Entstanden im Kontext von *Straße [I]*; gegenüber der *Früheren Fassung* seit dem *Fragment* von allzu genialischen und kirchensatirischen Ausdrücken gereinigt. Dass die Mutter mit Margarete zum Geistlichen geht und ihm das schöne Spielwerk (V. 2737) fromm überlässt, zeigt erstens am Anfang des Trauerspiels: Margarete ist noch unselbstständig; ihr Denken ist von der Kirche, ihr Handeln von der Mutter bestimmt, ihre Anständigkeit nicht Leistung, sondern vorläufig Schwäche ihrer Seele. Zweitens aber wird, da sie erkennt, dass das Geschenk für sie persönlich bestimmt ist, ihr nicht nur ein Wert und Eigentum, sondern der sichtbare Beweis ihrer vermutlich von dem »edlen Herrn« anerkannten und auserwählten Individualität weggenommen: die Mutter treibt sie damit in Marthes Fänge und zum emanzipatorischen, verbotenen Handeln. Der Zorn des Teufels über eine Niederlage im Kampf mit den himmlischen Mächten ist eine typische komische Situation im geistlichen Spiel und Legendendrama; dazu gehört durchaus auch die Satire auf Kirche und Geistlichkeit. – Fausts Bestellung eines neuen, besseren Kästchens zeigt, dass er jetzt alle Skrupel beiseitegeworfen hat; taktische Niederlage, strategischer Sieg Mephistos.

Metrik: Madrigalvers mit vielen Knittelversen gemischt.

BA vor 2805 *Spaziergang:* Gang zum Spazieren, Allee (so in der *Früheren Fassung*).
2805 *verschmähten Liebe:* Bis zur Szene *Grablegung* (*Zweyter Theil*, 5. Akt) besteht das Wesen des Teuflischen im Undank, in der Verschließung gegen die »Himmels-Liebe« (V. 771, 1185), im Versuch, sich allein auf sich selbst zu stellen.
2807 *kneipt:* kneift, hier: ärgert.
2808 *So kein Gesicht sah' ich:* noch nie sah ich so ein Gesicht.
2818 *Schnuffelt:* bringt das Buch beim Lesen immer ganz nah an Augen und Nase.
2819 *Möbel:* im wörtlichen Sinn (lat. *mobilis* ›beweglich‹): bewegliche Sache (dagegen: ›Immobilien‹).

2824 *Befängt:* nimmt magisch gefangen.

2826 *Himmels-Manna:* vgl. Offb. 2,17: »Wer überwindet, dem will ich zu essen geben von dem verborgenen Manna« (himmlische Speise), vgl. V. 2835.

2828 *ein geschenkter Gaul:* redensartlich: ein Geschenk schaut man nicht auf mögliche Mängel an. Dem Gaul, dem man ins Maul schaut, kann man am Zustand der Zähne das Alter ansehen.

2844 *Pfifferling':* wertlose Kleinigkeiten.

2848 *erbaut:* seelisch und im Glauben gestärkt.

2849 *Gretchen:* Faust übernimmt von Mephistopheles (V. 2813) den ambivalenten Namen (vgl. Szenenkommentar zu *Gretchens Stube*, S. 804 f.).

2850 *Weiß weder was sie will noch soll:* genaue Parallele zu V. 2738.

2859 *wie Brey:* zäh, träge.

Der Nachbarin Haus

Entstanden im Kontext von *Straße [I]*. Einfügungen seit dem *Fragment*: V. 2893 f., in V. 3008 »Lebt wohl!«; nach V. 2871 in der *Früheren Fassung* zwei Zeilen Auslassungszeichen wohl für ausgiebiges Schluchzen, jetzt ersetzt durch die beiden Auslassungszeichen nach »Pein!«. Sonst nur die üblichen Glättungen. Margarete ist zwar überzeugt, dass es nicht »mit rechten Dingen« zugeht, bringt aber dieses deutlich »ungerechte Gut« nicht wieder ihrer Mutter und damit der Kirche, sondern lässt sich nach allem mit dem ersten Kästchen Geschehenen ganz bewusst auf das Böse ein. Marthe, von Mephistopheles richtig eingeschätzt (V. 3029 f.), unterstützt sie darin. Margarete ist also keineswegs unschuldig-naives Opfer, sondern neugierig auf den Geber, fasziniert von dem Reichtum, bestärkt von Marthe in ihrem Traum vom sozialen Aufstieg (V. 2882), auch wenn sie sich damit aus der schützenden Aufsicht der Mutter und der Kirche entfernt. Der Selbstwerdungsprozess Margaretes ist in vollem Gang. Um Faust mit Margarete zusammenzubringen, inszeniert Mephistopheles mit der heiratslustigen Strohwitwe das Fastnachtspiel um die Nachricht von Herrn Schwerdtleins Tod. Die Szene steht in deutlicher Gattungs- und Intertextualbeziehung zu Fastnachtspielen von Hans Sachs, zugleich mit Goethes eigener Produktion von modernisierten Fastnachtspielen Anfang der 1770er Jahre (z. B. *Ein Fastnachtsspiel vom Pater Brey* 1773): ein neues Glied in der literarischen Reihe.

Metrik: Der Knittelvers der beiden Frauen wechselt mit dem Kommen Mephistos in den eleganten Madrigalvers über; daran wird die soziale Kennung durch das Metrum deutlich.

2868 *Stroh:* Schlafunterlage im Bett; vgl. den Ausdruck »Strohwitwe«.

2872 *Todtenschein:* Voraussetzung zur Wiederverheiratung.

2876 *von Ebenholz:* Das neue Kästchen ist aus dem teuren, fast schwarzen Ebenholz.

2882 *glücksel'ge Creatur:* Marthe nimmt den Schmuck als Zeichen des gesteigerten Interesses eines reichen Herrn von hohem Stand – Bürger durften so etwas weder besitzen noch öffentlich zur Schau tragen, vgl. das Folgende.

2898 *erbeten:* übertrieben unterwürfig statt ›erbitten‹.

2906 *ein Fräulein:* vgl. Anm. zu V. 2605. Deshalb ist Margarete ebenso übertrieben bescheiden (V. 2907).

2911 *einen Blick so scharf:* unerschrocken, wie ihn nur Vornehme haben.

2914 *Mähr':* Nachricht.

2918 *Ach ich vergeh'!:* ich werde ohnmächtig.

2926 *heiligen Antonius:* dem Schutzheiligen der Ehe.

2931 *dreyhundert Messen singen:* Gesungene Messen wären sehr teuer; allerdings werden Gedenkmessen nur gelesen.

2933 *ein Schaustück:* eine Gedenkmünze.

2938 *nicht verzettelt:* nicht für Kleinigkeiten hier und da ausgegeben; alles nur für das »schöne Fräulein« (V. 2981).

2942 *manch Requiem noch beten:* Seelenmesse für Verstorbene in der katholischen Kirche (nur vom Priester auszuführen); Margarete kann höchstens an den dreihundert Messen für Herrn Schwerdtlein teilnehmen.

2946 *Galan:* vornehmer, schön gekleideter Liebhaber.

2948 *So ein lieb Ding:* offenbar zu Marthe über Margarete gesprochen.

2950 *Es gibt sich:* es kommt vor, kommt zustande.

2953 f. *starb als Christ ... Zeche hätte:* Er konnte noch mit der Beichte beginnen, wurde aber nicht damit fertig. – »Zeche«: Wirtshausrechnung.

2964 *zu gaffen:* untätig anderen beim Arbeiten zuzuschauen.

2984 *bis an sein selig Ende spürte:* Sie hat ihm das »mal de Naples«, die Syphilis, angehängt; die Krankheit hieß so, weil das Heer Karls VIII. sie 1495 von Neapel nach Frankreich einschleppte.

2991 *Visirte:* hielte Ausschau.

3001 *mit dem Beding:* unter derselben Vertragsbedingung (sich gegenseitig so viele Verstöße gegen Verantwortung und Ehemoral nachzusehen).

3012 *Wochenblättchen:* amtliche Nachrichten (aufgekommen im ersten Drittel des 18. Jh.s).

3013 *durch zweyer Zeugen Mund:* schon alttestamentlich (4. Mose 35,30), auch noch zu Goethes Zeit konnte jemand nur für tot erklärt werden, wenn sein Tod und Begräbnis durch zwei Zeugen bestätigt wurde.

3020 *Fräuleins:* vor Marthe verheimlichte Erinnerung an V. 2605.

Straße [II]

Entstanden im Kontext von *Straße [I]*; über die üblichen Glättungen des Textes der *Früheren Fassung* hinaus stimmt Faust ausdrücklich seiner Verpflichtung gegenüber Marthe zu (V. 3031 f.), Mephistopheles verschärft das Argument der frechen Täuschung (V. 3046–48). – In drei sich steigernden Angriffen zwingt Mephistopheles Faust einzugestehen, dass er lügt, gelogen hat, lügen wird; er wird Herrn Schwerdtleins Tod bezeugen, weil er anders nicht sich Margarete nähern kann und doch »muss«; er hat im Bewusstsein, »daß wir nichts wissen können«, weiterhin seine wissenschaftlichen ›Wahrheiten‹ verkündet; er wird morgen zu Margarete Dinge sagen, die sie als Schwur ewiger Seelenliebe hören wird. Mephistopheles bekommt zwar recht, insbesondere wegen Fausts übermächtigem Trieb, aber entgegen seiner Absicht, Faust glücklich aufs Faulbett zu legen, macht er ihn unglücklich und hellwach: Aufmerksam geworden, dass ein Liebesschwur ihn binden, den Augenblick tendenziell festhalten und seinem Versprechen der Rastlosigkeit widersprechen würde, sucht Faust wie in der Verfluchung und der Wette nach einer Formulierung, die wie eine Bindung klingt, ohne es zu sein. Er wird die Liebe »ewig« nennen, von einer ewigen Liebe zu Margarete kein Wort sagen; sie wird es aber so hören. Damit zerdenkt er im Vorhinein den schönen Augenblick mit Margarete, macht sich damit planmäßig unglücklich, weil jede Spontaneität ausgeschlossen ist, aber ganz nebenbei entdeckt er als ewige »Gluth, von der ich brenne«, etwas Objektives in sich, das durchaus ambivalent ist: entweder das Höllenfeuer des Tranks aus *Hexenküche* oder den dunklen Drang, den Eros, die Welt- und Lebensenergie, die ihn schließlich erlösbar macht. – Metrik: Madrigalvers.

3025 *Will's fördern?:* geht es voran?

3037 *Sancta Simplicitas!:* heilige Einfalt.

3040 *O heil'ger Mann! Da wär't ihr's nun!:* In dieser Sache will Faust plötzlich »heilig« sein und nicht lügen. Zu betonen ist »Da«.

3050 *ein Sophiste:* Die Sophisten, Redelehrer im alten Athen, übten und lehrten die Kunst der Scheinargumentation. Faust wirft Mephistopheles hier vor, die Sprechakte des Bezeugens und des Behauptens gleichgesetzt zu haben: von Herrn Schwerdtleins Tod wisse er nichts und lüge bewusst, wenn er ihn bezeuge. Wissenschaftliche Aussagen dagegen könnten sich irgendwann als falsch herausstellen, seien aber keine bewussten Lügen. Aber Mephistopheles (und Faust) wissen es »ein bißchen tiefer«: V. 361–365.

3064 f. *diese Gluth ... ewig nenne:* Damit hat Faust eine Formulierung gefunden, die mit dem Wort »ewig« Margarete täuschen wird. Aber er hat damit nicht gesagt, dass er Margarete ewig liebt, er hat nur über die Ewigkeit dessen etwas gesagt, was in ihm »brennt«. Er täuscht Margarete, bleibt aber dem Versprechen der Rastlosigkeit treu und entdeckt zugleich in sich eine ewige objektive Energie: den dunklen Drang, den Eros, das, was ihn schließlich erlösbar macht, oder aber das Höllenfeuer des Tranks.

3072 *du hast Recht, vorzüglich weil ich muß:* Mephistopheles hat recht, weil Faust mit seiner Sophisterei Margarete »bethören« wird. Faust weiß das, setzt mehrfach zu einer Gegenrede an, ohne zu wissen, was er sagen soll. Denn jetzt fragt er nicht mehr, ob er soll (V. 2738); er weiß, dass er »muss«, dass vor allem andern (»vorzüglich«) sein Trieb ihn zwingt.

Garten

Entstanden im Kontext von *Straße [I]*, vielleicht erst im Sommer 1774, als Goethe durch seine Spinoza-Lektüre von der Idee der uneigennützigen Liebe fasziniert war (vgl. DW, S. 672 f.; 14. Buch), die er in Margarete gestaltet. Im Textbestand sind gegenüber *Fragment* und *Urfaust* neu die Verse 3149–52; sonst kaum mehr als glättende Veränderungen. Die menuettähnliche Komposition – jedes Paar tritt dreimal auf (Zusammenführung in *Ein Gartenhäuschen*) –, die kontrastierende Tendenz in den Reden der beiden Frauen und der beiden Männer, die zierlich geistreiche Rede mit Zitaten aus Molières *Dom Juan*, französischen Fremdwörtern und französisierenden Versen machen aus der Szene und den in ihr spielenden Beziehungen ein Kabinettstück der raffinierten künstlichen Natürlichkeit der Rokoko-Konversation. Die die Szene bestimmende intertextuelle Beziehung zu Molières *Dom Juan* (s. LGF 10) lässt deutlich werden, dass Mephistopheles in der Gretchen-Handlung nur der in der Wunschprojektion Margaretes von Faust abgetrennte und erst im *Kerker* mit ihrem Grauen wieder mit ihm zusammenfallende negative Teil Fausts ist. Denn bei Molière versucht Dom Juan Charlotte und ihre Tante Mathurine gleichzeitig zu verführen, jeder faustisch zu schmeicheln und jede mephistophelisch bei der anderen anzuschwärzen (II,4). Der Molière-Bezug lässt auch deutlich werden, dass Margarete sehr viel direkter auf eine Liebesbeziehung zu dem fremden Herrn zusteuert als die vorsichtige Charlotte, die sich zunächst an die Warnungen ihrer Umgebung hält. Auch der Unterschied zwischen Dom Juan und Faust ist bemerkenswert: Juan überhäuft Charlotte mit Liebeserklärungen und will schwören, was sie aber ablehnt: Sie glaube ihm auch so. Faust dagegen, von Mephistopheles in *Straße [II]* aufmerksam gemacht, wählt eine Formulierung, die nicht ihn, wohl aber Margarete bindet und ihn dreifach ans Ziel bringt: Vermeidung des glücklichen Augenblicks, Bindung Margaretes an ihn in der Illusion, er binde sich an sie, Erfahrung einer objektiven Kraft, die sich als Wonne fühlbar macht und deren Ewigkeit ersehnt wird. Mephistopheles gibt in den drei Auftritten Antworten, die immer stärker Missverstehen simulieren, wobei beide Partner (und der Rezipient) wissen, worum es geht; er schiebt also die Sprache als Hindernis in die Beziehung. Zwischen Faust und Margarete wird umgekehrt die Sprache benutzt, um den Schein eines wachsenden Verständnisses und Einverständnisses zu erzeugen, so dass schließlich das »Blumenwort« Entscheidung und Gewissheit der Liebe herzustellen vermag. Nicht zu überhören ist jedoch die Phrasenhaftigkeit von Fausts Komplimenten V. 3124, 3136, vor allem V. 3100–05, die der Bemühung Margaretes um den künstlichen Konversationston z. B. V. 3073–78, 3081, besonders V. 3175–78, geradewegs entgegenstehen. Auch die Naivität des Blumenspiels ist Rokoko-Schäferei, findet sie doch in Anwesenheit des Partners statt, bastelt mit ihm die komplexesten Alexandriner und *vers communs* und endet nicht mit »Du liebst mich«, sondern setzt den Gemeinten abwesend »Er liebt mich«, was der sogleich aufgreift und über sich als Dritten, Abwesenden redet, statt mit der an das Ich gebundenen Verbindlichkeit seine Liebe zu erklären. Er bespricht dann auch Hingabe, ewige Wonne, nicht aber Liebe zu Margarete. Die Sprache wird also in einer viel verheerenderen Weise als bei Mephistopheles und Marthe missbraucht, um direkten Gefühlsausdruck vorzutäuschen, die Verbindlichkeit seiner Sprechakte jedoch gerade zu vermeiden. – In der literarischen Reihe (s. LGF 10) erinnert die Szene, vor allem durch die dem Paartanz des Menuetts ähnliche Komposition und die kontrastive Führung von Liebesdialogen auf zwei Ebenen, an die Gesellschaftskomödien des 18. Jh.s (z. B. Pierre Carlet de Marivaux, 1688–1763).

3076 *fürlieb zu nehmen:* mit dem, was da ist, sich abzufinden.

3077 *erfahrnen:* der schon viel gefahren, gereist ist und Erfahrung gesammelt hat.

3081 *Incommodirt euch nicht!:* tun Sie nichts, was Ihnen unangenehm sein muss!

3084 *genau:* peinlich sorgfältig, geizig.

3092 *Hagestolz:* Junggeselle, Single.

3095 *berathet euch:* sorgt vor.
3098 *der Freunde häufig:* viele Freunde.
3114 *accurat:* gewissenhaft, ordnungsliebend (Wort aus dem 18. Jh.). Die in Margaretes Zimmer so gerühmte Ordnung geht also auf das Konto der Mutter, Margarete fühlt sich dadurch eher beengt.
3116 *weit eh'r als andre regen:* mit unserem Geld und Wohlstand etwas unternehmen, vgl. das Folgende. Auch Marthe, die mitten in der Stadt einen verhältnismäßig großen Garten mit nahezu herrschaftlichem Gartenhäuschen besitzt, ist offenbar wohlhabend.
3127 *Die Mutter gaben wir verloren:* wir glaubten, dass sie sterben wird.
3139 *es durfte kaum sich regen:* es brauchte sich kaum zu bewegen.
3144 *am Waschtrog stehn:* um die Stoff-Windeln von Hand zu waschen.
3147 *muthig:* wohlgemut, froh.
3155 f. *Das Sprichwort ... werth:* Das Sprichwort »Eigner Herd ist Goldes wert« wird verschränkt mit einem Vers aus den Sprüchen Salomonis (31,10): »Wem ein tugendsam Weib beschert ist, die ist viel edler denn die köstlichsten Perlen.« Auf Marthes Frage passt der Spruch allenfalls insofern, dass Mephistopheles bisher kein braves Weib gefunden hat (und jetzt auch keines neben sich hat).
3165 *Saht ihr es nicht? ich schlug die Augen nieder:* Was für Faust unbewusste Natur ist, die sich tief in sein Herz prägte (V. 2616), ist für Margarete Teil einer bewussten Zeichensprache.
3167 *Was sich die Frechheit unterfangen:* was ich in meiner Frechheit mir erlaubt habe.
3176 *hier:* Sie deutet auf ihr Herz. Insgesamt äußerst künstliche Rede im Konversationston der höheren Gesellschaft, den Idealbegriffen V. 3102–05 gerade entgegengesetzt. Auch das folgende Blumenorakel ist in seiner Naivität gebrochen: erstens ist die Zahl der Blütenblättchen bekannt, der Ausgang berechenbar; zweitens wird das Orakel in Anwesenheit des Geliebten durchgeführt und muss dessen Reaktion provozieren; drittens sind V. 3179 f., 3184 höchst kompliziert in Kooperation mit Faust gebastelte Alexandriner, V. 3181 ebenso ein *vers commun*: Goethe gibt das Signal, dass es sich um die kunstvolle Natürlichkeit einer Rokoko-Konversation handelt.
3186 *Er liebt dich!:* Faust vermeidet sorgfältig das »Ich« und damit den Sprechakt der Liebeserklärung. Auch fragt er nicht, ob sie ihn liebt (das würde in dieser Situation eine Gegenerklärung fordern), sondern ob sie versteht.
3187 *Mich überläuft's!:* vgl. V. 2757.
3191–94 *Sich hinzugeben ... Ende!:* Entgegen seiner ersten Ankündigung

(V. 3056–59) verspricht Faust Margarete gar nichts. Er sagt nur, die Wonne, die er fühle, müsse ewig sein; etwas Ewiges, außer ihm Bestehendes, nämlich die Wonne der allgegenwärtigen göttlichen Liebe (V. 430, 3447–54, 11938 f.), macht sich in ihm fühlbar. Instrument dieser Offenbarung ist die Liebe zu Margarete, die er zweimal bestätigt (V. 3185 f.); aber es ist nicht die Liebe zu, sondern anlässlich dieser Person, an die er sich deshalb nicht binden muss. Das wird auch daran sichtbar, dass er in Gedanken stehen bleibt, um zu ermessen, was sich da in ihm ereignet hat, während sie sich von ihm fangen und festhalten lassen will. Damit hat er Margarete schon verlassen: Gretchen ist jetzt das Ziel.

3203 *Sommervögel:* Schmetterlinge. – »gewogen«: er scheint sie zu mögen.

Ein Gartenhäuschen

Seit den Romanen Samuel Richardsons (1689–1761; *Pamela, or Virtue Rewarded* 1740 gibt das Stichwort) ist das Gartenhäuschen der Ort einer momentanen und gefährdeten Idylle im Verhältnis der Stände, Ort der Bedrohung bürgerlicher Tugend oder, wie bei *Pamela*, Symbol der Möglichkeit ›unbeschädigten‹ bürgerlichen Aufstiegs. Dass Marthe so einen Lusttempel – es handelt sich ja nicht um einen Schuppen für Gartengerät – besitzt, zeugt von beträchtlicher Wohlhabenheit. – Die schließlich im Quartett gebastelten Alexandriner und *vers communs* sind von äußerster Künstlichkeit und stehen der ›einfachen Natürlichkeit‹ der Liebesszene direkt entgegen, die sich damit wieder als gezierte Rokoko-Schäferei zeigt. Die besonders biederen Knittel Margaretes am Ende zeigen sie ohne Sprachmaske in der melancholischen Bescheidenheit, die sie in Fausts Gegenwart überspielt.

3207 *Gut Freund!:* bei friedlichen Absichten übliche Antwort auf das ›Wer da?‹ einer Wache hinter dem verschlossenen Stadttor. Muss hier besonders ironisch gelesen werden, denn Mephistopheles weiß und freut sich, dass er Faust stört, der ihn als fühl- und rücksichtslos beschimpft.

Wald und Höhle

Aus dem Textbestand der *Früheren Fassung* stammen (mit Veränderungen) die Verse 3342–69; sie standen dort hinter Valentins Monolog und den Versen 3650–59. Geschrieben wohl in Rom 1788, findet sich die Szene im *Fragment*, steht aber dort zwischen *Am Brunnen* und *Zwinger*, setzt also die gemeinsame

Nacht nach *Marthens Garten* voraus, während Faust in der Endfassung mit dem Kuss im Gartenhäuschen zunächst genug erlebt hat und vor den weiteren physischen Konsequenzen flieht. Eine Veränderung von »und verlieren« (*Fragment*) zu »nie verlieren« findet sich V. 3333, neben Veränderungen der Schreibung und der Interpunktion. – Die Szene bezieht sich intensiv auf *Nacht* zurück; Faust dankt dem mittlerweile als »Welt u Thaten Genius« (Paralipomena, S. 630) erkannten Geist, der ihm als »Flammenbildung« (V. 499) sein Erdgeist-Antlitz gezeigt hat, für die Erfüllung der Bitte um Enthüllung (V. 476) – das war, was er erbeten hatte und direkt nicht ertrug, was er aber jetzt nach der Wonne und Hingabe anlässlich Margaretes (vgl. Anm. zu V. 3191 f.) erfassen kann: »die herrliche Natur«, das ist die Natur als Erscheinung der Gottheit; »die Reihe der Lebendigen«, das ist die Kette der Lebewesen; »mich dann mir selbst«, den Menschen; endlich »der Vorwelt silberne Gestalten«, das ist die Welt-Geschichte, die Vergangenheit dessen, was er gegenwärtig schaut. Die Natur beherrscht er als Königreich wie Adam (1. Mose 1,26.28), fühlt und genießt sie im Sinne der Teilhabe so, dass er die potentiell mikrokosmische Anlage in sich aktualisiert und damit dem Status der Gottheit näher kommt (V. 3242, 3284–90), was Mephistopheles als menschenunmöglich abgetan hat (V. 1780 f.), jetzt bestätigt, wenn auch wegen der Halbheit und Selbsttäuschung (V. 3298) ironisch. Faust hat zwar »Kraft« zu herrschen, fühlen, genießen und kann in die befreundete Natur »schauen«, er hat also den Erdgeist- und den Makrokosmos-Zugang zu allem, aber nur in der *theoría*, der (wörtl.) »Betrachtung«, und lügt sich in diesem Sinne etwas vor. Denn nicht nur flieht er entgegen der Ankündigung V. 466 (und vor V. 3936–51) bei Sturm in die Höhle, er ist auch vor der physischen Seite der Liebe zu Margarete und dem daraus folgenden Leid geflohen. Die Selbsttäuschung und Selbstbefriedigung geraten jetzt in eine Krise; der Körper, der Trieb, die Lebenspraxis, die in der Begegnung mit Margarete ihm die geistig-leibliche Totalität von Makrokosmos/Erdgeist in Wonne und Hingabe (V. 3191) ermöglicht haben, lassen sich nicht in *theoría* eindampfen, sondern fordern wie die sehnsüchtige Margarete konkrete Erfüllung. Oder: Ist Faust bisher der ›göttlichen‹ Seite »aller Dinge« nah und näher gekommen (V. 3242), muss er jetzt der ›teuflischen‹ ebenfalls nah und näher kommen; das bedeutet das Auftreten des Mephistopheles in dieser Szene und der Weg bis *Walpurgisnacht* und *Kerker*. Die Szene hat folgende Teile: (1) Hymnischer Dank an den Erhabnen Geist; (2) Dementi der theoretischen Lebensform; (3) Auftritt Mephistos, erste scharfe Auseinandersetzung zwischen Knecht und Herr; (4) Mephistos Analyse der Selbstbetörung Fausts; (5) Verlockung durch Bericht von Gretchens Sehnsucht; (6) hohle Rhetorik des Gedemütigten; (7) Mephistos Kommentar. Bis V. 3250

Blankvers, mit Mephistos Auftreten Madrigalvers. Blankvers ist das in den 1780er Jahren für *Iphigenie* und *Tasso* gebrauchte Metrum, mit dem Goethe in jenen Dramen wie in dieser Szene die ›Einholung‹ Shakespeares in und durch das deutsche Drama bezeichnete – zugleich ein weiterer Schritt in der literarischen Reihe (s. LGF 10), deren ursprüngliche Paradigmen immer tiefer aus der Vergangenheit genommen werden, aber ihre ›Einholung‹ im fortschreitenden Gebrauch der Gegenwart finden.

BA vor 3217 *Wald und Höhle:* Faust hat seinen früheren Traum (V. 392–397) wahr gemacht, ist allerdings nicht vor den Büchern, sondern vor dem Leben und den Menschen geflohen. Wonne und Hingabe, die Erfahrungen bei Makrokosmos und Erdgeist (V. 430, 480), hat er bei Margarete vereint erfahren (V. 3191); dies erschließt ihm jetzt die ganze Schöpfung, Natur, Geschichte, Selbst, aber zunächst nur von der Seite der Wonne (V. 3241): die Höhle, so zeigt sich, schützt nur vor dem äußeren, nicht dem inneren Sturm (V. 3249 f.), der Mephistopheles wieder herbeiruft.

3217 *Erhabner:* wörtlich so viel wie: höher gestellter (vgl. V. 787). Erfahrungen, die dem Menschen das Bewusstsein seiner Endlichkeit, Begrenztheit, Machtlosigkeit geben, wurden neben Erfahrungen des Schönen im 18. Jh. intensiv diskutiert. Faust hat jetzt die Unendlichkeit und absolute Übermacht des Weltgeists, der ihm als Erdgeist sein »Angesicht im Feuer zugewendet« hat (V. 1219, vgl. V. 499), erkannt, blendet aber aus der Erhabenheit immer noch das Zerstörerische des »Thatensturms« aus (V. 501–509, 466) und hat ihn deshalb noch immer nicht »begriffen« (V. 512).

3218 *Warum:* Doppelbedeutung ›worum‹, ›um das ich bat‹, und ›warum‹, ›weshalb‹, also die Erfüllung der Mängel und Bedürfnisse, die dem Wunsch zugrunde lagen. Die einzige Bitte, die Faust an den Erdgeist richtete, war, sich zu enthüllen (V. 476); die direkte Erscheinung ertrug er nicht: jetzt hat sich der erhabene Geist als Natur, Geschichte, Selbst enthüllt, oder: Natur, Geschichte, Selbst sind der Geist, der sich in ihnen offenbart. Goethe spricht vom »Ganzen« der »Welt« (HA 12, S. 227; *Zum Shakespeares-Tag*), zu dem für ihn allerdings auch die Zerstörung, die Verneinung, Mephistopheles gehört.

3239 *lindern der Betrachtung strenge Lust:* Die Übersetzung des griech. Wortes *theoría* ist ›Betrachtung‹. Deren Strenge und die abstrakte Bemühung, im Mannigfaltigen der Natur das einende göttliche Prinzip und die Gesetze seines Schaffens zu denken, werden abgemildert durch den Gedanken an die Geschichte: sie zeigt z. B. mit ihrer »Gestaltung, Umgestaltung« (V. 6287), dass nicht alles streng auf eine Formel zu bringen ist, sondern wie in einem großen Experimentierfeld entsteht und vergeht. Was ihm von Felswänden und Büschen entgegenschwebt (vgl. V. 394 f.), sind nicht nur experimentelle Naturgestalten, sondern auch »Ahnen« (V. 1118), historische Gestalten des Menschlichen, angesichts deren Verschiedenheit die Bemühung um einen einzigen Begriff des Menschen gemildert wird.

3257 *ich lass' dich gerne ruhn:* vgl. V. 1692.

3263 *an der Nase spüren:* am Gesicht ablesen.

3265 *ennüyirt:* langweilt, ärgert, stört.

3268 *Imagination:* Fausts produktive Phantasie, vgl. V. 3298.

3273 *ein Schuhu:* Uhu, größte Eule, sitzt tagsüber unbeweglich und wird davon, wie Mephistopheles warnt, steif (»versitzen«).

3287 *Alle sechs Tagewerk':* Gottes Werke der sechs Schöpfungstage; Mephistopheles bestätigt ironisch, dass Faust in seinem »innern Selbst« genießt, was der Menschheit als Mikrokosmos »zugeteilt ist« (V. 1770 f.) und was er im Zauberspiegel gesehen hat (V. 2441).

3291 *Intuition:* innere Schau. Auch sie ist in Mephistos Ironie nur Selbsttäuschung (vgl. V. 3298) wie die Selbstbefriedigung, die er mit seiner Gebärde andeutet.

3300 *abgetrieben:* ermüdet, entkräftet.

3312 *Ließ es … gut:* würde es … anstehen, wäre es angebracht.

3313 *affenjunge Blut:* kindlich unselbstständig – Mephistopheles macht Faust auf seine moralische Verantwortung als Verführer genüsslich aufmerksam. Als »Blut« ist Gretchen Teil der Satansherrschaft.

3334 *den Leib des Herrn:* die Oblate beim Heiligen Abendmahl.

3337 *Zwillingspaar … weidet:* »Deine zwei Brüste sind wie zwei junge Rehzwillinge, die unter den Rosen weiden« (Hld. 4,5).

3339–41 *Der Gott … Gelegenheit zu machen:* Kuppelei als »Beruf« Gottes im Paradies, verbunden mit Aufforderung zur Unzucht, 1. Mose 1,28, nach Mephistos lästerlicher Interpretation.

3346 *Laß mich:* jedes Mal, wenn …

3348–51 *der Flüchtling … Abgrund zu:* Entlastungsrhetorik; keiner der Ausdrücke seiner Selbstbeschreibung trifft zu, macht aber aus der bevorstehenden Verführung Gretchens ein Naturereignis, für das Faust also nicht verantwortlich gemacht werden kann.

3355 *in der kleinen Welt:* genauso verlogen das von Margarete gezeichnete Bild; »kleine Welt« erinnert an die erste Station seines »Durchschmarutzens« (V. 2052–54).

3359 *zu Trümmern schlug:* Bezug auf V. 1607–14.
3371 *so ziemlich eingeteufelt:* Mephistopheles notiert seine Fortschritte im Sinne von V. 314.

Gretchens Stube

Entstanden im Kontext von *Straße [I]*. Der Textbestand wird von der *Früheren Fassung* zum *Fragment* hin nur in V. 3406 geändert (*Frühere Fassung* V. 1098: »Mein Schoos! Gott! Drängt«); im *Fragment* und in den *Faust I*-Ausgaben bis 1817 sind die zwei Schlussstrophen ohne Strophenfuge gedruckt. – Dieser mittlere der sieben Monologe Margaretes ist als modernes Ausdruckslied, gewissermaßen als Opernarie, gestaltet, wo ja seit der Trennung von Rezitativ und Arie durch Claudio Monteverdi (1567–1643) ein Affekt dargestellt wurde. Die Wiederholung der Anfangsstrophe zeigt Ansatz zur Rondoform, wobei die Unregelmäßigkeit der Wiederholung Margaretes Unruhe ausspricht. Im Sinne der literarischen Reihe (s. LGF 10) knüpft Goethe an seine Singspiele an (*Erwin und Elmire* 1775, 1773 geplant), in denen er neuen Gebrauch der alten Opernformen aus dem 16. Jh. machte. – Der Monolog nimmt Motive der vorhergehenden Monologe auf: Unruhe als Steigerung der Neugier (V. 2678), Fausts edle Erscheinung (V. 2680 f.); aus dem zweiten (vgl. das Thule-Lied) die Verbindung von Liebesbesitz und Tod, die erotische Zuwendung als Steigerung des ersten »Schauers«; aus dem dritten die Bewunderung für der »Rede Zauberfluß« (V. 1090 f.; 3211–14) und die Steigerung des Nichtbegreifens zur Verrückung des Kopfes. Das Lied drückt einerseits unbegrenzte Hingabe an Faust, andererseits Reflexion darauf und Leiden daran aus: In Margarete trennen sich Sinnlichkeit und Bewusstsein, Margarete trennt sich von ihrer Umgebung und seitherigen Denkwelt. Dies spiegelt sich in der Verwendung des Regienamens »Gretchen« von *Gretchens Stube* bis *Dom* mit Ausnahme von *Marthens Garten*; analog dazu wollte Goethe die Helena im 3. Akt des Zweiten Teils zunächst von einer Schauspielerin, dann von einer Sängerin spielen lassen. Margarete als Proto-Helena (V. 2604) und das Anlegen einer Sprachmaske (vgl. Szenenkommentar zu *Ein Gartenhäuschen*, S. 798, und V. 9367–84) bestätigen die Analogie. Nachdem Faust in *Wald und Höhle* den Dingen ihren Lauf gelassen hat und Margarete nur noch als Opfer der Hölle betrachtet, muss sie nun als ›ein Gretchen‹ erscheinen, das ist der generische Name für »so ein Schätzchen« (V. 2445). Wie der reflexive Stil des Liedes zeigt (z. B. V. 3382–85), bleibt Margarete, die Zentralfigur einer modernen Heiligenlegende, hinter dem Gretchen, der im Blick Fausts erscheinenden Zentralfigur eines Bürgerlichen Trauerspiels, voll erhalten und hat hier den Angriff der faszinierten Sinnlichkeit auf ihre Ruhe und Konsistenz ihres Bewusstseins zu verarbeiten: Ihre selbstständige sittliche Persönlichkeit erhebt sich im Leiden an dieser Liebe. Literarische Reihe (s. LGF 10): Modernisierung des *Hohenlieds*.

BA vor 3374 *Stube … allein:* In der Stube, dem einzigen heizbaren Raum alter Häuser, traf man sich bei Licht und Wärme gesellig nach Feierabend. Das Spinnen war in diesem Fall nicht Arbeit, sondern leichte begleitende Tätigkeit. Dass Gretchen allein spinnt, zeigt ihre beginnende gesellschaftliche Isolierung und ihr Bedürfnis, sich durch die gleichmäßige Tätigkeit vom Körper her zu beruhigen.

3381 *vergällt:* durch Galle bitter gemacht.

3384 f. *Sinn / Ist mir zerstückt:* die sinnliche Wahrnehmung der Welt ist nur noch bruchstückhaft.

3413 *Vergehen sollt':* ich würde/müsste … sterben.

Marthens Garten

Entstanden im Kontext von *Straße [I]*; wegen der Nähe zu religiösen Äußerungen Johann Caspar Lavaters (1741–1801) wird die Szene »frühestens im Herbst 1774« angesetzt (DjG 5, S. 480). Veränderungen am *Urfaust*-Text betreffen z. T. religiöse Fragen: V. 3425, 3427, 3460, 3533, 3541. Im übrigen wenige Sinn-relevante Eingriffe und die üblichen stilistischen Glättungen. – Madrigalvers, jedoch bei Fausts ›Glaubensbekenntnis‹ V. 3432–58 die ungereimten freimetrischen Pindar-Verse der Frankfurter Oden Goethes.

Die sogenannte Gretchenfrage »Wie hast du's mit der Religion?« (V. 3415) ist unter dem Gesichtspunkt des Regienamens und der Bedeutung der Frage eine echte Frage der Margarete. Als Gretchenfrage wäre sie nur eine implizite Aufforderung zur Heirat, was Mephistopheles auch unterstellt (V. 3525–27, 3534 f.). Faust erkennt, dass sie in ihrer Liebe sich um das Heil der Seele dieses Ungläubigen sorgt – um so mehr trifft ihn der Vorwurf des Ungeheuers (V. 3528), wenn er in vollem Bewusstsein dieser Treue und Liebe sie mit verblasenem widersprüchlichem Geschwafel abspeist, nur um die Nacht mit ihr verbringen zu können. Margarete dagegen emanzipiert in der Auseinandersetzung mit Faust eine neue, ganzheitliche, den Körper einbeziehende Form der Religiosität aus ihrem bisherigen Kirchenglauben, und zwar in mehreren Schritten: (1) Frage nach Fausts Haltung zur Religion; (2) Frage nach Fausts aktivem Verlangen nach den Sakramenten (V. 3425 nennt Messe mit Eucharistie und Beichte mit Buß-Sakrament); (3) Frage nach Fausts Glauben an Gott, nur hier akzeptiert sie seine Antwort als »leidlich« (V. 3466); (4) zur Begründung, dass Faust »kein Christentum« hat, kritisiert sie Fausts Zusammensein mit Mephistopheles und entwickelt die verneinende und die bejahende Seite ihrer auf der Fühlfähigkeit des Körpers beruhenden Liebesreligion (V. 3469–3500). Ganz im Gegensatz zur Körperfeindlichkeit der Kirche und ihrer Verteufelung, allenfalls Funktionalisierung der Sinnlichkeit lehnt Margaretes Körper vehement den Teufel ab, weil sie spürt, »daß er nicht mag eine Seele lieben« (V. 3490). Damit wird der Körper heilig, die Erfüllung des Liebesbegehrens unter Anrufung von Gott ist »gut« (V. 3586). Folglich bedeutet ihr auch die gemeinsame Nacht, die im 5. Teil der Szene vereinbart wird, ein Tun »für dich« (V. 3519), mit dem sie Faust von Mephistopheles entfernen und zu ihrer neugefundenen Religion bekehren will; er hat dagegen all ihre Bemühung über sich ergehen lassen und verdächtig schnell ein Schlafmittel bereit, damit er endlich an sein Ziel kommt. Auch im 6. Teil, der Auseinandersetzung mit Mephistopheles über die Gründe ihrer Fragen, verteidigt er sie nur mit ihrem Kirchenglauben; die rasante Emanzipation der neuen Religiosität hat er nicht bemerkt. Auch als im Schlussteil (7) Mephistopheles eigens auf ihre physiognomische Fühlfähigkeit hinweist, äußert Faust sich nicht dazu. – In der literarischen Reihe (s. LGF 10) verwendet Goethe wieder eine Form seiner eigenen Dichtungen – den hymnischen Stil der Frankfurter Oden, die an Pindar orientiert sind und nach Gretchens alttestamentlicher nun die altgriechische Tradition einholen.

3414 *Heinrich:* Der Vorname des historischen Faust war wohl »Georg«, der des literarischen »Johann«. Für »Heinrich« gibt es als Anhaltspunkte u. a. den Magier Heinrich Cornelius Agrippa von Nettesheim (1486–1535), von dem Goethe viele Lehren und Züge (auch den schwarzen Hund) für Faust verwendet hat, oder Goethes Freund Johann Heinrich Merck (1741–91), den Goethe in *Dichtung und Wahrheit* (DW, S. 543; 12. Buch) wie Mephistopheles als »Schalk« bezeichnet und der im Freundeskreis auch »Mephistopheles Merck« hieß – von jetzt an handelt Faust mephistophelisch an Margarete.

3419 *ließ ich:* würde ich lassen, drangeben.

3422 *wenn ich etwas auf dich könnte:* wenn ich Einfluss auf dich hätte, wenn du dir von mir etwas sagen ließest.

3423 *die heil'gen Sakramente:* Von den sieben Sakramenten der katholischen Kirche – Taufe, Firmung, Eucharistie, Buß-Sakrament, Krankensalbung, Priesterweihe, Ehe – nennt sie Messe mit Eucharistie sowie Beichte mit Buß-Sakrament (V. 3425).

3431 *Mißhör' mich nicht, du holdes Angesicht!:* missverstehe mich nicht in dem, was du von mir hörst (Neubildung Goethes); dass er sie als »Angesicht« anredet, bezeichnet wie das Hören noch einmal eine Oberfläche: Er will sich nicht mit ihr auf ein tiefgehendes Gespräch einlassen.

3435–37 *Wer empfinden … nicht?:* Konstruktion: wer, der empfindet, darf sich unterwinden (sich trauen) zu sagen: …! Gottesbeweis aus dem Gefühl, z. B. nach Jean-Jacques Rousseau (1712–1778).

3464 f. *Sprache … der meinen:* Widerspruch zu V. 3455 f.

3480 *ein heimlich Grauen:* Margarete bestätigt in der ganzen Passage ihre Fähigkeit, Wirkungskreise (vgl. Anm. zu V. 484) mit ihrem Körper zu erfühlen (vgl. schon V. 2753–57) und das Wesen einer Person an den Gesichtszügen (»physiognomisch«) zu erfassen (vgl. schon V. 2682). Ihre Äußerungen V. 3469–99 beschreiben die Symptome, die die Anwesenheit des Mephistopheles in ihr erzeugt. Damit wird ihr Körper zum zuverlässigen Instrument und Träger einer Religiosität, in der die entscheidenden Kriterien und Normen nicht Lehren und Verhaltensregeln sind, sondern Wärme, Liebe, Hingabe, Teilnahme, Bejahung des Lebendigen.

3481 *einen Schelm:* einen Bösen (nicht ironisch, vgl. V. 4414).

3508 *betroffen:* angetroffen, erwischt.

3516 *Würd' ich … rathen?:* Es ist nicht auszumachen, ob die Mutter stirbt, weil vielleicht Mephistopheles Gift besorgt hat, weil vielleicht Faust sogar weiß, dass es Gift ist, weil Margarete vielleicht mehr als die vorgeschriebenen drei Tropfen gegeben hat.

3521 *Grasaff':* zu Goethes Zeit im Elsass und in Frankfurt gebräuchlicher Ausdruck für ›naseweises und unreifes Mädchen‹.

3523 *katechisirt:* nach einem Abfragebuch (›Katechismus‹) auf Glaubensfestigkeit geprüft.

3527 *duckt er:* unterwirft er sich.

3533 *verloren halten:* für verdammt halten.

3534 *übersinnlicher, sinnlicher:* vgl. V. 2751 und Anm.

3536 *Spottgeburt von Dreck und Feuer:* groteske Mischung aus Erddämon und Höllengeist, vgl. Anm. zu V. 1257.

3537 *Physiognomie:* eigentlich: Physiognomik, Lehre von der Ablesbarkeit des Wesens und Charakters aus der körperlichen Erscheinung, insbesondere der Gesichtsbildung. Das Lob Mephistos ist ironisch, weil Margarete nur eines seiner »Mäskchen« gelesen hat.

3540 *Genie:* hier so viel wie: exzentrische Person.

Am Brunnen

Entstanden im Kontext von *Straße [I]*, wegen des reinen Knittels wohl 1773/74. In Lieschen, die über das unehelich schwanger gewordene Bärbelchen herzieht, ist das mittlerweile ebenfalls schwangere Gretchen mit ihrer eigenen erbarmungslosen Verfolgung von Verstößen gegen die enge bürgerliche Sexualmoral konfrontiert. Diese Schranken wurden von Gesellschaft und (protestantischer) Kirche im 18. Jh. auch da wieder errichtet, wo sie außer Gebrauch gekommen waren (z. B. Kirchenbuße): Die Aufklärung brachte einerseits tendenziell die Emanzipation des Individuums, andererseits eine Regulierungswut der Behörden und eine gegenseitige Beaufsichtigung der sich ihrer Eigenverantwortung bewusst werdenden Bürger (vgl. V. 3196–3201). Dieser Welt gehört Gretchen an, auch im Negativen: Sie weiß, dass es »Sünde« ist, was sie begangen hat und was ihr jedermann vorwerfen wird. Margarete jedoch wird durch diese Konfrontation gezwungen, gegen die Leute und gegen sich selbst in ihrem Gretchen-Bewusstsein ihre neue Religiosität und Lebenshaltung zu profilieren und sich damit von ihrer Umwelt zu entfernen (vgl. V. 3545): Bürgerliches Trauerspiel des hohen Preises der Emanzipation sowie Tragödie des in sich gespaltenen Menschen.

BA vor 3544 *mit Krügen:* Im Zeitalter ohne Wasserleitung musste das gesamte Trink- und Haushaltswasser in Krügen und Eimern vom Brunnen geholt werden.

3547 *sich … bethört:* sich zum Narren gemacht, sich verführen lassen.

3556 *Curtesirt' ihr:* machte ihr den Hof, umschmeichelte sie.

3561 *das Blümchen:* die Jungfräulichkeit.

3568 *sich ducken:* sich klein machen, den Kopf senken.

3569 *Im Sünderhemdchen Kirchbuß' thun:* öffentliche Anprangerung außerehelichen Geschlechtsverkehrs, vor allem bei sichtbaren Folgen bei der Frau. Seit dem Mittelalter fast nur in protestantischen Ländern praktiziert; Ziel war Abschreckung, Strafe, völliger Ehrverlust: deshalb die vielen Kindstötungen. Im 18. Jh. zwischen Emanzipation des Individuums und obrigkeitlicher Regelungssucht wieder stark diskutiert; in Sachsen war sie außer Gebrauch gekommen und wurde trotz Antrag zur Wiedereinführung nicht wieder aufgenommen; Preußen schaffte sie 1746 ab; Goethe konnte sie in Sachsen-Weimar erst 1786 beseitigen.

3572 *Luft genung:* genügend Freiraum zur Selbstverwirklichung.

3574–76 *Kriegt sie ihn … vor die Thür!:* wenn er trotz seiner Flucht zur Heirat mit ihr gebracht oder gezwungen werden kann, wird die nicht mehr jungfräuliche Braut von den Altersgenossen verhöhnt, indem der Brautkranz zerrissen und statt Blumen Häcksel vor ihre Tür gestreut wird. Diese Bräuche waren gängig.

3577 *tapfer schmählen:* erbarmungslos herziehen über andere, Übles reden. Gretchen war Teil dieser repressiven Kultur.

3583 *segnet' mich:* hielt selbstgerecht mich und meinen Lebenswandel für gut; nach 5. Mose 29,19.

3584 *der Sünde bloß:* dem Vorwurf der Sünde wehrlos ausgesetzt (Ausdruck aus der Fechtersprache: ohne Waffe dastehen): Margarete hält hier ein neues Normbewusstsein (vgl. Anm. zu V. 3480) gegen diejenigen, die die Normen der Gesellschaft ihr entgegenhalten, wie sie es selbst früher getan hat. »Sünde« stellt sie jetzt gewissermaßen in Anführungszeichen; was gilt, formuliert sie in V. 3585 f.

Zwinger

Entstanden im Kontext von *Straße [I]*; vermutet wird 1774/1775, da Goethe in dieser Zeit erstmals engeren Kontakt mit einem katholischen Geistlichen (Damian Friedrich Dumeiz, 1828–1802, Dechant zu St. Leonhard in Frankfurt, vgl. DjG 4, S. 323; 5, S. 481) hatte, der ihm Kenntnis der in *Zwinger* und *Dom* verwendeten mittelalterlichen Sequenzen und ihres rituellen Gebrauchs vermittelt haben kann. – Textlich geringfügige Änderungen gegenüber der *Früheren Fassung*. – Anrufung der Muttergottes als Nothelferin, allerdings im prekären Fall einer Versündigung gegen die Gebote der Kirche; deshalb auch kein Wort der Reue und Buße. Sofern Maria am Kreuz stehend als bittend um Rettung des Sohnes vor »Schmach und Tod« gedacht werden kann, setzt Gretchen sich typologisch an ihre Stelle; da sie um ihre persönliche Rettung bittet, setzt sie sich auch an Christi Stelle. Das ist im Bürgerlichen Trauerspiel der Hilferuf in panischer Angst; im Legendendrama der neuen Heiligen Margarete ist es die Vorausdeutung auf die Christus-Funktion Margaretes für Faust (vgl. Anm. zu V. 3585). – Dacapo-Arie aus dem Singspiel (s. LGF 10), also der von Goethe neu erprobten Gattung (vgl. Szenenkommentar zu *Gretchens Stube*, S. 802), nun mit Rückgriff auf die altkirchliche Sequenz.

BA vor 3587 *Zwinger ... Mater dolorosa:* »Zwinger« heißt ein enger (schon das Kind Goethe ängstigender) Gang zwischen den letzten Häusern und der Stadtmauer oder zwischen äußerer und innerer Stadtmauer. »Mater dolorosa« ist ein Andachtsbild der unter dem Kreuz stehenden Muttergottes, die Brust oft mit einem Schwert durchbohrt, wie es die mittelalterliche Sequenz *Stabat mater* vorstellt. In der Sequenz bittet der Sprecher, nur ja so intensiv wie möglich am Leid Marias teilhaben zu können. Gretchen will umgekehrt, dass Maria ihren Blick und ihre Gnade »meiner Not« zuwendet.

3588 *Schmerzenreiche:* wörtliche Bedeutung von »dolorosa« (*Stabat mater*, V. 1).

3590 *Das Schwert im Herzen:* »Cuius animam ... pertransivit gladius« (ebd., V. 4–6).

3597–3600 *Wie wühlet ... zittert:* »Quae maerebat et dolebat / Et tremebat« (ebd., V. 10 f.).

3608 *Scherben:* Blumentöpfe.

3616 *Hilf! rette mich von Schmach und Tod!:* »Fac me cruce custodiri« (ebd., V. 55), lass mich durch das Kreuz gerettet/bewacht werden. Der Unterschied der Haltungen (retten von / retten durch) ist deutlich.

Nacht. Straße vor Gretchens Thüre

Die Verse 3619–45 und 3650–59 gehören schon zum Bestand der *Früheren Fassung*; dort ist die Szene überschrieben *Nacht. Vor Gretgens Haus*. Die Szene hat keine Entsprechung im *Fragment*; der Tod Valentins gehört jedoch aufgrund der Anspielungen in den Schlussszenen schon zur Konzeption der *Früheren Fassung*, wurde allerdings wohl erst 1806 ausgeführt. Die Szene hat mehrere Teile: (1) Monolog Valentins; (2) Faust, Mephistopheles auf dem Weg zu Gretchen; (3) Mephistos »moralisch Lied«; (4) Faust tötet Valentin im Zweikampf und muss fliehen; (5) man findet Valentin; (6) seine Rede; (7) Abfertigung Marthes und Gretchens. Nach dem Tod der Mutter ist Valentin auch juristisch verantwortlich für das minderjährige Gretchen. Das Motiv des rächenden Bruders, das Goethe auch im *Clavigo* (1774) verwendet, ist in der Weltliteratur beliebt, spielt in dieser Szene wohl vorrangig auf den Laertes im *Hamlet* (s. LGF 10) an, aus dem Mephistopheles ohnehin die erste Strophe seines Liedes bezieht; der Soldatenberuf Valentins ruft *Dom Juan* (s. LGF 10) mit der Figur des Komturs ins Gedächtnis. – Valentin verwendet meist Knittel, wie auch Gretchen und Marthe, während Faust und Mephistopheles Madrigalverse sprechen.

BA vor 3620 VALENTIN: Den Namen entlehnte Goethe wohl schon in der *Früheren Fassung* dem Liedchen Ophelias (»Tomorrow is Saint Valentine's day«) in Shakespeares *Hamlet* IV,5, das Mephistopheles für die erste Strophe seines »moralisch Lied« (V. 3682–97) benutzt.

3622 *den Flor:* die Blüte, Schönheit.

3624 *das Lob verschwemmt:* Jedes Lob wird mit einem Trunk bekräftigt.

3627 *Schwadroniren:* Prahlerei.

3636 *die Zier:* das Schmuckstück.

3642 *ein böser Schuldner:* einer, der nicht zahlen kann und sich alle Vorwürfe und Beschimpfungen anhören muss.

3644 *zusammenschmeißen:* zusammenschlagen.

3651 *flämmert:* ein schwaches, schwankendes Licht wirft. Vgl. dagegen die entgegengesetzte Situation V. 1194–97.

3655 *dem Kätzlein schmächtig:* dem schmächtigen Kätzlein – vom vielen Singen und Kämpfen sind die Kater in der Brunstzeit abgezehrt. Oder: dem schmachtenden, nach Liebe hungrigen Kater.

3661 f. *Walpurgisnacht … übermorgen:* Da die Szene *Dom* den Tod der Mutter voraussetzt (V. 3787 f.) und vor *Walpurgisnacht* gestellt ist, muss angenommen werden, dass die Mutter zumindest zum Zeitpunkt der Szene *Nacht. Straße vor Gretchens Tür* schon tot ist. Valentin ist damit juristisch für das minderjährige Gretchen voll verantwortlich, und Faust verkehrt mir ihr, beschenkt sie noch nach dem durch beide verschuldeten Tod der Mutter. Datum der Walpurgisnacht ist der 30. April; der Tag der hl. Walpurga, die vor Hexenkünsten schützt, der 1. Mai.

3669 *Löwenthaler:* auch Joachimstaler, eine zwischen 1518 und 1528 geprägte Silbermünze mit Löwenwappen.

3671 *Buhle:* vgl. V. 2761 und Anm.

3677 *Umsonst:* Mephistopheles deutet als Bezahlung, was Faust Geschenk nennt.

3681 *gewisser zu bethören:* Verführt zu werden braucht Gretchen nicht mehr, man kann sich aber denken, dass sie Skrupel hat, Faust nach dem Tod der Mutter noch einzulassen. Sie wird es tun, weil Mephisto mit dem warnenden Lied bösartig darauf aufmerksam macht, dass sie Faust zur Heirat veranlassen müsste.

3692 *Dann gute Nacht:* dann ist es zu spät, vgl. V. 3571 f.

3699 *Vermaledeyter:* verfluchter (von lat. *maledicere* ›verfluchen‹).

3706 *Flederwisch:* ironisch für den leichten Stoßdegen; Valentin wird einen schweren Haudegen oder Säbel benutzen (V. 3703).

3707 *parire:* wehre die Schläge/Stöße ab.

3715 *Blutbann:* Bei Kapitalverbrechen wurde im Namen Gottes die Schuld so lange der ganzen Gemeinde gegeben, bis der Schuldige hingerichtet war (vgl. *Trüber Tag. Feld*). Die das Unheil beschwörenden priesterlichen Formeln vertreiben auch den Teufel.

3731 *So sey's auch eben recht:* wenn schon, dann wenigstens richtig.
3746 *bloß:* unverhüllt.
3752 *angesteckten Leichen:* Leiche eines an einer ansteckenden Krankheit Gestorbenen.
3753 *Metze:* ursprünglich Kosename für »Mechthild«, dann abwertend für ›leichtes Mädchen, Dirne, Hure‹ (parallele Entwicklung bei »Gretchen«).
3756 *keine goldne Kette:* Das war z. B. in Frankfurt den Dirnen verboten.

Dom

Entstanden im Kontext von *Straße [I]*; Entstehungszeit aufgrund der Verarbeitung der mittelalterlichen Sequenz ungefähr 1774/75 wie *Zwinger*. Titel in der *Früheren Fassung*: *Dom. Exequien* [also die ›hinausgeleitenden‹ kirchlichen Riten und Handlungen zwischen Tod und Begräbnis] *der Mutter Gretgens*, denn im *Urfaust* stand der Beginn der Valentin-Szene hinter *Dom*; Valentins Tod war also zur Zeit des Totenamts für die Mutter noch nicht eingetreten. Mit der Platzierung der Valentin-Szene vor *Dom* und der Hinzufügung von V. 3789 in *Faust I* ist zu vermuten, dass das Totenamt für beide gehalten wird. In dieser Szene bricht die Strafgewalt der Kirche, die sie in Gretchens bürgerlicher Gesellschaft in der Hauptsache ausübt (V. 3569), voll über Gretchen herein, und zwar zunächst als mentaler Prozess. Das zeigt sich daran, dass der Chor die Totensequenz *Dies irae* nicht in der Folge der Strophen singt, sondern diese nur fragmentarisch zu hören ist: Der Rezipient liest bzw. hört, was Gretchen davon wahrnimmt, d. h. die Wiederholung der Zeile »Quid sum miser tunc dicturus« – »Was werde ich Elende(r) dann sagen« –, und nicht die vom Chor eigentlich zu singende, von Gretchen nicht mehr gehörte Bitte um Rettung und die Zusicherung von Trost und Hoffnung. Produkt von Gretchens Angst ist auch der »BÖSE GEIST«, der zum einen Teil zusammenfasst, was eigentlich der Chor singt, was sie jedoch selektiv aus dem Gedächtnis sich vorwirft, zum andern Teil beiträgt, was sie persönlich sich vorhalten muss: Tod der Mutter, Tod des Bruders, die »Brandschande Maalgeburt« in ihrem Leib, wie es in der *Früheren Fassung* (V. 1326) hieß. Gegen die Verzweiflung, die ihr der selektiv gehörte Chor und ihr böser Geist einreden, also gegen das Aufgeben aller Hoffnung auf göttliche Gnade, setzt sich wieder ihr Körper zur Wehr; er fällt in Ohnmacht. – In der literarischen Reihe (s. LGF 10) finden wir wie in *Zwinger* die moderne Bearbeitung (das selektive Hören, die prosaischen Verse) eines nun sogar wörtlich zitierten altkirchlichen Textes: der Sequenz *Dies irae* des Thomas von Celano (1190–1260).

BA vor 3776 *Amt:* Totenmesse für die Mutter, die an dem Schlafmittel (oder Gift) gestorben ist (V. 3788), und wahrscheinlich auch schon den am Abend zuvor erstochenen Bruder (V. 3789).

3779 *vergriffnen:* vom vielen Blättern abgegriffenen.

3788 *langen, langen Pein:* Strafe in Hölle oder Fegefeuer.

3797 *Wider mich:* meist erklärt als: gegen meinen Willen.

3798 f. *Dies irae … in favilla:* Beginn der Sequenz zur Totenmesse, die Thomas von Celano zugeschrieben wird: »Tag des Zorns, jener Tag wird das Zeitliche in Asche zerstäuben.«

3800–07 *Grimm faßt dich! … Bebt auf!:* Eigentlich sollte der Chor seinen Text weitersingen, aber Gretchen hört nicht mehr zu (wir bekommen nichts mehr davon zu lesen oder zu hören): Der Geist fasst den Inhalt der folgenden Strophen zusammen und greift schon weiter voraus – Gretchen, die zu sich als böser Geist spricht, kennt den Inhalt und wählt das Schlimmste davon aus. – »Wieder aufgeschaffen« ist ›wieder belebt‹ (aus der Asche, in die es zuvor verbrannt war).

3810 *versetzte:* wegnehmen, unmöglich machen würde.

3812 *lös'te:* auflösen, die Festigkeit nehmen würde.

3813–15 *Judex … remanebit:* »Wenn der Richter dann zu Gericht sitzen wird, wird das Verborgene offenbar werden und nichts ungerächt bleiben« (*Dies irae*, V. 16–18).

3818 *Befangen mich:* nehmen mich gefangen, schließen mich ein.

3821 *Verbirg' dich!:* versuch es doch, dich zu verbergen!

3825–27 *Quid sum … securus:* »Was werde ich Elender dann sagen, welchen Schutzheiligen anflehen, wenn kaum der Gerechte Selbstvertrauen hat?« Die Wiederholung V. 3833 ist in der Sequenz nicht vorgesehen, vielmehr geht die Sequenz nach der eben gesungenen Strophe in die Hoffnung auf göttliche Gnade über: Gretchen erfährt die Kirche nicht als rettende, nur noch als strafende Einrichtung. Gerettet wird sie in diesem entscheidenden Augenblick der drohenden Verzweiflung durch ihren Körper, der sich verselbstständigt bzw. dissoziiert (wie bei den Reaktionen auf Mephistopheles V. 3469–99) und ohnmächtig wird.

3834 *Fläschchen:* kleines Gefäß mit scharfem Riechsalz, das jemand wieder aus der Ohnmacht aufweckte. Die Damenmode des 18. Jh.s mit Wespentaillen und Schnürleibern bedingte Sauerstoffmangel bei Anstrengung oder Aufregung.

Walpurgisnacht

Eine erste Anregung, Faust zur Walpurgisnacht auf den Blocksberg zu führen, gab wohl Johann Friedrich Löwens (1727–1771) *Die Walpurgis-Nacht. Ein Gedicht in drey Gesängen* (1756), wo Faust von »Belzebub dem Blocksberg zugeführt« wird; unter den Dämonen erscheint Lilith als »Schutzgeist einer Buhlerin«; das Stück ist zugleich Literatur- und Zeitsatire wie der Walpurgis-Komplex bei Goethe (J.F. Löwen, *Schriften*, 3. Teil, Hamburg 1765, Zitate S. 8–22). Die Nennung »Walpurgis« (V. 2590) zeigt die Planung einer weiteren Hexenszene schon in Rom; an die Ausarbeitung ging Goethe jedoch erst in der dritten Arbeitsphase; indirekt weist darauf die Absicht 1797, »Oberons goldne Hochzeit« in den *Faust* aufzunehmen (an Schiller, 20. Dezember 1797; SGB 1, S. 533). Die Planungen verdichten sich mit der zufälligen Lektüre von John Miltons (1608–1674) *Paradise Lost* (s. LGF 10), wo Goethe den Fehler der »unbedingten« Einführung der »Götter, Engel, Teufel, Menschen« entdeckt (an Schiller, 3. August 1799; SGB 1, S. 845) und daraus den religionsphilosophischen Gedanken der Geschichtlichkeit himmlischer und höllischer Systeme entwickelt; diesen haben wir im *Prolog im Himmel* (s. Anm. zu V. 271, 278.) beobachtet und beobachten ihn in *Walpurgisnacht* an der Umstrukturierung der Höllen-Strategie von Satan auf Mammon (s. u.). Zugleich schrieb Goethe am 30. Juli 1799 eine wichtige Ballade *Die erste Walpurgisnacht*, die ebenfalls die Geschichtlichkeit der Religionsvorstellungen deutlich werden lässt und auf eine Naturreligion zurückführt, die wohl in einer weiteren Mythologisierung im *Faust* als Oberon/Titania-Beziehung im *Walpurgisnachtstraum* erscheint. Die Ausarbeitung des Komplexes fällt offenbar in die Zeit Ende 1800 bis Februar 1801, wo Goethe sich eine Anzahl von Werken zum Hexenwesen und dem Blocksberg-Treiben aus der Anna-Amalia-Bibliothek auslieh, das er, wie verschiedene Fragmente aus dem sogenannten »Walpurgissack« belegen, in einer Reihe von insgesamt sieben Szenen ausarbeiten wollte (Paralipomena, S. 641–654, vgl. LGF 4). Aus deftigen Passagen eine Bühnenfassung als Satansmesse zu basteln (Schöne, FA), mag zwar wirkungsvoll sein, zerstört aber Goethes sorgfältige Konzeption von *Walpurgisnacht* und eliminiert die tiefsinnige (Selbst-)Ironie von *Walpurgisnachtstraum*.

Die Szene muss in engem komplementären Bezug zu *Prolog im Himmel* mit der Wette über Faust und zur Wette zwischen Faust und Mephistopheles gesehen werden. Mephistos auf den Tanz mit der Hexe und eine mögliche »Schäferstunde« (V. 4182) hinlaufende Regie ist der entscheidende Angriff auf Fausts Versprechen, sich nicht durch Genuss betrügen zu lassen, sich nicht zu vergessen (V. 4114!), bei sich zu bleiben. Da die Versuchung des zweiten Adam (V. 4128–4135; s. LGF 10) wegen Proktophantasmist, roter Maus und Gretchen-Erscheinung misslingt und weil Faust das entscheidende Wettobjekt im fortgehenden Kampf zwischen Himmel und Hölle ist, muss die Hölle ihre Strategie der Überwindung Fausts ändern. Nach Miltons *Paradise Lost* (s. LGF 10) hat der Höllenfürst Mammon nicht nur den Goldpalast Pandaemonium gebaut, der mittlerweile vom Höllengrund aufgestiegen und jetzt der Blocksberg ist (V. 3933); in diesem Palast hat nach Milton (*Paradise Lost* II) eine Beratung der Höllenfürsten über die Erringung der Weltherrschaft stattgefunden; Satan als derjenige, der durch Trieb, Instinkt, sinnliche Versuchung das Menschengeschlecht mit Adam und Eva im Paradies verführt, hat wegen dieses Erfolgs die Führung – bis zu Faust (so Goethe in seinem weitergeschriebenen *Verlorenen Paradies*), der darauf nicht mehr anspricht. Mammon, der bei Milton zunächst mit dem Vorschlag einer friedlichen Übernahme der Weltherrschaft durch die Macht und Ordnung des Goldes nicht durchgedrungen war, kommt jetzt offenbar bei Goethe zum Zuge: Der Zweite Teil ist wesentlich auf Gold und Geld begründet, im 5. Akt bewohnt Faust sozusagen Mammons Palast.

Dass die Mittel der satanischen Verführung veraltet sind wie schon in *Hexenküche* (vgl. oben S. 782–785, Szenenkommentar), macht Goethe handgreiflich durch dasselbe Verfahren: die Verwendung eines altertümlichen Kupferstichs, hier von Michael Herr (1591–1661) von 1620, der das Blocksbergstreiben darstellt und in dem die beiden Szenen *Walpurgisnacht* und *Walpurgisnachtstraum* spielen (Abb. 11) . Die Veraltung wird dadurch deutlich gemacht, dass, wie die Teilszenen des bekannten Stichs die Hexen- und Teufelvorstellungen des 17. Jh.s wiedergeben, ebenso unübersehbar auch ganz moderne Figuren und Ereignisse aus der Zeit um 1800 eingebaut sind, die Faust und Mephistopheles kennen und kommentieren. Die Verwendung des Kupferstichs ist also äußerst kompliziert; einerseits ist er ein Bildwerk nach den Vorstellungen eines Künstlers aus dem 17. Jh., das der ganzen Raumaufteilung nach erhalten bleibt und in dem Faust und Mephistopheles auf nachzeichenbarem Weg herumgehen und ihre Erlebnisse haben. (Diese Technik der Bildbeschreibung kannte Goethe aus den *Salons* von Diderot.) Andererseits kommen nicht nur sie selbst, sondern auch ein anderer Besucher des Bildraums vor, der Proktophantasmist, der die Existenz der ja an sich nur gemalten Hexen und Gespenster bestreitet, unter anderem auch die Existenz Fausts, der gerade mit der jungen Hexe tanzt; ferner nimmt ein zum Bild gehöriges Idol die Gestalt und Züge Gretchens in einem Moment der Zukunft an, nämlich nach der Enthauptung. Man muss sich das Bild also doppelt vorstellen, einmal als imaginären Raum, zum zweiten als Ob-

Abb. 11 Matthäus Merian d. Ä.: Flugblatt »Zauberey«, 1626. Radierung nach Michael Herr. Szenenbild zu *Walpurgisnacht* (linke Bildhälfte) und *Walpurgisnachtstraum* (rechte Bildhälfte)

16
sib, agros. | Ast aliæ Choreas agitant, Vetulæque canistris | Exagitant miserum variis specieb, agrestem
ib, hircis | Expediunt puerorum artus, semesaque membra. | Quo ruitis miseri, quos tanta cupido Gehennæ
ale venenu. | Hic Furiæ Lamiæque volant, et spectra tremenda | Et desiderium flammæ cruciabilis urget.
I.L.G

jekt der Betrachtung, oder, wie das bergsteigende Trio singt, als »Traum- und Zaubersphäre« (V. 3871), als Zeitreise eines Gegenwärtigen in die wüste Vergangenheit und als altes Bild, das Faust mit seinem Blick erwandert. Für ihn kommt es ja auch darauf an, seit seiner Wette in keinem Moment »sich zu vergessen« (vgl. V. 4114), in seiner schon beim Makrokosmoszeichen geübten Bildmeditation immer bei sich zu sein und sich nicht einen glücklichen Moment zu wünschen. Diese Doppelheit – Faust das fremde alte Zauberei-Blatt Michael Herrs betrachtend, Faust in einem imaginären Erlebnis-Traum – vereitelt schließlich Mephistos Attacke.

Der Weg durch das Bild ist folgender: (1) Aufstieg zum Brocken mit dem Irrlicht (vgl. die Konstellation mit Homunkulus in der *Classischen Walpurgisnacht*); (2) Flug der Hexen, die, auf Gabeln, Besen, Böcken gefährlich reitend und einander stoßend, die Luft in der Nähe des Betrachters füllen; (3) im Bildvordergrund die kleinen Gruppen, wo Faust und Mephistopheles von Feuer zu Feuer gehen (u. a. die alten Herren, die Trödelhexe). (4) Hinter dem rauchenden Hexenkessel mit Lilith, dem langhaarigen Frauenbild, vorbeigehend, stoßen sie im linken Mittelgrund auf den orgiastischen Tanz der nackten Hexen, Hexer und Teufel; (5) sie werden im Tanzvergnügen gestört durch den Proktophantasmisten, der als moderner Aufklärer nicht im Bild zu finden ist; (6) nach dem Ekel über die rote Maus wendet Faust sich wohl einer »allein und ferne« (V. 4184) im Bildhintergrund beim Galgen stehenden Frauengestalt zu, in der er Gretchen sieht. Doch Mephistopheles richtet gewaltsam seine Aufmerksamkeit auf das Dilettantentheater im rechten Mittelgrund, als dessen Zuschauer neben beleuchteten Groteskfiguren übrigens zwei nur als Schatten von hinten zu sehende Männer mit Hüten ganz rechts auszumachen sind. An den Musikanten wird erkennbar, dass hier sozusagen antizipierend der *Walpurgisnachtstraum* aufgeführt wird. Nach Goethes Schema und den Fragmenten im sogenannten »Walpurgissack« (Paralipomena, S. 646–654) sollten sich den Szenen I. *Walpurgisnacht*, II. *Walpurgisnachtstraum* auf dem weiteren Weg durch den Kupferstich folgende Szenen anschließen: III. »Gipfel. Nacht. Feuerkoloß« auf der Spitze des Bergs oder hinter ihr, wohin die Scharen strömen; IV. Bergpredigt des Satan mit Einzelstimmen und Chor; V. »Einzelne Audienzen« mit Hinternkussritual und Beleihung; VI. Abstieg vom Gipfel mit der Menge, die hüpfend einem Teufel mit flammenden Händen folgt; VII. »Hochgerichtserscheinung« beim Galgen, wo das Idol schon vorher stand, nun von der um das riesige Feuer gescharten Menge geopfert wird und mit seinem über alles strömenden Blut das Feuer löscht. – So wäre der Kupferstich voll ausgeschritten worden; dass Goethe die Szenen nicht ausgeführt und in den *Faust* eingefügt hat, liegt m. E. weniger an der Selbstzensur (die A. Schöne vermutet, FA) als an der dramaturgischen Funktionslosigkeit dieser Szenen nach dem definitiven Ausstieg Fausts aus der Satanswelt der Verführung und des »Blutes« am Ende von *Walpurgisnacht*. Schon der *Walpurgisnachtstraum* ist funktionslos, ein unspielbares Loch in der Handlung, und wird deshalb als »Intermezzo« und Dilettantenstück angekündigt. Aber bei den geplanten Szenen III.–VII. wäre Faust nur Zuschauer gewesen bei Dingen, die ihn nach der Abkühlung durch die Gretchen-Projektion nicht mehr reizen. Zudem hätte Satan mit seiner nicht mehr wirksamen Verführungs- und Sexualitäts-Strategie ein Gewicht bekommen, das dem »zum letzten Mal den Hexenberg« (V. 4093) Regierenden eine falsche Betonung gegeben hätte: Nicht mehr Satan, sondern Mammon ist künftig der Führer der höllischen Mächte, deshalb ist schon das ganze Bild veraltet und der Satan tritt nicht mehr auf. Die deftigen Partien aus den Paralipomena herauszunehmen und in eine Bühnenfassung zu packen geht deshalb wohl an der inneren Entwicklungslinie der endgültigen Fassung vorbei.

Die Szene ist metrisch äußerst vielgestaltig. Neben den Sangstrophen der Hexen, Fausts und Mephistos unterhalten sich Faust und Mephisto meist in Madrigalversen, aber auf eine längere Strecke auch in reinem Knittel (V. 3912–35); die alten Herren aus vorrevolutionären Zeiten verwenden schon die Vierzeiler des *Walpurgisnachtstraums* (V. 4076–95).

BA vor 3835 *Walpurgisnacht … Elend:* In der Nacht vor dem Tag der hl. Walpurga, der Schützerin vor Hexen und Zauberei, am 1. Mai, fliegen die Hexen und Hexenmeister auf Besen, Ofengabeln, Böcken traditionell zum großen Hexensabbat und zur Satanshuldigung auf den Blocksberg (Brocken) im Harz. Die Gegend zwischen den Dörfern Elend und Schierke liegt südlich vom Brocken-Gipfel auf dem Anstieg.

3855 *Irrlicht:* vermutlich Sumpfgas-Flämmchen über Sümpfen und Mooren. Vgl. V. 4375 f.

3857 *fodern:* um 1800 noch gebräuchliche Nebenform zu »fordern«.

3871 *Traum- und Zaubersphäre:* Hinweis auf die doppelte Interpretierbarkeit des folgenden Geschehens als subjektive, auf zu viel »Blut« zurückzuführende Phantasterei und Halluzination (vgl. V. 4144–75 und Anm.) und zugleich als traditionell mythische Erscheinung des Reichs des Bösen, das durch Zauberei sicht- und erfahrbar wird. Ebenso muss man sich Faust mit einer Lupe die Radierung Abb. 11 betrachtend und sich zugleich hineinprojizierend vorstellen, wobei die alte Magie den Faust, der sich im Bild befindet, dreidimensional, mit allen Sinnenreizen überschwemmt. Es ist veraltete Magie, denn die alten Herrn V. 4072–95 und der Proktophantasmist gehören in die Zeit um 1800, ebenso Faust und Mephistopheles, denn sie kennen die lächerliche Geschichte des Proktophantasmisten; so ist Mephistos Ruf nach »Neuigkeiten« (V. 4112 f.) und Rede vom Ende (V. 4092–95) Hinweis auf eine Modernisierung des »Bösen« (vgl. V. 2509). – Die Trio-Besetzung der Sänger entspricht der Besetzung Faust/Mephistopheles/Homunkulus, die in die »Traum- und Zaubersphäre« der *Classischen Walpurgisnacht* eindringt (V. 7040–79).

3880 *schnarchen:* »Schnarcher« heißen zwei Felsen zwischen Elend und Schierke, vgl. V. 7682. Der Wind erzeugt an den Granitklippen Geräusche.

3898 *Masern:* Baum- und Wurzelknorren.

3899 *Polypenfasern:* wie die Arme bzw. Tentakel eines Polypen.

3903 *Funkenwürmer:* Glühwürmchen, Leuchtkäfer.

3905 *Geleite:* Begleitung.

3912 *Zipfel:* Rock-, Mantelende.

3915 *Mammon:* hier noch im ursprünglichen Sinn des aramäischen Worts *mammon:* Reichtum, Besitz, Habe.

3916–31 *Wie seltsam glimmert ... Felsenwand:* In dieser Beschreibung Fausts ist bergmännisches Fachvokabular verwendet: »glimmert« wohl nach »Glimmer«, einem im Granit häufigen Mineral mit Perlmuttglanz, »wittert« nach »Witterung« oder »Wetter« für austretende Gase oder Dämpfe, »Schwaden« für giftige Gase; »Strecke« bedeutet hier nicht den in den Berg getriebenen Stollen, sondern die von oben am rötlichen Schein sichtbare Erstreckung einer Metall-»Ader« (ein Phänomen, über das schon Paracelsus berichtet).

3933 *Herr Mammon prächtig den Pallast:* Mt. 6,24 wird Mammon als Herr, dem man nicht neben Gott dienen kann, personifiziert und wird im Mittelalter zum Höllenfürsten befördert. Bei John Milton, *Paradise Lost* I,670–730, lässt er dem Satan in der Hölle einen Palast aus purem Gold gießen, in dem eine Beratung über das Vorgehen der Hölle gegen den Himmel stattfindet (Book II). Man kann Goethes *Faust* als Weiterschreibung Miltons betrachten: Nachdem Satan mit der Verführung der Menschen im Paradies erfolgreich war und es jetzt mit Faust vergeblich noch einmal versucht (BA nach V. 4175), probiert die Hölle die Strategie Mammons aus, der schon bei Milton gegen Satan, den Trieb-Verführer, und Moloch, den Zerstörer (V. 10109), die Herrschaft über die Welt durch Reichtum und Geld verfochten hatte und der nun offenbar zum Zuge kommen soll, wie der *Zweyte Theil* belegt.

3936 *Windsbraut:* nach einer märkischen Sage ein Edelfräulein, das als Wirbelwind ihr Unwesen treiben muss und oft mit dem »Wilden Jäger« und seinem Heer auftritt. Wovor er in *Wald und Höhle* floh (V. 3228–32), das erlebt Faust jetzt in vollem Ausmaß.

3959 *Herr Urian:* Teufelname; vielleicht identifizierte Goethe auf der Radierung Abb. 11 die auf dem Berggipfel sitzende Musikantengestalt als den Teufel.

3961 *Es f–t die Hexe, es st–t der Bock:* Über die Auslassungen (sowohl im Erstdruck des *Faust* von 1808 als auch in der hier zugrundegelegten Ausgabe letzter Hand von 1828) gibt Goethes Handschrift Auskunft: »farzt«, »stinkt«.

3962 *Die alte Baubo:* unzüchtige Alte aus der griechischen Mythologie, gewissermaßen die Delegation aus der Classischen in die Nordische Walpurgisnacht, so wie umgekehrt Mephistopheles dort.

3968 *Ilsenstein:* nordöstlich des Brockens.

3985 *Mit einem Sprunge:* obszöne Nebenbedeutung.

4008 *Die Salbe:* sog. Hexensalbe, aus halluzinogenen Drogen hergestellt, vermittelt die Eindrücke des Fliegens, der wilden Tanzbewegung, der sexuellen Ausschweifung.

4016 *ruscht:* rauscht, macht Geräusche.

4023 *Junker Voland:* nach mhd. *vâlant* ›Teufel‹.

4033 *hieselbst:* gerade hier (vgl. den Ausdruck ›daselbst‹).

4045 *kleine Welten:* Mikrokosmen, d. h. Kinder. Während Faust auf Erkenntnis drängt (V. 4040), möchte ihn Mephistopheles in die Fänge einer Hexe bringen.

4063 f. *Galatag … Knieband:* am offiziellen Festtag des Hofes, wo man in Festkleidung mit Orden und Auszeichnungen zu erscheinen hat; das Knieband ist der ›Hosenbandorden‹, höchster britischer Orden.

4067 f. *tastenden Gesicht … abgerochen:* In den Fühlhörnern z. B. der Weinbergschnecke sind licht-, berührungs- und geruchsempfindliche Sensorien. Die Schnecke, die wahrscheinlich ihre Fühlhörner bei der Berührung mit Mephistopheles einzieht, reagiert wie Margarete mit ihrem Körper (V. 3469–99) und hat damit exakte Erkenntnis des Bösen, während der intellektuelle Zugriff von Rätsel zu Rätsel weitergeschickt wird (V. 4040 f.).

4074 *umzirkt:* umgeben.

4084 PARVENÜ: Emporkömmling noch des Ancien Régime, der wie die übrigen abgehalfterten Größen die die Welt »um und um« kehrende Revolution (V. 4086) bedauert.

4114 *nur nicht selbst vergesse:* Das darf Faust seit der Wette keinesfalls.

4115 *Messe:* die in der engen Frankfurter Innenstadt abgehaltene Messe zeichnete sich durch Lärm, Gedränge, vielfältiges Angebot, Zerstreuung und Ablenkungen aus. Nicht zu übersehen ist auch der rituelle Aspekt der Veranstaltungen auf dem Blocksberg.

4119 *Lilith:* Die doppelte Erschaffung der Frau 1. Mose 1,27 und 1. Mose 2,22 gab in der jüdischen Bibelinterpretation Anlass zu Spekulationen über die von Jesaja 34,14 im hebräischen Text genannte Dämonin Lilith, eine männer- und kindermordende Verführerin. Auf Herrs/Merians Radierung Abb. 11 vielleicht die nackte Figur im Zentrum.

4125 *gesprungen:* getanzt.

4129 *einen Apfelbaum:* Doppelanspielung auf den Baum der Erkenntnis 1. Mose 3,1–7 und auf Hld. 7,9; zugleich werden dadurch die Versuchung durch die Schlange und die Erkenntnis des Bösen und Guten als Entdeckung der Sexualität interpretiert.

4136–43 *Einst hatt' … nicht scheut:* Über die Auslassungen (wie in V. 3961, s. Anm.) gibt Goethe handschriftlich Auskunft: »ungeheures Loch« – »groß« – »rechten Pfropf« – »das große Loch«. – In *Hexenküche* hatte Mephistopheles sich als Kavalier (»Ritter«) bezeichnet und der Hexe Wunscherfüllung in der Walpurgisnacht versprochen (V. 2511, 2590).

4144 PROKTOPHANTASMIST: eigentlich: Broktophantasmist, wörtl. ›derjenige, der mit dem Hintern phantasiert‹. Der Altaufklärer Friedrich Nicolai (1733–1811), der zeitlebens Gespensterglauben, Schwärmerei und Phantastik bekämpft hatte, wurde 1791 von Halluzinationen geplagt und kurierte sich dadurch, dass er »Blutegel sich an seinem Steiß« (V. 4174) vollsaugen ließ und die Gespenster damit auf ein Übermaß an Blut zurückführte. Die Heilmethode publizierte er 1799 und erregte damit allseitiges Gelächter. Das Ankämpfen des Proktophantasmisten gegen die Hexen und Dämonen, die dennoch da sind, unterstützt die psychologische Interpretation des ganzen Geschehens (vgl. Anm. zu V. 3871) und entfernt Faust durch Nachdenken von Mephistos Plan.

4150 *schätzen:* beurteilen, kritisieren.

4153–55 *vorwärts gehn … Mühle:* Die Aufklärung dreht sich nur noch im Kreis, während die Hölle, das Hexen- und Gespensterwesen (zu dem Faust sich hier zählt) Fortschritte machen.

4161 *dennoch spukt's in Tegel:* Ein Schabernack in einem Haus in Berlin-Tegel, der 1797 gespielt wurde und rasch aufgeklärt war, wurde von Nicolai trotzdem als Gespenster-Erscheinung besprochen.

4164 *ennuyiren:* stören, auf die Nerven gehen, langweilen.

4167 *kann ihn nicht exerciren:* Nicolais Geist exerziert alles, führt alles mit preußischem Soldatendrill durch; das gelingt ihm nicht bei den Geistern, die seinen Geist durch ihre faktische Anwesenheit beherrschen.

4169 *eine Reise:* Nicolai veröffentlichte seine Eindrücke und Ansichten in zahlreichen Reiseberichten.

4173 *sich soulagirt:* sich erleichtert.

4179 *rothes Mäuschen:* Motiv aus der Hexenliteratur, die Goethe für *Walpurgisnacht* studierte. Die Körperreaktion des Ekels trägt wie bei Margarete zum ersten Mal zu Fausts Rettung vor dem vollständigen Sieg Mephistos bei.

4183 *Mephisto:* einzige Nennung des Namens im gesamten *Faust*-Text, dazu noch in verkürzter Form: nur im Traum kennt er ihn.

4186 *mit geschloss'nen Füßen:* durch Ketten verbundenen Füßen.

4190 *Idol:* Trugbild, auch von Schattenbildern der Toten in der griechischen Unterwelt gesagt. In seinem Traum antizipiert Faust also Gretchens Erscheinung als Tote, eine Projektion seines Gewissens, die dann in der Tat sein »Blut« erstarren lässt.

4194 *Meduse:* in der griechischen Mythologie eine der drei Gorgonen, Schwestern der Phorkyaden des *Zweyten Theils* (V. 7967). Ursprünglich sehr schön, war sie von Athene aus Zorn über die Befleckung ihres Tempels in ein geflügeltes Ungeheuer mit Schlangenhaar, glühenden Augen, gefletschten Zähnen und herausgestreckter Zunge verwandelt worden und ließ jeden Betrachter zu Stein erstarren. Perseus tötete sie, ihr Haupt wurde an Athenes Schild genagelt und hatte weiterhin die versteinernde Wirkung.

4200 *sein Liebchen:* Mephistopheles war im Himmel, der auf Liebe gegründet war (V. 347), der liebelose Störfaktor; das Idol, das in jedem, der jemals geliebt hat, die Erinnerung an seine Liebe weckt, ist der himmlische Störfaktor in der Hölle. Nicht eigentlich Margarete, sondern Faust, durch seine erinnernd-antizipatorische Projektion Margaretes auf das Idol, rettet sich selbst.

4211 *Prater:* Vergnügungspark in Wien, seit 1766.

4212 *mir's nicht angethan:* mich nicht behext.

4214 SERVIBILIS: dienstbarer Geist.

4217 *Dilettant:* Liebhaber, der zwar Wohlgemeintes, aber künstlerisch Unvollkommenes produziert. Goethes Zorn auf die Dilettanten bezog sich darauf, dass sie ein Werk nicht richtig anfangen und nicht fertig werden sowie dass sie das Schwerste versuchen und ihre Kräfte nicht einschätzen können. Da

Goethe das folgende Dilettantenstück geschrieben hat, bezieht er die zwei Kritikpunkte auch auf sich selbst, und: das folgende, zwar künstlerisch erbärmliche Stück ist »das Schwerste«, mithin jedenfalls etwas sehr ernstzunehmendes.

Walpurgisnachtstraum

Für Schillers *Musen-Almanach für das Jahr 1798* schrieb Goethe eine Fortsetzung der *Xenien*, die Schiller jedoch nicht aufnahm, weil er »eine recht fromme Mine« machen wollte (an Goethe, 2. Dezember 1797; SGB 1, S. 489). Goethe schrieb zurück: »Oberons goldne Hochzeit haben Sie mit gutem Bedachte weggelassen, sie ist die Zeit über nur um das Doppelte an Versen gewachsen, und ich sollte meinen, im Faust müßte sie am besten ihren Platz finden« (an Schiller, 20. Dezember 1797; SGB 1, S. 533). Die Erweiterung um zwei Drittel des ursprünglichen Versbestandes geschah offensichtlich im Blick auf eine Verwendung im *Faust*, die ja auch durch die Ankündigung eines Dilettantenstücks und vor allem durch das Theaterchen in der rechten Hälfte des Kupferstichs (Abb. 11) legitimiert ist. Gruppierungen der Vierzeiler, deren Zusammenhang streckenweise unmittelbar ins Auge fällt, hat es mehrere gegeben, am ausführlichsten zuletzt von Walter Dietze (1969), der feststellt, innerhalb eines Rahmens (1–9, 42–44) werde »von ästhetischer zu erkenntnistheoretischer und schließlich zu massiv gesellschaftskritischer Aussage« vorgeschritten (referiert in LGF 4); das heißt, dass hier die fundamentalen Themen des *Faust* in einer anderen, unspielbaren und nicht von den gewaltigen Bildern des Stückes getragenen Form behandelt werden und Zusammenhänge stiften, wie ja auch der *Faust*-Text mit seinen selbstständigen Einheiten von Szenen und Akten seine Zusammenhänge erst erkennen lässt, wenn man diese selbstständigen Teile als »einander gegenübergestellte und sich gleichsam ineinander abspiegelnde Gebilde« betrachtet (Goethe an Iken, 23. September 1827) – die Vierzeiler, selbstständig und doch aufeinander verweisend, radikalisieren dieses Prinzip. Neben der Funktion als Themenkondensat und als hermeneutische Anweisung ist die intertextuelle Beziehung zu Shakespeares *Sommernachtstraum* (s. LGF 10) sowohl thematisch wie poetologisch als Anweisung zur intertextuellen Lektüre überhaupt äußerst aufschlussreich. Nicht nur die Reflexion des kunstvollen Dramas in einem künstlich dilettantisch geschriebenen und gespielten, aus der Mode gekommenen Stücktyp, sondern auch die Kondensierung zentraler Themen – bei Shakespeare z. B. gesellschaftlich behinderte Liebe, Missverständnis, Tragik, bei Goethe s. o. – in einem demonstrativ kruden Handlungszusammenhang charakterisieren beide Texte. Goethe hat die intertextuelle Beziehung (s. LGF 10) am Ende von *Hexenküche* markiert (s. V. 2604) und das Gretchendrama damit eingeleitet. Nimmt man das Auftreten von Oberon und Titania bei Shakespeare außerhalb, bei Goethe innerhalb des Dilettantenstücks als Indiz, so lässt sich auch die Vertauschung der Stelle der Pyramus/Thisbe-Handlung vermuten: Die Handlung von Gretchen und Faust wird damit als durch soziale Hindernisse, vor allem aber durch die in den Liebenden selbst entstandenen Missverständnisse und falschen Vorstellungen tragisch geworden kommentiert. Bleibt bei Shakespeare die tragisch endende Liebe in das Dilettantenstück eingeschlossen und kommt die in Aufruhr geratene Natur und Gesellschaft wieder in Harmonie, so ist der Befund im *Faust* genau umgekehrt: Der dilettantische *Walpurgisnachtstraum* stellt unter den zentralen Themen keinen sichtbaren Zusammenhang her, Oberon und Titania leben nur getrennt gut, der bei Shakespeare von der gewaltsamen Naturmacht bis zur schönen Beziehung allbestimmende Eros hat seine Macht mittlerweile verloren (sie wird im *Zweyten Theil* neu aufgebaut).

Man hat sich das ganze Intermezzo von dem »Verflucht Geschnarr« der Musikanten begleitet vorzustellen, die allerdings nur einmal in »fortissimo« und »tutti« ausbrechen, vom Kapellmeister aber immer wieder zur Aufmerksamkeit und zum korrekten Spiel ermahnt werden müssen.

BA vor 4223 *Walpurgisnachtstraum … Intermezzo:* Shakespeares *Sommernachtstraum* spielt zum großen Teil in einem Wald, daher die Szenerie (V. 4225 f.); dort wird nicht nur von Handwerkern für das Hochzeitsfest des Herzogspaars ein Stück vom traurigen, durch Missverständnisse und Wahnvorstellungen verursachten Tod zweier Liebender geprobt, sondern nach schweren Verwirrungen die Versöhnung zweier junger Paare und vor allem der Naturdämonen Oberon und Titania herbeigeführt, unter deren Streit die Natur insgesamt leidet. Das »interlude«, Zwischenspiel der Handwerker ist zwar schlecht geschrieben, schlecht gespielt und für das Hochzeitsfest durch seinen tragischen Ausgang ungeeignet, aber es zeigt die Probleme und Gefahren um so genauer, die in den Beziehungen der Naturdämonen, des Herzogspaars und der Bürgerpaare trotz der schließlichen Versöhnung stecken. So diskutieren die Sprüche von Goethes Dilettantenstück in ihren Angriffen auf Zeitgenossen und Zeiterscheinungen Grundprobleme des *Faust* wie die Geschichtlichkeit von Religionsvorstellungen (was heißt heute »böse« oder »Teufel«?), die Verstellung der Wirklichkeit durch »magische« Vorstellungen von Wirklichkeit, die Gefahr fundamentalistischer Ideologien, die gesellschaftlichen Folgen der Französischen Revolution und so weiter. Diese Zusammenhänge lassen sich hier nicht erschöpfend darstellen, es folgen einige Namen- und Worterläuterungen.

4224 *Miedings wackre Söhne:* Johann Martin Mieding (gest. 1782) war Bühnenbildner am herzoglichen Liebhabertheater in Weimar.

4227 HEROLD: vgl. V. 5065ff.

4231 OBERON: nach Alberich, dem Elfenkönig der nordischen Sagenwelt, bekannt aus Shakespeares *Sommernachtstraum*, Wielands Versepos *Oberon* (1780), Wranitzkys *König der Elfen, Oberon* (Singspiel, 1790).

4231f. *Seyd ihr … Stunden:* wenn ihr hier seid, zeigt euch; vgl. V. 428f. Dass Oberon den Durchblick nicht hat, den er haben sollte, zeigt Missstände im Natur- und Dämonenreich an; die neue Verbindung von König und Königin ist höchst problematisch (V. 4243–50), die Natur ist aus den Fugen.

4235 PUCK: im *Sommernachtstraum* Streiche spielender dienstbarer Geist Oberons, hier mit mephistophelischem »Pferdefuß«.

4239 ARIEL: in Shakespeares *Sturm* dienstbarer Geist des guten Zauberers Prospero, hier mit »himmlischen« Zügen, zu Titania passend.

4247 TITANIA: Feenkönigin, Oberons Frau, dem nordischen Elfenkönig durch südlichen Namen und Zuständigkeitsbereich entgegengesetzt (»Fee« von lat. *fatum* ›Schicksal‹). Sie ist sozusagen das Makrokosmos-, Oberon das Erdgeistprinzip, oder das himmlische gegen das teuflische (V. 4274), oder das südliche gegen das nördliche, das weibliche gegen das männliche, das klassische gegen das romantische Prinzip. Was sich hier nicht verträgt, wenn es beisammen ist, soll im 3. Akt des *Zweyten Theils* »klassisch-romantisch« zusammengefügt werden (auch dieser 3. Akt hieß: »Zwischenspiel zu Faust«).

4251 *Fliegenschnauz' und Mückennas':* die grotesken Musikanten über dem und um das Theater in der rechten Bildhälfte Abb. 11.

4271 ORTHODOX: Rechtgläubiger, der Schillers Gedicht *Die Götter Griechenlands* aus beschränkt christlicher Perspektive kritisiert hatte (nämlich: Friedrich Leopold Stolberg, 1750–1819).

4276 *skizzenweise:* Goethe war wie viele Zeitgenossen der Auffassung, dass ein Maler sich nur in Italien recht ausbilden könne.

4279 PURIST: der nur reine Ausprägungen einer Sache akzeptiert. Durch die Forderung nach Puder im Haar und auf der Haut widerlegt er sich selber; die folgende Hexe ist da eher Puristin.

4303 XENIEN: vgl. den Szenenkommentar, S. 822. Xenien-Autor Goethe lässt seine Produkte nicht nur bei den Dilettanten mitspielen, sondern gibt auch seine satanischen Absichten damit zu.

4307–18 HENNINGS ... *Gipfel:* Der dänisch-holsteinische Staatsmann August von Hennings (1746–1826) hatte sich in seiner Zeitschrift *Der Musaget* (wörtl.: Musenführer) kritisch gegen die Xenien gewandt; seine Zeitschrift *Genius der Zeit* wurde 1801 in *Genius des 19. Jahrhunderts* umbenannt; der Ausdruck »CI-DEVANT« (wörtl.: vormals) bezieht sich auf diese Umbenennung und ›datiert‹ damit den Walpurgis-Komplex im *Faust*; da der Ausdruck auf die französischen Adligen des Ancien Régime spöttisch angewandt wurde, bezieht er sich zugleich satirisch auf den schwankenden politischen Kurs der Zeitschriften Hennings'.

4321 f. *Er schnopert ... Jesuiten:* Verfolgung der im Untergrund tätigen Mitglieder des zwischen 1773 und 1814 verbotenen Jesuitenordens.

4323 KRANICH: Kritik an Johann Caspar Lavater (1741–1801), der bei aller Frömmigkeit sich auch von zweifelhaften Lehren und Gruppierungen täuschen ließ. Wegen seines Gangs nannte Goethe ihn »den Kranich«.

4330 *Conventikel:* fromme Gruppierung und Zusammenkunft religiöser Laien, denen in ihrer Gutgläubigkeit auch das Böse als ein »Vehikel«, ein Instrument der göttlichen Güte galt. Deshalb sind sie hier.

4340 *gäb' sich gern das Restchen:* würde sich am liebsten gegenseitig umbringen (vgl. die Redensart »jemand den Rest geben«).

4342 *Orpheus Leyer:* Der griechische Sänger Orpheus konnte mit seinem magischen Spiel und Gesang Tiere zähmen; hier werden alle Instrumente, auch die Fiedel des »FIDELERS«, durch den Dauer-Grundton des Dudelsacks auf eine Tonart festgelegt.

4343–62 DOGMATIKER ... *am Platze:* Der Dogmatiker gewinnt seine Ansicht aus unbezweifelten Grundsätzen, der »IDEALIST« aus seiner Vorstellung, der »REALIST« aus seiner Erfahrung, der »SUPERNATURALIST« aus der Erscheinung von Unerklärlichem, das er als Offenbarung von Übernatürlichem (Gott) versteht, der »SKEPTIKER« aus der Beobachtung der unsicheren Erkenntnisgründe der andern. Jeder der Sprecher widerspricht nicht nur allen andern, sondern macht mit seinem Argument auch die eigene Position lächerlich.

4367 *Sanssouci:* wörtl.: Sorgenfrei, Name eines von Friedrich II. erbauten Schlosses, zugleich Inbegriff der Adels-Kultur des Ancien Régime in Deutschland nach der Revolution. Die »GEWANDTEN« aus dieser Gesellschaft haben sich nach der Revolution »um und um« gekehrt (V. 4086).

4371 f. *erschranzt ... befohlen:* »Schranzen« war der verächtliche Ausdruck für kriecherische Höflinge; »Gott befohlen« ist, wenn keiner außer Gott mehr hilft.

4377 *Galanten:* Die Elite der nachrevolutionären Gesellschaft glänzt zwar schön, stammt aber als »Irrlichter« aus dem Sumpf und stinkt (Methangas).

4379 STERNSCHNUPPE: ein früher mit Ordensstern ausgezeichneter Minister (vgl. V. 2227 f.).

4383 DIE MASSIVEN: der alles niedertrampelnde und sich zugleich intellektuell wähnende revolutionäre Pöbel, der als Masse auftritt.

4394 *zum Rosenhügel:* zum Schloss Oberons in dem romantischen Epos *Oberon* von Wieland. Ariels Verführung ist also, sich vor der schlimmen politischen Realität (V. 4367–86) in die schöne Phantasiewelt der Romantiker zu flüchten. Um so brutaler wirkt die graue prosaische Nüchternheit der folgenden Szene.

Trüber Tag. Feld

Nach allgemeiner Meinung gehört die Szene in die erste Zeit der Niederschrift der uns heute bekannten Texte der *Früheren Fassung* und zeigt doch schon eine genaue Planung des Stücks: Schicksal Gretchens; Hinweis auf die »abgeschmackten Freuden«, die erst der *Faust I* ausführt; Hinweis auf die Tötung eines Menschen (wohl Valentin) durch Faust; Hinweis auf die in der *Früheren Fassung* und noch im *Fragment* unausgeführten Teile der Mephistopheles-Handlung: Auftreten als Hund (die Rückverwandlung ist nirgends ausgeführt), Unfähigkeit Fausts zur Rückverwandlung und deshalb Anrufung des Großen Geistes, Mephistopheles als Angehöriger der Hölle, mit der Faust »Gemeinschaft« gemacht hat.

Obwohl er von Anfang an wusste, dass Gretchen so enden würde (V. 3363–65), sucht Faust jetzt mit großem rhetorischem und stimmlichem Aufwand die Schuld von sich abzuwälzen, wird immer kleinlauter und kann schließlich auf Mephistos Frage: »Wer war's, der sie in's Verderben stürzte? Ich oder du?« (Z. 42 f.) nur noch wild umherblicken und muss sogar die Unschuldsbeteuerung Mephistos widerspruchslos entgegennehmen. Bemerkenswert ist die Distanz, aus der er von Gretchen spricht: Sie ist »das holde unselige Geschöpf« – liebenswürdig, glücklos, ein Neutrum, keinmal nennt er den Namen –; in der zweiten langen Rede geht es um die kühle Feststellung Mephistos, sie sei die erste nicht, also um ein numerisches Problem, das ihm das Mark durchwühlt – er ist mit sich und seinem Schmerz, nicht mit Gretchen als etwa geliebter und wertvoller Person befasst. Retten will er sie um seinet-, nicht um ihretwillen. Zu erinnern ist allerdings auch an die Programmatik, zu genießen, was der ganzen Menschheit zugeteilt ist; dazu gehören Schuld und Schmerz und, wie man sieht, die Würdelosigkeit des Versuchs, eine klar erkannte Schuld doch noch auf andere zu schieben. Dass Faust das alles durchmacht, gehört zum Programm; dass er nicht wie sonst über alles reflektiert und sich in Distanz dazu setzt, zeigt, dass er nicht mehr »genießt« (V. 1771), was ihm zugeteilt ist, dass er sich in seinem Schmerz und Schuldgefühl vergisst (vgl. V. 4114) und damit in seinem Streben zum zweiten Mal an seiner menschlichen Beschränkung scheitert. Goethe hat wahrscheinlich deshalb die Szene nicht in Verse umgearbeitet, wenngleich er sie stilistisch von den Kraftausdrücken der Sturm-und-Drang-Zeit gesäubert hat.

1 f. *Erbärmlich ... lange verirrt:* Gretchen ist aus ihrer Stadt geflohen und wieder eingefangen worden oder wie Susanna Margaretha Brandt (eine Kindsmörderin, deren Prozess Goethe 1771/72 in Frankfurt beobachtete) wieder zurückgekehrt, weil sie kein Geld mehr hatte.

13 *Sie ist die erste nicht:* Zitat aus den Prozessakten der Susanna Margaretha Brandt, die Goethe vermutlich kannte. Deren Schwestern hatten sie früh »scharff befragt«, ob sie denn nun schwanger gewesen sei oder nicht, »denn sie wäre ja nicht die erste und würde auch nicht die letzte seyn« (Rebekka Habermas [Hrsg.], *Der Prozeß gegen die Kindsmörderin Susanna Margareta Brandt*, München 1999, S. 112). Das wusste auch Faust, vgl. V. 3364 f.

15 *Hundsgestalt:* erst für den *Faust I* ausgeführt in *Vor dem Thor*; die spätere Rückverwandlung kommt nirgends vor. – Der Ausdruck »nächtlicherweise« deutet auf Mephistopheles als Teil der Finsternis (V. 1350) und zugleich auf die Dunkelheit, in der er seine Scherze trieb.

25 *des ewig Verzeihenden:* erstes Glaubensbekenntnis Fausts, wohl weil er jetzt merkt, dass er Verzeihung nötig hat.

36 *an den Schandgesellen mich schmieden:* vgl. V. 3241–46.

37 *sich letzt:* es genießt.

45 f. *Den unschuldig entgegnenden:* Jetzt geht Mephistopheles zur rhetorischen Entlastung seiner selbst über, gibt sich keine Schuld am Schicksal Gretchens – und Faust weiß nichts zu antworten.

53 *Noch das von dir?:* nämlich der Vorwurf, Valentin ermordet zu haben. Auch da hat Faust kein Gegenargument, nur Flüche.

55 f. *alle Macht im Himmel und auf Erden:* Mt. 28,18: »Mir ist gegeben alle Gewalt im Himmel und auf Erden.«

56 *Thürners:* des Turm- oder Gefängniswärters; »Thurn« ist ältere Form, vgl. den Städtenamen »Solothurn«.

Nacht, offen Feld

Entstanden im Kontext von *Trüber Tag. Feld.* Die kleine Szene eröffnet durch das Hexenbild eine Beziehung zu Shakespeares *Macbeth* (s. LGF 10), wo die Hexen am Anfang und zu Beginn des 4. Akts erscheinen, zunächst trügerische und dann niederschmetternde Voraussagen machen. In *Walpurgisnacht* versuchte die junge Hexe Faust trügerisch abzulenken, hier könnte man niederschmetternde Voraussagen befürchten, aber Mephistopheles gehorcht Faust nicht mehr: Er gibt vor, nicht zu wissen, was die Hexen tun, und drängt einfach weiter. Faust ist machtlos geworden.

4399 *Rabenstein:* Bezeichnung für eine Hinrichtungsstätte außerhalb der Stadt, wo die Raben dann ihren Fraß finden. Gretchen wird nicht hier, sondern auf dem Marktplatz enthauptet (V. 4587–89).

Kerker

Entstanden im Kontext von *Trüber Tag. Feld*, in der *Früheren Fassung* jedoch in Prosa. »Einige tragische Scenen waren in Prosa geschrieben, sie sind durch ihre Natürlichkeit und Stärke, in Verhältniß gegen das andere, ganz unerträglich. Ich suche sie deswegen gegenwärtig in Reime zu bringen, da denn die Idee, wie durch einen Flor durchscheint, die unmittelbare Wirkung des ungeheuern Stoffes aber gedämpft wird« (an Schiller, 5. Mai 1798; SGB 1, S. 650). Die Bemerkung betrifft offenbar nur *Kerker*, denn die anderen uns bekannten »tragischen Szenen« *Trüber Tag. Feld* und *Nacht, offen Feld* wurden nicht versifiziert. Bei der Umarbeitung in Reime änderte Goethe nicht nur das Vokabular, sondern fügte viele gedanklich neue Teile ein; besonders wichtig sind: V. 4407–10 Entlastung Gretchens, Selbstanalyse Fausts; V. 4451–59 Gretchens Umdeutung seiner Körper- und Wortrhetorik ins Religiöse; V. 4461–69 (wie V. 4435) Hohelied-Zitierungen; V. 4470–78 Erkennung, Freude, Hoffnung; V. 4546–49 trotz Freiheitswunsch vernünftige Ablehnung der Flucht unter der Voraussetzung, dass Faust sie wieder allein lässt; V. 4584 Entschuldigung mit dem Lauf der Dinge; V. 4601 Zitat Hexe von Endor; V. 4603 f. Identifikation des Teufels; V. 4611 »Ist gerettet!« und »Her zu mir!«, also scharfe Trennung der ›Besitzanteile‹ von Himmel und Hölle. Ausführlicher, reflektierter im Vergleich zwischen *Früherer Fassung* und *Faust I* ist Margaretes Erschrecken darüber, dass Faust nicht mehr küssen kann, und ihre Abkehr von ihm dargestellt (V. 4484–97). Für Details vgl. die Paralleldruck-Ausgabe *Faust. Erster Teil*, Stuttgart 2005, S. 384–399.

Denn da ist nicht nur das arme geängstigte Gretchen des Bürgerlichen Trauerspiels, das letztlich die Bestrafung durch ihre repressive Gesellschaft einer Zukunft mit dem ungetreuen Verführer vorzieht, sondern da ist eine starke heilige Margarete, die das Sensorium ihres Körpers verfeinert hat und ihm noch entschiedener vertraut. Faust kann nicht mehr küssen, seine Lippen sind kalt, er hat keine Liebe mehr; es wird ihr bang wie früher nur beim Anblick Mephistos, es graut ihr vor ihm, sie stößt ihn von sich und leidet nicht, dass er sie hinausträgt. Diese hl. Margareta von Antiochia wird nicht durch den Teufel versucht, sondern durch den Geliebten, der nun allerdings weitgehend »eingeteufelt« ist (V. 3371); den Teufel selbst erkennt sie unmittelbar. Bemerkenswert ist nun, dass dieses auf die Intuition ihres Körpers und auf das Wertkriterium des Küssenkönnens, also der kirchlich eher dem Teufel zugeordneten Sinnlichkeit, gestützte Sensorium ausgerechnet gegen den Teufel wirkt und dass diese neue Religiosität ausgerechnet »von oben« legitimiert wird. Komisch ist, dass der so modern sich aufspielende Teufel noch an den alten Maßstäben festhält, die ihm natürlich eine weitere Seele für seine Hölle eingebracht hätten. Damit erhebt sich eine Margarete über Faust – der Regiename ist hier wieder eingeführt –, die eine Leib und Seele, Ordnung und Energie integrierende Naturreligion des Lebens und der Liebe entwickelt und in ihrer Todesangst sieghaft gegen alle Versuchung verteidigt hat. Faust dagegen ist auch mit seinem zweiten Versuch, Gott zu werden und alle Dinge zu sein, gescheitert: In Margarete, dem Mikrokosmos, hätte er, und sogar in ihrer integralen Religiosität, »alle Dinge« in seinem innern Selbst genießen können. Aber er sah sie durch seine doppelte Konditionierung in *Hexenküche* nur als Engel oder Puppe und konnte das auch nur, weil er sich durch seine Wette den Genuss des glücklichen Augenblicks verboten hatte und sich der ununterbrochenen Reflexivität verpflichtete. Nach der durch Erinnerung im letzten Moment vereitelten Versuchung zur Selbstvergessenheit in *Walpurgisnacht* und der kläglichen Unfähigkeit, das brennende Schuldgefühl über das Schicksal Gretchens reflexiv zu bewältigen (*Trüber Tag. Feld*), hat er in *Kerker* seine Fassung, seine Reflexivität, damit auch seine Liebelosigkeit wiedergewonnen. Wer noch sagen kann: »Der Menschheit ganzer Jammer fasst mich an« (V. 4406), den fasst der Menschheit Jammer nicht ganz an. Deshalb steht die Szene wieder in Versen.

Sie hat mehrere Teile: (1) Faust vor dem Kerker; (2) Gesang; (3) Fehlidentifikation Fausts durch Margarete, Wächterphantasie; (4) Erkennung und Entdeckung seiner Liebelosigkeit; (5) Selbstbezichtigung, Fürsorgeempfehlung; (6) Freiheit?; (7) Todesphantasie und Flucht zum Vatergott bei Mephistos Erscheinen. – *Macbeth* (s. LGF 10) ist präsent in Margaretes Schuldhalluzination, wobei sie allerdings korrekt das Blut an Fausts Händen fühlt (V. 4512–14). *Hamlet* (s. LGF 10) ist präsent in Margaretes Gleiten zwischen Verwirrung und Bewusstseinsklarheit wie bei Ophelia, wobei sie aber nicht mehr die Verlassene ist, sondern Faust aus innerem Grauen aktiv verlässt. *Dom Juan* (s. LGF 10) ist präsent, sofern Faust am Ende mit »Her zu mir!« vom Teufel geholt wird. Als Endpunkt der literarischen Reihe (s. LGF 10) in *Faust I* singt Margarete ein authentisches Volkslied, das sie mit starken Verurteilungen (»Hur« und »Schelm«) auf sich und Faust als Eltern des singenden Kindes anwendet (Fricke 2008, S. 27), während im Märchen vom Machandelboom die Mutter des Sohnes gestorben ist, der von der Stiefmutter umgebracht, gekocht und dem ahnungslosen Vater vorgesetzt wird.

4411 *Fort! Dein Zagen zögert den Tod heran:* Faust ermahnt sich, in seinem Rettungsunternehmen fortzufahren, denn seine Scheu, Gretchen wiederzusehen, bedeute Verzögerung, die ihren Tod näher bringe.

4412–20 *Meine Mutter ... fort!:* Lied des getöteten und zu einem Vogel gewordenen Kindes nach dem Märchen vom Machandelboom. Margarete lässt das Kind in den vier ersten Zeilen sich und Faust des Mords beschuldigen und nimmt damit seine Märchen-Rache auf sich. Die Schlusszeile ist dreideutig: Fortsetzung der Rede des Kindes (›ich fliege fort‹) oder Aufforderung der singenden Margarete an den Vogel, fortzufliegen, oder, sofern sie sich mit ihm identifiziert, ihr Wunsch, als der Vogel dem Kerker zu entfliegen.

4427 *dir Henker:* In ihrer Angst meint Margarete, der Henker hole sie schon, und erkennt Faust nicht. Indem Goethe »Henker« hier nicht zwischen Kommata setzt (das würde deutlich machen, dass sie den Kommenden als den Henker erkennt), lässt sich auch lesen, dass sie den Kommenden als »du Henker« anklagt.

4436 *der Kranz:* der Brautkranz, den sie bei der Hochzeit getragen hätte (vgl. V. 3575).

4440 *mein Tage nicht:* noch nie.

4448 *Sie singen Lieder auf mich!:* Bei Skandalen und sensationellen Mord- und Unglücksfällen wurden von Bänkelsängern Lieder verfasst und auf den Märkten gesungen.

4450 *Wer heißt sie's deuten?:* das Märchen auf Margarete beziehen.

4467 *Heulen und Klappen der Hölle:* »da wird sein Heulen und Zähneklappen« (Mt. 8,12).

4479 *weile:* bleib, halte dich auf.

4487 *an deinem Halse so bang:* Sie spürt Mephistopheles (in Faust) (vgl. V. 3469–99).

4515 *Was hast du gethan!:* Sie denkt an die Ermordung Valentins.

4544–50 *Ich darf nicht fort … Ich bleibe bei dir:* Nachdem Faust sie während der ganzen Zeit der Schwangerschaft allein gelassen hat, glaubt Margarete, dass er sie vielleicht herausholen, dann aber wieder verlassen, der Armut und der Verfolgung aussetzen wird; seine Versicherung, bei ihr zu bleiben, nimmt sie nicht zur Kenntnis.

4590 *das Stäbchen bricht:* Zum Zeichen, dass das Urteil gesprochen ist und die Hinrichtung vollzogen werden soll, wurde ein Holzstäbchen durchgebrochen (noch heute als ›den Stab über jemanden brechen‹).

4592 *Zum Blutstuhl … entrückt:* Die Kindsmörderin wurde vom Transportwagen gezerrt (»entrückt«) und auf einen Stuhl gebunden, der Scharfrichter schlug ihr mit dem Schwert den Kopf ab.

4611 *Ist gerettet!:* neu im *Faust I*; für die erste Weimarer Inszenierung dichtete Goethe einen Engel dazu und betonte damit, dass die nach Mephistos traditionell kirchlichen Maßstäben »gerichtete« Margarete nicht als reuige Sünderin, sondern als Bekennerin ihrer Leib und Seele einschließenden Religiosität vom Himmel, möglicherweise schon von der Mater gloriosa, wie eine Heilige begrüßt wird.

Faust. Zweyter Theil.

Helena im Mittelalter. Satyr-Drama, Episode zu Faust, 269 Verse zu dem späteren 3. Akt, wurde im September bis November 1800 geschrieben; damit war »eine meiner ältesten Konzeptionen, gleichzeitig mit Faust« (an Sulpiz Boisserée, 22. Oktober 1826) schon teilweise umgesetzt, als der *Erste Theil* noch unfertig war. Darin sollte nur Margarete die traurige und undankbare Rolle einer Proto-Helena spielen müssen (V. 2603 f.), das halbe Kind in ihrer kleinen nordischen Welt (V. 2052–54, 3355) als Vorstufe zum gewaltigen Frauenideal der großen antiken Welt. Ein allgemeines Schema zum Gesamtverlauf des *Zweyten Theils* (Paralipomenon 5, S. 630) war ebenfalls um 1800 entworfen worden. Aber Goethe trug den *Faust* als »inneres Märchen« (an Heinrich Meyer, 20. Juli 1831) mit sich herum und machte beispielsweise in einem Gespräch mit Sulpiz Boisserée, das dieser am 3. August 1815 in seinem Tagebuch festhielt (Gräf II,2, S. 215), Andeutungen über die Konzeption des Schlusses, diktierte auch 1816 eine Handlungsskizze für das 18. Buch von *Dichtung und Wahrheit* (Paralipomena, S. 611–614): An die Ausarbeitung des *Zweyten Theils* ging er erst 1825. Zunächst arbeitete er am 5. Akt (*Großer Vorhof des Pallasts*, 1826), schloss ihn aber erst 1831 ab. Dann konzentrierte er sich auf die Vervollständigung des 3. Akts, diktierte aber schon am 17. Dezember 1826 einen Plan für dessen »Antecedenzien« – an dieser Einstufung des 1. und 2. Akts als ›Vorangehendes‹ erkennt man, dass ihm dieser Akt nach wie vor als Höhepunkt und Zentrum zumindest des *Zweyten Theils* erschien. Er veröffentlichte ihn denn auch gesondert als *Helena, klassisch-romantische Phantasmagorie. Zwischenspiel zu Faust* im Band 4 der Ausgabe letzter Hand (Stuttgart/Tübingen: J. G. Cotta, 1827); im Band 12 der Ausgabe (ebd. 1828) ließ er den Beginn des 1. Akts (V. 4613–6036) unter dem Titel *Faust. Zweyter Theil* abdrucken mit dem Schlussvermerk: »(Ist fortzusetzen.)« In zäher Arbeit wurde der 1. Akt beendet, der 2. Akt bis Juni 1830 abgeschlossen. 1831 folgten der 4. Akt, die Philemon-und-Baucis-Teile des 5. Akts und die Ausfüllung verschiedener Lücken. Eine noch 1827 geplante Rede Fausts, mit der die antike Göttin Proserpina im 2. oder am Anfang des 3. Akts zur Herausgabe der Helena bewegt werden sollte, wurde nicht ausgeführt. »Und es war in der Mitte des Augusts [1831], daß ich nichts mehr daran zu tun wußte, das Manuskript einsiegelte, damit es mir aus den Augen und aus allem Anteil sich entfernte« (an Graf Reinhard, 7. September 1831). Im Januar 1832 wollte er allerdings »Hauptmotive, die ich, um fertig zu werden, allzu lakonisch behandelt hatte«, noch weiter ausführen, unterließ es dann aber. Nach seinem Tod am 22. März 1832 brachten Eckermann und Riemer im 1. Band der *Nachgelassenen*

Werke (Stuttgart/Tübingen: J.F. Cotta, 1832) *Faust, der Tragödie zweyter Theil* heraus. Die erste Gesamtausgabe erschien ebenda 1834: *Faust. Eine Tragödie. Beide Theile in einem Bande*.

Goethe betont Differenz und Kontinuität zwischen den beiden Teilen. Boisserée notierte 1815: »*Faust*; der erste Theil ist geschlossen mit Gretchens Tod, nun muss es *par ricochet* noch einmal anfangen« (Gräf II,2, S. 215), d.h., die abgestürzte Handlung muss wieder aufsteigen, wie eine auf eine Fläche auftreffende Gewehrkugel im selben Winkel wieder von der Fläche abprallt; die Helena-Handlung steigt von der Dia-Vorführung am Ende des 1. über die traumhafte und dann bewusste Rekonstruktion ihrer Zeugung im 2. bis zu dem »Stück« des 3. Akts, besser den Fragmenten von Stücken, in die die Spielerin der Helena-Figur vor Menelaos flieht, um am Schluss auch Faust zu verlassen und die Schönheit der Welt mitzunehmen. Die spätestens am Ende von *Hexenküche* begonnene Helena-Handlung verbindet und trennt also die Teile. (Versteht man Helena als Figuration des Schönen, beginnt die Handlung in *Vor dem Thor* V. 1068, vgl. Anm. zu V. 1071, und endet ambivalent V. 11582.) – Durchgängig und übergreifend ist der doppelte Spannungsbogen der Wetten. Boisserée notiert (ebd.) auf seine Frage nach dem Ende: »Goethe: ›Faust macht im Anfang dem Teufel eine Bedingung, woraus schon alles folgt.‹« Und: »Mephistopheles darf seine Wette nur halb gewinnen, und wenn die halbe Schuld auf Faust ruhen bleibt, so tritt das Begnadigungsrecht des alten Herrn sogleich herein, zum heitersten Schluß des Ganzen.« (An Karl Ernst Schubarth, 3. November 1820) Auf die Wette des *Prologs im Himmel* sollte der Schluss also jedenfalls zurückkommen; die heiterste Ungeheuerlichkeit – Beschämung Mephistos und Ablösung des Herrn durch eine Herrin – war 1820 noch nicht gefunden. – Spiegelung zwischen *Erstem* und *Zweytem Theil* zeigt sich in der Anfangs- und Endposition des Himmels und der zur Mitte hin gelegenen Position der Walpurgisnächte; die männliche bzw. weibliche Besetzung der oberen und unteren »Herrlichkeit« im *Ersten* bzw. *Zweyten Theil* schafft religiöse Komplementarität (LGF 3).

Differenz und Kontinuität formuliert Goethe mehrfach hinsichtlich der Schicksale und Strebungen Fausts. »Dass man sich dem Ideellen nähern, und zuletzt darin sich entfalten werde, haben Sie ganz richtig gefühlt; allein meine Behandlung musste ihren eignen Weg nehmen: und es gibt noch manche herrliche, reale und phantastische Irrthümer auf Erden, in welchen der arme Mensch sich edler, würdiger, höher, als im ersten gemeinen Teile geschieht, verlieren dürfte. Durch diese sollte unser Freund Faust sich auch durchwürgen« (1820; Gräf II,2, S. 271). »Gemein« heißt hier: was jedem geschehen kann, in dem Sinne, dass der *Faust I* »für immer die Entwicklungsperiode eines Menschengeistes festhält, der von allem, was die Menschheit peinigt, auch gequält, von allem, was sie beunruhigt, auch ergriffen, in dem, was sie verabscheut, gleichfalls befangen, und durch das, was sie wünscht, auch beseligt worden«. Dieser *Erste Theil* sei »seiner Natur nach in einem düstern Element empfangen [und spiele] auf einem zwar mannichfaltigen, jedoch bänglichen Schauplatz« (Gräf, II,2, S. 451 f.); dem sind natürlich die Schauplätze vom 2. bis 5. Akt in ihrer z. T. grandiosen Landschafts- und Architekturkonzeption entgegenzusetzen. Goethe betont immer wieder, »dass der erste Theil aus einem etwas dunkelen Zustand des Individuums hervorgegangen« sei (Gräf II,2, S. 531).

> Der erste Theil ist fast ganz subjectiv; es ist alles aus einem befangeneren, leidenschaftlicheren Individuum hervorgegangen, welches Halbdunkel den Menschen auch so wohl thun mag. Im zweiten Theile aber ist fast gar nichts Subjectives, es erscheint hier eine höhere, breitere, hellere, leidenschaftlosere Welt, und wer sich nicht etwas umgethan und einiges erlebt hat, wird nichts damit anzufangen wissen (Gräf II,2, S. 566 f.).

Auch formal, so betonen mehrere Briefe, »konnte dieser zweite Theil nicht so fragmentarisch sein, als der erste. Der Verstand hat mehr Rechte daran« (an Boisserée, 8. 9. 1831; Gräf II,2, S. 591). Goethe macht das augenfällig dadurch, dass nach der Explosion am Ende des 1. Akts die folgenden zwei Akte in Fausts Kopf spielen (V. 7054 f., 7076 f.).

Mit dem schon 1820 formulierten (s. o.), 1830/31 wiederholten (Riemers *Mitteilungen*; Gräf II,2, S. 600 f.) Argument der Steigerung, Faust verliere sich in seinen Irrtümern »edler, würdiger, höher«, spielt Goethe wahrscheinlich auf die Strebungen, Gott zu werden, an, die seit der Römischen Konzeption die zwei »Dramen« des *Ersten* und die fünf Akte des *Zweyten Theils* bestimmen (vgl. S. 728 und LGF 2). Will Faust im Gelehrtendrama als »Uebermensch[ ]« (V. 490) »die höchste Wahrheit und das höchste Gut«, Gottes Erkenntnis und Schöpferkraft, so will er im Gretchendrama als »Allmensch« (Wolfgang Binder) »alle Dinge werden« (vgl. V. 1770 f., 3217 f.). Das sind nach Marsilio Ficinos *Platonica Theologia de immortalitate animarum* (1482) die beiden ersten Wege, auf denen die Seele natürlicherweise drängt, die Eigenschaften Gottes zu erwerben. Faust als der moderne Mensch, der sich dieses Eros – so nennt Ficino (und Goethe V. 8479) den »dunkeln Drang« (V. 328) aller Wesen zu Gott zurück – bewusst geworden ist, verfolgt nun diese Richtungen nicht mehr nur unbewusst und simultan, sondern konzentriert sich jeweils auf eine der Richtungen und verwandelt damit den »dunkeln Drang« in ein Streben. Für dieses gilt: »Es irrt der

Mensch so lang' er strebt« (V. 317), und zwar nicht wegen der Bemühung und nicht wegen der Richtung – beide sind in Goethes Sinne »unbedingt« und dem Menschen eingeschrieben –, sondern wegen der bewussten Konzentration und beabsichtigten Ausschließlichkeit: Damit »beschränkt« der Mensch sich selbst, vernachlässigt die anderen Richtungen und gerät in den von Goethe beschriebenen inneren Widerspruch von Progress und Retardation, Trotz und Zagheit, die das unglückliche moderne Bewusstsein kennzeichnen. Schon im Kommentar zu *Der Tragödie Erster Theil* wurde darauf hingewiesen, dass durch den Widerspruch zwischen dem Unbedingten und dem Beschränkten eine anthropologische, durch die Verschärfung des unbedingten Drangs zum bewussten Streben eine spezifisch moderne Tragik entsteht, die jeden der Versuche Fausts scheitern lässt.

Diese Versuche – eine tragische Bilanz der Neuzeit (vgl. Gaier 2000, S. 15–56) – setzen nach den beiden Anläufen im *Ersten Theil* nun in jedem der fünf Akte höher an und stürzen entsprechend tiefer und folgenschwerer ab, »edler, würdiger, höher« irrend. Der Reihenfolge der von Ficino aufgeführten Richtungen gemäß will Faust im 1. Akt »alles leisten und alles beherrschen«, im 2. Akt »überall und immer sein«, im 3. Akt »die vier Herrschertugenden der Voraussicht, Gerechtigkeit, Stärke und Mäßigung«, im 4. Akt »den höchsten Grad von Reichtum und Lust« und im 5. Akt »sich verehren wie Gott«. Die Entfaltung dieser Strebungen und ihr Scheitern wird in den Aktkommentaren besprochen. – Wird in jedem der Akte eine der Richtungen durch Fausts strebende Konzentration betont, so bleiben als Kontinuitätselement die anderen Richtungen als natürlicher Drang der Seele zurück zu Gott in Kraft und konstituieren einen religiösen, naturphilosophischen, magischen, historischen, soziologischen, ökonomischen und anthropologischen Diskurs (vgl. LGF 3–9), die man als durchgängige Lesarten des *Faust* bezeichnen kann. Diesen Diskursen folgt Goethe auf höchst komplexe Weise. So hat er im *Ersten Theil* eine Reihe chronologischer Markierungen und Datierungen durch Hinweis auf Erfindungen, historische und kulturelle Ereignisse eingeführt, die von der spätmittelalterlichen Studierstube Fausts bis zum Spott über eine Schrift des Proktophantasmisten Nicolai von 1799 und den Namenswechsel einer Zeitschrift 1800/01 den Weg der Neuzeit anzeigen und den Handlungen und Erlebnissen der Figuren einen die Epochen sowohl bezeichnenden wie deutenden Charakter verleihen. Unter diesem Gesichtspunkt erscheint der Wechsel der »Mäskchen« (V. 3539) des negativen Prinzips – »was ihr Sünde, / Zerstörung, kurz das Böse nennt« (V. 1342 f.) – als höchst bedeutsam: Der sich vom Zwang des Mittelalters emanzipierende Mensch ruft es als im Pudel dressierte Natur, der Gelehrte stellt es sich als fahrenden Gelehrten gegenüber und meint es damit beherrschen zu können (*Studirzimmer [I]*, V. 1509), es erscheint in der Kleidung des hohen Adels (V. 1535) und lockt weg von der Wissenschaft in den parasitären Lebensgenuss dieser Schicht, die dann mit Illusionistentricks das Freiheits- und Genussbedürfnis des Volks in Kannibalismus umdreht (*Auerbachs Keller*, V. 2313–23). Das Prinzip reflektiert seine Modernisierung, Vervielfältigung in »die Bösen« und tritt mit dem Kapitalistentitel des Barons im Kontext der Revolutionsanspielungen in *Hexenküche* auf (V. 2495–2511); die Walpurgisnacht findet auf dem Palast des Mammon statt, und der Teufel in alter Gestalt erscheint dort zum letzten Mal (V. 4065, 4093): Wenn Faust, die moderne Experimentalfigur im Kampf zwischen Herr und Satan/Mephistopheles um den Menschen, sich durch Sinnlichkeit nicht mehr verführen lässt, wird die Strategie der Hölle auf die Verführung mit Geld umgestellt. In der Tat, Faust verfällt der jungen Hexe nicht: Der 1. Akt bringt die Einführung und inflationäre Vervielfältigung deckungslosen Papiergelds, wie es vor allem Frankreich und Österreich in den Jahren der Koalitionskriege und der napoleonischen Kriege 1792–1814 ausgaben; der 2. und 3. Akt zeigen, wie die für die Finanzen des Reichs verantwortlich Gemachten (V. 6131–40) in ihren klassisch-romantischen philhellenischen Träumereien der beginnenden Restaurationszeit 1815–1824 (Tod Byrons/Euphorions am Ende des 3. Akts) ihre Aufgabe vernachlässigen und das Reich auf schlimmste Weise herunterkommen lassen, was sich im 4. Akt erweist. Jetzt ist Mephistopheles der Anwalt des Fortschritts (V. 10067), jenes Fetischs, der, in den letzten Lebensjahren Goethes etabliert, das 19. Jh. bestimmte. Der Böse erfindet auch das Prinzip der Manipulation der Volksmassen durch die Instinkte der Aggression, der Habgier und des Geizes; sie sind es, die schon in den Revolutionsheeren sich ausgetobt haben, nun in der Julirevolution 1830 das Geschehen bestimmen und im 5. Akt durch »Krieg, Handel und Piraterie« (V. 11187) für Faust den »Welt-Besitz« (V. 11242) erkämpfen – ein deutlicher Hinweis auf den Kolonialismus und Imperialismus Frankreichs und Großbritanniens im 19. Jh.; die Herstellung großer Hafenbauten durch Arbeitermassen und ersten Einsatz von Maschinen verweist wie das saint-simonistische Gesellschaftsexperiment auf Fausts paradiesischem Traumland auf 1827 (Gründung Bremerhavens, riesige Hafenbauten) bzw. 1830, der Blüte der saint-simonistischen Bewegung, die Goethe durch Lektüre der Zeitung *Le Globe* interessiert verfolgte.

Die historischen Markierungen hat Goethe also konsequent bis 1830 weitergeführt; parallel wurden hier als Beispiel die verschiedenen Masken des negativen Prinzips »Mephistopheles« aus dem religiösen Diskurs angeführt, um klarzumachen, dass in den genannten Lesarten und Diskursen die historischen Veränderungen mitreflektiert werden und im *Zweyten Theil* ungefähr die Zeit von 1800 bis 1830 in Goethes Analyse und Deutung zeigen. Getreu der Auffassung des modernen Geistes als unglücklich gespannt zwischen Progress und Retardation, Voreilung und Selbstbehinderung (*Materialien zur Geschichte der Farbenlehre*; AG 16, S. 394 f.) setzt Goethe der jeweils neuen Epoche eine ältere entgegen, wobei die Amplitude gegen den »höher« strebenden, in Faust verkörperten »Zeiten Geist« (Paralipomena, S. 600) immer größer wird. Hatte der *Erste Theil* 16. und 18. Jh. so gegeneinandergestellt, dass im Gelehrtendrama das 16., im Gretchendrama das 18. Jh. prominent war und damit der Weg von einer Renaissance mit der »Zukunft im Blut« zu einer Spätaufklärung mit der Renaissance in den Knochen plausibel wurde, so greift der *Zweyte Theil* weiter aus: Der 1. Akt greift mit Kaiser Karl IV. ins 14. Jh. zurück, die *Classische Walpurgisnacht* spielt auf dem Kampfplatz der Schlacht von Pharsalos 48 v. Chr., der 3. Akt beginnt nach dem Trojanischen Krieg und umfasst bis 1824 phantasmagorisch »3000 Jahre«, wie Goethe seinen Briefpartnern stolz mitteilte. Dreistufig phantasmagorisch bleibt der 4. Akt, indem er die zeitgenössische Situation mit dem Krieg Karls IV. gegen Günther von Schwarzburg (1349) und mit dem Krieg Davids gegen die Philister konfrontiert, denn Mephistopheles mobilisiert die »Helden Davids« nach der von Goethe angegebenen Stelle aus dem Alten Testament (2. Sam. 23,8–12). Antiker Mythos (Philemon und Baucis), erstes und zeitgenössisches Paradies auf der apokalyptisch »neusten Erde« (V. 11566, Offb. 21,1), spätmittelalterliche Gemälde in den Schlussszenen und barocker Ziergarten um Fausts Mammonspalast machen den 5. Akt zum Höhepunkt des phantasmagorisch Zeitumspannenden mit der Amplitude vom Weltbeginn bis zum Weltende.

Die historische Lesart ist damit keineswegs ausgeschöpft – Entwicklungslinien wie die Helena-Suche und -Konkretisierung oder die Maskenreihe des negativen Prinzips sind nur Beispiele für die Entwicklungen in allen Lesarten, die in LGF ausführlich dargestellt werden. Jede dieser Linien ist reich an Aussagen und Deutungen zur Geschichte neuzeitlichen Denkens und Handelns. Wie viele Dichtungen dieser Zeit ist der *Faust* damit eine Dichtung, die wissenschaftlich oder philosophisch relevante und diskutierbare Aussagen enthält und so ein »Text über Texte« ist; Goethe hätte gewissermaßen Abhandlungen über diese Gegenstände schreiben können, so wie er es zur Farbenlehre und zu ihrer Geschichte getan hat. Die Versuche zur säuberlichen Trennung von dichterischen und abhandelnden Texten stammen aus späterer Zeit und können in einer Epoche nicht greifen, wo Philosophen wie Rousseau (1712–1778) philosophische Romane wie den Erziehungsroman *Émile* und Dichter wie Lessing (1729–1781) Religionsphilosophie in Abhandlungen wie in Dichtungen dargestellt haben, von Dichterphilosophen wie Schiller (1759–1805), Friedrich Schlegel (1772–1829), Jean Paul (1763–1825), Hölderlin (1770–1843), Novalis (1772–1801) ganz zu schweigen. Zur Dichtung wird dieser Text aus Abhandlungen in diesem Bezug durch die Gleichzeitigkeit, mit der die Aussagen über Religion, Naturphilosophie usw. bis Anthropologie gemacht werden und die jeder Stelle des Textes eine potentiell unausschöpfbare Mehrdeutigkeit und Beziehungsdichte verleihen. Sie sind dann im Wortsinne *sýmbolon*, das Zusammengeworfene, das immer noch mehr bedeutet und Perspektiven eröffnet. So enthält die Zeile »Am farbigen Abglanz haben wir das Leben« (V. 4727) eine lebens- und eine »farbentheologische« (Albrecht Schöne) Aussage, spricht in der Zweideutigkeit von »haben« (erkennen können, besitzen) über die »Magie der Wissenden«, die sich trotz ihres Besserwissens in die Illusion des Besitzens hineintäuschen lassen; damit wird über ihre besondere historische Ausprägung anhand des Papiergelds, mithin über ein ökonomisches und nach Ausweis der Mummenschanz die Gesellschaft umgestaltendes (soziologisches) Prinzip geredet; endlich ist in dem »haben wir« wieder einmal die anthropologische Begrenzung angesprochen. Es sind die Leitdiskurse, die Haupt-Lesarten, die sämtlich in dieser Zeile verknotet sind und sie damit unabsehbar bedeutend machen. Johann Georg Hamann (1730–1788), von dem Goethe diese hieroglyphische Verdichtung gelernt hat, sprach von einem »Knäuel vortrefflicher Begriffe« (Hamann, *Sokratische Denkwürdigkeiten*, S. 29), dessen Wirkung die einer ästhetischen Idee im Sinne Immanuel Kants (1724–1804) ist, denn hier kann der Verstand zwar einzelne Begriffe herausziehen, wird aber nie fertig damit, vor allem nicht mit dem Phänomen ihrer Verdichtung, und mithin anschauend auf sich selbst zurückgeführt. Über Hamanns »Begriffe« hinaus handelt es sich überdies um ein Bild, das mit der Zeile gedeutet wird, so dass die Einbildungskraft über den Verstand hinaus angesprochen ist; der Regenbogen ist natürlich auch biblisch und farbentheologisch bedeutungsvoll.

Nun trifft es sich, dass Faust, den Regenbogen schauend, eine intertextuelle Antwort auf Byrons *Manfred* (s. LGF 10) gibt, jenes Stück, mit dem Byron auf Goethes *Faust I* Bezug nahm. Damit wird die zweite Qualität des *Faust* sichtbar: Er ist Dichtung über Dichtungen. Von den reichen intertextuellen Bezugnahmen im *Ersten Theil* werden in den *Zweyten Theil* insbesondere die theologisch und anthropologisch relevanten Geschichten von Adam, Moses, Hiob und die ästhetisch-poetologisch relevante lyrische *Pygmalion*-Szene Rousseaus hinübergeführt (s. LGF 10). Tragend im *Zweyten Theil* mit wichtigen Markierungen in jedem Akt sind Dantes *Divina Commedia* und Byrons Werke (s. LGF 10). Mit der Figur des Euphorion setzt Goethe Byron ein Denkmal: »Ich konnte als Repräsentanten der neuesten poetischen Zeit […] niemanden gebrauchen als ihn, der ohne Frage als das größte Talent des Jahrhunderts anzusehen ist. Und dann, Byron ist nicht antik und ist nicht romantisch, sondern er ist wie der gegenwärtige Tag selbst. Einen solchen mußte ich haben« (5. Juli 1827; GmG, S. 265). Die Hochschätzung stimmt mit der für Dante überein, für den Goethe nicht einmal der Ausdruck »Talent« genügte: Er nannte ihn »eine Natur […], als womit er ein Umfassendes, Ahndungsvolleres, tiefer und weiter um sich Blickendes ausdrücken zu wollen schien« (3. Dezember 1824; GmG, S. 137). Obwohl die Frühromantiker ihn als romantischen Dichter gesehen hatten, betonte Goethe die »Kultur von Jahrhunderten«, die Dante hinter sich habe und die ihn groß erscheinen lasse (20. Oktober 1828; GmG, S. 309): Das ist wohl ein Hinweis darauf, dass auch Dante ihm »nicht antik und nicht romantisch« erschien, sondern als »Natur«, ebenfalls »wie der gegenwärtige Tag«. Dante und Byron, denen die kontinuierlichsten intertextuellen Beziehungen im *Zweyten Theil* gelten, sind mithin vergleichbar und zugleich komplementär als mittelalterlich und modern, Dante als antike Kultur zusammenfassend und in die Moderne weiterreichend, Byron als moderne Kultur repräsentierend und das Antike mit Leib und Seele suchend.

Auf weitere intertextuelle Beziehungen gehen die Aktkommentare ein. Besonders interessant sind im *Zweyten Theil* die Beziehungen zu Gemälden (vgl. Gaier 2000, S. 92–136), die in den zwei Schlussszenen so intensiv werden, dass Goethe gewissermaßen den Bildern das Wort gibt und überlässt. Das poetische Verfahren der Prologisierung, das er im *Ersten Theil* eingeführt hatte, um konzeptionelle Unterschiede der zu verschiedenen Zeiten entstandenen Partien auszugleichen, wird im *Zweyten Theil* mit Ausnahme des 3. Akts konsequent weitergeführt: Der 1. Akt beginnt mit der Alpenszenerie von *Anmuthige Gegend* und spielt danach in der Burg Nürnberg; die beiden ersten Szenen des 2. Akts spielen in Fausts alten Räumen; der 3. Akt hätte mit der großen Rede vor Proserpina beginnen sollen; der 4. Akt beginnt mit Fausts resümierendem Monolog; der 5. Akt lässt Fausts und Mephistos Unternehmungen zunächst im Blick der Betroffenen sich spiegeln. Die Funktion des Epilogs, die unter manchen Gesichtspunkten der Walpurgis-Komplex im *Ersten Theil* übernommen hat, wird im *Zweyten* durch die Szenen *Grablegung* und *Bergschluchten* erfüllt. Die Akte sind trotz der vielen gedanklichen und motivlichen Bezüge in sich geschlossene Einheiten. So sagte Goethe anlässlich des 4. Akts: »Dieser Akt bekommt wieder einen ganz eigenen Charakter, so daß er, wie eine für sich bestehende kleine Welt, das übrige nicht berührt, und nur durch einen leisen Bezug zu dem Vorhergehenden und Folgenden sich dem Ganzen anschließt« (13. Februar 1831; GmG, S. 461). Die Poetik des Verfahrens der Zusammenstellung selbstständiger Einheiten beschreibt er so: »Da sich manches unserer Erfahrungen nicht rund aussprechen und direct mittheilen lässt, so habe ich seit langem das Mittel gewählt, durch einander gegenübergestellte und sich gleichsam in einander abspiegelnde Gebilde den geheimeren Sinn dem Aufmerkenden zu offenbaren.« (23. September 1827; Gräf II,2, S. 413 f.) Die Selbstständigkeit der »Gebilde« zeigt sich auch in der Verwendung literarischer Formen, angefangen von charakteristischen Metren – Dantes Terzinen (V. 4679–4727), die jambischen Trimeter der antikisierenden Tragödie am Beginn des 3. Akts, die barocken Alexandriner in der Schlussszene des 4. Akts zum Beispiel – über die Konstruktion von Sachverhalten aus Mosaiksteinchen der künstlerischen Tradition – die »Geburt der Helena aus der Literatur« oder die Teufels- und Himmelsvorstellungen der Schlussszenen durch Bildmontagen zum Beispiel – bis zur Verwendung von Stücktypen aus der Gattungstradition des Theaters: Maskenzug und Phantasmagorie im 1. Akt; »Schauderfest« (V. 7005) und Meerescorso mit Galatee nach Calderóns *El mayor encanto Amor* im 2. Akt; Fragmente von klassizistischer Tragödie, romantisch-mittelalterlichem Ritterstück und Oper im 3. Akt; Komisierung des Kriegs nach Byrons *Don Juan* und Parodie der Haupt- und Staatsaktionen im 4. Akt; Satyrspiel, Himmel- und Höllenspiel nach griechischer bzw. spätmittelalterlicher Gattungstradition am Ende des 5. Akts.

Erster Act

Entstanden nach Vollendung des Helena-Akts 1827/28 und teilveröffentlicht 1828, gehört der 1. Akt zu den »Antecedenzien« der Helena, soll also zu diesem Höhe- und Mittelpunkt des *Zweyten Theils* hinführen. Das bedingt keineswegs Unselbstständigkeit und bloße Funktionalität, wohl aber den Rückgriff in die Faust-Sage nicht nur für die Beschwörung Helenas als »Schlaffweib«, mit dem er einen Sohn Justus Faustus hat (*Historia*, S. 110), sondern auch für die Beschwörung berühmter Personen auf Wunsch des Kaisers. In der *Historia* wünscht Karl V. in Innsbruck, Faust möge ihm Alexander den Großen mit seiner Gattin herbeirufen. Das Motiv ist nicht Schönheit, denn Alexander ist »ein wolgesetztes dickes Männlein / rohten oder gleichfalben vnd dicken Barts / roht Backen / vnd eines strengen Angesichts / als ob er Basilisken Augen hett«, sondern er will die »lucern vnd Zierd aller Keyser« sehen (*Historia*, S. 78).

Goethe zieht also die beiden Geschichten zusammen und kann dadurch, nach den ersten Schönheitserfahrungen in *Vor dem Thor*, in *Hexenküche* und mit Margarete als Proto-Helena, weitere Vorstufen einbauen: Helena als lebloses Dia-Bild, Helena aus der Sicht eines Augenzeugen (2. Akt), endlich, im 3. Akt, Helena als Rolle einer unbekannten Spielerin in dem gemeinsam aufgeführten »Stück« (BA nach 10038).

Den Kaiser und den Ort der Beschwörung lässt Goethe in den Entwürfen mehrfach wechseln, einmal ist es Maximilian auf dem Reichstag zu Augsburg (Paralipomena, S. 611), dann ein nicht namentlich genannter Kaiser bei der Krönung in Frankfurt (ebd. S. 614); die vorletzte Ankündigung des Helena-Akts spricht von einem »großen Feste an des deutschen Kaisers Hof« (ebd. S. 619), die endgültige Ankündigung lässt den Kaiser ganz weg und motiviert damit nicht, warum Faust gerade Helena »in's Leben heraufzuführen« sucht (ebd. S. 629). Die endgültige Fassung nennt den Kaiser zwar auch nicht, macht aber in Kombination mit dem Geschehen im 4. Akt wahrscheinlich, dass Goethe an Karl IV. und die Burg Nürnberg als Kaiserpfalz dachte, deren Räumlichkeiten sich auch in den Szenenangaben wiederfinden. Mit Karl IV. (1316–1378) war nicht nur auf die intensive Italienpolitik der Luxemburger, die Kaiserkrönung durch den Papst 1355, die Einführung der Renaissancefestlichkeiten, mithin des »wilden Karneval«, und die Erlaubnis zum Schembartlaufen der Nürnberger Metzger 1349 angespielt (V. 4767, 5068–75), sondern auch auf den »kaiserlichen Kaufmann«, der eine »Kapitalisierung der Politik« betrieb und so mit seinem Gegenkönig Günther von Schwarzburg (1304–1349) beziehbar war auf den letzten Kaiser des Heiligen Römischen Reichs Franz II. (1768–1835) mit seinem »Gegenkaiser« Napoleon, der Kapitalisierung der Politik und die Ausgabe von Papiergeld, nicht zu reden vom Glanz der Wiener Hofkunst, Hoffeste und Musik.

Die Wahl dieser Kaiserfigur bündelt zentrale Motive des Aktes unter dem Gesichtspunkt einer Magie der Wissenden, die trotz vollen Bewusstseins, dass es sich um Schein handelt, den Schein für Realität nimmt: Faust will, obwohl ihm Mephistopheles zuruft: »Machst du's doch selbst das Frazzengeisterspiel!« (V. 6546), das Dia-Bild der Helena dem Dia-Bild des Paris abjagen und sich bewusst ein »Doppelreich« aus Wirklichkeit und Geist bereiten (V. 6553–55), wie ja auch die Damen und Herren des Hofes nicht nur die Erscheinung, sondern auch das Verhalten der »Gespenster« beurteilen, als wären sie real. Das spiegelt sich im Umgang mit dem Papiergeld, von dem jeder weiß, dass es substantiell keinen Wert hat; es wird als gültiges Zahlungsmittel akzeptiert, weil der Kaiser unterschrieben hat, und der lässt es gelten, weil die Leute daran glauben (V. 6083–85). Da wie bei allen modernen Währungen eine Realdeckung nur versprochen (schon um 1800 nur zukünftig vermutet) wurde, funktioniert die Wirtschaft wie bei der falschen Helena – »Papiergespenst der Gulden« (V. 6198).

Die Szene *Mummenschanz* spielt durchweg mit der Bereitschaft der Masken, Maske für Realität, Schein für Wirklichkeit zu nehmen. So fordert der Herold gleich anfangs auf, »Krämerinnen wie die Waare« zu umdrängen (V. 5115); der Zoilo-Thersites mit seinen Verwandlungen kann allen den Spaß verderben (V. 5485–93); nach den vom Knaben Lenker in die Luft geschnippten Kleinodien hascht die Menge, obwohl sie sich als Käfer und Schmetterlinge erweisen: »Wie doch der Schelm so viel verheißt, / Und nur verleiht was golden gleißt!« (V. 5604 f.) Mephistopheles gelingt es, mit den Frauenmasken einen bis zu Handgreiflichkeiten gehenden Streit anzufangen; die Drachen »von Holz und Pappe« (V. 5673) bewegen sich, speien Feuer und vertreiben alle; das Scheingold in der Schatztruhe verleitet zu Raubgelüsten, der in die glühende Masse getauchte Heroldstab schafft eine neue (Gesellschafts-)Ordnung, der Kaiser, gierig in die Höllenkiste blickend, verliert seine Maske – das ist in dieser Szene der Höhepunkt des Tauschs von Schein und Realität – und setzt sich und viele Masken in Brand; auch diese Katastrophe ist nur Schein, wird aber real durchlitten. Die »Theorie« dieser Magie der Wissenden ist in der Zeile »Am farbigen Abglanz haben wir das Leben« (V. 4727) formuliert, wo das »haben« zweideutig die Erscheinung, durch die uns das Leben erkennbar wird und gegeben ist, wie auch den Besitz, die Verfügung darüber meinen kann: Der Akt zeigt, wie alle »Erscheinung« wissen, aber »Besitz« hoffen, danach haschen und momentan auch das Kleinod halten. Oder wie der kluge Hofnarr, der seine Papiergeldscheine sofort in Ländereien umsetzt und von Mephistopheles für seine Klugheit gelobt wird (V. 6172).

Das schnelle Ergreifen der sich bietenden Gelegenheit gehört zu der Handlungsorientierung, mit der die Elfen den schlafenden Faust in den Tag entlassen: »Alles kann der Edle leisten, / Der versteht und rasch ergreift« (V. 4664 f.). Nach Ficino ist die dritte Strebung der Seele, Gott zu werden, »alles zu leisten und zu beherrschen«. Mit dem Geld, das sie in die marode Wirtschaft des Reichs pumpen, beherrschen Mephistopheles und Faust alles, denn »Gold ist so unbedingt mächtig auf der Erde, wie wir uns Gott im Weltall denken« (*Materialien zur Geschichte der Farbenlehre*; AG 16, S. 391). Wie schon das Scheingold die Ordnung der Gesellschaft, die Abhängigkeiten, Befehlsstrukturen umorganisiert, zeigt bereits die *Mummenschanz*; der Trick mit dem Papiergeld katapultiert die beiden in höchste Staatsämter und macht sie zu »Meistern« des Staatsschatzes und Beauftragten für das Bergwerkswesen (V. 6131–42) – Aufgaben, die sie sträflich vernachlässigen. Das Geld »leistet«, d. h. verschafft und erbringt auch alles, vor allem das Papiergeld, wie Mephistopheles mehrfach (V. 4965–70, 6097–6110) bemerkt, vor allem aber die Hofbeamten zu rühmen wissen, die plötzlich alle Schulden bezahlen und ihre verschiedenen Aufgaben wieder erfüllen können. So ist der alles leistende und beherrschende Erfolg des Papiergelds ein Effekt der handstreichartigen Einführung, des Verstehens und raschen Ergreifens durch »Begabten Mann's Natur- und Geisteskraft« (V. 4896). Auch der Raub des Dreifußes und der Helena-Bilder bei den Müttern muss handstreichartig geschehen, und so ist Fausts Versuch, den Räuber der Helena bei seinem mythischen Geschäft zu verdrängen und zu ersetzen, wieder ein Handstreich; er misslingt, weil sich die Grenze zwischen mythisch-bildlicher und menschlich-wirklicher Existenz nicht durchbrechen lässt – auch nicht im 3. Akt, wie sich zeigen wird.

Die Szene *Anmuthige Gegend* fungiert als Prolog. Sie ist szenisch vom Rest des Akts abgehoben, begründet nach den Schrecken des Gretchendramas Fausts neue zupackende Aktivität, führt die neue Strebung nach Erfolg ein und stellt ihren prinzipiell magischen Charakter des Übergangs zwischen Schein und Sein in Verbindung zu anderen Bedeutungsdimensionen. Die Zeile vom farbigen Abglanz ist nicht nur paradigmatisch für den Tausch zwischen Erscheinung und Besitz, sie ist zugleich eine fundamentale lebens- und lichttheologische Aussage und leitet damit die religiöse und naturphilosophische Lesart ein, die ja auch im Regenbogen angesprochen sind. Der rasch Ergreifende stellt sich im Handstreich über die zaudernde Menge: Damit ist die soziologische, mit seinem »leisten« die ökonomische Lesart eingeleitet. Anthropologisch ist *Anmuthige Gegend* deshalb bedeutsam, weil Faust nach seinem Schlaf »des Vorwurfs glühend bittre Pfeile« (V. 4624) nicht mehr spürt. Die elbischen Naturmächte lassen ihn mit »Tau aus Lethe's Flut« (V. 4629) vergessen, nicht nur den erlebten »Graus«, sondern auch seine Schuld und den »grimmen Strauß« in seinem Herzen, d. h., sie beseitigen aus ihm die im *Ersten Theil* ihn beherrschende Sinnlichkeit und Leidenschaft, seine Subjektivität und sein Gewissen: Sie amputieren seine sittliche Persönlichkeit, die auch hinfort keine Rolle mehr spielt.

> Wenn man bedenkt, welche Greuel, beim Schluß des zweiten Akts auf Gretchen einstürmten und rückwirkend Fausts ganze Seele erschüttern mußten, so konnt' ich mir nicht anders helfen als den Helden, wie ich's getan, völlig zu paralysieren und als vernichtet zu betrachten, und aus solchem scheinbaren Tode ein neues Leben anzuzünden. Ich mußte hiebei eine Zuflucht zu wohltätigen mächtigen Geistern nehmen wie sie uns in der Gestalt und im Wesen von Elfen überliefert sind. Es ist alles Mitleid

> und das tiefste Erbarmen. Da wird kein Gericht gehalten und da ist keine Frage, ob er es verdient oder nicht verdient habe, wie es etwa von Menschen-Richtern geschehen könnte. (GmG, S. 794 f.)

– oder wie Faust nicht als Naturwesen, sondern als sittlicher Mensch es sich eingestehen müsste. *Faust* ist wie etwa *Götz von Berlichingen* ein Verstümmelungsdrama. Wie durch den Verjüngungstrank die Einheit von Körper und Geist, so wird hier durch den Heilschlaf die leidenschaftlich-sittliche Persönlichkeit, am Ende des 1. Akts »des Lebens Athemkraft« (V. 6493) durch die Explosion weggenommen, als Faust noch einmal durch die Gewalt seiner besitzgierigen Leidenschaft zum Narren gemacht wird. Im 2. Akt lädt er sich geistig mit den Eigenschaften antiker Heroen auf und verliert so seine Identität; im 3. Akt verspielt er mit Helena die Schönheit der gegenwärtigen Welt, so dass am Anfang des 4. Akts »das Beste meines Innern« aus ihm fortgezogen werden kann (V. 10066). Im 4. Akt propagiert er »That« (V. 10188) und kann nur andere für sich tun lassen, im 5. Akt versagt sein Körper. Diese anthropologische Verlustgeschichte wird durch den Zugewinn an Höhe und öffentlicher Bedeutung von Fausts Wirksamkeit kompensiert. So ist Faust die Experimentalfigur, aufgrund derer, wie in *Walpurgisnacht* gezeigt, die Hölle ihre Strategie von sinnlicher Verführung der Menschheit auf ihre Verführung durch das Kapital umstellt. Damit tritt Faust im 1. Akt jetzt in die öffentliche Wirksamkeit ein, die sich bis zum »Welt-Besitz« steigert. Insofern nimmt der 1. Akt als Beginn des »Cursus« in der »großen Welt« (V. 2052–54) eine Stelle ein, die ihn zu Recht an den Anfang des *Zweyten Theils* stellt.

Der 1. Akt beginnt mit der Szene *Anmuthige Gegend* auch eine doppelte Intertextualität, die sich leitend durch den *Zweyten Theil* zieht: einerseits zu Dantes *Divina Commedia*, prominent mit Fausts Terzinenmonolog einsetzend, andererseits zum Werk Byrons, dessen Faust-Drama *Manfred* die magische Strophe der Elfengesänge entnommen ist; Byron wird ja auch als Knabe Lenker und Euphorion »persönlich« in den *Faust* eingeführt (über die Bedeutung beider für den *Faust* vgl. S. 838 f.). Die beiden Gewährsmänner markieren hier auch die historischen Perioden, die im 1. Akt aufeinander projiziert werden. Dasselbe gilt für den Maskenzug der beginnenden Renaissance, der in *Mummenschanz* aus Italien importiert wird, und am Schluss des Akts für die Phantasmagorie, jene Vorform des Films, mit der Faust den »Raub der Helena« projiziert.

Anmuthige Gegend

Unruhig wie zu Beginn des *Ersten Theils*, wird Faust hier nicht von Verzweiflung über die Sinnlosigkeit seines Forschens, sondern von Vorwürfen geplagt, die er sich wegen seiner Schuld an Margarete, ihrer Mutter, ihrem Bruder, dem gemeinsamen Kind macht. Der Dämon Ariel, Helfer des Prospero in Shakespeares *Tempest* gegen die finsteren Zaubermächte und schon bekannt aus dem *Walpurgisnachtstraum* als zweideutiger Führer aus der politischen Realität ins romantische Traumland (vgl. Anm. zu V. 4394), lässt in wiederum zweideutiger Weise die Elfen vier Leistungen an Faust vollbringen: Einschlafen Lassen, Vergessenheit Schaffen, Krampf Lösen und Stärken, dem Tageslicht Zurückgeben. Zweideutig sind die Leistungen, weil sie Faust nicht nur wieder beleben, sondern weil sie, wie im Aktkommentar besprochen, mit den schrecklichen Bildern und den leidenschaftlichen Zuständen auch seine sittliche Persönlichkeit aus seiner Seele fegen. Die Szene geschieht in anmutiger Gegend, einem klassischen *locus amoenus* mit See, Bergbach, Blumenwiese einer Alpe im Hochgebirge (im Gegensatz zum *locus terribilis* zu Beginn des 4. Akts), und betont damit den reinen Naturcharakter, die mit dem arkadischen Zustand verbundene sittliche Neutralität der Erquickung. Die Hochgebirgssituation mit Blick auf die hinter den Gipfelriesen hervortretende Sonne und dem Blick auf den Weg zurück und auf den über den Sturzbach sich wölbenden Regenbogen markiert gleich doppelt Dantes *Divina Commedia* und Byrons *Manfred* (s. LGF 10). Im *paradiso terrestre* (vgl. V. 4694) auf dem Gipfel des Läuterungsbergs wird Dante von Beatrice empfangen und in den Feuerhimmel geführt (*Paradiso* I,79–81), wobei ihm auch durch Beatrices Augen die Fähigkeit gegeben wird, ungeblendet in die Sonne zu schauen (*Paradiso* I,53 f.). Faust, noch ohne ›Beatrice‹, wird geblendet, wendet sich um, begnügt sich mit dem farbigen Abglanz und geht gleichsam den Läuterungsberg wieder hinunter. Elemente aus dem 1. Gesang des *Inferno* scheint Goethe hier eingebaut zu haben, wo Dante, aus einer Waldschlucht heraustretend, bergan stieg, als die hinter den Bergen aufgehende Sonne gerade ihre Konturen erstrahlen ließ. Am weiteren Aufstieg hindern ihn Pardel, Löwe und Wölfin, die Allegorien von Lüsten, Hochmut und Habgier, die ihn in die fürchterliche Schlucht wieder hinabdrängen, wo ihn dann im Auftrag Beatrices Vergil rettet und durch die Hölle zum irdischen Paradies führt. Ohne solche Leitung kehrt Faust sich der Welt zu, den bunten Lustbarkeiten, dem Stolz des Kaisers, der Habgier der Menschen, denen er selbst nun nicht wie Dante zu erliegen droht, sondern mit denen er die Menschen zu beherrschen und zu manipulieren plant: Der Moderne hat keine himmlische Helferin, sondern einen teuflischen Knecht; er ist nicht, sondern macht andere abhängig von Leidenschaften und beherrscht sie damit.

Für Goethe war der *Faust I* »die Quelle aus der Byron die Stimmung zu seinem ›Manfred‹ geschöpft« (GmG, S. 546). Das trifft für dieses dramatische Gedicht von 1817 zu, wie Byron in *Deformed Transformed* einen Teufel einführte, der »ein fortgesetzter Mephistopheles« war, was Goethe durchaus anerkannte (GmG, S. 148). Alpenszene, Unruhe, Geisterkreis, Beseitigung des Vorwurfs, Wassersturz und Regenbogen sind Motive aus *Manfred* in *Anmuthige Gegend*, wie der Griff nach der Geisterfrau, die verschwindet und Manfred ohnmächtig zurücklässt, am Ende des 1. Akts verwendet wird. Vor allem stammt daher auch die magische Strophe des Geistergesangs, die Goethe aus dem drohend Verzaubernden ins Betörende abwandelt (V. 4634–65), wobei er prinzipiell aber den vierhebigen Trochäus beibehält: »When the moon is on the wave, / And the glow-worm in the grass, / And the meteor on the grave, / And the wisp on the morass; / When the falling stars are shooting, / And the answered owls are hooting, / And the silent leaves are still / In the shadows of the hill, / Shall my soul be upon thine, / With a power and with a sign.« (Byron Bd. II, S. 314) Diese Beziehung der Geisterstrophe zu dem Elfengesang macht die »eigentlich ironischen Anträge« der Geister deutlicher, von denen Goethe in einer zusammenfassenden Inhaltsangabe des 1. bis 4. Akts nach älterem Plan spricht (Paralipomena, S. 611). – Dem stehen metrisch die von Dante für die *Divina commedia* entwickelten Terzinen Fausts gegenüber.

BA vor 4613 *Anmuthige Gegend … Aeolsharfen begleitet:* Die »anmutige Gegend«, der *locus amoenus*, hat poetische Tradition bis in die Antike und ist die Landschaft, die auch die in ihr auftretenden Menschen natürlich erscheinen lässt oder zur Natur zurückführt. Als Hochgebirgslandschaft ist sie dem »gräßlich gähnenden Gestein« (V. 10070) entgegengesetzt. Fausts Unruhe erinnert wie auch andere Motive in dieser Szene an den Beginn des *Ersten Theils*; während ihn dort die Verzweiflung über die Sinnlosigkeit seines Tuns quält, so ist es hier der Vorwurf, den er sich Margaretes, ihrer Mutter, ihres Bruders und des gemeinsamen Kindes wegen zu machen hat. Von beidem befreit die Magie – hier die Magie der »Natur« –, die dort sein wissenschaftliches, hier sein sittliches Gewissen amputiert. Von den Geisterchören schreibt Goethe in einem früheren Entwurf: »Er ist umgeben von Geister Chören, die ihm in sichtlichen Symbolen und anmutigen Gesängen die Freuden der Ehre, des Ruhms, der Macht und Herrschaft vorspiegeln. Sie verhüllen in schmeichelnde Worte und Melodien ihre eigentlich ironischen Anträge. Er wacht auf, fühlt sich gestärkt, verschwunden alle vorhergehende Abhängigkeit von Sinnlichkeit und Leidenschaft. Der Geist, gereinigt und frisch, nach dem Höchsten strebend« (Paralipomena, S. 611). Genauso zweideutig ist die Figur des Ariel, ursprünglich aus Shakespeares *Tempest*, die schon am Ende des *Walpurgisnachtstraums* zur Flucht aus der harten politischen Realität in einen romantisch verschwebenden Traum eingeladen hat: Faust erwacht zwar »frisch lebendig«, unternehmend und strebend, aber gewissenlos: Schon die Maxime, durch Ergreifen der sich bietenden Gelegenheit zum Erfolg zu kommen, ist sittlich wertfrei und rechtfertigt ein Handeln nur durch den Erfolg. – Zur Äolsharfe vgl. Anm. zu V. 28; die Natur-Instrumente bekräftigen die »reinigende« Magie.

4617 *Elfen:* nordische Naturdämonen zwischen Böse und Gut, vgl. das Wort »Albtraum«, »Erlkönig« (eigentlich: Elfenkönig); die Verniedlichung zu Wald- und Blumenelfen stammt aus dem Rokoko.

4623 *grimmen Strauß:* heftigen Kampf.

4626 *Vier sind die Pausen nächtiger Weile:* Die Nachtwachen des römischen Militärs waren in vier Vigilien à 3 Stunden eingeteilt; diese Einteilung wurde von der Kirche in die Ordnung der Gebete übernommen. Im folgenden (V. 4628–33) werden sie als Phasen erquickenden Schlafs neu gedeutet. »Pause« vielleicht nach ital. *posa* ›Ruhestellung‹.

4628–33 *Erst senkt … heiligen Licht:* Ariels Anweisung für die vier Schlafphasen: Einschlafen Lassen, Vergessenheit Schaffen, Krampf Lösen und Stärken, dem Tageslicht Zurückgeben.

4629 *Thau aus Lethe's Fluth:* »Lethe« nach der griechischen Mythologie der Fluss des Vergessens; »Thau« ist Wasser daraus.

4630 *Gelenk:* gelenkig, beweglich.

4635 *Plan:* ebene Fläche (vgl. ›planieren‹).

4647 *Glänzen … klarer Nacht:* zweifach lesbar: bei klarer Nacht; der klaren Nacht (sie lassen die Nacht noch klarer erscheinen).

4652 *Fühl' es vor!:* fühle (die Gesundheit) schon im Voraus.

4654 f. *Hügel schwellen, / Buschen sich:* Dynamisierung der Landschaft: die Hügel wölben sich erst, begrünen sich mit Büschen, die schon Schatten zum Ausruhen bieten – das ist der »neue Tagesblick« (V. 4653), der auch in der Saat schon die Ernte sieht (V. 4656 f.).

4662 f. *Säume nicht dich zu erdreisten / Wenn:* zögere nicht, keck und mutig zu handeln, wenn/wo/während … (vgl. V. 2017 f.).

4664 *leisten:* nicht nur in der heutigen eingeschränkten Bedeutung von ›fertigbringen, vollbringen‹, sondern auch ›erbringen, herbeischaffen, beschaffen‹ (vgl. die Ausdrücke »eine Zahlung leisten«, »Versicherungsleistung«).

BA vor 4666 *Getöse ... Sonne:* vgl. Anm. zu V. 243–246.

4666 *Horen:* Verwalterinnen der Tages- und Jahreszeiten, Wächterinnen am Tor des Olymp.

4667 *für Geistes-Ohren:* Das heißt, dass auch der Zuschauer das Geschehen als »Geist« erfährt und erfahren soll.

4670 *Phöbus':* Beiname des Sonnengotts Apollon.

4674 *Unerhörtes hört sich nicht:* Was die Hörfähigkeit der Elfen übersteigt, darf auch nicht versuchsweise gehört werden (V. 4678).

4684 f. *ein kräftiges Beschließen ... zu streben:* Die Kraft zum Entschluss, weiter zu streben, kommt also naturhaft aus der Erde. Das Ziel, »zum höchsten Dasein«, kann subjektiv bedeuten, eine höchstmögliche Form menschlicher Existenz und Präsenz zu erlangen, oder objektiv, zu Gott als dem höchsten Dasein zu streben. Für Faust, der Gott zu werden strebt, läuft das auf dasselbe hinaus.

4691 *duft'gen Abgrund:* nebligen, dunstigen Abgrund.

4699 *Alpe:* Viehweide im Hochgebirge.

4706 *Erfüllungspforten findet flügeloffen:* Die Tore zu den Räumen, in denen die sehnende Hoffnung Erfüllung aller Wünsche finden könnte, sind mit beiden Türflügeln geöffnet.

4714 *in jugendlichstem Schleyer:* Faust ist V. 4704 in die allegorische Deutung des Geblendetwerdens durch die Sonne übergegangen: Leben, Wahrheit, Gottheit sind wie das Licht dem Menschen unverschleiert unerträglich. In der Jugend ist der Blick noch von Natur »trüb« (V. 2), d. h. verschleiert, der Erwachsene mit seinem klareren Blick muss sich dem Abglanz, dem durch Wasserschleier farbig getrübten Licht (V. 4729, V. 29–32), zuwenden.

4727 *haben wir:* zweideutig, (1) ›ist uns erkennbar, zugänglich, gegeben‹, (2) ›besitzen wir‹. Der Versuch Fausts, den Abglanz der Helena wirklich zu besitzen, löst am Ende des Akts die Explosion aus.

Kaiserliche Pfalz

Saal des Thrones

Tritt in *Anmuthige Gegend* Faust, so hier Mephistopheles allein auf: Der ehemalige Knecht handelt auf eigene Rechnung und bereitet die Rolle vor, die der »Herr« zu spielen hat; man kann sich beide Szenen sogar zeitgleich denken. Aufbau der Szene: (1) Der Kaiser will die Sitzung des Staatsrats eröffnen, der

Hofnarr fehlt, ungeprüft nimmt der Kaiser Mephistopheles als Narren an. (2) V. 4761 ff. Erneute Eröffnung einer ihm unerwünschten, vom Kanzler geforderten Beratung über die Lage der Nation, die von den Staatsräten als desolat dargestellt wird. (3) V. 4876 ff. Der Narr gibt eine positive Einschätzung; sein ironisches Lob entlarvt den besorgten Eifer der Herren als nicht wirklich engagiert. (4) V. 4889 ff. Echte, zugleich trügerisch einfache Diagnose: »Hier aber fehlt das Geld.« In dem Beschaffungsvorschlag durch »Begabten Mann's Natur- und Geisteskraft« erkennt der Geistliche die Magie, der Kirchenmann erkennt die Umstrukturierung der auf Adel und Kirche gegründeten Gesellschaft durch das Kapital, und der Kanzler erkennt die Entmachtung der bisherigen Strukturen durch einen neuen Superminister. (5) V. 4923 ff. Niemand anerkennt die Bedenken des Kanzlers; für die andern zählt nur das versprochene einfache Heilmittel, dem Mephistopheles noch eine Realisierungsmöglichkeit und deren juristische Absicherung zu verschaffen versteht; vergrabenes Gold liege überall im Boden, der unterhalb der Reichweite einer Pflugschar dem Kaiser gehört. (6) V. 4971 ff. Der Kaiser verlangt konkrete Beweise; Mephistopheles suggeriert Körpergefühle als Indizien und weist auf Schatzfunde einerseits, auf physiokratisches Wirtschaften andererseits (vgl. V. 2351–65). (7) V. 5047 ff. Die ernsthaften Vorstellungen des Astrologen (»Wer Gutes will der sey erst gut«) werden vom Kaiser überhört, der die Zeit vertun und sich amüsieren will.

»Ich habe in dem Kaiser […] einen Fürsten darzustellen gesucht, der alle möglichen Eigenschaften hat sein Land zu verlieren, welches ihm denn auch später wirklich gelingt. Das Wohl des Reichs und seiner Untertanen macht ihm keine Sorge; er denkt nur an sich und wie er sich von Tag zu Tag mit etwas Neuem amüsiere.« (GmG, S. 662) Wie im Aktkommentar (S. 841) angedeutet, gibt es Indizien, dass Goethe in dem Kaiser einerseits den zeitgenössischen Franz II., der 1806 das Reich wirklich verlor, indem er die Krone des Heiligen Römischen Reichs niedersetzte, andererseits den Luxemburger Karl IV. (1316–1378) zeichnete, den die älteren Kommentatoren wegen der Goldenen Bulle 1356 als »des Reiches Erzstiefvater« verstanden. Der wurde 1346 zum Römischen König gewählt, 1347 zum König von Böhmen, 1355 zum Kaiser gekrönt, und zwar seit 1237 als erster, der sich die Kaiserwürde vom Papst bestätigen ließ (V. 5072–74; Maximilian I., der oft als Goethes Kaiser gesehen wird, ließ sich nicht vom Papst krönen). Die starke Italienbindung Karls IV. ist Grund für den Import der Renaissancekultur, der Kunst, Wissenschaft, der Feste und mithin des Römischen Karnevals (V. 5075) vor allem in die Prager Residenz. Aber er hat auch den Nürnberger Schembartlauf (V. 4767) als tragendes Ereignis der Nürnberger Fastnacht 1349 erlaubt; die Holzfällermasken der Mummenschanz, mit denen der

Kaiser auftritt, stammen dorther. Schließlich wird, mit der gesetzlichen Regelung des Verhältnisses von Kaiser und Kurfürsten, wie sie im 4. Akt vorgeführt wird, auf Karl IV. und die Goldene Bulle angespielt. Er suchte durch geschickte Vertrags- und Wirtschaftspolitik seine Hausmacht zu stärken (der »kaiserliche Kaufmann«, der eine »Kapitalisierung der Politik« betrieb; Seibt 1978, S. 63f.) und anerkannte realpolitisch ähnliche Tendenzen im Kollegium der Kurfürsten. Da diese Anerkennung ein Schritt im progressiven Zerfall der Zentralgewalt des Reichs war – Goethe war schon mit 14 Jahren durch Johann Daniel Olenschlager (1711–1778), den Verfasser der *Neuen Erläuterung der Goldenen Bulle Kaisers Carl IV.* (Frankfurt a. M. / Leipzig 1766), in das Problem eingeführt worden (DW, S. 168; 4. Buch) –, wurde Karl IV. im Gegensatz zur heutigen Einschätzung negativ beurteilt. Goethe zitierte den Anfangssatz der Goldenen Bulle »Omne regnum ...«, »Jedes in sich uneinige Reich geht unter, denn seine Fürsten sind zu Diebsgesellen geworden« (ebd.), und hielt Karl IV. wenn nicht für einen der Diebsgesellen, so doch für leichtsinnig, amüsierfreudig und dazu gemacht, sein Reich zu verlieren. Daher ergibt sich die negative Beurteilung der Wirtschaftspolitik Karls IV. (Beratung durch den Narren und Teufel, der die Kapitalisierung der Machtverhältnisse einleitet) und damit die Parallelisierung mit der inflationären Geldpolitik Frankreichs (Assignaten) und Österreichs (Bankozettel, vgl. LGF 8), wo wieder die Parallele mit dem Amüsement der Wiener Kultur um 1800 in die Augen fällt. Mit der Figur des Kaisers hat Goethe also, abgesehen von der Typisierung der Eigenschaften eines schlechten Herrschers, bedenkenswerte Deutungen historischer Kaiser und ihrer Epochen vorgenommen.

Metrisch steht die Szene durch die Verwendung des flexiblen Madrigalverses, der sich in ernster Beratung meist zum fünfhebigen Jambus, streckenweise Vers commun, erhebt, im Gegensatz zu der Gesanglichkeit und dem großen lyrischen Ton in den Terzinen von *Anmuthige Gegend*.

BA vor 4728 *Kaiserliche Pfalz* ... ASTROLOG: »Pfalz« ist eine Burg, die auf Reichsland gebaut ist. Da vieles, was zum Kaiser an historischen Andeutungen im Text verstreut ist, auf den Luxemburger Karl IV. weist (z. B. »Goldene Bulle« 1356, der Vertrag zwischen Kaiser und Kurfürsten zur Aufteilung des Reichs, im 4. Akt), liegt die Burg Nürnberg, Kaiserpfalz seit 1138, als Schauplatz nahe. Hier wurde im Winter 1355/56 die Goldene Bulle vorbereitet; die Räumlichkeiten bei Goethe stimmen mit der Burg Nürnberg zusammen; der Aufenthalt Karls IV. fällt in die beginnende Fastnachtszeit. – Als »STAATSRAT« würde man heute den Ministerrat bezeichnen. »ASTROLOGEN« waren vom Spätmittelalter bis ins 17. Jh. offizielle Ratgeber vieler Fürsten; oft regierten sie das Reich durch ihre für jede politische oder militärische Entscheidung eingeholten Horoskope (vgl. V. 4763 f.). Auch die Hofnarren (eingeführt seit der Zeit der Kreuzzüge) gehörten im Spätmittelalter zu einem vollständigen Hofstaat.

4728 *Ich grüße die Getreuen, Lieben:* Eröffnungsformel für die Sitzung (vgl. V. 4761), die wegen des Fehlens des Narren gleich wieder unterbrochen wird.

4738 f. *aufgeputzt ... jeder stutzt:* Die Narrenkleidung war, wie noch heute bei Fastnachtskostümen, auffällig geschnitten und schreiend buntfarbig.

4741 *Hellebarden:* mittelalterliche Hieb- und Stichwaffe an ca. 2 m langem Schaft. Heute noch bei der Schweizergarde des Papstes.

4743–50 *Was ist ... hinweggebannt?:* Lösung des Rätsels wohl: der Narr.

4754 *Da löse du! das hört ich gern:* Der Narr soll sich an der Lösung der Probleme der Staatsräte beteiligen, das würde der Kaiser gern hören.

4755 *ging ... weit in's Weite:* Auch der Kaiser vermutet (vgl. V. 4735, 4759), dass der fette alte Narr tot ist, drückt dies mit einer ziemlich gleichgültigen Formulierung aus und greift unbesehen nach dem nächsten, der sich ihm als Narr anbietet.

4760 *ein Faß ... ein Span:* der eine fett, der andere (Mephistopheles) mager.

4767 *Schönbärte mummenschänzlich tragen:* »Schönbart/Schembart« ist eine bärtige Fastnachtsmaske (von mhd. *scheme* ›Maske‹). Der Überlieferung nach hat Kaiser Karl IV. 1349 den Nürnberger Metzgern und Messerschmieden die Fastnachtslustbarkeit des Schembartlaufs gestattet, einen prachtvollen Maskenumzug. »Mummenschanz« (vgl. die folgende Szene) ist zunächst ein zur Fastnachtszeit von Maskierten gespieltes Glücksspiel (›Chance von Vermummten beim Würfeln‹), dann ein auf das Fastnachtstreiben insgesamt ausgedehnter Begriff. Einige der in der folgenden Szene auftretenden Masken, z. B. die wilden Holzfäller, traten in den historischen Nürnberger Schembartläufen auf.

4780 f. *Wenns fieberhaft ... überbrütet:* wenn der ganze Staat krank ist und ein Übel noch größere Übel nach sich zieht.

4784 f. *Wo Mißgestalt ... überwaltet:* wo eine schlechte Organisation/Institution in andere schlechte hineinregiert, wo Gesetzlosigkeit herrscht und auch noch behauptet, gesetzlich zu sein.

4795 *auf Schand und Frevel pochen:* sich dessen auch noch rühmen.

4798 *Wo Unschuld nur sich selber schützt:* Der Unschuldige, der sich zu verteidigen suchte, wird verurteilt.

4807f. *dichtern Flor … vor:* Er würde gern noch einen undurchsichtigen Vorhang vor das schwarz gemalte Bild ziehen. Die *Pause* nach seiner Rede bedeutet, dass der Kaiser auf die in des Kanzlers Schilderung enthaltenen Vorwürfe einfach nicht reagiert. Dann wird der Kanzler deutlicher.

4810f. *Wenn alle … zu Raub:* Wahrscheinlich denkt Goethe an den Anfangssatz der Goldenen Bulle, den er schon als Kind auswendig wusste, übersetzt: »Jede in sich zerstrittene Herrschaft wird untergehen, denn ihre Fürsten sind Diebsgesellen geworden.« Vgl. V. 4805f.; mit der Majestät bedroht er die Herrschergewalt des Kaisers selbst. Weil Karl IV. dann in der Goldenen Bulle wesentliche Teile der kaiserlichen Macht an die Kurfürsten abtrat, wurde er von den älteren Kommentatoren dieses Vertrags durchweg für »des Reiches Erzstiefvater« gehalten.

4817 *uns auszudauern:* länger auszuhalten als wir.

4819 *Miethsoldat:* der von außen angeworbene Söldner.

4824 *gestört:* gestochen, darin herumgestochert.

4832 *Subsidien:* Hilfszahlungen.

4833 *Röhrenwasser:* Wasser aus (undichten) Leitungen.

4841 *Partheyen, wie sie heißen:* ein damals relativ neuer Ausdruck in der Sprache der Politik. »Partei« im Sinne politischer Gruppierung wurde seit Beginn des 13. Jh.s in oberitalienischen Städten gebraucht.

4845 *Die Ghibellinen wie die Guelfen:* die dem Kaiser bzw. dem Papst treuen Parteien in den oberitalienischen Städten des Spätmittelalters. Vgl. V. 10772.

4858 *Welschhühner:* Truthühner.

4859 *Deputate:* Naturalien-Abgaben von Abhängigen, z. B. Leibeigenen.

4863 *Berg- und Jahresläufte:* Weinlagen und Jahrgänge.

4867 *Humpen … Napfen:* »Humpen«: großes Trinkgefäß mit Henkel und Deckel, »Napf«: ein kleines schüsselartiges Gefäß.

4868 *unterm Tische liegt der Schmaus:* als Erbrochenes.

4870f. *Der Jude … Anticipationen:* Der Geldverleiher wird seine Zinsen eintreiben und legt auf Jahre im Voraus Pfändungstermine für versäumte Rückzahlungen fest.

4874f. *der Pfühl … vorgegessen Brot:* »der Pfühl«: das Kissen; das Geld für das Brot wird einem Gläubiger geschuldet, der sein Brot damit zahlen würde, wenn er das Geld hätte.

4880 *Bereite Macht:* wo bereitstehendes Militär …

4888 *Project:* Viele Fürsten ließen sich, besonders im 18. Jh., durch Scharlatane in kostspielige Wirtschaftsprojekte hineinschwatzen.

4891 *Estrich:* Fußboden.

4894 *Gold gemünzt und ungemünzt:* als vergrabener, eingemauerter Schatz von Goldmünzen oder als Bodenschätze, die in Bergwerken auszubeuten wären.

4896 *Natur- und Geisteskraft:* Was hier beim Magier subjektiv zusammentreffen muss, damit er die verborgenen Schätze aufspüren kann, entspricht Energie und Ordnung, Wirkenskraft und Samen (V. 384), Erdgeist und Makrokosmos, den zwei Seelen in Fausts Brust etc.; gegen diese Grundlage der Magie muss sich der Geistliche zur Wehr setzen, vor allem auch weil sein Einfluss durch sie infrage gestellt ist (V. 4903–16).

4909 *Dem Pöbelsinn:* aus der niedrigen Gesinnung.

4911 *Die Ketzer sind's! die Hexenmeister!:* Die von der Kirche verfolgten Sektenbewegungen stellten die etablierten Mächte des Staats infrage; nur unter diesem Machtgesichtspunkt – er ist tatsächlich das einzige, was den Geistlichen interessiert – sind sie mit den Zauberern und Magiern vergleichbar.

4914 *schwärzen:* einschleusen, ihnen unerlaubt Eintritt verschaffen.

4915 *Ihr hegt euch:* Der Kaiser sucht Schutz und Hilfe bei einem Bösen.

4924 *Fastenpredigt:* Die Aufrufe zur Buße und Reue während der Fastenzeit sind durch Wiederholungen gekennzeichnet, auf die der Kaiser in Mephistos Rede anspielt.

4931 *Schreckensläuften:* schlimmen Kriegszeiten.

4938 *Der Boden ist des Kaisers:* Nach alten Rechtsgrundsätzen (*Sachsenspiegel*, 1220–35, *Schwabenspiegel*, um 1275) gehört dem Kaiser, was tiefer im Boden liegt, als eine Pflugschar geht.

4949 *In Kreis' um Kreise kennt er Stund und Haus:* astrologische Fachwörter.

4954 *bläst ein:* sagt heimlich vor, was der andere sagen soll.

4955–66 *Die Sonne … heitre Welt:* Spiel mit den in der Astrologie wichtigen Planeten, ihren lateinischen Namen und Mythen und den in der Alchimie ihnen zugeordneten Metallen, Sonne/Sol/Gold, Mond/Luna/Silber (Luna »launet grillenhaft«, ist launisch und eigensinnig).

4974 *Calenderey – Chymisterey –:* Von den Kalendermachern wurde bis ins 19. Jh. hinein erwartet, dass sie aufgrund astrologischer Berechnungen Horoskope für den Tag, Wettervorhersagen und Handlungsempfehlungen gaben. »Chymisterey« ist genauso abwertend für die Goldmacherkünste der Alchimisten gesagt.

4976 *Gauch:* Kuckuck; Bezeichnung für verächtliche, betrügerische, auch närrische Menschen aufgrund des parasitären Brutverhaltens des Kuckucks.

4979 f. *Alraunen … schwarzen Hund:* Alraunen sind zauberkräftige, insbesondere beim Schatzsuchen hilfreiche Wurzeln; einen schwarzen Hund hatte

Faust als Begleiter (*Vor dem Thor, Trüber Tag. Feld*); auch Wagner soll vom Teufel in Gestalt eines schwarzen Hundes begleitet worden sein.

4987 f. *aus den untersten Bezirken ... Spur:* heute spricht man von »Erdstrahlen«.

4992 *der Spielmann:* Metapher für ›Schatz‹.

5010 *mit der Scholle:* beim Pflügen zusammen mit der Scholle.

5011 f. *Salpeter ... Rolle:* An feuchten Lehmwänden entstehen Ausblühungen von Kalk- und Kalisalpeterkristallen. Sie wurden zum Einpökeln von Fleisch, gegen Hautkrankheiten und Frostbeulen verwendet. Durch dieses Abkratzen der Wand konnten eingemauerte Schätze (hier: eine Rolle von Goldmünzen) zutage treten.

5023 *uraltes Naß:* in den verschütteten Schatzgewölben lagernder Wein.

5025 *Dauben:* Fassbretter.

5027–29 *Essenzen ... Graus:* Nicht allein Gold und Juwelen, auch die Konzentrate solch edler Weine umhüllen sich mit Finsternis und Hässlichkeit.

5031 *Am Tag ... Possen:* Was offen daliegt zu erkennen ist ein Leichtes.

5039–42 *Nimm Hack' ... vom Boden los:* Bauernarbeit hätte auch Faust verjüngt (V. 2354) – Mephisto empfiehlt sie immer, wenn er jemand den Geschmack an ihr verderben will. Andererseits mag hier auch an die äsopische Fabel vom Bauern gedacht sein, der seinen Söhnen einen Acker hinterließ, in dem ein Schatz liege. Sie graben, finden nichts, haben aber reichliche Ernte und erkennen die Weisheit des Vaters. »Goldene Kälber« stehen allerdings für falsche Götter (2. Mose 32; 1. Kön. 12,28); der Kaiser bemerkt weder die Empfehlung noch die Warnung.

5050–57 *Zerstreutes ... verthan!:* Erneut gibt Mephistopheles Ratschläge, die das Reich sanieren könnten: Konzentration der Kräfte, Versöhnung des Widerstreitenden, Ordnung an der Oberwelt, bevor man die Schätze der Unterwelt hebt, usw. – aber der Kaiser will sich nur amüsieren.

5063 *Stein der Weisen:* Mit dem Stein der Weisen behaupteten die Alchimisten wertlose Materie in Gold verwandeln zu können.

Weitläufiger Saal, mit Nebengemächern

Maskenumzüge hatte Goethe für die Hoffeste in Weimar häufig zu gestalten; sie stehen in der Tradition der Triumphzüge siegreicher Feldherrn in Rom und der Maskenumzüge des Karnevals, die beide in den *trionfi* der Renaissance zusammengefasst und zu hohen künstlerischen Ereignissen gestaltet wurden. Wenigstens zwei der von Künstlern dargestellten *trionfi* hat Goethe in der *Mummenschanz* benutzt: Andrea Mantegnas (1431–1506) *Triumphzug Caesars* (in Holzschnittkopien Andrea Andreanis, um 1560 – um 1623, in Goethes Sammlung) und Albrecht Dürers *Triumphzug Kaiser Maximilians*. Nahezu alle in der *Mummenschanz* vorkommenden Masken finden sich bei Antonio Francesco Grazzini (1503–1583), *Tutti i Trionfi, carri, mascherate o Canti carnascialeschi andati per Firenze dal tempo del Magnifico Lorenzo de' Medici fino all' anno* 1559 (Cosmopoli 1750). Auf diese Anschauungen und auf den von Goethe beschriebenen römischen Karneval verweist die *Mummenschanz*, Antike, Renaissance und Zeitgenössisches (die Gruppe der modernsten romantischen Dichter, die »griechische Mythologie [...] in moderner Maske«, BA vor 5299) allegorisch aufeinander abbildend. So zeigt das Geschehen um den Kaiser ja auch einerseits auf die Zeit Karls IV. und Maximilians, andererseits auf die Zeit um 1800 (Franz II.). Die ganze Szene problematisiert die Allegorie, die Maske, den Schein, die Schale (V. 5607) und ihre gesellschaftliche Macht: Wird schon zu Anfang das Verhältnis zwischen Realität und Maske spielerisch durchbrochen – werden die Krämerinnen oder die sie darstellenden Hofdamen umdrängt (V. 5115) –, so kippt das Verhältnis mit einer Gruppe von Masken, die sich selbst als Allegorien reflektieren (V. 5531) und bis zu drei Bedeutungen von sich angeben. Ihr Wagen schwebt körperlos durch die Menge und steht dann material auf der Bühne; die Schnippchen des Knaben Lenker sind nicht nichts, sondern Käfer und Schmetterlinge, auf die sich die Menge aber zunächst wie auf Schmuck stürzt; das glühende Gold ist Objekt der Begehrlichkeit nicht der Masken, sondern ihrer Träger; der Brand schreckt alle als wirklich, obwohl er sich als Illusion herausstellt. Die Szene spielt also mit den individuellen und kollektiven Imaginationen, die die Gesellschaft konstituieren und verändern, und bereitet das Verständnis für die Analyse des Papiergelds in der folgenden Szene vor.

Der Herold hat die auftretenden Gruppen zu erklären, hat offenbar zunächst einen lockeren Plan (vgl. BA nach V. 5298), wird aber schon durch den Zoilo-Thersites, dann vor allem durch die unangemeldete Gruppe der »Allegorien« mit Faust, Mephisto und dem Knaben Lenker, besonders durch ihre Wirkung auf das Publikum, so irritiert, dass er die Reichtums-Maske um Amtshilfe bittet, die alsbald eine neue Gesellschaftsordnung stiftet. Auf das in der Mitte siedende Gold stürzt sich aber »das All der Welt« (V. 5873) und verursacht einen Weltbrand, den der Magier Plutus/Reichtum/Faust gnädig und souverän löscht.

Drei Gruppen »normaler« Masken hat der Herold zunächst anzukündigen und zu kommentieren: Die erste Gruppe (V. 5088 ff.) sind die Gärtnerinnen mit Blumen, Gärtner mit Früchten, Fischer und Vogelsteller. Anfangs wird angeboten (Ware und Mensch als Ware), am Ende wird gefangen (Tiere und Menschen). Vermittelt über den Warencharakter sind alle auf Wechselseitigkeit und gegenseitigen Genuss eingestellt.

Die zweite Gruppe (V. 5199 ff.), Holzhauer, Pulcinelle (vgl. Anm. zu BA zu 5215), Parasiten, Trunkener, Poeten, Satiriker, Nacht- und Grabdichter, präsentiert Figuren, die aus Gründen ihrer Arbeit oder Lebensform andere wegdrängen oder ausnutzen, ihr eigenes Bewusstsein verdrängen oder durch verschiedene Formen unkommunikativen Redens die Verständigung verhindern. Im Gegensatz zur ersten Gruppe handelt es sich hier um Selbstentfaltung auf Kosten anderer, ohne Rücksicht auf sie.

Die dritte Gruppe (V. 5299 ff.) wird von Personifikationen gebildet: Grazien, Parzen, Furien, ein Triumphwagen der Victoria mit Furcht, Hoffnung, Klugheit und dem Schlechtredner, der den strahlenden Erfolg angreift. Dies sind Dispositionen und Haltungen, die Menschen befreien und fesseln, gesellig oder aggressiv machen, die also die Entselbstigungen der ersten und die Verselbstungen der zweiten Gruppe fördern oder behindern, genussreicher oder schmerzlicher machen; jedenfalls wirken sie konstitutiv oder modifizierend auf beide Typen von Verhältnissen.

Die vierte Gruppe bildet der von Drachen gezogene Wagen mit Knabe Lenker, Plutus, Geiz und der Goldkiste. Die Poesie, das Vermögen des Imaginären, der »Allegorie«, des Andersdenkens und Anderssagens der Wirklichkeit, führt ohne Raumverdrängung (V. 5514 f.) und dann doch »Platz« brauchend (V. 5520, vgl. Gruppe 2), ein attraktives (V. 5526 f., Gruppe 1) Gefährt voll Personifikationen (Gruppe 3) oder »Allegorien« (V. 5531) herein, macht aber durch die Reflexion auf diese Zusammenfassung der Tendenzen auf die neue Qualität dieser Gruppe aufmerksam. Der Knabe Lenker führt sie zunächst als bloße Erscheinung in die Gesellschaft ein, da er »der Schaale Wesen« (V. 5607) beherrscht und mit seinen gefälschten Kleinodien vorführt: die gesellschaftliche Wirklichkeit und Wirksamkeit des bloß Vorgestellten. Er schnippt mit den Fingern, etwas Glitzerndes fliegt, die Menge hascht danach wie nach Schmuck. Rousseau hatte im *Discours de l'inégalité* (1754) auf das Imaginäre des von irgendjemand eingezäunten Stückes Land aufmerksam gemacht, das er mit einem »Das gehört mir!« und mit allen Machtmitteln als Eigentum verteidigt, und so die Ungleichheiten in der Gesellschaft begründet. Für diese »Poesie«, den imaginierten Wert des Goldes in der Kiste, für die imaginäre gesellschaftliche Bedeutung des Reichtums und des Sparens bis hin zum Geiz steht der Knabe Lenker; er steht für die »Magie der Wissenden«, die sich klar sind, dass das Glitzerzeug kein Gold sein kann, und doch danach haschen, oder die mit einem papierenen Schein von Geld einkaufen gehen, weil eben alle mit daran glauben.

Die ordnende Macht dieser gesellschaftlichen Imaginationen wird in der fünften Teilszene entfaltet (V. 5709 ff.), wo nach Entlassung des Knaben Lenker die Kiste geöffnet und die Schätze entfesselt werden. Was in der Kiste siedet, ist ›goldnes Blut‹ (vgl. V. 5712): Im Walpurgis-Komplex hatten sich »Gold« als die höllische Ordnungsmacht und »Blut« als die höllische Fülle und Energie herausgestellt, Makrokosmos und Erdgeist der unteren Herrlichkeit. Die vergebliche Versuchung Fausts durch Sexualität mit der jungen Hexe (V. 4177) hatte eine Umstellung der Höllenstrategie von dem seit Adam vorherrschenden »Blut« auf das mit Mammons Goldpalast schon an die Erdoberfläche gestiegene »Gold« (V. 3932–34; vgl. den Kommentar) veranlasst, die jetzt in ihrer Wirkung vorgeführt wird: Die Masken vergessen das Imaginäre der Veranstaltung, der Goldkiste und ihrer Masken, drängen gierig heran, wollen gar die Kiste rauben (V. 5715–26), so dass der Herold sein Ordneramt an den Reichtum weitergibt, der mit dem ins siedende Gold getauchten Stab rücksichtslos drohend einen Freiraum schafft und einen magischen Kreis zieht: neues, durch das Gold geschaffenes »Gesetz« (V. 5800), imaginär und magisch wie das frühere, nun aber vom Gold gestiftet. Hatte noch in *Walpurgisnacht* der Goldpalast den Tanz des »Blutes« getragen, darf nun Geiz/Mephistopheles mit seiner unanständigen Goldplastik nur innerhalb des neuen Ordnungskreises operieren: Die Strategie der Hölle ist umgestellt, die Werte und Abhängigkeiten sind umgekehrt.

Aber »Gesetz ist mächtig, mächtiger ist die Noth« (V. 5800): In der sechsten Teilszene (V. 5801 ff.) dringt, von Plutus in den magischen Kreis gelassen (wieder aufgrund einer Vertauschung von Maske und Realität: Faust weiß, dass der Kaiser in der Pansmaske steckt, V. 5809 f.), das »All der Welt« goldgierig zu der Kiste vor und wird beim Hineinschauen demaskiert: Weder der Kaiser als Repräsentant der alten Ordnung noch das ordnungslose All der Welt (Pan mit seinem unzivilisierten wilden Heer) können sich der Faszination des Blicks in den Abgrund des glühenden Goldes entziehen. Die Bartmaske wird brennend zurückgeschleudert, setzt den Kaiser in Brand; der greift rasend um sich. Chaos bricht aus, die Not des durch das Gold entfachten Brandes vernichtet die durch das Gold gesetzte Ordnung – Goethe scheint hier wieder einen Kommentar zum 1789 erlebten Phänomen der Französischen Revolution und ihrer Folgen zu geben.

Aber der Reichtum beseitigt in der siebten Teilszene (V. 5970 ff.) mit seiner Magie auch den Schein der Not und das dennoch wirklich erlebte Leid und den Schrecken. Demaskiert sind sie alle, voran der Kaiser, der mit seiner Maske auch die Würde seines Amtes verlor, das ihm eine Teilnahme am »wilden Carneval« (V. 5060) auch noch als Anführer des wilden Heers hätte verbieten sollen. Der

Herold mit seinem verklausulierten Tadel am würdelosen Verhalten des Kaisers (V. 5958–61) spricht es aus: Die »Kaiserpracht« ist damit zu Ende, das Gold inszeniert Gesetz, Not und Rettung nach Belieben, und der Kaiser wünscht sich noch »dergleichen Scherze viel« (V. 5988), ohne Bewusstsein, dass nicht er und die von ihm bestellten Ordnungsmächte die Regie führen, sondern die »Magie« (V. 5986), und das heißt: das imaginäre kollektive Phantasma des allbeherrschenden und allbewirkenden Goldes.

Metrisch und medial ist die Szene außerordentlich reich; viele der Gesangsstrophen entsprechen metrisch den Zauberstrophen der Elfen in *Anmuthige Gegend*, andere Versarten charakterisieren z. T. ironisch ihre Sprecher. Die prosaischen Verse des Herolds sind im Madrigalvers mit vorwaltend vierhebigen Jamben gehalten. Die Musikinstrumente verweisen auf verschiedene Epochen, die Theorben als Solobegleitinstrumente auf das 16., die Gitarren auf das 17., die Mandolinen auf das 18. Jh.; bei den Masken ist neben den italienischen und deutschen Masken aus dem 16. und dem 18. Jh. die Antike, jedoch in moderner Interpretation, der Orient und die Antike mit dem Plutus im Turban repräsentiert, so dass alle Zeiten und Weltregionen angedeutet sind und an der Inszenierung gesellschaftlicher Grundkräfte und ihrer revolutionären Umstrukturierung durch die Macht des Imaginären teilnehmen. – Die Beschreibung, die der Herold vom Knaben Lenker gibt (V. 5536–51), ist offensichtlich ein Porträt Lord Byrons (Abb. 12) im antikischen Gewand, das auf seinen Philhellenismus verweist. Dass Goethe ihn hier auftreten lässt, ist sinnvoll, da er in Byron »ein großes Talent, ein geborenes« sah, »die eigentlich poetische Kraft ist mir bei niemanden größer vorgekommen als bei ihm« (GmG, S. 157). Außerdem stellte er die Beziehung zwischen Euphorion, in dem Byron symbolisch porträtiert ist, mit dem Knaben Lenker her (GmG, S. 393), in dem »die Poesie« personifiziert sei.

BA vor 5065 *Mummenschanz:* vgl. Anm. zu V. 4767.

5065 f. *in deutschen Gränzen … Todtentänzen:* beschränkt auf die Tradition der Fastnachtsbräuche (Teufelsmasken in der alemannischen, Narrentänze in der Nürnberger Fastnacht) und auf die spätmittelalterliche Totentanzmalerei. Der Herold ordnet das Fest und kündigt die Gruppen an.

5068 *Römerzügen:* Karl IV., wahrscheinlich mittelalterliches Vorbild für die Figur des Kaisers, war seit 1346 römischer König und setzte die intensive Italienpolitik seines Vaters fort. Er führte am Prager Hof durch Import von Künstlern, Dichtern, Gelehrten die in Italien schon blühende Renaissance mit ihren Festen ein.

5073 *an heiligen Solen:* mit dem Kuss des päpstlichen Pantoffels.

Abb. 12 V. Camuccini: Lord Byron
Bildvorstellung zum Knaben Lenker (V. 5536–51)

5075 *die Kappe:* die Narrenkappe mit Eselsohren und Schellen.

5079 *ähnlet ihn:* macht ihn ähnlich.

5083 *Zudringlich:* Die Gruppen (»Chor an Chor«) drängen heran und wollen vom Herold angekündigt werden.

5090 *Junge Florentinerinnen:* In florentinischer Tracht spielen sie Gärtnerinnen, die dem prachtliebenden Kaiser nach Deutschland gefolgt sind.

5102 *bewitzeln:* mehr oder weniger geistreiche Bemerkungen dazu machen.

5112 *in Laub und Gängen:* in Lauben und Gängen des Saals mit seinen Nebenräumen.

5116 f. *Feilschet ... kein Markten:* einkaufen, aber nicht um den Preis verhandeln.

5118 *mit sinnig kurzem Worte:* Die »Waren« stellen sich jetzt kurz vor.

5123 *Mark der Lande:* Hauptnahrungsmittel in den Mittelmeerländern, wo die Gärtnerinnen herkommen.

5125 *Flur:* Gelände, Landschaft.

5128 *Ceres' Gaben:* die römische Göttin des Getreides und des Ackerbaus.

5130 *Das Erwünschteste dem Nutzen:* was dem Nutzen das Erwünschteste ist, d. h. das Nützlichste. Der Ährenkranz verbindet Schönheit und Nützlichkeit.

5133 *Wunderflor:* wunderbarer Blumenschmuck.

5137 *Theophrast:* Theophrastos (um 372–287 v. Chr.), Schüler von Platon und Aristoteles, Verfasser zweier botanischer Werke, in denen er Natur- und Kulturpflanzen beschreibt und klassifiziert.

BA vor 5144 *Ausforderung:* Herausforderung zum ›Kampf‹, die die Kunstblumen gegen die V. 5150–57 redenden Naturblumen aussprechen. Durch solche Kampfansagen (»Cartels«) brachten die Veranstalter von Maskenumzügen seit der Renaissance Dramatik in den Festablauf.

5156 *in Florens Reich:* im Reich der Blumen- und Wachstumsgöttin Flora.

BA vor 5158 *Theorben:* Groß-Lauten mit zusätzlichen, frei schwebenden Bass-Saiten; Instrument des 16.–18. Jh.s.

5160 *nicht verführen:* wie im Paradies.

5163 *Pfirschen:* Pfirsiche.

BA vor 5178 *Guitarren:* Vorform der heutigen Gitarren mit kleinerem Korpus und kürzerem Hals.

5187 *Sponsirer:* Freier, Heiratskandidaten.

5194 *dritter Mann:* Gesellschaftsspiel (auch: »den Dritten abschlagen«).

5195 *Wollten nicht verfangen:* waren erfolglos.

BA nach 5198 *Leimruthen:* klebrig gemachte Zweige zum Fangen von Singvögeln.

5199 *Blöße:* Kahlschlag; hier vielleicht: freier Raum ohne Hindernis.

5206 *Bringt dies in's Reine:* macht euch das klar.

5209 f. *Wie kämen ... zu Stande:* wie kämen sie zurecht.

5211 *witzten:* ihren Intellekt anstrengten.

5215 PULCINELLE: Spaßmacherfiguren aus dem Straßentheater der italienischen Renaissance (*commedia dell'arte*; Abb. 13).

Abb. 13 Männlicher und weiblicher Pulcinella
Masken aus dem »Römischen Carneval«

5237 PARASITEN: wörtl.: Mitesser; Schmarotzerfiguren der altrömischen Komödie; sie machen sich an die Holzträger wegen ihrer Beziehungen zur Küche heran.

5244 *Doppelblasen:* Anspielung auf die äsopische Fabel, wo einer warm (für die kalten Finger) und kalt (für die heiße Suppe) aus einem Mund bläst. Anwendung auf die ›Doppelzüngigkeit‹ der Schmeichelei, die manchmal, »wie's einer fühlet«, auch schlecht ankommt und dann nichts nützt (»frommt«). Um den Holzfällern zu gefallen, argumentieren die Parasiten hier gegen ihr eigenes Verhalten.

5252 *Kohlentrachten:* Tragelasten der Kohleträger.

5255 *prudelt's:* brodelt es.

5270 *gethan:* gut, in Ordnung.

5272 *Rümpfte:* zog ein verachtendes Gesicht.

5273 f. *wie sehr ... Maskenstock:* so stolz ich darauf war, nannte sie mich doch einen Kleiderständer.

5292 *Toastet:* Widmet den Trinkspruch.

5293 *Span:* wohl im Sinne von ›Brett‹.

5294 *Dem ist's gethan:* der hat genug.

BA nach 5294 *Enthusiasten:* die begeisterten Hymnendichter unter den aufgezählten Poeten zwischen Empfindsamkeit und Spätromantik.

5295 SATYRIKER: wegen der vermuteten Beziehung zu »Satyr« zeitübliche Schreibung.

BA vor 5299 DIE GRAZIEN: Personifikationen der Schönheit und der Anmut, nach der griechischen Mythologie Töchter des Zeus; »Ihrer sind drey, weil die eine die Wohltat giebt, die andere sie annimmt, und die dritte sie wieder giebt oder vergilt« (Hederich, Sp. 1180).

BA vor 5305 DIE PARZEN: lat. *Parcae*, Töchter der Nacht, die über die Lebenszuteilung aller Menschen bestimmen. Klotho hält den Spinnrocken, Lachesis spinnt den Lebensfaden, Atropos schneidet ihn ab. Die Figuren ordnen die Zuständigkeiten im Zuge der Verharmlosung zum Zweck des Maskenfestes neu.

5321–24 *Zerrt ... zu der Gruft:* Die »Alte« Atropos hat Nutzloses überlang am Leben gelassen und Vielversprechendes verfrüht getötet.

5335 f. *Weife ... übereilt:* Den Garnhaspel für den normalerweise von Lachesis gesponnenen Faden hat sie noch nie zu hastig gedreht.

5339 *überschweifen:* den Haspel verlassen.

5344 *nimmt den Strang:* Der »Weber« (vgl. V. 508 f.) übernimmt das Garnbündel.

5349–52 *Die Furien … Tauben:* Erscheinung und Verhalten dieser Furienmasken laufen der mythologischen Überlieferung genau zuwider. Ihre antiken Aufgaben der Rache geschehener Verbrechen durch Krieg, Seuchen, Tod sind hier modisch angepasst: Alekto sät Streit in der Liebe, Megära in Ehen, Tisiphone rächt Seitensprünge, die Asmodi, der Eheteufel (V. 5378), veranlasst.

5371 *durch Grille zu vergällen:* durch schlechte Gedanken zu zerstören.

5386 *Gischt:* blasentreibende Flüssigkeit, wohl wieder im Sinn von ›Gift‹.

5395–5402 *ein Berg … zu sehr:* Goethes Bildvorstellung stammt wahrscheinlich von Andrea Mantegnas (1431–1506) Gemälde »Julius Caesars Triumphzug«, von dem er Holzschnitt-Kopien von Andrea Andreani besaß: einer der Ausschnitte zeigt eine Gruppe von Elefanten, geschmückt und mit Teppichen behängt; auf dem Rücken des vordersten sitzt ein junger Führer oder eine Führerin, die den Elefanten mit einem Stäbchen lenkt. Die Victoria (V. 5455) in ihrem Wehrturm hat Goethe hinzuerfunden.

5421 *von drüben droht Vernichtung:* Die Furcht, die überall Feinde wittert, sieht auch das Jenseits als feindlich.

5443 *Gemeinde:* die Versammelten oder die Menschheit allgemein.

5449 *Zinne:* der mit Schießaussparungen versehene Rand des Wehrturms auf dem Rücken des Elefanten.

5451 *zum Gewinne:* zum Sieg, zum Erfolg jeder rühmlichen Unternehmung (vgl. V. 5464 f.).

5457 ZOILO-THERSITES: Name gebildet aus Zoilos, einem böswilligen Kritiker des Homer aus dem 4. Jh. v. Chr., und Thersites, einem hässlich-böswilligen Verleumder der Helden vor Troja (*Ilias* II,212–277). Ein solcher Schlechtredner gehörte zu den Triumphzügen der Feldherrn Roms; er musste durch seine hämisch herabsetzenden Reden vermeiden, dass die Götter über den Übermut des Siegers zornig wurden.

5462 *Aar:* Adler.

5472 *frommen Stabes:* seines Heroldstabs, der die Würde seines Amtes als Ordner des kaiserlichen Festes symbolisiert. Da der Schlechtredner zur »Ordnung« des Triumphzugs gehört und seine Verkehrung der Verhältnisse (V. 5467–70) ›richtig‹ ist, missbraucht der Herold seinen Stab, indem er den Schlechtredner schlägt. Aus dieser ersten folgenreichen Verwechslung von Maske/Rolle und Wirklichkeit entfaltet sich mehr und mehr das Unheimliche der Szene.

5479 *Die Otter und die Fledermaus:* Giftschlange und (als Vampir) blutsaugende Fledermaus; beide sind im Volksglauben mit dem Teufel im Bund.

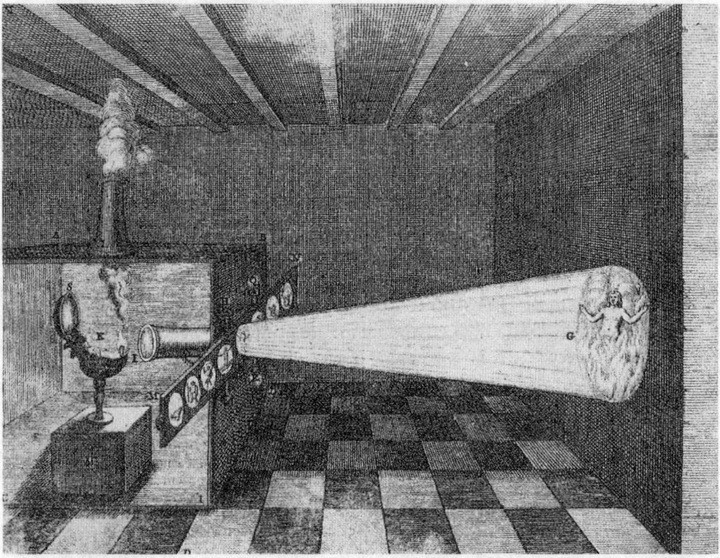

Abb. 14 Laterna magica mit Wechsel-Diapositiven, 1671

Wenn beide »zum Verein« eilen, verbünden sich die teuflischen Mörder wieder.

5499 *Weder wanke, weder weiche:* ich wanke und weiche nicht.

5518 *Wie von magischer Laterne:* Laterna magica, Vorform des Dia-Projektors, in ersten Entwicklungsstufen schon im 16. Jh. (Abb. 14); die zuerst als körperloses Bild, dann als realer Wagen auftretende Erscheinung lässt sich jedoch nicht vollständig als Diaprojektion erklären; es handelt sich um eine Art virtueller Realität, weshalb es den Herold auch schaudert.

5520 KNABE *Wagenlenker:* In einer der Handschriften heißt die Sprecherangabe »Euphorion als Wagenlenker«; Goethe wollte also den später als Sohn Fausts und Helenas erscheinenden Euphorion hier schon nennen, unterließ es aber, weil an dieser frühen Stelle der Name hätte erklärt werden müssen. Gegenüber Eckermann bestätigt Goethe aber (20. Dezember 1829) die Identität und führt beide Erscheinungen auf die Personifikation der Poesie zurück (V. 5573). Wenn Goethe den Euphorion des 3. Akts ausdrücklich mit Lord Byron (Abb. 12); identifiziert, liegt nahe, das Porträt V. 5535–51 auf dieses poetisch »größte Talent des Jahrhunderts« (zu Eckermann, 5. Juli 1827) zu beziehen. – Sein poetisches Talent zeigt der Knabe gleich, indem er die geflügelten Drachen (V. 5680 f.) in gespielter Geringschätzung als »Rosse« bezeichnet, mit denen er üblicherweise kutschiert.

5531 *wir sind Allegorien:* im Sinne von personifizierten Abstrakta wie schon Furcht, Hoffnung etc.; neu ist, dass die Allegorie sich selbst als Allegorie bezeichnet. Es bleibt auch nicht bei einer Bedeutung: Der Knabe bezeichnet sich als Verschwendung, als Poesie, als Poeten, als unermesslich reich und allseitig tätig, vor allem nimmt er die Funktion des Herolds ein, sich und die anderen Figuren zu erklären. Damit durchstößt er seine Maske in Richtung ›Realität‹, wie er nachher mit seinen falschen Schmuckstücken nicht die Masken, sondern die Menschen unter den Masken reizt. Dies ist das Prinzip der ganzen Gruppe.

5539 *Sponsirer:* vgl. Anm. zu V. 5187.

5551 *das A.B.C.:* die Anfangsgründe der Geschlechterbeziehung.

5554 *milde:* wohl im Sinne von mhd. *milte*, Freigebigkeit des Fürsten.

5565 *Schmuck des Turbans:* vielleicht inspiriert vom sagenhaften Reichtum orientalischer Herrscher (die Szene verwendet mehrere Motive aus orientalischen Märchen).

5582 *ein Schnippchen schlagen:* mit den Fingern knipsen.

5594 *neue Pfiffe:* neue Tricks.

5603 *frevle Schmetterlinge:* mutwillige, irreführende Schmetterlinge.

5607 *der Schaale Wesen zu ergründen:* zentrale Aufgabe des Akts – »farbiger Abglanz«, Masken, Allegorien, Papiergeld, »Frazzengeisterspiel« der Helena sind lauter ›Schalen‹, deren Wesen und vor allem soziale Wirkung der Akt studiert.

5609 *schärferes Gesicht:* schärfere Augen, besseren Durchblick, als der Herold hat.

5617 *die Palme:* Durch Lob des Herrschers und seiner Taten verschafft die Poesie den Sieg (»Palme«) und öffentliche Anerkennung.

5629 *Mein lieber Sohn … Gefallen:* Adoptionsformel nach Lk. 3,21: »Du bist mein geliebter Sohn, an dem ich Wohlgefallen habe« (Stimme aus dem Himmel zu Jesus).

5630 *Die größten Gaben:* Die Flämmchen, mit denen der Knabe das Pfingstwunder (Apg. 2,2) parodiert, wo sich der Heilige Geist den Jüngern mitteilt, sind die Fähigkeiten der produktiven Einbildungskraft, der verschwenderische Reichtum des poetischen Geistes, mit dem der Knabe dem Plutus dient.

5649 *Avaritia:* Habsucht, Geldgier, Geiz, die Mephistopheles als Sparsamkeit umdeutet. Das lat. Wort ist weiblich; die Zeitentwicklung macht, wie er provokativ sagt, den Geiz zur Männersache (V. 5665).

5656 *böser Zahler:* der seine Schulden nicht bezahlt.

5660 *erspulen:* mit Spinnen verdienen.

5670 *Schlappe:* Ohrfeige.

5671 *Marterholz:* Holzkreuz für die Kreuzigung; »dräun« ist ›drohen‹.

5690 *deiner Sphäre:* der Einsamkeit (V. 5696, vgl. V. 59–66).

5712 *goldnem Blute:* Gold und Blut sind, wie *Walpurgisnacht* gezeigt hat, die Entsprechungen von Ordnung und Energie, Makrokosmos und Erdgeist, im höllischen Weltreich. Faust wird mit dem Gold gleich Ordnung schaffen.

5732 *Rechenpfennige:* nachgemachtes Geld zu Lehr- oder Spielzwecken.

5761 *Unterpfand:* zur Garantie der Ordnung, dem neuen »Gesetz« (V. 5800).

5782 *dies Metall läßt sich in alles wandeln:* Geld als universale Tauschbasis aller Wertschöpfung.

5792 *übelfertig:* bereit, Übles zu tun.

5798 *Narrentheidung:* Narrenpossen und -geschwätz.

5804 *großen Pan:* Bedeutung hier kombiniert aus dem ungehobelten Waldgott und dem »All der Welt« (V. 5873).

5809 *was nicht ein jeder weis:* dass der Kaiser in der Pansmaske steckt. Faust durchbricht nicht für die Maske, sondern für den Kaiser das »Gesetz«, lässt ihn auch noch in den Abgrund der Goldkiste schauen und löst damit das Unheil aus.

5819 FAUNEN: Wald- und Feldgötter, Beschützer der weidenden Herden, ständige Begleiter des Pan.

5829 SATYR: Berg- und Waldgott, oft im Gefolge des Dionysos. Die Charakterisierung des freien Einzelnen erinnert an Goethes Jugenddrama *Satyros oder Der vergötterte Waldteufel*.

5840 GNOMEN: Erd- oder Berggeister, bewachen die unterirdischen Schätze und können verschiedene Gestalten annehmen, hier die der Bergleute.

5845 *Leuchtameisen:* von den Gnomen erfundene Tierart.

5848 *Gütchen:* den Menschen wohlgesonnene Hausgeister.

5853 *Glück auf!:* Bergmannsgruß.

5860 *die drey Gebot:* nicht zu töten, die Ehe nicht zu brechen, nicht zu stehlen (2. Mose 20,13–15), wozu das Gold der sittlich neutralen Naturdämonen ebenfalls benutzt werden kann wie zum Bruch der anderen Gebote. Die Dämonen empfehlen ihren sittlichen Gleichmut auch den Menschen.

Abb. 15 Der brennende König Karl VI., Unfall bei einem Maskenfest 1394
Holzschnitt von Matthäus Merian in Johann Ludwig Gottfrieds
Historischer Chronica (1642)

5864 *Die wilden Männer:* halbtierische, allwissende Elementargeister und Vegetationsdämonen des Waldes. Goethe bringt sie offenbar mit Riesen wie Rübezahl zusammen, der mit einer Fichte als Spazierstock porträtiert wird.

5884 *zu Mittage schläft:* die sog. panische Stille der Mittagsstunde.

5893 *niemand weis wo ein noch aus:* der sog. panische Schrecken, wenn Pan durch plötzlichen ohrenbetäubenden Lärm ganze Heere in die Flucht jagt.

5903 *Troglodytisch:* als Höhlenbewohner, die dem Gold durch die feinen Adern nachgrabend im Berg hausen.

5917 *eräugnen:* das ›Ereignis‹ ist von der Herkunft des Wortes her, was sich den Augen zeigt. Der folgende Brand zeigt sich im wahren Sinne nur den Augen, wird aber von allen als wirklich erfahren und beklagt.

5919 *Protokoll:* Die Hoffeste wurden meist genau beschrieben und in Kupferstichen festgehalten. Der Brand des Herrschers geht auf einen historischen Unfall bei einem Maskenfest Karls VI. von Frankreich 1394 zurück (Abb. 15).

5934 *Ungeschick:* Missgeschick, Unheil.
5959 *bezirken:* eine Grenze setzen.
5977 *schwangre Streifen:* Nebelstreifen, voll von Feuchtigkeit.

Lustgarten

Aufbau der Szene: (1) An dem Höllenspektakel der *Mummenschanz* und der Bedenklichkeit der dort eingesetzten Magie hat der Kaiser überhaupt nichts auszusetzen. (2) V. 6003ff.: Mephistos dick aufgetragene Lügengeschichten von der Unterwerfung aller Elemente unter die Herrschaft des Kaisers beseitigen vollends die Unsicherheit: Alles ist nur Spaß. (3) V. 6037ff.: Berichte über die Bezahlung aller Schulden machen den Kaiser tatsächlich zu Pluto/Plutus, das Unglaubliche wird Realität. (4) V. 6054ff.: das Papiergeld als System kollektiver Täuschung und Selbsttäuschung: Die Leute glauben daran, weil der Kaiser unterschrieben hat, und der lässt es gelten, weil die Leute daran glauben; die Deckung der Währung ist, wie heute, rein hypothetisch. (5) V. 6086ff.: Auswirkung, Akzeptanz, Brauchbarkeit und Attraktivität des Papiergelds, den Zweifeln des Kaisers entgegengesetzt. (6) V. 6111ff.: Faust und Mephistopheles kennen die Verstecke der Schätze, Zweifler werden beschämt werden; der Kaiser macht sie geschickt mit Gewinnbeteiligung zu Verwaltern dieser Schätze, vertraut also, ohne Beweise zu erhalten, auf ihr Versprechen. (7) V. 6143ff.: Beschenkung, bei der sich nur der Narr ändert. Die Menschen, insbesondere der Kaiser, leben mit einem höllischen Werkzeug ebenso weiter wie mit den Spektakeln der Amüsierkunst, wobei jetzt der Schein vollends in die Wirklichkeit umgekippt ist: Faust hat durch sein von Mephistopheles vorbereitetes rasches Zugreifen in diesem Reich »alles« geleistet.

Es handelt sich hier um Madrigalverse, wobei die würdigere Redeweise des Hofs durch verhältnismäßig viele Vers communs betont wird. – An Dante erinnert die vom Feuer der unteren Hölle durchglühte Stadt des Dis (*Inferno* VIII,68–75), die der Kaiser von oben erblickt hat und über der er sich als Höllenfürst imaginiert. Die Szene wiederholt zugleich Goethes Kritik an Byrons Wahlspruch ›Viel Geld und keine Obrigkeit!‹, »weil durchaus vieles Geld die Obrigkeit paralysiert« (GmG, S. 157): Auch in dieser Szene wird, wie bildlich in der vorigen, der Ausverkauf der staatlichen Gewalt und Autorität durch das Geld demonstriert.

BA vor 5987 *Lustgarten:* Schlosspark der Renaissance mit Blumenrabatten und architektonisch-bildhauerisch behandelten Hecken.
5990 *Pluto:* lat. Form des griech. Hades, Unterweltgott, dessen Name nun den

ähnlichen Plutus (›Reichtum‹) gewissermaßen aufsaugt und dem Höllenfürsten dessen Reichtümer zusätzlich zu seiner umfangreichen Mythologie verleiht.

6002 *Salamandern:* Vom Feuersalamander glaubte man, dass er im Feuer (über)leben könne; Salamander hießen deshalb »Feuerdämonen« (vgl. V. 1273).

6009 f. *lichtgrüne … Purpursaum:* von Goethe in der *Farbenlehre* besprochene Lichtphänomene unter Wasser (AG 16, S. 49); Mephistopheles tut, als veranstalte das Meer extra für den Kaiser die Purpurumrandung, die auf die Toga der hohen römischen Staatsbeamten Bezug nimmt.

6022 *Nereiden:* Meerjungfrauen (vgl. Anm. zu V. 8044).

6025 f. *Thetis … Peleus:* Die Meergöttin (Nereide) Thetis erhebt den Kaiser zum Geliebten (Peleus war ihr Gatte).

6027 *des Olymps Revier:* Um dem Kaiser auch das Reich der Luft zu unterwerfen, will Mephistopheles ihn auf den Thron des Zeus setzen.

6032 *aus Tausend Einer Nacht:* einer großen orientalischen Sammlung phantastischer Märchen, mit denen Schehrezade (vgl. V. 6033) den König, der sie töten lassen will, so fasziniert, dass er sie begnadigt, allerdings erst nach 1001 Geschichten.

6037 MARSCHALK: für die Versorgung des Hofs zuständig (vgl. V. 4852–75).

6045 *Abschläglich:* mit Abschlagszahlung auf den zu erwartenden Lohn.

6058 *Kronen:* Bezeichnung mehrerer europäischer Währungen.

6068 *sprach … zu dir heran:* trat an dich heran und sprach dich an.

6071 *rein:* in Reinschrift.

6081 *Das Alphabet … überzählig:* hat einen neuen Buchstaben.

6094 *Der Krämer schneidet aus:* Der Tuchhändler schneidet Stoffe vom Ballen ab.

6100 *Schedel:* von lat. *schedula* ›Blatt, Zettel‹.

6118 *Gränzenlosen:* Gemeint sind die grenzenlosen Bodenschätze oder vergrabenen Schätze; jedenfalls soll der Kaiser »gränzenlos Vertrauen« in ein bloß Versprochenes fassen, wie es ja schon die Papierscheine fordern.

6125 *Pokal und Kette:* die man gefunden hat, wenn man »eine Zeit« gegraben hat.

6134 *Custoden:* Der Kaiser vertraut völlig darauf, dass Faust und Mephistopheles das Versteck vergrabener Schätze kennen, und erhebt sie zu den Hütern (lat. *custos* ›Wächter‹) dieser Schätze, zugleich mit dem Schatzmeister für die Reichsfinanzen verantwortlich.

6149 BANNERHERR: Träger einer Reichsfahne.

6153 *Flor:* (Blüten-)Pracht.

6168 *biete nur, das fehlt dir nie:* biete nur mit bei Versteigerungen, das kann dir nie schiefgehen.

6169 *Traun!:* Wahrhaftig!

6172 *Witz:* Intelligenz. Mephistopheles lobt ihn, ohne dass es andere hören (*solus*).

Finstere Gallerie

Aufbau der Szene: (1) Der Kaiser will Helena und Paris sehen, Faust hat zugesagt. (2) V. 6193 ff.: Mephistopheles erklärt sich für antike Gespenster unzuständig; Faust vermutet andere Gründe der Weigerung. (3) V. 6211 ff.: Mephistos Mittel: die Mütter; Grauen beider, Begriffe von Einsamkeit und Öde. (4) V. 6249 ff.: Faust vermutet, dass Mephistopheles den Anlass ergreifen will, ihn für die Zwecke der Hölle Weiterreichendes leisten zu lassen: nämlich zu dem Prinzip der Materialität (Gold, Blut), über das die Hölle verfügt, jetzt das Prinzip der Gestaltung, Umgestaltung hinzuzugewinnen, um damit der Hölle Schöpfungsmacht zu verschaffen. Das Nichts Mephistos ist für Faust das »All«; dies lässt sich unter der Formel »Hen kai Pan« (Eins und Alles) denken, da das »Alles« die Fülle der Gestalten der Welt ist, die die Mütter verwalten, das Eins aber ein Nicht-Etwas, das sich in diese Fülle entfaltet und damit die Mütter als *poiēsis*, Schöpferkraft überhaupt, zu erkennen gibt. (5) V. 6257 ff.: Der Schlüssel als Suchinstrument, von Faust mit Staunen ergriffen, wie er die Mütter mit Schaudern nennen hört – Schaudern als elementares Körpergefühl vor dem Erhabenen und Ungeheuren ist das Korrelat zu Fausts Fähigkeit, bis zu den Müttern vorzudringen; weil Mephistopheles dieser Öffnung zum Unendlichen nicht fähig ist, kann er nicht zu den Müttern gelangen und muss Faust vorschicken, der seine Chance ahnt. (6) V. 6275 ff.: Anweisungen, Beschreibungen, Reflexionen Mephistos; Fausts Siegesgewissheit und Gefahrenbewusstsein, Mut und Gefühl aus den Szenenteilen 4 und 5 verbunden. (7) V. 6303 ff.: Anweisung gemäß Teil 1–3 und Zweifel gemäß 4–6 werden verbunden. – Metrum: Madrigalvers; relativ viele Versbrechungen im Dialog beschleunigen insbesondere die Fünfheber.

6178 *an den Solen abgetragen:* Im Lauf seiner langen Existenz hat Mephistopheles die Lust an »Spas und Trug« längst abgenützt wie Schuhsohlen.

6180 *Wort zu stehn:* antworten zu müssen.

6184 *Paris:* Als Preis für ein Urteil, in dem der trojanische Königssohn und Hirte Paris die Aphrodite als schönste Göttin bezeichnet hatte, war ihm Helena, die Frau des spartanischen Königs Menelaos, zugesprochen worden. Der Raub der Helena löste den Trojanischen Krieg aus.

6200 *Kielkröpfigen Zwergen:* Kinder des Teufels mit Hexen.

6202 *Heroinen:* weibl. Form von »Heros«; die großen Heldenfrauen der Antike.

6208 *Wie man sich umschaut:* im Nu.

6213 *hehr in Einsamkeit:* erhaben. Einsamkeit ist auch die Sphäre des Dichters (V. 5695 f.); deshalb hieß es in einem Entwurf zu V. 6436, die bei den Müttern befindlichen Bilder des Lebens suche »getrost der Dichter auf«. Der Bereich der Mütter ist demnach als *poiēsis*, Schöpfung überhaupt, zu denken.

6216 *Die Mütter:* Befragt, woher er die Vorstellung von den Müttern habe, antwortete Goethe, er habe bei Plutarch von Müttern als Gottheiten gelesen, alles andere sei seine Erfindung (zu Eckermann, 10. Januar 1830). An vielen Stellen der von Goethe gelesenen Literatur über Magie und andere Geheimlehren war jedoch von »Müttern« als Prinzipien der Gestaltung die Rede (vgl. FD 2, S. 639–642).

6228–38 *Du spartest ... übergeben:* Diese Belege für »Einsamkeit« aus Fausts Leben, mit denen er auf *Hexenküche*, *Nacht*, *Wald und Höhle* anspielt, stimmen mit den aus dem Text bekannten Umständen und Begründungen nicht zusammen: Faust interpretiert wie im 5. Akt sein Leben um.

6249 f. *Mystagogen ... Neophyten:* Einweihende und Einzuweihende in antiken Mysterienkulten.

6253 *wie jene Katze:* nach La Fontaines Fabel *Der Affe und die Katze*. Es sind zwei Diebsgesellen, aber der Affe, um sich die Finger nicht zu verbrennen, lässt die Katze die Maronen aus der Glut holen, isst sie auf und lässt die Katze leer ausgehen. Die fürstenkritische Fabel wird schon seit dem 16. Jh. erzählt.

6256 *das All zu finden:* Was für Mephistopheles »Nichts« ist, hofft Faust aufgrund seines Zugangs zur Denkwelt der antiken Geheimlehren als das All zu finden, z. B. nach der Formel »Hen kai Pan« (Eins und Alles), nach der das All die gestaltete Entfaltung des Einen ist, das seinerseits Nicht-Etwas ist (vgl. V. 6243). Bestätigung kommt später (V. 6287–89).

6259 *Schlüssel:* symbolischer Gegenstand mit mehreren Lesarten, z. B. als Schlüssel des Abgrunds nach Offb. 11,7, dem das fürchterliche widergöttliche Tier der Weltzerstörung entsteigt – Helena, die Städtezerstörerin, Männer- und Völkerverderberin. Der Unterweltgott Pluto wird manchmal mit einem riesigen Phallus als Zepter oder mit einem kleinen Schlüssel abgebildet (Hederich, Sp. 2029); das mag Goethe die sexuellen Konnotate des

Schlüssels nahegelegt haben, mit dessen Zeugungskraft die *poiēsis* der Mütter (vgl. Anm. zu V. 6213) erschlossen wird.

6279 *das Getreibe:* Nebelbilder längst nicht mehr vorhandener Wesen und Dinge werden um Faust herumflattern und -schwimmen.

6288 *Des ewigen Sinnes ewige Unterhaltung:* zweifach lesbar: der ewige Sinn/Sinnende unterhält sich mit Gestaltung, Umgestaltung; Gestaltung, Umgestaltung unterhält/erhält/hält lebendig den ewigen Sinn.

6290 *Sie sehn dich nicht:* Die Mütter sehen nichts Reales und Materiales.

6301 *fortan, nach magischem Behandeln:* Das wird sich dann technisch als Raucherzeugung für die Diabilder einer Laterna magica herausstellen. Aber Mephistopheles erhofft sich »fortan« eine Benutzung des poetischen Dreifußes – in der Antike war er das Gerät des Dichtergottes Apollon – als gestalterische Ergänzung der ihm verfügbaren gestaltlosen Materie. Fausts närrischer Griff in den Apparat (V. 6562–65) macht ihm diese weiterreichende Hoffnung zunichte.

Hell erleuchtete Sääle

Die Szene ist durch mehrfache Doppelungen gekennzeichnet: Mephistopheles als medizinsatirischer Wunderheiler im Vordergrund, der ungeduldige Kaiser im Hintergrund. Auch Mephistopheles scheint mit Heilen voll beschäftigt, wartet aber unruhig auf Faust. Der Hof ist gleichgültig darüber, welche Künste zur Präsentation von Helena und Paris führen (V. 6317); so kümmern sich auch die »Patienten« Mephistos nicht um seine Methoden (wie sie sich auch nicht um die Deckung ihres Geldes kümmern). Alle diese Beziehungen deuten problematisch auf den Satz vom »farbigen Abglanz« zurück (V. 4727). – Metrum: Madrigalverse.

6310 *zur Schmach:* Der Kaiser hat das Schauspiel versprochen, das Abendprogramm wurde darauf eingestellt. Es wäre peinlich, wenn es nicht zustande käme.

6318 *fertig:* zum Bedarfszeitpunkt bereit.

6325 f. *kohobirt … distillirt:* Begriffe aus der Alchimie. »Kohobieren« bedeutet dort Reinigen durch mehrfache Destillation.

6329 *umschranzen:* nach Art von Höflingen (vgl. den Ausdruck »Hofschranzen«) umdrängen.

6336 *zu Gleichem Gleiches:* der homöopathische Grundsatz, Gleiches mit Gleichem zu kurieren, hier ironisch zitiert.

6357 *Scheiterhaufen:* der Inquisition, die nach Mephistopheles mit der Hölle zusammenarbeitet.

6363 *Strauß:* Kampf, Gefecht.
6373 *Teppiche spendirt:* Wandbehänge mit teuren Bildstickereien (»Tapeten«, vgl. V. 6383 f.).

Rittersaal

Aufbau der Szene: (1) Unfähig, die geheimen magischen Vorgänge zu erklären, beschränkt sich der Herold auf Benennung von Belanglos-Tatsächlichem. (2) V. 6391 ff.: Was technisch herstellbar und realiter betretbar ist – die Theaterbühne mit Tempelkulisse –, beschreibt der Astrolog (gegenläufig zum Herold) als Magie. (3) V. 6403 ff.: Weitere Auseinandersetzung über Mögliches und Wirkliches: der Tempel durch »Wunderkraft« erscheinend, aber vom Architekten gleich seinem gegenwärtigen Geschmack unterworfen; das Phantastisch-Unmögliche, das gerade deshalb »glaubenswert« sei. (4) V. 6427 ff.: Fausts Gebetanruf bekräftigt die mythische Realität der Mütter und die Glaubhaftigkeit des Unmöglichen der Präsentation nicht in den Strom des Lebens zurückgekehrter »Lebens Bilder, regsam, ohne Leben«. Ebenso wundersam und sogar hörbar: der musizierende Tempel, der hinter den aufsteigenden Nebelwolken in musikalische Schwingung zu geraten scheint. (5) V. 6453 ff.: An Paris können die Zuschauer Abbild, Wirklichkeit und Rolle nicht auseinanderhalten. (6) V. 6479 ff.: Desgleichen bei Helena; auch Faust, obwohl er Helena nicht als visuelle Erscheinung, sondern als Eröffnung des inneren Sinnes für Schönheit und als Erschließung des Sinns der Welt erfährt, fällt trotz Mephistos mehrfacher Warnung auf die »Wirklichkeit« des Kino-Ereignisses herein und verknüpft wie die Zuschauer sein Begehren damit. (7) V. 6547 ff.: Obwohl Mephistopheles durch den Astrologen noch einmal auf das Theatralische der Szene aufmerksam macht, sucht Faust ein Doppelreich von Wirklichem und Vorgestelltem zu begründen, in dem er beides ineinander konvertieren kann. Indem er nach Helena greift und mit dem glühenden Schlüssel den Nebel berührt, der Paris zeigt, wirft ihn eine Explosion ins Koma und zerstört wahrscheinlich den Dreifuß, auf den beide Magier ihre Hoffnungen gesetzt hatten. Das Pygmalion-Problem, bei dem der Künstler sich in das selbstgeschaffene Bild verliebt, wird sich in den zwei folgenden Akten verschärfen. – Metrum: Madrigalvers, meist fünfhebig, relativ viele Vers communs markieren den Hofton.

6378 *Verkümmert … Walten:* Weil die Geister heimlich agieren, hat der Herold nichts anzukündigen. Er weicht auf die Beschreibung der Zustände im Saal aus.
6383 *Tapeten:* vgl. Anm. zu V. 6373.

Abb. 16 Paestum, Neptun-Tempel (Kupferstich von Piranesi)
Bildvorstellung zum »Raub der Helena«

6393 *hier ist Magie zur Hand:* was der Astrologe beschreibt, ist ein durchführbarer Bühneneffekt: Die Bildteppiche werden durch einen Zugmechanismus von der dahinterliegenden Fläche weggerollt, die als Wand erscheint, aber die Rückseite der Kulisse mit dem Tempel ist. Diese spaltet sich in der Mitte und wird nach rechts und links im Bogen nach hinten geschoben, wobei der auf die Rückseite gemalte Tempel erscheint und ein Proszenium (Vorderbühne) entsteht, das vom Astrologen und von Faust betreten werden kann, der dann seinen Nebelapparat (vgl. Abb. 14) aufstellt und in Gang setzt.

6410 *plump und überlästig:* Der Spott des Architekten gotischer Kirchen (V. 6412–14) entspricht Goethes Erschrecken angesichts der dorischen Tempel in Paestum (*Italienische Reise*; AG 11, S. 240 f., vgl. dann aber ebd., S. 351) – Abb. 16.

6413 *Zenith:* Anblick der ›Himmelhöhe‹ einer gotischen Kirche beim Blick nach oben.

6415 *sterngegönnte Stunden:* die günstige Sternkonstellation.

6420 *Unmöglich ist's, drum eben glaubenswerth:* Anspielung auf Tertullian, *De carne Christi* (Über das Fleisch Christi), 5,4: »Ich glaube, weil es widersinnig ist«.

6447 *Triglyphe:* an dorischen Tempeln ein Dreischlitz in den Köpfen der steinernen Deckenbalken.

6454 *eine Pfirsche:* ein Pfirsich.

6470 *höflich:* dem Hof angemessen.

6477 *Ambrosia:* Speise der Götter, die ihnen Jugend, Schönheit, Unsterblichkeit verleiht.

6483 *Feuerzungen:* Anspielung auf das Pfingstwunder (Apg. 2,1–4).

6484–86 *gesungen ... erscheint ... gehörte:* Vorzeichnung der Reaktion Fausts.

6495 *Die Wohlgestalt:* das Zauberbild in *Hexenküche.*

6500 *zolle:* abgebe, opfere, weihe.

6509 *Endymion ... gemahlt!:* Der schöne Hirte Endymion verliebte sich in Hera, die Gattin des Zeus, weshalb ihn dieser in einer karischen Höhle in Schlaf versenkte. Dort verliebte sich Selene (lat. Luna), die Mondgöttin, in ihn und zeugte mit ihm 50 Töchter.

6513 DUENNA: Hofmeisterin, Gouvernante.

6530 *Vom zehnten Jahr an:* vgl. V. 7426.

6531 *Gelegentlich:* wenn sich die Gelegenheit bietet.

6548 *Raub der Helena:* Paris soll Helena entweder aus dem Palast in Sparta geraubt haben, während Menelaos abwesend war, oder auf der Insel Kithera südlich der Peloponnes gelandet sein und Helena aus dem Artemis-Tempel entführt haben; dorthin war sie aus Neugier gekommen, um den schönen Fremden zu sehen (Hederich, Sp. 1219 f.); dieser Version folgt Faust in dem von ihm inszenierten Spiel, auf das er nun selbst hereinfällt.

6555 *Doppelreich:* von Wirklichkeit und (Kunst-)Schein.

6565 *zu Schaden:* wegen des wahrscheinlich zerstörten Dreifußes, vgl. Anm. zu V. 6301.

Zweyter Act

Nach dem 3. Akt wurden die »Antecedenzien«, 1. und 2. Akt, bearbeitet; der 2. Akt war im Juni 1830 fertig. Eine eigenhändige Eintragung Goethes vor V. 7495 *Am obern Peneios wie zuvor* schuf eine Unsicherheit bei den Editoren, weil in der Handschrift die dieser Eintragung vorhergehende Szene *Peneios umgeben von Gewässern und Nymphen* heißt. Die Hamburger Ausgabe z. B. setzte deshalb eine vermeintlich vergessene Überschrift »Am unteren Peneios« vor

V. 7080, um nicht zwei Szenen mit gleicher Ortsangabe aneinanderstoßen zu lassen, so als hätte man im *Ersten Theil* nicht zwei Szenen *Studirzimmer* hintereinander. Außerdem hat Faust auf Chirons Rücken in der Szene *Peneios umgeben von Gewässern und Nymphen* eine beträchtliche Strecke »Durch Kiesgewässer« (V. 7464) bis zu Mantos Tempel im Fuß des Olymps zurückgelegt, und die Szene *Am obern Peneios wie zuvor* beginnt mit gänzlich neuem Personal. So ist weder die Einfügung einer neuen Szenenüberschrift noch die Herabstufung der Überschrift *Telchinen von Rhodus auf Hippokampen und Meerdrachen, Neptunens Dreyzack handhabend* (vor V. 8275) zur Regiebemerkung notwendig noch gerechtfertigt.

In jedem der Akte (wie schon im Gelehrten- und im Gretchendrama) strebt Faust danach, Gott zu werden, indem er sich eine der Gott zugeschriebenen Eigenschaften zulegt. Hier ist es die vierte Strebung, »überall und immer zu sein«. So exponiert die erste Szene als »Prolog« des Aktes Mephistos biologische Schöpfung des Ungeziefers und seine intellektuelle Schöpfung der »Grillen«, der unablässig zirpenden Zweifel- und Verneinungsgedanken, daneben Wagners Versuch des *opus magnum*, der alchimistischen Neuschöpfung der Materie, und die idealistische Schöpfung des absoluten Ich als gelingende und scheiternde Schöpfungen in der Konstellation von Materie, Leben, Geist, Kunst und Natur.

Die zweite Szene dagegen exponiert Zukunftsträume: Wagner ist nicht mit dem Stein der Weisen befasst, sondern mit dem 1828 gelungenen, epochemachenden Durchbruch aus der anorganischen in die organische Chemie und damit in die künstliche Herstellung von Lebensstoffen; seinem Produkt Homunkulus fehlt ironischerweise gerade die organische Körperlichkeit, er ist eine mit Mephistos Hilfe künstlich hergestellte allwissende, damit Raum und Zeit überwindende Intelligenz, die ebenfalls zu den Träumen Wagners gehört (V. 6869 f.). Faust, leblos auf seinem Ruhebett, erträumt die Zeugung Helenas durch Leda mit dem Schwan. Mephistopheles, der anders nicht für die Reise in die *Classische Walpurgisnacht* gewonnen werden könnte, wird durch die Aussicht auf Bekanntschaft mit thessalischen Hexen gewonnen.

Die dritte Szene *Pharsalische Felder* verbindet die reale Setzung der ersten mit dem Imaginären der zweiten Szene: Was real in der Schlacht von Pharsalus ausgekämpft wurde, ist nur ein Beispiel (V. 7018) für den immer wieder aufflammenden Kampf um die Macht; die Realität der Szene wird durchsichtig auf das Immerwährende. Umgekehrt will Mephistopheles, dem die antiken Skulpturen in ihrer immerwährenden Natürlichkeit zu unanständig sind, sie »modisch überkleistern« (V. 7089). Faust gewinnt neues geistiges Leben durch die

»Bodenberührung« mit dem »Fabelreich« (V. 7055) des Imaginären. Während er das Geschaute als Er-innerung in sich aufsaugt und sich »Vom frischen Geiste [...] durchdrungen« fühlt (V. 7189), wird Mephistopheles durch die Präsenz des Fremden der Antike als fremdkulturell ausgeschlossen und schließt sich selbst aus. So umspielt die dritte Szene die Erzeugung des Real-Imaginären oder Imaginär-Realen und dessen Omnipräsenz.

In der vierten Szene, *Peneios umgeben von Gewässern und Nymphen*, wiederholt Faust seinen Traum von Ledas Zeugung, nun aber bewusst und mit der Selbstvergewisserung »Ich wache ja! O laßt sie walten / Die unvergleichlichen Gestalten / Wie sie dorthin mein Auge schickt« (V. 7271–73). In diesen produktiv-künstlerischen Akt des »Schickens« – Faust dichtet hier erstmals in kompliziertem Versmaß – gehen Realität, Imaginäres und Real-Imaginäres der drei vorhergehenden Szenen ein und werden als imaginäre Produktion realer, nämlich selbstständig waltender Gestalten, die aus einem Gemälde stammen und einer völlig fremden Gegend (Pharsalische Felder statt Sparta) aufgeprägt werden, zum hochkomplexen poetischen Akt – Faust wird Dichter. In gleicher poetischer Freiheit deutet er das Grollen des nahenden Erdbebens als einen Reiter, diesen als Kentauren, diesen als Chiron und besteigt das Produkt seiner poetischen Imagination, um zur Seherin Manto getragen zu werden. Von Chiron hat er ja erfahren, dass Helena vom Dichter »wie er's braucht zur Schau« (V. 7429) gestellt wird: Da Faust sich nun als Dichter fühlt, wird er sich eine Helena zur Schau stellen, die zugleich poetische Figur bleibt und als solche lebendig selbstständig über sich verfügt; dies ist nur auf dem Theater möglich. Manto wird ihm den Weg in den Hades zu dieser Helena-Darstellerin eröffnen.

Auf der in der vierten Szene erreichten Reflexionsebene bleibend, aber Fausts poetischer Selbstreflexion polar entgegengesetzt ist die durch Wunschdenken erzeugte, durchaus mit reflexivem Bewusstsein begleitete Selbsttäuschung in der fünften Szene *Am obern Peneios wie zuvor*. Die Szene ist aus vier einander kommentierenden Handlungslinien komponiert: Erdbeben und politisch-historische Allegorie, Mephistopheles und die Lamien, Homunkulus und die Naturphilosophen, Mephistopheles und die Phorkyaden. Überall gilt: »Ich möchte gerne mich betrügen, / Wenn es nur länger dauerte« (V. 7799 f.).

Diese polaren Tendenzen der poetischen Selbsterschaffung und der begehrlichen Selbsttäuschung verbindet steigernd die sechste Szene *Felsbuchten des Aegäischen Meers*: Nach Nereus' Aussage sind Menschen »Gebilde, strebsam Götter zu erreichen, / Und doch verdammt sich immer selbst zu gleichen« (V. 8096 f.). Selbsterschaffung nicht nur für eine Rolle, sondern bis zur Gottheit, und Selbsttäuschung darüber, dass die Strebenden doch nicht über die menschlichen Grenzen hinausgelangt sind, verbinden sich hier zu einer anthropologischen Aussage, die grundlegend für die Tragik Fausts ist und die Goethes Kommentar über Ficinos zuversichtliche Bestimmung der zur Göttlichkeit strebenden Seele darstellt (vgl. hier S. 834). Strukturell gilt das sogar für Götter unter dem Gesichtspunkt ihrer Geschichtlichkeit: Die Kabiren »Sind Götter! Wundersam eigen, / Die sich immerfort selbst erzeugen, / Und niemals wissen was sie sind« (V. 8075–77). Strukturell gilt dies besonders für Homunkulus, der nach einer organischen Gestalt strebt und sich von Proteus verführen lässt, unter Verlust seiner Identität »Im weiten Meere [...] anbeginnen« zu wollen (V. 8260). Die vierte, fünfte und sechste Szene sind also den polar und steigernd angeordneten Metamorphose-Wünschen Fausts, Mephistos und Homunkulus' zugeordnet, die alle drei wie die Kabiren »Sehnsuchtsvolle Hungerleider / Nach dem Unerreichlichen« sind (V. 8204 f.).

Die siebte Szene, *Telchinen von Rhodus*, schafft die Verbindung und Steigerung der wiederum polar zueinander stehenden Triaden der Entstehung (Schöpfung, Projektierung, geistige Gestaltung) und der Verwandlung (in omnipräsentes Leben, universelle Gestaltungsfähigkeit, omnipräsente »Gestaltung, Umgestaltung«) dadurch, dass in »Eros der alles begonnen« (V. 8479) und im Wasser das geistige und das materielle Prinzip der Gestaltung und der Umgestaltung gefunden sind. Für die sehnende, drängende, schaffende und erhaltende Gewalt des Eros stehen die kulturschaffenden Telchinen, der nach Leiblichkeit verlangende und sich hingebende Homunkulus, die durch Liebe belebte Galatee, die von Eros durchdrungenen Elemente als Beispiele, die die Omnipräsenz des Eros zum Gipfel des auf das Überall und Immer gestellten 2. Akts werden lassen.

Wurde bisher der Akt unter dem Gesichtspunkt der Ermöglichung von Natur- und Weltgeschichte besprochen, so bietet er eine große Zahl weiterer Gesichtspunkte und Lektüremöglichkeiten, die in den Szenenkommentaren angesprochen werden sollen. Nur noch der religiöse Aspekt soll hier wegen seiner den ganzen *Faust*-Text systematisch übergreifenden Bedeutung in den Blick kommen: Die Kabiren stellen wie angedeutet die Geschichtlichkeit der Göttervorstellungen heraus; sie erzeugen sich ständig neu, sind nach Zahl, Wesen, Eigenschaften, Ort usw. unbestimmt und werden immer im gegebenen Zeitmoment festgelegt. Dies war bereits im *Prolog im Himmel* festzustellen, wo die Erzengel aus der unbegreiflichen Machterscheinung der Welt sich einen sanften Herrn zurechtlegten, der wegen dieser Reduktion eines Schalks und Verneiners bedurfte (vgl. Anm. zu V. 265 f. und 271); ferner war zu beobachten, dass nach dem Scheitern der Versuchung Fausts auf dem Blocksberg die Hölle ihre Verführungsstrategie vom »Blut« auf das »Gold« umstellte, das ja im 1. Akt des *Zweyten Theils* die zentrale Rolle spielt. Jedenfalls wird in der nordischen *Walpurgisnacht* die höllische Herrlichkeit als Gegenmacht zu der himmlischen exponiert und so die Welt unter männlichen Gottheiten aufgeteilt. Der *Zweyte Theil* bringt mit der *Classischen Walpurgisnacht* das Gegenstück zur nordischen und entfaltet die Unterwelt der großen Göttinnen der Antike, wie die Mater gloriosa der *Bergschluchten* entsprechend dem Herrn des *Prologs* eine Himmelserscheinung ist, obwohl auch sie Verbindung zu den Großen Göttinnen hat. Persephone, die Unterweltherrscherin, bildet als mädchenhafte, einst von Hades geraubte Gestalt den Jugendaspekt zu Demeter, der Erdmuttergöttin, und Baubo, der Alten, die die über den Raub Persephones trauernde Demeter mit unzüchtigen Scherzen wieder aufzuheitern suchte und die Goethe als Gesandtschaft der antiken Frauengottheiten bei den nordischen Hexen auftreten ließ (V. 3962), so wie jetzt Mephistopheles die nordisch-christliche Delegation in der *Classischen Walpurgisnacht* darstellt. Persephone wird auch mit Hekate identifiziert, dem schrecklichen Hades-Aspekt einer weiteren dreigestaltigen Großen Göttin, die von Anaxagoras angerufen wird als »droben ewig unveraltete, / Dreynamig-Dreygestaltete, […] Diana, Luna, Hekate« (V. 7902–05). Auch die Mater gloriosa ist als Jungfrau, Mutter, Königin (V. 12009–12) dreigestaltig und hat wie die chthonischen Göttinnen der *Classischen Walpurgisnacht* religionsgeschichtliche Verbindung zur Urreligion der Großen Mutter (Isis, Ischtar, Astarte usw.). Helena selbst gehört in den Kreis dieser Göttinnen, wird ja auch, obwohl der Geburt nach Halbgöttin, von Mephistopheles als »Göttin« bezeichnet (V. 9949). Ihr Name weist auf griech. *helos* ›Sumpf‹ (Hederich, Sp. 1216); zugleich aber war Helena »der Name der spartanischen Mondgöttin« und ihrer Priesterin (Ranke-Graves, Bd. 2, S. 267). Damit erweist sich eine strukturelle und inhaltliche Verbindung zu »Diana, Luna, Hekate«, denn die letztere wurde zur Unterweltgöttin durch eine Reinigung im Acherusischen Sumpf (Hederich, Sp. 1204). Die Frauengottheiten einschließlich Helenas sind also viel weniger bestimmt und machtbesessen, zum Wetten bereit als die Männergottheiten, sie reichen von der Unterwelt bis an den Himmel, wobei Goethe die religionsgeschichtlichen und mythologischen Vorgaben getreulich beibehielt. Diese Gottheiten einschließlich Erichtho, Lamien, Sirenen und Phorkyaden sind Figurationen für das »Ewig-Weibliche« (V. 12110), das Goethe durch das Prinzip des Ziehens kennzeichnete; so zieht das Ewig-Weibliche hinan, aber auch die Lamien machen sich einen Spaß, »Den alten Sünder / Uns nach zu ziehen« (V. 7701 f.). Demgegenüber ist, wie die Kabiren erweisen, das männliche Prinzip das strebende, drängende, der »Eros der alles begonnen« (V. 8479) und der noch in dem »neuen« Faust wirkt, der dem Zug in die höheren Sphären folgt (V. 12095). – Durch die Figuren der *Classischen Walpurgisnacht* werden also religionsphilosophisch höchst bedeutsame Gedanken zur Erscheinung gebracht.

Die intertextuelle Beziehung zu Dantes *Divina Commedia* (s. LGF 10), die schon im 1. Akt mit den Terzinen und dem Abstieg vom Läuterungsberg in die große Welt auffällig markiert wurde, wird hier »topographisch« weitergeführt. Goethe stellt offenbar nun Beziehungen zu Dantes *Inferno* her: Anaxagoras, Thales, Orpheus sind bei Dante im Elysium als dem ersten Kreis der christlichen Hölle zu finden. Die von Goethe geplante Szene beim Abstieg in den Hades, wo Faust von Manto wegen des ihnen entgegenziehenden Gorgonenhaupts verhüllt wird (vgl. Paralipomena, S. 626), erscheint analog im *Inferno* IX,56–60. In *Inferno* XII begegnen sie den Kentauren Chiron und Nessus; der letztere trägt Dante durch eine Furt im kochenden Blutsee, in dem Tyrannen gequält werden. Auf das Motiv der Tyrannis bzw. Monarchie spielt schon Erichtho an; nicht Nessus, wohl aber Chiron, der über Helena Auskunft geben kann, trägt Faust zum Eingang der Unterwelt – auch Byrons *Manfred* (s. LGF 10) war schon im 1. Akt wichtiger Bezugstext, so auch im 2. Akt. Dem faustischen Helden erscheint in II,4 Astarte als Phantom; diese Große Göttin hat Byrons Manfred geliebt, auf dem eine unausgesprochene Schuld lastet. Nach der faustischen Formulierung »This is to be a mortal / And seek the things beyond mortality« (ebd.) hatte Manfred eine Beziehung jenseits menschlicher Grenzen gesucht und war daran gescheitert. – Der 2. Akt hat auch deutliche Beziehung zu Aristophanes' *Wolken* (s. LGF 10) und *Vögeln*: Die Auseinandersetzung zwischen Baccalaureus und Mephistopheles erinnert an den nichtsnutzigen Sohn Pheidippides, der seinen Vater Strepsiades prügelt und ihm dann mit den bei Sokrates gelernten Argumenten beweist, dass ihm nichts Vorteilhafteres geschehen konnte; über die aristophanische Verkehrung der Welt hinaus hat bei Goethe die Vaterfigur Mephistopheles dem Schüler einst die Ideen beigebracht, mit denen ihm jetzt Vernichtung angedroht wird. Auch Mephistos Lern-Unfähigkeit ist komplexer als die des dummen Strepsiades: Es ist die durch Kulturfremdheit, durch die ängstliche Wahrung der kulturellen Identität und Funktion bedingte Unfähigkeit Mephistos, Verständnis für das Andere der antiken heidnischen Kultur aufzubringen. Goethe modernisiert also konsequent die in den *Wolken* dargestellten Probleme. Auf die *Vögel* mit ihrer Staatsgründung bezieht sich insbesondere die Szene *Am obern Peneios wie zuvor*.

Hochgewölbtes, enges, gothisches Zimmer

Die Szene ist wie folgt aufgebaut: (1) Die Zurückführung der Handlung in das unverändert belassene »Studirzimmer« Fausts eröffnet mit der Reflexion auf die vergangene Zeit und die museale Erstarrung des Raums die Szene als Prolog eines Aktes, in dem es um das Streben geht, überall und immer, von Raum und Zeit unabhängig zu sein und diese nach Belieben verändern zu können. (2) V. 6592 ff.: Unerwarteter Gegensatz: die »junge Schöpfung« von Ungeziefer und gedanklichen »Grillen« fällt aus Fausts altem Mantel. (3) V. 6620 ff.: Erstes Erdbeben des Akts; das durch die Glocke angekündigte Neue offenbart die Brüchigkeit des Alten. Die dialektische Wechselbeziehung des Neuen mit dem Alten wird beim Famulus, bei Wagners Faust-Kult und Wagners Wissenschaft aufgedeckt. (4) V. 6685 ff.: Ankündigung und Selbsteinführung des Baccalaureus, des Schülers aus *Studirzimmer [II]* – damit sind Faust, Schüler, Mephistopheles als Faust, und Wagner (der herbeigeholt werden soll), also das Gelehrtenquartett des Beginns, wieder versammelt und machen in einer chronologischen Selbstreflexion des Textes auf die seit *Nacht* vergangene Zeit und die eingetretene Fortentwicklung aufmerksam. (5) V. 6727 ff.: Der monomanen Selbstbezogenheit des Baccalaureus in der vierten Partie wird nun die Aggressivität gegen fremde Autorität, der Klage über frühere Unterdrückung nun die Unterdrückung anderer entgegengestellt. (6) V. 6774 ff.: Der übersteigerte Solipsismus, der sich als Weltschöpfer und Richter über Leben und Tod aufführt, verbindet Ichbezogenheit und Aggressivität der vierten und fünften Partie: eine Satire auf die Folgen von Johann Gottlieb Fichtes (1762–1814) Lehre vom absoluten Ich (vgl. V. 6736). (7) V. 6737 ff.: Mephistopheles verbindet die Zeitthematik der ersten und die Beurteilungsthematik der zweiten Triade von Partien der Szene durch den Gedanken, dass das Urteil sich mit der Zeit ändert und aus dem gärenden Most »doch noch e' Wein« werde.

Auch die Metren haben Erinnerungsfunktion: Neben dem als Sprechvers dienenden Madrigalvers erinnert der Chor der Insekten an den Geisterchor in *Studirzimmer [I]*, die trochäischen Vierheber des Famulus und des Baccalaureus an die Elfenstrophen in *Anmuthige Gegend*, deren dort naturhafte Zauberwirkung nun als Selbstbezauberung durch ängstliche oder arrogante Vorstellung reflektiert erscheint.

BA vor 6566 *altväterischem:* altmodischem.

6566–69 *verführt … Verstande:* Die durch die Explosion verursachte Lähmung (»paralysiert«) führt Mephistopheles hier nicht nur auf physische Ursachen, sondern vor allem auf die kaum auflösbare Liebe zu Helena und die Verrückung des Verstandes durch diese Liebe zurück.

6574 *Die Dinte starrt:* die Tinte ist eingetrocknet.

6578 *in dem Rohre:* Verwendet wurde offenbar eine Rohrfeder.

6583 *Schnacken:* Späße, witzige Einfälle.

6587 *Rauchwarme:* wärmend, da aus Pelz (»Rauchwerk«) bestehend.

6588 *erbrüsten:* überzeugt von sich zu sein und sich ›in die Brust zu werfen‹.

BA nach 6591 *Farfarellen:* kleine Schmetterlinge (nach dem ital. *farfalleta*; vgl. aber *farfallino* ›Flattergeist‹, *farfarello* ›Irrgeist‹).

6593 *Patron:* Arbeitgeber, vgl. V. 11170–72.

6606 *Flaus:* flauschiger Mantel.

6615 *Grillen:* Heimchen; zugleich auch »grillenhafte«, melancholische, zweifelnde, verneinende Gedanken.

6617 *Prinzipal:* Chef.

6629 *Vließe:* Pelze.

6635 *Oremus:* (lat.) lasst uns beten!

6638 *Bemooster Herr:* Bezeichnung für einen Langzeitstudenten.

6650 *wie Sankt Peter:* nach Mt. 16,19: »Ich will dir des Himmelreichs Schlüssel geben, und alles, was du auf Erden binden wirst, soll auch im Himmel gebunden sein, und alles was du auf Erden lösen wirst, soll auch im Himmel los sein.« Der Witz entsteht hier, weil auch der Chemiker Wagner bindet und löst.

6651 *Das Untre so das Obre:* vgl. V. 5052; »so« ist ›ebenso wie‹.

6667 *die Sternenstunde:* die astrologische Konstellation.

6675 *des großen Werkes:* das *opus magnum*, die höchste Aufgabe der Alchimisten, den Stein der Weisen zu finden.

6681 *lechzt er jedem Augenblick:* sehnt er ihn als Augenblick der Erfüllung herbei.

6684 *beschleunen:* beschleunigen.

6685 *Posto hier gefaßt:* ital. *posto* ›Stand, feste Basis‹.

6687f. *Neusten … erdreusten:* Der Baccalaureus – einer, der die erste akademische Abschlussprüfung hinter sich hat und bereits in der Lehre eingesetzt werden kann – wird grenzenlos frech werden (»erdreusten« ist eine im 18. Jh. übliche Nebenform zu »erdreisten«), weil er sowohl hinsichtlich der neuesten Lehrmeinungen wie seines Selbstbewusstseins zur Avantgarde gehört.

6699 *Bin verwegen, wie nicht einer:* so verwegen und kühn ist sonst keiner. Aber Angst hat er vor dem Einsturz des Gebäudes. Komischer Kontrast zu seinen folgenden Allmachtphantasien.

6704 *guter Fuchs:* naives Erstsemester.
6706 *Schnack:* s. Anm. zu V. 6583.
6707 *Bücherkrusten:* lebloses, verkrustetes Wissen enthaltende Bücher.
6712 *dunkel-helle:* im Dämmerlicht.
6719 *nicht verfangen:* nicht wirken.
6721 *Lethes trübe Fluthen:* Lethe, antiker Unterweltfluss des Vergessens, hat ihm schon jede Erinnerung geraubt: Frechheit für ›Altersschwachsinn‹.
6729 f. *Raupe ... Schmetterling:* Metamorphosen des Schmetterlings von Raupe über Puppe (»Chrysalide«) zum Schmetterling. Damit gehört der Baccalaureus zu dem seinerzeit von Mephistopheles »gepflanzten« Ungeziefer.
6734 *Schwedenkopf:* kurzes, wellig nach hinten gekämmtes Haar.
6736 *absolut:* Im Blick auf die besprochenen Haartrachten würde »absolut« (von lat. *absolutus* ›losgelöst‹) eine Glatze bedeuten; hinsichtlich philosophischer Ansichten wird angespielt auf Fichtes Lehre vom absoluten Ich, das in unbedingter Tathandlung sich seine Welt in ihrem Sosein gegenübersetzt. Fichtes Schüler missverstanden oft Sosein (Beschaffenheit, Erkennbarkeit) für Dasein (Existenz). Zu diesen gehört der Baccalaureus, vgl. V. 6791.
6745 *gelben Schnäbeln:* Jungvögel mit gelbumrandeten Schnäbeln.
6748 *dünkeln:* Kontamination aus »Dünkel«, Arroganz, und »dünken«, jemandem so vorkommen.
6749 *Tropf:* einfältiger, untauglicher Mensch.
6758 *Dust:* Staub.
6756 *Monden ... Sonnen:* Monaten, Jahren; ironische Nachfrage.
6774 *zur schlechtsten Frist:* im unpassendsten Moment.
6802 *Philisterhaft:* studentischer Ausdruck für ›kleinbürgerlich, eng‹.
6807 *Original:* Selbstdenker, Genie.
6813 *Most:* vergärender Traubensaft.

Laboratorium

Die Szene hat folgenden Aufbau: (1) Wagner bei seinem Experiment, ängstlich wegen der Störungen des organischen Prozesses durch Mephistopheles. (2) V. 6831 ff.: Ziel: Herstellung eines künstlichen Menschen, um den Menschen künftig aus dem Naturprozess herauszunehmen. (3) V. 6848 ff.: Der Verlauf des Experiments, erläutert nach Prinzipien und Zielen einer anorganisch das Organische nachbildenden Wissenschaft. Lichterscheinungen werden »ein artig Männlein«, Tönen des Glases wird Stimme. (4) V. 6879 ff.: Homunkulus begrüßt Wagner als Väterchen, Mephistopheles als Anverwandten, will tätig sein, arbeiten, Werkzeuge benutzen, d. h. die Prozesse, durch die er entstand, selbstständig nutzen und nach eigenen Zielen organisieren. (5) V. 6903 ff.: Homunkulus liest Fausts Traum. Dem Tatwillen in (4) wird hier die Rezeptivität gegenübergestellt, sein anerkennendes Verständnis für den Träumer Faust, sein verächtliches Verständnis für den kulturell beschränkten Mephistopheles, seine universale Zeit- und Raum-Umfassung im Gegensatz zur Eingeschlossenheit in die Phiole und dem Bewusstsein begrenzter Dauer in (4). (6) V. 6936 ff.: Nachdem Fausts überlebensnotwendiger Wunsch erkannt ist, muss in Mephistopheles ein Wunsch erweckt werden: thessalische Hexen. (7) V. 6983 ff.: Dem zurückbleibenden Wagner wird »Wichtiges« aufgetragen, nämlich Leben künstlich zu erzeugen. Damit kommt auch Homunkulus' eigener Wunsch, »das Tüpfchen auf das i« (V. 6994) zu finden, nämlich eine Verbindung seiner reinen Geistigkeit mit organischer Leiblichkeit, in den Blick. Wagner hat ja keineswegs erreicht, was er wollte, nämlich einen Menschen zu machen. Das Leben, den »springenden Punkt«, beherrscht er noch nicht; dieses Tüpfchen ist es, was die Triade (1–3) des anorganisch-künstlichen Experiments und die Triade (4–6) der natürlich-existentiellen Traumwünsche zusammenbindet. – Auch diese Szene hat Prologcharakter, ist aber der vorigen in vielen Punkten entgegengesetzt. Am Beispiel Baccalaureus/Homunkulus: Jener meint als absolutes Subjekt eine Welt zu schaffen und Widerständiges einfach aus dem Weg räumen zu können, diesem ist die Welt in ihrer Gegebenheit, ihrer raumzeitlichen Totalität bewusst, in die er sich als der »bequemste«, Schmiegsamste (V. 6935) verstehend, helfend, aber zielbewusst einfügt und sie nutzt. Immer und überall zu sein wird von jenem in absolutem Schöpferwahn, von diesem mit seiner »Gabe« (V. 6901) praktiziert. Jener will vernichten, was nicht er ist oder von ihm bestimmt ist; dieser verhilft zur Gelegenheit, ihr Wesen zu vervollständigen: Er verhilft Mephistopheles zum Versuch, ein echtes klassisch-romantisches Gespenst zu werden (V. 6946 f.), Faust zum Versuch, sich zu einem vollständigen antikisch-nordischen Geist zu ergänzen, und sich selbst zum Versuch, seine Entstehung zu finden. – Metrum: durchgängig Madrigalverse, durch die häufigen Aufteilungen eines Verses auf verschiedene Sprecher als rascher Sprechvers behandelt.

BA zu 6819 *am Herde:* an der Feuerstelle seines noch mit den alten Alchimistengeräten ausgestatteten Laboratoriums.

6824 *in der innersten Phiole:* »Phiole« ist ein kugeliges Glasgefäß mit langem Hals. Wie noch in der heutigen Chemie werden mehrere Glasgefäße ineinander verwendet. Die beschriebenen Farberscheinungen von Finsternis über Kohlenglut, Karfunkelrot, Blitze zu weißem Licht zeigen die Vollendungsstufen des alchemischen Prozesses an.

6840 *Der zarte Punct:* der sog. ›springende Punkt‹, Ansatz des pulsierenden Herzens im Hühnerei, wurde analog in allen Organismen für den Anfang des Lebens gehalten. Im folgenden wird die organische Bildung eines Körpers skizziert.

6852 f. *verlutiren ... kohobiren:* Alchimisten-Ausdrücke: mit Lehm oder Pech ein Gefäß abdichten; mehrfach destillieren (vgl. Anm. zu 6325 f.).

6858–60 *probiren ... krystallisiren:* Durch planvolle Versuche sollen die organischen Bildungsprozesse ersetzt und durch Prozesse wie die Kristallisation, die seither nur in der anorganischen Chemie üblich waren, rekonstruiert werden. Der Durchbruch von der anorganischen in die organische Chemie gelang 1828 Friedrich Wöhler (1800–1882) mit der Harnstoffsynthese. Wagner ist also auch einer »von den Neusten« (V. 6687), obwohl er mit uralten Instrumenten arbeitet; der Traum der Herstellung eines künstlichen Menschen ist allerdings ebenfalls uralt.

6864 *Krystallisirtes Menschenvolk:* Anspielung auf die zur Salzsäule erstarrte Frau Lots (1. Mose 19,26).

6868 *des Zufalls künftig lachen:* wenn die Verfahren sicher wiederholbar sind.

6869 f. *ein Hirn ... machen:* künstliche Intelligenz; Ansätze dazu gab es in Rechenmaschinen und Schachautomaten. Homunkulus ist schon so ein künstliches »Hirn«.

6889 *zur Arbeit schürzen:* eine Schürze anlegen oder ein langes Gewand hochnehmen. Hier im Sinne von ›die Ärmel hochkrempeln‹.

6903–20 *Schön umgeben! ... Scenen:* Faust träumt die Zeugung der Helena durch Zeus in Gestalt eines Schwans und die Spartanerkönigin Leda am Fluss Eurotas bei Sparta (Peloponnes); benannt werden nicht die mythologischen Figuren, sondern beschrieben wird das Bild von Antonio da Correggio (1489–1534) zu diesem Thema (Abb. 17), das Faust in seinem Traum mit Leben und Handlung sowie mit Ton versieht. Der Dunst geht wohl auf die emotionale Erregung des Träumers zurück (vgl. V. 2434 f.).

6924 *Im Nebelalter jung geworden:* Nach langer Vorgeschichte in Vorderasien (vgl. V. 6863) hat der Teufel im christlichen Mittelalter eine neue Karriere begonnen. Aus dem Blick des Klassizismus der Renaissance erschien das Mittelalter als finster und neblig.

6935 *der bequemste:* der sich in alle Verhältnisse einfügen kann.

6941 *classische Walpurgisnacht:* von Goethe erfundene antike Parallelveranstaltung zur nordischen Walpurgisnacht.

6942 f. *Das Beste … Elemente:* zweifach lesbar: (1) ›Das ist das Beste …! Bringt ihn …!‹; (2) ›Das Beste, nämlich die klassische Walpurgisnacht, bringt ihn zu seinem Element‹. Im ersten Fall ist die klassische Walpurgisnacht das Element, d. h. die Lebenssphäre für Faust; im zweiten Fall ist sie das Mittel, das ihn zur Begegnung mit Helena bringt. Beides ist richtig.

6946 f. *Romantische Gespenster … auch classisch:* mit »romantisch« ist hier ›mittelalterlich-christlich‹ gemeint, »classisch« heißt zunächst ›antik‹; überlagert sind die Begriffe durch die Gegensätze modern/antik und sentimentalisch/naiv.

6949 *Mich widern:* sind mir widerwärtig.

6952–55 *Peneios … Pharsalus:* Schauplatz der folgenden Szenen ist Thessalien (Mittelgriechenland). Das Einzugsgebiet des (neugriech.) Pinios ist eine große, wasserreiche, zum Teil sumpfige Ebene, die sich, nach Nordosten enger werdend, zwischen den Bergen Olympos im Norden und Ossa im Süden zum Meer hin öffnet. Westlich von Larissa durchbricht der Pinios die Küstenberge in einer Schlucht (Tempe-Tal), die der Sage nach durch ein Erdbeben entstanden ist. Pharsalos, heute Farsala, liegt am südwestlichen Rand der Ebene; am 9. August 48 v. Chr. wurde hier Gnaeus Pompeius Magnus von Caesar entscheidend geschlagen. Die Akropolis von Alt-Pharsalos erhebt sich ca. 100 m über das nach Norden sich erstreckende Schlachtfeld.

6956 f. *Tyranney und Sklaverey:* Tyrannei unter dem Triumvirat von Caesar, Pompeius und Crassus; »Sklaverey« unter der Militärdiktatur Caesars.

6961 *Asmodeus:* ein alttestamentlicher Dämon, galt als Eheteufel.

6977 *Thessalischen Hexen:* besonders mächtige – sie konnten den Mond vom Himmel herunterbeschwören – und freizügige Hexen.

6983 *Den Mantel her:* der Sage nach Fausts Fluggerät. Mephistopheles benutzt aber einen Heißluftballon (V. 7035).

6990 *Lebens-Elemente:* Bausteine des organischen Lebens, das Wagner z. B. dem Homunkulus nicht geben konnte.

6994 *Tüpfchen auf das i:* den ›springenden Punkt‹ (vgl. V. 6840 und Anm.), auf den Homunkulus mit seinem Wunsch nach einem Leib angewiesen ist.

Classische Walpurgisnacht

Pharsalische Felder

Bei den Szenen dieses Teils wird die von Goethe durch Überschriften vorgegebene Szeneneinteilung zugrunde gelegt. Die Szene *Pharsalische Felder* reicht also von V. 7005 bis V. 7248. Sie hat folgenden Aufbau: (1) Erichtho erwartet das

Bekannte, die Wiederholung des Gleichen. (2) V. 7034 ff.: Unerwartetes erscheint; sie entfernt sich fürsorglich. Auch den Luftfahrern erscheint unerwartet Grauenhaftes, Gespenstisches, Abscheuliches, das Mephistos naivem Touristenblick heimatlich anmutet. (3) V. 7056 ff.: Faust erhält Stärkung als »Antäus an Gemüthe« durch die sogleich bekannte und zugleich das »Seltsamste« versammelnde »Traum- und Zaubersphäre« (V. 3871) des »Fabelreichs«. (4) V. 7080 ff.: Versuche der Annäherung misslingen und führen zum Selbst als Rätsel. (5) V. 7138 ff.: Versuche der Vertreibung misslingen und führen zu Gewalt, Überlistung, Beschimpfung und Herabwürdigung. (6) V. 7181 ff.: Die erinnerten Mythen gehen erfrischend und kräftigend in Fausts Geist über: der Geist als ein Eigenes, das als Fremdes zu sich zurückkehrt und sich als Er-innerung selbst stärkt. (7) V. 7214 ff.: Sobald Mephistopheles sich selbst verfremdet (den verschüchterten Gast spielt), werden auch die Sphinxe freundlich: Hier verbinden sich die passiven Erfahrungen (von Bekanntem, Fremdem, Stärkendem) mit den bewussten Versuchen (der Näherung, Vertreibung, Kräftigung) zum kommunikativ wirksamen und rückwirkenden Spiel. Sich selbst eine Rolle zu geben, sich selbst zum Mythos zu machen wird hier als Möglichkeit einer Vermittlung der kulturellen, räumlichen und zeitlichen Differenz erkannt.

Metrisch setzt die Szene in Erichthos Rede mit einem antikischen Auftakt von jambischen Trimetern ein, den feierlichen Sprechversen der attischen Tragödie. Das einzige Exemplar thessalischer Hexen (um deretwillen Mephistopheles gekommen ist und die er von Erichtho ausgehend für abscheuliche Gespenster hält) erhält dadurch einen Sonderstatus gegenüber den Figuren des Fabelreichs, denen die nordischen Gäste ihre gereimten Madrigalverse leihen (V. 7114 f.). Die Gesänge der Sirenen sind an den Geistergesängen von *Anmuthige Gegend* (1. Akt) orientiert, nähern sich aber der Schweifreimstrophe, die Faust später für sein erstes Gedicht verwendet.

BA vor 7005 *Classische … Felder:* vgl. Anm. zu V. 6941 und 6952–55.

7005 f. *Zum Schauderfeste … Erichtho:* Zum Gedenken an das Erdbeben, das in grauer Vorzeit die vom Peneios entwässerte Sumpfebene der Pharsalischen Felder aus einem See entstehen ließ, wurde in der Antike das Peloria-Fest (griech. *pelória* ›das ungeheuer Riesenhafte, das unheimlich schreckhaft Große‹) mit Masken schauerlicher mythischer Gestalten gefeiert, auf das die ebenfalls in der Literatur erwähnte gefährliche thessalische Hexe Erichtho hinunterblickt; wie ein helles, langsam verblassendes Nachbild hat sie noch den sich in der Geschichte ständig wiederholenden Kampf um die Macht im Auge – auch das Erdbeben wird sich in diesem Akt wiederholen.

7022 f. *Magnus … Cäsar:* Die vielfältige Parteienlandschaft der Römischen Republik wurde erstmals durch einen Einzelherrscher abgelöst, als Caesar den Gnaeus Pompeius Magnus, mit dem und mit Crassus er seit 60 v. Chr. im Triumvirat geherrscht hatte, in der Schlacht von Pharsalus besiegte. – Seiner Glatze wegen trug Caesar gern einen Lorbeerkranz. Das »schwanke Zünglein« ist der Zeiger an der Waage des Schicksals, auf der die Gewalten sich messen werden.

7028 *hellenischer Sage Legion:* die Heerschar antiker mythologischer Gestalten.

7034 *Meteor:* Himmels- oder Witterungserscheinung – hier der von Homunkulus beleuchtete Heißluftballon.

7038 *frommt mir nicht:* bringt mir keinen Vorteil.

7053–55 *Deinen Ritter … Fabelreich:* Mit »Ritter« spielt Homunkulus auf die Helden der »romantischen« Ritterromane an (die auch Don Quijote den Kopf verdreht hatten); deren Haupthandlung bestand in der phantastisch-abenteuerlichen Suche nach einer verschwundenen Geliebten, wobei häufig, wie hier ins »Fabelreich«, die Wirklichkeitsebenen gewechselt werden mussten.

7062 *an meinem Theil:* an dem, was mich interessiert.

7071–79 *die Scholle … der Flammen:* »Scholle«, »Welle«, »Luft« und »Flammen« stehen für die vier Elemente der Antike, mit deren Erinnerung/Erfahrung Faust nun den ›Körper‹ seiner Geistexistenz belebt. Denn er ist nicht Antaios, riesenhafter Sohn der Erde, dem jede Berührung mit seiner Mutter Kraft und Frische gab (Herakles konnte ihn nur in der Luft erwürgen), sondern nur »Antäus an Gemüte«.

7083 *Sphinxe … Greife:* orientalische Mischwesen; Sphinxe mit Löwenkörper und menschlichem Oberleib und Haupt, von Goethe konsequent nach Gegensätzen gestaltet (z. B. männlich/weiblich, gutmütig/furchterregend). Greife haben Löwenkörper, Raubvogelkopf und Flügel.

7088 f. *mit neustem Sinn … überkleistern:* Der Baccalaureus war »von den Neusten« (V. 6687) und ließ deshalb nur existieren, was er selbst gemacht hatte. Seit Adams und Evas Feigenblättern ist die jüdisch-christliche Religion auf Scham aufgebaut; antike oder antikisierende Skulpturen wurden deshalb an anstößigen Stellen mit Gips überarbeitet.

7097 *Etymologisch gleicherweise stimmig:* d. h. ebenso falsch. Die Etymologie sucht Herkunft und ursprüngliche Bedeutung von Wörtern zu erforschen.

7100 *Die Verwandtschaft ist erprobt:* Etymologisch stimmt sie auch nicht, denn griech. *gryps*, lat. *gryphus* haben mit dem deutschen Verb *greifen* der Herkunft nach nichts zu tun.

7103 *Fortuna:* die Glücksgöttin.

7104–06 AMEISEN … *Arimaspen-Volk:* Antike Sagen berichten von goldschürfenden Riesenameisen, deren Schätze von Greifen bewacht werden, weil sich das räuberische Arimaspen-Volk ihrer bemächtigen will.

7109 *zur freyen Jubelnacht:* Am Peloria-Fest durften Verbrecher nicht verhaftet und bestraft werden.

7113 *ich verstehe:* Obwohl die Sphinxe noch nichts gesagt haben, fällt Mephistopheles (wie später Faust, V. 7185) sogleich das Problem des Verstehens ein: Oedipus, nachdem er, ohne ihn zu kennen, seinen Vater erschlagen hatte, traf vor Theben auf die Sphinx, die jeden Passanten zwang, ihr Rätsel zu lösen. Konnte er es nicht, tötete sie ihn. Oedipus löste das Rätsel; die Sphinx stürzte sich vom Felsen, und Oedipus der Befreier erhielt die verwitwete Königin zur Frau – seine Mutter, was beide nicht wussten.

7114 f. *Wir hauchen … alsdann:* Die Sphinxe kommunizieren durch Gedankenübertragung und benutzen die Sprache des Partners, der sich deshalb gewissermaßen immer selbst versteht. Die Lösung des Sphinx-Rätsels (»der Mensch«) beruhte auch auf Selbsterkenntnis.

7122 f. *Sie zeugten … old Iniquity:* Die reisenden Briten würden bezeugen, dass in spätmittelalterlichen englischen Mysterienspielen eine Teufelsfigur namens ›altes Laster, Unrecht, Ungerechtigkeit‹ vorkam. Wie schon in *Studirzimmer [I]* will Mephistopheles seinen Namen nicht preisgeben.

7127 *Stern schießt nach Stern:* Es ist August, Zeit der Sternschnuppen, die eine nach der anderen herabschießen, der Mond ist nicht voll – Mephistopheles gibt mit diesen oberflächlichen Beobachtungen auch keine Anhaltspunkte darüber, ob er astrologische Kenntnisse hat. Dank der besonderen Wahrnehmungsweise der Geister analysieren ihn die Sphinxe jedoch äußerst tiefsinnig (V. 7134–37, 7142–45).

7131 *Charaden:* Rätsel, bei dem ein zusammengesetztes Wort erraten werden muss, indem man Wortteile davon erraten lässt, z. B. also »Menge« + »Abschiedsgruß« = »Scharade«.

7133 *dich innigst aufzulösen:* im Innersten zu analysieren.

7134–37 *Dem frommen … amüsiren:* Bei Fechtübungen ist der lederne Brustpanzer (Plastron) des Gegners die Fläche, auf der der Übende möglichst viele Treffer mit dem Stoßdegen (Rapier) landen soll. Griech. *áskesis* heißt ›(gymnastische) Übung‹; im religiösen Bereich ist Askese eine Übung etwa im Ertragen sinnlicher Reizungen durch Verzicht (z. B. Fasten), wogegen sich der christliche Teufel störend zur Wehr setzt und damit wie ein Plastron und Sparring-Partner wirkt. Den obersten Griechengott Zeus, dem jede Askese sinnlicher Enthaltsamkeit fremd ist, amüsiert das nur. Mit seiner Wette hat Faust sich nicht eine christliche, aber eine anthropologische Askese auferlegt (vgl. Anm. zu V. 1675); insofern ist das Rätsel der Sphinx eine Art Erläuterung des *Faust* und der Mephistopheles-Figur. – Dem »bösen« Manne ist Mephistopheles »Cumpan« (vgl. V. 6311) bei Untaten; auch das gilt für Faust, denn seine Taten, bei denen er mehr und mehr von Mephistopheles abhängig ist, werden immer verbrecherischer.

7140 *krauen:* zärtlich kratzen; hier ironisch.

7143 *Wird dich's doch selbst … treiben:* nach der Lehre von den Wirkungskreisen oder Sphären (vgl. Anm. zu V. 484).

BA vor 7152 SIRENEN *präludiren oben:* singende Jungfrauen auf einer Insel im Westmeer, die die Seefahrer anlockten und ins Verderben brachten; sie wurden in der antiken Kunst als Raubvögel mit Mädchenköpfen dargestellt. Alle Sirenenstrophen sind als Gesang geplant, zu dem hier das Vorspiel (Präludium) gegeben wird. Metrisch erinnern die Strophen an die Zaubergesänge in *Anmuthige Gegend*.

7154 f. *die Allerbesten … besiegt:* nach Homer, *Odyssee* XII,39–54 ließ Odysseus (lat. *Ulysses*, *Ulixes*), als er an der Insel der Sirenen vorbeifuhr, sich an den Mast binden, den Gefährten und Matrosen aber die Ohren mit Wachs verstopfen. Der Gesang bezauberte ihn vollständig, aber zum Glück reagierten seine Begleiter nicht auf seine Bitten, ihn loszubinden.

7156 *verwöhnen:* schlechten Geschmack angewöhnen.

7172–74 *die saubern Neuigkeiten … flicht:* schöne, angenehme Neuigkeiten in der Musik: ironisch für die altertümliche, antike Instrumentalbegleitung der Singstimme unisono, im Oktavabstand und mit minimalen umspielenden Variationen: langweilig und eintönig, meint Mephistopheles.

7181 *thut mir Gnüge:* befriedigt mich vollauf.

7182 *Im Widerwärtigen:* in dem, was dem eigenen Kulturgeschmack entgegengerichtet ist. Faust anerkennt im Gegensatz zu Mephistopheles das Fremde.

7185–88 *Oedipus … bewahrt:* s. Anm. zu V. 7113, 7154 f., 7104–06.

7189 *Vom frischen Geiste fühl' ich mich durchdrungen:* Faust findet nicht nur sein Wissen bestätigt, sondern sein Schauen als Angeschautwerden »versetzt« ihn (V. 7184) in die mythische Existenzform der Sphinxe, Greifen usw.

7192 *frommen:* nützen, Vorteil bringen.

7198 *Herkules:* Der Halbgott Herakles (lat. Hercules), berühmtester aller griechischen Heroen, war beliebt wegen seiner Kraft, Schönheit und seines Charakters (Tapferkeit, Ausdauer, Edelmut). Um Unsterblichkeit zu erlangen, hatte er im Dienste seines Onkels (nicht Bruders, V. 7389!) Eurystheus zwölf Aufgaben zu lösen, um die Welt von Ungeheuern zu befreien. Die Sphinxe hat er allerdings nicht erschlagen.

7199 *Chiron:* einer der Kentauren (Pferdmenschen), besonders heilkundig und gelehrt, war Erzieher vieler mythischer Helden (vgl. V. 7337–96).

7202 *nicht fehlen:* nicht fehlgehen, misslingen, nämlich bei den Sirenen Wissen zu sammeln wie Odysseus (dagegen vgl. Anm. zu V. 7154 f.).

7219 *Alcides':* »Alcides« war ein Beiname des Herakles.

7220 *Stymphaliden:* Raubvögel wie V. 7222 beschrieben oder mit eisernen Flügeln, Schnäbeln und Krallen, die am See Stymphalis in Arkadien lebten; nach der Sage schossen sie ihre Federn wie Pfeile ab. Eine der zwölf Arbeiten des Herakles war ihre Ausrottung.

7227 *Lernäischen Schlange:* eine vielköpfige Wasserschlange in einer Quelle bei Argos, die Herakles ebenfalls töten sollte. Hieb er ihr aber einen Kopf ab, wuchsen zwei neue nach; er löste das Problem durch Ausbrennen der Stümpfe.

7232 *Chorus:* Chor, Schar.

7235 *Lamien:* blut- und sexgierige Gespenster, die sich die Gestalt attraktiver Frauen gaben, um junge Männer anzulocken.

7237 *Satyrvolk:* Satyrn sind Wald-, Berg- und Felddämonen mit Ziegenhörnern und Bocksfüßen, rötlichem Fell und kleinem Pferdeschweif, ausgelassene Begleiter im Gefolge des Dionysos, vor denen keine Frau sicher war. Die Sphinx bezeichnet Mephistos Pferdefuß spöttisch als Bocksfuß.

7245 *Sitzen vor den Pyramiden:* Gemeint ist die Sphinx von Gizeh. Pyramiden und Sphinx waren nach astronomischen Daten ausgerichtet und deshalb spätägyptisch dem Zeitgott geheiligt.

Peneius umgeben von Gewässern und Nymphen

Die Szene, die den folgenden 3. Akt ermöglicht, hat folgenden Aufbau: (1) Der Flussgott Peneios ist durch die erste »grausliche« Erschütterung des sich ankündigenden Erdbebens aufgestört und will wieder seine Ruhe haben. Faust deutet das Nachrascheln des Schilfs und das Plätschern des in Bewegung geratenen Wassers als menschenähnliche Laute und lässt sich von den Nymphen nicht von diesem ablenken. (2) V. 7271 ff.: Vielmehr »schickt« er bewusst mit seinem Auge das schon früher geträumte Bild von der Zeugung Helenas (V. 6903–20, Abb. 17) in die fremde Landschaft und transformiert sie, parallel zu einem in sieben Schweifreimstrophen gesprochenen Bildgedicht, in die mit Correggios Figuren und Schwänen belebte Landschaft bei Sparta. (3) V. 7313 ff.: Dröhnen der

Erde. Die Nymphen meinen Pferdehufe zu hören, Faust (dessen Landschaftsgemälde wieder zusammengebrochen ist) schickt wieder seinen poetischen Blick und macht aus dem Dröhnen, das wohl nur erneut ein Grollen des Erdbebens war, ein Pferd, einen Reiter, keinen Reiter, sondern einen Kentauren (Pferdmenschen), keinen beliebigen, sondern Chiron, dessen Rücken er besteigen darf und von dem er über die bedeutendsten antiken Heroen Auskunft erhält. So wie sich Faust auf eine aus einem Geräusch entworfene Kentauren-Vorstellung setzt und mit ihr spricht, von ihr belehrt wird, gehen die besprochenen Helden mit ihren Eigenschaften sowie das von Chiron korrigierte Bild der Helena in Faust über: Er verjüngt sich selbst, nicht mehr wie in *Hexenküche* mit einem Trank und der Gestalt nach, sondern kulturell durch Er-innerung; er wird so ein »klassisch-romantischer«, antik-moderner Total-Mensch, wenn auch nur in der geistigen Gestalt. (4) V. 7397 ff.: Aufgefordert, nun auch über die schönste Frau zu sprechen, korrigiert Chiron Faust in zwei Punkten: Anmut ist (nach Schiller) preiswürdiger als Schönheit; Helena als mythologische Frau ist alterslos, »Der Dichter bringt sie, wie er's braucht zur Schau«, denn »den Poeten bindet keine Zeit« (V. 7429, 7433). (5) 7434 ff.: Faust, nun selber Dichter geworden, kann sich eine Helena nach Bedarf dichten (wie ›wirklich‹ seine Dichtungen werden, erweist sich an Chiron): »So sey auch sie durch keine Zeit gebunden!«, d. h., sie soll selbst Poetin sein, die sich, wie sie's braucht, zu Schau bringt. Hat er die antiken Heroen in sich aufgenommen und bringt sich, wie er es für die Begegnung mit der antiken Heroine braucht, zur Schau, so soll sie in der Lage sein, sich z. B. auch seiner modernen, »romantischen« Kultur anzupassen (was ihr im 3. Akt aufgezwungen wird): Er will sie nicht nur »ins Leben ziehn«, sondern in sein eigenes klassisch-romantisches Leben. Das hält Chiron für verrückt und empfiehlt eine Kräuterkur bei der heilkundigen Seherin Manto. (6) V. 7463 ff.: Manto erkennt »Halbgötter« in ihnen: »wundernswürdige Gestalt, / Erhabnen Anstand, liebenswerthe Gegenwart« (V. 9182–89) zeichnen den durch seine Er-innerungen verjüngten Faust jetzt aus. Manto, die Zeitlose, liebt das unmöglich zu erfüllende, nach dem göttlichen Immer und Überall strebende Verlangen Fausts. (7) V. 7489 ff. Sie lässt Faust als »zweiten Orpheus« in die Unterwelt ein, damit er von Persephone die Helena losbitten kann. Als »zweiter« kann er den er-innerten Magier-Poeten Orpheus (V. 7375 f.) in sich aktivieren und darüber hinaus reflexiv »romantisch« die klassische Vorgabe, den Fehler des Orpheus vermeidend, in einem entscheidenden Punkt übersteigen: Er wird es schaffen, mit Helena auf der Ebene der Schöpfung (beide als Poeten), des Lebens (beide als Schauspieler von Rollen) und des künstlerischen Mythos (beide als Rollenfiguren) zusammen zu sein.

Metrisch interessant sind die Liedstrophen: die der Nymphen (erste Strophe Adoneen mit Auftakt), Fausts sieben Schweifreimstrophen, zweite Nymphenstrophe (kehrt Fausts Reimordnung um und benutzt seine Trochäen von V. 7295–7306), die ungeordnet gereimte, auf die Chorstrophen des 3. Akts vorausweisende Dialogpartie zwischen Chiron und Manto. Der Sprechvers der Szene ist der Madrigalvers mit verhältnismäßig vielen, sich dem Sprachduktus des griechischen Langverses annähernden, freilich gereimten Fünfhebern.

BA vor 7249 PENEIUS ... NYMPHEN: Der Hauptfluss der thessalischen Ebene fließt durch das Tempe-Tal nach Nordwesten ab. Thessalien galt als Ursprungsland der griechischen Kultur, ist von Goethe für Fausts aneignende poetische Rekonstruktion der Antike und der Zeugung der sinnlichen Schönheit (Helena) mit Bedacht gewählt. Wichtig für das sich ankündigende Erdbeben: das Tempe-Tal wurde durch ein Erdbeben gebildet, das sich in gewissem Sinn wiederholen wird. – Nymphen sind Naturgöttinnen: Najaden in Quellen, Bächen, Flüssen; Nereiden im Meer; Oreaden in Bergen, Dryaden in Bäumen. Die Nymphe Daphne, Tochter des Peneios, wurde von Apollon begehrt und verwandelte sich in einen Lorbeer-Busch, weshalb der enttäuschte liebende Dichtergott den Lorbeerkranz trägt. Faust projiziert dagegen den spartanischen Mythos von der Verführung Ledas durch den Schwan in die Landschaft: misslingende und gelungene Verführung, Zeugung und Verlust der Geliebten – auch sein Verhältnis zu Helena bleibt ambivalent.

7250 *Rohrgeschwister:* Rohr, dem Schilf verwandt, hat steifere, weniger bewegliche Blätter.

7253 *Unterbrochnen Träumen zu:* die Geräusche sollen ihm die durch das Erdbeben unterbrochenen Träume zurückbringen.

7254 *Wittern:* (fernes) Donnern, Ankündigung des Gewitters, hier des Erdbebens in der nächsten Szene.

7260 *ein menschlich ähnlichs Lauten:* Faust deutet Donnern, Rede des Peneios und Antwort der Pflanzen nach seinem Begehren um.

7271–73 *Ich wache ... schickt:* Faust projiziert wachend und bewusst die Gestalten des in *Laboratorium* schon einmal geträumten Correggio-Gemäldes von der Verführung Ledas durch den Schwan (Abb. 17) in die ›falsche‹ Landschaft und beschreibt das sich in die Landschaft Thessaliens bauende und sie transformierende Bild in sieben poetischen Schweifreimstrophen – Fausts erstes Gedicht. Zum »Walten«, der aktiven Verselbstständigung der poetisch geschaffenen Figuren, vgl. schon V. 5. Entsprechend ist der Dichter

Abb. 17 Correggio: Leda mit dem Schwan (Kupferstich von E. Desrochers; in Goethes Kunstsammlung). Bildvorstellung zu V. 6903–17, vgl V. 7271–7312

aktiv-passiv, spaltet sich in Ich und Du, wie ihm ja aus der Landschaft die eigene Schöpfung entgegentritt.

7294 *die hohe Königin:* die spartanische Königin Leda, Gattin des Königs Tyndareos; ihre vier Kinder waren Helena, Klytämnestra, Kastor und Pollux (die beiden sog. Dioskuren). Nach verschiedenen Überlieferungen war Zeus, in einen Schwan verwandelt, deren Vater.

7302 *Brüstend:* sich in die Brust werfend.

7317 f. *dieser Nacht ... zugebracht:* Die Nymphen vermuten eine Botschaft an die Festgesellschaft der *Classischen Walpurgisnacht*: Es ist das Erdbeben.

7321–30 *Dorthin mein Blick! ... zu sagen:* Faust verlässt sein projiziertes Gemälde, die virtuelle Realität verschwindet, die alte Landschaft ist schlagartig wieder da. Neuer produktiver Blick: Aus dem Dröhnen der Erde, wohl einem zweiten Grollen des Erdbebens, macht er einen Reiter, daraus einen Kentauren, daraus den Kentauren Chiron. Kentauren sind Mischwesen aus menschlichem Oberleib und Pferdeleib; Chiron ist der Sohn des Titanen Kronos mit der Sterblichen Philyra.

7339 f. *Kreis der edlen Argonauten:* Jason, von seinem Onkel Pelias an der Übernahme der Herrschaft in Iolkos so lange gehindert, bis er das Goldene Vlies (Widderfell) aus Kolchis (heute etwa: Georgien) geholt habe, ließ ein hervorragendes Schiff namens »Argo« bauen, machte eine Ausschreibung zur Teilnahme und wählte aus den Bewerbern eine in den Berichten zwischen 44 und 68 schwankende Zahl von Helden aus (»Argonauten«, Seefahrer auf der »Argo«); viele von ihnen hatte Chiron erzogen.

7340 *des Dichters Welt erbauten:* dem Publikum des Dichters zur Erbauung dienten.

7341 *an seinem Ort:* dahingestellt.

7342 *Pallas ... als Mentor:* Mentor war Sohn des Alkinoos, als Freund des Odysseus dazu bestimmt, dessen Sohn Telemachos zu erziehen. Die Göttin Pallas Athene begleitete in Mentors Gestalt den Sohn auf der Suche nach dem Vater.

7352 *Den Wurzelweibern und den Pfaffen:* Die Naturheilkunst Chirons wurde nicht in den offiziellen Ärzteschulen, sondern im Volk und in einigen Klosterapotheken weitergereicht.

7362 *Halbgöttlich:* vgl. Anm. zu V. 7321–30.

7365 *hehren:* erhabenen, herrlichen.

7368 *genügen:* den Bedarf des Ganzen erfüllen.

7369 *Dioskuren:* Kastor und Pollux, Brüder der Helena, einer sterblich, der andere unsterblich.

7372 *Boreaden:* Kalais und Zetes, Söhne des (Nordwind-)Gottes Boreas und der Oreithyia, hatten blaues Haar und waren an Kopf, Schultern und Füßen geflügelt.

7374 *Jason:* vgl. Anm. zu V. 7339 f.

7375 *Orpheus:* Sohn und Schüler des Dichtergottes Apollon und der Muse Kalliope, berühmtester Sänger, Magier und Dichter, der die Natur bewegen und beruhigen konnte und selbst die Unterweltgöttin Persephone so rührte, dass sie ihm erlaubte, seine verstorbene Gattin Eurydike mit zur Oberwelt zu nehmen. Weil er sich trotz des Verbots zu zeitig nach ihr umsah, verlor er sie jedoch wieder. Auf der Argonautenfahrt hielt er durch seinen Gesang zwei Felsen am Bosporus auseinander, die üblicherweise zusammenklappten und durchfahrende Schiffe zwischen sich zertrümmerten.

7377 *Lynceus:* wörtl.: der Luchsäugige (griech. *lynx* ›Luchs‹), für seine Scharfsichtigkeit berühmt. Faust stellt ihn im 3. und 5. Akt als Wächter an.

7381 *Herkules:* vgl. Anm. zu V. 7389–92.

7383 f. *Phöbus … Hermes:* der Dichter- und Sonnengott Phoibos Apollon, der Kriegsgott Ares, der Botengott Hermes.

7389–92 *Dem ältern Bruder … himmelein:* Für seinen Großonkel (nicht: Bruder!) Eurystheus musste Herakles, Sohn des Zeus und der Alkmene, um Unsterblichkeit zu erringen, zwölf schwierige Arbeiten vollbringen, von denen zwei schon genannt sind (Anm. zu V. 7220, 7227). Als Sühne für einen Totschlag musste er drei Jahre der kleinasiatischen Königin Omphale als Sklave dienen. – Gäa (griech. Gaia) ist die Erde; also: die Erde bringt keinen zweiten wie ihn hervor. – Hebe (wörtl.: Jugend), Tochter des Zeus und der Hera, dient den Göttern auf dem Olymp und schenkt ihnen bei Festen den Nektar ein. Sie wurde Herakles im Olymp zur Frau gegeben, als dieser in die Unsterblichkeit einging.

7395 *auf ihn pochen:* stolz sind auf ihre Skulpturen von Herakles.

7403 *Die Schöne … selig:* Die schöne Frau und die Schönheit überhaupt sind nur auf sich selbst bezogen und selbstgefällig.

7420 *Eleusis:* Stadt westnordwestlich von Athen, Sitz der berühmten eleusinischen Mysterien. Der letzte, längs des Meers hinführende Teil des ›heiligen Wegs‹ von Athen nach Eleusis war bis in römische Zeit sumpfig. Chirons Rolle als Träger der Helena ist mythologisch nicht belegt.

7426 *Erst sieben Jahr! … Philologen:* Wie die Philologen seiner Zeit schwankte auch Goethe in den Handschriften zwischen sieben (V. 7426), zehn (V. 6530) und dreizehn Jahren (V. 8850), gestattete den Herausgebern der Buchausgabe allerdings die Angleichung von V. 7426 auf zehn Jahre.

7433 f. *G'nug, den Poeten … keine Zeit gebunden:* Faust braucht nicht wie ein üblicher Dichter eine Helena-Gestalt für eine seiner Dichtungen, sondern möchte mit Helena zusammenleben. Er dichtet sich also eine Helena, die »durch keine Zeit gebunden«, also Poetin ihrer selbst ist und die sich, wie sie's braucht, zur Schau bringen kann.

7435 *Achill auf Pherä:* Achilles, Zentralgestalt von Homers *Ilias*, liebte schon während seines Lebens Helena sehnsüchtig und durfte nach beider Tod mit ihr auf der Insel Leuke leben und einen Sohn Euphorion mit ihr haben. In Pherai stieg Herakles in den Hades hinab und entriss dem Unterweltgott mit Gewalt die Alkestis, die für ihren Mann Admetos freiwillig in den Tod gegangen war. Den Mythos der Sehnsucht und den Mythos der Gewalt legt Faust hier übereinander, um Helena »sehnsüchtigster Gewalt« ins Leben zu ziehen (V. 7438), Achill und Herakles zugleich zu sein.

7437 *gegen das Geschick:* entgegen dem oder über das hinaus, was Menschen vom Schicksal zugestanden wird.

7444 *streng umfangen:* gefesselt.

7450 *bey Manto vorzutreten:* sie aufzusuchen. Manto, berühmte Seherin und Dichterin, war Tochter des Sehers Teiresias. Indem Goethe Manto zur Tochter des Heilgottes Asklepios (lat. Aesculapius, V. 7451) macht, vereinigt er in ihr Prophetie, Dichtung und Heilkunst.

7454 *verwegnen Todtschlag:* vgl. V. 1055.

7455 *Sibyllengilde:* die Zunft der weissagenden Frauen.

7456 *Nicht fratzenhaft bewegt:* ohne den üblichen Hokuspokus.

7460 *niederträchtig:* nach Niedrigem strebend, Helena wie im 1. Akt nur ›haben‹ zu wollen.

7465 *Rom und Griechenland im Streite:* In der Schlacht von Pydna 168 v. Chr. besiegte der römische Konsul Aemilius Paullus den König Perseus von Makedonien und unterwarf damit den letzten Rest vom Reich Alexanders des Großen der Römischen Republik. Pydna liegt jedoch nördlich des Olymp, d. h. nicht zwischen Olymp und Peneios (V. 7466). Vorgeschlagen wurde auch Skotussa, wo der makedonische König Philipp III. vom römischen Konsul T. Quinctius Flaminius besiegt wurde. Aber Skotussa lag ca. 30 km südsüdwestlich von Larissa, also ›rechts‹ von Olymp und Peneios. Vielleicht kontaminiert Faust wieder verschiedene Überlieferungen.

7473 *Halbgötter:* Faust wird von Manto weissagend als Halbgott anerkannt; seine in dieser Szene systematisch betriebene Er-innerung antiker Helden und Halbgötter hat ihn neben seiner ›romantischen‹ Existenz zu einem mythischen Heros gemacht.

7487 *Asklepischer Kur:* vgl. Anm. zu V. 7450.

7490 *Persephoneien:* Persephone (griech. Persephoné, Persephoneia oder Persephassa, lat. Proserpina), Tochter des Zeus und der Demeter, war wie ihre Mutter ursprünglich Göttin des Wachstums, wurde jedoch vom Unterweltgott Hades geraubt und zu seiner Frau und Unterweltgöttin gemacht.

7491 *Olympus:* Berg in Thessalien, als Sitz der olympischen Götter gedacht.

7493 *den Orpheus eingeschwärzt:* Sie hat ihn heimlich einschleichen lassen. Zu Orpheus vgl. Anm. zu V. 7375.

Am obern Peneios wie zuvor

Hat Faust in der vorigen Szene mit seinen poetischen Projektionen auch noch aus Erdbebenstößen sinnvolle schöne Bilder und Zusammenhänge gemacht, so geht in dieser Szene gewissermaßen ein Erdbeben durch den Handlungsverlauf; in jeder der Partien erscheint neues Personal, neue Thematik und Problematik. Nimmt man die Masken jedoch weg, erscheinen strukturelle Zusammenhänge.

Die Szene ist folgendermaßen aufgebaut: (1) Erdbeben; alle arrangieren sich privat und denken nicht an Zusammenhänge und Folgen. (2) V. 7550 ff.: Im Zeitraffer entrollt sich eine Geschichte von Usurpation, Krieg, Rache, Unterdrückung, Revolution; alle sind davon betroffen. (3) V. 7676 ff.: Lamien-Abenteuer des Mephistopheles, der sich sehenden Auges mit dem Übel, mit Lüge und Betrug arrangiert und dann doch gekränkt ist, wenn er belogen, betrogen und geschädigt wird; hier kommen die Haltungen von (1) und (2) gesteigert zusammen. (4) V. 7791 ff.: Unter der gleichermaßen absurden Masken-Oberfläche der nordischen und der antiken Kultur (V. 7792) sucht Mephistopheles nach Dauerndem, nach »Naturfels« unter dem »Gebild des Wahns«. Dem Homunkulus in seiner Suche nach Entstehung und Leiblichkeit rät er vergeblich, nicht hier oder da Rat zu holen, sondern sich auf eigene Erfahrung, auch auf eigenes Irren einzulassen. (5) V. 7851 ff.: Der Streit zweier Theoretiker über Entstehung sowie die Leichtfertigkeit, mit der dem Homunkulus die Königsherrschaft ohne Berücksichtigung seiner Eignung angeboten wird, demonstrieren das Gegenteil der in (4) empfohlenen Empirie. (6) V. 7900 ff.: Ein Meteorit fällt auf das in (2) entstandene Staatsgebilde und zerstört es. Der Theoretiker Anaxagoras verbucht den Sturz als Beweis für seine Theorie und deren Wirkmächtigkeit, der Theoretiker Thales will überhaupt nichts gesehen haben: Gedanken-Masken. Auch Homunkulus muss eine Form des Entstehens suchen, die der Empirie standhält. (7) V. 7951 ff.: Mephistopheles findet in den Phorkyaden scheinbar Uranfängliches, dem Chaos unmittelbar Verwandtes, dem er, aus jüdisch-christlicher Tradition kommend, als »Des Chaos vielgeliebter Sohn« verwandt wäre (V. 8027, vgl. 1384) und das mithin die gesuchte gemeinsame Basis für ihn sein könnte – genauso eine Täuschung wie seine den Phorkyaden nachgemachte Maske. In seiner Doppelmaskierung als Phorkyas und als »Des Chaos vielgeliebter Sohn« werden die sinnlichen und geistigen Maskenaspekte in den drei ersten und drei folgenden Partien der Szene zusammengeführt. Mit diesem Ergebnis der kulturverbindenden Maske ist die Szene dem Ergebnis der kulturverbindenden Geistigkeit der vorhergehenden Szene – Faust als echter klassisch-romantischer Mythos – entgegengesetzt.

Liedstrophen am Anfang gehen im Bild und im Vers in eine aristophanische Komödie, etwa die 1780 von Goethe übersetzten *Vögel* mit ihrer Staatsgründung, über. Die Lamien haben eine Tanzstrophe, die Dialoge sind im Madrigalvers gehalten.

BA vor 7495 *Am obern Peneios:* Da Faust von Chiron »durch Kiesgewässer« (V. 7464) bis zum Olympus gebracht worden ist, springt jetzt die Szene an den Ausgangspunkt der vorigen zurück.

Abb. 18 Raffael: Paulus im Gefängnis zu Philippi (Kupferstich von P. S. Bartoli nach dem Bildteppich im Vatikan; in Goethes Sammlung). Bildvorstellung zu Seismos

7498 *Dem unseligen Volk zu gut:* Hier wird die soziologische Dimension der Vorgänge vor allem in dieser Szene deutlich; die Sirenengesänge verführen das unglückliche, gedrückte Volk.

7500 *Führen wir mit hellem Heere:* wenn wir in großer Menge fahren würden.

7505 *Wasser staucht:* staut sich.

7511 *Blinkend wo:* wo blinkend.

7513 *Luna doppelt:* der Mond im ruhigen Wasser gespiegelt.

7519 SEISMOS: griech., wörtl.: Erdbeben; der Erderschütterer Poseidon trug diesen Beinamen; bei Goethe ist er Dämon des Erdbebens und des Vulkanismus allgemein. Die kreißende Latona (Leto) auf der Flucht suchte zur Geburt von Apollon und Artemis eine Ruhestätte. Seismos hob für sie die Insel Delos aus dem Meer. Vgl. Abb. 18.

7533–35 *Delos ... trieb:* vgl. Anm. zu V. 7519.

7538 *Atlas:* der Titan und Riese, der die Erde auf den Schultern trägt.

7540 *Gries ... Letten:* grobkörniger Sand und Lehm. Die Nennung der Schichten zeigt in der soziologischen Sinndimension des Textes, dass alle Volksschichten von einer solchen Revolution betroffen sind.

7545 *Caryatide:* Dachgebälk tragende Figur anstelle einer Säule.

7559 *Der Nacht, des Chaos:* in der griechischen Mythologie die uranfänglichsten Mächte.

7560 *Titanen:* Kinder des Himmels (Uranos) und der Erde (Gaia).

7561 *Mit Pelion und Ossa als mit Ballen schlug:* Seismos will am Kampf der früheren Göttergeschlechter (Titanen, Giganten) gegen die olympischen Götter teilgenommen und die genannten Berge wie im Schlagballspiel umher-

Abb. 19 Pygmäe im Kampf mit einem Kranich (Rand eines griechischen Trinkbechers in Form eines Hundekopfes). Bildvorstellung zu V. 7884–95

geworfen haben. In diesem Kampf ging es um die Weltherrschaft, Seismos wird mit seinem Spielvergleich als leichtsinnig charakterisiert.

7564 *Parnaß:* Gebirge mit Doppelgipfel nördlich von Delphi, dem Apollon und den Musen geweiht.

7575 *Emporgebürgte:* als Berg Hochgetriebene.

7578 *Wald verbreitet sich:* Hier beginnt bereits die Vegetation sich des neuen Bergs zu bemächtigen, es folgen kleine und größere Tiere, Däumlinge und Pygmäen – ein Schöpfungsberg, wie ihn Carl von Linné (1707–1778) in seinem *Systema Naturae* (1735) zur Veranschaulichung der drei Reiche der Natur verwendet hat.

7585 *Imsen:* Allomorph zu »Emse«, »Ämse«, »Ameise«. Das Wort »Allemsig« (V. 7598) hat etymologisch nichts mit »Ameise« zu tun.

7601 *Berg:* Abraum, taubes Gestein, das sie nicht beachten sollen.

7606 PYGMÄEN … *Platz genommen:* von griech. *pygmaíos* ›faustgroß, daumenlang‹. Sagenhaftes Zwergenvolk, das der Sage nach periodisch durch Kraniche bedroht wird. Vgl. Abb. 19. Wie (nach Goethes Meinung) die vulkanischen Erscheinungen aus dem Nichts kommen und zufällig-unberechenbar sind, so auch die Pygmäen, die über ihre Herkunft und das Ziel der Besiedelung keine Auskunft geben können.

7619 *Stern:* Schicksal.

7622 DAKTYLE: von griech. *dáktylos* ›Finger‹. Geister oder Götter, von denen wenig bekannt ist. Goethe sieht darin Däumlinge (V. 7875), während griechisch mit dem Namen auf ihre Fingerfertigkeit als Schmiede und Handwerker angespielt wird.

7629 *Schnelle für Stärke:* Wer nicht stark ist, muss schnell sein.

7649 *Hochmüthig brüstende:* Die Reiher werden nur wegen der schönen Federn getötet, aber der Generalissimus braucht ihren Hochmut als ›moralische‹ Begründung.

7658 f. *nicht zeitig … geschmeidig:* Die versklavten Imsen und Daktyle denken bereits an Aufstand; da es noch zu früh ist, ducken sie sich.

7660 DIE KRANICHE DES IBYKUS: Anspielung auf Schillers gleichnamige Ballade und die dort ausgeführte Idee, dass die dem Apollon geweihten Kraniche die Rache des Mordes am Friedlich-Schönen um der »mißgestalteten Begierde« willen (V. 7666) in Gang setzen.

7671 *Reihenwanderer:* Kraniche fliegen in keilförmiger Formation. Der Solidaritätsaufruf wird befolgt (vgl. V. 7884).

7677 *nicht just:* nicht geheuer, vertraut.

7680–82 *Frau Ilse … Elend an:* vgl. V. 3968, 3879 f.

7691 *Abenteuer:* hier: seltsame Erscheinung.

7693 *der galante Chor:* die Lamien.

7702 *Uns nach zu ziehen: Faust II* arbeitet das weibliche Prinzip als das Ziehende, das männliche als das Drängende heraus. Auch Mephistopheles ist dem (Hinab-)Ziehen ausgesetzt.

7710 f. *Mannsen … Hansen:* »Mannsen« ist verstümmelt aus »Mannesnamen«; die »großen Hansen« waren im 16./17. Jh. die mächtigen, vornehmen Männer (vgl. auch Anm. zu V. 2727). Erste Verführung des Mephistopheles durch die »Liebe«.

7715 f. *Geschnürten Leibs … erwiedern:* Sie bringen dem Blick eine modisch moderne Erscheinung entgegen.

7724 *Hexen:* Täuschung: Lamien sind Gespenster.

7732 EMPUSE: furchteinflößendes Gespenst, erscheint in vielen Gestalten. Den Lamien ist sie verhasst, weil sie sich ungescheut zu ihren »Metamorphosen« bekennt (V. 7759).

7736 *Mühmichen:* Tantchen (vgl. Anm. zu V. 334 f.).

7750 *eräugnen:* sich den Augen zeigen; etymologisch korrekte Schreibung des Wortes (vgl. Anm. zu V. 5917).

7759 *Metamorphosen:* Verwandlungen.

7772 *dünk':* glaub.

7774 *Lacerte:* Eidechse; in Goethes *Venetianischen Epigrammen* 67–70 für die leichten Mädchen verwendet. »Besen- und Hexengesicht (christlich-nördlich), Lacerte (römisch), Thyrsusstange (griechisch), Bovist (orientalisch) sind hier Ausdrücke für das Dirnenwesen vom Harz bis in den Orient« (MA 18,1, S. 890, Kommentar).

7777 f. *Thyrsusstange ... Pinienapfel:* hölzerner Phallus mit Pinienzapfen, Utensilien des Dionysoskults.

7784 *Bovist:* bauchiger Pilz, der nach der Reife seine Sporen als braunen Staub ausbläst, wenn er gedrückt wird.

7793 f. *vertrackt ... abgeschmackt:* widerwärtig; geschmacklos.

7797 *Maskenzügen:* Gesichtszügen von Masken.

7811 OREAS: vgl. Anm. zu BA vor V. 7249; die Bergnymphe des Urgesteins.

7814 *Des Pindus letztgedehnte Zweige:* Das Pindus-Gebirge verläuft von der griechisch-albanischen Grenze südöstlich bis Korinth und begrenzt Thessalien im Westen. Einzelne »Zweige« (z. B. das Tempe-Gebirge) durchziehen die Ebene von Norden nach Süden.

7816 *Pompejus floh:* nach der verlorenen Schlacht von Pharsalus, vgl. Anm. zu V. 7022 f.

7842 *auf deine eigne Hand:* selbst, ohne um Rat zu fragen.

7851 ANAXAGORAS *zu Thales:* vorsokratische Philosophen. Thales von Milet (um 625 – 547 v. Chr.) lehrte, das Wasser sei der Ursprung alles Seienden; Anaxagoras (um 500 – 428 v. Chr.) lehrte, der Kosmos bestehe aus Elementarteilchen, die Sonne sei ein feuriger Klumpen, die Sterne bestünden aus Steinen und seien nicht die Götter, als die sie verehrt würden. Im Streit der beiden spiegelt Goethe den zeitgenössischen Streit um die Bildung der Erdoberfläche zwischen Neptunisten und Vulkanisten – langsame Abtragung und Sedimentierung durch Wasser oder plötzliche Umgestaltung durch vulkanische Ausbrüche; geschichtsphilosophisch: Evolution oder Revolution.

7865 f. *Plutonisch ... Aeolischer Dünste Knallkraft:* Der Unterweltgott Hades, lat. Pluto, hatte das Feuer im Erdinnern zu verwalten, das auch, wie man meinte, explosive Gase erzeugte. Mit diesen hatte allerdings Aiolos, der Gott der Winde (vgl. »Aeolsharfe« V. 28), nichts zu tun.

7869 *Was wird dadurch nun weiter fortgesetzt:* Im Vulkanismus sieht Thales zufälliges, grund- und zielloses Geschehen.

7872 *führt ... geduldig Volk am Seile:* hält es zum Narren.

7873 *Myrmidonen:* wörtl.: Ameisenleute; nach der Sage aus Ameisen entstandene Menschen, die die von einer Epidemie entvölkerte Insel Ägina wieder besiedelten.

7884 *die schwarze Kranich-Wolke:* s. Anm. zu V. 7671.

7897 *Reiherstrahl:* die schopfartig verlängerten Nackenfedern mancher Reiher-Arten.

7900 *Die Unterirdischen:* vgl. V. 7865–68.

7905 *Diana, Luna, Hekate:* dreigestaltige mächtige Göttin, als Mondgöttin (lat. Luna) im Himmel, als Jagdgöttin (lat. Diana) auf der Erde, als Unterweltgöttin (griech. Hekate oder Persephone) gedacht, Göttin der Fruchtbarkeit, des Zauber- und Hexenwesens. Die thessalischen Hexen sollen fähig gewesen sein, den Mond herunterzubeten, wie es Anaxagoras scheinbar gelingt.

7915 *rundumschriebner Thron:* die Mondscheibe; tatsächlich fällt ein glühender Meteorit. Anaxagoras soll den Fall eines Meteoriten vorhergesagt haben.

7917 *Ins Düstre röthet sich:* wird dunkelrot.

7927 *Windgethüm:* Neubildung Goethes (analog zu »Ungetüm«): gewaltiger Wind.

7939 *aus dem Mond gefallen:* eine der Theorien über den Ursprung der Meteoriten führte sie auf die Tätigkeit von Mondvulkanen zurück.

7950 *Wundergäste:* Homunkulus wird bestaunt werden.

7953–55 *Harz ... Schwefel:* Im heimatlichen Harz-Bergland erinnert den Teufel der Harzgeruch der Tannen an das in der Hölle verwendete Pech; am liebsten ist ihm der Schwefel.

7958 *Höllenqual:* Fälschlich vermutet er einen Betrieb wie in der christlichen Hölle.

7959 DRYAS: vgl. Anm. zu BA vor V. 7249. Sie warnt Mephistopheles vor dem Rückfall in seine kulturell verengte Perspektive. Aber wie an V. 7958 sichtbar, würde er sich selbst eliminieren, wenn er sie aufgäbe. Deshalb kommt es mit den Phorkyaden nur zu einer klassisch-romantischen Scheinlösung.

7967 *Phorkyaden:* auch Graien, drei Schwestern, die das hohe Alter verkörpern; sie lebten in einer Höhle, weder von Sonne noch Mond beschienen, und waren die Wächterinnen der Gorgonen (z. B. Medusa), ihrer Schwestern. Sie besaßen gemeinsam nur ein Auge und einen Zahn und liehen sich diese gegenseitig aus, um zu sehen bzw. zu essen.

7972 *Alraune:* vgl. Anm. zu V. 4979 f.

7981 *Fledermaus-Vampyren:* blutsaugende Fledermäuse (Vampire).

7989 f. *Ops ... Rhea ... Parzen ... Chaos:* Mephistopheles fälscht schmeichlerisch die Verwandtschaftsverhältnisse. Die Parzen sind Töchter der Nacht, Enkelinnen des Chaos. Die Phorkyaden und Gorgonen sind Töchter des

Meergotts Pontos, der seinerseits Urenkel des Chaos ist. Die griechische Rhea, lat. Ops, ist eine Titanin, Gattin des Kronos und Mutter des Zeus.

7991 *ehegestern:* vorgestern.

8006 *Doppelschritt:* Geschwindmarschtritt der Heere.

8016 *In zwey ... zu fassen:* Tatsächlich sprechen manche Mythologien nur von zwei Phorkyaden.

8027f. *Des Chaos vielgeliebter Sohn! / Des Chaos Töchter:* Als »vielgeliebter Sohn« des Chaos wäre er Eros, Gott der Liebe, ja sogar Eros phanes, der zweigeschlechtliche, vielgestaltige Schöpfer der Erde, des Himmels, der Sonne und des Mondes. Faust hat ihn im christlichen Kontext seinerzeit »Des Chaos wunderlicher Sohn« genannt (V. 1384) und ihn so mit Luzifer, dem aus Hochmut von Gott abgefallenen Weltschöpfer, gleichgestellt. Hier könnte also eine Brücke zwischen den Mythologien konstruiert werden. Sofern aber die Konstruktion auf der Behauptung der Phorkyaden, sie seien Töchter des Chaos, und auf der Imitation ihres Profils beruht, ist sie Täuschung.

8029 *Hermaphroditen:* zweigeschlechtliches Wesen, vgl. die vorige Anm.

8033 *Im Höllenpfuhl die Teufel zu erschrecken:* Im 3. Akt erscheint Mephistopheles als Phorkyas der Helena und ihrem Mädchenchor, die für das ›Stück‹ aus dem Hades geholt werden, der nach Mephistos Terminologie die ›Hölle‹ der Griechen ist. Damit spielt der 3. Akt, analog zum *Walpurgisnachtstraum* der nordischen *Walpurgisnacht*, auf einer Bühne der *Classischen Walpurgisnacht*, wie ja analog zum Untertitel *Intermezzo* des *Walpurgisnachtstraums* der Separatdruck des Helena-Akts als *Zwischenspiel zu Faust* angekündigt wurde (s. Paralipomena, z. B. S. 628).

Felsbuchten des Aegäischen Meers

Aufbau der Szene: (1) Zu den Sirenen kommen zum Festanlass die Meergötter und Meernymphen (Nereiden und Tritonen), die etwas Besonderes versprechen und sich gleich auf den Weg zu den Kabiren machen. (2) V. 8082ff.: Im Gegensatz zur fröhlichen Bereitschaft der Nereiden und Tritonen macht der alte Nereus Schwierigkeiten, dem Homunkulus einen Rat bei seinem Problem des Entstehens zu geben. (3) V. 8134ff.: Er verweigert sich tatsächlich, weil er sich die Freude auf das Wiedersehen mit seiner Tochter Galatee nicht nehmen lassen will, die die Göttin der Schönheit vertritt. Er weist den Ratsuchenden zu Proteus – ein zweifelhafter Rat. (4) V. 8160ff.: Nereiden und Tritonen haben mittlerweile drei von den sieben oder acht Kabiren geholt. Das sind Götter, die sich selbst ständig umgestalten, »Sehnsuchtsvolle Hungerleider / Nach dem Unerreichlichen«. Auch die Menschen sind nach Nereus »Gebilde, strebsam

Götter zu erreichen«, aber anders als die in dauerndem Werden befindlichen Kabiren seien sie dazu »verdammt sich immer selbst zu gleichen«. Wenn nun das Fest mit den Göttern der Selbsterzeugung, Verwandlung und Suche nach sich selbst einsetzt: wird es wenigstens Homunkulus gelingen, sich selbst zum Entstehen und Verwandeln zu bringen? Faust und Mephistopheles mit innerer Kultur- bzw. äußerer Masken-Totalität haben sich jeweils nur in einer Richtung perfektioniert: Auch Homunkulus wird mit dem Gewinn vieler Körper-Anfänge seine geistige Identität verlieren. (5) V. 8219 ff.: Proteus, der mit seinen Verwandlungskünsten spielt und neugierig ist, bildet den Gegensatz zu den aus Sehnsucht sich verwandelnden und nur mit sich selbst befassten Kabiren. Thales macht Proteus auf Homunkulus neugierig. (6) V. 8245 ff.: Rat des Proteus, im Meer anzufangen und die Entwicklungsreihe der Organismen bis zu höheren Organismen zu durchlaufen. Das bedeutet ein Sich-Verwandeln der Gestalt und ein Sich-Gleichen der immanenten Zielgerichtetheit (Teleologie) dieses Entwicklungsgangs nach, jedenfalls aber den Verlust der geistigen Identität des Homunkulus: Wagners Werk ist umsonst gewesen. (7) V. 8265 ff.: Homunkulus ist von der weichen Wachstumsluft fasziniert; Proteus nimmt ihn mit, wo der Duft noch stärker und das Schauspiel des Meercorsos noch näher ist. Mit dem Schauspiel wird auf die Anfangstriade der Szene zurückgegriffen, mit dem Wachstümlichen auf die zweite Triade: Alles steuert auf die erotische Selbstverwandlung und Selbstzerstörung angesichts der sich zeigenden Galatee zu. – Wie immer die Modernen es anstellen: eine Totalität von Leib, Geist und Gestalt, wie die (imaginierten) Griechen sie hatten, können sie nicht erreichen.

In der 1. und 4. Partie spielen die Gesangsstrophen der Sirenen und Meergötter mit den Schweifreimstrophen Fausts: Auch dieses Fest ist eine Art Projektion eines oder mehrerer Gemälde, worauf Goethe durch die Strophen und eine entsprechende Musik aufmerksam macht. Sprechvers ist der Madrigalvers.

BA vor 8034 *Felsbuchten … im Zenith verharrend:* Kulturphilosophen wie Montesquieu und Herder rühmten die Eignung des insel- und buchtenreichen Ägäischen Meers für die Ausbildung einer Hochkultur. Deshalb gipfelt der Akt in dieser Landschaft. Der in der Überschrift eigens genannte, unbeweglich im Scheitelpunkt des sichtbaren Himmels verharrende Mond bedeutet die Große Göttin, die in ihrem Luna-Aspekt das Fest beherrscht und beschützt.

8034 SIRENEN: vgl. Anm. zu BA vor V. 7152. Die Sirenen fungieren wie der Herold der *Mummenschanz* und werden am Ende wie er durch ein feuriges Wunder überrascht.

8038 *Zitterwogen:* Genitiv Plural: der Zitterwogen Glanzgewimmel.

8042 f. *Dir … gnädig!:* sei uns, die zu jedem Dienst bereit sind, gnädig. Um die Gnade der nächtlichen Großen Göttin wird hier, um die Gnade der mit dem neuen »Tag« (V. 12093) verbundenen Mater Gloriosa wird am Ende gebetet. Wie im *Ersten Theil* zwischen Herr und Satan ein System von Männergottheiten, so entfaltet sich im *Zweyten Theil* ein System von Frauengottheiten.

8044 NEREIDEN *und* TRITONEN: griech. Nereides, die fünfzig Töchter des Meergotts Nereus und der Nymphe Doris, unter ihnen herausragend die »wohlgestaltete Galatea« (Hesiod, *Theogonie*, V. 250). Die von Goethe vorgenommene Unterscheidung der anmutigen, mütterlichen Doriden innerhalb der 50 Nymphen ist mythologisch nicht vorgegeben. Tritonen (griech. Triton, wörtl.: Rauscher) sind Söhne des Meergotts Poseidon und der Amphitrite, Doppelwesen aus Mensch und Fisch, mit Pferdehufen und Muscheltrompeten, für Wasserfahrten zuständig. Die Nereiden fordern die Sirenen auf, mit lauterem Gesang auch das Volk der Meerestiefe zu rufen; sie selbst sind mit dem Schmuck derer geschmückt, die von den Sirenen angelockt, in der Bucht gescheitert sind und deren Blut die Sirenen ausgesaugt haben. So glänzend schön und verführerisch alles ist, so grauenhaft ist es zugleich: auch Homunkulus wird am Ende zwar nicht von den Sirenen, aber von Proteus verführt (V. 8469) und von Galatea sogar zur bewussten Selbstzerstörung betört.

8059 f. *behagen sich … ohne Leid:* fühlen sich in ihrem mit dem Wasser bewegten (schwankenden) Leben wohl.

8071 *Samothrace:* griech. Samothrake, südlich von der thrakischen Küste im Ägäischen Meer gelegene Insel, Hauptstätte des Kultes und der Mysterien der Kabiren.

8074–77 *Kabiren … was sie sind:* mächtige, aber durch keine ausführliche Mythologie bestimmte Gottheiten, die im ganzen Mittelmeerraum verbreitet verehrt wurden, vor allem als Retter in Seenot (ausgleichender Gegensatz zu den Sirenen). Ihre Siebenzahl ist relativ sicher; ein achter, verborgener soll sie als Einheit zusammenfassen.

8082 *Nereus:* griech. Nereus, als vorolympischer Gott eine der ältesten Meergottheiten. Er stellte gegenüber dem jüngeren, wilderen Poseidon die freundliche Seite des Meers dar, beruhigte Wasser und Winde und deutete die Zukunft.

8085 *Sauertopf:* mürrischer, schwer zugänglicher Schwarzseher.

8089 *Dafür:* mehrdeutig: davor, deshalb.

8096 f. *Gebilde, strebsam … selbst zu gleichen:* verdichtete Formulierung der tragischen Anthropologie des *Faust*.

8105 *Sie … gar:* sie ergibt sich ganz und gar deinem Rat.

8108 *sich grimmig selbst gescholten:* sich durch ihren schlimmen Ausgang selbst verurteilt hat.

8116 *Trojas Gerichtstag, rhythmisch festgebannt:* in Homers Epos *Ilias*, dessen auf Trojas Untergang bezügliche Passagen Nereus dem Paris schon prophetisch rezitiert haben soll, ehe dieser Helena raubte.

8121 *Pindus:* der Berg, auf dem die Musen wohnen.

8122 f. *Ulyssen … Graus?:* Dass Nereus auch dem Odysseus prophezeite, ist mythologisch nicht überliefert. Auf seiner in der *Odyssee* erzählten lang verzögerten Rückfahrt von Troja wurde Odysseus von der Zauberin Kirke auf ihrer Insel magisch festgehalten; der einäugige Riese (Zyklop) Polyphem sperrte ihn mit seinen Gefährten in eine Höhle, bis Odysseus ihm mit einem glühenden Pfahl das Auge ausbrannte.

8130 *Quentchen:* geringe Menge (als Gewicht 1,667 g).

8134 *Humor:* gute Stimmung, die bei ihm selten ist.

8137 *Grazien … Doriden:* Grazien sind die Göttinnen der Anmut; zu Doriden vgl. Anm. zu V. 8044.

8141 *Neptunus' Pferde:* lat. Neptunus (griech. Poseidon) ist der jetzt herrschende Meergott; er trat häufig als Pferd oder mit Pferden auf.

8145 f. *Galatee … Kypris:* Das wichtigste Heiligtum der Göttin der Schönheit Aphrodite (lat. Venus) befand sich in Paphos auf Zypern; deshalb der Beiname der Aphrodite »Kypris«. Von Goethe erfunden ist, dass Aphrodite sich »von uns abgekehrt« hat und von Galatee beerbt wurde – Folge der Einführung des Christentums, auf die auch später (V. 8371) Bezug genommen wird und die nur die minderen Götter, Naturgeister und Gespenster übrig gelassen hat. Dass die Nereide Galatee (griech. Galateia, wörtl.: die Milchweiße) Aphrodite beerbt, liegt an einer seit der Antike lebendi-gen Tradition von Gemälden über Galateias Fahrt mit dem Muschelwagen der Aphrodite. Goethe besaß einen Kupferstich von Raffaels *Triumph der Galatea* (Abb. 20), den er V. 8143–49 und 8424–28 sprachlich darstellt.

8152 *Proteus:* griech. Proteus, einer der bedeutendsten Meergötter, wahrsagend, sich in unzähligen Verwandlungen zeigend und verbergend. Dies gab zu vielen Deutungen Anlass; so wurde er als Zeit, als Materie, von Goethe als Prinzip der Metamorphose verstanden.

8158 *Du bist einmal bedürftig:* du brauchst nun einmal …

Abb. 20 Raffael: Der Triumph der Galatea (Kupferstich von D. Cunego nach dem Wandgemälde, in Goethes Kunstsammlung)
Szenische Vorstellung zu V. 8424–87

8162 f. *Als wie nach Windes Regel / Anzögen:* wie wenn sie nach Maßgabe des Windes heranziehen würden.

8170 *Chelonen's:* griech. *chelóone* ›Schildkröte‹: eine Nymphe, die durch Hermes in eine Schildkröte verwandelt worden war. Sie dient jetzt als Transportpalette für die Kabiren (s. Anm. zu V. 8074–77).

8182 *Wir stehen euch nach:* wir sind schwächer als ihr.

8198 *wes't:* lebt, existiert.

8200 *gewärtig:* zur Verfügung, bereit.

8206–09 *Wir sind gewohnt ... es lohnt:* Das Unerreichliche ist das Lohnende und wird von den Sirenen überall angebetet, wo es sich erfahrbar macht.

8212–18 *Die Helden ... Kabiren:* Sinn: Die Argonauten haben für ihre Eroberung des Goldenen Vlieses nicht so viel Ruhm erhalten wie die Nereiden und Tritonen für die Einholung der Kabiren.

8220 *irden-schlechte Töpfe:* in der phönizischen Tradition wurden die Kabiren als schlichte Tongefäße gezeigt.

8233 *gestaltet stockt:* sich in feste Gestalt begeben hat.

8243 *Weltweise Kniffe:* raffinierte Tricks.

8250 *am greiflich Tüchtighaften:* am Körperlichen. Formulierung im Goetheschen Altersstil, wörtl. ›das zum Angefasstwerden hervorragend Taugliche‹: sein Körper soll der geistigen Sonderform des Homunkulus voll entsprechen – was dann gründlich versäumt wird.

8253 f. *Jungfern-Sohn ... bist du schon:* wie ein uneheliches Kind zur Welt gekommen, ehe die Erzeuger es wollten. Anspielung auch auf Jesus.

8258 *So wie er anlangt wird sichs schicken:* es wird so oder so passen, wie immer er am Ende seiner Entwicklung festgelegt sein wird.

8266 *Es grunelt so:* Wachstumsgeruch, nach frischem Grün duftend.

8274 *Dreyfach merkwürdiger Geisterschritt!:* Proteus – Thales – Homunkulus verhalten sich wie Gott – Mensch – Kunstwesen oder wie Vielgestalt – bestimmte Gestalt – werdende Gestalt. – »merkwürdig«: bemerkenswert.

Telchinen von Rhodus

Manche Ausgaben stufen die Überschrift »Telchinen von Rhodus auf Hippokampen und Meerdrachen, Neptunens Dreyzack handhabend« auf eine bloße Regiebemerkung herunter, obwohl sie wie die Angabe »Felsbuchten des Aegäischen Meers« ausgezeichnet ist. Zu beachten ist auch der Ortswechsel von der Bucht der Sirenen zu der »schmalen Strandeszunge« (V. 8269–71), der erst den vollen Blick auf den Meerescorso freigeben wird. V. 8275 bis zum Schluss des Akts wird hier also als Szene betrachtet; sie hat folgenden Aufbau: (1) Die Telchinen rühmen sich ihrer Schmiedekunst beim Dreizack des Poseidon/Neptun und bei Götterstatuen. (2) V. 8303 ff.: Dem setzen Proteus und Thales das Lebenselement des Wassers entgegen, dem sich Homunkulus anvertrauen soll. (3) V. 8339 ff.: Das Starre (der Statuen) und das Fließende (des Wassers) verbinden sich in dem trotz des Geschichtswandels jährlich wiederholten Ritual der Ankunft der Galatee auf dem Muschelwagen der Aphrodite. (4) V. 8379 ff.: Die anmutigen Doriden bringen gerettete Seeleute, die sie gepflegt und in die sie sich verliebt haben: Nereus kann sie aber nicht wie gewünscht in die Unsterblichkeit heben, die Liebesbeziehung wird bedauernd, aber ohne Sehnsucht aufgelöst: das Feste, Flüssige, Ritualisierte und Vergehende in der Beziehung der Geschlechter. (5) V. 8424 ff.: Galatee wird vorbeigezogen; die Sehnsucht zwischen Vater und Tochter muss dem Ritual geopfert werden. Das Lob des Thales auf das Wasser als ursprüngliches und erhaltendes Element des Lebens und der Welt ist ebenfalls ritualisiert und perspektivisch verengt – am Schluss werden dagegen »Element' ihr alle vier« angerufen. (6) V. 8458 ff.: Homunkulus, von übermächtigem Sehnen und der Liebe zum reizend Schönen verführt, zerschellt sein Glas am Muschelwagen der Galatee und ergießt sich ins Meer. (7) V. 8474 ff.: Die Lichtsubstanz des Homunkulus erzeugt ein »Wunder«, von den Sirenen als Zusammenwirken von Wasser und Feuer gedeutet, der Chor fügt Erde und Luft hinzu: alle Elemente sind von Eros beherrscht, der als eigentliche *archē* (›Ursprung‹) auch noch hinter dem Wasser steht. Der absolute Ursprung ist die Liebe; in ihr vereinigen sich auch wieder die drei Hauptfiguren des Akts (vgl. V. 7065–68): Faust ist auf der Suche nach Helena, Mephistopheles hat sich als Eros Phanes entdeckt, Homunkulus hat sich in sehnsüchtiger Liebe selbst hingegeben. Mit ihnen sind ihre angestrebten Ziele präsent: mit Faust die geschichtliche Einheit aller Kultur, mit Mephistopheles die Einheit des schöpferischen Prinzips aller Gestalten, mit Homunkulus die Einheit aller organischen Leiblichkeit. Mit den Zielen muss auch das tragische Scheitern aller drei Figuren erkannt werden: Fausts Einheit ist »nur gedacht« (vgl. V. 7946), Mephistos Einheit nur Maske, Homunkulus' Einheit ohne geistige Identität nur im Sinne der belebten Materie werdend; den Figuren fehlt jeweils eine Qualität der anderen, weil sich die tragische Grundstruktur des ganzen *Faust* – Unbedingtheit und Beschränkung – auch hier durchsetzt.

Die Metrik der Szene ist außerordentlich variantenreich; die bunte Individualität der Äußerungsformen hat ihr Gegengewicht in dem überwältigenden chorischen Unisono des Schlusses. Hervorstechend sind die daktylischen Verse der Telchinen, die vierfache reiche Reimung im Lobgesang des Thales, die tänzerische Qualität mancher Madrigalverse. Die ganze Szene ist als Opernfinale zu hören.

BA vor 8275 TELCHINEN … *handhabend:* griech. Telchínes, Söhne der Thálassa (Meer), mythische Ureinwohner der Insel Rhodos, Schmied- und Magier-Dämonen mit flossenartigen Händen, Erzieher des Meergotts Poseidon, dem sie auch seine dreizackige Harpune schmiedeten; sie erfanden den Bronzeguss und gestalteten erste Götterbilder. – Hippokampen sind Mischwesen aus Pferd und Fisch.

8276 *begütet:* besänftigt.

8285–88 *Euch … regt!:* Als dem Sonnengott Helios Geweihte und Gesegnete des Tages werden die Telchinen von den Sirenen begrüßt, auch zu einer Nachtzeit, in der der Luna, der Mond, verehrt wird.

8290 *den Bruder:* Der Sonnengott Apollon war Bruder der Artemis (Diana).

8292 *Päan:* Hymnus auf Apollon.

8300 *als Riesen:* der sog. Koloss von Rhodos, 302–290 v. Chr. als Siegesdenkmal errichtet, eines der sieben Weltwunder der Antike.

8306 *Das:* das Telchinen-Volk.

8312 *wieder eingeschmolzen:* Der Koloss von Rhodos stürzte nach einem Erdbeben 226 v. Chr. um und wurde noch bis weit ins Mittelalter von arabischen Kaufleuten verschrottet.

8330 *strebe nicht nach höheren Orden:* Während Thales die steigernde Entwicklung der Arten vom Anfang der Schöpfung bis zum Menschen im Blick hat und nur die lange Zeit veranschlagt, empfiehlt Proteus nun eine Entwicklung in die Mannigfaltigkeit der Arten auf relativ niederer Komplexitätsstufe: Den Menschen hält er für eine Sackgasse der Entwicklung. Allenfalls einen wie Thales lässt er noch gelten (V. 8335).

8343 *Paphos:* vgl. V. 8147 und Anm. zu V. 8145 f.; Tauben sind Vögel der Aphrodite. Da sie nun erscheinen und Galatee ankündigen, ist das Fest »vollendet«.

8348 *Mondhof:* helle Korona um den Mond bei dunstiger Witterung.

8359 PSYLLEN *und* MARSEN: Schlangenbeschwörer, die Psyllen aus Nordafrika, die Marsen aus dem Apennin; Plinius der Ältere (*Naturgeschichte* XXVIII) erwähnt sie aber zusammen als zyprische Urvölker; ihnen konnte Goethe die Bewahrung des Muschelwagens der Aphrodite zudichten.

8371 f. *Weder Adler … noch Mond:* Adler und geflügelter Löwe sind Wappentiere von Byzanz bzw. Venedig; Kreuz und Halbmond stehen für Christentum bzw. Islam – die sich bis in die Neuzeit bekämpfenden Mächte im Mittelmeerraum.

8374 *wägt:* bewegt.

8386–90 *Galatee der Mutter Bild … Anmuthigkeit:* Die »Mutter« ist hier einerseits Aphrodite, deren Stelle und Erbe Galatee vertritt, andererseits wohl auch die Große Mutter, die als »Diana, Luna, Hekate« hinter den schönen und hässlichen, freundlichen und hexenhaften Frauengestalten der antiken Mythologie steht. Galatee wird mit den Eigenschaften Helenas, Schönheit und Anmut, göttliche Erhabenheit und menschliche Liebenswürdigkeit, ausgestattet (vgl. V. 7403 und 7440–43).

8411 *Was Zeus allein gewähren kann:* Unsterblichkeit (vgl. V. 8406).

BA vor 8424 GALATEE *auf dem Muschelwagen:* vgl. Abb. 20, Anm. zu V. 8145 f.

8455 *Auch noch so fern:* auch wenn es noch so weit entfernt ist.

8460 *reizend schön:* vgl. V. 7443, 8390.

8469 *von Proteus verführt:* Es handelt sich offenbar um eine Verführung, denn Homunkulus wählt nicht den von Thales empfohlenen entelechischen Entwicklungsweg, sondern den von Proteus empfohlenen Weg »in Läng' und Breite« (vgl. Anm. zu V. 8330): Galatee bleibt unberührt und ungerührt, Homunkulus ist als identische Entelechie verloren, in »Wirkenskraft und Samen« (V. 384) aufgelöst. Ähnlichem Scheitern bei Helena hat Faust dadurch vorgebeugt, dass er sie zur Poetin ihrer selbst machte und sie nun mit Mephistos Hilfe in eine Situation bringen muss, in der sie seinem Begehren zustimmt.

8479 *Eros der alles begonnen:* Eros phanes (vgl. Anm. zu V. 8027 f.). Zur verabredeten (V. 7065–68) Vereinigung von Faust, Mephistopheles und Homunkulus vgl. den Szenenkommentar. hier S. 910.

8483 *dem seltnen Abenteuer:* Begrüßt wird das feurige Wunder, welches Homunkulus verursacht hat, eine Ausnahmeerscheinung in den jährlichen Walpurgisnächten.

8487 *Element' ihr alle vier:* Neben Feuer, Wasser, Lüften sind noch Grüfte als Repräsentanten der Erde gepriesen worden. Wasser und Feuer sind durch den Eros des Homunkulus verbunden, Grüfte verbinden als unterirdische Hohlräume Erde und Luft und deuten auf den Tod, während der Samen des Homunkulus auf Geburt, vielleicht eine neue Schaumgeburt, deutet, in der einst Aphrodite aus dem Samen des Himmels entstand – Fausts Helena als neue Aphrodite? Die vier Elemente, die hier abschließend alle gepriesen werden, sind die Substanzen, aus denen der schaffende Eros alles hervorgebracht hat: Die *Classische Walpurgisnacht* ist mit dem Elementargeschehen um Homunkulus an den Uranfang der Schöpfung zurückgekehrt.

Dritter Act

»Die Helena ist eine meiner ältesten Konzeptionen, gleichzeitig mit Faust, immer nach Einem Sinne, aber immer um und um gebildet. Was zu Anfang des Jahrhunderts fertig war ließ ich Schillern sehen, der, wie unsere Korrespondenz ausweist, mich treulich aufmunterte fortzuarbeiten. Das geschah auch; aber abgerundet konnte das Stück nicht werden, als in der Fülle der Zeiten, da es denn jetzt seine volle dreitausend Jahre spielt, vom Untergange Trojas bis auf die Zerstörung Missolunghis; phantasmagorisch freilich, aber mit reinster Einheit des Orts und der Handlung.« (An Sulpiz Boisserée, 22. Oktober 1826.) Macht man sich klar, dass (1) seit *Hexenküche* (V. 2604) von Helena die Rede ist, dass (2) das Gretchendrama unter anderem die Tragödie eines Bürgermädchens ist, das dem Anspruch, eine Helena als »Muster aller Frauen« (V. 2601) im Sinne der absoluten Schönheit, »Inbegriff von allen Himmeln« (V. 2339) einerseits und schönes »Weib« (V. 2436 f.) andererseits zu sein, vergeblich zu genügen sucht, dass (3) der 1. Akt den Schlüssel der sinnvollen Welt in der innerlich geschauten Schönheit der Helena findet, dass (4) der 2. Akt die geistige Steigerung Fausts zum Poeten und Halbgott und damit zum adäquaten Partner einer Halbgöttin und als Poetin ihrer selbst sich zur Schau bringenden Helena darstellt – macht man sich also klar, dass Helena damit in vier der sieben ›Akte‹ des *Faust* explizit vorkommt, im *Gelehrtendrama* als Begriff der Schönheit erarbeitet (Anm. zu V. 1068) und im 4. Akt in »Seelenschönheit« (V. 10064) sublimiert wird, um im 5. Akt nur noch der Vernichtung anheimzufallen (V. 11336 f.), dann erkennt man, dass Goethes Werk statt *Faust* auch *Helena. Eine Tragödie* hätte heißen können.

Indem Goethe den ihm aus der Puppenspiel-Tradition bekannten Motivkomplex »Helena« von Anfang an in seine Konzeption des *Faust* einschließt, bedeutet auch die Einfügung der Gretchen-Handlung die Aufstellung eines nordisch-modernen Gegenstücks zu einer griechisch-antikischen Handlung; die Konzeption einer unvollkommenen Beschwörung am Kaiserhof und die Notwendigkeit einer kulturellen »Verjüngung« und Anmessung Fausts an die antike Heroine sind spätestens in Italien gefasst worden, wo Goethe etwa anlässlich des dorischen Tempels von Paestum (vgl. Anm. zu V. 6410 und Abb. 16) die Kulturdifferenz an sich selbst erfuhr, die Gefahr des übereilten Zugriffs (1. Akt) und die Notwendigkeit einer geistigen Angleichung (2. Akt) erkannte. Daraus mag sich als körperliches Pendant der Gedanke der Verjüngung in *Hexenküche* entwickelt haben, der ja vom Faust-Stoff her ebenfalls nicht vorgegeben ist und in Rom ausgeführt wurde. Die Kulturdifferenz spielte jedenfalls von Anfang an beim Einbezug des Helena-Komplexes eine entscheidende Rolle, hatte sich der junge Goethe doch schon in seiner Satire *Götter, Helden und Wieland* über die Reduktion griechischer Heroen wie des Herakles auf Rokoko-Höflinge mittlerer Größe lustig gemacht, hatte eine »verteufelt humane« *Iphigenie* geschrieben und war sich um 1800 klar, dass die Differenz weit über das Kolossale des Herakles oder die »ungeheure Opposition im Hintergrunde meiner *Iphigenie*« (DW, S. 688; 15. Buch) hinausging. Nach Schillers Briefen *Über die ästhetische Erziehung des Menschen* und der Abhandlung *Über naive und sentimentalische Dichtung* waren nicht nur nach der damaligen Rechnung etwa 3000 Jahre Geschichte zu überwinden, um eine antike Heroine und einen neuzeitlichen Gelehrten zusammenzuführen: Der antike Mensch war Natur, der moderne sehnte sich nach Natur und kam über die Schwelle der Reflexivität weder zurück noch darüber hinaus; der antike Mensch war ›ganzer‹ Mensch, der moderne einseitig Wilder (seinen Trieben unkontrolliert ausgeliefert) oder einseitig Barbar (vom Verstand und seiner Reflexivität beherrscht). Über Welten und Weltsichten hinweg Helena »Ins Leben ziehn« zu wollen (V. 7439), ist Fausts Problem. Davon zeugt Goethes erste Äußerung über die Konzeption des Helena-Akts im September 1800, als 269 Verse mit dem Titel *Helena im Mittelalter. Satyr-Drama. Episode zu Faust* (Paralipomena, S. 601) entstanden: »meine Helena ist wirklich aufgetreten. Nun zieht mich aber das Schöne in der Lage meiner Heldin so sehr an, daß es mich betrübt, wenn ich es zunächst in eine Fratze verwandeln soll« (an Schiller, 12. September 1800; SGB 1, S. 937). Der Freund antwortete: »Laßen Sie sich aber ja nicht durch den Gedanken stören, wenn die schönen Gestalten und Situationen kommen, daß es schade sey, sie zu verbarbarisieren. […] Das Barbarische der Behandlung, das Ihnen durch den Geist des ganzen aufgelegt wird, kann den höhern Gehalt nicht zerstören und das Schöne nicht aufheben, nur es anders specificieren und für ein anderes Seelenvermögen zubereiten.« (An Goethe, 13. September 1800; SGB 1, S. 938) Das »andere Seelenvermögen« ist der Verstand, die reflexive Distanz zur Welt, die Schiller der Helena ganz ungerührt zufügen möchte; das Schöne werde eben »anders spezifiziert«, d. h. in eine andere Gattung (*species*) des Schönen überführt. Wie Faust und Helena zusammenfinden und zusammenleben können, bleibt das Thema der Helena-Handlung. Eine für *Dichtung und Wahrheit* 1816 diktierte Inhaltsangabe lässt die Szene vor dem Palast des Menelaos weg und versetzt Helena gleich in die mittelalterliche Ritterburg: »Sie findet alles einsam, sehnt sich nach Gesellschaft, besonders nach männlicher, die sie ihr lebelang nicht entbehren können. Faust tritt auf und steht als deutscher Ritter sehr wunderbar gegen die antike Heldengestalt. Sie findet ihn abscheulich, allein da er zu schmeicheln weiß, so findet sie sich nach und nach in ihn, und er wird der

Nachfolger so mancher Heroen und Halbgötter.« (Paralipomena, S. 613.) Die endgültige Fassung des Helena-Akts entstand 1825/26, wurde in *Über Kunst und Altertum* 6,1 (1827) unter dem Titel *Helena. Zwischenspiel zu Faust* angekündigt (Entwürfe und Text der Ankündigung; vgl. Paralipomena, S. 616–629) und erschien separat im Bd. 4 der Ausgabe letzter Hand (Stuttgart/Tübingen 1827) unter dem Titel *Helena. Klassisch-romantische Phantasmagorie. Zwischenspiel zu Faust.* Die Entwürfe der Ankündigung hatten mehr oder weniger ausführlich den übereilten Zugriff Fausts im 1. Akt und die geistige Anpassung im 2. Akt erkennen lassen, weniger deutlich die geheime Opposition Mephistos, dessen Existenzberechtigung als christlicher Teufel durch die heidnische Kultur infrage gestellt ist, der dann im ausgeführten 2. Akt keine Verständigungsbasis mit den Gestalten der antiken Mythologie finden kann (V. 7081, 7150 f., 7677, 7961) und schließlich nur die (selbst)betrügerische Maske einer Beziehung herstellt. Helena ist Mephistos heimliche Feindin; sie muss er von Faust wegdrängen, denn in ihrer Gegenwart ist Faust für den Versucher und Wettpartner Mephistopheles unangreifbar; er könnte sogar den Satz vom schönsten Augenblick äußern, ja er spielt geradezu damit (V. 9381 f., 9417 f.), ohne dass Mephistopheles seine Wette für gewonnen halten könnte: Außer dem Transport in die *Classische Walpurgisnacht* hat Mephistopheles nichts getan, um das neue Leben im »Fabelreich« (V. 7055), die geistige Steigerung Fausts zum Halbgott und Poeten, die Erdichtung der Helena als Poetin ihrer selbst zu ermöglichen.

Deshalb bleibt auch in der endgültigen Fassung der Helena-Akt ein »Zwischenspiel« in bezug auf den Wettkampf zwischen Faust und Mephistopheles, der sich unter diesem Gesichtspunkt als vergeblicher Kampf um Befreiung aus den Fesseln der christlich-modernen Kultur zeigt: vergeblich deshalb, weil Faust ihn mit den Mitteln dieser Kultur führen muss, von der er unausweichlich bestimmt bleibt. Gegenüber dem ersten Zwischenspiel, dem »Intermezzo« *Walpurgisnachtstraum*, bildet der 3. Akt eine Steigerung, weil Faust und Mephistopheles, dort nur Zuschauer, hier die spielenden Dilettanten sind: Mephistopheles durchgängig bis zum Ablegen der Maske (BA nach V. 10039) als Phorkyas, Faust als Kreuzritterfürst, dann als arkadischer Schäfer in den phantasmagorisch (3000 Jahre der Zeitreise ineinandergleitend) wechselnden Gattungsfragmenten des »Stücks«, das hier auf einer Bühne auf der Bühne aufgeführt wird (vgl. wieder BA nach V. 10039). Es ist bemerkenswert: Faust hält nie Helena, die antike Heroine, im Arm, sondern eine Schauspielerin, die Helena in der Rolle der von Troja Zurückkehrenden, Helena als Minnedame, Helena als arkadische Schäferin in einem modernen Singspiel darstellt. Die Prologszene des Akts, in der Faust als zweiter Orpheus (V. 7493 f.) die Helena von Persephone erbittet, ist nicht ausgeführt; es ist also nur eine Hoffnung Fausts, in der Spielerin der Helena sozusagen das mythische Substrat aller möglichen Helenen vor sich zu haben, das die Dichter, wie sie's brauchten und brauchen werden, zur Schau bringen. Dass es so ist, liegt nahe, denn diese Spielerin führt nicht eine vorgeschriebene Rolle aus, sondern entscheidet sich beim Verlassen der antiken Tragödie und später des Stücks überhaupt auf selbstständige Weise, im ersten Fall wegen der von Phorkyas nahegelegten Absicht des Menelaos, den trojanischen Chor aufzuhängen und Helena zu schlachten, im zweiten Fall nach Euphorions Tod in der vom Chor artikulierten Einsicht, den »wüsten Geisteszwang« der Phorkyas nicht mehr ertragen zu wollen (V. 9963). Denn fühlte Mephistopheles sich in der *Classischen Walpurgisnacht* »ganz und gar entfremdet« (V. 7081), so wird Helena tatsächlich »verbarbarisiert« (vgl. Gaier 2000, S. 57–91): Die antike Heroine, anfangs ganz mit ihrem Körper, seinen Schwindelgefühlen und der Erhaltung der leiblichen Existenz befasst, muss über das aus der Literatur und über imaginäre Anbetung vermittelte Bild der mittelalterlichen Minneherrin sich zu einer vollends literarischen, singenden und in abstrakten Relationen von Mein, Dein und Sein, Eins, Zwei und Drei denkenden (V. 9734, 9700–02) aufgeklärten Rokokoschäferin von sich selbst entfremden. In diesem Prozess, den die Szenenkommentare genauer nachzeichnen, ist Phorkyas die treibende, die sich anspinnende Handlung zweimal unterbrechende Kraft. Wenn Helena über sich selbst und ihre Selbsterhaltung Regie führt, treibt Mephistopheles sie immer aus einem Zustand relativer Sicherheit heraus und gefährdet ihre Existenz; Faust dagegen versucht die Fliehende aufzufangen und ihr scheinbar selbstlos Geborgenheit zu verschaffen. Meint er zum Schluss, Mephistopheles durch Versetzung der Helena in eine nur noch literarisch imaginierte Landschaft auszutricksen (V. 9439, 9562–65), so ist die Ereignislosigkeit dieser Landschaft, jenseits derer der griechische Befreiungskrieg tobt, dem überlebendigen Euphorion (V. 9739 f.) wie schon dem Chor unerträglich.

In diesem Zwischenspiel sind also Helena, Faust und Mephistopheles Schauspieler, Regisseure und Zuschauer zugleich; die Dramatik des Spiels liegt nicht in dem, was gezeigt wird, sondern wie bei einem Schachspiel in den Angriffs-, Gegenangriffs- und Verteidigungszügen der Figuren. Sachlich am wichtigsten ist in diesem »Stück« die Frage der Herrschaft – Formen der Herrschaft vom rohen, stets abwesenden Piraten Menelaos über die magische Herrschaft der Schönheit Helenas, die Reichsverfassung Fausts und deren Vernachlässigung durch Eigeninteresse bis hin zur besprochenen Kulturdominanz werden durchgespielt –; ebenfalls höchst bedeutsam und in ihrem eindringenden Verständnis kultureller Differenz und der Schwierigkeiten ihrer Überwindung wohl unübertroffen ist die historisch anthropologische Bedeutungsdimension der »Verbarbarisierung« der Helena, ihrer modernisierenden Demontage, die der antikisierenden Steigerung und Integralisierung Fausts im 2. Akt genau entgegengesetzt ist.

Poetisch-literarisch ist der Akt aus Fragmenten von Theaterstücken konstituiert, die einerseits auf z. T. lange Gattungstraditionen zurückweisen und damit eine phantasmagorische Zeitreise durch die europäische Literatur- und Gattungsgeschichte bewirken, die andererseits in den historisierenden Experimenten der Klassizisten und Romantiker dem zeitgenössischen Publikum wieder vertraut gemacht wurden und den phantasmagorischen Charakter der eigenen Gegenwart belegten. Modernität und Historismus ironisieren einander hier gegenseitig. Das gilt auch für eine Figur wie Helena, über die und zu der in den Stilen der literarischen Frauenverehrung der Antike, Altpersiens, des Mittelalters und des neuzeitlichen Petrarkismus geredet wird, so dass mit Recht von einer »Geburt der Helena aus dem Geist der Weltliteratur«, einem »Geschöpf der Kunst« (Hesse-Belasi 1992, S. 147) gesprochen wurde; allerdings gilt auch hier, dass im zeitgenössischen klassisch-romantischen Literaturmuseum von den klassizistischen Stücken über Goethes *West-östlichen Divan*, die Mittelalter-Romane und Ritterstücke, die historisierenden Opern dieses weltliterarische Potential der Mythisierung von Frauenschönheit phantasmagorisch bereitgehalten wurde.

Neben dieser »chronotextuellen Architextualität« der Gattungen und Stile, in die sich unübersehbar die Metren einfügen, stehen die intertextuellen Bezüge zu Byron und zu Dante (s. LGF 10). Byron sei in Euphorion verkörpert, sagte Goethe zu Eckermann (5. Juli 1827, vgl. GmG, S. 265 f.), aber es hätte dieses expliziten Hinweises auf den bekanntesten Vertreter des gesamteuropäischen Philhellenismus nicht bedurft, weisen doch Euphorions häufige Bezugnahmen auf den griechischen Freiheitskampf (V. 9825 f., 9835–38, 9843–50, 9855–62, 9884–90) unüberhörbar in seine Richtung, wie ja schon der Knabe Lenker im 1. Akt die Züge Byrons trägt und der Trauergesang des Chors bei Euphorions Tod noch einmal die Biographie dieses maßlosen, Poesie und Leben wie Pygmalion unterschiedslos vermischenden größten poetischen Talents des 19. Jh.s (nach Goethes Überzeugung) in Erinnerung bringen. – Der Bezug zu Dantes *Divina Commedia* (s. LGF 10) wäre im nicht ausgeführten Prolog durch eine direkt aus *Inferno* IX übernommene Szene deutlich gemacht worden, wo Faust wie früher Dante das versteinernde Haupt der Gorgo Medusa begegnet (Paralipomena, S. 626), gegen das sie jeweils nur von ihren Begleitern Vergil bzw. Manto durch Verhüllen des Hauptes geschützt werden. Dass dieses Gorgonenhaupt bei Goethe »seit Jahrhunderten immer größer und breiter werdend« gedacht ist (ebd.), deutet auf seine pessimistische Geschichtssicht und auf Fausts Flucht davor in ein philhellenisches Stück Lebenstheater – man darf nicht vergessen, dass Faust und Mephistopheles vom Kaiser mit der finanziellen Sanierung des Reichs beauftragt sind (V. 6131–40). Wurde der Prolog mit der Gorgo-Szene nicht ausgeführt, so erweckt doch die von Phorkyas beschriebene unterirdische Höhlenwelt die Frage nach dem Ort der *Classischen Walpurgisnacht* und der Theaterbühne des 3. Akts. Zeigte sich, bezogen auf Dantes Werk (s. LGF 10), im 1. Akt der Abstieg vom Läuterungsberg in die »große Welt«, so kann man sich vorstellen, dass die Hades-Welt der *Classischen Walpurgisnacht* in dem von Dante imaginierten riesigen Höhlensystem zwischen dem Fuß des Läuterungsbergs und dem Erdmittelpunkt und Grund der Hölle (*Inferno* XXXIV,127 f.) anzusiedeln ist, wo dann auch die Theaterbühne des 3. Akts vorzustellen wäre, analog zu dem Theaterchen des *Walpurgisnachtstraums* auf dem Blocksberg. Die Ankunft auf dem »Grund der Hölle« (V. 10072) am Beginn des 4. Akts würde dann den umgekehrten Weg Dantes fortsetzen, der durch die Hölle, durch das Höhlensystem, den Läuterungsberg hinauf zum irdischen und von da zum himmlischen Paradies führte. Die Beziehung zu Dante lässt sich auch daran erkennen, dass die *Classische Walpurgisnacht* und der 3. Akt von Erichthos »Nachgesicht« (V. 7011) bis zum Zusammenleben Fausts mit Helena und der Geburt eines zweiten Euphorion durch Nachspielen und Wiederholen von Geschichte gekennzeichnet sind – Helena wird sich darüber selbst zum Idol (V. 8881) –, eine Höllenqual wie bei Dante, wo den Übeltätern ebenfalls ihre Untaten durch Wiederholung und schmerzhaftes Nachspiel in die Erinnerung gebrannt werden; Mephisto/Phorkyas will auch mit ihrer Maske »Im Höllenpfuhl die Teufel […] erschrecken« (V. 8033). Andererseits: da nach Erichthos Wort das Geschehen »sich immerfort / In's Ewige wiederholen« wird (V. 7012 f.), ist die Realgeschichte selbst nichts als die Hölle Dantes. Dieser Gedanke bestimmt dann den 4. und 5. Akt.

Vor dem Pallaste des Menelas zu Sparta

Die Szene enthält das Fragment einer griechischen Tragödie, die Phorkyas dadurch vor dem Ausbruch ihrer ganzen Grässlichkeit bewahrt, dass sie den Schauspielern die Flucht in ein anderes Stück ermöglicht – ein an Komik kaum zu überbietender Akt romantischer Ironie, der nicht die Freiheit des Autors, sondern die Freiheit der Darsteller und Figuren als Autoren ihrer selbst demonstriert. Dies ist Teil des »Satyr-Dramas« *Helena im Mittelalter*, das Goethe

1800 begonnen hat. Die antiken Satyrspiele bestanden nicht in Karikatur und Travestie, sondern darin, dass sie heroische Personen in Situationen brachten, in denen sie sich fehl am Platz und drohender Lächerlichkeit preisgegeben vorkommen mussten. Goethe leistet dies durch Konfrontation absoluter Schönheit mit absoluter Hässlichkeit, durch Drohung mit Aufhängen des Chors und Abschlachten einer Heroine, um die die Vornehmsten zehn Jahre Krieg geführt haben, durch Einimpfung spaltender Reflexion und biographischer Identitätsforderung in eine Figur, die bisher beliebig gebrauchter poetischer Topos der Dichter gewesen war. Goethes geistreiche modernisierende Weiterentwicklung des Satyrspiels konstruiert also Modernität als kompromittierende Situation für die antike Heroine, die sich in ihrer eigenen Kultur plötzlich fehl am Platz erscheint: eine gezielte Machenschaft der Phorkyas in ihrem Kampf gegen Helena. Aber die Identitätsfrage hat in anderer Hinsicht ihr Vorbild in der Antike: Nach Euripides' *Helenē* (s. LGF 10) war das, worum man sich zehn Kriegsjahre lang stritt und worum das herrliche Troja vernichtet wurde, ein Gespenst, während die echte Helena in Ägypten festgehalten wurde: Auch von Fausts Helena bleiben am Ende nur Gewänder, die sich in Wolken auflösen und Faust mit sich tragen; hier wird der Mythos von Ixion hereinzitiert, der eine falsche Hera in Gestalt einer Wolke umarmte und doch grausam dafür bestraft wurde. Noch mehr bleibt ja durch das Fehlen des Prologs im Hades offen, wer die Spielerin der Helena ist; auch sie selbst weiß nicht, ob sie die ägyptische Helena oder das trojanische Gespenst ist (V. 8872–74). So bleibt die erste Szene, aber auch insgesamt der ganze 3. Akt mit einer fürchterlichen Komik unterlegt.

Bis zur »Pause« (BA vor V. 9071) hat die Szene folgenden Aufbau: (1) Die von Troja zurückgekehrte Helena wünscht im heimatlichen Haus aufgenommen zu werden und alles Gerede über sie hinter sich lassen zu können. Der Chor gefangener Trojanerinnen ermahnt sie, den Ruhm ihrer Schönheit nicht ebenfalls zu verwerfen. (2) V. 8524 ff.: Die Unsicherheit über ihre künftige Rolle – Gattin, Königin oder Opfer des undurchschaubaren Menelaos – belastet sie im Gegensatz zu ihrem Wunsch nach Ruhe mit dem ganzen Gewicht der Vergangenheit. (3) V. 8568 ff.: Menelaos hat ihr aufgetragen, ein Opfer vorzubereiten, hat aber das Opfertier nicht benannt; trotz ihrer Bedenken stellt sie ihr Schicksal den Göttern anheim und betritt den Palast, um das Aufgetragene zu veranlassen. Verbindung des freien Vertrauens der ersten mit Bedenklichkeit und Furcht der zweiten Partie; der Chor hat nach jeder Partie Strophe, Antistrophe und Epode eines Chorlieds vorgetragen – im antiken Theater eine unübliche Aufspaltung eines Chorlieds, hier offenbar zur Markierung der Polarität und gesteigerten Verbindung der Partien dienend. (4) V. 8638 ff.: Helena flieht aus dem

Haus und berichtet von dem Zusammentreffen mit der entsetzlichen Hausverwalterin, die sie vertrieb und nun, alle erneut erschreckend, auf der Schwelle erscheint: Das heimatliche Haus ist zum Ort der Furcht, der Erinnerung an Vergangenes und der Drohung mit Strafe geworden; Polarität und Verbindung der drei ersten Partien sind hier zusammengeschmolzen und in der entsetzlichen Gegenwart der nächtlichen Phorkyas konzentriert, gegen die Helena sich jedoch im Sonnenlicht gestärkt behauptet. (5) V. 8728 ff.: Gegenseitige Beschimpfung von Chor und Phorkyas bringt Helena in Loyalitätskonflikt und Selbstzweifel, da überall Streit um sie ausbricht. Phorkyas benutzt die Gelegenheit ihrer Schwäche, um ihr das Bewusstsein ihrer biographischen Identität einzuimpfen und sie vor das »Faktum« ihrer dubiosen Doppelexistenz zu stellen. Sie wird sich zum Götzenbild (Idol), ihr neugewonnenes Selbstbewusstsein flieht in eine Ohnmacht. (6) V. 8909 ff.: Scheinbar wie umgewendet rühmt Phorkyas Helenas Schönheit und zeigt sich dienstbereit, das Opfer zurichten zu lassen. Als Helena jedoch kein Opfertier nennen kann, ist sie sicher, dass der Chor am Dachbalken aufgehängt und Helena geopfert werden soll, und übernimmt die Vorbereitung dieses Opfers. Helena wird mit der archaischen Brutalität ihrer eigenen Kultur und der bewiesenen Roheit und Rachgier des Menelaos konfrontiert; ihr Schmerz ist der Schmerz eines modernisierten Bewusstseins, das sich nicht mehr fügen kann in das, was offenbar auch die griechischen Götter (vgl. V. 8540) ungerührt verfügt haben und mit dem sie ja anfangs einverstanden war (V. 8528 f., 8583). Sie beginnt sich zu verselbstständigen (4), aber im modernen Identitätsbewusstsein (5) gegenüber den Göttern ihrer eigenen Kultur und der darin geforderten Unterwerfung unter den Willen des Gatten. Der verängstigte Chor bittet Phorkyas um Verzeihung und Rettung. (7) V. 8974 ff.: Phorkyas gerät ins Schwärmen über einen aus Norden gekommenen Eroberer, über dessen Ordnungssinn und dessen in der bloßen Tributforderung an die Unterworfenen zutage tretende Humanität. Der rachsüchtige Menelaos kündigt sich durch Trompeten an; Helena entscheidet sich, sich dem Fremden zuzuwenden, nachdem sie sich versichert hat, dass er »nicht übel« aussieht und der Hässlichsten »gefällt« (V. 9010). Die Unsicherheit der ersten Triade verbindet sich hier mit den Ansätzen der Selbstentfremdung und Modernisierung in der zweiten Triade. Helena verlässt ihre frühgriechische Kultur.

Den Übergang zur zweiten Szene bildet ein dreistrophiges Stasimon (Standlied) des Chors und eine vierte Einzelstrophe, die der Chor in der 6. Partie schon verwendet hat. Nebel verhüllt die Zeitreise ins Mittelalter und die Versetzung in den Innenhof einer Kreuzritterburg. Dass die Chormädchen befürchten, zurück in den Hades zu müssen (V. 9118–21), belegt, dass sie als

Schauspielerinnen aus dem Hades, nicht als gefangene Trojanerinnen sprechen: Das griechische Tragödienfragment ist verlassen, sie spielen jetzt in einem neuen Stück – oder müssen in den Hades zurückkehren. Dieselbe Spaltung zeigt sich bei Helena, die zwischen derjenigen, die Phorkyas zur Burg folgt, und der im »tiefen Busen« Geheimnisvolles verbergenden Königin unterscheidet.

Metrisch ist die Szene charakterisiert durch Nachbildungen des jambischen Trimeters (z. B. V. 8488 ff.) und des trochäischen Tetrameters (z. B. V. 8909 ff.) als den Sprechversen der attischen Tragödie (vgl. das poetologische Glossar S. 1056 f.). Die Sprechverse sind monologisch (etwa Helenas Prolog) und werden berichtend im größeren Zusammenhang gebraucht, in erregten Wortwechseln treten sie einzeilig (stichisch) auf (z. B. V. 8810–25), sogar gebrochen auf mehrere Sprecher verteilt. Diese Versbehandlung erinnert stark an das griechische Theater. Zwischen die Sprechpartien schieben sich sieben Chorlieder (die Lieder der Übergangsszene abgerechnet). Ein regelmäßiges Standlied (Stasimon) der griechischen Tragödie besteht aus Strophe, Antistrophe und Epode, die beiden ersteren gleich, die dritte davon abweichend gebaut. In diesem Sinne hängen zusammen: V. 8516–24, 8560–67 als Strophe/Antistrophe, V. 8591–8603 als Epode. – In ununterbrochener Folge V. 8610–37. – Zwei Paare Strophe/Antistrophe und eine Epode V. 8697–8727. – Zwei Paare Strophe/Antistrophe V. 8728–53. – Strophe, Antistrophe, bevorwortet von Proode, gefolgt von Epode mit Wiederholung der Anfangszeile V. 8882–8908. – Strophe V. 8957–61, Antistrophe V. 8966–70 unter Verwendung von vier trochäischen Tetrametern; die letzte Zeile der Strophen bildet die zweite Hälfte eines trochäischen Tetrameters. – Einzelstrophe V. 9078–87.

In der Übergangspartie folgt ein vollständiges Standlied; am Schluss wird noch einmal die Strophe mit den viereinhalb trochäischen Tetrametern verwendet. Die Variationen bei den Wiederholungen und etwa die Daktylen im jambischen Vers sind regelgerecht und nachweislich von Goethe intendiert.

BA vor 8488 *Vor dem Pallaste des Menelas zu Sparta:* Der Ort ist höchst bedeutsam, denn von ihm ging das Geschehen um den Trojanischen Krieg und seine Folgen aus. Helena hatte unter 40 Bewerbern Menelaos, Königssohn aus Mykene und Bruder des Agamemnon, gewählt (zu einer anderen Version vgl. V. 8856); ihr ›weltlicher‹ Vater Tyndareos hatte ihm das Königreich Sparta und den Palast vererbt. Zum Lohn für das Urteil des Paris hatte Aphrodite diesem trojanischen Prinzen Helena, die schönste Frau, versprochen; während einer Abwesenheit des Menelaos entführte Paris Helena nach Troja: Anlass des zehn Jahre währenden Trojanischen Kriegs, von dem Menelaos in

Goethes Fiktion mit Helena und einem Chor gefangener Trojanerinnen zurückkehrt – Goethe verwendet die Form »Menelas« aus rhythmischen Gründen in Anlehnung an die französische Tradition. Die Szene ist gespickt mit Zitaten und Motiven aus der antiken griechischen Literatur, dazu gehört auch Panthalis als Begleiterin der Helena (vgl. Anm. zu V. 8825).

8488 *Bewundert ... Helena:* Die Selbsteinführung im Prolog ist häufig bei Euripides. Über Bewunderung und Schelte spricht sozusagen das zeitlose mythische Substrat »Helena« bezüglich dessen, was viel spätere Dichter über sie schreiben werden (dagegen bringt sie sich schon V. 8489 in einer bestimmten Situation »zur Schau«). Die Unterbrechung des monologischen Prologs durch Chorstrophen ist unüblich, markiert aber die gedanklichen Partien (vgl. Szenenkommentar zum Aufbau, S. 919).

8490 *trunken:* schwindlig.

8491–93 *phrygischen Blachgefild ... Buchten:* Troja lag im Westen Phrygiens (nördliches Kleinasien) am Hellespont und blickte nach Homer auf eine weite Ebene hinab, wo die Kämpfe stattfanden. Helena vergleicht das windgepeitschte Meer mit einer Pferdemähne; zu Poseidon vgl. Anm. zu V. 8141; Euros ist der Ostwind; die »vaterländischen Buchten« sind in der Nähe der Eurotas-Mündung etwa beim heutigen Gythion zu denken.

8498 *Von Pallas' Hügel:* von einem Tempelberg der Pallas Athene, vielleicht der Akropolis von Athen.

8499 f. *Klytämnestren ... Pollux:* vgl. Anm. zu V. 7294.

8503 *Weiteröffnen:* zweifach lesbar – die Tore wurden weit eröffnet (wie V. 8506) oder wurden weiter als sonst geöffnet.

8511 *Cytherens Tempel besuchend:* Nach einer der Versionen raubte Paris Helena, als sie im Artemis-Tempel auf der Insel Kithira opferte – nach Hederich (Sp. 1219 f.) war sie *pro forma* pflichtgemäß, tatsächlich aber aus Neugier auf den trojanischen Prinzen dorthin gekommen.

8515 *Sage ... Mährchen:* Lügenhaftes ist eingemischt worden. Helena hat hier noch ein festes, wenn auch geschöntes (V. 8511) Bild von sich.

8523 *Schöne:* Schönheit.

8528 *ein Opfer:* Helena war allgemein verhasst.

8535 *im hohlen Schiffe:* im geräumigen Schiff; stehende Wendung in *Ilias* und *Odyssee*.

8539 *Schnäbel:* der hochgezogene Bug der griechischen Schiffe.

8543–48 *Du aber ziehe ... angebaut:* Sie soll am fruchtbaren Ufer dem Flusslauf des Eurotas entgegen nach Norden bis Sparta ziehen. Lakedämon, Sohn des Zeus, hatte das Land kultiviert und ihm den Namen gegeben.

8551 *Schaffnerin:* Hausverwalterin.

8566 *Schönheit in dem Kampf:* Der Chor fingiert einen Wettstreit zwischen Helenas Schönheit und dem Schmuck.

8573 *das flache Rund:* Platte als Opfergerät, wie Dreifuß, Kessel, Schalen.

8578 *Sorge:* zweideutig: Fürsorge und Befürchtung.

8579 f. *nichts / Lebendigen Athems zeichnet mir:* benannte mir kein Opfertier.

8586 *die Sterblichen wir ertragen das:* wir, die Sterblichen, ertragen das. Was sie hier noch fromm als von Göttern gesandt hinnimmt, erscheint ihr unter Phorkyas' Einfluss als Brutalität eines Barbaren.

8592 *Königin schreite dahin:* zweifach lesbar: ›als Königin‹ und Anrede ›Königin!‹.

8601–03 *Schauen … uns Glücklichen:* grammatisch aufgelöst: schauen wir nicht (1) die Sonne, (2) das Schönste, nämlich dich, die uns Glücklichen huldvoll gesonnen ist?

8609 *kindisch:* zweifach lesbar: ›als Kind‹ und ›gedankenlos, leichtsinnig‹.

8622 *der Entbundene:* der von Zwang und Fesseln Befreite.

8649–52 *Doch das Entsetzen … des Helden Brust:* das Entsetzliche. – »Ein Grauen für die Rede, Grauen für den Blick / Treibt aus des Gottes Heiligtum mich wieder aus. / Mich aufrecht noch zu halten, schwindet mir die Kraft. / Die Hände, nicht die raschen Füße tasten vor. / Entsetzte Greisin ist ein Nichts, dem Kinde gleich« (Aischylos, *Eumenides* 34–38, übers. von Emil Staiger; Schilderung des Eindrucks der grauenhaften Eumeniden).

8653 *die Stygischen:* die Götter der Unterwelt, von der fürchterlichen Seite gesehen. Styx ist einer der vier Unterweltflüsse, der Fluss des Hasses.

8659 *Auf Weihe will ich sinnen:* Sie plant eine kultische Reinigung des Palastes von den finsteren Mächten.

8664 *ihr Gebilde:* vgl. V. 8649–52. Sie hofft hier noch, Phorkyas sei ein momentanes Trugbild.

8667 *Binnenraum:* Innenraum.

8673 *Schaffnerin:* urspr. die Gehilfin der Hausfrau.

8674 *dem Schooße des Herdes:* Die Feuerstelle wird als Mittelpunkt des Hauses betrachtet.

8680 *Des Gatten Vorsicht:* vgl. V. 8551.

8682 *Dräun:* Drohen.

8685 *Thalamos:* Prunkbett.

8687 *das Wunder:* hier: das Monstrum.

8691 f. *das Wort … aufzubaun:* Helena kann Phorkyas durch die Sprache nicht als Gestalt vorstellbar machen.

8695 f. *der Schönheitsfreund, / Phöbus:* Apollon hier als Sonne und als Führer der Musen und ihrer schönen Künste.

8707 *Ilios':* Trojas.

8711 *Mit des eignen Sturmes Wehn:* Durch die aufsteigende Hitze und die am Boden nachströmende kühlere Luft (Konvexion) erzeugen Großfeuer ihre eigenen Sturmwinde.

8714 *Lohe:* loderndes Feuer.

8735 *Graien:* vgl. Anm. zu V. 7967.

8750 *entgegenest:* gegenübertrittst.

8755 *Scham und Schönheit nie zusammen:* vgl. z. B. Ovid, *Epistulae* XVI,288: »Lis est cum forma magna pudicitiae« (»Großer Streit tobt zwischen Scham und Schönheit«), ähnlich Juvenal, *Satiren* X,297.

8758 f. *wo sie immer irgend auch des Weges sich / Begegnen:* wo sie sich auch immer begegnen.

8762 *Orkus:* Unterwelt.

8772 *Mänadisch wild:* Mänaden oder Bacchantinnen waren Priesterinnen des Dionysos-Kults, rasende Frauen, efeubekränzt, mit Thyrsusstab, Lärminstrumenten, wohl unter Drogen stehend.

8783 *Erobert, marktverkauft:* eroberte, auf dem Sklavenmarkt verkaufte (Ware).

8784 *gegenwarts:* in Anwesenheit.

8795 *grinse:* zeige ihnen die Zähne, vgl. V. 1294.

BA nach 8811 *Choretiden:* Mitglieder des Chors gefangener Trojanerinnen.

8812 *Erebus:* Gott der Finsternis, der neben Nacht, Tag und Aether aus dem Chaos geboren wurde.

8813 *Scylla:* Seeungeheuer an der Meerenge von Sizilien, dem Odysseus knapp entkam.

8817 *Tiresias:* vgl. Anm. zu V. 7450.

8818 *Orions Amme … Ur-Urenkelin:* Sie sei also fünf Generationen älter als jener mythische Urjäger.

8819 *Harpyen:* ekelhafte geflügelte Mischwesen, blutgierig, fressen alles an, kotzen es sofort wieder aus und beschmutzen alles.

8825 *das Räthsel hebt sich auf:* Panthalis gedenkt, die Schaffnerin als Phorkyade zu entlarven; diese hätte zu entgegnen, dass Panthalis, die ›Allblühende‹, eine aus dem Hades geholte Tote ist.

8829 *unterschworner:* unter der Haut weiterschwärender und -eiternder Streit.

8833 *selbstverirrten:* an seinem Verirren selbst schuldigen ›Herrscherherrn‹.

8839 *War ich das alles?:* Phorkyas hat den ersten Ansatz (modernen) reflexiven

Bewusstseins und Identitätszweifels bei Helena erzeugt; in diese Wunde bohrt sie nun tiefer und tiefer.

8846 *In Lebensreihe:* in biographischer Reihenfolge. Phorkyas weiß, dass sie Helena damit in eine Identitätskrise treiben kann.

8848 *Theseus:* athenischer Königssohn, entführte die junge Helena, die im Artemis-Tempel tanzte, auf die Burg des Aphidnos, der als Freund des Theseus die Entführte bewachte. Ihre Brüder Kastor und Pollux befreiten sie (vgl. V. 7415–25).

8851 *Aphidnus' Burg in Attika:* Die Zwillinge Kastor und Pollux holten ihre von Theseus verschleppte Halbschwester aus der Burg von Theseus' Freund Aphidnus nach Sparta zurück.

8855 *Patroklus:* Freund Achills, des Peliden (Sohn des Peleus und der Thetis).

8858 *Bestellung:* Sorge für und Macht über das Reich.

8864 *mir freigebornen Creterin:* Mephistopheles erfindet eine Vergangenheit seiner Figur: Menelaos, der sich sein Erbe auf Kreta erkämpfen musste, nahm sie als Gefangene mit und setzte sie, da Helena die »halbe Witwenschaft« zu langweilig geworden war, als Hausverwalterin während des Trojanischen Krieges ein.

8872 *ein doppelhaft Gebild:* Helena real in Ägypten, als Gespenst in Troja.

8874 *nicht gar:* nicht vollständig. »Aberwitz« ist Geistesverwirrung.

8879 *Idol:* griech. *eídolon* ›Bild, Schattenbild, Traumbild, Gespenst‹: Helena ist jetzt gespalten in ein Ich und seine nicht mehr dauernde, mit dem Ich verwachsene Gestalt, die sich durch ihre gleichzeitige Doppelerscheinung an verschiedenen Orten als trügerisch erweist. Zunächst leidet sie daran; ihr verwirrtes Identitätsbewusstsein zieht sich durch eine Ohnmacht von der Gestalterscheinung zurück. Nach ihrer Erholung kann sie frei über ihre Gestalt verfügen, bringt sich, wie sie's braucht, zur Schau (vgl. »Seele«/»Gestalt« V. 8904–07).

8887 *wohlthätig erscheinend:* in Parenthese zu setzen.

8889 f. *des drey-köpfigen Hundes:* Kerberos, Wachhund am Eingang des Hades.

8896 *Letheschenkenden:* Das Wasser dieses Unterweltflusses bewirkt Vergessen des Erlebten.

8907 *Gestalt aller Gestalten:* einerseits Form des Superlativs, andererseits Rückverweis auf V. 6487–90, wo Helena zum Prinzip aller Gestaltung überhaupt erhoben wurde. Mit ihrem Verschwinden am Ende des 3. Akts erstarrt die in »Gestaltung, Umgestaltung« (V. 6287) begriffene Welt zu »Eisgebirgen« (V. 10053).

8928 *Wie im Vogelfang ... nach:* wie die untreuen Dienerinnen seiner Mutter

Penelope, die Telemach nach Odysseus' Heimkehr erhängt (vgl. *Odyssee* 12,473).

8937 *Ungethüm:* Sammelbezeichnung für die Zwerggestalten.

8957 *Parzen … Sibylle:* Phorkyas wird nun als Schicksalsgöttin, die den Lebensfaden abschneiden kann, und als Sibylle umschmeichelt – als weissagende und vom Gott begeisterte Frau.

8962 *Schmerz empfind' ich:* Der Schmerz kann sich nur auf die von Phorkyas erschlossene und zuvor schon erwogene (V. 8528) Absicht des Menelaos, Helena zu opfern, beziehen. Blieb sie zunächst in Unterwerfung unter den Götterwillen unbesorgt (V. 8582 f.), bezieht sich ihr Schmerz jetzt auf den brutalen Barbaren Menelaos.

8969 *Rhea:* vgl. Anm. zu V. 7989 f.

8973 *Zuhörend leben wir indeß:* solange wir zuhören, leben wir.

8978 f. *seiner Schwelle heilige Richte leicht … überschreitet:* Der Tadel richtet sich gegen Helena wie gegen den unsteten Menelaos, der die Schwelle als Symbol für Recht und Pflicht des Hausherrn nicht achtet.

8987 *starrt:* gestapelt ist und nicht im Gebrauch bewegt wird.

8990 *Tyndareos':* Vater der Helena.

8994 f. *das Thal-Gebirg … hinter Sparta nordwärts:* Gemeint ist Mistra, eine 7 km westlich von Sparta an einem Vorberg des Taygetos-Gebirges gelegene Kreuzritterburg (1249) und Stadt, die bis zur Einnahme durch die Türken 1460 politischer und geistiger Mittelpunkt der Peloponnes war.

8998 *An Rohren … nährt:* Schilfrohr und Schwäne charakterisieren den Eurotas schon in der Antike.

9000 *aus cimmerischer Nacht:* Die Kimmerier sind ein sagenhaftes Volk am Eingang der Unterwelt, das nie von der Sonne beschienen wird. Goethe meint die von Norden seit etwa 2000 v. Chr. in Wellen einwandernden Völkerschaften und die seit 1205 die Peloponnes von Westen her erobernden Kreuzfahrer (vgl. V. 9454).

9002 *placken:* plagen.

9004 *zwanzig Jahre:* nach Goethes Zeitrechnung etwa 2400 Jahre.

9015 *menschenfresserisch:* Nur Achill zeigt im Zorn für Griechen völlig unerhörte, barbarische kannibalische Gelüste (*Ilias* XXII,346 f.); allerdings kamen grausame Brutalitäten bei beiden Kriegsparteien vor (vgl. V. 9054–58).

9020 *Cyklopisch wie Cyklopen:* Zyklopen sind einäugige Riesen; Phorkyas legt nahe, dass man mit einem Auge nur plumpes Mauerwerk aufwälzen könne. Die mörtellose, exakte Fügung der Zyklopenmauern beachtet Phorkyas nicht.

9029 *Altane:* Balkone.
9032 *Die Sieben dort vor Theben:* Bezug auf das gleichnamige Stück von Aischylos.
9047 f. *Du fällst / Ganz aus der Rolle:* vgl. V. 6473–78. Einerseits steht es der Dienerin nicht zu, über Intimitäten der Königin zu plaudern. Andererseits kann die erst nach Helenas Entführung nach Sparta gekommene Kreterin das nicht wissen – die Schauspielerin der Helena ermahnt den Schauspieler der Phorkyas, im Rahmen der Rolle zu bleiben. Auch das Versprechen »Sogleich umgeb' ich dich mit jener Burg« (V. 9050) enthüllt momentan die magische Gewalt der Phorkyas und widerspricht ihrer Rolle als Dienerin.
9056 f. *der starrsinnig Witwe dich … kebste:* Nach dem Tod seines Bruders Paris erstritt sich Deiphobos allen Warnungen zum Trotz die Witwe Helena und machte sie zu seiner Zweitfrau (Kebse).
9075 *die Königin:* Schon einmal, mit Paris, hatte sie die Verantwortung der Königin vernachlässigt. Tut sie es jetzt wieder, auch unter Menelaos' Bedrohung, gerät sie in ethischen Konflikt.
9087 *Niederträchtiger List:* Anspielung auf das Trojanische Pferd, eine riesige Holzskulptur, in deren hohlem Bauch griechische Krieger verborgen waren.
9102 *Tod verkündenden:* Von den Schwänen wurde gesagt, sie sängen im Sterben ihr Schwanenlied.
9108 *Uns'rer Schwanerzeugten:* Helena. Anspielung auf Leda und den Schwan.
9117 *Hermes voran:* als Totengeleiter in den Hades »zurück« (V. 9118), aus dem sie als Schauspielerinnen des Chors geholt worden sind: in diesem Übergang sprechen nicht die Figuren des »Stücks«, sondern die Schauspielerinnen.

Innerer Burghof

Goethe hat die Überschrift der Szene nicht hervorgehoben: Der im Übergang aufsteigende Nebel soll den Umbau auf offener Bühne ermöglichen. Dennoch rechtfertigt das neue Szenenbild, das hinzukommende Personal und die mittelalterliche Gesamterscheinung, hier von einem neuen »Stück« zu sprechen, das wie das antike Stück (Tragödie/Satyrdrama) Fragment bleibt und wegen der erneuten Intervention der Phorkyas in ein drittes überführt werden muss. Das zweite Stück ist ein Ritterdrama, wie es im Zuge der Aufwertung des Mittelalters vor allem durch die Romantik gesamteuropäisch in Mode gebracht worden war. Mit seinem *Götz von Berlichingen* (1771) war Goethe vorangegangen, altdeutsche Stoffe zu bearbeiten, Friedrich de la Motte-Fouqué (1777–1843) oder etwa Heinrich von Kleist (1777–1811) mit *Käthchen von Heilbronn* verstärkten den Gattungstypus, der seinerseits auf die durch wachsendes Nationalbewusstsein und Philologenarbeit immer bekannter werdende höfische Literatur mit Ritteraventiuren und Minnesang zurückgriff. Aber neben mittelalterlichem Frauendienst genießt Helena durch Faust und seine Begleiter die sprachlichen und kommunikativen Formen der Anbetung von Frauenschönheit vom alten Orient bis zu Petrarca (s. LGF 10), so dass, wie erwähnt, mit Recht von einer »Geburt der Helena aus dem Geist der Weltliteratur« gesprochen worden ist. Ähnlich phantasmagorisch ist die Anwendung des Zeitraffer-Verfahrens bei Fausts Truppen, die von den Kriegerhaufen der Völkerwanderung bis zu den mit Feuerwaffen ausgestatteten Marschkolonnen der Goethezeit die Militärgeschichte im Panorama vorbeiziehen lassen; das romantische Ritterstück bot durch seine phantastische Tradition die Lizenz zu solchen Zeitreisen. Räumlich dagegen bleibt die Szene in der Nachbarschaft Spartas (vgl. Anm. zu V. 8994 f.).

Die Szene hat folgenden Aufbau: (1) Helena und der Chor werden im Hof der mittelalterlichen Burg nur vom Gesinde empfangen. (2) V. 9182 ff.: Faust, statt die Gruppe willkommen zu heißen, bringt den säumigen Türmer Lynkeus, damit Helena über ihn richte; Opposition zu (1): mustergültige Dienerschaft dort, pflichtvergessener Diener hier; Unsicherheit der Ankömmlinge dort, Übertragung des Richteramts hier. (3) V. 9213 ff.: Lynkeus' Verteidigung: Er hat von Helenas Schönheit geblendet seine Pflicht vergessen. Sie beklagt, hier wieder den Sinn der Männer zu verwirren, und lässt ihn frei. Faust sieht am Beispiel Lynkeus', der ihr all seine Kriegsbeute schenken will, seine Macht und Herrschaft untergraben und überträgt sie auf die »siegend unbesiegte« Frau. Hier sind die Elemente der beiden ersten Partien gesteigert verbunden: Der Empfang wird zur Übertragung der Herrschaft und des ganzen Reichtums, die Gefangenschaft des Dieners wird zu einer freiwilligen Unterwerfung des Dieners und des Herrn. (4) V. 9356 ff.: Helena erhebt Faust zur gemeinsamen Herrschaft und lernt als Symbol wachsender Übereinstimmung die Verwendung des Reims, sogar des Binnenreims. Die 4. Partie ist durch unverhofftes Willkommensein, Gefangenschaft, Faszination im persönlichen und Neuordnung von Herrschaft im öffentlichen Bereich konstituiert und hebt damit Elemente der drei ersten Partien auf die reflexive Ebene eines reinen, vergangenheits- und zukunftslosen Daseinsgenusses – Faust spielt mit dem Gedanken des schönen Augenblicks (V. 9418) und kann es gefahrlos tun, denn er befindet sich in einem Theaterstück, das (5) Mephistopheles deshalb so schnell wie möglich beenden möchte (V. 9419 ff.). Wieder droht er mit Menelaos; Faust aber vereitelt die Störung durch ein poetisches Manöver (V. 9442), mit dem er ein Heer aufmarschieren lässt, die Provinzen der Peloponnes den Feldherrn zuteilt und Helena in Sparta als ideelle Herrscherin etabliert. Der Chor lobt in einem Standlied die Herrscherklugheit Fausts, während er in der 4. Partie das schnell erlangte und übermütig gezeigte Liebes-Einverständnis rechtfertigte. Der Gegensatz der Partien ist offensichtlich. (6) V. 9506 ff.: Faust entwirft ein Bild des störungsfreien Arkadien, der mit der realen kargen Region in der Mitte der Peloponnes nur dem Namen nach verwandten literarischen Landschaft, die als bukolische erste Welt auch außerhalb der historischen Zeit ist und in die er, unangreifbar für jeden Feind, Helena und sich versetzen will. Faust braucht hier keinen Chor mehr, er singt und dichtet selbst. (7) V. 9562 ff.: Helena soll »einzig« dieser Welt angehören, ihre Herkunft und destruktive Lebensgeschichte abstreifen, in eine Urzeit zurückkehren, die ihr auch mythisch vorausliegt, denn anders als andere mythische Gestalten ist sie mit dem historischen Ereignis des Trojanischen Krieges verbunden. Auch Faust will seine angenommene mittelalterliche Existenz mit dieser literarisch urweltlichen tauschen. Er setzt sich wie in der 4. Partie neben Helena, nun aber als der poetisch Herrschende, der die Poetin ihrer selbst lockt, mit ihm den genial komischen Schritt zu tun, aus einer bedrohten Realitätsfiktion in die Fiktionsfiktion reiner Literarizität zu fliehen. Am Schluss spricht er das poetische *fiat*, das Zauberwort, das schlagartig (eigentlich nur filmisch zu verwirklichen) den mittelalterlichen Burghof mit Baldachinen und höfischem Gesinde in die imaginäre arkadische Landschaft verwandeln und das fragmentarische Ritterstück beenden soll (V. 9573). Auf der Ebene der Herrschaft wird deutlich, wie die 7. Partie die Elemente der beiden Triaden vereinigt und steigert: Verliert Faust in der ersten Triade seine Herrschaft an die sieghafte Schönheit, muss er diese in der zweiten Triade durch Militärmacht und staatliche Ordnung sichern und gewinnt damit die reale Herrschaft zurück; unbedingt, unangreifbar und Realität erst erschaffend ist die schöne Macht der Poesie, in deren Raum Helena nicht hineingedrängt, nur gelockt werden kann.

Metrisch wird der Kampf der Kulturen durch die Verwendung, Vermeidung, Annäherung und Entfernung von kulturspezifischen Versmaßen und Strophen zu Gehör gebracht; Reimlosigkeit der antikischen und die eigens thematisierte Gereimtheit der »modernen« Verse sind dabei das hervorstechende Unterscheidungsmerkmal. Die gegenseitige Annäherung kann an den verwendeten Metren genau abgelesen werden.

BA vor 9127 *reichen phantastischen Gebäuden des Mittelalters:* vgl. Anm. zu V. 8994 f. und 9146.

9127 *Vorschnell und thöricht:* Die Endungen »-es« dieser beiden Adjektive werden bei »wahrhaftes« nachgeholt. Panthalis meint die Furcht der Chormädchen, in den Hades zurückgeführt worden oder wenigstens gefangen zu sein.

9134 *Hochsinnig:* in ihrem hohen, erhabenen Geist.

9135 *Pythonissa:* Wahrsagerin, Zauberin, Hexe.

9144 *sonder:* ohne.

9146 *aus vielen einsgewordnen Burg:* Mit dem Begriff des Gotischen und der gotischen Bauweise verband der zunächst an klassizistische Formen gewöhnte junge Goethe »alle synonymische Mißverständnisse, die mir von Unbestimmtem, Ungeordnetem, Unnatürlichem, Zusammengestoppeltem, Aufgeflicktem, Überladenem jemals durch den Kopf gezogen waren« (*Schriften zur Kunst*; AG 13, S. 20).

9147 *halb:* halber, um … willen.

9153 *sittig:* sittsam, wohlerzogen.

9163 *in ähnlichem Fall:* vgl. V. 7758 f.; haben die Chormädchen Mephistos Abenteuer mit den Lamien beobachtet?

9172 *Ueber:* darüber, über dem zeltartigen Schmuck. Der Aufbau der Sitze mit Baldachin lässt sich von den Stufen bis zum Sitzkissen (»Pfühl«) schrittweise nachvollziehen.

9185 *Vorübergänglich:* Wortkontamination aus »vorübergehend«, »übergänglich«, »vergänglich«.

9190 *gehaltnem:* verhaltenem, zurückhaltendem.

9195 *Der Pflicht verfehlend mir die Pflicht entwand:* Indem der Turmwärter die Ankunft Helenas nicht pflichtgemäß rechtzeitig ankündigte, machte er es Faust unmöglich, seiner Pflicht feierlicher Begrüßung nachzukommen.

9199 *seltnem Augenblitz:* seltener Sehschärfe. Auch V. 9230 wird die Sehschärfe als vom Auge ausgehender Lichtstrahl bezeichnet.

9208 *schuldigster Empfang:* zu dem Faust verpflichtet gewesen wäre.

9234 *Wüßt' ich irgend mich zu finden?:* Könnte ich irgendwie mich zurechtfinden (in dem, was sonst hell und deutlich sichtbar war, nun aber von der Sonne und Seinsweise Helenas verfinstert und überstrahlt wird).

9243 *das beschworne Horn:* das Wächterhorn, auf das er seinen Diensteid geschworen hat.

9254 f. *Einfach … Noth:* Einfach erscheinend verwirrte sie Heiratskandidaten und Entführer, doppelt (als Gespenst in Troja und ›real‹ in Ägypten) verwirrte sie die Griechen, dreifach erscheint sie in einem Stück wie Euripides' *Helenē*, wo der Figur Helena dieser Doppelmythos vorgehalten wird, vierfach ist sie in dem mit Faust gespielten Stück, wo sie kulturfremd auftritt und doch Helena sein soll – einfach, doppelt, euripideisch dreifach oder wie? – und schon das Unglück voraussieht, das sie bringen wird.

9260 f. *den Bogen ... Verwundet:* Zur Allegorie der Augen, die unter bogenförmigen Brauen verwundende Pfeile versenden, vgl. die Vorstellung des Eros/Cupido mit Pfeil und Bogen.

9262 *Allwärts:* nach allen Richtungen.

9264 *Was bin ich nun?:* Identitätskrise wie bei Helena (V. 8839) und Lynkeus (V. 9277).

9269 *Im Wahn das Meine:* Faust hatte fälschlich angenommen, er selbst und sein Besitz gehöre ihm. Zum Kompliment tritt hier die Erfahrung der seine Macht untergrabenden magischen Herrschaft der Schönheit Helenas hinzu.

9271 *Dich Herrin:* dich als Herrin, oder: dich, Herrin ...

9281 *Von Osten kamen wir heran:* Anspielung auf die Wanderungswellen und Invasionen seit der Völkerwanderung. Die Rede des Lynkeus spiegelt neben der schenkenden Huldigung der orientalischen Liebesdichtung die Umwertung aller Werte, die die räuberischen Barbaren im Kontakt mit der Schönheit der griechischen Kultur erfahren.

9310 *Tropfeney:* Perle als Teil eines Ohrgehänges oder Ohr-Nasen-Kettchens.

9326 *lose:* losgelassen.

9327 *baar:* rein, echt.

9340 f. *Paradiese / Von lebelosem Leben:* Paradiese waren die Parks altorientalischer Herrscher, in denen sie mikrokosmisch ihr Reich zu vergegenwärtigen suchten, indem sie Pflanzen und Tiere aus allen Regionen darin ansiedelten. Hier soll ein metallisch-mineralischer Mikrokosmos aufgebaut werden.

9349 *Dieser Schönheit Uebermuth:* Übermütig herrschende schöne Frauen sind topisch in orientalischer und mittelalterlicher Liebesdichtung. Der Übermut des Abstraktums »Schönheit« weist wohl auf die *vis superba formae*, die übermütige Gewalt der Schönheit (vgl. HA 12, S. 471).

9358 *Beruft:* ruft nach, fordert.

9363 *Gränzunbewußten Reichs:* Die Herrschaft der Schönheit wirkt über Staatsgrenzen hinweg, ohne dass dies ins Bewusstsein tritt.

9367 *Unterricht:* Unterrichtung, Erklärung. Was sie im folgenden beschreibt, ist der in der griechischen Dichtung nicht zugelassene Reim; sie deutet ihn als sprachliche Liebeserklärung. Zu den folgenden End- und Binnenreim-Experimenten vgl. die ebenfalls kulturentfremdende Alexandriner-Bastelei mit Margarete V. 3179–84.

9386 *Gönnet sie:* wenn sie jetzt gewährt ...

9396–9400 *Und wie … gleiches Recht:* Grammatik des Satzes: und wie den Hirten, so vielleicht auch Faunen, erteilen sie gleiches vollständiges Recht über ihre Glieder, wie es eben die Gelegenheit bringt. Faune sind Wald- und Feldgötter, Beschützer der Herden, ähnlich den Satyrn menschlich-tierische Mischgestalten.

9419 *Buchstabirt in Liebes-Fibeln:* Um Helena werben Faust und Lynkeus in den Formen und Formeln der Liebeswerbung aus der griechischen, orientalischen, mittelalterlichen, humanistischen Tradition; sie benutzen gewissermaßen diese Lehrbücher.

9430 *Wie Deiphobus:* vgl. V. 9054–58.

9441 *eitles Dräun:* leere Drohung.

BA vor 9442 *Signale … Heereskraft:* Die Explosionen deuten auf Geschütze, wie sie seit dem 14. Jh. verfügbar waren; Zinken (Cornetts) sind Holzblasinstrumente mit Grifflöchern und Trompetenmundstück. Hat Lynkeus von Lanzen und ungeordnetem »Volksgewicht« gesprochen, deuten die moderne Bewaffnung und der Kolonnentritt auf die gedrillten Heere des 18. Jh.s – Phantasmagorie der Militärgeschichte wie bei Helena der Literaturgeschichte.

9452 *schüttert:* bebt.

9454 *Pylos:* Hafenstadt an der Westküste der Peloponnes; Heimat des homerischen Nestor.

9459 *Menelas dem Meer zurück:* vgl. Anm. zu V. 8978 f.

9466–73 *Germane … groß:* Die Ansiedelung dieser Germanenstämme auf der Peloponnes ist nicht historisch; die Zuteilung der Landschaften und altgriechischen Reiche auf der Peloponnes geschieht im Uhrzeigersinn von Korinth bis Argolis; Sparta und Arkadien im Zentrum werden Faust und Helena vorbehalten.

9512 *Nichtinsel:* Die Peloponnes, durch die Landbrücke von Korinth mit dem Festland verbunden, ist eine Halbinsel.

9518 *Eurotas' Schilfgeflüster:* Eurotas ist der Fluss bei Sparta, mythischer Ort der Verführung Ledas durch Zeus als Schwan.

9520 f. *dem Geschwister … überstach:* Sie blendete die Augen der Geschwister.

9526–61 *Und duldet auch … Welten sich:* Faust entfaltet hier den Mythos von Arkadien, einer idealen Landschaft des Goldenen Zeitalters am Beginn der Welt, den Vergil in seinen *Bucolica* nach poetischen Schilderungen der Goldenen Zeit und der Idealisierung der Landschaft Arkadien durch den Historiker Polybios ausgemalt hatte. Auch diese Dichtungstradition reicht von Hesiod über Rom, die Renaissance (Sannazaro, Tasso) bis in die Schäferdichtung des Rokoko.

9533 *Wollenheerden:* Schafherden.

9558 *Apoll den Hirten zugestaltet:* Weil er die Zyklopen getötet hatte, musste Apollon ein Jahr lang die Rinder des thessalischen Königs Admetos hüten.

9565 *Der ersten Welt:* Da Helena Tochter des Zeus und der Leda ist, gehört sie der ersten Welt nicht an. Mit ihrer sterblichen Mutter soll sie die ganze Vergangenheit, ihr Schicksal, das durch sie veranlasste Unheil vergessen, weil nur in diesem Rückgang auf die »Natur im reinen Kreise« Faust und Helena sich ohne Unterschied der Kulturen, der Geschichten, der Gottheit und Menschheit begegnen können.

Der Schauplatz verwandelt sich durchaus.
Schattiger Hain

Die Verwandlung der Szene, für die Mephistopheles Nebelwände gebraucht hat, geschieht durch Fausts poetische Schöpferkraft in einem Nu. Die neue Umgebung steht in einem denkbar großen Gegensatz zum düster-schluchtartigen, von den Künstlichkeiten der gotischen Architektur gekennzeichneten Innenhof der Burg: hier nun Felsen mit Höhlen, Bäume, scheinbar unberührte Natur. Aber die Bäume sind ein Hain, d. h. ein gepflegter Park-Wald, an die Höhlen lehnen sich »geschlossne Lauben«, Erzeugnisse jahrelanger gärtnerischer Mühe. Es ist die künstliche Natur der Landschaftsparks des 18. Jh.s, die Faust hier als sein für die Bequemlichkeit der vornehmen »Schäfer« der »ersten Welt« eingerichtetes wohlumfriedetes »Arkadien« poetisch erschaffen hat. Die nun folgende Szene ist dreiteilig: Phorkyas über das Geschehen in der Höhle; *Helena*, eine Kleinoper; Bacchanal.

Im ersten Teil berichtet Phorkyas dem Chor über das ganze Weltenräume, Natur und Architektur enthaltende Höhlensystem, die Geburt des Euphorion, der sich sogleich als springender Genius der Poesie, erfinderisch wie Hermes und wie Apollon künstlerisch erwies. Der Chor destruiert die mit kitschiger Rührseligkeit erzählte Idylle durch die viel interessanteren Mythen vom pfiffigen Hermes und seinen Jugendstreichen: Das Arkadien dieser Idylle und sein schein-heroisches Personal sind ein müder Abklatsch dessen, was die originalen Mythen erzählen. Phorkyas spricht in Trimetern und Tetrametern; die sechs Abschnitte ihres Berichts sind metrisch oder durch Strophenenden gekennzeichnet: V. 9581, 9593, 9606, 9613, 9618, 9628; der Chor hat V. 9629 ff. zwei Doppelstrophen verschiedenen Baus, jeweils ohne Epode. – Eine solche Situation, dass in einer Art lukianischen Göttergesprächs ein authentischer »Zeitgenosse« der mythischen Welt das mythologische Machwerk eines Modernen als schwächlichen Kitsch kritisiert, hatte Goethe schon in *Götter, Helden und Wieland* gestaltet (so greift auch der Chor bei der Erzählung vom listenreichen Hermes auf die durch Christoph Martin Wieland 1789–93 übersetzten *Göttergespräche* Lukians zurück).

Der zweite Teil der Szene wird durch »Ein reizendes reinmelodisches Saitenspiel [...] mit vollstimmiger Musik« (BA vor V. 9679) eingeleitet und reicht bis zum Ende dieser durch ein Streichorchester produzierten musikalischen Begleitung des folgenden Opernfragments, bei dem Goethe sich wahrscheinlich nicht ein Singspiel mit Arien, Liedern, gesprochenem Text wie etwa Mozarts *Zauberflöte* vorstellte, sondern durchgängig Arie, Duett, Terzett, Rezitativ und Chor, wie in Kantate oder Oratorium. Goethe schätzte die Oper außerordentlich hoch, weil sie der wahrscheinlichen Darstellung ausweicht und »eine innere Wahrheit, die aus der Konsequenz eines Kunstwerks entspringt«, demonstriert (*Über Wahrheit und Wahrscheinlichkeit der Kunstwerke*, 1798; AG 13, S. 178, vgl. S. 180 f.). Genau die Verleugnung des Wahrscheinlichen in der Geisterwelt einer antik mythologischen Frau, einer Allegorie der Poesie (Euphorion), eines christlichen Teufels in der Maske eines griechischen Unterwelts-Schrecknisses, eines Renaissancemagiers im Rokoko-Schäfergewand, auf dem Boden einer rein literarischen Welt und rein imaginären, sentimentalisch überformten Goldenen Zeit (in die allerdings von fern der Schlachtenlärm des griechischen Befreiungskriegs hereintönt) – diese Verleugnung aller Wahrscheinlichkeit lässt die inneren poetischen Beziehungen und Entwicklungen voll zutage treten. So tritt Helena in das letzte Stadium ihrer Anpassung an die moderne reflektierte Subjektivität ein, zu der Faust sie durch die Lockung nach »Arkadien« genötigt hat – sie reimt, sie singt, die einstige Heroine ist ängstlich, wehleidig, passiv, formuliert Beziehungs- und Liebestheorien in äußerster Abstraktheit als Eins, Zwei, Drei (V. 9699–9702) und »Mein, Dein und Sein« (V. 9734), um dann diese letzte Entfremdung von ihrem ursprünglichen heroisch-mythischen Charakter durch eigenen Entschluss zu beenden. Faust wird in diesem Teil immer schwächer und verstummt schließlich; seine Strategie, die Schönheit und mit Euphorion auch die Poesie in einen windstillen, literarisch autonomen Raum einzuschließen, war falsch: Schönheit als (platonisch) das deutliche Hervorleuchten der Idee will und muss öffentlich gesehen werden und in der Welt wirken; was sie bewirken kann, hat Faust an Helenas Machtübernahme erfahren. Die »ueberlebendige« Poesie (V. 9739) will sich am Kampf um die Freiheit beteiligen und stürzt sich in den Tod. Die Beziehung auf Lord Byron, den Protagonisten des europäischen Philhellenismus und nach Goethes Meinung das größte poetische Talent der Gegenwart, bringt nicht nur eine weitere Dimension der Euphorion-Figur ins Spiel, sondern dementiert zugleich Fausts falsche Ghettoisierung einer autonomen Kunst im rein literarischen Bereich: Durch den Byron-Bezug deutet der ganze 3. Akt, ja schon die Heilung Fausts auf dem Boden des antiken Fabelreichs (V. 7055), auf die philhellenische Bewegung und entlarvt diese als Irrweg, klassisch-romantische Phantasmagorie und Versäumnis der Forderung des Tages – Faust und Mephistopheles sind für die Finanzen des Reichs verantwortlich gemacht worden (V. 6133–6140).

Die drei ersten Partien des Teils handeln von Zusammenleben und Selbstständigkeitsbedürfnis, die drei folgenden (V. 9745 ff.) von Regelmäßigkeit und wildem Spiel in der Kunst bis zur scheiternden Poetisierung des Lebens und der lebendigen Verwirklichung der Poesie. In der 7. Partie (V. 9907 ff.) besingt der Chor die glückliche Geburt, das originale poetische Talent, die Beobachtungs-, Begeisterungs- und Liebesfähigkeit, die ihn in die Welt einbezogen, wie auch die Sitten- und Gesetzlosigkeit, die ihn mit ihr entzweiten, den hemmungslos unbedachten Idealismus, der ihn das Gesetz der Schwerkraft missachten ließ – damit nimmt der Chor die Elemente der »Lebens«- und der »Kunst«-Triade auf und schließt den Trauergesang mit dem Trost, dass der Boden, das Leben, stets neue Lieder zeugt und zeugen wird. Die zweite und dritte Strophe spielen deutlich auf Lord Byrons Leben und Schicksal an. – Metrisch ist der Szenenteil ungemein reichhaltig und bietet sich variabler musikalischer Gestaltung an.

Der dritte Teil der Szene (V. 9939 ff.) bringt die Auflösung aller Figuren und Verhältnisse. Von Euphorion ist nur Kleidung und Instrument geblieben, die Phorkyas, von der Bühne ins Proszenium tretend, an bedürftige Poeten verleihen will. Von Helena bleiben die Gewänder, die Faust umarmt und mit denen, in Wolken aufgelöst, er entschwebt, »so lange du dauern kannst« (V. 9953), d. h. solange er glauben kann, dass er Helena und nicht wie Ixion eine Wolke umarmt. Die Chorführerin hat sich durch ihre Treue zu Helena einen Namen erworben und folgt ihr als unterscheidbare Gestalt in den Hades. Die Chormädchen lösen sich in die Elemente auf und werden jeweils deren Nymphen: Dryaden, Echo, Najaden, Lenäen. Von Panthalis angeregt, kehrt der Chor erleichtert in die antike Metrik und Reimlosigkeit und von der aufgezwungenen sentimentalischen Reflexivität in die antike Naivität zurück. In der ersten Triade der Partie wird das Rollenspiel des Akts beendet, die Kleider bleiben, die Schauspieler gehen auseinander; in der zweiten (V. 9962 ff.) werden Formen des Fortexistierens im Totenreich, im Leben der Natur, im rauschhaften Kreislauf von Untergang und Auferstehung gegeneinandergestellt. Die 7. Partie wird durch das stumme Spiel am Ende erfüllt: Das Ablegen der Phorkyas-Maske ist das Ende auch dieser Figur wie in der 1. Triade; Mephistopheles hat über die Schönheit gesiegt und sie aus Fausts geistigem Leben vertrieben, wie auch Poesie und Kunst unter gellendem Lärm zu Grabe getragen werden. Das Fortleben, dessen Formen in der 2. Triade gezeigt wurden, bezieht sich auf das »Stück« des 3. Akts: Es kann, »sofern es nötig wäre«, in Epilog und Kommentar fortleben; das Stück vom Tod der Schönheit und der Kunst ist zu Ende.

Auch metrisch kehren die Schauspieler in ihre Kulturen zurück: Helena spricht wieder Trimeter, Phorkyas zunächst ironisch feierlich Blankvers, dann den mephistophelischen Madrigalvers; Panthalis und der Chor erinnern metrisch an das Tragödienfragment des Anfangs.

BA vor 9574 *Der Schauplatz verwandelt sich durchaus:* d. h. vollständig, gemäß der Regiebemerkung und im Sinne von Fausts vorwegnehmender Beschreibung.

9578 *Ihr Bärtigen:* Anrede an das Publikum, typisch für die attische Komödie, die wie das Theater überhaupt Männersache war.

9586 *Höhlen:* Die arkadischen Hochtäler weisen Höhlen auf, durch die das von den kahlen Bergen kommende Wasser abfließt. Den Chormädchen unglaublich ist die Beschreibung unterirdischer Weltenräume mit Natur und Architektur, obwohl sie doch gerne Unglaubliches hören möchten (V. 9583).

9603 *Genius ohne Flügel:* Genien, in der Antike geflügelt vorgestellt, sind schützende und leitende Geister. – Zu den Faunen vgl. Anm. zu V. 9396–9400.

9604 *der Boden gegenwirkend:* Euphorion erhält also Schnellkraft aus dem Boden wie Antaios (vgl. Anm. zu V. 7071–79); durch die Verbindung Fausts mit der sinnenhaften Schönheit ist sein Sohn mehr als nur ein »Antäus an Gemüte« (vgl. V. 9611).

9620 *ein kleiner Phöbus:* Apollon, der Sonnengott (griech. Phoibos, wörtl: der Leuchtende) und zugleich Dichtergott mit der Leier.

9623 *wie leuchtet's ihm zu Haupten:* die Aureole (vgl. BA nach V. 9902); die Heiligenscheine in der christlichen Ikonographie sind Aureolen.

9630 *Creta's Erzeugte:* vgl. Anm. zu V. 8864. Hinzu kommt hier das alte Sprichwort, dass alle Kreter lügen.

9642 *liebliche Lüge:* Gemeint ist wie in V. 9631 die griechische Mythologie.

9644 *Sohne … der Maja:* Hermes, Gott der Boten und der Diebe, Erfinder der Leier, die dann Apollon erhält. Die Beziehung Euphorions auf Hermes bezeichnet zunächst eine Poesie, die durch Bodenberührung sich neue Schnellkraft verschaffte (der nackte Genius) und die abgelöst wird durch eine unechte romantische Innerlichkeit und kitschige Rührseligkeit (der geckenhaft gekleidete Euphorion, V. 9617–19), die als Poesie den Chor durch »wüsten Geisteszwang« (V. 9963) bis zur äußersten Selbstentfremdung treibt.

9648 *Strenget:* wickelt fest ein.

9649 f. *Klatschender ... Wähnens:* Statt nachzudenken, tratschen die Kindermädchen nur und meinen, einen jungen Gott könne man wie ein Menschenkind in das jede Bewegung unmöglich machende Windelpaket einschnüren.

9654 f. *die purpurne ... Schale:* den beengenden, ängstigenden Kokon aus Windeln.

9663 *Schälken:* Mehrzahl von »Schalk«, vgl. Anm. zu 339.

9668–78 *Schnell ... den Gürtel:* Die folgenden Diebereien des kleinen Hermes finden sich praktisch in derselben Reihenfolge erzählt bei Lukian, *Göttergespräche*, ebenso Hederich, Sp. 1593. »Trident« ist der Dreizack des Poseidon/Neptun, Hephaistos ist der Schmiedegott, Cypria ist Aphrodite/Venus, ihr berühmter Gürtel verleiht Anmut.

BA vor 9679 *Saitenspiel:* Streichorchester.

9680 *Fabeln:* die griechischen Mythen.

9693 *im eignen Herzen:* Damit ist die kulturelle Umwandlung auch des Chors zur modernen Subjektivität, Reflexivität und Innerlichkeit vollzogen.

9696 *Gleich ist's euer eigner Scherz:* gleich singt ihr mit; Euphorion weckt die Poesie in anderen.

9710 *der Verein:* die Vereinigung.

9721 f. *Zu Grund uns richte / Der theure Sohn: ...* damit uns (die Eltern) der Sohn nicht zugrunde richtet.

9739 f. *Ueberlebendige / Heftige Triebe:* Nachdem Faust, der sein Leben auf Rastlosigkeit und Überschreitung gestellt hat, in der utopischen Idylle formuliert: »Dürft' es doch nicht anders sein!« (V. 9706), zeigt sich, dass die auf Überschreitung gerichtete, bei Faust momentan stillgestellte poetische Imagination und der rastlose Drang sich in seinem Sohn verselbstständigen und die Eltern zugrunde richten.

9742 *Plan:* Ebene.

9751 *Künstlichem Reihn:* kunstvollem Tanz.

9782 *widert mir:* widerstrebt mir, ist mir unangenehm.

9784 *schier:* rein, allein.

9798 *widerwärtigen Mund:* im Sinne von ›widerspenstig‹, vgl. V. 9797.

9804 *im Gedränge:* unter Druck, in die Enge getrieben.

9825 *in Pelops' Land:* auf der griechischen Halbinsel Peloponnes.

9827 *Magst du nicht:* wenn du nicht magst, oder: da du anscheinend nicht magst …

9843–50 *Welche … Gewinn!:* Auflösungsversuch: Dies Land (Peloponnes) gebar welche (solche, einige) »aus Gefahr in Gefahr« (aus der Herrschaft der Osmanen in den Freiheitskampf hinein), die frei sind, unbegrenzten Mut besitzen und mit ihrem eigenen Blut verschwenderisch umgehen; dieses Land bringe allen Kämpfern den nicht zu unterdrückenden heiligen Sinn und Gewinn! – Klar ist, dass Euphorion sich wie Lord Byron in den Freiheitskampf der Griechen einbringen will.

9856 *Jeder nur sich selbst bewußt:* auf sich selbst gestellt.

9857 *Feste Burg:* Parodie auf Luthers Kirchenlied »Ein feste Burg ist unser Gott« (1529); das subjektive Selbstvertrauen Euphorions löst sich beim Aufprall auf die Wirklichkeit schnell auf.

9873 *gethan:* gehandelt.

9884 *donnern auf dem Meere:* von Seeschlachten.

9897 *ein Flügelpaar:* Euphorion, der Sohn Achills und Helenas, war geflügelt; der Sohn Fausts und Helenas ist ein »Genius ohne Flügel« (V. 9603), der die Kraft zur Erhebung über die Realität, zum Schweben zwischen Realität und Idee nicht von Natur hat wie der Grieche, sondern sie sich nur in Selbsttäuschung imaginiert: er erhält seine Schnellkraft immer nur durch Berührung mit dem Boden, den er in seinem Flugversuch verlässt. Mit diesem schneidet er die Realität als Kraftquelle und Wirkungsraum der modernen Poesie ab und macht denselben Fehler wie Faust mit Helena, die nicht in eine Fiktion der Fiktion eingesperrt werden darf, sondern in die Welt hineinwirken muss.

9901 *Ikarus:* Mit seinem Sohn Ikaros floh der Erfinder und Baumeister Daidalos auf künstlichen Flügeln aus dem kretischen Labyrinth, in dem man ihn gefangen hielt; Ikaros flog trotz Warnung der Sonne zu nahe, das Wachs seiner Flügel schmolz und er stürzte ins Meer.

9903 *Aureole:* Heiligenschein.

9908 *wir glauben dich zu kennen:* Der Chor fällt nach einer Bemerkung Goethes zu Eckermann (5. Juli 1827) aus der Rolle, weil er einerseits in tiefen Ernst des zudem gereimten Trauergesangs verfällt, andererseits als trojanischer Mädchenchor den Tod Lord Byrons 1824 und die folgende Kurzbiographie dieses Dichters nicht kennen kann. Nach Euphorion verlässt damit der Chor seine Rolle im Stück, obwohl die Schauspielerinnen bis zum Ende des Akts bleiben und als letztes Fragment das »Bacchanal« (Petersen 1974, S. 99) spielen.

9913 f. *Dir … war schön und groß:* latinisierende Konstruktion für: dein Lied und Mut waren … groß. Auch die beiden folgenden Strophen beziehen sich mit jeder Aussage auf Lord Byron, sein Leben und Dichten und Scheitern samt Goethes Interpretation.

9920 *Mitsinn:* Mitgefühl und Verständnis.

9924 *in's willenlose Netz:* d. h., Byron kam nicht durch fremden Willen, sondern durch eigene Schuld um.

9933 *am unglückseligsten Tage:* Wahrscheinlich ohne Bezug auf ein historisches Ereignis wird hier das scheiternde Individualschicksal ins Kollektive überführt.

9937 *der Boden zeugt sie wieder:* die Lieder.

BA nach 9944 *Kleid und Schleier:* Der Schleier gehört wie die Maske zu den Utensilien der griechischen tragischen Schauspieler, vgl. BA nach V. 10038.

BA zu 9954 *Exuvien:* die Rüstung eines gefallenen Kriegers, in der Euphorion zuletzt erschienen war.

9959 *stiften Gild- und Handwerksneid:* in der Poetenzunft (Gilde).

9963 f. *Der alt-thessalischen Vettel … Rausch:* Panthalis vermutete in Phorkyas eine alte thessalische Hexe. Wie sie auf die antiken Chormädchen »wüsten Geisteszwang« durch Forderung von Herzensrührung und Verzicht auf Mythologie ausübte (V. 9680–86), so auf ihre Hörgewohnheit durch Reim, melodischen Gesang und sinfonische Musik. Nun begeben sie sich metrisch und mythologisch in ihre Kultur zurück.

9967 f. *Ihrer Sohle sey … gefügt:* Die Dienerinnen sollen sich ihr anschließen.

9975 *Asphodelos-Wiesen:* Affodill, Gattung der Liliazeen. In der *Odyssee* (z. B. XI,539) sind Asphodeloswiesen mehrfach die Orte, an denen die toten Seelen sich aufhalten.

9976 f. *Pappeln … Weiden:* nach *Odyssee* X,510 Bäume im Hain der Persephone.

9992 *in dieser tausend Aeste:* Die Gruppe wird zu Baumnymphen (Dryaden).

9999 *an dieser Felsenwände:* Die Gruppe wird Echo, Felsnymphe.

10005 *mit den Bächen:* Die Gruppe wird zu Gewässernymphen (Najaden).

10007 *mäandrisch:* nach dem griechischen, extrem gewundenen Fluss Maeandros.

10008 *Matten:* Wiesen.

10012 *am Stab die Rebe:* Die Gruppe wird zu Wein-Nymphen (Lenäen).

10016 *fördersamst:* Das nützlichste Gebet richtet sich an die Sonne.

10017 f. *Bacchus … faselnd:* der Weingott, berauscht und verwirrt redend.

10018 *Faun:* vgl. Anm. zu V. 9396–9400.

10022 *Helios:* der Sonnengott.

10026 *Tragebutten:* rucksackartige Gestelle zum Transport von Lasten. z. B. von Wein.

10030 *Cymbeln:* kleine, auf Töne gestimmte Becken, mit Klöppel anzuschlagen.

10031 *Dionysos:* Während der römische Bacchus eher jung, verweichlicht dargestellt wird, ist der griechische Dionysos, ebenfalls Weingott, älter, bärtig, mächtig, gebieterisch.

10032f. *Ziegenfüßlern ... öhrig Thier:* Satyrn und Silen auf seinem Esel gehören zum Gefolge des Dionysos, wie die Mänaden, als die die Chormädchen wohl auch hier wieder mitspielen (vgl. V. 8772). Mit Schlagzeug und gellendem Eselsgeschrei wird hier also ein ohrenbetäubender Lärm veranstaltet: Satyrdrama nach der Tragödie und Lärm nach der sinfonischen Musik der Oper.

BA nach 10038 *Der Vorhang fällt ... commentiren:* Der Vorhang einer Bühne auf der Bühne, eines Stücks im Stück, fällt, von dem Phorkyas die letzte Figur ist, sich ihrer Utensilien entledigt und als Schauspieler Mephistopheles erscheint. Kothurne sind die erhöhten Stelzenschuhe der tragischen Schauspieler, die Maske wird am Stab vor das Gesicht gehalten, ein Schleier verdeckt den Zwischenraum zwischen Kopf und Maske. Was Mephistopheles kommentieren könnte, ist der Sieg des Hässlichen, der leichtsinnige Verlust der Schönheit und der Poesie.

Vierter Act

Goethe schrieb den 4. Akt als letzten größeren Textzusammenhang im *Faust*, begann ihn im Februar 1831 und beendete ihn im Juli desselben Jahres. »Dieser Akt bekommt wieder einen ganz eigenen Charakter, so dass er, wie eine für sich bestehende kleine Welt, das übrige nicht berührt, und nur durch einen leisen Bezug zu dem Vorhergehenden und Folgenden sich dem Ganzen anschließt.« (Eckermann, 13. Februar 1831; GmG, S. 461). In der Tat hat die Anfangssituation auf dem Gipfel des Hochgebirgs, wo Faust nach einer Weltumrundung mit seiner Helena-Wolke landet, wieder Prologcharakter und schließt sich nicht an das »Stück« des 3. Akts an; auch der Anfang des 5. Akts setzt voraus, dass zwischen der Verleihung der Uferzone an Faust und dessen Palast-, Deich- und Hafenbau, ganz zu schweigen von seinem Erwerb des »Welt-Besitzes« (V. 11242) beträchtliche Zeit verstrichen sein muss, ganz abgesehen davon, dass Faust im 4. Akt als Kämpfer in Ritterrüstung erscheint, mithin bedeutend jünger sich zeigt als im 5. Akt, wo er »im höchsten Alter« ist (BA vor V. 11143). Die Sanierung des Reiches, dessen Finanzbeauftragte Faust und Mephistopheles ihre Aufgabe wegen philhellenischer Abenteuer sträflich vernachlässigt haben, ist deshalb wieder nötig – dies bildet einen »leisen Bezug« zum 1. Akt, wie auch das Wirken des Mephistopheles in Richtung der Restauration des Abgewirtschafteten und der Verteidigung des unfähigen Kaisers gegen seinen fähigen Gegenkaiser. Bezüge bestehen zum Gretchendrama – die Erinnerung an Margarete »zieht das Beste meines Innern mit sich fort« (V. 10066) und lässt nur noch Fausts »materielle« Seele übrig –; der Wettkampf zwischen Faust und Mephistopheles setzt wieder ein mit der eigens auf die Versuchung Jesu bezogenen Versuchung mit der Herrlichkeit der Welt (V. 10131), die Faust aber zugunsten eigener Tat verächtlich ablehnt (wobei er wie immer die Ausführung Mephistopheles überlässt und sich noch tiefer in die Abhängigkeit von ihm verstrickt). Auch eine neue Richtung, Gott zu werden, schlägt Faust ein: »Größten Reichtum und höchste Lust zu genießen« ist nach Ficino die sechste Strebung der Seele; die höchste Lust ist ihm jetzt die göttliche Macht, mit der er sich »Herrschaft […] Eigenthum« selbst verschafft: Es ist die Herrschaft über Menschenmassen mit Hilfe ihrer archaischen Triebe der Aggressivität, der Habgier und des Geizes, und das Eigentum selbstgeschaffenen paradiesischen Landes. Die Herrschaft über Menschenmassen erwirbt er sich mit Mephistos Hilfe im 4. Akt in Gestalt der Drei Gewaltigen, die Mephistopheles »Aus Urgebirgs Urmenschenkraft […] zusammenrafft« (V. 10317 f.) und die sich z. B. in der Schlacht in den »Prass« (V. 10322) wieder auflösen, aus dem sie zusammengesetzt sind (V. 10581 f.); Goethe hat hier sicher an die Allegorie des »artificial man« im Titelkupfer von Thomas Hobbes' (1588–1679) *Leviathan* (1651) gedacht (Abb. 21), der ja auch aus den vom Egoismus getriebenen Einzelmenschen zusammengesetzt ist und mit dem Hobbes auf Hiob 41,24 (s. LGF 10) anspielt, dessen Gott Faust mit seinen Leviathanen übertrumpft wie dann im 5. Akt mit der Bändigung des Meers. Je tiefer man in den Akt eindringt, desto vielfältiger und bedeutender werden also die »leisen Bezüge«, mit denen er an das Ganze des *Faust* angebunden ist, so selbstständig er bei erstem Zusehen erscheint.

Der Akt ist in drei Szenen eingeteilt, deren erste und dritte wieder dreigeteilt sind: *Hochgebirg* beginnt mit Fausts Monolog als Prolog. Darauf folgt das Gespräch mit Mephistopheles über die Bergspitze als ehemaligen Grund der Hölle und über Fausts Wunsch, in Konkurrenz mit dem Gott Hiobs Herrschaft und Eigentum sich zu verschaffen, darauf folgt der Übersieg über das Mittelgebirge, die Rekrutierung der Drei Gewaltigen und der Beschluss, in die Schlacht einzugreifen. Die Szene *Auf dem Vorgebirg* hat eine Binnengliederung, die sich aus dem wechselnden Kriegsgeschehen ergibt, ist aber als Einheit zu verstehen.

Des Gegenkaisers Zelt beginnt mit der Plünderung durch Habebald und Eilebeute; in größerem Maßstab bedienen sich dann die Fürsten und der Kaiser am Reich; endlich sucht sich die Kirche den größten Anteil zu sichern.

Auch in diesem Akt werden verschiedene Literaturgattungen synkretistisch aufeinander bezogen. Die Szene *Hochgebirg* konfrontiert, noch in antikisierenden Metren, einen lyrischen Monolog Fausts mit dem folgenden Typus des »Göttergesprächs« nach Lukian (um 120 – 180 n. Chr.), in dem dieser Spötter satirisch die Hintergründe des vergangenen oder zukünftigen irdischen Geschehens entlarvte: Es stehen Monolog gegen Dialog, präsentische Meditation über seelische Vorgänge gegen den satirischen Blick auf die Triebkräfte der Gesellschaft und Ökonomie, antikische und moderne Anspielungen in beiden Teilen. Die zweite Szene, *Auf dem Vorgebirg*, bringt die typische Situation des romantischen Geschichtsdramas; die nahe Verwandtschaft mit Grillparzer und insbesondere dessen *König Ottokars Glück und Ende* springt in die Augen (vgl. LGF 10). Die dritte Szene, *Des Gegenkaisers Zelt*, erinnert auch durch Vers, Personal und Vorgänge an die Haupt- und Staatsaktionen des 17. und beginnenden 18. Jh.s. Im ganzen Akt spielen also dramatische Muster der Auseinandersetzung mit Geschichtsvorgängen zusammen und kommentieren einander historisch und kritisch wieder im Sinne einer Gattungs-Phantasmagorie wie im 3. Akt.

Die intertextuellen Beziehungen zu Dantes *Divina Commedia* und zu Byrons Werken sind in diesem Akt augenscheinlich. Mit Dantes Epos (s. LGF 10) befasste Goethe sich intensiv wieder in den Jahren 1826 und 1827 anlässlich des Erscheinens der Übersetzung von Karl Streckfuß (1779–1844) von 1824–26. Er kommentierte vor allem Dantes Fähigkeit, Phantastisches »scharf umrissen wiedergeben [zu können]; deßhalb wir denn das Abstruseste und Seltsamste gleichsam nach der Natur gezeichnet vor uns sehen«. Besonders verwirrend und unangenehm war ihm die Vorstellung des bis in den Erdmittelpunkt reichenden Höllentrichters, der ihm wie »eine umgekehrte Tafel des Kebes« vorkam (WA I,42,2, S. 70 f.). Die Tafel des Kebes zeigt einen allegorischen Berg, auf dessen Aufstiegsrampen und Spitze Tugenden aufgestellt sind und von den Steigenden erreicht werden. Die Umkehrung bezieht sich also auf die materiale Inversion von Trichter in Berg wie auf die moralische der Tugend-Staffelung in eine Laster- und Todsünden-Treppe nach unten. Mephistos komischer Mythos von der Revolution der Hölle, vom Grund der Hölle, der nun (wie endlich auch bei den Völkern) Gipfel sei (V. 10068–94), bedeutet im Sinne von Dantes Höllenvorstellung, dass sein Trichter ein Berg und die umgekehrte Tafel des Kebes nun eine Sündenstaffel gemäß der revolutionären Entstehung ist. Im Hinuntergehen von dem Punkt der Landung auf dem Grund der Hölle, nach Dante also auf dem versteinerten und vereisten Luzifer (nahe dessen Sitz Dante und Vergil die Hölle verlassen), müssten Faust und Mephistopheles auf die Verdammten stoßen, die bei Dante die Kreise des Höllentrichters bevölkern. In der Tat hat Mephistopheles »Den Kriegsrat [...] / Aus Urgebirgs Urmenschenkraft« zusammengerafft und als die Drei Gewaltigen formiert, die Faust nicht als einzelne allegorische Gestalten, sondern als »Bergvolk« sieht (V. 10317–20). Die Charakterisierung der Drei Gewaltigen durch die Namen Raufebold, Habebald und Haltefest weist auf die Sünden Gewalt, Habgier, Geiz, die bei Dante als *violenza*, *avidità* und *avarizia* in den ersten sieben Kreisen der Hölle angesiedelt sind. Die Beziehung ist plausibel angesichts Goethes Abscheu gegenüber den französischen Revolutionen 1789 und 1830, die nach seiner Meinung auch moralisch das Unterste zuoberst brachten. Nimmt man diese Zusammenhänge an, hat Goethe die Hölle, die der Theaterdirektor anfangs verspricht (V. 242) und die man immer vermisst hat, in einem sehr bedeutenden Sinne doch verwirklicht: Fausts bessere Seele ist ihm durch das Margareten-Wölkchen entzogen, die materielle Seele klammert sich an eine Welt, in der Menschen und Teufel und Verdammte einander die Hölle werden. Mephistopheles spricht mit Recht von »unsrer Oberfläche« (V. 10129), steckt Teufel in alte Rüstungen (V. 10554–64) und formiert einen dreifachen Leviathan aus den Ursünden der Verdammten, oder umgekehrt, macht Menschenmassen manipulierbar, indem er diese sündhaften Urtriebe in ihnen entfesselt. Wichtig ist in diesem Zusammenhang Fausts Deutung seines künftigen Unternehmens: »Da wagt mein Geist sich selbst zu überfliegen« (V. 10220): Das ist einerseits eine klare Formulierung der permanenten Versuche Fausts, die menschlichen Grenzen zu durchstoßen und zu überschreiten; im Dante-Bezug (s. LGF 10) stellt Goethe Faust damit aber in die Reihe derer, die von ihrem *ingegno* getrieben und nicht durch *virtù* gemäßigt sich des *trapassar del segno*, der Überschreitung der dem Menschen gesetzten Grenze schuldig machen und wie Odysseus umkommen (*Inferno* XXVI,107–120); in die Reihe setzt Dante Adam, Jason, Odysseus und sich selbst, Goethe fügt Faust hinzu. In dieser Reihe profiliert Faust aber andererseits sich durch seine radikale Modernität: Er überschreitet nicht mehr ein von anderen aufgestelltes Grenzzeichen wie Odysseus bei Dante die Säulen des Herakles, sondern sein Geist überfliegt sich selbst, indem er nicht nur mit Mephistopheles die Hölle Dantes in die Welt auskippt oder die Hölle in der Welt aktiviert, sondern damit zugleich wie der Gott Hiobs (s. LGF 10) den Leviathan bändigt und für sich arbeiten lässt: Himmel, Welt und Hölle sollen nach diesem Plan in Fausts »Herrschaft« und »Eigentum« kommen.

Ähnlich prominent und fruchtbar ist die Beziehung zu drei Werken Byrons. In dem Drama *Manfred* (s. LGF 10), dessen Stimmung nach Goethes Ansicht aus dem *Faust I* geschöpft war (zu Eckermann, 13. April 1823; GmG, S. 546), wird über den nach einem unerlaubten Griff nach einer schönen Dämonin (s. Kommentar zum 1. Akt, S. 846) ohnmächtig daliegenden Manfred ein Zauber ausgesprochen, in dem es heißt, das stärkste Gift sei in Manfred selbst: »I call upon thee! and compel / Thyself to be thy proper Hell!« (*Poems*, Bd. 2, S. 315) Seine eigene Hölle wird Faust entsprechend obigen Überlegungen zu Dante sich jetzt ebenfalls selbst; im Gegensatz zu Manfred wird er jedoch aktiv und setzt mit Mephistopheles das luziferische Schöpfungswerk fort, nun gegen den Herrn des *Prologs im Himmel* und gegen den Gott Hiobs (s. LGF 10) gerichtet. – Wenn Faust Mephistos Verlockung mit Rokokopark und schönen Frauen kommentiert: »Schlecht und modern! Sardanapal!« (V. 10176), dann zitiert er Byrons in der Tat modernes Stück *Sardanapalus* (1821; s. LGF 10), das der Dichter Goethe gewidmet hatte (zu Eckermann, 26. 3. 1826; GmG, S. 185). Diesen bei Byron nicht wollüstigen orientalischen Despoten, vielmehr menschenfreundlichen, leichtsinnigen, seiner Verantwortung vergessenen modernen Ästheten bildet Goethe im Kaiser nach, dessen völlig unzeitgemäßen und schädlichen Feudalismus Faust durch Mephistos Machenschaften restaurieren muss, um sein Eindeichungsprojekt voranzubringen. – Die Komisierung des Krieges bei Byron im *Don Juan* (s. LGF 10), insbesondere in der Figur des russischen Generals Suworow, des »Harlequin in uniform« (*Poems*, Bd. 3, S. 243), seiner Blendwerke und Täuschungen des Gegners hat Goethe mit Mephistos Feuerwerken, Wasserlügen und blechklappernden Teufelchen in den *Faust* übernommen; ebenso ist die Betrachtung des Kriegs als Gelegenheit zum Plündern und Beutemachen bei Suworows Truppen, bei Byrons 1823/24 rekrutierten albanischen Bergstämmen und bei Goethes aus dem »Bergvolk« zusammengerafften Riesen Habebald und Eilebeute dieselbe.

Hochgebirg

Die erste der drei Teilszenen (V. 10039–127) spaltet die spirituell-sinnliche Einheit von Fausts zwei Seelen, die er in dem »Stück« *Helena* noch gehalten hatte, in einen himmlischen und einen höllischen Teil auf; »das Beste meines Innern« (V. 10066) wird von dem Margareten-Wölkchen in den Äther fortgezogen, der Rest steht auf dem »Grund der Hölle« (V. 10072) und wird von Mephistopheles, der in Form von »Tumult, Gewalt und Unsinn« (V. 10127) seine Beteiligung an der Welt nachweist, energisch auf sein Dasein in dieser Welt des Fortschritts hingewiesen. – Die zweite Teilszene (V. 10128 ff.) stellt im Gegensatz zu dieser behaupteten Mit-Abhängigkeit Fausts von der schon immer wirkenden *diabolē* Faust als Täter heraus, der sich in Anspielung auf die Versuchung Jesu vom Teufel nichts schenken lassen, sondern in Konkurrenz zum Gott Hiobs (s. LGF 10) sich Herrschaft und Eigentum selbst verschaffen will. – Die dritte Teilszene (V. 10234 ff.) löst das Teilprojekt der Beherrschung der Menschen mittels ihres leidenschaftsgetriebenen Elementarwesens ein und zeigt damit, in steigernder Verbindung der beiden ersten Teilszenen, den Menschen als manipuliert durch den (mit Hilfe des Teufels) planenden Menschen. Dies gilt analog für die kluge Nutzung einer politischen Konstellation im »Bemühen / Zu seinem Vortheil etwas auszuziehen« (V. 10236 f.).

Metrisch erinnert Faust in seinem Anfangsmonolog sich noch an den antikischen Trimeter und verwendet ihn noch einmal, selbst gleichsam nostalgisch erstarrt, im Gedenken an das tragische Scheitern seines Versuchs, Helena in sein Leben zu ziehen. Von da an läuft die Szene in den zwischen Faust und Mephistopheles üblichen Madrigalversen. Die sinfonische Musik des 3. Akts weicht der Militärkapelle, der Naturlärm des Bacchanals dem künstlichen des Klapperns, Zischens und des Posaunenschalls in Mephistos Verwirrspielen.

10039 *Der Einsamkeiten tiefste:* vgl. V. 5696 und 6227. Einsamkeit ist die Sphäre der Schöpfung; Faust wird das Schöpfungswerk Luzifers fortsetzen. Vgl. auch Goethes schematischen Überblick über die gesamte Dichtung (Paralipomenon 5, S. 630): Faust tritt in die letzte Phase »Schöpfungs Genuß« ein.

10041 *Wolke:* Da Fausts aus Helenas Gestalt und Kleidern (vgl. V. 9949 f.) gebildete Kumuluswolke nach Osten weitersegelt, hat er, aus dem Südosten der *Classischen Walpurgisnacht* kommend (V. 6951), eine Weltumsegelung »an klaren Tagen« hinter sich. So lange immerhin hielt sein Glaube, dass er die wirkliche Helena umarmt hat.

10047 *modeln:* Gestalt annehmen.

10050 *Junonen:* Die Erwähnung Junos deutet auf den Mythos von Ixion, der Juno/Hera vergewaltigen wollte, eine Wolke in Gestalt Junos umarmte und für seine *in effigie* vollbrachte Untat fürchterlich bestraft wurde. Auch Faust sieht jetzt, dass er eine Helena-Wolke umarmt hat.

10055 *Nebelstreif:* Im Gegensatz zu den Irdisches abspiegelnden Gestaltphänomenen der Kumuluswolken deutet Goethe die steigenden Zirruswolken auf Erlösung (vgl. die Wolkengedichte: Goethe, *Gedichte*, S. 425).

10061 *Aurorens Liebe:* Anspielung auf den antiken Mythos von Tithon und Aurora. Die Göttin des Morgenrots hatte für den Geliebten Tithon Unsterblichkeit erbeten, aber ihm ewige Jugend zu verschaffen vergessen. Wie der immer älter werdende Tithon wird Faust sich seines Alterns bei gewährleisteter Unsterblichkeit (solange er das Wort vom schönen Augenblick nicht sagt) bewusst. Faust schöpft aus »Aurorens Liebe« des Wölkchens die Gewissheit, dass ihn trotz seines verworrenen Lebens seine Aurora/Laura/ Margarete noch lieben kann – löst sich für ihn doch in diesem Moment die Wette beim ersten Anblick Margaretes ein: »Die Tage der Welt vergess' ich's nicht!« (V. 2614).

10064 *Seelenschönheit:* Ende einer langen Reihe von Strebungen Fausts nach Formen von Schönheit: Natur (V. 1068), das »Weib« in *Hexenküche*, Margarete, Helena im 1. Akt, Helena im 2. Akt (V. 7398–7405), Helena im 3. Akt, »Seelenschönheit« der Form im Gegensatz zur »Gestalt aller Gestalten« (V. 8907).

10066 *zieht das Beste meines Innern mit sich fort:* Man kann das Erlösungswerk Margaretes hier beginnen sehen, jedenfalls die reinigende, scheidende Kraft der Liebe (V. 11964 f.); es fehlt noch als Pendant zum weiblichen Prinzip des Ziehens das männliche Prinzip des Drängens, wie es in dem »hinan« des Schlussverses das Drängen des Eros im beständigen Streben Fausts zusammenfasst.

BA vor 10067 *Sieben-Meilenstiefel:* Die groteske Vorstellung, den Fortschritt gerade in den Märchenstiefeln einherschreiten zu lassen, ist wohl von Heine angeregt, der Napoleon »Siebenmeilenstiefel-Gedanken« zuschrieb (*Sämtliche Werke*, Bd. 3: *Reisebilder*, S. 159).

10067 *endlich vorgeschritten:* mehrfach zu lesen: (1) Mephistopheles lobt seine rasche Fortbewegung (nach mhd. *endelîch* ›rasch, zügig‹), wobei er ohne Stiefel wohl noch schneller vorankäme; (2) nach langem, ermüdendem, für Mephistopheles fruchtlosem und behinderndem Aufenthalt in der *Classischen Walpurgisnacht*, im »Stück« des 3. Akts, historisch im Fabelreich des Philhellenismus, geht es endlich voran. Fortschritt (in Goethes Wortgebrauch häufig »Vorschritt«) ist nach Condorcets *Esquisse d'un tableau historique des progrès de l'esprit humain* (1795) zu einer der Schlüsseltendenzen des 19. Jh.s geworden, der sich auch die Intellektuellen nach Romantik und Philhellenismus »endlich« anschlossen, um das Reich der Wissenschaft, Technik, Ökonomie und Militärmacht aufzubauen, wie es das spätere 19. Jh. bestimmte.

10073 *närrischen Legenden:* Fausts Spott oder Gelächter zeigt auch hier (vgl. V. 521, 1324) an, dass er etwas Wichtiges verpasst. Wohl macht Goethe sich über die Vulkanisten und ihre geologischen Theorien lustig, aber die Struktur der Umwälzung des Untersten ins Oberste trifft mit Goethes Auffassung von Revolutionen zusammen, von denen er zwei (1789, 1830) beobachtet hatte; er betont deshalb ausnahmsweise Mephistos Ernsthaftigkeit. Die Anknüpfung an den Satansberg des *Ersten Theils* ist deutlich (s. Anm. zu V. 10087 f.), mithin die Plausibilität eines zum Berg umgestülpten Höllentrichters, mithin die schon neutestamentlich vorgegebene »Herrschaft freyer Luft« (V. 10092), in der die Teufel regieren und nun mit Faust den Kampf gegen den Gott Hiobs führen.

10078 *sich durchbrannte:* allen Brennstoff zum Glühen gebracht hatte.

10082 *Von oben und von unten aus zu pusten:* Schon in der Antike gab es Theorien von Blähungen der Erde, die auch Erdbeben erklären sollten.

10087 f. *Zipfel … Gipfel:* vgl. V. 3912 f., 4316/4318. Das Reimpaar ist eine Art Kennung für den Satansberg. »Montagnards«, die Bergpartei, hießen in der französischen Nationalversammlung 1792–95 die radikalsten Jakobiner, die auf den obersten Bänken, dem »Berg«, saßen.

10094 *Ephes. 6,12.:* »Ziehet an den Harnisch Gottes, dass ihr bestehen könnet gegen die listigen Anläufe des Teufels. Denn wir haben nicht mit Fleisch und Blut zu kämpfen, sondern mit Fürsten und Gewaltigen, nämlich mit den Herren der Welt, die in der Finsternis dieser Welt herrschen, mit den bösen Geistern unter dem Himmel« (Eph. 6,11 f.; vgl. Eph. 2,1 f.). Die Bibelstelle ist von Goethe mit Bleistift beigeschrieben worden; der Autor greift hier von außen in den prinzipiell geschlossenen Raum seines Textes ein und bestätigt die Figurenrede als theologisch tragfähiges Argument.

10095 f. *Gebirgesmasse … nicht warum?:* Seit der Mitte des 18. Jh.s, etwa Diderots Schrift *De l'interprétation de la nature* (1753), wird die anthropomorphisierend nach Gründen fragende Naturkunde durch die nur noch nach dem Wie fragende Naturwissenschaft abgelöst. Mephistopheles kämpft zunächst für seine »närrische Legende« und für die biblische Argumentation, denn sie bestätigen das Existenzrecht des Teufels in der Natur – wer nicht mehr nach dem Warum fragt, braucht weder Gott noch Teufel.

10102 *gemildet:* geglättet.

10104 *Strudeleyen:* Durcheinander, Tumult.

10109 f. *Molochs Hammer … schlug:* Moloch ist ein Himmelsgott der Ammoniter, Konkurrent des Jehova; er erhielt Kinderopfer und galt als besonders gewalttätig.

10111 *fremden Zentnermassen:* erratischen, nicht zum Gestein der Umgebung gehörigen Felsblöcken.

10120 f. *Mein Wandrer … Teufelsbrücke:* Der Wanderer nach Mephistos Geschmack hat den Glauben als Stütze angesichts der überwältigenden Natur und der Kühnheit des Bauwerks (Teufelsstein, Teufelsbrücke zwischen Göschenen und Andermatt; vgl. DW, S. 796; 18. Buch).

10126 f. *Wir sind die Leute … Zeichen!:* Das »Große« beschränkt sich nicht auf Felsformationen, sondern erscheint als »Tumult« in der Natur (vgl. V. 10104), als »Gewalt« in der Gesellschaft und als »Unsinn« in der Erkenntnis. Mit dieser durchgängigen Anwesenheit der *diabolē*, der Unordnung, im Kosmos gibt sich der Teufel, dessen Existenzrecht durch die Naturwissenschaft bestritten wird, eine neue Definition und Legitimation: Der *diábolos*, der Durcheinanderwerfer, ist auch im bloßen Wie der Wissenschaft dabei. Mit »sieh das Zeichen« spielt Mephistopheles auf 1. Mose 9,9–13 an und schlägt einen »neuen Bund« zwischen diesem neu definierten negativen Prinzip und Faust als dem Repräsentanten der Moderne vor. Daraus ergibt sich dann »ganz verständlich« die folgende Versucher-Frage.

10130 f. *Matth. 4.:* Der Hinweis auf die Bibelstelle stammt wieder vom Autor. »Wiederum führte ihn der Teufel mit sich auf einen sehr hohen Berg und zeigte ihm alle Reiche der Welt und ihre Herrlichkeit und sprach zu ihm: Das alles will ich dir geben, so du niederfällst und mich anbetest. Da sprach Jesus zu ihm: Hebe dich hinweg von mir, Satan! Denn es steht geschrieben: ›Du sollst anbeten Gott, deinen Herren, und ihm allein dienen.‹ Da verließ ihn der Teufel« (Mt. 4,8–11). Faust wählt eine dritte Lösung: nicht dem Teufel zu dienen, sondern ihn sich dienen zu lassen, nicht Herrschaft und Eigentum sich »geben« zu lassen, sondern es mit Hilfe des Teufels selbst zu schaffen. Die wachsende Abhängigkeit von seinem Helfer bedenkt er nicht.

10140 *Fleischbänke … hausen:* Seit seiner Kindheit waren Goethe auf dem Markt in Frankfurt (der ihm hier als Modell dient) die Fleischbänke widerlich, Holztische, auf denen die Metzger das von Schmeißfliegen besetzte rohe Fleisch, natürlich ungekühlt, liegen hatten und zerkleinerten.

10146 *wo kein Thor beschränkt:* Verteidigungsmauern und Stadttore bedingten, gerade auch in Frankfurt, die drückende Enge der Innenstadt, vgl. V. 923–927.

10159 *man erzieht sich nur Rebellen:* In seinen Komödien *Die Aufgeregten* (1791/92) und *Der Bürgergeneral* (1793) karikierte Goethe die Verwirrung, die falsche Aufklärung in den Köpfen anrichtet und sie zur Rebellion führt.

10160 *mir selbst bewußt:* das Selbstbewusstsein des absoluten Monarchen.

10164 f. *grünen Wänden … Schatten:* In der absolutistischen Gartenkunst wurde die Herrschaft des Menschen über die Natur durch Herstellung lebendiger Architektur aus Verteilung von Licht und Schatten demonstriert. Auf Versailles, wohl auch auf Kassel, wird mit Einzelheiten angespielt.

10176 *Sardanapal:* Anspielung auf Lord Byrons Goethe gewidmetes Stück *Sardanapalus* (1821). Den bei Byron nicht wollüstigen orientalischen Despoten, sondern menschenfreundlichen, leichtsinnigen, seiner Verantwortung vergessenen modernen Ästheten bildet Goethe im Kaiser nach.

10180 *Sucht:* »mondsüchtig« nannte man die Nachtwandler.

10186 *Heroinen:* Anspielung auf die homerische Heldenfrau (Heroine) Helena.

10187 *Eigenthum:* Binswanger (1985, S. 34 f.) unterscheidet richtig zwischen Erbgut (*patrimonium*), das genutzt, aber auch erhalten werden muss, und dem hier gemeinten Eigentum (*dominium*), das als eigene Sache zum beliebigen Gebrauch und Verbrauch freigegeben ist. Dieser Begriff strahlt auch auf den Begriff von »Herrschaft« über Menschen aus.

10196 *Geschehe denn nach deinem Willen!:* ironische Anspielung auf die dritte Bitte des Vaterunsers: Faust spielt sich ja als Schöpfergott auf.

10202–05 *Wie der Uebermuth … versetzt:* Faust setzt hier das »Blut« – Triebe, Instinkte, Affekte, die unkontrollierte Körperlichkeit und Sinnlichkeit – mit dem ungebändigten Meer in Analogie, dessen »zwecklose Kraft« ihn genauso zur Verzweiflung bringt, wie ihm die eigene Affektnatur die Grenzen der freien Geistesbewegung und Bestimmungsgewalt unbehaglich bewusst macht. Beide will er zähmen, dem »Blut« die Herrschaft, dem Meer Boden und Raum abringen. Nimmt man die Interpretation des Leviathan (Hiob 40 f.) als diabolische Triebe des Menschen (Jakob Böhme) bzw. Egoismus (Hobbes) an, so tritt Faust im Hinblick auf die Zähmung des Leviathan und die Eindämmung des Meers mit dem Gott Hiobs in Konkurrenz.

10233 *befördern:* fördern, voranbringen.

10238 *jedes günstige Nu:* der sich nur einmal bietende richtige Moment.

10239 *Fauste:* Vokativ von lat. *faustus* ›der Glückliche‹.

10242 *Auf meinem Zuge:* mit den Siebenmeilenstiefeln.

10259 *Genießen macht gemein:* »gemein« heißt nicht ›sittlich tiefstehend‹, sondern »sich und andern in Fröhlichkeit angehörend« (HA 12, S. 378) und ist damit der notwendigen Einsamkeit des Regenten entgegengesetzt. Byrons *Sardanapalus* spielt die Folgen gemeinsamen Genießens durch (vgl. Anm. zu V. 10176).

10266 *Capitel:* Hauptversammlung der Geistlichen eines Bistums.

10271 *das ging:* nahm den erwartbaren Lauf; Faust beschreibt ihn weiter.

10291 *Er jammert mich:* Bedauern ohne implizierte Beurteilung, vgl. V. 4620.

10292 *der Lebende soll hoffen:* »Denn bei allen Lebendigen ist, was man wünscht: Hoffnung; denn ein lebendiger Hund ist besser als ein toter Löwe« (Pred. 9,4).

Abb. 21 Frontispiz der Erstausgabe von Thomas Hobbes' *Leviathan*, 1651 (obere Hälfte). Bildvorstellung zu den Drei Gewaltigen (vgl. V. 10581)

10302 *Befestige dich bey großen Sinnen:* denke nicht kleinlich über die (manchmal verwerflichen) Mittel nach und halte den Blick fest auf das Ziel gerichtet.

10306 *Die Leh'n:* Das im 8. Jh. geschaffene Lehnsrecht band den Herrn und den Untergebenen persönlich (Vasallität) und sachlich (Benefizium), indem es Dienst und Treue verlangte. – »grenzenlos« ist der Strand ins Meer hinaus.

10311 *Das wäre mir die rechte Höhe:* redensartlich für: eine Unverfrorenheit.

10315 f. *Kriegsunrath … Kriegsrath:* nach älterer Bedeutung der Wörter: Hilflosigkeit bzw. Hilfe in der Kriegszeit (Schöne, Kommentar z. St., FA 7,2, S. 667). Zugleich Wortspiel mit »Unrat« (›Schmutz, Müll‹) und »Kriegsrat« (Beratung der Strategie und Taktik und das Expertengremium dafür).

10320 *das Bergvolk aufgeregt:* erregt, in innere und äußere Bewegung versetzt. »Bergvolk« sind nach V. 10425 die Berggeister; wenn Mephistopheles sie jedoch »Aus Urmenschentums Urmenschenkraft … zusammenrafft«, dann handelt es sich um archaische menschliche Kräfte, aus denen er die Gewaltigen formiert.

10321 f. *gleich Herrn Peter Squenz, / Vom ganzen Prass die Quintessenz:* »Prass« ist bei Goethe ein Haufen, eine Masse wertloser Personen oder Dinge; die Quintessenz davon ist das Konzentrat ihrer Wertlosigkeit. Die Anspielung geht auf das Scherzspiel *Absurda comica: Oder Herr Peter Squenz* (1657) von Andreas Gryphius (1616–1664), dessen Absurdität dadurch entsteht, dass jede Figur aus einem anderen fremden Stück und zugleich aus ganz heterogenen, veralteten Stücktypen kommt und damit das Kondensat jeweils aus einem ganzen durch seine Veraltung wertlos gewordenen Menschenschlag und seinen (Theater-)Gewohnheiten bildet.

BA vor 10323 *Sam. II,23,8.:* Die Angabe der Bibelstelle stammt von Goethe. Diese »drei Vornehmsten« unter den »Helden Davids« sind Jasobeam (»er hob seinen Spieß auf und schlug achthundert auf einmal«), Eleasar (»schlug die Philister, bis dass seine Hand müde am Schwert erstarrte. Und der Herr gab ein großes Heil in der Zeit, dass das Volk umwandte ihm nach, zu rauben«), Samma, der erfolgreich »ein Stück Acker voll Linsen« gegen die Philister verteidigt. Ein Schlagetot, ein Plünderer, ein verbissener Verteidiger eines Linsenackers: das sind die alttestamentlich geheiligten Quintessenzen der Aggression, der Habgier und des Geizes, die von der christlichen Kirche als Sünden betrachtet werden; Goethe personifiziert sie mit sprechenden Namen und lässt sie in der Art der Barock-Allegorien sich selbst charakterisieren. Sie treten als riesenhafte Individuen auf, können sich aber in der Schlacht in die in ihnen zusammengerafften Volksmassen auflösen. Goethe hat hier sicher an den *artificial man* im Frontispiz von Thomas Hobbes' *Leviathan* (Abb. 21) gedacht.

10328 *Den Harnisch und den Ritterkragen:* Anspielung auf die Ritterstücke und Ritterromane der Goethezeit; die zweite Szene des 3. Akts ist das Fragment eines Ritterstücks.

10329 *allegorisch wie die Lumpe sind:* Wie die sich als Allegorien bezeichnenden Figuren der *Mummenschanz* (V. 5571) haben die hier auftretenden minderwertigen Gesellen (»Lumpe« in starker Deklination neben »Lumpen« bei Goethe) die größte gesellschaftsverändernde Macht.

10343 *Laß du den grauen Kerl nur walten:* Parodie auf das Kirchenlied »Wer nur den lieben Gott lässt walten« von Georg Neumark (1641) mit der Forderung, alle Sorge um die Erhaltung und Verbesserung der Lebensumstände Gott zu überlassen, still und in sich vergnügt zu sein, das Seine zu tun und auf Gottes Wegen zu wandeln.

Auf dem Vorgebirg

Die Szene setzt die Vorgaben der drei Teilszenen in *Hochgebirg* in die Praxis um: Die Drei Gewaltigen als Allegorien der durch Aggressivität, Habgier und Geiz getriebenen Volksmassen werden eingesetzt, Mephistopheles hilft mit »Tumult« der Elemente, »Gewalt« von Teufeln in Rüstungen und dem ungeheuren Lärm von Posaunen, dem »Unsinn« des bloßen Scheins all dieser Machenschaften nach; den beiden Magiern wird in aussichtslos scheinender Situation der Oberbefehl übertragen: Faust und Mephistopheles sind für die Dauer der Schlacht Träger des Reichs, und Fausts Gedanke an Herrschaft und Eigentum kommt damit der Verwirklichung näher.

Die Szene hat folgenden Aufbau: (1) Kaiser und Obergeneral beraten über die günstige Schlachtaufstellung; Botenbericht vom Gegenkaiser und dem Abfall früherer Freunde; der Kaiser meint, in ritterlichem Zweikampf alles entscheiden zu können. (2) V. 10423 ff.: Faust mit seiner Truppe bietet sich zur Hilfe an; das Zweikampf-Angebot wird höhnisch zurückgewiesen: Der Kaiser ist mit Person und Anschauungen obsolet. (3) V. 10497 ff.: Beleidigt gibt der Kaiser den Oberbefehl an den Obergeneral ab. Faust ordnet seine Drei Gewaltigen den Heeresteilen zu; Mephistopheles benutzt veraltete Rüstungen zur modernen psychologischen Kriegführung, wie die Volksmassen in den Riesen die altertümliche Schlachtaufstellung modern unterwandern. (4) V. 10571 ff.: Der Kaiser ist beunruhigt über die magischen Erscheinungen, akzeptiert aber Fausts phantastische Erklärungen, solange sie durch Erfolg bestätigt werden. (5) V. 10640 ff.: Mephistopheles berichtet Erfolg auf der rechten Seite, der Kaiser sieht Gefahr auf der linken Seite und schiebt das drohende Scheitern auf die Magie. (6) V. 10664 ff.: Schlechte Nachrichten von links; Kaiser und Obergeneral geben den Befehl ab und verschwinden im Zelt. (7) V. 10707 ff.: Durch Naturdämonen und die Aktivierung uralten Parteienhasses gewinnt Mephistopheles mittels der (von Goethe korrekt aus der Magie entwickelten) psychologischen Kriegführung den Sieg, der durch die Musik angezeigt wird.

Die Metrik der Szene bewegt sich im Madrigalvers, wobei der Kaiser seiner Würde gemäß gern längere Verse benutzt, während die auf die Schlacht bezogene Wechselrede eher in Vierhebern rascher läuft. Die Heroldsverse sind alter Tradition folgend strophisch gereimt. Musik und Lärm spielen eine herausragende Rolle in der Szene.

10345 OBERGENERAL … *Vorsatz wohl erwogen:* Steinmetz (1994) hat nachgewiesen, dass Goethe die in dieser Szene dargestellte Schlacht aufgrund genauer militärtheoretischer und -geschichtlicher Kenntnisse, vor allem aber auf der Basis zweier militärtheoretischer Werke (Guibert und Carl von Österreich) gestaltet hat. Die veraltete Truppenaufstellung, die Carl von Österreich aus der Zeit der Kabinettskriege anwandte, entspricht der Aufstellung der kaiserlichen Streitmacht, die im Lauf der Szene von Mephistopheles' psychologischer Kriegführung, vor allem von den sich vervielfältigenden Gewaltigen (entsprechen den *levée en masse* der Französischen Revolution und der Befreiungskriege) entscheidend modernisiert wird. Die Taktik des Gegenkaisers, die auch Carls Gegner Napoleon Bonaparte bevorzugt anwandte, bestand darin, den Hauptstoß des Feindes auf eine vermeintlich schwache Stelle zu lenken und ihn dann über eine vom Terrain her benachteiligte, deshalb schwach verteidigte Flanke (die »linke Seite« des kaiserlichen Heers) von der Seite her aufzurollen. Dies gelingt fast, bis Mephistopheles eingreift.

10346 *gelegene:* günstige.

10352 *der Kriegsgedanke:* die Theorie des Kriegs.

10355 *Plan:* Gelände.

10360 *den Phalanx:* vom Griechischen und Lateinischen her üblicherweise Femininum; in der Antike ausgebildete Taktik, mit einer kompakten Aufstellung von Kriegern in mehreren Linien hintereinander die feindlichen Schlachtreihen mit Lanzen zu durchstoßen.

10361 *Die Piken:* 3–5 m lange Spieße der schweren Infanterie bis zum Ende des 15. Jh.s, später durch Bajonettgewehre ersetzt.

10363 *das mächtige Quadrat:* die Pikeniere, in Rüstung und mit Piken ausgestattet, waren in Vierecken oder Quadraten zu 3000–4000 Mann formiert.

10368 *für die Doppelzahl:* aufgrund des imponierenden Anblicks, den der kriegsunerfahrene Kaiser zum ersten Mal genießt.

10372 *Klause:* enger Bergpass.

10376 *Oheim, Vetter, Bruder:* übliche Anreden im Verkehr von Fürsten untereinander.

10387 *hin und her gedrungen:* Hin- und Rückweg durch die feindlich besetzten Gebiete sind gelungen.

10389–92 *Viele schwören … Volksgefahr:* In ihrer Huldigung anerkennen die Vasallen und Bundesgenossen noch die Herrschaft des Kaisers, bleiben aber untätig und reden sich mit drohendem Aufruhr in den eigenen Gebieten heraus.

10396 *Dass Nachbars Hausbrand Euch verzehren soll:* »Denn es geht um deine eigene Sache, wenn des Nachbars Hauswand brennt, und unbeachtete

Brände pflegen mächtig zu werden« (»Nam tua res agitur, paries cum proximus ardet, / Et neglecta solent incendia sumere vires«; Horaz, *Epistulae* I 18,84 f.).

10403 *auf vorgeschriebnen Bahnen:* Nachdem die gegnerischen Bewegungen zum Vergnügen der kaiserlichen Spione zunächst unkoordiniert und uneffektiv waren, zeigt sich nach dem Auftreten des Gegenkaisers eine planvolle Aufmarschordnung (die den Kaiser in seinen letzten Zufluchtswinkel zwingt).

10406 *Schafsnatur!:* Die Schafherde folgt in allem dem Leithammel.

10413 f. *Ringspiel ... Turnier:* Beim Ring- oder Ringelstechen gilt es, im Galopp mit einer leichten Lanze einen oder mehrere aufgehängte Ringe herabzustechen; im Turnier reiten Gerüstete gegeneinander und suchen einander mit schweren Lanzen aus dem Sattel zu werfen. Der Kaiser, um sich nicht wehzutun, durfte nur Ringelstechen üben.

10417–20 *Selbstständig ... groß:* Erstmals erhielt er Bestätigung (»besiegelt«) seiner Selbstständigkeit am Ende der *Mummenschanz* (vgl. V. 5589–6002).

10422 *Ich bringe nach:* Durch den ritterlichen Zweikampf mit dem Gegenkaiser, dessen Existenz ihn so beglückt und erst seiner Kaiserwürde bewusst macht, will er die versäumten Heldentaten ruhmvoll nachholen.

BA vor 10423 *mit halbgeschloßnem Helme:* Faust will nicht erkannt und wegen der versäumten Pflichten als Finanzier zur Rechenschaft gezogen werden.

10425 f. *das Bergvolk ... studirt:* Das Bergvolk sind Kobolde (vgl. V. 1257 mit Anm.), bei Paracelsus auch »Sylphen« oder »Pygmäen« genannt; sie sind von Natur klein, aber zu jeder Verwandlung fähig, bewachen Erzadern und Schätze, sind dem Menschen gut oder schlecht gesinnt. Mit ihrer Verwandlungskunst (»simulirt«) erklärt Faust die seltsame Erscheinung seiner Kämpfer.

10430 *Im edlen Gas, metallisch reicher Düfte:* »Gas« aus griech. *cháos* ›der leere Raum‹ als Ermöglichung aller Dinge; man nahm lange an, Metalle seien Niederschläge aus Gasen.

10435 *Schweigniß:* Wortbildung Goethes für das trotz ihrer Durchsichtigkeit Geheimnisvolle der Kristalle, das den Berggeistern das mantische Erkennen räumlich und zeitlich ferner Ereignisse ermöglicht.

10439 *Der Negromant von Norcia, der Sabiner:* »Nigromant«, ital. *negromante*, ist der Schwarzmagier (so ursprünglich in der Handschrift, von Eckermann irrtümlich in »Nekromant«, Totenbeschwörer, geändert). In dem von ihm übersetzten *Leben des Benvenuto Cellini* (WA I 44, S. 358 f.) fand Goethe, dass 1327 ein Negromant aus dem Sabinerland in Florenz verbrannt worden sei. Karl IV. hatte 1331 an seines Vaters Statt das Reichsvikariat in Italien übernommen und kam deshalb zeitlich für die Rettung eines Schwarzkünstlers vor dem Scheiterhaufen der Inquisition infrage.

10450 *Er fragt den Stern, die Tiefe:* Er holt sich astrologische und z. B. kristallomantische Informationen. Der Kaiser soll den Eindruck bekommen, dass durch die Verbindung mit Faust und dem Negromanten sein Handeln und Schicksal kosmisch begünstigt sind.

10452 *Groß sind des Berges Kräfte:* Hier kommt, dem Kaiser wie alles von Faust Vorgetragene unverständlich, Mephistos Erklärung des Ursprungs der Drei Gewaltigen (s. Anm. zu V. 10320) ins Spiel.

10459 *der Biedre:* der Tüchtige, Zuverlässige. Das im 18. Jh. schon veraltete Wort wurde durch Lessing nach seiner Logau-Ausgabe erneuert und hatte danach bis zum verspotteten Biedermeier wieder Konjunktur.

10463 f. *lenket hier … zurück:* verblümte Rede für: lasst das Schwert in der Scheide.

10472 *Mit eigner Faust:* Der Kaiser will die Sache mit dem Gegenkaiser im ritterlichen Zweikampf ausfechten. Dies ist die in der Reihe der hier erscheinenden Kriegskonzepte älteste, mittelalterliche Form.

10474 *dein Haupt so zu verpfänden:* in dem Zweikampf als Pfand aussetzen. Im folgenden untermauert Faust seine Kritik am empfindlichen Kaiser durch die traditionelle Analogie des Staats mit dem menschlichen Körper.

10488 *in Schemeltritt verwandeln:* orientalische Fürstengeste, nach Ps. 110,1 bei den Evangelisten häufig (Mt. 22,44; Mk. 12,36 usw.). Der Kaiser hat Fausts Analogie nicht begriffen und sieht den Krieg immer noch als Auseinandersetzung zwischen Einzelpersonen.

10493 *verschollen:* Man hört nichts mehr von ihm und nicht mehr auf ihn.

10497 *Dem Wunsch gemäß der Besten ists geschehn:* Dem Wunsch der Besten gemäß sind die Boten zurückgewiesen worden. Trost Fausts für den Kaiser, aber der ist beleidigt und lässt den Obergeneral befehlen. Der archaische Wunsch des Kaisers nach Entscheidung der Schlacht durch Zweikampf wird abgelöst von der Kriegführung durch Spezialisten.

10514 *graß:* grauenerregend, schrecklich, vgl. das Wort »grässlich«.

10519 *Der Phalanx:* s. Anm. zu 10360.

10524 *Er ist … fort:* Die Zeile fehlt in der autorisierten Handschrift *H*, offenbar versehentlich. Seit der WA aus einem Entwurf ergänzt.

10531 EILEBEUTE: vgl. Jes. 8,3: »Und ich ging zu der Prophetin, die ward schwanger und gebar einen Sohn. Und der Herr sprach zu mir: Nenne ihn Raubebald, Eilebeute!« Das plötzliche Auftauchen der Frau entspricht ihrer durch den Namen angedeuteten Charakterisierung: Sie ist genau dann am Platz, wenn es etwas zu holen gibt.

10533 *ein Herbst:* eine Zeit und Früchte zum Ernten.

10560 *leere Schneckenhäuser:* Die alten Rüstungen sind nur von Gespenstern und Teufelchen besetzt.

10562 *aufgestutzt:* zurechtgemacht.

10565 *erbosen:* aufregen.

10574 *Gewehre:* Waffen.

10581 f. *Einen Arm ... ein Dutzend:* die in der Szeneneinleitung besprochene Auflösung der Riesen in die Volksmassen, aus denen sie »zusammengerafft« sind.

10589 *seltsames Gesicht:* Vision, Fata morgana.

10600 *Widerschein der Dioskuren:* der Brüder Helenas (vgl. Anm. zu V. 7294); bei der Argonautenfahrt erschienen bei stürmischem Wetter über ihren Helmen Sterne.

10615 *Dem weißen Barte kühle Luft:* dem schon auf dem Scheiterhaufen stehenden Schwarzkünstler (s. Anm. zu V. 10439).

10624 f. *Ein Adler ... Ein Greif:* Luftkampf der Wappentiere, aus dem (wie in der antiken Wahrsagekunst aus dem Vogelflug) der Ausgang der Schlacht gelesen werden soll. Der Adler ist das Wappentier des Heiligen Römischen Reichs; der Gegenkönig Günther von Schwarzburg hatte als Stammwappen den aufrecht stehenden Löwen, den Faust als Greif flugfähig macht.

10638 *Seys ... gethan!:* Der Kaiser glaubt der günstigen Deutung erst, wenn sie sich verwirklicht hat.

10662 *Schlußerfolg unheiligen Strebens!:* Der Kaiser schiebt die wegen taktisch falscher Aufstellung durch den Obergeneral drohende Niederlage der Zulassung der Magie zu; so auch der Obergeneral (V. 10697).

10664 *meine beiden Raben:* vgl. V. 2491. Mephistopheles hat als nordische Teufelsgestalt die beratenden Raben des germanischen Hauptgotts Odin übernommen: Hugin (Gedanke) und Munin (Gedächtnis). Die Rabenpost (V. 10678) ist von dem flunkernden Faust analog zu den seit den Kreuzzügen verwendeten Brieftauben erfunden, um den misstrauischen Kaiser zu beruhigen.

10689 *Knoten:* des Netzes (V. 10686), das geknüpft zu haben Mephistopheles damit zugibt und das die drohende Niederlage einschließt, die ihm jetzt den Oberbefehl verschafft (V. 10692).

10701 *dem garstigen Kunden:* »Kunde« ursprünglich ›Bekannter, Vertrauter‹, redensartlich ironisch z. B. auch in »ein übler Kunde«.

10712 *Undinen:* vgl. V. 1274 ff., 1286, nach Paracelsus ein weiblicher Elementargeist des Wassers, seelenlos und deshalb nur der äußere Schein eines Menschen; daher ihre Fähigkeit, »vom Seyn den Schein zu trennen« (V. 10715).

10742 *bey dem hohen Meister:* wohl dem Nigromanten von Norcia, vgl. V. 10439.

10749 *im hohen Sinne:* nach Fürstenart (vgl. V. 9134 »hochsinnig«) ein Feuerwerk.

10751 *Blickschnelles:* blitzschnelles, vgl. V. 10760.

10770 *Wie in der holden alten Zeit:* satirisch in bezug auf die romantische Idealisierung des Mittelalters, damit zugleich deutliche Erklärung der zeitgenössischen Modernität der Vorgänge.

10772 *Als Guelfen und als Ghibellinen:* s. Anm. zu V. 4845. Beispiel für die Virulenz inhaltlich längst überholter Parteiideologien sowie dafür, dass die Strategen psychologisch gestützter Kriegführung die absurdesten Ideologien mit Erfolg benutzen, um durch Parteienhass jeden Kämpfer zum selbstgesteuerten Kriegswerkzeug zu machen.

10774 *wöhnlich:* gewöhnt.

10780 *wider-widerwärtig panisch:* »widerwärtig« ist das Entgegengerichtete, sich Sträubende (s. Anm. zu V. 9798), mit der Doppelung sind also die wechselseitig gegeneinander gerichteten Hassparolen bezeichnet. »panisch« ist nach dem arkadischen Hirtengott Pan einerseits die brütende Mittagsstille, andererseits plötzlicher erschreckender, panische Flucht auslösender Lärm.

Des Gegenkaisers Zelt

Die Szene ist deutlich dreigeteilt: Die magischen Plünderer der Kriegskasse des Gegenkaisers, die Fürsten als Profiteure am Reich, die Kirche als Profiteurin an allem mit magischer Unterstützung durch den instrumentalisierten Glauben.

Die erste Teilszene hat folgenden Aufbau: (1) Habebald und Eilebeute können über die Pracht nur staunen. (2) V. 10789 ff.: Hastig greifen sie nach Dingen, die sie sich lange gewünscht haben. (3) V. 10803 ff.: Nichtsnehmen der ersten und Raffen der zweiten Partie sind im Verlieren wegen Raffens gesteigert verbunden. (4) V. 10817 ff.: Behauptung des Kriegsrechts auf Zugreifen und Beutemachen: Reflexionsebene. (5) V. 10823 ff.: Mit »Contributionen« rauben die Fürsten das Volk aus, es holt sich jetzt nur das Gestohlene zurück. (6) V. 10833 ff.: Den Trabanten sind die Argumente (5. Partie) und die Kraft, Habebald und Eilebeute zu ergreifen (4. Partie), abhandengekommen. (7) V. 10839 ff.:

Statt sich selbst als Teil eines Ausbeutungssystems zu verstehen (1. Triade), schieben sie alles mit billigem Argument (2. Triade) auf die sinnverwirrenden magischen Vorgänge des Tages.

Die zweite Teilszene restauriert die mit Hilfe des Teufels siegreiche (2. Szene) Machtstruktur des Reichs, indem Kaiser und Fürsten das Reich plündern (3. Szene, 1. Teilszene); die unrechte Hilfe wird verschwiegen, indem anderes Unrecht zu Recht erhoben wird. Der Aufbau ist folgender: (1) V. 10849 ff.: Die Schlacht ist gewonnen, gleichgültig wie. (2) V. 10857 ff.: Die Mitwirkung von »Gaukeley« kann man vergessen, alles preist Gott für den Sieg. (3) V. 10867 ff.: Mit leichter Selbstkritik des Kaisers vergisst man, dass alle und auch er das Reich den unheimlichen Magiern überlassen hatten, und setzt sich wieder, gleichgültig ob oder wie berechtigt, in die Machtpositionen ein. (4) V. 10873 ff.: Verteilung der vier Erzämter unter Falschdarstellung der vergangenen Ereignisse: Es handelt sich nicht um Belohnung, sondern um Schweigegeld. (5) V. 10925 ff.: Verteilung des Besitzes der ungetreuen Anverwandten. (6) V. 10953 ff.: Nach Funktionen in der 4. und Besitz in der 5. Partie gibt der Kaiser die Bestimmung von Funktion und Besitz der kaiserlichen Majestät in die Hände der Kurfürsten. (7) V. 10965 ff.: Letzte Verfügung, die Beschlüsse schriftlich festzuhalten (Goldene Bulle, 1356; analog Schlussverträge nach dem Wiener Kongress 1815): Funktionen, Besitz und Kurwürde sind jeweils dem ältesten Sohn zu vererben, um die neue Struktur des Reichs unverändert zu erhalten. Wird in der ersten Triade die unberechtigte Usurpation des Siegs und des Reichs durch den Kaiser dargestellt, in der zweiten die Restauration der Macht mit neuen Strukturen, so bildet die Verbriefung der unveränderlichen Struktur die Usurpation der Zukunft und die Legalisierung des Unrechts. Damit werden die beiden Triaden in Steigerung verbunden. – Goethe berichtet in *Dichtung und Wahrheit* (DW, S. 168; 4. Buch), Johann Daniel Olenschlager (1711–1778), Verfasser des Werks *Neue Erläuterung der Goldenen Bulle Kaisers Carl des IV.* (Frankfurt a. M. / Leipzig 1766), habe einen »bedeutenden Einfluß« auf seine Kindheit ausgeübt; den dort zitierten Anfangssatz der Goldenen Bulle hat er offenbar in dieser Teilszene umgesetzt: »Jedes in sich zerteilte Reich geht zugrunde, denn seine Fürsten sind Diebsgesellen geworden.« (Übers. U. G.)

Die dritte Teilszene zeigt den Erzbischof im Erzkanzler, der mit Hilfe des Vorwurfs der Gottlosigkeit und Teufelsbündelei noch einen Extrahappen aus dem Kuchenstück des Kaisers beißt. Wird die Mitwirkung des Teufels in der ersten Szene des Akts (mit der ersten Triade von Teilszenen) als alldurchdringend und notwendig erwiesen, wird sie in der Szene *Auf dem Vorgebirg* allbeherrschend und danach auch vom Erzkanzler bei der Verteilung der Ländereien und Funktionen verschwiegen, holt der Erzbischof sie jetzt wieder hervor, und zwar so, dass der Kaiser vom päpstlichen Bann nur verschont wird, wenn er gewaltige Schweigegelder bezahlt, die natürlich als Zeichen seines Dankes und seiner Reue funktionalisiert und veröffentlicht werden. Wurde bei den Kurfürsten ein Diebstahl, eine Usurpation sanktioniert, so nun eine Erpressung mittels der Magie der Androhung des Kirchenbannes: »'s ist Ehrenpunct! – Der Teufel war dabey« (V. 10125). Hier finden sich Ergebnisse der beiden Triaden in gesteigerter Verbindung.

Die Teilszene ist folgendermaßen aufgebaut: (1) V. 10977ff. Väterliche Besorgnis. (2) V. 10981ff.: Brutale Drohung mit dem Kirchenbann des ohnehin noch verärgerten Papstes. (3) V. 10991ff.: Väterliche Gnade ist nur wiederzuerlangen, wenn der Kaiser zum Zeichen seiner Reue der Kirche das Land schenkt, wo er sich dem Teufel überlassen hat. (4) V. 11005ff.: Der Kaiser ist froh, durch Schenkung der Falle zu entrinnen, und fühlt sich bereits von Sünde befreit. (5) V. 11023ff.: Unabsehbare Abgaben für Bau und Unterhaltung der Wallfahrtskirche müssen versprochen werden. (6) V. 11035ff.: Der Erzbischof verlangt auch Abgaben vom Teufel wegen des Strandlehens. Verärgert über die Unersättlichkeit des Kirchenmannes (vgl. 5. Partie) befreit sich der Kaiser (vgl. 4. Partie) dadurch, dass er keine Zusage macht. (7) V. 11040ff.: Der Geistliche unterstellt, dass die Zusage gemacht ist, sonst werde Faust mit Kirchenbann belegt. Entsündigungsproblem der ersten und Unersättlichkeit unter Vorwand des Glaubens aus der zweiten Triade sind hier gesteigert verbunden.

Die erste Teilszene steht in Knittelversen, die beiden folgenden in Alexandrinern, mit denen an den majestätischen Faltenwurf barocker Trauerspiele oder französischer Dramen erinnert wird. Die Feierlichkeit des Verses und der Sprache wird durch die diebischen Usurpationen, die Erpressungen, Lügen und entwertenden Funktionalisierungen des Glaubens selbst zur Lüge und bloßen Maske degradiert.

10790 *schlecht:* schlicht, einfach.

10791 *Morgenstern:* spitzenbesetzte Eisenkugel an Kette und langem Stock oder Keule mit spitzenbesetztem Kopf; vom Mittelalter bis ins 15. Jh. in ganz Europa verbreitete Waffe besonders des Fußvolks, mit der auch Panzerhemden und Rüstungen durchschlagen werden konnten.

10793 *rothen Mantel goldgesäumt:* Kleidungsstück des Gegenkaisers in seiner kaiserlichen Würde und Funktion.

10801 *des Heers beschiedner Sold:* der für das Heer bestimmte Sold.

10811 *zum Schooß hinein:* in die taschenförmig an den Zipfeln hochgenommene Schürze, die allerdings löchrig ist.
10817 TRABANTEN *unsres Kaisers:* bewaffnete Leibgarde des ›siegreichen‹ Kaisers.
10828 *Contribution:* Abgaben, die insbesondere von besiegten, aber auch friedlich in Schutz genommenen Ländern für die Kosten eines kriegführenden Landes gezahlt werden mussten, um Plünderung und Zwangsenteignung zu vermeiden.
10830 *der Handwerksgruß:* Jede Handwerkerzunft hatte ihre eigene Grußformel, vgl. das »Glück auf!« der Bergleute.
10851 *verrätherischer Schatz:* Schatz der Verräter; zugleich verrät der Schatz dem Kaiser, wie viel Geld seine falschen Anverwandten hatten, ihn zu bekämpfen.
10858 *uns nur allein gefochten:* nur zu unseren Gunsten Krieg geführt.
10864 *den gewognen Gott:* den günstig gesonnenen Gott, der für die erwähnten »Zufälle« und in den Augen des Kaisers mithin auch für die »Gaukeley« während der Schlacht dankbar gelobt werden soll.
10866 *Herr Gott dich loben wir!:* erster Vers der Lutherschen Umdichtung des sog. Ambrosianischen Lobgesangs *Te Deum laudamus* der katholischen Kirche. Ein Lied für Sieger nach der Schlacht.
10867 *zum höchsten Preis:* als höchstes Lob für Gottes Hilfe.
10871 f. *verbind' ich mich ... für Haus und Hof und Reich:* Im folgenden werden die vier erblichen Erzämter (erläutert V. 10873–924) mit der Kurfürstenwürde verbunden und der Besitz der ungetreuen Anverwandten an die vier weltlichen und den geistlichen Kurfürsten verteilt, das Ganze dann schließlich vertraglich festgehalten. Angespielt wird damit auf den jahrhundertealten Prozess, in dem das Reich und die Majestät aufgeteilt wurden und der in der Goldenen Bulle 1356 zum vorläufigen Abschluss kam (vgl. Abb. 22). Goethe setzt die von ihm so aufgefasste Plünderung des Reichs mit den Vorgängen der Napoleonischen und der Befreiungskriege und dem abschließenden Wiener Kongress 1815 in Parallele. Wahrscheinlich wird deshalb unter fünf (nicht wie 1356 unter sieben) Fürsten geteilt: Anspielung auf die fünf europäischen Großmächte seit 1815.
10881 *Blank trag ichs dir dann vor:* Das verliehene Reichsschwert wird bei Hofzeremonien dem Kaiser als Symbol der Wehrhaftigkeit des Kaisertums vorausgetragen.
10895 *Die Ringe halt ich dir:* damit sie bei der rituellen Handwaschung nicht mit eingetaucht werden.

Abb. 22 Olenschlagers Werk von 1766 über die Goldene Bulle war Goethe seit der Kindheit bekannt. Das hier abgebildete Frontispiz mit der Darstellung des Hoftags in Metz 1356 mag die Bildvorstellung zur Verleihung von Erzämtern und Kurwürden im kaiserlichen Zelt angeregt haben

10906 f. *die Jahrszeit zu beschleunigen … prangt:* in Treibhäusern und Frühbeeten. Auch wenn der Kaiser nach dem Wissen des Erztruchsessen gern Hausmannskost isst, muss seine Tafel mit exotischen und in der jeweiligen Jahreszeit seltenen Genüssen prangen, damit der Repräsentationspflicht Genüge geschieht.

10913 f. *über Heiterkeiten … verleiten:* über die Erheiterung durch den Wein hinaus in die Trunkenheit verlocken.

10921 *venedisch Glas:* »Die venezianischen Gläser sollten, nach dem Glauben des Mittelalters, Wunderkraft haben, das im Weine enthaltene Gift anzeigen und den Rausch verhüten« (Witkowski, Kommentar z. St., S. 387).

10927 *Gift:* Gabe, Geschenk, vgl. das Wort »Mitgift«.

10936 *der Fünfzahl:* s. Anm. zu V. 10871 f.

10939 *Vom Erbtheil … abgewandt:* Die Länder der »falschen Anverwandten«, die sich auf des Gegenkaisers Seite gestellt hatten, werden jetzt dem Besitz der Kurfürsten zugeschlagen.

10942 *Anfall:* ein Gut, das aufgrund irgendeines Anrechts an jemanden fällt (z. B. Erbe oder Heiratsgut), dürfen die Kurfürsten ohne Genehmigung annehmen.

10943 *Dann sey bestimmt vergönnt zu üben ungestört:* Dass diese Landesherren ihre Privilegien ungestört ausüben und genießen können, soll ihnen ausdrücklich (»bestimmt«) vergönnt sein.

10947 *Zins und Bet, Lehn und Geleit und Zoll:* Einkünfte aus Verpachtung wurden teilweise in Geld (»Zins«) oder in Naturalien (mhd. *bete*, nhd. *Bede, Beede, Bete*) geleistet; das Lehen (s. Anm. zu V. 10306) impliziert z. B. Leistungen der Nachfolge in Kampfhandlungen; »Geleit« waren Gebühren, die ein Landesherr für die militärische Begleitung von Personen oder Waren über sein Gebiet erhob, »Zoll« die Abgabe für die Durchreise bzw. auf den Warenwert.

10948 *Berg- Salz- und Münzregal:* das üblicherweise dem König zustehende, an Fürsten delegierbare Recht, Bergwerke und Bodenschätze auszubeuten, das Monopol auf die Gewinnung und den Verkauf von Salz zu beanspruchen und Münzen zu prägen, d. h. die Währung zu bestimmen.

10957 *mich von den Theuren trennen:* sterben.

10959 *Gekrönt erhebt ihn:* Nach altem Brauch wurde der gewählte Kaiser auf den Altar gehoben und dem Volk präsentiert.

10966 *Schrift und Zug:* Urkunde (V. 10973) und Signatur (V. 10974) des Kaisers. Die schriftliche Niederlegung der Reichsverfassung begann mit der Goldenen Bulle und leitete die neuzeitliche Entwicklung des Verfassungs- und Völkerrechts ein. Die Entsprechung in der Goethezeit ist die Neuordnung Europas auf dem Wiener Kongress 1815 und die Bildung des Deutschen Bundes souveräner Fürsten von fünfunddreißig deutschen Staaten.

10970 *in gleichem Maas:* ebenso; auch die Zuwächse sollen auf den Erben übergehen.

10977 *ging hinweg … ist geblieben:* vgl. V. 2509.

10982 *mit Satanas im Bunde:* Der Kanzler hat vielleicht Mephistopheles und Faust wiedererkannt (vgl. V. 4897–4916, 4941), aber schon im 1. Akt hat er die Hexenmeister, mithin auch den Nigromanten, in die Rolle des Satans gesteckt.

10986 *Mit heiligem Strahl:* dem Bannstrahl des Papstes gegen den Kaiser.

10987f. *zur höchsten Zeit ... den Zauberer befreyt:* Es ist unklar, ob die Glanzzeit des Kaisers bei seiner Krönung gemeint ist, die seine Tat noch spektakulärer und anstößiger machte, oder der letzte Moment vor dem Tod des Nigromanten von Norcia.

10995 *Dem Lügenfürsten ... ein horchsam Ohr:* Der Geistliche hat also Mephistopheles erkannt (vgl. V. 1334, 1854, 3050). »horchsam« zielt auf Hinhören, Horchen und Gehorchen.

11024 *Landsgefälle:* Erträge, die das Land auf die beschriebene Weise abwirft.

11035f. *dem sehr verrufnen Mann ... Strand verliehn:* Sicher im Zusammenhang der Verleihung der Erzämter und Kurwürden war eine feierliche Ehrung und Belehnung Fausts geplant (vgl. Paralipomena, S. 691f.). Da Goethe den Kaiser jetzt konsequent vertuschen lässt, wer eigentlich die Schlacht gewonnen hat (s. Anm. zu V. 10871f.), kann er die Szene öffentlicher Anerkennung von Fausts und Mephistos Leistung nicht mehr verwerten. Der Bann durch die Kirche bedeutete als kleiner Kirchenbann den Ausschluss von den Sakramenten, als großer Kirchenbann aber den völligen Ausschluss ohne zeitliche Begrenzung aus der Gemeinde (von 1220 bis zum Augsburger Religionsfrieden von 1555 zog dies gleichzeitig die Reichsacht nach sich, also den Verlust der Rechtsfähigkeit, d. h., jeder durfte einen Geächteten töten, ohne Strafverfolgung fürchten zu müssen; das Vermögen verfiel an denjenigen – etwa den König –, der die Reichsacht ausgesprochen hatte).

Fünfter Act

Das Ende Fausts plante Goethe schon um 1800, zusammen mit dem Gesamtüberblick über das Werk (Paralipomena, S. 630), mit den Wetten in *Prolog im Himmel* und in *Studirzimmer [II]*, die als große Spannungsbögen in irgendeiner Art von Auflösung ein Widerlager brauchten. Dass Goethe das Ende an diese Wette(n) knüpfte, zeigt eine Tagebuch-Eintragung Sulpiz Boisserées vom 3. August 1815: »Ich frage nach dem Ende. – Goethe: ›Das sage ich nicht, darf es nicht sagen, aber es ist auch schon fertig und sehr gut und grandios geraten, aus der besten Zeit.‹ – Ich denke mir, der Teufel behalte unrecht. – Goethe: ›Faust macht im Anfang dem Teufel eine Bedingung, woraus schon alles folgt.‹ –« (Gräf II,2, S. 215) Das ist freilich vieldeutig, denn Faust macht in der Wette und im erläuternden Satz »Werd' ich zum Augenblicke sagen: / Verweile doch! du bist so schön!« (V. 1699 f.) dem Teufel mehrere Bedingungen, und aus diesen können eine ganze Reihe von Folgerungen, mögliche Schlüsse und Interpretationen des Schlusses abgeleitet werden. So viel ist jedoch deutlich: Der Schluss steht in lange vorbedachter Konsequenz zu den im *Ersten Theil* begonnenen Linien, an die er auch unwiderruflich gebunden war, denn sie waren mit dem *Ersten Theil* publiziert. Bei der Wiederaufnahme 1830 ging Goethe deshalb zuerst an den Schluss und beendete ihn am 17. Dezember 1830, um sich dann in Parallelarbeit mit dem 4. Akt bis April zu Philemon und Baucis vorzuarbeiten und Anfang Juni 1831 den ganzen 5. Akt Eckermann zur Lektüre zu geben. Veröffentlicht wurde der Akt mit dem *Zweyten Theil* erst 1832 in Band 1 der *Nachgelassenen Werke*.

Ist der Akt wieder eine in sich geschlossene Welt wie die vorhergehenden? Die Abgrenzung gegenüber dem 4. Akt ist durch die veränderte Szenerie, durch die offenbar große Zeitspanne zwischen Faust in Ritterrüstung und Faust im höchsten Alter gewährleistet, wenn auch die besprochenen Spannungsbögen die Verbindung zum *Ersten Theil* und die Ausführung des Deichprojekts die Verbindung zum 4. Akt herstellen, ganz abgesehen von der Kontinuität des Personals – Faust, Mephistopheles, die Drei Gewaltigen sind in neuer Funktion tätig. Auch innerhalb des Akts, wo man *Grablegung* und *Bergschluchten* mit Epilogfunktion abtrennen könnte, hat Goethe Handlungsbindungen hergestellt: Fausts Grab wird in *Großer Vorhof des Pallasts* geschaufelt; die Szene bleibt zu *Grablegung* hin unverändert. Wechselt dagegen die Szene in *Bergschluchten*, ist es das in *Grablegung* von den Engeln »weggepaschte« Unsterbliche Fausts, das in *Bergschluchten* weitergetragen wird. Eine durchgehende Handlungslinie zieht sich also durch den Akt. Prologfunktion hat aufgrund des fremden Personals die Szene *Offene Gegend*, aber auch sie ist durch das Beiseiteschaffen der beiden Alten und die Zerstörung ihres Besitzes aufs engste mit dem Akt verbunden.

Vor allem schafft im Zusammenhang mit Fausts letzter Strebung, »sich selbst zu verehren wie Gott«, das Problem der Fälschung und Umdeutung von Sachverhalten und Wertungen die durchgängige Einheit des 5. Akts. Denn mit dieser Strebung, die sich in dem berühmten Satz »Es kann die Spur von meinen Erdetagen / Nicht in Aeonen untergehn.« (V. 11583 f.) so deutlich ausspricht, gerät Fausts Wette mit Mephistopheles in ernstliche Gefahr, spricht er doch auch in diesem Akt den entscheidenden Satz vom schönen Augenblick aus und sinkt danach abmachungsgemäß tot um. Eine der Bedingungen bei der Wette war ja: »Kannst du mich schmeichelnd je belügen / Daß ich mir selbst gefallen mag« (V. 1694 f.); strebt Faust nun, sich zu verehren wie Gott, und hat er nach seinen eigenen Maßstäben keinen Grund dazu, muss er sich etwas vormachen. Auch

Goethe hatte nie die Absicht, Faust eine Spur von seinen Erdetagen ziehen zu lassen; am 3. November 1820 schrieb er an Karl Ernst Schubarth: »es gibt noch manche herrliche, reale und phantastische Irrtümer auf Erden, in welchen der arme Mensch sich edler, würdiger, höher, als im ersten gemeinen Teile geschieht, verlieren dürfte. – Durch diese sollte unser Freund Faust sich auch durchwürgen.« Irrtümer also, Selbstverlust sollten die Bilanz von Fausts Abenteuern bestimmen. Der Gipfel der Irrtümer ist dann, sich über die Irrtümer selbst zu irren, zu täuschen, zu belügen oder belügen zu lassen. Gerät Faust aber in diese Zone des Selbstbetrugs, der Beschönigung von Fehlern oder Untaten, und kann Mephistopheles sich diese Blendung zugutehalten, hat er gewonnen. Dies ist das Problem des Akts, in dem Faust nach Äußerung des ominösen Satzes stirbt, Mephistopheles seine Wette mit dem Herrn für gewonnen hält, die Engel Fausts Unsterbliches unrechtmäßig stibitzen und der Herr sich nicht mehr blicken lässt. Eine solche erste Lesart des Schlusses ist zweifellos berechtigt. Aber: Faust wird nicht von Mephistopheles geblendet, sondern von der Sorge (V. 11497 f.), deren Macht über ihn besteht, auch wenn er überheblich meint, sie sei von seiner Anerkennung abhängig (V. 11494). Geblendet von der Sorge, also einem in ihm selbst wirkenden Prinzip, sieht er »alle Dinge schiefer« (V. 11474), schätzt so auch die Realisierbarkeit der Utopie vom freien Volk falsch ein und spricht irrtümlich den Satz vom schönen Augenblick aus. Aber – zweite Lesart des Schlusses –: Die Sorge hat ihn nicht psychisch geblendet wie die anderen Menschen, die »bei vollkommnen äußern Sinnen« innerlich finster sind (V. 11457 f.), sondern hat ihn (vielleicht wegen der Nichtanerkennung) äußerlich geblendet, das innere Licht jedoch nicht verdunkeln können (V. 11499 f.). Der Körper dieses Menschen »im höchsten Alter« (BA vor V. 11143) lässt nach und bereitet Sorge, ist materialisierte Sorge: Er wird schwerhörig (V. 11399–402), blind (V. 11499) und hinfällig (BA zu V. 11539). Die Erklärung, dass Faust schlicht aus Altersgründen anlässlich einer erfreulichen Vorstellung stirbt, wie einige Interpreten dies vorschlagen, ist wegen des deutlichen Rückbezugs zu den Wetten und der Fortführung in den beiden Schlussszenen unwahrscheinlich und oberflächlich. Freilich – dritte Lesart – ist es nicht unmöglich angesichts der Tatsache, dass Faust sich zwar Unsterblichkeit bis zur Äußerung des Satzes vom schönen Augenblick verschafft, aber wie Aurora das Altwerden übersehen hat (vgl. Anm. zu V. 10061); auch Mephistopheles meint, die Zeit sei über den Greis Herr geworden und habe den Widerstand Fausts gebrochen (V. 11591 f.). Das heißt dann aber, dass nicht Mephistopheles Herr über Faust geworden ist, seinen Widerstand nicht gebrochen hat und demnach auch kein »erworbenes Recht« einklagen dürfte (V. 11832 f.); Faust müsste sozusagen trotz des hellen

Lichts in seinem Innern aus Vergesslichkeit des Alters nicht mehr an die Wette denken und aus Versehen den ominösen Satz sagen, der Mephistopheles wenigstens dem Buchstaben nach das Recht gibt, sich für den Sieger zu halten. Jedenfalls verfälscht er die Zusammenhänge bewusst, wenn er das Recht auf Fausts Seele beansprucht und zugibt, dass nicht er, sondern die Zeit seinen Widerstand gebrochen hat. Aber – vierte Lesart –: Faust hat die Wette nicht vergessen, zu wörtlich ist sein Zitat des ominösen Satzes »Verweile doch! du bist so schön!« (V. 1700, vgl. 11582), zu deutlich die Bezugnahme auf die bedingende Einleitung: »Werd' ich zum Augenblicke sagen« (V. 1699), zu präzis ihre Umformulierung ins Hypothetische: »Zum Augenblicke dürft' ich sagen« (V. 11581). Wenn Faust in voller geistiger Klarheit und in einem Augenblick, der nicht der schöne Augenblick ist, den entscheidenden Satz sagt, dann beendet er sein Leben, ohne die Wette verloren zu haben. Mephistopheles darf ihn töten, denn zu irgendeinem kontrafaktisch denkbaren hypothetischen Augenblick sagt er ja den Satz, er sagt ihn jedoch nicht, weil Mephistopheles ihn beruhigt, belogen, betrogen, selbstvergessen gemacht und damit die Wettbedingungen eingelöst hätte. Aber einen vereinbarten Satz kann man sich hüten zu sagen, wenn er zuträfe, und sagen, wenn er nicht zutrifft; letzteres tut Faust nach dieser Lesung und gibt sich damit auch noch selbst den Tod, nachdem er sein eigener Gott, Teufel und Hiob (s. LGF 10) gewesen ist. Wie Hiob »alt und lebenssatt« stirbt (Hiob 42,17), so genießt Faust »jetzt den höchsten Augenblick« (V. 11586), der nicht der schöne ist, sondern derjenige, in dem Faust sich vom Streben nach einem Ziel zum Streben nach der Erhaltung des Strebens wendet. Denn in diesem höchsten Augenblick genießt er nicht ein Gegebenes, sondern das Vorwegnehmen eines utopischen Zustandes; damit wird das Streben vom Ausdruck des Mangels zum Selbstgenuss der Entelechie, des Eros, jener göttlichen Kraft, auf deren rastlose Tätigkeit Faust gewettet hatte. Im Abbruch der Wette mit Mephistopheles gelingt es ihm also, die Wette mit sich selbst, »Das Streben meiner ganzen Kraft« (V. 1742) »Auf ewig« (V. 1719), sogar über den Tod hinaus, zu verlängern. Mit dem höchsten Augenblick kämpft er sich zugleich »ins Freye« (V. 11403), befreit sich von seinem alten, nicht mehr verlässlichen Körper, befreit sich von der Magie, von Mephistopheles und den grauenhaften Bedingungen seines »Welt-Besitzes« (V. 11242), und mit seiner Utopie befreit er sich von sich selbst, denn um »Auf freyem Grund mit freyem Volke stehn« zu können (V. 11580), müsste er die dort angesiedelten »Lemuren«, ausgebeutete Arbeiter, zu »ganzen Menschen« machen, müsste ihnen den Grund schenken, müsste sich selbst und seine fürchterlichen Helfer und das Unterdrückungssystem des »Kolonisierens« (vgl. V. 11274) abschaffen.

Vier plausible Lesarten des Schlusses, von Goethe sicher intendiert, zeigen sich so, denn der *Faust* sollte »ganz etwas Inkommensurabeles [sein], und alle Versuche, ihn dem Verstand näherzubringen, sind vergeblich« (zu Eckermann, 3. Januar 1830; GmG, S. 396). Diese Un-Ermesslichkeit entsteht wie immer im *Faust* nicht durch Unverständlichkeit, sondern durch Mehrfach-Verständlichkeit, die der Eindeutiges anstrebende Verstand nur mühsam erträgt und nicht auflösen kann. Man kann die Herstellung des Inkommensurablen auch als Verleugnung der Autorschaft betrachten, beansprucht der Autor doch mit dem ganzen vorhergegangenen Text, seinen Spannungsbögen und Entwicklungslinien, ein bündiges abschließendes Ende zu geben. Aber der Autor selbst schließt sich offenbar dem Verkehrungs- und Verleugnungsprinzip an: Zunächst gibt er dem Prolog des Akts seine entscheidende Tiefe, indem er die Namen Philemon und Baucis verwendet und damit auf die Punkt für Punkt erfolgende Verkehrung ihres Mythos durch Faust hinweist (vgl. Szenenkommentar, S. 969, und Anm. zu V. 11067). Dieser gleichsam sarkastischen Verwendung der Namen entspricht die Ironie, mit der der Autor seine Verantwortung für den Schluss abgibt, sind es doch nur noch die Figuren spätmittelalterlicher Bilder, die sich hier bewegen und die da singen und reden. Der Autor hat die Feder niedergelegt, er hat zu diktieren, zu erfinden aufgehört: Die Vorstellungen der Szenen, die Vorgänge sind alle schon vor vierhundert Jahren erfunden, die Bilder des Camposanto in Pisa werden lebendig. Der Autor hat Grund, seine Figur Faust diesen fremden Vorstellungen zu überlassen: Die Figur hat sich selbst und ihn verleugnet. Auf die Frage der Sorge, ob er die Sorge je gekannt habe, erzählt er, der die Sorge schon in *Nacht* besprach und eine Lebenswette auf Sorge abschloss, sein Leben beschönigend um und dementiert mithin alles, was der Autor ihn hat tun und sagen lassen: Die Figur befreit sich von ihrem Autor in einem herrlichen Akt romantischer Ironie. Da kann der Autor denn auch nur die Hände in den Schoß legen, dem Dialog der Gemälde zuhören und am Schluss »Finis« schreiben: Ende, Grenze, Eingeständnis des tragischen Scheiterns auch seiner Autorschaft, denn nicht nur wäre es vermessen, über die Schicksale der Seele nach dem Tode etwas erfinden zu wollen, sondern die Bilder entwinden ihm die Faust-Figur vollends: Von Fausts Unsterblichem wird auch der letzte »Erdenrest« (V. 11954) abgeschieden, die Flocken der Schmetterlingspuppe von den Engeln abgelöst – alles, was Faust war, die Spur seiner Erdetage, ist den Engeln peinlich und unrein, die »Erlösung« bedeutet in der Tat für Faust tragisches Scheitern seiner Selbstverehrung, wie sie für den Autor die Entwertung der Individualität seiner Figur unter den Maßstäben himmlischer Beurteilung bedeutet: Wenn dort neuerdings unter der Frauenherrschaft nur die Lebensmühe gilt (V. 11936 f.), waren die Ziele des Strebens, die Opfer, das verursachte Leid sinnlos, sinnlos jedoch nicht die über sechzig Jahre währenden Mühen des Autors, seinem Werk Konsistenz und Bedeutung zu verleihen, denn in der Dichtung ist wie in Fausts letzten Worten das Streben nicht auf ein äußeres Ziel, sondern auf den Genuss der Erhaltung des Strebens gerichtet.

Über Aufbau und Folge der Szenen in diesem Akt vgl. die Szenenkommentare. Die intertextuelle Beziehung zu Dante (s. LGF 10) wird hier ebenfalls bestätigt und zugleich geleugnet. Einerseits zeigt sich noch mehr als im 4. Akt die durch Faust neu geschaffene und durch seine fürchterlichen Helfer in Besitz genommene Welt als die ausgekippte Hölle Dantes, ferner gibt es in *Bergschluchten* viele zitathafte Anspielungen auf Dantes *Paradiso* (s. LGF 10), und die Gemälde aus dem Camposanto in Pisa, die miteinander dialogieren, bauen in vielen Hinsichten auf der *Divina Commedia* auf. Aber andererseits ist jeder Maßstab von Gerechtigkeit, nach dem Dante die Übeltäter verdammt, Besserungsfähige auf dem Läuterungsberg, Beatrice im Paradies gesehen hatte, entkräftet: Faust beschäftigt die Teufel und die Inbegriffe höllischer »Urmenschenkraft« und kommt trotzdem in den Himmel, wo nicht die begangenen Untaten gewogen werden, sondern nur der Aspekt des Eros, der rastlos drängenden Tätigkeit und der fürsprechenden Liebe zählen. Dantes grandiose gerechte Weltordnung fällt damit ebenfalls der Verkehrung zum Opfer.

Für den komischen Aspekt der Szene *Grablegung* steht nicht nur die Tradition des geprellten Teufels aus den spätmittelalterlichen Osterspielen, sondern auch Byrons Verssatire *The Vision of Judgment* (1822; s. LGF 10) auf das gleichnamige Gedicht von Robert Southey, das anlässlich des Todes von König Georg III. (1738–1820) eine alle Fakten der Geschichte verfälschende Lobhudelei angestimmt hatte. Nach Byron bzw. Satans Anklage war Georg III. ein Werkzeug in den Händen derer, die seine Regierungszeit mit Blut getränkt und mit Erschlagenen belastet hatten; er habe mit der Freiheit und den Freien stets auf Kriegsfuß gestanden, ob es Nationen oder Individuen, eigene Untertanen oder auswärtige Feinde gewesen seien, usw.: Vorbild für Faust, den schrecklichen »Kolonisator« und Beseitiger Philemons und Baucis', für die Lobhudler Mephistopheles und Lynkeus, für den Kampf der Engel mit dem Satan um die Seele und die Aufnahme der Seele in den Himmel, ohne dass Gerechtigkeit waltet. Goethe überbietet noch Byrons Komik: Der Himmel betrügt den Teufel und nimmt die Seele des Übeltäters auch noch ganz offiziell im Triumph auf. Dem verhöhnten Poeten Robert Southey, vor dessen angekündigter Dichtung Himmel und Hölle blitzschnell fliehen, der also seinen Gesang nicht singen darf und mit einem Boxhieb Petrus' zur Erde zurückbefördert wird, vergleicht sich selbstironisch Goethe, den seine Figur verleugnet und an dessen Statt uralte Gemälde reden und tätig werden.

Offene Gegend

Die Szene erhält Prologfunktion durch zwei Verkehrungen des Erwarteten: einmal, auf der Inhaltsebene, durch die Verkehrung der Erwartung des Wanderers, von der Düne aus das einsame Ufer zu sehen, an dem er einst von Philemon aus Seenot gerettet worden ist, und nicht dicht besiedelten Strand, Palast und eingedeichtes Land bis an den Horizont; zum zweiten, auf der Darstellungsebene, die Verkehrung der Erwartung des Rezipienten anlässlich der Namen Philemon und Baucis, wo zwar mit Ovids Erzählung (vgl. Anm. zu V. 11067) die Motive der Gastfreundschaft, des Priesterdienstes des Philemon und die Linden übereinstimmen, aber die Differenzen deshalb umso schärfer hervortreten: Es werden nicht wie seinerzeit zwei Götter beherbergt, die niemand im Dorf aufnehmen wollte, sondern ein einzelner Schiffbrüchiger gerettet und wiederbelebt und sein Schatz geborgen; die Szene spielt nicht in Phrygien, es werden nicht nach der Beherbergung die Hütte in einen heidnischen Tempel und beim Tod von Philemon und Baucis diese in Bäume verwandelt, sondern beide leben jetzt schon in einem baumumstandenen christlichen Kapellchen unter Linden, das einsam hinter der Düne steht; auch gibt es keine Anzeichen von Überschwemmung einer ungastlichen Stadt von »tausend Häusern« (Ovid), sondern eine dichte Besiedlung des bisher leeren Strandes und die Zurückdrängung des Meeres bis an den Horizont. Die Verwandlung der Welt der Figuren, eine technische Metamorphose, wird als Metamorphose des Mythos aus Ovids *Metamorphosen* dem Leser zugefügt. Die Verkehrung der Verhältnisse auf der Inhaltsebene und der Darstellungsebene ist für den ganzen Akt kennzeichnend.

Die Szene ist wieder in sich gestuft: (1) Wiedererkennen. (2) V. 11063 ff.: Ungläubige Nachfrage und Dank. (3) V. 11075 ff.: Wunsch, das Meer wiederzusehen und ein Dankgebet zu sprechen; Vorwegnahme des Wiedererkennens und des Nichtglaubenkönnens als gesteigerte Verbindung. (4) V. 11083 ff.: Erklärung schafft Verbindung zwischen der erwarteten und der gesehenen Wirklichkeit; positive Bewertung durch Philemon. (5) V. 11107 ff.: Negative Bewertung durch Baucis; Philemon weist dagegen auf Baugenehmigung und regulären Baufortschritt hin. (6) V. 11123 ff.: Steigernde Argumente für Misstrauen bzw. Vertrauen. (7) V. 11139 ff.: Philemon unterbricht mit der Aufforderung zum Abendläuten und zum Gebet im Vertrauen zu dem »alten Gott«. In dieser Formulierung wird die Polarität der beiden Triaden der Szene – erschreckte Wahrnehmung von Verkehrung/Veränderung gegen kontroverse Beurteilung der Veränderung – gesteigert verbunden, denn im gewohnten Läuten und Beten zum alten Gott ist die Möglichkeit der Veränderung auch des Gottes mitgedacht und zugleich beurteilend abgewiesen.

Das Metrum ist durchweg das der Elfenstrophen am Beginn des 1. Akts, wie ja auch der »Gegend«-Begriff wieder aufgenommen wird. Auch die Ambivalenz der Elfenstrophen, die besänftigende Beruhigung mit den schlimmen Folgen, ist hier wiedergegeben, nur sprechen hier nicht ambivalente Naturgeister, die »in schmeichelnde Worte und Melodien ihre eigentlich ironischen Anträge« verhüllen (Paralipomena, S. 611), sondern Figuren der Handlung, deren grundlegende Täuschung über die drohende Gefahr damit erkennbar wird; die Form der Rede verkehrt ironisch die Arglosigkeit der Sprecher.

11053 f. *Das, um heut mir zu begegnen / Alt schon jener Tage war:* Philemon und Baucis waren bei seiner Rettung aus Seenot schon alt; um ihm heute noch begegnen zu können, müssten sie außerordentlich alt geworden sein.

11059 *Kömmling:* Ankömmling.

11064 *empfahn:* empfangen.

11067 *Baucis:* »Baucis, eine alte Frau in Phrygien, welche sich mit ihrem Manne, dem Philemon, in einem elenden Hüttchen behalf, sonst aber bey ihrer Armuth gar friedlich und vergnügt lebete. Da nun Jupiter und Merkur in verstellter Gestalt das Land durchgiengen, um zu sehen, wie die Menschen lebeten, so war niemand, der sie aufnehmen wollte, als diese beyden. Sie bewirtheten auch dieselben nach allem ihrem Vermögen, und vermerketen endlich, daß ihre Gäste Götter seyn müßten, weil der Wein, den sie ihnen aufsetzeten, nicht abnahm. Endlich gaben sich beyde zu erkennen, und vermahneten die beyden Alten, ihnen zu folgen, weil das Land ein besonderes Unglück treffen würde. Sie thaten es, und stiegen mit den beyden Göttern einen Berg hinan, von dar sie endlich sahen, wie die ganze Gegend mit Wasser bedeckt sey, ihre Hütte allein ausgenommen, die aber in einen prächtigen Tempel von Marmor verwandelt wurde. Als nun Jupiter ihnen endlich befahl, sie sollten sich von ihm etwas ausbitten, so verlangten sie, daß sie Priester in dem neuen Tempel werden, und keines des andern Tod erleben möchte. Sie erhielten solches; und, als sie dereinst dem Volke erzähleten, wie es ihnen und dem versenkten Lande ergangen, so wurden sie beyderseits zugleich in Bäume, und zwar Philemon in eine Eiche, Baucis aber in eine Linde verwandelt, die vor dem besagten Tempel stunden, und lange Zeit in allen

Ehren gehalten wurden« (Hederich, Sp. 259 f., nach Ovid, *Metamorphosen* VIII,620–724). Die Differenzen springen hervor: nicht zwei Götter wurden beherbergt, sondern ein Fremder; die Verwandlung in Bäume im Tod fehlt; nicht heidnischer Tempel, sondern baumumstandenes christliches Kapellchen; keine Anzeichen von Überschwemmung eines ungastlichen Städtchens von »tausend Häusern« (Ovid), sondern jetzt dichte Besiedlung des bisher leeren Strandes und Zurückdrängen des Meers bis an den Horizont.

11071 *Eure Flammen raschen Feuers:* Ein schnell angezündetes Feuer diente als Signal und wärmte den Schiffbrüchigen.

11087 *Aelter, war ich nicht zu Handen:* als Älterer konnte ich nicht wie sonst hilfsbereit Hand anlegen.

11089 f. *Und, wie … Woge weit:* Im selben Maße, wie seine Kräfte abnahmen, wurde das Meer durch die Eindeichung weiter hinausgerückt.

11096 *Anger:* Dorfplatz, Grasland.

11100 *Port:* Hafen.

11108 *zum verlechzten Mund:* zum vor Staunen offen gebliebenen und trocken gewordenen Mund.

11112 *Läßt mich heute nicht in Ruh:* So in *H*, in den Ausgaben oft zu »heut noch« vereindeutigt. In der Form »heute« kann sowohl ›heute noch‹ wie ›gerade heute‹ gelesen werden (wo der Wanderer kommt und sich nicht fassen kann, wo der ahnungsvollen Baucis schlimmste Befürchtungen sich bestätigen werden).

11119 *Nicht entfernt:* nicht weit entfernt.

11123 *Tags umsonst:* Die Tagschicht, bei der man die Knechte mit ihren Werkzeugen beobachten konnte, produzierte nichts außer Lärm.

11125–30 *Wo die Flämmchen … ein Canal:* Baucis betont die Aspekte des Deichbaus, in denen es »nicht mit rechten Dingen« zugeht (V. 11114). Da Faust noch Handarbeiter anwerben lässt (V. 11552), kann es sich mindestens in der Tagschicht nicht um den Einsatz von dampfgetriebenen Schaufelbaggern, Rammen und Transporteisenbahnen handeln, den Goethe aus Berichten über englische Großbaustellen und die dabei häufig vorkommenden Unfälle kannte. Es ist aber möglich, dass er während der Nachtschicht die misstrauische Baucis diesen maschinellen Betrieb oder aber höllische Zauberkünste beobachten lässt. Wenn die Vegetation und Besiedlung des gewonnenen Landes schon so weit gediehen sind (V. 11095 f.), müssen zwischen Verleihung des Strandes und jetzigem Zustand Jahrzehnte liegen.

11131 f. *ihn gelüstet / Unsre Hütte:* vgl. das neunte Gebot: »Du sollst nicht begehren deines Nächsten Haus …« (5. Mose 5,21).

11137 *den Wasserboten:* so *H*; Fausts Boten, die Philemon und Baucis zum Umzug bewegen wollen, bieten für Baucis nur Wasser an, denn die nächste Sturmflut wird nach ihrer Meinung das gewonnene Land wieder fortreißen.

11142 *dem alten Gott vertraun:* Die Formulierung zeigt Philemons Bewusstsein von der Geschichtlichkeit der Religionsvorstellungen, die ja auch in diesem Akt mehrfach bestätigt wird. Für Philemon ist der durch Ausschluss des Meers gewonnene »Garten […] ein paradiesisch Bild« (V. 11085 f.) und damit die Schöpfung eines neuen Gottes. Sein Vertrauen auf den alten Gott bewährt sich, was das drohende Schicksal angeht, überhaupt nicht, und am Ende des Akts ist der alte Gott ganz verschwunden, einer Göttin gewichen.

Pallast

Weiter Ziergarten, großer gradgeführter Canal

Der offenen Gegend ist hier entgegengesetzt ein »Weiter Ziergarten« mit einem geraden Kanal à la Versailles, der Hütte ein Palast, der Genügsamkeit der beiden Alten die auch noch das kleine Gütchen begehrende Unersättlichkeit des im »Weltbesitz« befindlichen alten Faust. Die Szene hat folgenden Aufbau: (1) Lobpreis des glücklichen Faust, offenbar auftragsgemäß, durchs Megaphon. (2) V. 11151 ff.: Lob Gottes durch das Glöcklein, Fausts Verfluchung des Hier und der Verunreinigung seines Besitzes durch das Eigentum der beiden Alten. (3) V. 11163 ff.: Ankunft des schatzbeladenen Kahns mit Mephistopheles und den Drei Gewaltigen; die Opposition zwischen Glück und Unzufriedenheit in den zwei ersten Partien erscheint hier bei Faust und den Gewaltigen gesteigert verbunden: Faust mürrisch trotz Schätzen, die Gewaltigen aufsässig trotz Selbstbedienung an der Beute. (4) V. 11219 ff.: Mephistopheles zu Fausts Glück, Unzufriedenheit, Verpflichtung gegenüber den Helfern. Das Hier als symbolischer Ort der Weltherrschaft. (5) V. 11233 ff.: Faust verflucht das Hier als symbolischen Ort der Unvollkommenheit des Weltbesitzes und schämt sich zugleich seiner Unbeherrschtheit. (6) V. 11251 ff. Er hält die Einschränkung seines »allgewaltigen Willens« nicht mehr aus und will sich von dem »Dorn den Augen, Dorn den Sohlen« befreien. Mephistopheles sieht das Problem nicht: Faust müsse doch in aller Welt längst »kolonisiren«. (7) V. 11275 ff.: Faust befiehlt also, die Alten »zur Seite« zu schaffen, mit Gewalt, wenn auch auf ein »schönes Gütchen«; Mephistopheles zieht einen alttestamentlichen Vergleich.

Mit den Madrigalversen in Fausts und Mephistos Dialog kontrastieren die gewaltsamen Zweiheber in der Rede der Gewaltigen, die man sich scharf skandiert denken muss.

BA vor 11143 *Pallast:* Zu Fausts Palast als dem von Mammon erbauten, zunächst höllischen und dann an die Oberwelt steigenden Palast Pandaemonium s. Anm. zu V. 3933.

11143 LYNCEUS DER THÜRMER: von griech. *lynx* ›Luchs‹; einer der Argonauten, dessen Sehschärfe sprichwörtlich wurde, vgl. V. 9230 f. und Anm. zu V. 7377. Herrscherlob durchs Sprachrohr nimmt die Lautsprecherdiktaturen des 20. Jh.s vorweg (vgl. Kaiser 1994, S. 72).

11145 f. *Ein großer Kahn … hier zu seyn:* oft belächelter Satz, der aber die Veränderung der Situation in ihrer den Sprecher überrumpelnden Schnelligkeit wiedergibt. Wenn der Kahn »im Begriffe« ist, dann sieht der scharfsichtige Lynkeus ihn weit draußen im Hafen bei den Schiffen, mit Waren und Menschen beladen, vielleicht gerade ablegen; dann ist er schon »auf dem Kanale«, dann aber plötzlich »hier« – also gewissermaßen in Gedankenschnelle (vgl. V. 11165). – Kähne werden wegen geringen Tiefgangs auf dem Kanal gebraucht, um den umgeladenen Schiffsinhalt und die Mannschaft zum Palast zu bringen (Witkowski, Kommentar z. St., S. 391).

11148 *Masten stehn bereit:* wohl die Schiffe zum neuen Auslaufen.

11149 *In dir preist sich der Bootsmann selig:* Anrede an den wandelnden Faust, den als Herrn zu haben den Bootsmann beglückt. Offenbar Parodie auf 1. Kön. 9,26–10,8, wo nach Besichtigung von Salomos unter anderem durch seine schifffahrenden Knechte herbeigeführten Schätzen die Königin von Reicharabien bekennt: »Selig sind deine Leute und deine Knechte, die allezeit vor dir stehen und deine Weisheit hören« (ebd. 10,8).

11150 *zur höchsten Zeit:* auf dem Höhepunkt deiner Laufbahn. Herrscherlob mit dem Sprachrohr dem Herrn verkündet, zeugt von arroganter Selbstbespiegelung Fausts (vgl. V. 11133) und wohl schon von Schwerhörigkeit.

11154 *neckt:* ärgert, beunruhigt, reizt.

11155 *durch neidische Laute:* Der eigentlich Neidische unterschiebt dem Beneideten, der nicht neidisch ist oder es zu sein braucht, seinen eigenen Neid, so schon in Goethes Ode *Prometheus*, wo der Titan dem Zeus Neid auf das im Olymp gestohlene Feuer unterstellt.

11157 *Baute:* Gebäude, hier wohl nach schlesisch *Baude* ›Holzhäuschen‹.

11160 *Vor fremden Schatten:* Schatten, der nicht von eigenen Bäumen auf eigenem Besitz gespendet wird, aber auch Schatten, den Philemon und Baucis und ihr Kirchlein werfen (s. Anm. zu V. 11161), mithin Tradition, Norm und Verbindlichkeit nachbarlichen Zusammenlebens, Frömmigkeit.

11161 *Dorn den Augen, Dorn den Solen:* vgl. 4. Mose 33,50–55, wo der Herr dem Volk Israel befiehlt, über den Jordan in das Land Kanaan einzufallen, die

Einwohner zu vertreiben, ihre Kultur zu zerstören: »Werdet ihr aber die Einwohner des Landes nicht vertreiben vor eurem Angesicht, so werden euch die, so ihr überbleiben lasst, zu Dornen werden in euren Augen und zu Stacheln in euren Seiten und werden euch drängen in dem Lande, da ihr innen wohnet« (ebd. 33,55)

11170 *Patron:* Schiffseigner. Gemeint ist Faust, vgl. V. 11172.

11174 *Port:* Hafen.

11178 *Wer weis da was Besinnen heißt!:* wer hat da moralische Skrupel!

11182 *hackelt:* mit Enterhaken, wie sie im Nahkampf der Schiffe zum Heranziehen und Festhalten des zu enternden Schiffes verwendet wurden.

11185 *Man fragt ums Was? und nicht ums Wie?:* dagegen vgl. V. 6992.

11187 f. *Krieg, Handel und Piraterie, / Dreyeinig:* Parodie auf die christliche Trinität.

11192 *Gestank:* Stinkendes, Wertloses.

11194 *Widerlich Gesicht:* angewidert, mürrisch angesichts der eines Königs würdigen Beute.

11201 f. *Das ist nur für / Die Langeweil:* zum Zeitvertreib, als Trinkgeld; die Hauptforderung auf gleichen Anteil (nicht untereinander, sondern gleich mit Faust) folgt jetzt.

11217 *Die bunten Vögel:* Huren für das Flottenfest.

11222 *Das Ufer ist dem Meer versöhnt:* Durch Fausts Deich- und Hafenbauten schadet das Meer dem Ufer nicht mehr, und dieses kann fruchtbares Land werden.

11242 *Welt-Besitz:* Real-Utopie eines Kolonial- und Handels-Imperiums der Kaufmannschaft, wie sie z. B. die Geheimorganisation der Illuminaten (der Goethe angehört hatte) anstrebte.

11248 *Des Menschengeistes Meisterstück:* zunächst bezogen auf die Ausgrenzung des Meeres und die Schaffung eines paradiesischen Landes in Konkurrenz zum Gott Hiobs (Hiob 38,8–11). Dann auch bezogen auf die totalitäre Menschenführung im Sinne des von Gott am Nasenring gelenkten Leviathan (Hiob 40,26); auch dies, allerdings im Sinne einer totalitär durchgesetzten Moral, war ein Ziel der Illuminaten.

11249 f. *Bethätigend … Wohngewinn:* den Gewinn an Wohnraum verwirklichend.

11255 f. *Des allgewaltigen … Sande hier:* Faust entdeckt, dass es, in der früher gebrauchten Analogie (V. 10198–205) auch sein eigener leidenschaftsgetriebener Wille ist, der den sich frei wähnenden Geist »ins Mißbehagen des Gefühls versetzt«. Was ihn damals in der Außenwelt »zur Verzweiflung«

brachte (V. 10218), wütet jetzt auch in ihm, ist »unmöglich zu ertragen« und beschämt ihn (V. 11237f.); er manipuliert andere durch ihre Abhängigkeit von den Instinkten und hat selbst keine Gewalt über die eigenen. – »Kühr« ist Wahl, Entscheidung (vgl. Ausdrücke wie »Kurfürst«, »Willkür«). – Die Nähe des Todesmotivs (»Gruft«, V. 11254) zeigt, dass wie der Glockenklang am Ostermorgen (BA vor V. 737) an Tod und Auferstehung, so auch dieser Glockenklang an den Tod und die bei Faust infrage gestellte Auferstehung gemahnt.

11266 *Vom ersten Bad:* von Geburt oder von der Taufe an.

11268 *ein verschollner Traum:* wörtlich: eine Sache, die zu schallen aufgehört hat, Traum geworden ist. Mephistopheles schlägt hier geschickt, quasi im Nebensatz, das Todesmotiv und Fausts Sorge um eine »Spur« von seinen Erdetagen an, derer er bedarf, weil er das eigentliche Leben nicht im Jenseits sucht. *La vida es sueño* (Calderón, 1635), das Leben ein Traum, christlich gedeutet voll Eitelkeit und Nichtigkeit, kann für Faust nicht mehr gelten (vgl. V. 11441–47).

11273 *Was willst du dich denn hier geniren:* Das »hier« ist im Blick auf V. 11233 stark betont zu lesen: Warum nimmt Faust bei dieser Sache das »verfluchte Hier« so wichtig und handelt nicht ungehindert und schamlos wie in aller Welt? – »geniren« ist ›sich gehindert fühlen‹.

11274 *kolonisiren:* Was damit gemeint ist, zeigt das Schicksal von Philemon und Baucis.

11275 *schafft sie mir zur Seite:* uneindeutiger Auftrag, den Mephistopheles durchaus als Liquidationsermächtigung deuten, den aber Faust nachträglich als nicht in diesem Sinne gemeint von sich weisen kann (V. 11370–73). Die Zeile muss wegen des Gedankenstrichs und des Fehlens einer Reimzeile mit einer Pause und stimmlich-tonlichem Neueinsatz der folgenden Zeile gelesen werden. Auch hier muss offenbleiben, ob die Alten freiwillig, durch Überredung oder durch Gewalt auf das »schöne Gütchen« gebracht werden sollen.

11285 *ist uns zu Recht:* wir haben ein Recht darauf.

11287 *Naboths Weinberg:* Bibelfest, sogar mit Stellenangabe, die man ihm ironisch auch noch in den Mund legen kann wie V. 10094 und 10131, zitiert Mephistopheles die Geschichte, in der der König Ahab dem Naboth einen Weinberg abkaufen oder gegen einen besseren abtauschen möchte. Naboth weigert sich, das Erbe seiner Väter wegzugeben; den gekränkten Ahab tröstet seine Frau, indem sie falsche Zeugen gegen Naboth antreten und ihn wegen Königs- und Gotteslästerung steinigen lässt. Der Prophet Elia stellt

Ahab zur Rede, als er den Weinberg Naboths in Besitz nimmt, und weissagt ihm, der Frau und seinen Nachkommen den furchtbaren Zorn des Herrn, worauf Ahab Buße tut und vom Herrn verschont wird (1. Kön. 21). Faust tut nicht Buße, hat auch keine Frau, der er die Untat anlasten könnte. Zugleich wird hier Nicolas Chamforts (1741–1794) Wort in der Rede an die Revolutionstruppen »Guerre aux châteaux! Paix aux chaumières!« (1792) ins krasse Gegenteil verkehrt (»Krieg den Palästen, Friede den Hütten!«, *Œuvres*, Bd. 1, S. LVIII).

Tiefe Nacht

Die Szene ist folgendermaßen aufgebaut: (1) Lynkeus' Lob der Schönheit und kosmischen Ordnung. (2) V. 11304 ff.: Entsetzen über den Brand bei Philemon und Baucis. (3) V. 11336 f.: Eingeständnis des Untergangs der Schönheit und der durch das Gütchen symbolisierten christlichen Kultur, Frömmigkeit, Gastfreundschaft und Hilfsbereitschaft. (4) V. 11338 ff.: Faust glaubt an die Reparierbarkeit der »ungeduldge[n] That«. (5) V. 11350 ff.: Erneutes Dementi: die zu Deportierenden wurden, »wie's in solchem Fall geschicht«, getötet. Faust schiebt die Schuld von sich, obwohl sie wegen seines unpräzisen Befehls deutlich bei ihm liegt. (6) V. 11370 ff.: Auch erfindet er, von Tausch gesprochen zu haben (Mephistopheles hat von gewaltsamer Umsiedlung gesprochen), wo Tausch doch freies Einverständnis des Partners voraussetzt. (7) V. 11378 ff.: Der zu Faust dringende Rauch wird wie das Schöne im Gesang des Lynkeus (1. Triade) ästhetisch wahrgenommen, als schöne Vernichtung beobachtet und bis zum Ende verfolgt. Die zweite Triade wird mit dem Satz »Geboten schnell, zu schnell gethan!« wieder aufgenommen. Faust lässt die Schuld nicht an sich herankommen und tut dabei sich, den Sachverhalten und seiner Verstrickung in die Sachverhalte Gewalt an.

Der schwingende Rhythmus der ersten Lynkeus-Verse wird durch die Verwendung der Philemon- und Baucis-Verse (V. 11304–37) dementiert. Faust folgt mit Jamben männlich/weiblich wechselgereimt, während Mephistopheles männliche Paarreime Schlag auf Schlag verwendet. Fausts Gegenrede artikuliert den Zorn durch metrische Versetzung (V. 11371) und Doppelsenkung (V. 11372).

11288 *Zum Sehen geboren:* vgl. Anm. zu V. 7377.

11290 *Dem Thurme geschworen:* durch Eidschwur den Aufgaben des Türmers (Ausguck, Feuermeldung) verpflichtet.

11297 *Die ewige Zier:* wohl übersetzt aus griech. *kósmos* ›Schmuck, Zierde, Ordnung, Schönheit‹. Lynkeus wird mit seinem »Es sey wie es wolle, / Es war doch so schön!« nach dem Verschwinden Helenas, der Schönheit (der Welt), als naiv hingestellt und durch die Ereignisse auch sogleich widerlegt.

11307 *Droht mir:* Statt Feuer zu melden, wie es seine Aufgabe als Türmer wäre, reflektiert der Ästhet wieder einmal (vgl. V. 9238–43) auf seine Eindrücke.

11308 f. *Funkenblicke … Doppelnacht:* Da zuerst die Hütte brennt, die wohl vom Türmer aus gesehen hinter den beiden Linden steht, erscheinen die Bäume vor den aus der Hütte sprühenden Funkenblitzen besonders schwarz.

11312 *die innre Hütte:* die von feuchtem Moos umgebene Holzkonstruktion. Daher entsteht auch besonders dichter Qualm (vgl. V. 11318).

11336 f. *Was … ist hin:* das Schöne und die Tradition (der Linden, des Kirchleins, der Alten).

11339 *Das Wort ist hier, der Ton zu spat:* Die Meldung und der wimmernde Gesang des Türmers kommen hier zu spät.

11344 *Ein Luginsland ist bald errichtet:* Faust »glaubt die *Natur* durch *Technik* geradezu ersetzen zu können« (Jochen Schmidt 1987, S. 197). Sind auch die Linden verbrannt, in die er ursprünglich seine Aussichtsplattform hatte hineinbauen wollen (V. 11243 f.), lässt sich doch künstlicher Ersatz schaffen.

11346 f. *Wohnung … umschließt:* Helenas Chormädchen hatten schon das »Umgeben« mit der Ritterburg als Gefangenschaft erfahren (V. 9050, 9125).

11358 *geschicht:* alte Präsensform für »geschieht«, bei Goethe mehrfach im Reim auf »nicht« verwendet.

11365 *gestreckt:* getötet.

11373 *Ihm fluch ich, theilt es unter euch!:* Der Fluch gilt dem »unbesonnenen wilden Streich«, also der von den Drei Gewaltigen in Aggressivität, Habgier, Verteidigung (des Raubes gegen den Fremden) und von Mephistopheles in bösem Willen begangenen Handlung, und je nach Beteiligung sollen sie den Fluch als Lohn untereinander teilen. Faust unterstellt plötzlich, genaue Anweisung gegeben zu haben, die nur Tausch, nicht aber Raub oder gar Raubmord zuließ (s. Anm. zu V. 11275); die Helfer berufen sich auf die im Auftrag implizierte Ermächtigung zur Gewalt, für die Faust verantwortlich ist (s. Anm. zu V. 11275).

11374 f. *Das alte Wort … Gewalt!:* ironisch interpretierende Anspielung auf Röm. 13,1: »Jedermann sei untertan der Obrigkeit, die Gewalt über ihn hat. Denn es ist keine Obrigkeit ohne von Gott; wo aber Obrigkeit ist, die ist von Gott verordnet.«

11376 *hältst du Stich:* standhalten, hier sogar, im Blick auf den fechtenden Fremden: den Stich der gegnerischen Waffe aushalten oder parieren; vgl. den Ausdruck »stichhaltig«.

11382 *Geboten schnell, zu schnell gethan!:* Für Faust ist der Vorfall eine Panne, die durch Voreiligkeit (die ›Übereilung‹ der klassischen Tragödie) auf seiner und der Helfer Seite passiert ist. Die Schuld lässt der Reiche nicht zu sich herein (vgl. V. 11384–87).

Mitternacht

Die Szene hat folgenden Aufbau. (1) Mangel, Schuld, Sorge und Not erscheinen als vier graue Weiber und kündigen den von ferne kommenden Tod an. Nur die Sorge kann sich in das Haus des Reichen wagen. (2) V. 11398 ff.: Faust sah vier kommen, drei nur weggehen, hat den Sinn ihrer Rede nicht verstanden, bei den Reimwörtern vermutlich »Not«, sicher »Tod« verstanden. Er beklagt den früheren Entschluss zur Magie und kündigt die Absicht an, sich »ins Freie« zu kämpfen, um »ein Mann allein« vor der Natur zu stehen. Hier zeigen sich die Auswirkungen von Fausts »höchstem Alter«: Schwerhörigkeit, Schwierigkeit beim Sinnverstehen, irreale Vorstellungen über Vergangenheit und Zukunft: Die Sorge kommt nicht (nur) von außen, sie wächst von innen. (3) V. 11408: Er beklagt, wie sehr er seit dem Entschluss zur Magie und zur Verfluchung seiner selbst und der Welt (die nie stattgefunden hat, vgl. V. 1587–1587 mit Anm.) von Magie umsponnen ist, und deutet fälschlich die Sorge als Dämonin. (4) V. 11433 ff.: Die Selbstcharakterisierung seines Lebens in dieser Partie ist gefälscht, um die Macht der Sorge über sein bisheriges Leben zu leugnen. Faust hat selbstverständlich die Sorge gekannt (V. 643–651) und hat mit der Wette nicht nur Vorsorge für das ganze Leben getroffen, sondern jeden Augenblick seines Daseins unter die Besorgnis gestellt, bei sich zu sein und sich nicht zu vergessen (V. 4114). Auch lässt sich das gedankenlose Drauflosstürmen kaum nachweisen; jeder Schritt war geplant, und den Verlust etwa Euphorions nahm er nicht leicht, sondern mit »grimmiger Pein« hin (V. 9904) und blieb nach Helenas Umarmung zum Abschied vollkommen stumm. Dass er nicht offenkundig die Augen »nach drüben« richtet, trifft zu; wenn er aber die Verfluchung der Welt und seiner selbst als »Frevelwort« mit Auswirkung bis jetzt bezeichnet (V. 11408–18), glaubt er wenn nicht an Gott, so an den Teufel und seine Macht, mit der er sich durch diese Verfluchung verbunden hat und die in den Luftgespenstern herrscht (vgl. V. 10092). Weisheit und Bedächtigkeit (V. 11440) dürfte er nach der eingestandenen Voreiligkeit seiner »Kolonisation« nicht für sich beanspruchen. Jetzt sei ihm die Welt nicht »stumm«, wo er doch im 4. Akt die Stummheit der Natur rühmte (V. 10095), und auch das Entlanggehen am Erdentag trifft nicht als Maxime seiner Lebensweise zu, denn er hatte ständig Ziele seines Strebens und war unfähig, den Erdentag als solchen zu leben. Mit dem

Wort »unbefriedigt« (V. 11452) hat er den Blick Mephistos auf sein Leben übernommen (vgl. V. 10132), während es bei der Wette für ihn um die Kontinuität des Beisichseins und die Treue zu sich selbst als in der Zeit fortschreitendes bewusstes Selbst gegangen war. Jeder Satz dieser Selbstreflexion Fausts lässt sich also widerlegen durch einen Blick auf »sein Leben«, wie es sich im Lauf der Tragödie entfaltet hat. Die Gewaltsamkeit der Verfälschung, die mit dem Prolog *Offene Gegend* anfing, wird nach Verfälschung objektiver Sachverhalte nun auf Fausts Selbstverständnis angewendet. Faust durchbricht, in der Sorge, die Sorge abzuwehren, die Kontinuität der Treue zu sich selbst, ein weiteres Zeichen seiner Desintegration, nun auf der Ebene der Reflexion. (5) V. 11453 ff.: Macht der Sorge über das Leben der Menschen; Faust, trotz seiner Scheltworte, widersteht ihr immer schwächer: Gegensatz zur behaupteten Selbstsicherheit in der 4. Partie. (6) V. 11471 ff.: Unbeirrt beschreibt die Sorge ihre Wirkungen auf Entscheidungskraft, Erkenntnisfähigkeit und leibliche Existenz des von ihr Besessenen. Faust erkennt, aber anerkennt nicht die Macht der Sorge, damit auch nicht sein eigenes von Sorge – Vorsorge und Besorgnis – bestimmtes Leben. (7) V. 11495 ff.: Die Sorge blendet ihn, um ihn zur Anerkennung zu zwingen. Die Blendung ist umfassend: physisch, geistig (obwohl er das innere Licht behält, ruft er Arbeiter, wo er doch allein im Palast ist), seelisch – mit ungeheuerlicher Arroganz behauptet er, sein Geist genüge »für tausend Hände«, und degradiert deshalb Menschen auf ihre bloße Arbeitskraft. Damit wird die Sorge als Unbewältigtes und Verdrängtes aus der 1. Triade und als in der 2. Triade unter Selbstlüge und Gewaltsamkeit Verleugnetes in ihrer vollen Wirkung auf Faust gezeigt. Wenn die Sorge ihre Absicht, Faust zu blenden, deutlich ausdrückt und ihn anhaucht, Faust aber zwar die Erblindung registriert, aber nicht auf das Handeln der Sorge zurückführt, dann wird erkennbar, dass die ganze Auseinandersetzung mit der Sorge in Fausts Imagination spielt, dass also in seinem Innern selbst die desintegrierenden Kräfte wirken.

In der ersten Partie finden sich daktylische Vierheber der grauen Weiber, (2) Madrigalvers, (3) jambisch alternierende Fünfheber, erste der betörenden, den Elfenstrophen (*Anmuthige Gegend*) verwandten, aber durch Paarreim starr machenden Sorge-Strophen; (4) – (7) Fausts Madrigalvers gegen die Sorge-Strophen.

11404 *Könnt ich Magie … entfernen:* Anerkennung seines in Magie verstrickten Lebens (V. 11410–18) und Wunsch, sich davon zu befreien. Mit Magie hängen Mephistopheles und seine Helfer eng zusammen. Dass er V. 11423 kein Zauberwort sprechen will, ist ein ohnmächtiger Anfang.

11408 f. *Das war ich sonst … verfluchte:* »sonst« ist ›früher‹; das Gesuchte ist, wegen des Neutrum-Pronomens in »ich's«, das »Freye« V. 11403 oder »ein Mensch zu seyn« V. 11407, was in diesem Satz auf dasselbe hinausläuft: Menschsein ohne eingegangene Bedingungen außer vielleicht denen, die das Leben selbst mit sich bringt. Zum konditionalen Charakter der Verfluchung, die er hier als faktisch geschehen voraussetzt (womit er beginnt, sein Leben umzulügen), vgl. die Anm. zu V. 1583–87.

11417 *Es eignet sich:* es ›äugnet‹ sich, zeigt sich den Augen, vgl. V. 5917.

11429 *Ewig ängstlicher Geselle:* Die Sorge ist Begleiterin, die in jedem Augenblick vor dem nächsten Angst macht und selbst Angst hat.

11433–52 *Ich bin … unbefriedigt jeden Augenblick:* vgl. den Szenenkommentar: jede der Behauptungen Fausts verleugnet das tatsächlich gelebte Leben. Auch die Lebensweisheiten am Ende sind eher Wunsch als Erfüllung, vgl. z. B. V. 11450 mit V. 11423 und der Tatsache, dass er mit einer derart langen Rechtfertigungsrede V. 11433–52 der Sorge antwortet, mit der er doch nie zu tun gehabt haben will.

11444 *Sich über Wolken seines gleichen dichtet:* sich über den Wolken jemanden erdichtet, der aber wieder nur wie er selbst aussieht.

11461 *Grille:* s. Anm. zu V. 6615.

11465 *gewärtig:* darauf wartend, darauf aufmerksam.

11469 *Litaney:* bezieht sich auf die leiernden Aufzählungen der Sorge.

11493 f. *Doch deine Macht … nicht anerkennen:* Dass er damit die Bedingungen des Menschseins leugnet (vgl. V. 634–651), macht er sich nicht klar.

11495–98 *Erfahre sie … am Ende:* Wenn Sorge die Erhaltung des Lebens von den körperlichen bis zu den intellektuellen Funktionen und im Sinne der Vor- und Fürsorge die Erhaltung von Gut, Besitz, Sicherheit meint, dann stehen die anderen Menschen im ganzen Leben unter der Fuchtel der Sorge. Da Faust mit seiner Wette sein Leben bewusst unter die Sorge gestellt hatte, war er bisher nicht blind; jetzt, wo er dies verleugnen will, wird er es.

11499 f. *Die Nacht … helles Licht:* Dass die Sorge gerade bei der Sehfähigkeit Fausts so merkbar zuschlägt, schließt die Stelle an den im ganzen Text präsenten Themenkomplex von Licht und Finsternis im sichtbaren und im metaphorischen Sinne an. So knüpft das helle Licht im Innern an den Solipsismus des Baccalaureus (vgl. V. 6793–6806) und das innerliche Licht an, das nach Lk. 11,35 eigentlich Finsternis ist (vgl. V. 11457 ff.); vgl. auch Hiob 18,5–21, wo es heißt: »Und doch wird das Licht der Gottlosen verlöschen, und der Funke seines Feuers wird nicht leuchten« (ebd. 18,5).

11502 *Des Herren Wort es giebt allein Gewicht:* »des Herrn Wort bleibet in

Ewigkeit« (1. Petr. 1,25; vgl. Jes. 40,8, wo für die Offenbarung der Herrlichkeit des Herrn ebenfalls große Erdbewegungen unternommen werden, V. 4); immer deutlicher werden hier die Anzeichen der Selbstvergottung Fausts in Konkurrenz zum biblischen Gott.

11506 *Das Abgesteckte:* die durch Pfähle und Ketten (V. 11519 f.) in ihrem Verlauf und ihrem Profil markierten Erdbewegungen wohl für den »unternommenen Graben« (V. 11556).

Großer Vorhof des Pallasts

Die Szene ist folgendermaßen aufgebaut: (1) Der Aufseher Mephistopheles ruft die Lemuren zur Arbeit. (2) V. 11523 ff.: Er befiehlt ihnen, anstatt des ihnen versprochenen »weiten Landes« ein »enges Haus«, ein Grab für Faust zu graben. (3) V. 11531 ff.: Die Lemuren singen grabend ein neckisches Lied in der Rolle eines unversehens durch tückisches Alter gefällten Toten. (4) V. 11539 ff.: Faust tritt blind und stützungsbedürftig aus dem Palast, missdeutet die Arbeitsgeräusche, die Zusammenhänge zwischen seiner und Mephistos Befehlsgewalt, die Dauerhaftigkeit des Deichs und die Bedeutung des Geschehens: Meint er, dass die Menge seiner Fronarbeiter »Die Erde mit sich selbst versöhnet«, so ist es unversehens Fausts Leib, der als »Erde« mit der Erde versöhnt wird. (5) V. 11551 ff.: Faust befiehlt, Arbeiter anzuwerben, um den Graben weiterzubauen; Mephistopheles bestätigt den Befehl nicht, sondern kalauert von Graben und Grab, und zwar bereits »halblaut« – der Untergebene lässt den Herrn schon beinahe hören, dass er ihn verhöhnt, oder er spielt mit seiner Schwerhörigkeit. (6) V. 11559 ff.: Es geht um die Notwendigkeit des Grabens zur Drainage des Sumpfs, der das eingedeichte Land noch verpestet. Dann erst ist das Neuland für Millionen bewohnbar, die hinter ihrem Deich ständig von der Gewalt des einbrechenden Wassers bedroht sind und ihre Freiheit, ihr Leben, ihr Paradies täglich neu erobern müssen. In der Vorwegnahme dieses Zustands, in den er sich mit dem befreiten Volk und seinem befreiten Grund selbst versetzt, antizipiert er auch, dass er zu diesem Augenblick die Wettformel sagen dürfte, und spricht sie aus. Die jetzige Situation rechtfertigt die Äußerung des Satzes noch nicht; Faust fügt aber hinzu, dass das Vorgefühl dieses schönen ihm jetzt den Genuss des höchsten Augenblicks verschaffe, und sinkt tot um. Über vier mögliche Lesarten dieses Todes vgl. den Aktkommentar, S. 963–966. (7) V. 11587 ff.: In der Meinung, Faust habe den leeren, nur von kontrafaktischen Illusionen erfüllten Augenblick festhalten wollen (was eindeutig falsch ist), meditiert Mephistopheles über die Macht der Zeit, die Nichtigkeit des damit zu Ende gegangenen Daseins, und entwirft seinerseits eine Utopie des Ewig-Leeren. Tod,

Sinnlosigkeit, Utopie sind die entgegengesetzten Tendenzen der beiden Triaden, die hier ins Negative gesteigert verbunden werden.

Metrisch singen Mephistopheles und die Lemuren eine den Totengräbern in Shakespeares *Hamlet* (s. LGF 10) nachgebildete Strophenform, wodurch der in *Faust I* schon so bedeutende Bezug zu diesem Stück wieder aufgenommen und in Erinnerung gebracht wird. Die restliche Szene steht in Madrigalversen, die in der Schlusspartie durch das Wechselgespräch mit dem Chor in den Versen 11593–96 in einen jeweils zweihebigen Teil und den Rest der Zeile gebrochen werden, wodurch sich schon die Kurzverse der *Bergschluchten* ankündigen.

11512 *Ihr schlotternden Lemuren:* Sicherlich ist hier nicht an die körperlosen Gespenster gedacht, wie sie in der altrömischen Religiosität furchtsam verehrt wurden, sondern an die halbverwesten Toten, deren Gebein eben noch durch »Ligamente« (so die Handschrift *H*; in den Entwürfen und sogar quer am Rand von *H* steht »Bändern, Sehnen« als Übersetzung ins Deutsche) zusammengehalten ist, wie sie auf dem Grabrelief von Cumae als »lemurische Posse, zwischen das Schöne und Erhabene ein Fratzenhaftes hineingebildet« erscheinen (WA I 48,1, S. 145). Da es sinnlos wäre, Toten »ein weites Land« als Wohngebiet und Eigentum zu versprechen (V. 11516–18), liegt nahe, dass Mephistopheles die bis zur physischen Erschöpfung ausgebeuteten Arbeiter-Massen des Deich- und Hafenbaus verhöhnt, wie sie im 19. Jh. etwa in den englischen Bergwerken oder bei Großbaustellen eingesetzt wurden.

11519 f. *Gespitzte Pfähle … fürs Messen:* reguläres Gerät der Bauarbeiter und Landvermesser.

11531–38 *Wie jung … just offen!:* Lied der Clowns als Totengräber in der berühmten Szene in Shakespeares *Hamlet* V,1, in der Hamlet zu des Spaßmachers Yorick Schädel spricht (s. LGF 10).

11540–43 *Es ist die Menge, die … umzieht:* Mit der Fron, d. h. erzwungenen Arbeit von Leibeigenen, bezeichnet Faust das Verhältnis zu seinen Arbeitern und ihren Status im schlimmsten Sinne. Die Formulierung »Die Erde mit sich selbst versöhnet« weist zunächst auf die Eindeichung und Landgewinnung, durch die das Neuland mit der originalen Erde ›versöhnt‹ wird; ungewollt, vor allem im Blick auf das Grab (das Faust verborgen bleibt), zitiert Faust den Spruch des Priesters am Grabe: »Denn der Staub muss wieder zu der Erden kommen, wie er gewesen ist, und der Geist wieder zu Gott, der ihn gegeben hat« (Pred. 12,7, vgl. 3,20; 1. Mose 3,19). Mit der Rede, dass die

Arbeitermenge »Den Wellen ihre Grenze setzt, / Das Meer mit strengem Band umzieht«, bezieht Faust sich eindeutig auf die Macht Gottes, der zu Hiob spricht: »Wer hat das Meer mit Türen verschlossen, da es herausbrach wie aus Mutterleib, da ich's mit Wolken kleidete und in Dunkel einwickelte wie in Windeln, da ich ihm den Lauf brach mit meinem Damm und setzte ihm Riegel und Türen und sprach: ›Bis hierher sollst du kommen und nicht weiter; hier sollen sich legen deine stolzen Wellen!‹« (Hiob 38,8–11; vgl. Ps. 104,8 f.). Faust setzt sich an die Stelle des Gottes Hiobs in bezug auf die Beherrschung, Neuschaffung (und Ausbeutung) der Natur, wie auch in bezug auf die Beherrschung des Leviathan (vgl. Hiob 40,25–32) in der Deutung von Thomas Hobbes (Leviathan der Urdrache analogisiert mit den vom Egoismus angetriebenen Menschen).

11545 *Buhnen:* ins Meer hineinragende Dammkörper zur Regulierung von Strömungen oder zur Brechung der Brandung.

11546 f. *Neptunen, / Dem Wasserteufel:* Der Weltbeherrscher hat mittlerweile auch die ihm so widerlichen »antikischen Collegen« (V. 6949) verchristlicht.

11554 *presse bey:* in Anspielung auf die vor allem bei den Heeren des 18. Jh.s übliche Verpflichtung kriegstauglicher Leute zum Wehrdienst durch Gewalt, Überlistung und Erpressung.

11559 f. *Ein Sumpf ... Errungene:* Die Versumpfung bei der Landgewinnung aus Marschlandschaften galt allgemein als Resultat zu schnell vorangetriebener Kanalisierung, vgl. *West-östlicher Divan*, S. 234 f.

11566 *auf der neusten Erde:* Auch hier überbietet Faust den biblischen Gott, der nur weissagen ließ: »Denn siehe, ich will einen neuen Himmel und eine neue Erde schaffen, dass man der vorigen nicht mehr gedenken wird noch sie zu Herzen nehmen« (Jes. 65,17; vgl. 2. Petr. 3,13; Offb. 21,1).

11567 *Gleich angesiedelt:* wahrscheinlich Wiederholung des »sogleich« V. 11566.

11571 *nascht:* Brocken herausreißt und den Damm zu brechen droht.

11572 *Gemeindrang:* könnte den freiwilligen Einsatz für die Gemeinschaftsprobleme bedeuten, ist aber als Beschönigung der alle betreffenden Notlage zu lesen.

11579 f. *möcht ich sehn, / Auf freyem Grund mit freyem Volke stehn:* Faust hat seine Blindheit schon bemerkt (vgl. BA zu V. 11539); dass das fronende Volk nicht frei und dass der Boden nicht frei ist, den es für ihn gewinnt (vgl. V. 11540 f.), weiß er. Er spricht also bewusst Dinge aus, die erst mit einer radikalen Veränderung, der Schaffung eines neuen Himmels und einer neuen Erde, der Metamorphose seiner selbst (s. Anm. zu V. 11540–43), eintreten können. Diese radikal kontrafaktische Vorstellung ist die Basis für sein Vorgefühl des schönen Augenblicks, der dann verweilen sollte, wenn er je einträte. Zur Größe Fausts als tragischer Quintessenz des neuzeitlichen Menschen gehören erhabenes Wollen, ungeheure Schuld und beider kontrafaktische Interpretation.

11581 f. *Zum Augenblicke … schön!:* Einlösung der bei der Wette vereinbarten Formel (V. 1699 f.), dem Buchstaben, wenn auch nicht dem Geiste nach. Gemeint war seinerzeit der Wunsch, den jetzt gegebenen Augenblick zu perpetuieren; die Formulierung ließ aber die Lesung zu, es könnte auch irgendein zukünftiger oder gar hypothetisch imaginierter Augenblick angesprochen werden. Diese Uneindeutigkeit des Buchstabens eröffnet jetzt die Möglichkeit für Mephistopheles, die Wette als eingelöst zu betrachten und Faust »in Fesseln« zu schlagen (V. 1701); sie eröffnet für Faust die Möglichkeit, durch Äußerung der Formel dem Mephistopheles den Anlass zu geben, die Wette für gewonnen zu halten. Über die Lesungen dieses Todes vgl. den Akt- und den Szenenkommentar.

11584 *Aeonen:* endlose Zeiträume, Weltalter. Anspielung auf V. 1695: »Daß ich mir selbst gefallen mag«.

11586 *Genieß ich jetzt:* Anspielung auf V. 1696: »Kannst du mich mit Genuß betriegen«; wie Faust sich in V. 11584 selbst belügt, so betrügt er sich auch hier selbst oder spielt es vor. Auch in diesem Sinne ist die Wettbedingung nicht eingelöst. Im Blick auf die Beziehung zu Hiob zeigt sich: So wie Faust als ›moderner Hiob‹ die Wette selbst (mit sich) abschließt, so beendet er sie auch selbst (s. Anm. zu V. 11589 f.), wie ja ganz parallel auch die Wette des *Prologs im Himmel* in *Grablegung* beendet wird.

11588 *buhlt er fort:* Mephistopheles anerkennt den rastlos wirkenden und strebenden Eros bei Faust (vgl. V. 1742 f.), auch dessen Rastlosigkeit als bis zu diesem Moment eingehaltene Wettbedingung (umso weniger dürfte er die Wette für gewonnen halten!); zugleich anerkennt er das Kriterium der Erlösbarkeit Fausts (V. 11936 f.).

11589 f. *Den letzten … fest zu halten:* Das Mitleid mit dem »Armen« ist natürlich ironisch; Mephistopheles meint, Faust habe sich nicht einmal um einer handfesten Gestalt, sondern um einer leeren Illusion willen von seinem rastlosen »Buhlen« abbringen lassen. Wenn erlösbar ist, wer sich immer bemüht, wenn Faust erlöst wird, muss nach der Auffassung des Himmels auch der letzte Augenblick ein rastlos buhlender gewesen sein, nicht ein beruhigtes Sichzurücklegen aufs Faulbett (vgl. V. 1692). In der Tat strebte Faust nach einer neuen Gesellschaft auf neuster Erde, antizipierte eine zukünftige Weltgestalt und genoss das Antizipieren als nicht schönen, sondern »höchsten Augenblick«. Mit dieser Reflexivität, der Umwendung des Strebens vom Streben nach einem Gegenstand oder Zustand zum Streben nach der Erhaltung des Strebens selbst, wird das Streben zum reinen Genuss der Entelechie, des Eros, jener göttlichen Kraft, die sich als Alles in Allem auch im Streben Fausts geäußert hat. Damit ist Fausts Leben als zeitliches irrendes Streben zu Ende gekommen; sein letzter Irrtum, die Illusion neuer Menschen auf neuster Erde, kann korrigiert werden: er selber ist »der Neue« (V. 12085). Mephistopheles, für den der Eros nur eine existenzbedrohende Versuchung ist, kann das nicht fassen: Faust hat sich ins Freie gekämpft.

11592 *Die Zeit wird Herr:* Anspielung auf V. 1706.

11593 f. *Die Uhr … es ist vollbracht:* Anspielung auf V. 1705 f. und Joh. 19,30. Ob Mephistopheles sich selbst oder Faust als Kontrafaktur von Jesus betrachtet, ist unklar. Der Chor, indem er ihn gewissermaßen mit dem Wortlaut der Wettsituation »Es ist vorbei« korrigiert (vgl. V. 1706), bezieht die Äußerung auf Faust. Zur echten Parodie wird sie aber, wenn Mephistopheles sie auf sein »Schaffen« (V. 11598, vgl. V. 343) bezieht, das nicht auf die Erlösung, sondern auf die Einteufelung der in Faust repräsentierten Menschheit gerichtet war.

11597 *Vorbey … Einerley:* »vorbey« bedeutet das Vergangensein eines Zustands in der Gegenwart, mithin die Behauptung, dass dieser Zustand ›etwas‹ war und jetzt ein neuer Zustand gegenwärtig ist. Für den Nihilisten Mephistopheles gilt aber weder, dass jetzt ›etwas‹ ist, noch dass vorhin ›etwas‹ war. Deshalb versucht er es mit der Behauptung, Vorbeisein und Nichtsein seien identisch, muss aber wieder Abstriche machen: »Es ist so gut als wär es nicht gewesen« (V. 11601). Denn mindestens der Kreislauf des Schaffens und Zerstörens besteht, und selbst wenn er nicht mehr umliefe, so wäre er »vorbey«, d. h. ›etwas‹ gewesen. »Und immer zirkulirt ein neues, frisches Blut. / So geht es fort, man möchte rasend werden!« (V. 1372 f.) – der Nihilist kann dem Seienden allenfalls den Wert, nicht aber die Existenz absprechen.

Grablegung

Die Szene hat folgenden Aufbau: (1) Das Grab als Ort, wo der Leichnam als Erde seine Schuld an der Erde abträgt. Das Totengräberlied nach *Hamlet* (s. LGF 10) schafft Kontinuität zur vorhergehenden Szene. (2) V. 11612 ff.: Mephistopheles bietet den Höllenrachen (Abb. 24 rechts oben) und die Teufel aus Gemälden des Camposanto in Pisa auf (Abb. 23), um die Seele Fausts zu fangen.

Abb. 23 Francesco Traini (oder Buonamico Buffalmacco): Triumph des Todes. Fresko in Camposanto di Pisa (nach dem Kupferstich von Lasinio, Ausschnitt) Szenische Vorstellung zu *Grablegung*

XIV

LE TRIOMPHE DE LA MORT

Giovanni degli Alessandri

delle belle Arti &c. &c. &c

(3) V. 11676 ff.: Rosenstreuende Engel beginnen mit den Teufeln einen Kampf (wie Abb. 23). Die Rosen brennen und verbreiten Liebe, »fremde Schmeichelglut«; der Kampf wird also auf physischer (vgl. 1. Partie) und psychischer Ebene (2. Partie) geführt. (4) V. 11745 ff.: Homosexueller Angriff auf Mephistopheles, der in ihm eine liebende Seele keimen und ihn erlösbar erscheinen lässt: Möglichkeit auch der Wiederbringung des Teufels durch die alldurchdringende Liebe. (5) V. 11801 ff.: Selbstbesinnung des Teufels, der seine Identität als negatives Prinzip wahren will. (6) V. 11817 ff.: Die Engel entführen listig Fausts Unsterbliches als liebende Engel, die teuflische Methoden anwenden, um den verliebten Teufel um seinen beanspruchten Besitz zu bringen: gesteigerte Verbindung der 4. und 5. Partie. (7) V. 11831a–i ff.: Unter Hinzunahme der siebten, offenbar in der Handschrift vergessenen Engelstrophe verbindet diese 7. Partie den Kampf der ersten und das Erlösungsangebot der Liebe in der zweiten Triade in gesteigerter Verbindung. Die Engel singen bereits von Gnade und Schonung, während Mephistopheles vergeblich den Herrn sucht, um sein sauer »erworbenes Recht« einzuklagen. Aber so, wie man beim Verhältnis von Seele und Leichnam auf »Herkömmliche Gewohnheit, altes Recht« nicht mehr vertrauen kann (V. 11621 f.), wie ihm jetzt sogar der Himmel absurde, seine stolze hassende Teufelsmoral untergrabende Liebes- und Erlösungsangebote macht, so geht es jetzt offenbar im Himmel nicht mehr um Recht und Unrecht, auf die die Wette im *Prolog im Himmel* zwischen zwei Männergottheiten eigentlich aufgebaut war, sondern es geht um Bereitschaft oder Ablehnung angesichts eines Angebots von Liebe, Gnade, Erlösung, wenn auch unter Verlust der Individualität und Selbstbestimmtheit. In diesem Sinne ist Mephistopheles dreifach geprellt: einmal wegen der listigen Entwendung der Seele, um die er sich so viel Mühe gegeben hat, zum andern wegen der Änderung der ›Geschäftsgrundlage‹ durch die neue Herrschaft im Himmel, zum dritten, weil er, der »endlich vorgeschritten« (V. 10067) zu sein meinte, nun als der von der geschichtlichen Entwicklung längst Überholte objektiv komisch wird.

Metrisch heben sich die Gesangsstrophen der Lemuren und der Engel, deren zweihebige Kurzverse an die Chöre des Osterspiels in *Nacht* erinnern, von Mephistos üblichem Madrigalvers ab. Szenisch und bühnentechnisch ist zu beachten, dass Goethe in den beiden Schlussszenen Gemälde aus der italienischen Renaissance (vgl. die Abb. 23–26) miteinander dialogieren lässt und den Figuren in ihrer hergebrachten Charakterisierung nur seine Stimme leiht. Dies ist die letzte, konsequenteste Verwendung von Gemälden bzw. Stichen im *Faust* (*Hexenküche*, *Walpurgisnacht*, Leda und der Schwan im 2., der Leviathan im 4. Akt), mit der sich der Dichter einerseits entlastet, denn: »Übrigens werden Sie zugeben, daß der Schluß, wo es mit der geretteten Seele nach oben geht, sehr schwer zu machen war, und daß ich, bei so übersinnlichen, kaum zu ahnenden Dingen, mich sehr leicht im Vagen hätte verlieren können, wenn ich nicht meinen poetischen Intentionen, durch die scharf umrissenen christlich-kirchlichen Figuren und Vorstellungen, eine wohltätig beschränkende Form und Festigkeit gegeben hätte« (zu Eckermann, 6. Juni 1831; GmG, S. 520). Andererseits ist der Dichter in seiner Erfindungskraft gelähmt und entmachtet von seiner eigenen Figur Faust, die ihm durch ihre lügenhafte Umerzählung des eigenen Lebenslaufs in *Mitternacht* die Zuständigkeit und Kompetenz entwunden hat, Weiteres über sie zu erzählen. Deshalb collagiert der Autor, der sich ohnehin angesichts des »Ungeheuren, Unfaßlichen« gern »hinter ein Bild flüchtete« (DW, S. 828 f.; 20. Buch), Gemälde, ihre Figuren und dargestellten Vorgänge, wie er auf der Inhaltsebene verschiedene orthodoxe und ketzerische Auffassungen christlicher Heilslehre collagiert. Das weist darauf hin, dass wie die Partikel aus verschiedenen Gemälden, so auch die Vorstellungen verschiedener Religionsauffassungen ein poetisches Bild des Vorgangs konstituieren, wie »es mit der geretteten Seele nach oben geht«, keinesfalls aber eine Überzeugung Goethes oder gar eine Belehrung über das Leben nach dem Tode formulieren, wäre doch der mehrfache Betrug des Himmels, der Wechsel vom Herrn zur Herrscherin, die Änderung der Beurteilungskriterien vom »rechten Weg« (V. 329) zum ständigen strebenden Bemühen (V. 11936 f.) nicht gerade eine Empfehlung; die Komisierung nicht nur des geprellten Teufels, sondern auch der poposchwenkenden Engel und des in »erster Jugendkraft« wieder dem ehemaligen Gretchen nachsteigenden Unsterblichen Faustens sorgen für ein heiteres, keineswegs dogmatisch ernstes Ende.

11604–11 *Wer hat das Haus … so viele:* Die erste Strophe ist wieder die Bearbeitung einer Strophe des Totengräberlieds, der dritten und letzten, in Shakespeares *Hamlet* V,1. – Das »hänfne Gewand« ist das billige, aus Hanf gewobene Totenhemd; »dumpf« ist empfindungs- und leblos; die »Gläubiger« sind die Würmer und Maden, die den Leib als bloß von der Erde Geborgtes wieder zurückverwandeln (s. Anm. zu V. 11540–43).

11613 *Titel:* Auf- oder Überschrift eines Buchs oder einer Urkunde, hier metonymisch für diese selbst (heute noch in Verlag und Buchhandel üblich). Gemeint ist der mit Fausts Blut unterschriebene Pakt (V. 1737), den Mephistopheles in seinem Verständnis für eingelöst hält durch die Äußerung der Wettformel (s. Anm. zu V. 1699 f.).

11614 *hat man jetzt so viele Mittel:* Hinweis auf die veränderte Situation im

Himmel (Göttin statt Gott), die sich Mephistopheles zumindest in der veränderten Vollzugspraxis nach dem Tode, vielleicht auch schon in der veränderten Rechtsauffassung gezeigt hat. Im Falle Fausts fürchtet er trotz seines für ihn eindeutigen Rechtsanspruchs auf die Seele ein Manöver, sie ihm »zu entziehn«, was zu seiner Beschämung auch eintritt. Wieder ein klarer Hinweis auf die Geschichtlichkeit der Himmelsherrschaft, die nicht nur Mephistos, sondern auch »our sense of the Lord's unerring justice« (Hohlfeld 1921, S. 522) empfindlich erschüttern muss.

11616 *Auf altem Wege stößt man an:* Fausts Seele nämlich, wie es sich gehörte, mit Blitz, Donner, Rauchdampf und Gestank zu holen, wäre heute anstößig; für die neuen Wege braucht man Beziehungen und Empfehlungen.

11626 *Nun zaudert sie:* Im 18. Jh. kamen immer mehr Fälle von Scheintod und Begräbnis lebender Personen in die Diskussion und bewirkten in vielen Städten die Einrichtung von Leichenhäusern.

11628 *Die Elemente die sich hassen:* Chemische Prozesse wurden häufig, von der alchimistischen Metaphorik inspiriert, mit affektiven Beziehungen analog gesetzt (vgl. den GoetheschenTitel *Wahlverwandtschaften*). Da es beim Leben auf »Mischung« ankam (V. 6850), wurde Verwesung als Entmischung affektiv verbundener oder einander abstoßender Elemente verstanden.

BA vor 11636 *flügelmännische:* Der Flügelmann, gewöhnlich der längste Soldat, stand außen; nach ihm hatten sich beim Antreten und Exerzieren alle zu richten. Hier wird also ein militärisches Treffen vorbereitet.

11637 *Herrn vom graden … krummen Horne:* Die Teufelsbeschreibungen im folgenden nach dem *Trionfo della morte* aus dem Camposanto in Pisa (s. Abb. 23).

11641 *Nach Standsgebühr:* Während früher vor dem Tod alle gleich waren und in der Hölle nur nach Sünden sortiert wurden (vgl. z. B. Dantes *Inferno*), ist dort jetzt eine der Restauration entsprechende Einteilung nach gesellschaftlichen Ständen, Schichten, Klassen vorgenommen worden.

11647 *Flammenstadt:* Dante-Anspielung (*Inferno* VIII,68–75).

11655 *Sie haltens doch für Lug und Trug und Traum:* zweifach lesbar: (1) Wenn man die Sünder nicht direkt damit schreckt, glauben sie es nicht. (2) Auch wenn man die Sünder schon erschreckt hat, meinen sie, die Schreckensvorstellung sei doch nur »Lug und Trug und Traum«. Mephistopheles kippt dauernd in die Resignation, als mittelalterlicher Teufel mit seinen Genossen überflüssig zu werden. Man darf nicht vergessen, dass er sich mittlerweile bis zum Flottenkapitän und Bau-Capo in die Gegenwart vorgearbeitet hat und jetzt durch die Vorstellungen der alten Gemälde wieder in das »nordische Phantom« (V. 2497) zurückgeworfen wird. Auch was ihm im folgenden geschieht, ist Schicksal des gemalten mittelalterlichen Teufels, nicht des modernen Bösen.

11660 *Psyche mit den Flügeln:* Allegorie der Seele, von Apuleius (um 125 – um 170 n. Chr.) in dem berühmten Märchen *Amor und Psyche* verwendet. Vgl. auch Anm. zu V. 11981–86.

11662 *Stempel:* Brandzeichen (vgl. Offb. 16,2; 19,20).

11665 *Schläuche:* dick wie gefüllte Weinschläuche (vgl. V. 10038).

11670 *Firlefanze:* seit Luther ›Narren‹. In seiner Übersetzung von Dantes *Inferno* (1824) verwendet Karl Streckfuß »Firlefanz« als Teufelsname.

11674 f. *im alten Haus … Genie:* der Leib als Haus der Seele; zu »Genie« vgl. V. 3540. Da also Mephistopheles Faust ironisch als Genie anerkennt, müssen diese zur Luftüberwachung eingeteilten Teufel besonders aufpassen.

BA vor 11676 *Glorie von oben, rechts:* »Glorie« ist die himmlische Herrlichkeit, meist als intensive, auch bunte (vgl. V. 4721) Lichterscheinung gedacht (vgl. Dante, *Paradiso* I,1). Im Camposanto von Pisa kommen auf dem Fresko *Trionfo della morte* die rettenden Engel von oben rechts; rechts davon befindet sich auch das Fresko (Abb. 24) mit dem Jüngsten Gericht, wo Christus und Maria als Weltenrichter thronen. Noch weiter rechts ist die Hölle mit dem Höllenrachen. Vorläufig hält sich der Blick weiter im *Trionfo della morte* auf (Abb. 23). Die sieben Engelsgesänge (mit der Strophe V. 11831a–i) machen das Zusammenwirken der Kräfte von oben und von unten zur Rettung von Natur und Geist in einer ›Schöpfungshieroglyphe‹ deutlich. Diese Schöpfungs- und Erlösungslehre kommt ohne christliche Dogmatik aus – selbst ein Begriff wie »Gnade« ist ja als großmütige Schonung eines Besiegten oder eines Übeltäters außerhalb der christlichen Lehre gebildet worden und erhalten geblieben. Zentrale Begriffe sind »Leben«, »Liebe«, »Geist«, und zwar auch im naturhaften Sinne als vegetatives Leben, als Glut, als Luft und Äther. Der Geist, das reflexiv Trennende und Vereinigende, entsteht wie die Liebe, das gefühlsmäßig Trennende und Vereinigende, aus dem mit sich spielenden Leben, dem zuzustreben gut und wahr, dem feindlich zu sein böse ist; so kann auch das Einzelne sich selbst verdammen und sich selbst erlösen. Von den Engeln, den Boten, gesprochen, ist dies ein Bezug auf die Engelsbotschaft des *Prologs im Himmel* und zugleich ein neues Evangelium im Namen der herrlichen Mutter und Göttin, die nun im Himmel herrscht.

11676 f. *Gesandte, / Himmelsverwandte:* griech. *ángelos* heißt zunächst ›Bote‹; die Engel sind Angehörige, Verwandte des Himmels.

Abb. 24 Francesco Traini (oder Buonamico Buffalmacco): Jüngstes Gericht. Fresko im Camposanto di Pisa (nach dem Kupferstich von Lasinio)
Szenische Vorstellung zu *Grablegung* und *Bergschluchten*

LE JUGEMENT DERNIER ET L'ENFER

Console generale dell' Impero Francese in Etruria
Legione d'Onore

11685 *garstiges Geklimper:* Musizierende in der Gruppe im *Trionfo* unten rechts (Abb. 23).

11686 *mit unwillkommnem Tag:* dem Licht der Glorie.

11687 *bübisch-mädchenhafte:* unbestimmtes Geschlecht der Engel (vgl. V. 11782).

11691 *Das Schändlichste was wir erfunden:* offenbar die Musik; vermutet wird: der Gesang der Kastraten.

11693 *gleisnerisch:* heuchlerisch sich verstellend.

11696 *auch Teufel, doch verkappt:* So wie die Teufel verkappte ehemalige Engel sind, kämpfen die Engel jetzt mit teuflischen Methoden.

11703–05 *Zweiglein ... blühn:* orthographische Trennung von Nomen und Partizip wie in *H*: Zweiglein und Knospen sollen blühen – die Rosen, auf die sich die üblichen Komposita »Zweiglein beflügelte« beziehen, sind doch wohl aufgeblüht zu denken. Dreisilbige gleitende Reime wie in der Osterfeier am Ende von *Nacht*, zugleich thematische Klammer der Auferstehung.

11707 *Purpur und Grün:* vgl. Anm. zu V. 1071; erneute thematische Klammer.

11712 *Gauch:* s. Anm. zu V. 4976.

11716 *Püstriche:* Pusterich war ein feuerspeiender Gott der Niedersachsen.

11717 *Broden:* dicker, heißer Dunst (mhd. *brâdem*), der hier die fliegenden Rosen zunächst bleicht, dann in Brand setzt.

11730 *Herz wie es mag:* dem Herzen, soviel es mag und vermag.

11738 f. *Und stürzen ärschlings ... Bad!:* mit dem Hintern voraus. – Vor dem Baden wurde (wie vor Mahlzeiten) ein Segen gesprochen.

11741–44 *Irrlichter ... im Nacken:* Eine Anfang des 19. Jh.s vertretene Meinung war, Irrlichter seien nicht Sumpfgas, sondern eine gallertige, froschlaichartige Masse.

11745 *euch:* Angeredet ist jedes erlösungswillige Wesen; hier setzt die Funktion der trennenden, reinigenden, abscheidenden Liebe ein (vgl. V. 11962–65), denn »herein« in den Himmel dürfen nur Liebende. Auch Mephistopheles ist angesprochen, wird im folgenden mit Liebe in Versuchung geführt und gerät zunächst von innen heraus in Bedrängnis. Verliebte Teufel kommen auch in manichäischen Vorstellungen von der Himmelfahrt vor (vgl. Bayer 1978, S. 177 f., 218).

11764 *darf:* kann.

11767 *Wetterbuben:* bewundernd-überwältigter Ausruf.

11775 *heimlich-kätzchenhaft:* vgl. V. 3655–57.

11779 *wenn du kannst so bleib:* vgl. V. 7142–45.

11783 *Abenteuer:* Wie V. 8483 wird die Herrschaft des Eros mit diesem an die romantischen Ritterromane der Renaissance erinnernden Begriff bezeichnet.

11800 *Racker:* ursprünglich ›Henkersknecht, Schinder‹, verliebte Beschimpfung wie V. 11767.

11803–08 *Die sich verdammen … Selig zu seyn:* Verkündung der ›neuen Religion‹, die jetzt im Himmel herrscht: Sowohl die Verdammung wie die Erlösung beruhen auf Entscheidung und Leistung des individuellen Willens und bedürfen keiner instrumentalen, vermittelnden oder helfenden Instanzen mehr wie des richtenden Gottes, des verführenden und strafenden Teufels oder des erlösenden Christus, vgl. schon Anm. zu V. 740 f. Der Begriff »Allverein« erinnert an die häretische Lehre des Kirchenlehrers Origenes (185–254), der die *apokatástasis pánton*, die Wiederherstellung der gesamten Schöpfung einschließlich des Teufels, gelehrt hatte. Würde der Teufel sich darauf einlassen, hätte er keine Identität und Funktion mehr im theologischen System, in der Weltherrschaft und dem ganzen kunstvoll aufgebauten Apparat der Männerreligion. So hält er wie am »blutgeschriebnen Titel« auch am obsolet gewordenen Glauben an den alten Gott und den alten Teufel fest und wird dadurch über die burlesken Aspekte der Szene hinaus ›objektiv komisch‹, d. h. von der geschichtlichen Entwicklung des Himmels so weit überholt wie schon bei dem gegen den alttestamentlichen Gott gerichteten Deich- und Leviathan-Projekt.

11809 *hiobsartig:* In Hiob 2,7 schlägt der Satan den Frommen, um ihn zu versuchen, mit einer ekelhaften Hautkrankheit. Bei Hiob sind es »Schwären«, möglicherweise hat Goethe bei den »Beulen« an Syphilisknoten gedacht, ein durch die »Liebe« verbreitetes Übel. Diese Episode modernisiert das spätmittelalterliche Motiv vom Teufel, der sich nach dem Anblick Gottes sehnt: Hier hat er die »Glorie« gesehen, die Liebe gespürt, und befreit sich unter Qualen von der Versuchung, seine Identität aufzugeben.

BA nach 11824 *Faustens Unsterbliches:* Es scheint notwendig, darauf hinzuweisen, dass es nicht ›den unsterblichen Faust‹ heißt, sondern dass das gemeint ist, was an der bisher existierenden Individualität namens »Faust« unsterblich ist. Die Lehre von der Wiederherstellung, mit der der Teufel versucht wird (vgl. Anm. zu V. 11803–08), gilt in der von Origenes gedachten Form der Wiederherstellung des ursprünglich vollkommenen Zustandes der Schöpfung auch nicht für Fausts Unsterbliches, denn es geht in diesen Schlussszenen nicht nur um Reinigung und Abstreifung wie bei Origenes, sondern um rasantes, zunächst nur durch das Festhängen am »Erdenrest«

(vgl. Anm. zu V. 11954 ff.) gehemmtes Wachstum durch rastlose Tätigkeit, Lernen, Lehren, Ahnen, Folgen.

11831 *pfiffig weggepascht:* trickreich weggeschmuggelt. Der ›geprellte Teufel‹, der hier hohnvoll ausgestellt wird, geht auf die Lehre von der *pia fraus*, dem frommen Betrug, zurück, nach der Gott den Satan täuscht, indem er ihm für alle toten Seelen in der Hölle den einen Jesus von Nazareth verspricht; den in Jesus verborgenen Christus kann der Teufel aber nicht halten und verliert somit alles.

11831a–i ENGEL ... *empor:* Diese siebte Engelstrophe findet sich in der Reinschrift H^2 an derselben Stelle, in einer anderen vor V. 11825. Der inhaltliche Anschluss rechtfertigt die Aufnahme in den Text. – Die Buchstaben zur Zählung und die Sprecherangabe bei V. 11832 wurden hinzugefügt; wegen der Kompatibilität der Zählung mit früheren Ausgaben, Kommentaren, Forschungsliteratur wurde die Zählung mit Buchstaben durchgeführt.

11832 *Bey wem soll ich mich nun beklagen?:* Ein Schema-Entwurf zum 5. Akt sah noch vor: »Meph. ab zur Appellation. / Da Capo. / Himmel / Christus Mutter u Evangelisten u alle Heiligen / Gericht über Faust« (B 752). Drei zentrale Elemente sind in der Endfassung nicht mehr verwirklicht: die »Appellation« (Berufung) wegen der unrechtmäßigen Entwendung der Seele, Christus als Weltenrichter (gegen Abb. 24) und »Gericht über Faust«. Pointiert kann man sagen: Faust hat alles überholt und wird nach neuem Recht beurteilt; von Herr und Satan des *Prologs im Himmel* ist nichts mehr zu hören.

11836 *mißgehandelt:* ungeschickt gehandelt, gegen Norm und Vorschrift verstoßen.

11840 *mit diesem kindisch-tollen Ding:* mit der Versuchung des modernen Menschen Faust. Es war also eine Tollheit des Herrn und des Teufels schon im *Prolog im Himmel*, die ganze Unternehmung zu beginnen; sie hat sich als Beschämung beider Herren herausgestellt; umso größer ist die Narrheit des Teufels, sich nach all der Mühe am Schluss noch übertölpeln zu lassen.

Bergschluchten

Das Szenenbild wird erneut durch ein Fresko aus dem Camposanto in Pisa gestiftet (Abb. 25), auf dem Eremiten in den Klüften, Höhlen und Schluchten einer Gebirgsgegend zu sehen sind; Goethe lässt, indem er ein Bild der Muttergottes mit Büßerinnen (Abb. 26) und vielleicht zusätzlich noch einen Stich des apokalyptischen Sonnenweibes (Abb. 27) mit dem Eremitenbild collagiert, wiederum die Gemälde miteinander dialogieren. Wie er in diesem Sinne keine eigene Bildvorstellung über das Leben der Seele nach dem Tod einbringt, so sind auch die von den Sprechern geäußerten Ansichten in vielen Fällen Zitat: Der Autor verbirgt sich hinter einer Bild- und Zitatcollage; sein authentisches Wort ist »Finis« (vgl. Anm. zu BA nach V. 12111) auch mit der tragischen Grenze der Autorschaft.

Die Szene ist folgendermaßen aufgebaut: (1) In wilder Umgebung heißer Liebeskern bei Pater ecstaticus und Landschaft. (2) V. 11866 f.: Der Pater profundus beschreibt die Natur als von Liebe gebildet und Naturkräfte als Agenten der Liebe, die sein erkaltetes Gemüt erwärmen sollen. (3) V. 11890 ff.: Der Pater seraphicus belehrt liebend (2. Partie) die seligen Knaben über die dynamische Außenwelt (1. Partie) und weist sie zur Kräftigung in höhere Regionen. (4) V. 11934 ff.: Fausts Unsterbliches wird emporgetragen und seine Erlösbarkeit wegen unablässigen strebenden Bemühens und von oben teilnehmender Liebe von allen Engeln verkündet. Mit der Beseitigung des Erdenrestes wird an der Entelechie der Wunsch des Pater ecstaticus erfüllt, mit dem Zusammenwirken der Engelgruppen die Lehre des Pater profundus, mit der rasch gewachsenen Geisteskraft der im Sinne der Liebe tätigen Knaben wirkt sich die Belehrung durch den Pater seraphicus aus: Die Elemente der drei ersten Partien sind hier zusammengefasst und mit der Idee der Erlösbarkeit auf die Reflexionsebene gehoben. (5) V. 11989 ff.: Dem von unten emporstrebenden geistigen Eros begegnet mit der Himmelskönigin und den Büßerinnen von oben der sinnliche, die Geschlechter verbindende Eros. (6) V. 12032 ff.: Die Büßerinnen erbitten Gnade für die Büßerin, die früher Gretchen hieß. Diese bittet darum, den sich schon erfrischt regenden Neuen belehren zu dürfen. Geistiger (4. Partie) und sinnlicher (5. Partie) Eros wirken zusammen: Liebe zwischen der Neuen und dem Neuen; strebende Steigerung der Neuen, um den Neuen nachzuziehen; Streben des Neuen, aber in ahnender Nachfolge. Neue Qualität des Strebens: Es wird in den »Drang« des Eros zurückgenommen, Erkenntnis durch Liebe begrenzt wie in der wechselseitigen Liebe zwischen dem Herrn und den »echten Göttersöhnen« (vgl. V. 346–349). (7) V. 12096 ff.: Den in die Zukunft, die Umartung und Fortdauer gerichteten Bitten des Doctor Marianus antwortet der Chorus mysticus mit seinem entschiedenen Hier und Jetzt: Die Umartung, die Erhebung in eine andere Wirklichkeit, das Durchscheinen dieser Wirklichkeit durch das Hiesige, das Tun und Gezogenwerden geschehen immer und jetzt und erheben den Augenblick dieses Gesanges zu einem Ewigkeitsaugenblick, andererseits lassen sie wie den auf dem Angesicht anbetenden Doctor Marianus alles Hiesige als Gleichnis, als Unzulängliches, als an ihre Grenze gekommene Beschreibung zurück. Das Wort »Finis« heißt ja Ende und Grenze und markiert damit den Punkt, wo auch die Autorschaft sich in ihrer tragischen Begrenzung im Beschreiben des Wahren reflektiert: Das ist dieselbe anthropologische Art von Begrenzung, die Faust ständig zu durchbrechen gesucht hatte und an der er tragisch gescheitert war. Diese siebte Partie fasst die passive und die aktive Steigerung aus der ersten und der zweiten Triade, das bildende Wachsen und das enthüllte Hervortreten, in den Begriffen der Umartung und dem Begriff des Ereignisses (als Sich-Zeigen und Ins-Wesen-Kommen, s. Anm. zu V. 12106 f.) steigernd zusammen; die Triade der objektiv schaffenden Liebe und die Triade der subjektiven geistigen, sinnlichen und wechselseitig-dialektischen Liebe werden in einem Begriff von Eros steigernd zusammengefasst, der nicht nur »alles begonnen« hat (V. 8479), sondern der ewig alles ist und wird – Blick in Blick, Rettung und Dank, Reue und Seligkeit, aktive Selbstverwandlung (Umartung) und passives Geschick, um nur die dynamischen Polaritäten in den Versen 12096–99 zu benennen. Scheint in der Schlusszeile das Weibliche durch die Nennung ein Übergewicht zu erhalten, so weckt und motiviert sein Ziehen das Männliche in »uns«, die von unten »hinan« streben – um Missverständnisse zu vermeiden: Da alle Leserinnen und Leser zu »uns« gehören, wird in allen wie im ganzen Pan-Theos das Ewig-Männliche geweckt und orientiert, und es ist das Ewig-Weibliche in »uns« und im ganzen Pan-Theos, das den Eros weckt und auf sich richtet.

Metrisch ist die Szene ungemein reichhaltig gegliedert. Man könnte sie sich vollständig gesungen vorstellen, wobei die mehrfach genannten Chöre mit Sologesang abwechseln. Wichtig sind die metrischen Erinnerungen an die Erzengelstrophen des *Prologs im Himmel* (V. 11866–89) und die Kennungs-Strophe der Margarete aus *Zwinger* (V. 12069–75), die ihre radikale Wandlung anzeigt; zum Engel wird sie gesteigert durch die Verwendung des Erzengel-Metrums (V. 12084–93), worin ihr sogar die Mater gloriosa folgt und sie sich damit wie mit ihrem »Komm!« an die Seite stellt.

BA vor 11844 HEILIGE ANACHORETEN: Eremiten, heilige, allein lebende und Gott dienende Menschen. Als Bildanregung wird die Thebais-Darstellung aus dem Camposanto in Pisa gesehen (s. Abb. 25); sehr wichtig ist aber Wilhelm von Humboldts Beschreibung des Montserrat bei Barcelona, die er Goethe als eine Art Veranschaulichung des fragmentarischen Epos *Die Geheimnisse* (AG 3, S. 273–283) schickte; »Er schildert den hohen Berg mit Felsen und Waldungen, in denen verstreut Einsiedler wohnen, die zwar voneinander unabhängig sind, aber alle im gleichen Sinne leben« (HA 2, S. 595).

11850 *Löwen:* An zwei Stellen der Thebais-Darstellung ist ein Löwenpaar zu sehen. Der hl. Hieronymus wird ebenfalls traditionell mit einem oder mehreren Löwen dargestellt.

11854 PATER EXTATICUS: Die Bezeichnungen der Patres beziehen sich zunächst auf ihre Stufe in dem »nach oben« gerichteten Gang der Szene, wobei der ›verzückte‹ erste Pater durch die Gabe der Levitation, des schwerelosen Abhebens vom Boden im intensivsten Gebet, ausgezeichnet ist und damit initial diese Tendenz der ganzen Szene angibt.

11866 PATER PROFUNDUS: in tiefer Region, aus der Tiefe rufend (V. 11884–89) im Sinne des *De profundis clamo ad te, Domine* (»Aus der Tiefe rufe ich, Herr, zu dir«, Ps. 129,1); der Beiname »profundus« wurde aber auch verschiedenen Heiligen und Frommen wegen ihrer Fähigkeit zur mystischen Versenkung gegeben.

11885–87 *Wo sich der Geist ... Kettenschmerz:* Der Geist verquält sich, an die stumpfen Sinne wie an Ketten scharf angeschlossen: der Leib als Kerker der Seele.

11890 PATER SERAPHICUS: Zum Engelsrang der Seraphim s. Anm. zu BA vor V. 243. Die mittlere Region, in der der Pater seraphicus wohnt, ist auch die der Mittlerschaft z. B. für die erdblinden Knaben, denen er sein Organ leiht, aber auch im Sinne der belehrenden Liebe, die ihn auszeichnet. Die Knaben im Innern des Morgenwölkchens zeigen wieder wie bei Gretchen (V. 10055–58) und bei Fausts Unsterblichem (V. 11831 h/i) aufsteigende Wolken als Hüllen der vom irdischen Leib befreiten Entelechien.

11894 CHOR SELIGER KNABEN: Der Verbleib der gleich nach der Geburt verstorbenen Kindlein, getauft oder ungetauft, sündelos, aber auch ohne gute Werke, war für die Kirchenlehrer ein schwerwiegendes Problem. Dante, *Paradiso* XXXII,40–87, lässt sie um den Thron Gottes schweben und singen; bei Emanuel Swedenborg (1688–1772) wird ihre Lernbegierigkeit und Zunahme an Vollkommenheit dargelegt (vgl. Witkowski, Kommentar z. St., S. 407).

11898 *Mitternachts Geborne:* »Die Kinder, die um Mitternacht geboren werden, sollen nach dem Volksglauben besondere geheimnisvolle Eigenschaften haben« (Witkowski, Kommentar z. St., S. 407).

11906 f. *Steigt ... Organ:* Engel und Geister brauchen, da ihre Augen an überirdisches Licht gewöhnt sind, menschliche Augen als ›Nachtsichtgeräte‹.

11911 *abestürzt:* herabstürzt.

11920 f. *Wie ... Gottes Gegenwart verstärkt:* in dem der ewigen »Weise« und Ordnung entsprechenden Maße, in dem die Gegenwart Gottes »Ewigen

Abb. 25 Francesco Traini (oder Buonamico Buffalmacco): Eremiten in der Thebais. Fresko im Camposanto di Pisa (nach Lasinios Kupferstich) Szenische Vorstellung zu *Bergschluchten*

LES ANACHORETES DANS LA THEBAIDE

Cav.re dell'Ordine di Danebroque, Ciamberlano di S. M. Danese in Italia, Socio di diverse Accademie &c. &c. &c.

Firenze da Molini

Liebens Offenbarung« verstärkt, entfaltet und wachsen lässt. Dies ist in *Bergschluchten* die einzige Erwähnung Gottes (s. Anm. zu V. 11832 und 11932). Das heißt, dass Gott nicht als der Herr präsent ist; er hat die Herrschaft der Mater gloriosa übergeben. Er ist als ewige Liebe alles in allem und gegenwärtig, stärkend, nährend, wachstumsfördernd: es hindert nichts, ihn mit der von Faust gefühlten »ewigen Wonne« (V. 3191f.), mit dem »Flammen-Übermaß« »aus jenen ewigen Gründen« (V. 4707f.), mit dem »Eros der alles begonnen« (V. 8479) zu identifizieren und zu erkennen, dass Faust ständig darauf hin orientiert war und in seinem Drang, seiner strebenden Bemühung daran teilhatte. Im Grunde hat Faust nicht auf den Herrn, aber auf diesen Gott gewettet.

11927 *Ringverein:* Vereinigung im singenden Kreis. Die Knaben sind jetzt schon gestaltet und aus ihrer Wolke herausgetreten.

11932 *Den ihr verehret:* unbestimmt, ob Faust gemeint ist, der sie belehren wird (V. 12082f.), oder ob Gott, über dessen Schaubarkeit nur als »Ewigen Liebens Offenbarung« V. 11924f. Auskunft gab. Die Nennung von Jesus ist konsequent vermieden, obwohl er in Abb. 26 als Knabe auf dem Arm der Gottesmutter oder in Abb. 24 im Jüngsten Gericht neben Maria thront. Während Gott als Offenbarung der ewigen Liebe denen, die reinen Herzens sind, anschaubar wird (Mt. 5,8) in allem, was ist, wird die herrliche Mutter als Herrscherin persönlich anschaubar (V. 12000).

11934–37 *Gerettet … erlösen:* Sicherlich beziehen die Engel die Rettung dieses »Gliedes« der Geisterwelt auf die Rettung der edlen Teufelsteile, die Mephistopheles V. 11813 erleichtert konstatieren konnte. Der Terminus »Glied« weist nun genau auf die Differenz der Vorgänge. Mephistopheles besitzt gerettete Teile, Faust ist Glied: Jener hat seine Identität bewahrt, dieser verliert sie; jener handelt, dieser wird zunächst getragen; jener hat noch alles, Haut (wenn auch verbeult), Stamm, Teile – von diesem wird nur das Unsterbliche, die Entelechie, getragen. Die zwei Szenen *Grablegung* und *Bergschluchten* stellen mithin eine ›verselbstende‹ und eine ›entselbstigende‹ Haltung zu dem als ewige Liebe sich offenbarenden Pan-Theos vor (vgl. die Kosmologie am Ende von Buch VIII von *Dichtung und Wahrheit*). – »Gerettet … vom Bösen« kann sich auf den Bösen, Mephistopheles, beziehen, dem die Engel diese Entelechie entwendet haben, oder auf das Böse, das Faust wenn nicht im moralischen Sinne mit sich herumschleppte, so doch zumindest in dem Sinne, dass er sich luziferisch zum Gott (zumindest zum Gott Hiobs) erhob (vgl. V. 11542f.) und sich mit dem selbstgeschaffenen Paradies, der »neusten Erde«, ein Äonen überdauerndes Denk-

Abb. 26 Benedetto (?) Caliari: Muttergottes mit Büßerinnen (Altarbild der Chiesa del Soccorso in Venedig). Bildvorstellung zu *Bergschluchten*

mal setzen wollte – im Grunde also den Verselbstungsweg Mephistos zu gehen sich anschickte. Auch dieser Selbstvergottung, sozusagen dem letzten Willen Fausts, entziehen ihn die Engel pfiffig und unterwerfen sein Unsterbliches einer dem eingeschlagenen Weg, endlich Gott zu werden, völlig entgegengesetzten Prozedur (vgl. schon Burdach 1932, S. 73 f.). Diese Rettung ist, von Faust her gesehen, sein letztes tragisches Scheitern, denn nun wird alles von ihm abgelöst, was »Faust« hieß, außer der Entelechie: »Die Griechen nannten Entelecheia ein Wesen, das immer in Funktion ist. – Die Funktion ist das Dasein, in Tätigkeit gedacht« (so Goethe in den *Maximen und Reflexionen*; HA 12, S. 371). Wie Mephistos objektiv tragische

Verselbstung komisch wird, so wird hier die objektiv erfreuliche Rettung durch Entselbstigung tragisch, denn so wie von Gretchen nur noch »eine Büßerin, sonst Gretchen genannt« bleibt (V. 12084), so bleibt gerade auch für sie, die sich für ihn einsetzt und ihn belehren will, nur noch »der Neue« (V. 12085). – Die Formel »Wer immer strebend sich bemüht / Den können wir erlösen« wurde in *H* zunächst nicht hervorgehoben, mit Bleistift wurde sie (wann? von wem?) in doppelte Anführungszeichen gesetzt, sog. gnomische Häkchen, mit denen in der Goethezeit Sentenzen und Formeln häufig hervorgehoben wurden. – Da man sogar »sich erlösen« kann (V. 11805 f.), hat »Erlösung« nicht den christlich-heilsgeschichtlichen Sinn eines uranfänglichen unaufhebbaren Sündenfalls, von dem nur der Tod und das Erlösungswerk des menschgewordenen Christus befreien können, sondern den neuplatonischen Sinn einer Abstreifung, Ablösung (s. Anm. zu V. 11981–86). Zu dem Verhältnis von Streben und Bemühung s. Anm. zu V. 317 und 328 f. Da das Irren als mit dem bewussten, gerichteten Streben notwendig verbundene Bedingung gesehen wird, lässt sich der Halbsatz verschieden auflösen: ›wer sich in seinem Streben immer bemüht‹ – das zielt auf die Entelechie als »Wesen, das immer in Funktion ist« (s. o.); ›wer immer [es ist, der] strebend sich bemüht‹ – auch der Teufel, der weiß Gott gestrebt hat, Faust zu versuchen, aber er muss wollen, d. h., die Erlösbarkeit ist eine ›Kann-Bestimmung‹ und die Erlösung kein automatischer Vorgang; ›wer sich bemüht, [wenn auch] immer strebend‹ – das zielt auf die Irrtumsproblematik des Strebens. Streben und Drang sowie die darin implizierte Mühe (vgl. V. 11407) fallen erst zusammen auf dem Punkt der Reflexivität, wo das Streben sich nur noch auf sich und den Drang als seine unabsehbar dauernde ontologische Bedingung richtet (s. Anm. zu V. 11589 f.). Alle diese Lesarten des Halbsatzes sind berechtigt und betonen nur jeweils einen Aspekt des komplexen Verhältnisses.

11938 f. *die Liebe … Theil genommen:* Denkbar ist die teilnehmende Bemühung der Büßerin Gretchen um Faust, aber auch die Teilnahme der Gottesliebe an Faust aufgrund seiner eigenen Teilnahme an ihr (s. Anm. zu V. 11920 f.): Da die Liebe alles in allem ist (und der Hass, die Verneinung des Mephistopheles eine Negation bis hin zum »reinen Nicht« ist, V. 11597), ist die Liebe, der Eros, das vom Drang getriebene Streben und die Liebesmühe nichts anderes als Liebe zu dieser Liebe und damit zugleich Liebe dieser Liebe zum Liebenden.

11954 f. *ein Erdenrest … peinlich:* Dass dieser Erdenrest an Fausts Unsterblichem hängt und es zur peinlichen Last macht, scheint auch für die Engel ungewöhnlich und weist auf die besondere Stärke dieser Entelechie. Vor allem ist es der Grund dafür, dass sie sich nicht sogleich wachsend, sich steigernd zeigt, sondern mit dem Rest irdischer Individualität wie von einem Kokon umhüllt und gefesselt ist und erst davon befreit werden muss.

11956 *Asbest:* unbrennbares Mineral, betont das Stoffliche des »Restes«.

11961 *trennte:* könnte trennen.

11964f. *Die ewige Liebe ... scheiden:* Zur unterscheidenden Liebe vgl. auch V. 11745–52.

11981–86 *Freudig ... umgeben:* Goethe verwendet die Allegorie von der Seidenraupe, die sich zur Verpuppung in den Kokon aus feinsten Fäden einspinnt, dessen »Flocken« die Knaben loslösen, um den Schmetterling zu befreien.

11989 DOCTOR MARIANUS: der besonders der Muttergottes zugewandte Kirchenlehrer. Im Mittelalter trug der hl. Bernhard von Clairvaux (1091–1153) diesen Beinamen.

11994 *Im Sternenkranze:* Die Muttergottes erscheint offenbar als Mondsichelmadonna, die auf einer Mondsichel stehend mit einem Sternenkranz abgebildet wird (s. Abb. 27). Diese Sonderform der Mariendarstellung entwickelte sich im Spätmittelalter nach Offb. 12,1: »Und es erschien ein großes Zeichen im Himmel: ein Weib, mit der Sonne bekleidet, und der Mond unter ihren Füßen und auf ihrem Haupt eine Krone von zwölf Sternen.« Sie gebiert den Weltregenten Christus; der Drache, der das Kind fressen will, wird vom Erzengel Michael und den Engeln besiegt und auf die Erde geworfen: »Weh aber denen, die auf Erden wohnen und auf dem Meer! denn der Teufel kommt zu euch hinab und hat einen großen Zorn und weiß, dass er wenig Zeit hat« (Offb. 12,2–12). Die Szene wird damit noch in die mit dem *Prolog im Himmel* angespielte kosmische Auseinandersetzung zwischen dem bejahenden und dem verneinenden Prinzip im Himmel und dann zwischen Himmel und Erde/Hölle gestellt. Das Bild der Mondsichelmadonna nähert die Muttergottes aber auch der Vorstellung der Großen Mutter Ischtar/Isis, die ebenfalls mit Sonne und Mondsichel abgebildet wurde; damit wird der Bezug zu den Müttern in ihren ›unteren‹ und ›oberen‹ Gestalten hergestellt (s. Anm. zu V. 6216). Die Vielfalt der hier collagierten Bilder und Bezüge zeigt, dass es sich um das Ewig-Weibliche hinter all diesen Gleichnissen handelt.

11995 *Himmelskönigin:* lat. *regina coeli* als Beiwort Mariens.

11997–12004 *Höchste Herrscherin ... entgegen träget:* Das Blau des ausgespannten Himmelszelts nimmt für den Doctor Marianus in der »sinnlich-sittlichen Wirkung« der Farbe die Schlusszeile des *Faust* vorweg: »Wie wir den hohen Himmel, die fernen Berge blau sehen, so scheint eine blaue Fläche auch vor uns zurückzuweichen. Wie wir einen angenehmen Gegenstand,

Abb. 27 Albrecht Dürer: Das Sonnenweib und der siebenköpfige Drache (Offb. 12). Bildvorstellung zur Mater gloriosa

der vor uns flieht, gern verfolgen, so sehen wir das Blaue gern an, nicht weil es auf uns dringt, sondern weil es uns nach sich zieht« (*Zur Farbenlehre*, § 780 f.; AG 16, S. 210).

12015 *Sind Büserinnen:* Hier geht die Bildvorstellung wieder in das Bild von der Madonna mit den reuigen Sünderinnen über (Abb. 26).

12028 f. *Wie entgleitet … Boden?:* wie leicht entgleitet bei schiefem, glattem Boden der Fuß dem festen Stand.

BA vor 12032 MATER GLORIOSA *schwebt einher:* die ›herrliche‹ Mutter; Goethe bildet die Bezeichnung als Gegenbegriff zur Mater dolorosa, der Schmerzensmutter, zu der Gretchen im Zwinger um Rettung fleht und deren neuer Erscheinung sie jetzt mit deutlichem Rückbezug ihrer Gesangsstrophe (V. 12069–75) ihr Glück meldet. »Gloria« ist aber auch die Herrlichkeit, die die wesentliche Offenbarungsform des Herrn für die Erzengel des *Prologs im Himmel* darstellte und die die Mutterfigur nun übernimmt; Herrlichkeit ist Offenbarung und Verhüllung, Machterscheinung und Geheimnis (vgl. V. 12000) zugleich (s. Anm. zu V. 250). Damit wird der apokalyptische Übergang in einen »neuen Himmel und eine neue Erde« (Offb. 21,1) bezeichnet, den Goethe in den Bildvorstellungen von *Grablegung* und *Bergschluchten* utopisch andeutet, so utopisch wie die neue Erde Fausts in seiner Schlussvision und durchaus parallel zu ihr. Die Utopie Goethes geht auf eine Religion nicht mehr des alttestamentlichen Herrn und des neutestamentlichen Vaters und erlösenden Sohnes, nicht mehr der Erbsünde, Sünden- und Strafvorstellung – auch die alten Teufel mit ihrem Höllenrachen haben ausgespielt –; die Utopie geht auf eine Natur-Religiosität, wie die Engel sie in *Grablegung* entfalten (s. Anm. zu BA vor V. 11676), in der das sich selbst wollende und liebende, organische und geistige Leben der zentrale göttliche Wert, das Böse die Lebensfeindlichkeit, der Hass, der Nihilismus, und das Gute die unablässige liebende Bemühung im Streben ist, wie fehlgeleitet dieser Eros auch manchmal wirken mag.

12037 MAGNA PECCATRIX: Die Geschichte von der großen Sünderin wird Lk. 7,36 f. erzählt. – Hier beginnt ein Gebetssatz, dessen Bitte erst V. 12065–68 formuliert ist; die mit »Bei …« eingeleiteten Halbsätze bringen Präzedenzfälle in Erinnerung, auf die sich die Bitte für Gretchen stützt.

12040 *Pharisäer-Hohnes:* Pharisäer werden im Neuen Testament oft als Heuchler angegriffen (vgl. z. B. Mt. 5,20).

12045 MULIER SAMARITANA: vgl. Joh. 4,5–30. Jesus sagt z. B. der Frau aus Samaria: »Wer von diesem Wasser trinkt, den wird wieder dürsten; wer aber von dem Wasser trinken wird, das ich ihm gebe, den wird ewiglich nicht dürsten; sondern das Wasser, das ich ihm geben werde, das wird in ihm ein Brunnen des Wassers werden, das in das ewige Licht quillt« (ebd. 4,13 f.).

12053 MARIA EGYPTICA: Diese Hure aus Alexandria wurde in Jerusalem, als sie die Grabeskirche betreten wollte, von unsichtbarer Hand zurückgestoßen, betete reuevoll zur Muttergottes und wurde wundersam in die Kirche versetzt, wo eine Stimme sie zur Buße als Einsiedlerin aufrief. Nach 48 Jahren in der Wüste starb sie und bat durch in den Sand geschriebene Worte den Mönch Socinius um Eucharistie und Begräbnis. Die *Acta Sanctorum*, wo unter dem 2. April die Legende der ägyptischen Maria erzählt wird (Bd. 4,1, Antwerpen 1675, S. 67–90), sind auch die Quelle für die Legende der hl. Margareta von Cortona, die dort noch als »büßend« (*poenitens*) aufgeführt wird, bevor sie 1728 heiliggesprochen wurde.

12067 *fehle:* einen Fehler mache.

12069–72 *Neige … meinem Glück:* Der Zusatz »sonst Gretchen genannt« ist von Goethe mit Bleistift eingefügt. Die Anspielung auf das Gebet in *Zwinger* (V. 3587–89) wäre deutlich genug gewesen, um die Sprecherin als Gretchen auszuweisen. Nun aber wird klargemacht, dass die Sprecherin nur ehemals so genannt wurde, also schon nicht mehr diese durch den Namen festgelegte Identität besitzt. Jetzt ist sie nur »eine der Büßenden« (*una poenitentum* – diese Form des Genitiv Plural war bis zum Ende des 18. Jh.s von den Grammatikern anerkannt).

12074 *Nicht mehr Getrübte:* s. Anm. zu V. 2 und 759–761.

12081 *Lebechören:* Chören der Lebenden – das Leben wird hier als Lobgesang gedeutet.

12097 *Alle reuig zarten:* alle, die die Reue zart, der Verwandlung und Umartung zugänglich gemacht hat. Wenn der Doctor Marianus auf dem Angesicht liegend anbetet, von Reue und Rettung spricht, so zeigt das, dass er hinter der Steigerung zurückbleibt, die die Mater gloriosa dem Neuen zumutet. Das himmlische Geschehen um den Neuen, sonst »Faust« genannt, geht an dem Doctor vorüber und übersteigt seine Vorstellungskraft und seine theologischen Kriterien bei weitem. Vgl. Anm. zu BA vor V. 12032.

12102 f. *Jungfrau … Göttin bleibe gnädig:* Zur Himmelskönigin s. Anm. zu V. 11995. In der letzten Anrede »Göttin« zeigt sich, dass auch das Denken des Doctor Marianus sich ständig steigert, denn vorhin hieß die Mater gloriosa noch »Uns erwählte Königin, / Göttern ebenbürtig« (V. 12011 f.).

12104 f. CHORUS MYSTICUS. *Alles Vergängliche / Ist nur ein Gleichniß:* Wie die Rede des Doctor Marianus hinter den himmlischen Geschehnissen zurückbleibt, so ist auch die des Chorus mysticus zugleich ein Eingeständnis, dass das Wahre nicht mehr ausgesagt werden kann. Die Wertung ist ambivalent: »nur« wertet das Vergängliche ab zum bloßen *simile* oder *simulacrum.* »Gleichniß« aber wörtlich genommen bedeutet Offenbarung dessen in die Zeit, was in Gott ewig ist, und damit die eigentliche Schöpfung.

12106 f. *Das Unzulängliche / Hier wird's Ereigniß:* Auch dieser Satz ist zweifach zu lesen: das Mangelhafte kommt hier in sein Eigenes, seine Vollendung. Oder: ›das Unfassbare wird ›Eräugnis‹ (vgl. V. 5917), offenbart sich den Augen. Problem bleibt das »Hier«; wahrscheinlich ist es zweifach zu lesen als Standort des Chors in der ›wirklichen‹ Welt der Eremiten (nur in dieser gibt es das mystisch-idealistische Transzendieren) und als Ortsbezeichnung für das von Sphäre zu Sphäre höher steigende Geschehen um den »Neuen«. Eine dritte Bedeutung ist unabweisbar: Hier im Text und als Text wird das Unzulängliche poetisch Ereignis, und zwar in der zweifachen Lesart.

12108 f. *Das Unbeschreibliche / Hier ist es gethan:* mehrfach lesbar: das keiner Beschreibung Zugängliche offenbart sich als Wirklichkeit (z. B. Fausts Erlösung, Umartung, Steigerung); das Unbeschreibliche ist durch den Text beschrieben – tragisch-ironische Zurücknahme des Anspruchs, das Unbeschreibliche fassen zu können, oder Einsicht, dass das Unbeschreibliche zwar nicht beschrieben, aber in der immer strebenden Bemühung des Schreibens getan ist.

12110 f. *Das Ewig-Weibliche / Zieht uns hinan:* Zur Mehrfachlesbarkeit dieses Satzes s. den Szenenkommentar, S. 997 f. Dem Ziehen des weiblichen Prinzips entspricht in dem »hinan« das Drängen des männlichen Prinzips.

BA nach 12111 FINIS: Das lateinische Wort heißt: Grenze, bis zu der man gehen kann oder darf; Schranke, über die man nicht hinausstreben kann, darf oder soll; Ziel, das erreicht ist; Zweck, den man erreichen wollte; Ende einer Handlung oder dessen, was diese Handlung bewirkte oder herstellte; Ende eines Geschehens und seiner Wirkungen; Lebensende, Tod; Höhepunkt und Gipfel. – Das Wort ist eine Äußerung des Autors und steht statt eines Epilogs, zu dem auch drei Entwürfe vorliegen (s. Paralipomena, S. 599 f.). So wie diese Gedichte auf die *Faust*-Handlung, den Text, das Publikum, den Autor und die zeitgenössische Gegenwart Bezug nehmen, lassen sich auch die Bedeutungen des Wortes »Finis« auf diese Instanzen und ihren Bezug untereinander anwenden und schaffen so noch einmal einen hochkomplexen Zusammenhang, etwa: Höhepunkt und tragisches Ende Fausts durch Verlust seiner Identität; Höhepunkt und tragisches Ende der Autorschaft Goethes an der Schranke des Unbeschreiblichen; Höhepunkt und tragische (weil nicht mit einer Katharsis durch eine Katastrophe befriedigende) Beendigung der Erwartung des Publikums an eine Tragödie.

Frühere Fassung (»Urfaust«)

Die häufig gebrauchte Bezeichnung »Urfaust« suggeriert, man hätte mit diesen Fragmenten die früheste Fassung oder eine vom Autor als abgeschlossen betrachtete Arbeit vor sich. Goethes Arbeitsweise, erkennbar in den *Paralipomena* (S. 597–699), zeigt jedoch die ständige Bildung und Umbildung von Entwürfen. Was das Hoffräulein von Göchhausen (1752–1807) abschrieb oder diktiert bekam, waren deshalb allenfalls Passagen eines in Arbeit befindlichen Textes, die Goethe z. B. für eine Lesung am Weimarer Hof freigegeben hatte. Wir wählen deshalb die Bezeichnung *Frühere Fassung*. Die Bezeichnung *Fragment* bezieht sich auf *Faust. Ein Fragment*, den ersten von Goethe 1790 in den *Schriften* veröffentlichen *Faust*-Text.

Zur Entstehung und Konzeption der *Früheren Fassung* s. LGF 2. Im Vergleich zu der endgültigen Fassung wird oft die Selbstständigkeit dieser ersten überlieferten Fassung betont, insbesondere was die Einführung des Mephistopheles betrifft, der ja in der Schülerszene unvermittelt da ist – die endgültige Fassung braucht rund 1350 Verse, um die von Goethe selbst so genannte »Lücke« zwischen Wagner- und Schülerszene zu schließen. Aber schon die Szene *Faust, Mephistopheles* (später: *Trüber Tag. Feld*), die zu den frühesten bekannten Szenen gehört, deutet auf Mephistos »Hundsgestalt in der er sich nächtlicher Weile offt gefiel vor mir herzutrotten, dem harmlosen Wandrer vor die Füsse zu kollern und dem Umstürzenden sich auf die Schultern zu hängen«. Auch dass Faust »Gemeinschafft mit uns« gemacht habe, wie Mephistopheles behauptet, oder dass der große herrliche Geist ihn »an den Schandgesellen« geschmiedet habe, wie Faust es auslegt – dieser unausgeräumte Widerspruch in der Darstellung muss Voraussetzungen in geplanten oder nicht überlieferten Szenen haben, die den Rezipienten in die Lage versetzen zu beurteilen, wer an dieser Stelle recht hat. Irgendeine Verbindung mit dem Teufel, aktiv von Faust angestrebt und in einem Dienstvertrag festgelegt, muss von Goethe geschrieben oder geplant gewesen sein; das geht aus Mephistos Sätzen hervor, die Faust inhaltlich unwidersprochen lässt: »Warum machst du Gemeinschafft mit uns [wenn du nicht mit uns] auswirthschafften kannst. Willst fliegen [Flugwunsch in *Vor dem Thor*?] und der Kopf wird dir schwindlich. Eh! drangen wir uns dir auf oder du uns?«

Man kann also davon ausgehen, dass Goethe die Lücke zwischen Wagner- und Schülerszene durch eine Einführung Mephistos schließen wollte oder geschlossen hatte, die mit einer Reihe von Handlungsmotiven schon hier benannt ist und in die Endfassung aufgenommen wurde. Unschlüssig war er offenbar noch darüber, wie er angesichts der von ihm beabsichtigten Modernisierung des Faust-Stoffs – das Gretchendrama bietet dafür das einleuchtende Beispiel – den überlieferten Pakt mit dem Teufel gestalten sollte; der Gedanke der Wette in seiner anthropologischen und historischen Tragweite gehört wohl erst der dritten Arbeitsphase 1797–1801 an. So ist es durchaus richtig, nach einer selbstständigen Konzeption der *Früheren Fassung* zu fragen; man sollte sie aber nicht als nach Goethes Meinung vollendetes Stück behandeln; so war ja auch die Helena »eine meiner ältesten Konzeptionen, gleichzeitig mit Faust, immer nach Einem Sinne, aber immer um und um gebildet« (an Boisserée, 22. Oktober 1826). Und das bedeutet, dass das Gretchendrama schon in der frühen Konzeption bezogen war auf eine Steigerung in einem Helena-Drama, wie in der Endfassung.

Auch die poetischen Aspekte, die die Endfassung so reich machen, waren in der *Früheren Fassung* schon weitgehend verwirklicht. Noch deutlicher als *Götz von Berlichingen* war die *Frühere Fassung* ein Geschichtsdrama, in dem die Renaissance und das ausgehende 18. Jh. aufeinander bezogen waren und sich ineinander spiegelten: Faust kann als progressiver Renaissance-Magier und als an den alten Paradigmen hängender Gelehrter der Goethezeit betrachtet werden; Magie des 16. und des 18. Jh.s stören einander; Mephistopheles ist ein veritabler Teufel der Faustsage oder ein böswilliger Schalk wie Goethes Freund Johann Heinrich Merck (1741–1791), den man ›Mephistopheles‹ nannte; Margarete hat Züge aus den Viten zweier heiliger Margareten und ist zugleich eine junge Frau des 18. Jh.s; entsprechend kommentieren einander im Gretchendrama das Legendenstück des 16. und das Bürgerliche Trauerspiel des 18. Jh.s, so wie im Gelehrtendrama das alte Warndrama des Doktor Faustus und die moderne Comédie sérieuse über den Gelehrtenstand einander gegenseitig beleuchten. Die intertextuellen Beziehungen zu Shakespeare, zu Molière, zu Bibel und Volkslied sind schon weit ausgebaut, wie Goethe ja auch in bemerkenswerter Vollständigkeit den Textbestand der *Früheren Fassung* in den *Faust I* aufgenommen hat. Die *Frühere Fassung* war bereits ein hochkomplexer Text, den Goethe durch retouchierende Überarbeitung einiger Prosaszenen, durch Ausfüllung von Lücken und durch ›Prologisierung‹ (s. LGF 10) gleichsam als frühe Schicht seines eigenen Dichtens unschwer den späteren Konzeptionen integrieren konnte.

Deshalb wurde im vorliegenden Kommentar die Integration des Kommentars zur *Früheren Fassung* in den zur Endfassung vorgenommen; im folgenden sind also nur die Stellen kommentiert, an denen der spätere Text sinngemäß vom Göchhausen-Bestand abweicht. In den Szenenkommentaren zum *Faust I* sind diese Stellen jeweils schon aufgezählt und zum Teil begründet. Stilistische Divergenzen sind dort ebenfalls benannt, werden hier aber nicht in den Kommentar einbezogen. Hilfreich ist die Konsultation der synoptischen Ausgabe der Fassungen, die in der Universal-Bibliothek (Nr. 18355) vorliegt. Dort lassen sich in direktem Vergleich die Unterschiede genauestens beobachten.

Nacht

Bestand der späteren Szene *Nacht* bis einschließlich Wagner-Gespräch. Zu beachten ist, dass der *Prolog im Himmel* oder Entsprechendes fehlt; Faust tritt mithin nicht als Gegenstand einer Wette im Himmel auf, sondern der Erwartung der Zeitgenossen gemäß als der Erzzauberer der Puppenspiele. Er führt sich deshalb nach Art dieser Puppenspiele oder etwa der Fastnachtspiele Hans Sachs' (1497–1576) ein. Auch sein anfänglicher freier Knittelvers (V. 1–32, gegen den dann folgenden strengen Knittelvers (s. das Poetologische Glossar, S. 1058) stellt ihn zunächst deutlich in diese Tradition.

7 *Docktor und Professor:* vom *Fragment* an »Magister … Doctor«. Der historische Faust hatte nur den Doktortitel und bekleidete auch nach der *Historia* nie ein Universitätsamt. Die Universitätssatire, die die *Frühere Fassung* insgesamt stärker betont als die Endfassung, wird durch den bestallten Professor deutlicher. Ein Doktor konnte an der Universität lehren, hatte aber keinen Lehrstuhl inne. Im gleichen Sinne hat auch V. 14 »Docktors, Professors …« gegen *Faust* V. 367 »Doctoren, Magister …«.

28 *Rede von dem:* in *Faust I* »Zu sagen brauche«; hier ist die Nötigung stärker betont.

58 *inn in deinem Busen:* in *Faust I* »bang' in deinem Busen«.

61 *all der lebenden Natur:* in *Faust I* »der lebendigen Natur«.

80 *Fühl neue Glut:* in *Faust I* »Neuglühend mir«.

82 *all das innre Toben:* in *Faust I* »mir das inn're Toben«.

85 *Die Kräffte der Natur enthüllen:* Der Zusatz *Faust* V. 438 »rings um mich her« macht deutlich, dass Faust das dynamische Bild der Natur nicht in sich, sondern außer sich entfaltet erfährt.

88 *Die winkende Natur:* in *Faust I* »Die wirkende Natur«. Möglicherweise Schreibfehler, jedoch sinnvoll, da »winken« als ›Winke, Hinweise, Deutungen geben‹ in der Goethezeit noch gebräuchlich ist.

112 *All Erden weh und all ihr Glück:* in *Faust I* »Der Erde Weh, der Erde Glück«.

BA vor 130 DER GEIST *erscheint in der Flamme, in wiederlicher Gestallt:* in *Faust I* »DER GEIST erscheint in der Flamme«. Die widerliche, abstoßende Gestalt des Geistes nimmt die Unerträglichkeit des Anblicks vorweg, der in der *Früheren Fassung* auch der Zuschauer ausgesetzt wird. In den späteren Fassungen entwirft Goethe klassizistische Bilder, um damit die Verkehrtheit Fausts durch die Differenz der Erfahrung herauszustellen; vgl. Anm. zu *Faust* V. 482.

144 *Du! der, den kaum mein Hauch umwittert:* in *Faust I* »Bist Du es? der, von meinem Hauch umwittert«.

154 *Ein wechselnd Leben!:* in *Faust I* »Ein wechselnd Weben, / Ein glühend Leben,«; vermutet wird ein Versehen der Abschreiberin.

166 *Nun werd ich tiefer tief zu nichte,:* in *Faust I* »Es wird mein schönstes Glück zu nichte!« Die Vernichtung trifft in der *Früheren Fassung* den Magier also in seiner Existenz. Im Blick auf die Konzeption zunehmender ›Verstümmelung‹ Fausts bei seiner Reihe scheiternder Entgrenzungsversuche war Goethe der zunächst formulierte Grad der Vernichtung anscheinend zu stark. Vom Gelehrtendrama über das Gretchendrama und die fünf Akte ergibt sich später mit der Formulierung vom vernichteten Glück folgende Reihe der Verluste: Glück, Gewissen, Leib, gewachsene Identität, Sinn und Schönheit der Welt, »das Beste meines Innern« (V. 10066), Leben und Geist.

168 *Der trokne Schwärmer:* in *Faust I* »Der trockne Schleicher«. Mit dem Begriff »Schwärmer« wird Wagner als Enthusiast, als Begeisterter mit der spekulativen Kühnheit des in seinen folgenden Fragen drei Jahrhunderte vorwegnehmenden systematisch trockenen Denkers korrekt gekennzeichnet (vgl. Kommentar zu *Faust* V. 522–597). Aber gerade diese Korrektheit ist dem durch das Erdgeist-Erlebnis frustrierten Faust nicht möglich, wie seine Kommentare zu Wagners Fragen zeigen. Das von Faust her gesehen psychologisch bessere »Schleicher« hat jedoch Generationen veranlasst, über Wagner zu lächeln.

169 *ich hört euch:* in *Faust I* »ich hör' euch«.

177 *wenn man in sein Museum:* in *Faust I* »wenn man so in sein Museum«.

179 f. *Man weis … hinzubringen:* Die vom *Fragment* an eingeführte Fernglas-Analogie dient wahrscheinlich zur ›Datierung‹ dieser Trennung des Gelehrten von der Gesellschaft und dem Einsatz der Rhetorik zwecks Lenkung des Volks auf den Beginn des 17. Jh.s.

193–195 *Allein der Vortrag … Krafft!:* in *Faust I* »Allein der Vortrag macht des Redners Glück; / Ich fühl' es wohl noch bin ich weit zurück. [Faust:] Such' Er den redlichen Gewinn!« Der von Wagner angesprochene Nutzen des Vortrags für den Redner unterschied den Blick auf die Rhetorik nicht deutlich genug von V. 179 f.: Jetzt entlarvt Faust die Gewinnsucht. Das Puppenspiel ist hier weniger spezifisch als V. 232.

197f. *Und Freundschafft ... selber vor:* in *Faust I* »Es trägt Verstand und rechter Sinn / Mit wenig Kunst sich selber vor«. Der in der *Früheren Fassung* verwendete Wahlspruch Goethes und seiner Straßburger Freunde (vgl. DW, S. 518f.; 11. Buch) griff ›chronologisch‹ zu weit auf den empfindsamen Freundschaftskult der Mitte des 18. Jh.s vor.

203 *unerquicklich:* Handschrift: »neu erquicklich«. Als Schreibversehen korrigiert.

BA vor 249 MEPHISTOPHELES ... STUDENT: Die ›Schülerszene‹ der *Früheren Fassung* schließt in der Handschrift nach einem trennenden Querstrich unmittelbar an die Wagnerszene an; zu der von Goethe motivlich vorbereiteten Einführung des Mephistopheles vgl. die Einleitung zu diesem Kommentar. Die stärker universitätssatirische Fassung der Szene betont in den später gestrichenen Versen 265–332 die abschreckenden Lebensbedingungen der Studenten; die stärker wissenschaftssatirischen späteren Fassungen erweitern Mephistos Bemerkungen um Kommentare zu Jura und Theologie (*Faust* V. 1964–2000), so dass mit Philosophie (Logik, Metaphysik) und Medizin zusammen die vier von Faust anfangs erwähnten Disziplinen verspottet werden. Die Bezeichnung »Student« ist insofern voreilig und unrichtig, als der junge Mann soeben von der Schule kommt, sich für sein Studium Rat holen will, aber noch nicht immatrikuliert ist.

263f. *Sieht all so trocken ... Haus:* Mit diesen Zeilen beginnt, vom Studenten eingeleitet, die satirische Einführung in das Studentenleben einer deutschen Universitätsstadt des 18. Jh.s, wie Goethe es in Leipzig kennenlernte.

270–276 *Mögt gern das gute ... nimmer fehl:* In diesem Studienziel sind Theorie und Praxis, Erkenntnis und Genuss, Arbeit und Freizeit als Einheit verstanden; eine solche Einheit (als mangelnd) erschien auch in Fausts Anfangsmonolog. Die dort durch Faust selbst verursachte Spaltung in Genuss und Erkenntnis wird hier durch Mephisto besorgt, der den Studenten zunächst in einem »geistlosen und gemeinen Realismus« (Fischer, S. 101) auf die äußeren Lebensbedingungen fixiert, dann Wissenschaft so trocken wie möglich darstellt, um endlich Wissenschaft als Mittel zum Genuss funktionalisieren zu können. Die Strategie der Verführung ist also ähnlich wie bei Faust.

282–284 *Caffee und Billard ... eure Zeit:* Das erste Kaffeehaus wurde in Leipzig 1694 eingerichtet, Billard wurde im 18. Jh. fast nur in französisch beeinflussten Adelskreisen gespielt; Mephisto warnt also vor den neuesten Verführungen des 18. Jh.s. – »geilen« (V. 283) hat drei Bedeutungen: ›Übermut‹, ›Geilheit‹, ›Bettelei‹ (vgl. Luthers Übersetzung von Lk. 11,8). – ›vertripplistreicheln‹ (vgl. V. 284) ist Neubildung Goethes; zusammengezogen aus: vertun, trippeln, Tripper (?), streicheln, umherstreichen.

289 *lezzen:* laben.

290 *zu unsrer Rechten sezzen:* wie Christus zur Rechten Gottes; vgl. das *Credo* (Glaubensbekenntnis).

299 *gefacht:* (in Zimmer) eingeteilt; mehrere Studenten wohnten in einem Zimmer.

304 *Colegium:* Lateinschule, Internat.

306 *euren Tisch für leidlich Geld:* Mahlzeiten in Privathäusern zu angemessenen Preisen.

307 *alle nach:* mit der Zeit.

308 *Wer erst von Geists Erweitrung sprach:* Wäre erst die Rede von … (diese Stelle lässt auf ein Diktat schließen).

312 *geschiedne Butter:* ranzig gewordene und erhitzte (ausgelassene) Butter.

316 *nicht bass bekleiben:* Wegen des erzeugten Durchfalls (»Gänse stuhlgang«, V. 315) schlagen sie nicht an, wird man nicht satt davon.

317 *kühren ohne End:* dauernd zwischen Hammel- und Kalbfleisch ›wählen‹ (ironisch, da sie so fest stehen wie das »Firmament«, V. 318).

320 *geschwänzt:* schuldig geblieben (Studentensprache).

332 *ein Tempe voll frischer Quellen:* Das Tempe-Tal ist ein von antiken Dichtern vielbesungenes paradiesisches Tal in Nordgriechenland, vom Peneios durchflossen. Es wurde als Werk des Poseidon (des Meer- und Quellgottes) angesehen; ein Poseidon- und ein Apollontempel unterstrichen seine Heiligkeit. Bezug zu V. 103.

335–338 *Soll zwar … vermögt zu fassen:* Der Student kündigt hier schon das Studienfach Medizin an, weshalb kein Anlass besteht, die anderen Fakultäten Revue passieren zu lassen; die Ankündigung bleibt vom *Fragment* an weg. Das anschließend umschriebene faustische Ziel einer Universalwissenschaft unterscheidet seit dem *Fragment* »Die Wissenschaft und die Natur« (*Faust* V. 1901) und nimmt damit Mephistos travestierende Wendung von der »Wissenschaft« zur »Natur« beim Übergang zur Besprechung der Medizin vorweg.

372 *Bohrt sich selbst einen Esel:* in *Faust I* »Spottet ihrer selbst«. ›sich einen Esel bohren‹ heißt, die bekannte drehende oder klopfende Bewegung mit dem Zeigefinger an Stirn oder Schläfe machen.

389 *zu Hause:* in *Faust I* »vorher«.

403 f. *Bin des Professor Tons … Teufel spielen:* in *Faust I* »Ich bin des trocknen Tons nun satt, / Muß wieder recht den Teufel spielen.«

431 *als die Philosophie:* in *Faust I* »Man sieht doch wo und wie.« In der *Früheren Fassung* war »Philosophie« in Gestalt von Metaphysik (vgl. V. 380) die einzige höhere Wissenschaft gewesen, die Mephistopheles besprochen hatte. Zugleich geht in der späteren Fassung der Student deutlicher auf die »Natur« und ihre handfeste Sinnlichkeit über (vgl. Anm. zu V. 335–338).

442 *Eritis … malum:* Das Wort »scientis« (›des Wissenden‹) wird später in »scientes« (›wissend, indem ihr wisst‹) berichtigt, wie es dem Text der lateinischen Übersetzung von 1. Mose 3,5 entspricht. Das kann ein Schreibversehen sein, aber auch den Schüler charakterisieren, der den Spruch falsch abliest, d. h. auch nicht wiedererkennt und versteht.

Auerbachs Keller in Leipzig

Bei der Umarbeitung der Szene aus der Prosa der *Früheren Fassung* (ab V. 452) in die Verse von *Fragment* und Endfassung wurde der Streit zwischen Frosch und Siebel verschärft (neu: *Faust* V. 2102–10), wurden Umstellungen im Bereich des Ausforschens der Fremden vorgenommen, zwei Zaubersprüche Mephistos eingeführt (*Faust* V. 2284–89, 2313–15); einschneidend ist, dass entsprechend dem mephistophelischen Programm ›erst sehen, dann genießen‹ (V. 2052–54) seit dem *Fragment* nicht Faust, sondern Mephistopheles Wein- und Traubenwunder durchführt und dass eine ganze Schicht vorrevolutionärer Stammtischreden des ›Volks‹ in das 1790 gedruckte *Fragment* eingezogen wurde.

445 *sauffen: Fragment*: »trinken«.

452,2 *gekrischen:* gekreischt.

9 *Ein politisch Lied, ein leidig Lied:* Die Interpunktion der *Früheren Fassung* legt die Lesung nahe, dass jedes politische Lied als unwillkommen zu betrachten sei. Dies verstärkt den ironischen Gegensatz zur Begeisterung der Gesellen über Mephistos politisches Lied.

14–18 *Eine Hammelmauspastete … Appartinenzien:* Hammelmaus: Grille. – Die »Eichenblätter vom Blocksberg« sollen »das Mädchen als Hexe kennzeichnen«, der »Hahnenkopf« soll »zur Andeutung des eigenen Hahnreitums« dienen (nach Morris, Bd. 5, S. 539 f.). – »Appartinenzien«: Zubehör, d. h. den ganzen Siebel.

28 *der [Doctor Luther]:* Von der frommen Abschreiberin durch Anstandsstriche ersetzt. Auf die Parallele zwischen Liebendem und vergifteter Ratte spielt Goethes Brief an Auguste Stolberg vom 14. bis 19. September 1775 an (DjG 5, S. 258 f.).

58 *Storcher:* eigentlich ›Storger‹ (frankfurterisch ausgesprochen): Marktschreier, Quacksalber.
64 *die Würme schon aus der Nase ziehn:* Geheimnisse entlocken. »Würme« ist noch im 18. Jh. gebräuchlicher Plural. Die Redensart geht auf die Versprechungen von Quacksalbern zurück, sie könnten Gemütskrankheiten heilen, indem sie die sie verursachenden Würmer (vgl. den Drehwurm der Schafe) aus der Nase der Patienten ziehen.
73 *Rummel:* Karten gleicher Farbe im Rummelpikett, einem Kartenspiel; Bedeutung also: der weiß, was gespielt wird.
74 *Wurzen:* liegt östlich von Leipzig (entgegengesetzte Richtung wie Rippach); man musste sich dort bis ins 19. Jh. mit der Fähre über den Fluss Mulde setzen lassen.
90 *einzusuckeln:* ›suckeln‹ ist Intensivum zu ›saugen‹. ›Suckel‹: im süddeutschen Dialekt ein Spanferkel.
115 f. *[Die Königinn … genagt]:* von der Abschreiberin ausgelassen.
189 *die Häscher unterm Rathaus:* die Stadtwache im Keller des Rathauses, nicht weit von ›Auerbachs Hof‹.

Land Strase

Die kleine Szene wird 1788–90 durch *Hexenküche* ersetzt, wo Fausts Neubeginn nach dem Debakel von *Auerbachs Keller* unter den Kriterien einer neuen *Faust*-Konzeption schärfer herausgearbeitet wird. Immerhin weist auch die im Bühnenbild vorgesehene Opposition von altem Schloss und »Bauerhüttgen« auf soziale Spannungen sowie auf alternative Ziele, die Faust in seiner Erfahrung der Welt anstrebt. Die Spannung zwischen Adel und einfachem Volk führt auf neuer sozialer Ebene die Spannung zwischen hohem und niederem Anspruch an den Menschen weiter, die in *Auerbachs Keller* die Entfernung Fausts von seinem Ausgangspunkt so drastisch gezeigt hat; die soziale Spannung zwischen der Schicht der Vornehmen und dem einfachen Volk bestimmt das Verführungsdrama ›Margarete‹ durch das Emanzipationsstreben des Bürgertums und die Idealisierung der »Hütte« zum »Himmelreich« (V. 560): Die Liebe zwischen Faust und Margarete steht in dieser sozialen und politischen Spannung. Die Unterhaltung über das Kreuz am Wege fügt die religiöse Spannung hinzu: Es geht im Gretchendrama auch um das Problem, ob und für wen der christliche Glaube »Vorurtheil« (V. 455) oder wirkungsmächtige religiöse Realität ist. Die zentralen Probleme des Gretchendramas sind damit angedeutet. Eine zweite Funktion des Szenenhintergrunds bezieht sich auf den Handlungsverlauf und Weg Fausts.

Die Faustsage und Goethes Konzeption sahen sein Wirken am Kaiserhof, in der großen Welt, vor. Der Zuschauer, der die Faustsage kannte, erwartete demnach das ›alte Schloß‹ als szenischen Raum der folgenden Handlung, die Beschwörung der Helena statt der Begegnung mit Margarete. Er konnte also (wie es der Schluss der *Hexenküche* nahelegt) Margarete als Proto-Helena, die Idealisierung Margaretes als zeitgenössische Form einer Beschwörung Helenas verstehen und damit das Gretchendrama in doppelter Weise lesen.

Hinsichtlich der Bühnenraum-Gestaltung lässt sich feststellen, dass *Land Strase* bei den offenen Bühnenräumen mit den folgenden *Strase* (einer kleinen Reichsstadt) – *Allee* (mit französischer Anlage) – *Garten* mit (Richardsonschem) *Gartenhäusgen* eine Reihe kulturell sich immer stärker verdichtender Räume eröffnet.

453 *Mephisto:* einzige Namensnennung im Text. Die Kenntnis des Namens und die Verwendung der Kurzform dokumentieren die Macht, die Faust hier noch über seinen Teufel ausüben kann. Sie zeigt sich auch darin, dass er ihn zwingt, sich zum Kreuz zu äußern. »In den Volksliedern, wo Faust überhaupt den Teufel tyrannisiert, zwingt er ihn, auch dem Heiligen zu begegnen« (Minor 1901, Bd. 1, S. 28). Von hier aus gesehen ist die Gretchen-Episode ein Mittel zur Verringerung der magischen Macht Fausts und zur schließlich vollständigen Umkehrung der Abhängigkeitsverhältnisse.

455 *ist ein Vorurtheil:* aufgeklärter Standpunkt des 18. Jh.s; die Ironie Fausts, mit der er Mephisto zum Eingeständnis der Magie des Kreuzzeichens zwingt, ist zugleich eine subtile romantische Ironie: wäre es ein bloßes Vorurteil, so müsste Mephisto selbst verschwinden, denn seine Existenz als Teufel hängt von der Anerkennung des christlichen Glaubenssystems ab.

Strase

461 f. *Das ist ein herrlich … angezündt:* Die religiösen Assoziationen insbesondere von Margaretes Zimmer werden hier schon angedeutet und geben dem Ausdruck über das allgemeine Lob hinaus Bedeutung: Schönheit als »herrlich« erfahren impliziert die Erscheinung der Gottheit als Ordnung, Proportion, Harmonie einerseits, als sinnenhafte Erfüllung andererseits – die in Makrokosmos und Erdgeist unfassbaren Aspekte des Göttlichen erscheinen Faust im fassbaren Mikrokosmos. Dieser bleibt zunächst »Schauspiel nur«,

entzündet aber wie der Erdgeist in Faust die Lebenskräfte. (Nach der Einschaltung von *Hexenküche* ist das überflüssig.)

475 *am Stul:* am Beichtstuhl.

492 *Gebt mir zum wenigst:* in *Faust I* »Ich brauche wenigstens«.

494 *nur sieben Tage: Fragment*: »nur sieben Stunden«. Der seit dem *Fragment* genossene Trank erzeugt Überdruck.

526–529 *Er thut ... Comission:* seit dem *Fragment* durch zustimmenden Kommentar Mephistos ersetzt. Luzifers Prinzen würden ihm das noch ungemünzte Edelmetall in seinem Schatz plündern und in Umlauf bringen (durch ihre Verschwendungssucht). Verschuldete Fürstentümer wurden durch eine vom Reich eingesetzte Kommission zwangsverwaltet.

Abend

580 *weggeschmolzen:* in *Faust I* »hingeschmolzen«.

582 *Komm komm:* in *Faust I* »Fort! Fort!«.

587 f. *Ich sag euch ... gewinnen:* in *Faust I* »Ich that euch Sächelchen hinein, / Um eine andre zu gewinnen.«

599 *Nach eurem Herzens Will:* in *Faust I* »Nach Herzens Wunsch und Will‹«.

606 *macht doch eben so warm nicht draus:* in *Faust I* »ist doch eben so warm nicht drauß'«. Der Gallizismus nach frz. *il fait chaud* hebt gleich Margaretes französische Bildung heraus, die später noch deutlicher hervortritt.

609 *am ganzen Leib:* in *Faust I* »über'n ganzen Leib«.

611–616 *Es war ... Schmaus:* Durch die syntaktische Spannung in der ersten Strophe (starkes Enjambement zweite/dritte Zeile) zeigt das Lied neben dem Bildungsbegriff »Thule« und der Sturm-und-Drang-Formulierung »Lebens glut« noch deutlicher als in der syntaktisch beruhigten Fassung von *Fragment* und *Faust I* seinen Charakter als Kunstballade. Die Abweichungen in V. 615 f. sind eher stilistisch begründet.

637 *Was Guckguck mag dadrinne seyn?:* in *Faust I* »Es ist doch wunderbar! Was mag wohl drinne seyn?« Der naive Ausruf und der Knittelvers werden, angesichts des vornehmen Kästchens, durch einen vornehmen Ausdruck und einen französischen Alexandriner – den ersten Margaretes – ersetzt.

644 *Ein Schmuck! drinn: in Faust I* »Ein Schmuck! Mit dem«; der Vers wird durch die Änderung zum Vers commun.

Allee

BA vor 657 *Allee:* seit dem *Fragment* »Spaziergang«; gemeint ist immer ein öffentlicher Spazierweg, als »Allee« deutlicher nach französischem Gartenstil gestaltet.

659 *petzt:* in *Faust I* »kneipt«; ›petzen‹ ist mundartlich für ›zwicken, mit einer Rute schlagen‹.

665 *Margreten:* in *Faust I* »für Gretchen«; in der *Früheren Fassung* benutzt Faust erstmals den Kurznamen (V. 703).

667 f. *Hätt einer … Weibe:* Verse fehlen ohne Entsprechung seit dem *Fragment*.

673 *Meubel:* Fremdwort-Schreibung (frz. *meuble*) für ›Möbel‹.

680 *Himmels Mann': in Faust I* »Himmels-Manna«; ambivalente Lesung beseitigt.

688 *ach kristlich so gesinnt!:* in *Faust I* »So ist man recht gesinnt!«; Spitze beseitigt.

Nachbarinn Haus

719 MARTHE: in *Faust I* »MARTHE allein.«

725–728 *Vielleicht … Todtenschein!:* Die zwei Zeilen Striche im *Urfaust* nach V. 725, wahrscheinlich durch Schluchzen auszufüllen, fehlen seit dem *Fragment*.

767 *Neugirde sehr:* in *Faust I* »Verlange sehr – «.

812 *Vergab:* in *Faust I* »Vergäb'«.

[Straße II]

BA vor 879 FAUST MEPHISTOPHELES: Die hier einsetzende Szene ist seit dem *Fragment* mit *Straße* überschrieben.

885 *Sie ist mir lieb. Doch gehts nicht ganz umsunst:* in *Faust I* »So recht! Doch wird auch was von uns begehrt.«

886 *Eine Gunst ist werth der andern Gunst:* in *Faust I* »Ein Dienst ist wohl des andern werth.«

900 *Und habt davon in Geist und Brust:* in *Faust I* »Mit frecher Stirne, kühner Brust? / Und wollt ihr recht in's Innre gehen, / Habt ihr davon, ihr müßt es g'rad' gestehen, …«; rhetorische Verstärkung des Arguments.

912–914 *Und dem Gefühl … in der Welt:* in *Faust I* »Für das Gefühl, für das Gewühl / Nach Namen suche, keinen finde, / Dann durch die Welt …«.

922 *Der hälts:* in *Faust I* »Behält's«; wohl Hörfehler der Schreiberin.

Garten

926 *bis zum Beschämen:* in *Faust I* »mich zu beschämen«.

953 *Mehr Kurzsinn, Eigensinn und Eitelkeit ist:* in *Faust I* »Ist oft mehr Eitelkeit und Kurzsinn.«

957 *Der Liebaustheilenden:* in *Faust I* »Der liebevoll austheilenden«.

1018 *von dir übels:* in *Faust I* »von mir übels«; Margarete distanziert sich in der *Früheren Fassung* schon hier rhetorisch von sich selbst.

1027 *Keinen Straus?:* in *Faust I* »Einen Strauß?«

1050 *in's Gespräch:* in *Faust I* »in's Gered'«.

Ein Gartenhäusgen

BA vor 1054 MARGRETE *mit Herz klopfen herrein:* in *Faust I* »MARGARETE springt herein«.

1055 *schon lange lieb ich dich:* in *Faust I* »Von Herzen lieb' ich dich«; die späteren Fassungen lassen die Szene zeitlich an *Garten* anschließen; die Formulierung der *Früheren Fassung* könnte, auch durch den Übergang vom ›Ihr‹ ins ›Du‹, eine längere Zwischenzeit nahelegen.

Gretgens Stube

1066 *am Spinn rocken:* in *Faust I* »am Spinnrade«. Der ›Rocken‹ (auch ›Wocken‹, ›Kunkel‹) ist ein am Spinnrad befestigter Stab, auf den das zu Fäden zu spinnende Material gebunden wird. Die Regieanweisung der *Früheren Fassung* könnte missverstanden werden, als beschäftigte Gretchen sich mit dem Rocken und sänge ihre Arie nicht zum Treten des Spinnrades.

1098 *Mein Schoos! Gott! drängt:* in *Faust I* »Mein Busen drängt«; Selbstzensur.

Marthens Garten

1106 *Sag mir doch Heinrich!:* in *Faust I* »Versprich mir, Heinrich!«

1106 *Was ist dann:* in *Faust I* »Was ich kann!« Wahrscheinlich Hörfehler der Schreiberin.

1117 *Wie lang bist du zur Kirch zum Nachtmal nicht gegangen?:* in *Faust I* »Zur Messe, zur Beichte bist du lange nicht gegangen.« Mit »Nachtmal« meint Gretchen die Kommunion der katholischen Kirche, verwendet aber den protestantischen Begriff, vgl. ›Abendmahl‹.

1118 f. *Mein Kind wer darf das sagen, / Ich glaub einen Gott!:* in *Faust I* »Mein Liebchen, wer darf sagen, / Ich glaub' an Gott?« Die Formulierung »einen Gott« der *Früheren Fassung* nimmt deutlicher Bezug auf das christliche Glaubensbekenntnis (»Credo in unum Deum«).

1136 *hüben und drüben:* in *Faust I* »freundlich blickend«. Korrektur, da die Sterne immer nur in einer Richtung ›steigen‹.

1152 *der Cathechismus:* in *Faust I* »der Pfarrer«. ›Katechismus‹ meint hier das zunächst von Luther, dann auch von der katholischen Kirche der Glaubenslehre zugrunde gelegte Buch, meist in Fragen und Antworten abgefasst.

1167 *des Menschen sein Gesicht:* in *Faust I* »des Menschen widrig Gesicht«.

1172 *den Menschen:* dialektale Dativform; in *Faust I* »dem«.

1221 *Engels liebe Seele: in Faust I* »treue liebe Seele«.

1225 *der nun den sie liebt verlohren werden soll:* in *Faust I* »den liebsten Mann verloren halten soll«. In der *Früheren Fassung* geht Faust offenbar von seiner künftigen Verdammung aus; seit dem *Fragment* deklariert er das als Meinung Gretchens.

1233 *ein Teufel:* in *Faust I* »der Teufel«.

Am Brunnen

1242 *so ist's ihr endlich gangen:* in *Faust I* »So ist's ihr endlich recht ergangen.«

1264 *durch:* in *Faust I* »fort«.

Zwinger

1278 GRETGEN *gebeugt . . . mitbrachte:* in *Faust I* »GRETCHEN steckt frische Blumen in die Krüge.«

1280 *ab zu:* in *Faust I* »gnädig«. So auch V. 1310.

1282 *Mit tauben Schmerzen:* in *Faust I* »Mit tausend Schmerzen«; eventuell Hörfehler der Schreiberin. Der Vers wird üblicherweise erklärt: mit so starken Schmerzen, dass die schmerzende Stelle schon fühllos geworden ist.

1307 *Hilf retten mich:* in *Faust I* »Hilf! rette mich«; in der *Früheren Fassung* wird die Schmerzensmutter noch um Unterstützung der durch das Kreuz erfolgenden Rettung gebeten, wie es das *Stabat mater* vorgibt. Seit dem *Fragment* wird sie direkt als Nothelferin angerufen.

Dom

Die Szene folgt in *Faust I* erst nach der Valentin-Szene; das Totenamt (»Exequien«) gilt dort dem von Faust erstochenen Bruder. Im *Fragment* schließt die Szene unter der Überschrift *Dom. Amt, Orgel und Gesang* ebenfalls an *Zwinger* an. Das *Fragment* bricht mit dem Ende der Szene ab.

BA vor 1311 GRETGEN ... *Gesang:* in *Faust I* »GRETCHEN unter vielem Volke. BÖSER GEIST hinter Gretchen.«

1314 f. *Und im ... nachlalltest:* in *Faust I* »Aus dem vergriffnen Büchelchen Gebete lalltest«. ›verblättert‹ wohl: vom Blättern abgegriffen.

1323 *durch dich sich in die Pein:* in *Faust I* »Durch dich zur langen, langen Pein«; die späteren Fassungen heben Gretchens Schuld deutlicher hervor.

1326 *Brandschande Maalgeburt:* aufzulösen wohl in ›Brandmal‹ und ›Schandgeburt‹; der Geist redet also in Verschränkung und Neuzusammensetzung so, dass das Miteinander dieser als Grund und Folge getrennten Aspekte des ungeborenen Kindes sich grotesk-erschreckend zeigt. Vielleicht Nachahmung von Spracheigentümlichkeiten, die böse Geister nach Emanuel Swedenborg (1688–1772) haben; er hörte z. B. einige, welche »mit einem heischen [heiseren] Schall, als wäre er in zwei Theile gespalten, redeten« (Oetinger, *Swedenborg*, S. 33). Die Doppelformulierung bleibt seit dem *Fragment* weg.

Nacht. Vor Gretgens Haus

1374 *Und all und all mir all den Flor:* in *Faust I* »Und die Gesellen mir den Flor«; »Flor« ist die Blüte.

1397 *Lügner heissen:* danach in *Faust I* V. 3646–49, die Ankündigung der Tötungsabsicht fehlt in der *Früheren Fassung*.

1402 *nächtig:* in der Handschrift Schreibfehler: »mächtig«.

1411–35 *Was ist ... Ende vor:* Diese Verse wurden seit dem *Fragment* in die erst in der zweiten Arbeitsphase entstandene Szene *Wald und Höhle* integriert: *Fragment* V. 2017–40, *Faust I* V. 3346–70 und in beiden Fällen ergänzt durch die Schlussverse *Faust I* V. 3371–74. Mit dieser Szene rückt die Passage weiter nach vorne: im *Fragment* hinter die Szene *Am Brunnen*, in *Faust I* hinter die Szene *Ein Gartenhäuschen*.

1412 *Das durch erschüttern durcherwarmen:* in *Faust I* »Laß mich an ihrer Brust erwarmen«.

1413 *Verdrängt es diese Seelen Noth:* in *Faust I* »Fühl' ich nicht immer ihre Noth?« In der *Früheren Fassung* fühlt Faust nicht Gretchens, sondern die eigene Not.

1427 *Du Hölle wolltest:* in *Faust I* »Du, Hölle, mußtest«; stärkere Nötigung zur rhetorischen Abwälzung der Schuld.

1432 *brozzelt:* in *Faust I* »siedelt«; ›Brozzeln‹ ist das prasselnde Knallen zwischen nassem Topfboden und heißer Herdplatte.

[Trüber Tag. Feld]

BA nach 1435 FAUST, MEPHISTOPHELES: Titel der hier einsetzenden Szene in *Faust I: Trüber Tag. Feld*; die Prosa blieb erhalten, vgl. dort den Szenenkommentar.

Nacht. Offen Feld

Der Kommentar zu dieser Szene des Urfaust wurde vollständig in den Kommentar zu *Faust I* übernommen.

Kerker

Für diese Szene gilt insbesondere, was Goethe an Schiller am 5. Mai 1798 schrieb: »Einige tragische Scenen [im alten *Faust*-Manuskript] waren in Prosa geschrieben, sie sind durch ihre Natürlichkeit und Stärke, in Verhältniß gegen das andere, ganz unerträglich. Ich suche sie deswegen gegenwärtig in Reime zu bringen, da denn die Idee, wie durch einen Flor durchscheint, die unmittelbare Wirkung des ungeheuern Stoffes aber gedämpft wird« (SGB 1, S. 574). Neben vielen kleineren Differenzen sticht in der *Früheren Fassung* das Schuldbekenntnis Fausts »Dein Mörder wird dein Befreyer« (Z. 36) und das Fehlen der »Stimme von oben: Ist gerettet!« (*Faust I*, V. 4611) hervor.

1 f. *Inneres Grauen der Menscheit. Hier! Hier!:* »Menschheit« bedeutet in der Sprache der Goethezeit: das Wesen des Menschen. Das Grauen beim Gedanken ›Was ist der Mensch?‹ bezieht sich einerseits auf das, was aus Margarete geworden ist, andererseits auf Faust selbst, der sie so weit gebracht hat. Fausts Grauen wird von Margaretes Grauen Z. 100 f. beantwortet, das seinerseits das Grauen vor Mephistopheles spiegelt. – Die Verbindung des »Kerkers« mit starker, durch wiederholtes »Hier« ausgedrückter Präsenz-

erfahrung ist motivlich konsequent durchgeführt: V. 45, 73, 546, 552, 560–571; Z. 2, 69 f.

2 *zögert:* zieht durch seine Langsamkeit.

4–12 *Meine Mutter ... Fliege fort!:* Lied aus dem Märchen vom Machandelboom, das Goethe schon 1774 kannte (vgl. Brief an Sophie v. La Roche, März 1774, wo der Mühlstein erwähnt wird; WA IV 2, S. 152). Zur Frage der Machandelboom-Bearbeitung durch Goethe vgl. Anm. zu *Faust I*, V. 4412–20.

20 *die Blumen ... die Kron:* ein imaginärer Brautkranz; vgl. Z. 88.

23 *Sie verirrt und ich vermags nicht:* Sie redet irre, ist nicht bei Sinnen, und ich verkrafte das Ganze nicht. Minor überlegt, was Faust nicht ›vermag‹ – Gretchen zu retten oder selbst irre zu werden –, kommt aber zu keinem Ergebnis und meint, Goethe habe in *Faust I*, V. 4441 »Werd' ich den Jammer überstehen!« sich selbst nicht mehr verstanden (Minor 1901, Bd. 1, S. 231 f.). Beide Stellen bedeuten dasselbe – Faust, in verächtlicher Schwäche, denkt wehleidig darüber nach, wie er diese Aufregung durchstehen wird.

26 *Liedger:* Plural in Frankfurter Mundart. Lieder über grässliche Morde und Skandalgeschichten wurden auf den Märkten, häufig von kruden Bilddarstellungen unterstützt, von Bänkelsängern vorgetragen und erfüllten die Funktion der heutigen Regenbogenpresse. Arens (Bd. 1, S. 456) zitiert aus Erk/Böhme, *Deutscher Liederhort* I, Nr. 56, ein Lied mit starken Parallelen zu Margaretes Schicksal.

31 *Heulen und Zähnklappern:* vgl. Mt. 8,12.

36 *Mörder:* Schuldbekenntnis Fausts, im *Faust* gestrichen. Margaretes Grauen vor ihm ist dann eher gerechtfertigt.

57 *Wische sie ab ... Es ist Blut dran:* Erinnerung an Lady Macbeth aus Shakespeares *Macbeth*.

90–92 *Die Glocke ruft! ... Die Glocke hör:* Gedacht ist vielleicht, dass Margarete den Klang der Armesünderglocke, die Hinrichtungen einläutet, zunächst in der Imagination vorwegnimmt und dass die Glocke dann tatsächlich ertönt. Mit dem Zerbrechen eines Holzstäbchens über dem entblößten Nacken des Delinquenten zeigte der Richter an, dass das Leben der Verurteilten endgültig und von da an unwiderruflich verwirkt ist; dann hatte der Henker mit dem Richtschwert zu walten.

96 *Gericht Gottes komm über mich:* Die Anrufung des göttlichen Gerichts als Schutz vor dem Geholtwerden durch den Teufel impliziert, dass Margarete von Gottes Gerechtigkeit und Gnade eine Beurteilung ihrer Taten erwartet, die mit der Beurteilung durch den Teufel Z. 102 nicht übereinstimmt, z. B. die Rechtfertigung ihres Gefühls, dass ihre Hingabe an Faust »gut« war

(V. 1277). Die Differenz ihrer Religiosität von der kirchlichen tritt beim Vergleich mit Molières *Dom Juan* IV,6 hervor, wo Done Elvire versucht, den verstockten Juan vor der »justice du ciel« (»Gerechtigkeit des Himmels«) zu retten; sie selbst, die sich ihm pflichtvergessen in einer »tendresse extrême« (»innigsten Zuneigung«) hingegeben hatte, ist befreit von »toutes ces indignes ardeurs que je sentais pour vous, tous ces transports tumultueux d'un attachement criminel, tous ces honteux emportements d'un amour terrestre et grossier« (»all jener unwürdigen Liebesglut, die ich für Euch fühlte, allem Aufruhr der Leidenschaften einer verbrecherischen Verbindung, all jener schändlichen Verzückungen einer irdischen und gemeinen Liebe«; Übers. nach Hartmut Stenzel) und sieht dies als himmlische Erlösung an. Margarete jedoch würde nur den Kerker verlassen, wenn Faust sie mit der früheren Inbrunst küsste; für sie gehört der »amour terrestre et grossier« zu der neuen Form von Religiosität, zu der sie gefunden hat. Während in dem erkalteten Dom Juan die Lust auf Done Elvire wieder erwacht und dies von Sganarelle als Zeichen seiner absoluten Verderbtheit gewertet wird (IV,7), bleiben Fausts Lippen kalt und tot, seine Rhetorik hohl, sein Rettungsversuch dient der Vermeidung eigener Schuldgefühle, Margarete graut mit Recht vor ihm.

99 *Ich lasse dich nicht!:* Bezug auf Jakobs Ringen mit dem Engel, der schließlich bittet, losgelassen zu werden. Jakob antwortet: »Ich lasse dich nicht, du segnest mich denn.« »Er sprach: ›Du sollst nicht mehr Jakob heißen, sondern Israel; denn du hast mit Gott und mit Menschen gekämpft und bist obgelegen‹« (1. Mose 32,27.29). Faust, durch diese Stelle deutlich zum Repräsentanten eines ganzen Volkes erhoben wie Jakob (1. Mose 32,11–13) – eben der neuzeitlichen Menschheit –, Faust hätte der Begründer eines ausgewählten Volks Gottes werden können und sollen – vgl. die ähnliche Situation am Ende von *Faust II*, V. 11580 –, aber er versagt dort wie hier. Der Engel, und das wirft zukunftsweisendes Licht auf die Figur der Margarete, segnet ihn hier nicht, sondern wendet sich mit demselben Grauen von ihm wie von Mephistopheles ab. Margaretes Rettung, die im *Faust* durch die »Stimme von oben« bekräftigt wird und Mephistos Schlussrede entgegensteht, ist hier durch die Implikation der Bibelstelle als Hoffnung Margaretes und noch mehr des gläubigen Zuschauers begründet. Goethe stellt auf diese Weise die Religiosität des Zuschauers selbst auf die Probe, und zwar muss dieser, wenn er an eine Erlösbarkeit Margaretes glauben und darüber hinaus auf ihre erlösende Christusfunktion hoffen kann, sich wie Margarete über alles pharisäerhafte Aufrechnen ihrer Taten hinwegsetzen und eine Religiosität auf der Grundlage der Liebe im geistigen und im körperlichen Sinne entwickeln.

Wie seine Figuren stellt Goethe in dieser extremen Situation seinen Leser und Zuschauer vor eine Probe und Entscheidung seines eigenen Glaubens.

100 *Ihr heiligen Engel bewahret meine Seele:* vgl. Ps. 34,8 f.: »Der Engel des Herrn lagert sich um die her, so ihn fürchten, und hilft ihnen aus. Schmecket und sehet, wie freundlich der Herr ist. Wohl dem, der auf ihn traut«. Für die erste Weimarer Aufführung dichtete Goethe einen Engel hinzu.

102 *Sie ist gerichtet!:* Die Formulierung, auf die alle Puppenspiele warnend zuliefen – Mephistos triumphierendes »Fauste, judicatus es!« (»Faust, du bist gerichtet!«) und später »In aeternum damnatus es!« (»Du bist in Ewigkeit verdammt«) –, wird hier wider die Tradition auf eine in der Sage unbekannte Person übertragen und für denjenigen, der die Engel-Identität Margaretes Z. 100 gläubig ernst nimmt, zur komisch-ohnmächtigen Teufelsgebärde. Wer dies nicht so sieht, ist angesichts des Spruchs, der eigentlich Faust gilt, mit der Frage konfrontiert, ob das Drama ›richtig‹ endet, ob hier eine im wesentlichen Unschuldige »der richtenden gefühllosen Menschheit« (S. 588, Z. 9) und einer rächenden Gottheit im Sinne des *Dies irae* zu Unrecht ausgeliefert wird – hier wird der autoritativ geäußerte Spruch Mephistos zum Anlass für religiösen Zweifel am Kirchenchristentum und für sittliche Entrüstungen gegen formalistische irdische Rechtsprechung. Die tragische Sicht endlich erkennt in Margaretes Schicksal die Entsprechung der Tragik Fausts: Wie dieser in der prätendierten Freiheit seines Wollens an den Grenzen des eigenen Menschseins und deren historischer Notwendigkeit sich aufreibt, so Margarete mit ihrer Liebe an den historischen Bedingungen und Grenzen ihrer Zeit und des eigenen Denkens, vor allem aber an der Tatsache, dass Liebe immer auf die Gegenliebe, den tragenden und sichernden Beistand des Partners, vertrauen muss und angewiesen ist. Ihre Tragik hat also wie die Fausts eine Komponente der notwendigen Geschichtlichkeit menschlichen Daseins, ist aber vor allem anthropologisch begründet und durch die Unfähigkeit des neuzeitlichen Menschen zur dauerhaften Bindung unausweichlich gemacht. Dem komischen, dem dramatischen und dem tragischen Blick entsprechend, bedeutet ihr Ruf »Heinrich! Heinrich!« den Beginn ihres Erlösungswerks, mit dem sie Faust hinanzuziehen anfängt, oder den Hilferuf und Versuch, den Mitschuldigen wenigstens zurückzuholen oder sich doch von ihm retten zu lassen, oder endlich die auch das Grauen überwindende Bekräftigung ihrer Liebe, mit der sie sich im Bekenntnis zu sich selbst, zu ihrer Schuld und zu ihrer Liebe über den drohenden Tod erhebt. Alle drei Aspekte sind gültig, der Leser und der Schauspieler müssen das fast Unmögliche leisten und sie als Ganzheit zu begreifen suchen.

Paralipomena

Der Begriff »Paralipomena« (›Übriggelassenes‹) wurde von den Herausgebern der nach Goethes Tod erschienenen Ausgabe (»Quartausgabe«, 1837) eingeführt; er bezeichnet die zum Komplex des *Faust* gehörigen Inhaltsübersichten, Schemata, Entwürfe und von Goethe nicht in den Text übernommenen Bruchstücke. Vollständig bringen wir die Paralipomena zum *Ersten Theil*; die Schema-Entwürfe für den *Zweyten Theil* und die für Inszenierungsversuche neu gedichteten Texte mussten aus Raumgründen wegbleiben. Über Ordnung und Textgestalt s. S. 712 f.

I Schlussgedichte

S. 599 *In goldnen … Vollenden nicht:* entstanden wohl 1797/98, Variation der Situation der *Zueignung.* Auf dem Manuskriptblatt unmittelbar vorhergehend die Zeilen: »Und Freude schwebt wie Sternenklang / Uns nur im Traume vor« (B 196). »Gesicht«: Vision.

Abkündigung … Hände: Ein Entwurf der Verse 6–8 von 1797 lautet: »Das Leben ist ein episches Gedicht / Es hat wohl einen Anfang u ein Ende / Allein ein ganzes ist es nicht« (B 121). Hier ist der epische Aspekt des *Faust* benannt, den Goethe mit der Selbstständigkeit der Teile, der Abgeschlossenheit der einzelnen Partien, dem Sich-Abspiegeln einander gegenübergestellter Gebilde ineinander neben dem dramatischen der Tragödie immer wieder betont hat. Der erste Entwurf der vollständigen *Abkündigung* gehört in die Arbeitsphase 1797/98 (B 209); Goethe hat ihn 1825 noch einmal für das damals mit Schlussgedichten geplante Ende des *Faust* überarbeitet. Der Schluss des Gedichts, das ein Pendant zum *Vorspiel auf dem Theater* dargestellt hätte, geht auf das »Plaudite!« (»Jetzt klatscht Beifall!«) am Ende der römischen Komödien zurück; am Ausmaß des Beifalls bemaßen die Theaterdirektoren noch um 1800, ob sie das Stück dem Publikum am kommenden Abend zur Wiederholung anbieten konnten (vgl. B 210).

S. 599 f. *Abschied … Toben:* Dieses Gedicht in vier Stanzen ist deutlich als Pendant zur *Zueignung* zu erkennen. Der erste, nahezu gleichlautende Entwurf stammt von 1797/98 (B 211 f.). Zu dieser Zeit wurde auch, der bogenartig entwerfenden und nachher Zwischenräume ausfüllenden Arbeitsweise Goethes gemäß, schon der Schluss bedacht, wie ja Goethe am 3. August 1815 zu Sulpiz Boisserée sagte, das Ende sei »auch schon fertig und sehr gut und grandios geraten, aus der besten Zeit« (aus dessen Tagebuch; zit. nach: HA 3, S. 430). Es ist demnach anzunehmen, dass Goethe bei dem »zuletzt mit Bangigkeit« ausgeführten Trauerspiel nicht etwa an die Helena-Dichtung dachte, von der ja um 1800 ebenfalls Teile entstanden, sondern an die Schlusspartie des *Faust,* die dem ebenfalls aus der Zeit stammenden Paralipomenon 5 gemäß »im Chaos auf dem Weg zur Hölle« enden sollte (Paralipomena, S. 630); vielleicht war sogar schon die Konzeption um 1800, wie sie im 4. und 5. Akt ausgeführt ist, »Des Zeiten Geists gewaltig freches Toben« mit diesem Ende im Chaos in Verbindung zu bringen: Davon hat sich das »in die Klarheit« geführte (vgl. *Faust* V. 309) Sprecher-Ich befreit, hat mit Abschluss des Werkes »den Wirrwarr des Gefühles«, die »Barbareyen«, die Magie der »Zaubereyen«, den bösen Geist (dem sich subjektiv wie in anderen Menschen die Jugend gern hingibt und der ihr zugleich schadet) alle Hindernisse »hinterwärts« gelassen und bestattet, um sich nun der aufgehenden Sonne, den Mikrokosmen der Freundschaftsbeziehungen, der Kunst und der Natur fortan unberührt zu widmen. Obwohl Goethe das Gedicht 1825 noch einmal abschreiben ließ (B 784 f.; die hier abgedruckte Fassung), hat er es wie die *Abkündigung* nicht verwendet, einmal weil ihm 1831 der vom Sprecher-Ich prognostizierte neue Aufbruch nicht mehr angezeigt schien – »›Mein ferneres Leben‹, sagte er, ›kann ich nunmehr als ein reines Geschenk ansehen, und es ist jetzt im Grunde ganz einerlei, ob und was ich noch etwa tue‹« (Eckermann, 6. Juni 1831; GmG, S. 522) –, zum andern weil ihm nach dem Abschluss des Helena-Akts sogar die Kunst in der zeitgenössischen Gegenwart suspekt geworden war (vgl. Kommentar zum 3. Akt) und die Zuversicht der Schlussstrophe nicht mehr gerechtfertigt erschien.

II Die Helena-Dichtung des Jahres 1800

BA vor 1 *Helena ... Faust:* »Glücklicher weise konnte ich diese acht Tage die Situationen fest halten von denen Sie wissen und meine Helena ist wirklich aufgetreten. Nun zieht mich aber das Schöne in der Lage meiner Heldin so sehr an, daß es mich betrübt wenn ich es zunächst in eine Fratze verwandeln soll. Wirklich fühle ich nicht geringe Lust eine ernsthafte Tragödie auf das Angefangene zu gründen« (an Schiller, 12.September 1800; SGB 1, S. 937 f.). Erwähnt wird *Helena* noch bis in den November 1800, dann wird die Arbeit erst wieder 1825 aufgenommen. Der Titel *Helena im Mittelalter* wie die zitierte Briefstelle weisen darauf hin, dass die antike Heroine gar nicht wie im 3. Akt des *Zweyten Theils* in Griechenland vor dem Palast des Menelaos auftreten und dort das Fragment einer antiken Tragödie mitspielen sollte, sondern dass sie nur vermeintlich aus Troja nach Sparta, tatsächlich aus der Unterwelt, »aus Elysium gehohlt« (so ein Schema-Entwurf, B 539) und ins (deutsche) Mittelalter gebracht wurde, wo Phorkyas/Mephisto und dann Faust sie empfangen (vgl. Grumach 1958, S. 63f., 70). Das Missverständnis Helenas und seine Aufklärung hätte schon den ersten burlesken Spielzug des »Satyr-Dramas« gebildet (vgl. Schillemeit 1987), der Helena gewissermaßen heimgezahlt hätte, dass sie nach Euripides die Griechen und die Trojaner zehn Jahre lang durch ein Gespenst ihrer selbst genarrt hatte. Die Formulierung des Untertitels lautete zunächst »Satyrisches Drama«, womit vielleicht zugleich die Verfratzung der Antike durch den Klassizismus der Malerei und der Damenmode um 1800 aufs Korn genommen werden sollte. Die Konzeption, die Helena aus der Tragödie ihrer Rückkehr nach Sparta in ein Ritterstück des Mittelalters und von da mit Faust in eine Oper der Neuzeit fliehen und damit ihrer Verfratzung bis zu einem bestimmten Punkt zustimmen lässt, stammt erst aus der Arbeitsphase 1825–27.

82–85 *[Schon manchmal … Zwischenkunft.]:* Diese Zeilen, von Goethe eigenhändig in die Handschrift des Schreibers Geist von 1800 eingetragen, verlegte Erich Schmidt in diese frühe Arbeitsphase. Neuere Forschungen legen nahe, dass sie wie andere Korrekturen und Ergänzungen Goethes der Arbeitsphase von 1825 zuzurechnen sind (vgl. B 568). Ich habe sie deshalb in eckige Klammern gesetzt.

86 *des Gesanges:* Die Zeile weist darauf hin, dass Goethe schon, wie in der späteren Fassung des 3. Akts ausgeführt, die Unterbrechung der Rede Helenas durch Gesangsstrophen vorgesehen hatte.

III Zusammenfassende Inhaltsangaben

1. Entwurf für *Dichtung und Wahrheit*

Der Text wurde dem Schreiber Kräuter diktiert, der 1816 für Biographisches eingesetzt wurde, und stammt deshalb wahrscheinlich aus diesem Jahr. Das 18. Buch von *Dichtung und Wahrheit*, für das der Text bestimmt war, schildert die Ereignisse des Jahres 1775; sollte also der *Faust*-Plan mitgeteilt werden, so in dem Planungsstadium von 1775, an das Goethe sich noch erinnerte. Schlüsse über die Planung, wie sie Goethe, wenn überhaupt, 1816 vorschwebten, lassen sich daraus nicht ziehen. Dennoch ist bemerkenswert, wie viele Elemente davon in die endgültige Fassung eingingen.

2. Bericht von Johannes Daniel Falk

Veröffentlicht erstmals 1832, Datierung und Informationsquelle Falks sind unbekannt. Falk bezeichnet die »in dem gedruckten ›Faust‹ unterdrückte Scene« als »Probe« aus dem »Walpurgissack«. Er hatte also offenbar keine Kenntnis von einem konzipierten *Zweyten Theil* und der Zugehörigkeit des von ihm berichteten Geschehens zu dessen erstem Akt. Konstant zum Entwurf (1) bleibt die Rettung des von Faust zu anspruchsvoll und theoretisch geführten Gesprächs durch Mephistopheles, sein Schwadronieren (Prahlen) und Radotieren (Schwätzen).

3. Helena-Ankündigung, Erster Entwurf

Die Veröffentlichung des Helena-Akts im Band 4 der »Ausgabe letzter Hand« (1827) sollte in Goethes Zeitschrift *Über Kunst und Altertum* angekündigt und in die Skizze eines Handlungsverlaufs seit dem Ende des *Ersten Theils* eingebettet werden.

616,15 *Puppenspiel:* Seit der *Historia* gehört die »Helena auß Griechenland / so dem Fausto Beywohnung gethan in seinem letzten Jahre« (Kap. 59) zum Kernbestand der *Faust*-Bearbeitungen.

616,21 *Ennyo:* eine der Phorkyaden (s. Anm. zu *Faust II*, V. 7989 f.). Wenn hier auf Fausts Versuch angespielt wird, mit Hilfe Mephistos und dessen engerer Verwandtschaft unter den hässlichen Nachtgestalten der griechischen Religiosität sich Helena zu nähern, so hat man hier die erste konzeptionelle Erwähnung einer klassischen Walpurgisnacht und zweier Versuche, an Helena heranzukommen: Mephistos misslingender Versuch, über das Hässlichste die Schönste in die Gewalt zu bekommen, scheitert; Fausts Versuch, über die thessalischen Sibyllen Helena von Persephone zu erbitten, wird im folgenden angedeutet.

617,21 *in der Schillerschen Correspondenz:* vgl. Kommentar zur Helena-Dichtung des Jahres 1800 (S. 1029 f.), Anm. zu BA vor V. 1.

3a. Helena-Ankündigung, Zweiter Entwurf

Sogenannte »Antecedenzien zu Helena«. Ein Vorentwurf findet sich B 424–431.

618,13 f. *den allgemeinen Erdeschranken:* den anthropologischen Begrenzungen des Lebens auf der Erde.

618,19 *Gesinnung ... der modernen so analog:* Moderne Gesinnung ist demnach in Goethes Verständnis die Unzufriedenheit mit dem Leben innerhalb der »allgemeinen Erdeschranken«, insbesondere hinsichtlich des Wissens und des Genusses, daraus resultierend Unruhe, Unbehagen, Sehnsucht, Versuche der Überschreitung der anthropologischen Grenzen nach allen Seiten, Scheitern, unglückliches Zurückkehren. Als historische Gestalt des 16. Jh.s ist Faust kein Moderner in dem Sinn, den das Wort seit der Neubestimmung im letzten Drittel des 18. Jh.s hatte. Wenn seine Gesinnung »analog« ist, so bedeutet das, dass er schon im 16. Jh. über die Bedingungen seiner Epoche hinausstrebte, dass sich also die anthropologische Unzufriedenheit und Entgrenzungs-Sehnsucht bei dieser Figur historisch abbildet und damit die Dialektik zwischen Vor- und Übereilung einerseits, Fesselung und Bremsung durch die Tradition andererseits dem Rezipienten das unglückliche Bewusstsein des Modernen als in den Widersprüchen seiner Geschichtlichkeit begründet zur Erfahrung bringt. *Faust* ist damit als anthropologisch absolute Tragödie bestimmt, die in der Geschichtlichkeit des unglücklichen Bewusstseins der Moderne zur Anschauung kommt.

618,19 f. *mehrere gute Köpfe:* Lessing hatte in den *Briefen, die neueste Litteratur betreffend* (Nr. 17) nicht nur auf den Faust-Stoff aufmerksam gemacht, sondern auch aus seinem eigenen Entwurf ein Stück mitgeteilt; Klinger, Maler Müller, bis hin zu Heines Tanzpoem lieferten *Faust*-Bearbeitungen, die stärker an der *Historia* und den Puppenspielen orientiert waren; mit Goethes *Faust*-Konzeption setzten sich z. B. Arnim in den *Kronenwächtern* und Byron in verschiedenen seiner Stücke auseinander.

619,1 f. *in höheren Regionen, durch würdigere Verhältnisse:* Hier wirkt sich wieder ein Element des »neuern Gebrauchs« des Faust-Mythos bei Goethe aus. *Historia* und Puppenspiele zeigten einen Faust, dessen Wünsche von dem dienstbaren Teufel erfüllt werden und allenfalls im Schwierigkeitsgrad der Erfüllbarkeit sich steigern. Goethe lässt Faust lauter unerfüllbare Wünsche tun, die sämtlich mit der Übersteigung der Grenzen des Menschseins zusammenhängen und sämtlich an der Widersprüchlichkeit der anthropologischen Ausstattung scheitern. Wer im Genuss nach Begierde verschmachtet (V. 3250), weil eben auch das Begehren zum Menschsein gehört, der ist durch keinen Teufel zu befriedigen. Daraus ergibt sich selbstreflexiv, dass Faust auch mit der Qualität seiner Wünsche nicht mehr zufrieden sein kann und nicht nur anderes, sondern »Höheres«, »Würdigeres« versuchen wird.

619,27 *welche Einleitung:* die Handlungszüge des 1. und 2. Akts, die zum Auftreten der Helena führen.

619,32 f. *die verlangten Idole:* Im Gegensatz zu Fausts späterem Wunsch verlangt der Hof nicht eine »ins Leben« gezogene Helena, sondern eine »Geistererscheinung« von »Idolen«, also leblosen Bildern, vgl. auch V. 6183–86.

620,5 f. *den plumpen heroischen Fuß:* Schöne (Kommentar z. St., FA Bd. 7,2) verweist auf zeitgenössische Kritiken an der Wohlgestalt der Venus Medici von Winckelmann und Heyne.

620,12 *Donnerschlag:* Damit ist die Nachbildung des mythischen Geschehens um Herakles, den Dreifuß, Apollon, Zeus (s. Anm. zu V. 6563) noch genauer bezeichnet als durch »Explosion« (BA nach V. 6564), die die Ungeschicklichkeit im Umgang mit der Technik ins Spiel bringt.

620,14–16 *Schlafsucht … begeben:* Die endgültige Fassung spricht von Paralyse Fausts, also Lähmung, die beim Erwachen zum Tod führen kann (V. 6930 f.); Homunculus hat noch nicht die Aufgabe des Traumlesens.

620,22 *hin und her zu sprengen:* zum Springen zu veranlassen. Auch in der endgültigen Fassung hat Faust, der zu den Müttern geschickt wird, diesen Verdacht (V. 6249–54).

620,27 *hoch gloriirend:* sich über die Maßen rühmend.

621,6 *die pharsalische Schlacht:* s. Anm. zu V. 6952–55.

621,9 *Angabe der Benedictiner:* Nach Düntzer (1891, S. 84) bezieht Goethe sich auf das »für die historische Chronologie lange Zeit maßgebende« Werk des Benediktinerordens *L'art de vérifier les dates* (vgl. B 458).

621,19–21 *nach dem gründlichen … Unglück gewesen:* Behauptung, die von Goethe erfundene *Classische Walpurgisnacht* sei Ursache des Unglücks der Schlacht von Pharsalus, d. h. des Untergangs der römischen Republik und des Übergangs in den Caesarismus gewesen. Denkbar ist eine Anspielung Goethes auf das Peloria-Fest, das zum Gedenken an die vulkanische Entstehung der thessalischen Ebene aus einem See gefeiert wurde (s. Anm. zu V. 7005 f.), so dass hier schon eine erste Analogisierung von Vulkanismus und Staatsentstehung/-umwälzung vorläge. Wichtig ist die Bemerkung vom Zusammenhang der Weltgeschichte, dessen Grund durch Epochen, in der astrologischen Bedeutung also wiederkehrende Gestirnkonstellationen, gestiftet werde; durch eine solche konstellative Wiederkehr wäre die Beziehung zwischen Vulkanausbruch, Gedenkfest und Unglück von Pharsalus denkbar.

621,27 *Eilmantel:* Fausts Fluggerät, in der endgültigen Fassung durch Anspielung auf die Montgolfiere ersetzt.

622,3 *Erichtonius:* mit Erichtho nur namensverwandt; Sohn des Hephaistos und der Erde, schlangengestaltig oder wenigstens mit Drachenfüßen.

622,16 *Ameise:* Nach Herodot, *Historien* III,116, wird das Gold, das die »kolossalen« Ameisen geschürft haben, von Greifen entwendet. Diese verlieren es an die Arimaspen, ein sagenhaftes berittenes Volk Einäugiger im hohen Norden Europas.

622,27 *Chimären, Tragelaphe, Gryllen:* Die Chimäre »war ein ungeheures Thier, welches drey Köpfe, als einen Löwen- Ziegen- und Schlangenkopf hatte, dabey von vorn einem Löwen, in der Mitten einer Ziege, und von hinten einem Drachen glich, hiernächst Feuer aus seinem Rache spye« (Hederich, Sp. 703). »Tragelaph«, Bockhirsch, verwendet Platon, *Politeia* 488a, in Beantwortung der Frage, wie die scheinbar unnützen Philosophen dem Staat dennoch nützlich sind; Goethe nannte den *Faust* einen »Tragelaphen« (an Schiller, 6. Dezember 1797; SGB 1, S. 522). »Gryllen« sind Zwerge mit unproportioniert großen Köpfen.

622,29 *Python:* ungeheurer weissagender Drachen, von Apollon mit Pfeilen erlegt, der deswegen den Beinamen »Pythios« trägt. Vgl. Anm. zu Paralipomenon 66.

622,30 *stymphalischen Raubvögel:* Stymphaliden, Raubvögel mit eisernen Flügeln, Schnäbeln und Krallen, die ihre Federn wie Pfeile abschießen. Eine der zwölf Arbeiten des Herakles bestand in ihrer Vernichtung.

623,3 *baumen sie auf:* lassen sich in den Bäumen nieder.

623,5 *Conformation:* Körperbeschaffenheit.

623,16 *einige blaues, andere purpurnes Feuer:* wahrscheinlich wegen der Zugehörigkeit zu verschiedenen Heeren, vgl. Z. 20 f.

624,3 *Scotusa:* s. Anm. zu V. 7465.

624,5 *Enceladus:* »Einer der grausamsten Riesen, welchen aber in dem Gefechte mit den Göttern Minerva mit ihrem Wagen zu Boden fuhr. Nach andern erschlug ihn Jupiter mit dem Blitze, und setzete hernachmals den Berg Aetna in Sicilien auf ihn; daher denn auch, wenn er sich von einer Seite zur andern wälzet, ganz Sicilien erschüttert wird« (Hederich, Sp. 994).

624,9 *Thales und Anaxagoras:* s. Anm. zu V. 7851.

624,12 *peroriren:* tragen mit rhetorischem Pathos vor.

624,32 *Enyo:* s. Anm. zu 616,21.
625,5 *ein Bündniß:* offensichtlich die Entleihung der Gestalt für das Rollenspiel des 3. Akts.
625,11 *Lamien:* hier reizen sie Faust, nicht wie in der Endfassung den Mephistopheles.
625,30 *Larissa:* s. Anm. zu V. 7465; dort auch zu Perseus von Makedonien.
626,14 *Gorgonenhaupt:* Medusa, eine der drei Gorgonen, ein geflügeltes und schlangenhaariges Wesen mit der Fähigkeit des versteinernden Blicks. Sie wurde von Perseus enthauptet (vgl. V. 4208).
626,16 *Proserpina:* Persephone, Tochter des Zeus und der Demeter, Gattin des Hades und Herrscherin der Unterwelt.
626,24 f. *gränzenlosen Incidenzien:* unzähligen Zwischenfällen.
626,29 f. *des Protesilaus, der Alceste und Eurydice:* Protesilaos war der erste von den vor Troja landenden Griechen, der vom Schiff sprang und der sogleich von Hektor getötet wurde. »Es erlangete nachher dessen Gemahlinn, Laodamia, eine Tochter des Akastus, von den Göttern, daß er auf drey Stunden wieder aus dem Reiche der Todten herauf gelassen wurde, da sie sich denn noch einmal mit ihm unterredete, und hernach selbst umbrachte« (Hederich, Sp. 2105). Zu Alkeste s. Anm. zu V. 7435. Eurydike: die verstorbene Gattin des Orpheus. Dieser durfte sie in die Oberwelt zurückholen, verlor sie aber wieder, da er sich zu zeitig nach ihr umsah.
626,30 f. *Helena schon einmal:* s. Anm. zu V. 7435.
627,3 *die drey Richter:* Minos, Rhadamantys, Hades richten über die Toten in der Unterwelt.
627,23 f. *Helena … zu Faust:* vgl. Kommentar zum 3. Akt.

4. Helena. Zwischenspiel zu Faust

Veröffentlicht in *Über Kunst und Altertum* 6,1, 1827. Um alle Handlungsdetails gekürzte Fassung des Zweiten Entwurfs (Nr. 3a); bemerkenswert ist die vollständige Bewahrung der Einleitung über Fausts Gesinnung. Dass man zugeben soll, »daß die wahre Helena auf antik-tragischem Kothurn vor ihrer Urwohnung zu Sparta auftreten könne« (629,24–26), verlangt schon phantasmagorische Vorstellungskraft beim Leser, denn »die wahre Helena« stand nie auf den erhöhten Schuhen eines tragischen Schauspielers. Genau dies verlangt aber Faust von ihr; sie soll sich selbst spielen (s. Anm. zu V. 7433 f.).

IV Entwürfe

Max Hecker, dessen Ordnung und Nummerierung der Paralipomena wir zugrunde legen (vgl. »Zur Textgestalt«, S. 712), hat unter den Nummern 1–4 die hier unter I und II aufgeführten Texte; die »Zusammenfassenden Inhaltsangaben« unter III hat er unter die Nummern 70–74 gesetzt. Da sich die in unserer Abteilung IV gesammelten Splitter mit wenigen Ausnahmen aus der vorletzten und letzten Arbeitsphase am *Faust* herschreiben, lässt sich bei unserer Anordnung die Entstehung der endgültigen Konzeption und Fassung genauer verfolgen.

5 Diplomatische Wiedergabe und Forschungsbericht B 221–224, s. auch LGF 2. Der Datierung Binders »um 1800« ist zuzustimmen, ebenso der Ergänzung »gesucht« für das unsicher lesbare »gesh« durch Wilhelm Büchner (*Faust-Studien*, Weimar 1908). Das Schema gehört in die Phase, in der Goethe den Zusammenhang der beiden Teile bedacht, sich über die Hauptlinien des Ersten Teils Rechenschaft gegeben und dem *Zweyten Theil* seinen »höheren und würdigeren« Charakter zugedacht hat. Den Akten I bis III kann man Tatengenuss nach außen (I), Genuss mit Bewusstsein (II) im Blick auf Fausts »Erinnerung« der antiken Heroen und Dichter, endlich Genuss der Schönheit (III) zuordnen. Den Akten IV und V Schöpfungsgenuss, wobei die Bestimmung »von innen« unklar ist. Chaos und Hölle werden durch die geistreiche Erklärung der durch die Revolution verkehrten Welt als Hölle tatsächlich dargestellt (vgl. Kommentar zum 4. Akt); Faust befindet sich in den beiden Schlussakten nach dieser Erläuterung in der Hölle. – Man muss sich aber vor Augen halten, dass um 1800 diese Planungen noch nicht im Einzelnen gereift waren; wie viel sich im Lauf der beinahe drei Jahrzehnte noch veränderte, zeigen am Beispiel der beiden ersten Akte die »Zusammenfassenden Inhaltsangaben«.

6 Forschungsbericht B 125–127; mit Morris und der WA ordne ich das Fragment dem *Vorspiel auf dem Theater* zu und ergänze deshalb die Sprecherangaben. Zu »Alraune« vgl. Anm. zu V. 4979 f.

7 Gehört sicher zu den poetologischen Überlegungen des *Vorspiels auf dem Theater*; deshalb die Ergänzung der Sprecherangabe. In den Stücken der Englischen Komödianten und der aus ihnen sich ableitenden Wandertruppen war der Narr, die »Lustige Person«, in der Tat durchgängig anwesend, um die oft schon von der Sprache her unverständliche Handlung durch seine Clownerien zu vermitteln, aufzulockern und zu stören.

8 Unsicher, ob das Fragment in den Kontext des *Vorspiels auf dem Theater* oder in den Umkreis der *Zahmen Xenien* gehört. Erklärt wird der Sinn der literarischen Satire und Provokation: Nur durch Schocktherapie ist den Trägen oder Unverständigen oder Selbstgefälligen beizukommen.

9 Positionen, die im *Vorspiel* vom Direktor und von der Lustigen Person vertreten werden. Die Zuschreibung des Sprechers ist unsicher.

10 Gehört wahrscheinlich in die Schlussphase des *Vorspiels* und wird vom Dichter gesprochen, der die Forderungen der Lustigen Person mit seiner Position zu vermitteln sucht.

11 Das Wort »Insufficienz« (d. h. ›Mangel‹) ist offensichtlich nachgetragen. Der vielbesprochene Satz (Forschungsbericht B 119) beschreibt das Ungenügen Fausts noch vor dem definitiven Verzicht auf Glück (V. 1765): Was einen Wissenschaftler wie Wagner glücklich macht, bringt ihn durch das Auf-der-Stelle-Treten zur Verzweiflung.

12 Möglicherweise zwei Fassungen eines Gedankens; Näherung an Formulierungen in *Studirzimmer [II]* und *Wald und Höhle*.

13 Nach Jes. 40,6 und dem Sprichwort von »Glück und Glas, wie leicht bricht das«. Weder der Sprecher noch der szenische Kontext sind genau auszumachen (*Walpurgisnacht*?).

14 Da die zwischen *Studirzimmer [I]* und *Studirzimmer [II]* geplante Disputation, unter anderem zwischen Faust und Mephistopheles, eine Art wissenschaftlichen Schaukampfs vor Universitätspublikum, nicht ausgeführt wurde, bringen wir das von Goethe entworfene Schema, um den Kontext der Fragmente 11–16 zu verdeutlichen. Bei der Disputation, die zu einem akademischen Grad oder der Lehrbefugnis führte, musste der Kandidat als »Respondent« (Antwortender) sich den Fragen und Gegenthesen mehrerer »Opponenten« (Gegner) so lange stellen, bis er aufzugeben gezwungen war. In Goethes Plan ist Wagner der letzte der Opponenten und beglückwünscht den Respondenten (»Kompliment«), als Mephistopheles (»Fahrender Scholastikus«) auftritt und die Versammlung tadelt, weil sie es dem Kandidaten zu einfach gemacht hat. Er fordert den Kandidaten heraus, der offenbar den guten Eindruck, den er durch das Lob des letzten Opponenten Wagner gewonnen hat, nicht mehr verspielen will. Faust springt als Respondent ein und nimmt die Herausforderung Mephistos an, der als Fahrender seine Lebensweise (»Lob des Vagierens«) und die dabei gewonnene Erfahrung rühmt und vor das Schul- und Bücherwissen setzt. Faust widerspricht, rühmt die in der kontemplativen Lebensform gewonnene Selbsterkenntnis (Goethe schreibt versehentlich γνοϑι statt γνωϑι; der griechische

Ausdruck bedeutet »Erkenne dich selbst«) und fordert Mephistopheles auf, Fragen aus der Empirie zu stellen. Die Fragen betreffen die Reiche der Natur vom Anorganischen bis zum Menschen; Faust beantwortet sie offenbar und stellt eine nicht durch Erfahrung zu findende, geschweige denn zu lösende Gegenfrage nach dem »schaffenden Spiegel«. Weil Mephistopheles damit entweder die Weisheit Gottes als rezeptiven und aktiven Spiegel oder den schaffenden Geist des Menschen als monadischen Spiegel des Universums anerkennen müsste (Nachweise s. Szenenkommentar zu *Studirzimmer [II]*, s. FD 2, S. 232 f.), gibt er sich mit einem Kompliment vorläufig überfragt und weicht auf »einandermal« aus. Die ganzen Vorgänge spielen sich unter Vorsitz des Universitätsrektors ab und werden von seinen Dienern (»Pedellen«) geordnet und überwacht, denn die Studenten, in Pro- und Contra-Gruppierungen geteilt und über den »Zustand« von Angriff und Verteidigung diskutierend, bilden ein unruhiges Publikum, das Goethe in Halbchören und Tutti singen lassen wollte. Wagners Sorge vor Einbläsereien durch Geister ist begründet, wenn man Mephistos Verfahren mit dem Astrologen im 1. Akt bedenkt.

15 Ausarbeitung des Anfangs der Disputationsszene nach Nr. 14. Das »Konvickt« ist der Speisesaal der Studenten. Mephistopheles, der einen praktikablen Vorschlag zur Beendigung des Gedränges an der Tür macht, findet Gehör, wird aber wegen seines großspurigen Studentengehabes (›Renommierens‹) getadelt.

17 Gehört vielleicht in die Schülerszene.

18 Im Text sind »michs« (Z. 1) und »was« (Z. 3) schwer leserlich (B 239).

19 Spott des Mephistopheles auf die unlösbaren Aufgaben, die Quadratur des Zirkels (flächengleiches Quadrat für Kreis) und die Dreiteilung des Winkels (korrekt wäre ›Triseziert den Winkel‹) mit Zirkel und Lineal zu finden.

20 »euer blöd Gesicht«: eure schwachen Augen.

26 Die Entgegensetzung von Wissen und Genießen betrifft den V. 1770 gefassten und im Gretchendrama durchgeführten Plan, zu genießen, was der ganzen Menschheit zugeteilt ist, und dies nach den vergeblichen Versuchen, höheres Wissen zu erlangen. Mit der Formulierung »Mein Busen, der vom Wissensdrang geheilt ist, / Soll keinen Schmerzen künftig sich verschließen« (V. 1768 f.) lässt Faust erkennen, dass er nach den erlebten Enttäuschungen nur an eine Alternative Wissen oder Genießen denkt, und Mephistopheles lässt ihn gerne in diese Richtung gehen, weil sie wieder für eine Disproportion, für Unglück und Scheitern sorgt. Die Formulierung des Fragments macht für Mephistos endgültige Strategie zu deutlich auf

den »Fehler«, die dem Menschen nicht überwindbare Diskrepanz zwischen der distanzierten Mittelbarkeit des Wissens und der spontanen Unmittelbarkeit des Genießens, aufmerksam; Faust wäre vielleicht nicht bei seiner für Mephistopheles so erfreulichen Verachtung von Vernunft und Wissenschaft geblieben (vgl. V. 1851).

29 Goethe hat bei einer Überarbeitung die Schlusszeile verändert: »Das ist die Kocher[ei] die euch am besten schmeckt«. Zu »Ragout« vgl. Anm. zu V. 100.

30 Die beiden in eckige Klammern gesetzten Wörter in der Schlusszeile sind schwer leserlich; Vermutungen nach B 108. Der nach Wundern süchtige Mensch (»Wundermann«) gibt sich mit der platten mechanistisch-materialistischen »Wahrheit« des Mephistopheles nicht zufrieden.

31 Bezieht sich auf den geplanten Übergang von Streben nach höchster Wahrheit zum Streben nach Genuss (vgl. die Nummern 20–23). Zugleich Anspielung auf das Gleichnis vom verlorenen Sohn (Lk. 15,11–32), wo der jüngere der zwei Söhne sein Erbe verprasst, dann die Schweine hüten muss: »Und er begehrte seinen Bauch zu füllen mit Trebern, die die Säue aßen; und niemand gab sie ihm« (ebd. 15,16).

32 Angesichts der Ungenügsamkeit Fausts hat Mephistopheles mannigfaltige und große Ansprüche zu erfüllen. Seine Ausdrucksweise nimmt schon vorweg, dass am Ende der Knecht den Herrn manipuliert.

35 Der Schema-Entwurf gibt Einblick in eine in der Endfassung weggelassene Diskussion über Vor- und Nachteile der Jugend. Faust möchte verjüngt werden, weil die Jugend so herrlich bedenkenlos, roh, geschmacklos und wenig festgelegt (»elastisch«) ist, weil ihr die ganzen Hindernisse, die die Reflexion, der gebildete Geschmack aufrichten, nicht in den Weg kommen. Mephistopheles widerspricht aus Prinzip und bietet schließlich den Trank an; der aber wird die von Faust erhoffte innere Jugendlichkeit, die Befreiung vom Nachdenken und Bedenken, nicht bringen.

36 Das Fragment wurde meist in die Disputationsszene gestellt, doch gehen Faust und Mephistopheles nach dem Schema (Nr. 14) als Freunde miteinander um: Schon Morris vermutete einen anderen Kontext. M. E. schließt es sich problemlos an den Gedanken V. 2560–62 an, wo Mephistopheles sich darüber satirisch auslässt, dass nach der Trinitätslehre 3 = 1 sein sollen; was die Drei zu Eins macht, was darüber hinaus die Mannigfaltigkeit der Welt zur Manifestation eines Einen machen soll, ist dem Mechanisten ein Geheimnis.

37 Nach V. 878 kann man in der Andreasnacht (vom 29. auf den 30. November) im Zauberspiegel das Bild des künftigen Geliebten erblicken. Witkowski

vermutet, dass Faust und Gretchen »gleichzeitig in der Andreasnacht als Vision einander erscheinen« sollten (Bd. 2, S. 424); wegen des Datums der Andreasnacht ist jedoch der Kontext des Osterspaziergangs, den er annimmt, nicht möglich. Unabhängig von der Platzierung ist interessant, dass Margarete, so wie Helena, durch eine Vision vorbereitet werden sollte und damit unzweideutig nicht das erstbeste weibliche Wesen ist, das Faust anspricht. Die Szene hätte mit dem Wiedererkennen der beiden allerdings eine einschneidende Umarbeitung des Anfangs der Gretchen-Handlung erfordert.

39 Durch eine Nummerierung von Goethes Hand wird das Fragment in der Arbeitsphase 1797/98 einer Szene vor *Dom* zugewiesen. Mephistopheles monologisiert über seine Rolle als Erzieher (»Gouverneur«) des verjüngten unbändigen Faust (»Wildfang«), den er bei der Verfolgung seiner Lüste möglichst viele »dumme Streiche« wie die Tötung Valentins begehen lässt, um ihn desto abhängiger von sich zu machen; »afficirt« bedeutet ›berührt, betrifft mich‹.

40 Dass die Frauen sich über die (Theater-)Stücke unterhalten, belegt den Plan einer Aufnahme von »Stücken« wie *Walpurgisnachtstraum* schon in dieser Vorphase der Ausführung; es sollte eine parallele Konstellation von Walpurgisnacht und folgendem »Intermezzo« im *Ersten* und *Zweyten Theil* entstehen. Das Kartenspiel L'hombre erklärt Goethe folgendermaßen: »Hier sind meinem Wollen und Wagen gar viele Türen gelassen; ich kann die Karten, die mir zufallen, verleugnen, in verschiedenem Sinne gelten lassen, halb oder ganz verwerfen, vom Glück Hilfe rufen, ja durch ein umgekehrtes Verfahren aus den schlechtesten Blättern den größten Vorteil ziehen, und so gleichen diese Art Spiele vollkommen der modernen Denk- und Dichtart« (*Shakespeare und kein Ende*; HA 12, S. 292). Vielleicht sollen die Diskussionen über die Stücke ebenfalls Anlass zu Äußerungen über Zeitgenössisches und Modernität geben (vgl. den *Walpurgisnachtstraum*); jedenfalls ist deutlich, dass schon in dieser Vorphase die altertümlichen Züge des Blocksbergs-Geschehens (vgl. den »Rattenfänger von Hameln«) mit modernen Anspielungen durchsetzt sein sollten.

44 Die Wiederaufnahme dieser Verse auf einem Blatt mit Entwürfen zum *Walpurgisnachtstraum* legt nahe, dass Goethe sie diesem Text einzubeziehen gedachte. Sie könnten zunächst auch im Kontext der *Walpurgisnacht* bei den alten Herren konzipiert gewesen sein, wie wahrscheinlich auch das folgende Fragment Nr. 45.

45 Nach Morris' Vermutung (1902, Bd. 1, S. 95) sollte Gretchen zunächst mit

dem Bild ihres Kindes »erscheinen und sich Faust zu Füßen werfen« (vgl. Nr. 46). Diese direkt kommunikative Geste wird in der endgültigen Fassung durch das zweideutige Medusen-Idol ersetzt (V. 4189–94).

47 Aus der Kontroverse zwischen dem Eutiner Johann Heinrich Voß (1751–1826) und dem »Wunderhorn«, die mit einer Besprechung der 1806/08 erschienenen Liedersammlung *Des Knaben Wunderhorn* durch den Romantiker-Feind Voß 1808 begann, ergibt sich die Entstehung dieser Verse nach dem Erscheinen des Ersten Teils 1808. Goethe hatte Achim von Arnims (1781–1831) und Clemens Brentanos (1778–1842) *Wunderhorn* ausführlich und mit prägnanten Kommentaren zu den Liedern besprochen (AG 14, S. 444–459) und musste Voß' Angriffe also auch auf sich und sein günstiges Urteil beziehen. Die drei ersten Vierzeiler beziehen sich auf Heinrich Jung-Stilling (1740–1817), dessen Buch *Heinrich Stillings Jugend* Goethe in Freundschaft einst zum Druck befördert hatte (1777). Wie mit vielen seiner Jugendfreunde hatte Goethe sich auch mit dem Frömmler Jung auseinandergelebt und plante einen satirischen Angriff, als 1808 von ihm eine *Theorie der Geister-Kunde, in einer Natur- Vernunft- und Bibelmäsigen Beantwortung der Frage: Was von Ahnungen, Gesichten und Geistererscheinungen geglaubt und nicht geglaubt werden müßte*, erschien. Im Hause Hohenzollern spukte als »Weiße Frau« die Gräfin v. Orlamünde, die Jung im Titelkupfer abbildet und die Goethe ihn nach den »weisen Männer[n]« fragen läßt. Nach B 244 bezieht sich der folgende geteilte Vierzeiler ebenfalls auf Jung, der zur Stützung seiner Argumente den »Sturz des uralten Ptolomeischen [sic! daher Goethes Schreibung] Weltsystems« durch Kopernikus anführt. Wenn Jung nun, so Goethe satirisch, den Gespensterglauben mit der Revision des Weltbilds durch Kopernikus analog setzt, dann muss Kopernikus einst die Sonne für eine bloße Witterungserscheinung (»Meteor«) und die sie betrachtenden Menschen für Gespenster gehalten haben.

48 Ob dieses Fragment auf Friedrich Gottlieb Klopstock (1724–1803) als erklärten Verächter des Reims oder auf einen schlecht reimenden Dichter gemünzt ist, ist nicht auszumachen.

51 Die »Kinder-Bibliothek« in dem von Goethe gestrichenen Vers wurde von dem Pädagogen Joachim Heinrich Campe (1746–1818) herausgegeben; nach Mitarbeit in dem von Johann Bernhard Basedow (1724–1790) gegründeten Philanthropinum in Dessau leitete er 1777–85 eigene Erziehungsanstalten (»Philanthropinen«, vgl. Nr. 51) in Hamburg und Trittau und wirkte 1786–1805 als Schulrat an der Braunschweigischen Schulreform mit. Zu »Musaget« vgl. Anm. zu V. 4307–18.

52 Bezogen auf die *Xenien* Schillers und Goethes, die mit ihren zwei Langversen als leiblose Insekten mit langen Beinen vorgestellt werden, die stechen (»kiken« ist mitteldeutsch für ›stechen‹, B 124) und großen Unfug in Deutschland angerichtet haben.

53 Auf dem Sammelblatt, das mit den Verspaaren der Nummern 49/50 beginnt, folgt der Entwurf der Verse 331–353 des *Prologs*; Bohnenkamp setzt sie deshalb mit Grumach in den Kontext des Prologs. Auf dem Blatt finden sich jedoch Fragmente zu vielen verschiedenen Szenen bis hinein in den *Zweyten Theil*, so dass die Zuschreibung nicht sicher zu behaupten ist.

58 Schema für die in einem Arbeitsstadium nach dem *Walpurgisnachtstraum* (»Intermezzo«) geplanten Satans-Szenen, die eine Art Entsprechung zum *Prolog im Himmel* bilden konnten. Eine Reihe der folgenden Fragmente führen die Stichwörter des Schemas aus. Der dem Walpurgis-Komplex an vielen Punkten zugrundeliegende Kupferstich von Michael Herr (1591–1661; s. Abb. 11, S. 814 f.) scheint hier allerdings nicht verwendet zu sein, denn da fehlen Feuersäulen, Rauch und Qualm in unmittelbarer Umgebung des Satans, der nicht als Fels, sondern in Menschen- oder Tiergestalt auf einem Fass auf dem Berggipfel sitzt und einen Trompeter neben sich hat, während die Satanisten in langer Reihe den Berg hinauf wandern, um Aufwartung zu machen.

59 Auf dem zu Nr. 58 beschriebenen Kupferstich führt die Reihe derjenigen, die am Satan vorbei vom Berg wieder herunterkommen, eine Figur mit flammenden Händen an.

61 Erster Eintrag in ein von Goethe eigenhändig geschriebenes Heft, in dem die Fragmente der Satans-Szenen bis Nr. 65 gesammelt sind; Beschreibung B 139; zwischen den Fragmenten große Zwischenräume und leere Seiten. Zur Gesamtkonzeption und zu den Gründen des Verzichts auf die Ausarbeitung und Einbeziehung in den *Faust I* vgl. Szenenkommentar zu *Walpurgisnacht* (hier S. 812–817). Hier folgen nur Einzelerläuterungen.

62 Wie der Weltenrichter Christus die Böcke von den Schafen scheidet (Mt. 25,32 f.), dabei aber die Bösen und die Guten meint, so scheidet der Satan parodistisch Männer und Frauen, um sie gesondert zu belehren. »Besmen« sind ›Besen‹.

66 Einer der Mythen von der Entstehung dieses ungeheuren Drachens Python besagt: »Es soll ihn aber Juno selbst hervorgebracht haben, da sie in vollem Zorne mit der Hand auf die Erde geschlagen« (Hederich, Sp. 2133). Die Schöpfung dieses Untiers geschah also ungewollt und zufällig, wie wohl auch die Hexen mit dem Satan nicht in den Plan der »ewigen Weisheit« gehören.

67 Soll »unser Wimpel südwärts wehen« und die Fahrtrichtung Süden sein, muss ein starker Nordwind als Antrieb benutzt werden.

68 Krankheit als Schocktherapie, durch induziertes Fieber verursachte Kräftigung eines Organismus, gehörte zu den medizinischen Verfahren des sogenannten Brownianismus (nach John Brown, 1735–1788), wo aufgrund einer Theorie der Reizbarkeit oder Erregbarkeit die Krankheiten durch zu starke oder zu schwache Reize (sthenisch/asthenisch) entstehen und durch entsprechende Ab- bzw. Anspannung behandelt werden können. – Nachtmahre sind ursprünglich Albträume, die den Schläfer auch als Dämonen vorgestellt bedrücken (mhd. *mar, mare*). Aufgrund der Homonymie mit mhd. *mar, marc* ›Streitroß‹ (*merhe* ›Mähre‹) kam die Kontamination mit Pferdevorstellungen zustande, die man in Goethes dämonologischen Quellen findet (z. B. Michael Praetorius). Welche Falle Faust gestellt werden soll, ist unklar; vielleicht sind es die folgenden »Schmeichelgesänge«. Hier jedenfalls durchschaut Faust den Versuch Mephistos, ihn schmeichelnd zu belügen (vgl. V. 1694), zumal Mephistopheles sich verrät. Ob beim Abreiten der Osten die »Falsche Richtung« ist, da sie nach Süden wollen (vgl. Nr. 67), oder ob der Süden die falsche Richtung ist, weil Faust bereits einen »Zug nach Osten« verspürt, ist unklar.

69 Die »Hochgerichts Erscheinung« könnte auf die Szene *Nacht, offen Feld* bezogen sein, in der Faust und Mephistopheles an einem »Rabenstein«, einer Richtstätte, vorbeireiten. Im Hintergrund von Michael Herrs Kupferstich (s. Abb. 11, S. 814 f. Bildmitte, halb verdeckt vom aufsteigenden Qualm aus dem Topf) ist ein Hochgericht, Galgen mit einem Gehängten, zu sehen, links davon mehrere Gestalten. Die den Chor singende »grau und schwarze Brüderschafft« sind keinesfalls Mönche der Inquisition, wie Schöne meint (1982, S. 184; vgl. B 156), sondern Hexenmeister, denen der Blutdunst für ihren »Zauber« zugutekommt und die alles begrüßen, was Blut vergießt, weil es ihnen »zu neuen Wercken Krafft« gibt, so z. B. auch den Mord des durch die Dirne durch Wink und Blick aufgestachelten Säufers (2. Strophe). – Ob nach der Baumbesteigung der Buchstabe »G« mit WA auf »G[esang]« oder mit Schöne auf Gretchen zu deuten ist, lässt sich nicht entscheiden. Auch ob »das Idol« mit dem in *Walpurgisnacht* V. 4190 genannten Idol identisch sein sollte, ist nicht auszumachen. Wenn ja, ist »das Idol« hier ebenso wenig Gretchen wie dort, denn nach Mephistos Erklärung ist es die durch Perseus enthauptete Gorgo Medusa (V. 4194, 4207 f.), die jedem »wie sein Liebchen« vorkommt (V. 4200) und ihm die Freuden der Walpurgisnacht vergällt. Natürlich kann die Medusa auch in dieser Lage

Faust an Gretchen erinnern. Ob Faust durch die »Kielkröpfe«, Kinder des Teufels mit Hexen, vom Schicksal Gretchens erfährt, ist ungewiss; allerdings weist die letzte Angabe »Faust, Mephistopheles« wahrscheinlich auf die Szene *Trüber Tag. Feld*, die im *Urfaust* nur mit »Faust, Mephistopheles« überschrieben ist.

70–116 Max Heckers Nummern 70–74 sind in unsere Abteilung III der Paralipomena als »Zusammenfassende Inhaltsangaben« gesetzt, vgl. oben, S. 611–629. Die Schema-Entwürfe von Akten und Szenen des *Zweyten Theils* müssen aus Raumgründen leider weggelassen werden (Heckers Nummern 75–113 und 116). Die Nummern 114 f. Heckers, die frühe Entwürfe für eine Geisterbeschwörung enthalten, finden sich hier unter den Nummern 148a und b. Die übrigen im folgenden mit Buchstaben a und b zwischen Heckers Nummern eingeschobenen Paralipomena sind solche Splitter, die Hecker entweder als bloße Textvarianten betrachtete und deshalb nicht aufnahm (ein Blick in Bohnenkamps Ausgabe zeigt, wie schwierig da die Entscheidung oftmals ist) oder die ihm bei seiner Ausgabe 1937 nicht vorlagen. Die von uns über Hecker hinaus aufgenommenen siebzehn Fragmente sind aus Bohnenkamps hervorragender Ausgabe entnommen und wie gewohnt mit Sigle »B« und Seitenzahl gekennzeichnet.

117 Die Aufzeichnung dieser Rede gegen die Ruhmsucht stammt aus den Jahren 1797/98. Die Planung aus der Frühzeit für die Fortsetzung des *Faust* sah vor, dass die Geisterchöre am Beginn des endgültigen *Zweyten Theils* dem schlafenden Faust »die Freuden der Ehre, des Ruhms, der Macht und Herrschaft vorspiegeln« (vgl. den Entwurf für *Dichtung und Wahrheit*, Paralipomena, S. 611). In der endgültigen Fassung wird der Ruhm von Faust im 4. Akt selbst zugunsten des »Schöpfungsgenusses« abgewiesen (V. 10188). Während die Geister in der endgültigen Fassung Faust schon im Schlaf auf das Ziel einstimmen, als Magier alles zu leisten (V. 4664), muss nach dieser früheren Konzeption erst Mephistopheles die Orientierung auf die Magie herstellen; deshalb die Kontrastfigur des Scharlatans, des betrügerischen Magiers, während Faust seine tatsächlichen und durch Mephistopheles verstärkten Gaben nachhaltiger gebrauchen könne. »Fama« ist die römische Göttin des Ruhms, aber auch des Gerüchts. In dem »größten König« hat man Friedrich II. von Preußen (gest. 1786), in Semiramis außer der legendären assyrischen Königin (Samuramas, regierte 811–807 v. Chr.) die russische Zarin Katharina II., die Große (1729–1786, regierte seit 1762), vermutet, die von Voltaire als »Semiramis des Nordens« gerühmt wurde; Katharina starb an einem rasch sich wiederholenden Schlaganfall (»Des Todes unversehe-

nem Streiche«). Nach ihrem Tod wucherte die Klatsch- und Enthüllungsliteratur (»Skarteken«, minderwertige Bücher).

118 Auch dieses Paralipomenon ist 1797/98 vom Schreiber Geist aus Entwürfen abgeschrieben worden. Faust will offenbar dem unfähigen Kaiser einen guten Rat für seine Regierung und die innere Reform des Landes geben. In der endgültigen Fassung ist Faust zu dem Zeitpunkt, als Mephistopheles dem Kaiser das Geld als Allheilmittel vorschlägt, noch gar nicht aufgetreten; vielmehr erscheint er in der *Mummenschanz* sogleich als Plutus, Gott des Reichtums. Ixion wurde zur Strafe, dass er Zeus' Frau Hera (in Gestalt einer Wolke) verführte, in der Unterwelt auf ein feuriges Rad geflochten, das sich ewig dreht; Freiheit und Gleichheit sind die Parolen der Französischen Revolution.

121, 122 Ansätze zu den im endgültigen Text für Stegreiferfindungen offengelassenen Reden der Fischer und Vogelsteller, vgl. BA nach V. 5198. Bohnenkamp zitiert das Sprichwort »Fische fangen und Vogelstellen verderben manchen jungen (guten) Gesellen«; wie die Gärtner und Gärtnerinnen gehören sie aber zu den Masken des italienischen Karnevals, die Goethe vor Augen hatte (s. Abb. 13, S. 861).

123 Fraglich, ob die erste, mit Tinte geschriebene und »Mummenschanz« beschriebene Zeile ebenfalls den Pulcinellen in den Mund gelegt werden sollte. Dagegen bezieht sich der Bleistiftentwurf von der zweiten Zeile an auf die frechen Pulcinelle, die keine größeren Narren kennen als die Lasten schleppenden Holzhauer.

124 Entwürfe für die Schlussgruppe V. 5263 bis BA nach V. 5298, von der in der endgültigen Fassung nur der Trunkene (hier IV, Hans Liederlich) und der Satiriker mit ausformulierten Versen vorkommen, während die übrigen Poeten mit Stegreiferfindungen durcheinanderreden sollen.

124a Aus Entwürfen für die Lieder der Parzen. Die Funktionen, die sich hier Atropos zuschreibt – ›Weifen‹ (auf den Haspel wickeln), Messen der Fäden, Zählen der Garnstränge –, gehen in der endgültigen Fassung an Lachesis über (V. 5337–44).

125 Der Knabe Lenker sollte nach diesem Entwurf sogleich als Euphorion auftreten. Versuche des Herolds, die Figuren auf dem Drachenwagen zu benennen, sollen nach dieser Vorfassung offenbar gelingen. WA und Hecker bringen nur die letzte Zeile des Fragments.

126 Der Kontext, in den dieser Zweizeiler gehört, ist unbestimmt; für die durch die WA und von Hecker vorgenommene Zuordnung kann nur der auf der Rückseite des Blattes stehende Entwurf für V. 5666–79 als Begründung dienen. Inhaltliche Nähe zu V. 7799 f.

127 Das Fragment schließt an die Versuche des Herolds an, mit seinem Stabe Ordnung zu schaffen, nachdem der Drachenwagen mit dem Geiz von den Masken angegriffen worden ist (V. 5675–82). Es ist spekuliert worden, Faust versuche hier ohne Magie auszukommen, und Mephistopheles spreche das erste Verspaar, ihm das Misslingen dieser Absicht prophezeiend (Forschungsbericht B 341). Im Kontext der Szene kann Plutus kein Interesse an einer Unterbrechung seiner sich erst entfaltenden Gold-Illusion haben. Deshalb ist anzunehmen, dass der Herold die beiden ersten Zeilen spricht, in der Einsicht, dass man angesichts von Erscheinungen wie Drachen und Drachenwagen nicht ohne Magie auskommt. Faust beschwichtigt: Unbewusst sei er's schon, außerdem (durch sein Amt?) ein heiliger Mann, der (institutionelle) Magie ausüben kann. Angesichts des folgenden Tumults (hier Faunentanz, in der endgültigen Fassung Reaktion der Menge auf das Gold) muss Faust als echter Magier den Heroldstab mit der institutionellen Macht an sich reißen. Der Dichter, der hier noch einmal auftritt und die durch den Heroldstab in der Hand des Plutus geschaffene Ordnung als seine Leistung reklamiert, ist der in dieser Vorfassung noch nicht verabschiedete Euphorion (vgl. Nr. 125), der als dritte Person neben Plutus und Geiz ruhmsüchtig und im falschen Bewusstsein seiner Bedeutung prahlt.

128 Verabschiedung des Knaben Lenker / Euphorion / Dichter (vgl. die Nummern 125 und 127).

131 Unter der Annahme, dass Faust schon in der *Mummenschanz* als Dichter auftreten solle (vgl. Anm. zu Nr. 125, 127), werden diese Verse von einigen Herausgebern zu den Paralipomena des *Mummenschanz*-Schlusses gestellt. Da aber der Dichter neben Plutus eine deutlich unterschiedene Gestalt ist, die sich auch ›davonmacht‹, gehören die Verse wohl an frühere Stelle oder gar nicht in den *Faust*.

132 Der Entwurf gehört wohl zu einer weggelassenen Partie, in der der Kaiser von Faust Geistererscheinungen verlangt und dieser sie ihm großspurig verspricht, einschließlich Paris und Helena. Davon wird in der endgültigen Fassung nur berichtet (V. 6183 f.), und die Mehrzahl der Geister (vgl. Nr. 148a und b) soll auf Paris und Helena eingegrenzt sein.

136 »Phisicus«: Arzt.

137 »Physicien de la cour«: Hofarzt.

139 Wie Nr. 137 findet sich dieses Fragment auf einem Entwurfblatt von 1797/98: Mephistopheles führt Faust in das Benehmen bei Hof ein. In diesen Kontext gehören auch die Nummern 140–147. Im endgültigen Text werden die typischen Verhaltensweisen der Hofleute und des Kaisers

durch ihr Benehmen zur Anschauung gebracht. – »perorirt«: mit rhetorischem Pathos vorgetragen.

144 Vermutlich neidische Hofleute über den Zauberer, der beim Kaiser willkommen ist.

145 Vermutlich bezogen auf den Kaiser.

148a (= Hecker 114) Entwurfs-Fragmente einer Geisterszene wohl aus der Zeit vor 1797; nach dem Bericht für *Dichtung und Wahrheit* (Paralipomena, S. 611–614) sollten ja mehrere Gruppen von Geistern aufgerufen werden. Was der König, über den am Anfang geredet wird, gesagt und getan haben mag, dass er als »Fortinbras« (der Reiniger Dänemarks am Ende von *Hamlet*) und als »Schwan« angeredet wird, ist nicht auszumachen. Ebenso ist unklar, ob der zuerst Besprochene mit dem König der zweiten Partie etwas zu tun hat, dessen stoische Gesinnungen nach Marc Aurels (121–180) *Büchern der Gedanken über sich selbst* (entstanden wohl zwischen 170 und 178 n. Chr.) Mephistopheles verdammenswürdig erscheinen.

148b (= Hecker 115) Reformulierung der Antwort Mephistos auf den Protest des Kanzlers am Beginn von Nr. 148a.

151 Schwer leserliche Bleistiftnotiz.

153 Nach Lucan, *Pharsalia* VI,520, »nocturnaque fulgura captat«, nämlich die thessalische Hexe.

155 Seismos beschreibt die Ausdehnung der durch ihn verursachten vulkanischen Veränderungen. Die folgenden Nummern gehören in den gleichen Kontext, sind aber zu einem Zeitpunkt entstanden, an dem die Funktion des Seismos (dessen Name in Nr. 158 auch später hinzugefügt scheint) noch dem Riesen Enceladus zugeschrieben war (Paralipomena, S. 624); der leichteren Erkennbarkeit wegen setzen wir »Seismos« in die Sprecherangaben. Die anrüchig-komische Erklärung der Gebirgsentstehung wird später in V. 10079–86 verwendet. Zu Scotusa und Perseus vgl. Anm. zu V. 7465.

158 »Titanen«: die ältere Generation der Götter, nach Hesiod zwölf, die im Kampf gegen Zeus und dessen Geschwister unterlagen (Titanomachie). – Am Rande des Fragments sind Reimwörter für das Fragment 159 notiert: »Semestr Sylves Pedestre«.

159 ›Gas sylvestre‹ ist Sumpfgas (in der Hauptsache Methan); zur antiken Vorstellung von Magenwinden der Erde s. Anm. zu V. 10082.

160 Seismos (oder Enceladus, s. Anm. zu Nr. 155) setzt sich an die Stelle des eigentlichen Gottes der Winde, Aiolos. – Die Schlusszeilen des Fragments sind schwer leserlich und umstritten. Der von Hecker als Nr. 161 aufgenommene Zweizeiler: »Ganz ausgebildet aufwärts quellen / Und

stolz sich hoch als Gipfel stellen« gehört nach B 485 nicht zu den *Faust*-Paralipomena.

162 Auch dem Unterweltsgott Plutus wurden vulkanische Wirkungen zugeschrieben (vgl. Nr. 160), wie dem Vulkan/Hephaistos selbst, der häufig Gelegenheit hatte, mit »seinem Weibe« Venus/Aphrodite zu zanken.

163 Zwei Zitate aus Lucan, *Pharsalia*, über die Fähigkeiten der thessalischen Hexen: *Pharsalia* VI,437 »ihre Kunst ist zu vollbringen, was keiner glaubt«, und *Pharsalia* VI,467 »der Himmel donnert, ohne daß Jupiter davon weiß« (der sonst Blitz und Donner in seiner Gewalt hat).

167 B 466 bezweifelt die Zugehörigkeit zum *Faust*; man könnte allenfalls daran denken, dass das christlich Böse im heidnischen Altertum keine Funktion hat. Dann könnten die Zeilen in das die Kulturfremdheit thematisierende Gespräch zwischen Sphinxen und Mephistopheles gehören; vgl. Nr. 168, 169.

169 Mephistos Augenlicht ist zu schwach (»blöde«), um den Unterschied zwischen einem ihm gewohnten Teufel und einem im Finstern befindlichen göttlichen Wesen zu erkennen. Vielleicht sind die Phorkyaden gemeint.

169a Entspricht Heckers Nr. 236; er hatte das Fragment mit der seitherigen Forschung in *Grablegung* gesetzt, wo es eine Beurteilung der Art wäre, wie Mephistopheles den Faust doch »zufrieden« gestellt zu haben meinte (vgl. Nr. 228). Der handschriftliche Entstehungskontext legt aber nahe, dass Mephistopheles seine Maskierung als Phorkyade als listigsten seiner Streiche betrachten sollte (B 515–517).

170, 172–174 Bleiben weg, weil ihr Zusammenhang mit dem *Faust*-Text rein spekulativ ist.

174a Mephistopheles greift hier noch einmal den Spott auf die Phorkyaden auf (V. 7995–8007) und fügt noch eine satirische Spitze gegen die ›neuste‹ Kunst hinzu. Interessant ist auch, dass Mephistopheles »zum Parterre« sagt, er müsse die Teufel erschrecken. Wen er als nächste erschreckt, ist Helena.

174b Motive dieses Entwurfs sind in die erste Sirenen-Strophe der *Felsbuchten* und die Regiebemerkung eingegangen. Die Korybanten sind nicht in die endgültige Fassung aufgenommen worden. Es waren Priester der Kybele, »welche deren Gottesdienst mit der größten Unsinnigkeit begiengen, indem sie die Köpfe darbey dreheten, sich im Gesichte und anderweits am Leibe mit Messern schnitten, einander mit den Zähnen bissen, aufs entsetzlichste schryen und heuleten, ihre Schilde und Spieße mit großer Gewalt zusammen schlugen, sprangen und tanzeten, und was dergleichen Tollheiten mehr waren, womit sie insonderheit ihr Trauern über den Athis bezeugen wollten« (Hederich, Sp. 783).

175 Die beiden Anfangszeilen des Fragments sind nicht im Zusammenhang leserlich (»In einem/eurem Irrtum …«): Ich lasse sie als zu spekulativ weg.

178 Schwer leserlich; Anrede an den Mond, den die Sirenen zum Stillstand »im Zenith« und zur Beleuchtung des Meerfestes gezwungen haben.

179 Aus einer früheren Konzeption des Meerfestes; Sprecher, Adressat und Objekt sind unklar.

180 Die Fragmente 180–183 sind Entwürfe zu der nicht ausgeführten Szene des Abstiegs zum Hades mit Manto und der Losbittung der Helena von Persephone.

182 Vgl. den Bericht über den Hades-Gang in der Ankündigung der Helena (Paralipomena, S. 626); die Gefährdung durch das Gorgonenhaupt ist aus Dante entnommen, vgl. den Kommentar zum 3. Akt, Schluss.

183 Vgl. Anm. zu Nr. 182.

184 Mephistopheles noch nicht als Phorkyade, sondern in der Maske einer Zigeunerin (»Ägypterin«, vgl. engl. *gypsy*); schon gleich zu Anfang sollte Helena – im Glauben, direkt von Troja zu kommen – mit dem ihr völlig kulturfremden Element des Christentums und seiner intendierten Sklavenbefreiung konfrontiert werden. Das Fragment stammt aus dem Beginn der Arbeit am Helena-Akt 1825.

185 »Faust tritt auf und steht als deutscher Ritter sehr wunderbar gegen die antike Heldengestalt [der Helena]. Sie findet ihn abscheulich; allein da er zu schmeicheln weiß, so findet sie sich nach und nach in ihn, und er wird der Nachfolger so mancher Heroen und Halbgötter« (aus dem Entwurf für *Dichtung und Wahrheit*, Paralipomena, S. 613).

187 Anschluss an V. 8802, wo in der endgültigen Fassung Phorkyas, statt weiter direkt anzugreifen wie in dem Fragment, scheinbar zurückweicht und Helena als Herrin anerkennt.

192a Geplant zwischen den Versen 8902 und 8903.

192b Alternativ zu V. 8984–93. Der weltliche Vater Helenas, der sie mit Menelaos verheiratete, ist Tyndareos (vgl. V. 8496–8505 und Nr. 192). Laomedon ist der Erbauer Trojas.

196 Die Hinweise auf die phantasmagorische Modernität der folgenden Oper sind deutlicher als im endgültigen Text. Der Schluss der Rede Phorkyas' macht hier schon deutlich, dass es sich beim 3. Akt um »Dichtung« handelt, ein Stück, das »tragisch« abreißt. Auch an das bacchantische Ende, vor dem Phorkyas ja wieder erscheint, ist schon gedacht.

196b Entwurf für den bacchantischen Schluss, wo sich die Chormädchen den

Elementen anschließen. Die vierhebigen Trochäen werden in der endgültigen Fassung zu Tetrametern zusammengestellt, vgl. Nr. 197.

198 Die Entwürfe unter den Nummern 198–203 stammen aus der Zeit um 1800. Faust sollte nach dem Verlust Helenas nicht schweigen oder von »flüchtger Tage großem Sinn« zusammenfassend sprechen, sondern Verlust und Schmerz artikulieren und sich dann dem von Mephistopheles empfohlenen Besitz und der Welteroberung zuwenden.

206 Einzelzeilen zur Verwendung im *Faust*.

209 »Ohim« und »Zihim« sind nach Jes. 13,19–21 wilde Tiere, die sich in Ruinen zerstörter Städte einnisten. Es ist unklar, in welchen Kontext diese Zeilen gehören. Hier sind sie mit dem Reichszerfall in Beziehung gebracht.

216 Gehört entweder zu einer poetischen Beschreibung des kaiserlichen Heers (z. B. Obergeneral) oder aber zu einer Erklärung, die Phorkyas den Chormädchen (vgl. V. 9030–41) oder Faust Helena über die mittelalterlichen Ritterrüstungen gibt. Thyrsus ist ein im Dionysos-Kult mitgeführter Stab mit einem Kiefernzapfen an der Spitze.

219 Im Gegensatz zur endgültigen Fassung wird hier Fausts Verdienst samt der von ihm benutzten Magie anerkannt.

221 »insultiert«: beleidigt.

225 Mit Nr. 226 erstmals von Morris als *Faust*-Splitter zur Sorge-Partie verstanden. B 761 bestreitet mit Gründen die Zugehörigkeit.

227 Das Fragment stammt aus den Jahren 1797/98. Bei der Konzeptionsarbeit für den *Zweyten Theil* war also offenbar schon zu dieser Zeit das Motiv der körperlichen Behinderung durch das Alter für den Schluss geplant. Die Blindheit ist später voll ausgeführt; leichte Anzeichen von Taubheit erscheinen ebenfalls – der Zuschauer hört und versteht, was Faust nur partiell vernimmt (V. 11399–402). Nicht in die endgültige Fassung ist aufgenommen, dass Mephistopheles Faust auf seine Behinderung aufmerksam macht (Differenz zwischen den Ansichten über die Tageszeit).

230 Wichtig ist die Vorstellung neuer Körperlichkeit nach dem Tode, die hier deutlicher als in der endgültigen Fassung ausgesprochen ist (vgl. V. 12088–91). Ferner hat hier Mephistopheles noch keinen Zweifel (dagegen vgl. V. 11832), dass er den Herrn antrifft, um sein Anrecht auf Fausts Seele geltend machen zu können, vgl. Nr. 231 f.

230a »Grillenmaus«: Maulwurfsgrille.

232 Der Begriff »Reichsverweser« (wohl für Christus) gibt m. E. sehr präzise die schon im *Prolog im Himmel* erscheinende Geschichtlichkeit des Herrn wieder. Es könnte sogar sein, dass durch den hier auftretenden Begriff die Tat-

sache vorbereitet wird, dass für Mephistopheles der Herr nicht mehr aufzufinden ist; in der endgültigen Fassung werden das Verschwinden des Herrn und die Präsenz einer Herrscherin nur noch als Faktum festgestellt.

235 In diesem Fragment aus den Jahren 1797/98 ist schon deutlich, dass Mephistopheles mit seinem Anspruch auf Fausts Seele nicht zum Herrn gelangen würde. Nach dieser frühen Konzeption sind es die Engel, die die Audienz Mephistos bei dem (vielleicht noch regierenden) Herrn verhindern.

236 Siehe Nr. 169a mit Kommentar.

238 Bezieht sich auf die von den Engeln gestreuten Rosen, die die Teufel mit ihrem Hauch zum Welken bringen.

238a Anschluss an V. 11734.

239 Die unter Nr. 239 verzeichnete Engelstrophe wurde als vom Schreiber versehentlich übersehen in den Text nach V. 11831 aufgenommen.

241a Anschluss an V. 12075. Sollte Christus zuerst »Reichsverweser« sein (Nr. 232), so sieht ihn dieses Fragment noch auf dem Arm der Muttergottes. In der endgültigen Fassung wird diese noch deutlicher dem apokalyptischen Weib »Im Sternenkranze« (vgl. Anm. zu V. 11994), wie auch schon in diesem Paralipomenon, und damit den großen orientalischen Muttergöttinnen angenähert.

Arbeitsphasen

1. Erste Arbeitsphase: wahrscheinlich 1772–75

In den Januar 1772, unter dem unmittelbaren Eindruck der Hinrichtung der Kindsmörderin Susanna Margaretha Brandt (am 14. Januar 1772), setzt man die Niederschrift der drei Prosaszenen am Schluss der *Früheren Fassung*, des häufig so genannten *Urfaust*, nach mehreren Jahren des ›Brütens‹ über dem Faust-Stoff: *Faust, Mephistopheles, Nacht. Offen Feld, Kerker*. Wegen der Prosa der *Früheren Fassung* wird *Auerbachs Keller* auf 1772/73 gesetzt, ebenso *Land Strase* (später weggefallen). Alle aus dieser Zeit überlieferten Teile der Gelehrtentragödie (V. 354–597, 603–605, die Schülerszene, *Auerbachs Keller*) waren wohl im Herbst 1773 fertig. Die Szenen der Gretchentragödie der *Früheren Fassung* außer dem Schluss werden in die Jahre 1773–75 gesetzt: *Strase* (1773/74), *Abend*, *Allee*, *Nachbarinn Haus* (etwa ab 1773), *Faust, Mephistopheles* (1773/74), *Garten* (wohl Frühjahr 1773), *Ein Gartenhäusgen*, *Gretgens Stube* (wohl schon 1773/74), *Marthens Garten* (wohl frühestens Herbst 1774), *Am Brunnen*, *Zwinger* (wohl 1774/75), *Dom*, *Nacht* (Valentin, wohl 1773/74).

Goethe hat am Weimarer Hof mehrfach aus dem *Faust* vorgelesen. Der Szenenbestand der *Früheren Fassung* (wobei unsicher ist, ob sie alle etwa 1775 fertigen Szenen umfasst) ist in einer Abschrift des Hoffräuleins Luise von Göchhausen (1752–1807) überliefert und wurde erst 1887 aufgefunden und veröffentlicht. Es ist völlig unklar, ob Goethe von dieser Abschrift wusste oder sie tolerierte oder gar förderte. Man kann nicht vom »Urfaust« sprechen (denn es gibt keine von Goethe als solche bezeichnete Fassung), auch der Begriff »Frühe Fassung« ist irreführend, da es theoretisch noch ältere Fassungen geben könnte.

2. Zweite Arbeitsphase: 1788–90

Am 1. März 1788 schrieb Goethe in einem in die *Italienische Reise* aufgenommenen Brief aus Rom, er habe einen »Plan zu ›Faust‹ gemacht«, das Stück sollte wie *Egmont*, *Iphigenie*, *Tasso* für die Ausgabe der *Schriften* umgearbeitet und fertiggestellt werden.

Neu ausgeführt wurden 1788/89 die Verse 1770–1867, 2051–72, die Szenen *Hexenküche* und *Wald und Höhle* (aus *Frühere Fassung*, 1408–35, platziert nach *Am Brunnen*); umgearbeitet wurden die Schülerszene und *Auerbachs Keller* (Verse statt Prosa, Erweiterungen); der Text dieser neu ausgeführten und umgearbeiteten Szenen blieb in der endgültigen Fassung im Wesentlichen erhalten.

Der bis dahin vorliegende Bestand (ohne *Land Strase* und nur bis einschließlich *Dom*) wurde als *Faust. Ein Fragment* im Band 7 von *Goethe's Schriften* bei Georg Joachim Göschen in Leipzig 1790 veröffentlicht.

3. Dritte Arbeitsphase: 1797–1803

Seit 1794 drängte Friedrich Schiller auf Vollendung dieses »Torso des Herkules« (an Goethe, 29. November 1794; SGB 1, S. 39); Goethe lehnte bis zum Juni 1797 immer wieder ab. Am 24. Juni wurde die *Zueignung* geschrieben, *Vorspiel auf dem Theater* wohl bald danach; der *Prolog im Himmel*, offenbar schon vor 1797 geplant, bleibt bis nach 1800 in Arbeit. In der Hauptsache bis 1801 sind die Ergänzungen und Umarbeitungen zum endgültigen Textbestand des *Faust I* beendet: *Nacht* (V. 598–601), *Vor dem Thor*, *Studirzimmer [I]* (1800), *Studirzimmer [II]* (bis V. 1769, geschrieben wohl 1801), *Nacht* (Valentin, V. 3660–3775), *Walpurgisnacht* (entstanden wohl 1797–1801), *Kerker* (Umarbeitung in Verse). Der *Walpurgisnachtstraum* entstand aus einer im Sommer 1797 für Schillers *Musen-Almanach* geplanten Reihe von Xenien (»Oberons und Titanias goldne Hochzeit«), die seit Dezember 1797 für den *Faust* bestimmt wurde. Zu beachten sind ferner die im »Walpurgissack« aufbewahrten Szenenfragmente zur Fortsetzung der *Walpurgisnacht* (s. Paralipomena, S. 646–651). Endlich wurde *Wald und Höhle* vor *Gretchens Stube* gestellt und bildet nun den Prolog zu ihrer eigentlichen Verführung. Eine geplante Disputationsszene zwischen *Studirzimmer [I]* und *[II]* wurde nicht ausgeführt.

Wegen der napoleonischen Kriegswirren verzögerte sich die Herausgabe, bis *Faust. Eine Tragödie* als 8. Band der *Werke* bei J. G. Cotta in Tübingen 1808 erschien.

In die Arbeitsphasen um 1800 ist nicht nur ein Gesamtplan für beide Teile zu setzen (Paralipomenon 5, S. 630), sondern auch der Beginn der Arbeit am *Zweyten Theil*. Im September 1800 entstand *Helena im Mittelalter. Satyr-Drama. Episode zu Faust* (V. 8489–8802 ohne die meisten Chöre, einige Varianten; Paralipomena, S. 601–610), auch zum 5. Akt müssen im Zuge der Gesamtplanung die Hauptintentionen in dieser Zeit gefasst worden sein (vgl. Goethe zu Eckermann, 2. Juni 1831). Im Dezember 1816 entwarf Goethe für *Dichtung und Wahrheit* eine in wichtigen Aspekten von der endgültigen Ausführung abweichende Inhaltsskizze des *Faust II* (Paralipomena, S. 611–614).

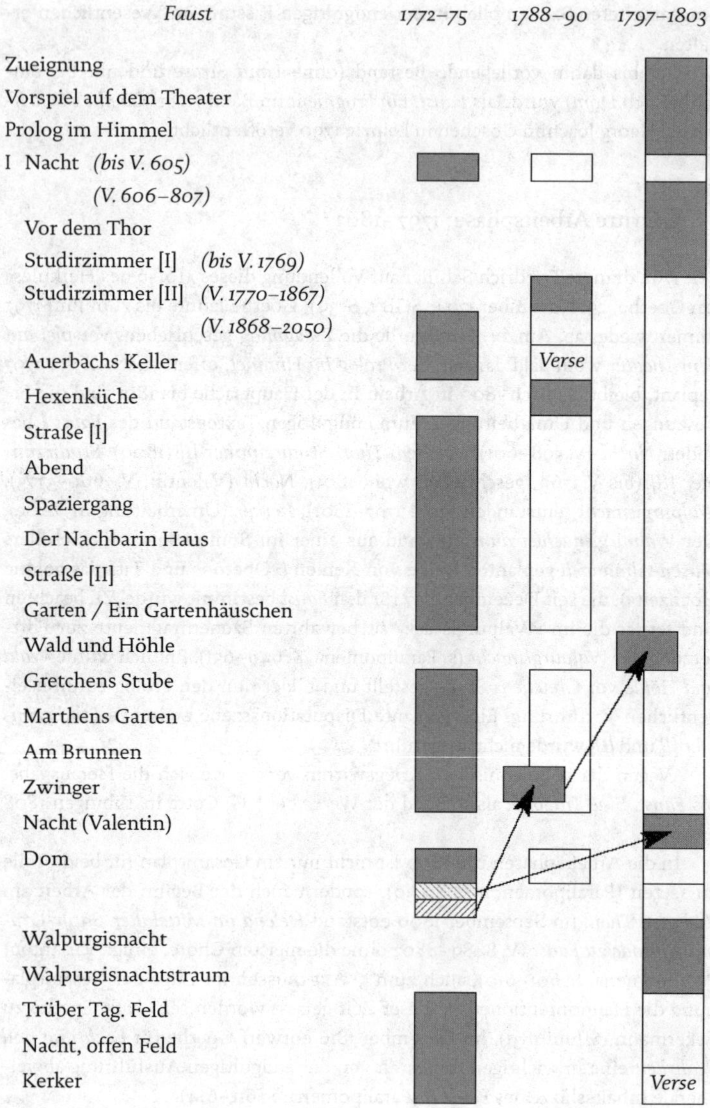
Faust
1772–75
1788–90
1797–1803
Zueignung
Vorspiel auf dem Theater
Prolog im Himmel
I Nacht (bis V. 605)
(V. 606–807)
Vor dem Thor
Studirzimmer [I] (bis V. 1769)
Studirzimmer [II] (V. 1770–1867)
(V. 1868–2050)
Auerbachs Keller
Hexenküche
Straße [I]
Abend
Spaziergang
Der Nachbarin Haus
Straße [II]
Garten / Ein Gartenhäuschen
Wald und Höhle
Gretchens Stube
Marthens Garten
Am Brunnen
Zwinger
Nacht (Valentin)
Dom
Walpurgisnacht
Walpurgisnachtstraum
Trüber Tag. Feld
Nacht, offen Feld
Kerker
Verse
Verse

4. Vierte Arbeitsphase: 1825–31

Wieder im Zusammenhang mit einer geplanten Ausgabe (»letzter Hand«) entschloss Goethe sich im Frühjahr 1825 zur Vollendung des *Zweyten Theils*. Zunächst arbeitete er am 5. Akt (*Großer Vorhof des Pallasts*, 1826), der jedoch erst 1831 abgeschlossen wurde. Dann konzentrierte sich das Interesse auf die seit 1800 liegen gebliebene *Helena*, für deren »Antezedenzien« (1. und 2. Akt) am 17. Dezember 1826 ein Plan diktiert wurde. In Band 4 der Ausgabe letzter Hand (Stuttgart/Tübingen: J. G. Cotta, 1827) erschien *Helena, klassisch-romantische Phantasmagorie. Zwischenspiel zu Faust* (d. i. 3. Akt), in Band 12 (ebd., 1828) erschien der Beginn des 1. Akts (V. 4613–6036) unter dem Titel *Faust. Zweyter Theil* mit dem Vermerk »Ist fortzusetzen« am Ende.

In zäher Arbeit wurde der 1. Akt beendet, der 2. Akt bis Juni 1830 abgeschlossen. 1831 folgten der 4. Akt, die Philemon-und-Baucis-Szenen des 5. Akts und die Ausfüllung verschiedener Lücken. Eine noch 1827 geplante Rede Fausts, mit der Proserpina zur Herausgabe der Helena bewegt werden sollte, wurde nicht ausgeführt. Noch im Januar 1832 wollte Goethe das 1831 versiegelte Paket mit dem Manuskript noch einmal öffnen, um »Hauptmotive, die ich, um fertig zu werden, allzu lakonisch behandelt hatte« (Tagebucheintrag), weiter auszuführen.

Nach seinem Tod am 22. März 1832 brachten Eckermann und Riemer im 1. Band der *Nachgelassenen Werke* (Stuttgart/Tübingen: J. G. Cotta, 1832) *Faust, der Tragödie zweiter Theil* heraus. Die erste Gesamtausgabe erschien ebenfalls bei Cotta in Stuttgart und Tübingen 1834: *Faust. Eine Tragödie. Beide Theile in einem Bande.*

Poetologisches Glossar

Einige der im Kommentar mehrfach gebrauchten poetologischen Begriffe sollen hier mit Beispielen erläutert und mit Hinweisen zur Verwendung bei Goethe und zu den Konnotationen bestimmter poetischer Mittel bei den Zeitgenossen versehen werden. Das Glossar ist also auf den *Faust* zugeschnitten; d. h., die Erläuterungen können nur mit Modifikationen auf andere literarische Texte angewandt werden.

1. Metrik

Wie der *Faust* die ganze Literatur der Welt erinnert, so auch alle einigermaßen gängigen Versarten. Die Prosa, die in der *Früheren Fassung* noch die Szenen *Auerbachs Keller* und *Kerker* bestimmt, war Goethe schon 1788, vor allem aber 1797/1801 zu distanzlos; zur Umarbeitung in Verse vgl. die jeweiligen Szenenkommentare.

Was die Verwendung bestimmter Versmaße angeht, hielt Goethe es für »wirklich beynahe magisch daß etwas, was in dem einen Sylbenmaße noch ganz gut und charakteristisch ist, in einem andern leer und unerträglich scheint« (an Johann Heinrich Meyer, 6. Juni 1797) und glaubte, »daß in Rücksicht auf den Versbau den Foderungen des Moments und der Convenienz des individuellen Falles weit mehr als einem allgemeinen Gesetz müsse nachgegeben werden« (Schiller im Brief an August Wilhelm Schlegel, 9. Januar 1796). Die Metren wechseln deshalb ständig; Kriterien sind, besonders bei Sprechversen wie Knittel und Madrigalvers, die rhythmische Ausdruckswirkung einer Versgestalt einerseits, bei der Verwendung besonders charakteristischer Metren ihr kulturhistorischer Assoziationswert (etwa der Trimeter der *Helena*-Tragödie); darauf werde ich im folgenden hinweisen und ordne deshalb nicht alphabetisch, sondern nach kultureller Herkunft.

Jạmbus ◡ –, im deutschen Vers unbetonte und betonte Silbe. Charakter ›steigend‹.

Trochạ̈us – ◡, im deutschen Vers betonte und unbetonte Silbe. Charakter ›fallend‹.

Dạktylus – ◡ ◡, im deutschen Vers betonte mit zwei unbetonten Silben. Charakter ›tänzerisch‹.

Trịmeter, auch jambischer Trimeter ◡ – ◡ – ◡' – ◡' – ◡ – ◡ –, sechs Jamben, die in der griechischen Metrik zu drei sogenannten Dipodien zusammengefasst werden (daher »Trimeter«). Zäsur möglich vor dritter oder vierter Betonung, auch Doppelsenkungen möglich. Ungereimt. »Die Mädchen welken ' gleich gemähtem Wiesengras« (V. 8948). Sprechvers der attischen Tragödie, verwendet von Goethe im Fragment der Nachbildung einer attischen Tragödie im 3. Akt des Zweiten Teils und in betonter Erinnerung daran (V. 9435–41, 10039–66).

Tetrạmeter, auch trochäischer Tetrameter – ◡ – ◡ – ◡ – ◡' – ◡ – ◡ – ◡ – (◡), achthebiger trochäischer Vers mit Zäsur in der Mitte; ungereimt: »Ehrenwürdigste der Parzen, weiseste Sibylle du« (V. 8957). Sprechvers der attischen Tragödie, Ausdruck erhöhter Spannung. Im 3. Akt des Zweiten Teils auch in Strophen verwendet.

Adonẹus – ◡ ◡ – ◡, im Deutschen aus Daktylus + Trochäus nachgebildeter antiker Versfuß, der aus dem Klageruf um Adonis »Ōton Ádōnin« entwickelt wurde. Häufig in der deutschen anakreontischen Dichtung; diese wird entsprechend assoziiert beim Geistergesang V. 1447–1505, der durchgängig im Adoneus gehalten ist.

Alexandriner, aus dem altfranzösischen *Alexanderroman* (um 1180) stammender französischer Langvers mit 12 oder 13 Silben und Mittelzäsur. Im Deutschen seit Martin Opitz' Versreform 1624 als sechsfüßiger jambischer gereimter Vers mit Mittelzäsur nachgebildet: ◡ – ◡ – ◡ – '◡ – ◡ – ◡ – (◡) »Mit Eifer hab ich mich ' der Studien beflissen« (V. 600); »Es sei nun wie ihm sei! ' uns ist die Schlacht gewonnen« (V. 10849). Erinnert im durchgängigen Gebrauch an die französischen und deutschen Trauerspiele des 17. Jh.s mit ihren großen rhetorischen Gesten.

Vers commun, wie Alexandriner, jedoch in der ersten Vershälfte um zwei Silben / einen Jambus gekürzt: ◡ – ◡ – '◡ – ◡ – ◡ – (◡) »Zwar weiß ich viel, ' doch möcht ich alles wissen« (V. 601); »Vereint euch nun ' ihr Meister unsres Schatzes, / Erfüllt mit Lust ' die Würden eures Platzes« (V. 6137 f.). Im 17. Jh. in Frankreich beliebter Vers, im Deutschen leicht monoton wirkend, weshalb auch Goethe ihn selten gehäuft verwendet; auch er assoziiert die Atmosphäre des absolutistischen Hofs.

Madrigalvers, von der seit dem 14. Jh. in Italien gängigen und von da aus über Europa verbreiteten Gedicht- und Kompositionsgattung des Madrigals, einer im 16. Jh. 6- bis 13-zeiligen einstrophigen Dichtung mit gereimten Versen unterschiedlicher Länge, die musikalisch jeweils mit eigener Melodie komponiert (›durchkomponiert‹) wurden. Die eigene Gestaltung jedes Verses regt dazu an, dem jeweiligen Inhalt die Länge und Rhythmik des Verses anzupassen. Die Fabeln Jean de La Fontaines sind große Muster, im Deutschen sind Fabeln

Christian Fürchtegott Gellerts und Verserzählungen Christoph Martin Wielands Vorbilder für die Leichtigkeit und geistreiche Poesie des Stils auch für Goethe, dessen häufigster Sprechvers im *Faust* der aus Alexandrinern, Vers communs, Zehnsilblern ohne Zäsur, Vier-, Drei- und sogar Zweihebern gemischte Madrigalvers ist. Beispiel V. 2009–72.

Blankvers, fünffüßiger jambischer Vers ohne Reimung: ◡ – ◡ – ◡ – ◡ – ◡ – ◡ »Erhabner Geist, du gabst mir, gabst mir alles« (V. 3217). Der Vers kam im 18. Jh. mit den neuen englischen Paradigmen, insbesondere Shakespeare, ins deutsche Drama und erinnerte die Zeitgenossen daran. Faust, an die »langgeschwänzten« Trimeter (noch) nicht gewöhnt, und Helena, um dem Unbekannten diplomatisch entgegenzukommen, einigen sich zunächst auf den Blankvers (V. 9192–9217); dann lernt Helena den Reim und damit die aus dem italienischen **Endecasillabo** entwickelte gereimte Form des fünffüßigen Jambus (V. 9377–84), die Goethe auch in der Stanze und im Madrigalvers verwendet.

Knittelvers, vierhebig senkungsfrei gereimt, z. B. ◡ ◡ – ◡ – ◡ – ◡ ◡ – »Meine Schüler an der Nase herum« (V. 363), oder – ◡ ◡ – – ◡ ◡ – »Habe nun, ach! Philosophie« (V. 354). Der sogenannte strenge Knittelvers ist ebenfalls vierhebig und gereimt, aber 8- bzw. 9silbig und bei Goethe in längeren Passagen durchweg jambisch gehandhabt (V. 386–429, mit vier Ausnahmen). Der freie Knittel erinnert Goethes Zeitgenossen an die auf Messen und Märkten gesehenen Puppenspiele, darunter die Spiele über den Erzzauberer Doktor Faust, also die ins Populäre abgesunkene frühbürgerliche Literatur der Hans-Sachs-Zeit, über die sich schon Gryphius im *Peter Squentz* (vgl. V. 10321) lustig gemacht hatte. Mit der Aufwertung der altdeutschen Biederkeit insbesondere durch den jungen Goethe erhält der Vers bei weiterhin belächelter Drolligkeit den nostalgischen Beigeschmack des Treuherzigen, Volks- und Naturnahen; so verwendet ihn auch Schiller in *Wallensteins Lager*, und Goethes Gretchenfigur ist durch den Knittel im Hausgebrauch (V. 3211–16), durch gezierte Madrigalverse mit hohem Anteil an Vers communs und Alexandrinern im Gespräch mit dem vornehmen Herrn gekennzeichnet (Szene *Garten*!).

Freimetrische Verse. Pindars Oden und die Chorlieder der attischen Tragödie galten im 18. Jh. noch als metrisch ungeregelt und wurden deshalb als zeichenhafte Erscheinung des gottbegeisterten Sprechens verstanden. Für die Goethezeit gab Klopstock etwa in seiner Ode *Die Frühlingsfeier* das Muster; Goethes Frankfurter Hymnen stehen in dieser Tradition. Einige Passagen, z. T. gereimt, erinnern daran (V. 468–476, 1607–26).

2. Strophen und Reime

Weitaus der größte Teil des *Faust* ist gereimt; ohne Reime sind nur die antikisierenden Verse und die Blankverspassagen gehalten. Trotz des dramatischen Gesamtcharakters verwendet Goethe viele Liedeinlagen (wie er überhaupt der Musik eine große Rolle zudachte) und lyrische Gedichtformen, z. T. mit festgelegten Strophen. – Nach einigen gelegentlich gebrauchten Begriffen für ungewöhnliche Reime sind im folgenden die Strophen wieder im Kulturzusammenhang geordnet.

Reicher Reim, zwei vollvokalige Silben reimen: »Wahrheit« – »Klarheit« (V. 615 f.).

Doppelreim, zwei Wortpaare reimen: »Werdelust« – »Erde Brust«, »Freude nah« – »Leide da« (V. 789–792).

Gleitender Reim, dreisilbiger Reim: »Preisenden« – »Beweisenden« – »Speisenden« – »Reisenden« – »Verheißenden« (V. 801–805), hier zugleich **Reimhäufung.** Gleitender Reim charakterisiert die Engelstrophen auch in *Grablegung* im 5. Akt des *Faust II.*

Binnenreim, Reim zwischen Zeilen auch im Versinnern: »Durchgrüble nicht das einzigste Geschick / Dasein ist Pflicht und wär's ein Augenblick« (V. 9417 f.), parodiert von Phorkyas V. 9420 f.

Schweifreim, Reimstellung a a b c c b, konstituiert die Strophen in Fausts erstem lyrischem Gedicht (V. 7271–7312).

Waise, reimlose Zeile in gereimter Umgebung. Bedeutsames Beispiel ist Fausts Anweisung: »So geht und schafft sie mir zur Seite! –« (V. 11275).

Strophe, Antistrophe, Epode, Teile des triadischen Chorlieds in der attischen Tragödie, die beiden ersten baugleich, von zwei Halbchören gesungen, die Epode abweichend im Bau und von beiden Halbchören gesungen. Abweichungen vom triadischen Schema gab es schon in der antiken Tragödie, bei Goethe ebenfalls in der ersten und dritten Szene des 3. Akts in *Faust II.*

Stollenstrophe, Strophe der ›klassischen Kanzone‹, im Mittelalter und später im geselligen Lied verbreitet: zwei baugleiche, oft miteinander reimende Teile (Stollen, Aufgesang), gefolgt von einem dritten, im Bau abweichenden Teil (Abgesang), ggf. noch mit Refrain. Beispiel: Rattenlied (V. 2126–49). Komplizierter ist das Schäferlied (V. 949–980), obwohl auf der Stollenstrophe aufbauend.

Terzine, von Dante Alighieri für die *Divina Commedia* entwickelte dreizeilige Strophe im Endecasillabo (s. o. unter »Blankvers«), d. h. im Deutschen fünffüßigen Jamben, mit Kettenreimung a b a b c b c d c ...; von Goethe für Fausts Monolog in *Anmuthige Gegend* zur Markierung der den *Faust II* durchflechtenden intertextuellen Beziehung zur *Divina Commedia* verwendet.

Stanze, auch »ottaverime«, achtzeilige Strophe im Endecasillabo (s. o. unter »Blankvers«), im Deutschen fünffüßigen Jamben mit der Reimung a b a b a b c c. Beherrschende Form der klassischen italienischen Epik (Tasso, Ariosto) und deren aus Sicht des späten 18. Jh.s ›romantischer‹ Erzählkunst (vgl. etwa den »Ritt ins alte romantische Land« in den frei behandelten Stanzen von Wielands *Oberon*). Beispiel: V. 1–32.

3. Gattungen

Insbesondere in den Jahren der Zusammenarbeit mit Schiller hat Goethe sich intensiv mit Fragen der »Naturformen der Dichtung« (*West-östlicher Divan*, S. 356 f.) befasst und dabei besonderes Gewicht auf die Bestimmung des Epischen und des Dramatischen gelegt. Ging es etwa im Briefwechsel um die genaue Unterscheidung und begriffliche Fassung von »Naturformen« und »Dichtarten«, so waren doch bei den Dichtern die Möglichkeiten und Funktionen des Zusammenwirkens von Naturformen und Dichtarten (Gattungen) gerade in dieser Zeit interessant. Im sogenannten Balladenjahr 1797 dichteten beide eine größere Zahl Kunstballaden, und der Ballade bescheinigte Goethe das Zusammenwirken der Naturformen:

> In dem kleinsten Gedicht findet man sie oft beysammen, und sie bringen eben durch diese Vereinigung im engsten Raume das herrlichste Gebild hervor, wie wir an den schätzenswerthesten Balladen aller Völker deutlich gewahr werden. Im älteren griechischen Trauerspiel sehen wir sie gleichfalls alle drey verbunden (*West-östlicher Divan*, S. 356).

Schiller gestaltete 1798 seinen *Wallenstein* als Trilogie aus Komödie, Schauspiel und Tragödie, und Goethe gab im *Vorspiel auf dem Theater* durch den Direktor zu verstehen, dass dramatisch genug geschehen solle, die Lustige Person intendiert einen »Roman«, und der Dichter will ein vollendetes, von Liebe und Freundschaft begeistertes Werk schaffen.

Dasselbe gilt für die Dichtarten oder Gattungen innerhalb der »Naturformen«, wo Goethe wie Schiller innerhalb des Dramas eine große Zahl von Dramenformen mit- und gegeneinander spielen lässt, manchmal sukzessive wie im 3. Akt des *Zweyten Theils*, wo deutlich unterscheidbar die Fragmente einer Nachbildung der attischen Tragödie, eines Ritterstücks mit mittelalterlichem Dekor und einer Oper einander folgen. Zweistimmigkeit entsteht hier jeweils dadurch, dass diese Typen von Dramen in Goethes Zeitgenossenschaft historisch vergegenwärtigt wurden, zugleich aber in die Tiefe der Zeiten und Epochen zurück reichten und damit Vergangenheit und Gegenwart nicht nur sukzessiv, sondern auch gleichzeitig gegeneinander profilierten. Diese Gleichzeitigkeit verschiedener Epochen ist im *Faust I* durch die Konfrontation epochenspezifischer Dramentypen aus Renaissance und Gegenwart noch viel fühlbarer gestaltet: im Gelehrtendrama und im Gretchendrama sind charakteristische Dramentypen aus beiden Epochen gleichzeitig verwirklicht und stören einander wie z. B. auch die historischen Konnotationen oder die magischen Verfahren. Ich spreche bei diesem gattungsbezogenen Verfahren der dialogischen Poetik von **Gattungssynkretismus** (s. LGF 10).

Goethe hat auch eine Anzahl charakteristischer lyrischer Dichtarten in den *Faust* einbezogen, so dass sich auf dem sogenannten architextuellen Gebiet eine breite Vielfalt miteinander intratextuell dialogierender Phänomene zeigt, jeweils dem spezifischen Gegenstand in geistreicher Weise angemessen. Über die anderen Verfahren des Dialogs mit fremden Texten und Bildern kann der hier vorgelegte Kommentar wegen der gebotenen Kürze nur ansatzweise informieren (s. LGF 10); die Abbildungen im Kommentar geben Bildvorstellungen wieder, die Goethe im *Faust* in manchmal frappanter Weise genutzt hat. Im folgenden sind einige der häufiger gebrauchten Begriffe für Gattungen (Dichtarten) im lyrischen und dramatischen, auch ins Musikalisch-Dramatische hinüberreichenden Gebiet für den Zweck dieses Kommentars kurz erläutert.

Sequenz. Liturgischer lateinischer Chorgesang des Mittelalters für bestimmte kirchliche Anlässe. Die Sequenz *Dies irae* für die Totenmesse wird in *Dom* zitiert, auf die Sequenz *Stabat mater* für das Fest der Sieben Schmerzen (15. September) wird in *Zwinger* angespielt.

Ballade. Im Zuge der Bemühungen Johann Gottfried Herders um das Volkslied sammelte Goethe selbst in der Straßburger Zeit volksläufige Balladen – Lieder erzählenden Inhalts mit ›dramatischem‹ Dialog und lyrischen Lied-Merkmalen. Goethe schrieb Kunstballaden wie »Es war ein König in Thule …« (1774), in der er den alten Gattungseigenschaften charakteristisch moderne Elemente entgegensetzte oder einbaute (»Trank letzte Lebensgluth«, V. 2776 – »Thule« als Bildungssignal).

Arie. Sologesang in Oper, Kantate und Oratorium, von dem Rezitativ durch reichere Gestaltung unterschieden; die Arie hält den Fortgang der Handlung an, um den Seelenzustand einer Figur zu entfalten, und ist deshalb stark affektbetont. Die Da-capo-Arie ist dreiteilig a – b – a, indem nach dem Mittelteil b noch einmal der Anfangsteil a gesungen wird. In die Rondoform geht die Arie über, wo eine Leitstrophe immer wieder gesungen wird (Gretchens »Meine Ruh ist hin«, V. 3374).

Melodrama. Gesprochener dramatischer Text mit instrumentaler Untermalung, eignet sich zur Betonung des Affektiven, Rührenden, Schaurigen. (Das **Monodrama** oder die »scène lyrique« wurde, mit musikalischer Untermalung, durch Jean-Jacques Rousseau in *Pygmalion* 1770 eingeführt.)

Singspiel. Schauspiel mit Gesangseinlagen, je nach musikalischem Anteil Nähe zur Oper (vgl. Mozarts *Zauberflöte*, 1791); Goethe befasste sich von *Erwin und Elmire* (1775) bis zu *Der Zauberflöte zweiter Teil* (in Arbeit 1795–1802) immer wieder mit dem Singspiel. Seine Singspiele sind orientiert an Christian Felix Weißes (1726–1804, Lessings Freund) Singspieltyp, der mit der sozialen Durchmischung des Personals auch die Musiktypen den Gesellschaftsschichten charakterisierend anpasste. Mit seinen vielen Gesangseinlagen lässt sich der *Faust I* insgesamt als Vorlage für ein Singspiel verstehen. Die Liedeinlagen dienen insbesondere zur gesellschaftlichen Charakterisierung und/oder der ›chronotextuellen Markierung‹ in der Geschichte der Neuzeit. Auch der *Faust II* in *Mummenschanz*, *Classische Walpurgisnacht*, 3. und 5. Akt lässt sich in weiten Teilen als Singspiel verstehen und verdichtet sich im 3. Akt zur Oper.

Osterspiel. Aus den Osterfeiern am Ostersonntag hervorgegangenes geistliches Spiel des späten Mittelalters mit Blütezeit im 15./16. Jh. Zugrunde liegt (nach Mt. 28,1–7, Mk. 16,1–8, Lk. 24,1–9) der sogenannte Ostertropus, Teil der Liturgie mit dem Besuch der drei Marien am Grabe, der Verkündigung der Auferstehung durch den Engel und dem Auftrag an die Marien, die Botschaft den Jüngern weiterzugeben. In den sogenannten Osterfeiern wird dieser Grundbestand mit verteilten Rollen gesungen; die Osterspiele fügen Szenen ein, z. B. Salbenkauf beim Apotheker, Wettlauf der Jünger zum Grabe. Eines der ältesten erhaltenen Gemeindelieder »Christ ist erstanden« gehört in diesen Kontext (vgl. Anm. zu V. 737). Am Ende von *Nacht* werden charakteristische Szenen aus dem Kernbestand der Osterspiele zitiert, jedoch so, wie der glaubenslose Faust sie sich zurechthört.

Revue, Maskenzug. Eine in Spätmittelalter und Renaissance entstandene Reihung von lose aneinandergereihten Nummern, charakteristischen Kurzszenen oder allegorischen Darstellungen, die Goethe noch in den von ihm dramaturgisch betreuten Festlichkeiten des Weimarer Hofes einsetzte. Dreimal verwendet er die Form im *Faust*: Gesellschaftsrevue in *Vor dem Thor*, satirischer Maskenzug in *Walpurgisnachtstraum*, *Mummenschanz* im 1. Akt des *Faust II*.

Bürgerliches Trauerspiel. Im 18. Jh. in England entstandene Gattung des ernsten Dramas, die die sogenannte Ständeklausel abschaffte, d. h. auch den Nicht-Adligen tragische Schicksale zugestand. Gegenstand war zunächst die Spannung zwischen öffentlicher Funktion und Stellung des Menschen in einer verfassten Gesellschaft einerseits und seiner Individualität, seinen privaten Interessen, Antrieben, Schwächen und Hemmnissen andererseits; später, etwa seit Lessings *Emilia Galotti* (1772), spielen die gesellschaftliche Schichtung, die Privilegien des Adels und das Emanzipationsstreben der Bürger, die verschiedenen Wertwelten eine größere Rolle. Neben der Lesung als Legendendrama zeigt sich das Gretchendrama insbesondere als Bürgerliches Trauerspiel.

Literaturhinweise

Die im Kommentar für häufig zitierte Texte und Zeugnisse (1.) verwendeten Siglen sind im Fettdruck vermerkt. Auf Wörterbücher und Nachschlagewerke (2.) wird mit Verfassernamen, Band und Seitenzahl, auf die Bezugstexte (3.) mit Verfassernamen, Kurztitel und Seitenzahl, auf Kommentare und Literatur (4.) mit Verfassernamen, Erscheinungsjahr und Seitenzahl verwiesen. – Die Sigle *H* steht für die Handschrift zum *Zweyten Theil* des *Faust* (s. »Zur Textgestalt«, S. 703–713, weitere Nummerierung H^1 usw. nach WA I 15,2). – Wo nicht anders vermerkt, stammen die Übersetzungen fremdsprachiger Zitate vom Verfasser. Die Bibel wird nach der Luther-Übersetzung in der revidierten Fassung von 1912 zitiert.

1. Goethe: Texte und Zeugnisse

Goethes Werke. [Weimarer Ausgabe.] Hrsg. im Auftrage der Großherzogin Sophie von Sachsen. (Abt. 1: Werke. Abt. 2: Naturwissenschaftliche Schriften. Abt. 3: Tagebücher. Abt. 4: Briefe.) 133 Bde. (in 143 Tln.). Weimar: Böhlau, 1887–1919. Nachdr. München: Deutscher Taschenbuch Verlag, 1987. [**WA**]

Goethes Werke. Hamburger Ausgabe in 14 Bänden. Hrsg. von Erich Trunz. Hamburg: Wegner, 1948–64. [Überarb. Neuaufl. einzelner Bde. 1952 ff.; seit 1972 München: C. H. Beck.] [**HA**]

Goethe. Gedenkausgabe der Werke, Briefe und Gespräche. [Artemis-Gedenkausgabe.] Hrsg. von Ernst Beutler. 24 Bde., 3 Erg.-Bde. Zürich: Artemis-Verlag, 1948–71. [**AG**]

Johann Wolfgang Goethe: Sämtliche Werke. Briefe, Tagebücher und Gespräche. (Abt. 1: Sämtliche Werke. Abt. 2: Briefe, Tagebücher und Gespräche.) [Frankfurter Ausgabe.] Hrsg. von Friedmar Apel [u. a.]. 40 Bde. (in 45 Tln.). Frankfurt a. M.: Deutscher Klassiker Verlag, 1985 ff. (Bibliothek deutscher Klassiker.) [**FA**]

Johann Wolfgang Goethe: Sämtliche Werke nach Epochen seines Schaffens. Münchner Ausgabe. Hrsg. von Karl Richter [u. a.]. 21 Bde. (in 33 Tln.). München: Hanser, 1985–98. [**MA**]

Goethes Briefe. Hamburger Ausgabe in 4 Bänden. Hrsg. von Karl Robert Mandelkow. Hamburg: Wegner, 1962–67. [Überarb. Neuaufl. einzelner Bde. 1968 ff.; seit 1976 München: C. H. Beck.]

Goethes Faust. Hrsg. von Georg Witkowski. 2 Bde. Leipzig 1906. 9., vielfach verb. Aufl. Leiden: Brill, 1936. [10]1949–50. [Bd. 2: Kommentar und Erläuterungen, Literatur, Bilderanhang, Faust-Wörterbuch.] [**Witkowski**]

Goethe, Johann Wolfgang: Urfaust – Faust. Ein Fragment – Faust. Eine Tragödie. Paralleldruck der drei Fassungen. Hrsg. von Werner Keller. 2 Bde. Frankfurt a. M.: Insel, 1985.

– Faust-Dichtungen. 3 Bde. Hrsg. und komm. von Ulrich Gaier. Stuttgart: Reclam, 1999. [**FD**] – Bd. 3 erweitert als: Lesarten von Goethes Faust. Eggingen: Isele, 2010. [**LGF**]

– Faust. Erster Teil. Studienausgabe. »Urfaust«, Fragment, Ausgabe letzter Hand. Paralleldruck. Hrsg. von Ulrich Gaier. Stuttgart: Reclam, 2005. (Reclams Universal-Bibliothek. 18355.)

Der junge Goethe. Neue [zweite] Ausgabe in sechs Bänden. Besorgt von Max Morris. Leipzig: Insel, 1909–12. [**Morris**]

Der junge Goethe. Neu bearbeitete [dritte] Ausgabe in fünf Bänden [und 1 Register-Bd.]. Hrsg. von Hanna Fischer-Lamberg. Berlin / New York: de Gruyter, 1963–74. [**DjG**]

Goethe, Johann Wolfgang: Satiren, Farcen und Hanswurstiaden. Hrsg. von Martin Stern. Stuttgart 1968. (Reclams Universal-Bibliothek. 8565–67.)

»… das Hauptgeschäft nicht außer Augen lassend«. Die Paralipomena zu Goethes *Faust*. Von Anne Bohnenkamp. Frankfurt a. M.: Insel, 1994. [**B**]

Goethe, Johann Wolfgang: Dichtung und Wahrheit. Hrsg. von Walter Hettche. 2. Aufl. Stuttgart: Reclam, 1998. [**DW**]

– West-östlicher Divan. Studienausgabe. Hrsg. von Michael Knaupp. Stuttgart: Reclam, 1999. (Reclams Universal-Bibliothek. 6785.)

– Gedichte. Studienausgabe. Hrsg. von Bernd Witte. Stuttgart: Reclam, 2001. (Reclams Universal-Bibliothek. 18519.)

Schiller, Friedrich / Goethe, Johann Wolfgang: Der Briefwechsel. Hrsg. und komm. von Norbert Oellers unter Mitarb. von Georg Kurscheidt. 2 Bde. Stuttgart: Reclam, 2009. [**SGB**]

Steiger, Robert: Goethes Leben von Tag zu Tag. Eine dokumentarische Chronik. 9 Bde. Zürich/München 1982 ff. [**Steiger**]

Johann Peter Eckermann: Gespräche mit Goethe in den letzten Jahren seines Lebens. Hrsg. von Otto Schönberger. Stuttgart 1994. (Reclams Universal-Bibliothek. 2002.) [**GmG**]

Goethe über seine Dichtungen. Versuch einer Sammlung aller Äußerungen des Dichters über seine poetischen Werke. Hrsg. von Hans Gerhard Gräf. 3 Tle. (in 9 Bdn.). Frankfurt a. M. 1901–14. Nachdr. Darmstadt 1968. [**Gräf**]

2. Wörterbücher und Nachschlagewerke

Fischer, Paul: Goethe-Wortschatz. Ein sprachgeschichtliches Wörterbuch zu Goethes sämtlichen Werken. Leipzig 1929. Nachdr. ebd. 1971.

Goethe-Wörterbuch. Hrsg. von der Deutschen Akademie der Wissenschaften zu Berlin, der Akademie der Wissenschaften in Göttingen und der Heidelberger Akademie der Wissenschaften. Lfg. 1 ff. Stuttgart 1966 ff.

Grimm, Jacob und Wilhelm: Deutsches Wörterbuch. 32 Bde. [Bd. 1–16 in 32 Tln.]. Leipzig 1854–1960. – Erg.-Bd.: Quellenverzeichnis. Ebd. 1971. – Nachdr. München 1984.

Hederich, Benjamin: Gründliches mythologisches Lexicon [...]. Zu besserm Verständnisse der schönen Künste und Wissenschaften [...] sorgfältigst durchgesehen, ansehnlich vermehret und verbessert von Johann Joachim Schwabe [...]. Leipzig 1770 ([1]1724). Nachdr. Darmstadt 1967.

Ranke-Graves, Robert von: Griechische Mythologie. Quellen und Deutung. 2 Bde. Reinbek bei Hamburg 1960.

Schneider, Wolfgang: Lexikon alchemistisch-pharmazeutischer Symbole. Weinheim 1962.

3. Bezugstexte

Acta Sanctorum. Hrsg. von Jean Bolland, Gottfried Henschen [u. a.]. Antwerpen 1643–1940.

Agrippa von Nettesheim, Heinrich Cornelius: Magische Werke sammt den geheimnisvollen Schriften des Petrus von Abano [...] und verschiedenen anderen. Zum ersten Male vollständig in's Deutsche übersetzt. Vollständig in fünf Teilen, mit einer Menge Abbildungen. 5 Bde. Stuttgart 1855–56. (Kleiner Wunder-Schauplatz der geheimen Wissenschaften, Mysterien, Theosophie [...] und schwer begreiflichen Thatsachen. Hrsg. von J[ohann] Scheible. Tl. 7–11.) Nachdr. Meisenheim am Glan [um 1970].

Ariosto, Ludovico: Orlando Furioso. A cura di Remo Ceserani. Turin 1962.

Arnold, Gottfried: Unpartheyische Kirchen- und Ketzer-Historie, vom Anfang des Neuen Testaments biß auf das Jahr Christi 1688. 4 Tle. in 2 Bdn. Frankfurt a. M. 1729. Nachdr. Hildesheim 1967.

Böhme, Jacob: Sämtliche Schriften. Faksimile-Neudruck der Ausgabe von 1730 in elf Bänden. Beg. von August Faust, neu hrsg. von Will-Erich Peuckert. Stuttgart 1955–60.

Byron, Lord: Poems. 3 Bde. London / New York ²1948. (Everyman's Library. 486–488.)

Chamfort [d. i. Nicolas Sébastien Roch]: Œuvres. Bd. 1. Paris 1795.

Dante Alighieri: La Divina Commedia. Ed. Vincenzo Poggioli. 3 Bde. Rom 1806.

Diderot, Denis: Œuvres esthétiques. Ed. par Paul Vernière. Paris 1968. (Classiques Garnier.)

Doctor Johannes Faust. Puppenspiel in vier Aufzügen. Hergest. von Karl Simrock. Frankfurt a. M. 1846. – Neudr. Nach der Ausg. von 1872 hrsg., eingel. und um weitere Puppenspieltexte verm. von Robert Petsch. Leipzig [1923]. (Reclams Universal-Bibliothek. 6378/79.)

Faust. Vollständige Dramentexte. Hrsg. von Margret Dietrich. München 1970. [Marlowe, Mountfort, Lessing, Simrock, Goethes *Urfaust*, Weidmann, Maler Müller, Lenz.]

Das Faustbuch des Christlich Meynenden von 1725. Faksimile-Edition des Erlanger Unikats mit Erläuterungen und einem Nachwort. Hrsg. von Günther Mahal. Knittlingen 1983.

Die Faustdichtung vor, neben und nach Goethe. [Hrsg. von Karl Georg Wendriner.] 4 Bde. Berlin 1913. (Goethe-Bibliothek.) Nachdr. Darmstadt 1969.

Ficino, Marsilio (Ficin, Marsile): Théologie platonicienne de l'immortalité des âmes. [Lat./Frz.] Texte crit. ét. et trad. par Raymond Marcel. 3 Bde. Paris 1964–70.

Hamann, Johann Georg: Sokratische Denkwürdigkeiten – Aesthetica in nuce. Mit einem Komm. hrsg. von Sven-Aage Jørgensen. Stuttgart 1968. (Reclams Universal-Bibliothek. 926.)

Heine, Heinrich: Sämtliche Werke. Hrsg. von Ernst Elster. 7 Bde. Leipzig/Wien [1887–90]. (Meyer's Klassiker-Ausgaben.)

Herder, Johann Gottfried: Werke in zehn Bänden. Hrsg. von Günter Arnold [u. a.]. Frankfurt a. M. 1985–2000. (Bibliothek deutscher Klassiker.)

Historia von D. Johann Fausten. Text des Druckes von 1587. Kritische Ausgabe. Mit den Zusatztexten der Wolfenbütteler Handschrift und der zeitgenössischen Drucke. Hrsg. von Stephan Füssel und Hans Joachim Kreutzer. Stuttgart 1988. (Reclams Universal-Bibliothek. 1516.)

Homer: Odyssee. Übers. von Roland Hampe. Stuttgart 1979. (Reclams Universal-Bibliothek. 280.)

Horaz (Quintus Horatius Flaccus): Sämtliche Gedichte. Lat./Dt. Mit einem Nachw. hrsg. von Bernhard Kytzler. Stuttgart 1992. (Reclams Universal-Bibliothek. 8753.)

Hymnen und Vagantenlieder. Lateinische Lyrik des Mittelalters mit deutschen Versen. Hrsg. von Karl Langosch. Darmstadt [3]1961.

Lessing, Gotthold Ephraim: Werke. Hrsg. von Herbert G. Göpfert. 8 Bde. München 1970–79.

Lucianus: Ausgewählte Schriften. Hrsg. von [Jeannot E.] Freiherr v. Grotthuß, übers. von Wieland. 2 Bde. (in 1 Bd.). Berlin [1918].

Marlowe, Christopher: Die tragische Historie vom Doktor Faustus. Dt. Fass., Nachw. und Anm. von Adolf Seebass. Stuttgart 1964. (Reclams Universal-Bibliothek. 1128.)

Molière [d. i. Jean-Baptiste Poquelin]: Œuvres complètes. Préf. de Pierre-Aimé Touchard. Paris 1962. (Coll. L'Intégrale.)

– Dom Juan ou Le Festin de pierre. Comédie en cinq actes / Don Juan oder Der steinerne Gast. Komödie in fünf Aufzügen. Frz./Dt. Übers. und hrsg. von Hartmut Stenzel. Stuttgart 1989. (Reclams Universal-Bibliothek. 8556.)

Oetinger, Friedrich Christoph: Swedenborgs [und Anderer] irdische und himmlische Philosophie. Stuttgart 1858. Nachdr. hrsg. von Karl Ch. Eberhard Ehmann. Eingel. und neu hrsg. von Erich Beyreuther. Stuttgart 1977. (Sämtliche Schriften. II,1.)

Ovidius Naso, Publius: Metamorphosen. Lat./Dt. Übers. und hrsg. von Erich Rösch. Zürich/München [10]1983.

Paracelsus, Theophrastus: Werke. Besorgt durch Will-Erich Peuckert. Bd. 3–5. Darmstadt [2]1976.

Schiller, Friedrich: Werke. Nationalausgabe. Begr. von Julius Petersen, fortgef. von Lieselotte Blumenthal und Benno von Wiese, hrsg. […] von Norbert Oellers und Siegfried Seidel [seit 1992 hrsg. von Norbert Oellers]. Bd. 1 ff. Weimar 1943 ff.

Shakespeare, William: The Complete Works. Ed. by William J. Craig. London / New York / Toronto 1955.

Vom Doctor Faustus zu Goethes *Faust*. Mit 595 Abb. Hrsg. von Franz Neubert. Leipzig 1932.

4. Kommentare und Literatur zu *Faust*

Anton, Herbert: Goethes Faust als Wette auf Freiheit. In: Geist und Zeichen. Festschrift für Arthur Henkel zu seinem 60. Geburtstag. Hrsg. von Herbert Anton. Heidelberg 1977. S. 9–18.

Arens, Hans: Kommentar zu Goethes Faust I. Heidelberg 1982.

– Kommentar zu Goethes Faust II. Heidelberg 1989.

Atkins, Stuart: Goethe's *Faust*. A Literary Analysis. Cambridge (Mass.) 1958.

Baron, Frank: Doctor Faustus from History to Legend. München 1978.

– Faustus. Geschichte, Sage, Dichtung. München 1982.

Bartscherer, Agnes: Paracelsus, Paracelsisten und Goethes Faust. Eine Quellenstudie. Dortmund 1911.

Bayer, Hans: Goethes *Faust*. Religiös-ethische Quellen und Sinndeutung. In: Jahrbuch des Freien Deutschen Hochstifts 1978. S. 173–224.

Bennett, Benjamin: Goethe's Theory of Poetry. *Faust* and the Regeneration of Language. Ithaca/London 1986.

Beutler, Ernst: Die Kindsmörderin. In: E. B.: Essays um Goethe. Bremen ^{6}1962. S. 87–101.

Binder, Wolfgang: Goethes *Faust*: Die Szene »Und was der ganzen Menschheit zugeteilt ist«. Gießen 1944.

– Goethes klassische *Faust*-Konzeption. In: Deutsche Vierteljahrsschrift für Literaturwissenschaft und Geistesgeschichte 42 (1968) S. 55–88.

Binswanger, Hans Christoph: Geld und Magie. Deutung und Kritik der modernen Wirtschaft anhand von Goethes *Faust*. Mit einem Nachw. von Iring Fetscher. Stuttgart 1985.

– Geld und Magie. Eine ökonomische Deutung von Goethes *Faust*. Hamburg 2005.

Böhm, Wilhelm: Faust der Nichtfaustische. Halle 1933.

Böhme, Gernot: Goethes Faust als philosophischer Text. Zug (Schweiz) 2005.

Bongaerts, Ursula: Goethe. Faust. Illustrazioni/Illustrationen. [Katalog der Ausstellung in der Casa di Goethe.] Rom 2004.

Borchmeyer, Dieter: Goethes theatrales Satyricon. Zu seinen Sturm-und-Drang-Farcen mit einem Blick auf »Faust«. In: La satire au théâtre. Actes du colloque international de Montpellier du 20 au 22 novembre 2003. Hrsg. von Sabine Kremser-Dubois und Philippe Wellnitz. Montpellier 2005. S. 41–56.

Boyle, Nicholas: Goethe. Der Dichter in seiner Zeit. 2 Bde. München 1999.

Brandes, Peter: Goethes *Faust*. Poetik der Gabe und Selbstreflexion der Dichtung. Paderborn 2003.

Brown, Jane K.: Goethe's *Faust*. The German Tragedy. Ithaca/London 1986.

Buchwald, Reinhard: Führer durch Goethes Faustdichtung. Erklärung des Werkes und Geschichte seiner Entstehung. Stuttgart [8]1983.

Burdach, Konrad: Faust und Moses. Tl. 1–3. In: Sitzungsberichte der Preußischen Akademie der Wissenschaften. Philosophisch-Historische Klasse. Nr. 23, 35, 38 (1912) S. 358–403, 627–659, 736–789.

– Faust und die Sorge. In: Deutsche Vierteljahrsschrift für Literaturwissenschaft und Geistesgeschichte 1 (1923) S. 1–60.

– Das religiöse Problem in Goethes *Faust*. In: Euphorion 33 (1932) S. 3–83.

Ciupke, Markus: »Des Geklimpers vielverworrner Töne Rausch«. Metrische Gestaltung in Goethes *Faust*. Göttingen 1994.

Dietze, Walter: Der »Walpurgisnachtstraum« in Goethes *Faust:* Entwurf, Gestaltung, Funktion. In: Publications of the Modern Language Association of America 84 (1969) S. 476–491.

Doering, Sabine: Höllische Kosmetik. Der Teufel als Körperbildner in der Faust-Tradition. In: Variationen über das Teuflische. Hrst. von Dimiter Daphinoff. Fribourg (Schweiz) 2006. S. 67–85.

Dülmen, Richard van: Der Geheimbund der Illuminaten. Darstellung, Analyse, Dokumentation. Stuttgart-Bad Cannstatt 1975.

Düntzer, Heinrich: Goethe's *Faust*. Erster und Zweiter Theil. Zum erstenmal vollständig erläutert. 2 Tle. Leipzig 1850–51.

– Die Entstehung des zweiten Teiles von Goethes *Faust*, insbesondere der klassischen Walpurgisnacht, nach den neuesten Mitteilungen. In: Zeitschrift für deutsche Philologie 23 (1891) S. 67–104.

Fricke, Hannes: Über Nutzen und Nachteil naturwissenschaftlich-empirischer Erkenntnisse für die Literaturwissenschaft: Neurobiologie, Hirnphysiologie, Traumaforschung und Margarete im Kerker. www.goethezeitportal.de/db/wiss/goethe/faust-margareteundtrauma_fricke.pdf (28. 4. 2010).

Friedrich, Theodor / Scheithauer, Lothar J.: Kommentar zu Goethes Faust. Mit einem Faust-Wörterbuch und einer Faust-Bibliographie. Stuttgart 1974. (Reclams Universal-Bibliothek. 7177.) [Erstausg.: Th. Friedrich: Goethes Faust erläutert. Leipzig 1932.]

Gaier, Ulrich: Goethes Faust-Dichtungen. Ein Kommentar. Bd. 1: Urfaust. Stuttgart 1989.

– Fausts Modernität. Essays. Stuttgart 2000.

– Erläuterungen und Dokumente: Johann Wolfgang Goethe, Faust. Der Tragödie Erster Teil. Stuttgart 2001.

– Kommentar zu Goethes Faust. Stuttgart 2002.

– Erläuterungen und Dokumente: Johann Wolfgang Goethe, Faust. Der Tragödie Zweiter Teil. Stuttgart 2004.

Grumach, Ernst: Zur Erdgeistszene. In: Goethe. Neue Folge des Jahrbuchs der Goethe-Gesellschaft 14/15 (1952/53) S. 92–104.

– Aus Goethes Vorarbeiten zu den Helena-Szenen. In: Goethe. Neue Folge des Jahrbuchs der Goethe-Gesellschaft 20 (1958) S. 45–71.

Hesse-Belasi, Gabriele: Signifaktionsprozesse in Goethes *Faust Zweiter Teil*. Mythologische Figur und poetisches Verfahren. Frankfurt a. M. [u. a.] 1992.

Hohlfeld, Alexander R.: Pact and Wager in Goethe's *Faust*. In: Modern Philology 18 (1921) S. 513–536.

Hübner, Hans: Goethes Faust und das Neue Testament. Göttingen 2003.

Jäger, Michael: Fausts Kolonie. Goethes kritische Phänomenologie der Moderne. Würzburg 2004.

Kaiser, Gerhard: Ist der Mensch zu retten? Vision und Kritik der Moderne in Goethes *Faust*. Freiburg i. Br. 1994.

Keller, Werner: Der Dichter in der »Zueignung« und im »Vorspiel auf dem Theater«. In: Aufsätze zu Goethes *Faust I*. Hrsg. von W. K. Darmstadt 1974. S. 151–191.

Kreutzer, Hans Joachim: *Faust*. Mythos und Musik. München 2003.

Maisak, Petra (Hrsg.): Goethes Faust. Verwandlungen eines »Hexenmeisters«. Freies Deutsches Hochstift – Frankfurter Goethe-Museum. Ausstellung vom 28. August bis 11. November 2007. Frankfurt a. M. 2007.

Mason, Eudo C.: Goethe's *Faust*. Its Genesis and Purport. Berkeley / Los Angeles 1967.

Minor, Jacob: Goethes *Faust*. Entstehungsgeschichte und Erklärung. 2 Bde. Stuttgart 1901.

Morris, Max: Die Form des *Urfaust*. In: M. M.: Goethe-Studien. Bd. 1. Berlin ^{2}1902. S. 1–12.

– Die Walpurgisnacht. In: Ebd. S. 54–96.

Nollendorfs, Valters: Der Streit um den *Urfaust*. Den Haag 1967.

Nutt-Kofoth, Rüdiger: »Leid« oder »Lied« oder was ist Goethes *Faust*? Zum Verhältnis von Textkritik und Interpretation aus Anlass jüngerer *Faust*-Ausgaben. In: Jahrbuch des Freien Deutschen Hochstifts 2009. S. 147–158.

Petersen, Uwe: Goethe und Euripides. Untersuchungen zur Euripides-Rezeption in der Goethezeit. Heidelberg 1974.

Petriconi, Hellmuth: Die verführte Unschuld. Bemerkungen über ein literarisches Thema. Hamburg 1953.

Pniower, Otto: Goethes *Faust* und das Hohe Lied. In: Goethe-Jahrbuch 13 (1892) S. 181–198.

Rameckers, Jan Matthias: Der Kindesmord in der Literatur der Sturm-und-Drang-Periode. Ein Beitrag zur Kulturgeschichte des 18. Jahrhunderts. Rotterdam 1927.

Requadt, Paul: Goethes *Faust I.* Leitmotivik und Architektur. München 1972.

Roethe, Gustav: Goethe. Gesammelte Vorträge und Aufsätze. Berlin 1932.

Schanze, Helmut: Goethes Dramatik. Theater der Erinnerung. Tübingen 1989.

– Faust-Konstellationen. Mythos und Medien. München 1999.

Schillemeit, Jost: Satyrspiel und tragische Tetralogien. Zum Kontext eines philologischen Themas beim späten Goethe. In: Formen innerliterarischer Rezeption. Hrsg. von Wilfried Floeck [u. a.]. Wiesbaden 1987. S. 303–318.

– Das »Vorspiel auf dem Theater« zu Goethes *Faust*. Entstehungszusammenhänge und Folgerungen für sein Verständnis. In: Studien zur Goethezeit. Hrsg. von J. Sch. Göttingen 2006. S. 115–137.

Schings, Hans-Jürgen: Melancholie und Aufklärung. Stuttgart 1977.

– Freiheit in der Geschichte. Egmont und Marquis Posa im Vergleich. In: Goethe-Jahrbuch 110 (1993) S. 61–76.

Schmidt, Beate Agnes: Musik in Goethes *Faust*. Dramaturgie, Rezeption und Aufführungspraxis. Sinzig 2006.

Schmidt, Jochen: »Was sich sonst dem Blick empfohlen, / Mit Jahrhunderten ist hin«. Fortschritt als Zerstörungswerk der Moderne am Ende des *Faust II.* In: Sinnlichkeit in Bild und Klang. Festschrift für Paul Hoffmann zum 70. Geburtstag. Hrsg. von Hansgerd Delbrück. Stuttgart 1987. S. 187–204.

– Die »katholische Mythologie« und ihre mystische Entmythologisierung in der Schluß-Szene des *Faust II.* In: Jahrbuch der deutschen Schillergesellschaft 34 (1990) S. 230–256.

– Faust als Melancholiker und Melancholie als strukturbildendes Element bis zum Teufelspakt. In: Jahrbuch der deutschen Schillergesellschaft 41 (1997) S. 125–139.

Schneider, Steffen: Archivpoetik. Die Funktion des Wissens in Goethes *Faust II*. Tübingen 2005.

Schöne, Albrecht: Götterzeichen, Liebeszauber, Satanskult. Neue Einblicke in alte Goethetexte. München 1982. [3]1993.

– Goethes Farbentheologie. München 1987.

Schwerte, Hans: Faust und das Faustische. Ein Kapitel deutscher Ideologie. Stuttgart 1962.

Seibt, Ferdinand (Hrsg.): Kaiser Karl IV. Staatsmann und Mäzen. München ²1978.
Seidlin, Oskar: Is the »Prelude in the Theatre« a Prelude to *Faust*? In: Publications of the Modern Language Association of America 64 (1949) S. 462–470.
Storck, Willy: Goethes *Faust* und die bildende Kunst. Leipzig 1912.
Wachsmuth, Andreas B.: Die Magia naturalis im Weltbilde Goethes. In: Goethe. Neue Folge des Jahrbuchs der Goethe-Gesellschaft 19 (1957) S. 1–27.
Wächtershäuser, Wilhelm: Das Verbrechen des Kindesmords im Zeitalter der Aufklärung. Berlin 1973.
Walker, Daniel P.: Spiritual and Demonic Magic from Ficino to Campanella. London 1958.
Warncke, Carsten-Peter: Allegorese als Gesellschaftsspiel. Erörternde Embleme auf dem Satz Nürnberger Silberbecher aus dem Jahre 1621. In: Anzeiger des Germanischen Nationalmuseums 1982. S. 43–62.
Weber, Albrecht: Goethes *Faust* – Noch und wieder? Phänomene – Probleme – Perspektiven. Würzburg 2005.
Zimmermann, Rolf Christian: Das Weltbild des jungen Goethe. Studien zur hermetischen Tradition des deutschen 18. Jahrhunderts. 2 Bde. München 1969–79.
200 Jahre Goethes *Faust*. Hrsg. von Christian Lux. Frankfurt a. M. 2007.

Verzeichnis der Abbildungen

Nachwort

Einen modernen Mythos eignete Goethe sich zu, als er, wenig über zwanzig Jahre alt, den Stoff des Faust zu überdenken begann. Nicht nur zu Goethes Zeit war Deutschland »verliebt […] in seinen ›*Doktor Faust*‹«, wie Lessing 1759 in seinem 17. Literaturbrief geschrieben hatte, in dem er zugleich einige Szenen des eigenen entstehenden *Faust*-Dramas mitgab. Schon bevor 1587 mit der *Historia von D. Johann Fausten* der Frankfurter Buchdrucker Johann Spieß (1540–1623) den ersten Bestseller herausbrachte und die faszinierend gruselige Mär über ganz Europa verbreitete, kursierten Geschichten über Kunststücke, Abenteuer und schreckliches Ende des Doktor Faust, eines der vielen Scharlatane, Wunderheiler und Zauberkünstler der Zeit, der von etwa 1485 bis 1540 gelebt hatte. Wie üblich in mündlicher Tradition, sammelten die Erzähler um einen authentischen Kern und die historische Figur allerlei andere Zaubergeschichten antiker, vorderorientalischer und mittelalterlicher Herkunft, legten sie dem Helden bei und verliehen damit der Figur die mythische Unvordenklichkeit dessen, über den man schon immer geredet und geraunt hat. So blieb er bis in unsere Tage lebendig: hochlöbliche Stadträte mussten sich noch im 18. Jahrhundert wegen der zu befürchtenden Gefahr für die Volksseele mit der Frage der Aufführung von Faust-Puppenspielen befassen; ein Zwickauer Schulrektor musste sich gegen die Sage wehren, seine Schüler hätten wie Faust mit ausgebreitetem Mantel zu fliegen gelernt; Schatzgräber beschworen noch zu Goethes Zeit (1829) mit *Fausti Höllenzwang* dienstbare Geister; bis um 1930 sah man in Auerbachs Keller zu Leipzig die Fresken über die Taten des Magiers, die auch Goethe schildert (s. Abb. 7); im »Löwen« zu Staufen im Breisgau wird das Zimmer gezeigt, in dem Faust durch eine Explosion beim Goldmachen umkam; in Knittlingen erfreut sich das Faust-Museum im vermeintlichen Geburtshaus des Magiers regen Besuchs.

Die Literaten und Dichter waren und sind zur Stelle: Dichtungen über Faust gab es schon vor Spieß' *Historia*; diese wurde in Übersetzungen rasch in Europa bekannt, inspirierte 1589 den großen Dramatiker der Shakespeare-Zeit, Christopher Marlowe, zu seiner *Tragicall History of D. Faustus* und damit zum Anstoß der langen Reihe dramatischer Bearbeitungen des Stoffs, den die englischen Komödianten wieder auf den Kontinent brachten und von der hohen Tragödie zum Spektakel adaptierten, das sich, mannigfach variiert, bei Wanderbühnen und Puppenspielern bis ins 19. Jahrhundert hielt. Die Spießsche *Historia* wurde durch weiteres Material aufgeschwellt, gelehrt kommentiert und wieder zu Groschenheftchen zusammengezogen; Fausts Famulus Wagner erhielt ähnliche Berühmtheit wie sein Meister, und was immer an Zauberbüchern und Goldmacherlehren auf den Markt kam und Faust zugeschrieben wurde, konnte mit gutem Absatz rechnen.

Als aber der große Kritiker Lessing den Stoff für ein echtes deutsches Nationaldrama empfahl, als man hörte, dass Goethe an einem *Faust* schrieb, da war der Gegenstand für die hohe Literatur entdeckt, und die kaum zu überschauende Reihe der dramatischen, epischen, romanhaften, der musikalischen, malerischen und – später – filmischen Bearbeitungen begann, die bis heute weltweit nicht abreißt. Wichtige Werke aufzuzählen käme man kaum zu Rande – der Mythos vom Doktor Faust hat bis heute seine Faszination nicht eingebüßt, im guten wie im bösen Sinn, ja, ein tausendjähriges Reich, unseligen Angedenkens, hat sich die Ideologie des »faustischen Menschen« zu eigen gemacht und Goethes Fassung des Mythos dabei aufs bedenkenloseste missbraucht und verfälscht.

Wie lässt sich diese beispiellose Karriere eines Stoffes, dazu noch eines neuzeitlichen, erklären? Der Faust der *Historia* sagt von sich (Kap. 6):

> Nach dem ich mir fůrgenommen die Elementa zu speculieren / vnd aber auß den Gaaben / so mir von oben herab bescheret / vnd gnedig mitgetheilt worden / solche Geschickligkeit in meinem Kopff nicht befinde / vnnd solches von den Menschen nicht erlehrnen mag / So hab ich gegenwertigen gesandtem Geist / der sich Mephostophiles nennet / ein Diener deß Hellischen Printzen in Orient / mich vntergeben / auch denselbigen / mich solches zuberichten vnd zu lehren / mir erwehlet [...].

Faust hat ein Erkenntnisziel, das sind die »Elemente«, Grund und Wesen der Dinge. Diese will er »speculieren«, d. h. ausspähen, beobachten: Galten bis zum Ende des Mittelalters als die eigentliche Quelle des Wissens die in der Bibel, den Kirchenvätern, den antiken Autoren niedergelegten Erkenntnisse, so ist Faust nicht mehr mit diesem Wissen zufrieden; was er wissen will, kann er »von den Menschen nicht erlehrnen«. Dem Bruch mit der Autorität der Bücherwissenschaft folgt der Bruch mit der Methode des Wissenserwerbs: Nicht mehr Meinungen vieler Autoren sammeln und untereinander vergleichen will Faust, um zur Wahrheit zu gelangen, sondern durch Beobachtung ausspähen (so die alte Bedeutung von lat. *speculari*), das heißt, er geht zur empirischen Erkenntnisgewinnung über, möchte »der Erfahrne der Elementen« sein, als der er seinen mit Blut geschriebenen Vertrag unterzeichnet (Kap. 6). Was ihn dazu treibt, ist der Stachel und Reiz von »Fůrwitz / Freyheit vnd Leichtfertigkeit« (Kap. 2), d. h. theoretische Neugier, freche Selbstständigkeit, Sorglosigkeit, an anderen Stellen wird die Hoffart als Ursünde Luzifers hinzugefügt. Was ihn in die Fänge des Abgesandten der Hölle treibt, ist seine Unzufriedenheit mit dem, was er als »Gaaben« von Gott erhalten hat: Sie genügen nicht zur Befriedigung seines Erkenntnisdurstes. Das Geschöpf ist mit dem Schöpfer unzufrieden, die Gnade ist zu gering, die Gabe unbrauchbar. So erschließt er sich über das in der Schrift geoffenbarte Wissen hinaus (auch das ist ungenügend) Quellen der Erkenntnis in der Naturbeobachtung und schließlich im Pakt mit dem Bösen, der ihm erweiterte Erkenntnis und Handlungsfähigkeit verschaffen soll dafür, dass er sich ihm untertan macht. Damit verfügt Faust auch über sich selbst, obwohl er zugleich anerkennen muss, dass ihm seine Geistesgaben »von oben herab bescheret / vnd gnedig mitgetheilt worden«.

Der Mythos des Doktor Faust erzählt von der Entdeckung des neuzeitlichen Menschen, von der Faszination und dem Grauen, das dennoch im mittelalterlichen Denken verhafteten Auoren der *Historie* diese Entdeckung der scheinbar freien Selbstständigkeit und Verfügung über sich selbst, aber auch der Schutzlosigkeit und Auslieferung an das selbst ausgelöste Unheil bedeutet. Er erzählt von dem, was den Stolz und den Optimismus der Neuzeit für Jahrhunderte ausmachte, und von dem leichtfertig Selbstverschuldeten und in Gang Gesetzten, das die Menschheit jetzt anscheinend unaufhaltsam einholt. Ein Spiegel gewesen zu sein für das trotzige und verzagte Wesen des neuzeitlichen Menschen, eine Fassung seiner innersten Melancholie ins Bild und in die erzählbare Geschichte, das war es wohl, was Faust zum Mythos werden ließ und die Geschichte seiner Bearbeitungen zu einer Reihe von Blicken in den Spiegel, wie weit es mit uns schon gekommen ist.

Goethe hat offenbar »die bedeutende Puppenspielfabel« so verstanden, als er sie Anfang der 1770er Jahre aufgriff. Rückblickend schreibt er 1828 über den *Ersten Theil*, dass er »für immer die Entwickelungsperiode eines Menschengeistes festhält, der von allem, was die Menschheit peinigt, auch gequält, von allem, was sie beunruhigt, auch ergriffen, in dem, was sie verabscheut, gleichfalls befangen und durch das, was sie wünscht, auch beseligt worden« sei (*Faust. Tragédie de Monsieur Goethe*; AG 14, S. 952). Auch der früher geschriebene Rückblick in *Dichtung und Wahrheit* lässt diesen anthropologischen Bezug auf »alles« erkennen: »Auch ich hatte mich [wie Faust] in allem Wissen umhergetrieben und war früh genug auf die Eitelkeit desselben hingewiesen worden. Ich hatte es auch im Leben auf allerlei Weise versucht, und war immer unbefriedigter und gequälter zurückgekommen« (DW, S. 443; 10. Buch). Als persönliche Erfahrung, die ihm die Figur Faust so bedeutend machte, spricht er hier das aus, was ihm als Dialektik von Ausgriff und Rückschlag, Emanzipation und Selbsthemmung für die Neuzeit insbesondere kennzeichnend erschien:

> Man sagt von dem menschlichen Herzen, es sei ein trotzig und verzagtes Wesen. Von dem menschlichen Geiste darf man wohl Ähnliches prädizieren. Er ist ungeduldig und anmaßlich und zugleich unsicher und zaghaft. Er strebt nach Erfahrung und in ihr nach einer erweiterten reinern Tätigkeit, und dann bebt er wieder davor zurück, und zwar nicht mit Unrecht. Wie er vorschreitet, fühlt er immer mehr, wie er bedingt sei, daß er verlieren müsse, indem er gewinnt: denn ans Wahre wie ans Falsche sind notwendige Bedingungen des Daseins gebunden. [...] Hievon geben uns das fünfzehnte und sechzehnte Jahrhundert die lebhaftesten Beispiele. [...] Doch unter allen Entdeckungen und Überzeugungen möchte nichts eine größere Wirkung auf den menschlichen Geist hervorgebracht haben, als die Lehre des Kopernikus. Kaum war die Welt als rund anerkannt und in sich selbst abgeschlossen, so sollte sie auf das ungeheure Vorrecht Verzicht tun, der Mittelpunkt des Weltalls zu sein. Vielleicht ist noch nie eine größere Forderung an die Menschheit geschehen: denn was ging nicht alles durch diese Anerkennung in Dunst und Rauch auf: ein zweites Paradies, eine Welt der Unschuld, Dichtkunst und Frömmigkeit, das Zeugnis der Sinne, die Überzeugung eines poetisch-religiösen Glaubens; kein Wunder, daß man dies alles nicht wollte fahren lassen, daß man sich auf alle Weise einer solchen Lehre entgegensetzte, die denjenigen, der sie annahm, zu einer bisher unbekannten, ja ungeahneten

> Denkfreiheit und Großheit der Gesinnungen berechtigte und aufforderte. (*Materialien zur Geschichte der Farbenlehre*, 16. Jahrhundert, »Zwischenbetrachtung«; AG 16, S. 394 f.)

Diese Epoche am Ausgang des Mittelalters, »wo die Scheidung der ältern und neuern Zeit immer bedeutender wird« (ebd.), erschien Goethe mit Johann Gottfried Herder (1744–1803) als der Wurzelgrund all der Probleme, die in der eigenen Gegenwart bewusst wurden und zum Austrag kamen. *Götz von Berlichingen*, *Egmont*, *Tasso* und *Faust* lokalisieren die Entstehung drängender Gegenwartsfragen im 16. Jahrhundert, die die Geschichte mittlerweile zum Austrag gebracht hatte – die sittliche Freiheit des Einzelnen und das Gesetz für alle, die Selbstbestimmung der Völker, das persönliche Bewusstsein des Eigenwertes und die gesellschaftlichen Schranken und Vorurteile, schließlich Fort- und Rückschrittlichkeit im Wesen des neuzeitlichen Menschen überhaupt. In der frühen Zeit, als alle diese Werke geschrieben oder konzipiert wurden, eignete sich Goethe bereits umfassende Kenntnisse über diese Epoche an, theologiegeschichtlich anhand Gottfried Arnolds (1666–1714) *Unparteiischer Kirchen- und Ketzerhistorie* (1729), rechtsgeschichtlich während seines Straßburger Studiums, literaturgeschichtlich durch umfangreiche Lektüre besonders der italienischen, englischen und frühbürgerlichen Literatur, wissenschaftsgeschichtlich durch das bis zu alchimistischen Experimenten gehende Studium der Universalwissenschaft der Renaissance, die mit dem Sammelbegriff der *magia naturalis* bezeichnet wird.

Es handelt sich dabei keineswegs um Zauberei und Scharlatanerie, sondern um eine auf vorderorientalische Geheimlehren (Hermetismus) und Priesterweisheit (vgl. die *magi* aus dem Morgenland) zurückgehende, theologisch-kosmologisch begründete Naturlehre, Medizin und Psychologie, die von der Vorstellung eines organischen kraftdurchwalteten Kosmos ausgeht; der Magier sucht nach

Verfahren, sich gezielt und dosiert in diese Kraftfelder einzubeziehen und die Kräfte zu bestimmten Wirkungen zu nutzen. »Natürlich« oder »weiß« ist die Magie, wenn natürliche Substanzen, Kräfte, Prozesse abgesondert, gereinigt, kondensiert werden, wenn also der Mensch die Natur ihr Geschäft tun lässt und sie nur aufgrund von Beobachtung und Berechnung ihrer Möglichkeiten planmäßig lenkt, damit beabsichtigte Wirkungen entstehen, die die Natur erst nach langer Zeit oder nicht in dieser Stärke oder Reinheit oder nicht zum gewünschten Zeitpunkt am gewünschten Ort erzeugt hätte. Man sieht leicht, dass sich aus dieser experimentell und mit Erfolgskontrollen arbeitenden Wissenschaft die moderne Naturwissenschaft entwickeln musste, als bei näherer Überprüfung die überkommenen astrologischen und metaphysischen Hypothesen durch mathematisch-physikalische Modelle ersetzt wurden. Die Tätigkeit des Magiers richtete sich nicht nur nach außen auf die Veränderung von Substanzen, sondern vor allem und mit beträchtlichem Erfolg auf die Bewirkung von Veränderungen in der Psyche des Magiers selbst oder bei anderen Menschen; Paracelsus erzielte z. B. Heilwirkungen durch den Glauben an die Heilung, indem er Placebos ausgab.

Die »schwarze« Magie suchte gegenüber der natürlichen Magie widernatürliche Wirkungen zu erzeugen, verwendete dabei Prozesse, die dem Leben und der Ordnung der Natur zuwiderliefen, berief böse Geister, enthemmte die Adepten und Anhänger und setzte in ihnen diabolische Energien frei. Die Grenzen zwischen schwarzer und weißer oder natürlicher Magie waren schwer zu ziehen, da, genau besehen, Begriffe wie »Natürlich«, »Widernatürlich«, »Gut«, »Böse« von autoritativ überlieferten Vorstellungen abhängen und in dem von Autoritäten unabhängigen Raum der Empirie und des Experiments keinen Anhaltspunkt mehr finden. Wenn Mephisto sagt, er sei »Ein Theil von jener Kraft, / Die stets das Böse will und stets das Gute schafft« (V. 1335 f.), dann bleibt unklar, ob er die Begriffe in Anführungszeichen setzt oder ob er in seinem Sinne wertet –

kurz danach weist er ja darauf hin, dass »Sünde« und »das Böse« Namen der Menschen für sein »Element« sind (V. 1342–44).

In den ambivalenten Raum einer Universalwissenschaft, die mit bestehenden und kirchlich legitimierten Wissensquellen unzufrieden ist, die unruhig an den Grenzen menschlicher Erkenntnis rüttelt, die auf uralten heilig-verbotenen Geheimlehren aufbaut und neugierig sich auf eigenes Beobachten und Experimentieren verlässt, die vertrauensvoll das Natürliche sich zueignet und sich tollkühn das Übernatürliche zu unterwerfen sucht, die wissen will, um tun zu können wie Gott – in diesen Raum stellt sich Faust in seinem ersten Monolog (V. 377) und bekennt am Ende des Stücks, dass er ihn nicht verlassen kann (V. 11403–07): Ist Faust die Figur, an der Goethe den neuzeitlichen Menschen analysiert, dann gehört Magie zu ihren wesentlichen Kennzeichen; der absolut tragische und zugleich absolut komische Widerspruch im Handeln dessen, der, unzufrieden mit den Grenzen des Menschen, sich neuer, vielleicht gefährlicherer Begrenzung »ergibt«, um Gott gleich zu werden, scheint Goethe Charakteristikum des neuzeitlichen Menschen gewesen zu sein.

Das Drama zeigt die Figur bei einer Reihe von Versuchen, diese Gottgleichheit zu erlangen; in jedem der sieben »Akte«, dem Gelehrtendrama, Gretchendrama und den fünf Akten des Zweiten Teils, nähert er sich der Gottheit, wird aber immer wieder von diesem Gipfel des Menschlichen und Übermenschlichen heruntergeworfen (vgl. V. 614–622, 3283–90, 6487 f., 7473, 9556 f., 10220, 11583 f.).

Bei der Reihe dieser Versuche Fausts, Gott zu werden, folgt Goethe offenbar der theologisch-anthropologischen Analyse des großen Renaissancephilosophen, Platon-Übersetzers und -Kommentators, zugleich Vaters der neuzeitlichen *magia naturalis*, Marsilio Ficino (1433–1499), dessen Plotin- und Platon-Übersetzung Goethe benutzte, den er zusammen mit Herder für die gemeinsame Arbeit an den *Ideen zur Philosophie der Geschichte der Menschheit* Anfang der

1880er Jahre studierte und dessen Werk er wohl bei seinem Rom-Aufenthalt noch einmal begegnet ist. Was Ficino lehrte, war in den Grundzügen bekannt; neu waren seine Folgerungen, die die Anthropologie der Moderne begründeten und die Herder und Goethe überzeugten. Ficino überschrieb das 14. Buch seines (lateinisch geschriebenen) Werks *Platonische Theologie über die Unsterblichkeit der Seelen* (1482) »Die Seele strebt, Gott zu werden« und legte dies anhand von Eigenschaften dar, die Gott in höchstem Maße besitzt und die jeder einzelne und die Menschheit insgesamt zu erlangen strebt. Ein solcher Drang (Eros), von Gott eingepflanzt, ist dem Menschen an sich so natürlich »wie dem Vogel das Fliegen«; problematisch wird nur, wie der Faust-Mythos warnend zeigt, wenn er dabei seine Endlichkeit und Beschränkung mit widergöttlichen und widernatürlichen Mitteln zu überspringen sucht und den allseitig auf Gott zu wachsenden Drang in bewusstes Streben verkehrt. Er kennt ja die Eigenschaften Gottes, kann alle seine Kräfte und Mittel auf je eine davon konzentrieren und damit auf dem einen Gebiet höher, Gott näher kommen als beim natürlichen allseitigen Wachstum. Das sind magische Selbstversuche, denen Goethe Mephistopheles nicht als christlichen Teufel, sondern als Beschaffer, Techniker und Unterstützer der selbstzerstörerischen Experimente an die Seite stellt. Selbstzerstörerisch sind sie, denn die gewollte einseitige Konzentration verzerrt das Bild Gottes im Menschen, der nur als »ganzer Mensch« (ein Grundbegriff der Anthropologie der Goethezeit) in seiner »Humanität« oder »Menschheit« Gott näher kommen kann. Konzentriert er sich auf eine der göttlichen Eigenschaften, nähert er sich Luzifer, der nach Goethes früher Theologie unbedingt und begrenzt geschaffen wurde und lauter unbedingte und begrenzte Wesen schuf. Dabei aber »vergaß er seines höhern Ursprungs und glaubte ihn in sich selbst zu finden«, indem er sich »in sich selbst konzentrierte« und so die von ihm geschaffene Schöpfung in Gefahr brachte, »durch immerwährende Konzentration sich selbst aufreiben, sich mit ihrem Vater Lucifer vernichten und alle ihre Ansprüche an eine gleiche Ewigkeit mit der Gottheit verlieren« zu können (DW, S. 376 f.; 8. Buch, Ende). Mephistopheles setzt entsprechend »der ewig regen, / Der heilsam schaffenden Gewalt / Die kalte Teufelsfaust entgegen, / Die sich vergebens tückisch ballt« (V. 1379–82), und Faust wird durch dieselbe Konzentration, die Verehrung seiner selbst als Gott, »eingeteufelt« und endet mit höchster Ausprägung dieser an sich göttlichen Eigenschaft: »Es kann die Spur von meinen Erdetagen / Nicht in Äonen untergehn. –« (V. 11583) Goethe machte also die mit dem Wesen des Menschen gegebene Unlösbarkeit des Widerspruchs zwischen unendlicher Strebung und notwendiger Beschränkung für sein Werk fruchtbar: Alle magischen Konzentrations-Versuche, die Schranken zu durchstoßen, enden, vom strebend-erleidenden Menschen her gesehen, mit tragischer Vernichtung (V. 652–655), während sie für das kalte Auge des Zynikers Zikadensprünge sind (V. 288–291) und die Melancholie begründen, die schon für Ficino die Grundstimmung der neuen Zeit war.

Die erste Strebung, so Ficino (XIV 2), geht auf »die höchste Wahrheit und das höchste Gut«: Faust strebt nach Erfassung dessen, »was die Welt / Im Innersten zusammenhält« (V. 382 f.), um nicht mehr »in Worten kramen«, Handel treiben zu müssen, sondern mit »Wirkenskraft und Samen« (V. 384 f.) die kosmischen Energien und Ordnungskräfte zu beherrschen und damit das »höchste Gut« gottgleichen Schaffens zu erringen. Er steigert sich wegen der Unzulänglichkeit der dem Menschen gegebenen Erkenntnisfähigkeit magisch zur Schau von Makrokosmos und Erdgeist als Repräsentationen des ordnenden und des energetischen Lebens der Welt, hindert sich jedoch selbst daran, sich ihnen zuzueignen, und wird sich seiner Endlichkeit nur verzweifelter bewusst. Ein Suizidversuch unterbleibt, weil die Erinnerung an Glaube, Liebe, Hoffnung der Kindheit ihn im schmerzlich bewussten irdischen Ich festhält. Seine

Wünsche reduzieren sich, er beschwört einen dienstbaren Geist und formt ihn sich zum Bilde; mit diesem Negativ schließt er Wette und Pakt auf die Unablässigkeit des für das Menschsein konstitutiven Strebens – die Erkenntnis ist auf Selbsterkenntnis und die Schaffenskraft auf die Verfügung über das eigene Dasein zusammengeschrumpft, das übermenschliche Streben ist zur tautologischen Wette geworden, das bleiben zu können, was man ist, und halten zu können, was man zugesagt hat.

Die zweite Strebung, so Ficino (XIV 3), geht darauf, dass »die Seele alle Dinge werden möchte«, alles zu erfahren und zu genießen sucht: Faust setzt sich ein neues Ziel – »Und was der ganzen Menschheit zugetheilt ist, / Will ich in meinem innern Selbst genießen« (V. 1770 f.) –; aus dem »Uebermenschen« wird der »Allmensch« (Binder 1968, 137). Er sieht »die kleine, dann die große Welt« (V. 2052) in Auerbachs Keller (V. 2288) und der Hexenküche (V. 2402), beschwört die Schöpfung in einen Zauberspiegel und schaut sie als Frau Welt an (V. 2429 ff.). Da er sie nur in schauender Distanz genießen kann, reduziert er, als er nach dem »Sehen« den »Cursum« in der »kleinen Welt« »durchschmarutzen« will (V. 2051–54), auch hier seine Wünsche und formt Margarete in seiner Vorstellung nach dem Bild im Spiegel als »Puppe« und »Engel« (V. 3476, 3494). Trotz dieser Reduktion erfährt er in Margarete stellvertretend die ganze Natur, beherrscht und genießt sie und entdeckt wiederum sich selbst, nun als den Innenraum der Allheit (Szene »Wald und Höhle«). Worauf er sich in dieser Phase, gleichsam in einer zweiten Wette, festlegt, ist der Glaube an die Ewigkeit der einmal, für einen Moment nur gefühlten Liebeswonne (V. 3185–94). Je entschiedener er sich dem Du, der Welt zuwendet, desto unentbehrlicher wird ihm sein magisches Negativ, das ihm die Mittel dazu bereitstellt und ihm in der Walpurgisnacht die materielle Ordnung und Triebkraft der Welt, Gold und Blut, Makrokosmos und Erdgeist »von unten« vorführt. Als er nahe daran ist, sich selbst zu vergessen, wird er durch Ekel, Aufklärung und wiederum durch ein Erinnerungsbild, d. h. durch Margarete, zu sich gebracht. Dieser magische Versuch endet mit Fausts Unfähigkeit, Margarete zu lieben, und der Abhängigkeit von dem, was er zur Erreichung seiner gottgleichen Allheit sich dienstbar zu machen gesucht hatte.

Die dritte Strebung, so Ficino (XIV 4), geht darauf, »alles zu leisten und alles zu beherrschen«; der Philosoph nennt hier die Anstrengungen in Technik und Künsten und die Entstehung von gesellschaftlichen Herrschaftsstrukturen: »Säume nicht dich zu erdreisten / Wenn die Menge zaudernd schweift; / Alles kann der Edle leisten, / Der versteht und rasch ergreift« (V. 4662–65), so wird Faust von den Geistern am Anfang des *Zweyten Theils* ermuntert, alle verlangten Dienstleistungen zu erbringen. Am Kaiserhof machen Mephisto und er sich anheischig, »das Untre durch das Obere [zu] verdienen« (V. 5052), indem sie alle in der Mummenschanz auftretenden Ordnungs- und Machtstrukturen am Ende der Magie bloß vorgestellten Reichtums unterwerfen, die – wie später das Papiergeld – funktioniert, weil alle sie glauben. Noch ein Experiment kollektiver magischer Illusionierung, vom heroischdichterischen Faust veranstaltet, ist die Beschwörung der Helena. Hier wettet er neu: »Verschwinde mir des Lebens Athemkraft, / Wenn ich mich je von dir zurück gewöhne!« (V. 6493 f.). Der Fehler, der ihn diesmal zerschmettert, ist die Nichtunterscheidung von Vorstellung und Wirklichkeit; es ist dieselbe Bereitschaft, Schein für Wirklichkeit zu nehmen, wie sie das Papiergeld zum geltenden Zahlungsmittel macht. Da er sich durch sein physisches Begehren Helenas von der reinen Schau des Schönen »zurück gewöhnt«, verschwindet ihm in der Explosion am Schluss des Aktes »des Lebens Athemkraft«; für die Akte 2 und 3 ist Faust nur geistige Existenz.

Die vierte Strebung, so Ficino (XIV 5), geht darauf, wie Gott »überall und immer zu sein«: Während der reale Faust im Koma liegt, ist der Baccalaureus mit seinem solipsistischen Idealismus, der willkürlich die Wirklichkeit von Dingen und Menschen setzt oder negiert, der erste, der »überall und immer« zu sein und die Welt schaffen und vernichten zu können meint. Mephistopheles hat allgegenwärtiges Ungeziefer, zugleich »Grillen«, d. h. idiosynkratische Ideen gezeugt und überall verbreitet. Der Naturwissenschaftler Wagner ist dabei, nicht nur Erkenntnisfähigkeit, sondern auch lebende Materie künstlich herzustellen; Homunculus ist mit seiner Fähigkeit, Träume zu lesen, und seinem enzyklopädischen Wissen »überall und immer«. Faust in seiner geistigen Existenz wird von seinen Satelliten auf das riesige Zeit- und Raumtrümmerfeld der Pharsalischen Felder gebracht, wo er sich der poetischen Identitäten antiker Heroen und Halbgötter bemächtigt, um Helenas würdig zu werden, während Mephisto sich als »des Chaos vielgeliebter Sohn« (V. 8027) die Identität mit einem orphischen Schöpfergott, dem Eros phanes, verschafft und Homunculus sich auf den Weg der Entstehung durch das Reich des Organischen macht, um für sein Geistwesen die Leiblichkeit zu erlangen. Bis zur Entstehung der geologischen Gestalt der Erdoberfläche, zur Belebung durch kleine Organismen, zur Entstehung von Herrschaft und Unterdrückung wird der Zeitraffer zurückgeführt: Faust, Mephisto, Homunculus zusammengenommen sind »immer und überall«. Aber Helena ist entzogen: die mythologische Frau ist außerhalb der Zeit, hat nur poetische Wirklichkeit (V. 7425–33); Faust wettet wieder: »Ich lebe nicht, kann ich sie nicht erlangen« (V. 7445); er muss sich selbst poetische Existenz geben, dem kreisenden Chiron verrückt, der ruhigen Manto Unmögliches begehrend erscheinen. Wieder scheitert also ein Versuch der magischen Selbststeigerung; nur Homunculus, der sein Glas zerschellt und sich selbst unter tragisch-lustvollem Verlust seiner Identität bewusst ins Meer ergießt, weiß seinen Weg durch die Jahrmillionen des Werdens zum Menschen.

Die fünfte Strebung, so Ficino (XIV 6), ist der Wunsch, »vier Gewalten Gottes sich zu verschaffen: Voraussicht, Gerechtigkeit,

Stärke und Mäßigung«: In Perversion zeigt Mephistopheles als fürchterliche Schaffnerin Phorkyas alle diese Qualitäten schon im ersten Teil des »Stücks«, wo sie sich mit dem Chor streitet und mit der heimkehrenden Helena auseinandersetzt, wo sie für alle Schicksal spielt und in einem Zeitsprung die »Gespenster« (V. 8930) erpresst, freiwillig in Fausts Burg nach Mistra sich versetzen zu lassen. Faust dann, im inneren Burghof, entfaltet tatsächlich diese Herrscherqualitäten, mindestens im Umgang mit den Hauptleuten seines Heeres. In der Beziehung zu Helena allerdings gibt er die Voraussicht auf (V. 9381), mit seiner Flucht in einen arkadischen Urraum verabschiedet er sich aus der Geschichte, die nun von seinen Heerführern weitergeschrieben wird; kraftlos vor allem und lächerlich in seiner Hilflosigkeit, mahnt er das überlebendige Kind Euphorion (V. 9717 ff., 9737 ff.) und kann, als der die schimmernde trügerische Seifenblase ihrer poetischen Existenz durchbricht, nur noch wie erstaunt feststellen, dass auf die Freude grimmige Pein folge (V. 9903 f.): wieder einmal ist eine Strebung gescheitert; die Gottgleichheit des Herrschers wird vor »dieser Schönheit Uebermuth« zunichte (V. 9349).

Die sechste Strebung, so Ficino (XIV 7), ist die Begierde »nach dem höchsten Grad von Reichtum und Lust«: Nach dem Verschwinden des poetischen Traums, dem Erstarren der herrlichen Frau zum Eisgebirge (V. 10053) folgt mit Mephistos Siebenmeilenstiefeln endlich der Fortschritt. Faust werden »die Reiche der Welt und ihre Herrlichkeiten« angeboten (V. 10131); er wünscht sich, nachdem der Traum von Schönheit ausgeträumt, das Beste seines Innern fortgezogen ist (V. 10066): »Herrschaft gewinn ich, Eigenthum! / Die That ist alles, nichts der Ruhm.« (V. 10187 f.) Nachdem die am Beginn des Akts in Mephistos Mythos komisch beschriebene Revolution das Unterste zuoberst, die Verdammten aus der Hölle aufs Hochgebirge befördert hat, kann Mephistopheles »das Bergvolk« in die Drei Gewaltigen sammeln, die die luziferischen Urinstinkte der Aggressivität, der Habgier und des Geizes verkörpern. Die Volksmassen, in die sich die Gewaltigen in der Schlacht wieder auflösen, erweisen sich als durch diese höllischen Urinstinkte manipulierbar: Fausts »Herrschaft«. Eigentum im Sinne des frei verfügbaren *dominium* erwirbt sich Faust durch die erneute Stützung des unfähigen Kaisers, der ihm den Uferstreifen des Meers und mithin, wie Faust offenbar interpretiert, das Meer und die von ihm bespülten Ufer in aller Welt als Eigentum übergibt. Damit ist Faust in der Lage, sich die Welt anzueignen und beliebig die Massen zu manipulieren: gottgleicher Reichtum und gottgleiche Lust. Allerdings hat Faust gemeint: »Die That ist alles« – wer jedoch die Tat vollbringt, sind Mephistopheles und seine fürchterlichen Helfer; Faust ist völlig von ihnen abhängig geworden.

Die siebte und letzte Strebung, so Ficino (XIV 8), ist, »daß wir uns verehren wie Gott«. Faust lässt sich verehren als neuer Herr des Uferstreifens, seines Palastes und der großen Deich- und Hafenanlagen; sein Ruhm wird mit Megaphon verkündet, ihm werden die Schätze der Welt zugeführt, er fühlt sich im »Welt-Besitz« (V. 11242). Aber der ist noch unvollkommen; das kleine Besitztum von Philemon und Baucis gehört noch nicht ihm. Wie man hier verfährt und überhaupt durch »kolonisieren« (V. 11274) zum Weltbesitz gelangt, zeigt das Schicksal der beiden Alten: Faust gibt den vieldeutigen Befehl, sie »zur Seite« zu schaffen, was ihren und eines Wanderers Tod als Kollateralschäden nach sich zieht. Todesopfer fordert auch der Bau des Kanals und des großen Deichs, der »ein paradiesisch Land« umschließt, das Meer ausschließt und damit Fausts »That« der Tat Gottes im Buch *Hiob* annähert, der sich rühmt, dem Meer Grenzen gesetzt zu haben. Faust rechnet auch die Taten zu seinen Verdiensten, denn »Daß sich das größte Werk vollende / Genügt Ein Geist für tausend Hände.« (V. 11509 f.) Dabei verlangen die Drei Gewaltigen »gleichen Theil« mit Faust, zusätzlich zu dem, was sie sich schon angeeignet haben (V. 11197–204). Auch der »Geist für tausend Hände« wirkt nicht mehr: statt eines Grabens wird ein Grab geschaufelt (V. 11557 f.). Die größte selbstverehrende Selbsttäuschung ist Fausts Wunsch, »auf freyem Grund mit freyem Volke stehn« zu können (V. 11580); dafür müsste der Tyrann sich selbst und seine furchtbaren Helfer »zur Seite« bringen, denn die Arbeiter, die das freie Land »bekommen« sollen, stehen als Fronarbeiter unter Fausts Diktatur und Mephistos Knute (V. 11515–18, 11540). Der Augenblick, zu dem Faust sagen dürfte: »Verweile doch, du bist so schön!«, ist nicht nur in eine bedingte, sondern in eine irreale Zukunft gesetzt. Aber indem er »nach wechselnden Gestalten«, in diesem Fall nach einer radikalen Änderung des Herrschaftssystems fortbuhlt, weiter drängt und in diesem Fortstreben nicht den schönsten, sondern »den höchsten Augenblick« genießt (V. 11585–88), gewinnt er die Wette mit Mephistopheles, denn der hat ihn in diesem Augenblick weder beruhigt auf ein Faulbett gelegt noch mit Genuss betrogen noch zur Selbstgefälligkeit schmeichelnd belogen (V. 1692–96): Das »Glück« ist nicht da, die nicht in Äonen untergehende Spur ist nicht gelegt, alles ist ein »Vorgefühl« von etwas, das ohne radikal »wechselnde Gestalten« auch in der Zukunft unmöglich ist. Damit entgeht Faust dem Mephistopheles, scheitert aber in seiner Selbstverehrung, denn auf dem Weg in höhere Sphären wird seine irdische Identität von ihm abgestreift (V. 11954–65, 11985 f.); am Schluss ist er nicht mehr Faust, nur noch »der Neue« (V. 12085). So ist auch der Schluss noch tragische Ironie. Nicht Faust verehrt sich, sondern er wird von den seligen Knaben verehrt; nicht er strebt und leistet, sondern er wird getragen, ist geblendet, wird belehrt, soll folgen, wird hinangezogen; nicht dem alttestamentlichen Gott tritt er selbstbewusst und sich selbst verehrend gegenüber, dem Gott, den er noch kurz vor seinem Tod mit seiner Leistung fast eingeholt hatte – nein, einer Frau wird er entgegengetragen, und die liebenden Sünderinnen, deren eine er erst zur Hure hat werden lassen, bitten für ihn, der nie Reue und Gewissensbiss kannte. Diese Schlussironie, theatralisch dargeboten, beendet die Tragödie formal mit dem Satyrspiel des um die Seele betrogenen Mephistopheles und mit dem Flitter der opernhaften Himmelserscheinung. Inhaltlich aber bleiben, etwa mit dem Angebot von mindestens vier verschiedenen Begründungen zur Erlösbarkeit von »Faustens Unsterblichem«, die Fragen offen, alles in der Schwebe, wie es bei solchen »sehr ernsten Scherzen« (Goethe in einem Brief an Wilhelm von Humboldt vom 17. März 1832) über den Menschen auch nicht anders sein kann.

Wenn Faust in jedem der Akte und in der Reihenfolge der Kapitel den Strebungen folgt, die Ficino vorgezeichnet hat – neben der Parallelität der Reihen spricht eine Anzahl von Direktzitaten aus Ficinos Kapiteln im *Faust*-Text dafür –, dann folgt Faust einerseits wie jeder Mensch und der Mensch überhaupt nach Ficino seiner Natur, die ihm das Werden-wie-Gott als »dunklen Drang« (V. 328) in sein Wesen geschrieben hat. Insofern können auch der Herr im »Prolog im Himmel«, der Faust für einen »guten«, d. h. gut gelungenen Menschen hält, und Faust bei seiner Wette mit Mephistopheles ihrer Sache sicher sein, denn in beiden Fällen handelt es sich um die Bewahrung und Bewährung dessen, was ohnehin gegeben ist, was die Würde und Besonderheit des Menschen in der Schöpfung bedingt, wenn nur der Eros nicht ermüdet, die Tätigkeit nicht erschlafft (V. 340, 1692). Andererseits wird, indem das konzentrierte Streben als ein Seinwollen-wie-Gott sich zu erkennen gibt, die luziferische Versuchung deutlich, in die der Mensch durch seine Natur geführt ist, die Faust zur Nichtanerkennung der menschlichen Grenzen, zum Einsatz widernatürlicher Mittel, zur Unmenschlichkeit, zum Verbrechen, kurz: zur Überschreitung, Travestie und Negation dessen bringt, was sein Werden-wie-Gott eigentlich ausmacht. Am Ende von *Faust II* ist keineswegs klar, wer von den beiden Kontrahenten des »Prologs« seine Wette gewonnen hat; ein Urteil gibt es nicht, weil »der Herr« spurlos verschwunden, durch eine »höchste Herrscherin der Welt« (V. 11997) und »Göttin« (V. 12103) ersetzt ist, weil eine richtende Instanz für Mephistos Anspruch auf sein »erworbenes Recht« nicht in Sicht und seine Klage über das Betrugsmanöver der Engel (V. 11830 f.) zwar komisch ist, aber immerhin das Sprichwort zu bestätigen scheint: »Wenn der Himmel betrügt, hat der Teufel gesiegt«. Fausts Weg jedenfalls ist in jedem Schritte ambivalent, gekennzeichnet durch die hohe Seele mit ihren Menschheitszielen, durch die wachsende Abhängigkeit von seinem Negativ Mephistopheles: *religio* nach oben und nach unten, Erzählung der Herrlichkeit Gottes und der Herrlichkeit des Satans.

Wenn auch das theologische Thema mit dem Versuch, die höchste Wahrheit und das höchste Gut auf direktem Weg zu erlangen, in der ersten Phase konstitutiv ist, so bleibt es durch das ganze Stück präsent; es bildet, was ich (in Übernahme eines philologischen Fachworts) eine »Lesart« des *Faust* nenne. Auch hier ist Goethes Bemühen deutlich erkennbar, in jeder Hinsicht eine schwankende Gestalt herzustellen, in keiner Weise einer der vorgeführten Mächte einen Vorzug zu geben, der den archimedischen Punkt für eine eindeutige Interpretation des *Faust* oder von Goethes persönlicher Meinung abgeben könnte. Den männlichen Mächten des ersten Teils, Herr gegen Satan, stehen im zweiten Teil weibliche Mächte gegenüber, die großen Mütter des alten Orients und der griechischen Mythologie gegen die Mater gloriosa des Christentums; im ersten Teil wird eine Frau gerettet, im zweiten Teil ein Mann. Anspielungen auf Heiligungs- und Versuchungsgeschichten durchziehen den Text und stellen Faust und Margarete in eine menschheitsgeschichtliche Reihe; die Auseinandersetzung des Faust-Themas auf dem Hintergrund des Buchs Hiob beginnt im »Prolog« (V. 299) und endet mit Mephistos hiobsartigen Beulen (V. 11809). Das Geschehen wird mitbestimmt durch die Opposition der Exponenten der großen Herren und Frauen, Margarete und Mephistopheles im ersten, Helena und Phorkyas im zweiten Teil.

Dennoch ist die religiöse Lesart nicht die einzige. Als Mensch überhaupt hat Faust weiterhin den Drang und Eros, auf allen Wegen Gott zu werden. Nur wird die Gleichmäßigkeit des Fortschreitens in allen sieben Richtungen durch die jeweilige Konzentration auf einen der Wege gestört, der die anderen funktionalisiert und tendenziell verstellt. In dem Band *Lesarten von Goethes Faust*, der den ehemaligen Kommentar II der *Faust-Dichtungen* von 1999 neu bearbeitet, finden sich zu jeder der Lesarten ausführliche Darstellungen, die jeweils zunächst den Akt untersuchen, in dem die Lesart Leitrichtung ist, und dann vom Anfang her durch den ganzen Text hindurchgehen. Poetologisch – und dies ist eine weitere Lesart des Textes – schafft die Gleichzeitigkeit dieser im einzelnen nachvollziehbaren Bedeutungsrichtungen des Textes das, was Goethe mehrfach die »Inkommensurabilität« des *Faust* genannt hat, denn allen Bedeutungsrichtungen gleichzeitig zu folgen überfordert jeden Leser. Man wird also in dem Bemühen, »das Werdende, das ewig wirkt und lebt, [...] mit dauernden Gedanken« befestigen zu wollen (V. 346–349), wie die echten Göttersöhne zurückgeführt auf die Erfahrung der unbegreiflichen und unergründlichen Herrlichkeit der Werke der Gottheit (V. 249 f., 268–270), von denen Goethes Werk ein im einzelnen nachvollziehbares, aber darum im Ganzen nicht weniger unbegreifliches und unergründliches Abbild ist.